LE CHOIX DU SUCCES®

Collection dirigée par Franck ATTELAN

5 000 QCM DE CULTURE GENERALE

Préparez vos examens et concours
Evaluez votre culture générale

10e édition 2023

Aurélie OHAYON et Henri DE LA GUERONNIERE

34/38, rue Camille-Pelletan – 92309 Levallois-Perret Cedex
Imprimerie Groupe Prenant – 94400 Vitry-sur-Seine
Imprimé en France – 3e trimestre 2022

Service éditorial : Benjamin Dias Pereira, Deborah Lopez
Conception graphique : Dominique Papon

Dépôt légal à parution
ISBN 978-2-7590-4951-6

A Shalom, Tamar et Jonas.
Aurélie Ohayon

A ma mère qui sut me guider sur le chemin du savoir.
Henri de La Guéronnière

PRESENTATION DE L'OUVRAGE

Franck Attelan
Directeur de la Prépa AURLOM

TOUT D'ABORD, DES REMERCIEMENTS !

Je tiens tout d'abord à saluer le remarquable travail d'harmonisation assuré par **Deborah Lopez** des ***Editions Studyrama***. Deborah est toujours soucieuse d'optimiser le confort d'usage de ses lecteurs et elle apporte sans compter ces petits « plus » qui font toute la différence.

Un grand merci également aux talentueux et prolifiques auteurs du site Wikipedia dont nous avons extrait une grande partie de nos compléments de réponse destinés à éclairer le lecteur sur certains sujets importants.

LA PLUS GRANDE COMPILATION ACTUELLE DE QUESTIONS DE CULTURE GENERALE

J'ai eu beaucoup de plaisir à encadrer le travail titanesque d'**Aurélie OHAYON** et **Henri de LA GUERONNIERE** ; deux auteurs ambitieux et chevronnés qui n'ont pas hésité à relever le défi de circonscrire au sein d'un seul et même ouvrage 5 000 questions parmi celles qui sont les plus fréquemment posées dans le cadre de tests, examens et concours où figure une épreuve de culture générale. Cet ouvrage est actuellement la plus grande compilation de questions de culture générale sur laquelle il vous sera donnée de travailler.

25 CHAPITRES

Il n'a pas été simple de créer les questions… Encore moins de les choisir, de les trier, de les classer ! Au final, ce sont 25 chapitres qui ont été arrêtés, 25 chapitres qui doivent vous permettre de « faire le tour » des grandes questions de culture générale, des plus classiques et attendues aux plus difficiles et pointues. 25 chapitres qui agrègent les questions récurrentes des examens et concours de l'enseignement supérieur… Ces questions auxquelles on ne peut raisonnablement échapper si l'on souhaite mettre toutes les chances de son côté.

Chaque *chapitre* a été découpé en plusieurs *sections* indépendantes et autonomes destinées à faciliter votre apprentissage. Et dans la grande majorité des chapitres, c'est l'ordre chronologique qui a défini le classement. Nous pensons qu'il est tout à fait possible de progresser en culture générale et de se constituer un socle solide de connaissances par le biais d'un découpage en plusieurs sections cohérentes qui convoquent un apprentissage « intelligent », qui suit le fil des événements, le fil des périodes, le fil du temps.

Vous découvrirez dans cet ouvrage que rien n'a été laissé au hasard. Les auteurs ont ainsi pris le soin d'intégrer des Questions d'actualité pour les années 2016 à 2021 sans oublier l'actualité de 2022. S'ajoutent à cela des questions de Logique, de Calcul ou d'Expression française que l'on retrouve aujourd'hui dans beaucoup de concours et processus de recrutement exigeants.

COMMENT TIRER LE MEILLEUR PROFIT DE CET OUVRAGE ?

Idéalement, nous vous conseillons de traiter un chapitre dans sa totalité avant de découvrir les solutions. Chaque chapitre a été conçu de telle sorte que vous puissiez apprendre en découvrant au fur et à mesure les questions et les propositions de réponses d'une même section. Dans le cas de certains chapitres longs et denses, essayez de terminer une section avant de découvrir les solutions. Vous serez ainsi en mesure d'identifier clairement vos points forts et vos lacunes, et saurez ainsi sur quels thèmes vous devrez encore travailler.

WWW.AURLOM.COM

Pour terminer, nous sommes conscients qu'en tant que lecteur, vous jouerez un rôle essentiel dans le succès de cet ouvrage. Pourquoi ? Tout simplement parce que vous serez à même de nous dire ce qui vous a plu au fil de votre lecture mais aussi ce qui vous a moins plu.

Vos questions, vos remarques, vos éclairages nous seront précieux. Ce contact privilégié que nous souhaitons tisser avec vous nous permettra assurément d'offrir aux futurs lecteurs un contenu qui répond toujours mieux à leurs attentes.

Pour cela rendez-vous sur **www.aurlom.com** ou écrivez-nous à l'adresse **info@aurlom.com**

Il ne me reste plus qu'à vous souhaiter à toutes et à tous une bonne lecture !

CULTURE GENERALE ET CONCOURS

De nombreux concours incluent une épreuve de culture générale. Cette épreuve pèse parfois très lourd en termes de coefficients et il ne faut donc guère la négliger.

Voici une liste non exhaustive des tests et concours où vous devrez répondre à des questions ou QCM de culture générale.

LES CONCOURS DE LA FONCTION PUBLIQUE

- Concours de CATEGORIE A
- Concours de CATEGORIE B
- Concours de CATEGORIE C

LES CONCOURS DES METIERS DE LA SANTE

- Concours INFIRMIERS
- Concours ORTHOPHONISTES
- Concours SANITAIRES et SOCIAUX

LES CONCOURS DES GRANDES ECOLES ET ECOLES SPECIALISEES

- Concours post-bac ACCES
- Concours post-bac SESAME
- SCORE IAE MESSAGE
- Concours des écoles de communication et écoles d'art
- Epreuves orales de culture générale
- Epreuves orales d'entretien au cours desquelles la culture générale des candidats est très souvent mise à l'épreuve

ET LE PLAISIR DANS TOUT ÇA ?

Même si cet ouvrage est d'abord destiné à des étudiants et candidats à des examens, tests et concours de l'enseignement supérieur, il n'en demeure pas moins qu'il a aussi été conçu pour répondre aux attentes de lecteurs passionnés et exigeants, résolument décidés à évaluer leur niveau de culture générale. Nous espérons que vous trouverez dans cet ouvrage de quoi nourrir agréablement votre curiosité.

SOMMAIRE

1. UNIVERS ET PLANETE TERRE

Ce chapitre est composé de **4 sections** pour un total de **150 questions**.

1. L'univers
2. Catastrophes naturelles et écologiques
3. Ecologie
4. Géologie et nature

[A SAVOIR !]

110 Les numéros de questions de ce type signifient qu'il n'y a qu'une seule et unique réponse juste à la question posée.

111 Les numéros de questions de ce type signifient qu'il y a **plusieurs (2 ou plus) réponses possibles justes à la question**.

[UN CONSEIL IMPORTANT]

Nous vous conseillons vivement de répondre à toutes les questions d'une section avant d'en découvrir les solutions. L'erreur consiste en effet généralement à traiter une question et à vérifier aussitôt la réponse parce que l'on veut s'assurer d'avoir trouvé la réponse juste ou parce que l'on est impatient de la découvrir dans le cas où on ne la connaît pas. Si vous souhaitez sérieusement progresser, vous devez absolument vous imprégner du thème traité par la section et répondre d'un trait à toutes les questions d'une section.

[QUELQUES MOTS SUR...]

1. L'Univers [WIKIPEDIA]

L'Univers est l'ensemble de tout ce qui existe, régi par un certain nombre de lois.

La *cosmologie* cherche à appréhender l'Univers d'un point de vue scientifique, comme l'ensemble de la matière distribuée dans le temps et dans l'espace. Pour sa part, la *cosmogonie* vise à établir une théorie de la création de l'Univers sur des bases philosophiques ou religieuses.

Selon le modèle standard, on ne connaît au plus que 5 % de la matière de l'Univers ; le reste se composerait de 25 % de matière noire et de 70 % d'énergie noire. Selon le modèle alternatif avec antimatière soutenu notamment par Gabriel Chardin et Stephen Hawking, la quantité de matière présente dans l'Univers est quinze fois plus abondante que dans le modèle conventionnel.

2. La planète TERRE [WIKIPEDIA]

La Terre est la troisième planète du Système solaire par ordre de distance croissante au Soleil, et la quatrième par taille et par masse croissantes. Il s'agit de la plus grande et la plus massive des quatre planètes telluriques (du mode de la Terre), les trois autres étant Mercure, Vénus et Mars. La Terre se trouve dans la zone habitable du Système solaire. Elle est couramment appelée en français Terre, planète Terre, planète bleue ou encore Monde.

La Terre s'est formée il y a 4,54 milliards d'années environ et la vie apparut moins d'un milliard d'années plus tard. La planète abrite des millions d'espèces dont les humains. La biosphère de la Terre a fortement modifié l'atmosphère et les autres caractéristiques abiotiques de la planète, permettant la prolifération d'organismes aérobies de même que la formation d'une couche d'ozone, qui associée au champ magnétique terrestre, bloque une partie des rayonnements solaires permettant ainsi la vie sur Terre. Les propriétés physiques de la Terre de même que son histoire géologique et son orbite ont permis à la vie de subsister durant cette période et la Terre devrait pouvoir supporter la vie durant encore au moins 500 millions d'années.

3. L'écologie [LAROUSSE]

Le terme « écologie » fut créé en 1866 par le biologiste et naturaliste allemand Ernst Haeckel (1834-1919). Il fait également référence à un mouvement associatif et politique, qui connaît un important développement depuis les années 1970, en faveur d'une meilleure prise en compte de l'environnement dans les sociétés humaines, de l'amélioration de la qualité de vie, du respect de l'équilibre des milieux naturels et d'une gestion durable de leurs ressources. L'écologie s'est développée en intégrant les connaissances de la biologie et d'autres sciences, aussi diverses que la climatologie, la géologie ou l'économie.

Science très vaste, l'écologie rassemble un assez grand nombre de disciplines, qui ont parfois acquis une certaine indépendance. Il existe, en effet, de multiples façons d'aborder les problèmes écologiques, selon que l'on s'intéresse à un milieu naturel dans son ensemble, ou seulement à une partie des espèces qui le peuplent, ou encore à une seule espèce. Un scientifique qui choisit, par exemple, d'étudier l'écologie d'un petit bois des régions tempérées essaiera d'en faire l'inventaire floristique et faunique. Or il est quasi impossible d'effectuer un tel inventaire, tant est grande la variété des plantes et des insectes, sans oublier celle des organismes microscopiques. Il doit se limiter à un inventaire sommaire, ou faire appel à des chercheurs spécialistes de groupes zoologiques vastes. De plus, une véritable étude écologique ne se résume pas à dresser une liste d'espèces, mais essaie d'établir l'abondance, ou la rareté, des populations et la variation des effectifs au cours de l'année. En été, les effectifs sont en général maximaux, après la période de reproduction. L'hiver, au contraire, beaucoup d'espèces sont absentes, soit parce qu'elles hibernent, soit parce qu'elles migrent. Quant à la végétation, de nombreuses espèces ont un cycle annuel.

1. L'univers

1 En quelle année la théorie du Big Bang est-elle émise pour la première fois ?

- ☐ A. 1853
- ☐ B. 1927
- ☐ C. 1946

2 La science des lois physiques de l'univers porte le nom de :

- ☐ A. Cosmologie
- ☐ B. Cosmographie
- ☐ C. Cosmogonie
- ☐ D. Récit cosmopolite

3 Un récit mythique lié à la formation de l'univers se nomme :

- ☐ A. Cosmologie
- ☐ B. Cosmographie
- ☐ C. Cosmogonie
- ☐ D. Récit cosmopolite

4 Qu'est-ce qu'une galaxie ?

- ☐ A. Un ensemble d'étoiles, de gaz, de poussières et de matière noire
- ☐ B. Un ensemble de planètes, de soleil et de trous noirs
- ☐ C. Un ensemble de météorites, de poussières et de trous noirs

5 Laquelle de ces affirmations est fausse ?

- ☐ A. Il existe des galaxies elliptiques
- ☐ B. La matière noire est un trou noir
- ☐ C. Le soleil est une naine jaune

6 Notre galaxie se nomme la « Voie lactée » :

- ☐ A. Vrai
- ☐ B. Faux

7 Laquelle de ces morphologies n'est pas caractéristique d'une galaxie :

- ☐ A. Elliptique
- ☐ B. Spirale
- ☐ C. Irrégulière
- ☐ D. Hélicoïdale

8 Qu'est-ce qu'une exoplanète ?

- ☐ A. Une planète en formation
- ☐ B. Une planète de notre système solaire
- ☐ C. Une planète hors de notre système solaire

9 La distance entre la Terre et le Soleil est de :

- ☐ A. 150 000 km
- ☐ B. 15 millions de km
- ☐ C. 150 millions de km
- ☐ D. 1 000 millions de km

10 Une année-lumière équivaut à :

- ☐ A. 1 000 milliards de kilomètres
- ☐ B. 10 000 milliards de kilomètres
- ☐ C. 50 000 milliards de kilomètres

11 Qu'est-ce qu'un astre brillant fait de glace et de poussière ?

- ☐ A. Une comète
- ☐ B. Une étoile
- ☐ C. Un météore

12 Qu'est-ce qu'une céphéide ?

- ☐ A. Une étoile géante
- ☐ B. Une comète
- ☐ C. Un trou noir

13 Quel est le résultat d'une agrégation de poussières dans un disque, suivie ou non d'une accrétion gazeuse ?

- ☐ A. Une planète
- ☐ B. Un trou noir
- ☐ C. Une étoile
- ☐ D. Aucune de ces réponses n'est bonne

14 Sachant que la révolution est le mouvement de la Terre autour du Soleil, en combien de temps celle-ci s'effectue-t-elle ?

- ☐ A. Un jour
- ☐ B. Un mois
- ☐ C. Un semestre
- ☐ D. Un an
- ☐ E. Aucune de ces réponses n'est bonne

15 Combien y a-t-il de planètes dans le système solaire ?

- ☐ A. 7
- ☐ B. 8
- ☐ C. 9
- ☐ D. Aucune de ces réponses n'est bonne

16 Je suis la 7e planète du système solaire. Je suis une planète géante gazeuse. Je suis la 3e par la taille et la 4e par la masse. Qui suis-je ?

- ☐ A. Uranus
- ☐ B. Vénus
- ☐ C. Saturne
- ☐ D. Neptune

17 Quelle est la planète la plus grosse ?

- ☐ A. Saturne
- ☐ B. Vénus
- ☐ C. Jupiter
- ☐ D. Mars

18 La planète la plus proche du Soleil est :

- ☐ A. Jupiter
- ☐ B. Saturne
- ☐ C. Mercure
- ☐ D. Vénus

19 Quelle est la planète la plus éloignée du Soleil ?

- ☐ A. La Terre
- ☐ B. Neptune
- ☐ C. Pluton

20 Quelle est la planète la plus chaude du système solaire ?

- ☐ A. Saturne
- ☐ B. Uranus
- ☐ C. Mercure
- ☐ D. Vénus

21 Quelle est la planète la plus froide du système solaire ?

- ☐ A. Vénus
- ☐ B. Mars
- ☐ C. Neptune
- ☐ D. Pluton

22 Laquelle de ces planètes n'est pas tellurique ?

- ☐ A. Mercure
- ☐ B. Vénus
- ☐ C. Uranus
- ☐ D. Mars

23 Concernant la Lune :

- ☐ A. C'est un satellite naturel de la Terre
- ☐ B. La distance Terre Lune est d'environ 500 000 km
- ☐ C. La Lune ne tourne pas autour de la Terre
- ☐ D. La température de la Lune au Soleil est d'environ 100 °C
- ☐ E. La température de la Lune à l'ombre est d'environ – 150 °C

24 Quelles sont les planètes naines ?

- ☐ A. Eris
- ☐ B. Mars
- ☐ C. Pluton
- ☐ D. La Lune

25 Quel est l'autre nom de la planète Vénus ?

- ☐ A. La planète rouge
- ☐ B. L'Etoile du berger
- ☐ C. Orion
- ☐ D. La planète jaune

26 Jupiter est une planète :

- ☐ A. Gazeuse
- ☐ B. Nébuleuse
- ☐ C. Tellurique

27 Parmi ces planètes, laquelle n'a aucun satellite naturel ?

- ☐ A. Mars
- ☐ B. Mercure
- ☐ C. Neptune
- ☐ D. Pluton

28 Combien de satellites sont recensés dans le système solaire ?

- ☐ A. 60
- ☐ B. 600
- ☐ C. 1 600

2. Catastrophes naturelles et écologiques

29 En l'an 79, une célèbre catastrophe frappe le sud de l'Europe. Il s'agit :

- ☐ A. D'une éruption volcanique
- ☐ B. D'un tremblement de terre
- ☐ C. D'un raz-de-marée

30 Le tremblement de terre qui détruisit la ville de San Francisco s'est produit en :

- ☐ A. 1896
- ☐ B. 1906
- ☐ C. 1929
- ☐ D. 1936

31 Quand a eu lieu la marée noire de l'Amoco Cadiz sur les côtes bretonnes ?

- ☐ A. Mars 1978
- ☐ B. Octobre 1979
- ☐ C. Février 1980

32 Dans quel Etat américain a eu lieu la catastrophe nucléaire de *Three Mile Island* ?

- ☐ A. Californie
- ☐ B. Ohio
- ☐ C. Nouvelle-Orléans
- ☐ D. Pennsylvanie
- ☐ E. Alaska

33 Outre l'accident de Tchernobyl, quelle est la catastrophe écologique majeure de l'ex-URSS depuis les années quatre-vingt ?

- ☐ A. L'assèchement du lac Baïkal
- ☐ B. L'assèchement de la mer d'Aral
- ☐ C. Les inondations en Sibérie

34 Le 3 décembre 1984, en Inde, un accident dans une usine chimique provoque des milliers de morts. Dans quelle ville se déroule cette catastrophe ?

- ☐ A. Delhi
- ☐ B. Calcutta
- ☐ C. Bhopal

35 La grande catastrophe qui eut lieu à Tchernobyl est :

- ☐ A. Un incendie dans les dépôts de carburant
- ☐ B. Un tremblement de terre
- ☐ C. Une inondation
- ☐ D. L'explosion du cœur du réacteur de la centrale nucléaire

36 Quel est le nom de l'ouragan qui a dévasté plusieurs Etats aux Etats-Unis en 2005 ?

- ☐ A. Gonu
- ☐ B. Wilma
- ☐ C. Katrina
- ☐ D. Morakot

37 Comment se nomme le typhon qui frappe les Philippines le vendredi 8 novembre 2013, rayant de la carte de nombreuses villes, avec des vents dépassant les 300 km/h et des pointes à 378 km/h ?

- ☐ A. Gonu
- ☐ B. Haiyan
- ☐ C. Katrina
- ☐ D. Morakot

38 Au Chili, lors du tragique éboulement du 5 août 2010, combien de mineurs sont ensevelis à plus de 600 mètres de profondeur ?

- ☐ A. 8
- ☐ B. 13
- ☐ C. 33
- ☐ D. 63

39 Où a lieu la grande marée noire de 2010 ?

- ☐ A. Dans la mer Méditerranée
- ☐ B. Dans le golfe du Mexique
- ☐ C. Dans la mer Morte
- ☐ D. Dans la mer Noire

40 Qu'évoque le site de Fukushima ?

- ☐ A. Une marée noire
- ☐ B. Des algues toxiques
- ☐ C. Un grave accident nucléaire
- ☐ D. Une explosion dans une usine chimique

41 Un séisme d'une magnitude de 6,5 sur l'échelle de Richter a ébranlé en avril 2018 la Papouasie-Nouvelle Guinée. Combien de morts déplore-t-on ?

- ☐ A. Environ 20
- ☐ B. Environ 100
- ☐ C. Environ 500

42 A quoi correspondent les évènements suivants ?

1. Catastrophe du Pinatubo
2. Catastrophe de Tchernobyl
3. Catastrophe de l'Amoco Cadiz
4. Catastrophe de Bhopal

a. Eruption d'un volcan philippin
b. Accident dans une usine chimique indienne
c. Accident dans une usine nucléaire ukrainienne
d. Marée noire sur les côtes bretonnes

- ☐ A. 1a – 2d – 3c – 4b
- ☐ B. 1a – 2c – 3d – 4b
- ☐ C. 1b – 2c – 3d – 4a
- ☐ D. 1b – 2a – 3c – 4d

43 Qu'est-ce qu'un tsunami ?

- ☐ A. Un raz-de-marée
- ☐ B. Une pollution atmosphérique
- ☐ C. Une éruption volcanique

44 Le bradyséisme est :

- ☐ A. Un soulèvement ou un abaissement du terrain dans une zone limitée
- ☐ B. L'écartement de deux plaques lithosphériques
- ☐ C. Le glissement de deux plaques lithosphériques l'une sous l'autre

45 Que sont les pluies acides ?

- ☐ A. La pluie, la neige ou le brouillard pollués par des composés soufrés et azotés
- ☐ B. Les pluies polluées par les gaz et les émissions volcaniques
- ☐ C. Les pluies acidifiées par les émissions d'aérosols dans l'atmosphère

46 L'intoxication par le plomb se nomme :

- ☐ A. La silicose
- ☐ B. La silicone
- ☐ C. Le saturnisme

47 Combien de degrés comporte l'échelle de Richter permettant de mesurer l'énergie libérée lors d'un séisme ?

- ☐ A. 7 degrés
- ☐ B. 9 degrés
- ☐ C. En théorie, un nombre illimité

48 Les plans ORSEC ont pour but de :

- ☐ A. Pallier les catastrophes naturelles ou les accidents techniques
- ☐ B. Venir en aide aux personnes économiquement faibles
- ☐ C. Etudier les besoins des handicapés
- ☐ D. Gérer les bassins d'emploi
- ☐ E. Protéger la population en cas de risque terroriste

49 Comment s'appelle le fonds créé pour indemniser les victimes de dégâts dus à la pollution par les hydrocarbures ?

- ☐ A. Fipol
- ☐ B. Ifremer
- ☐ C. Polmar

3. Ecologie

50 **Quel est le jour de l'année décrété jour de la Terre ?**

☐ A. Le 1er janvier
☐ B. Le 22 mars
☐ C. Le 22 avril

51 **Comment est nommée l'opération de sensibilisation contre le réchauffement climatique qui consiste à éteindre l'éclairage des grands monuments touristiques mondiaux pendant une heure ?**

☐ A. L'opération « Planète Bleue »
☐ B. L'opération « Respire »
☐ C. L'opération « One Hour Pour Un Monde Meilleur »
☐ D. L'opération « Earth Hour »

52 **La première conférence internationale sur l'environnement se tient en 1913 à :**

☐ A. Bruxelles
☐ B. Paris
☐ C. Berne

53 **Pour assurer la protection de ses côtes, la France a créé en 1975 :**

☐ A. Le conservatoire du littoral
☐ B. La mission interministérielle des côtes
☐ C. L'organisme de protection maritime
☐ D. Le cabinet du littoral

54 **La directive nationale relative à la protection, à l'aménagement et à la mise en valeur du littoral parue en 1979, interdit :**

☐ A. Le maintien en l'état des marais et zones humides
☐ B. Les constructions, les campings et les caravanings partout à moins de 100 mètres du rivage
☐ C. Le classement des espaces boisés
☐ D. Le libre accès aux plages de moins de 100 mètres en méditerranée et sur les lacs

55 **Où le mouvement écologiste Greenpeace est-il fondé ?**

☐ A. New York
☐ B. Vancouver
☐ C. Toronto

56 **Quand apparaît la notion de développement durable ?**

☐ A. Dans les années cinquante
☐ B. Dans les années soixante-dix
☐ C. Dans les années quatre-vingt

57 **Quelle conférence lance concrètement le principe du développement durable ?**

☐ A. La conférence de Rio
☐ B. La conférence de Johannesburg
☐ C. La conférence de Kyoto

58 **Le « trou » de la couche d'ozone dont les médias révèlent l'existence en 1985 se situe dans l'atmosphère au-dessus de :**

☐ A. L'Equateur
☐ B. L'Arctique
☐ C. L'Antarctique
☐ D. L'Angleterre

59 **Quel traité signé en 1997, lors d'une conférence regroupant 150 pays, entre en application le 16 février 2005 ?**

- ☐ A. La charte de l'environnement
- ☐ B. Le protocole de Kyoto sur la réduction des émissions de gaz à effet de serre
- ☐ C. Le traité relatif à l'organisation mondiale du commerce
- ☐ D. Le traité créant l'agence des nations unies pour l'environnement
- ☐ E. Toutes les solutions proposées sont bonnes
- ☐ F. Aucune de ces réponses n'est bonne

60 **Quel pays, premier pollueur mondial en CO_2, refuse de signer le protocole de Kyoto en 1997 ?**

- ☐ A. La France
- ☐ B. Le Japon
- ☐ C. Les Etats-Unis

61 **Le GIEC est une organisation qui est mise en place en 1988 dans le cadre du programme des Nations unies pour l'environnement, à la demande du G7 (groupe des 7 pays les plus riches) : Etats-Unis, Japon, Allemagne, France, Grande-Bretagne, Canada et Italie. Pour quelle mission, notamment, cette organisation – conjointement avec l'ancien vice-président américain Al Gore – reçoit-elle le prix Nobel en 2007 ?**

- ☐ A. Collecter des fonds pour lutter contre une agriculture transgénique
- ☐ B. Constituer une meilleure connaissance sur le changement climatique
- ☐ C. Promouvoir le microcrédit pour des projets à vocation écologique
- ☐ D. Répertorier les espèces animales et végétales dans une étude biologique

62 **Quel est le rôle de l'ADEME ?**

- ☐ A. Elle organise la sécurité des installations nucléaires
- ☐ B. Elle gère les activités relatives à la protection de la nature et des animaux
- ☐ C. Elle intervient en matière de protection de l'environnement et de maîtrise de l'énergie

63 **L'Agence européenne de l'environnement siège à :**

- ☐ A. Paris
- ☐ B. Londres
- ☐ C. Copenhague
- ☐ D. Madrid

64 **Dans quelle proportion l'Union européenne entend-elle faire baisser l'émission de gaz à effet de serre avant 2020 ?**

- ☐ A. 8 %
- ☐ B. 20 %
- ☐ C. 30 %
- ☐ D. 80 %

65 **Qu'est-ce qui est exact ?**

- ☐ A. La qualité de l'air, comme l'eau, fait partie du patrimoine commun de la nation
- ☐ B. Est reconnu par la loi le droit pour chacun de respirer un air qui ne nuise pas à sa santé
- ☐ C. La commune a la responsabilité principale en matière d'élimination des déchets ménagers

66 **Qu'appelle-t-on l'effet de serre ?**

- ☐ A. La multiplication des catastrophes naturelles au cours des dernières années
- ☐ B. En agriculture, le fait que la culture sous serre a un rendement plus élevé que la culture en plein air
- ☐ C. Le réchauffement de la planète
- ☐ D. L'augmentation de la construction de serres consacrées à la culture de fruits et légumes sans pesticides

67 **Quelle est essentiellement la cause de l'effet de serre ?**

- ☐ A. La fonte des glaces polaires
- ☐ B. Le recours à la climatisation intensive
- ☐ C. Les émissions de gaz carbonique

68 **On appelle énergies renouvelables des sources d'énergie :**

- ☐ A. Qui ne s'épuisent pas
- ☐ B. Que l'on peut réutiliser
- ☐ C. Que l'on n'exploite pas encore
- ☐ D. Qu'on ne peut stocker

69 **La production d'énergie tend à se diversifier. Après l'exploitation des gisements fossiles et de la force hydraulique, puis la production d'énergie nucléaire, les énergies renouvelables sont aujourd'hui à l'honneur. Parmi les propositions suivantes, vous indiquerez laquelle est erronée.**

- ☐ A. L'énergie nucléaire n'est pas une énergie renouvelable
- ☐ B. La production d'énergies renouvelables engendre moins de rejets de gaz à effet de serre dans l'atmosphère que la production des énergies fossiles
- ☐ C. Les énergies renouvelables sont issues entre autres de l'exploitation de la géothermie, de la force éolienne, du rayonnement solaire et du gaz naturel
- ☐ D. Toutes les solutions proposées sont bonnes

70 **Cochez les énergies dites renouvelables :**

- ☐ A. Le bois
- ☐ B. Le pétrole
- ☐ C. La géothermie
- ☐ D. Le solaire

71 **L'énergie éolienne est fournie par :**

- ☐ A. L'eau
- ☐ B. L'uranium
- ☐ C. Le charbon
- ☐ D. Le vent

72 L'écobuage c'est :

- ☐ A. Un travail effectué avec ardeur
- ☐ B. Un mode de fertilisation
- ☐ C. L'action de brûler la couche herbue du sol
- ☐ D. L'action d'empiler des bûches de bois dans le sens de la longueur

73 Parmi ces quatre plantes OGM, laquelle est la plus cultivée dans le monde ?

- ☐ A. Le maïs
- ☐ B. Le colza
- ☐ C. Le soja
- ☐ D. Le coton

74 En quelle année l'Allemagne prévoit-elle de sortir totalement du nucléaire ?

- ☐ A. 2017
- ☐ B. 2018
- ☐ C. 2022
- ☐ D. 2025
- ☐ E. 2030

4. Géologie et nature

75 Quel est le diamètre de la Terre ?

- ☐ A. 12 742 km
- ☐ B. 6 856 km
- ☐ C. 25 156 km
- ☐ D. 18 056 km

76 Quel âge a la Terre ?

- ☐ A. 6 500 millions d'années
- ☐ B. 2,10 milliards d'années
- ☐ C. 4,54 milliards d'années
- ☐ D. 7,22 milliards d'années
- ☐ E. 58 milliards d'années

77 Qu'est-ce que la géologie structurale ?

- ☐ A. L'étude des fossiles microscopiques contenus dans les sédiments
- ☐ B. L'étude de la structure et de la nature interne de la terre avec des outils de la physique
- ☐ C. L'étude des sédiments archéologiques et des dépôts de l'ère quaternaire
- ☐ D. L'étude des déformations des roches

78 Que renferme le granite ?

- ☐ A. Du quartz
- ☐ B. Du calcaire
- ☐ C. Du carbone
- ☐ D. Du sel

79 La craie est une roche :

- ☐ A. Dure
- ☐ B. Imperméable
- ☐ C. Sombre
- ☐ D. Poreuse

80 Parmi ces roches ignées, quelle est celle d'origine intrusive (dont la cristallisation s'est produite à l'intérieur de la croûte terrestre) ?

- ☐ A. Le granite
- ☐ B. Le basalte
- ☐ C. L'andésite

81 Le granite est une roche :

- ☐ A. Sédimentaire
- ☐ B. Magmatique
- ☐ C. Métamorphique

82 L'or noir désigne :

- ☐ A. Le charbon
- ☐ B. Le pétrole
- ☐ C. Le basalte

83 Quelle roche est très répandue dans la région des volcans d'Auvergne ?

- ☐ A. Le basalte
- ☐ B. Le gypse
- ☐ C. La calcite

84 Les supports calcaires construits par les coraux s'appellent :

- ☐ A. Les polypiers
- ☐ B. Les serpules
- ☐ C. Les faluns
- ☐ D. Les globigérines

85 Quelle roche est de l'argile pure ?

- ☐ A. Les schistes
- ☐ B. L'ardoise
- ☐ C. Les marnes
- ☐ D. Le kaolin

86 Le marbre est une roche :

- ☐ A. Métamorphique
- ☐ B. Magmatique
- ☐ C. Sédimentaire

87 A quelle famille de pierres appartient l'ardoise ?

- ☐ A. Schiste
- ☐ B. Grès
- ☐ C. Basalte
- ☐ D. Calcaire

88 En France, le granite est abondant :

- ☐ A. En Bretagne
- ☐ B. En Ile-de-France
- ☐ C. En Picardie
- ☐ D. Dans les Ardennes

89 Le cirque de Gavarnie (Hautes-Pyrénées) a alimenté des :

- ☐ A. Glaciers de vallées
- ☐ B. Glaciers suspendus
- ☐ C. Inlandsis

90 Dans les glaciers de type alpin, les séracs sont :

- ☐ A. Les fronts des glaciers
- ☐ B. Les eaux de fusion
- ☐ C. Les blocs de glace formés par la fracturation d'un glacier
- ☐ D. Les anciens bassins d'alimentation

91 Dans les glaciers de type alpin, la langue glaciaire se détache :

- ☐ A. Du sommet des montagnes
- ☐ B. Du front de la langue glaciaire
- ☐ C. Du bassin d'alimentation

92 Les gros rochers transportés par le glacier loin de leur lieu d'origine sont appelés :

- ☐ A. Les moraines
- ☐ B. Les roches moutonnées
- ☐ C. Les argiles à blocaux
- ☐ D. Les blocs erratiques

93 La fusion de la glace d'un glacier est ralentie par :

- ☐ A. Les moulins glaciaires
- ☐ B. Les tables glaciaires
- ☐ C. Le névé

94 Les stalactites et les stalagmites sont formées par :

- ☐ A. Le dépôt de carbonate de chaux laissé par les eaux d'infiltration calcaires
- ☐ B. Le gel des eaux d'infiltration
- ☐ C. L'érosion due aux eaux d'infiltration

95 En Norvège, les anciennes vallées glaciaires inondées par la mer forment :

- ☐ A. Les calanques
- ☐ B. Les rias
- ☐ C. Les fjords

96 Quelle est la vallée jeune, à profil transversale en V ?

- ☐ A. La vallée de la Seine (aux Andelys dans l'Eure)
- ☐ B. La vallée du Cher (à Chenonceau)
- ☐ C. La vallée du Drac (aux environs de La Mure)
- ☐ D. La vallée de la Loire (à Orléans)

97 Quel est le nom de la forêt de conifères située au Nord de l'Eurasie ?

- ☐ A. La toundra
- ☐ B. La taïga
- ☐ C. La pampa

98 Où se situe la plate-forme littorale ?

- ☐ A. Sur la falaise littorale
- ☐ B. Au pied de la falaise
- ☐ C. Au pied des récifs

99 Dans quel département de France voit-on des cheminées de fée ?

- ☐ A. Le Loiret
- ☐ B. Les Hautes-Alpes
- ☐ C. Les Pyrénées-Atlantiques
- ☐ D. Les Côtes-d'Armor

100 Les abysses sont :

- ☐ A. Des fosses sous-marines
- ☐ B. Des grottes préhistoriques
- ☐ C. Des crevasses entre deux glaciers
- ☐ D. Des îles grecques

101 Quel volcan est surnommé « La vieille dame » ?

- ☐ A. L'Etna
- ☐ B. Le Cotopaxi
- ☐ C. Le Stromboli
- ☐ D. La Soufrière

102 Quel volcan se trouve en Sicile ?

- ☐ A. L'Etna
- ☐ B. Le Vésuve
- ☐ C. Le Stromboli
- ☐ D. Le Vulcan

103 Lequel de ces volcans n'est pas en activité ?

- ☐ A. Le Puy de Dôme
- ☐ B. La Montagne Pelée
- ☐ C. La Soufrière
- ☐ D. Le Piton de la Fournaise

104 **Les phénomènes volcaniques sont :**

- ☐ A. Actuellement détectables à la surface de toutes les planètes
- ☐ B. Preuve de l'activité interne d'une planète
- ☐ C. A l'origine du dioxygène présent dans l'atmosphère des planètes
- ☐ D. Source de la chaleur indispensable à la vie sur la Terre
- ☐ E. Aucune de ces réponses n'est bonne

105 **Comment s'appelle la zone plus ou moins visqueuse d'où remonte le magma ?**

- ☐ A. Le manteau
- ☐ B. La croûte terrestre
- ☐ C. Le noyau externe
- ☐ D. Le noyau interne

106 **Une roche microlitique est :**

- ☐ A. Une roche éruptive constituée par le verre
- ☐ B. Une roche éruptive formée de gros cristaux et de petits cristaux contenus dans une pâte
- ☐ C. Une roche éruptive cristalline dont tous les cristaux sont visibles à l'œil nu

107 **Sur les pentes du volcan, les gaz qui sortent par les fissures sont :**

- ☐ A. Les fumerolles
- ☐ B. Les geysers
- ☐ C. Les soufflards

108 **Pour obtenir de la terre de bruyère, on ajoute aux débris de végétaux transformés en terreau :**

- ☐ A. De la potasse
- ☐ B. Du sable
- ☐ C. De la terre argileuse

109 **Les coraux vivent à des températures :**

- ☐ A. Inférieures à 20 °C
- ☐ B. Inférieures à 10 °C
- ☐ C. Supérieures à 20 °C

110 **Le cycle de la chaîne alimentaire commence avec :**

- ☐ A. Les herbivores
- ☐ B. Les prédateurs
- ☐ C. Les plantes

111 **On nomme les champignons responsables des fermentations :**

- ☐ A. Les levures
- ☐ B. Les moisissures
- ☐ C. Les bactéries

112 **En France, au début du XXe siècle, le phylloxéra a détruit :**

- ☐ A. Les vignobles
- ☐ B. Les champs de pomme de terre
- ☐ C. Les champs de blé
- ☐ D. Les champs de betteraves sucrières
- ☐ E. Aucune de ces réponses n'est bonne

113 Dans le tronc d'un arbre, quel est le tissu spécialisé qui assure la conduction de la sève élaborée des feuilles aux autres organes ?

- ☐ A. Le cœur
- ☐ B. Le bois
- ☐ C. Le liber
- ☐ D. Le périderme

114 Quelle plante n'est pas vasculaire ?

- ☐ A. L'algue
- ☐ B. La mousse
- ☐ C. La fougère

115 Quel végétal est dépourvu de chlorophylle ?

- ☐ A. La plante verte
- ☐ B. Le champignon
- ☐ C. L'algue

116 Quel est l'élément extérieur que les végétaux chlorophylliens utilisent avec le dioxyde de carbone pour la photosynthèse ?

- ☐ A. Le rayonnement du soleil
- ☐ B. L'oxygène
- ☐ C. L'eau
- ☐ D. La terre

117 Qui donne naissance au bourgeon ?

- ☐ A. Le tégument
- ☐ B. Le cotylédon
- ☐ C. La radicule
- ☐ D. La gemmule

118 Dans une fleur, les organes mâles sont :

- ☐ A. Les étamines
- ☐ B. Le pistil
- ☐ C. Les sépales
- ☐ D. Les pétales

119 Chassez l'intrus :

- ☐ A. Le cèpe
- ☐ B. Le bolet
- ☐ C. La fougère
- ☐ D. La morille

120 Comment appelle-t-on une plante qui aime le sel ?

- ☐ A. Salophile
- ☐ B. Halophile
- ☐ C. Selophile

121 Laquelle de ces plantes n'est pas aquatique ?

- ☐ A. Le lotus
- ☐ B. Le nénuphar blanc
- ☐ C. L'amaryllis
- ☐ D. Aucune de ces réponses n'est bonne

122 Quelle est la définition la plus complète d'une plante carnivore ?

- ☐ A. Végétal qui se nourrit d'insectes morts et capable de les assimiler pour subvenir à ses besoins
- ☐ B. Végétal qui attire et capture des proies afin d'éviter que ces proies nuisent à sa croissance
- ☐ C. Végétal muni de dents qui se nourrit de protéines afin de subvenir à ses besoins
- ☐ D. Végétal capable d'attirer et de capturer des proies puis d'en assimiler tout ou une partie afin de subvenir à ses besoins

123 Quel légume est aussi appelé « bringelle » à la Réunion ?

- ☐ A. L'aubergine
- ☐ B. La carotte
- ☐ C. La tomate
- ☐ D. Aucune de ces réponses n'est bonne

124 Quel est le nom plus connu du gommier ?

- ☐ A. L'eucalyptus
- ☐ B. Le caoutchouc
- ☐ C. Le séquoia
- ☐ D. Aucune de ces réponses n'est bonne

125 Son vrai nom est *euterpe oléracea*, on l'appelle aussi pinot ou wassei, c'est un :

- ☐ A. Palmier
- ☐ B. Conifère
- ☐ C. Baobab

126 Un chêne-liège capte le CO_2 :

- ☐ A. 2 fois moins que les autres arbres
- ☐ B. 2 fois plus que les autres arbres
- ☐ C. 3 fois plus que les autres arbres

127 Quel arbre fruitier produit des bigarreaux ?

- ☐ A. Le pommier
- ☐ B. Le cerisier
- ☐ C. L'oranger

128 Quel est l'intrus ?

- ☐ A. Carotte
- ☐ B. Laitue
- ☐ C. Pomme de terre
- ☐ D. Betterave

129 Quel est l'intrus ?

- ☐ A. Pois
- ☐ B. Fèves
- ☐ C. Lentilles
- ☐ D. Haricots
- ☐ E. Champignons

130 La tomate appartient à la famille des :

- ☐ A. Solanacées
- ☐ B. Poacées
- ☐ C. Lauraceae

131 Les orties et les pissenlits sont des plantes comestibles :

- ☐ A. Vrai
- ☐ B. Faux
- ☐ C. Cela dépend de la variété de chacune des ces plantes

132 Une eau dure est :

- ☐ A. Une eau non adoucie
- ☐ B. Une eau sans calcaire
- ☐ C. Une eau riche en calcaire et sels minéraux

133 Les dinosaures ont disparu il y a :

- ☐ A. 65 millions d'années
- ☐ B. 20 millions d'années
- ☐ C. 100 millions d'années

134 Quel oiseau, dans les montagnes d'Europe, peut vivre à des altitudes supérieures à 2 000 mètres ?

- ☐ A. La mouette
- ☐ B. Le crave
- ☐ C. Le busard
- ☐ D. L'épervier

135 Lequel de ces noms ne désigne pas une variété de chouette ?

- ☐ A. Roussette
- ☐ B. Chevêche
- ☐ C. Lapone
- ☐ D. Effraie

136 Les (…) vivent dans des eaux claires et vives, on les trouve principalement en Amérique du Nord, en Europe dans le nord de l'Asie et dans les rivières de l'Atlas au Maroc. Elles ont été également introduites en Australie et en Nouvelle-Zélande au XIXe siècle. Selon les espèces, la durée de vie peut varier de 7 ans à plusieurs dizaines d'années. Certains individus atteignent une trentaine de kilogrammes (source : Wikipedia). Remplacez (…)

- ☐ A. truites
- ☐ B. sardines
- ☐ C. thons
- ☐ D. saumons

137 Parmi ces animaux, lesquels sont des mammifères marins ?

- ☐ A. Le cachalot
- ☐ B. L'orque
- ☐ C. La loutre
- ☐ D. Le requin

138 Qui possède des défenses ?

- ☐ A. Le morse
- ☐ B. Le phoque
- ☐ C. L'éléphant
- ☐ D. Le narval

139 Quel animal chante ?

- ☐ A. La baleine
- ☐ B. La colombe
- ☐ C. Le geai

140 A quoi reconnaît-on un cheval zain ?

- ☐ A. Il est en excellente santé
- ☐ B. Il est noir sans aucun poil blanc
- ☐ C. Il a les dents jaunes
- ☐ D. Il est dressé

141 Comment s'appelle la toilette du cheval ?

- ☐ A. Le décrottage
- ☐ B. Le pansage
- ☐ C. L'époussetage

142 Quelle sorte d'animal est le chien de prairie ?

- ☐ A. Un chien sauvage
- ☐ B. Un rongeur
- ☐ C. Un félin

143 Quel est le plus gros mammifère au monde ?

- ☐ A. L'éléphant d'Asie
- ☐ B. L'éléphant d'Afrique
- ☐ C. La baleine bleue
- ☐ D. Aucune de ces réponses n'est bonne

144 Quel mammifère pond des œufs ?

- ☐ A. L'ornithorynque
- ☐ B. Le crocodile
- ☐ C. Aucun mammifère ne pond des œufs
- ☐ D. Aucune de ces réponses n'est bonne

145 Comment s'appelle le petit du chameau ?

- ☐ A. Le chamois
- ☐ B. Le chamoteau
- ☐ C. Le chamelon
- ☐ D. Le lapereau

146 Quel est le mammifère le plus léger au monde, pesant seulement 2 grammes ?

☐ A. La musaraigne étrusque
☐ B. Le gecko
☐ C. La taupe marsupiale
☐ D. Aucune de ces réponses n'est bonne

147 Parmi ces propositions, laquelle n'est pas un sous-ordre de la catégorie des reptiliens ?

☐ A. Les crocodiliens
☐ B. Les squamates
☐ C. Les testudinés
☐ D. Les squaliformes

148 Parmi ces quatre espèces, laquelle n'est pas une espèce disparue ?

☐ A. Le loup de Tasmanie
☐ B. Le castor géant d'Amérique
☐ C. Le lynx
☐ D. Le dodo

149 Parmi ces insectes, lesquels sont particulièrement venimeux :

☐ A. La fourmi de feu
☐ B. L'avette
☐ C. Le centipède
☐ D. La chenille lonomia

150 Les guêpes construisent leurs nids avec :

☐ A. De la cire
☐ B. Des fibres végétales
☐ C. Des déchets organiques

CORRIGE

Les réponses en bleu foncé font l'objet d'un complément de réponse après ce corrigé.

1 1927

2 Cosmologie

3 Cosmogonie

4 Un ensemble d'étoiles, de gaz, de poussières et de matière noire

5 La matière noire est un trou noir

6 Vrai

7 Hélicoïdale

8 Une planète hors de notre système solaire

9 150 millions de km

10 10 000 milliards de kilomètres

11 Une comète

12 Une étoile géante

13 Une planète

14 Un an

15 8

16 Uranus

17 Jupiter

18 Mercure

19 Neptune

20 Vénus

21 Pluton

22 Uranus

23 C'est un satellite naturel de la Terre – La température de la lune au Soleil est d'environ 100 °C – La température de la Lune à l'ombre est d'environ – 150 °C

24 Eris, Pluton

25 L'Etoile du berger

26 Gazeuse

27 Mercure

28 600

29 D'une éruption volcanique

30 1906

31 Mars 1978

32 Pennsylvanie

33 L'assèchement de la mer d'Aral

34 Bhopal

35 L'explosion du cœur du réacteur de la centrale nucléaire

36 Katrina

37 Haiyan

38 33

39 Dans le golfe du Mexique

40 Un grave accident nucléaire

41 Environ 100

42 Catastrophe du Pinatubo → Eruption d'un volcan philippin
Catastrophe de Tchernobyl → Accident dans une usine nucléaire ukrainienne
Catastrophe de l'Amoco Cadiz → Marée noire sur les côtes bretonnes
Catastrophe de Bhopal → Accident dans une usine chimique indienne

43 Un raz-de-marée

44 Un soulèvement ou un abaissement du terrain dans une zone limitée

45 La pluie, la neige ou le brouillard pollués par des composés soufrés et azotés

46 Le saturnisme

47 En théorie, un nombre illimité

48 Pallier les catastrophes naturelles ou les accidents techniques

49 Fipol

50 Le 22 avril

51 L'opération Earth Hour

52 Berne

53 Le conservatoire du littoral

54 Les constructions, les campings et les caravanings partout à moins de 100 mètres du rivage

55 Vancouver

56 Dans les années quatre-vingt

57 La conférence de Rio

58 L'Antarctique

59 Le protocole de Kyoto sur la réduction des émissions de gaz à effet de serre

60 Les Etats-Unis

61 Constituer une meilleure connaissance sur le changement climatique

62 Elle intervient en matière de protection de l'environnement et de maîtrise de l'énergie

63 Copenhague

64 20 %

65 La qualité de l'air, comme l'eau, fait partie du patrimoine commun de la nation – Est reconnu par la loi le droit pour chacun de respirer un air qui ne nuise pas à sa santé – La commune a la responsabilité principale en matière d'élimination des déchets ménagers

66 Le réchauffement de la planète

67 Les émissions de gaz carbonique

68 Qui ne s'épuisent pas

69 Toutes les solutions proposées sont bonnes

70 Le bois, La géothermie, Le solaire

71 Le vent

72 Un mode de fertilisation, L'action de brûler la couche herbue du sol

73 Le soja

74 2022

75 12 742 km

76 4,54 milliards d'années

77 L'étude des déformations des roches

78 Du quartz

79 Poreuse

80 Le granite

81 Magmatique

82 Le pétrole

83 Le basalte

84 Les polypiers

85 Le kaolin

86 Métamorphique

87 Schiste

88 En Bretagne

89 Glaciers suspendus

90 Les blocs de glace formés par la fracturation d'un glacier

91 Du bassin d'alimentation

92 Les blocs erratiques

93 Les tables glaciaires

94 Le dépôt de carbonate de chaux laissé par les eaux d'infiltration calcaires

95 Les fjords

96 La vallée du Drac (aux environs de La Mure)

97 La taïga

98 Au pied de la falaise

99 Les Hautes-Alpes

100 Des fosses sous-marines

101 La Soufrière

102 L'Etna

103 Le Puy de Dôme

104 Preuve de l'activité interne d'une planète

105 Le manteau

106 Une roche éruptive formée de gros cristaux et de petits cristaux contenus dans une pâte

107 Les fumerolles

108 Du sable

109 Supérieures à 20 °C

110 Les plantes

111 Les levures

112 Les vignobles

113 Le liber

114 L'algue

115 Le champignon

116 Le rayonnement du soleil

117 La gemmule

118 Les étamines

119 La fougère

120 Halophile

121 L'amaryllis

122 Végétal capable d'attirer et de capturer des proies puis d'en assimiler tout ou une partie afin de subvenir à ses besoins

123 L'aubergine

124 L'eucalyptus

125 Palmier

126 2 fois plus que les autres arbres

127 Le cerisier

128 Laitue

129 Champignons (ce ne sont pas des légumineuses)

130 Lauraceae

131 Vrai

132 Une eau riche en calcaire et sels minéraux

133 65 millions d'années

134 Le crave

135 Roussette

136 Truites

137 Le cachalot, L'orque, La loutre

138 Le morse, L'éléphant, Le narval

139 La baleine

140 Il est noir sans aucun poil blanc

141 Le pansage

142 Un rongeur

143 La baleine bleue

144 L'ornithorynque

145 Le chamelon

146 La musaraigne étrusque

147 Les squaliformes

148 Le lynx

149 La fourmi de feu, L'avette, Le centipède, La chenille lonomia

150 Des fibres végétales

COMPLEMENTS DE REPONSES

15 Le Système solaire est le nom donné à notre système planétaire, composé du Soleil et de l'ensemble des objets célestes qui l'accompagnent et tournent autour de lui. Ceci inclut les planètes, leurs satellites, les comètes, les astéroïdes...

L'âge du Système solaire est estimé à 4,5 milliards d'années, environ.

Avant 2006, le Système solaire comptait 9 planètes car pendant 76 ans, Pluton était considérée comme une planète. Mais le 24 août 2006, l'Union Astronomique internationale la classa dans la catégorie des planètes naines.

Notre système solaire compte donc huit planètes gravitant autour du Soleil : (dans l'ordre d'éloignement du Soleil) Mercure, Vénus, Terre, Mars, Jupiter, Saturne, Uranus et Neptune.

Jupiter est la plus grosse planète du Système solaire, plus volumineuse et massive que toutes les autres planètes réunies, et la cinquième planète par sa distance au Soleil (après Mercure, Vénus, la Terre et Mars).

Pour retenir le nom et l'ordre des planètes, il suffit de mémoriser la phrase: « Me Voici Toute Mouillée, Je Suivais Un Nuage », la première lettre de chaque mot correspond à la première lettre du nom d'une planète.

Les planètes de notre système solaire portent toutes un nom de dieu ou de déesse de la mythologie romaine, sauf la Terre, même si elle est parfois appelée Gaïa. Chaque planète fait le tour du Soleil à un rythme différent. Par exemple, la Terre en fait le tour en 365 jours et 6 heures.

Les planètes sont de deux types très différents : les planètes rocheuses et les planètes gazeuses.

Les planètes rocheuses (telluriques)

Les planètes rocheuses, classiquement appelées telluriques sont constituées essentiellement de roches d'où le nom de la catégorie. Les planètes rocheuses sont, dans l'ordre de distance depuis la plus proche du Soleil : Mercure, Vénus, la Terre et Mars.

Les planètes gazeuses

Les planètes gazeuses, encore appelées géantes gazeuses sont constituées essentiellement de gaz d'où le nom de planètes gazeuses. Les planètes gazeuses sont, dans l'ordre de distance depuis la plus proche du Soleil : Jupiter, Saturne, Uranus et Neptune.

23 La Lune est l'unique satellite de la Terre. Elle est le cinquième plus grand satellite du Système solaire, avec un diamètre de 3 474 km. La distance moyenne séparant la Terre de la Lune est de 381 500 km.

La Lune est le premier et le seul objet non terrestre visité par l'Homme. Le premier à y avoir marché est l'astronaute américain Neil Armstrong le 21 juillet 1969. Après lui, onze autres hommes ont foulé le sol de la Lune, tous membres du programme Apollo.

28 A la mi-janvier 2014, on connaît plus de 600 satellites naturels dans le Système solaire dont au moins 220 dont l'existence est confirmée. 173 satellites confirmés orbitent autour des planètes du Système solaire : Jupiter en compte 67, Saturne 62 (plus environ 150 lunes mineures), Uranus 27, Neptune 14, Mars 2 et la Terre 1. On connaît 9 lunes orbitant autour de planètes naines : 5 pour Pluton, 2 pour Hauméa, 1 pour Makémaké et 1 pour Eris. Environ 200 autres (dont au moins une quarantaine ayant une désignation provisoire ou définitive) ont été découvertes autour d'astéroïdes et autres petits corps. Certaines études estiment que 15 % des objets transneptuniens possèdent au moins un satellite.

Les lunes du Système solaire d'un diamètre supérieur à 2 000 km sont la Lune (satellite de la Terre), les lunes galiléennes de Jupiter (Io, Europe, Ganymède et Callisto), Titan (lune de Saturne) et Triton (lune de Neptune). Toutes ces lunes sont plus grandes que Pluton. Ganymède et Titan sont plus grandes que Mercure, la plus petite des planètes du Système solaire.

Les géantes gazeuses possèdent des systèmes entiers de satellites naturels, dont plusieurs ont une taille comparable à la Lune. Parmi les planètes internes, Mercure et Vénus n'ont aucun satellite, la Terre en possède un unique de grande taille (la Lune) et Mars deux lunes minuscules (Phobos et Déimos). Parmi les planètes naines, Cérès n'en possède pas (au contraire de nombreux autres objets de la ceinture d'astéroïdes) ; Eris en possède un (Dysnomie) ; Makémaké en possède également un (S/2015 (136472) 1) ; Hauméa deux (Hi'iaka et Namaka) ; Pluton cinq (Nix, Hydre, Charon, Kerbéros et Styx). Les candidats parmi d'autres au statut de planète naine Orcus et Quaoar en possèdent aussi chacun un.

33 Dans les années 1960, la mer d'Aral, encore alimentée par les puissants fleuves Amou-Daria et Syr-Daria, formait la quatrième plus vaste étendue lacustre du monde, avec une superficie de 66 458 km^2. En 2000, cette superficie était divisée par deux.

Cet assèchement, dû au détournement des deux fleuves pour produire du coton en masse, est une des plus importantes catastrophes environnementales du XXe siècle. En août 2005 s'est achevée la construction de la digue de Kokaral qui sépare la petite partie nord de la mer d'Aral au Kazakhstan, la Petite mer d'Aral, du reste de la dépression, la préservant ainsi de l'assèchement. Depuis lors, la partie sud initialement appelée Grande Aral ne reçoit pratiquement plus d'eau de surface ; en grande partie asséchée, elle est généralement divisée en trois lacs principaux : un profond bassin occidental, parfois relié à un bassin oriental peu profond et souvent à sec, et le petit lac de Barsakelmes.

36 L'ouragan Katrina, de la saison cyclonique 2005 dans l'océan Atlantique nord, est l'un des ouragans les plus puissants de l'histoire des Etats-Unis et l'un des six ouragans les plus forts jamais enregistrés. Environ 1 836 personnes sont mortes, victimes de l'ouragan et des très fortes inondations, faisant de Katrina l'ouragan le plus meurtrier depuis Mitch en 1998. Les dégâts ont été estimés à plus de 108 milliards de dollars (2005) soit environ le quadruple de ceux causés par Andrew en 1992.

Cet ouragan est l'un des plus étendus (rayon de plus de 650 km dont 190 de vents de force cyclonique et 340 de tempête tropicale).

Il a atteint les côtes à proximité de La Nouvelle-Orléans et de Biloxi le 29 août 2005 vers 11 heures (heure locale) évitant partiellement la ville de La Nouvelle-Orléans en bifurquant au dernier moment vers l'est. Son œil a eu une largeur de 40 kilomètres et ses vents ont pu atteindre 280 km/h.

L'évacuation de la ville a été tentée en raison des risques de submersion d'une partie de celle-ci, bâtie sous le niveau de la mer. Au large, des vagues de 11 mètres ont pu être observées.

Le 28 au soir, Katrina avait déjà fait neuf morts. Après son passage, plusieurs Etats des Etats-Unis se sont retrouvés sous les eaux. Katrina a ainsi amené la désolation sur La Nouvelle-Orléans et toute la Louisiane.

L'ouragan Katrina a déjà eu un impact économique significatif mais d'autres sur la durée sont encore prévus. La plupart des experts s'accordent à penser que Katrina sera la plus coûteuse catastrophe naturelle de l'histoire des Etats-Unis.

Le 15 février 2006, face aux critiques et aux manifestations, l'administration Bush a annoncé qu'elle demanderait au congrès une rallonge de 4,2 milliards de dollars pour indemniser les victimes des cyclones Katrina et Rita. Cette somme devrait donc s'ajouter aux 7,7 milliards déjà accordés en 2005.

40 L'accident nucléaire de Fukushima est la plus grave catastrophe nucléaire du XXIe siècle, classée au niveau 7, le plus élevé sur l'échelle internationale des événements nucléaires (INES), au même degré de gravité que la catastrophe de Tchernobyl (1986), en particulier par le volume important des rejets radioactifs.

L'accident nucléaire de Fukushima est ce qu'on appelle au Japon un Genpatsu-shinsai, un accident combinant les effets d'un accident nucléaire et d'un tremblement de terre. Le tsunami a mis hors-service le système de refroidissement principal de la centrale nucléaire de Fukushima Daiichi et les réacteurs 1, 2 et 3 sont entrés en fusion alors que la piscine de désactivation du réacteur 4 était en surchauffe.

Cet accident a des répercussions importantes, en particulier dans les domaines de l'environnement et la santé dans le monde, l'industrie nucléaire dans le monde ou l'industrie nucléaire au Japon.

Il présente surtout la particularité de poser de nouveaux enjeux pour le Japon, notamment en ce qui concerne son approvisionnement électrique, l'état de la centrale nucléaire de Fukushima Daiichi et le traitement sanitaire et social de la catastrophe.

Mise hors service depuis l'accident, la centrale nucléaire de Fukushima Daiichi devra être démantelée sur une durée évaluée initialement à quarante ans, pour un montant estimé en 2016 à environ 60 milliards d'euros (8 200 milliards de yens).

Le vendredi 11 mars 2011 à 5 h 46 min 23 s UTC, soit 14 h 46 min 23 s heure locale, a lieu le plus important séisme mesuré au Japon. Son épicentre se situe à 130 km à l'est de Sendai, chef-lieu de la préfecture de Miyagi, dans la région de Tohoku, situé à environ 300 km au nord-est de Tokyo.

Le séisme a entraîné un arrêt automatique des réacteurs en service, la perte accidentelle de l'alimentation électrique et le déclenchement des groupes électrogènes. L'observation d'émissions de xénon, avant même la première dépressurisation volontaire du 1er réacteur, indique des dommages structurels probables dans la partie nucléaire des installations immédiatement après le séisme.

Cinquante-et-une minutes plus tard, un tsunami provoqué par le tremblement de terre aborde la côte orientale. La vague atteint une hauteur estimée à plus de 30 m par endroits, parcourant jusqu'à 10 km à l'intérieur des terres, ravageant près de 600 km de côtes et détruisant partiellement ou totalement de nombreuses villes et zones portuaires.

A la suite du tsunami provoqué par le séisme, des groupes électrogènes de secours sont tombés en panne. Des débris ont pu obstruer des prises d'eau. Ces défaillances, couplées à plusieurs erreurs humaines aussi bien de fond que pratiques, ont causé l'arrêt des systèmes de refroidissement de secours des réacteurs nucléaires ainsi que ceux des piscines de désactivation des combustibles irradiés. Le défaut de refroidissement des réacteurs a induit la fusion totale du cœur d'au moins deux réacteurs nucléaires puis d'importants rejets radioactifs.

43 Un tsunami, du japonais *tsu nami* – « vague du port » –, est une série d'ondes de très grande période se propageant à travers un milieu aquatique (océan, mer ou lac), issues du brusque mouvement d'un grand volume d'eau, provoqué généralement par un séisme, un glissement de terrain sous-marin ou une explosion volcanique, et pouvant se transformer, en atteignant les côtes, en vagues destructrices déferlantes de très grande hauteur.

En eau profonde, les vagues du tsunami ont une période (temps séparant chaque crête) se comptant en dizaines de minutes, et peuvent voyager à plus de 800 km/h, tout en ne dépassant pas quelques décimètres de hauteur. Mais à l'approche des côtes, leur période et leur vitesse diminuent, tandis que leur amplitude augmente, leur hauteur pouvant dépasser 30 m. Elles peuvent alors submerger le rivage, inondant les terrains bas, pénétrant profondément dans les terres, en emportant tout sur leur passage, dans une succession de flux et de reflux.

Les tsunamis font partie des catastrophes les plus destructrices de l'histoire. Sur les quatre derniers millénaires, ils totalisent plus de 600 000 victimes, à travers au moins 279 événements répertoriés.

Le tsunami de 2004 dans l'Océan Indien est la catastrophe la plus meurtrière des 30 dernières années, avec plus de 250 000 victimes.

En français, le terme de raz-de-marée est couramment employé pour désigner les tsunamis.

C'est toutefois un terme imprécis, car il regroupe sous la même appellation les tsunamis et d'autres phénomènes de submersion marine. Les scientifiques ont donc officialisé en 1963 le terme « tsunami », sujet de cet article.

Dans la mythologie grecque, à l'occasion de son témoignage sur la vengeance des dieux contre le roi de Troie Laomédon (~XIVe siècle av. J.-C.) et le sacrifice d'Hésione, le poète romain Ovide identifie le monstre marin divin Céto à une inondation. D'autres auteurs, comme Valérius Flaccus y joigne un bruit de tremblement de terre. L'un dans l'autre suggérant un tsunami.

Des tsunamis surviennent quasiment chaque année dans le monde. Les plus violents peuvent changer le cours de l'histoire. Par exemple, des archéologues ont avancé qu'un raz-de-marée en mer Méditerranée a ravagé la côte nord de la Crète, il y a un peu plus de 3 500 ans ; ce désastre aurait marqué le début de la décadence de la civilisation minoenne, l'une des plus raffinée de l'Antiquité.

55 Greenpeace (littéralement « paix verte ») est une ONGI de protection de l'environnement présente dans plus de 55 pays à travers le monde. Fondé en 1971 par Jim Bohlen et Irving Stowe après le mouvement *Don't Make a Wave Committee* visant à s'opposer aux essais nucléaires aux Etats-Unis, Greenpeace est un groupe de plaidoyer luttant contre ce qu'il estime être les plus grandes menaces pour l'environnement et la biodiversité sur la planète.

Fin 2016, l'ONG internationale déclare compter plus de 3 millions d'adhérents et employer 2 900 personnes, pour un budget global d'environ 342 millions d'euros. En 2015, elle comptait 2 millions d'adhérents.

Ses recettes proviennent exclusivement des dons de ses adhérents (notamment à travers des campagnes dites de *street fundraising*) et de fondations.

Dès sa création, l'organisation a utilisé des navires pour mener des campagnes à travers toutes les mers du globe. S'il lui arrive d'affréter des bateaux, elle en a également acheté qu'elle transforme pour mener à bien ses missions. Le plus emblématique est certainement le Rainbow Warrior coulé en 1985 lors d'un attentat, organisé dans le cadre des opérations des services secrets français visant à éviter la déstabilisation d'essais nucléaires.

66 L'effet de serre est un processus naturel résultant de l'influence de l'atmosphère sur les différents flux thermiques contribuant aux températures au sol d'une planète.

La prise en compte de ce mécanisme est nécessaire pour expliquer les températures observées à la surface de la Terre et de Vénus.

Dans le système solaire, l'essentiel de l'énergie thermique reçue par une planète provient du rayonnement solaire et, en l'absence d'atmosphère, une planète rayonne idéalement comme un corps noir, l'atmosphère d'une planète absorbe et réfléchit une partie de ces rayonnements modifiant ainsi l'équilibre thermique. Ainsi l'atmosphère isole la Terre du vide spatial comme une serre isole les plantes de l'air extérieur.

L'usage de l'expression effet de serre s'est étendu dans le cadre de la vulgarisation du réchauffement climatique causé par les gaz à effet de serre qui bloquent et réfléchissent une partie du rayonnement thermique.

L'expression synthétique effet de serre provient de la vulgarisation au début des années 1980 des résultats alarmants des recherches climatologiques. Alors que les climatologues analysent l'impact du dioxyde de carbone sur le climat sans parler d'effet de serre, les premières alertes pour infléchir les décisions politiques sont lancées au début des années 1980 en utilisant cette expression, reprise par la suite dans des rapports de plus en plus médiatisés, comme le rapport Brundtland (1987). En France, Jean-Marc Jancovici et Hervé Le Treut ont vulgarisé les risques liés à l'effet de serre depuis les années 1980.

102 L'Etna est un volcan d'Italie situé en Sicile, à proximité de la ville de Catane, la deuxième ville la plus peuplée de Sicile. Culminant à 3 330 mètres d'altitude, il est le plus haut volcan actif d'Europe et l'un des plus actifs du monde avec presque cent éruptions au cours du XXe siècle. Dernière éruption le 3 septembre 2013.

Sa forte activité éruptive, les coulées de lave très fluides et la proximité de zones densément peuplées ont décidé les volcanologues à l'inclure dans la liste des volcans de la décennie.

L'origine mythologique de l'Etna est liée à la gigantomachie : le géant Encelade, puni par la déesse Athéna pour avoir déserté le champ de bataille contre les Titans, se retrouve écrasé sous l'île de Sicile où il reste emprisonné ; une autre version l'attribue à Typhon. Les coulées de lave du volcan correspondent à son haleine de feu et il provoque des séismes d'origine volcanique lorsqu'il se retourne.

La mythologie grecque situe, par ailleurs, les forges du dieu Héphaïstos sous l'Etna où il fabrique les armes des dieux de l'Olympe tels que le trident de Poséidon ou le foudre de Zeus avec l'aide des cyclopes forgerons, les bruits sourds s'échappant du volcan correspondant au martèlement des outils sur les enclumes.

Les Romains pensaient, quant à eux, que Vulcain, l'équivalent d'Héphaïstos dans le panthéon romain, se trouvait dans l'île de Vulcano, dans l'archipel des Iles Eoliennes, au nord de la Sicile.

Selon le poète grec Pindare qui désigne l'Etna comme la « colonne du ciel », Zeus a combattu puis enfermé le monstre Typhon, père de Cerbère et de la Chimère, sous l'Etna dont il cause les éruptions. Gardé par Héphaïstos, il portait des ailes d'aigle et avait cent têtes de dragon dont les yeux lancent des flammes.

L'Etna joue clairement un rôle aussi dans certains sites de la Sicile utilisés par les anciens pour leurs fonctions astronomiques pour établir les calendriers, les solstices, les équinoxes, etc. comme celui de l'Argimusco à Montalbano Elicona et Pizzo Vent à Fondachelli-Fantina.

Alexandre Dumas père raconte son ascension de l'Etna en 1835 dans *Le Speronare*, récit de voyage publié en 1842.

Guy de Maupassant raconte son ascension de l'Etna en 1885 dans *En Sicile*, chronique publiée en 1886 et intégrée en 1890 dans *La Vie errante*.

Georges Bataille, qui a fait l'ascension de l'Etna en 1937, reprend des pages de son journal rédigé à ce moment dans *Le Coupable*, ouvrage publié de façon posthume en 1961.

118 En biologie, chez les plantes à fleurs (angiospermes), la fleur constitue l'organe de la reproduction sexuée et l'ensemble des « enveloppes » qui l'entourent. Après la pollinisation, la fleur est fécondée et se transforme en fruit contenant les graines. Les fleurs peuvent être solitaires, mais elles sont le plus souvent regroupées en inflorescences.

Très tôt, les fleurs ont attiré l'attention de l'homme, qui les utilise et les cultive pour la parure (couronne de fleurs), pour l'ornementation intérieure (fleurs coupées, bouquets, ikebana) et extérieure (jardins, plates-bandes, etc.) ainsi que pour leurs odeurs et pigments. Les fleurs ont souvent inspiré les artistes, peintres, poètes, sculpteurs et décorateurs. La culture des fleurs est la floriculture, une branche de l'horticulture.

La plupart des fleurs sont hermaphrodites, c'est-à-dire qu'elles ont à la fois des organes reproducteurs mâles et femelles : elles ont un pistil et des étamines. Les étamines sont la partie mâle (qui libère du pollen), et le pistil la partie femelle (qui reçoit le pollen).

Certaines plantes comme le pistachier ou le kiwi ont des fleurs qui ne sont pas hermaphrodites : elles sont soit mâles, soit femelles, les scientifiques parlent de fleurs gonochoriques.

D'autres plantes comme l'avocatier ont des fleurs qui sont successivement mâles et femelles, on parle alors d'hermaphrodisme successif.

La fleur hermaphrodite est constituée de pièces florales insérées sur un réceptacle floral. Lorsque la fleur est complète, elle comprend quatre verticilles de pièces florales. De l'extérieur vers l'intérieur, on rencontre :

1. Le calice, formé par l'ensemble des sépales ;
2. La corolle, formée par l'ensemble des pétales ;
3. L'androcée, c'est-à-dire l'ensemble des étamines (partie mâle), qui produit le pollen ;
4. Le gynécée ou pistil, formé par l'ensemble des carpelles (partie femelle).

La présence de fleurs dans le paysage, la ville, l'environnement intérieur (chambre d'hôpital, classe, bureau, cellule de prison…) induit un sentiment et des réactions psychophysiologiques, qui varient selon les personnes, les cultures, les saisons, et les contextes, qu'on commence à pouvoir quantifier.

Par exemple, on a demandé à 119 étudiants (52 hommes et 67 femmes, âgés en moyenne de 21 ans, répartis en 3 groupes) de remplir une tâche en 10 minutes. Le premier groupe, de contrôle, devait remplir des pots avec de la terre. Le deuxième groupe devait repiquer des plantes non fleuries. Le troisième groupe devait repiquer des plants de la même espèce, mais en fleurs. Des tests ont été faits avant et après l'expérience mesurant les variations de l'humeur du sujet. Le ratio ondes alpha/ondes bêta avec les yeux fermés a considérablement augmenté sauf chez ceux qui ne manipulaient que de la terre. L'amplitude des ondes bêta avec les yeux ouverts a diminué chez ceux manipulant les plantes, et particulièrement les plantes fleuries de même que l'électromyogramme et la fréquence de clignotements des yeux.

Le sentiment de fatigue était significativement réduit chez ceux qui ont rempoté les plantes fleuries par rapport aux autres groupes, confirmant l'effet de relaxation physiologique que procurent les plantes fleuries, plus encore que les plantes non fleuries.

143 L'animal le plus gros (le plus lourd) de la planète est la baleine bleue, qui atteint en moyenne, pour 24 mètres de long, un poids de 110 tonnes. Le plus lourd spécimen mesuré pesait 190 tonnes, pour 30 mètres de long. Deux autres baleines bleues, de 33,3 m et 33,6 m, ont également pu être observées.

Des estimations réalisées par Cummings et Thompson (1971) suggèrent que les sons émis par la baleine bleue oscillent entre 155 et 188 décibels. Tous les groupes de baleines bleues font des appels d'une fréquence de base variant entre dix et quarante hertz, alors que la plus faible fréquence perceptible par l'homme est généralement de vingt hertz. Les appels de la baleine bleue durent entre dix et trente secondes. De plus on a enregistré des baleines bleues au large du Sri Lanka réalisant des chants sous la forme de répétitions de quatre notes durant environ deux minutes chacune, rappelant les célèbres chants des baleines à bosse. Ce phénomène n'ayant jamais été observé dans d'autres populations, cela pourrait être unique à la sous-espèce *B. m. brevicauda*.

On connaît assez mal le véritable rôle de ces vocalisations. Richardson et al. (1995) évoquent six raisons possibles :

- maintenir une distance inter-individu ;
- identifier l'espèce et l'individu ;
- transmettre des informations (alimentation, alerte, cour) ;
- organiser la vie sociale (appels entre mâles et femelles) ;
- localiser des caractéristiques topographiques ;
- localiser des ressources en nourriture.

Dans les zones de trafic maritime, les infrasons des chants de cétacés peuvent être pollués (Pollution sonore) par le bruit des navires. Pour pouvoir néanmoins capter et reconnaître ces chants dans le cadre des inventaires naturalistes un logiciel basé sur un processus similaire à ceux utilisés en imagerie (élimination du bruit de fond) a été mis au point (dans le Golfe du Saint-Laurent) au sein de l'Université du Québec.

144 L'Ornithorynque (*Ornithorhynchus anatinus*) est un animal semi-aquatique endémique de l'est de l'Australie, y compris la Tasmanie. C'est l'une des cinq espèces de l'ordre des monotrèmes, seul ordre de mammifères qui pond des œufs au lieu de donner naissance à des petits complètement formés (les quatre autres espèces sont des échidnés). C'est la seule espèce actuelle de la famille des *Ornithorhynchidae* et du genre *Ornithorhynchus* bien qu'un grand nombre de fragments d'espèces fossiles de cette famille et de ce genre aient été découverts.

L'apparence fantasmagorique de ce mammifère pondant des œufs, à la mâchoire cornée ressemblant au bec d'un canard, à queue évoquant un castor, qui lui sert à la fois de gouvernail dans l'eau et de réserve de graisse, et à pattes de loutre a fortement surpris les premiers explorateurs qui l'ont découvert ; bon nombre de naturalistes européens ont cru à une plaisanterie.

C'est l'un des rares mammifères venimeux : le mâle porte sur les pattes postérieures un aiguillon qui peut libérer du venin capable de paralyser une jambe humaine ou même de tuer un chien.

Les traits originaux de l'ornithorynque en font un sujet d'études important pour mieux comprendre l'évolution des espèces animales et en ont fait un des symboles de l'Australie : il a été utilisé comme mascotte pour de nombreux événements nationaux et il figure au verso de la pièce de monnaie de 20 cents australiens.

2. MYTHOLOGIES ET RELIGIONS

Ce chapitre est composé de **6 sections** pour un total de **220 questions**.

1. Mythologie grecque
2. Mythologie romaine
3. Autres mythologies et croyances
4. Les religions monothéistes
5. Religions polythéistes et philosophies religieuses
6. Les religions à travers le temps et le monde

[A SAVOIR !]

110 Les numéros de questions de ce type signifient qu'il n'y a qu'une seule et unique réponse juste à la question posée.

111 Les numéros de questions de ce type signifient qu'il y a **plusieurs (2 ou plus) réponses possibles justes à la question**.

[UN CONSEIL IMPORTANT]

Nous vous conseillons vivement de répondre à toutes les questions d'une section avant d'en découvrir les solutions. L'erreur consiste en effet généralement à traiter une question et à vérifier aussitôt la réponse parce que l'on veut s'assurer d'avoir trouvé la réponse juste ou parce que l'on est impatient de la découvrir dans le cas où on ne la connaît pas. Si vous souhaitez sérieusement progresser, vous devez absolument vous imprégner du thème traité par la section et répondre d'un trait à toutes les questions d'une section.

[QUELQUES MOTS SUR...]

1. La mythologie grecque [WIKIPEDIA]

La mythologie grecque, c'est-à-dire l'ensemble organisé des mythes provenant de la Grèce antique, se développe au cours d'une très longue période allant de la civilisation mycénienne jusqu'à la domination romaine. La mythologie grecque nous est parvenue grâce à un vaste ensemble de textes dont les plus anciens sont les épopées d'Homère et les poèmes d'Hésiode, principalement la Théogonie, mais aussi par les arts picturaux comme la céramique.

2. La mythologie romaine [WIKIPEDIA]

La mythologie romaine est l'ensemble des légendes et des mythes de la Rome antique.

D'origine indo-européenne, la mythologie romaine a emprunté au fil des siècles des conceptions religieuses et culturelles aux pays qui ont été peu à peu intégrés dans la sphère de Rome : la Grèce, l'Egypte, la Syrie, etc. Les Romains se sont appropriés puis ont adapté ces mythologies pour créer un ensemble syncrétique qui se manifeste dans la religion romaine.

Si on considère à tort la mythologie romaine comme négligeable par rapport à la mythologie grecque, c'est parce que les mythes romains portent principalement sur l'histoire de Rome, tandis que les mythes grecs sont axés sur les dieux et les héros.

3. Les autres mythologies et croyances [LAROUSSE]

Le développement des trois acceptions majeures de la croyance nous a fait passer de l'époque antique à l'époque classique. Or nous avons feint de croire que ce développement se bornait à exploiter le fonds grec de la notion et des notions avoisinantes.

4. Les religions monothéistes [WIKIPEDIA]

Un monothéisme est une religion qui affirme l'existence d'un Dieu unique et la transcendance de Dieu, créateur du monde. Dans cette acception exclusive, l'histoire des religions suit une définition précise. « Dans la mesure où l'on entend le monothéisme au sens strict (non seulement comme croyance en un seul Dieu, mais comme négation explicite de tous les autres dieux), il n'y a pour l'histoire des religions que quatre grandes religions monothéistes : la religion d'Israël, la religion de Zarathoustra (mazdéisme), le christianisme et l'islam.

5. Les religions polythéistes et philosophies religieuses [WIKIPEDIA]

Le polythéisme est un système religieux qui admet l'existence de plus d'un dieu. La religion polythéiste la plus répandue est l'hindouisme. Les religions répondant en première approche à ce critère depuis l'Antiquité jusqu'à nos jours sont nombreuses. Le terme, né dans l'ensemble judéo-chrétien pour les distinguer du monothéisme, constitue un qualificatif commode pour une classification large et peu précise, mais montre ses limites lors des études plus poussées. On prête en général aux divers dieux des relations de type familial ou social (subordonné/supérieur hiérarchique). L'ensemble des dieux d'une religion est appelé panthéon. Ces panthéons peuvent présenter des variantes ; il n'est pas rare que des groupes ayant les mêmes dieux ne leur prêtent pas exactement les mêmes relations. Ils ne sont pas figés, pouvant accueillir de nouvelles divinités ou admettre une redéfinition des rapports entre dieux.

6. Les religions dans l'Epoque moderne [WIKIPEDIA]

Depuis l'Antiquité jusqu'au seuil de l'Epoque moderne, le terme religion au singulier désignait une vertu. Avec Cicéron, Augustin ou Thomas d'Aquin, la religion pouvait ainsi se comprendre comme une disposition humaine à connaître une nature supérieure, lui rendre le culte qui convient et chercher à agir selon ses lois. La religion ainsi envisagée est présente partout où se trouve l'humanité et n'a pas d'assise territoriale particulière.

1. Mythologie grecque

151 Œdipe appartient à la famille des :

- ☐ A. Atrides
- ☐ B. Aréopages
- ☐ C. Erinnynes
- ☐ D. Labdacides

152 Agamemnon appartient à la famille des :

- ☐ A. Atrides
- ☐ B. Aréopages
- ☐ C. Erinnynes
- ☐ D. Labdacides

153 Dionysos est un dieu grec associé :

- ☐ A. A la guerre
- ☐ B. A l'harmonie
- ☐ C. Au désordre et à l'ivresse
- ☐ D. A la raison

154 Arès est un dieu grec associé :

- ☐ A. A la guerre
- ☐ B. A l'harmonie
- ☐ C. Au désordre et à l'ivresse
- ☐ D. A la raison

155 Quel est le nom grec de Vénus ?

- ☐ A. Aphrodite
- ☐ B. Athéna
- ☐ C. Déméter
- ☐ D. Perséphone

156 Parmi ces dieux, lequel n'est pas grec ?

- ☐ A. Apollon
- ☐ B. Neptune
- ☐ C. Dionysos
- ☐ D. Pan

157 Dans la mythologie gréco-romaine, les dieux se réunissent sur :

- ☐ A. Le mont Sinaï
- ☐ B. Le Vésuve
- ☐ C. Le mont Olympe

158 Comment s'appelle le breuvage des dieux qui rendait immortel ?

- ☐ A. La cervoise
- ☐ B. L'hydromel
- ☐ C. Le nectar
- ☐ D. L'ambroisie

159 Le père de Zeus est :

- ☐ A. Ouranos
- ☐ B. Gaïa
- ☐ C. Cronos
- ☐ D. Rhéa
- ☐ E. Héra

160 Quel lien Héra a-t-elle avec Zeus ?

- ☐ A. Elle était sa femme
- ☐ B. Elle était sa mère
- ☐ C. Elle était sa sœur

161 Lequel de ces dieux n'est pas le frère de Zeus ?

- ☐ A. Hadès
- ☐ B. Poséidon
- ☐ C. Hermès

162 Quel est le lien de parenté de Déméter avec Zeus ?

- ☐ A. Elle est son épouse
- ☐ B. Elle est sa mère
- ☐ C. Elle est sa sœur

163 D'où Athéna naît-elle ?

- ☐ A. De la jambe de Zeus
- ☐ B. De la cuisse de Zeus
- ☐ C. Du crâne de Zeus
- ☐ D. De l'omoplate de Zeus

164 Quel est l'emblème d'Athéna ?

- ☐ A. Le hibou
- ☐ B. La chouette
- ☐ C. L'aigle

165 Dans la mythologie grecque, Pégase est :

- ☐ A. Un taureau ailé
- ☐ B. Un homme avec une tête d'aigle
- ☐ C. Un géant
- ☐ D. Un cheval ailé

166 Comment s'appelle dans la mythologie grecque le dieu romain Mercure ?

- ☐ A. Apollon
- ☐ B. Dionysos
- ☐ C. Hermès
- ☐ D. Poséidon

167 Qui est dans la mythologie grecque le dieu du chant, de la musique et de la poésie ?

- ☐ A. Dionysos
- ☐ B. Hermès
- ☐ C. Poséidon
- ☐ D. Apollon

168 Quel dieu de la mythologie grecque est l'inventeur des poids et des mesures, le gardien des routes et des carrefours, des voyageurs et des voleurs ?

- ☐ A. Apollon
- ☐ B. Dionysos
- ☐ C. Hermès
- ☐ D. Poséidon

169 Qui est Poséidon ?

- ☐ A. Le dieu grec des mers et des océans en furie
- ☐ B. Le dieu grec gardien des routes et des carrefours, des voyageurs et des voleurs
- ☐ C. Le dieu des morts et des enfers
- ☐ D. Le dieu du feu

170 Que donne Prométhée aux hommes, cet acte lui valant le châtiment de Zeus ?

- ☐ A. La science
- ☐ B. La longévité
- ☐ C. L'amour
- ☐ D. Le feu

171 Il est condamné à faire rouler éternellement un rocher sur la pente d'une montagne. Au sommet, le rocher retombe et il doit recommencer son labeur. Ce personnage de la mythologie grecque a donné son nom à un mythe souvent repris en littérature. Camus, par exemple, en a fait le thème central de l'une de ses œuvres. De qui s'agit-il ?

- ☐ A. Narcisse
- ☐ B. Œdipe
- ☐ C. Sisyphe
- ☐ D. Pygmalion

172 Quelle est la mission d'Atlas ?

- ☐ A. Il doit protéger le jardin des Hespérides
- ☐ B. Il doit supporter le ciel sur ses épaules
- ☐ C. Il garde l'entrée des enfers

173 Qui est responsable de tous les maux de la Terre ?

- ☐ A. Pandore qui trop curieuse ouvrit l'amphore dans laquelle Zeus avait enfermé toutes les calamités
- ☐ B. Zeus qui voulut punir les hommes qui ne le respectaient plus assez et décida de leur envoyer toutes sortes de maux
- ☐ C. Hercule, qui échoua à effectuer son treizième travail

174 Quel est le supplice de Tantale ?

- ☐ A. Rester éternellement assoiffé et affamé
- ☐ B. Mourir et renaître sans cesse
- ☐ C. Avoir le foie dévoré par un aigle

175 Qui donne à Thésée le fil qui lui permet de retrouver son chemin dans le labyrinthe après avoir libéré les Athéniens du joug du minotaure ?

- ☐ A. Ariane
- ☐ B. Aphrodite
- ☐ C. Pénélope

176 Quel héros de la mythologie grecque provoque la mort du Sphinx en répondant à son énigme ?

- ☐ A. Œdipe
- ☐ B. Achille
- ☐ C. Jason
- ☐ D. Sisyphe

177 Qui vainc Méduse ?

- ☐ A. Achille
- ☐ B. Persée
- ☐ C. Hercule

178 L'Iliade d'Homère raconte :

- ☐ A. La destruction de Carthage
- ☐ B. La guerre de Troie
- ☐ C. La naissance de Rome
- ☐ D. Le voyage de retour d'Ulysse

179 Pourquoi le talon d'Achille est-il son point faible ?

- ☐ A. C'était le seul endroit non protégé par son armure
- ☐ B. Lorsque Thétis l'a plongé dans le fleuve des enfers pour le rendre invulnérable, elle le tenait par cette partie du corps
- ☐ C. Il avait été mordu jeune par un serpent

180 Selon la légende, qui doit rapporter la toison d'or ?

- ☐ A. Thésée
- ☐ B. Ulysse
- ☐ C. Jason
- ☐ D. Agamemnon

181 Pénélope est connue dans la mythologie grecque pour être :

- ☐ A. La première épouse de Prométhée
- ☐ B. La mère d'Alexandre le Grand
- ☐ C. L'épouse d'Ulysse
- ☐ D. La veuve d'Hector de Troie

182 Le nom Europe tire son origine :

- ☐ A. D'une héroïne mythologique grecque enlevée par Zeus
- ☐ B. De l'une des neuf Muses
- ☐ C. De l'une des trois Grâces
- ☐ D. D'une héroïne de l'Enéide

183 Selon la légende, Midas avait reçu de Dionysos la faculté de changer en or tout ce qu'il toucherait. Hélas, l'eau et la nourriture se métamorphosaient également en métal précieux. Midas condamné à mourir de faim et de soif, supplia Dionysos de lui retirer ce don. Ce dernier lui conseilla de se baigner dans la source d'un fleuve qui, de ce jour, se mit à rouler des paillettes d'or dans son cours. Comment s'appelle ce fleuve ?

- ☐ A. Le Pactole
- ☐ B. Le Crésus
- ☐ C. Le Trésor

184 Qui est Circé ?

- ☐ A. La fille d'Ulysse
- ☐ B. La reine des sirènes
- ☐ C. Une magicienne dont les philtres avaient le pouvoir de transformer en animaux tous ceux qui pénétraient sur son territoire

185 Quelle est la particularité du dieu Janus ?

- ☐ A. Il était représenté avec deux visages barbus opposés, symbolisant le don qui lui permettait d'avoir la vision du passé comme de l'avenir
- ☐ B. Il se transformait en oiseau pour visiter les mortels
- ☐ C. Il se nourrissait exclusivement d'idées

186 Ce roi de Chypre avait sculpté une statue dont il tomba fou amoureux. Il obtint d'Aphrodite qu'elle donnât la vie à sa créature et il l'épousa. Aujourd'hui, le nom de ce roi désigne une personne qui intervient de façon décisive dans l'éducation ou l'évolution de quelqu'un qu'il a pris sous sa protection.

- ☐ A. Mentor
- ☐ B. Pygmalion
- ☐ C. Narcisse

187 Qui est Mentor ?

- ☐ A. Le conseiller personnel de Zeus
- ☐ B. Celui qui devait veiller aux intérêts et à l'éducation de Télémaque fils d'Ulysse en l'absence de son père
- ☐ C. Le précepteur d'Hélène de Troie

188 C'est un oiseau unique de la taille d'un aigle royal qui est dans l'impossibilité de se reproduire mais il a en revanche le pouvoir de renaître de ses cendres après s'être fait brûler lui-même sur le bûcher qu'on appelle immortalité. C'est :

- ☐ A. La méduse
- ☐ B. Le phénix
- ☐ C. Le sphinx
- ☐ D. La chimière

189 Dans la mythologie grecque, comment s'appellent les géants dotés d'un seul œil au milieu du front ?

- ☐ A. Les molosses
- ☐ B. Les cyclopes
- ☐ C. Les sphinx
- ☐ D. Les myrmidons

190 Qui est roi des titans et des titanes, et fils d'Ouranos et de Gaïa ?

- ☐ A. Japet
- ☐ B. Océan
- ☐ C. Cronos

191 Que sont les Gorgones ?

- ☐ A. Des créatures malfaisantes de la mythologie
- ☐ B. Des déesses animales
- ☐ C. Des esprits bienveillants
- ☐ D. Des sages protecteurs

192 Qui est une Muse ?

- ☐ A. Pandore
- ☐ B. Mélusine
- ☐ C. Electre
- ☐ D. Uranie

193 Clio est connue pour être la muse de :

- ☐ A. L'Histoire
- ☐ B. La poésie épique
- ☐ C. La poésie lyrique
- ☐ D. La méditation

194 Qui est la muse de la musique ?

- ☐ A. Euterpe
- ☐ B. Polymnie
- ☐ C. Thalie
- ☐ D. Melpomène

195 Quel est le nom actuel de la Colchide, ce pays mythique que recherchent Jason et ses compagnons ?

- ☐ A. La Géorgie
- ☐ B. La Roumanie
- ☐ C. L'Ukraine

196 Qui est l'oracle d'Apollon ?

- ☐ A. Tirésias
- ☐ B. La Pythie
- ☐ C. Cassandre

2. Mythologie romaine

197 Selon la légende, Romus et Romulus, les fondateurs de Rome, sont allaités par :

- ☐ A. Une chèvre
- ☐ B. Une lionne
- ☐ C. Une louve

198 Quel est le nom romain de Zeus ?

- ☐ A. Saturne
- ☐ B. Jupiter
- ☐ C. Héphaïstos
- ☐ D. Dionysos

199 Dans la mythologie romaine, Jupiter est le dieu :

- ☐ A. Du ciel
- ☐ B. De la terre
- ☐ C. De la mer
- ☐ D. Du feu

200 Dans la mythologie romaine, qui est Vulcain ?

- ☐ A. Le dieu de la fertilité et du progrès
- ☐ B. Le dieu des enfers et de la mort
- ☐ C. Le dieu du feu et le forgeron des dieux
- ☐ D. Le dieu du soleil

201 A quelle déesse Athéna est-elle identifiée dans la mythologie romaine ?

☐ A. Cérès
☐ B. Minerve
☐ C. Vénus
☐ D. Vesta

202 Qui est Enée ?

☐ A. Le fils de Remus
☐ B. Le fils de Romulus
☐ C. Le fils de César
☐ D. Le fils de Cléopâtre
☐ E. Le fils d'Aphrodite

203 Selon la mythologie romaine, le dieu des enfers est :

☐ A. Pluton
☐ B. Dante
☐ C. Hadès
☐ D. Vulcain
☐ E. Aucune de ces réponses n'est bonne

204 Qui est le dieu de la vigne dans la mythologie romaine ?

☐ A. Angita
☐ B. Bacchus
☐ C. Cybèle
☐ D. Janus

205 Qui est Cerbère dans la mythologie romaine ?

☐ A. Le minotaure prisonnier du labyrinthe de Dédale
☐ B. Le chien qui veille sur l'armée romaine
☐ C. Le dieu de la guerre
☐ D. Le protecteur de la porte des Enfers

206 Combien de têtes possède le cerbère ?

☐ A. 1
☐ B. 2
☐ C. 3
☐ D. 5

207 La capture de Cerbère vivant est un des douze travaux d'Hercule ?

☐ A. Vrai
☐ B. Faux

208 Qui est Neptune dans la mythologie romaine ?

☐ A. Le dieu de l'univers
☐ B. Le dieu des planètes
☐ C. Le dieu des mers et des océans
☐ D. Le dieu des volcans

209 Qui est le dieu de la guerre dans la mythologie romaine ?

☐ A. Mars
☐ B. Jupiter
☐ C. Janus
☐ D. Orcus

210 Qui est le messager des dieux dans la mythologie romaine ?

☐ A. Mars
☐ B. Mercure
☐ C. Bacchus
☐ D. Neptune

211 Qui étaient les frères de Neptune ?

☐ A. Mercure
☐ B. Jupiter
☐ C. Pluton
☐ D. Vulcain

212 Pour régner à la place de son frère Titan, Saturne s'engage :

- ☐ A. A rester célibataire
- ☐ B. A faire périr sa descendance
- ☐ C. A donner son épouse
- ☐ D. A ne jamais faire la guerre

213 Qu'est-ce que la roche tarpéienne ?

- ☐ A. Le rocher du haut duquel Icare s'envola
- ☐ B. L'endroit d'où l'on précipitait les traîtres à Rome
- ☐ C. Le nom donné au rocher de Sisyphe, condamné à le pousser infiniment au sommet d'une montagne

3. Autres mythologies et croyances

214 Dans la mythologie égyptienne, le dieu Bastet est représenté sous la forme :

- ☐ A. D'un chacal
- ☐ B. D'un loup
- ☐ C. D'un chat
- ☐ D. D'un lion

215 Qui est le dieu du soleil dans l'ancienne Egypte ?

- ☐ A. Rî
- ☐ B. Rê
- ☐ C. Rû

216 Sous quelle forme représente-t-on, en général, le dieu égyptien Horus ?

- ☐ A. Un chat
- ☐ B. Un singe
- ☐ C. Un faucon

217 Chez les Egyptiens, qui est cette divinité, dieu des morts et juge des âmes, représentée sous les traits d'un homme à tête de chacal ?

- ☐ A. Anubis
- ☐ B. Hathor
- ☐ C. Thot

218 Qui est Isis ?

- ☐ A. Une pharaonne de la IIIe dynastie
- ☐ B. Une déesse protectrice et salvatrice de la mythologie égyptienne
- ☐ C. Une déesse à tête de chat

219 Dans la mythologie égyptienne, qui est la déesse de la musique, de la danse et de l'amour ?

- ☐ A. Isis
- ☐ B. Hathor
- ☐ C. Horus

220 Comment se nomment, dans l'ancienne Egypte, ces petits objets à caractère magique qui ont pour rôle de protéger, aussi bien les vivants que les momies, des divers dangers, maladies ou malédictions ?

- ☐ A. Les gris-gris
- ☐ B. Les amulettes
- ☐ C. Les attributs

221 Chez les Romains le dieu majeur s'appelle Jupiter. Mais qui est le dieu suprême des Gaulois ?

- ☐ A. Wotan
- ☐ B. Taranis
- ☐ C. Thor
- ☐ D. Toutatis

222 Quel arbre est vénéré par les druides ?

- ☐ A. Le chêne
- ☐ B. Le hêtre
- ☐ C. Le sureau

223 Dans quelle religion trouve-t-on un dieu appelé Toutatis ?

- ☐ A. Celte
- ☐ B. Grecque
- ☐ C. Romaine

224 Qui est le dieu du tonnerre dans la mythologie germanique ?

- ☐ A. Thor
- ☐ B. Odin
- ☐ C. Freyr
- ☐ D. Tyr

225 Qui incarne le dieu de la guerre pour les scandinaves ?

- ☐ A. Odin
- ☐ B. Thor
- ☐ C. Wotan
- ☐ D. Aucune de ces réponses n'est bonne

226 Combien de pattes possède le cheval d'Odin ?

- ☐ A. 2
- ☐ B. 4
- ☐ C. 6
- ☐ D. 8

227 Dans la mythologie aztèque, que représente Quetzalcoatl ?

- ☐ A. La force de la vie
- ☐ B. La guerre et la mort
- ☐ C. La pluie

228 Dans la mythologie chinoise, comment Pangu crée-t-il le monde ?

- ☐ A. En cassant un œuf en deux
- ☐ B. Avec une des ses larmes
- ☐ C. En prenant une partie de son mollet gauche

229 Dans quelle mythologie s'affrontent Ahura Mazda symbole du bien, et Angra Mainyu symbole de l'obscurité et du mal ?

- ☐ A. La mythologie perse
- ☐ B. La mythologie inca
- ☐ C. La mythologie grecque

230 Amaterasu est la déesse du soleil dans la mythologie japonaise :

- ☐ A. Vrai
- ☐ B. Faux, Amaterasu est la déesse de la lune
- ☐ C. Amaterasu n'existe pas
- ☐ D. Amaterasu n'est pas une déesse
- ☐ E. Faux, Amaterasu est la déesse du soleil dans la mythologie chinoise

231 Laquelle de ses affirmations concernant les rastafaris est fausse ?

- ☐ A. Les rastafaris sont végétariens
- ☐ B. Les rastafaris ne doivent ni couper ni coiffer leurs cheveux
- ☐ C. Les rastafaris doivent consommer des substances hallucinogènes pour prier
- ☐ D. Aucune de ses réponses n'est bonne

232 Quel est le pays de la reine de Saba ?

- ☐ A. Le Yémen
- ☐ B. L'Egypte
- ☐ C. L'Irak
- ☐ D. La Syrie

233 Comment est représentée une Chimère ?

- ☐ A. Une tête de lion avec un corps de chèvre et une queue de serpent
- ☐ B. Une tête d'aigle avec un corps de lion et une queue de serpent
- ☐ C. Un buste de femme avec un corps de lion et des ailes d'oiseau

234 Une de ses affirmations sur les Amazones est fausse. Laquelle ?

- ☐ A. Elles se coupent le sein droit pour mieux tirer à l'arc
- ☐ B. Elles vivent au cœur de la forêt amazonienne
- ☐ C. Elles tuent leurs enfants mâles

235 Le lycanthrope est l'autre nom donné :

- ☐ A. Au loup-garou
- ☐ B. Au vampire
- ☐ C. A la gargouille

236 Parmi les propositions suivantes, laquelle ne contient pas un personnage mythologique ou imaginaire ?

- ☐ A. Bismarck – Crésus – Platon
- ☐ B. Dante – Euclide – Ubu
- ☐ C. Cervantès – Héraclès – Pantagruel
- ☐ D. Lacan – Malthus – Narcisse

4. Les religions monothéistes

237 Comment appelle-t-on la version latine de la Bible, faite par saint Jérôme au ve siècle et longtemps en usage dans l'Eglise catholique ?

- ☐ A. Le Nouveau Testament
- ☐ B. La vulgate
- ☐ C. Les litanies

238 Qu'est-ce qu'une épître ?

- ☐ A. Une lettre
- ☐ B. Un fragment de l'Ecriture sainte
- ☐ C. Un court traité philosophique

239 Lequel de ces personnages n'est pas un personnage de la Bible ?

- ☐ A. Gorgone
- ☐ B. Hénoch
- ☐ C. Jézabel
- ☐ D. Myriam

240 Il est le fils du patriarche Abraham et le père des jumeaux Jacob et Esaü. De qui s'agit-il ?

- ☐ A. Terah
- ☐ B. Gabriel
- ☐ C. Isaac
- ☐ D. Joseph
- ☐ E. Moïse

241 Dans l'Ancien Testament, de qui David est-il le fils ?

- ☐ A. Jessé
- ☐ B. Salomon
- ☐ C. Saul
- ☐ D. David était le fils d'un berger dont le nom n'est pas mentionné dans la Bible

242 Le Lévitique est :

- ☐ A. Un monstre biblique
- ☐ B. Un des livres de la Bible (Ancien Testament)
- ☐ C. L'ensemble des règles à suivre pendant le carême
- ☐ D. Une exégèse (commentaire) de la Bible (Ancien Testament)

243 Dans la Bible, quel est le châtiment divin infligé aux hommes pour avoir construit la tour de Babel afin de se rapprocher des cieux ?

- ☐ A. Un tremblement de terre
- ☐ B. Les sept plaies d'Egypte
- ☐ C. La diversité des langues dans le monde
- ☐ D. Le déluge

244 Dans la Genèse, Sodome et Gomorrhe sont :

- ☐ A. Deux frères
- ☐ B. Deux navires
- ☐ C. Deux rois
- ☐ D. Deux villes

245 Selon l'Ancien Testament, que représente le mont Sinaï ?

- ☐ A. Le lieu où Caïn tua son frère Abel
- ☐ B. Le mont duquel la colombe rapporta à Noé le rameau d'olivier lui signalant que la terre était désormais accessible
- ☐ C. Le lieu où dieu a demandé à Abraham de sacrifier son fils Isaac
- ☐ D. L'endroit où Moïse reçut les dix commandements

246 Parmi ces 4 personnages bibliques, qui est le petit-fils d'Isaac ?

- ☐ A. Adam
- ☐ B. Jacob
- ☐ C. Joseph
- ☐ D. Noé

247 Qui est le fils de Jacques, l'un des douze disciples qui ont suivi Jésus-Christ ?

- ☐ A. André
- ☐ B. Simon
- ☐ C. Philippe
- ☐ D. Jude

248 Parmi ces prénoms, lequel ne correspond pas à celui d'un des douze disciples qui ont suivi Jésus-Christ ?

- ☐ A. Barthélemy
- ☐ B. Alexandre
- ☐ C. Jacques
- ☐ D. Pierre

249 Dans quelle ville Jésus-Christ change-t-il l'eau en vin durant des noces ?

- ☐ A. Jérusalem
- ☐ B. Cana
- ☐ C. Jéricho
- ☐ D. Nazareth

250 Dans quelle ville Jésus-Christ chasse-t-il les marchands du temple ?

- ☐ A. Jéricho
- ☐ B. Capharnaüm
- ☐ C. Bethléem
- ☐ D. Jérusalem

251 Quelle est la parole exacte de Jésus-Christ inscrite dans la Bible :

- ☐ A. Il est plus facile pour un chat de passer par le trou d'une serrure que pour un riche d'entrer au royaume des cieux
- ☐ B. Il est plus facile pour un chameau de passer par le chas d'une aiguille que pour un riche d'entrer au royaume des cieux
- ☐ C. Il est plus facile pour un chat de passer par le chas d'une aiguille que pour un riche d'entrer au royaume des cieux
- ☐ D. Il est plus facile pour un chameau de passer par le trou d'une serrure que pour un riche d'entrer au royaume des cieux

252 Qui Jésus-Christ ressuscite-t-il ?

- ☐ A. Jean
- ☐ B. Marc
- ☐ C. Josué
- ☐ D. Lazare

253 Quel est le disciple qui vend Jésus-Christ pour 30 pièces d'argent ?

- ☐ A. Jean
- ☐ B. Judas
- ☐ C. Jacques
- ☐ D. Paul

254 Qui est le gouverneur romain de Judée lors de la crucifixion de Jésus-Christ ?

- ☐ A. Hérode le Grand
- ☐ B. Jules César
- ☐ C. Ponce Pilate
- ☐ D. Tibère

255 Où Jésus-Christ prie-t-il avant sa passion ?

- ☐ A. Le Golgotha
- ☐ B. Le mont des Oliviers
- ☐ C. Gethsémani
- ☐ D. Le mont Sinaï

256 Où les Evangiles placent-elles la mort de Jésus-Christ ?

- ☐ A. A Bethléem
- ☐ B. Au bord du lac de Tibériade
- ☐ C. A Jérusalem sur le mont Golgotha

257 Qui est l'auteur d'un discours contre les chrétiens en 178 ?

- ☐ A. Plotin
- ☐ B. Le marquis de Sade
- ☐ C. Celse
- ☐ D. Erasme

258 Les frères prêcheurs désignent :

- ☐ A. Les franciscains
- ☐ B. Les pères blancs
- ☐ C. Les bénédictins
- ☐ D. Les dominicains

259 Qui est caractérisé par la pauvreté évangélique ?

- ☐ A. Les franciscains
- ☐ B. Les pères blancs
- ☐ C. Les bénédictins
- ☐ D. Les dominicains

260 Le fondateur des jésuites est :

- ☐ A. Jean-Baptiste de la Salle
- ☐ B. Monseigneur Escrivá de Balaguer
- ☐ C. Saint Ignace de Loyola
- ☐ D. L'abbé Pierre

261 L'abbaye de Cluny appartient a l'ordre des :

- ☐ A. Jésuites
- ☐ B. Bénédictins
- ☐ C. Dominicains
- ☐ D. Cisterciens
- ☐ E. Aucune de ces réponses n'est bonne

262 Qui représente l'humanisme chrétien ?

- ☐ A. Plotin
- ☐ B. Le marquis de Sade
- ☐ C. Celse
- ☐ D. Erasme

263 Comment appelle-t-on l'enseignement des pères de l'Eglise ?

- ☐ A. La patrologie
- ☐ B. Le paternalisme
- ☐ C. Le patronage
- ☐ D. La patristique

264 Comment appelle-t-on une collection des œuvres des pères de l'Eglise ?

- ☐ A. La patrologie
- ☐ B. Le paternalisme
- ☐ C. Le patronage
- ☐ D. La patristique

265 L'individu en tant « qu'entité autonome » naît du christianisme :

- ☐ A. Vrai
- ☐ B. Faux

266 Quel animal symbolique associe-t-on à l'évangéliste saint Marc ?

- ☐ A. Un taureau
- ☐ B. Un lion
- ☐ C. Un agneau
- ☐ D. Un aigle

267 Où s'installe la papauté entre 1378 et 1423 ?

- ☐ A. A Avignon
- ☐ B. A Aix-la-Chapelle
- ☐ C. A Venise

268 De quand date le schisme entre catholiques et protestants ?

- ☐ A. 1515
- ☐ B. 1517
- ☐ C. 1550

269 La contre-réforme catholique :

- ☐ A. Accepte la *Sola Scriptura* et la *Sola Fide*
- ☐ B. Est contemporaine du développement de la Compagnie de Jésus
- ☐ C. Est liée au concile de Nicée
- ☐ D. Organise séminaires et catéchisme

270 Le dogme de l'infaillibilité pontificale est établi par le concile de :

- ☐ A. Nicée en 325
- ☐ B. Lyon en 1724
- ☐ C. Trente (1545-1563)
- ☐ D. Rome – Vatican I – 1870
- ☐ E. Rome – Vatican II – 1962

271 Le concile de Vatican II, en 1962, a pour thème principal :

- ☐ A. La nécessité d'une majorité des deux tiers du conclave pour élire un nouveau pape
- ☐ B. L'œcuménisme, c'est-à-dire la recherche d'une unité entre les confessions chrétiennes et d'un dialogue entre les religions
- ☐ C. Le refus de la foi seule sans les œuvres

272 Avant son élection en 2013, de quelle ville sud américaine le pape François fut-il archevêque ?

- ☐ A. Rio de Janeiro
- ☐ B. Buenos Aires
- ☐ C. Caracas

273 Donnez l'ordre chronologique des pontificats de :

1. Léon XIII
2. Pie XII
3. Benoît XV
4. Jean XXIII

☐ A. 1 – 3 – 2 – 4
☐ B. 3 – 1 – 2 – 4
☐ C. 1 – 2 – 4 – 3
☐ D. 1 – 2 – 3 – 4

274 Quel pape succède à Paul VI ?

☐ A. Jean-Paul Ier
☐ B. Jean-Paul II
☐ C. Jean XXIII
☐ D. Pie VII
☐ E. Aucune de ces réponses n'est bonne

275 Qui précède Jean-Paul II ?

☐ A. Jean XXII
☐ B. Jean-Paul Ier
☐ C. Paul VI
☐ D. Pie XII

276 Combien de temps dure le pontificat de Jean-Paul II ?

☐ A. 19 ans
☐ B. 22 ans
☐ C. 26 ans
☐ D. 31 ans

277 Quel est le nom du pape succédant à Jean-Paul II ?

☐ A. Jean-Paul III
☐ B. Innocent X
☐ C. Benoît XVI
☐ D. Clément V

278 Quel signe annonce l'élection d'un nouveau pape ?

☐ A. Une fumée blanche
☐ B. Un vol de colombes
☐ C. La présentation du Saint Chrême
☐ D. Une procession de la statue de Saint-Pierre

279 Laquelle de ces listes suit l'ordre hiérarchique du clergé catholique (en partant du plus dignitaire) ?

☐ A. Archevêque – cardinal – diacre – prêtre
☐ B. Archevêque – cardinal – prêtre – diacre
☐ C. Cardinal – archevêque – diacre – prêtre
☐ D. Cardinal – archevêque – prêtre – diacre

280 Quel est le nom de la congrégation de religieuses fondée par mère Teresa ?

☐ A. Les missionnaires de la charité
☐ B. Les petites sœurs des pauvres
☐ C. Les sœurs de la foi
☐ D. Aucune de ces réponses n'est bonne : mère Teresa faisait partie d'une congrégation qu'elle n'a pas fondée

281 Comment s'appelle l'organisation caritative laïque fondée par l'Abbé Pierre ?

☐ A. Le mouvement Emmaüs
☐ B. Action contre la faim
☐ C. Le secours populaire

282 Selon la tradition chrétienne, qu'est-ce que le Saint-Graal ?

☐ A. Une coupe contenant le sang de Jésus-Christ
☐ B. Un bijou précieux
☐ C. Un texte écrit de la main de Jésus-Christ

283 Quelle fête catholique célèbre la fin de la présence terrestre de Jésus-Christ ?

- ☐ A. La Toussaint
- ☐ B. Pâques
- ☐ C. L'Ascension
- ☐ D. La Pentecôte

284 Pendant l'office, la partie de l'église réservée au clergé est :

- ☐ A. La nef
- ☐ B. L'abside
- ☐ C. Le transept
- ☐ D. Le chœur

285 Que fête-t-on le 15 août ?

- ☐ A. Le triomphe de Jésus-Christ
- ☐ B. Les saints chrétiens
- ☐ C. Les évêques et les prêtres
- ☐ D. La Vierge Marie

286 Qu'est ce qu'un néophyte dans la religion chrétienne ?

- ☐ A. Un chrétien novice
- ☐ B. Un chrétien qui vient juste d'être baptisé
- ☐ C. Un chrétien qui vient d'entrer dans les ordres

287 Quand le protestantisme apparaît-il ?

- ☐ A. Au IIIe siècle
- ☐ B. Au Xe siècle
- ☐ C. Au XVIe siècle
- ☐ D. Au XVIIIe siècle

288 De quel mouvement Martin Luther est-il le fondateur ?

- ☐ A. L'adventisme
- ☐ B. L'orthodoxie
- ☐ C. Le protestantisme
- ☐ D. L'évangélisme

289 Parmi ces groupes religieux, lequel n'est pas issu de la réforme initiée par Luther ?

- ☐ A. Les baptistes
- ☐ B. Les pentecôtistes
- ☐ C. Les presbytériens
- ☐ D. Aucune de ces réponses n'est bonne : ces trois mouvements ont chacun pour fondement la réforme

290 Parmi ces confessions, lesquelles se rattachent au protestantisme ?

- ☐ A. Les méthodistes
- ☐ B. Les baptistes
- ☐ C. Les anglicans
- ☐ D. Les luthériens

291 Le presbytérianisme est une forme du protestantisme liée à :

- ☐ A. L'Irlande
- ☐ B. L'Ecosse
- ☐ C. Le pays de Galles
- ☐ D. L'Angleterre

292 Les Eglises chrétiennes d'Orient qui n'admettaient plus l'autorité de Rome se séparent de l'Eglise romaine en :

- ☐ A. 324
- ☐ B. 1054
- ☐ C. 1453
- ☐ D. 1520

293 Quel est l'autre nom de l'Eglise orthodoxe ?

- ☐ A. L'Eglise nestorienne
- ☐ B. L'Eglise assyrienne
- ☐ C. L'Eglise des 7 conciles
- ☐ D. L'Eglise préchalcédonienne

294 Quel nom donne-t-on aux prêtres de l'Eglise orthodoxe ?

- ☐ A. Les lévites
- ☐ B. Les patriarches
- ☐ C. Les pontifes
- ☐ D. Les popes

295 Comment nomme-t-on les évêques dans l'Eglise orthodoxe ?

- ☐ A. Les acolytes
- ☐ B. Les archidiacres
- ☐ C. Les métropolites
- ☐ D. Les patriarches

296 L'icône est représentative de l'art :

- ☐ A. Flamand
- ☐ B. Indien
- ☐ C. Russo-byzantin

297 Comment s'appelle la religion officielle britannique ?

- ☐ A. L'anglicisme
- ☐ B. L'anglicanisme
- ☐ C. Le gallicanisme

298 Dans quelle ville des Etats-Unis vit la plus grande communauté mormone ?

- ☐ A. San Diego
- ☐ B. Detroit
- ☐ C. San Francisco
- ☐ D. Salt Lake City

299 Quel est l'autre nom de l'Eglise des mormons ?

- ☐ A. L'Eglise de Jésus-Christ des saints des derniers jours
- ☐ B. Les témoins de Jéhovah
- ☐ C. *Moorish science temple of America*
- ☐ D. Coalition chrétienne d'Amérique

300 Quel mouvement chrétien se réfère à la doctrine de la deuxième venue de Jésus-Christ ?

- ☐ A. L'adventisme
- ☐ B. L'orthodoxie
- ☐ C. Le protestantisme
- ☐ D. L'évangélisme

301 Le judaïsme naît de l'alliance entre :

- ☐ A. Dieu et Jésus
- ☐ B. Dieu et Moïse
- ☐ C. Dieu et Abraham
- ☐ D. Dieu et Isaac

302 Comment s'appelle le livre fondateur du judaïsme ?

- ☐ A. La Torah
- ☐ B. Le Talmud
- ☐ C. Le Shemot
- ☐ D. La Mishna
- ☐ E. Le Tanya

303 Quel est le lieu de culte du judaïsme ?

☐ A. La basilique
☐ B. Le temple
☐ C. La synagogue

304 En quelle langue est rédigée la Torah ?

☐ A. En araméen
☐ B. En grec
☐ C. En hébreu
☐ D. En yiddish

305 Combien de livres composent la Torah ?

☐ A. 2
☐ B. 5
☐ C. 10

306 Le yiddish est :

☐ A. Une langue germanique avec un apport de vocabulaire hébreu et slave
☐ B. Une langue germanique avec un apport de vocabulaire hébreu et arabe
☐ C. Une langue hispanique avec un apport de vocabulaire hébreu et slave
☐ D. Une langue hispanique avec un apport de vocabulaire hébreu et arabe

307 Quel roi hébreu fait construire à Jérusalem un temple pour y placer l'arche d'alliance ?

☐ A. David
☐ B. Abraham
☐ C. Salomon

308 Comment nomme-t-on la pâque juive en hébreu ?

☐ A. Chavouoth
☐ B. Pessah
☐ C. Soukkot
☐ D. Rosh hashana

309 A quoi correspond la fête de Yom Kippour dans la religion juive ?

☐ A. C'est la journée de l'expiation des péchés
☐ B. C'est le jour de la commémoration de la vie des hébreux dans le désert du Sinaï
☐ C. C'est la journée du nouvel an du calendrier hébraïque
☐ D. C'est le jour de la commémoration de la libération du peuple juif par Esther

310 L'année hébraïque qui a commencé à la veille au soir du 10 septembre 2018 et qui se termine le 29 septembre 2019 est l'année :

☐ A. 1980
☐ B. 8378
☐ C. 5779
☐ D. 3045

311 Mahomet est le fondateur de l'islam. Il a vécu au :

☐ A. VIIe siècle avant notre ère
☐ B. Ier siècle
☐ C. VIIe siècle

312 L'Hégire, le début de l'ère musulmane, se produit :

☐ A. En 622, lorsque Mahomet quitte La Mecque pour Médine
☐ B. En 630, lorsque La Mecque se soumet à Mahomet
☐ C. En 609, lorsque l'ange Gabriel apparaît à Mahomet pour la première fois
☐ D. En 632, à la mort de Mahomet

313 Qu'est-ce que l'oumma ?

☐ A. Un texte sacré musulman
☐ B. Un chef religieux musulman
☐ C. La communauté des musulmans

314 **De quand date le Coran ?**

- ☐ A. Du XIIe siècle avant notre ère
- ☐ B. Du IIe siècle avant notre ère
- ☐ C. Du IIe après notre ère
- ☐ D. Du VIIe après notre ère

315 **Combien y a-t-il de sourates (chapitres) dans le Coran ?**

- ☐ A. 56
- ☐ B. 82
- ☐ C. 114
- ☐ D. 138

316 **Laquelle de ces pratiques musulmanes ne fait pas partie des cinq piliers de l'islam ?**

- ☐ A. L'aumône
- ☐ B. La nourriture hallal
- ☐ C. Le pèlerinage à la Mecque
- ☐ D. Les cinq prières quotidiennes
- ☐ E. Le jeûne durant le mois du ramadan

317 **Qu'est-ce que le fiqh dans la religion musulmane ?**

- ☐ A. Les règles et coutumes observées par le croyant
- ☐ B. L'enseignement de Mahomet
- ☐ C. Le jeûne du ramadan

318 **Où se trouve mentionné pour la première fois, au Proche-Orient, le port obligatoire du voile pour les femmes ?**

- ☐ A. Dans le Coran
- ☐ B. Dans l'Ancien Testament
- ☐ C. Dans les lois assyriennes

319 **Pendant le ramadan, il est interdit de :**

- ☐ A. Faire ripaille après le coucher du soleil
- ☐ B. Travailler du lever au coucher du soleil
- ☐ C. S'alimenter après le lever du soleil
- ☐ D. Faire du sport pendant quarante jours

320 **A quel mois du calendrier islamique correspond le ramadan ?**

- ☐ A. Le premier
- ☐ B. Le cinquième
- ☐ C. Le neuvième
- ☐ D. Le douzième

321 **La pierre noire évoque :**

- ☐ A. Un concept du mal
- ☐ B. Un bijou religieux
- ☐ C. Un lieu de pèlerinage

322 **Comment nomme-t-on un saint dans la religion musulmane ?**

- ☐ A. Un muezzin
- ☐ B. Un marabout
- ☐ C. Un imam

323 **L'ayatollah est un chef religieux :**

- ☐ A. Chiite
- ☐ B. Sunnite
- ☐ C. Wahhabite
- ☐ D. Aucune de ces réponses n'est bonne : l'ayatollah est un chef religieux commun à toutes les branches de l'islam

324 Quel est le nom arabe de la direction vers laquelle doit se tourner un musulman pour prier ?

- ☐ A. La madrasa
- ☐ B. Une médina
- ☐ C. La kaaba
- ☐ D. Toutes les réponses sont bonnes

325 Qu'est ce qu'une zaouïa ?

- ☐ A. Une école coranique
- ☐ B. Un édifice religieux musulman
- ☐ C. Un vêtement religieux
- ☐ D. Le centre historique d'une ville

326 Quel est le courant religieux majoritaire de l'islam ?

- ☐ A. Le chiisme
- ☐ B. Le sunnisme
- ☐ C. Le wahhabisme
- ☐ D. Le kharidjisme

327 Qu'est-ce que le wahhabisme ?

- ☐ A. Une forme de bouddhisme
- ☐ B. Un fondamentalisme musulman sunnite
- ☐ C. Un fondamentalisme musulman chiite
- ☐ D. La doctrine des derviches tourneurs

5. Les religions polythéistes et philosophies religieuses

328 Avant d'être nommé Bouddha, comment s'appelait le fondateur du bouddhisme ?

- ☐ A. Gautama
- ☐ B. Sakya
- ☐ C. Sakyamuni
- ☐ D. Shuddhodana

329 Quelle épithète attribue-t-on à Bouddha ?

- ☐ A. L'éveillé
- ☐ B. L'instruit
- ☐ C. Le prophète
- ☐ D. Le sage

330 A quelle période Bouddha vit-il ?

- ☐ A. IIe siècle avant notre ère
- ☐ B. Ve siècle avant notre ère
- ☐ C. Ve siècle

331 Dans quel pays a lieu la fête de la Perahera, au cours de laquelle la relique de la dent de Bouddha fait l'objet d'une procession ?

- ☐ A. Au Cambodge
- ☐ B. En Inde
- ☐ C. Au Népal
- ☐ D. Au Sri Lanka
- ☐ E. Au Tibet

332 Quelle est la religion du Dalaï-Lama ?

- ☐ A. Hindouisme
- ☐ B. Bouddhisme
- ☐ C. Confucianisme
- ☐ D. Taoïsme

333 Le Dalaï-Lama est :

- ☐ A. Le chef spirituel des animistes
- ☐ B. Le chef spirituel des bouddhistes tibétains
- ☐ C. Le chef spirituel des taoïstes

334 Comment les dalaï-lamas se succèdent-ils ?

- ☐ A. Le futur dalaï-lama est choisi par son prédécesseur
- ☐ B. Le dalaï-lama est choisi par le panchen-lama
- ☐ C. Le dalaï-lama est élu par un collège de lamas
- ☐ D. Aucune de ces réponses n'est bonne

335 Qu'est-ce que le shintoïsme ?

- ☐ A. La religion thaïe
- ☐ B. Un courant de la pensée maoïste
- ☐ C. Une religion japonaise

336 Le taoïsme est une philosophie et une religion :

- ☐ A. Japonaise
- ☐ B. Coréenne
- ☐ C. Chinoise
- ☐ D. Hindoue

337 Quel est le nom de la religion fondée dans les années vingt au Vietnam par Ngô van Chiêu, un fonctionnaire vietnamien ?

- ☐ A. Le jaïnisme
- ☐ B. Le caodaïsme
- ☐ C. Le bahaïsme

338 Comment nomme-t-on un maître spirituel dans la religion hindoue ?

- ☐ A. Un gourou
- ☐ B. Un chaman
- ☐ C. Un brahmane

339 Comment s'appelle la croyance qui attribue une âme à tous les phénomènes naturels ?

- ☐ A. Le bouddhisme
- ☐ B. L'animisme
- ☐ C. L'hindouisme

340 L'hindouisme n'a ni prophète ni dogme mais croit en l'autorité des :

- ☐ A. Vedas
- ☐ B. Tantras
- ☐ C. Krishnas

341 Quel est le dieu créateur de l'hindouisme ?

- ☐ A. Vishnu
- ☐ B. Shiva
- ☐ C. Brahma
- ☐ D. Veda

342 Ganesh, le dieu hindou de la sagesse, est représenté avec :

- ☐ A. Une tête de cobra
- ☐ B. Une tête d'éléphant
- ☐ C. Une tête de hibou
- ☐ D. Quatre têtes

343 A qui dédie-t-on le temple d'Angkor Vat lorsqu'il est érigé au XIIe siècle ?

- ☐ A. Bouddha
- ☐ B. Brahma
- ☐ C. Shiva
- ☐ D. Vishnou

344 Quel dieu ne fait pas partie de la trinité védique ?

- ☐ A. Agni
- ☐ B. Vâyu
- ☐ C. Sûrya
- ☐ D. Rudra

345 Le brahmanisme se rattache :

- ☐ A. Au bouddhisme
- ☐ B. A l'hindouisme
- ☐ C. Au judaïsme
- ☐ D. Au taôisme

346 Le vaudou est une religion originaire :

- ☐ A. Du Mali
- ☐ B. Du Bénin
- ☐ C. D'Haïti

347 Quel nom portent les chef spirituels haïtiens vaudous ?

- ☐ A. Iwa
- ☐ B. Oufo
- ☐ C. Oungan
- ☐ D. Vévé

348 Comment s'appelle le dieu suprême du vaudou ?

- ☐ A. Lwas
- ☐ B. Mawu
- ☐ C. Eshu
- ☐ D. Gu

349 Quel est le nom du principal dieu des Incas ?

- ☐ A. Inti
- ☐ B. Pachamama
- ☐ C. Taguapica
- ☐ D. Viracocha

350 Parmi ces fêtes religieuses romaines, lesquelles sont également célébrées en Grèce ?

- ☐ A. Les bacchanales
- ☐ B. Les équirria
- ☐ C. Les lupercales
- ☐ D. Les saturnales

351 Sur quel écrivain de science-fiction s'appuie l'église de scientologie ?

- ☐ A. Izaac Asimov
- ☐ B. Ron Hubbard
- ☐ C. Aldous Huxley

6. Les religions à travers le temps et le monde

352 Comment appelle-t-on l'étude des textes sacrés ?

- ☐ A. L'hagiographie
- ☐ B. La théologie
- ☐ C. L'exégèse

353 Un texte hagiographique traite :

- ☐ A. Des textes sacrés
- ☐ B. Des lois juridiques se fondant sur la religion
- ☐ C. De la vie d'un prophète
- ☐ D. De la vie d'un saint

354 Le mouvement gnostique concerne :

- ☐ A. La représentation de Dieu dans l'islam
- ☐ B. Le culte des images saintes
- ☐ C. La filiation entre les trois personnes divines
- ☐ D. L'existence ontologique du mal

355 Le constantinisme :

☐ A. Attribue un pouvoir religieux à l'empereur
☐ B. Dit que tout pouvoir humain est corrompu
☐ C. Dit que l'état est une réalité naturelle
☐ D. Est favorable au paganisme antique

356 Quelle doctrine justifie dieu contre l'objection du mal et contre ceux qui en tirent argument contre sa bonté ?

☐ A. La disputacio
☐ B. La théodicée
☐ C. La scolastique
☐ D. Le millénarisme, le messianisme

357 Quelle religion compte le plus grand nombre d'adeptes ?

☐ A. Le bouddhisme
☐ B. L'islam
☐ C. Le christianisme

358 Combien y a-t-il d'hindouistes dans le monde ?

☐ A. 1 million
☐ B. 100 millions
☐ C. 1 milliard

359 A quelle église appartient la majorité des grecs ?

☐ A. Catholique
☐ B. Protestante
☐ C. Orthodoxe

360 Quelle est la religion officielle de la Malaisie ?

☐ A. L'islam
☐ B. Le bouddhisme
☐ C. Le taoïsme

361 Dans quel pays trouve-t-on autant de moines bouddhistes que de religieux catholiques ?

☐ A. La Birmanie
☐ B. Le Laos
☐ C. Le Vietnam

362 Quelle religion ne fait pas partie du christianisme ?

☐ A. Le bouddhisme
☐ B. Le catholicisme
☐ C. L'orthodoxie
☐ D. Le protestantisme

363 Laquelle de ces religions ne se réfère pas à Abraham ?

☐ A. L'animisme
☐ B. Le christianisme
☐ C. L'islam
☐ D. Le judaïsme

364 Parmi ces confessions, laquelle ne rattache-t-on pas à la religion chrétienne ?

☐ A. L'adventisme
☐ B. L'orthodoxie
☐ C. Le protestantisme
☐ D. Le soufisme

365 L'une de ces religions n'est pas indienne, laquelle ?

☐ A. Le taoïsme
☐ B. Le vishnouisme
☐ C. Le tantrisme
☐ D. Le bouddhisme
☐ E. Aucune de ces réponses n'est bonne

366 Lequel de ces mots ne désigne pas un monothéisme ?

- ☐ A. Le judaïsme
- ☐ B. L'hindouisme
- ☐ C. L'islam
- ☐ D. Le christianisme

367 Parmi ces religions, laquelle est la plus ancienne ?

- ☐ A. Le christianisme
- ☐ B. L'hindouisme
- ☐ C. Le judaïsme
- ☐ D. Le shintoïsme

368 Parmi ces édifices, lequel ne désigne pas un lieu de culte ?

- ☐ A. Une pagode
- ☐ B. Un stupa
- ☐ C. Un wayang
- ☐ D. Une ziggourat

369 De quelle religion le chiisme est-il un courant ?

- ☐ A. L'islam
- ☐ B. Le judaïsme
- ☐ C. Le christianisme
- ☐ D. L'hindouisme

370 Quelle ville européenne n'est pas un grand centre de pèlerinage religieux ?

- ☐ A. Fatima
- ☐ B. Lourdes
- ☐ C. Czestochowa
- ☐ D. Athènes

CORRIGE

Les réponses en bleu foncé font l'objet d'un complément de réponse après ce corrigé.

151 Labdacides

152 Atrides

153 Au désordre et à l'ivresse

154 A la guerre

155 Aphrodite

156 Neptune

157 Le mont Olympe

158 Le nectar, L'ambroisie

159 Cronos

160 Elle était sa femme et sa sœur

161 Hermès

162 Elle est sa sœur

163 Du crâne de Zeus

164 La chouette

165 Un cheval ailé

166 Hermès

167 Apollon

168 Hermès

169 Le dieu grec des mers et des océans en furie

170 Le feu

171 Sisyphe

172 Il doit supporter le ciel sur ses épaules

173 Pandore qui trop curieuse ouvrit l'amphore dans laquelle Zeus avait enfermé toutes les calamités

174 Rester éternellement assoiffé et affamé

175 Ariane

176 Œdipe

177 Persée

178 La guerre de Troie

179 Lorsque Thétis l'a plongé dans le fleuve des enfers pour le rendre invulnérable, elle le tenait par cette partie du corps

180 Jason

181 L'épouse d'Ulysse

182 D'une héroïne mythologique grecque enlevée par Zeus

183 Le Pactole

184 Une magicienne dont les filtres avaient le pouvoir de transformer en animaux tous ceux qui pénétraient sur son territoire

185 Il était représenté avec deux visages barbus opposés, symbolisant le don qui lui permettait d'avoir la vision du passé comme de l'avenir

186 Mentor

187 Celui qui devait veiller aux intérêts et à l'éducation de Télémaque fils d'Ulysse en l'absence de son père

188 Le phénix

189 Les cyclopes

190 Cronos

191 Des créatures malfaisantes de la mythologie

192 Uranie

193 L'Histoire

194 Euterpe

195 La Géorgie

196 La Pythie

197 Une louve

198 Jupiter

199 Du ciel, De la terre

200 Le dieu du feu et le forgeron des dieux

201 Minerve

202 Le fils d'Aphrodite
203 Pluton
204 Bacchus
205 Le protecteur de la porte des Enfers
206 3
207 Vrai
208 Le dieu des mers et des océans
209 Mars
210 Mercure
211 Jupiter, Pluton
212 A faire périr sa descendance
213 L'endroit d'où l'on précipitait les traîtres à Rome
214 D'un chat
215 Rê
216 Un faucon
217 Anubis
218 Une déesse protectrice et salvatrice de la mythologie égyptienne
219 Hathor
220 Les amulettes
221 Taranis
222 Le chêne
223 Celte
224 Thor
225 Odin
226 8
227 La force de la vie
228 En cassant un œuf en deux
229 La mythologie perse
230 Vrai
231 Les rastafaris doivent consommer des substances hallucinogènes pour prier
232 Le Yémen
233 Une tête de lion avec un corps de chèvre et une queue de serpent
234 Elles vivent au cœur de la forêt amazonienne
235 Au loup-garou
236 Bismarck, Crésus, Platon
237 La vulgate
238 Une lettre, un fragment de l'écriture sainte, Un court traité philosophique
239 Gorgone
240 Isaac
241 Jessé
242 Un des livres de la Bible (Ancien Testament)
243 La diversité des langues dans le monde
244 Deux villes
245 L'endroit où Moïse reçut les dix commandements
246 Joseph
247 Jude
248 Alexandre
249 Cana
250 Jérusalem
251 Il est plus facile pour un chameau de passer par le chas d'une aiguille que pour un riche d'entrer au royaume des cieux
252 Lazare
253 Judas
254 Ponce Pilate
255 Le mont des Oliviers
256 A Jérusalem sur le mont Golgotha
257 Celse
258 Les dominicains

259 Les franciscains

260 Saint Ignace de Loyola

261 Cisterciens

262 Erasme

263 La patristique

264 La patrologie

265 Vrai

266 Un lion

267 A Avignon

268 1517

269 Est contemporaine du développement de la compagnie de Jésus – Organise séminaires et catéchisme

270 Rome – Vatican I – 1870

271 L'œcuménisme, c'est-à-dire la recherche d'une unité entre les confessions chrétiennes et d'un dialogue entre les religions

272 Buenos Aires

273 Léon XIII – Benoît XV – Pie XII – Jean XXIII

274 Jean-Paul Ier

275 Jean-Paul Ier

276 26 ans

277 Benoît XVI

278 Une fumée blanche

279 Cardinal – archevêque – prêtre – diacre

280 Les missionnaires de la charité

281 Le mouvement Emmaüs

282 Une coupe contenant le sang de Jésus-Christ

283 L'ascension

284 Le chœur

285 La Vierge Marie

286 Un chrétien qui vient juste d'être baptisé

287 Au XVIe siècle

288 Le protestantisme

289 Aucune réponse n'est valable : ces trois mouvements ont chacun pour fondement la réforme

290 Les méthodistes, Les baptistes, Les anglicans, Les luthériens

291 L'Ecosse

292 1054

293 L'Eglise des 7 conciles

294 Les popes

295 Les métropolites

296 Russo-Byzantin

297 L'anglicanisme

298 Salt lake City

299 L'Eglise de Jésus-Christ des saints des derniers jours

300 L'adventisme

301 Dieu et Abraham

302 La Torah

303 La synagogue

304 En hébreu

305 5

306 Une langue germanique avec un apport de vocabulaire hébreu et slave

307 Salomon

308 Pessah

309 C'est la journée de l'expiation des péchés

310 5779

311 VIIe siècle

312 En 622, lorsque Mahomet quitte La Mecque pour Médine

313 La communauté des musulmans

314 Du VIIe siècle avant notre ère

315 114
316 La nourriture hallal
317 Les règles et coutumes observées par le croyant
318 Dans les lois assyriennes
319 S'alimenter après le lever du soleil
320 Le neuvième
321 Un lieu de pèlerinage
322 Un marabout
323 Chiite
324 La kaaba
325 Un édifice religieux musulman
326 Le sunnisme
327 Un fondamentalisme musulman sunnite
328 Gautama
329 L'éveillé
330 Ve siècle avant notre ère
331 Au Sri Lanka
332 Bouddhisme
333 Le chef spirituel des bouddhistes tibétains
334 Aucune réponse n'est valable
335 Une religion japonaise
336 Chinoise
337 Le caodaïsme
338 Un gourou
339 L'animisme
340 Vedas
341 Brahma
342 Une tête d'éléphant
343 Vishnou
344 Rudra
345 A l'hindouisme
346 Du Bénin
347 Oungan
348 Mawu
349 Viracocha
350 Les bacchanales
351 Ron Hubbard
352 L'exégèse
353 De la vie d'un saint
354 L'existence ontologique du mal
355 Attribue un pouvoir religieux à l'empereur
356 La théodicée
357 Le christianisme
358 1 milliard
359 Orthodoxe
360 L'islam
361 La Birmanie
362 Le bouddhisme
363 L'animisme
364 Le soufisme
365 Le taoïsme
366 L'hindouisme
367 L'hindouisme
368 Un wayang
369 L'islam
370 Athènes

COMPLEMENTS DE REPONSES

158 Dans la mythologie grecque, l'ambroisie (en grec ancien ἀμβροσία/ambrosía, de l'adjectif ἀμβροσία/ambrósios, « immortel, divin, qui appartient aux dieux ») est une substance divine, nourriture solide des dieux, qui assure leur immortalité.

Son premier rôle est de nourrir les dieux de l'Olympe. En effet, ils ne se nourrissent pas de nourriture humaine ni de vin, mais uniquement de nectar, qui remplace le vin, et d'ambroisie, qui remplace la nourriture solide, mais n'est pas nécessairement solide elle-même.

Chez Homère, celle-ci est apportée par des colombes depuis l'Extrême-Occident, pour nourrir les chevaux divins.

Les dieux s'en servent comme onguent, en oignant leur corps pour le préserver, ainsi que celui de leurs favoris ou même afin de conférer l'immortalité.

Le second usage consiste à rendre immortel un mortel. Ainsi, selon la légende post-homérique, Achille est frotté tous les jours par sa mère avec de l'ambroisie, et plongé dans les flammes, qui doivent dévorer sa part mortelle. Dans l'hymne homérique à Déméter, la déesse fait de même avec Démophon, fils de Céléos.

159 Dans la mythologie grecque, Cronos ou Kronos (en grec ancien Κρόνος/Krónos), fils d'Ouranos (le Ciel et la Vie) et Gaïa (la Terre), est le roi des Titans, l'époux de sa sœur Rhéa et le père de Zeus, Poséidon, Hadès, Héra, Déméter et Hestia.

Son attribut principal est la faucille, avec laquelle il a vaincu son père Ouranos. Les Titans formaient la progéniture la plus intelligente de Gaïa et de son fils Ouranos, le premier couple divin de la mythologie.

Selon une tradition qui remonte à Hésiode, au VIIIe siècle av. J.-C., les premiers hommes apparurent au temps de Cronos, pendant lequel ils connurent l'Age d'or, vivant sans aucun souci, sans même avoir besoin de travailler. En fait, Cronos était déjà vénéré comme dieu avant que les Grecs ne s'installent sur leur terre. Il fut sans doute éclipsé par Zeus et les autres Olympiens, qui trônèrent à sa place au plus haut niveau. Il a été assimilé à Saturne dans la mythologie romaine.

Les Modernes oublieux du grec le confondent parfois avec son paronyme Chronos (Χρόνος/Khrónos), divinité primordiale du temps dans les traditions orphiques.

Fils d'Ouranos (le Ciel et la Vie) et de Gaïa (la Terre), Cronos appartient à la première génération des dieux ; il est le plus jeune des Titans, les douze enfants divins possédant une apparence normale.

Tous les enfants d'Ouranos restaient emprisonnés par lui dans les entrailles de la Terre maternelle.

Pour sa délivrance et la leur, Gaïa donna à Cronos, son plus jeune fils, une faucille en silex : la nuit venue, quand le Ciel descendit couvrir la Terre, Cronos s'en prit donc à son père qu'il émascula, prenant du même coup le pouvoir. Entamé dans le sang, le règne de Cronos se révéla bientôt aussi tyrannique que celui de son père.

Cronos épouse sa sœur Rhéa. N'oubliant pas la prophétie de ses parents, non seulement il enferma sous terre les Géants et les Cyclopes, mais il engloutit aussi ses propres enfants : Hestia, Déméter et Héra, puis Hadès et Poséidon au fur et à mesure que son épouse Rhéa les mettait au monde, ayant été averti par la prophétie de Gaïa qu'un jour, l'un d'entre eux le détrônerait. Lorsque arrive le sixième, Rhéa, sur le conseil de sa mère Gaïa, cache l'enfant en Crète et le remplace par une pierre que Cronos engloutit directement. Ce sixième enfant portant le nom de Zeus.

Il grandit loin de ses parents dans une grotte en Crète. Il est nourri par une chèvre Amalthée et élevé par des Méliades. Le temps venu, Zeus accomplit la prophétie en renversant son père : avec l'aide de ses frères, des Cyclopes et des Géants. Avec Gaïa, il s'arrange pour les faire recracher à son père – Hésiode ne précise pas comment, mais des sources tardives précisent que c'est Métis, déesse de la ruse, qui offre à Cronos un émétique. Celui-ci vomit alors tout ce qu'il avait ingurgité jusque-là, y compris la pierre qui l'a abusé, que Zeus place ensuite à Delphes.

Cronos finit jeté dans le Tartare, où les cent bras des Hécatonchires le retiennent à jamais tandis que Zeus, Déméter, Hestia, Héra, Poséidon et Hadès gagnent les cimes du mont Olympe.

Zeus libère les Hécatonchires et les Cyclopes du Tartare et, en récompense, reçoit de ces derniers le trait de foudre, qui lui sert à vaincre les Titans.

178 La guerre de Troie est un conflit légendaire de la mythologie grecque, dont l'historicité est controversée. Elle est parfois appelée Deuxième Guerre de Troie en référence à l'expédition menée contre la cité par Héraclès après la quête de la Toison d'or, que certains nomment Première Guerre de Troie.

C'est le prince troyen Pâris qui la déclenche en enlevant Hélène, épouse du roi de Sparte, Ménélas. En rétorsion, Ménélas, l'époux bafoué, lève avec son frère Agamemnon une expédition rassemblant la plupart des rois grecs, qui assiège Troie et remporte finalement la victoire. La guerre de Troie et ses conséquences formaient le sujet d'un vaste cycle épique, le « Cycle troyen », dont les œuvres sont aujourd'hui perdues à l'exception de *l'Iliade* et *l'Odyssée* d'Homère. Elle représente une pierre fondatrice de la culture grecque, puis de la culture romaine, et constitue encore une source d'inspiration pour les artistes et écrivains.

196 Dans la religion grecque antique, la Pythie (en grec ancien Πυθία), également appelée Pythonisse, est l'oracle du temple d'Apollon à Delphes. Elle tire son nom de « Python », le serpent monstrueux qui vivait dans une grotte à l'emplacement du site actuel du sanctuaire, et qui terrorisait les habitants de la région autour du Mont Parnasse avant d'être tué par Apollon, ou bien de « Pytho », le nom archaïque de la ville de Delphes.

La Pythie était choisie avec soin par les prêtres de Delphes, qui étaient eux-mêmes préposés à l'interprétation ou à la rédaction de ses oracles. On voulait qu'elle fût née légitimement, qu'elle eût été élevée simplement et que cette simplicité parut dans ses habits. Elle devait être vierge ou du moins, dès sa désignation, vivre dans la chasteté et la solitude comme épouse du dieu. On la cherchait de préférence dans une maison pauvre où elle eût vécu dans une ignorance de toutes choses, pourvu qu'elle sût parler et répéter ce que le dieu lui énonçait.

Si dans les temps archaïques la tradition établit que la Pythie était une jeune vierge, symbole de pureté, il apparaît que ce critère fut peu à peu délaissé au profit de la sélection d'une femme de tout âge et de tout statut marital, du moment qu'elle était modèle de chasteté.

A l'origine, la Pythie rend ses oracles une fois par an, le 7 du mois de Bysios, jour anniversaire de la naissance d'Apollon. A l'époque classique, les consultations sont mensuelles et ont toujours lieu le 7.

La Pythie se tient dans l'adyton du temple, assise sur un trépied sacrificiel au-dessus du gouffre duquel s'échappent les exhalaisons prophétiques d'Apollon, le pneuma. Cachée aux yeux des consultants, elle tombe en état de transe, comme possédée par le dieu.

Ses oracles sont incompréhensibles pour le commun des mortels, et doivent être interprétés par des prêtres qualifiés, présents à la consultation, qui remettent ensuite au consultant une réponse écrite.

L'état de transe de la Pythie pourrait s'expliquer scientifiquement par le fait que le pneuma aurait été constitué de gaz toxiques sortant d'une faille géologique.

199 Jupiter est le dieu romain qui gouverne la terre et le ciel, ainsi que tous les êtres vivants s'y trouvant.

Il est aussi le maître des autres dieux et est originellement un dieu du ciel, caractéristique que l'on retrouve dans son association aux présages célestes liés aux pratiques divinatoires des prêtres de Rome. Il a pour attributs l'aigle et le Foudre.

Il est assimilé à Zeus chez les Grecs et à Dyaus Pitar – parfois Shiva – chez les Hindous.

Les Romains finirent par associer le dieu Jupiter à son équivalent grec Zeus, même si les deux dieux se distinguent d'abord très nettement. Dans la tradition littéraire romaine, la représentation de Zeus se superpose à celle de Jupiter, au point que les deux dieux finissent par être confondus tant par les mythes que l'iconographie. C'est pour cela que Jupiter, jusqu'alors quasiment privé de mythologie ou de liens de parenté, se voit attribuer les caractéristiques mythologiques du dieu grec Zeus. Ainsi, Jupiter est marié à sa sœur, Junon. Pourtant, il est intéressant de constater que le culte de Jupiter avant l'influence de son homologue grec met en évidence un dieu radicalement différent.

232 La reine de Saba est mentionnée dans des récits bibliques, coraniques et hébraïques comme ayant régné sur le royaume de Saba, qui s'étendrait du Yémen au nord de l'Ethiopie et en Erythrée.

Les anecdotes et détails de la rencontre entre la reine et le roi Salomon à Jérusalem varient selon les sources.

La reine de Saba arriva à Jérusalem accompagnée d'une grande suite, « avec des chameaux portant des épices, et beaucoup d'or et de pierres précieuses » (premier *Livre des rois* 10 : 2). « Jamais après n'arriva une telle abondance d'épices » (livre des *Chroniques* 9 : 1-9) que celles qu'elle donna à Salomon. Durant sa visite, elle posa au roi de nombreuses questions auxquelles ce dernier répondit correctement. Ils échangèrent des cadeaux, après quoi elle retourna dans son pays.

L'utilisation du terme hid dot ou « énigmes » (premier *Livre des rois* 10 : 1), un mot d'emprunt araméen qui n'apparaît pas avant le VIe siècle av. J.-C., révèle l'origine tardive du texte. Comme le texte ne mentionne pas la chute de Babylone, advenue en 539 av. J.-C., Martin Noth estime que le *Livre des rois* a connu sa rédaction définitive vers 550 av. J.-C.

Le compte-rendu le plus détaillé de la visite de la reine de Saba au roi Salomon nous est donné au VIIIe siècle dans le *Livre d'Esther*. Une huppe informe Salomon que le royaume de Saba est le seul royaume dont le peuple ne lui est pas sujet et que sa reine idolâtre le soleil.

Il la renvoie alors à Kitor dans le pays de Saba. Dans la lettre qu'il a attachée à son aile, le roi ordonne à la reine de venir à lui en tant que sujet. En réponse, elle lui envoie tous les bateaux de la mer chargés de cadeaux et de 6 000 jeunes de taille égale, tous nés à la même heure et habillés de vêtements pourpres. Ils portent avec eux une lettre déclarant que la reine arrivera à Jérusalem dans trois jours quand le voyage en prend normalement sept. Quand cette dernière arrive et se rend au palais de Salomon, elle confond le sol en miroir avec de l'eau. Elle soulève donc le bas de sa robe et découvre ses jambes. Salomon l'informe de son erreur et la réprimande sur ses jambes velues. Elle lui posa trois énigmes (*Livre d'Esther* 1 : 3) voire, selon le Midrash, beaucoup plus pour tester sa sagesse. L'alphabet de Ben Sira affirme que de leur union serait né Nabuchodonosor II.

Dans la kabbale chrétienne, la reine de Saba est considérée comme la reine des démons et est parfois identifiée avec Lilith, une première fois dans le Targoum, puis plus tard dans le Zohar. Certains des mythes juifs et arabes maintiennent que la reine était en fait une Djinn, mi-humaine, mi-démon.

Le 7 mai 2008, des archéologues de l'Université de Hambourg ont rapporté avoir découvert le palais de la reine de Saba en Ethiopie. Les vestiges retrouvés se situent en dessous du palais d'un roi chrétien. Il semblerait qu'une première version du palais ait été remplacée par un bâtiment orienté vers l'étoile de Sirius, dont la reine de Saba et son fils Ménélik étaient devenus adorateurs selon la Bible.

238 Le terme épître, issu du latin *epistula*, du grec επιστολη (*epistolē*), désigne une lettre (au sens de correspondance). Il a pris le sens aujourd'hui d'un court traité philosophique ou religieux exposé sous forme épistolaire.

Ce sont de courts traités le plus souvent philosophiques. Ce peuvent être aussi des « conversations en l'absence » de l'interlocuteur sur des aspects sociaux ou moraux de l'existence. Au fil du temps, l'épître devient, en littérature, un discours en vers du genre académique ou didactique. Elle prend rapidement le sens d'épigramme nettement moins acerbe que la satire. Le mot « épître » est un nom commun féminin.

Le Nouveau Testament contient plusieurs épîtres :

- les Epîtres pauliniennes, lettres de et/ou attribuées à l'apôtre Paul aux communautés chrétiennes qu'il a fondées ou qu'il conseille ;
- les autres Epîtres, parfois dites catholiques, au sens étymologique, c'est-à-dire universelles, car elles sont adressées non à une église particulière comme l'étaient celles du corpus paulinien, mais à tous ;
- les trois épîtres contenues dans le corpus johannique ;
- le roman pseudo-clémentin.

Par extension, l'épître est le côté droit de l'autel, vu par les fidèles, où se trouve placé le livre contenant l'épître à lire durant la célébration. Le côté gauche est appelé l'évangile.

250 La purification du Temple (ou expulsion des marchands du Temple) est une péricope du *Nouveau Testament*, où est racontée une action de Jésus visant à chasser les marchands et les changeurs qui opèrent dans l'enceinte du Temple de Jérusalem. L'épisode figure dans les quatre évangiles canoniques du *Nouveau Testament*.

Dans cet épisode évangélique, Jésus et ses disciples se rendent à Jérusalem pour la Pâque, où il expulse les marchands du Temple de Jérusalem, les accusant de transformer le Temple en un repaire de voleurs au travers de leurs activités commerciales.

Dans l'Evangile selon Jean, Jésus se réfère au Temple sous le nom de la « maison de mon Père », ainsi, pour certains points de vue, il se réclame être le Fils de Dieu, cependant il est commun dans les religions abrahamiques pour se référer à Dieu, d'appeler Dieu le Père.

Certains chrétiens pensent que c'est le seul cas où Jésus utilise la force physique dans un Evangile. Le récit apparaît vers la fin des évangiles synoptiques (Marc 11, 15–19, Matthieu 21, 12–17 et Luc 19, 45–48 et vers le début de l'Evangile selon Jean (Jean 2, 13–16)). Certains auteurs pensent que ceux-ci concernent deux incidents distincts, étant donné que l'Evangile selon Jean comprend également plusieurs Pâques juives.

272 Le pape François est le premier pape issu des rangs de la Compagnie de Jésus, le premier pape non européen depuis le pape syrien Grégoire III au VIIIe siècle ainsi que le premier issu du continent américain. Il est également le premier pape à prendre le nom de François, nom choisi en mémoire de Saint François d'Assise. En juillet 2017, son compte Twitter dépasse les 35 millions d'abonnés.

280 Les Missionnaires de la Charité forment une congrégation religieuse catholique fondée à Calcutta le 7 octobre 1950 par mère Teresa, religieuse albanaise appartenant jusqu'alors à la congrégation Notre-Dame de Lorette, lauréate du prix Nobel de la paix en 1979.

Ces religieuses sont environ au nombre de 5 000 réparties dans 132 pays, la supérieure générale de l'ordre est sœur Mary Prema.

Le 16 août 1948, Mère Teresa quitte seule sa congrégation d'origine, les Sœurs de Lorette afin de fonder un nouvel ordre. Dès 1949, sœur Teresa est rejointe par une ancienne cuisinière du collège Sainte-Marie puis par l'une de ses anciennes élèves, Subashini Das.

L'ordre des Missionnaires de la Charité se met sur pied, et s'attelle au statut de la Congrégation afin de recevoir une reconnaissance officielle de l'Eglise. Principalement consacrées aux pauvres, les religieuses de la Congrégation naissante se spécialisent dans le soutien des malades et des enfants abandonnés. Dès le 22 août 1952, les sœurs ouvrent le mouroir de Kalighat pour prendre en charge les mourants les plus démunis de Calcutta.

Les Missionnaires de la Charité, outre les trois vœux de pauvreté, de chasteté et d'obéissance, prononcent un quatrième vœu : celui de se vouer au service des plus pauvres d'entre les pauvres, de ceux qui ne peuvent les dédommager de leur peine, dont on n'attend rien en retour. Mère Teresa limite volontairement le travail des sœurs à une catégorie de personnes, les plus marginales, défigurées ou rejetées par la société. C'est dans une volonté d'identification à Jésus abandonné par les siens, celui qui « s'est anéanti lui-même, en prenant la condition d'esclave » (Ph 2, 7).

Dans ce cadre, le vœu de pauvreté occupe une place centrale dans la vie et la spiritualité de la Congrégation : « Nous essayons d'aider les novices à comprendre que la pauvreté, non seulement d'esprit, mais aussi de biens matériels, est liberté. Une fois qu'elles ont compris ce qu'est la pauvreté et en quoi elle consiste, elles peuvent progresser spirituellement moyennant la foi en Jésus et en l'eucharistie ».

282 Le Graal est un objet mythique de la légende arthurienne, objet de la quête des chevaliers de la Table ronde.

D'après Robert de Boron, le Graal est le « Saint Graal » : le calice contenant le sang de Jésus-Christ, recueilli par Joseph d'Arimathie quand le Christ fut descendu de sa Croix. Ce calice est par ailleurs présenté comme étant celui dont Jésus s'est servi lors de la Cène, dernier repas avec les apôtres. Cette forme achevée de la légende du Graal, construite autour du personnage de Joseph d'Arimathie, a été écrite en vers par Robert de Boron à partir d'un texte grec apocryphe du IVe siècle : l'Evangile selon Nicodème. Ce dernier texte a inspiré de nombreuses légendes.

Selon ces légendes, un juif (ou bien un homme de Ponce Pilate) aurait dérobé le Saint Calice au Cénacle, puis l'aurait remis à Pilate. Certaines légendes ajoutent même que Pilate y aurait puisé l'eau avec laquelle il s'est lavé les mains.

287 Le protestantisme est l'une des principales branches du christianisme avec le catholicisme et l'orthodoxie.

Entendu largement, le protestantisme est l'ensemble des groupements « issus, directement ou non, de la Réforme et qui rejettent l'autorité du pape ». Selon cette perspective, le protestantisme englobe des mouvements variés allant des luthériens aux réformés en passant par les évangéliques, jusqu'aux quakers.

Les débuts du protestantisme sont généralement datés du 31 octobre 1517, le moine augustin allemand et docteur en théologie Martin Luther publie les 95 Thèses dénonçant les travers de l'Eglise catholique romaine comme la vente des indulgences, et affirme que la Bible doit être la seule autorité sur laquelle repose la foi.

Protégé par le duc Jean-Frédéric de Saxe (1503-1554), Luther brûle la bulle Exsurge Domine le menaçant d'excommunication en 1520.

L'année 1521 est également considérée comme déterminante : en janvier, Martin Luther, devant la Diète de Worms, refuse de se rétracter, s'estimant soumis à l'autorité de la Bible et de sa conscience plutôt qu'à celle de la hiérarchie ecclésiastique et est excommunié. Invoqués ici pour la première fois, l'appel direct à Dieu et à la conscience individuelle sont les marqueurs du protestantisme.

Parmi les idées de Luther, l'accès de tous à la Bible sans discrimination sociale et l'égalité entre les hommes ont un fort écho dans la population majoritairement paysanne, à tel point qu'elles provoquent, au printemps 1525, le *Bauernkrieg* (guerre des paysans) dans le Saint-Empire romain germanique.

Aux XVIe et XVIIe siècles, la France bascule dans les guerres de religion (1562-98) puis après une période de tolérance sous l'édit de Nantes, dans une proscription croissante du protestantisme associé à des violences : destruction de temples, enlèvement d'enfants, logement de troupes, interdiction d'exercice de certains métiers et charges, ce qui conduit, malgré l'interdiction faite également d'émigrer, à l'exode de quelque deux cent cinquante à trois cent mille personnes vers l'Allemagne, la Suisse, les Pays-Bas et l'Angleterre.

En Angleterre, les convenances personnelles du roi Henri VIII en matière matrimoniale le conduisent à rompre avec Rome. Née de ce schisme, l'Eglise anglicane conserve d'abord tous les aspects extérieurs du catholicisme mais évoluera graduellement vers le protestantisme tandis que le catholicisme poursuit son évolution divergente par le biais des doctrines promulguées après la rupture.

311 Mahomet également dit Muḥammad ou Mohammed, de son nom complet Abū al-Qāsim Muḥammad ibn 'Abd Allāh ibn 'Abd al-Muṭṭalib ibn Hāshim, est un chef religieux, politique et militaire arabe issu de la tribu de Quraych.

Fondateur de l'islam, il en est considéré comme le prophète majeur. Selon la tradition islamique, il serait né à La Mecque vers 570 et mort à Médine en 632.

Les musulmans le considèrent comme le dernier des prophètes du monothéisme, au sens où il termine et scelle le cycle de la révélation monothéique abrahamique.

Ses biographies religieuses rapportent qu'il enseignait à ses premiers compagnons (sahabas) les versets du Coran, qu'il présentait comme la parole même de Dieu (Allah en arabe), transmise à lui par l'archange Gabriel.

Le Coran aurait été compilé après la mort de Mahomet, à partir de transcriptions sur des supports divers, par ses disciples. Par ailleurs, ses actions et ses paroles forment la sunna, qui est la seconde source à la base du droit musulman.

La fondation de l'islam et l'importance de la culture islamique ont influencé différentes cultures et civilisations au cours de l'histoire, faisant de Mahomet une figure de premier plan de l'histoire. Néanmoins, son historicité fait débat. En raison de la rareté des sources historiques et du biais religieux des sources traditionnelles, il est très difficile d'écrire une biographie historique du personnage devenu au fil du temps un chef religieux.

L'année de naissance de Mahomet est appelée traditionnellement « l'année de l'éléphant », en référence aux événements qui s'y seraient déroulés. Le général chrétien éthiopien et vice-roi du Yémen, Abraha, aurait attaqué en vain La Mecque avec une troupe d'éléphants pour démolir le sanctuaire vénéré par les Arabes (la Ka'ba).

Le Coran rapporte ce récit (Coran 105 : 1-5), et il est dit que l'attaque fut repoussée par la riposte miraculeuse d'oiseaux jetant des pierres brûlantes. La tradition musulmane dit que des témoins oculaires de cette attaque étaient encore en vie lors de la révélation de cette sourate.

Les épouses de Mahomet sont les onze ou treize femmes épousées par Mahomet, le prophète de l'islam. Les musulmans les appellent les mères des croyants.

319 Ramadan, également orthographié ramadhan, est le neuvième mois du calendrier hégirien. Le calendrier hégirien est un calendrier lunaire : chaque mois commence après la nouvelle lune, lorsque le premier fin croissant « hilal » est visible.

Seul nom de mois figurant dans le Coran, ramadan est pour les musulmans le « mois saint par excellence » car il constitue le mois du jeûne (ou *saoum*) et contient Laylat al-Qadr.

Le jeûne du mois de Ramadan constitue un des cinq piliers de l'Islam. Au cours de ce mois, les musulmans ayant l'âge requis selon les courants de l'islam, ne doivent pas manger, boire et fumer, ni entretenir de rapport sexuel de l'aube au coucher du soleil.

En français, comme en anglais, on emploie indifféremment le mot « ramadan » pour désigner le mois saint pour les musulmans et, par métonymie, le jeûne ou *saoum*.

Ramadan est considéré comme le « mois de la charité » car, lorsqu'il s'achève, le fidèle doit s'acquitter d'une aumône, la *zakât al-fitr*. Il est aussi le mois au cours duquel de nombreux autres événements importants de l'histoire de l'islam sont commémorés.

Laylat al-Qadr (Nuit du Destin), considérée comme la nuit la plus sainte de l'année, est une commémoration observée au cours de l'un des dix derniers jours impairs du mois.

C'est au cours de cette nuit que le Coran aurait été révélé au prophète Mahomet par l'archange Gabriel. Sur la base du Coran, pour les musulmans cette nuit est « meilleure que mille mois » de prières, de bonnes actions et d'invocation : prier tout au long de cette nuit est ainsi autant récompensé que prier durant mille mois ; de nombreux musulmans passent donc une partie (ou toute la nuit pour certains) à prier ou lire le Coran. Selon le sunnisme, cette nuit est la 21e, la 23e, la 25e, la 27e ou la 29e du mois alors que, selon le chiisme, cette nuit est la 19e, la 21e ou la 23e du mois.

Toutefois, la véritable date reste impossible à déterminer.

La fête islamique de l'Aïd el-Fitr, le 1er chawwal, marque la fin de la période de jeûne et le premier jour du mois suivant, après qu'une autre nouvelle lune a été repérée ; l'Aïd arrive donc après 29 ou 30 jours de jeûne. Aïd el-Fitr désigne la fête de la rupture du jeûne, l'occasion de célébrations et de fêtes. Lorsque le jeûne est terminé, les musulmans se rendent dans les mosquées en début de matinée, vêtus de leurs plus beaux vêtements (souvent nouveaux), pour la première prière de l'Aïd. Des présents sont ensuite remis aux enfants, des festins sont organisés et des visites aux parents et amis effectuées ; des aliments sont aussi donnés aux pauvres (zakat al-fitr). Les musulmans profitent de ce jour de fête pour rendre visite à leurs amis proches et leur famille.

Certains musulmans considèrent qu'une fête doit durer 3 jours, donc ils célèbrent l'Aid pendant 3 jours. La prière est de deux rak'aahs seulement et elle est optionnelle (sunat) par opposition aux cinq prières quotidiennes prescrites.

Durant le mois suivant, appelé chawwal, il est recommandé aux musulmans de jeûner encore six jours connus sous le nom as-sitta al-bid. Il est possible de faire cette période de façon continue ou discontinue, sans incidence sur le mérite. D'autre part la loi divine n'apporte aucun caractère d'obligation à ce dernier jeûne.

326 Le sunnisme est un courant religieux majoritaire de l'islam. 90 % des musulmans sont sunnites. Il est souvent apparenté à une vision orthodoxe de l'islam.

Le mot sunnite est dérivé du mot « sunna » qui représente la ligne de conduite de Mahomet, dernier prophète de l'Islam. Ses actes ont donc valeur de modèle et sont compilés dans des recueils de logions appelés « hadith », dont les principaux sont le Sahih al-Bukhari et le Sahih Muslim, considérés comme authentiques (sahih) par les seuls musulmans sunnites.

Constituant l'une des trois grandes divisions de l'islam, les sunnites sont désignés en arabe comme les gens de la « sunna » et de la majorité religieuse (ahl al-sunna wa'l-djama'a).

Par opposition aux chiites et aux kharidjites, on les appelle parfois « musulmans orthodoxes ». Ce qui distingue les courants de l'islam est principalement l'interprétation de la religion.

Géographiquement, les sunnites sont répandus en Afrique du Nord, en Libye et en Egypte, en Arabie saoudite, en Syrie, en Irak, au Pakistan, en Indonésie, en Afrique subsaharienne en Turquie, en Azerbaïdjan et plusieurs autres pays comme le Kurdistan et le Kirghizistan.

On les rencontre tantôt seuls, tantôt mêlés à des minorités kharidjites (Afrique du Nord) ou chiites (Liban, Syrie, Irak, Inde) ; tantôt attachés à un islam qui se veut « arabe » (Coran arabe, Prophète arabe), tantôt à un islam plus ou moins altéré par l'intégration de syncrétismes chez les peuples islamisés.

333 Reconnu par ses fidèles comme une émanation du bodhisattva de la compassion, le dalaï-lama, outre son autorité spirituelle, a exercé le pouvoir temporel à la tête du gouvernement tibétain de la période Ganden Phodrang (1642 – 1959) mis en place par le 5e dalaï-lama entre le XVIIe siècle et le milieu du XXe siècle au sein d'une théocratie.

En 1952, le 14e dalaï-lama prit des initiatives pour créer une société plus démocratique en nommant un comité de réformes. L'exode tibétain de 1959 verra environ 100 000 Tibétains suivre le dalaï-lama dans un exil en Inde où il crée le gouvernement tibétain en exil qu'il dirige et démocratise jusqu'en mars 2011, date de sa retraite politique qu'un amendement constitutionnel du Parlement tibétain en exil autorise.

Pour lui, le rôle politique des dalaï-lamas est dépassé et doit laisser place à la démocratie.

Le dalaï-lama est un moine réincarné de l'école Guélougpa, une des quatre écoles du bouddhisme tibétain, fondée par Tsongkhapa, maître du 1er de la lignée.

La signification du mot Dalaï est rassemblement de grandes quantités d'eau collectées en masse. Altan Khan choisit ce terme car il impliquait que Sonam Gyatso était le chef de toutes les écoles du bouddhisme tibétain. Il souhaitait ainsi que son propre projet politique soit poursuivi par Sonam Gyats.

C'est en 1950, à l'âge de quinze ans, que le dalaï-lama actuel devient chef d'Etat et du gouvernement tibétain. En 1951, à la suite de la signature de l'Accord en 17 points, qui reconnaît la souveraineté de la Chine sur le Tibet, il promet de coopérer avec la Chine. En 1954, il est nommé vice-président du Comité permanent de l'Assemblée nationale populaire de la République populaire de Chine (RPC), devenant le premier dalaï-lama dans l'histoire à occuper un poste de dirigeant de l'Etat chinois. En 1956, il devient président du comité préparatoire à l'établissement de la Région autonome du Tibet nouvellement créé. Le dalaï-lama demeura au Tibet jusqu'en mars 1959, date à laquelle il fut contraint de s'exiler en Inde, à la suite de la répression du soulèvement tibétain de 1959. Il établit en Inde, à Dharamsala, un gouvernement tibétain en exil.

Depuis son exil, le dalaï-lama est dénoncé systématiquement par le gouvernement chinois qui le qualifie d'« indépendantiste ».

Des associations internationales dénoncent la répression visant la religion au Tibet : mise en résidence surveillée, en 1995, du panchen-lama désigné par le 14e dalaï-lama, Gedhun Choekyi Nyima, destruction en 2001 de l'institut bouddhiste de Serthar fondé par Khenpo Jigme Phuntsok, mis en résidence surveillée et disparu dans des circonstances douteuses ou encore la condamnation à une peine de prison à vie de Tenzin Delek Rinpoché en 2005.

Le 14e Dalaï-Lama, Tenzin Gyatso, reçoit le soutien de nombreuses personnalités, dont celui du président George W. Bush, et, plus modérément, de Barack Obama, et d'institutions de par le monde pour sa lutte non-violente pour la liberté du Tibet.

Il reçoit le Prix Nobel de la paix en 1989 et la Médaille d'or du Congrès des Etats-Unis le 17 octobre 2007.

357 Le christianisme est une religion abrahamique fondée sur l'enseignement, la personne et la vie de Jésus de Nazareth, tels qu'interprétés à partir du Nouveau Testament. Il s'agit d'une religion du salut considérant Jésus-Christ comme le Messie annoncé par les prophètes de l'Ancien Testament ; la foi en la résurrection de Jésus est au cœur du christianisme car elle signifie le début d'un espoir d'éternité libéré du mal.

Les premières communautés chrétiennes naissent au Ier siècle en Judée et dans les grandes villes de la diaspora juive telles que Rome, Ephèse, Antioche et Alexandrie.

Le christianisme s'est développé à partir du Ier siècle dans le contexte des communautés juives du Moyen-Orient et en particulier des communautés juives hellénisées.

A la mi-2015, le nombre total de chrétiens dans le monde est évalué à 2,4 milliards, ce qui en fait la religion comptant le plus grand nombre de fidèles au monde devant l'islam et l'hindouisme.

La Trinité est un concept chrétien remontant à Tertullien, qui présente le Dieu unique sous forme d'une trinité de trois « personnes » (Tertullien) divines, ou de trois « hypostases » (Origène), fondamentalement distinctes : le Père, le Fils et le Saint-Esprit, ce qui peut faire écho à une formule trinitaire de l'évangile selon Matthieu. Celle-ci renvoie au baptême de Jésus-Christ : « au nom du Père, du Fils et du Saint-Esprit ». Cette notion donne lieu à de multiples approches et vigoureux débats dès le IIIe siècle. Le terme de « personne » a prêté à de nombreuses interprétations et, par exemple, Augustin d'Hippone précise que ce terme, humain, ne définit qu'imparfaitement la Trinité.

Cette controverse contribue, parmi d'autres différends séculaires, au schisme de 1054 entre catholiques et orthodoxes. Quelques siècles plus tard, d'autres controverses ont conduit, dans le monde orthodoxe, au bogomilisme, et dans le monde catholique au catharisme et au protestantisme. De plus, certains chrétiens tels que les unitaristes, certains groupes adventistes, les Témoins de Jéhovah et l'Eglise de Dieu (Septième Jour) n'admettent pas le dogme de la Trinité. Ces derniers sont appelés « antitrinitaires ».

3. DE LA PREHISTOIRE JUSQU'A LA REVOLUTION FRANÇAISE

Ce chapitre est composé de **4 sections** pour un total de **160 questions**.

1. La Préhistoire
2. L'Antiquité
3. Le Moyen Age
4. Epoque moderne

[A SAVOIR !]

110 Les numéros de questions de ce type signifient qu'il n'y a qu'une seule et unique réponse juste à la question posée.

111 Les numéros de questions de ce type signifient qu'il y a **plusieurs (2 ou plus) réponses possibles justes à la question.**

[UN CONSEIL IMPORTANT]

Nous vous conseillons vivement de répondre à toutes les questions d'une section avant d'en découvrir les solutions. L'erreur consiste en effet généralement à traiter une question et à vérifier aussitôt la réponse parce que l'on veut s'assurer d'avoir trouvé la réponse juste ou parce que l'on est impatient de la découvrir dans le cas où on ne la connaît pas. Si vous souhaitez sérieusement progresser, vous devez absolument vous imprégner du thème traité par la section et répondre d'un trait à toutes les questions d'une section.

[QUELQUES MOTS SUR...]

1. La Préhistoire [LAROUSSE]

Selon que l'on considère que l'Homme est représenté par le seul genre Homo ou également par le genre Australopithecus, la Préhistoire débute donc respectivement il y a environ 3 Ma ou il y a environ 5 Ma.

2. L'Antiquité [WIKIPEDIA]

L'Antiquité est la première des époques de l'Histoire connue. Pour une civilisation, l'Antiquité commence avec le développement ou l'adoption de l'écriture. Le passage à l'Antiquité s'est donc produit à différentes périodes pour les différents peuples. L'Antiquité suit la période de la Préhistoire. De la même manière, l'Antiquité se termine à différentes dates pour différentes régions du monde, et précède le Moyen Age ou l'Epoque moderne, selon la civilisation.

En histoire européenne, l'Antiquité désigne la période des civilisations de l'écriture autour de la Méditerranée et au Moyen-Orient, après la Préhistoire, et avant le Moyen Age. La majorité des historiens estime que l'Antiquité y commence au IVe millénaire av. J.-C. (–3500, –3000 avant J.-C.) avec l'invention de l'écriture en Mésopotamie et en Egypte, et voit sa fin durant les grandes migrations eurasiennes autour du ve siècle (300 à 600). La date symbolique est relative à une civilisation ou une nation. La déposition du dernier empereur romain d'Occident en 476 est un repère conventionnel pour l'Europe occidentale, mais d'autres bornes peuvent être significatives de la fin du monde antique.

3. Le Moyen Age [WIKIPEDIA]]

Le Moyen Age est une époque de l'Histoire située entre l'Antiquité et l'Epoque moderne. Elle s'étend donc sur une durée de près de mille ans. Le trait caractéristique du Moyen Age, qui lui confère une unité relative, est l'importance de la religion, avant que ne s'amorce le processus de sécularisation au début de l'Epoque moderne. Les arts tenaient également une place tout à fait significative. Les relations entre les différentes religions ont souvent été source de tensions et de conflits, encore qu'il y eût des périodes de tolérance qui furent très fécondes pour la structuration du savoir, avec l'élaboration de la scolastique à partir de la philosophie d'Aristote.

4. L'Epoque moderne [WIKIPEDIA]

L'Epoque moderne – ou les temps modernes – couvre la période historique commençant à la fin du Moyen Age, généralement placée en 1453 ou en 1492. Selon les historiens français, cette période s'arrête avec la Révolution française, marquée généralement en 1789 ou 1792, et c'est l'époque contemporaine qui lui succède. Mais pour les historiens des autres pays occidentaux, l'Epoque moderne est toujours en cours et l'époque contemporaine a une autre définition. Dans cette perspective, l'Epoque moderne est celle où triomphent les valeurs de la modernité (le progrès, la communication, la raison). A l'inverse, la période précédente, le Moyen Age, a longtemps été considérée comme un âge obscur, ou comme une sombre parenthèse. L'esprit de l'Epoque moderne cherche à se référer non pas au Moyen Age, mais à un passé plus lointain, l'Antiquité, vu comme l'époque classique.

1. La préhistoire

371 Qui sont les australopithèques ?

- ☐ A. Les habitants de l'Australie
- ☐ B. Les premiers singes bipèdes et premiers ancêtres de l'homme
- ☐ C. Les ancêtres directs de l'homme

372 Le feu est découvert par…

- ☐ A. L'homme de Cro-Magnon
- ☐ B. L'homo erectus
- ☐ C. L'homo habilis

373 La période du deuxième millénaire avant notre ère se nomme :

- ☐ A. L'âge de la pierre
- ☐ B. L'âge de fer
- ☐ C. L'âge du bronze

374 La Préhistoire se termine…

- ☐ A. A la naissance de Jésus-Christ
- ☐ B. A l'invention de l'écriture
- ☐ C. A l'invention de la roue

375 Dans quelle région l'écriture apparaît-elle en premier lieu ?

- ☐ A. Sumer (en Mésopotamie)
- ☐ B. Israël
- ☐ C. Egypte

376 Le Néolithique est aussi appelé la période :

- ☐ A. De la pierre polie
- ☐ B. De la pierre taillée
- ☐ C. De la pierre sculptée

377 A partir de quelle date parle-t-on d'Histoire et non plus de Préhistoire ?

- ☐ A. Vers 4800 avant notre ère
- ☐ B. Vers 3200 avant notre ère
- ☐ C. Vers 2000 avant notre ère

378 D'où Lucy, l'australopithèque découverte en 1974 en Ethiopie, tire-t-elle son nom ?

- ☐ A. Des initiales gravées à côté de sa dépouille
- ☐ B. Du prénom de la grand-mère de l'archéologue qui l'a découverte
- ☐ C. D'une chanson de Pascal Obispo
- ☐ D. D'une chanson des Beatles

2. L'antiquité

379 La civilisation maya s'est développée :

- ☐ A. Au Laos
- ☐ B. En Equateur
- ☐ C. Au Mexique
- ☐ D. Au Guatemala

380 Les aborigènes sont :

- ☐ A. Une tribu indienne d'Amazonie
- ☐ B. Les premiers habitants du continent australien
- ☐ C. Une peuplade du grand nord
- ☐ D. Un peuple mythique

381 Quand commence la civilisation égyptienne ?

- ☐ A. Environ en 5000 avant notre ère
- ☐ B. Environ en 3000 avant notre ère
- ☐ C. Environ en 1500 avant notre ère

382 L'organisation politique de l'Egypte antique est :

- ☐ A. Une oligarchie
- ☐ B. Une monarchie théologique
- ☐ C. Une fédération d'Etats

383 Ce pharaon, hérétique, répudia le syncrétisme de la région officielle de l'Egypte. Il fonda le monothéisme affirmant la bonté providentielle du soleil qui chaque matin fait renaître la vie. Il imposa le silence aux puissants prêtres d'Amon mais, ivre de dieu, il négligea de défendre son empire. Il se nomme :

- ☐ A. Akhenaton
- ☐ B. Aménophis III
- ☐ C. Ramsès III
- ☐ D. Toutankhamon

384 En Egypte, la dynastie des Lagides débute avec le règne de :

- ☐ A. Cléopâtre VII
- ☐ B. Ptolémée I
- ☐ C. Césarion

385 Ramsès II mène pendant son règne de nombreuses guerres contre :

- ☐ A. Les Etrusques
- ☐ B. Les Hittites
- ☐ C. Les Phéniciens

386 Imhotep est :

- ☐ A. Un architecte
- ☐ B. Un dieu égyptien
- ☐ C. Un pharaon

387 Le pharaon Akhenaton instaure une forme de monothéisme en faveur du dieu :

- ☐ A. Amon
- ☐ B. Akhe
- ☐ C. Aton
- ☐ D. Osiris

388 Que représente le Sphinx ?

- ☐ A. Un chien à tête humaine
- ☐ B. Un lion à tête humaine
- ☐ C. Un chat à tête humaine

389 Les pyramides de Khéops, Chépren et Mykérinos ont été construites :

- ☐ A. A Saqqarah
- ☐ B. Dans la vallée des Reines
- ☐ C. A Louqsor
- ☐ D. Sur le plateau de Gizeh

390 La plus grande pyramide égyptienne est celle de :

- ☐ A. Khéops
- ☐ B. Khéphren
- ☐ C. Mykérinos

391 Où se situe exactement la vallée des Rois en Egypte ?

- ☐ A. Au Caire
- ☐ B. A Louqsor
- ☐ C. A Gizeh

392 En Egypte, pendant l'Antiquité, les nomes sont :

- ☐ A. Des divinités
- ☐ B. Des paysans
- ☐ C. Les circonscriptions administratives du pays

393 En Egypte, pendant l'Antiquité, la pièce la plus importante du mobilier funéraire est :

- ☐ A. La barque funéraire
- ☐ B. La stèle
- ☐ C. Le sarcophage
- ☐ D. Le char

394 La couronne blanche des pharaons représente :

- ☐ A. La Basse-Egypte
- ☐ B. La Haute-Egypte
- ☐ C. La Moyenne-Egypte

395 Le papyrus est la plante symbole de la civilisation :

- ☐ A. Romaine
- ☐ B. Byzantine
- ☐ C. Ottomane
- ☐ D. Egyptienne
- ☐ E. Aucune de ces réponses n'est bonne

396 Du point de vue politique, quand prend fin la civilisation égyptienne ?

- ☐ A. Environ en 1000 avant notre ère
- ☐ B. Environ en 300 avant notre ère
- ☐ C. Environ en 30 avant notre ère

397 En quelle année trouve-t-on le tombeau de Toutankhamon ?

- ☐ A. 1922
- ☐ B. 1942
- ☐ C. 1962

398 Quel peuple pille la ville de Babylone en 1595 avant notre ère ?

- ☐ A. Les Assyriens
- ☐ B. Les Chaldéens
- ☐ C. Les Hittites

399 A quelle époque se situe la Babylone de Nabuchodonosor II ?

- ☐ A. Au IIe millénaire avant notre ère
- ☐ B. Aux VIIe et VIe siècles avant notre ère
- ☐ C. Au IVe siècle avant notre ère

400 Quel est le roi de Macédoine qui a fondé une douzaine de villes dont une porte son nom ?

- ☐ A. Hérodote
- ☐ B. Philippe II
- ☐ C. Alexandre le Grand

401 Comment Alexandre le Grand résoud-il le problème du nœud gordien ?

- ☐ A. En le dénouant patiemment
- ☐ B. En le tranchant d'un coup d'épée
- ☐ C. En le contournant

402 Qui intervient dans la formation de la démocratie athénienne ?

- ☐ A. Démosthène
- ☐ B. Solon
- ☐ C. Lycurgue
- ☐ D. Clisthène

403 Quel législateur de Sparte instaure un partage agraire équitable et une sévère discipline sociale et militaire ?

- ☐ A. Démosthène
- ☐ B. Solon
- ☐ C. Lycurgue
- ☐ D. Clisthène

404 Qui encourage l'accès de la magistrature aux citoyens ?

- ☐ A. Protagoras
- ☐ B. Pythagore
- ☐ C. Héraclite
- ☐ D. Périclès

405 Quel homme d'Etat athénien rappelle « qu'un homme qui ne se mêlait pas de politique était un homme inutile » ?

- ☐ A. Protagoras
- ☐ B. Thucydide
- ☐ C. Héraclite
- ☐ D. Périclès

406 Quels sont les mots liés aux principes de la démocratie antique ?

- ☐ A. Isonomie
- ☐ B. Iségorie
- ☐ C. Agora
- ☐ D. Forum

407 Le libre accès des magistratures publiques aux citoyens libres et l'égalité devant les lois est traduit par le terme antique :

- ☐ A. Isonomie
- ☐ B. Iségorie
- ☐ C. Agora
- ☐ D. Forum

408 Comment s'appelle la place publique chez les Athéniens ?

- ☐ A. L'acropole
- ☐ B. La concorde
- ☐ C. L'agora
- ☐ D. Le forum

409 La démocratie athénienne n'était pas parfaite. Quels sont les trois groupes sociaux exclus de la vie politique ?

- ☐ A. Citoyens, femmes et esclaves
- ☐ B. Femmes, métèques et esclaves
- ☐ C. Femmes, citoyens et métèques
- ☐ D. Citoyens, esclaves et métèques

410 Quand se déroule la bataille de Marathon ?

- ☐ A. En 498 avant notre ère
- ☐ B. En 490 avant notre ère
- ☐ C. En 480 avant notre ère

411 Comment appelle-t-on les guerres qui ont opposé les Empires perse et grec au Ve siècle avant Jésus-Christ ?

- ☐ A. Les guerres Persiques
- ☐ B. Les guerres du Péloponnèse
- ☐ C. Les guerres Puniques
- ☐ D. Les guerres Médiques

412 Un barbare, c'est :

- ☐ A. Dans l'Antiquité grecque, celui qui ne parle pas le grec
- ☐ B. Celui qui mange des figues
- ☐ C. Un homme très barbu
- ☐ D. Un viking

413 Quelle autre mer que la Méditerranée les Grecs anciens connaissent-ils ?

- ☐ A. La mer Caspienne
- ☐ B. La mer Noire
- ☐ C. La mer Rouge
- ☐ D. La mer Egée

414 En quelle année ont lieu les premiers Jeux olympiques ?

- ☐ A. En 776 avant notre ère
- ☐ B. En 500 avant notre ère
- ☐ C. En l'an 1000
- ☐ D. En 600 avant notre ère

415 Qui est le premier empereur de Rome ?

- ☐ A. Pompée
- ☐ B. Auguste
- ☐ C. Jules César
- ☐ D. Néron

416 Empereur romain pacifique, il vécut de 76 à 138. Pour fortifier les frontières de l'empire en Angleterre, il fit édifier un long mur. Voyageur infatigable, il parcourut l'empire en tous sens. Pénétré de culture grecque, il encouragea les lettres et les arts. Marguerite Yourcenar en fera le personnage principal d'un de ses romans. De qui s'agit-il ?

- ☐ A. Octave
- ☐ B. Caracalla
- ☐ C. Hadrien
- ☐ D. Marc Aurèle

417 Quels frères romains ont été assassinés pour avoir promulgué des lois agraires favorables aux paysans ?

- ☐ A. Les Gracques
- ☐ B. Les Donatien
- ☐ C. Les Cicéron

418 Fils d'une riche famille romaine, Jules César devient le personnage le plus important de Rome après la conquête des Gaules. En 44 avant notre ère, César meurt… :

- ☐ A. De vieillesse dans son lit entouré de son fils adoptif et de sa cour
- ☐ B. Transpercé de 23 coups de couteau donnés par des sénateurs et par son propre fils adoptif
- ☐ C. Empoisonné par un esclave gaulois qui agissait sous l'ordre de son premier conseiller
- ☐ D. Des suites d'une blessure reçue durant la guerre des Gaules

419 Qui a dit : « Je suis venu, j'ai vu, j'ai vaincu » ?

- ☐ A. Hadrien
- ☐ B. Néron
- ☐ C. Vercingétorix
- ☐ D. César

420 Néron, personnage de la tragédie de Jean Racine *Britannicus*, a réellement existé. Qui est-il ?

- ☐ A. Un citoyen grec
- ☐ B. Un esclave romain
- ☐ C. Un sénateur romain
- ☐ D. Un empereur romain

421 L'édit de Caracalla de 212, également appelé « *constitutio antoniniana* », est une des lois les plus connues de l'empire romain :

- ☐ A. Il supprime l'esclavage dans tout l'empire
- ☐ B. Il accorde la citoyenneté romaine à tous les hommes libres de l'empire qui ne l'avaient pas encore
- ☐ C. Il accorde la citoyenneté romaine à tous les étrangers qui la demandent

422 Qu'est-ce qu'un triumvirat à Rome ?

- ☐ A. Une salle à manger
- ☐ B. Un jardin intérieur
- ☐ C. L'association de trois hommes pour gouverner
- ☐ D. Une course de chars dans le colisée

423 Sous Jules César, quand a lieu la fin de l'année romaine dans la Rome antique ?

- ☐ A. Fin février
- ☐ B. Fin juin
- ☐ C. Fin octobre
- ☐ D. Fin décembre

424 Quelle révolte provoque la destruction de Jérusalem par les armées romaines ?

- ☐ A. La révolte des Maccabées
- ☐ B. La révolte des Zélotes
- ☐ C. La révolte des Esséniens

425 Qui les guerres puniques opposent-elles ?

- ☐ A. Rome et Carthage
- ☐ B. Rome et Athènes
- ☐ C. Athènes et Sparte
- ☐ D. Rome et Troie

426 Comment écrivent les gaulois ?

- ☐ A. Avec des burins
- ☐ B. Avec des pinceaux
- ☐ C. Ils n'écrivent pas

427 Quand se situe la guerre des Gaules ?

- ☐ A. En 65-55 avant notre ère
- ☐ B. En 61-48 avant notre ère
- ☐ C. En 58-51 avant notre ère

428 Jules César défait Vercingétorix à Alésia :

- ☐ A. En 52 avant notre ère
- ☐ B. En 52
- ☐ C. C'est Vercingétorix qui bat César

429 Hérodote, Tacite et Tite-Live sont :

- ☐ A. Des historiens de l'Antiquité
- ☐ B. Des architectes romains
- ☐ C. Des généraux d'Alexandre le Grand

430 Hannibal est un chef militaire de :

- ☐ A. Rome
- ☐ B. Carthage
- ☐ C. Athènes
- ☐ D. Moscou

431 Quel grand stratège traverse les Alpes avec des éléphants en 218 avant notre ère ?

- ☐ A. Jules César
- ☐ B. Hannibal
- ☐ C. Marc-Antoine

432 Qui est surnommé le fléau de Dieu ?

☐ A. Clovis
☐ B. Attila
☐ C. Saladin

433 Au ve siècle, quel chef venu de l'est déferle avec ses hordes sur l'Europe ?

☐ A. Attila
☐ B. Gengis Khan
☐ C. Soliman

3. Le Moyen Age

434 Clovis est baptisé :

☐ A. A Rome
☐ B. A Aix-la-Chapelle
☐ C. A Reims

435 En quelle année Charles Martel arrête-t-il les Arabes à Poitiers ?

☐ A. 496
☐ B. 732
☐ C. 1096
☐ D. 1214

436 Qui est le fils de Charles Martel et le père de Charlemagne ?

☐ A. Pépin le Bref
☐ B. Dagobert Ier
☐ C. Charles III le Gros

437 Pépin le Bref, roi des Francs en 751, est un :

☐ A. Mérovingien
☐ B. Carolingien
☐ C. Capétien

438 Qui couronne-t-on empereur en l'an 800 ?

☐ A. Charles Quint
☐ B. Hugues Capet
☐ C. Clovis
☐ D. Charlemagne

439 Quelle ville Charlemagne choisit-il pour capitale ?

☐ A. Paris
☐ B. Reims
☐ C. Aix-la-Chapelle
☐ D. Chartres

440 Qu'évoque la date du 11 août 843 ?

☐ A. Le couronnement de Charlemagne
☐ B. La mort de Charlemagne
☐ C. Le traité de Verdun

441 Quel traité partage l'empire de Charlemagne entre ses trois petits-fils ?

☐ A. Le traité de Verdun
☐ B. Le traité de Paris
☐ C. Le traité de Strasbourg

442 Quel nom portent les inspecteurs envoyés par Charlemagne dans les provinces ?

☐ A. Messire Dominissi
☐ B. Messies Dominici
☐ C. Missi Dominici

443 Après la mort de Charlemagne en 814, l'empire d'Occident perdit son unité. Celle-ci fut rétablie au Xe siècle en Germanie avec :

- ☐ A. Saint Louis
- ☐ B. Richard Cœur de Lion
- ☐ C. Henri Ier duc de Saxe
- ☐ D. Aucune de ces réponses n'est bonne

444 A quelle dynastie appartient le roi Dagobert Ier ?

- ☐ A. La dynastie des Carolingiens
- ☐ B. La dynastie des Mérovingiens
- ☐ C. La dynastie des Capétiens
- ☐ D. Aucune de ces réponses n'est bonne

445 Que crée Otton Ier en 962 ?

- ☐ A. Un système monétaire européen
- ☐ B. Le Saint-Empire romain germanique
- ☐ C. La plus grande cathédrale d'Europe

446 Qui est le premier roi capétien ?

- ☐ A. Hugues Capet
- ☐ B. Clovis
- ☐ C. Louis XI

447 Hugues Capet devient roi de France :

- ☐ A. En 897
- ☐ B. En 987
- ☐ C. En 1000

448 Vers l'an 1000, des marins à la recherche de nouvelles terres où s'installer découvrent les premiers l'Amérique et installent une colonie à Terre-Neuve qu'ils baptisent Vinland (le pays des vignes). Qui est ce peuple ?

- ☐ A. Les Vikings
- ☐ B. Les Phéniciens
- ☐ C. Les Goths

449 Les Vikings étaient originaires :

- ☐ A. Des pays scandinaves
- ☐ B. De Germanie
- ☐ C. D'Irlande
- ☐ D. D'Angleterre

450 Quelles sont les origines des Wisigoths ?

- ☐ A. Germaniques
- ☐ B. Slaves
- ☐ C. Scandinaves

451 De quel pays sont issus les royaumes combattants ?

- ☐ A. Le Pakistan
- ☐ B. L'Inde
- ☐ C. La Chine

452 Quel grand ouvrage permet de relier la Chine du Nord à celle du Sud dans l'Empire chinois sous le pouvoir des Tang au VIIe siècle ?

- ☐ A. Le canal de Suez
- ☐ B. La Grande Muraille
- ☐ C. Le Grand canal

453 La Hongrie est fondée par Etienne Ier de Hongrie en :

- ☐ A. L'an 1000
- ☐ B. L'an 1200
- ☐ C. L'an 1500

454 Relevez chaque affirmation juste à propos de la bataille de Bouvines :

- ☐ A. Philippe Auguste dirigeait les troupes royales françaises
- ☐ B. C'est une victoire française
- ☐ C. C'est une défaite française
- ☐ D. Elle a eu lieu au début du XVe siècle

455 En quelle année a eut lieu la bataille de Bouvines ?

- ☐ A. 1200
- ☐ B. 1210
- ☐ C. 1214
- ☐ D. 1224

456 Rodolphe Ier, empereur du Saint-Empire romain germanique (1273), appartient à la famille des :

- ☐ A. Hohenstaufen
- ☐ B. Habsbourg
- ☐ C. Hohenberg

457 Que sont les croisades ?

- ☐ A. Des guerres religieuses entre pays frontaliers
- ☐ B. Des expéditions militaires destinées à délivrer Jérusalem de la domination musulmane
- ☐ C. Les pèlerinages des catholiques en Terre Sainte

458 Au cours de quel(s) siècle(s) ont lieu les croisades ?

- ☐ A. Au Xe
- ☐ B. Du XIe au XIIIe
- ☐ C. Au XIVe
- ☐ D. Au XVe

459 En quelle année le pape Urbain II lance-t-il la première croisade vers Jérusalem ?

- ☐ A. 885
- ☐ B. 1096
- ☐ C. 1333

460 Le chef de la première croisade qui reprit Jérusalem aux Egyptiens en 1099 est :

- ☐ A. Bertrand du Guesclin
- ☐ B. Godefroi de Bouillon
- ☐ C. Richard Cœur de Lion
- ☐ D. Jeanne d'Arc

461 Qui est la mère de Saint Louis ?

- ☐ A. Isabelle de Bavière
- ☐ B. Aliénor d'Aquitaine
- ☐ C. Blanche de Castille

462 Où meurt Saint Louis en 1270 lors de la huitième croisade ?

- ☐ A. Jérusalem
- ☐ B. Tunis
- ☐ C. Alexandrie

463 Quel roi appelle-t-on Saint Louis ?

- ☐ A. Louis IX
- ☐ B. Louis X
- ☐ C. Louis XI
- ☐ D. Louis XII

464 Quel est le surnom de Philippe III ?

☐ A. Le Beau
☐ B. Le Bel
☐ C. Le Hardi
☐ D. Le Hutin

465 Qui fonde l'empire Ottoman ?

☐ A. Les Turcs
☐ B. Les Perses
☐ C. Les Iraniens
☐ D. Les Phéniciens

466 Quel est l'autre nom de Constantinople ?

☐ A. Alexandrie
☐ B. Carthage
☐ C. Byzance
☐ D. Sparte
☐ E. Babylone

467 Qui dirige l'Empire ottoman ?

☐ A. Un empereur
☐ B. Un sultan
☐ C. Un pharaon
☐ D. Aucune de ces réponses n'est bonne

468 Au temps de sa splendeur, l'Empire ottoman s'étend sur :

☐ A. 3 continents
☐ B. 4 continents
☐ C. 5 continents

469 Quel événement marque la fin de l'Empire byzantin ?

☐ A. La prise de Constantinople par les Romains
☐ B. La prise de Constantinople par les Perses
☐ C. La prise de Constantinople par les Ottomans

470 En quelle année a lieu la bataille de Koulikovo qui opposa les Mongols et les Russes ?

☐ A. 1380
☐ B. 1580
☐ C. 1780

471 En quelle année Jean II Le Bon crée-t-il le franc disparu en 2002 ?

☐ A. 1360
☐ B. 1560
☐ C. 1760

472 La guerre de Cent Ans n'a pas réellement duré cent ans. Quelles sont ses dates de début et de fin ?

☐ A. 1270-1356
☐ B. 1337-1453
☐ C. 1382-1476

473 La guerre de Cent Ans oppose :

☐ A. La France à l'Allemagne
☐ B. L'Angleterre à l'Irlande
☐ C. La France à l'Angleterre
☐ D. La France à l'Espagne

474 En quelle année Jeanne d'Arc contraint-elle les Anglais à abandonner le siège d'Orléans ?

☐ A. 1409
☐ B. 1419
☐ C. 1429
☐ D. 1439

475 A quel roi Jeanne d'Arc rend-elle confiance ?

☐ A. Charles V le Sage (1338-1380)
☐ B. Charles VII (1403-1461)
☐ C. Jean sans Peur, duc de Bourgogne (1371-1419)
☐ D. Louis XI, fils de Charles VII (1423-1483)

476 Quelle est la date de la bataille d'Azincourt ?

☐ A. 1315
☐ B. 1415
☐ C. 1515

477 A la fin de la guerre de Cent Ans en 1453, la ville qui resta aux mains des ennemis de la France est :

☐ A. Calais
☐ B. Bordeaux
☐ C. Lille
☐ D. Orléans

478 L'Invincible Armada désigne :

☐ A. Une flotte très importante
☐ B. La flotte de guerre de Philippe II d'Espagne
☐ C. Une bataille terrestre opposant de très puissantes armées
☐ D. Une cohue

479 Quelle est la date de la prise de Constantinople par les Turcs ?

☐ A. 1431
☐ B. 1451
☐ C. 1453
☐ D. 1463

480 Parmi leurs obligations, les paysans devaient fournir à leur seigneur du temps de travail gratuit. Cette obligation s'appelle :

☐ A. Les banalités
☐ B. La corvée
☐ C. Le cens

481 Quelle est la raison principale pour laquelle les paysans se soumettent à l'autorité d'un seigneur et deviennent des locataires sur leurs propres terres ?

☐ A. Pour se nourrir plus facilement
☐ B. Pour bénéficier de la protection de leur seigneur
☐ C. Pour travailler plus facilement
☐ D. Parce qu'ils y sont contraints par décret royal

482 Sous l'Ancien Régime, les banalités figurent parmi les droits seigneuriaux. Que désignent-elles ?

☐ A. L'usage obligatoire et payant des installations seigneuriales
☐ B. L'accomplissement de travaux gratuits
☐ C. Le paiement d'une rente en espèces
☐ D. Le paiement d'une rente en nature

483 Au XIIe siècle, la création des communes s'étendit en Europe. L'habitant de ces communes s'appelle :

☐ A. Le bourgeois
☐ B. L'échevin
☐ C. Le doge
☐ D. Le capitoul

484 Au Moyen Age, le cérémonial par lequel un seigneur arme un chevalier en lui chaussant l'éperon droit, comme la coutume le voulait, lui prend l'épée, la lui ceint et lui donne l'accolade, correspond à :

- ☐ A. L'adoubement
- ☐ B. L'anoblissement
- ☐ C. L'armement
- ☐ D. Le harnachement

485 Au Moyen Age, quel pays européen a le monopole du commerce des épices avec l'Orient ?

- ☐ A. La France
- ☐ B. L'Espagne
- ☐ C. L'Italie

486 Pour augmenter leur production agricole, les paysans utilisent au Moyen Age une technique agricole qui consiste à laisser leur terre agricole reposer un an sur trois. Cette technique se nomme :

- ☐ A. La jachère
- ☐ B. La friche
- ☐ C. L'assolement triennal

487 Sous l'Ancien Régime, la gabelle est un impôt sur :

- ☐ A. Le sel
- ☐ B. La farine
- ☐ C. Le bétail
- ☐ D. Les épices

488 Comment appelle-t-on les révoltes paysannes sous l'Ancien Régime ?

- ☐ A. La Grande Jacquerie
- ☐ B. Les rixes
- ☐ C. Les grabuges

489 Dans quelle ville les rois de France sont-ils sacrés ?

- ☐ A. Troyes
- ☐ B. Reims
- ☐ C. Paris

490 Sous quel roi Paris devient-elle capitale ?

- ☐ A. Sous Louis IX
- ☐ B. Sous Philippe le Bel
- ☐ C. Sous Henri IV

491 Comment appelle-t-on les pirates qui poursuivent les vaisseaux ennemis pour le compte d'un roi ?

- ☐ A. Les flibustiers
- ☐ B. Les corsaires
- ☐ C. Les boucaniers

492 Quel nom donne-t-on au pavillon noir, à tête de mort, des pirates ?

- ☐ A. Death sign
- ☐ B. Jolly Roger
- ☐ C. Black flag

4. Epoque moderne

493 La Renaissance correspond :

- ☐ A. Aux XIIIe et XIVe siècles
- ☐ B. Aux XVe et XVIe siècles
- ☐ C. Aux XVIIe et XVIIIe siècles

494 **Le mouvement de la Renaissance se répandit en Europe dans les domaines littéraire, artistique et scientifique. Parmi les propositions suivantes, laquelle correspond a cette période ?**

- ☐ A. Henri II, fils de François Ier et époux de Catherine de Médicis, met fin aux guerres d'Italie par le traité du Cateau-Cambrésis
- ☐ B. Michel-Ange peint les fresques de la chapelle Sixtine
- ☐ C. Copernic ouvre la voie de l'astronomie
- ☐ D. Montaigne écrit dans les *Essais* : « Savoir par cœur n'est pas savoir. »
- ☐ E. Aucune de ces réponses n'est bonne

495 **Sous le règne de quel souverain construit-on le château de Chambord ?**

- ☐ A. Henri IV
- ☐ B. François Ier
- ☐ C. Louis XIV

496 **Quels sont les vaincus de la bataille de Marignan, remportée en 1515 par François Ier ?**

- ☐ A. Les Suisses
- ☐ B. Les Italiens
- ☐ C. Les Prussiens

497 **Qui est surnommé « le chevalier sans peur et sans reproche » ?**

- ☐ A. François Ier
- ☐ B. Bertrand Du Guesclin
- ☐ C. Pierre du Terrail, Seigneur de Bayard

498 **Quel roi succède à François Ier ?**

- ☐ A. François II
- ☐ B. Charles IX
- ☐ C. Henri II
- ☐ D. Louis XII

499 **Quel est le dernier roi issu de la branche des Valois ?**

- ☐ A. Henri II
- ☐ B. Henri III
- ☐ C. Henri IV
- ☐ D. Charles IX

500 **Le successeur au trône impérial à la mort de l'empereur germanique Maximilien en 1519 fut :**

- ☐ A. François Ier
- ☐ B. Charles Quint
- ☐ C. Henri VIII

501 **Qui est impliqué dans la Longue Guerre (1591-1606) ?**

- ☐ A. Les Habsbourg face aux Ottomans
- ☐ B. Les Byzantins face aux Ottomans
- ☐ C. L'Empire Russe face à l'Empire Germanique

502 **En 1607, les premiers Anglais s'installent en Amérique du Nord :**

- ☐ A. A Saint Augustine en Floride
- ☐ B. A l'embouchure du fleuve Saint-Laurent au Canada
- ☐ C. A Jamestown en Virginie

503 Laquelle de ces femmes est l'épouse de deux rois de France ?

- ☐ A. Anne de Bretagne
- ☐ B. Anne de Normandie
- ☐ C. Anne de Flandres

504 La reine d'Angleterre et d'Irlande surnommée « Marie la Sanglante » était :

- ☐ A. Marie Ire Tudor
- ☐ B. Marie Ire Stuart
- ☐ C. Marie-Thérèse

505 Il est roi d'Angleterre de 1625 à 1649. Il s'agit de :

- ☐ A. Charles Ier
- ☐ B. Cromwell
- ☐ C. Jacques Ier

506 A partir du XVIIe siècle au Royaume-Uni, le parti Whig est le principal adversaire du parti…

- ☐ A. Bill
- ☐ B. Tory
- ☐ C. Ecossais

507 Sous quel règne a lieu le massacre de la Saint-Barthélemy en 1572 ?

- ☐ A. Charles IX
- ☐ B. François Ier
- ☐ C. Henri IV
- ☐ D. Henri III

508 La branche des Valois s'éteint avec :

- ☐ A. François II
- ☐ B. Henri III
- ☐ C. Louis XII
- ☐ D. François Ier

509 Roi de France sacré à Chartres en 1594, il a accordé aux protestants la liberté de conscience et une liberté de culte limitée. Il s'agit de :

- ☐ A. Henri III
- ☐ B. Henri IV
- ☐ C. Louis XIII
- ☐ D. Louis XIV

510 Qui est l'assassin d'Henri IV ?

- ☐ A. Ravaillac
- ☐ B. Ravachol
- ☐ C. Ravagnac

511 Quel est le nom du ministre d'Henri IV auteur du redressement économique grâce à sa gestion rigoureuse ?

- ☐ A. Jean-Baptiste Lully
- ☐ B. Jean-Baptiste Colbert
- ☐ C. Le Duc de Sully

512 Le cardinal de Richelieu est le ministre de :

- ☐ A. Henri IV
- ☐ B. Louis XIV
- ☐ C. Louis XIII
- ☐ D. Louis XV

513 Le Premier ministre à qui Anne d'Autriche confia les affaires du gouvernement est :

- ☐ A. Henri de Condé
- ☐ B. Le Duc de Sully
- ☐ C. Le cardinal de Richelieu
- ☐ D. Le cardinal Mazarin
- ☐ E. Aucune de ces réponses n'est bonne

514 A quel âge Louis XIV devient-il roi de France ?

- ☐ A. 15 ans
- ☐ B. 10 ans
- ☐ C. 5 ans

515 Quelles sont les dates de règne de Louis XIV ?

- ☐ A. 1625-1705
- ☐ B. 1633-1705
- ☐ C. 1643-1715

516 Signé le 30 avril 1598, l'édit de Nantes règle la condition légale de l'église réformée en France et accorde la liberté religieuse avec des restrictions. Il est révoqué par :

- ☐ A. Henri III
- ☐ B. Henri IV
- ☐ C. Louis XIV
- ☐ D. Louis XVI

517 Que fait un intendant sous Louis XIV ?

- ☐ A. Il administre une province militaire
- ☐ B. Il représente le roi dans les provinces et a des pouvoirs importants
- ☐ C. Il organise les fêtes et cérémonie du roi

518 Quel est le lien de famille entre Louis XIV et Louis XV ?

- ☐ A. Louis XV était le fils de Louis XIV
- ☐ B. Louis XV était le petit-fils de Louis XIV
- ☐ C. Louis XV était l'arrière petit-fils de Louis XIV
- ☐ D. Louis XV était le neveu de Louis XIV

519 Homme d'Etat français du XVIIIe siècle, il engage une réforme administrative de l'Etat et permet la naissance de l'industrie et du commerce. Il s'agit de :

- ☐ A. Maximilien de Béthune dit Duc de Sully
- ☐ B. Jean-Baptiste Colbert
- ☐ C. Sébastien Le Prestre dit marquis de Vauban
- ☐ D. Jules Mazarin

520 Colbert tente d'augmenter la production industrielle en créant :

- ☐ A. Les bourses de commerce
- ☐ B. Les impôts
- ☐ C. Les manufactures

521 Au XVIIe siècle, quels sont les critères de sélection pour intégrer la milice provinciale ?

- ☐ A. Etre célibataire
- ☐ B. Ne pas avoir d'enfant
- ☐ C. Etre veuf
- ☐ D. Aucune de ces réponses n'est bonne : la sélection se faisait par tirage au sort

522 La ville de Québec est fondée en :

- ☐ A. 1508
- ☐ B. 1608
- ☐ C. 1708
- ☐ D. 1808

523 En 1620, le Mayflower termine son voyage vers l'Amérique avec à son bord :

- ☐ A. Les fondateurs de la ville de New York
- ☐ B. Des esclaves
- ☐ C. Des pèlerins anglais
- ☐ D. Des huguenots néerlandais chassés de leur pays

524 Trouvez l'intrus parmi cette liste de personnages de la Renaissance :

- ☐ A. Johannes Gutenberg
- ☐ B. Nicolas Copernica
- ☐ C. Michel-Ange
- ☐ D. François Mansart

525 En 1768, la France réalise un achat important auprès de la République de Gênes. Il s'agit :

- ☐ A. De la Savoie
- ☐ B. De la Corse
- ☐ C. De la Vendée
- ☐ D. Du comté de Nice

526 Louis XVI est issu de la dynastie des :

- ☐ A. Bourbons
- ☐ B. Windsor
- ☐ C. Mérovingiens
- ☐ D. Plantagenêts

527 Quel est le nom exact de ce ministre de Louis XVI ?

- ☐ A. Turco
- ☐ B. Turgot
- ☐ C. Turbot
- ☐ D. Turandot
- ☐ E. Turot

528 A quelle date les Etats-Unis deviennent-ils indépendants ?

- ☐ A. Le 4 juillet 1472
- ☐ B. Le 4 juillet 1573
- ☐ C. Le 4 juillet 1675
- ☐ D. Le 4 juillet 1776

529 Quel est le nom de cet aristocrate français qui traverse l'océan Atlantique en 1777 pour venir en aide aux colons américains ?

- ☐ A. Louis Antoine de Saint-Just
- ☐ B. Gilbert du Motier de La Fayette
- ☐ C. Jean-Baptiste Kléber

530 Le premier président des Etats-Unis est :

- ☐ A. Abraham Lincoln
- ☐ B. Général Lee
- ☐ C. George Washington
- ☐ D. Franklin Roosevelt
- ☐ E. Benjamin Franklin

CORRIGE

Les réponses en bleu foncé font l'objet d'un complément de réponse après ce corrigé.

371 Les premiers singes bipèdes et premiers ancêtres de l'homme

372 L'homo erectus, il y a plus de 450 000 ans

373 L'âge du bronze

374 A l'invention de l'écriture

375 Sumer (en Mésopotamie)

376 De la pierre polie

377 Vers 3200 avant notre ère

378 D'une chanson des Beatles

379 Au Mexique, Au Guatemala

380 Les premiers habitants du continent australien

381 Environ en 3000 avant notre ère

382 Une monarchie théologique

383 Akhenaton

384 Ptolémée I

385 Les Hittites

386 Un architecte

387 Aton

388 Un lion à tête humaine

389 Sur le plateau de Gizeh

390 Khéops

391 A Louqsor

392 Les circonscriptions administratives du pays

393 Le sarcophage

394 La haute-Egypte

395 Egyptienne

396 Environ en 30 avant notre ère

397 1922

398 Les Hittites

399 Aux VIIe et VIe siècles avant notre ère

400 Alexandre le Grand

401 En le tranchant d'un coup d'épée

402 Démosthène, Solon, Clisthène

403 Lycurgue

404 Périclès

405 Thucydide

406 Isonomie, Iségorie, Agora, Forum

407 Isonomie

408 L'agora

409 Femmes, métèques et esclaves

410 En 490 avant notre ère

411 Les guerres Médiques

412 Dans l'Antiquité grecque, celui qui ne parle pas le grec

413 La mer Noire

414 En 776 avant notre ère

415 Auguste

416 Hadrien

417 Les Gracques

418 Transpercé de 23 coups de couteau donnés par des sénateurs et par son propre fils adoptif

419 César

420 Un empereur romain

421 Il accorde la citoyenneté romaine à tous les hommes libres de l'empire qui ne l'avaient pas encore

422 L'association de trois hommes pour gouverner

423 Fin février

424 La révolte des Zélotes

425 Rome et Carthage

426 Ils n'écrivent pas
427 En 58-51 avant notre ère
428 En 52 avant notre ère
429 Des historiens de l'Antiquité
430 Carthage
431 Hannibal
432 Attila
433 Attila
434 A Reims
435 732
436 Pépin le Bref
437 Carolingien
438 Charlemagne
439 Aix-la-Chapelle
440 Le traité de Verdun
441 Le traité de Verdun
442 Missi Dominici
443 Henri Ier duc de Saxe
444 La dynastie des Mérovingiens
445 Le saint-Empire romain germanique
446 Hugues Capet
447 En 987
448 Les Vikings
449 Des pays scandinaves
450 Germaniques
451 La Chine
452 Le Grand canal
453 L'an 1000
454 Philippe Auguste dirigeait les troupes royales françaises C'est une victoire française
455 1214
456 Habsbourg
457 Des expéditions militaires destinées à délivrer Jérusalem de la domination musulmane
458 Du XIe au XIIIe
459 1096
460 Godefroi de Bouillon
461 Blanche de Castille
462 Tunis
463 Louis IX
464 Le Hardi
465 Les Turcs
466 Byzance
467 Un sultan
468 3 continents
469 La prise de Constantinople par les Ottomans
470 1380
471 1360
472 1337-1453
473 La France à l'Angleterre
474 1429
475 Charles VII (1403-1461)
476 1415
477 Calais
478 Une flotte très importante – La flotte de guerre de Philippe II d'Espagne
479 1453
480 La corvée
481 Pour bénéficier de la protection de leur seigneur
482 L'usage obligatoire et payant des installations seigneuriales
483 Les bourgeois
484 L'adoubement

485 L'Italie
486 La jachère
487 Le sel
488 La Grande Jacquerie
489 Reims
490 Sous Philippe le Bel
491 Les corsaires
492 Jolly Roger
493 Aux XVe et XVIe siècles
494 Aucune des solutions proposées n'est bonne
495 François Ier
496 Les Suisses
497 Pierre du Terrail, Seigneur de Bayard
498 Henri II
499 Henri III
500 Charles Quint
501 Les Habsbourg face aux Ottomans
502 A Jamestown en Virginie
503 Anne de Bretagne
504 Marie Ire Tudor
505 Charles Ier
506 Tory
507 Charles IX
508 Henri III
509 Henri IV
510 Ravaillac
511 Le Duc de Sully
512 Louis XIII
513 Le cardinal Mazarin
514 5 ans
515 1643-1715
516 Louis XIV
517 Il représente le roi dans les provinces et a des pouvoirs importants
518 Louis XV était l'arrière petit-fils de Louis XIV
519 Jean-Baptiste Colbert
520 Les manufactures
521 Aucune réponse n'est valable : la sélection se faisait par tirage au sort
522 1608
523 Des pèlerins anglais
524 François Mansart
525 De la Corse
526 Bourbons
527 Turgot
528 Le 4 juillet 1776
529 Gilbert de Motier de La Fayette
530 George Washington

COMPLEMENTS DE REPONSES

373 L'âge du bronze est une période de la protohistoire et de l'histoire caractérisée par un usage important de la métallurgie du bronze. Le bronze est le nom générique des alliages de cuivre et d'étain. Aujourd'hui, il est admis que cette période succède à l'âge du cuivre ou chalcolithique et précède l'âge du fer, dans les régions du monde où ces catégories sont pertinentes. Comme pour les autres périodes de la préhistoire, les limites chronologiques de l'âge du bronze varient considérablement selon l'aire culturelle et selon l'aire géographique considérées.

Globalement, dans les régions du monde où il est particulièrement significatif et étudié (Proche-Orient, Europe, Asie), l'âge du bronze s'étend sur une période de 2 000 ans, de 3000 à 1000 av. J.-C., mais avec de grandes variations suivant les aires considérées.

Il est plus difficile à identifier dans certaines parties du monde telles que l'Amérique latine où les civilisations précolombiennes connurent une métallurgie de l'or et du cuivre jusqu'à la conquête espagnole mais pas le bronze.

En 1723, Antoine de Jussieu fut le premier à publier ses travaux de recherche sur les artéfacts archéologiques intitulés *De l'Origine et des usages de la Pierre de Foudre*.

L'âge du bronze débute en Europe centrale avec la culture d'Unétice, vers 2300–1600 av. J.-C. Cette culture doit son nom à la ville d'Únětice, située au nord-ouest de Prague en région de Bohême (République tchèque). Elle s'étend sur tout le territoire de l'actuelle République tchèque, le centre et le Sud de l'Allemagne, et l'Ouest de la Pologne. Exploitant les gisements d'étain des monts Métallifères, la culture d'Unétice a largement exporté ses productions dans les régions voisines, où elles ont parfois été imitées.

Du point de vue économique, la culture d'Unétice est caractérisée par la pratique de l'élevage du mouton, du porc et du bœuf, ainsi que par la chasse du cerf et du sanglier. Le cheval est domestiqué, comme en témoignent de nombreux mors de bride. Pour l'agriculture, on travaille la terre à l'araire de bois, parfois avec un soc de pierre polie.

En Corse, la forteresse de Cucuruzzu et les statues-menhir de Filitosa illustrent les spécificités de l'âge du bronze dans l'île. Dans le Sud de la France, l'âge du bronze commence vers 2300 av. J.-C. lorsque les communautés paysannes intègrent un mouvement d'unification européenne, et dure jusque vers 800 av. J.-C., alors que des bouleversements sociaux venus de l'Est amènent la montée en puissance d'une aristocratie guerrière.

La production d'outils et d'autres objets en bronze permet aux archéologues d'individualiser les groupes humains d'alors, à côté du reste de la culture matérielle (essentiellement constituée par les céramiques). La production en bronze permet également d'établir des chronologies et des délimitations de populations, à défaut d'autres indices.

La vallée des Merveilles est une vallée du massif du Mercantour dans les Alpes où ont été découvertes plus de 40 000 gravures, datées pour la plupart de l'âge du bronze.

Le célèbre sanctuaire de Stonehenge existait bien avant l'âge du bronze dans les îles britanniques, mais il a été transformé et étendu durant cette période. Le site de Flag Fen est également considéré comme un sanctuaire probable. Le Cercle de Brodgar est un cercle mégalithique situé dans les Orcades.

378 Lucy, ou Dinqnesh, parfois écrit Dinknesh, est le surnom du fossile de l'espèce éteinte Australopithecus afarensis découvert en 1974 sur le site de Hadar, en Ethiopie, par une équipe de recherche internationale. Ce fossile est complet à 40 % et date d'environ 3,2 millions d'années.

Lucy constitue le premier fossile relativement complet qui ait été découvert pour une période aussi ancienne, et a révolutionné notre perception des origines humaines, en démontrant que l'acquisition de la bipédie datait d'au moins 3 millions d'années, et avait largement précédé le processus d'accroissement du volume endocrânien.

Depuis 1974, d'autres fossiles de primates plus anciens ont été découverts mais peu sont aussi complets.

Lucy a été surnommée ainsi car les chercheurs écoutaient la chanson des Beatles *Lucy in the Sky with Diamonds* le soir sous la tente, en répertoriant les ossements qu'ils avaient découverts.

Le fossile original de Lucy est conservé au musée national d'Ethiopie à Addis-Abeba, où on peut en voir une réplique. D'autres répliques sont exposées dans d'autres musées, comme celle sous vitrine qui se trouve au 1er étage de la galerie de Paléontologie et d'Anatomie comparée, au Jardin des plantes à Paris.

A l'occasion du quarantième anniversaire de sa découverte, le 3 décembre 2014, une nouvelle présentation a été mise en place au musée national d'Ethiopie à Addis Abeba : Lucy et deux autres squelettes d'hominidés, Ardi et Selam, sont désormais présentés dans une nouvelle galerie, organisée avec la participation de chercheurs français.

390 La pyramide de Khéops ou grande pyramide de Gizeh est un monument construit par les Egyptiens de l'Antiquité, formant une pyramide à base carrée. Tombeau présumé du pharaon Khéops, elle fut édifiée il y a plus de 4 500 ans, sous la IVe dynastie, au centre du complexe funéraire de Khéops se situant à Gizeh en Egypte. Elle est la plus grande des pyramides de Gizeh.

Elle était considérée dans l'Antiquité comme la première des Sept Merveilles du monde. Elle est d'ailleurs la seule des Sept Merveilles du monde à avoir survécu jusqu'à nos jours, elle est également la plus ancienne. Durant des millénaires, elle fut la construction humaine de tous les records : la plus haute, la plus volumineuse et la plus massive. Ce monument phare de l'Egypte antique est depuis plus de 4 500 ans scruté et étudié sans relâche.

La grande pyramide, chef-d'œuvre de l'Ancien Empire égyptien de l'architecte Hémiounou, est la concentration et l'aboutissement de toutes les techniques architecturales mises au point depuis la création de l'architecture monumentale en pierre de taille par Imhotep pour la pyramide de son souverain Djéser, à Saqqarah. Toutefois, les nombreuses particularités architectoniques et les exploits atteints pour sa construction en font une pyramide à part qui ne cesse de questionner l'humanité.

La construction de la « grande pyramide » aurait débuté entre 2600 et 2550 av. J.-C. suivant les sources, au début de la IVe dynastie, et aurait duré environ une vingtaine d'années selon l'historien antique Manéthon. L'année de début et la durée de construction de la pyramide sont des estimations généralement validées par les égyptologues, parce qu'elles correspondent aux 23 à 25 années, suivant les sources, du règne du pharaon Khéops. Ces estimations ne sont malheureusement attestées par aucun écrit contemporain, mais déduites logiquement par la destination admise de la pyramide comme étant le tombeau de ce pharaon, hypothèse elle-même non attestée par des écrits.

En se fondant sur les données traditionnellement admises (pyramide constituée de 2,3 millions de blocs de pierre, durée de chantier de vingt-trois ans), il est estimé que 340 blocs étaient posés chaque jour, soit pour une durée de travail de dix heures par jour, un bloc placé toutes les deux minutes, ce qui aurait mobilisé la main-d'œuvre de plus de 10 000 ouvriers (le nombre prodigieux de 100 000 hommes, ne travaillant que trois mois dans l'année pendant la saison des crues, a été proposé par Hérodote).

La Grande Pyramide possède en réalité huit faces et non quatre, car chacune est légèrement mais très précisément incurvée, cette forme géométrique étant très délicate à réaliser sur de telles dimensions. Ce phénomène, dit d'apothème, a été découvert en 1934 par André Pochan, mais il n'est ici visible à l'œil nu qu'aux équinoxes.

Les trois plus grandes pyramides d'Egypte, Khéops, Khéphren et Mykérinos, se trouvent sur la nécropole de Gizeh. Le site comprend également quelques pyramides plus petites comme les « pyramides des reines » et la pyramide de Khentkaous Ire.

On y accède généralement par le faubourg populaire de Gizeh en empruntant la route des Pyramides (sharia El-Ahram) inaugurée en 1869 par l'impératrice Eugénie à l'occasion des festivités d'inauguration du canal de Suez.

397 Le tombeau de Toutânkhamon a été découvert le 4 novembre 1922 dans la vallée des rois sur la rive ouest du Nil face à Louxor par Howard Carter, égyptologue anglais qui avait été chargé d'effectuer ces fouilles par Lord Carnarvon. Il est célèbre pour son trésor et la malédiction qui aurait poursuivi tous les étrangers ayant violé sa tombe.

401 L'expression « nœud gordien » désigne, par métaphore, un problème compliqué finalement résolu par une action brutale : trancher le nœud gordien. L'expression trouve son origine dans une légende associée à Alexandre le Grand.

Selon la légende, le père de Midas se rendit sur un char à l'assemblée populaire, dont les membres, violemment opposés, s'apprêtaient à élire le futur souverain. C'est alors que la prédiction d'un oracle (serait roi celui qui viendrait à eux sur son char) leur revint à l'esprit et les électeurs choisirent Midas (homme pauvre entrant dans la ville sur son char à bœufs) pour monarque. Selon Polyen, les partisans de Midas seraient sortis de la ville sous prétexte de participer à une cérémonie orgiaque et après avoir poignardé leurs adversaires, ils auraient occupé la ville, laissée sans surveillance, et proclamé Midas tyran de Phrygie.

La plupart des versions du même mythe font de Gordias, père de Midas, le fondateur du royaume de Phrygie. Cette hypothèse se justifie d'autant mieux que Gordias donna son nom à Gordion, la résidence royale des rois phrygiens. Le char a une signification symbolique : c'était le symbole de la royauté et la divinité chez les Perses, les Etrusques, les Germains et, aussi, les Illyriens. Et toujours selon la légende, le timon du char du roi Midas était lié par le fameux « nœud gordien » : quiconque, selon la prophétie, parviendrait à le dénouer deviendrait maître de l'Asie. Alexandre le Grand accomplit l'exploit.

En 333 av. J.-C., Alexandre tenta de défaire le nœud. Ne pouvant trouver une extrémité pour le dénouer, il le trancha d'un coup d'épée (la « solution d'Alexandre »). Une autre interprétation affirme qu'il demanda à l'un de ses soldats de le trancher. Alexandre poursuivit ensuite ses conquêtes en Asie, mais la prophétie pourrait n'être qu'une légende ultérieure.

Le char de Gordias devint l'emblème du pouvoir et d'une armée toujours prête au combat, exposée au palais des rois de Phrygie à Gordion, réduite au IVe siècle av. J.-C. à une satrapie perse.

Le nœud pourrait en fait avoir été un code religieux secret conservé par les prêtres de Gordion. Robert Graves, dans son ouvrage *Les Mythes grecs*, suggère qu'il pourrait symboliser le nom interdit de Dionysos codé dans un message, et qui aurait été transmis à travers les générations de prêtres et révélé uniquement aux rois phrygiens.

419 *Veni, vidi, vici* est une célèbre expression employée par Jules César en 47 av. J.-C. Elle peut être traduite en français par « je suis venu, j'ai vu, j'ai vaincu ».

Par son laconisme typiquement latin, cette phrase devint célèbre pour désigner tout succès foudroyant.

D'après Plutarque, cette phrase laconique est extraite du rapport de Jules César au Sénat romain après sa victoire rapide et inespérée, près de Zéla, en Asie mineure en −47, sur Pharnace II, roi du Pont, qu'il détrôna en un laps de temps très court.

Suétone donne une version différente, mais non contradictoire : cette phrase aurait été affichée sur l'un des panneaux portés lors du triomphe de César à Rome pour décrire sa campagne du Pont.

Pour l'auteur grec Plutarque, ces trois mots ont une sonorité toute particulière en latin : « Dans le latin, ces trois mots terminés de même ont une grâce et une brièveté qui disparaissent dans une autre langue. »

Cette boutade avait un double effet. Elle désignait à la fois le prestige de cette victoire et les prouesses militaires accomplies par un César alors en pleine guerre civile.

Cette expression peut aussi être interprétée comme une preuve du mépris que portait César au sénat patricien qui incarne généralement le groupe le plus puissant de la République romaine.

427 La Guerre des Gaules est une série de campagnes militaires menées par le proconsul romain Jules César contre plusieurs tribus gauloises. La guerre de Rome contre les tribus gauloises dure de 58 à 51/50 av. J.-C., et aboutit à la décisive bataille d'Alésia en 52 av. J.-C., qui mène l'expansion de la République romaine sur l'ensemble de la Gaule.

Alors que militairement tout aussi fort que les Romains, la division interne entre les tribus gauloises facilite la victoire de César, et la tentative d'unification des Gaulois par Vercingétorix contre l'invasion romaine est apparue trop tard.

Bien que César ait décrit cette invasion comme une action préventive et défensive, la plupart des historiens s'accordent à dire que la guerre est menée principalement pour stimuler la carrière politique de César et pour rembourser ses dettes massives. Cette guerre ouvre la voie à la guerre civile de César qui le laisse seul dirigeant de la République romaine. Cependant, la Gaule est d'une importance significative pour les Romains, car ils ont été attaqués par divers membres des tribus natives de la Gaule et plus au nord. La conquête de la Gaule a permis à Rome de sécuriser la frontière naturelle du Rhin. Elle est décrite par César dans ses *Commentarii de Bello Gallico*, qui reste, concernant le conflit, la source historique la plus importante.

Le récit de la Guerre des Gaules est principalement basé sur l'œuvre de son principal artisan, Jules César, et ses *Commentaires sur la Guerre des Gaules*, qui sont considérés comme un ouvrage d'histoire. Les sept premiers livres sont écrits par César pendant la campagne militaire depuis 58 av. J.-C., sont publiés à Rome par deux ou trois, puis rassemblés en trois mois après la reddition d'Alésia vers 52/51 av. J.-C. Le huitième livre est écrit plus tard par Aulus Hirtius, qui y décrit les derniers combats de 51 av. J.-C. et la situation en Gaule en 50 av. J.-C.

César s'intéresse à la Gaule et à ses peuples, divisés en de nombreuses factions, dont certaines sont favorables à Rome, et dont une conquête, au moins apparemment, semble plus aisée qu'une campagne militaire en Dacie. Un seul prétexte suffit à César pour mettre le pied en Gaule.

Quand César vient avec ses troupes dans cette région, il trouve une terre habitée, non seulement par les Celtes, qui occupent la plupart du territoire, mais aussi par les Belges (plus exactement des Gaulois belges, un ensemble de peuples Celtes et de quelques peuples germaniques celtisés), qui occupent, depuis le ve siècle av. J.-C., les terres au nord-est de la Gaule, des populations peut-être non indo-européennes comme les Ligures et les Rhètes au sud-est, ainsi que les Ibères au sud-ouest, près de la péninsule Ibérique.

434 Clovis Ier, né vers 466 et mort à Paris le 27 novembre 511, est roi des Francs saliens, puis roi de tous les Francs de 481 à 511.

Issu de la dynastie des Mérovingiens, il est le fils de Childéric Ier, roi des Francs saliens de Tournai (Belgique), et de la reine Basine de Thuringe. Brillant chef militaire, il accroît considérablement le territoire du petit royaume des Francs saliens dont il hérite à la mort de son père pour unifier une grande partie des royaumes francs, repousser Alamans et Burgondes et annexer les territoires des Wisigoths dans le Sud de la Gaule.

Le règne de Clovis est surtout connu par la description qu'en fit Grégoire de Tours, évêque gallo-romain dont l'Histoire des Francs est riche d'enseignements mais dont la visée essentiellement édifiante s'accompagne d'un manque de précision et de cohérence historique. Les éléments de la vie de Clovis ne sont pas connus de manière certaine et leur « habillage » est le plus souvent suspect.

Clovis est considéré dans l'historiographie comme un des personnages les plus importants de l'histoire de France ; la tradition républicaine reconnaît en lui le premier roi de ce qui devint la France, et la tradition royale voit en lui le premier roi chrétien du royaume des Francs.

A la mort de son père en 481 ou 482, Clovis hérite d'un royaume qui correspond à la Belgique seconde (à peu près la région de Tournai en actuelle Belgique), petite province située entre la mer du Nord, l'Escaut et le Cambrésis, soit un territoire allant de Reims jusqu'à Amiens et Boulogne, à l'exception de la région de Soissons, qui est contrôlée par Syagrius. Clovis n'est alors âgé que de quinze ans et rien ne prédispose ce petit chef barbare parmi tant d'autres à supplanter ses rivaux, plus puissants. Les historiens ont longtemps débattu sur la nature de la prise du pouvoir par Clovis.

L'évêque de Reims, le futur saint Remi, cherche alors probablement la protection d'une autorité forte pour son peuple, et écrit à Clovis dès son avènement. Les contacts sont nombreux entre le roi et l'évêque, ce dernier incitant d'abord Clovis à protéger les Chrétiens présents sur son territoire. Grâce à son charisme et peut-être en raison de l'autorité dont lui-même jouit, Remi sait se faire respecter de Clovis et lui sert même de conseiller. Toujours est-il que lors de Noël d'une année comprise entre 496 et 511, Clovis reçoit alors le baptême avec 3 000 guerriers des mains de saint Remi, l'évêque de Reims, le 25 décembre. Ce baptême est demeuré un événement significatif dans l'histoire de France : à partir d'Henri Ier tous les rois de France, sauf Louis VI, Henri IV et Louis XVIII, sont par la suite sacrés dans la cathédrale de Reims jusqu'au roi Charles X, en 1825.

Ainsi, le baptême de Clovis marque le début du lien entre le clergé et la monarchie franque. Pour les monarchistes français, cette continuité se fait française et dure jusqu'au début du XIXe siècle. Dorénavant, le souverain doit régner au nom de Dieu. Ce baptême permet également à Clovis d'asseoir durablement son autorité sur les populations, essentiellement gallo-romaines et chrétiennes, qu'il domine : avec ce baptême, il peut compter sur l'appui du clergé, et vice-versa. Enfin depuis ce baptême, l'historiographie nationaliste française du XIXe siècle attribue aux rois de France le titre, à tort historiquement parlant, de « fils aîné de l'Eglise ».

438 Charlemagne, du latin Carolus Magnus, ou Charles Ier dit « le Grand », né à une date inconnue (vraisemblablement durant l'année 742), mort le 28 janvier 814 à Aix-la-Chapelle, est un roi des Francs et empereur. Il appartient à la dynastie des Carolingiens. Fils de Pépin le Bref, il est roi des Francs à partir de 768, devient par conquête roi des Lombards en 774 et est couronné empereur à Rome par le pape Léon III le 25 décembre 800, relevant une dignité disparue depuis la chute de l'Empire romain d'Occident en 476.

Le jour de Noël de l'an 800, Charlemagne est donc couronné empereur d'Occident par le pape Léon III. Il se montre courroucé que les rites de son couronnement soient inversés au profit du pape. En effet, ce dernier lui dépose subitement la couronne sur la tête alors qu'il est en train de prier, et ensuite seulement le fait acclamer et se prosterne devant lui. Une manière de signifier que c'est lui, le pape, qui fait l'empereur – ce qui anticipe sur les longues querelles des siècles ultérieurs entre l'Eglise et l'Empire.

Souverain réformateur, soucieux d'orthodoxie religieuse et de culture, il protège les arts et lettres et est à l'origine de la « renaissance carolingienne ». Son œuvre politique immédiate, l'Empire, ne lui survit cependant pas longtemps. Se conformant à la coutume successorale germanique, Charlemagne prévoit dès 806 le partage de l'Empire entre ses trois fils. Après de nombreuses péripéties, l'Empire ne sera finalement partagé qu'en 843 entre trois de ses petits-fils, lors du traité de Verdun.

A y regarder de près, on aperçoit que le règne de Charlemagne n'est que la continuation et comme le prolongement de celui de son père Pépin le Bref. Aucune originalité n'y apparaît : alliance avec l'Eglise, lutte contre les païens, les Lombards et les musulmans, transformations gouvernementales, souci de réveiller les études de leur torpeur, tout cela se rencontre en germe déjà sous Pépin. Comme tous les grands remueurs d'histoire, Charles n'a fait qu'activer l'évolution que les besoins sociaux et politiques imposaient à son temps.

A partir de 800, les campagnes militaires se font plus rares et le modèle économique franc basé sur la guerre cesse d'être viable. Il repose sur une main-d'œuvre alternativement combattante ou servile où l'agriculture est encore largement inspirée du modèle antique esclavagiste. Mais ces esclaves ont une productivité faible, car non seulement ils ne sont pas intéressés aux résultats de leur travail, mais ils sont coûteux en saison morte. En période de paix, nombreux sont les hommes libres qui choisissent de poser les armes pour le travail de la terre, plus rentable. Ceux-ci confient leur sécurité à un protecteur, contre ravitaillement de ses troupes ou de sa maison.

Inversement, les esclaves sont émancipés en serfs, dépendants d'un seigneur auxquels ils versent une redevance et deviennent plus rentables. Cette évolution se fait d'autant mieux que l'Eglise condamne l'esclavagisme entre chrétiens. La différence entre paysans libres et ceux qui ne le sont pas s'atténue.

Charlemagne meurt le 28 janvier 814 à Aix-la-Chapelle, d'une affection aiguë qui semble avoir été une Pneumonie aiguë. Selon Eginhard, Charlemagne n'ayant laissé aucune indication concernant ses funérailles, après de simples cérémonies mortuaires dans la cathédrale d'Aix-la-Chapelle (l'embaumement et la mise en bière précèdent cette cérémonie au cours de laquelle une effigie vivante est probablement placée sur son cercueil pour le représenter), il est inhumé dans une fosse le jour même sous le dallage de la Chapelle palatine.

444 Dagobert Ier, né vers 602/605, mort le 19 janvier 638 ou 639, est un roi des Francs de la dynastie mérovingienne, est un arrière-arrière-petit-fils de Clovis, il règne sur l'Austrasie de 622 à 632 et est roi des Francs de 629 à 639.

Durant cette période, il a sa résidence le plus souvent autour de Paris, notamment à Clichy (actuel département des Hauts-de-Seine). Sous son règne, la royauté mérovingienne jette un dernier éclat avant que la réalité du pouvoir ne passe aux maires du palais.

Dans la culture populaire française, Dagobert est surtout connu au travers de la chanson du Bon Roi Dagobert. Celle-ci semble dater de la Révolution française. Selon la légende, Dagobert était tellement distrait qu'il avait l'habitude de mettre ses culottes (ses braies, pantalons) à l'envers. Myope, Dagobert avait l'habitude, selon Wulfram de Strasbourg (VIIIe siècle), de se prendre les pieds dans les tapis et de chuter, sous les regards médusés des témoins. Bon vivant et populaire, il riait bien souvent de sa propre personne. Le respect dû au roi a fait passer sa distraction pour une simple légende.

Il est aussi probable que cette chanson s'inspire des rois fainéants dont Dagobert II et Dagobert III.

Cette chanson, écrite sur un air de chasse dit *Fanfare du Cerf*, n'a pas pour but de transcrire une vérité historique mais plutôt de se moquer, à travers ce roi ancien et mal connu, du roi Louis XVI, connu entre autres pour sa personnalité distraite, et de la reine Marie-Antoinette.

457 Les croisades du Moyen Age sont des expéditions militaires organisées par l'Eglise pour la délivrance de la Terre sainte. Elles ont été prêchées par le pape, par une autorité spirituelle de l'Occident chrétien comme Bernard de Clairvaux, ou par un souverain comme Frédéric Barberousse.

Elles furent lancées pour retrouver l'accès aux lieux de pèlerinages chrétiens en Terre Sainte, autorisés par les Arabes Abbassides, mais qu'interdirent les Turcs Seldjoukides en 1071 quand ils prirent Jérusalem aux Arabes. Elles débutèrent en 1095, répondant aussi à une demande de l'empereur d'Orient inquiet de l'attitude des Turcs. Les Romains d'Orient (dits « byzantins » depuis le XVIe siècle) parlaient grec, étaient chrétiens, mais restaient attachés à la Pentarchie et ne reconnaissant pas à Rome de primauté depuis la querelle du Filioque en 1054 (séparation des Eglises d'Orient et d'Occident). Les croisés ne firent pas de conquêtes durables, se désintéressèrent de la question une fois que Saladin eut rétabli l'accès aux pèlerinages, hormis pour ceux qui s'étaient installés sur place, et en fin de compte affaiblirent les Chrétiens d'Orient plus qu'ils ne les aidèrent.

La première croisade débute en 1095 avec des milliers de pèlerins piétons, pour réoccuper une partie des terres perdues lors de l'expansion arabe du IXe siècle, et ainsi rendre Jérusalem accessible au pèlerinage. Elle aboutit à la fondation des Etats latins d'Orient, dont la défense justifie les sept autres croisades principales, de 1147 à 1291, date de la perte des dernières positions latines en Orient. A partir de la quatrième croisade, qui s'empare de Constantinople en 1204, l'idée est parfois dévoyée : des expéditions sont organisées par le pape contre ses opposants chrétiens (Albigeois, Hohenstaufen, Aragon ou encore Hussites au XVe siècle…) ou païens (baltes). Si elles permettent le maintien des Etats latins d'Orient, les croisades n'ont plus pour objectif Jérusalem.

Les cités marchandes italiennes ont retiré d'immenses profits économiques des croisades, et développé dans la foulée les liens entre places commerciales européennes.

Dès l'origine de la croisade, l'expédition est une entreprise féodale réservée à la chevalerie. L'accomplissement du vœu de croix devient une étape indispensable à la formation du parfait chevalier. Dans l'imaginaire chevaleresque, le christ devient le parfait seigneur pour lequel on peut se sacrifier. Le chevalier croisé est donc un *miles christi*, « chevalier du Christ ». Les chroniqueurs comparent les croisés au peuple élu qui écrit une nouvelle histoire sainte. Les prédicateurs n'hésitent pas non plus à parler des richesses qui attendent les croisés en Terre sainte. Ils parlent d'une terre riche et fertile qui comblera leurs espérances.

Le fait que des milliers d'hommes et de femmes se soient mis en mouvement et aient accepté de braver le danger et la souffrance pour l'amour de Dieu est la preuve que les masses humaines de la fin du XIe siècle étaient très réceptives à la promesse de l'indulgence plénière mais surtout à l'espoir que la récupération du Saint-Sépulcre serait le début d'une ère nouvelle dans l'histoire de l'Eglise et du monde.

461 Blanche de Castille, née le 4 mars 1188 à Palencia, en Castille, et morte le 27 novembre 1252 à Melun, reine de France, est la fille d'Alphonse VIII de Castille et d'Aliénor d'Angleterre, elle-même fille d'Aliénor d'Aquitaine et d'Henri II Plantagenêt : elle est donc la nièce des rois Richard Cœur de Lion et Jean sans Terre.

Elle donne au roi Louis VII douze enfants, deux filles et dix garçons dont des jumeaux. Cinq seulement atteignent l'âge adulte, quatre meurent durant l'adolescence et les autres en bas âge. Quatre fils jouent un rôle plus ou moins considérable : Alphonse, Robert, Charles d'Anjou et surtout le futur Saint Louis. Cette nombreuse progéniture efface les attentes d'héritier mâle lors des règnes précédents de Louis VII et Philippe Auguste. Cette descendance, couplée avec son esprit, sa grande piété et l'éducation attentive de ses enfants, font d'elle une reine très appréciée. Cassons cependant une image trop communément répandue par les récits et l'iconographie, celle de Blanche assurant elle-même l'éducation de Louis, alors qu'elle la confie à des gouvernantes et à des maîtres, essentiellement des dominicains et des franciscains.

Femme de caractère, elle ne ménage pas son soutien à son époux lorsque celui-ci veut se lancer à la conquête de l'Angleterre en 1216–1217. En 1229, elle permet notamment le traité de Meaux-Paris qui met fin au conflit albigeois.

472 La guerre de Cent Ans est un conflit entrecoupé de trêves plus ou moins longues, opposant de 1337 à 1453 la dynastie des Plantagenêt à celle des Valois, et à travers elles le royaume d'Angleterre et celui de France.

Au début du XIVe siècle, trois axes de tensions favorisent son émergence :

- La « grande dépression médiévale », théorisée par Guy Bois (crise démographique conjuguée à une stagnation économique du fait de l'alourdissement de la pression fiscale seigneuriale) ;
- Les constants affrontements entre Plantagenêt et Capétiens pour la souveraineté et le contrôle des fiefs de Guyenne ;
- Le conflit dynastique pour la couronne de France qui naît en 1328 à la mort de Charles IV, dernier fils de Philippe IV.

Sur le plan démographique, les batailles ont fait peu de morts en dehors de la noblesse, mais les pillages ont eu des conséquences néfastes sur les populations civiles.

Du point de vue militaire, cette guerre marque une rupture, avec le déclin de la cavalerie au profit de l'infanterie et l'apparition de l'artillerie. Ce conflit voit également l'apparition durable de l'emploi de troupes mercenaires dans chacun des camps en présence. Elle a également des conséquences économiques, l'augmentation des prix favorisant le commerce à longue distance, et religieuses, avec le Grand Schisme d'Occident qui oppose les papes de Rome et d'Avignon. Elle aboutit à une affirmation du sentiment national, la rivalité franco-anglaise n'étant plus dorénavant seulement issue d'un conflit dynastique. De la même manière, la mutation du duché de Bourgogne en principauté indépendante génère un conflit de deux siècles avec les Habsbourg.

498 Henri II est né le 31 mars 1519 à Saint-Germain-en-Laye et mort le 10 juillet 1559 à Paris. Il a donc vécu 40 ans. Il devient roi de France en 1547 et le restera jusqu'à sa mort. Deuxième fils de François Ier et de Claude de France, il devient l'héritier du trône à la mort de son frère aîné en 1536. Il reçoit alors les titres de dauphin et de duc de Bretagne. Sacré roi de France le 26 juillet 1547 à Reims, il prend comme emblème le croissant de lune, qui est depuis toujours celui de la maison d'Orléans à laquelle il appartient en tant que fils cadet de François Ier.

Roi représentatif de la Renaissance française, Henri II poursuit l'œuvre politique et artistique de son père. Il continue les guerres d'Italie, en concentrant son attention sur l'empire de Charles Quint qu'il parvient à mettre en échec. Henri II maintient la puissance de la France mais son règne se termine sur des événements défavorables comme la défaite de Saint-Quentin (1557) et le traité du Cateau-Cambrésis qui met un terme au rêve italien.

Son règne marque également l'essor du protestantisme qu'il réprime avec davantage de rigueur que son père. Devant l'importance des adhésions à la Réforme, Henri II ne parvient pas à régler la question religieuse, qui débouche après sa mort sur les guerres de Religion.

Il meurt accidentellement à l'âge de quarante ans : le 30 juin 1559, lors d'un tournoi tenu rue Saint-Antoine à Paris (devant l'ancien hôtel des Tournelles), Gabriel de Montgomery, capitaine de sa garde écossaise, le blesse d'un éclat de lance dans l'œil. Il en meurt dix jours plus tard.

503 Anne de Bretagne, née le 25 ou 26 janvier 1477 à Nantes et morte le 9 janvier 1514 (à 36 ans) à Blois, est duchesse de Bretagne et comtesse de Montfort (1488-1514) et d'Etampes (1512-1514) et, par ses mariages, reine des Romains (1490-1491), puis de France (1491-1498), puis de nouveau reine de France (1499-1514) et reine de Naples (1501-1503) et duchesse de Milan (1499-1500 et 1500-1512).

La reine est un enjeu central dans les luttes d'influence qui aboutissent après sa mort à l'union de la Bretagne à la France en 1532. La noblesse bretonne, voulant préserver ses privilèges comme ses prérogatives, s'évertue alors à prouver par l'intermédiaire de l'historiographie régionale que sa dernière duchesse a résisté à cette annexion. Anne de Bretagne reste depuis lors dans la mémoire bretonne un personnage soucieux de défendre le duché face à l'appétit du royaume de France. Parallèlement, elle est élevée dans la mémoire nationale comme un symbole de paix et de concorde dans le royaume de France dont elle en a été sacrée la mère.

Le destin posthume d'Anne de Bretagne est composé d'images déformées par son histoire façonnée par les calculs politiques et les jeux de propagande. D'où la nécessité de séparer l'historiographie objective d'Anne de Bretagne de l'imaginaire collectif breton qui fait régulièrement appel à cette référence culturelle dans des supports publicitaires, des spectacles et manifestations folkloriques, et de dépasser la vision antagoniste des historiens bretons qui poursuivent avec ce personnage une mythification de leur passé, et une historiographie nationale voulant forger le mythe d'une nation française une et indivisible.

Dernière duchesse de Bretagne et deux fois reine de France, Anne de Bretagne est avec saint Yves un des personnages historiques les plus populaires de Bretagne.

Par le mariage de 1491 à Charles VII, Anne de Bretagne est reine de France. Son contrat de mariage précise qu'il est conclu « pour assurer la paix entre le duché de Bretagne et le royaume de France ». Le 8 février 1492, Anne est sacrée et couronnée reine de France à Saint-Denis. Elle est la première reine couronnée dans cette basilique et sacrée. Son époux lui interdit de porter le titre de duchesse de Bretagne. Elle devient reine de Naples et de Jérusalem lors de la conquête de Naples par Charles VIII.

Dès la mort de Charles VIII, héritière des droits des rois de France sur la Bretagne, elle reprend la tête de l'administration du duché de Bretagne. Elle restaure notamment la chancellerie de Bretagne. Trois jours après la mort de son époux, le principe du mariage avec Louis XII est acquis, à la condition que Louis obtienne l'annulation de son mariage avant un an. Elle retourne pour la première fois en Bretagne en octobre 1498, après avoir échangé une promesse de mariage avec Louis XII à Etampes le 19 août, quelques jours après le début du procès en annulation de l'union entre Louis XII et Jeanne de France.

En 2014, pour le 500e anniversaire de sa mort, plus d'une quarantaine d'événements sont organisés dans les cinq départements bretons.

514 Louis XIV : dates clés

- 5 septembre 1638 : Naissance de Louis XIV
  Né à Saint-Germain-en-Laye, Louis était désiré depuis longtemps. Le mariage en 1615 de Louis XIII avec Anne d'Autriche n'avait en effet toujours pas donné d'héritier au trône de France, 23 ans plus tard... Louis n'a pas 5 ans lorsque son père meurt, le 14 mai 1643. Anne d'Autriche, devenue régente, fait appel au cardinal Mazarin, parrain du jeune roi, pour l'éduquer. Le règne de Louis XIV sera l'un des plus longs de l'histoire de France : 54 ans de règne personnel, de 1661 à 1715.
- 9 juin 1660 : Louis XIV épouse Marie-Thérèse
  Le roi de France Louis XIV et l'infante d'Autriche Marie-Thérèse, tous deux âgés de 21 ans, se marient à Saint-Jean-de-Luz (Aquitaine). Cette union scelle la paix signée dans les Pyrénées, sept mois plus tôt, qui mit fin à l'interminable guerre qui opposait la dynastie française des Bourbons et la dynastie espagnole des Habsbourg. En 1667, parce que l'Espagne n'a toujours pas payé la dot, Louis XIV revendiquera ses droits sur la succession espagnole, entraînant la guerre de Dévolution (1667-1668).
- 9 mars 1661 : Mort de Mazarin
  Le principal ministre de Louis XIV, le cardinal Mazarin, s'éteint à Vincennes à l'âge de 58 ans. Le lendemain, le roi de France âgé de 22 ans convoque ses ministres et leur annonce sa volonté de reprendre seul les rênes du pouvoir : «[...] jusqu'à présent j'ai bien voulu laisser gouverner mes affaires par feu M. le Cardinal ; il est temps que je les gouverne moi-même.»
- 17 août 1661 : Somptueuse réception à Vaux-le-Vicomte
  Pour fêter l'achèvement du château qu'il s'est fait construire à Vaux-le-Vicomte (au sud-est de Paris), le surintendant des Finances Nicolas Fouquet, organise une grande réception

pour le roi et la Cour. Le buffet est organisé par Vatel, Molière et Lully présentent une comédie-ballet dans les jardins (dessinés par Le Nôtre) et un grand feu d'artifice est donné au-dessus de l'édifice (de l'architecte Le Vau). Cet étalage de luxe suscitera la jalousie de Louis XIV qui fera arrêter Fouquet le 5 septembre.

- 5 septembre 1661 : La chute de Fouquet
Le surintendant des Finances de Louis XIV est arrêté à Nantes par d'Artagnan, capitaine des mousquetaires du roi, avant d'être transféré au château de Vincennes puis à Angers et à Amboise. Nommé par Anne d'Autriche et Mazarin en 1653 à l'âge de 38 ans, l'artisan du redressement des finances publiques après les troubles de la Fronde s'était aussi enrichi prodigieusement, mais avec bien peu de discrétion. Fouquet menait une vie fastueuse dans le château de Vaux qu'il avait fait reconstruire après trois ans de surintendance. En 1658, il avait acheté Belle-Isle, qu'il fortifia pour s'en faire une place de sûreté. A la mort de Mazarin en mars 1661, Louis XIV suivit les conseils de Colbert et décida de surveiller de plus près les finances publiques. L'attitude pressante de Fouquet auprès de Mlle de La Vallière, maîtresse du roi, et la jalousie née de la splendeur d'une fête donnée le 17 août 1661 à Vaux ont accéléré la chute du ministre corrompu. A l'issue d'un procès de trois ans, Fouquet est condamné à la détention à perpétuité à Pignerol, enclave fortifiée française en Piémont où il fut l'objet d'une surveillance très stricte. Son acte de décès n'ayant pas été retrouvé, on n'est certain ni de la date, ni du lieu de sa mort. Fouquet est le dernier surintendant des Finances de la monarchie.
- 5 juin 1662 : Le Carrousel de Louis XIV
Le roi Louis XIV, 24 ans, donne une grande fête dans le jardin des Tuileries, à Paris. Plusieurs milliers de spectateurs contemplent les savantes évolutions de cinq quadrilles, cinq troupes de cavaliers exécutant des parades. C'est à cette occasion que Louis XIV prend comme emblème le Soleil. Le spectacle est si grandiose que la place prendra le nom de Carrousel. En 1806, Napoléon Ier y fera édifier un Arc de Triomphe.
- 21 juin 1667 : Fondation de l'Observatoire de Paris
Sous l'impulsion de Louis XIV, l'observatoire royal est fondé et deviendra plus tard l'Observatoire de Paris. L'année précédente, le roi avait mis en place, en compagnie de Colbert, l'Académie royale des sciences, qui décida du projet. C'est ainsi que le jour du solstice d'été, les scientifiques de l'Académie décident de l'emplacement du monument, en fonction du méridien de Paris. Claude Perrault en assurera la construction et Jean-Dominique Cassini la direction. Ce dernier découvrira d'ailleurs deux satellites de Saturne et étudiera la division qui portera son nom. Au cours du XXe siècle, les observatoires de Meudon et de Nancay y seront rattachés.
- 2 mai 1668 : Le traité d'Aix-la-Chapelle
La France et l'Espagne signent le traité d'Aix-la-Chapelle (Allemagne) qui met fin à la guerre de Dévolution. En 1667, Louis XIV avait déclaré la guerre à l'Espagne pour prendre possession des Flandres et du Brabant (régions des Pays-Bas et de la Belgique). Les Provinces-Unies et l'Angleterre s'inquiétant des ambitions du jeune roi, proposent leur médiation. Le traité permet à Louis XIV d'annexer Lille, Tournai, Douai, Armentières et quelques dépendances du Nord.
- 5 février 1679 : Paix de Nimègue
La signature du traité de paix de Nimègue aux Pays-Bas marque la fin de la guerre de Hollande qui oppose la France aux Provinces-Unies et à l'Espagne depuis 1672. Louis XIV obtient de l'Espagne le sud des Pays-Bas, Cambrai, Valenciennes et Maubeuge ainsi que la Franche-Comté. Le roi de Germanie Léopold Ier reçoit, lui, Philippsburg en échange de Fribourg.

- 21 octobre 1680 : Naissance de la Comédie-Française
Par décret, Louis XIV crée «la Comédie-Française». La société de comédiens a pour mission première de concurrencer la «comédie-italienne» très en vogue en France depuis le milieu du XVIe siècle. La Comédie-Française regroupe plusieurs troupes de théâtre rivales. L'Illustre Théâtre de Molière, le théâtre du Marais et le théâtre de l'hôtel de Bourgogne.
- 9 avril 1682 : Cavelier de La Salle offre la Louisiane à Louis XIV
L'explorateur français, Robert Cavelier de La Salle prend possession au nom du roi de France, Louis XIV, de la vallée du Mississippi. Il baptise la région «Louisiane» en son honneur. Cavelier de La Salle sera nommé gouverneur de Louisiane en 1684.
- 6 mai 1682 : Louis XIV s'installe à Versailles
Le Roi, la Cour et le gouvernement quittent le Louvre et Saint-Germain-en-Laye pour s'installer au château de Versailles. Les travaux de l'architecte Louis Le Vau et du jardinier André Le Nôtre, pour transformer le pavillon de chasse de Louis XIII en résidence royale, ont commencé en 1661. Ils dureront pendant tout le règne du Roi-Soleil et coûteront 82 millions de livres à l'Etat, au grand désespoir de son administrateur, Colbert.
- 9 octobre 1683 : Louis XIV épouse Madame de Maintenon
A 45 ans, le roi, veuf de Marie-Thérèse d'Autriche, épouse en secret Françoise d'Aubigné. Devenue par les faveurs de Louis XIV Madame de Maintenon, elle éleva les enfants illégitimes du roi et de madame de Montespan. La nouvelle reine fondera une école à Saint-Cyr, près de Versailles, destinée à l'éducation des jeunes filles nobles et sans fortune.
- 18 octobre 1685 : Louis XIV révoque l'Edit de Nantes
Le roi soleil met fin à 87 ans de tolérance religieuse en abolissant l'édit de Nantes (signé par son grand-père Henri IV en 1598) au profit de l'édit de Fontainebleau. Louis XIV ne conçoit pas que plusieurs religions puissent coexister dans son royaume et veut en finir avec les huguenots. Avec ce nouveau décret, la religion catholique n'est plus que la seule autorisée en France. L'édit de Fontainebleau interdit le protestantisme. Les temples et les écoles réformés doivent être détruits, les pasteurs sont contraints à l'exil. Les fidèles protestants sont eux obligés de rester. Mais beaucoup partiront vers l'étranger, à Londres, Genève ou Amsterdam, privant la France d'une bonne partie de l'élite intellectuelle et économique.
- 22 mars 1687 : Mort de Jean-Baptiste Lully
Lully meurt de la gangrène des suites d'une malencontreuse blessure avec sa canne de chef d'orchestre. D'origine italienne, le compositeur fut l'artisan de la naissance de l'opéra français, un grand compositeur de ballet mais aussi un fin courtisan. Par ses talents, et ses manœuvres, il a su obtenir la confiance de Louis XIV pour devenir Surintendant de la musique.
- 25 septembre 1688 : Guerre de la Ligue des Augsbourg
Louis XIV déclare la guerre au Saint Empire Romain Germanique. Il s'oppose à la coalition, formée depuis juillet 1686, par l'Empereur d'Allemagne, le roi d'Espagne, le roi de Suède et le roi d'Angleterre. La Ligue des Augsbourg reprochait au Roi de France de mener une politique trop agressive depuis 1678 et la signature de la paix de Nimègue. Le conflit va durer jusqu'en 1697. La France l'emporte en Savoie et aux Pays-Bas. La paix, signée en 1697 à Ryswick, permettra à Louis XIV de conserver Strasbourg et la Sarre.
- 1 septembre 1715 : Le Roi Soleil s'éteint
Après soixante-douze ans de règne et à quatre jours de son soixante-dix-septième anniversaire, Louis XIV, le monarque absolu, meurt au château de Versailles. Son corps sera exposé pendant neuf jours, puis transporté solennellement à la basilique Saint-Denis. Son arrière-petit-fils, alors âgé de cinq ans, lui succédera sous le nom de Louis XV.

530 George Washington, né le 22 février 1732 à Pope's Creek (colonie de Virginie) et mort le 14 décembre 1799 à Mount Vernon (Etat de Virginie), est un homme d'Etat américain, chef d'Etat-major de l'Armée continentale pendant la guerre d'indépendance entre 1775 et 1783 et premier président des Etats-Unis, en fonction de 1789 à 1797.

Washington est l'un des planteurs les plus riches de la région avec son domaine de Mount Vernon. Grâce à sa participation à la guerre de Sept Ans qui se déroule entre 1756 et 1763, il devient rapidement célèbre des deux côtés de l'Atlantique et s'intéresse aux questions politiques. Son engagement dans la révolution américaine ainsi que sa réputation le portent au poste de commandant des troupes américaines, qu'il organise et mène à la victoire finale, avec l'aide des Français, sur la métropole britannique. Après le conflit, il participe à la rédaction de la Constitution des Etats-Unis et fait l'unanimité lors de la première élection présidentielle. Pendant ses deux mandats, George Washington montre ses qualités d'administrateur habile, malgré les difficultés internes et les conflits en Europe. Il a laissé son empreinte sur les institutions du pays et sur l'histoire des Etats-Unis.

Considéré comme l'un des Pères fondateurs des Etats-Unis par les Américains, George Washington a fait l'objet de nombreux hommages depuis la fin du XVIIIe siècle : son nom a été donné à la capitale des Etats-Unis, à un Etat du nord-ouest de l'Union, ainsi qu'à de nombreux sites et monuments. Son effigie figure depuis 1932 sur la pièce de 25 cents (quarter) ainsi que sur le billet d'un dollar.

4. L'HISTOIRE DEPUIS LA REVOLUTION FRANÇAISE JUSQU'A LA SECONDE GUERRE MONDIALE

Ce chapitre est composé de **2 sections** pour un total de **173 questions**.

1. Le XIXe siècle dans le monde
2. De la Première à la Seconde Guerre mondiale

[A SAVOIR !]

110 Les numéros de questions de ce type signifient qu'il n'y a qu'une seule et unique réponse juste à la question posée.

111 Les numéros de questions de ce type signifient qu'il y a **plusieurs (2 ou plus) réponses possibles justes à la question**.

[UN CONSEIL IMPORTANT]

Nous vous conseillons vivement de répondre à toutes les questions d'une section avant d'en découvrir les solutions. L'erreur consiste en effet généralement à traiter une question et à vérifier aussitôt la réponse parce que l'on veut s'assurer d'avoir trouvé la réponse juste ou parce que l'on est impatient de la découvrir dans le cas où on ne la connaît pas. Si vous souhaitez sérieusement progresser, vous devez absolument vous imprégner du thème traité par la section et répondre d'un trait à toutes les questions d'une section.

[QUELQUES MOTS SUR...]

1. Le XIXe siècle dans le monde [WIKIPEDIA]

On peut dire que le XIXe siècle est le siècle de l'Europe. Après la Révolution française (1792-1799) et les guerres de l'épopée napoléonienne (1799-1815), l'Europe connut de nombreuses autres guerres qui dessinèrent sa nouvelle carte géopolitique. Parmi les phénomènes les plus importants de ce siècle figurent :

– l'effondrement des vieux Empires espagnol et portugais, la formation du second Empire colonial français et du premier Empire allemand et surtout l'expansion de l'Empire britannique ;

– la construction de l'unité italienne et la libération des provinces balkaniques ;

– l'émergence de consciences nationales et de sentiments patriotiques très puissants.

C'est aussi pour l'Europe, le siècle de la deuxième révolution industrielle, qui va bouleverser le paysage européen et apporter d'immenses richesses, mais aussi casser les anciennes structures sociales.

Enfin, pour l'Europe, c'est le siècle où ses élites intellectuelles vont la transformer, en un immense chaudron, dans lequel vont bouillonner toutes les idées et tous les arts. Ses savants, ses artistes, ses intellectuels, vont porter la recherche technologique, la recherche scientifique, la recherche artistique, la recherche des idées, à un niveau jamais atteint auparavant.

2. L'entre-deux-guerres (de la Première à la Seconde Guerre mondiale) [WIKIPEDIA]

L'entre-deux-guerres est la période (1918-1939) comprise entre la Première et la Seconde Guerre mondiale.

Ces vingt années de paix ont été marquées par un bouleversement durable des rapports de force internationaux, par l'émergence des idéologies totalitaires ainsi que par des progrès techniques considérables. Cette période constitue un ensemble cohérent et homogène qu'il convient d'appréhender dans sa globalité. La première moitié de la période a été appelée en France « les Années folles », essentiellement pour les ruptures dans le comportement social (nouvelles esthétiques artistiques transgressives, développement des transports, en particulier individuels, modification des codes de comportement, en particulier chez les femmes des classes supérieures et moyennes). A partir de 1929, la crise économique et sociale et la montée des nationalismes étatiques agressifs créèrent une atmosphère de tension et de peur. Il est à souligner que l'appellation « entre-deux-guerres », utilisée pour cette période, est à prendre avec recul, car elle ne retranscrit en rien l'esprit de l'époque. En effet, les protagonistes n'avaient bien évidemment pas conscience de vivre une période de calme avant un second conflit mondial, et ce, même si des signes politiques alarmants le laissaient présager. Après le traumatisme de la Grande Guerre, fusaient en France les « plus jamais ça ! », on parlait du conflit comme de « La Der des Ders » (« dernière des dernières »). Cela peut expliquer partiellement l'euphorie et l'esprit libéré qui régnait, au moins pendant les années 1920, avant le krach de 1929.

Les années trente sont le théâtre d'une crise économique d'une ampleur mondiale déclenchée par le krash de 1929 et dont la principale conséquence sera l'exacerbation de la concurrence entre les nations : les rivalités économiques ouvrent la porte à des rancunes politiques plus anciennes, souvent nées d'ailleurs du règlement à courte vue de la Première Guerre mondiale.

Les années 1930 sont également les témoins d'un formidable élan intellectuel, artistique et technique qui voit s'accélérer un véritable renouveau culturel et se développer le cinéma, la radio, l'aéronautique et l'automobile. Ces années de tensions extrêmes semblent annoncer nos sociétés actuelles, marquées par la rapidité des communications, la prégnance des idéologies et la consommation de masse.

1. Le XIXe siècle dans le monde

531 Combien y a-t-il de prisonniers à la Bastille le jour de sa prise ?

- ☐ A. 7
- ☐ B. 122
- ☐ C. 250
- ☐ D. Aucun

532 Quand a lieu la prise de la Bastille ?

- ☐ A. Le 14 juillet 1789
- ☐ B. Le 14 juillet 1790
- ☐ C. Le 14 juillet 1792

533 En France les députés suppriment les privilèges de la noblesse dans la nuit du :

- ☐ A. 4 août 1789
- ☐ B. 22 novembre 1792
- ☐ C. 18 mai 1795

534 *La Déclaration des droits de l'homme et du citoyen* date de :

- ☐ A. 1789
- ☐ B. 1823
- ☐ C. 1944

535 Un révolutionnaire français est surnommé « l'Incorruptible ». Il s'agit de :

- ☐ A. Georges Jacques Danton
- ☐ B. Jean-Paul Marat
- ☐ C. Louis Antoine de Saint-Just
- ☐ D. Maximilien de Robespierre

536 Quelle est la date du décret qui crée les départements ?

- ☐ A. Le 4 mars 1589
- ☐ B. Le 1er janvier 1690
- ☐ C. Le 22 décembre 1789
- ☐ D. Le 26 février 1804

537 La Première République française est proclamée en :

- ☐ A. 1789
- ☐ B. 1792
- ☐ C. 1794

538 La bataille de Valmy en 1792 met en présence :

- ☐ A. Les Espagnols et les Français
- ☐ B. Les Prussiens et les Français
- ☐ C. Les Anglais et les Français
- ☐ D. Les Italiens et les Français

539 Cet historien, né en 1798, fut chargé du cours d'histoire ancienne à l'Ecole Normale Supérieure et se passionna pour la philosophie de l'histoire. Ecrivain engagé, il est l'auteur d'une histoire de France et d'une histoire de la Révolution française. Il s'agit de :

- ☐ A. Augustin Thierry
- ☐ B. Ernest Renan
- ☐ C. Jules Michelet
- ☐ D. Charles-Augustin Sainte-Beuve
- ☐ E. Aucune de ces réponses n'est bonne

540 A quelle date est créée l'Ecole polytechnique ?

- ☐ A. 1515
- ☐ B. 1794
- ☐ C. 1918
- ☐ D. 1965

541 Le Directoire est le régime que connaît la France :

- ☐ A. De 1795 à 1799
- ☐ B. De 1795 à 1797
- ☐ C. De 1799 à 1802
- ☐ D. De 1804 à 1807

542 Le Consulat succède :

- ☐ A. A l'Empire
- ☐ B. Au Directoire
- ☐ C. A la Terreur

543 L'amiral Nelson y fut blessé à mort, mais les flottes française et espagnole étaient anéanties : 18 bâtiment furent pris ou coulés, 7 000 marins tués ou noyés. De quelle célèbre bataille s'agit-il ?

- ☐ A. Trafalgar
- ☐ B. La Bérézina
- ☐ C. Verdun
- ☐ D. La Marne

544 Cochez chaque affirmation exacte à propos d'Haïti :

- ☐ A. C'est la première république noire
- ☐ B. Sa capitale est Fort-au-Prince
- ☐ C. Son indépendance date de 1804
- ☐ D. Toussaint Louverture est une grande figure de son histoire
- ☐ E. Aimé Césaire a été l'un de ses dirigeants

545 1804 est la date :

- ☐ A. Du début du Premier Empire
- ☐ B. De la Restauration
- ☐ C. Du début du Consulat
- ☐ D. De la bataille de Trafalgar

546 Après cette bataille du 2 décembre 1805, Napoléon Ier proclama « Soldats, je suis content de vous ». Ce qui porta jusqu'au délire l'enthousiasme de ses hommes : les austro-russes comptaient 16 000 morts contre 1 500 morts français. De quelle bataille s'agit-il ?

- ☐ A. Austerlitz
- ☐ B. Rivoli
- ☐ C. Moskova
- ☐ D. Marengo

547 Parmi ces batailles de Napoléon, laquelle n'est pas une victoire ?

- ☐ A. Leipzig
- ☐ B. Ulm
- ☐ C. Wagram
- ☐ D. Dresde

548 Parmi les batailles napoléoniennes suivantes, menées entre 1805 et 1809, laquelle constitue une défaite ?

- ☐ A. Austerlitz
- ☐ B. Iéna
- ☐ C. Friedland
- ☐ D. Wagram
- ☐ E. Aucune de ces réponses n'est bonne

549 Laquelle de ces batailles ne fait pas partie des campagnes napoléoniennes ?

☐ A. La Moskova
☐ B. Iéna
☐ C. Valmy
☐ D. Eylau

550 Quelle grande bataille, conduite par Napoléon, se déroule le 18 juin 1815 ?

☐ A. Waterloo
☐ B. Wagram
☐ C. Iéna

551 Combien la France compte-t-elle de départements à son apogée en 1811 ?

☐ A. 100
☐ B. 130
☐ C. 140

552 L'union entre l'Etat et le Vatican mise en place par Napoléon Bonaparte est :

☐ A. L'Alliance Sacrée
☐ B. Le Concordat
☐ C. La Sainte Alliance

553 Les Etats créés par Napoléon sont appelés :

☐ A. Les colonies
☐ B. Les départements impériaux
☐ C. Les Républiques sœurs

554 Qui a dit : « Une société sans religion est comme un vaisseau sans boussole » ?

☐ A. Louis XIV
☐ B. Napoléon Ier
☐ C. Jules Ferry
☐ D. Charles De Gaulle

555 En 1815 se déroule une réunion qui a pour but d'établir les nouvelles frontières de l'Europe et de régler le sort de la Pologne. Il s'agit :

☐ A. Du sommet d'Aix-la-Chapelle
☐ B. Du congrès de Versailles
☐ C. Du congrès de Vienne

556 En 1815, la Sainte-Alliance est créée ; elle marque la volonté d'effacer les conquêtes révolutionnaires et de rétablir l'ordre ancien. Parmi les nations suivantes, laquelle n'en fait pas partie ?

☐ A. L'Autriche
☐ B. L'Espagne
☐ C. La Prusse
☐ D. La Russie
☐ E. Aucune de ces réponses n'est bonne

557 Klemmens von Metternich est :

☐ A. Un homme politique autrichien
☐ B. Un des acteurs principaux du congrès de Vienne en 1815
☐ C. Un général prussien qui a combattu Napoléon III
☐ D. Un diplomate autrichien du début du XXe siècle

558 Quel est le régime politique en France de 1815 à 1848 ?

- ☐ A. La IIe République
- ☐ B. Le Second Empire
- ☐ C. La monarchie constitutionnelle

559 En quelle année Napoléon Ier est-il mort à Sainte-Hélène ?

- ☐ A. 1815
- ☐ B. 1818
- ☐ C. 1821
- ☐ D. 1825

560 Le successeur de Napoléon Ier est :

- ☐ A. Louis-Philippe
- ☐ B. Charles X
- ☐ C. Louis XVIII
- ☐ D. Napoléon III

561 En 1831, la révolte gronde au sein des ouvriers tisserands lyonnais qui déclenchent de violentes émeutes. Comment s'appellent-ils ?

- ☐ A. Les luddites
- ☐ B. Les guignols
- ☐ C. Les canuts

562 La monarchie de Juillet succède :

- ☐ A. A la Restauration
- ☐ B. A la IIe République
- ☐ C. Au Second Empire

563 Qui crée le « Salon des refusés » en 1863 ?

- ☐ A. Charles X
- ☐ B. Louis-Philippe
- ☐ C. Napoléon III
- ☐ D. Mac-Mahon

564 Le dernier roi de France est :

- ☐ A. Charles X
- ☐ B. Louis XVI
- ☐ C. Louis-Philippe
- ☐ D. Louis XVIII

565 La IIe République est instituée :

- ☐ A. En 1795
- ☐ B. En 1830
- ☐ C. En 1848
- ☐ D. En 1870

566 La constitution française de la IIe République prévoit :

- ☐ A. Trois chambres
- ☐ B. Deux chambres
- ☐ C. Une chambre
- ☐ D. Aucune chambre

567 En quelle année est élu le premier président de la République française au suffrage universel ?

- ☐ A. 1792
- ☐ B. 1848
- ☐ C. 1850
- ☐ D. 1870

568 En quelle année est émis le premier timbre-poste français ?

- ☐ A. 1649
- ☐ B. 1749
- ☐ C. 1849

569 Quel régime politique français abolit l'esclavage dans ses colonies ?

- ☐ A. La Restauration
- ☐ B. La monarchie de Juillet
- ☐ C. La Seconde République
- ☐ D. La Troisième République

570 Dans quel ordre chronologique se succèdent ces régimes politiques ?

- ☐ A. Seconde République – Restauration – Monarchie de Juillet – Second Empire
- ☐ B. Monarchie de Juillet – Restauration – Seconde République – Second Empire
- ☐ C. Restauration – Seconde République – Monarchie de Juillet – Second Empire
- ☐ D. Restauration – Monarchie de Juillet – Seconde République – Second Empire

571 Qui a institué les préfets en France ?

- ☐ A. François Ier
- ☐ B. Henri IV
- ☐ C. Bonaparte
- ☐ D. Napoléon III
- ☐ E. Aucune de ces réponses n'est bonne

572 Sous le règne de quel souverain s'est produite l'annexion de la Savoie et de Nice à la France ?

- ☐ A. Napoléon Ier
- ☐ B. Louis XVIII
- ☐ C. Charles X
- ☐ D. Napoléon III

573 Dans quel pays du continent américain Napoléon III envoie-t-il des soldats ?

- ☐ A. Le Canada
- ☐ B. Le Mexique
- ☐ C. Le Venezuela

574 Quel homme de lettres est exilé par Napoléon III ?

- ☐ A. Alphonse de Lamartine
- ☐ B. Victor Hugo
- ☐ C. Marcel Proust
- ☐ D. George Sand

575 Parmi ces réformes, quelles sont celles réalisées par Napoléon III ?

- ☐ A. Droit de grève
- ☐ B. Droit d'organisation des salariés
- ☐ C. Ouverture de l'enseignement secondaire aux jeunes filles
- ☐ D. Achèvement de la construction du réseau ferroviaire
- ☐ E. Réforme du système bancaire pour développer le crédit

576 Paris accueille l'Exposition Universelle en :

- ☐ A. 1855
- ☐ B. 1859
- ☐ C. 1863
- ☐ D. 1867

577 Quelles sont les dates du Second Empire ?

- ☐ A. 1850-1870
- ☐ B. 1852-1870
- ☐ C. 1850-1880
- ☐ D. 1852-1880

578 Quelle bataille marque l'effondrement du Second Empire ?

- ☐ A. Valmy
- ☐ B. Rome
- ☐ C. Sedan
- ☐ D. Verdun

579 Par quel traité l'Alsace et une partie de la Lorraine deviennent-elles allemandes en 1871 ?

- ☐ A. Le traité de Rethondes
- ☐ B. Le traité de Munich
- ☐ C. Le traité de Francfort
- ☐ D. Le traité de Paris

580 A quelle époque l'hôtel de ville de Paris brûle-t-il ?

- ☐ A. A la Révolution en 1789
- ☐ B. Lors de la Commune en 1871
- ☐ C. En Mai 1968

581 Un versaillais est en 1871 :

- ☐ A. Un partisan de la répression de la Commune
- ☐ B. Un partisan des communards
- ☐ C. Un membre des troupes du gouvernement Thiers
- ☐ D. Un neutre entre partisans et opposants de la Commune

582 Le mur des fédérés se situe :

- ☐ A. A Jérusalem
- ☐ B. Entre Israël et Gaza
- ☐ C. Entre le Texas et le Mexique
- ☐ D. Au cimetière du Père-Lachaise à Paris

583 Quel est le métier d'Eugène Poubelle, initiateur de la poubelle ?

- ☐ A. Ingénieur
- ☐ B. Préfet
- ☐ C. Médecin
- ☐ D. Commerçant
- ☐ E. Aucune de ces réponses n'est bonne

584 Elle met en place l'école laïque, gratuite et obligatoire, puis fonde l'Etat laïc en instituant la séparation de l'église et de l'Etat. Elle dote la France de ses emblèmes définitifs : le drapeau tricolore, la marseillaise, la devise « liberté, égalité, fraternité » et la fête nationale du 14 juillet. Il s'agit de :

- ☐ A. La Ire République (1792-1804)
- ☐ B. La IIe République (1848-1852)
- ☐ C. La IIIe République (1870-1940)
- ☐ D. La IVe République (1946-1958)

585 La première grande organisation syndicale américaine est fondée en 1886 et dirigée presque sans interruption jusqu'en 1924 par Samuel Gompers. Il s'agit de :

- ☐ A. L'American Federation of Labor (AFL)
- ☐ B. Le Congress of Industrial Organizations (CIO)
- ☐ C. Le Trade Union Congress (TUC)

586 Quand les femmes ont-elles eu le droit de vote aux Etats-Unis ?

- ☐ A. 1870
- ☐ B. 1914
- ☐ C. 1918
- ☐ D. 1945

587 Le général Lee capitule le 9 avril 1865 devant le général Grant. Cet évènement marque la fin :

- ☐ A. De la guerre d'Indépendance
- ☐ B. De la guerre de Sécession
- ☐ C. De la guerre des Boers

588 Durant la guerre de Sécession, le Texas s'allie avec les Etats du :

- ☐ A. Sud
- ☐ B. Nord
- ☐ C. Il demeura neutre

589 Lequel de ces présidents américains mene l'union à la victoire lors de la guerre de Sécession et abolit l'esclavage ?

- ☐ A. George Washington
- ☐ B. Abraham Lincoln
- ☐ C. Theodore Roosevelt
- ☐ D. Thomas Jefferson

590 A la bataille de Little Big Horn, le général Custer disparaît avec le :

- ☐ A. 9e d'infanterie
- ☐ B. 8e de cavalerie
- ☐ C. 7e de cavalerie

591 Lequel de ces noms ne peut pas être associé au Québec ?

- ☐ A. Les Inuits
- ☐ B. Les Lacs
- ☐ C. Les Incas

592 Le *risorgimento* est :

- ☐ A. Un mouvement pour l'unité italienne au XIXe siècle
- ☐ B. Un retour à la tradition catholique
- ☐ C. Un mouvement rapide dans une pièce musicale
- ☐ D. Une renaissance culturelle

593 Qui est considéré comme un des « pères de la patrie » italienne ?

- ☐ A. Giuseppe Garibaldi
- ☐ B. Benito Mussolini
- ☐ C. Alessandro Manzoni

594 Comment se nomme l'événement qui mena la Belgique à l'indépendance ?

- ☐ A. La guerre de Belgique
- ☐ B. La révolution belge
- ☐ C. L'indépendance belge
- ☐ D. Aucune de ces réponses n'est bonne

595 Quelles sont les conséquences de l'ère Meiji pour le Japon ?

- ☐ A. L'invasion de la Chine par l'armée impériale japonaise
- ☐ B. La christianisation du Japon par des missionnaires européens
- ☐ C. Le début d'une politique de modernisation

596 La seconde guerre de l'Opium (1856-1860) opposa quels pays ?

- ☐ A. France et Royaume-Uni à la Chine
- ☐ B. Japon à la Chine
- ☐ C. Etats-Unis et Canada à la Chine

597 Quel est le fléau qui conduit des milliers d'Irlandais à émigrer aux Etats-Unis au XIXe siècle ?

- ☐ A. La maladie de la pomme de terre
- ☐ B. Le choléra
- ☐ C. La tuberculose

598 Quand a eu lieu la première convention de Genève, née de la volonté d'améliorer le sort des blessés sur le champ de bataille ?

- ☐ A. En 1864
- ☐ B. En 1884
- ☐ C. En 1904
- ☐ D. En 1924

599 Qui fonde l'Association internationale des travailleurs (la première internationale) en 1864 ?

- ☐ A. Friedrich Engels
- ☐ B. Karl Marx
- ☐ C. Joseph Fourier

600 En quelle année fut fondé le Parti social démocrate allemand ?

- ☐ A. 1769
- ☐ B. 1869
- ☐ C. 1969
- ☐ D. Aucune de ces réponses n'est bonne

601 En quelle année Jules Ferry rend l'école laïque et obligatoire ?

- ☐ A. 1832
- ☐ B. 1852
- ☐ C. 1882

602 La loi du 21 mars 1884, dite loi Waldeck-Rousseau :

- ☐ A. Reconnaît le droit d'association des ouvriers d'une même profession sans autorisation préalable
- ☐ B. Reconnaît le droit de réunion des ouvriers
- ☐ C. Abolit le délit de coalition

603 En février 1887, la bourse du travail de Paris est inaugurée. Quinze ans plus tard, on en compte plus de 150. Le rôle des bourses du travail est de :

- ☐ A. Favoriser la réunion des travailleurs en conventions pour l'élection des représentants syndicaux
- ☐ B. Permettre aux ouvriers de participer à l'élaboration des lois
- ☐ C. Permettre aux travailleurs d'une même localité de délibérer de leurs intérêts communs et de s'informer du marché du travail

604 En quelle année est fondée la CGT ?

- ☐ A. 1895
- ☐ B. 1900
- ☐ C. 1905

605 Quand est fondée la CFTC (Confédération française des travailleurs chrétiens) ?

- ☐ A. 1905
- ☐ B. 1914
- ☐ C. 1919
- ☐ D. 1936

606 En quelle année la CGT adopte-t-elle la charte d'Amiens ?

- ☐ A. 1900
- ☐ B. 1906
- ☐ C. 1914

607 Selon la charte d'Amiens, le mouvement syndical possède une arme suprême : laquelle ?

- ☐ A. La révolution
- ☐ B. La grève générale
- ☐ C. Le vote sanction

608 Quand éclate l'affaire Dreyfus ?

- ☐ A. En 1995
- ☐ A. En 1885
- ☐ B. En 1894
- ☐ C. En 1905

609 Pour quel motif est condamné le Capitaine Alfred Dreyfus en 1894 ?

- ☐ A. Pour avoir livré des documents secrets français à l'Empire allemand
- ☐ B. Pour l'assassinat du président Sadi Carnot
- ☐ C. Pour haute trahison

610 Emilio Zapata est ou a été :

- ☐ A. Un révolutionnaire mexicain
- ☐ B. Le fondateur d'une école de cirque
- ☐ C. Le Premier ministre espagnol
- ☐ D. Le président de la Bolivie

611 L'entente cordiale est signée en 1904 entre la France et :

- ☐ A. L'Allemagne
- ☐ B. Le Royaume-Uni
- ☐ C. L'Espagne
- ☐ D. Le Vatican

612 De quelle année date la loi de séparation de l'Eglise et de l'Etat ?

- ☐ A. 1895
- ☐ B. 1902
- ☐ C. 1905

613 Quand s'est déroulée la guerre russo-japonaise ?

- ☐ A. En 1836
- ☐ B. En 1884
- ☐ C. En 1905
- ☐ D. En 1915

2. De la Première à la Seconde Guerre mondiale

614 En faveur de qui le tsar Nicolas II abdique-t-il ?

- ☐ A. De son frère, le grand-duc Michel
- ☐ B. De son fils, Alexis
- ☐ C. De Raspoutine

615 A quelle date commence le génocide arménien ?

- ☐ A. En avril 1915
- ☐ B. En mai 1916
- ☐ C. En février 1917

616 Dans quelle ville l'archiduc François-Ferdinand est-il assassiné le 28 juin 1914 ?

- ☐ A. Venise
- ☐ B. Sarajevo
- ☐ C. Belgrade

617 L'archiduc François-Ferdinand assassiné en juin 1914 est issu :

- ☐ A. D'Allemagne
- ☐ B. De France
- ☐ C. De Russie
- ☐ D. D'Autriche Hongrie

618 Né en 1859, cet homme politique français prend position pour la reconnaissance de l'innocence de Dreyfus en 1898 avant de fonder le journal *L'Humanité* en 1904. Il est assassiné en 1914 et ses cendres on été transférées au Panthéon en 1924. Il s'agit de :

- ☐ A. Jules Ferry
- ☐ B. Georges Clemenceau
- ☐ C. Jean Jaurès

619 Durant la Première Guerre mondiale, l'Italie est :

☐ A. Alliée de l'Allemagne
☐ B. Alliée de la France
☐ C. Neutre

620 Quand eut lieu le torpillage du Lusitania ?

☐ A. En 1912
☐ B. En 1914
☐ C. En 1915

621 Président des Etats-Unis de 1913 à 1921, démocrate, il est partisan de la neutralité, mais il décide l'intervention dans la guerre au nom de la défense de la liberté. Il s'agit de :

☐ A. Woodrow Wilson
☐ B. Franklin Delano Roosevelt
☐ C. John Edgar Hoover
☐ D. Dwight David Eisenhower

622 A quelle date les Etats-Unis entrent en guerre aux côtés des alliés durant la Première Guerre mondiale ?

☐ A. En mars 1918
☐ B. En avril 1917
☐ C. En juin 1916

623 Que s'est-il passé à Rethondes, une clairière dans la forêt de Compiègne ?

☐ A. La signature de l'armistice de 1918 entre la France et l'Allemagne
☐ B. La signature de l'armistice de 1940 entre la France et l'Allemagne
☐ C. Aucune de ces réponses n'est bonne

624 Le traité de (...) est un traité de paix signé le 28 juin 1919 entre l'Allemagne et les Alliés à l'issue de la Première Guerre mondiale.

☐ A. Rome
☐ B. Versailles
☐ C. Yalta
☐ D. Verdun
☐ E. Aix-la-Chapelle

625 Quel est l'ancêtre de l'ONU ?

☐ A. La SDN
☐ B. La MGM
☐ C. La SNCD

626 Quel homme politique français eut de nombreux surnoms dont le « Tigre » et le « Père » de la victoire ?

☐ A. Léon Blum
☐ B. Charles de Gaulle
☐ C. Le maréchal Pétain
☐ D. Georges Clemenceau

627 Au début de la Première Guerre mondiale, il critique vivement la manière dont on conduit les opérations. En novembre 1917, le président de la République l'appelle à une seconde présidence du Conseil. Il refusera toujours toute idée de négociation et contribuera à la victoire. De quel homme s'agit-il ?

☐ A. Joseph Joffre
☐ B. Ferdinand Foch
☐ C. Georges Clemenceau
☐ D. Raymond Poincaré
☐ E. Aucune de ces réponses n'est bonne

628 Quel président français tombe accidentellement d'un train au début des années 1920 ?

- ☐ A. Alexandre Millerand
- ☐ B. Raymond Poincaré
- ☐ C. Paul Deschanel

629 Président du Conseil de 1922 à 1924, il décide de l'invasion de la Ruhr. De 1926 à 1929, il redresse la situation française. Il s'agit de :

- ☐ A. Edouard Herriot
- ☐ B. Gaston Doumergue
- ☐ C. Raymond Poincaré
- ☐ D. Léon Blum

630 Quels sont les deux présidents de la République française qui ont été assassinés ?

- ☐ A. Jean Jaurès
- ☐ B. Sadi Carnot
- ☐ C. Paul Doumer
- ☐ D. Vincent Auriol
- ☐ E. Aucune de ces réponses n'est bonne

631 Comment s'appelle le rassemblement de la droite et du centre qui domine la vie politique française de 1919 à 1924 ?

- ☐ A. Le bloc national
- ☐ B. Le cartel des droites
- ☐ C. L'union des droites
- ☐ D. Le front populaire

632 Dans l'entre-deux-guerres, en France, le cartel des gauches est une alliance des :

- ☐ A. Socialistes, radicaux et communistes
- ☐ B. Socialistes et radicaux
- ☐ C. Socialistes et communistes

633 Les artisans de la détente entre la France et l'Allemagne dans les années 1920 sont :

- ☐ A. Aristide Briand et Gustav Stresemann
- ☐ B. Aristide Briand et Locken
- ☐ C. Aristide Briand et Frank Kellogg

634 A la conférence de Locarno (octobre 1925) participent :

- ☐ A. La France, les Etats-Unis, l'Italie et la Grande-Bretagne
- ☐ B. La France, l'URSS, l'Italie et la Grande-Bretagne
- ☐ C. La France, l'Allemagne, l'Italie et la Grande-Bretagne

635 Parmi les quatre propositions suivantes, quelle est celle qui permet de compléter correctement les deux phrases suivantes ? « La France vit de 1919 à 1939 sous un régime .... En 1920, au congrès tenu à ..., les socialistes se divisent en deux partis, le parti ... et le parti socialiste ou ... » :

- ☐ A. présidentiel – Tours – communiste – radical
- ☐ B. parlementaire – Epinay – radical – SFIO
- ☐ C. présidentiel – Epinay – communiste – radical
- ☐ D. parlementaire – Tours – communiste – SFIO

636 La convention relative à l'esclavage est signée à Genève le :

- ☐ A. 7 septembre 1956
- ☐ B. 25 septembre 1926
- ☐ C. 10 décembre 1948

637 Dans quel pays est instaurée la République de Weimar (1919-1933) ?

- ☐ A. En Allemagne
- ☐ B. En Autriche
- ☐ C. En Pologne

638 Les accords du Latran créant l'Etat de la Cité du Vatican sont signés sous le pontificat de :

- ☐ A. Benoît XV
- ☐ B. Pie XI
- ☐ C. Pie XII

639 De quel pays Mohammed V (1909-1961) fut-il le roi ?

- ☐ A. L'Algérie
- ☐ B. La Turquie
- ☐ C. Le Maroc
- ☐ D. La Tunisie
- ☐ E. L'Iran

640 La longue marche de Mao Zedong se déroule entre :

- ☐ A. 1924 et 1925
- ☐ B. 1934 et 1935
- ☐ C. 1945 et 1946

641 Le dernier tsar de Russie est :

- ☐ A. Alexandre II
- ☐ B. Nicolas II
- ☐ C. Ivan IV
- ☐ D. Pierre II

642 En quelle année se déroulent les deux révolutions russes ?

- ☐ A. 1905
- ☐ B. 1914
- ☐ C. 1917

643 Nés de la révolution russe qui renverse le régime tsariste, ces comités composés d'élus du peuple étaient chargés de gouverner et d'administrer. Il s'agit :

- ☐ A. Des kolkhozes
- ☐ B. Des sovkhozes
- ☐ C. Des komsomols
- ☐ D. Des soviets

644 Que décide de mettre en place Lénine en mars 1921 ?

- ☐ A. Les kolkhozes
- ☐ B. Les sovkhozes
- ☐ C. La perestroïka
- ☐ D. La NEP

645 Quand les terres ont-elles été collectivisées en URSS ?

- ☐ A. 1929
- ☐ B. 1917
- ☐ C. 1936

646 Le prénom de Staline est :

- ☐ A. Joseph Illich
- ☐ B. Joseph Djougachvili
- ☐ C. Ivan Illich
- ☐ D. Vladimir Broz

647 Vladimir Lénine est mort en :

- ☐ A. 1920
- ☐ B. 1922
- ☐ C. 1924

648 Qui fait assassiner Léon Trotski en 1940 au Mexique ?

- ☐ A. Vladimir Lénine
- ☐ B. Adolf Hitler
- ☐ C. Joseph Staline

649 Mécontents de leur président sortant et de son laisser-faire, les américains l'élisent à la présidence. Il avait axé sa campagne sur l'intervention de l'Etat dans la vie économique pour triompher de la crise. De qui s'agit-il ?

- ☐ A. Theodore Roosevelt
- ☐ B. Herbert Clark Hoover
- ☐ C. Franklin Delano Roosevelt
- ☐ D. Dwight Eisenhower

650 Quel nom porte la coalition politique qui arrive au pouvoir en 1936 ?

- ☐ A. Le cartel des gauches
- ☐ B. Le front populaire
- ☐ C. L'union nationale

651 Le front populaire est un gouvernement :

- ☐ A. De droite
- ☐ B. De gauche
- ☐ C. Du centre

652 Qui appartient au gouvernement du front populaire ?

- ☐ A. Léon Blum
- ☐ B. Roger Salengro
- ☐ C. Edouard Daladier
- ☐ D. Albert Lebrun

653 Quel est l'objet des accords Matignon signés en 1936 entre le patronat français et les syndicats ?

- ☐ A. La semaine de 40 heures
- ☐ B. Les premiers congés payés
- ☐ C. L'institution de contrats collectifs du travail
- ☐ D. L'augmentation des salaires
- ☐ E. Aucune de ces réponses n'est bonne

654 Qu'est-ce qui permet la réunification de la CGT et de la CGTU au congrès de Toulouse le 5 mars 1936 ?

- ☐ A. La menace liée à la montée du nazisme en Allemagne
- ☐ B. Le vote d'une loi favorable au syndicalisme
- ☐ C. L'élan du front populaire

655 Marc Sangnier (1873-1950) est un journaliste et homme politique français qui anime un mouvement chrétien-social, le Sillon. On lui doit la création :

- ☐ A. Des auberges de jeunesse
- ☐ B. De l'Ecole polytechnique
- ☐ C. Des maisons de la jeunesse et de la culture (MJC)
- ☐ D. Des universités populaires

656 Quand Adolf Hitler est-il nommé chancelier ?

- ☐ A. En janvier 1931
- ☐ B. En janvier 1932
- ☐ C. En janvier 1933

657 Quand a lieu l'incendie du Reichstag ?

- ☐ A. En février 1933
- ☐ B. En juin 1933
- ☐ C. En février 1934

658 Qui sont « les casques d'acier » en 1933 ?

- ☐ A. Une milice russe
- ☐ B. Un groupe de résistants
- ☐ C. Une police auxiliaire allemande
- ☐ D. Les alliés

659 Quand a lieu la nuit des longs couteaux ?

- ☐ A. Le 30 avril 1933
- ☐ B. Le 30 janvier 1934
- ☐ C. Le 30 juin 1934

660 En quelle année débute la guerre civile espagnole ?

- ☐ A. 1935
- ☐ B. 1936
- ☐ C. 1937

661 La guerre civile d'Espagne commence par :

- ☐ A. Une révolution communiste
- ☐ B. Une campagne de propagande antimonarchiste
- ☐ C. Un soulèvement anarchiste contre le gouvernement
- ☐ D. Un soulèvement des généraux contre le gouvernement

662 Qui est surnommé Caudillo ?

- ☐ A. Antonio Salazar
- ☐ B. Benito Mussolini
- ☐ C. Le général Alcazar
- ☐ D. Le général Franco
- ☐ E. Aucune de ces réponses n'est bonne

663 En quoi consistent les lois de Nuremberg ?

- ☐ A. Législation antijuive
- ☐ B. Législation d'économie de guerre
- ☐ C. Législation antisyndicale

664 Que signifie le terme *anschluss* et dans quel pays est-il proclamé en 1938 ?

- ☐ A. Expansion / Allemagne
- ☐ B. Direction / Autriche
- ☐ C. Contrôle / Suisse
- ☐ D. Annexion / Autriche

665 Quelle est la date des accords de Munich ?

- ☐ A. Le 30 septembre 1938
- ☐ B. Le 5 septembre 1939
- ☐ C. Le 12 février 1940

666 Qui est président du Conseil en France au moment des accords de Munich ?

- ☐ A. Edouard Daladier
- ☐ B. Philippe Pétain
- ☐ C. Léon Blum

667 Quand Adolf Hitler et les nazis envahissent-ils la Pologne ?

- ☐ A. En septembre 1939
- ☐ B. En août 1939
- ☐ C. En juin 1941

668 Quand signe-t-on le pacte germano-soviétique ?

- ☐ A. Le 23 août 1939
- ☐ B. Le 23 août 1940
- ☐ C. Le 23 août 1941

669 Qui a succédé à Paul Reynaud comme président du Conseil ?

- ☐ A. Charles de Gaulle
- ☐ B. Pierre Laval
- ☐ C. Philippe Pétain

670 Le nom du régime politique dirigé par le maréchal Pétain est :

- ☐ A. L'Etat français
- ☐ B. La collaboration
- ☐ C. Le pétainisme
- ☐ D. La zone libre

671 Comment s'appelle la période de la Seconde Guerre mondiale située entre la déclaration de guerre par la France et le Royaume-Uni à l'Allemagne ?

- ☐ A. La « Drôle de guerre »
- ☐ B. La « Guerre des nerfs »
- ☐ C. La « Guerre de la patience »

672 Que se passe-t-il le 18 juin 1940 ?

- ☐ A. L'appel à la résistance du Général de Gaulle depuis Londres sur les ondes de la BBC
- ☐ B. Le discours du maréchal Pétain annonçant l'armistice aux français
- ☐ C. L'entrée des troupes allemandes dans Paris

673 Quels pays sont engagés lors de la bataille de l'Atlantique ?

- ☐ A. Royaume-Uni, Canada, Etats-Unis contre l'Allemagne et l'Italie
- ☐ B. Etats-Unis et Canada contre l'Allemagne
- ☐ C. France, Royaume-Uni et URSS contre l'Allemagne et le Japon

674 Quel événement marque le début de la campagne des Balkans ?

- ☐ A. La guerre italo-grecque
- ☐ B. La bataille de Stalingrad
- ☐ C. L'opération Torche

675 Durant la Seconde Guerre mondiale, quand l'Allemagne déclenche-t-elle son offensive contre l'URSS ?

- ☐ A. Le 7 décembre 1941
- ☐ B. Le 22 juin 1941
- ☐ C. Le 12 février 1943
- ☐ D. Le 8 mai 1945

676 Quel pays a attaqué la base navale américaine de Pearl Harbor le 7 décembre 1941 ?

- ☐ A. Le Japon
- ☐ B. La Russie
- ☐ C. La Chine
- ☐ D. L'Allemagne

677 Combien de temps a duré la bataille de Stalingrad ?

- ☐ A. Environ 7 jours
- ☐ B. Environ 7 semaines
- ☐ C. Environ 7 mois
- ☐ D. Aucune de ces réponses n'est bonne

678 Quels pays s'opposent lors de la bataille de Stalingrad ?

- ☐ A. La Pologne et l'Allemagne
- ☐ B. L'URSS et l'Allemagne
- ☐ C. La Hongrie et l'Allemagne

679 Poète, écrivain et homme politique français (1868-1952) aux idées fascistes et antisémites, il est l'un des fondateurs de l'Action française, soutient le régime de Vichy et est condamné en 1945 à la détention à perpétuité. Il s'agit de :

- ☐ A. Pierre Laval
- ☐ B. Charles Maurras
- ☐ C. Louis Darquier de Pellepoix

680 Dans quel pays se trouve le camp d'extermination d'Auschwitz ?

- ☐ A. Biélorussie
- ☐ B. Allemagne
- ☐ C. Russie
- ☐ D. Pologne

681 Où Charles de Gaulle constitue-t-il le CFLN (Comité français de libération nationale) en juin 1943 ?

- ☐ A. A Londres
- ☐ B. A Alger
- ☐ C. A Bordeaux

682 Le héros de la résistance, Jean Moulin, est :

- ☐ A. Un préfet
- ☐ B. Un écrivain
- ☐ C. Un député
- ☐ D. Un ministre
- ☐ E. Aucune de ces réponses n'est bonne

683 Quel est le nom de code de Jean Moulin, délégué général des gaullistes en France ?

- ☐ A. Max
- ☐ B. Clément
- ☐ C. Mathieu
- ☐ D. Mathurin
- ☐ E. Félix

684 Lucie Aubrac est :

- ☐ A. Une ministre de la IVe République
- ☐ B. Un personnage de roman
- ☐ C. Une figure de la résistance
- ☐ D. Une figure de la lutte pour la légalisation de l'avortement

685 Guy Môquet est :

- ☐ A. Un soldat mort sur le champ de bataille en 1941
- ☐ B. Un militant communiste pendant la Seconde Guerre mondiale
- ☐ C. Un jeune lycéen abattu par erreur par les allemands
- ☐ D. Un jeune résistant fusillé par les allemands en 1941

686 Germaine Tillion, décédée en avril 2008, est :

☐ A. Une ethnologue
☐ B. Une ancienne ministre
☐ C. Une peintre
☐ D. Une figure de la résistance

687 Où eu lieu la bataille de Midway opposant les Etats-Unis et le Japon ?

☐ A. Dans l'océan Pacifique
☐ B. Dans la mer du Japon
☐ C. Dans la mer de Chine

688 Quels pays s'opposèrent au Japon durant la bataille de la mer de Corail ?

☐ A. Les Etats-Unis et l'Australie
☐ B. Le Royaume-Uni et la France
☐ C. Les Etats-Unis et le Royaume-Uni

689 Quelle est la principale conséquence de la guerre du Pacifique ?

☐ A. La défaite de l'Italie
☐ B. La défaite provisoire des alliés
☐ C. L'effondrement de l'Empire du Japon

690 La République de Salo est une période de l'histoire :

☐ A. De l'Italie
☐ B. De la Suède
☐ C. Du Portugal

691 A quelle date débute la bataille de Normandie ?

☐ A. 26 juin 1943
☐ B. 6 juin 1944
☐ C. 11 novembre 1944
☐ D. 8 mai 1945

692 Quel est le nom de l'opération amphibie destinée à gagner la bataille des plages en juin 1944 ?

☐ A. Saturne
☐ B. Rivage
☐ C. Neptune
☐ D. Cléon
☐ E. Chenal

693 Quel est le nom de code du débarquement en Normandie ?

☐ A. Opération Fortitude
☐ B. Opération Torch
☐ C. Opération Overlord

694 Où se déroula la bataille des Ardennes ?

☐ A. En France et en Allemagne
☐ B. En Belgique, en Allemagne et au Luxembourg
☐ C. En France, en Belgique et au Royaume-Uni

695 Que fait Hitler le 30 avril 1945 ?

☐ A. Il demande l'armistice
☐ B. Il s'enfuit en Amérique du Sud
☐ C. Il se suicide

696 Quel fait marquant de la Seconde Guerre mondiale se déroule le 6 août 1945 ?

☐ A. Le bombardement de Hiroshima
☐ B. Le bombardement de Nagasaki
☐ C. Le suicide d'Adolf Hitler
☐ D. La fin de la Seconde Guerre mondiale en Europe

697 Combien d'années dure la guerre sino-japonaise ?

- ☐ A. 3 ans
- ☐ B. 5 ans
- ☐ C. 8 ans

698 Quel est le bilan des pertes humaines de la Seconde Guerre mondiale ?

- ☐ A. Plus de 10 millions
- ☐ B. Plus de 20 millions
- ☐ C. Plus de 30 millions
- ☐ D. Plus de 50 millions

699 Dans laquelle des propositions ci-dessous l'ordre chronologique des événements est-il respecté ?

a. La conférence de Potsdam
b. La construction du mur de Berlin
c. La nuit des longs couteaux
d. Le blocus de Berlin

- ☐ A. a – c – d – b
- ☐ B. c – a – d – b
- ☐ C. c – a – b – d
- ☐ D. a – c – b – d
- ☐ E. Aucune de ces réponses n'est bonne

700 Qui était surnommé le « Petit père des peuples » ?

- ☐ A. Vladimir Lénine
- ☐ B. Joseph Staline
- ☐ C. Mao Zedong
- ☐ D. Fidel Castro

701 Qui a dit : « Je ne sais pas comment la Troisième Guerre mondiale sera menée, mais je sais comment le sera la quatrième : avec des bâtons et des pierres » ?

- ☐ A. Charles de Gaulle
- ☐ B. Albert Einstein
- ☐ C. Adolf Hitler

702 Le 11 novembre, on commémore en France :

- ☐ A. La fête nationale
- ☐ B. La fin de la Seconde Guerre mondiale
- ☐ C. L'armistice de la Première Guerre mondiale

703 Laquelle de ces personnalités célèbres ne repose pas au Panthéon ?

- ☐ A. Jean Jaurès
- ☐ B. Charles de Gaulle
- ☐ C. Jean Moulin
- ☐ D. René Cassin
- ☐ E. Aucune de ces réponses n'est bonne

CORRIGE

Les réponses en bleu foncé font l'objet d'un complément de réponse après ce corrigé.

531 7

532 Le 14 juillet 1789

533 4 août 1789

534 1789

535 Maximilien de Robespierre

536 Le 22 décembre 1789

537 1792

538 Les Prussiens et les Français

539 Jules Michelet

540 1794

541 De 1795 à 1799

542 Au Directoire

543 Trafalgar

544 C'est la première république noire – Son indépendance date de 1804 – Toussaint Louverture est une grande figure de son histoire

545 Du début du Premier Empire

546 Austerlitz

547 Leipzig

548 Aucune des solutions proposées n'est bonne

549 Valmy

550 Waterloo

551 130

552 Le Concordat

553 Les République sœurs

554 Napoléon Ier

555 Du congrès de Vienne

556 L'Espagne

557 Un homme politique autrichien – Un des acteurs principaux du congrès de Vienne en 1815

558 La monarchie constitutionnelle

559 1821

560 Louis XVIII

561 Les canuts

562 A la Restauration

563 Louis-Philippe

564 Louis-Philippe

565 En 1848

566 Une chambre

567 1848

568 1849

569 La Seconde République

570 Restauration – Monarchie de Juillet – Seconde République – Second Empire

571 Bonaparte

572 Napoléon III

573 Le Mexique

574 Victor Hugo

575 Droit de grève – Droit d'organisation des salariés – Ouverture de l'enseignement secondaire aux jeunes filles – Achèvement de la construction du réseau ferroviaire – Réforme du système bancaire pour développer le crédit

576 1855, 1867

577 1852-1870

578 Sedan

579 Le traité de Francfort

580 Lors de la Commune en 1871

581 Un partisan de la répression de la Commune – Un membre des troupes du gouvernement Thiers

582 Au cimetière du Père-Lachaise à Paris

583 Préfet

584 La IIIe République (1870-1940)

585 L'American Federation of Labor (AFL)

586 1918

587 De la guerre de Sécession

588 Sud

589 Abraham Lincoln

590 7e de cavalerie

591 Les Incas

592 Un mouvement pour l'unité italienne au XIXe siècle – Une renaissance culturelle

593 Giuseppe Garibaldi

594 La révolution belge

595 Le début d'une politique de modernisation

596 France et Royaume-Uni à la Chine

597 La maladie de la pomme de terre

598 En 1864

599 Karl Marx

600 1869

601 1882

602 Reconnaît le droit d'association des ouvriers d'une même profession sans autorisation préalable

603 Permettre aux travailleurs d'une même localité de délibérer de leurs intérêts communs et de s'informer du marché du travail

604 1895

605 1919

606 1906

607 La grève générale

608 En 1894

609 Pour avoir livré des documents secrets français à l'Empire allemand

610 Un révolutionnaire mexicain

611 Le Royaume-Uni

612 1905

613 En 1905

614 De son frère, le grand-duc Michel

615 En avril 1915

616 Sarajevo

617 D'Autriche Hongrie

618 Jean Jaurès

619 Alliée de la France

620 En 1915

621 Woodrow Wilson

622 En avril 1917

623 La signature de l'armistice de 1918 entre la France et l'Allemagne – La signature de l'armistice de 1940 entre la France et l'Allemagne

624 Versailles

625 La SDN

626 Georges Clemenceau

627 Georges Clemenceau

628 Paul Deschanel

629 Raymond Poincarré

630 Sadi Carnot, Paul Doumer

631 Le bloc national

632 Socialistes et radicaux

633 Aristide Briand et Gustav Stresemann

634 La France, l'Allemagne, l'Italie et la Grande-Bretagne

635 parlementaire – Tours – communiste – SFIO

636 25 septembre 1926

637 En Allemagne

638 Pie XI

639 Le Maroc
640 1934 et 1935
641 Nicolas II
642 1917
643 Des soviets
644 La NEP
645 1929
646 Joseph Djougachvili
647 1924
648 Joseph Staline
649 Franklin Delano Roosevelt
650 Le front populaire
651 De gauche
652 Léon Blum, Roger Salengro, Edouard Daladier
653 Aucune des solutions proposées n'est bonne
654 L'élan du front populaire
655 Des auberges de jeunesse
656 En janvier 1933
657 En février 1933
658 Une police auxiliaire allemande
659 Le 30 juin 1934
660 1936
661 Un soulèvement des généraux contre le gouvernement
662 Le général Franco
663 Législation antijuive
664 Annexion / Autriche
665 Le 30 septembre 1938
666 Edouard Daladier
667 En septembre 1939
668 Le 23 août 1940
669 Philippe Pétain
670 L'Etat français
671 La « Drôle de guerre »
672 L'appel à la résistance du Général de Gaulle depuis Londres sur les ondes de la BBC
673 Royaume-Uni, Canada, Etats-Unis contre l'Allemagne et l'Italie
674 La guerre italo-grecque
675 Le 22 juin 1941
676 Le Japon
677 Environ 7 mois
678 L'URSS et l'Allemagne
679 Charles Maurras
680 Pologne
681 A Alger
682 Un préfet
683 Max
684 Une figure de la résistance
685 Un militant communiste pendant la Seconde Guerre mondiale – Un jeune résistant fusillé par les Allemands en 1941
686 Une ethnologue, Une figure de la résistance
687 Dans l'océan Pacifique
688 Les Etats-Unis et l'Australie
689 L'effondrement de l'Empire du Japon
690 De l'Italie
691 6 juin 1944
692 Neptune
693 Opération Overlord
694 En Belgique, en Allemagne et au Luxembourg
695 Il se suicide
696 Le bombardement de Hiroshima

697 8 ans

698 Plus de 50 millions

699 La nuit des longs couteaux – La conférence de Postdam – Le blocus de Berlin – La construction du mur de Berlin

700 Joseph Staline

701 Albert Einstein

702 L'armistice de la Première Guerre mondiale

703 Charles de Gaulle

COMPLEMENTS DE REPONSES

534 La Déclaration des droits de l'homme et du citoyen (parfois abrégée en DDHC) de 1789 est un texte fondamental de la Révolution française, qui énonce un ensemble de droits naturels individuels et les conditions de leur mise en œuvre. Ses derniers articles sont adoptés le 26 août 1789.

La Déclaration est un des trois textes visés par le préambule de la Constitution française du 4 octobre 1958. Sa valeur constitutionnelle est reconnue par le Conseil constitutionnel français depuis 1971. Ses dispositions font donc partie du droit positif français, et se placent au plus haut niveau de la hiérarchie des normes en France.

L'Assemblée, réunie à Versailles par la convocation des Etats généraux pour trouver une solution fiscale au déficit de l'Etat et passer outre le refus des parlements régionaux, se déclare Assemblée nationale en réunissant le 17 juin 1789 les trois ordres dont elle décide l'abolition, puis s'institue Assemblée constituante, et décide de rédiger une déclaration des principes fondamentaux à partir desquels sera établie une nouvelle Constitution. Elle se réunit pour cela après avoir pris les décrets sur la suppression des droits féodaux, qu'elle reprendra dans l'article premier.

La Déclaration pose les principes de la société, base de la nouvelle légitimité. Chaque article condamne les institutions et les pratiques de l'Ancien Régime (absolutisme, administration centralisée) : « Le principe de toute souveraineté réside essentiellement dans la nation. » La Déclaration des droits de l'homme et du citoyen légitime la rébellion des députés contre la monarchie en déclarant, comme quatrième droit imprescriptible de l'homme, la « résistance à l'oppression ».

Les constituants déclarent dans le préambule les droits qui appartiennent à tout individu de par la nature même, ce ne sont pas des droits créés ou accordés par les révolutionnaires et qui pourraient être perdus, mais des droits naturels constatés et imprescriptibles, qui sont au nombre de quatre, énumérés dans l'Article deux. Ces droits sont la liberté, la propriété, la sûreté, et la résistance à l'oppression.

L'article 3, qui attribue la souveraineté à la Nation, s'inspire des thèmes des remontrances des Parlements, portées par les nombreux membres du club des Amis de la Constitution, plus connu sous le nom de Club des Jacobins, mais aussi du célèbre pamphlet de l'abbé Sieyès, qui propose de confier la souveraineté à la Nation, entité abstraite et distincte de la personne physique qui la dirige.

Olympe de Gouges écrit en 1791 la Déclaration des droits de la femme et de la citoyenne, pastiche de la Déclaration de 1789. Elle critique par ce texte l'application juridique et politique de la Déclaration aux seuls hommes. Elle tente, sans succès, de le soumettre à l'approbation de l'Assemblée.

Olympe de Gouges est guillotinée le 3 novembre 1793 pour avoir proposé dans une de ses brochures que le peuple, par référendum, choisisse la forme du régime politique qui convient à la France : gouvernement républicain centralisé, fédératif, ou monarchique. Les révolutionnaires ne tolèrent pas qu'elle puisse remettre en cause la République.

550 La bataille de Waterloo s'est déroulée le 18 juin 1815 à Waterloo, à vingt kilomètres au sud de Bruxelles, dans l'actuelle province du Brabant wallon, en Belgique. Cette bataille a opposé l'armée française dite Armée du Nord, dirigée par l'empereur Napoléon Ier, à l'armée des

Alliés, dirigée par le duc de Wellington et composée de Britanniques, d'Allemands, et de Néerlandais, rejointe par l'armée prussienne.

Cette bataille est la dernière à laquelle prit part personnellement Napoléon, qui venait de reprendre le pouvoir en France trois mois plus tôt, et marque ainsi la fin de cette période des Cent-Jours. Napoléon dut en effet abdiquer quatre jours plus tard à son retour à Paris, le 22 juin, face au manque de soutien politique.

Avec 350 000 visiteurs par an, Waterloo est devenu le deuxième site touristique le plus visité de Belgique après Bruges. Ce site de thanatourisme est le champ de bataille européen le plus visité. Dans la perspective du bicentenaire de Waterloo, la région wallonne met en valeur la route Napoléon, trajet que Napoléon a emprunté en Belgique durant les quatre jours qu'il y est resté.

576 L'Exposition universelle de 1855 est une manifestation de type foire internationale à but commercial et culturel qui eut lieu à Paris en 1855. C'est la première exposition universelle française (et la deuxième mondiale, la première étant l'Exposition universelle de 1851 de Londres). Elle s'est tenue à Paris sur les Champs-Elysées du 15 mai au 15 novembre 1855. Elle accueillit plus de 5 100 000 visiteurs. Vingt-cinq Etats et leurs colonies y participent. Pour accueillir l'Exposition on construit le long des Champs-Elysées un gigantesque édifice, le Palais de l'Industrie. A l'origine, le bâtiment est prévu pour abriter les Expositions nationales qui se tiennent depuis la Révolution dans des locaux mal adaptés.

La France est en 1855 la première nation à offrir une grande exposition internationale d'art contemporain, peinture, gravure, lithographie, sculpture, médailles et architecture.

Sur les plans de l'architecte Hector Lefuel on édifie avenue Montaigne un Palais des Beaux-Arts.

L'Exposition universelle de 1867, également appelée Exposition universelle d'art et d'industrie, est chronologiquement la septième Exposition universelle et la seconde se déroulant à Paris après celle de 1855. Elle s'est tenue du 1er avril au 3 novembre 1867 sur le Champ-de-Mars, à Paris. 41 pays étaient représentés à l'Exposition.

Les grands travaux de Paris viennent de se terminer. L'Exposition universelle marque l'apogée du Second Empire et le triomphe du libéralisme saint-simonien.

L'ingénieur Jean-Baptiste Krantz dirige la construction du parc de l'Exposition à partir de 1865, avec l'architecte Léopold Hardy, la construction d'un gigantesque édifice ovale de 490 mètres sur 380 mètres. Jamais un bâtiment aussi vaste n'est construit en si peu de temps : deux ans. C'est un chantier où s'affairent 26 000 ouvriers.

608 L'affaire Dreyfus est un conflit social et politique majeur de la Troisième République survenu à la fin du XIXe siècle, autour de l'accusation de trahison faite au capitaine Alfred Dreyfus qui est finalement innocenté. Elle a bouleversé la société française pendant douze ans, de 1894 à 1906, la divisant profondément et durablement en deux camps opposés, les « dreyfusards » partisans de l'innocence de Dreyfus, et les « antidreyfusards » partisans de sa culpabilité.

La condamnation fin 1894 du capitaine Dreyfus – pour avoir prétendument livré des documents secrets français à l'Empire allemand – était une erreur voire un complot judiciaire sur fond d'espionnage, dans un contexte social particulièrement propice à l'antisémitisme et à la haine de l'Empire allemand à la suite de son annexion de l'Alsace et d'une partie de la Lorraine en 1871. L'affaire rencontre au départ un écho limité, avant qu'en 1898 l'acquittement du véritable coupable et la publication d'un pamphlet dreyfusard par Emile Zola, *J'accuse… !*, provoquent une succession de crises politiques et sociales. A son paroxysme en 1899, l'affaire révéla les clivages de la France de la Troisième République, où l'opposition entre les camps dreyfusard et antidreyfusard suscita de très violentes polémiques nationalistes et antisémites, diffusées par une presse influente. Elle s'acheva en 1906, par un arrêt de la Cour de cassation qui innocenta et réhabilita définitivement Dreyfus.

Cette affaire est souvent considérée comme le symbole moderne et universel de l'iniquité au nom de la raison d'Etat, et reste l'un des exemples les plus marquants d'une erreur judiciaire difficilement réparée, avec un rôle majeur joué par la presse et l'opinion publique.

613 La guerre russo-japonaise s'est déroulée du 8 février 1904 au 5 septembre 1905. Elle opposa l'Empire russe à l'Empire du Japon, lequel, victorieux, en tira par le traité de Portsmouth une petite partie du sud de la Mandchourie et la moitié de l'île de Sakhaline.

Sur le plan militaire, ce conflit préfigure les guerres du XXe siècle par sa durée (1 an et demi), par les forces engagées (sans doute plus de 2 millions d'hommes au total) et les pertes (156 000 morts, 280 000 blessés, 77 000 prisonniers) ainsi que par l'emploi des techniques les plus modernes de l'art de la guerre (logistique, lignes de communications et renseignements ; opérations combinées terrestres et maritimes ; durée de préparation des engagements).

Le Japon a également acquis pendant cette guerre les premiers sous-marins de son histoire (classe Type 1) mais ceux-ci ne combattront pas car ils ne seront prêts qu'à la fin de la guerre.

L'impopularité de la guerre en Russie oblige l'empereur à s'asseoir à la table de négociations. De plus, la Russie est en proie à de graves difficultés intérieures : la révolution de 1905.

Les négociations se tiennent à Portsmouth aux Etats-Unis, en présence du président des Etats-Unis d'alors, Theodore Roosevelt. Serge Witte y est négociateur pour la Russie. Le Japon s'approprie la Corée, la région de Port-Arthur et une partie de Sakhaline (au nord de Hokkaidō). Les Russes doivent quant à eux évacuer la Mandchourie du Sud, laquelle est rendue à la Chine. Dans les temps modernes, ce conflit est la première guerre perdue par une puissance européenne face à une puissance asiatique.

625 L'Organisation des Nations unies (ONU) est une organisation internationale regroupant, à quelques exceptions près, tous les Etats de la Terre. Distincte des Etats qui la composent, l'organisation a pour finalité la paix internationale. Ses objectifs sont de faciliter la coopération dans le droit international, la sécurité internationale, le développement économique, le progrès social, les droits de l'homme et la réalisation à terme de la paix mondiale.

L'ONU est fondée en 1945 après la Seconde Guerre mondiale pour remplacer la Société des Nations, qui n'avait pas pleinement joué son rôle et n'avait pu empêcher la Seconde Guerre mondiale, ainsi que pour fournir une nouvelle plate-forme de dialogue international. Elle contient plusieurs organismes annexes pour mener à bien ses missions.

Depuis l'adhésion du Monténégro en 2006 et de la République du Soudan du Sud en 2011, l'ONU compte désormais la quasi-totalité des Etats du monde, soit 193 sur les 197 qu'elle reconnaît.

Cinq des six organes principaux de l'ONU sont situés à New York. (L'Assemblée générale, Le Conseil de sécurité, Le Conseil économique et social, Le Conseil de tutelle et Le Secrétariat)

Seule la Cour internationale de justice (CIJ), qui succède à la Cour permanente de justice internationale, a son siège à La Haye aux Pays-Bas.

Le siège des Nations unies, à la demande des parlementaires américains, fut construit à New York le long de l'East River sur un terrain acquis grâce à une donation de John Davison Rockefeller Junior. Il a été inauguré le 9 janvier 1951. Le siège des Nations unies jouit de certains privilèges diplomatiques. Propriété de l'Organisation des Nations unies, le site du Siège est territoire international. C'est-à-dire que, par exemple, aucun membre de la sécurité américaine ne peut y entrer sans la permission du Secrétaire général.

En 2009, d'après des câbles émanant du département d'Etat révélés par Wikileaks, les Etats-Unis ont massivement collectés des informations relatives à des diplomates de l'ONU, en particulier nord-coréens, cubains et syriens : emails, mots de passe Internet et intranet, numéros de cartes bancaires, numéros de cartes de fidélité de compagnies aériennes, plannings de travail, empreintes digitales, portraits, ADN, scanners de l'iris, etc.

630 Paul Doumer, né le 22 mars 1857 à Aurillac (Cantal) et mort assassiné le 7 mai 1932 à Paris, est un homme d'Etat français, président de la République française de 1931 à sa mort.

Membre du Parti radical, ministre des Finances à trois reprises, puis président du Sénat, Paul Doumer vit sa carrière couronnée par son élection à la présidence de la République, en 1931. Il est assassiné moins d'un an après son investiture, en 1932, par un jeune émigré russe, Paul Gorgulov.

Le 6 mai 1932, le président Doumer se rend à l'hôtel Salomon de Rothschild, afin d'inaugurer une grande exposition consacrée aux écrivains de la Grande Guerre. Alors qu'il converse avec l'écrivain Claude Farrère, en compagnie de son ami le parlementaire et ministre François Pietri, plusieurs coups de feu retentissent. Le président est atteint par deux balles, à la base du crâne et à l'aisselle droite. Il s'écrie « Tout de même ! », puis s'effondre au beau milieu de l'assistance, médusée. Le tireur Paul Gorgulov est déstabilisé par Farrère qui reçoit lui-même plusieurs balles au bras.

Sadi Carnot, né le 11 août 1837 à Limoges et mort assassiné le 25 juin 1894 à Lyon (2e arrondissement), de son nom complet Marie François Sadi Carnot, est un homme d'Etat français. Il fut président de la République du 3 décembre 1887 jusqu'à son assassinat.

A la suite de la démission de Jules Grévy, mis en cause dans l'affaire des décorations, Sadi Carnot devance Jules Ferry au premier tour de l'élection présidentielle, puis l'emporte au second tour, le 3 décembre 1887, face au général Félix Gustave Saussier.

Le 24 juin 1894, Sadi Carnot est blessé d'un coup de poignard par l'anarchiste italien Sante Geronimo Caserio, alors qu'il quittait, par une issue secondaire pour éviter la foule, un banquet organisé à la Chambre de Commerce à l'occasion de l'exposition universelle, internationale et coloniale à Lyon. Le député Gaston Doumergue, futur président de la République, est témoin de la scène.

Caserio est guillotiné le 16 août suivant pour le crime. Cet assassinat fait adopter à la Chambre des députés la dernière et la plus marquante des lois scélérates visant les anarchistes et leur interdisant tout type de communication. Elle a été abrogée en 1992.

660 La guerre d'Espagne (également désignée sous le nom de guerre civile espagnole) est un conflit qui, du 18 juillet 1936 au 1er avril 1939, opposa en Espagne, d'une part le camp des républicains, orienté à gauche et à l'extrême gauche, composé de loyalistes à l'égard du gouvernement légalement établi de la IIe République et de révolutionnaires anarchistes, et d'autre part les nationalistes, le camp des rebelles putschistes orientés à droite et à l'extrême droite mené par le général Franco.

Cette guerre se termina par la victoire des nationalistes qui établirent une dictature qui dura 36 ans, jusqu'à la transition démocratique qui n'intervint qu'à la suite de la mort de Franco.

Cette guerre civile fut la conséquence, sur le long terme, des malaises sociaux, économiques, culturels et politiques qui accablaient l'Espagne depuis plusieurs générations. Après la proclamation de la IIe République en 1931, l'exacerbation croissante des tensions entre Espagnols culmina avec l'insurrection durement réprimée des Asturies (1934) et la résurgence de troubles civils et de violences réciproques au printemps 1936, après la victoire électorale du Frente Popular. Préparé de longue date, le soulèvement militaire et civil du camp nationaliste éclata le 18 juillet 1936, mais sa mise en échec partielle déboucha sur une guerre civile imprévue, longue et meurtrière.

Ce conflit, qui mobilisa les opinions et les Etats européens, peut apparaître comme une répétition de la Seconde Guerre mondiale. Il permit de jauger les rapports de force européens (attentisme des démocraties française et britannique, engagements de l'Italie fasciste et de l'Allemagne nazie, tout comme de l'Union soviétique).

Il eut un retentissement médiatique et culturel très important (entre autres avec *L'Espoir* d'André Malraux, *Hommage à la Catalogne* de George Orwell, ou encore *Pour qui sonne le glas* d'Ernest Hemingway).

677 La bataille de Stalingrad est la suite de combats du 17 juillet 1942 au 2 février 1943, pour le contrôle de la ville de Stalingrad, entre les forces de l'URSS et celles du Troisième Reich et de ses alliés. Ces combats incluent l'approche de la ville par les armées de l'Axe, les combats urbains pour sa conquête à partir de septembre, puis la contre-offensive soviétique, jusqu'à l'encerclement et la reddition des troupes allemandes. L'ensemble de ces combats, dans et hors de la ville, se sont étendus sur un peu plus de six mois et ont coûté la vie à plus de 800 000 soviétiques, civils et combattants, et à 400 000 militaires allemands, roumains, italiens, hongrois et croates.

Avec la bataille de Moscou, en décembre 1941, et la bataille de Koursk, en juillet 1943, elle constitue l'une des grandes défaites de l'armée allemande sur le front de l'Est et un tournant stratégique majeur de la Seconde Guerre mondiale. Elle reste dans les mémoires pour l'âpreté des combats urbains, n'épargnant ni civils ni militaires, ainsi que pour ses impacts psychologiques et symboliques.

D'un point de vue psychologique, Stalingrad met fin au mythe de l'invincibilité allemande. C'est la première fois que l'Armée rouge est capable de mener une offensive victorieuse à une si grande échelle, sur une telle durée et avec un résultat aussi marquant que la destruction des 22 divisions encerclées dans Stalingrad. Cela a eu un retentissement majeur sur le moral des Soviétiques.

En Allemagne, où Stalingrad n'était plus mentionné dans les bulletins d'information depuis des mois, la capitulation de Paulus est un choc.

Le moral allemand est gravement atteint, chez les militaires qui prennent conscience que la victoire n'est plus possible à l'Est et chez les civils qui pour la première fois voient s'écorner le mythe de l'infaillibilité du Führer et de son génie militaire. La défaite de Stalingrad poussera les résistants allemands au nazisme à des actes spectaculaires à partir du printemps 1943, comme le lâcher public de tracts de *La Rose blanche* ou la préparation des premiers attentats contre Hitler par le cercle militaire regroupé autour de Henning von Tresckow.

697 La seconde guerre sino-japonaise est un conflit militaire qui dura de 1937 à 1945, et débuta à la suite de l'invasion de la partie orientale de la Chine par l'Armée impériale japonaise. Six ans après l'invasion de la Mandchourie, l'Empire du Japon poursuivait sa politique expansionniste en Chine.

Optimistes sur leurs chances de terminer rapidement le conflit, les Japonais allèrent jusqu'à envisager, dans les premières semaines, de gagner la guerre en trois mois : malgré les victoires initiales du Japon, la guerre dura huit ans, l'Empire se trouvant contraint de gérer un territoire très vaste et non stabilisé.

L'attaque japonaise provoqua une trêve dans la guerre civile qui opposait depuis dix ans le Guomindang et le Parti communiste chinois, ces deux mouvements réalisant une alliance contre l'envahisseur. Le conflit sino-japonais, particulièrement meurtrier, eut de lourdes conséquences sur l'histoire de la Chine et sur les équilibres géopolitiques de la région dans les décennies suivantes.

A compter de 1939, le conflit commença à s'étendre en dehors de la Chine, avec l'affrontement soviéto-japonais en Mongolie. Un régime pro-japonais fut mis en place en 1940 à Nankin. A partir de 1941 et l'entrée de la République de Chine aux côtés des Alliés, la guerre en Chine s'intégra officiellement au théâtre extrême-oriental de la Seconde Guerre mondiale.

La guerre sino-japonaise prit fin en 1945 avec la reddition du Japon à la suite de sa défaite dans le cadre de la Seconde Guerre mondiale, et fut suivie d'une reprise de la guerre civile chinoise.

Dès juillet 1937, l'empereur Shōwa autorisa l'utilisation de gaz toxiques contre les soldats et civils chinois. Les armes chimiques furent notamment autorisées à 375 reprises.

Lors du procès tenu par les Soviétiques à Khabarovsk en 1949, des accusés comme le major général Kiyashi Kawashima déclarèrent qu'au moins 40 membres de l'unité 731 avaient participé en 1941 et 1942 à des opérations par lesquelles des puces contaminées par la peste avaient été larguées au-dessus de la région de Changde, y causant des épidémies.

L'Unité 731 est aujourd'hui reconnue responsable de crimes de guerre et crimes contre l'humanité. L'Etat japonais ne reconnaît son existence que depuis 2002.

5. VIE POLITIQUE ET INSTITUTIONS FRANÇAISES DEPUIS 1945

Ce chapitre est composé de **4 sections** pour un total de **280 questions**.

1. Vie politique en France depuis 1945
2. Institutions de la Ve République
3. Qui fait quoi ?
4. Règles électorales et grands principes juridiques constitutionnels

[A SAVOIR !]

110 Les numéros de questions de ce type signifient qu'il n'y a qu'une seule et unique réponse juste à la question posée.

111 Les numéros de questions de ce type signifient qu'il y a **plusieurs (2 ou plus) réponses possibles justes à la question**.

[UN CONSEIL IMPORTANT]

Nous vous conseillons vivement de répondre à toutes les questions d'une section avant d'en découvrir les solutions. L'erreur consiste en effet généralement à traiter une question et à vérifier aussitôt la réponse parce que l'on veut s'assurer d'avoir trouvé la réponse juste ou parce que l'on est impatient de la découvrir dans le cas où on ne la connaît pas. Si vous souhaitez sérieusement progresser, vous devez absolument vous imprégner du thème traité par la section et répondre d'un trait à toutes les questions d'une section.

[QUELQUES MOTS SUR...]

1. La vie politique en France depuis 1945 [BAC-ES.NET]

La majorité de gauche issue de la résistance est dissolue par la Guerre froide.

C'est à partir de 1947 que les partisans d'une Europe continentale et les partisans d'une Europe atlantique formeront des coalitions qui se succéderont de façon rapide : en 13 ans, il y aura eu 21 gouvernements différents. Ces coalitions devront combattre le communisme, élément déclencheur des grèves insurrectionnelles.

Les « Gaullistes » quant à eux, formeront un parti : le RPF (Rassemblement du peuple français).

La IVe République aura pour principale mission de reconstruire l'économie du pays, économie bien endommagée par la Seconde Guerre mondiale, notamment grâce au plan Marshall et mettre une certaine priorité à la modernisation.

La situation financière française ne cesse de s'aggraver, entraînant inflation et déficit budgétaire.

En effet, les guerres coloniales notamment en Indochine et en Algérie aggraveront cette situation, qui, s'étalera sur 16 années. En 1958, la rébellion des Français d'Algérie permettra de faire revenir le général de Gaulle au pouvoir en tant que président du conseil.

2. La Ve République [WIKIPEDIA]

La Cinquième République, ou Ve République, est l'actuel régime républicain en vigueur en France. Elle est régie par la Constitution de 1958, approuvée par voie référendaire. Elle succède, depuis le 4 octobre 1958, à la Quatrième République, instaurée en 1946. Son instigateur est Charles de Gaulle et il en deviendra le premier président. Sur le plan de la durée, la Cinquième République qui fête ses 54 ans en 2012, est le régime républicain français le plus stable après la Troisième République (1870-1940). Qualifié de régime semi-présidentiel en vertu des pouvoirs accordés au président de la République qui tient sa légitimité du suffrage universel direct, instauré par référendum en 1962, il a notamment fonctionné durant trois périodes de cohabitation depuis 1986.

3. Qui fait quoi ? [WIKIPEDIA]

La Ve République est un régime parlementaire doté d'un pouvoir présidentiel fort : le pouvoir exécutif collabore avec le pouvoir législatif dans le cadre d'un système de séparation souple des pouvoirs. A la différence du régime présidentiel (type Etats-Unis, Mexique) où les deux pouvoirs sont strictement séparés, en France, chaque pouvoir dispose sur l'autre d'un moyen de pression.

4. Les règles électorales et grands principes juridiques constitutionnels [WIKIPEDIA]

L'élection du président de la République au suffrage universel direct confère à celui-ci une légitimité politique considérable. Mais de plus la Constitution attribue au président de la République des pouvoirs propres qui rompent avec le rôle purement honorifique qui lui était attribué sous la IIIe République et la IVe République.

– L'Assemblée nationale peut renverser le gouvernement (l'unique cas étant celui du premier gouvernement Georges Pompidou le 5 octobre 1962 à la suite du vote d'une motion de censure) ;

– Le président de la République peut dissoudre l'Assemblée nationale, après consultation du Premier ministre et du président de chacune des deux assemblées.

Néanmoins, sous l'impulsion de Charles de Gaulle et en raison du contexte de crise dans laquelle la Ve République s'est établie, le président de la République s'est érigé en chef du pouvoir exécutif.

1. Vie politique en France depuis 1945

704 Quel régime politique administre la France d'octobre 1946 à 1958 ?

- ☐ A. La Ve République
- ☐ B. La IIIe République
- ☐ C. La IVe République

705 La démission du Général de Gaulle, en janvier 1946, de la présidence du gouvernement provisoire de la République, amène une nouvelle coalition au pouvoir. Celle-ci est à l'origine de l'adoption, par voie référendaire, de la Constitution d'octobre 1946 qui fonde la IVe République. De quelle coalition s'agit-il ?

- ☐ A. La « troisième force »
- ☐ B. Le centre droit
- ☐ C. Le tripartisme
- ☐ D. Le front républicain
- ☐ E. Aucune de ces réponses n'est bonne

706 A la Libération, le premier parti de France est :

- ☐ A. Le PCF
- ☐ B. La SFIO
- ☐ C. Le RPF
- ☐ D. Le MRP

707 Que signifie PCF ?

- ☐ A. Parti colonial de France
- ☐ B. Parti des cadres français
- ☐ C. Parti communiste français

708 En France, le droit de vote des femmes fut proposé par :

- ☐ A. Léon Blum
- ☐ B. Georges Clemenceau
- ☐ C. Le Général de Gaulle
- ☐ D. Guy Mollet
- ☐ E. Jean Jaurès

709 En quelle année a été créée l'Ecole nationale d'administration ?

- ☐ A. 1945
- ☐ B. 1947
- ☐ C. 1958
- ☐ D. 1968

710 Qui fonde le rassemblement du peuple français le 7 avril 1947 ?

- ☐ A. François Mitterrand
- ☐ B. Maurice Thorez
- ☐ C. Charles de Gaulle
- ☐ D. René Coty

711 En mai 1947, le président du Conseil, Paul Ramadier, révoque :

- ☐ A. Les ministres communistes
- ☐ B. Les ministres socialistes
- ☐ C. Les ministres radicaux
- ☐ D. Les ministres modérés

712 La première femme ministre en France l'a été en :

- ☐ A. 1945
- ☐ B. 1947
- ☐ C. 1949
- ☐ D. 1952

713 Quels ont été les deux présidents de la IVe République ?

- ☐ A. Georges Bidault et René Coty
- ☐ B. Edgar Faure et Pierre Mendès France
- ☐ C. Vincent Auriol et René Coty
- ☐ D. Paul Ramadier et René Coty

714 L'un de ces hommes n'a jamais été à la tête d'un gouvernement :

- ☐ A. Edgar Faure
- ☐ B. Gaston Monnerville
- ☐ C. René Coty
- ☐ D. Vincent Auriol

715 Qui a instauré la vignette automobile ?

- ☐ A. Antoine Pinay
- ☐ B. François Mitterrand
- ☐ C. Guy Mollet
- ☐ D. Georges Bidault

716 Le père de la planification française est :

- ☐ A. Charles de Gaulle
- ☐ B. Robert Schuman
- ☐ C. Jean Monnet
- ☐ D. Jacques Delors
- ☐ E. Aucune de ces réponses n'est bonne

717 De quand date l'appel de l'Abbé Pierre pour les sans-abris ?

- ☐ A. 1954
- ☐ B. 1964
- ☐ C. 1984
- ☐ D. 1994
- ☐ E. Aucune de ces réponses n'est bonne

718 En France, la coalition qui a remporté les élections en 1956 est :

- ☐ A. Le front républicain
- ☐ B. La troisième force
- ☐ C. Le rassemblement de la gauche républicaine

719 La Ve République française est fondée par :

- ☐ A. La constitution du 15 mai 1945
- ☐ B. La constitution du 14 juillet 1950
- ☐ C. La constitution du 4 octobre 1958
- ☐ D. La constitution du 1er juin 1962

720 Classer les propositions suivantes par ordre chronologique :

a. Référendum sur l'élection du président de la République au suffrage universel

b. Signature des accords de Genève

c. Instauration de la Ve République

d. Création de la Communauté économique du charbon et de l'acier

- ☐ A. d – b – c – a
- ☐ B. b – a – d – c
- ☐ C. c – d – a – b
- ☐ D. a – c – b – d
- ☐ E. Aucune de ces réponses n'est bonne

721 Il est président du Sénat de 1958 à 1968 :

- ☐ A. Jacques Chaban-Delmas
- ☐ B. Gaston Monnerville
- ☐ C. René Coty

722 Depuis quelle date existe-t-il un ministère de la Culture en France ?

- ☐ A. Depuis 1959
- ☐ B. Depuis 1870
- ☐ C. Depuis 1945
- ☐ D. Depuis 1981

723 Né en 1901, cet écrivain et homme politique français remporte le prix Goncourt en 1933. Ministre des Affaires culturelles, il crée les premières « maisons des jeunes et de la culture ». Il est l'auteur des *Noyers de l'Altenburg* et des *Antimémoires*. Il décède en 1976. Ses cendres sont transférées au Panthéon le 23 novembre 1996. Il s'agit de :

- ☐ A. André Malraux
- ☐ B. André Gide
- ☐ C. Albert Camus
- ☐ D. Louis Aragon
- ☐ E. Aucune de ces réponses n'est bonne

724 Quand le Général de Gaulle a-t-il été président de la République pour la première fois ?

- ☐ A. 1946
- ☐ B. 1959
- ☐ C. 1960
- ☐ D. 1965

725 Qu'est-ce que le putsch d'Alger ?

- ☐ A. La prise de l'Algérie par la France en 1830
- ☐ B. La résistance algérienne à la colonisation française
- ☐ C. La fronde armée, en 1961, de généraux français opposés à l'indépendance de l'Algérie

726 Quel évènement a accéléré l'instauration du suffrage universel direct pour l'élection présidentielle française ?

- ☐ A. L'attentat du Petit-Clamart
- ☐ B. Le putsch d'Alger
- ☐ C. L'assassinat de John Fitzgerald Kennedy

727 L'élection du président de la République française au suffrage universel figure dans la constitution depuis :

- ☐ A. 1965
- ☐ B. 1958
- ☐ C. 1962

728 En quelle année le président de la République a-t-il été élu pour la première fois au suffrage universel direct ?

- ☐ A. 1848
- ☐ B. 1958
- ☐ C. 1965
- ☐ D. 1969

729 Qui était l'adversaire du Général de Gaulle au second tour de l'élection présidentielle ?

- ☐ A. Pierre Mendès France
- ☐ B. François Mitterrand
- ☐ C. Alain Poher
- ☐ D. Jacques Duclos

730 Quel homme politique français a traité l'ONU de « machin » ?

- ☐ A. Charles de Gaulle
- ☐ B. Pierre Mendès France
- ☐ C. François Mitterrand
- ☐ D. Georges Pompidou

731 Quels accords sont conclus à la suite des événements de mai 1968 ?

- ☐ A. Les accords de Bercy
- ☐ B. Les accords de Grenelle
- ☐ C. Les accords de Charléty
- ☐ D. Les accords de Matignon

732 Quel militaire le président Charles de Gaulle rencontre-t-il secrètement en Allemagne en mai 1968 ?

- ☐ A. Le général Leclerc
- ☐ B. Le général Massu
- ☐ C. Le général Salan
- ☐ D. Le général Bigeard

733 Dans quel ordre ces Premiers ministres ont-il exercé leur mandat ?

- ☐ A. Debré / Pompidou / Couve de Murville / Chaban-Delmas
- ☐ B. Pompidou / Debré / Chaban-Delmas / Mauroy
- ☐ C. Debré / Chaban-Delmas / Pompidou / Giscard d'Estaing
- ☐ D. Pompidou / Debré / Chaban-Delmas / Messmer

734 Sous la présidence du Général de Gaulle, lequel de ces hommes politiques n'a pas été Premier ministre ?

- ☐ A. Georges Pompidou
- ☐ B. Maurice Couve de Murville
- ☐ C. Jacques Chaban-Delmas
- ☐ D. Michel Debré
- ☐ E. Aucune de ces réponses n'est bonne

735 Quelles fonctions le président de la République Charles de Gaulle n'a pas exercées ?

- ☐ A. Président du Conseil
- ☐ B. Maire de Colombey-les-Deux-Eglises
- ☐ C. Député

736 Quel est le symbole gaulliste ?

- ☐ A. La fleur de lys
- ☐ B. La colombe
- ☐ C. La croix de Lorraine

737 Le référendum de 1969, à la suite duquel le Général de Gaulle démissionne, portait sur :

- ☐ A. La réduction du mandat présidentiel à cinq ans
- ☐ B. La politique nucléaire de la France
- ☐ C. Son attitude sur la question du Québec libre
- ☐ D. La réforme du Sénat et la régionalisation

738 En quelle année la SFIO (Section française de l'internationale ouvrière) est rebaptisée Parti socialiste ?

- ☐ A. 1905
- ☐ B. 1936
- ☐ C. 1969
- ☐ D. 1981

739 Le Général de Gaulle est mort en :

- ☐ A. 1969
- ☐ B. 1974
- ☐ C. 1970

740 Georges Pompidou fut président de la République entre :

- ☐ A. 1969 et 1974
- ☐ B. 1970 et 1975
- ☐ C. 1969 et 1976
- ☐ D. 1970 et 1974

741 L'entente électorale du PCF, du Parti socialiste et des radicaux de gauche, en 1972, est appelée :

- ☐ A. Le rassemblement de la gauche
- ☐ B. La gauche unie
- ☐ C. La gauche nouvelle
- ☐ D. Le programme commun

742 En 1972, qui dirige le PCF au moment de la signature du programme commun de la gauche ?

- ☐ A. Jacques Duclos
- ☐ B. Georges Marchais
- ☐ C. Maurice Thorez
- ☐ D. André Lajoinie

743 En quelle année a été fondé le Front National ?

- ☐ A. 1968
- ☐ B. 1972
- ☐ C. 1976

744 Quel est le club fondé en 1974, dont la réflexion est fondée sur les valeurs libérales et nationales et le rejet des principes socialistes ?

- ☐ A. Le club des jacobins
- ☐ B. Le club perspectives et réalités
- ☐ C. Le club de l'horloge

745 Qui succède à Jacques Chirac au poste de Premier ministre en 1976 ?

- ☐ A. Raymond Barre
- ☐ B. Pierre Messmer
- ☐ C. François Mitterrand

746 Qui fut le premier maire de Paris du XXe siècle ?

- ☐ A. Jean Tibéri
- ☐ B. Jules Ferry
- ☐ C. Jean-Sylvain Bailly
- ☐ D. Jacques Chirac

747 Qui a fondé le Rassemblement pour la République (RPR) ?

- ☐ A. Nicolas Sarkozy
- ☐ B. Charles de Gaulle
- ☐ C. Jacques Chirac
- ☐ D. George Pompidou

748 Sous quel président a été votée la loi du 17 janvier 1975 relative à l'interruption volontaire de grossesse ?

- ☐ A. Valéry Giscard d'Estaing
- ☐ B. François Mitterrand
- ☐ C. Jacques Chirac
- ☐ D. Georges Pompidou

749 Qui est la secrétaire d'Etat à la condition féminine en 1974 ?

- ☐ A. Simone Veil
- ☐ B. Yvette Roudy
- ☐ C. Véronique Neiertz
- ☐ D. Françoise Giroud
- ☐ E. Aucune de ces réponses n'est bonne

750 En France, l'âge de la majorité a été abaissé de 21 ans à 18 ans en :

- ☐ A. 1946
- ☐ B. 1962
- ☐ C. 1974
- ☐ D. 1981

751 A quelle période correspondent les années Mitterrand ?

- ☐ A. 1981-1988
- ☐ B. 1981-1995
- ☐ C. 1988-1995

752 Quelle fonction le président de la République François Mitterrand n'a pas exercée ?

- ☐ A. Maire de Château-Chinon
- ☐ B. Premier ministre
- ☐ C. Ministre de l'Intérieur
- ☐ D. Député

753 Le fondateur du Front National, Jean-Marie Le Pen, est né en :

- ☐ A. 1918
- ☐ B. 1928
- ☐ C. 1938
- ☐ D. 1948

754 Qui est le Premier ministre de François Mitterrand en 1981 ?

- ☐ A. Pierre Mauroy
- ☐ B. Laurent Fabius
- ☐ C. Edouard Balladur
- ☐ D. Michel Rocard

755 Lequel de ces hommes n'a jamais été Premier ministre sous la présidence de François Mitterrand ?

- ☐ A. Laurent Fabius
- ☐ B. Lionel Jospin
- ☐ C. Jacques Chirac
- ☐ D. Edouard Balladur

756 Qui n'a jamais été Premier ministre ?

- ☐ A. Michel Rocard
- ☐ B. Valéry Giscard d'Estaing
- ☐ C. Jacques Delors
- ☐ D. Georges Pompidou

757 En quelle année a été abolie la peine de mort en France ?

- ☐ A. 1945
- ☐ B. 1981
- ☐ C. 1988
- ☐ D. 1989

758 Actuellement, combien la France compte-t-elle de partis politiques ?

- ☐ A. 285
- ☐ B. 231
- ☐ C. 177
- ☐ D. 451

759 En quelle année la loi de décentralisation a donné aux régions le rang de collectivités territoriales :

- ☐ A. Le 2 mars 1981
- ☐ B. Le 2 mars 1982
- ☐ C. Le 2 mars 1985
- ☐ D. Le 2 mars 1989
- ☐ E. Aucune de ces réponses n'est bonne

760 La première cohabitation en France a eu lieu en :

☐ A. 1978
☐ B. 1981
☐ C. 1986
☐ D. 1988

761 Le revenu minimum d'insertion (RMI) a été mis en place par :

☐ A. Le gouvernement de Pierre Mauroy
☐ B. Le gouvernement de Michel Rocard
☐ C. Le gouvernement de Pierre Bérégovoy
☐ D. Le gouvernement d'Edith Cresson

762 Quelle femme a été la première à occuper le poste de Premier ministre en France ?

☐ A. Simone Veil
☐ B. Edith Cresson
☐ C. Martine Aubry

763 Lequel de ces hommes n'a jamais exercé la fonction de Premier ministre ?

☐ A. Jacques Chirac
☐ B. Jean-Louis Debré
☐ C. Dominique de Villepin
☐ D. Alain Juppé

764 Lequel de ces hommes n'a jamais été Premier ministre sous Jacques Chirac ?

☐ A. Jean-Pierre Raffarin
☐ B. Alain Juppé
☐ C. Lionel Jospin
☐ D. Edouard Balladur

765 Les lois sur les 35 heures en 1998 et 2000 portent le nom de :

☐ A. Lois Aubry
☐ B. Lois Guigou
☐ C. Lois Roudy
☐ D. Lois Auroux

766 La vignette automobile créée en 1956 est supprimée en 2001 pour les véhicules des particuliers. Pour quelle raison avait-elle été instaurée ?

☐ A. Pour alimenter un fonds d'aide aux personnes âgées
☐ B. Pour éviter des taxes supplémentaires sur les prix de l'essence
☐ C. Pour compenser une partie des sommes versées par la Sécurité sociale aux victimes des accidents de la route
☐ D. Aucune de ces réponses n'est bonne : la vignette représentait seulement une recette supplémentaire dans le budget de l'Etat

767 Qui a ratifié la convention européenne des droits de l'homme ?

☐ A. Le Général de Gaulle
☐ B. Alain Poher
☐ C. Georges Pompidou
☐ D. Valéry Giscard d'Estaing

768 Qui est à l'origine du mouvement politique socialiste Génération.s ?

☐ A. Benoît Hamon
☐ B. Arnaud Montebourg
☐ C. Manuel Valls
☐ D. Vincent Peillon

769 Laquelle de ces fonctions politiques n'a pas été exercée par Philippe Seguin ?

- ☐ A. Maire d'Epinal
- ☐ B. Président de la Cour des comptes
- ☐ C. Président de l'Assemblée nationale
- ☐ D. Président du Conseil général de Lorraine

770 L'avant-dernier référendum en France portait sur :

- ☐ A. La ratification du traité de Maastricht
- ☐ B. La ratification du traité établissant une constitution pour l'Europe
- ☐ C. L'élargissement de la communauté européenne à la Turquie
- ☐ D. La durée du mandat présidentiel

771 Qui était ministre des Affaires étrangères au moment du refus de la France de s'engager dans la guerre en Irak ?

- ☐ A. Dominique De Villepin
- ☐ B. Philippe Douste-Blazy
- ☐ C. Michel Barnier
- ☐ D. Hubert Védrine

772 Quelle fonction Dominique de Villepin n'a-t-il jamais occupée ?

- ☐ A. Premier ministre
- ☐ B. Ministre de l'Intérieur
- ☐ C. Secrétaire général de l'Elysée
- ☐ D. Ambassadeur à l'ONU

773 Qui a proposé le Contrat Première Embauche ?

- ☐ A. Nicolas Sarkozy
- ☐ B. Jacques Chirac
- ☐ C. Dominique de Villepin
- ☐ D. François Fillon

774 Il a été membre de la confédération paysanne :

- ☐ A. Lionel Jospin
- ☐ B. José Bové
- ☐ C. Olivier Besancenot

775 Qu'a signifié le sigle UMP ?

- ☐ A. Union pour la Majorité Présidentielle
- ☐ B. Union pour un Mouvement Populaire
- ☐ C. Unité du Mouvement Présidentiel

776 Quel est le parti le plus à gauche dans la liste suivante ?

- ☐ A. Le Front National
- ☐ B. Les Verts
- ☐ C. Lutte ouvrière
- ☐ D. Le Parti Communiste Français

777 Parmi ces personnalités politiques, l'une d'elles est issue du Parti communiste français. Laquelle ?

- ☐ A. Jean Glavany
- ☐ B. Elisabeth Guigou
- ☐ C. Marie-George Buffet
- ☐ D. Dominique Voynet

778 Quel candidat à l'élection présidentielle française de 2017 a prôné le « Frexit » tout au long de sa campagne ?

- ☐ A. François Asselineau
- ☐ B. François Fillon
- ☐ C. Nathalie Arthaud
- ☐ D. Jean-Luc Mélenchon

779 Qui est président d'honneur du MRC (Mouvement républicain et citoyen), ex-pôle républicain ?

- ☐ A. Charles Pasqua
- ☐ B. Jean-Michel Baylet
- ☐ C. Jean-Pierre Chevènement

780 **Laquelle de ces personnalités politiques n'appartient pas à la LCR (Ligue communiste révolutionnaire) ?**

- ☐ A. Arlette Laguiller
- ☐ B. Alain Krivine
- ☐ C. Olivier Besancenot

781 **Parmi ces personnalités politiques, laquelle n'est pas rattachée au MoDem ?**

- ☐ A. Jean Lasalle
- ☐ B. Corinne Lepage
- ☐ C. Pierre Méhaignerie

782 **Jacques Chirac a choisi le 10 mai pour commémorer l'abolition de l'esclavage. A quoi se réfère cette date ?**

- ☐ A. C'est la date choisie par l'ONU pour la journée internationale de l'esclavage, en référence à l'insurrection d'Haïti en 1791
- ☐ B. C'est le jour où a été votée la loi Taubira qui déclare que la République française reconnaît que la traite négrière d'une part et l'esclavage d'autre part constituent un crime contre l'humanité (10 mai 2001)
- ☐ C. C'est la date, en 1794, de l'abolition de l'esclavage dans les colonies par la Convention
- ☐ D. C'est la date, en 1848, de l'abolition définitive de l'esclavage dans les colonies françaises

783 **La loi Dalo, votée en 2007, traite :**

- ☐ A. De l'accueil des enfants étrangers
- ☐ B. Des conditions de l'immigration
- ☐ C. De l'interdiction de fumer dans les lieux publics
- ☐ D. Du droit au logement

784 **Au premier tour de l'élection présidentielle de 2007, le candidat arrivé en quatrième position était :**

- ☐ A. Jean-Marie Le Pen
- ☐ B. François Bayrou
- ☐ C. Philippe De Villiers
- ☐ D. Olivier Besancenot

785 **Qui a été le 6e président de la Cinquième République ?**

- ☐ A. Nicolas Sarkozy
- ☐ B. François Hollande
- ☐ C. Jacques Chirac
- ☐ D. François Mitterrand

786 **Nicolas Sarkozy a créé un nouveau ministère dès son élection :**

- ☐ A. Le ministère de l'Immigration et de l'Identité nationale
- ☐ B. Le ministère de l'Identité nationale
- ☐ C. Le ministère de l'Immigration, de l'Intégration, de l'Identité nationale et du Co-développement
- ☐ D. Le ministère de la Revalorisation du travail

787 **Quel homme politique a été élu à la présidence de l'Assemblée nationale après les élections législatives de 2017 ?**

- ☐ A. Jean-Marc Ayrault
- ☐ B. Brigitte Bourguignon
- ☐ C. François de Rugy
- ☐ D. Bernard Accoyer
- ☐ E. Philippe Folliot

788 Quelle promesse faite par Jacques Chirac au président brésilien Lula, Nicolas Sarkozy s'est-il engagé à tenir ?

- ☐ A. Etablir une liaison fluviale entre la Guyane et le Brésil
- ☐ B. Construire un pont qui enjamberait le fleuve Oyapock
- ☐ C. Augmenter l'aide au développement du Brésil
- ☐ D. Développer l'agriculture écologique du Brésil

789 Quel est le nom du mouvement politique créé par François Bayrou après le premier tour de l'élection présidentielle de 2007 ?

- ☐ A. Le MoDem
- ☐ B. L'UDF
- ☐ C. Le parti démocrate

790 De quelle formation politique Jean-Louis Borloo a-t-il pris la présidence en 2005 ?

- ☐ A. Le MoDem
- ☐ B. Le Nouveau centre
- ☐ C. Le Parti radical
- ☐ D. L'UMP
- ☐ E. Le RPR

791 Quelles sont les affirmations exactes à propos de la loi TEPA du 21 août 2007 ?

- ☐ A. Elle permet une défiscalisation des heures supplémentaires
- ☐ B. Elle permet un crédit d'impôt sur le revenu (IR) sur les intérêts d'emprunt immobilier
- ☐ C. Elle allège les droits de succession
- ☐ D. Elle aménage l'impôt de solidarité sur la fortune

792 Quelles sont les affirmations exactes à propos de la loi renforçant la lutte contre la récidive des majeurs et des mineurs de août 2007 ?

- ☐ A. L'instauration de peines minimales en cas de récidive (peines plancher)
- ☐ B. L'exclusion possible de l'excuse de minorité pour les récidivistes de plus de 16 ans
- ☐ C. La création de 20 000 places de prison supplémentaires
- ☐ D. L'injonction de soins, notamment pour les auteurs d'agressions sexuelles

793 En France, le 1er février 2007 est la date d'entrée en vigueur de :

- ☐ A. L'interdiction de fumer dans les lieux publics
- ☐ B. L'interdiction de boire de l'alcool dans la rue
- ☐ C. L'interdiction de tapage nocturne après 22 heures

794 Quelles sont les affirmations exactes à propos de la loi création et Internet du 12 juin 2009 ?

- ☐ A. Elle crée une « Haute autorité pour la diffusion des œuvres et la protection des droits sur Internet »
- ☐ B. Elle introduit un mécanisme de sanctions graduelles
- ☐ C. Elle prévoit une peine de 6 mois de prison et 75 000 € d'amende pour tout citoyen téléchargeant abusivement des fichiers sur Internet et ne tenant pas compte des rappels à l'ordre
- ☐ D. Elle introduit le concept de responsabilité des propriétaires de bornes wi-fi

795 L'abolition de la peine de mort est inscrite dans la constitution française depuis :

- ☐ A. 1981
- ☐ B. 1989
- ☐ C. 2007
- ☐ D. 2010

796 Qui a supprimé la double peine, abrogeant ainsi l'automaticité de l'interdiction de séjour en France pour les étrangers condamnés pour un crime à l'issue de l'exécution de leur peine ?

- ☐ A. François Mitterrand
- ☐ B. Lionel Jospin
- ☐ C. Jacques Chirac
- ☐ D. Nicolas Sarkozy

797 Quel est le nom de la commission présidée par Jacques Attali, chargée en août 2007 de remettre des propositions de réformes au gouvernement actuel ?

- ☐ A. La commission pour la libération de la croissance française
- ☐ B. La commission pour la libération du pouvoir d'achat français
- ☐ C. La commission pour la croissance française
- ☐ D. La commission pour le pouvoir d'achat des français

798 Eva Joly, Noël Mamère, Cécile Duflot appartiennent à une même famille politique. Laquelle ?

- ☐ A. Le Parti socialiste
- ☐ B. Europe écologie les Verts
- ☐ C. Lutte ouvrière

799 Lors des élections municipales de 2014, quelle ville française est restée à droite ?

- ☐ A. Lyon
- ☐ B. Marseille
- ☐ C. Paris
- ☐ D. Toulouse

800 Le traité de Lisbonne a limité à 751 le nombre des membres du Parlement européen (750 députés plus un président). Un seuil minimum de 6 députés par Etat membre est prévu, aucun pays ne pouvant disposer de plus de :

- ☐ A. 90 sièges
- ☐ B. 92 sièges
- ☐ C. 94 sièges
- ☐ D. 96 sièges

801 Le RSA s'est généralisé dans toute la France en juin 2009 à la place du RMI. Mais que signifie RSA ?

- ☐ A. Revenu de solidarité active
- ☐ B. Retraite solidaire accompagnée
- ☐ C. Revenu social d'activité

802 Lors des élections municipales de 2014, combien de villes l'extrême droite gagne-t-elle, atteignant ainsi un niveau jamais vu sous la Ve République ?

- ☐ A. 8
- ☐ B. 10
- ☐ C. 12
- ☐ D. 14

803 La question posée par le référendum organisé en Guyane et en Martinique en janvier 2010 portait sur :

- ☐ A. Leur autonomie
- ☐ B. Leur indépendance
- ☐ C. L'organisation des élections régionales
- ☐ D. La réforme du système éducatif local

804 A la suite de la consultation référendaire de la population du 29 mars 2009, Mayotte est devenue en 2011 :

- ☐ A. Une collectivité d'outre-mer
- ☐ B. Un département d'outre-mer
- ☐ C. Un territoire d'outre-mer

805 Le premier président de la Cour des comptes est, en France, le plus haut magistrat de la Cour des comptes, assurant sa direction générale. Magistrat inamovible, il est nommé par :

- ☐ A. Le conseil des ministres
- ☐ B. L'Assemblée nationale
- ☐ C. Le Sénat
- ☐ D. Décret des sept chambres de la cour des comptes

806 En France, qui devient ministre de l'Action et des Comptes publics en 2017 ?

- ☐ A. Gérald Darmanin
- ☐ B. Marc-Philippe Daubresse
- ☐ C. Jean Filippi
- ☐ D. Joseph Caillaux

2. Institutions de la Ve Republique

807 Sous la Ve République, lesquels de ces pouvoirs le président de la République possède-t-il ?

- ☐ A. Il peut dissoudre l'Assemblée nationale
- ☐ B. Il peut adresser des messages au Parlement
- ☐ C. Il a le droit de grâce
- ☐ D. Il préside le conseil des ministres

808 Le président de la République peut dissoudre :

- ☐ A. Le Sénat
- ☐ B. L'Assemblée nationale
- ☐ C. Le Conseil constitutionnel
- ☐ D. Le Parlement

809 Quelle est la phrase inexacte ? La Constitution :

- ☐ A. Peut être révisée par le président de la République seulement
- ☐ B. Ne peut être révisée lorsqu'il est porté atteinte à l'intégrité du territoir
- ☐ C. Ne peut être révisée lorsque l'article 16 est appliqué

810 La révision de la Constitution ne peut porter sur :

- ☐ A. Le titre IX
- ☐ B. L'article 16
- ☐ C. La forme républicaine du gouvernement

811 L'article de la Constitution donnant, en cas de crise grave, des pouvoirs étendus au président de la République est :

- ☐ A. L'article 1er
- ☐ B. L'article 16
- ☐ C. L'article 39
- ☐ D. L'article 49

812 La dissolution de l'Assemblée nationale est prévue dans la Constitution de 1958 :

- ☐ A. A l'article 10
- ☐ B. A l'article 17
- ☐ C. A l'article 12
- ☐ D. A l'article 18

813 Qu'appelle-t-on le domaine réservé du président de la République ?

- ☐ A. Les chasses présidentielles
- ☐ B. Les affaires étrangères
- ☐ C. La défense nationale
- ☐ D. La sécurité intérieure

814 Laquelle de ces fonctions n'appartient pas au président de la République ?

- ☐ A. Nommer le Premier ministre
- ☐ B. Présider le Conseil des ministres
- ☐ C. Engager la responsabilité du gouvernement devant l'Assemblée nationale
- ☐ D. Disposer du droit de grâce

815 Les anciens présidents de la République sont de droit :

- ☐ A. Députés
- ☐ B. Sénateurs
- ☐ C. Membres du Conseil constitutionnel

816 Selon l'article 68 de la Constitution du 4 octobre 1958, le président de la République n'est pas responsable des actes accomplis dans l'exercice de ses fonctions, sauf en cas de haute trahison. En ce cas il est jugé par :

- ☐ A. Le Conseil d'Etat
- ☐ B. Le Conseil supérieur de la magistrature
- ☐ C. La Haute Cour de justice
- ☐ D. Le Conseil constitutionnel

817 Selon l'article 20 de la Constitution de 1958, qui « détermine et conduit la politique de la nation » ?

- ☐ A. Le gouvernement
- ☐ B. Le président de la République
- ☐ C. Le Parlement
- ☐ D. La Haute Cour

818 Qui, selon l'article 21 de la Constitution de 1958, est responsable de la défense nationale ?

- ☐ A. Le président de la République
- ☐ B. Le ministre de la Défense
- ☐ C. Le Premier ministre
- ☐ D. Le gouvernement

819 Quel article de la Constitution française de 1958 traite de la nomination du Premier ministre ?

- ☐ A. L'article 2
- ☐ B. L'article 8
- ☐ C. L'article 16
- ☐ D. L'article 20

820 Dans lequel de ces quatre hôtels est installé le Premier ministre ?

- ☐ A. Hôtel de Castries
- ☐ B. Hôtel de Clermont
- ☐ C. Hôtel Matignon
- ☐ D. Hôtel de Roquelaure

821 En France, les membres du gouvernement, excepté le Premier ministre, sont nommés par :

- ☐ A. Un arrêté du Premier ministre
- ☐ B. Un décret du président de la République contresigné par le Premier ministre
- ☐ C. Un référendum
- ☐ D. Un vote du Parlement

822 L'article 49 alinéa 3 de la Constitution de 1958 permet :

- ☐ A. A l'Assemblée nationale de refuser de se prononcer sur un texte qu'elle juge inconstitutionnel
- ☐ B. Au Premier ministre d'engager la responsabilité du gouvernement sur un texte devant l'Assemblée nationale
- ☐ C. Au président de la République de faire voter une loi sans délibération du Conseil des ministres

823 Le Premier ministre ne peut pas :

- ☐ A. Dissoudre l'Assemblée nationale
- ☐ B. Présenter la démission du gouvernement
- ☐ C. Exercer le pouvoir règlementaire
- ☐ D. Faire une déclaration de politique générale au Sénat

824 La nature des fonctions incombant respectivement au président de la République et au Premier ministre est précisée par la Constitution du 4 octobre 1958. Parmi les affirmations suivantes, laquelle est erronée ?

- ☐ A. Le président de la République est le chef des armées
- ☐ B. Le Premier ministre est responsable de la défense national
- ☐ C. Le président de la République promulgue les lois
- ☐ D. Le Premier ministre signe les ordonnances et les décrets délibérés en Conseil des ministres

825 Un cabinet ministériel est :

- ☐ A. La pièce du ministère réservée au ministre
- ☐ B. La réunion des ministres les plus importants
- ☐ C. L'équipe des collaborateurs d'un ministre

826 Les ordonnances sont prises par :

- ☐ A. L'Assemblée nationale
- ☐ B. Le Parlement
- ☐ C. Le gouvernement
- ☐ D. Le président de la République

827 Un acte de gouvernement est :

- ☐ A. Un acte adopté en Conseil des ministres
- ☐ B. Un acte insusceptible de faire l'objet d'un recours
- ☐ C. Un acte pris par le Premier ministre

828 Qui est le garde des Sceaux ?

- ☐ A. Le ministre des Finances
- ☐ B. Le ministre de la Justice
- ☐ C. Le ministre des Affaires étrangères
- ☐ D. Le ministre de la Culture

829 Quel ministre occupe la place Beauvau ?

- ☐ A. Ministre de l'Intérieur
- ☐ B. Ministre des Affaires étrangères
- ☐ C. Ministre de l'Education nationale
- ☐ D. Ministre de la Justice

830 Quel ministère se trouve place Vendôme ?

- ☐ A. Le ministère de l'Intérieur
- ☐ B. Le ministère de la Justice
- ☐ C. Le ministère des Affaires étrangères
- ☐ D. Le ministère de la Santé

831 En 2018, quel ministère gère le budget le plus important ?

- ☐ A. La Défense
- ☐ B. L'Intérieur
- ☐ C. L'Education et la Recherche
- ☐ D. L'Emploi et la Solidarité
- ☐ E. La Justice

832 Qui statue sur les infractions pénales commises par les ministres dans l'exercice de leurs fonctions ?

- ☐ A. La Cour de justice de la République
- ☐ B. La Cour de discipline budgétaire et financière
- ☐ C. La Haute Cour de justice
- ☐ D. La Cour d'assises
- ☐ E. Aucune de ces réponses n'est bonne

833 Le Parlement comprend :

- ☐ A. Une assemblée
- ☐ B. Deux assemblées
- ☐ C. Trois assemblées

834 Un système législatif dans lequel le Parlement est composé de deux chambres correspond à la définition :

- ☐ A. D'un système bicéphale
- ☐ B. D'un système bipolaire
- ☐ C. Du bicamérisme
- ☐ D. Du bipartisme

835 Qu'est-ce qu'un régime parlementaire ?

- ☐ A. Un régime comprenant un Parlement
- ☐ B. Un régime dans lequel le président est élu par le Parlement
- ☐ C. Un régime où le gouvernement est responsable devant le Parlement

836 Sous la Ve République, il y a cohabitation quand :

- ☐ A. Le Sénat et l'Assemblée nationale sont de majorité différente
- ☐ B. Le président de la République et le Premier ministre sont de partis opposés
- ☐ C. Le président de la République et la majorité des députés sont de partis opposés
- ☐ D. La majorité de l'Assemblée nationale appartient au même parti que le président

837 Quel mandat électif est compatible avec la fonction de membre du gouvernement ?

- ☐ A. Le mandat de député français
- ☐ B. Le mandat de sénateur
- ☐ C. Le mandat de maire
- ☐ D. Le mandat de député européen

838 Le Parlement vote chaque année une loi de financement de la sécurité sociale :

- ☐ A. Vrai
- ☐ B. Faux

839 Parmi les associations suivantes reliant un organe ou une institution de la République et un bâtiment connu, laquelle est fausse ?

- ☐ A. Palais du Luxembourg – Sénat
- ☐ B. Palais Bourbon – Premier ministre
- ☐ C. Palais-Royal – Conseil d'Etat

840 Où est hébergée la Cour des comptes à Paris ?

- ☐ A. Au palais du Luxembourg
- ☐ B. Au Palais-Royal
- ☐ C. Au ministère des Finances à Bercy
- ☐ D. Rue Cambon

841 Le Conseil d'Etat siège :

- ☐ A. Au palais du Luxembourg
- ☐ B. Au palais de l'Elysée
- ☐ C. Au Palais-Royal
- ☐ D. Au palais Bourbon

842 Dans quelle ville se situe « la lanterne », résidence d'Etat de la République française ?

- ☐ A. A Versailles
- ☐ B. A Bordeaux
- ☐ C. A Nice
- ☐ D. A Marseille

843 Quand un parlementaire est nommé membre du gouvernement :

- ☐ A. Il se met en congé pour le temps de sa fonction de ministre
- ☐ B. Il garde son poste et fait les deux
- ☐ C. Les fonctions sont incompatibles et il démissionne
- ☐ D. Aucune de ces réponses n'est bonne

844 Une session parlementaire, c'est :

- ☐ A. La période durant laquelle le Parlement siège
- ☐ B. Un repas officiel
- ☐ C. Le jour où l'on vote la loi
- ☐ D. Le début des vacances parlementaires

845 La session parlementaire ordinaire dure :

- ☐ A. Un semestre
- ☐ B. Huit mois
- ☐ C. Neuf mois
- ☐ D. Toute l'année

846 L'année parlementaire débute :

- ☐ A. Le 1er janvier
- ☐ B. Le 1er septembre
- ☐ C. Le 1er octobre

847 Le Parlement est réuni en session extraordinaire :

- ☐ A. A la demande du président du Sénat ou du président de l'Assemblée nationale
- ☐ B. A la demande de la majorité des membres composant le Sénat ou de la majorité des membres composant l'Assemblée nationale
- ☐ C. A la demande du Premier ministre ou de la majorité des membres composant l'Assemblée nationale

848 L'une des quatre affirmations suivantes est fausse, laquelle ?

La conférence des présidents :

- ☐ A. N'est réunie que trois fois par session Parlementaire (octobre-janvier-avril)
- ☐ B. Accueille le ministre chargé des relations avec le Parlement
- ☐ C. Sert à fixer l'ordre du jour du Sénat et à organiser les débats en séance publique
- ☐ D. Compte notamment les vice-présidents du Sénat et les présidents des commissions

849 Le Parlement doit être consulté avant :

- ☐ A. La déclaration de l'état d'urgence
- ☐ B. La mise en œuvre de l'article 16 de la Constitution
- ☐ C. La déclaration de l'état de siège

850 **Lorsque l'état d'urgence est déclaré, le Parlement :**

- ☐ A. Se réunit de plein droit
- ☐ B. Doit autoriser la prolongation de l'état d'urgence
- ☐ C. Dessaisit l'autorité administrative au bénéfice de l'autorité militaire

851 **Le délai imposé au Parlement pour se prononcer définitivement sur le budget :**

- ☐ A. Est de 40 jours
- ☐ B. Est de 70 jours
- ☐ C. Commence à courir le premier mardi d'octobre

852 **Parmi ces pouvoirs, quel est celui dont ne disposent pas les parlementaires pour contrôler l'action du gouvernement ?**

- ☐ A. Créer des commissions d'enquête
- ☐ B. Poser des questions écrites et des questions orales aux ministres
- ☐ C. Révoquer des préfets
- ☐ D. Faire auditionner les ministres par les commissions permanentes

853 **L'une des quatre affirmations suivantes est vraie, laquelle ?**

La loi est promulguée…

- ☐ A. Après qu'elle ait été adoptée par le Parlement
- ☐ B. A l'issue du Conseil des ministres
- ☐ C. Par le président du Conseil constitutionnel
- ☐ D. Si le Conseil d'Etat en est d'accord

854 **Qu'est-ce qui différencie un projet de loi d'une proposition de loi ?**

- ☐ A. L'objet du texte
- ☐ B. La durée d'examen du texte
- ☐ C. L'auteur du dépôt du texte
- ☐ D. L'assemblée parlementaire où le dépôt du texte se fait en premier

855 **Le droit d'amendement appartient :**

- ☐ A. Au gouvernement
- ☐ B. Aux députés et aux sénateurs seuls
- ☐ C. Au gouvernement, aux députés et aux sénateurs

856 **Un amendement est :**

- ☐ A. Un projet de loi relatif aux amendes pénales
- ☐ B. Une motion de procédure demandant au gouvernement d'améliorer une politique donnée y consacrant davantage de crédits
- ☐ C. Un vote demandant au gouvernement de dire la vérité sur une affaire complexe
- ☐ D. Une modification proposée à un texte législatif discutée par le Parlement

857 **La commission mixte paritaire est :**

- ☐ A. Convoquée à l'initiative du Premier ministre
- ☐ B. Convoquée à l'initiative du président de l'Assemblée nationale ou du président du Sénat
- ☐ C. Obligatoirement réunie avant l'adoption définitive d'un projet de loi

858 Le nombre de députés et de sénateurs titulaires composant une commission mixte paritaire est :

- ☐ A. 10
- ☐ B. 13
- ☐ C. 14
- ☐ D. Variable selon le nombre de commissions permanentes intéressées

859 Avant qu'un texte de loi ordinaire soit définitivement adopté, il faut toujours que :

- ☐ A. L'Assemblée nationale et le Sénat l'aient examiné chacun au moins une fois
- ☐ B. L'Assemblée nationale et le Sénat l'aient examiné chacun au moins deux fois
- ☐ C. L'Assemblée nationale et le Sénat l'aient adopté exactement dans les mêmes termes

860 Dire que l'urgence est déclarée par le gouvernement sur un texte signifie :

- ☐ A. Que l'Assemblée nationale doit se réunir 24 heures sur 24 tant qu'il n'est pas adopté
- ☐ B. Qu'il ne sera examiné qu'une fois, en tout et pour tout, par l'Assemblée nationale et par le Sénat
- ☐ C. Que le Parlement doit l'examiner à compter du lendemain de son adoption en Conseil des ministres
- ☐ D. Que le Premier ministre peut réunir la commission mixte paritaire après une seule lecture dans chaque assemblée

861 Le rapporteur d'un texte de loi est :

- ☐ A. Elu par ses collègues de commission
- ☐ B. Désigné par le gouvernement
- ☐ C. Nommé par le président du Sénat
- ☐ D. Tiré au sort en séance publique

862 Le nombre des commissions permanentes de l'Assemblée nationale et du Sénat est fixé par :

- ☐ A. Leurs présidents
- ☐ B. Leurs règlements
- ☐ C. La Constitution

863 Au plan parlementaire, les Français établis hors de France :

- ☐ A. Ne sont représentés qu'à l'Assemblée nationale
- ☐ B. Ne sont représentés qu'au Sénat
- ☐ C. Sont représentés à l'Assemblée nationale et au Sénat
- ☐ D. Ne sont pas représentés au Parlement

864 Pour l'aider à assumer son mandat électif, chaque sénateur ou député peut recruter :

- ☐ A. Des animateurs parlementaires
- ☐ B. Des assistants parlementaires
- ☐ C. Des fonctionnaires parlementaires
- ☐ D. Des rédacteurs parlementaires

865 Le congrès du Parlement est :

- ☐ A. La réunion des membres du Sénat et de l'Assemblée nationale
- ☐ B. La réunion des membres des groupes politiques composant la majorité de l'Assemblée nationale
- ☐ C. La réunion des seuls présidents des groupes politiques de l'Assemblée nationale et du Sénat

866 Le congrès du Parlement se réunit :

- ☐ A. Au château de Versailles
- ☐ B. Au palais des Congrès
- ☐ C. Au palais Bourbon

867 Le congrès du Parlement est réuni pour :

☐ A. Elire le Premier ministre
☐ B. Modifier la Constitution
☐ C. Promulguer une loi

868 L'ordre du jour prioritaire des séances publiques est la liste :

☐ A. Des propositions de loi que le Sénat a décidé de voter
☐ B. Des questions que le président de la République souhaite voir aborder par le Parlement
☐ C. Des textes dont le gouvernement a décidé la discussion et l'ordre d'examen
☐ D. Des projets de loi en attente de commission mixte paritaire

869 Les députés sont élus pour :

☐ A. 4 ans
☐ B. 5 ans
☐ C. 6 ans
☐ D. 7 ans

870 Combien l'Assemblée nationale compte-t-elle de députés ?

☐ A. 477
☐ B. 547
☐ C. 577
☐ D. 587

871 L'âge minimum pour être élu député est de :

☐ A. 18 ans
☐ B. 24 ans
☐ C. 35 ans

872 Si des députés s'opposent au gouvernement, ils peuvent :

☐ A. Déposer une motion de censure
☐ B. Dissoudre l'Assemblée
☐ C. Renverser le gouvernement
☐ D. Changer le Premier ministre

873 Quelle est la conséquence d'une motion de censure adoptée par l'Assemblée nationale ?

☐ A. De nouvelles élections législatives
☐ B. L'interdiction faite au gouvernement de publier une loi
☐ C. La démission du gouvernement
☐ D. La démission du président de la République

874 Où siège le président de l'Assemblée nationale ?

☐ A. Au milieu de l'hémicycle
☐ B. Au « perchoir »
☐ C. Sur la « chaise haute »

875 Est fausse l'une des trois affirmations suivantes :

☐ A. Seule l'Assemblée nationale peut être dissoute
☐ B. Seule l'Assemblée nationale peut destituer le président de la République
☐ C. Seule l'Assemblée nationale peut adopter une motion de censure

876 A l'Assemblée nationale, un député peut être membre, simultanément, de deux :

☐ A. Commissions permanentes
☐ B. Groupes d'amitié
☐ C. Groupes politiques

877 Si vous présidiez la séance publique à l'Assemblée nationale, les députés du front de gauche :

☐ A. Se trouveraient à votre gauche
☐ B. Vous feraient face
☐ C. Se trouveraient à votre droite

878 Depuis 2011, un sénateur est élu pour :

☐ A. 3 ans
☐ B. 4 ans
☐ C. 6 ans
☐ D. 9 ans

879 Combien d'élus siègent au Sénat depuis octobre 2011 ?

☐ A. 192
☐ B. 252
☐ C. 348
☐ D. 383

880 En France, comment les sénateurs sont-ils élus ?

☐ A. Au suffrage universel indirect
☐ B. Au suffrage universel direct uninominal à 2 tours
☐ C. Au suffrage universel direct à la proportionnelle à 1 tour
☐ D. Au suffrage universel direct uninominal à 1 tour

881 Les sénateurs sont :

☐ A. Tous élus au scrutin proportionnel
☐ B. Pour certains, élus au scrutin proportionnel, pour d'autres, élus au scrutin majoritaire à deux tours
☐ C. Elus au scrutin proportionnel dans les départements composant la région Ile-de-France et au scrutin majoritaire à deux tours dans les autres départements
☐ D. Tous élus au scrutin majoritaire à deux tours

882 Ne font pas partie du collège électoral des sénateurs :

☐ A. Les députés européens
☐ B. Les conseillers généraux
☐ C. Les délégués des communes
☐ D. Les députés

883 Depuis 2011, sur quelle proportion porte le renouvellement des membres du Sénat ?

☐ A. Le quart des effectifs
☐ B. Le tiers des effectifs
☐ C. La moitié des effectifs
☐ D. La totalité des effectifs

884 Depuis 2011, un citoyen peut être élu sénateur à partir de :

☐ A. 23 ans
☐ B. 24 ans
☐ C. 30 ans

885 Le président du Sénat est :

☐ A. Nommé par le président de la République
☐ B. Nommé par le Premier ministre
☐ C. Elu par l'ensemble des sénateurs
☐ D. Elu par les citoyens

886 Qui est en 2019 le président du Sénat ?

- ☐ A. Gérard Larcher
- ☐ B. Alain Poher
- ☐ C. Christian Poncelet
- ☐ D. Laurent Fabius

887 D'après l'article 7 de la Constitution, en cas de vacance de la présidence de la République pour quelque raison que ce soit, ou d'empêchement constaté par le Conseil constitutionnel saisi par le gouvernement et statuant à la majorité de ses membres, les fonctions du président de la République sont provisoirement exercées par :

- ☐ A. Le président du Conseil constitutionnel
- ☐ B. Le Premier ministre
- ☐ C. Le président du Sénat
- ☐ D. Le président de l'Assemblée nationale
- ☐ E. Aucune de ces réponses n'est bonne

888 Qui peut remplacer un sénateur décédé ?

- ☐ A. Son assistant parlementaire
- ☐ B. Son suppléant
- ☐ C. Son suivant de liste
- ☐ D. Aucune de ces réponses n'est bonne

889 Pour constituer un groupe politique au Sénat, il faut réunir au moins :

- ☐ A. 10 sénateurs
- ☐ B. 12 sénateurs
- ☐ C. 15 sénateurs

890 Au Sénat, il y a, au maximum :

- ☐ A. Cinq commissions permanentes
- ☐ B. Six commissions permanentes
- ☐ C. Huit commissions permanentes

891 Le Sénat peut :

- ☐ A. Voter une motion pour renverser le gouvernement
- ☐ B. Refuser définitivement l'adoption d'un projet de loi constitutionnelle
- ☐ C. Prononcer la destitution du président de la République

892 Le rôle d'un questeur au Sénat, c'est :

- ☐ A. De présider le groupe politique
- ☐ B. De rapporter lors d'une séance
- ☐ C. D'assurer la gestion du Sénat

893 Sur le Sénat, laquelle des quatre affirmations suivantes est vraie ?

- ☐ A. Pour être élu sénateur, il faut obligatoirement être maire
- ☐ B. Pour élire un sénateur, il faut obligatoirement être maire
- ☐ C. Le président du Sénat nomme deux membres du Conseil constitutionnel
- ☐ D. Le président de la République n'a pas le droit de se rendre au Sénat

894 Les juristes appellent également le Sénat :

- ☐ A. La Haute Assemblée
- ☐ B. L'agora
- ☐ C. Le conseil des anciens

895 Lorsque l'Etat transfère des compétences à des collectivités territoriales, il :

- ☐ A. Décentralise
- ☐ B. Délocalise
- ☐ C. Déconcentre

896 La loi du 12 juillet 1999 porte sur :

- ☐ A. La déconcentration
- ☐ B. La fonction publique territoriale
- ☐ C. Le transfert de compétences de l'Etat aux collectivités territoriales
- ☐ D. L'intercommunalité

897 Les collectivités territoriales sont rattachées à un ministère. Lequel ?

- ☐ A. Le ministère du Budget, des Comptes publics et de la Fonction publique
- ☐ B. Le ministère de l'Intérieur, de l'Outre-mer et des Collectivités territoriales
- ☐ C. Le ministère du Travail, des Relations sociales, de la Famille et de la Solidarité

898 La création d'une nouvelle collectivité territoriale suppose :

- ☐ A. Une modification de la Constitution
- ☐ B. Une loi
- ☐ C. Un décret en Conseil d'Etat

899 Lesquels de ces services déconcentrés de l'Etat ne sont pas soumis à l'autorité hiérarchique du préfet ?

- ☐ A. Les services de l'éducation nationale
- ☐ B. Les services de l'équipement
- ☐ C. Les services de l'agriculture
- ☐ D. Les services de la justice
- ☐ E. Aucune de ces réponses n'est bonne

900 Laquelle de ces déclarations est fausse ?

- ☐ A. Un conseiller municipal est élu pour 6 ans
- ☐ B. L'élu à la tête du département est le président de conseil général
- ☐ C. Le préfet est le représentant de l'Etat dans le département
- ☐ D. La décision prise par le maire d'une commune de plus de 10 000 habitants s'appelle un décret

901 En quelle année les régions ont-elles été reconnues par la Constitution ?

- ☐ A. 1959
- ☐ B. 1966
- ☐ C. 1992
- ☐ D. 2003

902 La France métropolitaine compte :

- ☐ A. 10 régions
- ☐ B. 11 régions
- ☐ C. 12 régions
- ☐ D. 13 régions

903 Combien de temps dure le mandat des élus du conseil régional élus en 2010 ?

- ☐ A. 2 ans
- ☐ B. 3 ans
- ☐ C. 4 ans
- ☐ D. 5 ans

904 Le nombre de départements métropolitains est :

- ☐ A. 95
- ☐ B. 96
- ☐ C. 100

905 **L'élu à la tête du département s'appelle :**

☐ A. Le commissaire de la République
☐ B. Le député
☐ C. Le préfet
☐ D. Le président du Conseil général

906 **Jusqu'en 2014, comment appelle-t-on l'élu dans le cadre du canton ?**

☐ A. Le conseiller cantonal
☐ B. Le conseiller général
☐ C. Le cantonnier

907 **Depuis mars 2014, les conseillers régionaux et généraux sont remplacés par :**

☐ A. Les conseillers globaux
☐ B. Les conseillers territoriaux
☐ C. Les conseillers locaux
☐ D. Les conseillers exécutifs

908 **La France compte environ :**

☐ A. 24 000 communes
☐ B. 36 000 communes
☐ C. 43 000 communes

909 **Laquelle de ces affirmations est fausse ?**

☐ A. Il faut avoir 21 ans pour être maire
☐ B. Les élections municipales ont lieu tous les six ans
☐ C. Le maire est élu au suffrage universel direct
☐ D. Le nombre de conseillers municipaux varie selon la taille de la commune

910 **Un maire est élu pour :**

☐ A. 7 ans
☐ B. 5 ans
☐ C. 12 ans
☐ D. 6 ans

911 **Parmi ces attributions, laquelle ne relève pas de la compétence du maire ?**

☐ A. La publication et l'exécution des lois et règlements
☐ B. L'exécution des mesures de sûreté générale
☐ C. La représentation de l'Etat en justice
☐ D. Le rôle d'officier d'Etat civil

912 **D'après les textes, quelle activité est du ressort de la commune ?**

☐ A. L'urbanisme
☐ B. Les transports scolaires
☐ C. Le lycée
☐ D. La formation professionnelle
☐ E. Aucune de ces réponses n'est bonne

913 **On parle souvent de la « double casquette » du maire. Cela signifie :**

☐ A. Que le maire est à la fois un élu et un fonctionnaire de l'Etat
☐ B. Que le maire est à la fois représentant de l'Etat dans sa commune et organe exécutif de sa commune
☐ C. Que le maire, une fois élu, doit passer un concours pour devenir agent de l'Etat
☐ D. Que le maire est à la fois le représentant de l'Etat et le représentant du département de sa commune

914 **En tant qu'officier d'Etat civil et officier de police judicaire, le maire est placé sous l'autorité :**

☐ A. Du préfet
☐ B. Du commissaire de police
☐ C. Du président du conseil général
☐ D. Du ministre de l'Intérieur

915 Un conseiller municipal :

- ☐ A. Est élu pour 5 ans
- ☐ B. Peut recevoir délégation du maire
- ☐ C. Constitue l'assemblée exécutive de la commune
- ☐ D. Elit le maire

916 Un Conseil municipal doit se réunir au minimum :

- ☐ A. Toutes les semaines
- ☐ B. Tous les mois
- ☐ C. Tous les trimestres

917 Un Conseil municipal peut-il être dissous ?

- ☐ A. Non
- ☐ B. Oui, par le maire seulement
- ☐ C. Oui, par décret en Conseil des ministres

918 Comment sont adoptées les délibérations du Conseil municipal ?

- ☐ A. A l'unanimité
- ☐ B. A la majorité absolue des suffrages exprimés
- ☐ C. A la majorité absolue des membres du Conseil
- ☐ D. A la majorité simple

919 Les prévisions de recettes et de dépenses d'une commune s'appellent :

- ☐ A. Le budget primitif
- ☐ B. Le budget annexe
- ☐ C. Le budget supplémentaire

920 Lorsque le budget d'une collectivité territoriale n'est pas voté dans le délai légal, le préfet saisit :

- ☐ A. Le Tribunal de commerce
- ☐ B. La Banque de France
- ☐ C. La Chambre régionale des comptes
- ☐ D. La Cour des comptes

921 Depuis quand existent les communautés urbaines ?

- ☐ A. 1959
- ☐ B. 1966
- ☐ C. 1972
- ☐ D. 1992

922 Une communauté de communes est :

- ☐ A. Un établissement public de coopération intercommunale
- ☐ B. Un groupe de communes fusionnées
- ☐ C. Un district
- ☐ D. Un groupe de communes associées appartenant au même arrondissement
- ☐ E. Aucune de ces réponses n'est bonne

923 Quelles sont les communes soumises à un régime particulier ?

- ☐ A. Paris
- ☐ B. Marseille
- ☐ C. Toulouse
- ☐ D. Lyon

924 Les conseillers de Paris sont :

- ☐ A. Des conseillers municipaux
- ☐ B. Des conseillers régionaux
- ☐ C. Les deux

925 Supprimé en 2011, il avait pour rôle d'améliorer les rapports entre l'administration et les administrés. Tout citoyen pouvait avoir recours à son aide en lui faisant parvenir sa réclamation par l'intermédiaire d'un député ou d'un sénateur. Il s'agissait du :

- ☐ A. Ministre de la Fonction publique
- ☐ B. Président de la commission d'accès aux documents administratifs
- ☐ C. Président de la commission informatique et libertés
- ☐ D. Médiateur de la République

926 Les membres du Conseil économique et social sont :

- ☐ A. Elus au suffrage universel indirect
- ☐ B. Elus par les parlementaires
- ☐ C. Nommés par le gouvernement
- ☐ D. Désignés par les organisations économiques et sociales

927 Cochez chaque proposition exacte :

- ☐ A. Le préfet est le représentant de l'Etat dans le département
- ☐ B. Il existe des préfets de région
- ☐ C. Le préfet est nommé par décret du président de la République
- ☐ D. Le préfet est élu par les conseillers généraux et régionaux

928 Quel nom a-t-on donné de 1982 à 1988 aux préfets ?

- ☐ A. Commissaire de la République
- ☐ B. Lieutenant de la République
- ☐ C. Commissaire du gouvernement
- ☐ D. Capitaine du gouvernement

929 Quelle est la plus petite division administrative ?

- ☐ A. La commune
- ☐ B. Le canton
- ☐ C. L'arrondissement
- ☐ D. Le département

930 Parmi les propositions suivantes, la chambre régionale des comptes :

- ☐ A. Rend exécutoire un budget local qui n'a pas été voté en équilibre réel
- ☐ B. Rend exécutoire un budget local qui n'a pas été voté dans les délais prescrits
- ☐ C. Peut annuler un budget local
- ☐ D. Formule des propositions pour le règlement d'un budget local
- ☐ E. Aucune de ces réponses n'est bonne

931 Parmi ces quatre autorités administratives, lesquelles sont indépendantes ?

- ☐ A. Le médiateur de la République
- ☐ B. La Commission nationale de l'informatique et des libertés (CNIL)
- ☐ C. Le Conseil supérieur de l'audiovisuel (CSA)
- ☐ D. L'Autorité des marchés financiers (AMF)

932 La douane dépend du :

- ☐ A. Ministère de l'Intérieur
- ☐ B. Ministère du Budget, des Comptes publics, de la Fonction publique et de la Réforme de l'Etat
- ☐ C. Ministère des Finances et des Perceptions indirectes
- ☐ D. Ministère des Affaires européennes

933 Etablissement public local, il a en charge le recrutement et la gestion des carrières des fonctionnaires territoriaux. C'est :

- ☐ A. Le centre national de la fonction publique territoriale
- ☐ B. Le centre communal d'action sociale
- ☐ C. L'office public d'habitations à loyer modéré
- ☐ D. Le centre de gestion de la fonction publique territoriale

3. Qui fait quoi ?

934 Qui nomme les magistrats ?

- ☐ A. Le ministre de la Justice
- ☐ B. Le président de la République
- ☐ C. Le préfet
- ☐ D. Aucune de ces réponses n'est bonne

935 Quel organisme certifie les comptes de l'Etat français ?

- ☐ A. L'agence de notation Standard and Poor's
- ☐ B. Le Conseil constitutionnel
- ☐ C. La Commission européenne
- ☐ D. La Cour des comptes

936 Un préfet est :

- ☐ A. Elu par les conseillers généraux
- ☐ B. Elu par l'ensemble des maires du département
- ☐ C. Nommé par arrêté du président du conseil général
- ☐ D. Nommé par décret du président de la République

937 La juridiction qui examine les conflits de compétence entre juridictions administratives est :

- ☐ A. Le Conseil constitutionnel
- ☐ B. Le Tribunal des conflits
- ☐ C. Le Conseil d'Etat

938 Qui est le chef des armées en France ?

- ☐ A. Le militaire le plus ancien dans le grade le plus élevé
- ☐ B. Le ministre de la Défense
- ☐ C. Le Premier ministre
- ☐ D. Le président de la République
- ☐ E. Aucune de ces réponses n'est bonne

939 Dans le cadre de la Constitution de 1958, qui a l'initiative de la révision constitutionnelle ?

- ☐ A. Le président du Sénat
- ☐ B. Le Premier ministre
- ☐ C. Le président de la République sur proposition du Premier ministre
- ☐ D. Le Premier ministre sur proposition du président de la République

940 Qui est le chef de la police municipale :

- ☐ A. Le préfet
- ☐ B. Le procureur de la République
- ☐ C. Le maire

941 Qui préside le Conseil supérieur de la magistrature ?

- ☐ A. Le président de la République
- ☐ B. Le Premier ministre
- ☐ C. Le garde des Sceaux, ministre de la Justice
- ☐ D. Le président de la Cour de cassation
- ☐ E. Aucune de ces réponses n'est bonne

942 Laquelle de ces collectivités locales est spécifiquement chargé de la formation professionnelle ?

- ☐ A. Le Conseil général
- ☐ B. La commune
- ☐ C. Le Conseil régional
- ☐ D. Le département
- ☐ E. Aucune de ces réponses n'est bonne

943 L'initiative des lois appartient :

- ☐ A. Au gouvernement
- ☐ B. Concurremment au Premier ministre et aux membres du Parlement
- ☐ C. Exclusivement au Premier ministre

944 Quelle collectivité territoriale a compétence pour l'entretien et l'aménagement des écoles primaires ?

- ☐ A. L'Etat
- ☐ B. La région
- ☐ C. Le département
- ☐ D. La commune

945 Lequel de ces personnages de la République n'est pas autorisé à pénétrer au siège de l'Assemblée nationale ?

- ☐ A. Le président du Sénat
- ☐ B. Le président du Conseil supérieur de la magistrature
- ☐ C. Le président de la République

946 En France, par qui est autorisée la déclaration de guerre ?

- ☐ A. Le Parlement
- ☐ B. Le Conseil d'Etat
- ☐ C. Un référendum

947 Parmi les personnages suivants, lequel n'intervient pas dans la nomination des membres du Conseil constitutionnel ?

- ☐ A. Le Premier ministre
- ☐ B. Le président de la République
- ☐ C. Le président de l'Assemblée nationale
- ☐ D. Le président du Sénat

948 Organiser un référendum est du pouvoir :

- ☐ A. Du congrès
- ☐ B. Du Conseil constitutionnel
- ☐ C. Du gouvernement
- ☐ D. Du président de la République

949 Un arrêté ne peut pas être pris par :

- ☐ A. Un sénateur
- ☐ B. Un maire
- ☐ C. Un préfet
- ☐ D. Un ministre

950 Laquelle de ces autorités ne dispose pas d'un pouvoir de police administrative générale ?

- ☐ A. Le Premier ministre
- ☐ B. Le ministre
- ☐ C. Le préfet
- ☐ D. Le maire

951 Dans l'Etat français, qui a la charge de rendre la justice ?

- ☐ A. Le pouvoir judiciaire
- ☐ B. Le pouvoir législatif
- ☐ C. Le pouvoir exécutif

952 Qui est nommé par décret du président de la République sur proposition du ministre de l'Intérieur et du Premier ministre ?

- ☐ A. Le Conseil d'Etat
- ☐ B. Le préfet
- ☐ C. Le conseil municipal

4. Règles électorales et grands principes juridiques constitutionnels

953 Combien de parrainages un candidat à l'élection présidentielle doit-il obtenir ?

- ☐ A. 250
- ☐ B. 200
- ☐ C. 450
- ☐ D. 500

954 Quel est l'organe chargé de contrôler le déroulement de l'élection présidentielle ?

- ☐ A. Le Conseil d'Etat
- ☐ B. Le Conseil constitutionnel
- ☐ C. Le gouvernement

955 Qui proclame les résultats de l'élection présidentielle ?

- ☐ A. Le président du Sénat
- ☐ B. Le ministre de l'Intérieur
- ☐ C. Le président sortant
- ☐ D. Le président de l'Assemblée nationale

956 Pour se présenter à l'élection présidentielle, il faut :

- ☐ A. Avoir un emploi
- ☐ B. Etre électeur
- ☐ C. Obtenir 500 parrainages d'élus d'au moins trente départements
- ☐ D. Etre âgé d'au moins 21 ans

957 L'une de ces conditions n'est pas requise pour être électeur :

- ☐ A. Avoir la nationalité française
- ☐ B. Jouir de ses droits civiques et politiques
- ☐ C. Savoir lire et écrire
- ☐ D. Toutes les réponses proposées sont bonnes

958 Un ressortissant de l'Union européenne résidant en France peut voter :

- ☐ A. Aux élections législatives
- ☐ B. Aux élections municipales
- ☐ C. Aux élections présidentielles
- ☐ D. Aux élections régionales

959 Pour voter, l'électeur présente sa carte d'électeur avec :

- ☐ A. Sa carte d'identité
- ☐ B. Sa carte d'appartenance à un parti politique
- ☐ C. Son justificatif de domicile

960 Dans chaque bureau de vote français, il faut que le président soit assisté en permanence par au moins :

- ☐ A. Un assesseur
- ☐ B. Deux secrétaires de mairie
- ☐ C. Deux assesseurs

961 Laquelle de ces opérations annule le vote du scrutin dans un bureau de vote ?

- ☐ A. Prendre un exemplaire de chaque bulletin
- ☐ B. S'enfermer dans l'isoloir
- ☐ C. Mettre deux bulletins dans l'enveloppe
- ☐ D. Mettre son bulletin dans l'urne

962 Lors du dépouillement d'un scrutin, on trouve deux bulletins de deux candidats différents dans la même enveloppe. Ce vote est :

- ☐ A. Déclaré blanc
- ☐ B. Déclaré nul
- ☐ C. Déclaré valable

963 Lors des élections en France, le dépouillement est public :

- ☐ A. Vrai
- ☐ B. Faux

964 Que signifie l'expression « suffrages exprimés » ?

- ☐ A. Tous les bulletins en dehors des bulletins blancs ou nuls
- ☐ B. Tous les bulletins glissés dans l'urne
- ☐ C. Tous les bulletins en dehors des bulletins nuls

965 Lors d'élections, le « ballotage » signifie l'élimination du candidat dès le premier tour :

- ☐ A. Vrai
- ☐ B. Faux

966 Pour contester l'élection d'un parlementaire, il faut s'adresser :

- ☐ A. A l'Assemblée nationale
- ☐ B. Au Conseil constitutionnel
- ☐ C. Au conseil d'Etat
- ☐ D. Au tribunal administratif

967 Un système politique dans lequel la vie politique est dominée par deux grands courants politiques correspond à la définition :

- ☐ A. D'un système bicéphale
- ☐ B. D'une bipolarisation de la vie politique
- ☐ C. Du bicamérisme
- ☐ D. Du bipartisme

968 Une loi organique a pour objet :

- ☐ A. De modifier la Constitution
- ☐ B. De préciser le fonctionnement des pouvoirs publics
- ☐ C. De transposer une directive communautaire

969 Quel est le texte non susceptible, en France, d'un contrôle de constitutionnalité ?

- ☐ A. La loi organique
- ☐ B. La loi référendaire
- ☐ C. La loi parlementaire non promulguée
- ☐ D. Le règlement intérieur des assemblées

970 Pour examiner la constitutionnalité d'un texte législatif, le Conseil constitutionnel peut être saisi par :

- ☐ A. Le président de la République
- ☐ B. Un ministre
- ☐ C. 60 députés ou 60 sénateurs

971 Un référendum est :

- ☐ A. Un mode de scrutin pour élire les sénateurs
- ☐ B. Un vote pour désigner les grands électeurs
- ☐ C. L'expression des intentions électorales d'une population donnée
- ☐ D. L'expression directe du citoyen sur une ou des questions posées

972 La hiérarchie des normes juridiques, par ordre décroissant, est la suivante :

- ☐ A. Arrêté, décret, Constitution, loi
- ☐ B. Décret, arrêté, loi, Constitution
- ☐ C. Constitution, loi, arrêté, décret
- ☐ D. Constitution, loi, décret, arrêté

973 Une ordonnance a pour objet :

- ☐ A. De préciser le fonctionnement des pouvoirs publics
- ☐ B. De prendre une mesure dans une matière relevant normalement de la loi
- ☐ C. D'approuver les comptes de l'Etat
- ☐ D. De transposer une directive communautaire

974 Le déféré préfectoral, c'est :

- ☐ A. La règle élémentaire de politesse à l'égard du préfet compte tenu de son rang
- ☐ B. La procédure d'urgence que le préfet utilise pour régler rapidement une contestation
- ☐ C. L'acte par lequel le préfet saisit le juge administratif d'un recours en annulation
- ☐ D. L'acte de réquisition des forces de l'ordre pris par le préfet

975 Le principe de continuité du service public a une valeur :

- ☐ A. Constitutionnelle
- ☐ B. Législative
- ☐ C. Réglementaire

976 Ont valeur constitutionnelle :

- ☐ A. La Marseillaise
- ☐ B. Le drapeau tricolore bleu blanc rouge
- ☐ C. L'image de Marianne
- ☐ D. La devise « liberté, égalité, fraternité »

977 Quelle est la représentation symbolique de la République française ?

- ☐ A. La semeuse
- ☐ B. Le coq gaulois
- ☐ C. La Marianne

978 Quelle est la formulation exacte de l'article 1er de la *Déclaration des droits de l'homme et du citoyen* ?

- ☐ A. « Les hommes naissent et demeurent libres et égaux en droits ; les distinctions sociales ne peuvent être fondées que sur l'utilité commune »
- ☐ B. « Tous les hommes sont égaux par la nature et devant la loi »
- ☐ C. « Les français sont égaux devant la loi, quels que soient d'ailleurs leurs titres et leurs rangs »

979 Comment désigne-t-on les lois qui fixent le budget de l'Etat ?

- ☐ A. Les lois de finances
- ☐ B. Les lois de programmation
- ☐ C. Les lois de marché
- ☐ D. Les lois de prévision

980 Combien existe-t-il de fonction(s) publique(s) en France ?

- ☐ A. 1
- ☐ B. 2
- ☐ C. 3
- ☐ D. 4
- ☐ E. Aucune de ces réponses n'est bonne

981 Le plan Vigipirate a été créé en 1978. A quelle occasion a-t-il été déclenché pour la première fois ?

- ☐ A. En août 1982, lors de l'attentat de la rue des Rosiers
- ☐ B. En septembre 1986, lors des attentats répétés dans Paris
- ☐ C. En janvier 1991, à la veille de la guerre du Golfe
- ☐ D. En juin 1998, lors de la coupe du monde de football

982 Combien de niveaux d'alerte comprend le plan Vigipirate ?

- ☐ A. 3
- ☐ B. 4
- ☐ C. 5
- ☐ D. 6

983 Quand un dispositif ORSEC (ORganisation des SECours) est déclenché dans un département, qui est directeur des opérations de secours ?

- ☐ A. Le maire
- ☐ B. Le président du Conseil d'administration du SDIS
- ☐ C. Le préfet
- ☐ D. Le directeur départemental des services d'incendie et de secours
- ☐ E. Aucune de ces réponses n'est bonne

CORRIGE

Les réponses en bleu foncé font l'objet d'un complément de réponse après ce corrigé.

704 La IVe République
705 Le tripartisme
706 Le PCF
707 Parti communiste français
708 Le Général de Gaulle
709 1945
710 Charles de Gaulle
711 Les ministres communistes
712 1947
713 Vincent Auriol et René Coty
714 Gaston Monnerville
715 Guy Mollet
716 Jean Monnet
717 1954
718 Le front républicain
719 La constitution du 4 octobre 1958
720 Création de la communauté économique du charbon et de l'acier – Signature des accords de Genève – Instauration de la Ve République – Référendum sur l'élection du président de la République au suffrage universel
721 Gaston Monnerville
722 Depuis 1959
723 André Malraux
724 1959
725 La fronde armée, en 1961, de généraux français opposés à l'indépendance de l'Algérie
726 L'attentat du Petit-Clamart
727 1962
728 1848
729 François Mitterrand
730 Charles de Gaulle
731 Les accords de Grenelle
732 Le général Massu
733 Debré / Pompidou / Couve de Murville / Chaban-Delmas
734 Jacques Chaban-Delmas
735 Maire de Colombey-les-Deux-Eglises, Député
736 La croix de Lorraine
737 La réforme du Sénat et la régionalisation
738 1969
739 1970
740 1969 à 1974
741 Le programme commun
742 Georges Marchais
743 1972
744 Le club de l'horloge
745 Raymond Barre
746 Jacques Chirac
747 Jacques Chirac
748 Valéry Giscard d'Estaing
749 Françoise Giroud
750 1974
751 1981-1995
752 Premier ministre
753 1928
754 Pierre Mauroy
755 Lionel Jospin
756 Valéry Giscard d'Estaing, Jacques Delors
757 1981
758 451

759 Le 2 mars 1982

760 1986

761 Le gouvernement de Michel Rocard

762 Edith Cresson

763 Jean-Louis Debré

764 Edouard Balladur

765 Lois Aubry

766 Pour alimenter un fonds d'aide aux personnes âgées

767 Alain Poher

768 Benoît Hamon

769 Président du Conseil général de Lorraine

770 La durée du mandat présidentiel

771 Dominique De Villepin

772 Ambassadeur à l'ONU

773 Dominique De Villepin

774 José Bové

775 Union pour la Majorité Présidentielle, Union pour un Mouvement Populaire

776 Lutte ouvrière

777 Marie-George Buffet

778 François Asselineau

779 Jean-Pierre Chevènement

780 Arlette Laguiller

781 Pierre Méhaignerie

782 C'est le jour où a été votée la loi Taubira qui déclare que la république française reconnaît que la traite négrière d'une part et l'esclavage d'autre part constituent un crime contre l'humanité (10 mai 2001)

783 Du droit au logement

784 Jean-Marie Le Pen

785 Nicolas Sarkozy

786 Le ministère de l'Immigration, de l'intégration, de l'Identité nationale et du Co-développement

787 François de Rugy

788 Construire un pont qui enjamberait le fleuve Oyapock

789 Le MoDem

790 Le Parti radical

791 Elle permet une défiscalisation des heures supplémentaires – Elle permet un crédit d'impôt sur le revenu (IR) sur les intérêts d'emprunt immobilier – Elle allège les droits de succession – Elle aménage l'impôt de solidarité sur la fortune

792 L'instauration des peines minimales en cas de récidive (peines plancher) – L'exclusion possible de l'excuse de minorité pour les récidivistes de plus de 16 ans –La création de 20 000 places de prison supplémentaires

793 L'interdiction de fumer dans les lieux publics

794 Elle crée une « Haute autorité pour la diffusion des œuvres et la protection des droits sur Internet » – Elle introduit un mécanisme de sanctions graduelles – Elle introduit le concept de responsabilité des propriétaires de bornes Wi-Fi

795 2007

796 Nicolas Sarkozy

797 La commission pour la libération de la croissance française

798 Europe écologie-les Verts

799 Marseille

800 96 sièges

801 Revenu de solidarité active

802 14

803 Leur autonomie

804 Un département d'outre-mer

805 Le conseil des ministres

806 Gérald Darmanin

807 Il peut dissoudre l'Assemblée nationale – Il peut adresser des messages au Parlement – Il a le droit de grâce – Il préside le conseil des ministres

808 L'Assemblée nationale

809 Peut être révisée par le président de la République seulement

810 La forme républicaine du gouvernement

811 L'article 16

812 A l'article 12

813 Les affaires étrangères, La défense nationale

814 Engager la responsabilité du gouvernement devant l'Assemblée nationale

815 Membres du Conseil constitutionnel

816 La Haute Cour de justice

817 Le gouvernement

818 Le Premier ministre

819 L'article 8

820 Hôtel Matignon

821 Un décret du président de la République contresigné par le Premier ministre

822 Au Premier ministre d'engager la responsabilité du gouvernement sur un texte devant l'Assemblée nationale

823 Dissoudre l'Assemblée nationale

824 Le Premier ministre signe les ordonnances et les décrets délibérés en Conseil des ministres

825 L'équipe des collaborateurs d'un ministre

826 Le gouvernement

827 Un acte insusceptible de faire l'objet d'un recours

828 Le ministre de la Justice

829 Ministre de l'Intérieur

830 Le ministère de la Justice

831 L'Education et la Recherche
Éducation et Recherche : 99,3 milliards d'euros
Défense et Sécurités : 62,4 milliards d'euros
Politiques sociales : 52,3 milliards d'euros
Développement durable : 11,3 milliards d'euros
Justice : 8,7 milliards d'euros

832 La Cour de justice de la République

833 Deux assemblées

834 Du bicamérisme

835 Un régime où le gouvernement est responsable devant le Parlement

836 Le président de la République et le Premier ministre sont de partis opposés – Le président de la République et la majorité des députés sont de partis opposés

837 Le mandat de maire

838 Vrai

839 Palais Bourbon – Premier ministre

840 Rue Cambon

841 Au Palais-Royal

842 A Versailles

843 Les fonctions sont incompatibles et il démissionne

844 La période durant laquelle le Parlement siège

845 Neuf mois

846 Le 1er octobre

847 A la demande du Premier ministre ou de la majorité des membres composant l'Assemblée nationale

848 N'est réunie que trois fois par session Parlementaire (octobre-janvier-avril)

849 La mise en œuvre de l'article 16 de la Constitution

850 Doit autoriser la prolongation de l'état d'urgence

851 Est de 70 jours – Commence à courir le premier mardi d'octobre

852 Révoquer des préfets

853 Après qu'elle ait été adoptée par le Parlement

854 L'auteur du dépôt du texte

855 Au gouvernement, aux députés et aux sénateurs

856 Une modification proposée à un texte législatif discutée par le Parlement

857 Obligatoirement réunie avant l'adoption définitive d'un projet de loi

858 14

859 L'Assemblée nationale et le Sénat l'aient examiné chacun au moins une fois

860 Que le Premier ministre peut réunir la commission mixte paritaire après une seule lecture dans chaque assemblée

861 Elu par ses collègues de commission

862 La Constitution

863 Sont représentés à l'Assemblée nationale et au Sénat

864 Des assistants parlementaires

865 La réunion des membres du Sénat et de l'Assemblée nationale

866 Au château de Versailles

867 Modifier la Constitution

868 Des textes dont le gouvernement a décidé la discussion et l'ordre d'examen

869 5 ans

870 577

871 18 ans

872 Déposer une motion de censure

873 La démission du gouvernement

874 Au « perchoir »

875 Seule l'Assemblée nationale peut destituer le président de la République

876 Groupes d'amitié

877 Se trouveraient à votre gauche

878 6 ans

879 348

880 Au suffrage universel indirect

881 Pour certains, élus au scrutin proportionnel, pour d'autres, élus au scrutin majoritaire à deux tours

882 Les députés européens

883 La moitié des effectifs

884 24 ans

885 Elu par l'ensemble des sénateurs

886 Gérard Larcher

887 Le président du Sénat

888 Son suppléant

889 10 sénateurs

890 Huit commissions permanentes

891 Refuser définitivement l'adoption d'un projet de loi constitutionnelle

892 D'assurer la gestion du Sénat

893 Le président de la République n'a pas le droit de se rendre au Sénat

894 La Haute Assemblée

895 Décentralise

896 L'intercommunalité

897 Le ministère de l'Intérieur, de l'Outre-mer et des collectivités territoriales

898 Une loi

899 Les services de l'Education nationale – Les services de la justice

900 La décision prise par le maire d'une commune de plus de 10 000 habitants s'appelle un décret

901 2003

902 13 régions

903 4 ans

904 96

905 Le président du Conseil général

906 Le conseiller général

907 Les conseillers territoriaux

908 36 000 communes

909 Le maire est élu au suffrage universel direct

910 6 ans

911 La représentation de l'Etat en justice

912 L'urbanisme

913 Que le maire est à la fois représentant de l'Etat dans sa commune et organe exécutif de sa commune

914 Du préfet

915 Peut recevoir délégation du maire, Constitue l'assemblée exécutive de la commune

916 Tous les trimestres

917 Oui, par décret en Conseil des ministres

918 A la majorité absolue des suffrages exprimés

919 Le budget primitif

920 La Chambre régionale des comptes

921 1966

922 Un établissement public de coopération intercommunale

923 Paris, Marseille, Lyon

924 Les deux

925 Médiateur de la République

926 Nommés par le gouvernement – Désignés par les organisations économiques et sociales

927 Le préfet est le représentant de l'Etat dans le département – Il existe des préfets de région – Le préfet est nommé par décret du président de la République

928 Commissaire du gouvernement

929 La commune

930 Formule des propositions pour le règlement d'un budget local

931 Le Médiateur de la République – La Commission nationale de l'informatique et des libertés (CNIL) – Le Conseil supérieur de l'audiovisuel (CSA) – L'Autorité des marchés financiers (AMF)

932 Ministère du Budget, des Comptes publics, de la Fonction publique et de la Réforme de l'Etat

933 Le centre de gestion de la fonction publique territoriale

934 Le président de la République

935 La Cour des comptes

936 Nommé par décret du président de la République

937 Le Conseil d'Etat

938 Le président de la République

939 Le président de la République sur proposition du Premier ministre

940 Le maire

941 Le président de la République

942 Aucune réponse ne convient

943 Concurremment au Premier ministre et aux membres du Parlement

944 La commune

945 Le président de la République

946 Le Parlement

947 Le Premier ministre

948 Du président de la République

949 Un sénateur

950 Le ministre

951 Le pouvoir judiciaire

952 Le préfet

953 500

954 Le Conseil constitutionnel

955 Le ministre de l'Intérieur

956 Etre électeur, Obtenir 500 parrainages d'élus d'au moins 30 départements

957 Savoir lire et écrire

958 Aux élections municipales

959 Sa carte d'identité

960 Deux assesseurs

961 Mettre deux bulletins dans l'enveloppe

962 Déclaré nul

963 Vrai

964 Tous les bulletins en dehors des bulletins blancs ou nuls

965 Faux

966 Au Conseil constitutionnel

967 D'une bipolarisation de la vie politique

968 De préciser le fonctionnement des pouvoirs publics

969 La loi référendaire

970 Un ministre

971 L'expression directe du citoyen sur une ou des questions posées

972 Constitution, loi, décret, arrêté

973 De prendre une mesure dans une matière relevant normalement de la loi

974 L'acte pour lequel le préfet saisit le juge administratif d'un recours en annulation

975 Constitutionnelle

976 La Marseillaise, Le drapeau tricolore bleu blanc rouge, La devise « liberté, égalité, fraternité »

977 La Marianne

978 « Les hommes naissent et demeurent libres et égaux en droits ; les distinctions sociales ne peuvent être fondées que sur l'utilité commune »

979 Les lois de finance

980 3

981 En janvier 1991, à la veille de la guerre du Golfe

982 5

983 Le préfet

COMPLEMENTS DE REPONSES

722 Le ministère de la Culture (dont la dénomination officielle était – entre 1997 et 2017 – « ministère de la Culture et de la Communication ») est créé en France en 1959 par le président Charles de Gaulle, et attribué à André Malraux sous le nom de « ministère d'Etat chargé des Affaires culturelles ».

A cette même époque, de nombreux pays se sont également dotés d'un ministère de la Culture. Le ministère est traditionnellement appelé, d'après son adresse principale, « rue de Valois ».

Auparavant, ces fonctions étaient exercées par un ministre, un secrétaire d'Etat ou un directeur des Beaux-Arts dépendant du ministère de l'Instruction publique. Celui-ci n'avait pas seulement la tutelle des quatre beaux-arts (architecture, peinture, sculpture et gravure), mais aussi de la musique, de la danse, du cirque, des arts de la rue, du cinéma, du théâtre, de l'opéra, des arts décoratifs, des monuments historiques, ainsi que de toutes les écoles correspondantes.

Françoise Nyssen est ministre de la Culture depuis le 17 mai 2017.

728 L'élection présidentielle française de 1965 est la deuxième élection présidentielle à avoir lieu sous la Ve République, et la première à se dérouler au suffrage universel direct. Il s'agit de la seconde au suffrage universel direct sous un régime républicain en France, la première ayant eu lieu le 10 décembre 1848.

L'élection présidentielle de 1848, organisée pour désigner le président de la Deuxième République française, s'est tenue les 10 et 11 décembre 1848 et s'est conclue par la victoire écrasante (74,33 %) de Louis-Napoléon Bonaparte, élu au premier tour au suffrage universel, pour un mandat de quatre ans.

Il s'agit de la première élection présidentielle dans l'histoire de France. Cette élection du président de la République au scrutin direct de l'ensemble des électeurs resta une expérience démocratique unique jusqu'en 1965.

757 La peine de mort a été abolie en France en 1981, faisant ainsi de la France le seul pays à avoir procédé à des exécutions tout en étant membre de la Communauté économique européenne, ancêtre de l'Union européenne.

Ce n'est pas Christian Ranucci, mais Hamida Djandoubi qui, guillotiné le 10 septembre 1977 à la prison des Baumettes de Marseille, est la dernière personne à avoir subi la peine de mort en France. Il est la dernière personne au monde à avoir été exécutée au moyen d'une guillotine.

Les deux derniers Présidents à avoir appliqué la peine de mort – Valéry Giscard d'Estaing et Georges Pompidou – avaient tous deux exprimé un certain rejet de celle-ci avant leurs premières exécutions respectives, qui furent pour cette raison considérées par certains commentateurs comme des surprises.

Le 16 mars 1981, en pleine campagne électorale pour les élections présidentielles, François Mitterrand déclare clairement qu'il est contre la peine de mort. Il est élu Président de la République le 10 mai. Le 25 mai 1981, François Mitterrand gracie Philippe Maurice, il est le dernier condamné à mort gracié. Le 26 août 1981, le Conseil des ministres approuve le projet de loi abolissant la peine de mort. Le 17 septembre 1981, Robert Badinter présente le projet de loi à l'Assemblée nationale. Il est voté le 18 septembre 1981 par 363 voix pour, 117 contre.

Le 3 janvier 2006, Jacques Chirac a donc annoncé une révision de la Constitution visant à inscrire l'abolition de la peine de mort dans un nouvel article 66-1. Celui-ci disposant simplement que « Nul ne peut être condamné à la peine de mort », permettant ainsi la ratification du protocole de l'ONU.

823 Le Premier ministre est le chef du gouvernement français sous la Cinquième République.

La France est une république constitutionnelle parlementaire à forte influence présidentielle, le pouvoir exécutif étant partagé entre le président et son Premier ministre.

La résidence officielle du Premier ministre est l'hôtel de Matignon, situé à Paris, au 57 rue de Varenne, dans le VIIe arrondissement, qui abrite également ses bureaux. C'est pourquoi les services du Premier ministre sont souvent appelés « Matignon » par métonymie.

La République française, depuis la création de cette fonction en janvier 1959, a connu vingt-deux Premiers ministres. L'actuel Premier ministre est Edouard Philippe, en fonction depuis le 15 mai 2017.

Le président de la République nomme le Premier ministre. Il met fin à ses fonctions sur la présentation par celui-ci de la démission du gouvernement. Sur la proposition du Premier ministre, il nomme les autres membres du gouvernement et met fin à leurs fonctions.

Le président de la République préside le Conseil des ministres.

Le gouvernement détermine et conduit la politique de la Nation. Il dispose de l'administration et de la force armée.

Le Premier ministre dirige l'action du gouvernement. Il est responsable de la Défense nationale. Il assure l'exécution des lois. Il exerce le pouvoir réglementaire et nomme aux emplois civils et militaires ; dans certains cas, le passage par le Conseil des ministres est obligatoire.

Le Premier ministre peut demander la tenue de jours supplémentaires de séance, la réunion du Parlement en session extraordinaire ou bien la possibilité pour une des assemblées de siéger en comité secret.

Le Premier ministre est consulté si le président de la République décide de prendre des « pouvoirs exceptionnels ».

Le Premier ministre est le chef de l'administration d'Etat, et peut présider l'assemblée générale du Conseil d'Etat.

833 Le Parlement français exerce une grande partie du pouvoir législatif et peut en partie contrôler l'activité gouvernementale, selon la Constitution du 4 octobre 1958. Il est bicaméral, c'est-à-dire composé de deux chambres :

- Le Sénat, dit « chambre haute », qui comprend 348 sénateurs ;
- L'Assemblée nationale, dite « chambre basse », qui compte 577 députés.

Les deux chambres siègent dans des lieux différents : le palais du Luxembourg pour le Sénat et le palais Bourbon pour l'Assemblée nationale.

Elles peuvent néanmoins se réunir ensemble lors d'un Congrès : le Parlement siège alors dans la Salle du Congrès au château de Versailles.

Avant 1962, le Parlement était le détenteur unique de la souveraineté populaire. Depuis cette date, le pouvoir est partagé entre le Parlement et le chef de l'Etat, choisi lors de l'élection présidentielle au suffrage universel.

Tout-puissant sous les IIIe et IVe Républiques, le Parlement a vu son pouvoir diminuer sous la Ve République. Les évolutions plus récentes des institutions françaises tendent à lui redonner quelques nouvelles prérogatives. Cependant, la montée en puissance des pouvoirs des institutions européennes tend à limiter son influence, environ 70 % de son activité étant consacrés à la mise en œuvre du droit communautaire.

Un texte de loi peut avoir pour origine le Premier ministre (le texte est alors un « projet de loi ») ou un membre du Parlement (« proposition de loi »). Certaines lois sont obligatoirement d'origine gouvernementale, comme les lois de finances. Les projets de lois peuvent être soumis en premier à l'Assemblée nationale ou au Sénat, sauf dans le cas des lois de finances qui passent d'abord par l'Assemblée nationale, et des lois ayant pour principal objet l'organisation des collectivités territoriales ou les instances représentatives des Français établis hors de France qui sont soumis en premier lieu au Sénat.

Les projets ou propositions de loi sont examinés successivement par les deux assemblées jusqu'à ce que le texte soit identique.

Les lois peuvent être déférées au Conseil constitutionnel, avant leur promulgation, par le président de la République, le Premier ministre, le président de l'Assemblée nationale, le président du Sénat ou soixante députés ou soixante sénateurs.

Le président de la République promulgue les lois. Il peut demander au Parlement une nouvelle délibération de la loi ou de certains de ses articles. Cette nouvelle délibération ne peut être refusé.

Le président de la République, sur proposition du Gouvernement ou sur proposition conjointe des deux assemblées, peut soumettre au référendum tout projet de loi portant sur l'organisation des pouvoirs publics, sur des réformes relatives à la politique économique, sociale ou environnementale de la nation et aux services publics qui y concourent, ou tendant à autoriser la ratification d'un traité qui, sans être contraire à la Constitution, aurait des incidences sur le fonctionnement des institutions.

885 Le président du Sénat français préside le Sénat, la chambre haute du Parlement. Le poste de président est familièrement appelé « le plateau ».

Il est élu, de même que le bureau du Sénat, par l'ensemble des sénateurs après chaque renouvellement partiel, à savoir tous les trois ans, parmi les membres de cette assemblée.

Son rôle est de représenter le Sénat et de diriger les débats de cette assemblée. Il doit être consulté par le président de la République lorsque ce dernier souhaite dissoudre l'Assemblée nationale ou mettre en œuvre des pouvoirs exceptionnels.

Le président du Sénat assure l'intérim en cas de vacance de la Présidence de la République (mais sans le droit de recourir au référendum, de dissoudre l'Assemblée nationale ou de demander une révision de la Constitution).

Depuis le 1er octobre 2014, le président du Sénat est Gérard Larcher, sénateur des Yvelines, réélu pour un troisième mandat de trois ans le 2 octobre 2017.

888 Un député ou un sénateur peut être remplacé par son suppléant :

- en cas de décès en cours d'exercice du mandat ;
- en cas de nomination à une fonction gouvernementale ;
- en cas de nomination à une mission temporaire dont la durée excède six mois ;
- en cas de nomination au Conseil Constitutionnel ;
- en cas de nomination au Défenseur des Droits.

902 Au nombre de vingt-sept en 2015, elles sont au nombre de dix-huit depuis le 1er janvier 2016 : douze régions de France métropolitaine, auxquelles s'ajoutent la Corse, qui est une collectivité dite « unique » exerçant les compétences d'une région, et cinq régions d'outre-mer (le département de Mayotte, qui est une collectivité unique, la Guyane, la Martinique, ainsi que la Guadeloupe et La Réunion). Ces cinq régions ultramarines bénéficient toutes du statut de région ultrapériphérique de l'Union européenne.

Les régions, en tant que collectivités, sont dotées de deux assemblées, contrairement aux autres collectivités qui n'en possèdent qu'une : une assemblée délibérante, le conseil régional, et une assemblée consultative, le conseil économique, social et environnemental régional, représentatif des « forces vives » de la région. Le président du conseil régional constitue quant à lui l'exécutif de la collectivité.

Le champ d'intervention des régions est très large. Il concerne notamment la gestion des lycées et celle des transports dits « régionaux » (transport express régional), en passant par le développement économique du territoire.

La loi portant nouvelle organisation territoriale de la République de 2015 a apporté des changements conséquents pour les régions : suppression de la clause générale de compétence, clarification des compétences exercées, acquisition d'un statut de « chef de file » pour certaines de celles qu'elle partage avec les autres niveaux de collectivité.

Les régions ont vu leur poids politique, économique et symbolique s'accroître dans le paysage institutionnel français depuis les années 90. Ce mouvement s'est fait de manière concomitante avec les transferts de compétence dont elles ont bénéficié de l'Etat, l'envergure nationale des élus régionaux qu'elles portent à leur tête et leur reconnaissance par l'Union européenne. Conduisant désormais un grand nombre de politiques publiques avec des ressources conséquentes (une partie de la TVA leur est notamment versée), elles développent des modèles de développement propre et la culture locale existante. Certaines d'entre elles peuvent même constituer le cadre d'expression d'un renouveau régionaliste, autonomiste voire indépendantiste.

904 Le département français est une division territoriale de la France, tenant lieu à la fois de collectivité territoriale décentralisée, de circonscription territoriale des services déconcentrés de l'Etat et de circonscription électorale.

Leur création remonte au décret du 22 décembre 1789 pris par l'Assemblée constituante de 1789, effectif à partir du 4 mars 1790.

D'après le Code officiel géographique de l'Institut national de la statistique et des études économiques, ils sont au nombre de 101 au 1er janvier 2017.

Le Code compte Mayotte parmi les départements alors que, depuis le 31 mars 2011 et en dépit de son nom officiel, la collectivité territoriale mahoraise est une collectivité territoriale unique.

Le Code compte également la Guyane et la Martinique parmi les départements alors que, depuis le 1er janvier 2016, chacune d'elles est administrée par une collectivité territoriale unique.

96 d'entre eux appartenant aux 13 régions de la France métropolitaine.

910 Le maire est, en France, le membre du conseil municipal de la commune élu pour en organiser les travaux et exécuter les délibérations.

Il a ainsi plusieurs rôles : il est à la fois une autorité décentralisée de la République, au sens qu'il détient des pouvoirs réglementaires dévolus par la loi, ce qui lui permet de gérer les affaires de la commune ; il est également un représentant de l'Etat sur le territoire de cette même commune.

Dans le premier cas, le maire dispose d'importants pouvoirs et de responsabilités propres sur le territoire de sa municipalité, qu'il exerce *via* des documents appelés arrêtés. Il est notamment le chef de l'administration de la commune, dont il assure la gestion du personnel.

Dans le deuxième cas, le maire est un officier d'état civil et officier de police judiciaire. La combinaison de ces deux fonctions le met notamment à la tête de la police municipale, dont il a la responsabilité des activités.

Le rôle, les fonctions et l'influence politique du maire sur son territoire sont aujourd'hui partagées avec celles des présidents d'intercommunalités (d'EPCI, de syndicats techniques ou de syndicats mixtes), qu'il élit au sein notamment du conseil communautaire.

La durée du mandat du maire est égale à celle du conseil municipal (6 ans, soit un sextennat). Il est rééligible.

Le maire possède un mandat propre : il peut démissionner librement et être remplacé en cas de décès, ou de révocation de ses fonctions par décision judiciaire ou décision du conseil des ministres, sans provoquer de nouvelles élections municipales.

936 Le préfet de département est le membre du corps préfectoral qui dirige l'action de l'Etat dans un département français.

Un préfet est nommé dans chaque département. Les préfectures sont situées dans le chef-lieu du département. Le préfet du chef-lieu de la région est à la fois le préfet du département où il se situe et le préfet de région.

Il est nommé par décret du président de la République, pris en Conseil des ministres, sur proposition du Premier ministre. Il peut être muté d'office ou révoqué de manière discrétionnaire.

Les préfets sont généralement passés par l'ENA. Ils sont de hauts fonctionnaires du ministère de l'Intérieur, débutant généralement en tant que sous-préfets. Mais le président de la République et le premier ministre ont un pouvoir discrétionnaire en ce domaine, et ils peuvent nommer un préfet selon des critères de leur choix.

Le Préfet se doit de garder une neutralité politique absolue et d'appliquer la politique du Gouvernement en place sans exprimer ses propres opinions. Ainsi, il ne peut pas appartenir à un syndicat ni faire grève. Il ne peut pas être en même temps élu local ou parlementaire.

Pendant les campagnes électorales, il a une obligation de réserve (dite réserve préfectorale) et doit à ce titre, s'abstenir de participer à toute manifestation publique. Le Préfet se doit également d'être en disponibilité permanente, ce qui constitue une des grandes obligations liées à sa fonction. Il ne peut ainsi quitter son département que sur autorisation du ministère.

Le préfet possède des pouvoirs nombreux car l'Etat lui délègue de droit son autorité. Il représente l'ensemble du gouvernement dans le département.

6. POLITIQUE, RELATIONS INTERNATIONALES ET CONFLITS DEPUIS 1945

Ce chapitre est composé de **4 sections** pour un total de **320 questions**.

1. Vie politique étrangère
2. Histoire et fonctionnement Union européenne
3. Relations internationales et conflits
4. Organisations internationales

[A SAVOIR !]

110 Les numéros de questions de ce type signifient qu'il n'y a qu'une seule et unique réponse juste à la question posée.

111 Les numéros de questions de ce type signifient qu'il y a **plusieurs (2 ou plus) réponses possibles justes à la question**.

[UN CONSEIL IMPORTANT]

Nous vous conseillons vivement de répondre à toutes les questions d'une section avant d'en découvrir les solutions. L'erreur consiste en effet généralement à traiter une question et à vérifier aussitôt la réponse parce que l'on veut s'assurer d'avoir trouvé la réponse juste ou parce que l'on est impatient de la découvrir dans le cas où on ne la connaît pas. Si vous souhaitez sérieusement progresser, vous devez absolument vous imprégner du thème traité par la section et répondre d'un trait à toutes les questions d'une section.

[QUELQUES MOTS SUR...]

1. La vie politique étrangère [WIKIPEDIA]

La politique extérieure de la France depuis 1945 a d'abord été celle de la Quatrième République, marquée par le début de la Guerre froide et le gouvernement de la Troisième Force, puis celle du gaullisme. Après le départ de Charles de Gaulle, la France s'est engagé plus avant dans la construction européenne, qui avait commencé dès les années 1950.

2. L'Union européenne [LAROUSSE-WIKIPEDIA]

Organisation régionale européenne à vocation politique, économique et monétaire, créée par le traité de Maastricht (signé le 7 février 1992 et entré en vigueur le 1er novembre 1993), révisé par le traité d'Amsterdam (signé le 2 octobre 1997 et entré en vigueur le 1er mai 1999) et par le traité de Lisbonne (signé le 13 décembre 2007 et entré en vigueur le 1er décembre 2009) ; elle regroupe vingt-sept Etats (Allemagne, Autriche, Belgique, Bulgarie, Chypre, Danemark, Espagne, Estonie, Finlande, France, Grande-Bretagne, Grèce, Hongrie, Irlande, Italie, Lettonie, Lituanie, Luxembourg, Malte, Pays-Bas, Pologne, Portugal, République tchèque, Roumanie, Slovaquie, Slovénie, Suède) et constitue un espace politique et économique de près de 500 millions d'habitants.

3. Les relations internationales et conflits [WIKIPEDIA]

Après guerre, la France reçoit une zone d'occupation en Allemagne et intègre l'OTAN. Participant à l'ONU, la France se voit accorder un siège permanent au Conseil de sécurité à l'égal de l'URSS, des Etats-Unis, du Royaume-Uni et de la Chine. Le soutien britannique lui permet bientôt d'obtenir une bombe atomique, octroyant à la France une « force de dissuasion ». Lors de la Guerre froide, la France fait partie du bloc occidental opposé au bloc de l'Est, par son adhésion à l'Otan. Cependant De Gaulle ne tarde pas à retirer la France du commandement intégré de l'Otan pour conserver une politique internationale indépendante.

Dans le même temps, la France connaît la décolonisation. Par la colonisation elle a établi des relations particulières avec ses anciennes colonies – marquée notamment par la francophonie – mais a également endossé des obligations et responsabilités.

4. Les organisations internationales [WIKIPEDIA]

Une liste d'organisations internationales :

- Cour pénale internationale (CPI)
- Cour internationale de justice (CIJ)
- Organisation pour l'interdiction des armes chimiques (OIAC)
- Organisation pour la sécurité et la coopération en Europe (OSCE)
- Organisation des Nations unies (ONU)
- Organisation des Nations unies pour le développement industriel (ONUDI)
- Conférence des Nations unies sur le commerce et le développement (CNUCED)
- Programme des Nations unies pour le développement (PNUD)
- Programme des Nations unies pour l'environnement (PNUE)
- Programme alimentaire mondial (PAM)
- Fonds des Nations unies pour l'enfance (UNICEF)
- Haut Commissariat des Nations unies pour les réfugiés (HCR)
- Programme des Nations unies pour les établissements humains (PNUEH)
- Organisation internationale du travail (OIT)
- Organisation des Nations unies pour l'alimentation et l'agriculture (FAO)
- Organisation mondiale de la santé (OMS)
- Organisation des Nations unies pour l'éducation, la science et la culture (UNESCO)
- Banque mondiale
- Banque internationale pour la reconstruction et le développement (BIRD)
- Fonds monétaire international (FMI)
- Organisation de l'aviation civile internationale (OACI)
- Organisation maritime internationale (OMI)
- Union internationale des télécommunications (UIT)
- Organisation météorologique mondiale (OMM)
- Organisation mondiale de la propriété intellectuelle (OMPI)
- Organisation africaine de la propriété intellectuelle (OAPI)
- Fonds international de développement agricole (FIDA)
- Organisation mondiale du commerce (OMC)
- Agence internationale de l'énergie atomique (AIEA)

1. Vie politique étrangère

984 En 1945, quel président américain succède à Franklin Roosevelt ?

- ☐ A. Richard Nixon
- ☐ B. Harry Truman
- ☐ C. Lyndon Johnson
- ☐ D. Dwight David Eisenhower

985 Quel nom donne-t-on à la politique du président Kennedy à partir de 1961 ?

- ☐ A. Nouveaux horizons
- ☐ B. Amérique nouvelle
- ☐ C. Nouvelle frontière

986 Quel est l'ordre chronologique des quatre évènements suivants de l'histoire des Etats-Unis ?

1. Assassinat de J. F. Kennedy
2. Présidence de Ronald Reagan
3. Présidence de Jimmy Carter
4. Présidence de Richard Nixon

- ☐ A. 4 – 1 – 3 – 2
- ☐ B. 4 – 3 – 1 – 2
- ☐ C. 1 – 4 – 3 – 2
- ☐ D. 1 – 3 – 4 – 2

987 En quelle année le sénateur Robert Kennedy a-t-il été assassiné ?

- ☐ A. En 1953
- ☐ B. En 1963
- ☐ C. En 1968
- ☐ D. En 1970

988 Quels sont les présidents américains démocrates ?

- ☐ A. Johnson – Roosevelt – Carter – Truman
- ☐ B. Roosevelt – Kennedy – Carter – Eisenhower
- ☐ C. Eisenhower – Nixon – Hoover – Truman
- ☐ D. Johnson – Nixon – Hoover – Truman

989 Quels sont les présidents américains républicains ?

- ☐ A. Nixon – Reagan – Bush – Carter
- ☐ B. Bush – Nixon – Eisenhower – Hoover
- ☐ C. Truman – Bush – Reagan – Nixon
- ☐ D. Wilson – Reagan – Bush – Coolidge

990 Quelle liste présente un ordre chronologique correct ?

- ☐ A. Eisenhower – Kennedy – Johnson – Nixon
- ☐ B. Eisenhower – Kennedy – Johnson – Ford
- ☐ C. Ford – Carter – Reagan – Clinton
- ☐ D. Ford – Carter – Clinton – Bush

991 En 1974, le président des Etats-Unis doit démissionner à la suite d'un scandale. De quel scandale s'agit-il ?

- ☐ A. L'Irangate
- ☐ B. Le Watergate
- ☐ C. Le Towergate

992 Qui succède au président Nixon en 1974 ?

- ☐ A. Lindon B. Johnson
- ☐ B. Jimmy Carter
- ☐ C. Gerald Ford
- ☐ D. Ronald Reagan

993 Avec quelle femme Bill Clinton provoque-t-il un scandale en 1998 ?

- ☐ A. Monica Lewinski
- ☐ B. Marilyn Monroe
- ☐ C. Hillary Clinton
- ☐ D. Sandra Bush

994 L'« Irangate » désigne :

- ☐ A. L'opposition de Washington et du Conseil de sécurité de l'ONU au développement d'un programme nucléaire par l'Iran
- ☐ B. Le scandale des ventes secrètes d'armes américaines à l'Iran, qui éclate en 1987
- ☐ C. Le scandale des écoutes téléphoniques illégales du siège du parti démocrate, ordonnées par le candidat républicain à la présidence des Etats-Unis, Richard Nixon, en 1972
- ☐ D. L'incapacité des services de renseignements américains à prévoir la prise de pouvoir de l'ayatollah Khomeiny en Iran en 1979

995 Quel président américain a déclaré « *ich bin ein berliner* » (« je suis berlinois ») ?

- ☐ A. Dwight Eisenhower
- ☐ B. Franklin Roosevelt
- ☐ C. John F. Kennedy
- ☐ D. Richard Nixon

996 Dans quel contexte un président américain déclare-t-il « *ich bin ein berliner* » (« je suis un berlinois ») ?

- ☐ A. Au lendemain de la Première Guerre mondiale
- ☐ B. Au lendemain de la Seconde Guerre mondiale
- ☐ C. Deux ans après la construction du mur de Berlin
- ☐ D. Au lendemain de la chute du mur de Berlin

997 La période de l'histoire des Etats-Unis durant laquelle furent traqués, dénoncés et arrêtés les sympathisants du parti communiste est connue sous le nom de :

- ☐ A. Prohibition
- ☐ B. Watergate
- ☐ C. Maccarthysme
- ☐ D. New deal

998 Aux Etats-Unis, le 17 mai 1954, la Cour suprême rejette :

- ☐ A. Toute forme de discrimination raciale à l'école
- ☐ B. Tout abus d'alcool dans la rue
- ☐ C. Toute manifestation estudiantine dans les villes

999 Comment s'appelle le discours annuel que le président des Etats-Unis prononce au Capitole afin d'exposer son programme de l'année aux deux chambres du parlement ?

- ☐ A. Le discours du programme présidentiel
- ☐ B. Le discours de politique nationale
- ☐ C. Le discours de rentrée parlementaire
- ☐ D. Le discours sur l'Etat de l'union
- ☐ E. Le discours aux parlementaires

1000 Ronald Reagan est mort en :

- ☐ A. 2002
- ☐ B. 2003
- ☐ C. 2004

1001 Le premier Etat à voter pour les primaires aux Etats-Unis est :

- ☐ A. L'Iowa
- ☐ B. L'Ohio
- ☐ C. Le New Hampshire
- ☐ D. La Caroline du Nord

1002 La durée du mandat présidentiel américain est actuellement de :

- ☐ A. 4 ans
- ☐ B. 5 ans
- ☐ C. 6 ans
- ☐ D. 7 ans

1003 Les citoyens des Etats-Unis votent à l'âge de 18 ans depuis :

- ☐ A. 1955
- ☐ B. 1965
- ☐ C. 1971
- ☐ D. 1980

1004 Parmi les quatre propositions suivantes, laquelle correspond au pouvoir législatif des Etats-Unis ?

- ☐ A. La Chambre des communes et le Sénat
- ☐ B. La Chambre des représentants et le Sénat
- ☐ C. La Chambre des communes et la Chambre des lords
- ☐ D. Le Congrès et l'Assemblée fédérale

1005 Aux Etats-Unis, chaque Etat est représenté au Sénat par :

- ☐ A. Deux élus quelle que soit leur population
- ☐ B. Un nombre d'élus proportionnel à la population
- ☐ C. Un élu

1006 Lequel de ces partis politiques américains n'existe pas ?

- ☐ A. The Republican Party
- ☐ B. The Green party
- ☐ C. Nation United
- ☐ D. Aucune de ces réponses n'est bonne

1007 Qui était opposé à G. W. Bush lors de sa première élection présidentielle ?

- ☐ A. Michael Bloomberg
- ☐ B. Donald Rumsfeld
- ☐ C. John Kerry
- ☐ D. Al Gore

1008 Qui est le vice-président des Etats-Unis lors des attentats du 11 septembre 2001 ?

- ☐ A. Bill Clinton
- ☐ B. Dick Cheney
- ☐ C. Donald Rumsfeld
- ☐ D. G. H. Bush

1009 Comment G. W. Bush a-t-il nommé la guerre engagée contre l'Irak ?

- ☐ A. La guerre préventive
- ☐ B. La guerre contre le mal
- ☐ C. La guerre éclair
- ☐ D. La guerre juste

1010 Quel est l'emblème du parti démocrate américain ?

- ☐ A. Un cheval
- ☐ B. Un zèbre
- ☐ C. Un âne
- ☐ D. Une girafe

1011 Barack Obama a été gouverneur de l'Etat :

- ☐ A. De l'Illinois
- ☐ B. De l'Arizona
- ☐ C. De l'Idaho
- ☐ D. De Washington

1012 Qui étaient les candidats à la primaire républicaine aux Etats-Unis pour l'élection présidentielle de 2016 ?

- ☐ A. Marco Rubio
- ☐ B. Ted Cruz
- ☐ C. Rick Perry
- ☐ D. Pauk Ryan
- ☐ E. Mike Huckabee

1013 En novembre 2008, Barack Obama est élu président des Etats-Unis face à :

- ☐ A. Ralph Nader
- ☐ B. John McCain
- ☐ C. George W. Bush
- ☐ D. Al Gore

1014 Le 4 novembre 2008, Barack Obama est élu président des Etats-Unis. Quel était le nom du précédent président démocrate ?

- ☐ A. Jimmy Carter
- ☐ B. Bill Clinton
- ☐ C. John Kennedy
- ☐ D. Al Gore
- ☐ E. George W. Bush

1015 En novembre 2016, Donald Trump a été élu président face à :

- ☐ A. Hillary Clinton
- ☐ B. Barack Obama
- ☐ C. John McCain
- ☐ D. Al Gore

1016 Aux Etats-Unis le président Barack Obama promulgue le 30 mars 2010 le dernier pan de la réforme concernant :

- ☐ A. L'allocation chômage
- ☐ B. L'assurance maladie
- ☐ C. Les allocations familiales

1017 Condolezza Rice est :

- ☐ A. De nationalité américaine
- ☐ B. De nationalité mexicaine
- ☐ C. De nationalité portoricaine
- ☐ D. Ministre du Budget
- ☐ E. Ancienne Secrétaire d'Etat sous l'administration Bush

1018 Quel événement, concernant la Cour suprême américaine, a été médiatisé en 2009 ?

- ☐ A. La nomination, pour la première fois, d'une femme au poste de juge
- ☐ B. La nomination du premier démocrate depuis 1975 au poste de juge
- ☐ C. La nomination, pour la première fois, d'une latino-américaine au poste de juge
- ☐ D. La nomination, pour la première fois, d'un afro-américain au poste de juge

1019 Les juges de la Cour suprême sont nommés par le président des Etats-Unis avec le consentement du Sénat :

- ☐ A. Pour 4 ans
- ☐ B. Aussi longtemps qu'ils le souhaitent
- ☐ C. Pour 7 ans

1020 Qui a dit : « Ne demande pas ce que ton pays peut faire pour toi mais demande toi ce que tu peux faire pour ton pays » ?

- ☐ A. John F. Kennedy
- ☐ B. Richard Nixon
- ☐ C. Winston Churchill
- ☐ D. Ronald Reagan

1021 **Qui était le président des Etats-Unis lorsque Neil Armstrong a marché sur la lune ?**

☐ A. John F. Kennedy
☐ B. Richard Nixon
☐ C. Lyndon B. Johnson
☐ D. Gerald Ford

1022 **Que désignent les « black panthers » ?**

☐ A. Un parti d'extrême droite proche du Ku Klux Klan
☐ B. Un mouvement politique noir américain contestataire

1023 **Qu'appelle-t-on le « quatrième pouvoir » aux Etats-Unis ?**

☐ A. Le Sénat
☐ B. La Maison Blanche
☐ C. La presse
☐ D. Les syndicats

1024 **A quel mouvement politique le nom de Rosa Parks est-il associé ?**

☐ A. Au mouvement pour les droits civiques (*civil rights movement*) aux Etats-Unis
☐ B. A la lutte contre l'apartheid en Afrique du Sud
☐ C. Au mouvement pour le droit de vote des femmes aux Etats-Unis
☐ D. Au mouvement de lutte pour l'abolition de l'esclavage aux Etats-Unis

1025 **Une seule personne n'a pas été assassinée parmi les 4 personnalités ci-dessous. Laquelle ?**

☐ A. John Fitzgerald Kennedy junior (dit John John)
☐ B. Martin Luther King
☐ C. Malcolm X
☐ D. Robert Kennedy

1026 **Combien d'étoiles compte le drapeau des Etats-Unis ?**

☐ A. 48
☐ B. 49
☐ C. 50
☐ D. 51

1027 **Lesquels de ces chefs d'Etat ont quitté le pouvoir à la suite d'élections perdues ?**

☐ A. Nicolae Ceausescu
☐ B. Augusto Pinochet
☐ C. Slobodan Milosevic

1028 **L'Union Jack est l'autre nom :**

☐ A. Du Commonwealth
☐ B. Du drapeau de la Grande-Bretagne
☐ C. D'un parti politique anglais

1029 **Le gouvernement anglais est dirigé :**

☐ A. Par un président
☐ B. Par le Premier ministre
☐ C. Par la reine

1030 **Le successeur de Gordon Brown à la tête de la Grande-Bretagne, nommé en mai 2010, s'appelle :**

☐ A. Tony Blair
☐ B. Alistair Darling
☐ C. Michael Howard
☐ D. Ed Miliband
☐ E. David Cameron

1031 Laquelle des propositions suivantes est fausse au sujet du successeur de Gordon Brown à la tête de la Grande-Bretagne ?

☐ A. Il est à la tête du parti travailliste
☐ B. Il a été élève au prestigieux Eton College
☐ C. Il est diplômé de l'université d'Oxford en économie, philosophie et politique
☐ D. Il est né en 1966

1032 Comment s'appelle l'actuel chef du parti travailliste britannique ?

☐ A. Ed Miliband
☐ B. Gordon Brown
☐ C. Jeremy Corbyn
☐ D. David Cameron

1033 Cochez chaque proposition désignant un parti politique britannique :

☐ A. Le Parti travailliste
☐ B. Le Parti démocrate
☐ C. Le Parti conservateur
☐ D. Le Parti libéral-démocrate

1034 Combien y a-t-il de pays dans le Commonwealth ?

☐ A. 26
☐ B. 37
☐ C. 41
☐ D. 52
☐ E. 69

1035 Parmi ces territoires, lequel n'appartient pas à la Grande-Bretagne ?

☐ A. Pays de Galles
☐ B. Ecosse
☐ C. Angleterre
☐ D. Irlande du Nord
☐ E. Irlande

1036 En mai 2007, l'Irlande a connu un événement de grande importance :

☐ A. Un accord pour un gouvernement partagé entre protestants et catholiques
☐ B. Un accord avec la Grande-Bretagne pour l'indépendance totale de l'Irlande
☐ C. Une amnistie pour les membres de l'IRA
☐ D. Un démantèlement de l'arsenal de l'IRA

1037 Les couleurs du drapeau belge sont :

☐ A. Le vert, le blanc et le rouge
☐ B. Le noir, le jaune et le rouge
☐ C. Le rouge, le blanc et le noir

1038 En Allemagne, la loi fondamentale de 1949 est :

☐ A. La loi qui organise les pouvoirs
☐ B. La loi qui prévoit les zones d'occupation alliées
☐ C. La loi qui organise la reconstitution des grandes entreprises

1039 De 1949 à 1990, quelle a été la capitale de la République fédérale d'Allemagne ?

☐ A. Munich
☐ B. Berlin
☐ C. Francfort
☐ D. Bonn

1040 De 1949 à 1990, quelle a été la capitale de la République démocratique d'Allemagne ?

☐ A. Munich
☐ B. Berlin
☐ C. Francfort
☐ D. Hambourg

1041 La Stasi était :

- ☐ A. La police politique de la RDA
- ☐ B. Le parlement de la RDA
- ☐ C. L'armée de la RDA
- ☐ D. Le parti politique dominant en RDA

1042 A quelle date a eu lieu la réunification allemande ?

- ☐ A. Le 3 octobre 1989
- ☐ B. Le 3 octobre 1990
- ☐ C. Le 3 octobre 1991
- ☐ D. Le 3 octobre 1992

1043 Selon quel principe l'Allemagne est-elle organisée intérieurement ?

- ☐ A. Provinces – départements – communes
- ☐ B. Départements – districts – communes
- ☐ C. Régions – départements – communes
- ☐ D. Etats fédérés – districts – communes
- ☐ E. Aucune de ces réponses n'est bonne

1044 Le Bundesrat allemand est composé de :

- ☐ A. Délégués des partis
- ☐ B. Délégués des parlements locaux
- ☐ C. Délégués des gouvernements locaux
- ☐ D. Personnalités compétentes désignées par les gouvernements des Etats fédérés

1045 Comment est élu le chancelier allemand ?

- ☐ A. Au suffrage universel
- ☐ B. Il est choisi au sein du parti qui est majoritaire au Bundestag (le parlement)
- ☐ C. Il est élu à la majorité absolue des membres du Bundestag (le parlement)
- ☐ D. Il est nommé par le président fédéral allemand

1046 Comment s'appelle le grand parti de droite en Allemagne ?

- ☐ A. Le SPD
- ☐ B. Die linke
- ☐ C. La CDU
- ☐ D. Le CSU

1047 De 2001 à 2017, combien de Premiers ministres se sont succédé à la tête du gouvernement italien ?

- ☐ A. 4
- ☐ B. 5
- ☐ C. 6
- ☐ D. 7

1048 Quel est le surnom de l'homme politique italien Silvio Berlusconi ?

- ☐ A. Il Cavaliere
- ☐ B. L'Avvocato
- ☐ C. Il Pirata

1049 En Italie, le président de la République est :

- ☐ A. Nommé par les chambres
- ☐ B. Elu au suffrage universel
- ☐ C. Elu au scrutin secret par les assemblées

1050 Le parti des démocrates, PD (Partito Democratico) en Italie est issu :

- ☐ A. De la démocratie chrétienne
- ☐ B. Des socialistes démocrates italiens
- ☐ C. De l'ancien parti communiste italien

1051 Franco est mort en :

- ☐ A. 1968
- ☐ B. 1970
- ☐ C. 1975
- ☐ D. 1980

1052 Quels sont les deux principaux partis politiques espagnols ?

- ☐ A. Le parti populaire (PP)
- ☐ B. Le parti socialiste ouvrier espagnol (PSOE)
- ☐ C. La confédération des travailleurs espagnols (CFE)

1053 L'Espagne est :

- ☐ A. Une monarchie
- ☐ B. Une monarchie constitutionnelle
- ☐ C. Une république
- ☐ D. Une démocratie

1054 Les Cortes sont :

- ☐ A. Le parlement espagnol
- ☐ B. Le congrès des députés espagnols
- ☐ C. Le parti auquel appartient J. L. Zapatero
- ☐ D. Le groupement des musées madrilènes

1055 En 2011, qui devient le nouveau Premier ministre espagnol ?

- ☐ A. José Luis Zapatero
- ☐ B. Mariano Rajoy
- ☐ C. Jose Maria Aznar
- ☐ D. Felipe Calderon

1056 Que désigne-t-on par l'expression « révolution des Œillets » ?

- ☐ A. La fin du régime autoritaire qui s'est imposé au Portugal de 1933 à 1974
- ☐ B. Une réforme agraire en Chine
- ☐ C. La révolution non-violente prônée par le mahatma Gandhi
- ☐ D. La révolution « en douceur » qui s'est produite en Tchécoslovaquie au lendemain de la chute du mur de Berlin en 1989

1057 Quel type de régime a prévalu en Grèce jusqu'en 1975 ?

- ☐ A. La dictature salazariste
- ☐ B. Le régime des colonels
- ☐ C. La dictature franquiste
- ☐ D. Le régime communiste

1058 Quel pays européen Tito gouverne-t-il de 1945 à 1980 ?

- ☐ A. La Grèce
- ☐ B. La Yougoslavie
- ☐ C. L'Espagne
- ☐ D. Le Portugal

1059 Dans quel pays de l'Europe de l'Est Nicolae Ceausescu a imposé une dictature ?

- ☐ A. La Pologne
- ☐ B. La Roumanie
- ☐ C. La Yougoslavie
- ☐ D. L'Albanie

1060 Quand a été fondé la fédération de syndicats polonais « Solidarnosc » (solidarité) ?

- ☐ A. En 1970
- ☐ B. En 1980
- ☐ C. En 1989

1061 Qui devient le premier président de la République tchécoslovaque après l'effondrement du communisme en décembre 1989 ?

- ☐ A. Alexander Dubcek
- ☐ B. Vàclav Havel
- ☐ C. Vàclav Klaus
- ☐ D. Jan Palach

1062 Cochez les pays frontaliers du Monténégro :

- ☐ A. Croatie
- ☐ B. Bosnie-Herzégovine
- ☐ C. Serbie
- ☐ D. Kosovo
- ☐ E. Albanie

1063 L'Albanie est :

- ☐ A. Une province grecque
- ☐ B. Une province autonome de la Serbie
- ☐ C. Une province balte
- ☐ D. Un Etat indépendant

1064 La République fédérale de Yougoslavie, créée en 1992 suite à l'éclatement de l'ancienne République fédérale socialiste de Yougoslavie, est composée de la Serbie et d'une autre république. Cette deuxième république est :

- ☐ A. La Bosnie
- ☐ B. La Macédoine
- ☐ C. Le Monténégro
- ☐ D. La Slovénie
- ☐ E. Aucune de ces réponses n'est bonne

1065 Qui est élu président de la République fédérale de Yougoslavie lors de l'élection présidentielle du mois de septembre 2000 ?

- ☐ A. Vojislav Kostunica
- ☐ B. Vladeta Jankovic
- ☐ C. Mira Markovic
- ☐ D. Vuk Draskovic
- ☐ E. Aucune de ces réponses n'est bonne

1066 Lesquels de ces pays sont nés de la scission de la Yougoslavie ?

- ☐ A. La Slovaquie
- ☐ B. La Croatie
- ☐ C. La Moldavie
- ☐ D. La Bosnie-Herzégovine
- ☐ E. Aucune de ces réponses n'est bonne

1067 Que sont les PECO ?

- ☐ A. Les pays de l'Europe centrale et orientale
- ☐ B. Les pays européens coopérants
- ☐ C. Les plans économiques de coopération
- ☐ D. Les pactes européens communautaires

1068 Quel Etat européen n'est pas une république ?

- ☐ A. L'Autriche
- ☐ B. Le Danemark
- ☐ C. La Biélorussie
- ☐ D. San Marin

1069 Lequel de ces pays européens est une république ?

- ☐ A. L'Espagne
- ☐ B. Le Danemark
- ☐ C. L'Italie
- ☐ D. La Suède
- ☐ E. Aucune de ces réponses n'est bonne

1070 Une seule de ces propositions est exacte. Laquelle ?

- ☐ A. Le Kosovo est indépendant depuis 2008
- ☐ B. L'Allemagne est réunifiée en 2005
- ☐ C. Le traité de Maastricht est signé en 1985
- ☐ D. Le Tribunal pénal international est créé en 2008

1071 En 1964, qui succéda à Nikita Khrouchtchev dans ses fonctions de premier secrétaire du Comité central du Parti communiste de l'Union soviétique ?

- ☐ A. Youri Andropov
- ☐ B. Léonid Brejnev
- ☐ C. Gueorgui Malenkov
- ☐ D. Vladimir Ivachko

1072 Choisissez chaque proposition exacte concernant la Glasnost :

- ☐ A. Ce mot signifie « transparence »
- ☐ B. Mikhaïl Gorbatchev en est l'initiateur
- ☐ C. Boris Eltsine en est l'initiateur
- ☐ D. Elle a pour conséquence une presse plus libre

1073 L'Union des Républiques socialistes soviétiques (URSS) a cessé d'exister au profit de la Communauté d'Etats indépendants (CEI) en :

- ☐ A. 1960
- ☐ B. 1975
- ☐ C. 1991

1074 Parmi ces Etats, lesquels appartiennent à l'ex-URSS ?

- ☐ A. La Moldavie
- ☐ B. Le Monténégro
- ☐ C. La Slovaquie
- ☐ D. L'Ukraine
- ☐ E. Aucune de ces réponses n'est bonne

1075 En quelle année Vladimir Poutine a-t-il été élu président de la Russie pour la première fois ?

- ☐ A. 1998
- ☐ B. 2000
- ☐ C. 2002
- ☐ D. 2005

1076 Qui succède à Vladimir Poutine à la présidence de la Russie en 2008 ?

- ☐ A. Alexander Lukashenko
- ☐ B. Dmitri Medvedev
- ☐ C. Viktor Louchtchenko
- ☐ D. Mikheil Saakachvilli

1077 En 2019, le président de la Russie est :

- ☐ A. Dmitri Medvedev
- ☐ B. Vicktor Ianoukovitch
- ☐ C. Alexander Loukachenko
- ☐ D. Vladimir Poutine

1078 En quelle année a été créé l'Etat d'Israël ?

- ☐ A. 1955
- ☐ B. 1948
- ☐ C. 1945
- ☐ D. 1939
- ☐ E. 1924

1079 Lequel de ces partis n'est pas israélien ?

- ☐ A. Le Parti travailliste
- ☐ B. Le Likoud
- ☐ C. Le Fatah

1080 Qui fut le tout premier Premier ministre d'Israël ?

- ☐ A. Yitzhak Rabin
- ☐ B. David Ben Gourion
- ☐ C. Golda Meir
- ☐ D. Ygal Allon

1081 Qui a succédé à Yasser Arafat à la tête de l'Autorité palestinienne ?

- ☐ A. Le Sheikh Ahmed Yassin
- ☐ B. Mahmoud Abbas
- ☐ C. Bachar el-Assad
- ☐ D. Taha Yassin Ramadan

1082 Qu'est-ce que le Hezbollah ?

- ☐ A. Un mouvement politique chiite libanais possédant une branche armée
- ☐ B. Un mouvement politique sunnite libanais possédant une branche armée
- ☐ C. Un mouvement politique chiite palestinien possédant une branche armée
- ☐ D. Un mouvement politique sunnite palestinien possédant une branche armée

1083 Que signifie Hezbollah ?

- ☐ A. Parti de la foi
- ☐ B. Parti de l'islam
- ☐ C. Parti de Dieu

1084 Hassan Rohani est depuis 2013 :

- ☐ A. Le président de la ligue arabe
- ☐ B. Le président de la République islamique d'Iran
- ☐ C. L'homme le plus riche d'Arabie Saoudite
- ☐ D. Le Premier ministre du Qatar

1085 Le canal de Panama est :

- ☐ A. Sous souveraineté américaine
- ☐ B. Sous souveraineté panaméenne
- ☐ C. Sous mandat de l'ONU
- ☐ D. Sous souveraineté colombienne

1086 Combien d'adhérents compte le PCC, le parti communiste chinois ?

- ☐ A. Entre 10 et 50 millions
- ☐ B. Entre 60 et 90 millions
- ☐ C. Entre 110 et 140 millions
- ☐ D. Plus de 200 millions

1087 A quelle date est née la République populaire de Chine ?

- ☐ A. 1950
- ☐ B. 1949
- ☐ C. 1947

1088 *Le Petit Livre rouge*, ouvrage communiste, a été écrit par :

- ☐ A. Mao Zedong dans les années 1960
- ☐ B. Tito dans les années 1950
- ☐ C. Fidel Castro dans les années 1970

1089 Qui est à l'origine de la théorie des trois mondes énoncée au milieu des années 1970 ?

- ☐ A. Mao Zedong
- ☐ B. Leonid Brejnev
- ☐ C. Nikita Krouchtchev
- ☐ D. Fidel Castro

1090 Que met en œuvre le gouvernement chinois le 1er novembre 2010 ?

- ☐ A. Le lancement du premier satellite chinois
- ☐ B. L'ouverture du marché des télécoms aux firmes étrangères
- ☐ C. Le sixième recensement chinois
- ☐ D. Le lancement de la 5e centrale nucléaire chinoise
- ☐ E. Le lancement du 5e sous-marin nucléaire chinois

1091 Avant le 1er juillet 1997, le territoire de Hongkong était sous administration :

- ☐ A. Britannique
- ☐ B. Australienne
- ☐ C. Taïwanaise

1092 Avant sa rétrocession à la Chine, Macao était une colonie :

- ☐ A. Hollandaise
- ☐ B. Britannique
- ☐ C. Portugaise
- ☐ D. Japonaise

1093 Ashraf Ghani est le président :

- ☐ A. De l'Irak
- ☐ B. Du Pakistan
- ☐ C. De l'Afghanistan
- ☐ D. De l'Iran

1094 Au Pakistan, Benazir Bhutto a été :

- ☐ A. Premier ministre
- ☐ B. Présidente du Pakistan
- ☐ C. Présidente du Parti du peuple pakistanais
- ☐ D. Candidate aux élections législatives

1095 Quand Benazir Bhutto fut-elle assassinée ?

- ☐ A. 2005
- ☐ B. 2007
- ☐ C. 2009
- ☐ D. 2010

1096 De quel pays, le général Suharto, décédé en janvier 2008, est dictateur ?

- ☐ A. La Malaisie
- ☐ B. Les Philippines
- ☐ C. L'Indonésie
- ☐ D. La Corée du Nord

1097 Quel régime a dirigé le Cambodge de 1976 à 1979 ?

- ☐ A. Les mandchous
- ☐ B. Les khmers rouges
- ☐ C. Les khans
- ☐ D. Les karens
- ☐ E. Aucune de ces réponses n'est bonne

1098 Avocat indien, il est à l'origine de l'indépendance de son pays. Tout le monde connaît son nom : Gandhi, mais quel était son prénom ?

- ☐ A. Mohandas
- ☐ B. Mahatma
- ☐ C. Lakshmidas
- ☐ D. Karsandas

1099 Qui était le père d'Indira Gandhi ?

- ☐ A. Le Mahatma Gandhi
- ☐ B. Satyajit Ray
- ☐ C. Jawaharlal Nehru
- ☐ D. Rajiv Gandhi
- ☐ E. Aucune de ces réponses n'est bonne

1100 En août 1947, l'Inde se débarrasse de la tutelle britannique et accède à l'indépendance. Qui est son premier président ?

- ☐ A. Mahatma Gandhi
- ☐ B. Jawaharlal Nehru
- ☐ C. Sir Shah Nawaz Bhutto

1101 Dans quel pays sévissent les Farc ?

- ☐ A. La Colombie
- ☐ B. Le Venezuela
- ☐ C. Le Pérou
- ☐ D. Le Brésil

1102 Parmi les personnes suivantes, laquelle est l'otage qui a été libéré par les Farc en 2007 ?

- ☐ A. Clara Rojas
- ☐ B. Ingrid Betancourt
- ☐ C. Florence Aubenas
- ☐ D. Georges Malbrunot

1103 En quelle année Ingrid Betancourt a-t-elle été faite prisonnière par les Farc en Colombie ?

- ☐ A. 1999
- ☐ B. 2000
- ☐ C. 2002
- ☐ D. 2003
- ☐ E. 2007

1104 Dans quel pays Juan Perón fut-il au pouvoir ?

- ☐ A. Le Brésil
- ☐ B. L'Argentine
- ☐ C. Le Mexique
- ☐ D. Le Venezuela

1105 Quel est le nom de l'ancien président du Pérou, aujourd'hui en prison, qui s'est enfui à l'étranger après sa défaite électorale en 2000 ?

- ☐ A. Balthazar Garson
- ☐ B. Alberto Fujimori
- ☐ C. Augusto Pinochet

1106 Luis Inacio Lula da Silva dit « Lula » est élu président du Brésil en :

- ☐ A. 2000
- ☐ B. 2002
- ☐ C. 2004
- ☐ D. 2006

1107 Qui est élue en 2010 présidente du Brésil ?

- ☐ A. Dalma Rousseff
- ☐ B. Dilma Rousseff
- ☐ C. Dilma Roussaf
- ☐ D. Dilma Roussef

1108 Qui s'est proclamé président du Venezuela lors des élections de décembre 2006 ?

- ☐ A. Hugo Chavez
- ☐ B. Michelle Bachelet
- ☐ C. Evo Morales
- ☐ D. Carmelo Romano

1109 Qui succède à Nestor Kirchner à la tête du gouvernement Argentin en 2007 ?

- ☐ A. Michelle Bachelet
- ☐ B. Cristina Fernández de Kirchner
- ☐ C. Mauricio Macri
- ☐ D. Eduardo Duhalde

1110 Che Guevara est de nationalité :

- ☐ A. Cubaine
- ☐ B. Bolivienne
- ☐ C. Argentine
- ☐ D. Chilienne

1111 Le dernier pays du Maghreb à avoir obtenu son indépendance est :

- ☐ A. L'Algérie
- ☐ B. La Tunisie
- ☐ C. Le Maroc
- ☐ D. La Lybie

1112 Quel pays a été une colonie française ?

- ☐ A. La Côte d'Ivoire
- ☐ B. Le Brésil
- ☐ C. Le Sri Lanka
- ☐ D. Le Nigeria

1113 Parmi ces quatre Etats, un seul était une colonie française. Lequel ?

- ☐ A. Le Soudan
- ☐ B. La Mauritanie
- ☐ C. L'Angola
- ☐ D. L'Ethiopie

1114 Lequel de ces pays n'est pas une ancienne colonie française ?

- ☐ A. Le Niger
- ☐ B. L'Angola
- ☐ C. Le Gabon
- ☐ D. Le Sénégal

1115 Lequel de ces pays n'est pas un Etat francophone ?

- ☐ A. Le Sénégal
- ☐ B. La Turquie
- ☐ C. L'Algérie

1116 Quelle ancienne colonie française est indépendante depuis 1977 ?

- ☐ A. Djibouti
- ☐ B. L'Angola
- ☐ C. La Guinée
- ☐ D. Malte
- ☐ E. Aucune de ces réponses n'est bonne

1117 Le Maroc est :

- ☐ A. Une terre d'islam
- ☐ B. Une république
- ☐ C. Une royauté
- ☐ D. A pour capitale Fez

1118 Qui a été le premier président de la République tunisienne ?

- ☐ A. Ahmed Ben Bella
- ☐ B. Habib Bourguiba
- ☐ C. Anouar el Sadate
- ☐ D. Zine ben Ali
- ☐ E. Aucune de ces réponses n'est bonne

1119 L'Etat de Bahreïn est :

- ☐ A. Un sultanat
- ☐ B. Un émirat
- ☐ C. Une principauté
- ☐ D. Une royauté

1120 L'organisation qui réclame l'indépendance en Algérie est :

- ☐ A. Le FLN
- ☐ B. Le FLM
- ☐ C. L'OLA
- ☐ D. L'OAS

1121 Un harki est :

- ☐ A. Un partisan de l'indépendance de l'Algérie
- ☐ B. Un musulman engagé dans l'armée française
- ☐ C. Un rapatrié d'Algérie en France métropolitaine
- ☐ D. Un colon resté en Algérie après l'indépendance

1122 Quel chef historique du Front de libération nationale (FLN) algérien a été le premier président de l'Algérie indépendante en 1962 ?

- ☐ A. Ahmed Ben Bella
- ☐ B. Houari Boumediene
- ☐ C. Medhi Ben Barka
- ☐ D. Liamine Zeroual
- ☐ E. Aucune de ces réponses n'est bonne

1123 Mouammar Kadhafi est arrivé au pouvoir en Libye en :

- ☐ A. 1969
- ☐ B. 1973
- ☐ C. 1981
- ☐ D. 1999

1124 Quel pays africain choisit l'indépendance en 1958 ?

- ☐ A. Le Mali
- ☐ B. La Guinée
- ☐ C. Le Congo
- ☐ D. Madagascar

1125 En 1972, l'île de Ceylan devient république :

- ☐ A. De Taiwan
- ☐ B. De Bornéo
- ☐ C. De Sri Lanka
- ☐ D. Des Comores

1126 En 1990, la libéralisation en Afrique du Sud permet l'indépendance :

- ☐ A. De la Côte d'Ivoire
- ☐ B. De la Mauritanie
- ☐ C. De la Namibie

1127 Léopold Sedar Senghor était de nationalité :

- ☐ A. Ivoirienne
- ☐ B. Gabonaise
- ☐ C. Sénégalaise
- ☐ D. Camerounaise

1128 En Afrique, la première femme élue démocratiquement, Ellen Johnson Sirleaf, est présidente :

- ☐ A. De la Côte d'Ivoire
- ☐ B. Du Libéria
- ☐ C. Du Sénégal

1129 L'actuel président du Sénégal est :

- ☐ A. Idrissa Seck
- ☐ B. Macky Sall
- ☐ C. Abdoulaye Wade
- ☐ D. Abdou Diouf

1130 Lors des élections présidentielles de novembre 2010 en Côte d'Ivoire, le président sortant, Laurent Gbagbo, y a affronté au second tour :

☐ A. Alassane Ouattara
☐ B. Henri Konan Bédié
☐ C. Philippe Mangou
☐ D. Guillaume Soro
☐ E. Ahoua Don Mello

1131 Le 30 août 2009, Ali Bongo est élu président du Gabon :

☐ A. Il est le fils cadet du président précédent, Omar Bongo
☐ B. Il est le fils aîné du président précédent, Omar Bongo
☐ C. Il est le neveu du président précédent, Omar Bongo

1132 Où est l'erreur ?

☐ A. Zaïre ex-Congo
☐ B. Zimbabwe ex-Rhodésie
☐ C. Burundi ex-Rwanda
☐ D. Bénin ex-Dahomey

1133 En 2019, lequel de ces Etats africains n'est pas une monarchie ?

☐ A. Le Lesotho
☐ B. Le Maroc
☐ C. Le Soudan
☐ D. Le Swaziland

1134 Qui sont les « Tigres tamouls » ?

☐ A. Un peuple séparatiste de l'Inde méridionale et du Sri Lanka
☐ B. Un peuple séparatiste de l'Iran et de l'Irak
☐ C. Un peuple séparatiste du Pérou et de Bolivie

1135 Le front Polisario est :

☐ A. Un syndicat espagnol
☐ B. Une organisation gouvernementale italienne
☐ C. Un mouvement de libération du sud marocain
☐ D. Un mouvement politique d'opposition brésilien

2. Histoire et fonctionnement Union européenne

1136 La première institution européenne fut :

☐ A. La CECA
☐ B. La CED
☐ C. La CEE
☐ D. Euratom

1137 En quelle année fut créée la CECA ?

☐ A. 1957
☐ B. 1954
☐ C. 1951
☐ D. 1949

1138 Que désigne le sigle CECA ?

☐ A. Communauté européenne du charbon et de l'acier
☐ B. Communauté européenne de coopération armée
☐ C. Communauté européenne de coopération amicale
☐ D. Communauté européenne de coopération agricole

1139 Quels sont les 6 pays fondateurs de la Communauté européenne ?

- ☐ A. Allemagne, Italie, Royaume-Uni, France, Pays-Bas et Belgique
- ☐ B. France, Allemagne, Italie, Royaume-Uni, Luxembourg et Belgique
- ☐ C. Italie, Allemagne, France, Belgique, Luxembourg et Pays-Bas

1140 De quand date le Traité de Rome, fondateur de la CEE ?

- ☐ A. Mai 1951
- ☐ B. Mars 1957
- ☐ C. Décembre 1959
- ☐ D. Janvier 1960

1141 Qui fut le premier président de la commission de la CEE ?

- ☐ A. Jean Monnet
- ☐ B. Robert Schuman
- ☐ C. Walter Hallstein
- ☐ D. Alcide de Gasperi

1142 Qui fusionnent en 1967 pour créer les Communautés européennes ?

- ☐ A. La CEE et la CECA
- ☐ B. La CEE, la CECA et Euratom
- ☐ C. La CEE et Euratom
- ☐ D. La CECA et Euratom

1143 L'acte unique européen a été signé en :

- ☐ A. 1981
- ☐ B. 1986
- ☐ C. 1988
- ☐ D. 1990

1144 Depuis les accords de Maastricht, la CEE (Communauté économique européenne) s'appelle :

- ☐ A. La Confédération européenne
- ☐ B. L'Union européenne
- ☐ C. L'Assemblée européenne
- ☐ D. L'Alliance européenne

1145 En quelle année fut signé le traité de l'Union européenne à Maastricht ?

- ☐ A. 1990
- ☐ B. 1991
- ☐ C. 1992
- ☐ D. 1993
- ☐ E. 1994

1146 L'acte unique européen signé à Luxembourg et la Haye est entré en vigueur le 1er juillet 1987. Il a :

- ☐ A. Apporté les adaptations nécessaires à l'achèvement du marché intérieur
- ☐ B. Institué une commission et un conseil unique pour les communautés européennes
- ☐ C. Modifié le mode de fonctionnement des institutions de l'Union européenne en faisant du vote à la majorité qualifiée au lieu du vote à l'unanimité la règle générale
- ☐ D. Instauré de nouvelles formes de coopération entre les gouvernements des Etats membres en matière de défense, de justice et d'affaires intérieures

1147 Quel traité communautaire donne naissance à la citoyenneté européenne ?

- ☐ A. Le Traité de Rome
- ☐ B. La convention de Schengen
- ☐ C. Le Traité de Maastricht
- ☐ D. Le sommet de Nice

1148 Est citoyen européen :

- ☐ A. Toute personne résidant dans un Etat membre
- ☐ B. Toute personne ayant la nationalité d'un Etat membre
- ☐ C. Toute personne née dans un Etat membre
- ☐ D. Toutes les réponses sont bonnes

1149 La convention pour l'avenir de l'Europe est chargée :

- ☐ A. De conclure les négociations d'adhésion avec les pays candidats à l'entrée dans l'Union européenne
- ☐ B. D'élaborer un projet de constitution européenne
- ☐ C. De rédiger la charte européenne des droits fondamentaux

1150 Le projet de constitution européenne est en partie l'œuvre de :

- ☐ A. Jacques Chirac
- ☐ B. Valéry Giscard d'Estaing
- ☐ C. Silvio Berlusconi
- ☐ D. Tony Blair

1151 Quel Etat européen rejette le traité constitutionnel par référendum en 2005 ?

- ☐ A. Le Royaume-Uni
- ☐ B. L'Irlande
- ☐ C. L'Autriche
- ☐ D. Les Pays-Bas

1152 Le traité de Lisbonne ratifié en février 2007 par la France concerne :

- ☐ A. Les institutions européennes
- ☐ B. Les relations commerciales avec les pays du sud
- ☐ C. Le contrôle de l'immigration en Europe
- ☐ D. L'entrée de la Turquie dans l'Europe

1153 La « coopération renforcée » a été introduite par :

- ☐ A. Le Traité d'Amsterdam
- ☐ B. Les accords de Schengen
- ☐ C. Le Traité de Maastricht
- ☐ D. Le Traité de Nice
- ☐ E. Aucune de ces réponses n'est bonne

1154 Une directive, définie à l'article 249 du traité instituant la communauté européenne, est :

- ☐ A. Un acte obligatoire et directement applicable dans tous les Etats membres
- ☐ B. Un acte qui lie les Etats membres quant au résultat à atteindre
- ☐ C. Une loi votée par le Parlement européen
- ☐ D. Un avis du Conseil de l'Europe
- ☐ E. Aucune de ces réponses n'est bonne

1155 Quel texte communautaire est directement applicable dans tous les Etats membres sans qu'il soit nécessaire d'adopter une législation nationale d'application ?

- ☐ A. Un arrêté
- ☐ B. Un règlement
- ☐ C. Une directive
- ☐ D. Une loi
- ☐ E. Aucune de ces réponses n'est bonne

1156 Parmi les couples « traité européen-date de signature » suivants, lequel est correct ?

- ☐ A. Traité d'Amsterdam – 1992
- ☐ B. Traité de Lisbonne – 2007
- ☐ C. Traité de Maastricht – 1997
- ☐ D. Traité de Nice – 2002

1157 L'Europe possède un drapeau officiel, de couleur bleue et auréolé de douze étoiles dorées. Que symbolisent ces douze astres sur la bannière européenne ?

- ☐ A. Les 12 pays qui ont longtemps composé l'Union européenne
- ☐ B. Les 12 heures sur le cadran d'une horloge
- ☐ C. Les 12 plus grandes villes d'Europe

1158 Quelle est la devise de l'Union européenne ?

- ☐ A. *In varietate concordia* (« l'union dans la diversité »)
- ☐ B. *Carpe diem* (« mets à profit le jour présent »)
- ☐ C. *E pluribus unum* (« un à partir de plusieurs »)
- ☐ D. *Dura lex, sed lex* (« dure loi, mais c'est la loi »)

1159 Le 9 mai est consacré « jour de l'Europe ». Que commémore cette date ?

- ☐ A. La naissance de Jean Monnet, artisan de la communauté européenne
- ☐ B. La déclaration Schuman considérée comme l'acte de naissance de l'Union européenne
- ☐ C. La date de ratification du traité de Maastricht
- ☐ D. L'entrée en vigueur de l'euro

1160 Sous la présidence de Georges Pompidou, lequel de ces pays entre dans la CEE ?

- ☐ A. L'Espagne
- ☐ B. L'Italie
- ☐ C. Le Portugal
- ☐ D. Le Royaume-Uni

1161 Lequel de ces pays ne fait pas partie de l'Union européenne ?

- ☐ A. La Finlande
- ☐ B. L'Autriche
- ☐ C. La Norvège
- ☐ D. Le Danemark

1162 En quelle année la Grèce entre-t-elle dans la CEE ?

- ☐ A. 1980
- ☐ B. 1981
- ☐ C. 1982

1163 L'Europe des douze dura de…

- ☐ A. 1973 à 1981
- ☐ B. 1981 à 1986
- ☐ C. 1986 à 1995
- ☐ D. 1995 à 2005

1164 A partir de quand l'Union européenne compte-t-elle 15 pays membres ?

- ☐ A. 2004
- ☐ B. 2002
- ☐ C. 1997
- ☐ D. 1995
- ☐ E. Aucune de ces réponses n'est bonne

1165 Lesquels de ces pays ne rejoignent pas l'Union européenne en mai 2004 ?

- ☐ A. Chypre
- ☐ B. L'Estonie
- ☐ C. Malte
- ☐ D. La Bulgarie
- ☐ E. La Roumanie

1166 A quelle date la Roumanie est-elle entrée dans l'Union européenne ?

- ☐ A. Le 1er janvier 2006
- ☐ B. Le 1er janvier 2007
- ☐ C. Le 1er juillet 2007
- ☐ D. La Roumanie n'appartient pas à l'Union européenne

1167 En 2019, l'Union européenne compte :

- ☐ A. 15 Etats
- ☐ B. 22 Etats
- ☐ C. 28 Etats

1168 Combien de langues officielles l'Union européenne compte-t-elle ?

- ☐ A. 24 langues
- ☐ B. 20 langues
- ☐ C. 17 langues
- ☐ D. 9 langues

1169 Parmi les langues européennes suivantes, laquelle est une langue officielle de l'Union européenne ?

- ☐ A. Le breton
- ☐ B. Le gaélique
- ☐ C. Le catalan
- ☐ D. L'écossais

1170 Au 1er janvier 2012, lequel de ces pays n'est pas membre de l'Union européenne ?

- ☐ A. Malte
- ☐ B. L'Estonie
- ☐ C. L'Autriche
- ☐ D. La Finlande
- ☐ E. Aucun

1171 Quel pays n'appartient pas à l'Union européenne ?

- ☐ A. La Hongrie
- ☐ B. La Pologne
- ☐ C. La Turquie
- ☐ D. La Slovaquie

1172 L'Autriche est-elle un pays membre de l'Union européenne ?

- ☐ A. Oui
- ☐ B. Non

1173 Qui est élu en novembre 2009 président du Conseil européen (prise de fonction le 1er janvier 2010) ?

- ☐ A. Le néerlandais Jan Peter Balkenende
- ☐ B. Le danois Anders Rasmussen
- ☐ C. L'irlandais Bertie Ahern
- ☐ D. Le belge Herman van Rompuy

1174 On désigne familièrement sous le nom de Brexit la sortie du Royaume-Uni de l'Union européenne à la suite du référendum qui a eu lieu le 23 juin 2016 et qui a vu la victoire du camp désirant quitter l'UE à :

- ☐ A. 50,7 %
- ☐ B. 51,9 %
- ☐ C. 54,2 %
- ☐ D. 55,8 %

1175 Quelle institution ne fait pas partie de l'Union européenne ?

- ☐ A. Le Conseil de l'Europe
- ☐ B. Le Conseil européen
- ☐ C. Le Parlement européen
- ☐ D. La Commission européenne

1176 Le président de la Commission européenne est :

☐ A. Elu par le Parlement européen
☐ B. Coopté par les commissaires
☐ C. Nommé par le Conseil européen avec approbation du Parlement européen
☐ D. Elu au suffrage universel

1177 Qui a été élu à la présidence de la Commission européenne le 1er novembre 2014 ?

☐ A. Gordon Brown
☐ B. Romano Prodi
☐ C. José Manuel Barroso
☐ D. Jean-Claude Juncker

1178 En 2017, combien y a-t-il de commissaires siégeant à la Commission européenne par pays membre ?

☐ A. 1
☐ B. 2
☐ C. 3
☐ D. 4

1179 Qui a autorité pour rendre exécutoire le budget de l'Union européenne ?

☐ A. Le président de la Commission européenne
☐ B. Le commissaire européen chargé du budget
☐ C. Le président du Parlement européen
☐ D. Le secrétaire général de la Commission européenne

1180 Qui est à l'initiative des lois européennes et veille à leur application ?

☐ A. Le Conseil européen
☐ B. La Commission européenne
☐ C. La Cour de justice de l'Union européenne

1181 Quel organe peut renverser la commission européenne en votant une motion de censure ?

☐ A. Le Conseil de l'Union européenne
☐ B. La Cour des comptes européenne
☐ C. Le Parlement européen
☐ D. Le Comité économique et social
☐ E. Aucune de ces réponses n'est bonne

1182 Quelle est la juridiction suprême de l'Union européenne ?

☐ A. La Cour de justice des communautés européennes
☐ B. La Cour européenne des droits de l'homme
☐ C. La Cour internationale de justice
☐ D. La Cour de justice de la République

1183 Quelle est la date de création de la Cour de justice des communautés européennes ?

☐ A. 1942
☐ B. 1952
☐ C. 1962
☐ D. 1972

1184 La Cour européenne de justice siège à :

☐ A. La Haye
☐ B. Strasbourg
☐ C. Luxembourg
☐ D. Bruxelles

1185 Le Conseil européen est la réunion :

☐ A. Des ministres des Affaires étrangères des Etats membres de l'UE
☐ B. Des chefs d'Etat et de gouvernement des Etats membres de l'UE
☐ C. Des ambassadeurs des Etats membres de l'UE

1186 **Qui fait partie du Conseil de l'Union européenne ?**

☐ A. Les ministres des Affaires étrangères des Etats membres
☐ B. Les ministres des Etats membres en rapport avec l'ordre du jour
☐ C. Les chefs d'Etat ou de gouvernement des Etats membres
☐ D. Aucune de ces réponses n'est bonne

1187 **Jusqu'en 2014, le système de votation du Conseil de l'Union européenne est le suivant :**

☐ A. Chaque Etat membre dispose d'une voix égale à celle des autres
☐ B. Chaque Etat membre a un poids différent dans le système de vote
☐ C. Aucune de ces réponses n'est bonne

1188 **Combien de temps chaque Etat membre exerce-t-il la présidence de l'Union européenne ?**

☐ A. Six mois
☐ B. Neuf mois
☐ C. Un an

1189 **Qui vote les lois européennes ?**

☐ A. Le Parlement européen
☐ B. La Commission européenne
☐ C. Le Parlement européen avec le conseil de l'Union européenne

1190 **La Commission européenne est responsable devant :**

☐ A. Le Conseil européen
☐ B. Le Conseil de l'Union européenne
☐ C. Le Parlement européen
☐ D. Les Etats membres

1191 **Le Parlement européen siège à :**

☐ A. Genève
☐ B. Paris
☐ C. Bruxelles
☐ D. Strasbourg

1192 **Quelle est la durée du mandat des députés européens ?**

☐ A. Quatre ans
☐ B. Cinq ans
☐ C. Six ans
☐ D. Sept ans

1193 **De combien de députés européens se compose le Parlement européen depuis le 25 mai 2014 ?**

☐ A. 554
☐ B. 653
☐ C. 751

1194 **Quelle a été la première femme élue présidente du Parlement européen ?**

☐ A. Edith Cresson
☐ B. Simone Veil
☐ C. Angela Merkel
☐ D. Oriana Fallacci

1195 **Dans quel pays peut-on se porter candidat aux élections européennes ?**

☐ A. Dans le pays de sa résidence
☐ B. Dans le pays de sa nationalité
☐ C. Dans le pays de sa naissance
☐ D. Dans le pays de ses parents

1196 Le mode de scrutin utilisé par la France pour l'élection européenne est :

- ☐ A. La représentation proportionnelle avec vote préférentiel
- ☐ B. Le scrutin majoritaire à deux tours
- ☐ C. La représentation proportionnelle sans vote préférentiel
- ☐ D. La représentation proportionnelle dans le cadre de circonscriptions régionales

1197 Le Comité des régions a été créé :

- ☐ A. Par le Traité de Rome
- ☐ B. Par le Traité d'Amsterdam
- ☐ C. Par le Traité de Maastricht
- ☐ D. Par le Traité CECA

1198 Le médiateur européen est :

- ☐ A. Nommé par le Parlement européen
- ☐ B. Désigné par le Conseil de l'Union européenne
- ☐ C. Désigné par les parlements nationaux
- ☐ D. Désigné par la Cour de justice

1199 Le médiateur européen est compétent pour examiner les plaintes relatives au mauvais fonctionnement :

- ☐ A. Des administrations publiques nationales
- ☐ B. Des institutions et organismes communautaires
- ☐ C. Des représentations permanentes des Etats membres à Bruxelles
- ☐ D. Du Parlement européen exclusivement

1200 Quelle institution européenne a son siège à Francfort ?

- ☐ A. Le Parlement européen
- ☐ B. La Cour européenne de justice
- ☐ C. La Banque centrale européenne

1201 On dit que l'Union européenne repose sur des piliers. Combien sont-ils ?

- ☐ A. 2
- ☐ B. 3
- ☐ C. 4
- ☐ D. 5

1202 Cochez les domaines de « compétence exclusive » de l'Union européenne :

- ☐ A. L'union douanière
- ☐ B. Les règles de concurrence pour le marché unique
- ☐ C. La politique monétaire pour les pays de la zone euro
- ☐ D. Les accords commerciaux et internationaux (dans certaines circonstances)
- ☐ E. Les plantes et les animaux marins réglementés par la politique commune de la pêche

1203 Dans lequel des secteurs suivants l'Union européenne n'a pas de compétence législative ?

- ☐ A. Les transports
- ☐ B. La culture
- ☐ C. L'agriculture

1204 Les accords de Schengen portent sur :

- ☐ A. L'agriculture
- ☐ B. L'industrie automobile
- ☐ C. La libre circulation des personnes et la suppression des contrôles aux frontières
- ☐ D. La durée du travail

1205 Quels sont les deux pays membres de l'Union européenne qui ne sont pas signataires des accords de Schengen ?

- ☐ A. Le Royaume-Uni
- ☐ B. Le Portugal
- ☐ C. L'Irlande
- ☐ D. Les Pays-Bas
- ☐ E. Aucune de ces réponses n'est bonne

1206 Les droits politiques des étrangers de l'Union européenne résidant en France sont :

- ☐ A. Droit de vote et d'éligibilité aux élections municipales et européennes
- ☐ B. Droit de vote à l'élection présidentielle
- ☐ C. Droit de vote aux élections législatives
- ☐ D. Droit de vote aux élections régionales

1207 Quel Etat, n'appartenant pas à l'Union européenne, est associé à l'espace Schengen ?

- ☐ A. Le Maroc
- ☐ B. L'Ukraine
- ☐ C. La Croatie
- ☐ D. La Norvège

1208 Quel secteur est concerné par la PAC ?

- ☐ A. L'agriculture
- ☐ B. L'automobile
- ☐ C. Les PME

1209 De quand date la mise en place de la PAC ?

- ☐ A. 1953
- ☐ B. 1959
- ☐ C. 1962
- ☐ D. 1967
- ☐ E. 1971

1210 Parmi les instruments ci-après, lequel fait partie des fonds structurels de l'Union ?

- ☐ A. Le fonds social européen
- ☐ B. Le fonds européen de développement
- ☐ C. Le Programme Life
- ☐ D. Le Programme Phare

1211 Concernant la politique étrangère et de sécurité commune telle que la prévoit le traité sur l'Union européenne, la commission :

- ☐ A. N'a pas le droit d'initiative
- ☐ B. A seule le droit d'initiative
- ☐ C. Partage le droit d'initiative avec les Etats membres
- ☐ D. Partage le droit d'initiative avec le Parlement européen

1212 Le fonds européen de développement finance :

- ☐ A. Les investissements dans les régions en retard de développement des Etats membres
- ☐ B. Les grands réseaux transeuropéens
- ☐ C. Le développement de la technologie et de l'information
- ☐ D. La coopération avec certains pays en voie de développement

1213 L'Union européenne a mis en place un numéro d'urgence commun à tous ses pays membres. Quel est ce numéro ?

- ☐ A. Le 11
- ☐ B. Le 12
- ☐ C. Le 112
- ☐ D. Le 121

1214 **Qu'est-ce que le FEM ?**

- ☐ A. Le fonds européen d'ajustement à la mondialisation
- ☐ B. Le fonds européen du médiateur
- ☐ C. Le fonds économique maritime

1215 **Combien de pays sont concernés par le programme européen Erasmus ?**

- ☐ A. 25 pays
- ☐ B. 27 pays
- ☐ C. 28 pays
- ☐ D. 33 pays

1216 **Laquelle de ces affirmations est exacte ?**

- ☐ A. Le traité de Rome a institué l'Union européenne
- ☐ B. La Norvège est adhérente de l'Union européenne depuis 1973
- ☐ C. Selon le processus décisionnel de l'Union, la Commission européenne dispose du monopole du pouvoir de proposition

1217 **ECHO créé en 1992 est :**

- ☐ A. L'accord général sur les tarifs douaniers et le commerce européen
- ☐ B. L'Office humanitaire de la Communauté européenne
- ☐ C. Le Corps d'armée européen

1218 **Dans quelle ville se déroule, en juillet 2008, le sommet fondateur de l'Union pour la Méditerranée qui rassemble des Etats riverains de la mer Méditerranée et l'ensemble des Etats membres de l'Union européenne ?**

- ☐ A. Barcelone
- ☐ B. Tunis
- ☐ C. Paris
- ☐ D. Rabat

1219 **Quelle fut la particularité de la commémoration de l'armistice de 1918 en 2009 ?**

- ☐ A. La présence à Berlin du dernier poilu allemand de la Grande Guerre
- ☐ B. La présence à Berlin du président de la République française
- ☐ C. La présence à Paris du Chancelier allemand
- ☐ D. La présence d'un bataillon indien sur les Champs-Elysées

3. Relations internationales et conflits

1220 **A qui attribue-t-on cette remarque ironique : « Le pape ! Combien de divisions a-t-il » ?**

- ☐ A. Joseph Staline
- ☐ B. Adolf Hitler
- ☐ C. Fidel Castro
- ☐ D. Vladimir Ilitch Lénine

1221 **Que signifie l'expression « solution finale » ?**

- ☐ A. La décision des nazis d'exterminer les juifs d'Europe
- ☐ B. La prise de Stalingrad
- ☐ C. Le recours à la bombe atomique contre le Japon

1222 **En février 1945, les alliées décident de l'occupation de l'Allemagne, lors de la conférence de Yalta. Quel homme d'Etat figurant ci-après n'y assiste pas ?**

- ☐ A. Winston Churchill
- ☐ B. Franklin Roosevelt
- ☐ C. Joseph Staline
- ☐ D. Charles de Gaulle

1223 Quel est le sujet abordé lors de la conférence de Yalta ?

☐ A. La reconstruction de l'Allemagne
☐ B. Les conditions de la capitulation allemande, l'organisation de l'Europe et la garantie d'un monde stable
☐ C. Le désarmement des pays détenant la bombe atomique
☐ D. L'élection d'un chancelier à la tête de l'Allemagne

1224 Quels sont les deux pays dont les troupes font jonction le 25 avril 1945 à Torgau sur l'Elbe, en Allemagne ?

☐ A. Les Etats-Unis et l'URSS
☐ B. La France et l'Angleterre
☐ C. L'URSS et la France

1225 Que se passe-t-il en mai 1945 ?

☐ A. La capitulation allemande
☐ B. La capitulation italienne
☐ C. La capitulation japonaise
☐ D. La conférence de Yalta

1226 Quel président américain prend la décision d'utiliser la bombe atomique contre le Japon ?

☐ A. Franklin Delano Roosevelt
☐ B. Harry S. Truman
☐ C. Dwight David Eisenhower

1227 Quels sont les chefs d'Etats morts en avril 1945 ?

☐ A. Harry Truman, Benito Mussolini, Joseph Staline
☐ B. Philippe Pétain, Adolf Hitler, Benito Mussolini
☐ C. Benito Mussolini, Franklin Roosevelt, Adolf Hitler

1228 Qui emploie pour la première fois l'expression « rideau de fer » ?

☐ A. Franklin Roosevelt
☐ B. Charles de Gaulle
☐ C. Winston Churchill

1229 En quelle année est construit le mur de Berlin ?

☐ A. 1948
☐ B. 1956
☐ C. 1961

1230 En quelle année est détruit le mur de Berlin ?

☐ A. 1988
☐ B. 1989
☐ C. 1990
☐ D. 1991

1231 Quels pays, parmi les listes suivantes, étaient « non-alignés » pendant la Guerre froide ?

☐ A. La Finlande, la Suisse et la Suède
☐ B. L'Afrique du Sud, la Nouvelle Zélande et l'Australie
☐ C. La Yougoslavie, l'Egypte, l'Inde, l'Indonésie, la Birmanie et l'Ethiopie
☐ D. L'Algérie, l'Iran, le Pakistan et Cuba

1232 La doctrine Brejnev :

☐ A. Relance la Guerre froide avec les Etats-Unis
☐ B. Défend le droit des Etats frères partout où le socialisme est menacé
☐ C. Prévoit de relancer les conflits idéologiques avec la Chine

1233 **Quel événement se produit en 1961 dans la baie des Cochons ?**

- ☐ A. Un débarquement de rebelles anticastristes à Cuba
- ☐ B. Une pollution provoquée par l'accident d'un sous-marin nucléaire
- ☐ C. Un attentat faisant plus de 200 morts
- ☐ D. Un scandale sexuel impliquant des hauts dignitaires
- ☐ E. Aucune de ces réponses n'est bonne

1234 **Quel pays les troupes du pacte de Varsovie envahissent-elles pour réprimer une révolte en 1956 ?**

- ☐ A. La Pologne
- ☐ B. La Hongrie
- ☐ C. La Tchécoslovaquie

1235 **En quelle année eut lieu le printemps de Prague ?**

- ☐ A. 1948
- ☐ B. 1968
- ☐ C. 1974
- ☐ D. 1989

1236 **Comment se nomme la révolution qui eut lieu à Prague en 1989 ?**

- ☐ A. La révolution de velours
- ☐ B. La révolution de soie
- ☐ C. La révolution des fleurs
- ☐ D. La révolution des canons

1237 **Une seule de ces affirmations est vraie. Laquelle ?**

- ☐ A. Le printemps de Prague a eu lieu en 1956
- ☐ B. Le mur de Berlin a été bâti en 1964
- ☐ C. L'URSS a disparu officiellement en 1991
- ☐ D. Varsovie s'est révolté en 1961

1238 **Le terme « *Kominform* » désigne :**

- ☐ A. Une organisation économique
- ☐ B. Un pacte militaire
- ☐ C. Une association politique

1239 **Quel est le nom donné à l'accord de réduction des arsenaux nucléaires signé par les Etats-Unis et la Russie à l'issue de la Guerre froide ?**

- ☐ A. Stay
- ☐ B. Stop
- ☐ C. Start
- ☐ D. Still
- ☐ E. Stow

1240 **Les « accords de Genève », signés le 21 juillet 1954, se rapportent à :**

- ☐ A. La guerre d'Indochine
- ☐ B. La guerre d'Algérie
- ☐ C. L'indépendance des protectorats français du Maroc et de la Tunisie
- ☐ D. L'indépendance du Sénégal
- ☐ E. Toutes les solutions proposées sont bonnes

1241 **Dans quelle ville les accords marquant la fin de la guerre en Algérie ont-ils été signés le 18 mars 1962 ?**

- ☐ A. A Vichy
- ☐ B. A Evian
- ☐ C. A Maastricht
- ☐ D. A Genève

1242 **Quel événement a déclenché la guerre du Vietnam ?**

- ☐ A. L'offensive du têt
- ☐ B. Le massacre de My Lai
- ☐ C. La chute de Dien Bien Phu
- ☐ D. L'incident du golfe du Tonkin

1243 La signature des accords de Paris le 23 janvier 1973 marque :

- ☐ A. La fin de la guerre de Corée
- ☐ B. La fin de la guerre des Six Jours
- ☐ C. La fin de la guerre de Cuba
- ☐ D. Le retrait américain de la guerre du Vietnam
- ☐ E. Le retrait israélien de la bande de Gaza

1244 La guerre du Vietnam prend fin en :

- ☐ A. 1972
- ☐ B. 1973
- ☐ C. 1975
- ☐ D. 1979

1245 La crise de Suez, qui engage la France en 1956, a pour origine :

- ☐ A. L'assassinat du président égyptien à Suez
- ☐ B. La nationalisation du canal de Suez par Nasser
- ☐ C. L'expulsion des ressortissants français et britanniques du territoire égyptien
- ☐ D. L'effondrement des actions boursières de la compagnie internationale du canal de Suez

1246 En 1952, le roi Farouk est renversé par une junte d'officiers dirigée par le colonel Nagui ; dans quel pays ?

- ☐ A. Le Liban
- ☐ B. La Libye
- ☐ C. L'Egypte

1247 En quelle année se déroule la guerre israélo-arabe du Yom Kippour ?

- ☐ A. 1967
- ☐ B. 1971
- ☐ C. 1973

1248 Quels furent les protagonistes de la guerre des Six Jours ?

- ☐ A. Israël et les pays arabes
- ☐ B. La Grèce et la Turquie
- ☐ C. L'Irak et le Koweït
- ☐ D. Les Etats-Unis et l'Irak

1249 Les accords d'Oslo de 1993, menant à la reconnaissance mutuelle de l'OLP et de l'Etat d'Israël et à la reconnaissance d'une autonomie palestinienne, sont conclus par :

- ☐ A. Yasser Arafat et Yitzhak Rabin
- ☐ B. Yasser Arafat et Ariel Sharon
- ☐ C. Anouar el Sadate et Golda Meier
- ☐ D. Mahmoud Abbas et Benjamin Netanyahou

1250 Quand apparaît le Hamas, l'organisation islamiste radicale qui a gagné les élections législatives en Palestine en 2006 ?

- ☐ A. En 1967, après la guerre des Six Jours
- ☐ B. En 1919, lors de la création du « foyer national juif »
- ☐ C. En 1993, à l'occasion des accords d'Oslo
- ☐ D. En 1987, lors de la première Intifada

1251 Quels responsables politiques sont présents à Camp David en 1978 ?

- ☐ A. Y. Arafat – I. Rabin – L. Johnson
- ☐ B. H. Moubarak – S. Peres – G. Bush
- ☐ C. G. Nasser – G. Meir – R. Reagan
- ☐ D. M. Al-Sadate – M. Beghin – J. Carter

1252 Qui assassine, en 1995, Yitzhak Rabin, Premier ministre israélien ?

- ☐ A. Un membre du Fatah
- ☐ B. Un membre du Hamas
- ☐ C. Un extrémiste israélien
- ☐ D. Un extrémiste palestinien

1253 En quelle année eut lieu l'embargo par les pays arabes des livraisons de pétrole à destination des Etats occidentaux, année considérée comme celle du premier choc pétrolier ?

- ☐ A. En 1953
- ☐ B. En 1963
- ☐ C. En 1973
- ☐ D. En 1983
- ☐ E. En 1993

1254 En 1973, le premier choc pétrolier eut lieu à l'occasion :

- ☐ A. De la guerre du Kippour
- ☐ B. De la révolution iranienne
- ☐ C. De l'invasion du Koweït par l'Irak

1255 Que désigne « septembre noir » ?

- ☐ A. Les attentats du 11 septembre 2001 aux Etats-Unis
- ☐ B. La guerre des Six Jours menée par Israël contre l'Egypte en juin 1967
- ☐ C. Le massacre de palestiniens par l'armée jordanienne en 1970
- ☐ D. L'explosion de l'usine AZF à Toulouse en 2001

1256 Dans quelle île d'Europe la Turquie est-elle intervenue militairement en 1974 ?

- ☐ A. Malte
- ☐ B. La Sardaigne
- ☐ C. Chypre
- ☐ D. Rhodes

1257 Au Rwanda, en 1994, une ethnie en massacre une autre, commettant un véritable génocide. Quelle est cette ethnie ?

- ☐ A. Les Hutus
- ☐ B. Les Tutsis
- ☐ C. Les Dogons

1258 Dans quel pays la crise du Darfour se déroule-t-elle ?

- ☐ A. Au Mali
- ☐ B. Au Kenya
- ☐ C. Au Zimbabwe
- ☐ D. Au Soudan

1259 Dans quel pays africain des violences religieuses meurtrières ont-elles eu lieu début 2010, en particulier dans la ville de Jos ?

- ☐ A. Au Niger
- ☐ B. Au Mali
- ☐ C. Au Burkina Faso
- ☐ D. Au Nigeria

1260 Avant le 27 avril 2018, date de la déclaration commune de fin de la guerre sur la péninsule, les relations diplomatiques entre la Corée du Sud et la Corée du Nord étaient marquées par :

- ☐ A. Une assistance mutuelle
- ☐ B. Une tentative de normalisation *via* des négociations bilatérales
- ☐ C. Un net durcissement *via* des provocations bilatérales

1261 Entre quels pays le Cachemire fait-il l'objet d'un conflit ?

- ☐ A. Entre l'Inde et la Chine
- ☐ B. Entre l'Inde et le Pakistan
- ☐ C. Entre la Chine et le Pakistan
- ☐ D. Entre l'Inde et l'Afghanistan

1262 Dans quel pays le pouvoir cinghalais et les rebelles tamouls s'affrontent-ils ?

- ☐ A. Au Sri Lanka
- ☐ B. Au Kenya
- ☐ C. Au Tchad
- ☐ D. Au Soudan

1263 En quelle année a commencé la dernière guerre d'Irak (3e guerre du Golfe) ?

- ☐ A. 2001
- ☐ B. 2002
- ☐ C. 2003
- ☐ D. 2004
- ☐ E. 2005

1264 Combien de pays de l'Union européenne se sont prononcés contre la guerre en Irak ?

- ☐ A. 2
- ☐ B. 3
- ☐ C. 4

1265 Le mouvement des talibans est :

- ☐ A. Un mouvement religieux pakistanais
- ☐ B. Un mouvement irakien opposé à l'intervention américaine
- ☐ C. Un mouvement fondamentaliste musulman
- ☐ D. Un courant politique chiite d'Afghanistan

1266 Le 3 juillet 2016, un minibus piégé a tué 323 personnes dans une rue du centre de quelle ville ?

- ☐ A. Djerba
- ☐ B. Bagdad
- ☐ C. Karachi
- ☐ D. Bombay

1267 Un attentat terroriste d'une terrible ampleur (près de 200 morts et de 2 000 blessés) a frappé Madrid le :

- ☐ A. 11 septembre 2001
- ☐ B. 11 septembre 2006
- ☐ C. 11 mars 2004
- ☐ D. 11 mars 2008

1268 Devant quel tribunal Saddam Hussein a-t-il été jugé ?

- ☐ A. Devant la Cour européenne des droits de l'homme qui siège à Strasbourg
- ☐ B. Devant le tribunal spécial irakien en Irak
- ☐ C. Devant la Cour internationale de justice qui siège à la Haye
- ☐ D. Devant la Cour pénale internationale qui siège à la Haye

4. Organisations internationales

1269 Cette organisation, fondée en 1949 et dont le siège se trouve à Bruxelles, a pour but de sauvegarder la paix et la sécurité. Elle assure aux européens l'alliance des Etats-Unis contre toute agression. Il s'agit de :

- ☐ A. L'ONU
- ☐ B. L'OTAN
- ☐ C. L'OCDE
- ☐ D. L'Unesco

1270 Que signifie le sigle OTAN ?

- ☐ A. Organisation du traité de l'Atlantique Nord
- ☐ B. Organisation du traité de l'Amérique du Nord
- ☐ C. Organisation du traité de l'Afrique du Nord
- ☐ D. Organisation du traité de l'Asie du Nord

1271 Parmi ces quatre Etats, lequel n'est pas membre de l'OTAN ?

- ☐ A. La Suisse
- ☐ B. La Turquie
- ☐ C. La Pologne
- ☐ D. Les Etats-Unis

1272 En quelle année la Turquie a-t-elle intégré l'OTAN ?

- ☐ A. 1949
- ☐ B. 1952
- ☐ C. 1955
- ☐ D. 1982

1273 Quel évènement « géostratégique » important se produit le 6 mai 1955 ?

- ☐ A. La République fédérale d'Allemagne rejoint l'OTAN
- ☐ B. L'Espagne rejoint l'OTAN
- ☐ C. La France rejoint l'OTAN
- ☐ D. La Grande-Bretagne quitte l'OTAN

1274 Quel pays a quitté l'OTAN en 1966 ?

- ☐ A. La Grande-Bretagne
- ☐ B. La France
- ☐ C. L'Italie
- ☐ D. Le Canada

1275 Quelle est la réponse du bloc soviétique à la création de l'OTAN ?

- ☐ A. Le traité de Varsovie
- ☐ B. Le traité de Cracovie
- ☐ C. Le traité de Moscou

1276 Quand l'OTAN est-elle intervenue au Kosovo ?

- ☐ A. En 1988
- ☐ B. En 1999
- ☐ C. En 2000
- ☐ D. En 2001

1277 En quelle année est créée l'ONU ?

- ☐ A. En 1944
- ☐ B. En 1945
- ☐ C. En 1946
- ☐ D. En 1947

1278 En 2019, l'Organisation des Nations unies compte :

- ☐ A. 51 pays membres
- ☐ B. 110 pays membres
- ☐ C. 126 pays membres
- ☐ D. 193 pays membres
- ☐ E. Aucune de ces réponses n'est bonne

1279 Parmi les quatre pays suivants, un seul disposait du droit de veto à l'ONU de 1945 à 1991. Il s'agit :

- ☐ A. Du Japon
- ☐ B. De la Chine
- ☐ C. De l'Italie
- ☐ D. Du Canada

1280 Combien d'Etats sont membres permanents du Conseil de sécurité de l'ONU ?

- ☐ A. 4
- ☐ B. 5
- ☐ C. 15
- ☐ D. 185

1281 De ces quatre pays, lequel ne fait pas partie des membres permanents du Conseil de sécurité de l'ONU ?

- ☐ A. La France
- ☐ B. Les Etats-Unis
- ☐ C. La Chine
- ☐ D. Le Japon

1282 Quand est inauguré le siège de l'ONU le long de l'East River à New York ?

- ☐ A. 1945
- ☐ B. 1948
- ☐ C. 1951
- ☐ D. 1962

1283 L'Unesco est une institution internationale chargée :

- ☐ A. Des problèmes de santé
- ☐ B. De l'éducation, de la science et de la culture
- ☐ C. Du maintien de la paix dans le monde
- ☐ D. De l'alimentation

1284 L'ingérence humanitaire est :

- ☐ A. L'organisation des secours après une catastrophe naturelle
- ☐ B. Sur certaines recherches biologiques et médicales. L'avis prononcé par un comité d'éthique
- ☐ C. Une aide, le plus souvent internationale, apportée aux populations civiles en détresse, avec ou sans l'accord de leurs autorités étatiques
- ☐ D. Une action de prévention de la sécurité routière

1285 Où siège la ligue des Etats arabes ?

- ☐ A. Au Caire
- ☐ B. A Damas
- ☐ C. A Téhéran

1286 Qui est António Guterres ?

- ☐ A. La secrétaire général de la ligue des Etats arabes
- ☐ B. Le directeur général de l'Unesco
- ☐ C. Le secrétaire général de l'ONU
- ☐ D. Le secrétaire général de l'OUA

1287 Le 21 juin 2011, Ban Ki-Moon est réélu pour un deuxième et dernier mandat, commençant le 1er janvier 2012. Quelle est la durée de ce mandat ?

- ☐ A. 2 ans
- ☐ B. 4 ans
- ☐ C. 5 ans

1288 **La résolution 242 du Conseil de sécurité de l'ONU (novembre 1967) se prononce pour :**

- ☐ A. Le partage de la Palestine
- ☐ B. La reconnaissance d'Israël par les Etats arabes
- ☐ C. Le retrait des forces armées israéliennes des territoires occupés lors de la guerre des Six Jours

1289 **Qu'a annoncé Mikhaïl Gorbatchev à l'ONU en 1988 ?**

- ☐ A. Le renforcement militaire en Afghanistan
- ☐ B. La reprise de la Guerre froide avec les Etats-Unis
- ☐ C. Le retrait militaire d'Afghanistan

1290 **Quels pays, à l'ONU, s'opposent, avec la France, à l'intervention en Irak ?**

- ☐ A. L'Espagne et la Chine
- ☐ B. L'Allemagne et la Russie
- ☐ C. L'Espagne et la Russie
- ☐ D. L'Espagne et l'Allemagne

1291 **De quelle nationalité est le successeur de Kofi Annan au poste de secrétaire général de l'ONU ?**

- ☐ A. Chinoise
- ☐ B. Japonaise
- ☐ C. Sud-Coréenne
- ☐ D. Vietnamienne

1292 **Qui a été secrétaire général de l'ONU ?**

- ☐ A. Boutros-Boutros Ghali
- ☐ B. Habib Bourguiba
- ☐ C. Kim il Sung
- ☐ D. Javier Pérez de Cuellar

1293 **A quelle organisation est rattaché l'Unicef ?**

- ☐ A. Au Comité de la Croix-Rouge (CICR)
- ☐ B. A l'Organisation mondiale de la santé (OMS)
- ☐ C. A l'Organisation des Nations unies (ONU)
- ☐ D. Aucune de ces réponses n'est bonne : il s'agit d'un organisme indépendant

1294 **Quelles missions l'UNHCR a-t-il auprès des réfugiés ?**

- ☐ A. Aider à la réintégration dans le pays d'origine
- ☐ B. Faciliter l'obtention du droit d'asile
- ☐ C. Accorder une nouvelle nationalité
- ☐ D. Sauvegarder le droit et le bien-être des réfugiés

1295 **Quels sont les organismes rattachés à l'ONU ?**

- ☐ A. L'Organisation mondiale de la santé
- ☐ B. L'Organisation internationale du travail
- ☐ C. Le Fonds monétaire international

1296 **En février 2007, Jacques Chirac propose la création de l'ONUE, Organisation des Nations unies :**

- ☐ A. Pour l'éducation
- ☐ B. Pour l'environnement
- ☐ C. Pour l'écodéveloppement
- ☐ D. Pour l'énergie

1297 **Dans quel domaine intervient la FAO ?**

- ☐ A. L'éducation et la culture
- ☐ B. L'alimentation et l'agriculture
- ☐ C. La santé et l'éducation
- ☐ D. Les sciences et les techniques

1298 Quel est l'organisme international dont l'objet est la culture ?

- ☐ A. Unicef
- ☐ B. ONU
- ☐ C. Unesco
- ☐ D. Europol

1299 Le Conseil de l'Europe, apparu en 1949, est la plus ancienne organisation politique du continent. Combien de pays regroupe-t-il ?

- ☐ A. 47 pays
- ☐ B. 25 pays
- ☐ C. 12 pays
- ☐ D. 6 pays

1300 Le siège du Conseil de l'Europe se situe à :

- ☐ A. Bruxelles
- ☐ B. Strasbourg
- ☐ C. Luxembourg

1301 Combien d'Etats membres du Conseil de l'Europe sont des démocraties ?

- ☐ A. 12
- ☐ B. 27
- ☐ C. 45
- ☐ D. Tous les Etats membres

1302 Qui fait partie du Conseil de l'Europe ?

- ☐ A. Les ministres des Affaires étrangères des Etats membres
- ☐ B. Les ministres des Etats membres en rapport avec l'ordre du jour
- ☐ C. Les chefs d'Etat ou de gouvernement des Etats membres
- ☐ D. Aucune de ces réponses n'est bonne

1303 De quel organisme dépend la Cour européenne des droits de l'homme ?

- ☐ A. L'Union européenne
- ☐ B. La ligue internationale des droits de l'homme
- ☐ C. Le Conseil de l'Europe
- ☐ D. L'ONU
- ☐ E. Aucune de ces réponses n'est bonne

CORRIGE

Les réponses en bleu foncé font l'objet d'un complément de réponse après ce corrigé.

984 Harry Truman

985 Nouvelle frontière

986 Assassinat de J. F. Kennedy – Présidence de Richard Nixon – Présidence de Jimmy Carter – Présidence de Ronald Reagan

987 En 1968

988 Johnson – Roosevelt – Carter – Truman

989 Bush – Nixon – Eisenhower – Hoover

990 Eisenhower – Kennedy – Johnson – Nixon

991 Le Watergate

992 Gerald Ford

993 Monica Lewinski

994 Le scandale des ventes secrètes d'armes américaines à l'Iran, qui éclate en 1987

995 John F. Kennedy

996 Deux ans après la construction du mur de Berlin

997 Maccarthysme

998 Toute forme de discrimination raciale à l'école

999 Le discours sur l'Etat de l'union

1000 2004

1001 L'Iowa

1002 4 ans

1003 1971

1004 La Chambre des représentants et le Sénat

1005 Deux élus quelle que soit leur population

1006 Nation United

1007 Al Gore

1008 Dick Cheney

1009 La guerre préventive

1010 Un âne

1011 De l'Illinois

1012 Marco Rubio, Ted Cruz

1013 John McCain

1014 Bill Clinton

1015 Hillary Clinton

1016 L'assurance-maladie

1017 De nationalité américaine – Ancienne secrétaire d'Etat sous l'administration Bush

1018 La nomination pour la première fois, d'une latino-américaine au poste de juge

1019 Aussi longtemps qu'ils le souhaitent

1020 John F. Kennedy

1021 John F. Kennedy

1022 Un mouvement politique noir américain contestataire

1023 La presse

1024 Au mouvement pour les droits civiques (civil rights movement) aux Etats-Unis

1025 John Fitzgerald Kennedy junior (dit John John)

1026 50

1027 Augusto Pinochet, Slobodan Milosevic

1028 Du drapeau de la Grande-Bretagne

1029 Par le Premier ministre

1030 David Cameron

1031 Il est à la tête du parti travailliste

1032 Jeremy Corbyn

1033 Le Parti travailliste, Le Parti conservateur, Le Parti libéral-démocrate

1034 52

1035 Irlande

1036 Un accord pour un gouvernement partagé entre protestants et catholiques

1037 Le noir, le jaune et le rouge

1038 La loi qui organise les pouvoirs

1039 Bonn

1040 Berlin

1041 La police politique de la RDA

1042 Le 3 octobre 1990

1043 Etats fédérés – districts – communes

1044 Délégués des gouvernements locaux

1045 Il est élu à la majorité absolue des membres du Bundestag (le parlement)

1046 La CDU

1047 7

1048 Il Cavaliere

1049 Elu au scrutin secret par les assemblées

1050 De l'ancien parti communiste italien

1051 1975

1052 Le parti populaire (PP), Le parti socialiste ouvrier espagnol (PSOE)

1053 Une monarchie constitutionnelle, Une démocratie

1054 Le parlement espagnol

1055 Mariano Rajoy

1056 La fin du régime autoritaire qui s'est imposé au Portugal de 1933 à 1974

1057 Le régime des colonels

1058 La Yougoslavie

1059 La Roumanie

1060 En 1980

1061 Vàclav Havel

1062 Croatie, Bosnie-Herzégovine, Serbie, Kosovo et Albanie

1063 Un Etat indépendant

1064 Le Monténégro

1065 Vojislav Kostunica

1066 La Croatie, La Bosnie-Herzégovine

1067 Les pays de l'Europe centrale et orientale

1068 Le Danemark

1069 L'Italie

1070 Le Kosovo est indépendant depuis 2008

1071 Léonod Brejnev

1072 Ce mot signifie « transparence » – Mikhaïl Gorbatchev en est l'initiateur – Elle a pour conséquence une presse plus libre

1073 1991

1074 La Moldavie, L'Ukraine

1075 2000

1076 Dmitri Medvedev

1077 Vladimir Poutine

1078 1948

1079 Le Fatah

1080 David Ben Gourion

1081 Mahmoud Abbas

1082 Un mouvement politique chiite libanais possédant une branche armée

1083 Parti de Dieu

1084 Le président de la République islamique d'Iran

1085 Sous souveraineté panaméenne

1086 Entre 110 et 140 millions

1087 1949

1088 Mao Zedong dans les années 1960

1089 Mao Zedong

1090 Le sixième recensement chinois

1091 Britannique

1092 Portugaise

1093 De l'Afghanistan

1094 Premier ministre – Présidente du parti du peuple pakistanais – Candidate aux élections législatives

1095 2007

1096 L'Indonésie

1097 Les khmers rouges

1098 Mohandas

1099 Jawaharlal Nehru

1100 Jawaharlal Nehru

1101 La Colombie

1102 Clara Rojas

1103 2002

1104 L'Argentine

1105 Alberto Fujimori

1106 2002

1107 Dilma Rousseff

1108 Hugo Chavez

1109 Cristina Fernández de Kirchner

1110 Argentine

1111 L'Algérie

1112 La Côte d'Ivoire

1113 La Mauritanie

1114 L'Angola

1115 La Turquie

1116 Djibouti

1117 Une terre d'islam, Une royauté

1118 Habib Bourguiba

1119 Un émirat

1120 Le FLN

1121 Un musulman engagé dans l'armée française

1122 Ahmed Ben Bella

1123 1969

1124 La Guinée

1125 De Sri Lanka

1126 De la Namibie

1127 Sénégalaise

1128 Du Libéria

1129 Macky Sall

1130 Alassane Ouattara

1131 Il est le fils aîné du président précédent, Omar Bongo

1132 Burundi ex-Rwanda

1133 Le Soudan

1134 Un peuple séparatiste de l'Inde méridionale et du Sri Lanka

1135 Un mouvement de libération du sud marocain

1136 La CECA

1137 1951

1138 Communauté européenne du charbon et de l'acier

1139 Italie, Allemagne, France, Belgique, Luxembourg et Pays-Bas

1140 Mars 1957

1141 Walter Hallstein

1142 La CEE, la CECA et Euratom

1143 1986

1144 L'Union européenne

1145 1992

1146 Apporté les adaptations nécessaires à l'achèvement du marché intérieur – Modifié le mode de fonctionnement des institutions de l'Union européenne en faisant du vote à la majorité qualifiée au lieu du vote à l'unanimité la règle générale

1147 Le Traité de Maastricht

1148 Toute personne ayant la nationalité d'un Etat membre

1149 D'élaborer un projet de constitution européenne

1150 Valéry Giscard d'Estaing

1151 Les Pays-Bas

1152 Les institutions européennes

1153 Le Traité d'Amsterdam

1154 Un acte qui lie les Etats membres quant au résultat à atteindre

1155 Un règlement

1156 Traité de Lisbonne – 2007

1157 Les 12 heures sur le cadran d'une horloge

1158 *In varietate concordia* (« l'union dans la diversité »)

1159 La déclaration de Schuman considérée comme l'acte de naissance de l'Union européenne

1160 Le Royaume-Uni

1161 La Norvège

1162 1981

1163 1986 à 1995

1164 1995

1165 Malte, La Bulgarie

1166 Le 1er janvier 2007

1167 28 Etats

1168 24 langues

1169 Le gaélique

1170 Aucun

1171 La Turquie

1172 Oui

1173 Le belge Herman van Rompuy

1174 51,9 %

1175 Le Conseil de l'Europe

1176 Nommé par le Conseil européen avec approbation du Parlement européen

1177 Jean-Claude Juncker

1178 1

1179 Le commissaire européen chargé du budget

1180 La Commission européenne

1181 Le Parlement européen

1182 La Cour de justice des communautés européennes

1183 1952

1184 Luxembourg

1185 Des chefs d'Etat et de gouvernement des Etats membres de l'UE

1186 Les ministres des Etats membres en rapport avec l'ordre du jour

1187 Chaque Etat membre a un poids différent dans le système de vote

1188 Six mois

1189 Le Parlement européen avec le conseil de l'Union européenne

1190 Le Parlement européen

1191 Strasbourg

1192 Cinq ans

1193 751

1194 Simone Veil

1195 Dans le pays de sa résidence

1196 La représentation proportionnelle sans vote préférentiel

1197 Par le Traité de Maastricht

1198 Nommé par le Parlement européen

1199 Des institutions et organismes communautaires

1200 La Banque centrale européenne

1201 3

1202 Il fallait cocher les 5 propositions de réponses !

1203 La culture

1204 La libre circulation des personnes et la suppression des contrôles aux frontières

1205 Le Royaume-Uni, L'Irlande

1206 Droit de vote et d'éligibilité aux élections municipales et européennes

1207 La Norvège

1208 L'agriculture

1209 1959

1210 Le fonds social européen

1211 Partage le droit d'initiative avec les Etats membres

1212 La coopération avec certains pays en voie de développement

1213 Le 112

1214 Le fonds européen d'ajustement à la mondialisation

1215 33 pays

1216 Selon le processus décisionnel de l'Union, la commission européenne dispose du monopole du pouvoir de proposition

1217 L'Office humanitaire de la Communauté européenne

1218 Paris

1219 La présence à paris du Chancelier allemand

1220 Joseph Staline

1221 La décision des nazis d'exterminer les juifs d'Europe

1222 Charles de Gaulle

1223 Les conditions de la capitulation allemande, l'organisation de l'Europe et la garantie d'un monde stable

1224 Les Etats-Unis et l'URSS

1225 La capitulation allemande

1226 Harry S. Truman

1227 Benito Mussolini, Franklin Roosevelt, Adolf Hitler

1228 Winston Churchill

1229 1961

1230 1989

1231 La Yougoslavie, l'Egypte, l'Inde, l'Indonésie, la Birmanie et l'Ethiopie

1232 Défend le droit des Etats frères partout où le socialisme est menacé

1233 Un débarquement de rebelles anticastristes à Cuba

1234 La Hongrie

1235 1968

1236 La révolution de velours

1237 L'URSS a disparu officiellement en 1991

1238 Une association politique

1239 Start

1240 La guerre d'Indochine

1241 A Evian

1242 L'incident du golfe du Tonkin

1243 Le retrait américain de la guerre du Vietnam

1244 1975

1245 La nationalisation du canal de Suez par Nasser

1246 L'Egypte

1247 1973

1248 Israël et les pays arabes

1249 Yasser Arafat et Yitzhak Rabin

1250 En 1987, lors de la première Intifada

1251 M. Al-Sadate – M. Beghin – J. Carter

1252 Un extrémiste israélien

1253 En 1973

1254 De la guerre du Kippour

1255 Le massacre de Palestiniens par l'armée jordanienne en 1970

1256 Chypre

1257 Les Hutus

1258 Au Soudan

1259 Au Nigeria

1260 Un net durcissement *via* des provocations bilatérales

1261 Entre l'Inde et le Pakistan

1262 Au Sri Lanka

1263 2003

1264 4

1265 Un mouvement fondamentaliste musulman

1266 Bagdad

1267 11 mars 2004

1268 Devant le tribunal spécial irakien en Irak

1269 L'OTAN

1270 Organisation du traité de l'Atlantique Nord

1271 La Suisse

1272 1952

1273 La République fédérale d'Allemagne rejoint l'OTAN

1274 La France

1275 Le traité de Varsovie

1276 En 1999

1277 En 1946

1278 193 pays membres

1279 De la Chine

1280 5

1281 Le Japon

1282 1951

1283 De l'éducation, de la science et de la culture

1284 Une aide, le plus souvent internationale, apportée aux populations civile en détresse, avec ou sans l'accord de leurs autorités étatiques

1285 Au Caire

1286 Le secrétaire général de l'ONU

1287 5 ans

1288 Le retrait des forces armées israéliennes des territoires occupés lors de la guerre des Six Jours

1289 Le retrait militaire d'Afghanistan

1290 L'Allemagne et la Russie

1291 Sud-Coréenne

1292 Boutros-Boutros Ghali, Javier Pérez de Cuellar

1293 A l'Organisation des Nations unies (ONU)

1294 Aider à la réintégration dans le pays d'origine. Faciliter l'obtention du droit d'asile. Sauvegarder le droit et le bien-être des réfugiés

1295 L'Organisation mondiale de la santé – L'Organisation internationale du travail – Le Fonds monétaire international

1296 Pour l'environnement

1297 L'alimentation et l'agriculture

1298 Unesco

1299 47 pays

1300 Strasbourg

1301 Tous les Etats membres

1302 Aucune des solutions proposées n'est bonne

1303 Le Conseil de l'Europe

COMPLEMENTS DE REPONSES

984 Harry S. Truman, né le 8 mai 1884 à Lamar (Missouri) et mort le 26 décembre 1972 à Kansas City (Missouri), est un homme d'Etat américain, 33e président des Etats-Unis en fonction de 1945 à 1953.

Elu comme vice-président de Franklin D. Roosevelt en 1944, il lui succède à sa mort le 12 avril 1945. Truman préside à la fin de la Seconde Guerre mondiale et lors de la montée des tensions avec l'Union soviétique qui se transforme en guerre froide.

Alors que l'Allemagne capitule quelques semaines après l'accession à la présidence de Truman, il prend la décision d'autoriser les bombardements atomiques d'Hiroshima et Nagasaki.

Sa présidence marque un tournant dans la politique étrangère des Etats-Unis, le pays adoptant une volonté interventionniste en conjonction avec ses alliés européens. Travaillant étroitement avec le Congrès, Truman participe à la fondation des Nations unies, applique la doctrine Truman et fait voter le plan Marshall pour reconstruire l'Europe.

L'alliance avec l'Union soviétique durant la guerre se transforma en une opposition ouverte dite guerre froide. Il supervise le pont aérien vers Berlin en 1948 et la création de l'OTAN en 1949. Lorsque la Corée du Nord envahit la Corée du Sud en 1950, il envoie immédiatement des troupes américaines et obtient l'approbation des Nations unies pour la guerre de Corée. Après des succès initiaux, les forces des Nations unies sont repoussées par une intervention chinoise et le conflit entre dans une impasse qui dure jusqu'à la fin de la présidence de Truman.

Harry Truman parvient à remporter de justesse l'élection présidentielle de 1948 au terme d'une bonne campagne. Cependant, devenu très impopulaire, il renonce à se représenter pour un troisième mandat malgré sa populaire politique de Fair Deal instaurée dans la continuité du New Deal de son prédécesseur. La corruption de son administration, liée à certains membres du cabinet et du personnel de la Maison-Blanche, est une question centrale de la campagne présidentielle, à l'issue de laquelle le candidat démocrate, Adlai Stevenson, est battu par le républicain Dwight D. Eisenhower. Truman quitte ses fonctions le 20 janvier 1953.

1001 L'ensemble des primaires et caucus, qui se tiennent dans chaque état des Etats-Unis, font partie du mécanisme de désignation du candidat d'un parti à l'élection présidentielle américaine. Ce processus n'a jamais figuré dans la Constitution, et a ainsi été développé au fil du temps par les différents partis. A l'intérieur des Etats sont organisés soit des primaires, soit simplement des caucus, soit une combinaison des deux. Ils ont lieu entre janvier et juin de l'année de l'élection présidentielle, en novembre, et sont suivis par la convention nationale. Alors que les primaires sont organisées par les Etats et les communautés locales, les partis politiques s'occupent directement des caucus. Dans les deux cas, l'élection est indirecte : les participants ne votent pas directement pour un candidat, mais pour qu'un nombre maximum de délégués, liés par un serment, aillent à la convention nationale du parti voter effectivement pour leur candidat.

Le caucus de l'Iowa est l'objet d'une forte couverture médiatique tous les quatre ans, lors des années de l'élection présidentielle américaine (les caucus se tiennent tous les deux ans). En effet, depuis 1972, l'Iowa est l'Etat qui inaugure le long processus pour la désignation du président américain.

Il sert d'indicateur précoce pour savoir quel candidat peut espérer gagner l'investiture de son parti politique à la convention nationale de celui-ci et ce malgré le poids relatif (1 % des délégués nationaux) de cet Etat rural de 3 millions d'habitants.

Le dernier caucus a eu lieu le 1er février 2016.

L'Iowa est un des rares Etats américains à désigner ses délégués par caucus et non par un vote traditionnel pour les élections primaires.

1244 Guerre du Vietnam : dates clés

- 11 décembre 1961 - Première intervention américaine au Vietnam
  Un porte-avion américain transportant deux escadrilles d'hélicoptères débarque à Saïgon. Pour la première fois l'armée américaine aide directement les sud-vietnamiens dans leur combat contre le guérilla communiste.
- 11 juin 1963 - Un bonze bouddhiste s'immole par le feu
  Pour protester contre le régime dictatorial pro-américain du président vietnamien Ngô Dinh Diêm, un bonze bouddhiste s'immole par le feu à Saïgon (Vietnam du sud). D'autres immolations publiques suivront et les mouvements d'opposition seront sévèrement réprimés par le pouvoir. En novembre 1963, un coup d'Etat renverse le gouvernement de Ngô Dinh Diêm qui sera fusillé.
- 2 et 4 août 1964 - Les incidents du golfe du Tonkin
  Des navires nord-vietnamiens et deux bâtiments américains échangent des tirs de canons. Cet évènement marque le début de l'intervention américaine au Nord-Vietnam.
- 7 février 1965 - Les Américains bombardent le Nord-Vietnam
  Le 7 février 1965 a lieu la première décision choc des États-Unis, la plus critiquée aussi. Le président Johnson prend prétexte d'un accident naval survenu dans le golfe du Tonkin en août 1964 (échange de tirs de canons entre torpilleurs nord-vietnamiens et destroyers américains) pour décider officiellement de l'engagement américain dans la guerre et lancer les premiers bombardements sur le Nord-Vietnam. Le but de la coalition entre les Etats-Unis et le Sud-Vietnam est de couper le ravitaillement en armes et en carburant du Nord. Dès le mois de mars, les marines américains débarquent au Vietnam.
- 29 juin 1966 - Premiers raids américains au Vietnam
  Le 29 juin 1966 constitue une nouvelle escalade de violence dans la guerre opposant les États-Unis et leur allié sud-vietnamien dans un Nord-Vietnam très organisé. Ce jour-là, le président Johnson déclenche les premiers raids aériens sur les villes de Haiphong et Hanoï, provoquant de terrifiantes pertes humaines. Les dépôts de carburants de Hanoï et de Haïphong sont visés.
- 3 septembre 1969 - Mort de Hô Chi Minh
  Grande figure du nationalisme, artisan initial de l'indépendance vietnamienne et de l'instauration d'un régime communiste au Vietnam, Hô Chi Minh meurt le 3 septembre 1969 à 70 ans, en pleine guerre du Vietnam. Symbole de la lutte contre l'impérialisme américain, l'homme d'État donnera son nom à la capitale du Sud-Vietnam en 1975. La biographie d'Hô Chi Minh
- 20 novembre 1969 - Les Américains s'opposent à la guerre du Vietnam
  A Washington une manifestation spectaculaire contre la poursuite du conflit au Viêt-Nam réuni 250 000 personnes. La colère gronde en Amérique depuis la révélation faite par le «New-York Times» du massacre de plusieurs centaines de vietnamiens dans le village de My Lai, au sud du pays, par des soldats américains. Face aux accusations de crimes de

guerre, des commissions d'enquêtes officielles seront envoyées à Saïgon afin de mener l'enquête. L'armée américaine imposera à tous les inculpés du massacre de May Lai de garder le silence.

- 3 mai 1971 - Gigantesque sit-in à Washington
En 1968, les premiers pourparlers de paix s'enlisent, engendrant les interrogations des experts, des journalistes et de la population occidentale. La majorité des Américains est opposée à la guerre du Vietnam et la médiatisation souvent virulente du conflit ajoute à la pression qui pèse sur les décideurs américains. Le 3 mai 1971, un gigantesque sit-in de 500 000 personnes est organisé à Washington, sous la houlette de célébrités, comme l'actrice Jane Fonda. 7 000 personnes seront arrêtées par les forces de l'ordre ce jour-là.
- 8 juillet 1972 - Jane Fonda débarque au Nord Vietnam
L'actrice américaine effectue un séjour de deux semaines à Hanoï pour dénoncer la politique américaine au Vietnam. Sur «Radio Hanoï» elle exhortera les G.I. américains à cesser les bombardements sur le Nord Vietnam. Elle ira même jusqu'à à monter sur le siège d'un canon anti-aérien nord-vietnamien coiffée d'un casque militaire. L'action de Jane Fonda au Vietnam sera violemment dénoncée par la classe politique américaine qui verra en elle le symbole de l'antipatriotisme.
- 27 janvier 1973 - Signature des accords de Paris
La date du 27 janvier 1973 concrétise l'aboutissement des négociations entreprises cinq ans plus tôt. Ce jour-là, le cessez-le-feu des Accords de Paris met officiellement fin à la présence américaine au Vietnam. Les Etats-Unis ont en effet 60 jours pour retirer leurs troupes du pays. En échange, les prisonniers du Vietnam sont libérés. Cette date ne marque cependant pas la fin de tous les conflits entre le Nord et le Sud-Vietnam, qui dureront encore deux ans avant la réunification du pays.
- 30 avril 1975 - La capitulation de Saïgon
Le gouvernement du Sud-Vietnam capitule après l'entrée des troupes du Nord-Vietnam et du Viêt-cong dans Saïgon. La capitale du Sud-Vietnam est rebaptisée Hô-Chi-Minh-Ville, du nom de l'ancien leader communiste vietnamien. Le pays, divisé au cours de la première guerre d'Indochine contre les Français en 1954, est définitivement réunifié sous l'autorité du gouvernement communiste de Hanoï.

7. ECONOMIE ET VIE DES ENTREPRISES

Ce chapitre est composé de **5 sections** pour un total de **270 questions**.

1. Histoire de la pensée économique et grands concepts
2. Economie internationale et vie financière
3. La zone euro
4. Production et vie des entreprises
5. L'Etat dans la sphère économique en France

[A SAVOIR !]

110 Les numéros de questions de ce type signifient qu'il n'y a qu'une seule et unique réponse juste à la question posée.

111 Les numéros de questions de ce type signifient qu'il y a **plusieurs (2 ou plus) réponses possibles justes à la question**.

[UN CONSEIL IMPORTANT]

Nous vous conseillons vivement de répondre à toutes les questions d'une section avant d'en découvrir les solutions. L'erreur consiste en effet généralement à traiter une question et à vérifier aussitôt la réponse parce que l'on veut s'assurer d'avoir trouvé la réponse juste ou parce que l'on est impatient de la découvrir dans le cas où on ne la connaît pas. Si vous souhaitez sérieusement progresser, vous devez absolument vous imprégner du thème traité par la section et répondre d'un trait à toutes les questions d'une section.

[QUELQUES MOTS SUR...]

1. L'économie internationale et la vie financière [WIKIPEDIA]

L'économie internationale est la branche des sciences économiques qui s'intéresse aux relations commerciales et économiques entre pays, aux évolutions des taux de change et de la compétitivité économique.

L'économie internationale comporte plusieurs branches : celle qui étudie les échanges commerciaux (Théorie du commerce international), celle qui étudie les politiques monétaires et les taux de change, celle qui étudie les mouvements de capitaux entre pays (Finance internationale), etc.

2. La zone Euro [WIKIPEDIA]

La zone euro (ou Union économique et monétaire – UEM) est une zone monétaire qui regroupe les pays de l'Union européenne qui ont adopté l'euro (EUR, €) comme monnaie unique. Dix-huit pays de l'Union européenne, représentant près de 324 millions d'habitants, font partie de la zone euro au 1er janvier 2014. Elle a été créée en 1999 par onze pays : Allemagne, Autriche, Belgique, Espagne, Finlande, France, Irlande, Italie, Luxembourg, Pays-Bas, Portugal, rejoints par la Grèce en 2001, par la Slovénie en 2007, par Chypre et Malte en 2008, par la Slovaquie en 2009, l'Estonie en 2011 et la Lettonie en 2014.

3. L'Etat dans la sphère économique en France [WIKIPEDIA]

Après l'élection de François Mitterrand en 1981, l'incursion de l'Etat dans la sphère économique s'est encore renforcée. Depuis, les privatisations réduisent progressivement le contrôle sur la production économique. La France reste un des Etats du monde les plus règlementés, et le poids des dépenses publiques y est très important.

1. Histoire de la pensée économique et grands concepts

1304 Economiste britannique né en 1766, son nom est associé à un adjectif et à une doctrine selon laquelle les naissances doivent être limitées par crainte de la surpopulation par rapport aux subsistances. Il s'agit de :

- ☐ A. Adam Smith
- ☐ B. Thomas Malthus
- ☐ C. John Maynard Keynes
- ☐ D. David Ricardo

1305 Des quatre auteurs suivants, lequel n'appartient pas au courant libéral classique ?

- ☐ A. Jean-Baptiste Say
- ☐ B. Adam Smith
- ☐ C. John. M. Keynes
- ☐ D. David Ricardo

1306 Classez ces économistes par nationalité :

a. Frédéric Bastiat
b. Arthur Laffer
c. Friedrich Hayek
d. Nikolai Kondratieff

1. Américain
2. Russe
3. Français
4. Autrichien

- ☐ A. a1 – b3 – c2 – d4
- ☐ B. a3 – b1 – c4 – d2
- ☐ C. a1 – b3 – c4 – d3
- ☐ D. a3 – b2 – c2 – d4

1307 Qui est économiste ?

- ☐ A. Balthasar Kłossowski dit Balthus
- ☐ B. John Meynard Keynes
- ☐ C. Milton Friedman
- ☐ D. Pierre Bourdieu

1308 « La mauvaise monnaie chasse la bonne » est la formulation de la loi de Gresham (commerçant et financier anglais du XVIe siècle). Quel est le phénomène historique qui a inspiré cette loi ?

- ☐ A. L'apparition de l'inflation monétaire
- ☐ B. La disparition des pièces d'or de la circulation monétaire, remplacées par des pièces d'argent de moindre valeur
- ☐ C. L'apparition des billets de banque
- ☐ D. La disparition des assignats

1309 Quelles sont, selon Karl Marx, les caractéristiques de la théorie de la plus-value ?

- ☐ A. Les propriétaires du capital (les capitalistes) exploitent les classes ouvrières qui s'appauvrissent
- ☐ B. Le rôle de l'Etat doit diminuer au profit d'une société collectiviste idéale, la société communiste
- ☐ C. Elle engendre l'exploitation de l'homme par l'homme

1310 Parmi les ouvrages suivants, lequel n'a-t-il pas été écrit par Karl Marx ?

- ☐ A. *Le Manifeste du Parti communiste*
- ☐ B. *Les Luttes de classes en France*
- ☐ C. *Le Petit Livre rouge*
- ☐ D. *Le Capital*

1311 « Dans un système d'entière liberté de commerce, chaque pays consacre son capital et son industrie à tel ou tel emploi qui lui paraît utile. C'est ainsi qu'en encourageant l'industrie et en tirant tout le parti possible des bienfaits de la nature, on parvient à une meilleure distribution et à plus d'économie dans le travail. En même temps l'accroissement de la masse générale des produits répand partout le bien-être : l'échange lie entre elles toutes les nations du monde civilisé par des nœuds communs de l'intérêt, par des relations amicales et en fait une et seule grande société. C'est ce principe qui veut qu'on fasse du vin en France et au Portugal, qu'on cultive du blé en Pologne… » Dans ce texte extrait des *principes de l'économie politique et de l'impôt* de David Ricardo, publié en 1817, il est question de :

- ☐ A. Du libre-échange
- ☐ B. Du commerce intra-branche
- ☐ C. Du protectionnisme
- ☐ D. Des investissements à l'étranger
- ☐ E. Aucune de ces réponses n'est bonne

1312 Quel économiste est célèbre pour avoir dit : « Il n'est de richesse que d'hommes » ?

- ☐ A. Jean Bodin
- ☐ B. Adam Smith
- ☐ C. Karl Marx
- ☐ D. Milton Friedman

1313 A qui doit-on l'expression de « Révolution industrielle » ?

- ☐ A. James Watt
- ☐ B. Adolphe Blanqui
- ☐ C. Max Weber

1314 Pour John Meynard Keynes, la clé du retour au plein emploi, c'est :

- ☐ A. Relancer la production
- ☐ B. Favoriser l'épargne
- ☐ C. Relancer la consommation

1315 A qui doit-on la politique dite du New Deal aux Etats-Unis en 1932-1933 ?

- ☐ A. Dwight David Eisenhower
- ☐ B. Harry S. Truman
- ☐ C. Franklin Delano Roosevelt

1316 Dans quelle ville a été défini le nouveau SMI en 1944 ?

- ☐ A. Londres
- ☐ B. Bretton-Woods
- ☐ C. La Haye

1317 Que signifie le sigle SMI ?

- ☐ A. Système monétaire international
- ☐ B. Service monétaire international
- ☐ C. Structure monétaire internationale

1318 Qu'instituent les accords définissant le nouveau SMI ?

- ☐ A. La libéralisation du commerce mondial
- ☐ B. Les relations entre banques centrales
- ☐ C. La définition des monnaies par rapport au dollar
- ☐ D. L'ouverture des marchés financiers

1319 Quelle période désigne les Trente Glorieuses en France ?

- ☐ A. 1900-1925
- ☐ B. 1945-1975
- ☐ C. 1920-1950
- ☐ D. 1955-1970

1320 **Une seule de ces propositions relatives aux Trente Glorieuses est inexacte, laquelle ?**

- ☐ A. Nom donné par l'économiste Alfred Sauvy
- ☐ B. Période de croissance économique pour la France
- ☐ C. Période caractérisée par un baby-boom
- ☐ D. Marque l'entrée de la société française dans la consommation de masse

1321 **Pour quelle raison Alfred Sauvy a-t-il forgé l'expression « tiers-monde » ?**

- ☐ A. Pour faire valoir l'émergence d'une « troisième voie » politique voulant échapper à la logique d'affrontement des « deux blocs »
- ☐ B. Pour faire un parallèle avec le tiers état de l'Ancien Régime
- ☐ C. Pour faire valoir l'émergence d'une « troisième voie » économique promue par les nouveaux pays décolonisés
- ☐ D. Pour faire valoir une vision spiritualiste du monde inspirée de la Sainte-Trinité

1322 **De quelle année date l'expression « tiers-monde » ?**

- ☐ A. 1939
- ☐ B. 1945
- ☐ C. 1952
- ☐ D. 1973

1323 **Le premier choc pétrolier a eu lieu en :**

- ☐ A. 1963
- ☐ B. 1973
- ☐ C. 1980
- ☐ D. 1991

1324 **En raison du démarrage spectaculaire de leur économie, quatre pays étaient appelés les « quatre dragons d'Asie » (ou quatre tigres) au début des années 1990. Ces pays sont :**

- ☐ A. Indonésie, Singapour, Malaisie et Philippines
- ☐ B. Thaïlande, Taïwan, Hong Kong et Corée du Sud
- ☐ C. Singapour, Taïwan, Hong Kong et Corée du Sud
- ☐ D. Indonésie, Thaïlande, Taïwan et Hong Kong
- ☐ E. Aucune de ces réponses n'est bonne

1325 **La balance commerciale est la différence entre :**

- ☐ A. L'argent dépensé par les touristes sur un territoire national et l'argent dépensé par les citoyens de ce pays en voyageant à l'étranger
- ☐ B. La valeur des exportations et celle des importations de marchandises
- ☐ C. La valeur de la production des entreprises d'un pays implantées sur le territoire et celle des entreprises de ce même pays installées à l'étranger

1326 **Le déficit budgétaire :**

- ☐ A. Peut être financé par des émissions obligataires
- ☐ B. Correspond à la somme des déficits accumulés dans le temps
- ☐ C. Correspond au solde entre recettes et dépenses du budget de l'Etat
- ☐ D. Peut être mesuré en point de PIB

1327 **La courbe de Philips établit un lien entre :**

- ☐ A. Le taux de chômage et le taux d'inflation
- ☐ B. Le taux d'épargne et les revenus
- ☐ C. Les taux d'intérêt réels et le taux d'inflation
- ☐ D. Le taux de chômage et la population active

1328 **La courbe de Kuznets (années 1950) décrit la relation entre :**

- ☐ A. Le niveau de développement d'un pays et son niveau d'inégalité
- ☐ B. Le taux d'intérêt et les obligations
- ☐ C. Le taux de chômage et la population active

1329 **Trop d'impôt tue l'impôt. Quelle courbe démontre cette affirmation ?**

- ☐ A. Courbe de Keynes
- ☐ B. Courbe de Say
- ☐ C. Courbe de Laffer
- ☐ D. Courbe de Ricardo

1330 **Milton Friedman était un économiste :**

- ☐ A. Monétariste
- ☐ B. Néo-keynésien
- ☐ C. Marginaliste

1331 **Le monétarisme :**

- ☐ A. Est un courant qui défend l'action de l'Etat en matière monétaire
- ☐ B. Est lié à l'Ecole de Chicago
- ☐ C. Suggère un taux de croissance fixe pour la masse monétaire
- ☐ D. Condamne la théorie quantitative de la monnaie

1332 **Déterminez quels facteurs composent les bases de l'économie de marché :**

- ☐ A. Les libertés individuelles
- ☐ B. Les règlementations gouvernementales
- ☐ C. Le rôle limité de l'Etat
- ☐ D. La propriété privée des moyens de production

1333 **L'école libérale classique et la doctrine marxiste s'opposent principalement sur :**

- ☐ A. L'organisation générale du système économique
- ☐ B. Le rôle de l'Etat dans l'activité économique
- ☐ C. L'innovation technologique
- ☐ D. L'autonomie des entreprises

1334 **Dans l'optique libérale, le marché fonctionne théoriquement dans le cadre d'une :**

- ☐ A. Régulation de l'économie
- ☐ B. Planification indicative
- ☐ C. Concurrence pure et parfaite
- ☐ D. Concurrence mondiale régulée

1335 **Parmi les conditions de la concurrence pure et parfaite, figurent :**

- ☐ A. Le faible nombre d'offreurs
- ☐ B. L'information parfaite des offreurs et des demandeurs
- ☐ C. L'homogénéité des produits

1336 **Dans l'économie de marché :**

- ☐ A. L'offre et la demande sont toujours équivalentes
- ☐ B. Ce sont les marchés qui orientent l'activité économique
- ☐ C. La concurrence dynamise l'activité économique
- ☐ D. C'est l'Etat qui fixe les prix des produits et services

1337 **En économie, comment nomme-t-on un utilisateur d'un bien ou d'un service qui ne paie pas le « juste » prix de son utilisation ?**

- ☐ A. Un trafiquant
- ☐ B. Un passager clandestin
- ☐ C. Un agent défaillant
- ☐ D. Un profiteur

1338 **Parmi les propositions suivantes, laquelle est exacte ? En théorie classique, si l'offre augmente :**

- ☐ A. Le prix baisse
- ☐ B. Le prix augmente

1339 **Sur un marché, on obtient le prix d'équilibre avec :**

- ☐ A. La moyenne marginale
- ☐ B. Le point d'intersection sur un graphique des courbes de l'offre et de la demande
- ☐ C. Une propension à l'équilibre du prix des produits

1340 **Parmi ces instruments, lequel n'est pas utilisé par la politique monétaire ?**

- ☐ A. L'intervention directe sur le crédit
- ☐ B. L'action sur les réserves obligatoires des banques commerciales
- ☐ C. L'intervention sur le marché monétaire
- ☐ D. L'intervention sur les dépenses publiques de l'Etat

1341 **La création monétaire résulte :**

- ☐ A. De l'épargne des ménages
- ☐ B. Des crédits accordés par les banques
- ☐ C. Des investissements par autofinancement des entreprises

1342 **La monnaie scripturale n'est pas :**

- ☐ A. Emise par l'Etat
- ☐ B. Immatérielle
- ☐ C. Constituée d'avoirs en compte

1343 **Quel est approximativement le taux de change euro-dollar en mai 2018 ?**

- ☐ A. 1,06
- ☐ B. 1,18
- ☐ C. 1,27
- ☐ D. 1,36

1344 **La désinflation correspond à :**

- ☐ A. La baisse des prix
- ☐ B. La hausse des prix
- ☐ C. Un ralentissement de la hausse des prix

1345 Dans un système de changes flottants, la baisse du cours d'une monnaie est appelée :

- ☐ A. Appréciation
- ☐ B. Dépréciation
- ☐ C. Dévaluation

1346 Le chômage frictionnel est dû :

- ☐ A. Aux conflits du travail
- ☐ B. A l'écart entre offre et demande de travail
- ☐ C. Au délai nécessaire entre deux emplois
- ☐ D. Au ralentissement de la croissance

1347 Qu'est-ce que le coefficient d'ouverture d'une économie ?

- ☐ A. Le rapport entre la balance commerciale et la balance des paiements
- ☐ B. Le rapport entre les transferts financiers étrangers et l'épargne nationale
- ☐ C. Le rapport entre la valeur des exportations et celle des importations
- ☐ D. Le rapport entre la valeur des exportations et le PIB

1348 Lequel de ces phénomènes est uniquement microéconomique ?

- ☐ A. Le budget de la recherche
- ☐ B. La création de 200 postes d'infirmières
- ☐ C. Le vote du budget de l'Etat
- ☐ D. Les 35 heures

1349 Parmi les affirmations suivantes, laquelle ne définit pas l'épargne ?

- ☐ A. C'est une réserve d'argent disponible
- ☐ B. C'est acquérir des biens et services
- ☐ C. C'est la partie du revenu disponible qui n'est pas consommée

1350 De quelle forme d'épargne fait partie la thésaurisation ?

- ☐ A. L'épargne financière
- ☐ B. L'épargne non financière
- ☐ C. L'épargne improductive

1351 Que mesure l'élasticité du revenu ?

- ☐ A. L'effet d'une variation du revenu sur la variation de la consommation
- ☐ B. La part du revenu qui est épargnée
- ☐ C. La part du revenu qui est consommée

1352 Parmi les revenus du travail, on ne compte pas :

- ☐ A. Les bénéfices des entreprises individuelles
- ☐ B. Les dividendes
- ☐ C. Les honoraires des médecins

1353 Un oligopole se caractérise par la présence :

- ☐ A. D'un seul vendeur face à une multiplicité de consommateurs
- ☐ B. D'un seul consommateur face à une multiplicité de vendeurs
- ☐ C. De peu de vendeurs face à une multiplicité de consommateurs
- ☐ D. De quelques consommateurs face à une multiplicité de vendeurs

1354 Comment appelle-t-on un marché caractérisé par la présence d'un nombre limité d'acheteurs face à une quantité importante de vendeurs ?

- ☐ A. Oligopsone
- ☐ B. Monopsone
- ☐ C. Oligopole
- ☐ D. Monopole
- ☐ E. Aucune de ces réponses n'est bonne

1355 **Une rente de situation est un surplus de rentabilité que peut obtenir une entreprise ayant un avantage compétitif. Cet avantage peut résulter :**

☐ A. D'une plus grande efficacité technique
☐ B. D'une meilleure situation sur le marché (monopole, par exemple)
☐ C. De politiques favorables au corporatisme ou au protectionnisme
☐ D. Du commerce équitable

1356 **L'Etat peut privatiser des entreprises :**

☐ A. En achetant des actions d'entreprises privées
☐ B. En vendant des actions d'entreprises publiques
☐ C. Pour se procurer des ressources financières
☐ D. Aucune de ces réponses n'est bonne

1357 **Des biens économiques sont des biens rares parce que :**

☐ A. Ils ne sont pas disponibles en quantités suffisantes pour satisfaire entièrement tous les besoins
☐ B. Ils sont disponibles en quantités limitées
☐ C. Ce sont des produits haut de gamme
☐ D. Ils ne sont produits que lorsqu'ils sont très rentables

1358 **Qu'appelle-t-on taux d'activité ?**

☐ A. Le rapport entre les étudiants ayant cessé leurs études et ceux qui les poursuivent
☐ B. Le rapport entre les chômeurs et la population totale
☐ C. Le rapport entre les actifs et la population totale

1359 **Le consumérisme est :**

☐ A. La propension à consommer
☐ B. La tendance des consommateurs à se regrouper en associations
☐ C. L'incitation à la consommation faite par la publicité

1360 **Les revenus de la propriété ne sont pas :**

☐ A. Les loyers perçus par les propriétaires
☐ B. Les intérêts perçus par les ménages
☐ C. Les bénéfices des entreprises individuelles

1361 **A quel type de revenu une action donne-t-elle droit ?**

☐ A. Un intérêt
☐ B. Un dividende
☐ C. Un profit

1362 **Quelles entreprises sont prises en compte dans le calcul du PIB de la France ?**

☐ A. Les entreprises françaises implantées à l'étranger
☐ B. Les entreprises étrangères implantées en France
☐ C. Les entreprises étrangères implantées à l'étranger
☐ D. Les entreprises françaises implantées en France

1363 **La croissance économique est mesurée par :**

☐ A. Le taux de croissance du PIB en euros
☐ B. Le taux de croissance du PIB en volume
☐ C. Le taux de croissance de la production industrielle

1364 **Qu'est-ce que le coût marginal de production ?**

- ☐ A. Le coût total des quantités produites
- ☐ B. La somme des coûts fixes et des coûts variables
- ☐ C. C'est le coût supplémentaire induit par la dernière unité produite
- ☐ D. Le rapport entre les coûts d'acquisition et les quantités acquises
- ☐ E. Toutes les solutions proposées sont bonnes
- ☐ F. Aucune de ces réponses n'est bonne

1365 **En économie, la valeur ajoutée d'une entreprise se calcule :**

- ☐ A. En divisant le volume de production par le nombre d'ouvriers
- ☐ B. En divisant le volume de production par le temps de travail
- ☐ C. En soustrayant la valeur des consommations intermédiaires au volume de production
- ☐ D. En soustrayant l'impôt sur les sociétés au résultat

1366 **Le chiffre d'affaires d'une entreprise désigne :**

- ☐ A. Le montant de ce qu'elle vend
- ☐ B. Le montant de ce qu'elle produit
- ☐ C. Le montant de ce qu'elle consomme
- ☐ D. Le montant de ce qu'elle achète

1367 **Le capital social d'une société désigne :**

- ☐ A. Le montant des sommes prélevées sur les bénéfices réalisés qui sont conservées dans la société
- ☐ B. Le nombre de salariés
- ☐ C. Tous les équipements durables utilisés par la société pour produire
- ☐ D. Le montant des sommes apportées par les actionnaires leur donnant droit, en contrepartie, à la propriété de l'entreprise

1368 **En comptabilité, un compte de résultats doit être équilibré entre les produits et :**

- ☐ A. Les recettes
- ☐ B. Les immobilisations
- ☐ C. Les charges

1369 **A quel mot correspond la définition suivante : répartition dans le temps d'une charge financière correspondant au remplacement d'un bien, machine, appareil, etc. ?**

- ☐ A. Un amortissement
- ☐ B. Une provision
- ☐ C. Une plus-value
- ☐ D. Une réévaluation d'actif

1370 **« Ecriture comptable au bilan pour une perte probable » : qui suis-je ?**

- ☐ A. Un amortissement
- ☐ B. Une plus-value
- ☐ C. Une provision
- ☐ D. Une recette

1371 Le commerce équitable vise à :

- ☐ A. Assurer une juste rémunération du travail des producteurs et artisans les plus défavorisés
- ☐ B. Réguler les échanges commerciaux mondiaux
- ☐ C. Faciliter les échanges commerciaux Nord-Sud
- ☐ D. Favoriser la préservation de l'environnement

1372 Les produits issus du commerce équitable portent le label international :

- ☐ A. Rouge
- ☐ B. Max Havelaar
- ☐ C. Commerce équitable
- ☐ D. Partage
- ☐ E. C.E.

2. Economie internationale et vie financière

1373 Où siège le FMI ?

- ☐ A. A New York
- ☐ B. A Bruxelles
- ☐ C. A Strasbourg
- ☐ D. A Washington

1374 Que signifie FMI ?

- ☐ A. Fonds des monnaies nationales
- ☐ B. Formation monétaire internationale
- ☐ C. Fonds monétaire international
- ☐ D. Aucune de ces réponses n'est bonne

1375 La Banque mondiale a été créée pour :

- ☐ A. Faciliter les échanges commerciaux mondiaux
- ☐ B. Superviser le système bancaire mondial
- ☐ C. Financer des programmes d'aide au développement
- ☐ D. Accorder des facilités aux pays connaissant une crise financière

1376 L'accord signé à Genève en 1947 pour organiser le commerce mondial afin d'instaurer des règles commerciales équitables pour tous est :

- ☐ A. L'OMC
- ☐ B. Le GATT
- ☐ C. Le SME

1377 Dans le cadre de quelle institution internationale sont envisagés les droits de douane ?

- ☐ A. L'OMC
- ☐ B. L'OCDE
- ☐ C. Le FMI

1378 L'OMC a succédé :

- ☐ A. Au GATT
- ☐ B. A l'OCDE
- ☐ C. A Bretton Woods
- ☐ D. Au FMI

1379 Quel est le nombre de pays membres de l'OMC en 2018 ?

- ☐ A. 20
- ☐ B. 60
- ☐ C. 120
- ☐ D. 164

1380 Quelle est la signification du sigle « OCDE » ?

- ☐ A. Organisation de coopération des développements européens
- ☐ B. Organisation de coopération et de développement économique
- ☐ C. Organisation de constance des développements économiques
- ☐ D. Organisation de coopération, de développement et d'entraide
- ☐ E. Organisation de coopération et de développement à l'étranger

1381 Le programme des Nations unies pour le développement utilise un indicateur de développement humain (IDH) qui permet d'apprécier le niveau de développement réel d'un pays. Cet indice est composé de trois critères. Quels sont-ils ?

- ☐ A. L'espérance de vie – Le niveau d'instruction – Le produit national brut (PNB)
- ☐ B. L'espérance de vie – Le niveau d'instruction – Le produit intérieur brut (PIB) par habitant
- ☐ C. Le produit intérieur brut (PIB) par habitant – Le taux de fécondité – Le taux de population urbaine
- ☐ D. Le produit intérieur brut (PIB) par habitant – Le taux de fécondité – Le nombre d'habitants par hectare de terres arables cultivées
- ☐ E. Toutes les solutions proposées sont bonnes
- ☐ F. Aucune de ces réponses n'est bonne

1382 L'organisation des pays exportateurs de pétrole s'appelle :

- ☐ A. L'alliance du monde arabe
- ☐ B. L'OCDE
- ☐ C. L'OPEP

1383 Quels sont les deux pays ayant rejoint l'OPEP en 2016 après l'avoir quittée ?

- ☐ A. Le Venezuela
- ☐ B. L'Angola
- ☐ C. Le Gabon
- ☐ D. L'Equateur
- ☐ E. L'Indonésie

1384 Quel pays n'est pas membre de l'OPEP :

- ☐ A. L'Iran
- ☐ B. Le Koweït
- ☐ C. Le Mexique
- ☐ D. Le Nigeria

1385 Quel est l'organisme des Nations unies qui prend en charge les questions liées à l'agriculture ?

- ☐ A. La PO
- ☐ B. La CAO
- ☐ C. La FAO

1386 Quel pays ne fait pas partie du Sparteca, accord de coopération entré en vigueur en 1981 ?

- ☐ A. L'Australie
- ☐ B. Les Philippines
- ☐ C. Les îles du Pacifique
- ☐ D. La Nouvelle-Zélande

1387 Qu'appelle-t-on « Mercosur » ?

- ☐ A. Le marché mondial du soufre et du mercure
- ☐ B. Une alliance économique en Amérique du Sud
- ☐ C. Un traité libéral entre les pays industrialisés et les pays d'Afrique

1388 **Quelle est l'institution chargée de surveiller et de réguler les activités boursières et financières en France ?**

- ☐ A. La COB
- ☐ B. Le CMF
- ☐ C. L'AMF

1389 **En 2019, le Japon préside le Groupe des 20 – G20 (ce sera l'Arabie Saoudite en 2020). Laquelle des entités suivantes n'est pas membre de ce groupe ?**

- ☐ A. L'Union européenne
- ☐ B. L'Arabie Saoudite
- ☐ C. La Corée du Sud
- ☐ D. Le Royaume-Uni
- ☐ E. La Suisse

1390 **Lequel des pays suivants n'est pas membre du G20 ?**

- ☐ A. L'Ukraine
- ☐ B. Le Mexique
- ☐ C. L'Inde
- ☐ D. L'Afrique du Sud

1391 **Quel pays se classe 1re puissance économique mondiale en 2018 ?**

- ☐ A. La Chine
- ☐ B. Le Japon
- ☐ C. La Suède
- ☐ D. Les Etats-Unis

1392 **Quelle est la monnaie de l'Inde ?**

- ☐ A. La roupie
- ☐ B. La livre indienne
- ☐ C. Le dinar indien

1393 **Quelle est la monnaie de l'Afrique du Sud ?**

- ☐ A. Le lek
- ☐ B. La livre australe
- ☐ C. Le rand

1394 **La monnaie de la Croatie est :**

- ☐ A. L'euro
- ☐ B. La couronne croate
- ☐ C. La kuna
- ☐ D. Le dinar

1395 **L'unité monétaire du Brésil est :**

- ☐ A. Le peso
- ☐ B. Le bolivar
- ☐ C. Le réal
- ☐ D. Le sucre

1396 **Quel est le code devise de la couronne danoise ?**

- ☐ A. CD
- ☐ B. DKK
- ☐ C. CDA
- ☐ D. DCK

1397 **Qu'est ce que le chancelier de l'Echiquier ?**

- ☐ A. Le ministre des Finances allemand
- ☐ B. Le ministre des Finances autrichien
- ☐ C. Le ministre des Finances britannique
- ☐ D. Aucune de ces réponses n'est bonne

1398 Parmi ces acronymes, lesquels sont ceux de banques centrales ?

- ☐ A. FED
- ☐ B. BOJ
- ☐ C. BOS
- ☐ D. BOE
- ☐ E. BCE

1399 Quelle a été le type de mesure prise par la Réserve fédérale américaine à la suite de la crise des subprimes ?

- ☐ A. La diminution des taux d'intérêts directeurs
- ☐ B. L'augmentation des taux d'intérêts directeurs
- ☐ C. L'imposition d'opérations de fusion aux banques fragilisées par la crise
- ☐ D. L'accord de prêts exceptionnels aux banques fragilisées par la crise

1400 Comment appelle-t-on la politique d'expansion de leur bilan qu'ont mené plusieurs banques centrales à travers le monde ?

- ☐ A. Expansion policy
- ☐ B. Growth easing
- ☐ C. Quantitative policy
- ☐ D. Quantitative easing

1401 Concernant le plan Paulson de 2008 :

- ☐ A. Il vise à répondre à la crise financière liée à la crise des subprimes
- ☐ B. Il représente 700 milliards de dollars
- ☐ C. Il permet l'achat d'actifs toxiques américains
- ☐ D. Il permet une prise de participation par le Trésor américain dans les institutions financières en difficulté

1402 Que sont les taux directeurs ?

- ☐ A. Ce sont les taux d'intérêt fixés chaque jour par la banque centrale d'un pays ou d'une union monétaire
- ☐ B. Ce sont des taux d'intérêts pour les prêts à très court terme
- ☐ C. Ce sont des réserves financières que les banques doivent déposer auprès de la banque centrale
- ☐ D. Aucune de ces réponses n'est bonne

1403 Quelle institution a été mise en place afin de protéger les épargnants en cas de faillite bancaire ?

- ☐ A. La Réserve fédérale
- ☐ B. La chambre de compensation
- ☐ C. Le fonds de garantie bancaire
- ☐ D. L'inflation

1404 Quel est le taux que doivent extérioriser les établissements de crédit dans leurs offres de prêt auprès du grand public ?

- ☐ A. Le taux nominal
- ☐ B. Le taux effectif global
- ☐ C. Le taux actuariel

1405 Qu'est-ce qu'un « subprime » ?

- ☐ A. Un crédit au taux de l'usure
- ☐ B. Un crédit immobilier à risque
- ☐ C. Une prime accordée à certains investisseurs occultes

1406 Lorsque le taux d'intérêt évolue à la hausse, le cours des obligations doit :

- ☐ A. Monter
- ☐ B. Baisser
- ☐ C. Evoluer de façon indépendante

1407 Les OPCVM (organisme de placements collectifs en valeurs mobilières) sont :

☐ A. Des sociétés d'investissement
☐ B. Des fonds communs de placement (FCP)
☐ C. Des sociétés d'investissement à capital variable (SICAV) et des fonds communs de placement

1408 Qu'est-ce qu'un « cambiste » ?

☐ A. Une personne chargée des opérations de change
☐ B. Une personne chargée des décrets gouvernementaux
☐ C. Une personne chargée d'enregistrer les résultats des sondages

1409 Quel était le montant des salaires, bonus et autres bénéfices que les établissements financiers et bancaires de Wall Street voulaient verser en 2009 ?

☐ A. 100 millions de dollars
☐ B. 600 millions de dollars
☐ C. 100 milliards de dollars
☐ D. 140 milliards de dollars

1410 A quel montant s'élève la fraude financière réalisée par Bernard Madoff ?

☐ A. 20 milliards de dollars
☐ B. 25 milliards de dollars
☐ C. 45 milliards de dollars
☐ D. 65 milliards de dollars

1411 Quel pays de l'Union européenne connaît une grave crise financière en 2010 ?

☐ A. La Bulgarie
☐ B. L'Arménie
☐ C. L'Allemagne
☐ D. La Grèce

1412 Parmi les organismes suivants, lequel n'est pas une agence de notation financière ?

☐ A. Fitch Rating Ltd
☐ B. OCRB
☐ C. Standard & Poor's (S&P)
☐ D. Moody's

1413 Laquelle de ces villes n'est pas une place boursière ?

☐ A. Washington
☐ B. Londres
☐ C. Tokyo
☐ D. New York

1414 La City est le quartier financier de :

☐ A. New York
☐ B. Paris
☐ C. Francfort
☐ D. Londres

1415 La Bourse de Paris se tient au :

☐ A. Palais Bourbon
☐ B. Palais Drouot
☐ C. Palais Brogniart
☐ D. Palais du Luxembourg
☐ E. Palais Garnier

1416 Comment s'appelle le principal indice boursier de la bourse de Tokyo ?

☐ A. MESDAQ
☐ B. DAX
☐ C. NASDAQ
☐ D. Nikkei 225

1417 L'indicateur regroupant les valeurs les plus importantes de la bourse française est :

☐ A. Le CAC 40
☐ B. Le Dow Jones
☐ C. Le SBF 120
☐ D. Aucune de ces réponses n'est bonne

1418 Dans l'expression CAC 40, que veut dire CAC ?

☐ A. Capitalisation assistée en continu
☐ B. Cotation assistée en commun
☐ C. Cotation assistée en continu
☐ D. Cotation assidue en commun
☐ E. Aucune de ces réponses n'est bonne

1419 Comment est surnommé le marché des changes ?

☐ A. Spot
☐ B. Forex
☐ C. Trading
☐ D. Traker

1420 Où a eu lieu le krash boursier de 1929 ?

☐ A. Wall Street
☐ B. Oxford Street
☐ C. Atlantic City
☐ D. Owen Street

1421 Quelle a été l'évolution, exprimée en pourcentage, de l'indice CAC 40 de la bourse de Paris sur l'ensemble de l'année 2017 ?

☐ A. – 1,59 %
☐ B. + 4,86 %
☐ C. + 9,26 %
☐ D. + 16,51 %

1422 Sur la période 2002-2012, l'euro atteint un plus bas face au dollar à :

☐ A. 1 euro pour 0,9649 dollar
☐ B. 1 euro pour 1,0565 dollar
☐ C. 1 euro pour 1,1147 dollar
☐ D. 1 euro pour 1,1914 dollar

1423 Sur la période 2002-2012, l'euro atteint un plus haut face au dollar à :

☐ A. 1 euro pour 1,4156 dollar
☐ B. 1 euro pour 1,5007 dollar
☐ C. 1 euro pour 1,5990 dollar
☐ D. 1 euro pour 1,6784 dollar

1424 Entre janvier 2007 et juillet 2008, le baril de pétrole passe de :

☐ A. 41 à 113 dollars
☐ B. 45 à 172 dollars
☐ C. 53 à 138 dollars
☐ D. 67 à 120 dollars

1425 A son plus bas en 2009, le baril de pétrole se trouve dans la zone des :

☐ A. 20 dollars
☐ B. 30 dollars
☐ C. 40 dollars
☐ D. 50 dollars

1426 A combien s'élève la dette extérieure brute des Etats-Unis en septembre 2017 ?

☐ A. 13 522 milliards de dollars
☐ B. 2 507 milliards de dollars
☐ C. 20 244 milliards de dollars
☐ D. 587 milliards de dollars

3. La zone euro

1427 **Quelle unité de compte européenne instaure le système monétaire européen en 1979 ?**

☐ A. Le doublon
☐ B. L'écu
☐ C. L'euro

1428 **Où se trouve le siège de la Banque centrale européenne ?**

☐ A. A Bruxelles
☐ B. A Strasbourg
☐ C. A Francfort

1429 **Le terme Eurosystème au sein de l'Union européenne désigne :**

☐ A. Uniquement les banques centrales nationales des Etats membres ayant adopté l'euro
☐ B. Uniquement la Banque centrale européenne
☐ C. La Banque centrale européenne et les banques centrales nationales
☐ D. La Banque centrale européenne et les banques centrales nationales des Etats membres ayant adopté l'euro

1430 **En 2002, lors du passage à l'euro, qui présidait la Banque centrale européenne ?**

☐ A. Dominique Strauss Kahn
☐ B. Jean-Claude Trichet
☐ C. Jacques de Larosière
☐ D. Wim Duisenberg

1431 **Depuis quand l'euro est-il la monnaie officielle unique ?**

☐ A. Le 1er janvier 2001
☐ B. Le 1er janvier 2002
☐ C. Le 1er janvier 2003

1432 **Le franc n'a plus cours légal depuis :**

☐ A. Le 31 décembre 2001
☐ B. Le 1er janvier 2002
☐ C. Le 18 février 2002
☐ D. Le 1er mars 2002

1433 **Parmi ces quatre monnaies européennes, quelle est celle qui n'a pas disparu en 2002 ?**

☐ A. La livre sterling
☐ B. L'escudo
☐ C. La lire
☐ D. Le schilling

1434 **Trois micro-Etats ont été autorisés à émettre des pièces nationales en euros. Lesquels ?**

☐ A. Andorre, Saint-Marin et le Vatican
☐ B. Monaco, Saint-Marin et le Vatican
☐ C. Andorre, Monaco et le Vatican
☐ D. Andorre, Monaco et Saint-Marin

1435 **Quel pays ne fait pas partie de la « zone euro » ?**

☐ A. Chypre
☐ B. La Bulgarie
☐ C. La Slovénie
☐ D. La Slovaquie

1436 Un seul de ces pays fait partie de la zone euro :

- ☐ A. La Suède
- ☐ B. Le Danemark
- ☐ C. La Norvège
- ☐ D. La Finlande

1437 En 2016, quel Etat n'a pas adopté l'euro ?

- ☐ A. La Slovénie
- ☐ B. Monaco
- ☐ C. La Hongrie
- ☐ D. L'Irlande

1438 Que représente la face commune des billets en euros qui sont mis en circulation dans une large partie de l'Europe ?

- ☐ A. Des portraits
- ☐ B. Des évènements historiques
- ☐ C. Des éléments architecturaux
- ☐ D. Des tableaux de peintres européens célèbres

1439 Depuis janvier 2019, la production et l'émission de quel billet s'achèvent officiellement ?

- ☐ A. 50 €
- ☐ B. 100 €
- ☐ C. 200 €
- ☐ D. 500 €

1440 Le billet de 200 euros est :

- ☐ A. Jaune
- ☐ B. Violet
- ☐ C. Bleu
- ☐ D. Vert

1441 A quel pourcentage du produit intérieur brut le traité de Maastricht fixe-t-il la limite des déficits publics dans les Etats de la zone euro ?

- ☐ A. 2,0 %
- ☐ B. 3,0 %
- ☐ C. 3,5 %
- ☐ D. 4,0 %

1442 Quelle est la sanction encourue par un pays qui dépasserait durablement le niveau maximal de déficit public prévu par les traités et le pacte de stabilité européen ?

- ☐ A. Une amende calculée au prorata du déficit excédentaire
- ☐ B. Une amende calculée au prorata de la population
- ☐ C. Une amende calculée au prorata du produit intérieur brut
- ☐ D. Une mise sous tutelle européenne de sa politique économique

1443 Comment s'appelle le fonds créé par l'Union européenne en 2010 dans le cadre de la crise financière afin de venir en aide aux Etats en difficultés ?

- ☐ A. Le Fonds européen de stabilisation financière
- ☐ B. Le Fonds européen de soutien budgétaire
- ☐ C. Le Mécanisme européen financier
- ☐ D. Le Mécanisme européen de stabilité

1444 Le Mécanisme européen de stabilité (MES) :

- ☐ A. Doit remplacer le Mécanisme européen de stabilité financière
- ☐ B. Peut aider un Etat européen en difficulté financière
- ☐ C. Est doté d'un capital de 700 milliards d'euros versés sur 5 ans
- ☐ D. Ne peut pas acheter de la dette primaire des Etats

4. Production et vie des entreprises

1445 De quel secteur économique la pêche fait-elle partie ?

- ☐ A. Le secteur primaire
- ☐ B. Le secteur secondaire
- ☐ C. Elle n'appartient pas à un secteur économique

1446 L'ostréiculture est l'élevage :

- ☐ A. Des escargots
- ☐ B. Des moules
- ☐ C. Des huîtres

1447 Les actifs employés par l'industrie et le bâtiment appartiennent au secteur :

- ☐ A. Primaire
- ☐ B. Secondaire
- ☐ C. Tertiaire

1448 Un entrepreneur individuel appartient au secteur institutionnel :

- ☐ A. Des sociétés et quasi-sociétés non financières
- ☐ B. Des ménages
- ☐ C. Des petites et moyennes entreprises

1449 Quelle est en 2017 la nation européenne qui importe le plus d'électricité ?

- ☐ A. L'Italie
- ☐ B. La Suisse
- ☐ C. L'Allemagne

1450 Les trois quarts de notre production d'électricité sont d'origine :

- ☐ A. Thermique
- ☐ B. Nucléaire
- ☐ C. Hydraulique

1451 Quel est au premier trimestre 2018 le premier pays producteur de pétrole au monde ?

- ☐ A. L'Arabie Saoudite
- ☐ B. Les Etats-Unis
- ☐ C. L'Algérie
- ☐ D. La Russie

1452 Parmi ces Etats, lequel doit importer la totalité de sa consommation de pétrole ?

- ☐ A. Le Royaume-Uni
- ☐ B. La Norvège
- ☐ C. Le Koweït
- ☐ D. Le Japon

1453 Actuellement, le premier pays producteur mondial d'or est :

- ☐ A. La Russie
- ☐ B. L'Afrique du Sud
- ☐ C. Le Mexique
- ☐ D. La Chine

1454 Parmi les pays suivants, lesquels font partie des cinq plus grands producteurs de café ?

- ☐ A. Le Brésil
- ☐ B. Le Vietnam
- ☐ C. La Colombie
- ☐ D. L'Indonésie
- ☐ E. L'Ethiopie

1455 La Thaïlande est un pays exportateur :

- ☐ A. De cacao
- ☐ B. De café
- ☐ C. De riz
- ☐ D. De soja

1456 Le Japon a pour ressource essentielle :

- ☐ A. La pêche
- ☐ B. Le riz
- ☐ C. La forêt

1457 Quel pays est le plus grand exportateur de vin en 2017 ?

- ☐ A. La France
- ☐ B. Les Etats-Unis
- ☐ C. L'Italie
- ☐ D. L'Argentine
- ☐ E. L'Afrique du Sud

1458 La première destination touristique mondiale est :

- ☐ A. L'Italie
- ☐ B. L'Espagne
- ☐ C. La France
- ☐ D. La Turquie

1459 Quel élément économique constitue le premier revenu de la Corse ?

- ☐ A. Le vignoble
- ☐ B. Les vergers
- ☐ C. Le tourisme
- ☐ D. La pêche

1460 A partir de 1836, la ville de Saône-et-Loire qui connaît un rapide essor industriel grâce aux frères Schneider est :

- ☐ A. Mâcon
- ☐ B. Montceau-les-Mines
- ☐ C. Le Creusot

1461 Dans quelle ville des Hauts-de-Seine fut fondée l'usine Renault frères, nationalisée en 1945 ?

- ☐ A. Nanterre
- ☐ B. Boulogne-Billancourt
- ☐ C. Antony
- ☐ D. Clamart

1462 Quel site géographique ne possède pas de raffinerie de pétrole ?

- ☐ A. La basse Seine
- ☐ B. Le plateau du Limousin
- ☐ C. L'étang de Berre

1463 Lavéra, port des Bouches-du-Rhône situé sur la commune de Martigues est :

- ☐ A. Le plus grand port français de marchandises diverses
- ☐ B. Le plus grand port pétrolier français
- ☐ C. Le plus grand port français importateur de minerais et charbon
- ☐ D. Le plus grand port de pêche français

1464 Le premier port fluvial français est :

- ☐ A. Gennevilliers
- ☐ B. Strasbourg
- ☐ C. Thionville Illange

1465 En superficie, laquelle de ces régions représente le plus grand territoire viticole français ?

- ☐ A. Vignoble de Bordeaux
- ☐ B. Vignoble de Bourgogne
- ☐ C. Vignoble du Languedoc-Roussillon
- ☐ D. Vignoble de la vallée de la Loire

1466 La grande région française d'élevage avicole est :

- ☐ A. Le Nord
- ☐ B. Le Sud
- ☐ C. L'Est
- ☐ D. L'Ouest

1467 Quelle activité industrielle fait la gloire de Roubaix ?

- ☐ A. L'aéronautique
- ☐ B. L'automobile
- ☐ C. Le pneumatique
- ☐ D. Le textile

1468 Laguiole est une ville célèbre pour :

- ☐ A. Sa cristallerie
- ☐ B. Sa poterie
- ☐ C. Sa coutellerie
- ☐ D. Sa porcelaine

1469 L'Airbus A380 est assemblé à :

- ☐ A. Bordeaux
- ☐ B. Montpellier
- ☐ C. Rennes
- ☐ D. Toulouse

1470 Dans quelle ville américaine se trouvent les aéroports de La Guardia et J.F. Kennedy qui assurent à eux deux actuellement l'un des plus forts trafics ?

- ☐ A. New York
- ☐ B. Chicago
- ☐ C. Los Angeles
- ☐ D. Washington

1471 Quelles entreprises françaises sont nationalisées à la Libération ?

- ☐ A. Air France
- ☐ B. Paribas
- ☐ C. Rhône-Poulenc
- ☐ D. Crédit Lyonnais
- ☐ E. Renault

1472 Quel magasin est créé par Jules Ouaki en 1948 ?

- ☐ A. Tati
- ☐ B. La Redoute
- ☐ C. Monoprix

1473 Eurotunnel est inauguré en :

- ☐ A. 1964
- ☐ B. 1974
- ☐ C. 1984
- ☐ D. 1994

1474 Quelle société américaine de gaz naturel et de courtage en électricité déclenche un immense scandale financier en 2002, qui entraîne sa disparition ?

- ☐ A. Powernext
- ☐ B. Kodak
- ☐ C. Enron
- ☐ D. Executive Life

1475 En 2006, dans quel pays le président Evo Morales décide-t-il de nationaliser les hydrocarbures ?

☐ A. En Bolivie
☐ B. En Colombie
☐ C. En Equateur
☐ D. Au Venezuela

1476 D'après une étude du World Wide Fund for Nature (WWF) de décembre 2009, les technologies vertes pourraient devenir le troisième secteur industriel mondial d'ici 2020. Derrière quels deux secteurs se placeraient-elles alors ?

☐ A. Le textile et le secteur du jouet
☐ B. Les biotechnologies et la construction
☐ C. L'aérospatial et les industries de défense
☐ D. Les produits chimiques et l'industrie alimentaire
☐ E. L'automobile et l'électronique

1477 Quelle place boursière le groupe russe d'aluminium Rusal a-t-il choisi pour son introduction en Bourse en janvier 2010 ?

☐ A. Londres
☐ B. Tokyo
☐ C. New York
☐ D. Hong Kong

1478 Mittal Steel, leader mondial de l'acier, a lancé une OPA sur Arcelor, numéro 2 mondial, au capital en partie français. Qu'est-ce qu'une OPA ?

☐ A. Une OPA (offre publique d'achat) consiste à proposer aux actionnaires d'une société de racheter toutes leurs actions à un certain prix (en général supérieur au cours de la Bourse)
☐ B. Une OPA (offre particulière d'achat) consiste à proposer aux plus gros actionnaires d'une société de racheter leurs actions à un certain prix
☐ C. Une OPA (opération publique d'amélioration) consiste à prendre le contrôle d'une société menacée de faillite en indemnisant les actionnaires
☐ D. Une OPA (offre possible d'achat) consiste à annoncer aux actionnaires d'une société l'éventualité du rachat de leurs actions à un prix supérieur au cours de la Bourse

1479 Quelles OPA ont été lancées ?

☐ A. Sanofi-Synthélabo sur Aventis
☐ B. Alcan sur Pechiney
☐ C. Ingenico sur Schneider
☐ D. Gas Natural sur Endesa

1480 Une « multinationale » est :

☐ A. Un ensemble de techniques et méthodes ayant pour objet la stratégie commerciale et l'étude des marchés
☐ B. Une association d'artisans d'un même métier
☐ C. Une grande entreprise contrôlant des unités de production dans plusieurs pays

1481 Dans quel pays se trouve le siège de la marque Samsung ?

☐ A. Au Japon
☐ B. En Chine
☐ C. En Corée du Nord
☐ D. En Corée du Sud

1482 Quel est le nom du principal producteur d'électricité du Japon ?

☐ A. TEPCO
☐ B. FUKU
☐ C. AIEA
☐ D. NISA
☐ E. EDJ

1483 Fin 2016, quelle entreprise n'appartient plus au CAC 40 ?

☐ A. Michelin
☐ B. Air Liquide
☐ C. Alstom
☐ D. BNP Paribas

1484 Qui est le premier constructeur automobile mondial en janvier 2018 ?

☐ A. Volkswagen
☐ B. General Motors
☐ C. Toyota
☐ D. Renault

1485 Parmi ces groupes, lesquels travaillent dans le secteur automobile ?

☐ A. Valéo
☐ B. Mazda
☐ C. Isuzu
☐ D. Qualipac

1486 Laquelle de ces entreprises porte le nom de son créateur ?

☐ A. Pontiac
☐ B. Intel
☐ C. Mars
☐ D. Starbucks

1487 Laquelle de ces entités appartient au groupe eBay ?

☐ A. PayPal
☐ B. YouTube
☐ C. PriceMinister
☐ D. TechCrunch
☐ E. Amazon

1488 De même que les iPhone sont manufacturés et mis en vente par la compagnie Apple, quelle entreprise produit et commercialise les BlackBerry ?

☐ A. RIM
☐ B. Nokia
☐ C. Microsoft
☐ D. Samsung
☐ E. Ericsson

1489 Parmi la liste suivante, que produit la firme américaine Monsanto ?

☐ A. Du maïs transgénique
☐ B. Du vin
☐ C. Des médicaments
☐ D. De l'électroménager

1490 Quel est en 2019 le leader mondial de l'édition de logiciels ?

☐ A. Microsoft
☐ B. Apple
☐ C. Linux
☐ D. Intel

1491 L'industriel EADS est né de la fusion de trois grandes entreprises européennes. De quels trois pays sont-elles originaires ?

- ☐ A. France, Allemagne, Angleterre
- ☐ B. France, Allemagne, Espagne
- ☐ C. France, Angleterre, Italie
- ☐ D. France, Italie, Angleterre
- ☐ E. France, Allemagne, Belgique

1492 Suite à une série d'avaries en automne 2010, les moteurs d'un certain nombre d'Airbus A380 ont dû être vérifiés. Par quelle entreprise avaient-ils été construits ?

- ☐ A. Lockheed-Martin
- ☐ B. Rolls-Royce
- ☐ C. Mercedes
- ☐ D. Safran
- ☐ E. EADS

1493 Laquelle de ces entreprises n'est pas un cabinet de conseil ?

- ☐ A. Capgemnini
- ☐ B. Boston Consulting Group
- ☐ C. Mc Kinsey
- ☐ D. Bain & Co
- ☐ E. Procter & Gamble

1494 En France, si l'on souhaite téléphoner à partir d'un téléphone mobile, on peut passer un contrat avec la société :

- ☐ A. SFR
- ☐ B. Itinéris
- ☐ C. Bouygues

1495 De quelle entreprise de luxe le groupe LVMH a-t-il acquis 17,1 % des parts en octobre 2010 ?

- ☐ A. Prada
- ☐ B. Hermès
- ☐ C. Richemont
- ☐ D. Brioni
- ☐ E. Guerlain

1496 A quel grand groupe appartient la marque de luxe Gucci ?

- ☐ A. LVMH
- ☐ B. PPR
- ☐ C. Richemont
- ☐ D. L'Oréal
- ☐ E. Cartier

1497 Qui devient Chief Executive Officer (CEO) de Google en 2015 ?

- ☐ A. Steve Jobs
- ☐ B. Larry Page
- ☐ C. Sundar Pichai
- ☐ D. Eric Schmidt
- ☐ E. Steve Ballmer

1498 Qui devient PDG de la Société Générale en mai 2009 ?

- ☐ A. Daniel Bouton
- ☐ B. Frédéric Oudéa
- ☐ C. Michel Pébereau
- ☐ D. Christian Duvillet
- ☐ E. Jean-Marie Sander

1499 Qui succède à Louis Schweitzer au poste de PDG de Renault ?

- ☐ A. Akio Toyoda
- ☐ B. Philippe Varin
- ☐ C. Michel Rollier
- ☐ D. Carlos Ghosn
- ☐ E. Patrick Pélata

1500 Qui est nommé PDG de L'Oréal en mai 2011 ?

- ☐ A. Lindsay Owen Jones
- ☐ B. Liliane Bettencourt
- ☐ C. Jean-Paul Agon
- ☐ D. Alan George Lafley
- ☐ E. Martial Rolland

1501 La SNCF exploite environ :

- ☐ A. 24 000 km de lignes ferroviaires
- ☐ B. 32 000 km de lignes ferroviaires
- ☐ C. 38 000 km de lignes ferroviaires
- ☐ D. 46 000 km de lignes ferroviaires

1502 Quel nom la SNCF avait-elle donné à son premier système de réservation grand public ?

- ☐ A. Hermès
- ☐ B. Mercure
- ☐ C. Résarail
- ☐ D. Socrate

1503 En 2017, dans le classement mondial des groupes publicitaires, l'agence française Havas est classée ?

- ☐ A. 3e
- ☐ B. 5e
- ☐ C. 6e
- ☐ D. 10e

1504 Jean-Marie Messier a dominé la scène de la communication dans les années 2000. Parmi ces noms, lequel n'est pas rattaché à Vivendi Universal lorsque Jean-Marie Messier démissionne en 2002 ?

- ☐ A. Canal +
- ☐ B. Havas
- ☐ C. SFR
- ☐ D. Virgin

1505 Parmi les marques suivantes, laquelle n'appartient pas au groupe Danone ?

- ☐ A. Actimel
- ☐ B. Blédina
- ☐ C. Gervais
- ☐ D. Volvic
- ☐ E. Lu

1506 Jusqu'au 31 décembre 2017, quelle société de gestion les mairies de Lyon, Paris, Marseille... ont-elles choisie pour assurer des services de location de vélos mis à disposition dans leur ville ?

- ☐ A. Clear Channel
- ☐ B. JC Decaux
- ☐ C. EFFIA
- ☐ D. Aucune de ces réponses n'est bonne : ces villes gèrent seules leur service de location de vélo

1507 Qantas est la principale compagnie aérienne :

- ☐ A. De Suède
- ☐ B. D'Australie
- ☐ C. Du Brésil
- ☐ D. D'Afrique du Sud

1508 Laquelle de ces compagnies aériennes européennes n'est pas low cost ?

- ☐ A. Ryanair
- ☐ B. Meridiana
- ☐ C. German Wings
- ☐ D. Olympic Airlines

1509 Quelle compagnie aérienne ne fait pas partie du réseau Sky Team ?

- ☐ A. British Airways
- ☐ B. Air France
- ☐ C. KLM
- ☐ D. Delta

1510 Avec quelle compagnie aérienne KLM a-t-elle fusionné ?

- ☐ A. British Airways
- ☐ B. Air France
- ☐ C. KLM
- ☐ D. Delta

1511 Quelle est la nationalité de l'entreprise avec laquelle la première compagnie aérienne française a formé l'alliance Air France-KLM en 2004 ?

- ☐ A. Italienne
- ☐ B. Allemande
- ☐ C. Belge
- ☐ D. Britannique
- ☐ E. Hollandaise

1512 Le 9 avril 2009, deux agences de voyage décident de se regrouper. Il s'agit de :

- ☐ A. Nouvelles Frontières et FRAM
- ☐ B. Nouvelles Frontières et Look Voyages
- ☐ C. Thomas Cook et Look Voyages
- ☐ D. Afat voyages et Selectour

1513 Fin 2009, quel est le montant de l'amende infligée par la Commission européenne à des entreprises de chimie pour entente illicite sur le prix de certains produits ?

- ☐ A. 73 millions d'euros
- ☐ B. 123 millions d'euros
- ☐ C. 173 millions d'euros
- ☐ D. 213 millions d'euros

1514 Parmi ces quatre catégories, laquelle ne peut pas saisir le Conseil de la concurrence ?

- ☐ A. Les entreprises
- ☐ B. Les chambres professionnelles
- ☐ C. Les associations de consommateurs
- ☐ D. Les particuliers

1515 Une administration ou un organisme public doit lancer un avis d'appel public à concurrence, sur la base d'un cahier des charges :

- ☐ A. Pour toute commande de travaux, fournitures et services
- ☐ B. Si le montant annuel de la commande dépasse 90 000 € HT
- ☐ C. Si le montant annuel de la commande dépasse 150 000 € HT

1516 Comment s'appelle le principal lieu de recherche et d'innovation aux Etats-Unis ?

- ☐ A. Le Sun Belt
- ☐ B. La Silicon Valley
- ☐ C. High Technology Valley
- ☐ D. Blue Valley

1517 **Au Japon, que sont les zaibatsu ?**

- ☐ A. Des groupes d'entreprises entretenant des participations croisées
- ☐ B. Des start-up spécialisées dans Internet
- ☐ C. Des employés modèles

1518 **La flexibilité d'une entreprise désigne sa capacité à :**

- ☐ A. Dégager une forte rentabilité
- ☐ B. S'adapter à son environnement économique
- ☐ C. Passer facilement d'une faible à une forte productivité
- ☐ D. Gérer souplement son personnel

1519 **Que signifie le sigle PME ?**

- ☐ A. Petites et moyennes entreprises
- ☐ B. Politique monétaire européenne
- ☐ C. Police municipale d'Etat

1520 **Qu'est-ce que la mercatique ?**

- ☐ A. L'étude des marchés boursiers
- ☐ B. L'économie de la mer et des océans
- ☐ C. Le mot français désignant le marketing

1521 **On distingue traditionnellement quatre étapes différentes dans la « vie » d'un produit. Que se passe-t-il généralement pendant la troisième étape appelée « maturité » ?**

- ☐ A. La croissance du produit est faible car l'innovation est dépassée ; atomicité du marché ; parts de marché gelées
- ☐ B. Les volumes de vente sont stables ; de moins en moins d'acteurs sur le marché ; parts de marché très volatiles
- ☐ C. Le produit est dépassé par de nouvelles innovations ; décroissance importante de ses ventes
- ☐ D. Le produit n'est plus une innovation ; il s'est déjà largement diffusé ; il connaît une croissance de ses ventes beaucoup plus faible, voire nulle
- ☐ E. Le produit est concurrencé par d'autres produits beaucoup plus innovants ; croissance nulle voire décroissance de ses ventes ; le produit n'attire plus de nouveaux clients

1522 **En 2018, qui se classe en 1re position des plus grandes fortunes françaises ?**

- ☐ A. La famille Mulliez
- ☐ B. Liliane Bettencourt
- ☐ C. Bernard Arnault
- ☐ D. Bertrand Puech

1523 **La loi Le Chapelier de 1791 :**

- ☐ A. Interdisait les coalitions et les mutuelles ouvrières
- ☐ B. Autorisait les ouvriers à se réunir chaque semaine
- ☐ C. Octroyait le droit de grève aux ouvriers et aux employés

1524 En 1947 est promulguée aux Etats-Unis la loi Taft-Hartley. Celle-ci prévoit notamment :

- ☐ A. Une restriction sévère du droit de grève
- ☐ B. L'obligation pour tous les permanents syndicaux de signer un serment de loyauté anticommuniste
- ☐ C. L'autorisation pour chaque Etat américain de promulguer son propre droit au travail

1525 Quel est le terme qui désigne les syndicats en Grande-Bretagne ?

- ☐ A. Les Workers Leagues
- ☐ B. Les United Workers
- ☐ C. Les Trade Unions

1526 A quand remonte l'instauration des comités d'entreprise ?

- ☐ A. 1901
- ☐ B. 1936
- ☐ C. 1945
- ☐ D. 1968

1527 La CFDT est fondée en 1964. Elle est issue d'un autre syndicat, lequel ?

- ☐ A. La CGT
- ☐ B. La CFTC
- ☐ C. Force ouvrière

1528 L'UNSA est une organisation syndicale française créée en 1993 qui regroupe des organisations non affiliées de manière interprofessionnelle. Ce rassemblement compte environ 365 000 adhérents, ce qui en fait la première organisation syndicale de la fonction publique. Mais que signifie précisément UNSA ?

- ☐ A. Union nationale des syndicats autonomes
- ☐ B. Unité nationale des syndicats affiliés
- ☐ C. Union nationale des secteurs autonomes

1529 Quel est le syndicat paysan majoritaire en France ?

- ☐ A. La Confédération paysanne
- ☐ B. La Coordination rurale des syndicats agricoles
- ☐ C. La Fédération nationale des syndicats d'exploitants agricoles

1530 Quel sigle ne désigne pas un syndicat français ?

- ☐ A. CFDT
- ☐ B. FNSEA
- ☐ C. LCR
- ☐ D. CGT

1531 Qu'est-ce que la FASP ?

- ☐ A. La Fédération autonome des syndicats de patrons
- ☐ B. La Fédération des alliances des syndicats de paysans
- ☐ C. La Fédération autonome des syndicats de police

1532 Quel est le syndicat autonome français qui regroupe les patrons ?

- ☐ A. La Fen
- ☐ B. La CFE
- ☐ C. Le Medef
- ☐ D. La FNSEA

1533 Qui devient président du Medef en 2013 ?

- ☐ A. Ernest-Antoine Seillière
- ☐ B. Pierre Gattaz
- ☐ C. Laurence Parisot
- ☐ D. François Périgot

1534 Au sein du syndicat, quelle est la personne qui défend les revendications du personnel auprès du patron ?

- ☐ A. Le secrétaire du syndicat
- ☐ B. Le délégué du personnel
- ☐ C. Le représentant du personnel

1535 Qui ne dispose pas du droit de grève ?

- ☐ A. Les militaires
- ☐ B. Les magistrats
- ☐ C. Les médecins
- ☐ D. Les professeurs

1536 Quel est le pays européen comptant le taux de salariés syndiqués le plus élevé ?

- ☐ A. La Suède
- ☐ B. La Finlande
- ☐ C. La France

5. L'Etat dans la sphère économique en France

1537 Quand la dette publique de la France a-t-elle franchi les 2 000 Mds d'euros ?

- ☐ A. 2014
- ☐ B. 2015
- ☐ C. 2016
- ☐ D. 2017

1538 La taux de dette publique en % du PIB de la France connaît une tendance à la hausse depuis plusieurs décennies. Pourtant, elle a connu une baisse sur l'année :

- ☐ A. 2002
- ☐ B. 2006
- ☐ C. 2007
- ☐ D. 2012

1539 Entre 1975 et 2005, le taux des prélèvements obligataires en France est passé de :

- ☐ A. 30 % à 35 % du PIB
- ☐ B. 30 % à 40 % du PIB
- ☐ C. 35 % à 44 % du PIB
- ☐ D. 40 % à 41 % du PIB

1540 Au 2e trimestre 2017, à quel niveau s'établit le taux de chômage en France ?

- ☐ A. A environ 10,1 %
- ☐ B. A environ 7,1 %
- ☐ C. A environ 9,3 %
- ☐ D. A environ 11,1 %

1541 La part des ménages français possédant leur logement au 1er janvier 2017 s'élève à :

- ☐ A. 42 %
- ☐ B. 58 %
- ☐ C. 62 %
- ☐ D. 69 %

1542 En 2017, à quel taux le gouvernement français fixe la TVA pour la restauration ?

- ☐ A. 2,40 %
- ☐ B. 3,70 %
- ☐ C. 4,80 %
- ☐ D. 5,50 %

1543 Les prélèvements obligatoires incluent :

- ☐ A. Les cotisations sociales
- ☐ B. La TVA
- ☐ C. Les impôts directs

1544 Constitue un impôt direct :

- ☐ A. L'impôt sur les sociétés
- ☐ B. L'impôt sur le revenu
- ☐ C. La TVA
- ☐ D. La taxe professionnelle
- ☐ E. Aucune de ces réponses n'est bonne

1545 La taxe sur le tabac est un impôt :

- ☐ A. Direct
- ☐ B. Indirect
- ☐ C. Ce n'est pas un impôt

1546 Parmi ces impôts, lesquels sont des impôts d'Etat ?

- ☐ A. La taxe d'habitation
- ☐ B. La TVA
- ☐ C. L'impôt sur le revenu
- ☐ D. La taxe foncière sur les propriétés bâties
- ☐ E. La redevance des mines

1547 En France, la taxe intérieure sur les produits pétroliers est perçue par :

- ☐ A. L'administration des Douanes
- ☐ B. L'administration des Impôts
- ☐ C. L'administration du Trésor
- ☐ D. La DRIRE

1548 Qu'est-ce que la taxe carbone ?

- ☐ A. Une taxe environnementale sur les voitures en carbone
- ☐ B. Une taxe environnementale sur l'émission de dioxyde de carbone
- ☐ C. Une taxe environnementale sur le carbone 14
- ☐ D. Une taxe environnementale sur le papier carbone

1549 La fiscalité locale se compose notamment des deux taxes suivantes :

- ☐ A. La taxe foncière sur les propriétés non bâties
- ☐ B. La taxe sur la valeur ajoutée
- ☐ C. La taxe indexée sur les produits pétroliers
- ☐ D. La contribution économique territoriale
- ☐ E. Aucune de ces réponses n'est bonne

1550 L'impôt qui rapporte le plus au budget de l'Etat français est :

- ☐ A. La TVA
- ☐ B. La taxe intérieure sur les produits pétroliers
- ☐ C. L'impôt de solidarité sur la fortune
- ☐ D. L'impôt sur le revenu
- ☐ E. Aucune de ces réponses n'est bonne

1551 Le quotient familial :

- ☐ A. Mesure le niveau de vie d'une famille
- ☐ B. Fait dépendre l'impôt sur le revenu de la taille du ménage
- ☐ C. Aucune de ces réponses n'est bonne

1552 En quelle année fut officialisée la naissance de la CAF ?

- ☐ A. En 1945
- ☐ B. En 1947
- ☐ C. En 1954
- ☐ D. En 1960

1553 L'assurance-chômage a été créée en :

- ☐ A. 1945
- ☐ B. 1958
- ☐ C. 1981

1554 En quelle année fut instaurée la 5e semaine de congés payés ?

- ☐ A. En 1980
- ☐ B. En 1982
- ☐ C. En 1985
- ☐ D. En 1988

1555 En quelle année la durée hebdomadaire légale de travail est-elle passée de 40 heures à 39 heures ?

- ☐ A. En 1980
- ☐ B. En 1982
- ☐ C. En 1985
- ☐ D. En 1988

1556 En quelle année fut instauré le RMI ?

- ☐ A. En 1985
- ☐ B. En 1986
- ☐ C. En 1987
- ☐ D. En 1988

1557 Que signifie le sigle RMI ?

- ☐ A. Revenu minimum d'insertion
- ☐ B. Revenu minimum d'intégration
- ☐ C. Revenu moyen d'insertion
- ☐ D. Revenu moyen d'intégration

1558 L'organisme issu de la fusion ANPE-ASSEDIC devient en 2008 :

- ☐ A. Le CMPP
- ☐ B. L'URSSAF
- ☐ C. Pôle Emploi
- ☐ D. La CRAM

1559 A quelle date la France a-t-elle officiellement mis en place le Revenu de solidarité active ?

- ☐ A. En septembre 2008
- ☐ B. En janvier 2009
- ☐ C. En juin 2009
- ☐ D. En septembre 2009

1560 **Le salaire minimum interprofessionnel de croissance en France est le :**

☐ A. SMIC
☐ B. RMI
☐ C. CES

1561 **Quelle est la principale branche de dépenses de la Sécurité sociale ?**

☐ A. L'assurance maladie
☐ B. Les retraites
☐ C. La famille
☐ D. Les accidents de travail et les maladies professionnelles

1562 **Quel est l'organisme chargé de la gestion de l'assurance chômage en France ?**

☐ A. L'ANPE
☐ B. L'Assedic
☐ C. La CAF
☐ D. L'Unedic

1563 **Parmi ces prestations sociales, lesquelles ne sont pas versées par la Caisse des allocations familiales ?**

☐ A. L'allocation spécifique de solidarité (ASS)
☐ B. L'allocation aux adultes handicapés (AAH)
☐ C. L'allocation de parent isolé (API)
☐ D. L'allocation de rentrée scolaire (ARS)

1564 **Les allocations familiales :**

☐ A. Dépendent du nombre d'enfants
☐ B. Sont soumises à condition de ressources
☐ C. Les deux

1565 **L'intervention de l'Etat dans l'économie peut être estimée en fonction :**

☐ A. Du poids des entreprises publiques dans le PIB
☐ B. Du taux de prélèvements obligatoires
☐ C. Du nombre de lois votées chaque année

1566 **Quel est le délai de prescription pour les dettes de l'Etat et des collectivités territoriales en France ?**

☐ A. Deux ans
☐ B. Quatre ans
☐ C. Cinq ans
☐ D. Dix ans

1567 **Quelle rémunération ne fait pas partie des revenus de transfert ?**

☐ A. Les retraites
☐ B. Les salaires versés par les entreprises
☐ C. Les aides versées par l'Etat

1568 **La durée effective légale du travail est de :**

☐ A. 39 heures par semaine pour toutes les entreprises
☐ B. 35 heures par semaine pour les entreprises de plus de 20 salariés
☐ C. Inférieure à 30 heures par semaine pour certaines entreprises

1569 **Qui sont les plus touchés par les emplois précaires ?**

☐ A. Les ouvriers
☐ B. Les plus de 50 ans
☐ C. Les jeunes de moins de 25 ans

1570 **La présentation du budget de l'Etat doit respecter quatre grands principes du droit budgétaire classique, auxquels il convient d'ajouter le principe de sincérité consacré par la loi organique relative aux lois de finances (LOLF) du 1er août 2001. Quels sont ces quatre grands principes ?**

- ☐ A. Le principe de transversalité
- ☐ B. Le principe d'autorité
- ☐ C. Le principe d'annualité
- ☐ D. Le principe d'unité
- ☐ E. Le principe de réversibilité
- ☐ F. Le principe d'universalité
- ☐ G. Le principe de spécialité
- ☐ H. Le principe de divisibilité

1571 **Un office public d'habitations à loyer modéré est :**

- ☐ A. Un établissement public autonome
- ☐ B. Une association relevant de la loi de 1901
- ☐ C. Une SARL
- ☐ D. Une société anonyme

1572 **Qu'est-ce que l'INSEE ?**

- ☐ A. Un organisme chargé de la publication des statistiques nationales ainsi que d'enquêtes et d'études en matière de conjoncture économique
- ☐ B. Un organisme chargé de veiller à la protection des libertés individuelles lors du traitement des données personnelles effectué par voie informatique
- ☐ C. Un institut chargé d'archiver et de conserver les émissions de radio et de télévision produites en France
- ☐ D. Un organisme consultatif chargé de rendre des avis et études ou de faire des projets de loi à la demande du gouvernement dans les domaines économique, professionnel et social

1573 **Une filière, telle que définie par l'INSEE, regroupe :**

- ☐ A. Les filiales d'un groupe d'entreprises
- ☐ B. Seulement la société mère d'un groupe
- ☐ C. Toutes les entreprises situées en amont et en aval qui contribuent au même type d'activité

CORRIGE

Les réponses en bleu foncé font l'objet d'un complément de réponse après ce corrigé.

1304 Thomas Malthus

1305 John M. Keynes

1306 Frédéric Bastiat – Français, Arthur Laffer – Américain, Friedrich Hayek – Autrichien, Nikolai Kondratieff – Russe

1307 John Meynard Keynes, Milton Friedman

1308 La disparition des pièces d'or de la circulation monétaire, remplacées par des pièces d'argent de moindre valeur

1309 Les propriétaires du capital (les capitalistes) exploitent les classes ouvrières qui s'appauvrissent. Elle engendre l'exploitation de l'homme par l'homme

1310 Le Petit Livre rouge

1311 Du libre-échange

1312 Jean Bodin

1313 Adolphe Blanqui

1314 Relancer la consommation

1315 Franklin D. Roosevelt

1316 Bretton-Woods

1317 Système monétaire international

1318 La définition des monnaies par rapport au dollar

1319 1945-1975

1320 Nom donné par l'économiste Alfred Sauvy

1321 Pour faire un parallèle avec le tiers état de l'Ancien Régime

1322 1952

1323 1973

1324 Singapour, Taïwan, Hong Kong et Corée du Sud

1325 La valeur des exportations et celles des importations de marchandises

1326 Peut être financé par des émissions obligataires – Correspond au solde entre recettes et dépenses du budget de l'Etat – Peut être mesuré en point de PIB

1327 Le taux de chômage et le taux d'inflation

1328 Le niveau de développement d'un pays et son niveau d'inégalité

1329 Courbe de Laffer

1330 Monétariste

1331 Est lié à l'école de Chicago – Suggère un taux de croissance fixe pour la masse monétaire

1332 Les libertés individuelles – Le rôle limité de l'Etat – La propriété privée des moyens de production

1333 L'organisation générale du système économique – Le rôle de l'Etat dans l'activité économique – L'autonomie des entreprises

1334 Concurrence pure et parfaite

1335 L'information parfaite des offreurs et des demandeurs – L'homogénéité des produits

1336 Ce sont les marchés qui orientent l'activité économique – La concurrence dynamise l'activité économique

1337 Un passager clandestin

1338 Le prix baisse

1339 Le point d'intersection sur un graphique des courbes de l'offre et de la demande

1340 L'intervention sur les dépenses publiques de l'Etat

1341 Des crédits accordés par les banques

1342 Emise par l'Etat

1343 1,18

1344 Un ralentissement de la hausse des prix

1345 Dépréciation

1346 Au délai nécessaire entre deux emplois

1347 Le rapport entre la valeur des exportations et le PIB

1348 La création de 200 postes d'infirmières

1349 C'est acquérir des biens et services

1350 L'épargne improductive

1351 L'effet d'une variation du revenu sur la variation de la consommation

1352 Les dividendes

1353 De peu de vendeurs face à une multiplicité de consommateurs

1354 Monopsone

1355 D'une plus grande efficacité technique – D'une meilleure situation sur le marché (monopole, par exemple) – De politiques favorables au corporatisme

1356 En vendant des actions d'entreprises publiques – Pour se procurer des ressources financières

1357 Ils ne sont pas disponibles en quantités suffisantes pour satisfaire entièrement tous les besoins

1358 Le rapport entre les actifs et la population totale

1359 La tendance des consommateurs à se regrouper en associations

1360 Les bénéfices des entreprises individuelles

1361 Un dividende

1362 Les entreprises françaises implantées à l'étranger – Les entreprises étrangères implantées en France – Les entreprises françaises implantées en France

1363 Le taux de croissance du PIB en volume

1364 C'est le coût supplémentaire induit par la dernière unité produite

1365 En soustrayant la valeur des consommations intermédiaires au volume de production

1366 Le montant de ce qu'elle vend

1367 Le montant des sommes apportées par les actionnaires leur donnant droit, en contrepartie, à la propriété de l'entreprise

1368 Les charges

1369 Un amortissement

1370 Une provision

1371 Assurer une juste rémunération du travail des producteurs et artisans les plus défavorisés – Favoriser la préservation de l'environnement

1372 Max Havelaar

1373 A Washington

1374 Fond monétaire international

1375 Financer des programmes d'aide au développement

1376 Le GATT

1377 L'OMC

1378 Au GATT

1379 164

1380 Organisation de coopération et de développement économique

1381 L'espérance de vie – Le niveau d'instruction – Le produit intérieur brut (PIB) par habitant

1382 L'OPEP

1383 Le Gabon, L'Indonésie

1384 Le Mexique

1385 La FAO

1386 Les Philippines

1387 Une alliance économique en Amérique du Sud

1388 L'AMF

1389 La Suisse

1390 L'Ukraine

1391 Les Etats-Unis

1392 La roupie

1393 Le rand

1394 La kuna

1395 Le réal

1396 DKK

1397 Le ministre des Finances britannique

1398 FED, BOJ, BOE, BCE

1399 La diminution des taux d'intérêts directeurs

1400 Quantitative easing

1401 Il vise à répondre à la crise financière liée à la crise des subprimes – Il représente 700 milliards de dollars – Il permet une prise de participation par le Trésor américain dans les institutions financières en difficulté

1402 Ce sont les taux d'intérêt fixés chaque jour par la banque centrale d'un pays ou d'une union monétaire

1403 Le fonds de garantie bancaire

1404 Le taux effectif global

1405 Un crédit immobilier à risque

1406 Baisser

1407 Des sociétés d'investissement à capital variable (SICAV) et des fonds communs de placement

1408 Une personne chargée des opérations de change

1409 140 milliards de dollars

1410 65 milliards de dollars

1411 La Grèce

1412 OCRB

1413 Washington

1414 Londres

1415 Palais Brogniart

1416 Nikkei 225

1417 Le CAC 40

1418 Cotation assistée en continu

1419 Forex

1420 Wall Street

1421 + 9,26 %

1422 1 euro pour 0,9649 dollar

1423 1 euro pour 1,5990 dollar

1424 53 à 138 dollars

1425 30 dollars

1426 20 244 milliards de dollars

1427 L'écu

1428 A Francfort

1429 La Banque centrale européenne et les banques centrales nationales des Etats membres ayant adopté l'euro

1430 Wim Duisenberg

1431 Le 1er janvier 2002

1432 Le 18 février 2002

1433 La livre sterling

1434 Monaco, Saint-Martin et le Vatican

1435 La Bulgarie

1436 La Finlande

1437 La Hongrie

1438 Des éléments architecturaux

1439 500 €

1440 Jaune

1441 3,0 %

1442 Une amende calculée au prorata du déficit excédentaire

1443 Le Fonds européen de stabilisation financière

1444 Doit remplacer le Mécanisme européen de stabilité financière – Peut aider un Etat européen en difficulté financière – Est doté d'un capital de 700 milliards d'euros versés sur 5 ans

1445 Le secteur primaire

1446 Des huîtres

1447 Secondaire

1448 Des ménages

1449 L'Italie

1450 Nucléaire

1451 La Russie

1452 Le Japon

1453 La Chine

1454 Le Brésil, L'Indonésie, L'Ethiopie, Le Viet-nam, La Colombie

1455 De riz

1456 La pêche

1457 La France

1458 La France

1459 Le tourisme

1460 Le Creusot

1461 Boulogne-Billancaourt

1462 Le plateau du Limousin

1463 Le plus grand port pétrolier français

1464 Gennevilliers

1465 Vignoble du Languedoc-Roussillon

1466 L'Ouest

1467 Le textile

1468 Sa coutellerie

1469 Toulouse

1470 New York

1471 Air France, Renault

1472 Tati

1473 1994

1474 Enron

1475 En Bolivie

1476 L'automobile et l'électronique

1477 Hong Kong

1478 Une OPA (offre publique d'achat) consiste à proposer aux actionnaires d'une société de racheter toutes leurs actions à un certain prix (en général supérieur aux cours de la Bourse)

1479 Sanofi-Synthélabo sur Aventis, Alcan sur Pechiney, Gas Natural sur Endesa

1480 Une grande entreprise contrôlant des unités de production dans plusieurs pays

1481 En Corée du Sud

1482 TEPCO

1483 Alstom

1484 Volkswagen

1485 Valéo, Mazda, Isuzu

1486 Mars

1487 PayPal

1488 RIM

1489 Du maïs transgénique

1490 Microsoft

1491 France, Allemagne, Espagne

1492 Rolls-Royce

1493 Bain & Co

1494 SFR, Bouygues

1495 Hermès

1496 PPR

1497 Sundar Pichai

1498 Frédéric Oudéa

1499 Carlos Ghosn

1500 Jean-Paul Agon

1501 32 000 km de lignes ferroviaires

1502 Socrate

1503 6e

1504 Virgin

1505 Lu

1506 JC Decaux

1507 D'Australie

1508 Olympic Airlines

1509 British Airways

1510 Air France

1511 Hollandaise

1512 Afat voyages et Selectour

1513 173 millions d'euros

1514 Les particuliers

1515 Si le montant annuel de la commande dépasse 90 000 € HT

1516 La Silicon Valley

1517 Des groupes d'entreprises entretenant des participations croisées

1518 S'adapter à son environnement économique

1519 Petites et moyennes entreprises

1520 Le mot français désignant le marketing

1521 Le produit n'est plus une innovation ; il s'est déjà largement diffusé ; il connaît une croissance de ses ventes beaucoup plus faible, voire nulle

1522 Bernard Arnault

1523 Interdisait les coalitions et les mutuelles ouvrières

1524 Une restriction sévère du droit de grève, L'obligation pour tous les permanents syndicaux de signer un serment de loyauté anticommuniste – L'autorisation pour chaque Etat américain de promulguer son propre droit au travail

1525 Les Trade Unions

1526 1945

1527 La CFTC

1528 Union nationale des syndicats autonomes

1529 La Fédération nationale des syndicats d'exploitants agricoles

1530 LCR

1531 La fédération autonome des syndicats de police

1532 Le Medef

1533 Pierre Gattaz

1534 Le délégué du personnel

1535 Les militaires

1536 La Finlande

1537 2017

1538 2006

1539 35 % à 44 % du PIB

1540 A environ 9,3 %

1541 58 %

1542 5,50 % ou 10 % selon les cas

1543 Les cotisations sociales, La TVA, Les impôts directs

1544 L'impôt sur les sociétés, L'impôt sur le revenu, La taxe professionnelle

1545 Indirect

1546 La TVA, L'impôt sur le revenu

1547 L'administration des douanes

1548 Une taxe environnementale sur l'émission de dioxyde de carbone

1549 La taxe foncière sur les propriétés non bâties, la contribution économique territoriale

1550 La TVA

1551 Fait dépendre l'impôt sur le revenu de la taille du ménage

1552 En 1945

1553 1958

1554 En 1982

1555 En 1982

1556 En 1988

1557 Revenu minimum d'insertion

1558 Pôle Emploi

1559 En juin 2009

1560 SMIC

1561 L'assurance maladie

1562 L'Unedic

1563 L'allocation spécifique de solidarité (ASS)

1564 Dépendent du nombre d'enfants

1565 Du poids des entreprises publiques dans le PIB – Du taux de prélèvements obligatoires

1566 Quatre ans

1567 Les salaires versés par les entreprises

1568 35 heures par semaine pour les entreprises de plus de 20 salariés

1569 Les jeunes de moins de 25 ans

1570 Le principe d'annualité, Le principe d'unité, Le principe de spécialité, Le principe de spécialité

1571 Un établissement public autonome

1572 Un organisme chargé de la publication des statistiques nationales ainsi que d'enquêtes et d'études en matière de conjoncture économique

1573 Toutes les entreprises situées en amont et en aval qui contribuent au même type d'activité

COMPLEMENTS DE REPONSES

1457 Malgré une récolte catastrophique en 2017, la France a vendu 1,54 milliard de litres de vin à l'étranger, rapportant 8,9 milliards d'euros. Le pays prend ainsi la tête du podium des meilleures exportations de ce type d'alcool, devant l'Italie.

1484 Volkswagen, maison mère de douze marques automobiles, dont Audi, Porsche, Seat, Skoda et les camions MAN et Scania, a ainsi écoulé 10,74 millions de véhicules l'an dernier et demeure le champion absolu.

L'alliance Renault-Nissan-Mitsubishi revendique cependant le titre de numéro un mondial, hors poids lourds. « L'alliance, avec 10,6 millions de véhicules vendus en 2017, est le premier groupe automobile mondial », avait affirmé mi-janvier son PDG, Carlos Ghosn.

1537 La dette publique est, dans le domaine des finances publiques, l'ensemble des engagements financiers pris sous formes d'emprunts par un État, ses collectivités publiques et ses organismes qui en dépendent directement (certaines entreprises publiques, les organismes de sécurité sociale, etc.).

Tous les pays ont des dettes publiques, même ceux dont les recettes sont supérieures aux dépenses et le patrimoine financier net largement positif. Lorsque, au surplus, un déficit budgétaire apparaît, il est couvert par l'emprunt, qui, accumulé sur la longue période, se traduit en dette supplémentaire et croissante.

La dette prend le plus souvent, de nos jours, la forme d'emprunts d'État auprès du public. Plus marginalement, des banques commerciales, des institutions internationales (Banque mondiale, Fonds monétaire international, Banques régionales de développement, institutions) ou d'autres états peuvent faire des prêts.

On distingue la dette de court terme (un an ou moins), à moyen terme (jusqu'à dix ans) et à long terme (au-delà de dix ans). Des durées de 30 et 50 ans ne sont pas rares, et des emprunts perpétuels, traduits en rente ont existé.

La capacité de remboursement des emprunts contractés au titre de la dette publique par les États et les collectivités publiques est évaluée par les agences de notation financière.

Au sein de la dette publique, on distingue la dette publique intérieure, détenue par les agents économiques résidents de l'État émetteur et la dette publique extérieure, détenue par des prêteurs étrangers. La dette publique se distingue donc, en macroéconomie, de la dette des ménages ou de la dette des entreprises.

La croissance des dettes publiques, inégalée en période de paix, nourrit la question de la soutenabilité de la dette.

8. GEOGRAPHIE FRANÇAISE ET MONDIALE

Ce chapitre est composé de **8 sections** pour un total de **390 questions**.

1. Chiffres et vocabulaire de la géographie
2. Régions et départements de la France métropolitaine
3. Communes de la France métropolitaine
4. Montagnes, eau et espaces naturels en France
5. Les DOM TOM
6. Pays et régions du monde
7. Capitales et villes du monde
8. Montagnes, eau et espaces naturels dans le monde

[A SAVOIR !]

110 Les numéros de questions de ce type signifient qu'il n'y a qu'une seule et unique réponse juste à la question posée.

111 Les numéros de questions de ce type signifient qu'il y a **plusieurs (2 ou plus) réponses possibles justes à la question**.

[UN CONSEIL IMPORTANT]

Nous vous conseillons vivement de répondre à toutes les questions d'une section avant d'en découvrir les solutions. L'erreur consiste en effet généralement à traiter une question et à vérifier aussitôt la réponse parce que l'on veut s'assurer d'avoir trouvé la réponse juste ou parce que l'on est impatient de la découvrir dans le cas où on ne la connaît pas. Si vous souhaitez sérieusement progresser, vous devez absolument vous imprégner du thème traité par la section et répondre d'un trait à toutes les questions d'une section.

[QUELQUES MOTS SUR...]

1. Les régions et départements français [WIKIPEDIA]

Régions

Depuis le 1er janvier 2016, la France compte dix-huit régions administratives, treize en métropole, dont la Corse, et cinq outre-mer (Guadeloupe, Guyane, Martinique, La Réunion et Mayotte).

Voici la liste des 13 régions de métropole sont : Auvergne-Rhône-Alpes, Bourgogne-Franche-Comté, Bretagne, Centre-Val de Loire, Corse, Grand Est, Hauts-de-France, Ile-de-France, Normandie, Nouvelle-Aquitaine, Occitanie, Pays de la Loire, Provence-Alpes-Côte d'Azur.

Une région est, en France, une collectivité territoriale issue de la décentralisation, dotée de la personnalité juridique et d'une liberté d'administration, ainsi qu'une division administrative du territoire et des services déconcentrés de l'Etat. Les régions sont régies par le titre XII de la Constitution de 1958 et la quatrième partie du code général des collectivités territoriales.

Les régions, en tant que collectivités, sont dotées de deux assemblées, contrairement aux autres collectivités qui n'en possèdent qu'une : une assemblée délibérante, le conseil régional, et une assemblée consultative, le conseil économique, social et environnemental régional, représentatif des « forces vives » de la région. Le président du conseil régional constitue quant à lui l'exécutif de la collectivité.

Le champ d'intervention des régions est très large. Il concerne notamment la gestion des lycées et celle des transports dits « régionaux » (transport express régional), en passant par le développement économique du territoire.

La loi portant nouvelle organisation territoriale de la République (loi NOTRe) de 2015 a apporté des changements importants pour les régions : suppression de la clause générale de compétence, clarification des compétences exercées, acquisition d'un statut de « chef de file » pour certaines de celles qu'elle partage avec les autres niveaux de collectivité.

Les régions ont vu leur poids politique, économique et symbolique s'accroître dans le paysage institutionnel français depuis les années 1990. Ce mouvement s'est fait de manière concomitante avec les transferts de compétence dont elles ont bénéficié de l'État, l'envergure nationale des élus régionaux qu'elles portent à leur tête et leur reconnaissance par l'Union européenne. Conduisant désormais un grand nombre de politiques publiques avec des ressources importantes (une partie de la TVA leur est notamment versée), elles développent des modèles de développement propre et la culture locale existante. Certaines d'entre elles peuvent même constituer le cadre d'expression d'un renouveau régionaliste, autonomiste voire indépendantiste.

Départements

Le département est une division territoriale de la France et une collectivité territoriale, c'est-à-dire une personne morale de droit public différente de l'État, investie d'une mission d'intérêt général concernant le département, compris en tant que territoire.

La France compte 96 départements en France métropolitaine qui sont numérotés de 1 à 95 sauf la Corse du Sud (2A) et la Haute Corse (2B) remplaçant le numéro 20 ; 5 départements d'outre-mer ou DOM, qui sont également des régions : la Guadeloupe (971), la Martinique (972), la Guyane (973), la Réunion (974) et Mayotte (976).

2. Les communes de la France métropolitaine [WIKIPEDIA]

En France et selon la loi, la commune est une collectivité territoriale. Ses organes sont le conseil municipal, le maire et, le cas échéant, un ou plusieurs adjoints. Elle n'est pas une circonscription territoriale des services déconcentrés des administrations civiles de l'Etat. Au 1er janvier 2016, le territoire de la France est découpé en plus de 35 000 communes.

3. Les DOM-TOM [WIKIPEDIA]

La France d'outre-mer, souvent désignée par l'abréviation DOM-TOM (pour Départements d'outre-mer – Territoires d'outre-mer) ou plus récemment DROM-COM (pour Départements et régions d'outre-mer – Collectivités d'outre-mer), est l'ensemble des territoires sous souveraineté française situés hors du continent européen. Elle est constituée de la Guadeloupe, Martinique, Mayotte, Guyane et de la Réunion.

Issus des anciens empires coloniaux français (XVIe–XVIIIe siècles et XIXe–XXe siècles), ces territoires sont situés en Amérique, Océanie, dans l'océan Indien et en Antarctique et sont soumis à des régimes administratifs et juridiques très différents.

Avec une superficie terrestre de 120 369 km^2 (ou 552 528 km^2 en incluant la Terre-Adélie) et une population supérieure à 2,8 millions d'habitants en 2019, l'outre-mer représente 17,9 % du territoire terrestre et 4 % de la population de la France.

1. Chiffres et vocabulaire de la géographie

1574 Quel est le pays le plus peuplé au monde ?

- ☐ A. L'Inde
- ☐ B. Les Etats-Unis
- ☐ C. L'Indonésie
- ☒ D. La Chine

1575 Quelle est la ville la plus peuplée du monde ?

- ☐ A. New York
- ☒ B. Tokyo
- ☐ C. Shanghai
- ☐ D. Mexico

1576 Quel est l'ordre de grandeur de la population brésilienne ?

- ☐ A. 125 millions
- ☐ B. 155 millions
- ☐ C. 195 millions
- ☒ D. 210 millions
- ☐ E. 225 millions

1577 Parmi les pays d'Asie du Sud-Est suivants, lequel est le plus peuplé ?

- ☒ A. La Thaïlande
- ☐ B. Le Laos
- ☐ C. Le Vietnam
- ☐ D. La Malaisie
- ☐ E. Le Cambodge

1578 Lequel de ces pays est le plus peuplé d'Afrique ?

- ☒ A. Le Nigeria
- ☐ B. L'Egypte
- ☐ C. Le Niger
- ☐ D. Le Mali

1579 Quel est l'ordre de grandeur de la superficie totale du Mexique ?

- ☐ A. 50 000 km²
- ☐ B. 100 000 km²
- ☐ C. 200 000 km²
- ☒ D. 500 000 km²
- ☐ E. 2 000 000 km²

1580 La commune la plus élevée d'Europe est :

- ☐ A. Le Mont-Dore
- ☐ B. Saint-Véran
- ☒ C. Gap

1581 Qui sont les géographes français ?

- ☒ A. Paul-Vidal de la Blache
- ☒ B. Jacques Ellul
- ☐ C. Raymond Aron
- ☐ D. Emmanuel de Martonne

1582 Une courbe de niveau, c'est :

- ☐ A. La représentation graphique du relief sur une carte IGN
- ☐ B. La partie supérieure de la croûte terrestre
- ☒ C. L'autre nom du méridien

1583 Afin de faciliter le repérage des lieux à la surface de la Terre, le globe terrestre est divisé en méridiens et parallèles. Combien sont-ils ?

☐ A. 90 méridiens et 360 parallèles
☒ B. 180 méridiens et 60 parallèles
☐ C. 360 méridiens et 180 parallèles
☐ D. 60 méridiens et 180 parallèles

1584 La latitude est la distance exprimée :

☐ A. En degrés d'un point au tropique du cancer
☐ B. En degrés d'un point au méridien de Greenwich
☐ C. En degrés d'un point à l'Equateur
☐ D. En degrés d'un point au tropique du capricorne
☒ E. Aucune de ces réponses n'est bonne

1585 Les lignes imaginaires qui coupent la Terre en quartiers perpendiculairement à l'équateur et qui se rejoignent aux pôles sont appelées :

☐ A. Les méridiens
☐ B. Les latitudes
☐ C. Les tropiques
☒ D. Les parallèles

1586 Parmi les affirmations suivantes, laquelle est exacte ?

☐ A. Le tropique du Cancer est au nord de l'équateur
☒ B. Les tropiques sont parallèles à l'équateur
☐ C. Le tropique du Capricorne est au sud du tropique du Cancer
☒ D. L'équateur partage la Terre en deux hémisphères

1587 A quelle distance approximative correspond un degré de latitude terrestre ?

☐ A. 111 km
☒ B. 62 km
☐ C. 8 km
☐ D. 34 km

1588 Une agglomération formée d'une ville et de ses banlieues se nomme :

☐ A. Une mégapole
☐ B. Une technopole
☒ C. Une métropole

1589 Qu'est-ce qu'un polder ?

☐ A. Une montagne artificielle
☐ B. Une ressource d'eau douce
☐ C. Une terre gagnée sur la mer
☒ D. Une île artificielle

2. Régions et départements de la France métropolitaine

1590 A propos de la forme de la France on évoque un :

☐ A. Heptagone
☒ B. Hexagone
☐ C. Pentagone
☐ D. Quadrilatère

1591 Parmi les grands types de climats ci-dessous, lequel peut-on rencontrer en France ?

☒ A. Climat océanique
☐ B. Climat semi-continental
☒ C. Climat méditerranéen
☒ D. Climat de haute montagne

1592 La France couvre environ :

☐ A. 7 000 km^2
☐ B. 55 000 km^2
☐ C. 675 000 km^2
☐ D. 5 250 000 km^2

1593 Combien la France compte-t-elle d'habitants au 1er janvier 2018 ?

☐ A. 63 millions
☐ B. 67 millions
☐ C. 68 millions
☐ D. 73 millions

1594 La densité moyenne de la France est de :

☐ A. 55 habitants au km^2
☐ B. 97 habitants au km^2
☐ C. 122 habitants au km^2
☐ D. 137 habitants au km^2

1595 Par sa superficie, la plus grande région de France métropolitaine est :

☐ A. La Corse
☐ B. La Haute-Normandie
☐ C. La Lorraine
☐ D. Le Midi-Pyrénées

1596 L'Ile-de-France compte :

☐ A. 10 millions d'habitants
☐ B. Environ 15 millions d'habitants
☐ C. Plus de 20 millions d'habitants

1597 Laquelle de ces quatre régions est la plus peuplée ?

☐ A. Le Languedoc-Roussillon
☐ B. La Bretagne
☐ C. Le Centre
☐ D. Le Midi-Pyrénées

1598 Le département qui compte le plus grand nombre d'habitants est :

☐ A. Le Nord
☐ B. Paris
☐ C. Les Bouches-du-Rhône

1599 De ces quatre départements, lequel est le moins peuplé ?

☐ A. L'Aube
☐ B. Le Calvados
☐ C. La Lozère
☐ D. La Meuse

1600 La France métropolitaine compte :

☐ A. 13 régions
☐ B. 18 régions
☐ C. 21 régions
☐ D. 22 régions

1601 La Loire-Atlantique se situe dans la région :

☐ A. La Bretagne
☐ B. Les Pays de la Loire
☐ C. Le Poitou-Charentes

1602 De quelle région le département de la Mayenne fait-il partie ?

☐ A. La Basse-Normandie
☐ B. Les Pays de La Loire
☐ C. La Bretagne
☐ D. Le Centre

1603 Lequel de ces départements n'appartient pas à la région Occitanie ?

☐ A. Les Pyrénées-Atlantiques
☐ B. Les Pyrénées-Orientales
☐ C. Les Hautes-Pyrénées

1604 Le département de la Gironde se trouve en :

☐ A. Nouvelle-Aquitaine
☐ B. Pays-de-la-Loire
☒ C. Occitanie

1605 Le département du Jura est en :

☐ A. Région Grand-Est
☐ B. Bourgogne-Franche-Comté
☒ C. Auvergne-Rhône-Alpes

1606 Le département de la Lozère est en :

☐ A. Occitanie
☒ B. Auvergne-Rhône-Alpes
☐ C. Nouvelle-Aquitaine

1607 Dans quelle région se trouve le département de la Corrèze ?

☒ A. Auvergne-Rhône-Alpes
☐ B. Occitanie
☐ C. Nouvelle-Aquitaine

1608 Quelle ancienne région recouvre les départements des Deux-Sèvres, de la Vienne et de la Vendée ?

☐ A. L'Anjou
☒ B. Le Poitou
☐ C. La Touraine
☐ D. Le Berry

1609 Le département de la Lozère dépend de l'ancienne division administrative :

☐ A. De la Bourgogne
☐ B. Du Languedoc-Roussillon
☐ C. Du Limousin
☒ D. De l'Auvergne

1610 Laquelle de ces régions administratives françaises compte moins de quatre départements ?

☐ A. La Normandie
☐ B. La Bretagne
☒ C. La Corse

1611 La région Normandie compte :

☐ A. 2 départements
☐ B. 3 départements
☒ C. 4 départements
☐ D. 5 départements

1612 La région Auvergne-Rhône-Alpes compte :

☐ A. 8 départements
☒ B. 12 départements
☐ C. 13 départements
☐ D. 14 départements

1613 A quel département appartient un véhicule immatriculé 2A ?

☐ A. Les Alpes-Maritimes
☐ B. Les Hautes-Alpes
☐ C. Les Alpes-de-Haute-Provence
☒ D. La Corse-du-Sud

1614 Parmi les trois propositions suivantes, quelle est celle qui reprend dans le même ordre les départements correspondant a ces numéros : 14-39-66-77 ?

☐ A. Bouches-du-Rhône – Isère – Pyrénées-Atlantiques – Yvelines
☒ B. Calvados – Jura – Pyrénées-Orientales – Seine-et-Marne
☐ C. Cantal – Landes – Pyrénées-Atlantiques – Seine-et-Marne

1615 La Beauce se trouve en :

- ☒ A. La Champagne
- ☐ B. L'Ile-de-France
- ☐ C. La Normandie
- ☐ D. La Picardie

1616 Dans quel département est situé le Mont-Saint-Michel ?

- ☐ A. L'Ille-et-Vilaine
- ☐ B. Les Côtes-d'Armor
- ☒ C. Le Finistère
- ☐ D. La Manche

1617 L'île de Noirmoutier est un canton :

- ☐ A. De la Vendée
- ☐ B. De la Charente-Maritime
- ☒ C. De la Gironde
- ☐ D. De la Loire-Atlantique

1618 Quelle est la densité de population de la région Ile-de-France ?

- ☐ A. Environ 100 hab/km^2
- ☐ B. Environ 200 hab/km^2
- ☐ C. Environ 500 hab/km^2
- ☒ D. Environ 1 000 hab/km^2
- ☐ E. Environ 3 000 hab/km^2

1619 Lequel de ces départements ne fait pas partie de la région Ile-de-France ?

- ☐ A. La Seine-et-Marne
- ☐ B. L'Essonne
- ☐ C. L'Oise
- ☒ D. Les Yvelines

1620 Lesquels de ces départements n'appartiennent pas à la grande couronne de la région Ile-de-France ?

- ☒ A. Le Val-d'Oise
- ☐ B. La Seine-et-Marne
- ☐ C. Les Yvelines
- ☐ D. Les Hauts-de-Seine

1621 Lequel de ces départements n'appartient pas a la région Bretagne ?

- ☐ A. Le Finistère
- ☐ B. Le Morbihan
- ☒ C. La Manche
- ☐ D. Les Côtes-d'Armor

1622 Parmi ces départements, lequel ne se situe pas en Ile-de-France ?

- ☐ A. Les Yvelines
- ☐ B. L'Essonne
- ☐ C. Le Val d'Oise
- ☒ D. La Seine-Maritime

1623 Parmi ces départements, lequel ne fait pas partie de la région Centre ?

- ☐ A. L'Indre
- ☒ B. Le Cher
- ☐ C. La Sarthe
- ☐ D. Le Loiret

1624 Lequel de ces départements n'est pas dans la région Lorraine ?

- ☐ A. Les Ardennes
- ☐ B. La Meuse
- ☐ C. La Moselle
- ☒ D. Les Vosges

1625 Lesquels de ces départements ne font pas partie de la région Centre-Val-de-Loire ?

- ☐ A. L'Allier
- ☐ B. Le Cher
- ☐ C. Le Loiret
- ☐ D. La Sarthe

1626 Lequel de ces départements ne fait pas partie de la région Occitanie ?

- ☐ A. Le Gers
- ☐ B. L'Aveyron
- ☐ C. Le Tarn-et-Garonne
- ☐ D. Le Lot-et-Garonne

1627 Quel département n'appartient pas à la région Nouvelle-Aquitaine ?

- ☐ A. Les Deux-Sèvres
- ☐ B. La Charente
- ☐ C. La Charente-Maritime
- ☐ D. La Vendée

1628 Le département n'appartenant pas à l'ancienne région administrative de la Franche-Comté est :

- ☐ A. Le Doubs
- ☐ B. Le Jura
- ☐ C. La Haute-Saône
- ☐ D. L'Yonne

1629 Lequel de ces départements ne borde pas la Manche ?

- ☐ A. Le Calvados
- ☐ B. L'Orne
- ☐ C. Le Pas-de-Calais
- ☐ D. La Somme

1630 Le département français portant le nom d'un cours d'eau ne le traversant pas est :

- ☐ A. La Drôme
- ☐ B. L'Ardèche
- ☐ C. Le Var
- ☐ D. Le Doubs

1631 A quelle région appartient la ville de Clermont-Ferrand ?

- ☐ A. Bourgogne-Franche-Comté
- ☐ B. Auvergne-Rhône-Alpes
- ☐ C. Centre-Val-de-Loire

1632 Clermont-Ferrand est la préfecture :

- ☐ A. De la Creuse
- ☐ B. Du Cantal
- ☐ C. Du Puy-de-Dôme
- ☐ D. De la Haute-Loire

1633 Une de ces régions ne borde pas la Loire :

- ☐ A. L'Anjou
- ☐ B. La Normandie
- ☐ C. La Sologne
- ☐ D. La Touraine

1634 Dans quel département cultive-t-on le plus de riz ?

- ☐ A. Les Bouches-du-Rhône
- ☐ B. La Corse du sud
- ☐ C. Les Landes
- ☐ D. Le Gard

1635 Le vaste plateau du Bassin parisien ayant une vocation essentiellement céréalière est :

- ☐ A. La Limagne
- ☐ B. La Beauce
- ☐ C. La Champagne

1636 La Beauce, par rapport à Paris, se trouve :

- ☐ A. Au nord
- ☐ B. A l'est
- ☐ C. Au sud
- ☐ D. A l'ouest

1637 De France et de Navarre est une expression bien connue. Mais où se trouve aujourd'hui la Navarre ?

- ☐ A. Dans le Languedoc-Roussillon
- ☐ B. En Andorre
- ☐ C. Dans les Pyrénées espagnoles
- ☐ D. En Catalogne

1638 De ces quatre îles, laquelle est la plus septentrionale (*i.e.* située au nord) ?

- ☐ A. Belle-Ile
- ☐ B. Oléron
- ☐ C. Ré
- ☐ D. Yeu

1639 Avec combien de pays la France métropolitaine a-t-elle une frontière terrestre commune ?

- ☐ A. 5
- ☐ B. 7
- ☐ C. 6
- ☐ D. 8

1640 Lequel de ces pays n'est pas limitrophe de la France ?

- ☐ A. L'Allemagne
- ☐ B. L'Autriche
- ☐ C. Le Luxembourg
- ☐ D. La Suisse

1641 Lequel de ces pays est limitrophe de la France ?

- ☐ A. Le Portugal
- ☐ B. Le Luxembourg
- ☐ C. Les Pays-Bas
- ☐ D. Toutes les réponses proposées sont bonnes

1642 Les tunnels routiers du Mont-Blanc et de Fréjus assurent les liaisons principales avec :

- ☐ A. L'Allemagne
- ☐ B. La Suisse
- ☐ C. L'Italie

1643 La principauté de Monaco est enclavée dans le département :

- ☐ A. Du Var
- ☐ B. Des Alpes-de-Haute-Provence
- ☐ C. Des Alpes-Maritimes
- ☐ D. Des Bouches-du-Rhône

1644 Lequel de ces départements n'est pas frontalier avec l'Espagne ?

- ☐ A. L'Ariège
- ☐ B. Les Pyrénées-Atlantiques
- ☐ C. Les Hautes-Pyrénées
- ☐ D. Le Lot

1645 Quel département n'est pas frontalier avec l'Italie ?

- ☐ A. Les Alpes-de-Haute-Provence
- ☐ B. Les Hautes-Alpes
- ☐ C. La Haute-Savoie
- ☐ D. Le Vaucluse

1646 Son expression la plus courante consiste en un développement de lotissements pavillonnaires à proximité de vieux villages. Il s'agit de :

- ☐ A. La réhabilitation
- ☐ B. La déruralisation
- ☐ C. La rénovation
- ☐ D. La rurbanisation

1647 Le schéma directeur, document qui permettait de coordonner les programmes locaux d'urbanisation avec la politique d'aménagement du territoire, a été remplacé en 2000 par :

- ☐ A. Le plan local d'urbanisme
- ☐ B. Le schéma de cohérence territoriale
- ☐ C. Le schéma national d'urbanisme

1648 Chargée de la mise en œuvre de la politique française d'aménagement du territoire, cette institution a été créée en 1963. Il s'agit :

- ☐ A. Du cadastre
- ☐ B. De la SAFER
- ☐ C. De la DATAR
- ☐ D. De l'INRA

3. Communes de la France métropolitaine

1649 La France possède :

- ☐ A. Entre 30 000 et 40 000 communes
- ☐ B. Entre 20 000 et 30 000 communes
- ☐ C. Entre 10 000 et 20 000 communes
- ☐ D. Moins de 10 000 communes
- ☐ E. Aucune de ces réponses n'est bonne

1650 La plus vaste commune de France métropolitaine est :

- ☐ A. Arles
- ☐ B. Poitiers
- ☐ C. Marne-la-Vallée

1651 Parmi ces agglomérations, laquelle compte le moins d'habitants ?

- ☐ A. Marseille
- ☐ B. Lyon
- ☐ C. Bordeaux
- ☐ D. Versailles

1652 Quelle ville surnomme-t-on la « ville rose » ?

- ☐ A. Bordeaux
- ☐ B. Marseille
- ☐ C. Nice
- ☐ D. Toulouse

1653 Quelle ville surnomme-t-on la « citée phocéenne » ?

- ☐ A. Bordeaux
- ☐ B. Marseille
- ☐ C. Nice
- ☐ D. Toulouse

1654 Quelle ville surnomme-t-on « capitale tragique » ?

- ☐ A. Bordeaux
- ☐ B. Marseille
- ☐ C. Nice
- ☐ D. Toulouse

1655 La canebière est célèbre à :

- ☐ A. Nice
- ☐ B. Toulon
- ☐ C. Cannes
- ☐ D. Marseille

1656 L'ancienne capitale de l'Aunis était :

- ☐ A. Poitiers
- ☐ B. Niort
- ☐ C. La Rochelle
- ☐ D. Bordeaux

1657 La capitale de la région Bretagne est :

- ☐ A. Brest
- ☐ B. Lorient
- ☐ C. Nantes
- ☐ D. Rennes

1658 La capitale de la région Lorraine est :

- ☐ A. Epinal
- ☐ B. Metz
- ☐ C. Nancy
- ☐ D. Reims

1659 La préfecture de la Haute-Savoie est :

- ☐ A. Chambéry
- ☐ B. Annecy
- ☐ C. Grenoble

1660 La préfecture du Pas-de-Calais est :

- ☐ A. Lille
- ☐ B. Laon
- ☐ C. Amiens
- ☐ D. Arras

1661 La préfecture du département de la Marne est :

- ☐ A. Reims
- ☐ B. Châlons-en-Champagne
- ☐ C. Epernay
- ☐ D. Vitry-le-François

1662 La préfecture de la Charente-Maritime est :

- ☐ A. Angoulême
- ☐ B. Saintes
- ☐ C. Saint-Jean d'Angély
- ☐ D. La Rochelle

1663 La préfecture du département des Hauts-de-Seine est :

- ☐ A. Nanterre
- ☐ B. Antony
- ☐ C. Boulogne-Billancourt
- ☐ D. Neuilly-sur-Seine

1664 La préfecture du département de la Seine-Maritime se trouve :

- ☐ A. A Dieppe
- ☐ B. A Rouen
- ☐ C. Au Havre
- ☐ D. A Caen

1665 Comment appelle-t-on les habitants de Vaulx-en-Velins

☐ A. Les Vaulxois(es)
☐ B. Les Velinain(e)s
☐ C. Les Vaudais(e)s
☐ D. Les Vaulx-en-velinois(e)s

1666 Laquelle de ces villes n'appartient pas à la région Provence-Alpes-Côte-D'azur ?

☐ A. Nice
☐ B. Cannes
☐ C. Alès
☐ D. Toulon

1667 Laquelle de ces villes n'appartient pas à la région Limousin ?

☐ A. Guéret
☐ B. Aurillac
☐ C. Ussel
☐ D. Brive

1668 Le chef-lieu du Gard est :

☐ A. Avignon
☐ B. Nîmes
☐ C. Arles
☐ D. Montpellier

1669 Le chef-lieu du département du Tarn est :

☐ A. Albi
☐ B. Montauban
☐ C. Rodez
☐ D. Cahors

1670 Provins est une ville située dans le département :

☐ A. De Seine-Saint-Denis
☐ B. De Seine-Maritime
☐ C. De Seine-et-Marne
☐ D. Des Hauts-de-Seine

1671 Laquelle de ces villes ne se situe pas en région Ile-de-France ?

☐ A. Bobigny
☐ B. Versailles
☐ C. Milly-la-Forêt
☐ D. Auxerre

1672 Les îles Chausey dépendent de la commune de :

☐ A. Granville
☐ B. Carteret
☐ C. Saint-Malo
☐ D. Cherbourg

1673 Les Briochins sont les habitants de la ville de :

☐ A. Brioude
☐ B. Briançon
☐ C. Saint-Brieuc
☐ D. Brive

1674 Laquelle de ces villes se trouve sur la Garonne ?

☐ A. Agen
☐ B. Cahors
☐ C. Albi
☐ D. Tarbes

1675 La Loire est le plus long fleuve de France, avec une longueur d'environ :

- ☐ A. 400 km
- ☐ B. 750 km
- ☐ C. 1 000 km
- ☐ D. 1 300 km

1676 Quelle ville n'est pas traversée par la Loire ?

- ☐ A. Nevers
- ☐ B. Orléans
- ☐ C. Tours
- ☐ D. Châteauroux

1677 Quelle ville n'est pas située sur le Rhône ?

- ☐ A. Grenoble
- ☐ B. Avignon
- ☐ C. Lyon
- ☐ D. Vienne

1678 De ces quatre villes, laquelle n'est pas traversée par un fleuve ?

- ☐ A. Paris
- ☐ B. Lyon
- ☐ C. Marseille
- ☐ D. Toulouse

1679 Quel axe majeur structure le territoire français ?

- ☐ A. Paris – Lyon – Marseille
- ☐ B. Lille – Paris – Bordeaux
- ☐ C. Brest – Paris – Strasbourg

1680 De ces quatre villes, laquelle est la plus méridionale ?

- ☐ A. Ajaccio
- ☐ B. Perpignan
- ☐ C. Bayonne
- ☐ D. Toulon

1681 De ces quatre villes, laquelle est la plus orientale :

- ☐ A. Besançon
- ☐ B. Nancy
- ☐ C. Lyon
- ☐ D. Nice

1682 Laquelle de ces villes est la plus méridionale (*i.e.* située le plus au sud) ?

- ☐ A. Nevers
- ☐ B. Lyon
- ☐ C. Montélimar
- ☐ D. Dijon

1683 Parmi ces quatre villes, laquelle n'est pas au sud de Paris ?

- ☐ A. Orléans
- ☐ B. Bourges
- ☐ C. Amiens
- ☐ D. Vierzon

1684 Quelle grande ville se situe à mi-chemin entre Le Havre et Poitiers ?

- ☐ A. Bordeaux
- ☐ B. Orléans
- ☐ C. Le Mans
- ☐ D. Rennes
- ☐ E. Laval

1685 Quelle ville ne se trouve pas sur une ligne joignant Brest à Strasbourg ?

☐ A. Nancy
☐ B. Paris
☐ C. Saint-Malo
☐ D. Tours

1686 La distance routière entre Toulouse et Angers est approximativement de :

☐ A. 280 km
☐ B. 540 km
☐ C. 870 km

1687 La distance routière entre Metz et Nantes est d'approximativement :

☐ A. 500 km
☐ B. 700 km
☐ C. 1 000 km

1688 De Dunkerque à Perpignan, à vol d'oiseau, on compte environ :

☐ A. 900 km
☐ B. 1 200 km
☐ C. 1 050 km
☐ D. 1 350 km

1689 De Brest à Strasbourg, à vol d'oiseau, on compte environ :

☐ A. 700 km
☐ B. 800 km
☐ C. 900 km
☐ D. 1 000 km

1690 Quelle ville du Nord n'est pas desservie par le TGV ?

☐ A. Lille
☐ B. Douai
☐ C. Amiens
☐ D. Arras

1691 Quelle autoroute relie Lyon à Bordeaux, *via* Clermont-Ferrand ?

☐ A. A 6
☐ B. A 10
☐ C. A 20
☐ D. A 89

1692 L'aéroport de Toulouse est situé sur la commune de :

☐ A. Blagnac
☐ B. Mérignac
☐ C. Marignane
☐ D. Entzheim

1693 Le principal port français de voyageurs entre la France et la Grande-Bretagne est :

☐ A. Calais
☐ B. Dunkerque
☐ C. Le Havre

1694 Le premier port de pêche français est :

☐ A. Boulogne-sur-Mer
☐ B. Dieppe
☐ C. Dunkerque
☐ D. Calais

1695 La station de sports d'hiver non située dans les Alpes est :

- ☐ A. L'Alpe d'Huez
- ☐ B. Megève
- ☐ C. Font-Romeu
- ☐ D. Chamonix

4. Montagnes, eau et espaces naturels en France

1696 Cochez la proposition classant les massifs du nord au sud :

- ☐ A. Vosges – Ardennes – Alpes – Jura
- ☐ B. Ardennes – Jura – Vosges – Alpes
- ☐ C. Vosges – Jura – Ardennes – Alpes
- ☐ D. Ardennes – Vosges – Jura – Alpes

1697 A travers quels pays les Alpes s'étendent-elles ?

- ☐ A. La France, l'Allemagne, l'Autriche, la Suisse, la Belgique, l'Italie
- ☐ B. La France, l'Italie, la Suisse, l'Autriche et l'Allemagne
- ☐ C. La France, l'Italie, l'Autriche, l'Allemagne, la Suisse, le Lichtenstein, la Slovénie
- ☐ D. La France, l'Italie, l'Autriche, l'Allemagne, la Suisse, le Lichtenstein

1698 Dans quel massif montagneux se trouve le glacier « la Mer de Glace » ?

- ☐ A. Dans les Pyrénées
- ☐ B. Dans les Alpes
- ☐ C. Dans le Jura
- ☐ D. Dans le Massif Central

1699 Lequel de ces massifs montagneux se situe dans le Massif Central ?

- ☐ A. Les Cévennes
- ☐ B. Les monts d'Arrée
- ☐ C. Les Maures
- ☐ D. L'Estérel

1700 Parmi les massifs montagneux suivants, lequel n'est pas une frontière naturelle de la France ?

- ☐ A. Les Alpes
- ☐ B. Les Pyrénées
- ☐ C. Le Massif Central
- ☐ D. Le Jura

1701 Le Mont Gerbier-de-Jonc se trouve dans :

- ☐ A. Les Alpes
- ☐ B. Le Jura
- ☐ C. Le Massif central
- ☐ D. Les Pyrénées

1702 Ce massif montagneux est français, belge et luxembourgeois. Il s'agit :

- ☐ A. Des Vosges
- ☐ B. Du massif schisteux rhénan
- ☐ C. Du Jura
- ☐ D. Des Ardennes
- ☐ E. La Meuse

1703 Le plus haut sommet des Pyrénées françaises est le mont :

- ☐ A. Canigou
- ☐ B. Perdu
- ☐ C. Vignemale
- ☐ D. Pic du Midi de Bigorre

1704 Lequel de ces massifs alpins est le plus élevé ?

☐ A. Le Mercantour
☐ B. La Vanoise
☐ C. Le Pelvoux
☐ D. Le Vercors

1705 Quelle est l'altitude du Mont-Blanc ?

☐ A. 5 216 m
☐ B. 4 810 m
☐ C. 3 598 m
☐ D. 7 844 m

1706 Le point culminant de la Corse est :

☐ A. Le monte Cinto
☐ B. Le monte d'Oro
☐ C. Le monte Renoso
☐ D. Le monte Rotondo

1707 Dans quel massif montagneux culmine le pic d'Aneto ?

☐ A. Les Alpes
☐ B. Le Massif central
☐ C. Les Pyrénées
☐ D. Les Vosges

1708 Identifiez chaque nom désignant un pic français :

☐ A. Pic de la Mirandole
☐ B. Pic du Canigou
☐ C. Pic du Midi
☐ D. Pic de Bigorre

1709 Lequel de ces massifs n'est pas un parc national ?

☐ A. Les Ecrins
☐ B. Le Mont-Blanc
☐ C. Le Mercantour
☐ D. La Vanoise

1710 Parmi les reliefs anciens énumérés ci-dessous, s'est glissé le nom d'un relief de formation récente. Lequel ?

☐ A. Les Vosges
☐ B. Le Jura
☐ C. Les Maures
☐ D. Le Massif Central

1711 La Tarentaise est la vallée de :

☐ A. La Savoie
☐ B. La Franche-Comté
☐ C. La Provence
☐ D. La Lorraine

1712 Le parc national du Mercantour se situe dans :

☐ A. Les Alpes
☐ B. Les Pyrénées
☐ C. Les Vosges
☐ D. Le Massif Central

1713 Le plus ancien parc national de France est :

☐ A. Le parc du Mercantour
☐ B. Le parc de la Vanoise
☐ C. Le parc des Ecrins

1714 Compléter la série : Seine, Paris, Manche ; Garonne, Toulouse, Atlantique ; Rhône, Avignon…

- ☐ A. Provence
- ☐ B. Méditerranée
- ☐ C. Marseille

1715 Lequel de ces fleuves est le plus long ?

- ☐ A. La Garonne
- ☐ B. La Loire
- ☐ C. Le Rhône
- ☐ D. La Seine

1716 Lequel de ces fleuves a le plus gros débit ?

- ☐ A. La Garonne
- ☐ B. La Loire
- ☐ C. Le Rhône
- ☐ D. La Seine

1717 A quel fleuve est relatif l'adjectif « rhénan » ?

- ☐ A. Le Rhône
- ☐ B. Le Rhin
- ☐ C. La Rhène
- ☐ D. Le Rhénan

1718 Lequel de ces cours d'eau n'est pas un affluent de la Garonne ?

- ☐ A. L'Adour
- ☐ B. L'Ariège
- ☐ C. Le Lot
- ☐ D. Le Gers

1719 De quel fleuve l'Oise est-elle l'affluent ?

- ☐ A. La Loire
- ☐ B. La Meuse
- ☐ C. Le Rhône
- ☐ D. La Seine

1720 Lequel de ces cours d'eau est un affluent de la Garonne ?

- ☐ A. L'Ardèche
- ☐ B. L'Aude
- ☐ C. L'Hérault
- ☐ D. Le Tarn

1721 Le Lot est un affluent de :

- ☐ A. La Dordogne
- ☐ B. La Loire
- ☐ C. La Garonne
- ☐ D. La Charente

1722 La Marne est un affluent de :

- ☐ A. La Seine
- ☐ B. La Saône
- ☐ C. La Moselle

1723 Laquelle de ces rivières n'est pas un affluent de la Seine ?

- ☐ A. L'Aude
- ☐ B. L'Essonne
- ☐ C. L'Eure
- ☐ D. Le Loing

1724 Laquelle de ces rivières coule en Alsace ?

- ☐ A. L'Ill
- ☐ B. L'Ille
- ☐ C. L'Isle
- ☐ D. La Lys
- ☐ E. Le Rhin

1725 Lesquels de ces cours d'eau ne sont pas en Bretagne ?

- ☐ A. L'Ill
- ☐ B. La Rance
- ☐ C. La Vilaine
- ☐ D. La Vire

1726 Lequel de ces cours d'eau se jette dans la Méditerranée ?

- ☐ A. L'Ariège
- ☐ B. L'Aude
- ☐ C. L'Aube
- ☐ D. Le Tarn

1727 Lequel de ces fleuves ne se jette pas dans la Méditerranée ?

- ☐ A. L'Adour
- ☐ B. Le Tech
- ☐ C. Le Têt
- ☐ D. Le Var

1728 Quelle rivière traverse Grenoble ?

- ☐ A. L'Arc
- ☐ B. La Drôme
- ☐ C. La Durance
- ☐ D. L'Isère

1729 Quel cours d'eau forme la frontière entre le Jura français, le Jura suisse et le Jura bernois ?

- ☐ A. Le Doubs
- ☐ B. L'Ain
- ☐ C. La Saône
- ☐ D. Le Rhône

1730 Chaque année, la surface occupée par la forêt française :

- ☐ A. Augmente
- ☐ B. Reste stable
- ☐ C. Diminue un peu
- ☐ D. Diminue beaucoup

1731 Quelle surface la forêt occupe-t-elle en France (métropole et DOM) ?

- ☐ A. Environ 100 000 km^2
- ☐ B. Environ 250 000 km^2
- ☐ C. Environ 450 000 km^2
- ☐ D. Environ 700 000 km^2

5. Les DOM TOM

1732 Combien la France possède-t-elle de départements d'outre-mer depuis le 31 mars 2011 (DOM) ?

- ☐ A. 2
- ☐ B. 3
- ☐ C. 4
- ☐ D. 5

1733 Laquelle de ces îles du Pacifique n'est pas française ?

- ☐ A. Les Mariannes du nord
- ☐ B. La Nouvelle-Calédonie
- ☐ C. Wallis-et-Futuna
- ☐ D. Les îles de la société
- ☐ E. Aucune de ces réponses n'est bonne

1734 Lequel de ces territoires est un DOM ?

- ☐ A. Les Comores
- ☐ B. La Guadeloupe
- ☐ C. Monaco
- ☐ D. La Polynésie française

1735 Laquelle des propositions ci-dessous ne comprend que des DOM ?

☐ A. Martinique, Guadeloupe, Nouvelle-Calédonie et Polynésie française
☐ B. La Réunion, Guadeloupe, Guyane, Martinique et Nouvelle-Calédonie
☐ C. Polynésie française, Guadeloupe, Saint-Pierre-et-Miquelon, Nouvelle-Calédonie et Mayotte
☐ D. Guyane, Guadeloupe, Martinique, La Réunion

1736 La Nouvelle-Calédonie est :

☐ A. Un département français d'outre-mer
☐ B. Un territoire français d'outre-mer
☐ C. Une collectivité locale française

1737 Quelle île est le 101e département français ?

☐ A. Zanzibar
☐ B. Maurice
☐ C. Mayotte

1738 Quel est le code départemental de Mayotte ?

☐ A. 976
☐ B. 977
☐ C. 978

1739 Où se trouve l'île de Mayotte ?

☐ A. Dans l'océan Atlantique
☐ B. Dans l'océan Indien
☐ C. Dans l'océan Pacifique

1740 L'archipel de Saint-Pierre-et-Miquelon se trouve au large :

☐ A. Du Canada
☐ B. Du Mexique
☐ C. Des Etats-Unis
☐ D. De l'Argentine

1741 La collectivité territoriale française de Saint-Pierre-et-Miquelon est un archipel situé :

☐ A. Au sud de Madagascar
☐ B. Au sud de Terre-Neuve
☐ C. Au sud d'Haïti
☐ D. Au sud de la Sicile

1742 Lequel de ces départements d'outre-mer n'est pas baigné par l'océan Atlantique ?

☐ A. La Guadeloupe
☐ B. La Martinique
☐ C. La Réunion
☐ D. La Guyane

1743 Lequel de ces départements d'outre-mer n'est pas une île ?

☐ A. La Réunion
☐ B. La Martinique
☐ C. La Guadeloupe
☐ D. La Guyane

1744 Lequel de ces pays a une frontière commune avec la Guyane française ?

☐ A. Le Suriname
☐ B. La Colombie
☐ C. Le Guyana
☐ D. Le Venezuela

1745 Quelle est la capitale de la Guadeloupe ?

☐ A. Point-à-Pitre
☐ B. Saint-Denis
☐ C. Fort-de-France
☐ D. Port-au-Prince

1746 Quel est le chef-lieu de la Guadeloupe ?

☐ A. Cayenne
☐ B. Fort-de-France
☐ C. Saint-Denis
☐ D. Basse-Terre

1747 Fort-de-France est la préfecture de :

☐ A. La Guadeloupe
☐ B. La Martinique
☐ C. Saint-Martin

1748 De ces villes, laquelle est située en Guyane ?

☐ A. Cayenne
☐ B. Fort-de-France
☐ C. Pointe-à-Pitre
☐ D. Basse-Terre

1749 Quel département d'outre-mer abrite le centre spatial de Kourou ?

☐ A. La Guyane
☐ B. La Réunion
☐ C. La Guadeloupe
☐ D. La Martinique

1750 L'île Bourbon s'appelle aujourd'hui :

☐ A. L'île de la Réunion
☐ B. L'île de la Martinique
☐ C. L'île de la Guadeloupe

1751 Quel archipel n'est pas une possession française ?

☐ A. Iles Gambier
☐ B. Iles Kerguelen
☐ C. Iles de la Nouvelle-Amsterdam
☐ D. Iles Hébrides

6. Pays et régions du monde

1752 Quel est le continent appelé « le vieux continent » ?

☐ A. L'Amérique
☐ B. L'Europe
☐ C. L'Asie

1753 Concernant l'Amérique du Sud :

☐ A. L'Amérique du Sud est le continent avec les plus hautes chutes d'eau
☐ B. L'Amérique du Sud est le continent avec la chaîne de montagne la plus longue
☐ C. L'Amérique du Sud est le continent du désert le plus aride
☐ D. L'Amérique du Sud est le continent de la capitale la plus haute

1754 Jusqu'en 1999, Macao est une enclave :

☐ A. Anglaise
☐ B. Portugaise
☐ C. Espagnole

1755 Quel est le pays d'Afrique, situé au bord du golfe de Guinée, république depuis 1960, dont la capitale est Yamoussoukro ?

☐ A. La Guinée
☐ B. Le Mali
☐ C. La Côte d'Ivoire
☐ D. Le Sénégal

1756 « L'empire du soleil levant » désigne :

- ☐ A. La Chine
- ☐ B. Le Vietnam
- ☐ C. Le Japon
- ☐ D. La Thaïlande

1757 Au Nord, l'Himalaya forme une haute barrière de 92 sommets de plus de 8 000 mètres d'altitude. Le centre est occupé par un plateau élevé, le Deccan, bordé à l'ouest par les montagnes des Ghâts. A quel pays cette description se rapporte-t-elle ?

- ☐ A. L'Inde
- ☐ B. Le Pakistan
- ☐ C. La Chine
- ☐ D. Le Bangladesh

1758 La Chine était également appelée :

- ☐ A. L'empire du Soleil-Levant
- ☐ B. L'empire du Milieu
- ☐ C. L'empire du Dragon
- ☐ D. L'empire de l'Orient

1759 Quel est l'ancienne appellation du Bénin ?

- ☐ A. Le Dahomey
- ☐ B. L'Eburnie
- ☐ C. L'Ougarit
- ☐ D. Le Pagan

1760 Le Belarus est :

- ☐ A. Le nom actuel de la Biélorussie
- ☐ B. Un pays du Caucase
- ☐ C. Un fleuve d'Asie centrale
- ☐ D. Une ancienne république socialiste

1761 La Confédération helvétique est :

- ☐ A. La Suisse
- ☐ B. Le Luxembourg
- ☐ C. La Belgique
- ☐ D. L'Autriche

1762 Lequel de ces pays a pour nom officiel République de l'Union du Myanmar ?

- ☐ A. La Birmanie
- ☐ B. Le Laos
- ☐ C. La Thaïlande
- ☐ D. Taïwan

1763 Quelle région nommait-on l'Acadie au XVIIIe siècle ?

- ☐ A. La Louisiane
- ☐ B. Le Québec
- ☐ C. La Floride
- ☐ D. La Nouvelle-Ecosse

1764 Les trois Etats baltes sont :

- ☐ A. La Ruthénie, l'Estonie et la Lettonie
- ☐ B. La Lettonie, l'Estonie et la Laponie
- ☐ C. La Lettonie, l'Estonie et la Lituanie

1765 Lequel de ces pays ne faisait pas partie de l'ex-Yougoslavie ?

- ☐ A. La Serbie
- ☐ B. La Croatie
- ☐ C. La Bosnie
- ☐ D. La Slovaquie

1766 Le Monténégro était une république de la République fédérale :

- ☐ A. De Yougoslavie
- ☐ B. De Tchécoslovaquie
- ☐ C. De l'URSS

1767 **Le Viêtnam est un pays situé dans la péninsule :**

- ☐ A. Indochinoise
- ☐ B. Indienne
- ☐ C. Coréenne

1768 **Le Timor oriental est un pays :**

- ☐ A. D'Afrique
- ☐ B. D'Océanie
- ☐ C. Annexé à l'Indonésie jusqu'en 2002
- ☐ D. D'Asie

1769 **Le Bhoutan est :**

- ☐ A. Une province chinoise
- ☐ B. Un pays indépendant
- ☐ C. Un Etat de l'Inde

1770 **A quel continent appartient l'Irak ?**

- ☐ A. A l'Asie
- ☐ B. A l'Afrique
- ☐ C. A l'Europe

1771 **Le Yémen est situé :**

- ☐ A. Dans la péninsule arabique
- ☐ B. Dans la Corne de l'Afrique
- ☐ C. En Asie
- ☐ D. En Afrique

1772 **Le Botswana est un Etat :**

- ☐ A. D'Amérique du nord
- ☐ B. D'Amérique centrale
- ☐ C. D'Afrique occidentale
- ☐ D. D'Afrique australe

1773 **La Sierra Leone est :**

- ☐ A. Un pays d'Afrique
- ☐ B. Une chaîne de montagnes d'Amérique du Sud
- ☐ C. Une chaîne de montagnes italiennes
- ☐ D. Un pays d'Amérique du Sud

1774 **Le Costa Rica se trouve :**

- ☐ A. En Amérique du Sud
- ☐ B. En Amérique centrale
- ☐ C. En Afrique centrale
- ☐ D. En Amérique du Nord

1775 **La République de San Marin est un territoire enclavé :**

- ☐ A. En Slovaquie
- ☐ B. En Autriche
- ☐ C. En Croatie
- ☐ D. En Italie

1776 **Lequel de ces pays ne fait pas partie de la Scandinavie ?**

- ☐ A. Le Danemark
- ☐ B. La Suède
- ☐ C. La Finlande
- ☐ D. La Norvège

1777 **Quel pays n'appartient pas au Maghreb ?**

- ☐ A. La Tunisie
- ☐ B. Le Maroc
- ☐ C. L'Egypte
- ☐ D. L'Algérie

1778 Quels pays l'Océan Pacifique borde-t-il ?

- ☐ A. Le Pérou
- ☐ B. La Bolivie
- ☐ C. Le Chili
- ☐ D. L'Uruguay

1779 Quelle mer borde la côte Ouest de la Grèce ?

- ☐ A. La Mer Méditerranée
- ☐ B. La Mer Ionienne
- ☐ C. La Mer Egée
- ☐ D. La Mer Noire

1780 Quelle mer borde la Bande de Gaza ?

- ☐ A. La Méditerranée
- ☐ B. La Mer rouge
- ☐ C. La Mer Morte

1781 Lequel de ces pays n'a pas de côtes sur la Mer Rouge ?

- ☐ A. L'Arabie Saoudite
- ☐ B. Le Yémen
- ☐ C. L'Ethiopie
- ☐ D. Le Koweït

1782 Lequel de ces pays n'a pas un accès à l'océan Atlantique ?

- ☐ A. Afrique du Sud
- ☐ B. Angola
- ☐ C. Namibie
- ☐ D. Mozambique

1783 De quel pays le Chili est-il séparé par la chaîne andine ?

- ☐ A. L'Argentine
- ☐ B. Le Paraguay
- ☐ C. L'Uruguay
- ☐ D. La Bolivie

1784 Quels pays possèdent une partie de l'Amazonie ?

- ☐ A. Le Chili
- ☐ B. La Bolivie
- ☐ C. Le Pérou
- ☐ D. La Colombie

1785 De quel pays le Japon est-il le plus proche ?

- ☐ A. La Corée du Sud
- ☐ B. L'Australie
- ☐ C. L'Iran
- ☐ D. L'Inde

1786 Quel pays se trouve à l'est de la Hongrie et au sud de l'Ukraine ?

- ☐ A. La Roumanie
- ☐ B. La Slovaquie
- ☐ C. La Bulgarie

1787 Parmi ces pays, lequel est le plus méridional ?

- ☐ A. La Hongrie
- ☐ B. La Slovaquie
- ☐ C. La Roumanie
- ☐ D. La Bulgarie

1788 Où se situe la Ruhr ?

☐ A. En Autriche
☐ B. En Pologne
☐ C. En Allemagne
☐ D. En France

1789 Quelles régions sont situées en Italie :

☐ A. La Toscane
☐ B. L'Istrie
☐ C. La Lombardie
☐ D. Le Val d'Aoste

1790 La région située à l'extrémité méridionale de la péninsule italienne est :

☐ A. La Toscane
☐ B. Le Piémont
☐ C. La Calabre
☐ D. La Lombardie

1791 Le Val-d'Aoste est une région autonome de la République :

☐ A. Italienne
☐ B. Française
☐ C. Suisse
☐ D. Grecque

1792 Quelle province se trouve au sud du Portugal ?

☐ A. L'Aragon
☐ B. La Galice
☐ C. L'Alentejo
☐ D. L'Algarve

1793 La péninsule Ibérique est la partie de l'Europe partagée entre :

☐ A. La Suisse et l'Italie
☐ B. Le Portugal et l'Espagne
☐ C. La Grande-Bretagne et l'Irlande

1794 L'Utrecht est l'une des douze provinces :

☐ A. De la Belgique
☐ B. Des Pays-Bas
☐ C. Du Limousin
☐ D. De l'Auvergne

1795 La région wallonne est la région située :

☐ A. Au nord de la Belgique
☐ B. Au sud de la Belgique
☐ C. Au sud des Pays-Bas
☐ D. Au nord de la France

1796 La Tasmanie est un état se trouvant :

☐ A. Au sud de l'Inde
☐ B. Au sud de l'Australie
☐ C. Au sud de l'Italie

1797 Le Groenland est un territoire rattaché :

☐ A. Au Canada
☐ B. A la Norvège
☐ C. Au Danemark
☐ D. A l'Islande

1798 Quel est le plus grand Etat des Etats-Unis ?

☐ A. Le Montana
☐ B. L'Alaska
☐ C. Le Nevada
☐ D. Le Texas
☐ E. La Californie

1799 La Patagonie est une province de :

☐ A. Argentine
☐ B. Bolivie
☐ C. Uruguay
☐ D. Pérou

1800 Le Darfour se situe :

☐ A. A l'ouest du Soudan
☐ B. A l'ouest du Congo
☐ C. Au nord de l'Ethiopie
☐ D. Au sud du Tchad

1801 De même que la population tibétaine, la population ouïghour fait l'objet d'une surveillance et d'un contrôle étroits du gouvernement chinois. Dans quelle province chinoise est-elle localisée ?

☐ A. Le Yunnan
☐ B. Le Shandong
☐ C. Le Xinjiang
☐ D. Le Shaanxi
☐ E. Le Hebei

1802 Indiquez chaque Etat traversé par le Mississipi :

☐ A. La Louisiane
☐ B. L'Arkansas
☐ C. L'Arizona
☐ D. Le Missouri

1803 La Silicon Valley est implantée dans l'Etat :

☐ A. Du Colorado
☐ B. Du Texas
☐ C. De Californie
☐ D. De New York

1804 Le Liechtenstein a des frontières communes avec :

☐ A. La Suisse
☐ B. L'Italie
☐ C. L'Allemagne
☐ D. L'Autriche

1805 Avec quel pays la Biélorussie a-t-elle des frontières communes ?

☐ A. L'Estonie
☐ B. La Pologne
☐ C. La Moldavie
☐ D. La Slovaquie

1806 Parmi les pays suivants, lequel est limitrophe de la Tunisie ?

☐ A. La Lybie
☐ B. Le Maroc
☐ C. Le Niger
☐ D. Le Mali
☐ E. L'Egypte

1807 La Birmanie a des frontières communes avec :

☐ A. La Chine
☐ B. La Thaïlande
☐ C. Le Bangladesh
☐ D. Le Cambodge

1808 Le Mexique a pour pays voisins :

☐ A. Les Etats-Unis et le Guatemala
☐ B. Les Etats-Unis et le Venezuela
☐ C. Les Etats-Unis et le Pérou
☐ D. Les Etats-Unis et l'Argentine

1809 Le pays limitrophe du Pérou est :

- ☐ A. L'Argentine
- ☐ B. Le Venezuela
- ☐ C. L'Uruguay
- ☐ D. Le Brésil

1810 Parmi les frontières naturelles suivantes, laquelle est une frontière du continent européen ?

- ☐ A. L'Oural
- ☐ B. La Manche
- ☐ C. Les Pyrénées
- ☐ D. La Volga

1811 La Norvège n'a pas de frontière avec ?

- ☐ A. La Russie
- ☐ B. La Suède
- ☐ C. L'Estonie
- ☐ D. La Finlande

1812 Lequel de ces pays n'a pas de frontière avec l'Autriche ?

- ☐ A. La Pologne
- ☐ B. La Hongrie
- ☐ C. La Slovénie
- ☐ D. L'Italie

1813 Lequel de ces pays n'a pas de frontière avec l'Allemagne ?

- ☐ A. La Pologne
- ☐ B. L'Italie
- ☐ C. Le Danemark
- ☐ D. La France

1814 L'Algérie n'a pas de frontière avec :

- ☐ A. Le Niger
- ☐ B. Le Mali
- ☐ C. L'Egypte
- ☐ D. La Mauritanie

1815 Lequel de ces pays n'a pas de frontière avec l'Algérie ?

- ☐ A. Le Niger
- ☐ B. La Libye
- ☐ C. Le Mali
- ☐ D. Le Burkina

1816 Parmi les pays suivants, lequel ne partage pas de frontière commune avec la Libye ?

- ☐ A. L'Algérie
- ☐ B. L'Egypte
- ☐ C. Le Maroc
- ☐ D. Le Tchad

1817 Parmi ces pays, lequel n'est pas frontalier avec la Lybie ?

- ☐ A. L'Egypte
- ☐ B. L'Algérie
- ☐ C. Le Niger
- ☐ D. Le Tchad
- ☐ E. Le Nigéria

1818 L'Irak n'a pas de frontières communes avec :

- ☐ A. L'Arabie Saoudite et L'Iran
- ☐ B. La Turquie et La Syrie
- ☐ C. Le Liban et Israël

1819 Quel pays n'est pas frontalier avec l'Iran ?

- ☐ A. Le Pakistan
- ☐ B. Le Turkménistan
- ☐ C. L'Afghanistan
- ☐ D. L'Inde

1820 Un de ces pays n'est pas limitrophe d'Israël :

- ☐ A. L'Irak
- ☐ B. La Jordanie
- ☐ C. La Syrie
- ☐ D. L'Egypte

1821 Parmi ces pays, lequel n'est pas frontalier avec l'Afrique du Sud ?

- ☐ A. Le Lesotho
- ☐ B. Le Botswana
- ☐ C. La Namibie
- ☐ D. Le Swaziland
- ☐ E. L'Angola

1822 Quel pays n'est pas frontalier avec l'Argentine ?

- ☐ A. La Bolivie
- ☐ B. La Colombie
- ☐ C. Le Paraguay
- ☐ D. Le Chili

1823 Quel pays n'a pas de frontière avec la Chine ?

- ☐ A. Le Pakistan
- ☐ B. L'Inde
- ☐ C. Le Japon
- ☐ D. La Mongolie

1824 Un des états suivants n'est pas limitrophe de la Colombie, lequel ?

- ☐ A. La Bolivie
- ☐ B. L'Equateur
- ☐ C. Le Pérou
- ☐ D. Le Brésil
- ☐ E. Aucune de ces réponses n'est bonne

1825 Combien d'habitants compte l'Union européenne au 1er janvier 2018 ?

- ☐ A. Environ 382 millions
- ☐ B. Environ 512 millions
- ☐ C. Environ 652 millions

1826 Quel est le pays le plus peuplé de l'Union européenne ?

- ☐ A. La France
- ☐ B. L'Allemagne
- ☐ C. La Grande-Bretagne
- ☐ D. L'Italie

1827 Parmi les pays européens suivants lequel a le plus bas taux de natalité ?

- ☐ A. L'Allemagne
- ☐ B. La France
- ☐ C. L'Irlande
- ☐ D. La Suède

1828 Aucune partie du continent européen ne se trouve en climat :

- ☐ A. Océanique
- ☐ B. Continental
- ☐ C. Polaire
- ☐ D. Désertique

1829 Quel Etat européen n'est pas bordé par la mer Noire ?

- ☐ A. La Bulgarie
- ☐ B. La Roumanie
- ☐ C. La Macédoine
- ☐ D. L'Ukraine

1830 Quel est le plus petit Etat d'Europe ?

- ☐ A. Monaco
- ☐ B. Le Liechtenstein
- ☐ C. San Marin
- ☐ D. Le Vatican

1831 Quels pays n'ont pas de frontières avec le territoire de l'Union européenne ?

- ☐ A. Le Kazakhstan
- ☐ B. La Moldavie
- ☐ C. L'Ukraine
- ☐ D. Le Maroc

1832 Les Célèbes sont un archipel d'îles appartenant :

- ☐ A. Au Japon
- ☐ B. A l'Indonésie
- ☐ C. Aux Philippines
- ☐ D. A la Malaisie

1833 Dans quel océan se trouve l'île de Sainte-Hélène ?

- ☐ A. L'océan Atlantique
- ☐ B. L'océan Indien
- ☐ C. L'océan Pacifique

1834 L'île de Terre-Neuve dépend :

- ☐ A. Des Etats-Unis
- ☐ B. Du Canada
- ☐ C. Du Danemark

1835 A quel pays appartient l'archipel des Açores ?

- ☐ A. Au Portugal
- ☐ B. A l'Espagne
- ☐ C. Au Maroc
- ☐ D. A l'Italie

1836 Parmi ces îles, lesquelles se situent dans l'océan Indien ?

- ☐ A. Les Maldives
- ☐ B. Les îles Bermudes
- ☐ C. Les îles du Cap-Vert
- ☐ D. Les îles Galápagos

1837 Anticosti est une île située :

- ☐ A. Dans les caraïbes
- ☐ B. Dans le golfe du Saint-Laurent au Canada
- ☐ C. Dans les Açores
- ☐ D. Dans l'océan Pacifique
- ☐ E. Aucune de ces réponses n'est bonne

1838 L'île Maurice est :

- ☐ A. Une monarchie
- ☐ B. Un département d'outre-mer
- ☐ C. Un territoire d'outre-mer
- ☐ D. Un état indépendant
- ☐ E. Aucune de ces réponses n'est bonne

1839 Les îles Malouines se trouvent au large :

- ☐ A. Du Chili
- ☐ B. De l'Espagne
- ☐ C. De Saint-Malo
- ☐ D. De l'Argentine

1840 Où est le Cap-Vert ?

- ☐ A. En Amérique du Sud
- ☐ B. En Afrique de l'Ouest
- ☐ C. Près de Madagascar
- ☐ D. En Europe

1841 Si vous êtes dans la Vallée des Rois, vous êtes :

- ☐ A. En Egypte
- ☐ B. En Chine
- ☐ C. En Inde
- ☐ D. En France

1842 La Transamazonienne est une grande route qui relie :

- ☐ A. La Colombie à la Bolivie
- ☐ B. L'Atlantique au Pérou
- ☐ C. Le Pacifique au Venezuela

1843 Si vous visitez l'île de Rhodes, vous êtes ?

- ☐ A. En Grèce
- ☐ B. En Turquie
- ☐ C. En Chypre

1844 La Cité des Doges désigne :

- ☐ A. Sienne
- ☐ B. Rome
- ☐ C. Venise
- ☐ D. Florence

1845 L'ancienne cité du Machu Picchu se trouve :

- ☐ A. En Bolivie
- ☐ B. Au Pérou
- ☐ C. Au Chili

1846 Lequel de ces pays n'est pas limitrophe avec la Slovénie ?

- ☐ A. La Croatie
- ☐ B. La Suisse
- ☐ C. L'Italie
- ☐ D. L'Autriche

1847 Dans quel pays se trouve La Mecque ?

- ☐ A. En Arabie Saoudite
- ☐ B. En Iran
- ☐ C. En Israël
- ☐ D. En Jordanie

1848 Où se trouve le temple de Borobudur ?

- ☐ A. Au Cambodge
- ☐ B. En Inde
- ☐ C. En Indonésie
- ☐ D. Au Sri Lanka

1849 Sur quelle île se trouve le plus grand temple bouddhiste ?

- ☐ A. L'île de Java
- ☐ B. L'île de Sumatra
- ☐ C. L'île de Bali
- ☐ D. L'île de Buru

1850 Saint-Jacques-de-Compostelle se trouve dans l'une de ces provinces. Laquelle ?

- ☐ A. La Navarre
- ☐ B. L'Aragon
- ☐ C. La Catalogne
- ☐ D. La Galice

1851 Si vous montez dans le Thalys, vous allez à :

- ☐ A. Cologne
- ☐ B. Londres
- ☐ C. Bruxelles
- ☐ D. Strasbourg
- ☐ E. Copenhague

1852 Vous naviguez en felouque :

- ☐ A. Sur le Nil
- ☐ B. Dans la baie d'Hailong
- ☐ C. Sur l'Amazone
- ☐ D. Dans le détroit du Bosphore
- ☐ E. Aucune de ces réponses n'est bonne

7. Capitales et villes du monde

1853 La capitale de l'Allemagne est :

- ☐ A. Bonn
- ☐ B. Berlin
- ☐ C. Munich
- ☐ D. Hambourg

1854 Quelle est la capitale de la Finlande ?

- ☐ A. Oslo
- ☐ B. Helsinki
- ☐ C. Stockholm
- ☐ D. Copenhague

1855 Quelle est la capitale de la Norvège ?

- ☐ A. Oslo
- ☐ B. Helsinki
- ☐ C. Stockholm
- ☐ D. Copenhague

1856 Quelle est la capitale de la Confédération helvétique ?

- ☐ A. Zürich
- ☐ B. Berne
- ☐ C. Genève
- ☐ D. Lausanne

1857 Quelle est la capitale de Malte ?

- ☐ A. Nicosie
- ☐ B. Corto
- ☐ C. La Lavette

1858 Quel pays a pour capitale Nicosie ?

- ☐ A. La Lettonie
- ☐ B. La Lituanie
- ☐ C. L'Estonie
- ☐ D. Chypre

1859 Quelle est la capitale de la Communauté autonome espagnole d'Andalousie ?

- ☐ A. Valence
- ☐ B. Saragosse
- ☐ C. Séville
- ☐ D. Bilbao

1860 La capitale de la Roumanie est :

- ☐ A. Tirana
- ☐ B. Skopje
- ☐ C. Budapest
- ☐ D. Bucarest

1861 De quel Etat européen Tallinn est-elle la capitale ?

- ☐ A. L'Estonie
- ☐ B. La Lettonie
- ☐ C. La Finlande
- ☐ D. La Moldavie

1862 Vilnius est la capitale de :

- ☐ A. La Slovénie
- ☐ B. La Lituanie
- ☐ C. La Slovaquie
- ☐ D. L'Estonie

1863 Quelle est la capitale de la Lettonie ?

- ☐ A. Riga
- ☐ B. Vilnius
- ☐ C. Tallinn

1864 Bratislava est la capitale :

- ☐ A. Du Monténégro
- ☐ B. De la Slovaquie
- ☐ C. De la République Tchèque

1865 Quelle est la capitale de la Slovénie ?

- ☐ A. Zagreb
- ☐ B. Bratislava
- ☐ C. Ljubljana
- ☐ D. Tirana

1866 Quelle est la capitale de la Serbie ?

- ☐ A. Belgrade
- ☐ B. Bratislava
- ☐ C. Passau
- ☐ D. Linz

1867 Quelle est la capitale de la Croatie ?

- ☐ A. Ljubljana
- ☐ B. Zagreb
- ☐ C. Sarajevo

1868 La capitale de l'Albanie est :

- ☐ A. Zara
- ☐ B. Sofia
- ☐ C. Belgrade
- ☐ D. Tirana

1869 La capitale de la République d'Ukraine est :

- ☐ A. Kiev
- ☐ B. Minsk
- ☐ C. Moscou

1870 La capitale du Kazakhstan est :

- ☐ A. Alma Ata
- ☐ B. Almaty
- ☐ C. Astana

1871 La capitale de l'Ouzbékistan est :

- ☐ A. Tachkent
- ☐ B. Samarcande
- ☐ C. Boukhara

1872 Quel pays a pour capitale Kuala Lumpur ?

- ☐ A. La Nouvelle-Zélande
- ☐ B. L'Indonésie
- ☐ C. La Malaisie
- ☐ D. L'Australie

1873 De quel pays Vientiane est-elle la capitale ?

- ☐ A. La Corée du Sud
- ☐ B. Le Bangladesh
- ☐ C. Le Vietnam
- ☐ D. Le Laos

1874 Quelle est la capitale de l'Inde ?

- ☐ A. Katmandou
- ☐ B. Calcutta
- ☐ C. New Delhi
- ☐ D. Bombay

1875 Quelle est la capitale du Pakistan ?

- ☐ A. Tachkent
- ☐ B. Karachi
- ☐ C. Islamabad
- ☐ D. Katmandou

1876 Oulan-Bator est la capitale :

- ☐ A. De la Corée du Nord
- ☐ B. Du Laos
- ☐ C. De la République de Mongolie
- ☐ D. De la Thaïlande

1877 Katmandou est la capitale :

- ☐ A. Du Népal
- ☐ B. Du Bangladesh
- ☐ C. De la Birmanie
- ☐ D. De la Thaïlande

1878 Quelle est la capitale de l'Afghanistan ?

- ☐ A. Bakou
- ☐ B. Kaboul
- ☐ C. Islamabad
- ☐ D. Karachi

1879 Quelle est la capitale de l'Australie ?

- ☐ A. Melbourne
- ☐ B. Canberra
- ☐ C. Sydney
- ☐ D. Brisbane

1880 La capitale des Etats-Unis est :

- ☐ A. Chicago
- ☐ B. Los Angeles
- ☐ C. New York
- ☐ D. Washington

1881 La capitale de l'Etat de Washington est :

- ☐ A. Washington
- ☐ B. New York
- ☐ C. Philadelphie
- ☐ D. Olympia

1882 Quelle est la capitale de la Californie ?

- ☐ A. Sacramento
- ☐ B. San Diego
- ☐ C. San Francisco
- ☐ D. Los Angeles

1883 Quelle est la ville américaine considérée comme la capitale de l'automobile ?

- ☐ A. Detroit
- ☐ B. Chicago
- ☐ C. Seattle
- ☐ D. Houston

1884 Quelle est la capitale du Canada ?

- ☐ A. Ottawa
- ☐ B. Toronto
- ☐ C. Vancouver

1885 Quelle est la capitale du Pérou ?

- ☐ A. Lima
- ☐ B. Montevideo
- ☐ C. Santa Cruz
- ☐ D. Bogota

1886 La Paz est la capitale :

☐ A. Du Venezuela
☐ B. De la Colombie
☐ C. De la Bolivie
☐ D. Du Pérou

1887 La capitale fédérale du Brésil est :

☐ A. Brasilia
☐ B. Brazzaville
☐ C. Rio de Janeiro
☐ D. Sao Paulo

1888 Quelle est la capitale de la République orientale de l'Uruguay ?

☐ A. Porto Alegre
☐ B. Montevideo
☐ C. Punta del Este
☐ D. Manaus
☐ E. Asunción

1889 Quelle est la capitale du Honduras ?

☐ A. Montevideo
☐ B. Quito
☐ C. Buenos Aires
☐ D. Tegucigalpa

1890 La Havane est la capitale :

☐ A. De Cuba
☐ B. D'Haïti
☐ C. De la Jamaïque

1891 La capitale de la Jordanie est :

☐ A. Petra
☐ B. Damas
☐ C. Tyr
☐ D. Amman

1892 La capitale de l'Afrique du Sud est :

☐ A. Le Cap
☐ B. Johannesburg
☐ C. Pretoria
☐ D. Kalahari

1893 La capitale de la Sierra Leone est :

☐ A. Monrovia
☐ B. Windhoek
☐ C. Funchal
☐ D. Freetown

1894 La capitale du Mali est :

☐ A. Monrovia
☐ B. Bamako
☐ C. Accra
☐ D. Lomé

1895 La capitale du Niger est :

☐ A. Niamey
☐ B. Accra
☐ C. Monrovia
☐ D. Lomé

1896 La capitale du Mozambique est :

☐ A. Mogadishu
☐ B. Kigali
☐ C. Maputo
☐ D. Djouba

1897 Lomé est la capitale :

☐ A. La République du Mozambique
☐ B. Du Niger
☐ C. Du Togo
☐ D. Du Ghana
☐ E. Aucune de ces réponses n'est bonne

1898 La capitale de la Zambie est :

☐ A. Lusaka
☐ B. Harare
☐ C. Kigali

1899 Une de ces capitales ne se trouve pas en Afrique. Laquelle ?

☐ A. Freetown
☐ B. Sanaa
☐ C. Nouakchott
☐ D. Niamey

1900 Parmi cette liste, quelles villes sont des capitales ?

☐ A. Reykjavik
☐ B. Istanbul
☐ C. Berne
☐ D. Genève

1901 Parmi ces villes, laquelle n'est pas la capitale de son pays ?

☐ A. Canberra
☐ B. Berne
☐ C. Montevideo
☐ D. Rio de Janeiro

1902 Parmi ces villes espagnoles, laquelle est située le plus au sud du pays ?

☐ A. Cadix
☐ B. Barcelone
☐ C. Bilbao
☐ D. Séville

1903 Laquelle de ces villes d'Espagne est située le plus à l'est ?

☐ A. Madrid
☐ B. Séville
☐ C. Bilbao
☐ D. Valence

1904 Parmi ces villes d'Angleterre, laquelle est la plus septentrionale ?

☐ A. Newcastle
☐ B. Birmingham
☐ C. Londres
☐ D. Manchester

1905 Parmi ces villes allemandes, laquelle est la plus septentrionale ?

☐ A. Stuttgart
☐ B. Francfort
☐ C. Hambourg
☐ D. Cologne

1906 Quel était l'ancien nom de Hô-Chi-Minh-Ville ?

☐ A. Saigon
☐ B. Vientiane
☐ C. Hanoi
☐ D. Phnom Penh

1907 Quel est le nom porté avant 1991 par Saint-Pétersbourg ?

☐ A. Leningrad
☐ B. Stalingrad
☐ C. Volgograd

1908 Sur quel continent se trouve la ville de Canberra ?

- ☐ A. L'Afrique
- ☐ B. L'Europe
- ☐ C. L'Asie
- ☐ D. L'Océanie

1909 Dans quel état des Etats-Unis se situe Atlantic City, ville célèbre pour ses casinos ?

- ☐ A. L'état de New York
- ☐ B. Le New Jersey
- ☐ C. La Pennsylvanie
- ☐ D. L'Ohio

1910 Choisissez la réponse exacte :

- ☐ A. Vancouver se trouve dans l'Oregon
- ☐ B. Vancouver se trouve dans le Dakota du Sud
- ☐ C. Vancouver se situe dans l'Idaho
- ☐ D. Vancouver se situe au Canada

1911 Prague est une ville de :

- ☐ A. Pologne
- ☐ B. Roumanie
- ☐ C. Bulgarie
- ☐ D. République tchèque

1912 Sarajevo est en :

- ☐ A. Croatie
- ☐ B. Serbie
- ☐ C. Bosnie
- ☐ D. Macédoine

1913 Angkor se situe :

- ☐ A. Au Vietnam
- ☐ B. Au Laos
- ☐ C. En Birmanie
- ☐ D. Au Cambodge

1914 Bangalore est une ville :

- ☐ A. Du sud de l'Inde
- ☐ B. Du Pakistan
- ☐ C. Du Bangladesh
- ☐ D. Du nord de l'Inde

1915 Lahore est une ville :

- ☐ A. Indienne
- ☐ B. Pakistanaise
- ☐ C. Afghane
- ☐ D. Mongole

1916 Irkoutsk est une ville :

- ☐ A. Ukrainienne
- ☐ B. Mongole
- ☐ C. Russe
- ☐ D. Sibérienne

1917 Tripoli est une ville :

- ☐ A. Syrienne
- ☐ B. Palestinienne
- ☐ C. Libanaise
- ☐ D. Libyenne

1918 Où est situé Riyad ?

- ☐ A. Au Bahreïn
- ☐ B. Au Qatar
- ☐ C. Aux Emirats Arabes Unis
- ☐ D. En Arabie Saoudite

1919 La ville d'Alep est située en :

- ☐ A. Syrie
- ☐ B. Irak
- ☐ C. Turquie
- ☐ D. Iran
- ☐ E. Aucune de ces réponses n'est bonne

1920 Pour visiter la ville nabatéenne de Petra, vous prenez un visa pour :

- ☐ A. Israël
- ☐ B. L'Arabie Saoudite
- ☐ C. La Jordanie
- ☐ D. Le Liban
- ☐ E. Aucune de ces réponses n'est bonne

1921 Quelle ville ne se trouve pas en Andalousie ?

- ☐ A. Malaga
- ☐ B. Séville
- ☐ C. Barcelone
- ☐ D. Cordoue

1922 Une des villes suivantes ne se trouve pas en Andalousie :

- ☐ A. Saragosse
- ☐ B. Cordoue
- ☐ C. Grenade
- ☐ D. Séville
- ☐ E. Aucune de ces réponses n'est bonne

1923 Laquelle de ces villes célèbres ne se situe pas en Grèce ?

- ☐ A. Delphes
- ☐ B. Ephèse
- ☐ C. Epidaure
- ☐ D. Olympe
- ☐ E. Aucune de ces réponses n'est bonne

1924 Parmi les villes suivantes, laquelle ne se situe pas en Australie ?

- ☐ A. Perth
- ☐ B. Melbourne
- ☐ C. Wellington
- ☐ D. Adélaïde

1925 Laquelle de ces villes ne se trouve pas en Australie ?

- ☐ A. Auckland
- ☐ B. Melbourne
- ☐ C. Perth
- ☐ D. Darwin
- ☐ E. Aucune de ces réponses n'est bonne

1926 Une de ces villes n'est pas en Inde :

- ☐ A. Vientiane
- ☐ B. Bombay
- ☐ C. New Delhi
- ☐ D. Calcutta

1927 Quelle ville se trouve sur l'embouchure de la Neva ?

- ☐ A. Moscou
- ☐ B. Saint-Pétersbourg
- ☐ C. Kiev

1928 Quelle(s) ville(s) le Danube ne traverse-t-il pas ?

- ☐ A. Bucarest
- ☐ B. Vienne
- ☐ C. Budapest
- ☐ D. Belgrade

1929 Parmi les quatre propositions suivantes, trois désignent la même ville. Indiquez la proposition incorrecte.

- ☐ A. Istanbul
- ☐ B. Alexandrie
- ☐ C. Constantinople
- ☐ D. Byzance

1930 Quelle ville appelle-t-on la ville éternelle ?

- ☐ A. Alexandrie
- ☐ B. Athènes
- ☐ C. Rome
- ☐ D. Bagdad

1931 La plus grande ville d'Afrique et du monde arabe est :

- ☐ A. Tripoli
- ☐ B. Le Caire
- ☐ C. Marrakech
- ☐ D. Alger

8. Montagnes, eau et espaces naturels dans le monde

1932 A quelle altitude s'élève le Mont Everest ?

- ☐ A. 8 848 m
- ☐ B. 8 748 m
- ☐ C. 8 648 m
- ☐ D. 8 548 m

1933 Où se trouve le Mont Mc Kinley, point culminant des Etats-Unis ?

- ☐ A. A Hawaii
- ☐ B. En Alaska
- ☐ C. Au Texas
- ☐ D. Dans le Colorado

1934 Dans quel pays se trouve le sommet de l'Annapurna ?

- ☐ A. Au Népal
- ☐ B. Au Tibet
- ☐ C. Au Bhoutan
- ☐ D. En Inde

1935 Si vous êtes au sommet du Kilimandjaro, vous êtes :

- ☐ A. En Tanzanie
- ☐ B. Au Kenya
- ☐ C. En Somalie

1936 La chaîne des Carpates se trouve en :

- ☐ A. Slovaquie
- ☐ B. Ukraine
- ☐ C. Bulgarie
- ☐ D. Roumanie

1937 La chaîne de l'Atlas se trouve :

- ☐ A. En Tunisie
- ☐ B. Au Maroc
- ☐ C. En Algérie
- ☐ D. En Libye

1938 Que désigne l'expression « Toit du monde » ?

- ☐ A. L'Everest
- ☐ B. La forêt amazonienne
- ☐ C. Le Kilimandjaro
- ☐ D. Jérusalem

1939 Le Kilimandjaro est la plus haute montagne :

- ☐ A. D'Afrique
- ☐ B. D'Amérique du Nord
- ☐ C. D'Amérique du Sud
- ☐ D. D'Asie
- ☐ E. Aucune de ces réponses n'est bonne

1940 C'est le fleuve le plus long d'Europe :

- ☐ A. La Volga
- ☐ B. Le Danube
- ☐ C. Le Rhin

1941 Quel fleuve sépare la rive européenne de la rive asiatique à Istanbul ?

- ☐ A. Le Bosphore
- ☐ B. L'Arno
- ☐ C. Le Tigre
- ☐ D. L'Euphrate

1942 Ce fleuve d'une longueur de 2 850 km constitue un lien exceptionnel entre l'Europe de l'Ouest, l'Europe centrale et l'Europe balkanique. Il traverse neuf Etats avant de se jeter dans la mer Noire. De quel fleuve s'agit-il ?

- ☐ A. La Volga
- ☐ B. Le Danube
- ☐ C. L'Elbe
- ☐ D. L'Oder

1943 Le Pô est un fleuve :

- ☐ A. D'Espagne
- ☐ B. D'Italie
- ☐ C. De Grèce
- ☐ D. De Croatie

1944 Où coule la Tamise ?

- ☐ A. A Venise
- ☐ B. A Amsterdam
- ☐ C. A Genève
- ☐ D. A Londres

1945 Le Guadalquivir coule :

- ☐ A. Au Portugal
- ☐ B. Au Mexique
- ☐ C. En Argentine
- ☐ D. En Espagne

1946 Quels pays ont accès au Danube ?

- ☐ A. La Hongrie et la Bulgarie
- ☐ B. La Croatie, la Serbie, la Hongrie, la Bulgarie, la Roumanie
- ☐ C. L'Allemagne, l'Autriche, la Slovaquie, la Hongrie, la Croatie, la Serbie, la Bulgarie, la Roumanie
- ☐ D. La Hongrie, la Bulgarie, la Serbie, la Roumanie, l'Albanie

1947 Quel est le plus long fleuve du monde ?

- ☐ A. L'Amazone
- ☐ B. Le Nil
- ☐ C. Le Danube
- ☐ D. Le Zaïre

1948 Parmi ces fleuves, lequel n'est pas un fleuve russe ?

- ☐ A. Le Don
- ☐ B. La Volga
- ☐ C. La Lena
- ☐ D. Le Douro

1949 Le fleuve qui traverse la péninsule indochinoise du nord au sud s'appelle :

- ☐ A. Le fleuve bleu
- ☐ B. Le fleuve rouge
- ☐ C. Le Mékong
- ☐ D. La rivière des perles

1950 Le Brahmapoutre est :

- ☐ A. Un grand fleuve d'Asie
- ☐ B. Un grand fleuve d'Amérique du Sud
- ☐ C. Une chaîne de montagne asiatique
- ☐ D. L'un des sommets de l'Himalaya

1951 Le Gange se jette dans le golfe :

- ☐ A. De Brahmapoutre
- ☐ B. Du Bangladesh
- ☐ C. Du Bengale
- ☐ D. De Dekkan

1952 Lequel de ces fleuves se jette dans la mer Morte ?

- ☐ A. L'Euphrate
- ☐ B. Le Tigre
- ☐ C. Le Jourdain
- ☐ D. Le Lita

1953 Séville est baignée par les eaux :

- ☐ A. Du Tage
- ☐ B. Du Douro
- ☐ C. De l'Ebre
- ☐ D. Du Guadalquivir

1954 Où se trouve le lac Majeur ?

- ☐ A. En Italie
- ☐ B. En Russie
- ☐ C. Aux Etats-Unis
- ☐ D. Au Congo

1955 Où se trouve le lac de Côme ?

- ☐ A. En Russie
- ☐ B. En Argentine
- ☐ C. En Italie
- ☐ D. Au Kenya

1956 Quel est l'autre nom du lac de Genève ?

- ☐ A. Le lac Léman
- ☐ B. Le lac de Garde
- ☐ C. Le lac d'Annecy
- ☐ D. Le lac Majeur

1957 Quel est le détroit séparant l'Asie de l'Amérique et reliant l'océan Pacifique et l'océan Arctique ?

- ☐ A. Détroit de Bass
- ☐ B. Détroit du Baltyisk
- ☐ C. Détroit de Barents
- ☐ D. Détroit de Béring

1958 Le détroit de Messine relie :

- ☐ A. La mer Adriatique et la mer Méditerranée
- ☐ B. La mer de Marmara et la mer Noire
- ☐ C. La mer Tyrrhénienne et la mer Méditerranée
- ☐ D. La mer Egée et la mer Noire

1959 Que relie le canal de Suez ?

- ☐ A. La mer Méditerranée à la mer Rouge
- ☐ B. L'océan Pacifique à l'océan Atlantique
- ☐ C. Le Nil à l'Euphrate
- ☐ D. L'Orénoque à l'Amazone

1960 L'Antarctique est :

- ☐ A. Un océan
- ☐ B. Un continent
- ☐ C. Une mer
- ☐ D. Un fleuve

1961 **Le désert de Gobi est situé en :**

- ☐ A. Chine et Mongolie
- ☐ B. Russie et Chine
- ☐ C. Russie et Mongolie
- ☐ D. Mongolie et Kazakhstan
- ☐ E. Aucune de ces réponses n'est bonne

1962 **Si vous êtes dans le parc national des Everglades, vous êtes ?**

- ☐ A. En Argentine
- ☐ B. Aux Etats-Unis
- ☐ C. En Australie

1963 **Copacabana est une plage de :**

- ☐ A. Rio de Janeiro
- ☐ B. San Francisco
- ☐ C. Miami
- ☐ D. Mexico

CORRIGE

Les réponses en bleu foncé font l'objet d'un complément de réponse après ce corrigé.

1574 La Chine

1575 Tokyo

1576 210 millions

1577 Le Vietnam

1578 Le Nigeria

1579 2 000 000 km^2

1580 Saint-Véran

1581 Paul-Vidal de la Blache, Emmanuel de Martonne

1582 Le représentant graphique du relief sur une carte IGN

1583 360 méridiens et 180 parallèles

1584 En degrés d'un point à l'Equateur

1585 Les méridiens

1586 Le tropique du Cancer est au nord de l'équateur – Les tropiques sont parallèles à l'équateur – Le tropique du capricorne est au sud du tropique du Cancer – L'équateur partage la Terre en deux hémisphères

1587 111 km

1588 Une mégapole

1589 Une terre gagnée sur la mer

1590 Hexagone

1591 Climat océanique, Climat semi-continental, Climat méditerranéen, Climat de haute montagne

1592 675 000 km^2

1593 67 millions

1594 122 habitants au km^2

1595 Le Midi-Pyrénées

1596 10 millions d'habitants

1597 La Bretagne

1598 Le Nord

1599 La Lozère

1600 13 régions

1601 Les Pays de la Loire

1602 Les Pays de la Loire

1603 Les Pyrénées-Atlantiques

1604 Nouvelle-Aquitaine

1605 Bourgogne-Franche-Comté

1606 Occitanie

1607 Nouvelle-Aquitaine

1608 Le Poitou

1609 Du Languedoc-Roussillon

1610 La Corse

1611 5 départements (Calvados, Eure, Orne, Manche, Seine-Maritime)

1612 12 départements (Ain, Allier, Ardèche, Cantal, Drôme, Isère, Loire, Haute-Loire, Puy-de-Dôme, Rhône, Savoie, Haute-Savoie)

1613 La Corse-du-Sud

1614 Calvados – Jura – Pyrénées-Orientales – Seine-et-Marne

1615 L'Ile-de-France

1616 La Manche

1617 De la Vendée

1618 Environ 1 000 hab/km^2

1619 L'Oise, qui est dans les Hauts-de-France

1620 La Seine-et-Marne, Les Hauts-de-Seine

1621 La Manche

1622 La Seine-Maritime

1623 La Sarthe

1624 Les Ardennes

1625 L'Allier, La Sarthe

1626 Le Lot-et-Garonne

1627 La Vendée
1628 L'Yonne
1629 L'Orne
1630 Le Var
1631 Auvergne-Rhône-Alpes
1632 Du Puy-de-Dôme
1633 La Normandie
1634 Les Bouches-du-Rhône
1635 La Beauce
1636 Au sud
1637 Dans les Pyrénées espagnoles
1638 Belle-Ile
1639 8 (la Belgique et le Luxembourg au nord, l'Allemagne et la Suisse à l'est, l'Italie au sud-est, Monaco, Andorre et l'Espagne au sud)
1640 L'Autriche
1641 Le Luxembourg
1642 L'Italie
1643 Des Alpes-Maritimes
1644 Le Lot
1645 Le Vaucluse
1646 La déruralisation
1647 Le schéma de cohérence territoriale
1648 De la DATAR
1649 Entre 30 000 et 40 000 communes
1650 Arles avec 758 km^2
1651 Versailles
1652 Toulouse
1653 Marseille
1654 Bordeaux
1655 Marseille
1656 La Rochelle
1657 Rennes
1658 Metz
1659 Annecy
1660 Arras
1661 Châlons-en-Champagne
1662 La Rochelle
1663 Nanterre
1664 A Rouen
1665 Les Vaudais(e)s
1666 Alès
1667 Aurillac
1668 Nîmes
1669 Albi
1670 De Seine-et-Marne
1671 Auxerre
1672 Granville
1673 Saint-Brieuc
1674 Agen
1675 1 000 km
1676 Châteauroux
1677 Grenoble
1678 Marseille
1679 Paris – Lyon – Marseille
1680 Ajaccio
1681 Nice
1682 Montélimar
1683 Amiens
1684 Le Mans
1685 Tours
1686 540 km
1687 700 km
1688 900 km

1689 900 km

1690 Amiens

1691 A 89

1692 Blagnac

1693 Calais

1694 Boulogne-sur-Mer

1695 Font-Romeu

1696 Ardennes – Vosges – Jura – Alpes

1697 La France, l'Italie, l'Autriche, l'Allemagne, la Suisse, le Liechtenstein, la Slovénie

1698 Dans les Alpes

1699 Les Cévennes

1700 Le Massif Central

1701 Le Massif Central

1702 Des Ardennes

1703 Vignemale

1704 Le Pelvoux

1705 4 810 m

1706 Le monte Cinto

1707 Les Pyrénées

1708 Pic du Canigou, Pic du Midi

1709 Le Mont-Blanc

1710 Les Maures

1711 La Savoie

1712 Les Alpes

1713 Le parc de la Vanoise

1714 Méditerranée

1715 La Loire

1716 Le Rhône

1717 Le Rhin

1718 L'Adour

1719 La Seine

1720 Le Tarn

1721 La Garonne

1722 La Seine

1723 L'Aude

1724 L'Ill, Le Rhin

1725 L'Ill, La Vire

1726 L'Aude

1727 L'Adour

1728 L'Isère

1729 Le Doubs

1730 Augmente

1731 Environ 250 000 km^2

1732 5

1733 Les Mariannes du nord

1734 La Guadeloupe

1735 Guyane, Guadeloupe, Martinique, La Réunion

1736 Un territoire français d'Outre-mer

1737 Mayotte

1738 976

1739 Dans l'océan Indien

1740 Du Canada

1741 Au sud de Terre-Neuve

1742 La Réunion

1743 La Guyane

1744 Le Suriname

1745 Pointe-à-Pitre

1746 Basse Terre

1747 La Martinique

1748 Cayenne

1749 La Guyane

1750 L'île de la Réunion

1751 Iles Hébrides

1752 L'Europe

1753 L'Amérique du Sud est le continent avec les plus hautes chutes d'eau – L'Amérique du Sud est le continent avec la chaîne de montagne la plus longue – L'Amérique du Sud est le continent du désert le plus aride – L'Amérique du Sud est le continent de la capitale la plus haute

1754 Portugaise

1755 La Côte d'Ivoire

1756 Le Japon

1757 L'Inde

1758 L'empire du Milieu

1759 Le Dahomey

1760 Le nom actuel de la Biélorussie – Une ancienne république socialiste

1761 La Suisse

1762 La Birmanie

1763 La Nouvelle-Ecosse

1764 La Lettonie, l'Estonie et la Lituanie

1765 La Slovaquie

1766 De Yougoslavie

1767 Indochinoise

1768 Annexé à l'Indonésie jusqu'en 2002, D'Asie

1769 Un pays indépendant

1770 A l'Asie

1771 Dans la péninsule arabique, En Asie

1772 D'Afrique australe

1773 Un pays d'Afrique

1774 En Amérique centrale

1775 En Italie

1776 La Finlande

1777 L'Egypte

1778 Le Pérou, Le Chili

1779 La Mer Ionienne

1780 La Méditerranée

1781 Le Koweït

1782 Mozambique

1783 L'Argentine

1784 La Bolivie, Le Pérou, La Colombie

1785 La Corée du Sud, distance de 942 kilomètres

1786 La Roumanie

1787 La Bulgarie

1788 En Allemagne

1789 La Toscane, L'Istrie, Le Val d'Aoste

1790 La Calabre

1791 Italienne

1792 L'Algarve

1793 Le Portugal et l'Espagne

1794 Des Pays-Bas

1795 Au sud de la Belgique

1796 Au sud de l'Australie

1797 Au Danemark

1798 L'Alaska

1799 Argentine

1800 A l'ouest du Soudan

1801 Le Xinjiang

1802 La Louisiane, L'Arkansas, Le Missouri

1803 De Californie

1804 La Suisse, l'Autriche

1805 La Pologne

1806 La Lybie

1807 La Chine, La Thaïlande, Le Bangladesh

1808 Les Etats-Unis et le Guatemala

1809 Le Brésil

1810 L'Oural

1811 L'Estonie

1812 La Pologne
1813 L'Italie
1814 L'Egypte
1815 Le Burkina
1816 Le Maroc
1817 Le Nigéria
1818 Le Liban et Israël
1819 L'Inde
1820 L'Irak
1821 L'Angola
1822 La Colombie
1823 Le Japon
1824 La Bolivie
1825 Environ 512 millions
1826 L'Allemagne
1827 L'Allemagne
1828 Désertique
1829 La Macédoine
1830 Le Vatican
1831 Le Kazakhstan, Le Maroc
1832 A l'Indonésie
1833 L'océan Atlantique
1834 Du Canada
1835 Au Portugal
1836 Les Maldives
1837 Dans le golfe du Saint-Laurent au Canada
1838 Un état indépendant
1839 De l'Argentine
1840 En Afrique de l'Ouest
1841 En Egypte
1842 L'Atlantique au Pérou
1843 En Grèce
1844 Venise
1845 Au Pérou
1846 La Suisse
1847 En Arabie Saoudite
1848 En Indonésie
1849 L'île de Java
1850 La Galice
1851 Cologne, Bruxelles
1852 Sue le Nil
1853 Berlin
1854 Helsinki
1855 Oslo
1856 Berne
1857 La Lavette
1858 Chypre
1859 Séville
1860 Bucarest
1861 L'Estonie
1862 La Lituanie
1863 Riga
1864 De la Slovaquie
1865 Ljubljana
1866 Belgrade
1867 Zagreb
1868 Tirana
1869 Kiev
1870 Astana
1871 Tachkent
1872 La Malaisie
1873 Le Laos
1874 New Delhi
1875 Islamabad

1876 De la République de Mongolie
1877 Du Népal
1878 Kaboul
1879 Canberra
1880 Washington
1881 Olympia
1882 Sacramento
1883 Detroit
1884 Ottawa
1885 Lima
1886 De la Bolivie
1887 Brasilia
1888 Montevideo
1889 Tegucigalpa
1890 De Cuba
1891 Amman
1892 Pretoria
1893 Freetown
1894 Bamako
1895 Niamey
1896 Djouba
1897 Du Togo
1898 Lusaka
1899 Sanaa
1900 Reykjavik, Berne
1901 Rio de Janeiro
1902 Cadix
1903 Valence
1904 Newcastle
1905 Hambourg
1906 Saigon
1907 Leningrad
1908 L'Océanie
1909 Le New Jersey
1910 Vancouver se situe au Canada
1911 République tchèque
1912 Bosnie
1913 Au Cambodge
1914 Du sud de l'Inde
1915 Pakistanaise
1916 Russe, Sibérienne
1917 Libanaise, Libyenne
1918 En Arabie Saoudite
1919 Syrie
1920 La Jordanie
1921 Barcelone
1922 Saragosse
1923 Ephèse
1924 Wellington
1925 Auckland
1926 Vientiane
1927 Saint-Pétersbourg
1928 Bucarest, Belgrade
1929 Alexandrie
1930 Rome
1931 Le Caire
1932 8 848 m
1933 En Alaska
1934 Au Népal
1935 En Tanzanie
1936 Roumanie
1937 Au Maroc, en Algérie
1938 L'Everest
1939 D'Afrique

1940 La Volga

1941 Le Bosphore

1942 Le Danube

1943 D'Italie

1944 A Londres

1945 En Espagne

1946 L'Allemagne, l'Autriche, la Slovaquie, la Hongrie, la Croatie, la Serbie, la Bulgarie, la Roumanie

1947 Le Nil

1948 Le Douro

1949 Le Mékong

1950 Un grand fleuve d'Asie

1951 Du Bengale

1952 L'Euphrate, Le Jourdain

1953 Du Guadalquivir

1954 En Italie

1955 En Italie

1956 Le lac Léman

1957 Détroit de Béring

1958 La mer Tyrrhénienne et la mer Méditerranée

1959 La mer Méditerranée à la mer Rouge

1960 Un océan, Un continent

1961 Chine et Mongolie

1962 Aux Etats-Unis

1963 Rio de Janeiro

COMPLEMENTS DE REPONSES

1589 Un polder (ou prise) est une étendue artificielle de terre gagnée sur l'eau, le plus souvent dont le niveau est inférieur à celui de la mer, à partir de marais, estuaires, lacs ou des zones littorales.

La surface à aménager est d'abord entourée de digues. L'eau emprisonnée dans ce périmètre est alors captée par un ensemble de pompes actionnées autrefois par des moulins à vent et, aujourd'hui, par des pompes électriques. Le drainage du terrain est facilité par un réseau d'étiers et de bassins. Même après l'assèchement du polder, les pompes continuent à éliminer l'eau qui s'infiltrerait en excès dans ce dernier.

Les Pays-Bas et la Belgique sont souvent associés aux polders, puisqu'une partie de leur surface a été gagnée sur la mer au cours des siècles. De telles zones existent aussi dans le Nord de la France dans la région des Watergangen ou Wateringen (du néerlandais rondes d'eau), près de Dunkerque, et dans la région de Kamouraska, Québec.

1616 Le Mont-Saint-Michel est une commune française située dans le département de la Manche en Normandie. Elle tire son nom de l'îlot rocheux consacré à saint Michel où s'élève aujourd'hui l'abbaye du Mont-Saint-Michel.

L'architecture du Mont-Saint-Michel et sa baie en font le site touristique le plus fréquenté de Normandie et l'un des dix plus fréquentés en France – premier site après ceux d'Ile-de-France – avec près de deux millions et demi de visiteurs chaque année (3 250 000 en 2006, 2 300 000 en 2014).

1732 Un département et région ultramarin (DROM) est un territoire français qui constitue à la fois un département (DOM) et une région (ROM) d'outre-mer. Ce statut concerne la Guadeloupe, la Guyane, la Martinique, Mayotte et La Réunion.

1807 La Birmanie ou Myanmar, en forme longue la République de l'Union du Myanmar, anciennement Union de Birmanie, puis Union du Myanmar, est un pays d'Asie du Sud-Est continentale ayant une frontière commune avec le Bangladesh, la Chine, l'Inde, le Laos et la Thaïlande. Elle est bordée par la mer d'Andaman au sud et par le golfe du Bengale au sud-ouest, avec environ 2 000 kilomètres de côtes au total.

Le pays a connu depuis 1962 une série de dictatures militaires. De 1988 à 2011, la Birmanie a été officiellement dirigée par le Conseil d'Etat pour la paix et le développement. Cette junte a officiellement laissé la place en 2011 à un pouvoir civil dirigé par l'un de ses anciens membres, mais le poids de la hiérarchie militaire reste prépondérant dans les faits. La relative libéralisation du pays qui s'est confirmée depuis a conduit l'Union européenne et les Etats-Unis à suspendre ou lever en avril et septembre 2012 l'embargo qu'ils imposaient au pays depuis les années 1990, exception faite des ventes d'armes. A la suite de la victoire de son parti, la Ligue nationale pour la démocratie (NDL) aux élections de novembre 2015, un proche d'Aung San Suu Kyi, Htin Kyaw, devient président de la Birmanie le 15 mars 2016, alors qu'elle-même accède le 6 avril au poste de « ministre du conseil d'Etat », équivalent de premier ministre. Toutefois 25 % des sièges de députés sont occupés par des militaires non élus. Le 28 mars 2018, Win Myint devient le nouveau président, après démission de Htin Kyaw pour raisons de santé.

1850 Saint-Jacques-de-Compostelle est une commune (concello) située dans la province de La Corogne, en communauté autonome de Galice (Espagne). C'est la capitale de la comarque du même nom et de la communauté autonome. A ce dernier titre, elle héberge le siège du gouvernement (Xunta de Galicia) et du Parlement de la communauté. Elle comptait 95 671 habitants en 2012.

Le pèlerinage sur le tombeau supposé de Jacques fils de Zébédée était un des plus importants de la Chrétienté au Moyen Age, avec ceux de Jérusalem, de Rome et de Tours. Pratiquement disparu au XIXe siècle, il connaît un regain de ferveur depuis la fin du XXe siècle, promu notamment par les institutions européennes. Ainsi, en 1985, Saint-Jacques-de-Compostelle a été lauréate du Prix de l'Europe.

1959 Le canal de Suez, est un canal situé en Egypte, long de 193,3 km, large de 280 à 345 m et profond de 22,5 m, qui relie, *via* trois lacs naturels, la ville portuaire de Port-Saïd sur la mer Méditerranée et la ville de Suez sur le golfe de Suez (partie septentrionale de la mer Rouge), permettant ainsi de relier les deux mers.

Percé entre 1859 et 1869, grâce à une levée de fonds géante à la Bourse de Paris, sous la direction du diplomate retraité français Ferdinand de Lesseps, il permet aux navires d'aller d'Europe en Asie sans devoir contourner l'Afrique par le cap de Bonne-Espérance et sans déposer les marchandises par voie terrestre entre la Méditerranée et la mer Rouge.

Avec l'augmentation du trafic, le canal est devenu la troisième source en devises de l'Egypte. Un blocage du canal entraînerait des pertes d'environ 7 millions de dollars par jour. En 2015, 17 483 navires transportant 999 millions de tonnes de marchandises l'ont emprunté, soit 8 % du commerce maritime international.

Le 6 août 2015, le président égyptien Al-Sissi inaugure le « Nouveau canal de Suez » permettant, après un an de travaux, de doubler la capacité de passage. Les travaux ont consisté à élargir le canal existant ainsi qu'à en augmenter la profondeur sur 35 km, et à doubler le canal sur 37 km dans sa partie orientale.

Le canal est la propriété de la Suez Canal Authority, qui est aussi responsable de son administration et de sa gérance.

9. DROIT ET JUSTICE

Ce chapitre est composé de **3 sections** pour un total de **96 questions**.

1. Droit public français
2. Droit privé français
3. Droit européen et international

[A SAVOIR !]

110 Les numéros de questions de ce type signifient qu'il n'y a qu'une seule et unique réponse juste à la question posée.

111 Les numéros de questions de ce type signifient qu'il y a **plusieurs (2 ou plus) réponses possibles justes à la question.**

[UN CONSEIL IMPORTANT]

Nous vous conseillons vivement de répondre à toutes les questions d'une section avant d'en découvrir les solutions. L'erreur consiste en effet généralement à traiter une question et à vérifier aussitôt la réponse parce que l'on veut s'assurer d'avoir trouvé la réponse juste ou parce que l'on est impatient de la découvrir dans le cas où on ne la connaît pas. Si vous souhaitez sérieusement progresser, vous devez absolument vous imprégner du thème traité par la section et répondre d'un trait à toutes les questions d'une section.

[QUELQUES MOTS SUR...]

1. Le droit public français [WIKIPEDIA]

Le droit public est constitué par l'ensemble des règles régissant les rapports de droit dans lesquels interviennent des personnes morales comme l'Etat, les collectivités locales, des institutions ou groupement spécifiquement rattachée à l'Etat ou des banques nationales, qui sont appelées personnes de droit public. Le droit public défend l'intérêt général avec des prérogatives liées à la puissance publique. Il concerne les rapports entre deux personnes publiques mais également entre une personne publique et une personne privée.

Le droit public est en général opposé au droit privé, qui lui recouvre l'ensemble des règles qui régissent les rapports entre les personnes physiques ou morales. En France, la séparation entre l'ordre administratif et l'ordre judiciaire naît en France de la loi des 16 et 24 août 1790, qui interdit aux tribunaux judiciaires de « troubler, de quelque manière que ce soit, les opérations des corps administratifs » : en application de cette loi, les litiges avec l'administration relèvent souvent des juridictions administratives, qui ont longtemps été limitées au Conseil d'Etat et qui sont subordonnées à cette dernière juridiction.

2. Le droit privé français [WIKIPEDIA]

Le droit privé est l'ensemble des règles qui régissent les rapports entre les personnes physiques ou morales. Les relations avec l'Etat ou l'Administration, et les relations des institutions publiques entre elles recouvrent le droit public. Les principales branches du droit privé sont : le droit civil, le droit des affaires, le droit du travail. On oppose également le droit privé au droit public. Le juge naturel du droit privé est le juge judiciaire. L'article 66 de la Constitution du 4 octobre 1958 a fait de l'ordre judiciaire le juge naturel des atteintes aux libertés fondamentales. Le juge judiciaire est considéré comme le protecteur des libertés individuelles et le garant de la propriété privée.

1. Droit public français

1964 En quelle année le code pénal a-t-il été totalement réformé ?

☐ A. 2001
☐ B. 1994
☐ C. 1958
☐ D. 1919

1965 Le Tribunal correctionnel juge des infractions dont la peine peut aller jusqu'à combien d'années d'emprisonnement ?

☐ A. 20 ans
☐ B. 15 ans
☐ C. 10 ans
☐ D. 5 ans

1966 Le principe de l'inaliénabilité du domaine public a été affirmé pour la première fois par :

☐ A. L'ordonnance de Villers-Cotterêts de 1539
☐ B. L'édit de Moulins de 1566
☐ C. L'article L.52 du code du domaine de l'Etat de 1957

1967 Par quel type de texte l'esclavage a été consacré en France en 1685 ?

☐ A. Un édit
☐ B. Un décret
☐ C. Un règlement
☐ D. Une loi

1968 Le service militaire obligatoire a été mis en place en :

☐ A. 1789
☐ B. 1798
☐ C. 1870
☐ D. 1914

1969 Qui a fait rédiger le Code civil ?

☐ A. Napoléon Ier
☐ B. Condorcet
☐ C. Napoléon III
☐ D. Charles de Gaulle

1970 La loi Falloux (1850) concerne :

☐ A. La justice
☐ B. Le social
☐ C. L'enseignement

1971 La loi du 1er juillet 1901 consacre :

☐ A. La liberté d'établissement
☐ B. La liberté d'association
☐ C. La liberté de réunion
☐ D. La séparation des Eglises et de l'Etat

1972 Les filles peuvent officiellement passer le baccalauréat depuis :

☐ A. 1884
☐ B. 1919
☐ C. 1945

1973 Le Code de la famille correspond :

☐ A. A une loi de 1920
☐ B. A une ordonnance de 1967
☐ C. A un décret-loi de 1939
☐ D. A une loi de 1876

1974 En quelle année le législateur français a-t-il décidé que le sol et le sous-sol de la mer territoriale appartenaient au domaine public ?

☐ A. 1919
☐ B. 1963
☐ C. 1964
☐ D. 1992

1975 Qui décide du classement d'un site naturel ?

- ☐ A. La commune
- ☐ B. Le département
- ☐ C. L'Etat
- ☐ D. La région

1976 Depuis quand les femmes peuvent-elles exercer une activité professionnelle en France sans l'autorisation de leur mari ?

- ☐ A. 1936
- ☐ B. 1945
- ☐ C. 1965

1977 L'autorité paternelle est remplacée par l'autorité parentale en :

- ☐ A. 1950
- ☐ B. 1960
- ☐ C. 1970

1978 En France, la loi a baissé la majorité civile de 21 à 18 ans en :

- ☐ A. 1958
- ☐ B. 1968
- ☐ C. 1974
- ☐ D. 1981

1979 En France, le code de l'environnement date de l'année :

- ☐ A. 1971
- ☐ B. 1982
- ☐ C. 1992
- ☐ D. 2000

1980 La loi sur l'égalité professionnelle entre hommes et femmes date de :

- ☐ A. 1944
- ☐ B. 1958
- ☐ C. 1983

1981 La Déclaration universelle des droits de l'homme a été votée le :

- ☐ A. 14 juillet 1789
- ☐ B. 4 août 1793
- ☐ C. 10 décembre 1948

1982 A compter du 1er mars 2010, une réforme du Conseil constitutionnel entre en vigueur. Quelle évolution introduit-elle ?

- ☐ A. Il change de dénomination pour devenir une Cour constitutionnelle
- ☐ B. Ses membres sont exclusivement désignés par les parlementaires réunis en congrès
- ☐ C. Son président est élu par ses pairs
- ☐ D. Une question de constitutionnalité peut être soulevée dans le cadre de certaines procédures judiciaires

1983 Les décisions du Conseil constitutionnel :

- ☐ A. Ne sont susceptibles d'aucun recours
- ☐ B. Peuvent faire l'objet d'un recours
- ☐ C. Peuvent être révisées par le Parlement
- ☐ D. Ont autorité de chose jugée
- ☐ E. Aucune de ces réponses n'est bonne

1984 Au sommet de la justice administrative se trouve :

- ☐ A. Le Conseil d'Etat
- ☐ B. La Cour de cassation
- ☐ C. La Cour des comptes
- ☐ D. Le Tribunal des conflits

1985 **En droit français, quels textes ont valeur constitutionnelle ?**

- ☐ A. La *Déclaration des droits de l'homme et du citoyen*
- ☐ B. La Déclaration universelle des droits des l'homme
- ☐ C. Le code des lois
- ☐ D. Le préambule de la Constitution de 1946
- ☐ E. Aucune de ces réponses n'est bonne

1986 **Dans la hiérarchie des normes, un décret a une valeur :**

- ☐ A. Supérieure à celle d'une loi
- ☐ B. Inférieure à celle d'une loi
- ☐ C. Supérieure à celle d'un arrêté
- ☐ D. Supérieur à celle de la Constitution
- ☐ E. Aucune de ces réponses n'est bonne

1987 **Les décisions du préfet sont des :**

- ☐ A. Décrets
- ☐ B. Arrêtés
- ☐ C. Ordonnances
- ☐ D. Lois

1988 **La déconcentration est synonyme de :**

- ☐ A. Décentralisation
- ☐ B. Délocalisation
- ☐ C. Centralisation
- ☐ D. Régionalisation
- ☐ E. Aucune de ces réponses n'est bonne

1989 **La décision rendue par la Cour administrative d'appel est :**

- ☐ A. Un jugement
- ☐ B. Un arrêt
- ☐ C. Une ordonnance
- ☐ D. Un arrêté

1990 **Laquelle de ces déclarations est vraie ?**

- ☐ A. Un tribunal administratif règle les litiges opposant un particulier et l'administration
- ☐ B. La cour d'assises est une juridiction régionale
- ☐ C. Un vol de voiture sera jugé devant un tribunal de police
- ☐ D. Dans chaque département se trouve une cour de cassation

1991 **Qui peut ordonner le sursis à exécution d'une décision administrative émanant d'une collectivité territoriale ?**

- ☐ A. Le tribunal administratif
- ☐ B. La chambre régionale des comptes
- ☐ C. Un particulier
- ☐ D. Le préfet
- ☐ E. Aucune de ces réponses n'est bonne

1992 **Au tribunal administratif, le commissaire du gouvernement :**

- ☐ A. Présente des conclusions qui développent le point de vue du droit
- ☐ B. Représente le gouvernement
- ☐ C. Défend l'administration
- ☐ D. Défend les administrés
- ☐ E. Aucune de ces réponses n'est bonne

1993 **Le recours pour excès de pouvoir se fait devant :**

- ☐ A. La cour d'assises
- ☐ B. Le tribunal de grande instance
- ☐ C. Le tribunal administratif
- ☐ D. Le tribunal de police

1994 La loi SRU concerne :

- ☐ A. La politique urbaine
- ☐ B. La couverture sociale
- ☐ C. Le revenu minimum
- ☐ D. L'organisation des universités

1995 En France, quelle publication donne connaissance des lois ?

- ☐ A. Le *Journal officiel*
- ☐ B. Le *Journal législatif*
- ☐ C. Le *Journal des textes et des lois*
- ☐ D. Le *Bulletin gouvernemental*

1996 La théorie du fait du prince concerne :

- ☐ A. La mise en œuvre du secret défense
- ☐ B. Les actes du président de la République
- ☐ C. L'aggravation des conditions d'un contrat
- ☐ D. La raison d'Etat

1997 Le principe de laïcité, c'est :

- ☐ A. La séparation des Eglises et de l'Etat
- ☐ B. Une formation religieuse assurée par les établissements scolaires
- ☐ C. La répartition égale entre les hommes et les femmes

1998 Qui peut délivrer un permis d'inhumer ?

- ☐ A. Le maire
- ☐ B. Le prêtre
- ☐ C. Le médecin
- ☐ D. Le service des pompes funèbres

1999 Quel régime politique garantit l'exercice du droit de vote ?

- ☐ A. La monarchie
- ☐ B. La dictature
- ☐ C. La démocratie

2000 En droit public, qu'appelle-t-on un ordonnateur ?

- ☐ A. Un fonctionnaire compétent pour ordonnancer le paiement d'une dépense engagée et liquidée
- ☐ B. Un fonctionnaire compétent pour nommer les membres du clergé en Alsace-Moselle
- ☐ C. Un magistrat compétent pour décider des injonctions à l'égard de l'administration
- ☐ D. Un officier d'Etat civil habilité à prononcer des mariages
- ☐ E. Aucune de ces réponses n'est bonne

2001 Le droit de grève n'est pas reconnu :

- ☐ A. Aux sapeurs-pompiers
- ☐ B. Aux policiers
- ☐ C. Aux militaires
- ☐ D. Aux pilotes
- ☐ E. Aucune de ces réponses n'est bonne

2. Droit privé français

2002 Quel arrêt a posé la compétence du juge judiciaire dans le contrôle de la conformité des lois aux traités ?

- ☐ A. L'arrêt Nicolo de 1989
- ☐ B. L'arrêt Jacques Vabre de 1975
- ☐ C. L'arrêt IVG de 1975
- ☐ D. Aucune de ces réponses n'est bonne

2003 Lorsqu'un tribunal statue, il rend :

- ☐ A. Un arrêt
- ☐ B. Un attendu
- ☐ C. Un jugement
- ☐ D. Une décision

2004 Le terme « inculpé » a été remplacé par :

- ☐ A. Condamné
- ☐ B. Coupable
- ☐ C. Mis en examen
- ☐ D. Placé en garde à vue

2005 Qu'est ce que l'échevinage ?

- ☐ A. Le mélange de magistrats professionnels et non professionnels
- ☐ B. La montée en grade d'un magistrat
- ☐ C. La répartition des magistrats dans les tribunaux
- ☐ D. Aucune de ces réponses n'est bonne

2006 Combien y a-t-il de degrés de juridictions judiciaires en France ?

- ☐ A. 1
- ☐ B. 2
- ☐ C. 3
- ☐ D. 4

2007 De ces institutions, laquelle n'est pas une juridiction ?

- ☐ A. Le Conseil d'Etat
- ☐ B. Le Conseil économique et social
- ☐ C. Le Conseil constitutionnel
- ☐ D. La Cour des comptes
- ☐ E. Aucune de ces réponses n'est bonne

2008 En France, dans un procès pénal, qui ouvre une information pour décider si le suspect doit être jugé ?

- ☐ A. Le procureur de la République
- ☐ B. Le juge d'instruction
- ☐ C. L'avocat

2009 Devant quelle juridiction française comparaît un criminel ?

- ☐ A. Le tribunal correctionnel
- ☐ B. La cour d'assises
- ☐ C. Le tribunal de grande instance
- ☐ D. Le tribunal de police

2010 Quel tribunal rend les décisions de justice concernant les affaires de divorce ?

- ☐ A. Le tribunal de police
- ☐ B. Le tribunal administratif
- ☐ C. Le tribunal de grande instance
- ☐ D. Le tribunal d'instance

2011 Parmi ces tribunaux, lequel est une juridiction pénale de droit commun ?

- ☐ A. Le tribunal d'instance
- ☐ B. Le tribunal correctionnel
- ☐ C. Le tribunal administratif
- ☐ D. La cour administrative d'appel

2012 Un jury populaire est appelé à siéger :

- ☐ A. A la Cour de cassation
- ☐ B. A la cour d'assises
- ☐ C. Au Tribunal des conflits
- ☐ D. A la cour d'appel

2013 Un jury d'assises pour majeurs est composé en première instance de :

- ☐ A. 6 jurés
- ☐ B. 9 jurés
- ☐ C. 12 jurés
- ☐ D. 15 jurés

2014 Les jurés de cour d'assises sont :

- ☐ A. Elus par les citoyens de leur juridiction
- ☐ B. Désignés par tirage au sort sur les listes électorales
- ☐ C. Volontaires
- ☐ D. Nommés par le préfet

2015 Le tribunal correctionnel est compétent pour juger :

- ☐ A. Les crimes
- ☐ B. Les contraventions
- ☐ C. Les délits

2016 Qu'appelle-t-on le parquet ?

- ☐ A. Le corps des huissiers
- ☐ B. Les avocats
- ☐ C. Les procureurs de la République et les substituts
- ☐ D. Les juges d'instruction

2017 Le rôle du parquet est de :

- ☐ A. Requérir l'application des lois au nom de la société
- ☐ B. Prononcer les peines après condamnation
- ☐ C. Conduire les enquêtes
- ☐ D. Rendre les jugements

2018 Dans le système judiciaire français, qui représente l'intérêt général lors des procès ?

- ☐ A. Le procureur de la République
- ☐ B. L'avocat de la défense
- ☐ C. Le juge d'instruction
- ☐ D. Le président du tribunal

2019 La Cour de cassation est-elle la juridiction suprême des tribunaux civils français ?

- ☐ A. Oui
- ☐ B. Non

2020 La Cour de cassation statue :

- ☐ A. En fait
- ☐ B. En droit
- ☐ C. En fait et en droit
- ☐ D. Aucune de ces réponses n'est bonne
- ☐ E. Un avis

2021 En France, combien existe-t-il de Cour(s) de cassation(s) ?

- ☐ A. Une seule
- ☐ B. Une par département
- ☐ C. Une par région
- ☐ D. Une pour cinq cours d'appel

2022 Quel est le ressort territorial de la cour d'assises ?

- ☐ A. Le canton
- ☐ B. Le département
- ☐ C. La région

2023 Quel est le ressort territorial du tribunal d'instance ?

- ☐ A. L'arrondissement
- ☐ B. Le département
- ☐ C. La région

2024 Le Tribunal des conflits est la juridiction :

- ☐ A. Qui tranche les conflits entre l'administration et les administrés
- ☐ B. Qui tranche les conflits entre l'administration et ses agents
- ☐ C. Qui détermine l'ordre de juridiction compétent pour un conflit
- ☐ D. Qui tranche les conflits entre les magistrats

2025 Quelle juridiction française est créée par la loi du 9 septembre 2002 ?

- ☐ A. Le juge des libertés et de la détention
- ☐ B. Le juge aux affaires familiales
- ☐ C. Le juge de proximité
- ☐ D. Le juge d'instruction

2026 La police judiciaire est dirigée par :

- ☐ A. Le préfet
- ☐ B. Le procureur de la République
- ☐ C. Le maire
- ☐ D. Le bâtonnier

2027 A Paris, la police dépend du :

- ☐ A. Maire
- ☐ B. Préfet de police
- ☐ C. Gouverneur militaire
- ☐ D. Préfet de région

2028 Combien de points figurent sur le permis de conduire d'une personne qui vient de l'obtenir ?

- ☐ A. 3
- ☐ B. 6
- ☐ C. 12
- ☐ D. Aucun

2029 Au bout de combien de temps une personne qui vient d'obtenir son permis (sans avoir suivi la conduite accompagnée) possède-t-elle 12 points sur ce dernier ?

- ☐ A. 6 mois
- ☐ B. 1 an
- ☐ C. 2 ans
- ☐ D. 3 ans

2030 Quelle infraction enlève le plus grand nombre de points de permis ?

- ☐ A. La conduite avec 0,5 g ou plus d'alcool par litre de sang
- ☐ B. Le dépassement de la vitesse autorisée de plus de 40 km/h
- ☐ C. Le franchissement de la ligne blanche

2031 La conduite avec un téléphone portable tenu en main est sanctionnée par un retrait de :

- ☐ A. 2 points
- ☐ B. 3 points
- ☐ C. 4 points

2032 Le contrôle d'alcoolémie du conducteur d'une voiture montre la présence dans l'air expiré d'un taux d'alcool pur de 0,50 g/l de sang :

- ☐ A. Il s'agit d'un délit
- ☐ B. Il s'agit d'une contravention

2033 A partir de quand un véhicule est considéré en stationnement abusif ?

- ☐ A. 12 heures
- ☐ B. 24 heures
- ☐ C. 3 jours
- ☐ D. 7 jours

2034 **Parmi ces affirmations concernant les déplacements à vélo, laquelle est erronée ?**

- ☐ A. Les enfants de moins de huit ans peuvent circuler sur les trottoirs
- ☐ B. La circulation en sens interdit est passible d'une amende forfaitaire et d'un retrait de 4 points sur le permis lorsqu'on en détient un
- ☐ C. La conduite en état d'ivresse est passible d'un retrait du permis lorsqu'on en possède un
- ☐ D. L'absence d'un avertisseur sonore est passible d'une amende forfaitaire

2035 **L'assurance du locataire contre l'incendie et le dégât des eaux est :**

- ☐ A. Laissée à la libre appréciation de chacun
- ☐ B. A la charge du bailleur
- ☐ C. Rendue obligatoire par la loi
- ☐ D. Comprise dans les loyers

2036 **Quelle loi impose un délai de réflexion de 10 jours au minimum avant l'acceptation par un emprunteur d'une offre de prêt immobilier ?**

- ☐ A. La loi Périssol
- ☐ B. La loi Neiertz
- ☐ C. La loi Scrivener

2037 **La loi Carrez du 18 décembre 1996 impose dans les avant-contrats de ventes immobilières :**

- ☐ A. La recherche de plomb si le lieu est situé dans une zone d'accessibilité au plomb
- ☐ B. D'annexer au compromis de vente un état mentionnant la présence ou l'absence d'amiante
- ☐ C. La mention de la superficie des lots de copropriété

2038 **Parmi ces affirmations concernant la carte nationale d'identité, laquelle est erronée ?**

- ☐ A. Elle est délivrée par la mairie
- ☐ B. Elle est gratuite
- ☐ C. Elle n'est pas obligatoire
- ☐ D. Elle est valable 10 ans

2039 **Quelles sont les décisions qui s'appliquent aux animaux familiers, dans tous les pays européens à l'exception du Royaume-Uni, de l'Irlande et de la Suède, depuis le 1er juillet 2004 ?**

- ☐ A. Ils doivent être vaccinés contre la grippe
- ☐ B. Ils doivent être munis d'un passeport pour voyager librement dans l'Union européenne
- ☐ C. Ils doivent porter un tatouage avec le drapeau européen

2040 **Jeanne Latour et Jean Dupont viennent de se marier. Parmi ces affirmations, laquelle est erronée ?**

- ☐ A. Leurs enfants pourront s'appeler Dupont
- ☐ B. Leurs enfants pourront s'appeler Latour
- ☐ C. Leurs enfants pourront s'appeler Dupont-Latour ou Latour-Dupont
- ☐ D. Parmi leurs enfants, les uns pourront s'appeler Dupont, les autres Latour

2041 **Quand la loi du 18 juin 2003 relative à la dévolution du nom de famille a-t-elle été mise en vigueur ?**

- ☐ A. En 2003
- ☐ B. En 2004
- ☐ C. En 2005
- ☐ D. En 2006

2042 Combien de temps doit-on conserver les jugements de divorce et les contrats de travail ?

- ☐ A. 3 ans
- ☐ B. 10 ans
- ☐ C. A vie

2043 En France, qu'est-ce qui protège les salariés contre l'insolvabilité de leur entreprise en cas de faillite ?

- ☐ A. L'AGS
- ☐ B. L'ANPE
- ☐ C. La CPAM

2044 En France, la publication des bans par le service de l'état civil des communes est :

- ☐ A. L'annonce du mariage
- ☐ B. Une invitation au banquet de noces
- ☐ C. La liste des électeurs

2045 Les parents étrangers d'un enfant né en France peuvent réclamer la nationalité française par déclaration au nom de l'enfant à partir de quel âge ?

- ☐ A. 16 ans
- ☐ B. 13 ans
- ☐ C. 18 ans

2046 Les séjours aux Etats-Unis ne nécessitant pas de visa ne doivent pas dépasser :

- ☐ A. 6 mois
- ☐ B. 3 mois
- ☐ C. 1 an

3. Droit européen et international

2047 Le droit communautaire :

- ☐ A. A une valeur supérieure au droit national
- ☐ B. N'a aucune valeur en droit interne
- ☐ C. N'a qu'une valeur de bonne relation avec les autres partenaires de l'Union européenne

2048 La citoyenneté européenne remplace les citoyennetés nationales :

- ☐ A. Vrai
- ☐ B. Faux

2049 Que signifie le « principe de subsidiarité » ?

- ☐ A. L'Europe n'intervient que dans le cas où les Etats ou les régions ne peuvent agir ou si elle considère qu'elle est plus efficace
- ☐ B. Les lois européennes ont moins de valeur que les lois nationales
- ☐ C. Les lois nationales ont moins de valeur que les lois européennes
- ☐ D. Les lois européennes ont la même valeur que les lois nationales

2050 Le principe de subsidiarité a été introduit dans le droit communautaire par :

- ☐ A. Le traité de Maastricht
- ☐ B. Le traité de Rome
- ☐ C. Le traité de Nice
- ☐ D. L'Acte unique européen

2051 **Quelle différence y a-t-il entre une « directive » et un « règlement communautaire » au sein de l'Union européenne ?**

- ☐ A. La directive donne des objectifs à atteindre tandis que le règlement s'impose à tous les Etats membres
- ☐ B. La directive émane du Parlement européen tandis que le règlement émane de la Commission européenne
- ☐ C. La directive concerne les aspects monétaires tandis que le règlement concerne les aspects constitutionnels
- ☐ D. La directive est adoptée à la majorité relative tandis que le règlement l'est à la majorité absolue

2052 **L'application d'une directive européenne en droit interne est :**

- ☐ A. D'application directe
- ☐ B. Nécessite une loi d'application
- ☐ C. Lie les Etats en leur laissant le choix quant aux moyens de mise en œuvre
- ☐ D. Aucune de ces réponses n'est bonne

2053 **La Cour de justice des Communautés européennes est le seul organe juridictionnel de la Communauté :**

- ☐ A. Vrai
- ☐ B. Faux

2054 **Quand la Cour européenne des droits de l'homme statue sur un litige, elle rend :**

- ☐ A. Un jugement
- ☐ B. Un arrêt
- ☐ C. Une décision

2055 **Qu'est-ce que le TPI, créé en 1993 ?**

- ☐ A. Le Tribunal pénal international
- ☐ B. Le traité de protection intercommunautaire
- ☐ C. Le Tribunal participatif d'instance
- ☐ D. Le traité de pollution intercommunautaire

2056 **Dans quelle ville siège le Tribunal pénal international ?**

- ☐ A. Bruxelles
- ☐ B. Strasbourg
- ☐ C. La Haye

2057 **Que signifie le sigle ONG ?**

- ☐ A. Ordre national des gérontologues
- ☐ B. Organisation non gouvernementale
- ☐ C. Organisation non génétique

2058 **Quel champ recouvre les conventions de Genève ?**

- ☐ A. La conservation des ressources de la mer
- ☐ B. Le droit international humanitaire
- ☐ C. Les échanges commerciaux internationaux
- ☐ D. L'environnement et le développement durable

2059 **Le Patriot Act voté aux Etats-Unis au lendemain des attentats du 11 septembre 2001 autorise :**

- ☐ A. La censure des journaux
- ☐ B. Le FBI à demander des informations privées aux opérateurs de télécommunication sur leurs clients
- ☐ C. La mise en œuvre de mesures par le gouvernement fédéral sans consultation du congrès américain
- ☐ D. Le jugement de prévenus soupçonnés de terrorisme sans avocats de la défense

CORRIGE

Les réponses en bleu foncé font l'objet d'un complément de réponse après ce corrigé.

1964 1994

1965 10 ans

1966 L'édit de moulins de 1566

1967 Un édit

1968 1798

1969 Napoléon 1er

1970 L'enseignement

1971 La liberté d'association

1972 1919

1973 A un décret-loi de 1939

1974 1963

1975 L'Etat

1976 1965

1977 1970

1978 1974

1979 2000

1980 1983

1981 10 décembre 1948

1982 Une question de constitutionnalité peut être soulevée dans le cadre de certaines procédures judiciaires

1983 Ne sont susceptibles d'aucun recours, Ont autorité de chose jugée

1984 Le Conseil d'Etat

1985 La *Déclaration des droits de l'homme et du citoyen*, Le préambule de la constitution de 1946

1986 Inférieure à celle d'une loi, Supérieure à celle d'un arrêté

1987 Arrêtés

1988 Aucune réponse ne convient

1989 Un jugement

1990 Un tribunal administratif règle les litiges opposant un particulier à l'administration

1991 Le tribunal administratif

1992 Présente des conclusions qui développent le point de vue du droit

1993 Le tribunal administratif

1994 La politique urbaine

1995 Le Journal officiel

1996 L'aggravation des conditions d'un contrat

1997 La séparation des Eglises et de l'Etat

1998 Le maire

1999 La démocratie

2000 Aucune réponse ne convient

2001 Aux policiers, Aux militaires

2002 L'arrêt Jacques Vabre de 1975

2003 Un jugement

2004 Mise en examen

2005 Le mélange de magistrats professionnels et non professionnels

2006 2

2007 Le Conseil économique et social

2008 Le juge d'instruction

2009 La cour d'assises

2010 Le tribunal de grande instance

2011 Le tribunal correctionnel

2012 A la cour d'assises

2013 6 jurés

2014 Désignés par tirage au sort sur les listes électorales

2015 Les délits

2016 Les procureurs de la République et les substituts

2017 Requérir l'application des lois au nom de la société

2018 Le procureur de la République

2019 Oui

2020 En droit

2021 Une seule

2022 Le département

2023 L'arrondissement

2024 Qui détermine l'ordre de juridiction compétent pour un conflit

2025 Le juge de proximité

2026 Le procureur de la République

2027 Préfet de police

2028 6

2029 3 ans

2030 La conduite avec 0,5 g ou plus d'alcool par litre de sang

2031 3 points

2032 Il s'agit d'une contravention

2033 7 jours

2034 La circulation en sens interdit est passible d'une amende forfaitaire et d'un retrait de 4 points sur le permis lorsqu'on en détient 1

2035 Rendue obligatoire par la loi

2036 La loi Scrivener

2037 La mention de la superficie des lots de copropriété

2038 Elle est délivrée par la mairie

2039 Ils doivent être munis d'un passeport pour voyager librement dans l'Union européenne

2040 Parmi leurs enfants, les uns pourront s'appeler Dupont, les autres Latour

2041 En 2005

2042 A vie

2043 L'AGS

2044 L'annonce du mariage

2045 13 ans

2046 3 mois

2047 A une valeur supérieure au droit national

2048 Faux

2049 L'Europe n'intervient que dans le cas où les Etats ou les régions ne peuvent agir ou si elles considèrent qu'elle est plus efficace

2050 Le traité de Maastricht

2051 La directive donne des objectifs à atteindre tandis que le règlement s'impose à tous les Etats membres

2052 Lie les Etats en leur laissant le choix quant aux moyens de mise en œuvre

2053 Vrai

2054 Un arrêt

2055 Le Tribunal pénal international

2056 La Haye

2057 Organisation non gouvernementale

2058 Le droit international humanitaire

2059 Le FBI à demander des informations privées aux opérateurs de télécommunication sur leurs clients

COMPLEMENTS DE REPONSES

2023 En France, le tribunal d'instance est, de 1958 à 2019, une juridiction d'exception de premier degré qui connaît certaines affaires de nature civile (on parle de juridiction d'attribution) et pénales (tribunal de police). Il est composé d'un ou plusieurs magistrats, nommés juges d'instance, qui statuent chacun à juge unique. En 2017, il existait 307 tribunaux d'instance.

Dans les collectivités d'outre-mer, le tribunal d'instance est remplacé par un tribunal de première instance, dont les compétences recouvrent aussi celles des tribunaux de grande instance de métropole (Paris).

2059 Le USA PATRIOT Act (acronyme traduisible en français par : « Loi pour unir et renforcer l'Amérique en fournissant les outils appropriés pour déceler et contrer le terrorisme ») est une loi antiterroriste qui a été votée par le Congrès des Etats-Unis et signée par George W. Bush le 26 octobre 2001.

L'un des axes centraux de ce long texte (132 pages) est d'effacer la distinction juridique entre les enquêtes effectuées par les services de renseignement extérieur et les agences fédérales responsables des enquêtes criminelles (FBI) dès lors qu'elles impliquent des terroristes étrangers. Elle crée aussi les statuts de combattant ennemi et combattant illégal, qui permettent au gouvernement des Etats-Unis de détenir sans limite et sans inculpation toute personne soupçonnée de projet terroriste.

Dans la pratique, cet Act of Congress autorise les services de sécurité à accéder aux données informatiques détenues par les particuliers et les entreprises, sans autorisation préalable et sans en informer les utilisateurs.

10. MUSIQUE, OPERA ET DANSE

Ce chapitre est composé de **4 sections** pour un total de **139 questions**.

[A SAVOIR !]

110 Les numéros de questions de ce type signifient qu'il n'y a qu'une seule et unique réponse juste à la question posée.

111 Les numéros de questions de ce type signifient qu'il y a **plusieurs (2 ou plus) réponses possibles justes à la question**.

[UN CONSEIL IMPORTANT]

Nous vous conseillons vivement de répondre à toutes les questions d'une section avant d'en découvrir les solutions. L'erreur consiste en effet généralement à traiter une question et à vérifier aussitôt la réponse parce que l'on veut s'assurer d'avoir trouvé la réponse juste ou parce que l'on est impatient de la découvrir dans le cas où on ne la connaît pas. Si vous souhaitez sérieusement progresser, vous devez absolument vous imprégner du thème traité par la section et répondre d'un trait à toutes les questions d'une section.

[QUELQUES MOTS SUR…]

1. Chanson et musique contemporaine [WIKIPEDIA-UNIVERSALIS]

L'expression musique contemporaine désigne en général les différents courants de musique savante apparus après la fin de la Seconde Guerre mondiale et recherchant des voies, parfois de manière radicale, en dehors du système tonal, établi à partir de 1600.

La musique contemporaine se flatte de produire et de faire entendre des sons nouveaux, même s'ils sont élaborés avec les moyens traditionnels. Elle continue d'utiliser, en effet, l'orchestre classique, adapté bien sûr, avec généralement une masse d'instruments à vent et à percussion plus importante qu'autrefois. Et, surtout, les dispositions instrumentales ne respectent plus la division habituelle des pupitres ; elles font éclater l'orchestre, qu'elles atomisent en autant de parties individuelles qu'il y a d'instruments en jeu (d'où ces partitions géantes écrites sur plusieurs dizaines de portées distinctes), quand ce n'est pas en petits sous-groupes, voire en sous-orchestres.

2. Musique classique, opéra et comédie musicale [WIKIPEDIA]

La période classique correspond à la recherche de l'équilibre des structures, de la symétrie des périodes, de la logique des développements jointe à une concision de la pensée. Les œuvres de Gluck, C. Ph. E. Bach, J. Haydn, Boccherini et Mozart représentent des modèles typiques de cette période.

Un opéra est une œuvre destinée à être chantée sur une scène, appartenant à un genre musical vocal du même nom ; l'opéra est l'une des formes du théâtre musical occidental regroupées sous l'appellation d'art lyrique.

La comédie musicale est un genre théâtral, mêlant comédie, chant et danse. Apparue au tout début du XXe siècle, elle se situe dans la lignée du mariage du théâtre et de la musique classique qui avait donné naissance aux siècles précédents au ballet, à l'opéra, à l'opéra-bouffe et à l'opérette. Elle s'est particulièrement développée aux Etats-Unis, se dissociant à partir des années 1910 du genre classique par l'intégration de musiques « nouvelles » comme le jazz. De fait, le terme évoque de nos jours principalement les Etats-Unis et plus spécialement Broadway.

3. Danse [LAROUSSE]

Dans son acception la plus générale, la danse est l'art de mouvoir le corps humain constitué d'une suite de mouvements ordonnés, souvent rythmés par de la musique (chant et/ou instrument). Les danses se fondent soit sur un ensemble défini de mouvements dénués de signification propre, comme souvent dans le ballet ou les danses traditionnelles européennes, soit sur une gestuelle inspirée par une symbolique laïque ou religieuse, tendant parfois vers une sorte de mime ou de pantomime, comme dans de nombreuses danses asiatiques. Parfois elle vise à entraîner la transe. Selon les danses, les peuples et les époques où elles sont ou ont été exécutées, la danse a des motifs distincts et des façons différentes de se pratiquer, très révélatrices du mode de vie et de la société.

4. Instruments, techniques musicales et festivals [LAROUSSE]

Tout objet pouvant produire un son contrôlé par un musicien, qu'il soit conçu, modifié ou écarté de son usage, peut être considéré comme un instrument de musique. La voix ou les mains, même si elles ne sont pas des objets, sont considérées comme des instruments de musique dès lors qu'elles participent à une œuvre musicale. En musique classique, l'instrumentation concerne la connaissance des timbres, des registres, des modes de jeu. L'instrumentation ne doit pas être confondue avec l'orchestration, qui elle, étudie l'art de combiner ensemble tous ces timbres, en fonction de leurs registres et de leurs modes de jeu. L'instrumentation est la base servant à orchestrer une œuvre. En effet, le compositeur ou l'arrangeur va définir à l'avance les instruments qui lui permettront d'habiller la mélodie et les contre-chants éventuels. Pour pouvoir orchestrer, il faut connaître parfaitement les possibilités – et les limites – de tous les instruments de musique. Un festival est un ensemble de manifestations artistiques, notamment musicales, données généralement de façon périodique (annuelle, biennale, etc.) dans un lieu donné (par exemple, une ville et sa région), et à un certain moment de l'année (souvent l'été).

1. Chansons et musique contemporaine

2060 Laquelle de ces affirmations est juste :

- ☐ A. Les Beatles ont connu la gloire dans les années 1960
- ☐ B. Les Beatles venaient de Manchester
- ☐ C. Les Beatles se sont séparés au début des années 1980
- ☐ D. Les Beatles étaient 5

2061 Qui est le compositeur de la chanson *Here Comes the Sun* interprétée par les Beatles ?

- ☐ A. George Harrison
- ☐ B. Eric Clapton
- ☐ C. Paul McCartney
- ☐ D. Ringo Starr
- ☐ E. John Lennon

2062 La chanson culte qui a largement universalisé le Flower Power est *San Francisco* de :

- ☐ A. Bob Dylan
- ☐ B. Simon and Garfunkel
- ☐ C. Scott MacKenzie
- ☐ D. Jimi Hendrix

2063 Sony Rollins est :

- ☐ A. Danseur
- ☐ B. Musicien de Jazz
- ☐ C. Ecrivain
- ☐ D. Trompettiste
- ☐ E. Saxophoniste

2064 L'artiste Ray Charles était :

- ☐ A. Un chanteur de pop
- ☐ B. Un pianiste de jazz
- ☐ C. Un chanteur de blues
- ☐ D. Atteint de cécité

2065 Ces personnalités sont chanteuses de jazz, sauf une. Laquelle ?

- ☐ A. Billie Holliday
- ☐ B. Sarah Vaughan
- ☐ C. Audrey Hepburn
- ☐ D. Anita O' Day
- ☐ E. Ella Fitzgerald

2066 Quel jazzman est surnommé « Bird » ?

- ☐ A. Charlie Parker
- ☐ B. Duke Ellington
- ☐ C. Louis Armstrong
- ☐ D. Cab Calloway

2067 A quel genre musical est associé Duke Ellington ?

- ☐ A. Au hard-rock
- ☐ B. Au jazz
- ☐ C. A la pop music
- ☐ D. Au rock

2068 Quel chanteur est surnommé « le King » ?

- ☐ A. Elvis Presley
- ☐ B. Johnny Hallyday
- ☐ C. Mick Jagger
- ☐ D. Michael Jackson

2069 Quel chanteur américain est le principal artisan de l'introduction de la country-music dans le rock ?

- ☐ A. Chuck Berry
- ☐ B. Elvis Presley
- ☐ C. Fats Domino
- ☐ D. Little Richard

2070 Quel musicien du groupe les Rolling Stones disparait en 1968 ?

- ☐ A. Keith Richard
- ☐ B. Brian Jones
- ☐ C. Charlie Watts

2071 A quel âge Michael Jackson est-il décédé ?

- ☐ A. 41 ans
- ☐ B. 46 ans
- ☐ C. 51 ans
- ☐ D. 56 ans

2072 Comment s'appelle la chanson posthume de Michael Jackson diffusée par Sony en novembre 2010 ?

- ☐ A. *Michael*
- ☐ B. *Breaking News*
- ☐ C. *Gold Rush*
- ☐ D. *Through the Looking Glass*
- ☐ E. *Welcome to the Jungle*

2073 Qui est le créateur de la chanson *Qui a volé l'orange du marchand* ?

- ☐ A. Gilbert Bécaud
- ☐ B. Yves Montand
- ☐ C. Charles Trenet
- ☐ D. Charles Aznavour
- ☐ E. Aucune de ces réponses n'est bonne

2074 Qui est le créateur de la chanson *Le Port d'Amsterdam* ?

- ☐ A. Jacques Brel
- ☐ B. Charles Trenet
- ☐ C. Charles Aznavour
- ☐ D. Adamo
- ☐ E. Aucune de ces réponses n'est bonne

2075 Qui est le créateur de *La Mauvaise Réputation* ?

- ☐ A. Bénabar
- ☐ B. Georges Brassens
- ☐ C. Les têtes raides
- ☐ D. Charles Trenet
- ☐ E. Aucune de ces réponses n'est bonne

2076 Lesquelles de ces chansons sont interprétées par Claude Nougaro ?

- ☐ A. *Cécile ma fille*
- ☐ B. *Nougayork*
- ☐ C. *La Boîte de jazz*
- ☐ D. *Tu verras*
- ☐ E. Toutes les réponses sont justes

2077 *Les Amoureux des bancs publics* est le titre d'une chanson de :

- ☐ A. Jacques Brel
- ☐ B. Léo Ferré
- ☐ C. Georges Brassens

2078 Quel artiste décède le 14 mars 2009 à l'âge de 61 ans suite à un cancer du poumon ?

- ☐ A. Alain Bashung
- ☐ B. Jean Ferrat
- ☐ C. Gérard Blanc
- ☐ D. Mano Solo

2079 Jean-Michel Jarre est un musicien qui doit sa célébrité à l'utilisation :

☐ A. Des chœurs féminins
☐ B. De la guitare acoustique
☐ C. De l'accordéon
☐ D. Du synthétiseur

2080 Qui est l'interprète de *Double jeu* en 2007 ?

☐ A. Mika
☐ B. Bénabar
☐ C. Christophe Willem
☐ D. Philippe Katerine

2081 Merce Cunningham et Pina Bausch sont des :

☐ A. Chanteurs
☐ B. Pianistes
☐ C. Chorégraphes
☐ D. Violonistes

2082 Quel disc-jockey est mondialement connu ?

☐ A. Benjamin Biolay
☐ B. David Guetta
☐ C. Julien Doré

2083 Quel chanteur remporte trois fois le titre de meilleur artiste interprète masculin de l'année ?

☐ A. M
☐ B. Gérald de Palmas
☐ C. Alain Bashung
☐ D. Bénabar

2084 Quelle chanteuse américaine remporte huit prix aux MTV Video Music Awards et trois aux MTV Europe Music Awards, dont celui de meilleure interprète de l'année ?

☐ A. Katy Perry
☐ B. Lady Gaga
☐ C. Kesha
☐ D. Gwen Stefani
☐ E. Fergie

2085 En quelle année la France a-t-elle remporté l'Eurovision pour la dernière fois ?

☐ A. 1960
☐ B. 1972
☐ C. 1977
☐ D. 1985
☐ E. 2001

2086 Combien de singles faut-il vendre pour obtenir un Disque d'or en France ?

☐ A. 500 000
☐ B. 350 000
☐ C. 225 000
☐ D. 150 000
☐ E. 75 000

2087 Lesquelles des danses suivantes sont sud-américaines ?

☐ A. Be-Bop
☐ B. Bossa nova
☐ C. Tango
☐ D. Flamenco
☐ E. Salsa

2088 Le reggae est une musique :

- ☐ A. Indienne
- ☐ B. Africaine
- ☐ C. Jamaïcaine
- ☐ D. Créole

2. Musique classique, opéras et comédies musicales

2089 Qui est le compositeur de *La Passion selon saint Matthieu* ?

- ☐ A. Jean-Sébastien Bach
- ☐ B. Georg Friedrich Haendel
- ☐ C. Johann Pachelbel

2090 Quel compositeur a composé 16 concertos pour piano et orchestre ?

- ☐ A. Wolfgang Amadeus Mozart
- ☐ B. Ludwig van Beethoven
- ☐ C. Franz Schubert
- ☐ D. Jean-Sébastien Bach

2091 Le concerto pour piano de Wolfgang Amadeus Mozart en *ré* majeur (K 537) est appelé Concerto :

- ☐ A. *Du destin*
- ☐ B. *Du couronnement*
- ☐ C. *De la passion*
- ☐ D. *De l'illumination*

2092 Quel est le compositeur de *La Lettre à Elise* ?

- ☐ A. Frédéric Chopin
- ☐ B. Ludwig van Beethoven
- ☐ C. Wolfgang Amadeus Mozart
- ☐ D. Johannes Brahms
- ☐ E. Aucune de ces réponses n'est bonne

2093 Joseph Haydn a écrit les symphonies dites :

- ☐ A. Parisiennes
- ☐ B. Londoniennes
- ☐ C. Berlinoises

2094 La symphonie en *sol* mineur appelée *La Poule* est de :

- ☐ A. Joseph Haydn
- ☐ B. Wolfgang Amadeus Mozart
- ☐ C. Ludwig van Beethoven

2095 Comment s'intitule la 5ᵉ symphonie composée par Ludwig van Beethoven ?

- ☐ A. *Symphonie du destin*
- ☐ B. *Symphonie pastorale*
- ☐ C. *Symphonie triomphante*

2096 Combien de concertos pour piano et orchestre ont été composé par Ludwig van Beethoven ?

- ☐ A. 3
- ☐ B. 5
- ☐ C. 7
- ☐ D. 9

2097 Lequel n'a pas composé de symphonie concertante ?

- ☐ A. Ernest von Veber
- ☐ B. Wolfgang Amadeus Mozart
- ☐ C. Joseph Haydn

2098 Franz Schubert est le compositeur de :

- ☐ A. La *Symphonie inachevée*
- ☐ B. La *Symphonie fantastique*
- ☐ C. La *Symphonie espagnole*

2099 Le concerto pour piano de Saint-Saëns en *fa* majeur opus 103 est couramment appelé :

☐ A. *L'Américain*
☐ B. *L'Egyptien*
☐ C. *Le Tunisien*
☐ D. *L'Irlandais*

2100 Qui a composé la *Wagner Symphonie* ?

☐ A. Anton Bruckner
☐ B. Richard Wagner
☐ C. Hector Berlioz

2101 Qui a composé *La Symphonie du Nouveau Monde* ?

☐ A. Ludwig van Beethoven
☐ B. Rudolf Karel
☐ C. Anton Dvorak

2102 Qui a composé la Symphonie en *ré* majeur dite *Titan* ?

☐ A. Johannes Brahms
☐ B. Gustav Mahler
☐ C. Hector Berlioz

2103 Qui a composé la Symphonie de *Leningrad* ?

☐ A. Wolfgang Amadeus Mozart
☐ B. Dimitri Chostakovitch
☐ C. Richard Wagner

2104 Qui a composé la *Danse macabre* ?

☐ A. Camille Saint-Saëns
☐ B. Hector Berlioz
☐ C. Jean-Baptiste Lully

2105 A qui doit-on *Les Polonaises* et *Les Mazurkas* ?

☐ A. Hector Berlioz
☐ B. Franz Liszt
☐ C. Frédéric Chopin

2106 De quelle œuvre Maurice Ravel n'est-il pas le compositeur ?

☐ A. *Boléro*
☐ B. *Concerto pour la main gauche*
☐ C. *Daphnis et Chloé*
☐ D. *Coppélia*

2107 *L'Oiseau de feu* et *Le Sacre du printemps* sont des compositions de :

☐ A. Igor Stravinski
☐ B. Serge Prokofiev
☐ C. Piotr Tchaïkovski

2108 Le poète français qui inspire Claude Debussy fut :

☐ A. Arthur Rimbaud
☐ B. Paul Verlaine
☐ C. Stéphane Mallarmé

2109 Quel opéra s'est inspiré de l'*Eneide* de Virgile ?

☐ A. *La Damnation de Faust*
☐ B. *Les Troyens*
☐ C. *Carmen*
☐ D. *L'Illiade et l'Odyssée*

2110 *Madame Butterfly* est un opéra :

☐ A. Italien
☐ B. Allemand
☐ C. Anglais

2111 Parmi ces opéras, lequel n'est pas de Guiseppe Verdi ?

☐ A. *Norma*
☐ B. *La Force du destin*
☐ C. *Le Trouvère*
☐ D. *Rigoletto*

2112 Parmi ces opéras, lequel n'est pas de Richard Wagner ?

☐ A. *Les Maîtres chanteurs de Nuremberg*
☐ B. *Lohengrin*
☐ C. *La Damnation de Faust*
☐ D. *Parsifal*

2113 Qui est le compositeur de l'opéra *Don Giovanni* ?

☐ A. Claudio Monteverdi
☐ B. Wolfgang Amadeus Mozart
☐ C. Gioachino Rossini
☐ D. Ludwig van Beethoven

2114 Cochez chaque compositeur d'opéras :

☐ A. Giuseppe Verdi
☐ B. Arturo Toscanini
☐ C. Antonio Vivaldi
☐ D. Giacomo Puccini

2115 Quelle œuvre est écrite pour l'inauguration de l'opéra du Caire en 1871 ?

☐ A. *Shéhérazade*
☐ B. *Aïda*
☐ C. *L'Enlèvement au sérail*
☐ D. *Salomé*
☐ E. Aucune de ces réponses n'est bonne

2116 Les opéras les plus célèbres sont souvent tirés d'œuvres littéraires. Parmi les propositions suivantes, quelle est l'œuvre littéraire qui n'a pas été transposée en opéra ?

☐ A. *La Dame aux camélias* (A. Dumas fils)
☐ B. *La Nouvelle Héloïse* (J.-J. Rousseau)
☐ C. *Manon Lescaut* (Abbé Prévost)
☐ D. *Le Roi s'amuse* (V. Hugo)
☐ E. Aucune de ces réponses n'est bonne

2117 L'unique opéra de Ludwig van Beethoven est :

☐ A. *Fidelio*
☐ B. *La Norma*
☐ C. *Guillaume Tell*

2118 Quel est le compositeur de *Carmen*, chef d'œuvre du drame lyrique français ?

☐ A. Georges Bizet
☐ B. Charles Gounod
☐ C. Gabriel Fauré

2119 Quel nom porte le brigadier qui tombe amoureux de la bohémienne Carmen ?

☐ A. Don Carlos
☐ B. Don José
☐ C. Don Garcia

2120 Quel opéra de Wolfgang Amadeus Mozart n'est pas un opéra en italien ?

☐ A. *Don Giovanni*
☐ B. *Les Noces de Figaro*
☐ C. *La Clémence de Titus*
☐ D. *La Flûte enchantée*

2121 *Le Barbier de Séville* et *La Pie voleuse* sont deux opéras composés par :

- ☐ A. Gaetano Donizetti
- ☐ B. Vincenzo Bellini
- ☐ C. Gioachino Rossini
- ☐ D. Giuseppe Verdi

2122 La Reine de la nuit figure dans l'opéra :

- ☐ A. *La Traviata*
- ☐ B. *La Flûte enchantée*
- ☐ C. *La Pie voleuse*

2123 A l'opéra, le récitatif est :

- ☐ A. La pièce entre le chanter et le parler
- ☐ B. La pièce entièrement chantée
- ☐ C. La pièce entièrement parlée

2124 Le texte de l'opéra s'appelle :

- ☐ A. Le livret
- ☐ B. Le carpet
- ☐ C. Le régistre

2125 *West Side Story* est une adaptation musicale de :

- ☐ A. *Laurel et Hardy* à New York
- ☐ B. *Roméo et Juliette* à New York
- ☐ C. *Hamlet* à New York
- ☐ D. *Othello* à New York

2126 Qui est le compositeur de *Porgy and Bess*, opéra inspiré du folklore noir ?

- ☐ A. George Gershwin
- ☐ B. Erik Satie
- ☐ C. Arthur Honegger

2127 Qui est le surintendant de musique de Louis XIV ?

- ☐ A. Jean-Baptiste Lully
- ☐ B. Antonio Vivaldi
- ☐ C. François Couperin

2128 Jean-Baptiste Lully était le compositeur préféré de :

- ☐ A. Henri IV
- ☐ B. Louis XIII
- ☐ C. Louis XIV
- ☐ D. Louis XV

2129 Quel musicien appartient au XVIIIe siècle ?

- ☐ A. Frédéric Chopin
- ☐ B. Hector Berlioz
- ☐ C. Wolfgang Amadeus Mozart

2130 Jean-Sébastien Bach est né en :

- ☐ A. 1675
- ☐ B. 1685
- ☐ C. 1795
- ☐ D. 1805

2131 Ludwig van Beethoven :

- ☐ A. Etait un musicien allemand
- ☐ B. Etait atteint de surdité
- ☐ C. A écrit l'*Hymne à la joie*
- ☐ D. A composé le concerto de l'*Empereur*
- ☐ E. Etait contemporain de Bach

2132 Quel compositeur fut directeur du conservatoire de Prague ?

- ☐ A. Antonin Dvorak
- ☐ B. Sergueï Rachmaninov
- ☐ C. Reiner Karel

2133 Quand est décédé Sergeï Rachmaninov ?

- ☐ A. En 1923
- ☐ B. En 1933
- ☐ C. En 1943

2134 Olivier Messiaen est :

- ☐ A. Un chanteur
- ☐ B. Un compositeur
- ☐ C. Un violoniste
- ☐ D. Un pianiste

2135 Quel compositeur et chef d'orchestre français a exercé une profonde influence sur la musique contemporaine ?

- ☐ A. Erik Satie
- ☐ B. Olivier Messiaen
- ☐ C. Pierre Boulez

2136 Quel chef d'orchestre et compositeur autrichien fut surnommé « Le Prince de la valse » ?

- ☐ A. Gustav Mahler
- ☐ B. Johann Strauss
- ☐ C. Anton von Vebern

2137 A quelle Ecole peut-on rattacher Manuel de Falla ?

- ☐ A. L'Ecole tchèque
- ☐ B. L'Ecole espagnole
- ☐ C. L'Ecole italienne
- ☐ D. L'Ecole portugaise

2138 Qui est Luciano Pavarotti ?

- ☐ A. Un violoncelliste
- ☐ B. Un ténor
- ☐ C. Un pianiste
- ☐ D. Un concertiste
- ☐ E. Un violoniste

2139 A quelle cantatrice attribue-t-on le nom de Diva ?

- ☐ A. Barbara Hendricks
- ☐ B. Julia Migenès
- ☐ C. Maria Callas

2140 En quelle année est décédée Marie Callas ?

- ☐ A. 1967
- ☐ B. 1977
- ☐ C. 1987

2141 De quel instrument joue Erik Satie ?

- ☐ A. Piano
- ☐ B. Violon
- ☐ C. Violoncelle
- ☐ D. Trompette

2142 De quelle nationalité est Yuja Wang, pianiste classique de renommée internationale ?

- ☐ A. Japonaise
- ☐ B. Chinoise
- ☐ C. Américaine
- ☐ D. Sud-Coréenne

2143 Yehudi Menuhin est un célèbre :

- ☐ A. Guitariste
- ☐ B. Violoniste
- ☐ C. Pianiste
- ☐ D. Organiste

2144 **Parmi ces artistes, lesquels sont pianistes ?**

☐ A. Claudio Abbado
☐ B. Vladimir Horowitz
☐ C. Martha Argerich
☐ D. Sviatoslav Richter
☐ E. Toutes les solutions proposées sont bonnes

2145 **Parmi ces artistes, lesquels sont chefs d'orchestre ?**

☐ A. Herbert von Karajan
☐ B. Wilhelm Furtwängler
☐ C. Arthur Rubinstein
☐ D. Kurt Masur
☐ E. Toutes les solutions proposées sont bonnes

2146 **Le baroque est précédé par :**

☐ A. La Renaissance
☐ B. La période classique
☐ C. La période romantique

2147 **Un requiem désigne :**

☐ A. Une musique composée pour accompagner le texte d'une prière pour les morts
☐ B. Un moment de recueillement pour un croyant
☐ C. Une musique composée pour accompagner le texte de l'*Ave Maria*
☐ D. Une musique composée spécialement pour le couronnement d'un roi

2148 **Qu'est-ce que la musique sérielle ?**

☐ A. Un procédé de composition musicale inventé par une Ecole viennoise au début du XXe siècle
☐ B. Un procédé de composition inventé par l'Ecole romantique française, dans le deuxième tiers du XIXe siècle
☐ C. La musique des opéras séria
☐ D. Le procédé de composition inventé par Jean-Philippe Rameau

2149 **Les chants et musique sacrés chrétiens, originaire d'Amérique du Nord, se nomment :**

☐ A. Des gospels
☐ B. Des polyphonies
☐ C. Des chants grégoriens

2150 **Une œuvre classique très célèbre est déclarée hymne officiel européen. S'agit-il de :**

☐ A. *L'Hymne à la joie* de Ludwig van Beethoven
☐ B. *La Petite Musique de nuit* de Wolfgang Amadeus Mozart
☐ C. *Les Quatre Saisons* d'Antonio Vivaldi

2151 **Frédéric Chopin est né en :**

☐ A. 1890
☐ B. 1810
☐ C. 1930

2152 Le 27 janvier 2006, est célébré le 250e anniversaire :

☐ A. De la mort de Wolfgang Amadeus Mozart
☐ B. De la naissance de Wolfgang Amadeus Mozart
☐ C. De la composition de l'opéra *Don Giovanni* par Wolfgang Amadeus Mozart
☐ D. Du mariage de Wolfgang Amadeus Mozart avec Constance

3. Danse

2153 A quand remontent les origines du ballet ?

☐ A. A la Renaissance italienne
☐ B. A l'époque médiévale
☐ C. A l'époque moderne

2154 D'où vient la polka ?

☐ A. De la Russie
☐ B. De la République Tchèque
☐ C. De la Pologne

2155 Le menuet est une danse traditionnelle de la musique baroque :

☐ A. Vrai
☐ B. Faux

2156 Dans quelle ville la valse a-t-elle connu ses lettres de noblesse ?

☐ A. Vienne
☐ B. Budapest
☐ C. Berlin
☐ D. Prague

2157 En quelle année la danse moderne a-t-elle été inventée ?

☐ A. 1920
☐ B. 1950
☐ C. 1975

2158 A quand remonte les origines de la breakdance ?

☐ A. 1960
☐ B. 1970
☐ C. 1980

2159 De quelle île vient le merengue ?

☐ A. Saint-Domingue
☐ B. Porto Rico
☐ C. Cuba

2160 Le sirtaki est une danse grecque créée pour un film :

☐ A. Vrai
☐ B. Faux

2161 Comment s'appelle la danse qui est considérée comme l'ancêtre du rock ?

☐ A. Le cotton hop
☐ B. Le lindy hop
☐ C. Le swing hop
☐ D. Aucune de ces réponses n'est bonne

2162 Le twist est un dérivé :

☐ A. Du rock'n'roll
☐ B. Des claquettes
☐ C. Du jazz

2163 Le fandango est une danse traditionnelle de quel pays ?

- ☐ A. Espagne
- ☐ B. Italie
- ☐ C. Brésil

2164 De quel pays est originaire la country danse ?

- ☐ A. Les Etats-Unis
- ☐ B. L'Australie
- ☐ C. L'Angleterre

2165 Quelle danse Joséphine Baker a-t-elle lancée en France ?

- ☐ A. Le fox-trot
- ☐ B. Le charleston
- ☐ C. La java
- ☐ D. Le twist

2166 Qu'est-ce qu'un entrechat ?

- ☐ A. Un changement de pied battu
- ☐ B. Un grand pas
- ☐ C. Un saut déplacé et rotatif

2167 Qu'est-ce qu'un tour ?

- ☐ A. Ensemble de ports de bras
- ☐ B. Une rotation sur deux pieds
- ☐ C. Une rotation en appui sur un seul pied

2168 Où est basé le Ballet de l'Opéra national de Paris ?

- ☐ A. Au Grand Théâtre
- ☐ B. A l'Opéra Garnier
- ☐ C. A l'Opéra Bastille

2169 Lequel de ces grades du corps de ballet de l'opéra n'existe pas :

- ☐ A. Sujet
- ☐ B. Deuxième danseur
- ☐ C. Coryphée
- ☐ D. Quadrille

2170 Quel cabaret est célèbre pour ses jeux d'ombres sur le corps nu de ses danseuses ?

- ☐ A. Le Lido
- ☐ B. Le Crazy Horse
- ☐ C. Le Moulin-Rouge

2171 Lequel de ces ballets n'a pas été créé par Piotr Ilitch Tchaïkovski ?

- ☐ A. Le *Lac des cygnes*
- ☐ B. *Casse-Noisette*
- ☐ C. *Don Quichotte*

2172 Quel est le nom du nouveau spectacle de Kamel Ouali ?

- ☐ A. *Dracula, l'amour plus fort que la mort*
- ☐ B. *Cléopâtre*
- ☐ C. *Le Roi Soleil*

2173 Quelle était la nationalité de Joséphine Baker à sa mort ?

- ☐ A. Anglaise
- ☐ B. Américaine
- ☐ C. Française
- ☐ D. Aucune de ces réponses n'est bonne

2174 Quelle était la nationalité de Maurice Béjart à sa mort ?

- ☐ A. Française
- ☐ B. Suisse
- ☐ C. Belge

2175 De quelle maladie mourut Rudolf Noureev, célèbre danseur étoile ?

- ☐ A. D'une leucémie
- ☐ B. Du sida
- ☐ C. D'un cancer du colon

2176 Qui fut l'un des plus grands chorégraphes afro-américain ?

- ☐ A. Alvin Ailey
- ☐ B. Talley Beatty
- ☐ C. Chuck Davis

2177 Quel célèbre danseur demande l'asile politique à la France en 1961 ?

- ☐ A. Rudolph Noureev
- ☐ B. Georges Balanchine
- ☐ C. Vaslav Nyjinski

2178 Qui a dit « Je n'ai fait que danser ma vie » ?

- ☐ A. Marie-Claude Pietragalla
- ☐ B. Isadora Ducan
- ☐ C. Sylvie Guillem
- ☐ D. Aucune de ces réponses n'est bonne

2179 Qui a dit « La vraie vie c'est quand je suis sur scène » ?

- ☐ A. Patrick Dupond
- ☐ B. Joséphine Baker
- ☐ C. Rudolph Noureev

4. Instruments, techniques musicales et festivals

2180 La tessiture est :

- ☐ A. Le registre des sons qu'une voix peut produire
- ☐ B. Un type de corde pour violon
- ☐ C. Une unité de volume
- ☐ D. Un instrument de musique artisanal
- ☐ E. Aucune de ces réponses n'est bonne

2181 La voix d'homme la plus grave est la voix :

- ☐ A. Du baryton
- ☐ B. Du ténor
- ☐ C. De la basse

2182 Dans le chant, la voix de femme la plus aiguë est la voix de :

- ☐ A. La soprano
- ☐ B. La mezzo-soprano
- ☐ C. La contralto

2183 Quelle altération abaisse la note d'un demi-ton ?

- ☐ A. Le bémol
- ☐ B. Le dièse
- ☐ C. Le bécarre

2184 La portée compte un ensemble de :

- ☐ A. Trois lignes
- ☐ B. Quatre lignes
- ☐ C. Cinq lignes

2185 Quel instrument à vent ne fait pas partie des cuivres ?

- ☐ A. La trompette
- ☐ B. Le cor
- ☐ C. La flûte
- ☐ D. Le trombone

2186 La contrebasse est un instrument :

- ☐ A. A vent
- ☐ B. A cordes
- ☐ C. A percussions

2187 La flûte de pan est originaire du continent :

- ☐ A. Africain
- ☐ B. Océanien
- ☐ C. Américain

2188 Un bouzouki est un instrument traditionnel :

- ☐ A. Espagnol
- ☐ B. Cubain
- ☐ C. Grec

2189 En Argentine, quel instrument est utilisé dans les orchestres de tango ?

- ☐ A. La trompette
- ☐ B. Le clavecin
- ☐ C. Le bandonéon
- ☐ D. L'accordéon

2190 Dans un orchestre symphonique, les premiers violons se trouvent toujours :

- ☐ A. A droite du chef d'orchestre
- ☐ B. A gauche du chef d'orchestre
- ☐ C. Devant le chef d'orchestre

2191 Antonio Stradivari dit Stradivarius est célèbre pour ses :

- ☐ A. Guitares
- ☐ B. Harpes
- ☐ C. Violons

2192 Une fanfare est un ensemble de :

- ☐ A. Cuivres et batterie
- ☐ B. Bois et batterie
- ☐ C. Cordes et batterie

2193 La Fête de la musique a lieu chaque année le :

- ☐ A. 21 mai
- ☐ B. 21 juin
- ☐ C. 21 juillet

2194 Où se trouve Broadway ?

- ☐ A. A Los Angeles
- ☐ B. A Chicago
- ☐ C. A New York
- ☐ D. A Miami

2195 Le théâtre lyrique de la Scala se trouve :

- ☐ A. A Rome
- ☐ B. A Venise
- ☐ C. A Milan
- ☐ D. A Turin

2196 Dans quelle ville se tient chaque année le Festival international d'art lyrique et de musique ?

- ☐ A. Arles
- ☐ B. Avignon
- ☐ C. Aix-en-Provence
- ☐ D. Antibes

2197 En 1969, le plus grand festival de pop music jamais réalisé a lieu à :

☐ A. Denver
☐ B. Orlando
☐ C. Woodstock

2198 La société qui défend les intérêts juridiques et économiques des auteurs, compositeurs et éditeurs de musique est :

☐ A. La SNSM
☐ B. La SACEM
☐ C. La SAFER
☐ D. La SACD

CORRIGE

Les réponses en bleu foncé font l'objet d'un complément de réponse après ce corrigé.

2060 Les Beatles ont connu la gloire dans les années 1960

2061 George Harisson

2062 Scott MacKenzie

2063 Musicien de Jazz, Saxophoniste

2064 Un pianiste de jazz, Un chanteur de blues, Atteint de cécité

2065 Audrey Hepburn

2066 Charlie Parker

2067 Au jazz

2068 Elvis Presley

2069 Elvis Presley

2070 Brian Jones

2071 51 ans

2072 *Breaking News*

2073 Gilbert Bécaud

2074 Jacques Brel

2075 Georges Brassens

2076 *Cécile ma fille, Nougayork, Tu verras*

2077 Georges Brassens

2078 Alain Bashung

2079 Du synthétiseur

2080 Christophe Willem

2081 Chorégraphes

2082 David Guetta

2083 Alain Bashung

2084 Lady Gaga

2085 1977

2086 150 000

2087 Bossa nova, Tango, Salsa

2088 Jamaïcaine

2089 Jean-Sébastien Bach

2090 Wolfgang Amadeus Mozart

2091 *Du couronnement*

2092 Ludwig van Beethoven

2093 Londoniennes

2094 Joseph Haydn

2095 *Symphonie du destin*

2096 5

2097 Ernest von Veber

2098 *La Symphonie inachevée*

2099 *L'Egyptien*

2100 Anton Bruckner

2101 Anton Dvorak

2102 Gustav Mahler

2103 Dimitri Chostakovitch

2104 Camille Saint-Saëns

2105 Frédéric Chopin

2106 *Coppélia*

2107 Igor Stravinski

2108 Stéphane Mallarmé

2109 *L'Illiade et l'Odysée*

2110 Italien

2111 *Norma*

2112 *La Damnation de Faust*

2113 Wolfgang Amadeus Mozart

2114 Giuseppe Verdi, Antonio Vivaldi, Giacomo Puccini

2115 *Aïda*

2116 *La Nouvelle Héloïse* (J.-J. Rousseau)

2117 *Fidelio*

2118 Georges Bizet

2119 Don José

2120 *La Flûte enchantée*

2121 Gioachino Rossini

2122 *La Flûte enchantée*

2123 La pièce entre le chanter et le parler

2124 Le livret

2125 *Roméo et Juliette* à New York

2126 George Gershwin

2127 Jean-Baptiste Lully

2128 Louis XIV

2129 Wolfgang Amadeus Mozart

2130 1685

2131 Etait un musicien allemand, Etait atteint de surdité, A écrit l'*Hymne à la joie*, A composé le concerto de l'*Empereur*

2132 Antonin Dvorak

2133 En 1943

2134 Un compositeur, Un pianiste

2135 Pierre Boulez

2136 Johann Strauss

2137 L'Ecole espagnole

2138 Un ténor

2139 Maria Callas

2140 1977

2141 Piano

2142 Chinoise

2143 Violoniste

2144 Vladimir Horowitz, Martha Argerich, Sviatoslav Richter

2145 Herbert von Karajan, Wilhelm Furtwängler, Kurt Masur

2146 La Renaissance

2147 Une musique composée pour accompagner le texte d'une prière pour les morts

2148 Un procédé de composition musicale inventée par une Ecole viennoise au début du XXe siècle

2149 Des gospels

2150 L'*Hymne à la joie* de Ludwig van Beethoven

2151 1810

2152 De la naissance de Wolfgang Amadeus Mozart

2153 A la Renaissance italienne

2154 De la République Tchèque

2155 Vrai

2156 Vienne

2157 1920

2158 1970

2159 Saint-Domingue

2160 Vrai

2161 Le lindy hop

2162 Du rock'n'roll

2163 Espagne

2164 L'Angleterre

2165 Le charleston

2166 Un changement de pied battu

2167 Une rotation en appui sur un seul pied

2168 A l'Opéra Garnier

2169 Deuxième danseur

2170 le Crazy Horse

2171 *Don Quichotte*

2172 *Dracula, l'amour plus fort que la mort*

2173 Française

2174 Suisse

2175 Du sida

2176 Alvin Ailey

2177 Rudolph Noureev

2178 Isadora Ducan

2179 Rudolph Noureev

2180 Le registre des sons qu'une voix peut produire

2181 De la basse

2182 La soprano

2183 Le bémol

2184 Cinq lignes

2185 La flûte

2186 A cordes

2187 Américain

2188 Grec

2189 Le bandonéon

2190 A gauche du chef d'orchestre

2191 Violons

2192 Cuivres et batterie

2193 21 juin

2194 A New York

2195 A Milan

2196 Aix-en-Provence

2197 Woodstock

2198 La SACEM

COMPLEMENTS DE REPONSES

2091 Wolfgang Amadeus Mozart, né à Salzbourg (principauté du Saint-Empire romain germanique) le 27 janvier 1756 et mort à Vienne le 5 décembre 1791, est un compositeur.

Mort à trente-cinq ans, il laisse une œuvre impressionnante (626 œuvres sont répertoriées dans le catalogue Köchel), qui embrasse tous les genres musicaux de son époque. Selon le témoignage de ses contemporains, il était, au piano comme au violon, un virtuose.

2096 Ludwig van Beethoven est un compositeur allemand né à Bonn le 15 ou 16 décembre 1770 et mort à Vienne le 26 mars 1827.

Dernier grand représentant du classicisme viennois (après Gluck, Haydn et Mozart), Beethoven a préparé l'évolution vers le romantisme en musique et influencé la musique occidentale pendant une grande partie du XIXe siècle. Inclassable (« Vous me faites l'impression d'un homme qui a plusieurs têtes, plusieurs cœurs, plusieurs âmes » lui dit Haydn vers 1793), son art s'est exprimé à travers différents genres musicaux, et bien que sa musique symphonique soit la principale source de sa popularité, il a eu un impact également considérable dans l'écriture pianistique et dans la musique de chambre.

Surmontant à force de volonté les épreuves d'une vie marquée par la surdité qui le frappe à 27 ans, célébrant dans sa musique le triomphe de l'héroïsme et de la joie quand le destin lui prescrivait l'isolement et la misère, il est récompensé par cette affirmation de Romain Rolland : « Il est bien davantage que le premier des musiciens. Il est la force la plus héroïque de l'art moderne ».

2105 Frédéric François Chopin est un compositeur et pianiste virtuose d'ascendance franco-polonaise, né en 1810 à Żelazowa Wola, sur le territoire du duché de Varsovie (actuellement en Pologne), et mort en 1849 à Paris.

Issu du côté de son père d'une famille d'origine lorraine, après sa formation au Conservatoire de Varsovie et un début de carrière en Pologne et à Vienne, il choisit d'émigrer en France où il développe son inspiration dans l'effervescence du monde pianistique parisien et dans le souvenir de sa patrie meurtrie. Il y rencontre George Sand, qui sera sa compagne pendant neuf ans.

Reconnu comme l'un des plus grands compositeurs de musique de la période romantique, Frédéric Chopin est aussi l'un des plus célèbres pianistes du XIXe siècle. Sa musique est encore aujourd'hui l'une des plus jouées et demeure un passage indispensable à la compréhension du répertoire pianistique universel. Avec Franz Liszt, il est le père de la technique moderne de son instrument et son influence est à l'origine de toute une lignée de compositeurs tels que Gabriel Fauré, Maurice Ravel, Claude Debussy, Sergueï Rachmaninov ou Alexandre Scriabine.

2106 Maurice Ravel, de son nom de baptême Joseph Maurice Ravel, est un compositeur français né à Ciboure le 7 mars 1875 et mort à Paris le 28 décembre 1937.

Avec son aîné Claude Debussy, Ravel fut la figure la plus influente de la musique française de son époque et le principal représentant du courant dit impressionniste au début du XXe siècle. Son œuvre, modeste en nombre d'opus (quatre-vingt-six œuvres originales, vingt-cinq œuvres orchestrées ou transcrites), est le fruit d'un héritage complexe s'étendant de Couperin et Rameau jusqu'aux couleurs et rythmes du jazz et d'influences multiples dont celle, récurrente, de l'Espagne.

2130 Jean-Sébastien Bach né à Eisenach le 21 mars 1685, mort à Leipzig le 28 juillet 1750, est un musicien, notamment organiste, et compositeur allemand.

Membre le plus éminent de la famille Bach – la famille de musiciens la plus prolifique de l'histoire –, sa carrière s'est entièrement déroulée en Allemagne centrale, dans le cadre de sa région natale, au service de petites municipalités, de cours princières sans importance politique, puis du conseil municipal de Leipzig qui lui manifestait peu de considération : il n'a ainsi jamais pu obtenir un poste à la mesure de son génie et de son importance dans l'histoire de la musique occidentale, malgré la considération de certains souverains allemands, tel Frédéric le Grand, pour le « Cantor de Leipzig ».

2140 Sophia Cecelia Kalos dite Maria Callas est une cantatrice grecque née le 2 décembre 1923 à New York et morte le 16 septembre 1977 à Paris.

Surnommée « la Bible de l'opéra » par Leonard Bernstein, « la Callas » – telle qu'elle est couramment appelée – a bouleversé l'art lyrique du XXe siècle en valorisant l'approche du jeu d'acteur, jusqu'alors relégué au second plan. Entourée des meilleurs artistes de son époque (Boris Christoff, Giulietta Simionato, Giuseppe Di Stefano, Mario del Monaco, Tito Gobbi, etc.) et s'étant produite sur les principales scènes d'opéra du monde (Venise, Rome, Paris, New York, Milan, Mexico, Londres, Buenos Aires, etc.), Callas demeure encore au XXIe siècle l'une des cantatrices les plus célèbres, à la fois par le timbre très particulier de sa voix, son registre étendu de près de trois octaves, sa grande virtuosité alliée à un phrasé unique et, enfin, son talent de tragédienne lui permettant d'incarner ses personnages avec une grande intensité dramatique (Lucia, Médée, Norma, Tosca, Violetta).

Suscitant les passions – ce qui lui valut d'être autant adulée que décriée – Maria Callas reste, tant par la réussite exceptionnelle de sa vie professionnelle que par sa vie privée mouvementée, l'icône même de la « diva ».

2143 Yehudi Menuhin est un violoniste et chef d'orchestre américain, né le 22 avril 1916 à New York et décédé le 12 mars 1999 à Berlin. Il est un enfant prodige, se produisant dès 1927 à Paris avec l'Orchestre Lamoureux et à New York au Carnegie Hall. Il est considéré comme l'un des plus grands violonistes du XXe siècle.

2198 La Société des auteurs, compositeurs et éditeurs de musique (Sacem) est une société de gestion des droits d'auteur.

Société privée à but non lucratif, contrôlée par la Commission de contrôle, émanation de la Cour des Comptes, les administrations fiscales et sociales, un commissaire aux comptes et ses sociétaires. Créée le 28 février 1851, elle a pour mission principale d'assurer la collecte et la répartition des droits dus aux auteurs, compositeurs et éditeurs de musique qui sont ses membres. Si certaines formules alternatives, comme la musique libre, se sont peu à peu développées, la Sacem représente l'immense majorité du répertoire musical, avec 153 000 sociétaires et plus de 90 millions d'œuvres représentées.

Elle est membre de la Confédération Internationale des Sociétés d'Auteurs et Compositeurs (Cisac), fondée en 1926.

11. PEINTURE, ARTS GRAPHIQUES, SCULPTURE, MODE ET ARCHITECTURE

Ce chapitre est composé de **6 sections** pour un total de **260 questions**.

1. Peintres, sculpteurs et leurs œuvres
2. L'art à travers les musées
3. Architectes et commanditaires
4. Les grandes œuvres architecturales à travers le monde
5. Courants et vocabulaire de l'art
6. Mobilier et mode

[A SAVOIR !]

110 Les numéros de questions de ce type signifient qu'il n'y a qu'une seule et unique réponse juste à la question posée.

111 Les numéros de questions de ce type signifient qu'il y a **plusieurs (2 ou plus) réponses possibles justes à la question**.

[UN CONSEIL IMPORTANT]

Nous vous conseillons vivement de répondre à toutes les questions d'une section avant d'en découvrir les solutions. L'erreur consiste en effet généralement à traiter une question et à vérifier aussitôt la réponse parce que l'on veut s'assurer d'avoir trouvé la réponse juste ou parce que l'on est impatient de la découvrir dans le cas où on ne la connaît pas. Si vous souhaitez sérieusement progresser, vous devez absolument vous imprégner du thème traité par la section et répondre d'un trait à toutes les questions d'une section.

[QUELQUES MOTS SUR...]

1. Peintures, sculpteurs et leurs œuvres [WIKIPEDIA-UNIVERSALIS]

Celui ou celle qui exerce l'art de la peinture. L'expression « artiste peintre » est presque tombée en désuétude. Dès le XIVe siècle, en France, le métier de peintre fut organisé et en quelque sorte codifié dans les statuts des premières communautés laïques de « paintres et paintresses », tels que nous les connaissons grâce au *Livre des métiers* d'Etienne Boileau. D'après ces statuts, les peintres regroupés dans les communautés étaient assimilés à de simples artisans et ne se distinguaient en rien des peintres en bâtiment. Toutefois, à l'intérieur d'un même atelier, le travail se spécialisa ; il était exécuté par des compagnons sous la direction d'un patron, ou maître.

Le terme de « sculpture » vient étymologiquement du latin « *sculpere* » qui signifie « tailler » ou « enlever des morceaux à une pierre ». Cette définition, qui distingue « sculpture » et « modelage », illustre l'importance donnée à la taille de la pierre dans la civilisation romaine. Au xe siècle, on parle d'« ymagier » et la plupart du temps, le travail du sculpteur est un travail d'équipe avec un maître et des tailleurs de pierre. Plusieurs équipes travaillent simultanément sur les grands chantiers des cathédrales.

2. L'art à travers les musées

Héritage des grandes collections aristocratiques issues de la Renaissance, concrétisation des idéaux d'éducation et de démocratisation du siècle des Lumières et de la Révolution, le musée connaît son âge d'or au xixe siècle, à l'heure de la prédominance européenne et s'ouvre progressivement à la présentation de l'ensemble des biens culturels, scientifiques ou techniques, artistiques ou ethnographiques. Cet essor n'est pas sans soulever critiques et oppositions quant à la finalité de l'institution, à son rôle de conservation (le musée « nécropole de l'art »), de consécration et de légitimation (choix des œuvres, politiques d'acquisition).

3. Arts graphiques [LAROUSSE]

Les arts graphiques désignent l'ensemble des processus propres à la conception visuelle et à la mise en scène d'une création artistique utilisant différentes techniques (écriture, typographie, dessin, peinture, gravure et estampe, photographie…), cette création pouvant être utilisée à des fins uniquement artistiques, industrielles ou commerciales (messages publicitaires, édition, affiches, revues, etc.).

4. Architecture [LAROUSSE]

L'architecture correspond à l'art de bâtir. C'est un art savant et complexe dont une des fonctions majeures est de donner des repères spatiaux et symboliques, qui varient d'une civilisation à l'autre. Reflet d'une époque, d'une culture, d'une société, l'architecture modèle les hommes et agit sur leur mode de vie. En effet, nul ne peut échapper à l'architecture, et chacun y est perpétuellement confronté.

1. Peintres, sculpteurs et leurs œuvres

2199 Quel peintre espagnol, brillant portraitiste, devint le premier peintre du roi Charles IV ?

- ☐ A. Diego de Silva Veslasquez
- ☐ B. Francisco de Goya y Lucientes
- ☐ C. Bartolomé Esteban Murillo

2200 Fra Angelico était :

- ☐ A. Un moine florentin
- ☐ B. Un peintre italien
- ☐ C. Un architecte vénitien
- ☐ D. Un navigateur génois

2201 Qui a été le maître de la nature morte au XVIIIe siècle ?

- ☐ A. Georges de La Tour
- ☐ B. Rembrandt
- ☐ C. Jean-Baptiste Chardin

2202 Francisco Goya :

- ☐ A. Est de nationalité espagnole
- ☐ B. Est de nationalité italienne
- ☐ C. A peint *La Duchesse d'Albe*
- ☐ D. A peint *La Demoiselle d'Avignon*
- ☐ E. A peint *Guernica*

2203 Camille Claudel était :

- ☐ A. La sœur de Paul Claudel
- ☐ B. La compagne d'Auguste Rodin
- ☐ C. Un personnage fictif
- ☐ D. Sculpteur

2204 Au XVIe siècle, quel peintre italien fait des tableaux composés de végétaux, d'animaux et d'objets ?

- ☐ A. Giuseppe Arcimboldo
- ☐ B. Paul Véronèse
- ☐ C. Le Tintoret
- ☐ D. Andrea Del Verrocchio

2205 Le peintre du classicisme qui s'est notamment illustré dans les portraits du Cardinal de Richelieu et des jansénistes de Port-Royal se nomme :

- ☐ A. Jérôme Bosch
- ☐ B. Philippe de Champaigne
- ☐ C. Le Corrège

2206 Le peintre français Edouard Vuillard (1868-1940) est le peintre :

- ☐ A. Des paysages
- ☐ B. Des intérieurs
- ☐ C. Des natures mortes
- ☐ D. Des animaux

2207 Le peintre français Odilon Redon a donné dans son œuvre une place importante :

- ☐ A. Aux portraits
- ☐ B. Aux fleurs
- ☐ C. Aux paysages

2208 Quel peintre français est spécialiste du noir-lumière, l'outre-noir ?

- ☐ A. Pierre Soulages
- ☐ B. Yves Klein
- ☐ C. Henri Matisse

2209 Quel peintre cubiste est l'auteur du plafond de la salle étrusque au Louvre ?

- ☐ A. Juan Gris
- ☐ B. Pablo Picasso
- ☐ C. Paul Cézanne
- ☐ D. Georges Braque

2210 Dès les années 1930, des mobiles et des stabiles ont été réalisés par :

- ☐ A. Alberto Giacometti
- ☐ B. Alexander Calder
- ☐ C. Julio Gonzàlez

2211 Graziano Marini (né en 1957), peintre contemporain italien, est connu pour :

- ☐ A. Ses collages
- ☐ B. Ses marines
- ☐ C. Ses monochromes
- ☐ D. Ses paysages italiens

2212 Victor Vasarely, peintre français d'origine hongroise, est l'un des pionniers de :

- ☐ A. L'art optique
- ☐ B. L'art cinétique
- ☐ C. L'art minimal

2213 Le peintre français d'origine allemande qui réalise toutes ses œuvres depuis 1960 à l'acrylique est :

- ☐ A. Hans Arp
- ☐ B. Bram Van Velde
- ☐ C. Pablo Picasso
- ☐ D. Hans Hartung

2214 Quel objet familier a été mis en valeur par Jean-Pierre Raynaud ?

- ☐ A. Le chapeau
- ☐ B. Le dé
- ☐ C. La chaussure
- ☐ D. Le pot de fleurs

2215 *La naissance de Vénus*, tableau censé représenter la beauté absolue, est l'œuvre d'un artiste né à Florence en 1445 et très apprécié des Médicis dont il peignit les portraits. Il a également participé à la décoration de la Chapelle Sixtine. De qui s'agit-il ?

- ☐ A. Michelangelo Buonarroti
- ☐ B. Sandro Botticelli
- ☐ C. Léonard de Vinci
- ☐ D. Paul Véronèse
- ☐ E. Aucune de ces réponses n'est bonne

2216 Le plafond de la chapelle Sixtine à Rome a été peint par :

- ☐ A. Léonard de Vinci
- ☐ B. Raffaelo Sanzio dit Raphaël
- ☐ C. Michelangelo Buonarroti
- ☐ D. Le Pérugin

2217 *La Pietà* située dans la basilique Saint-Pierre de Rome est une œuvre de :

- ☐ A. Léonard de Vinci
- ☐ B. Michelangelo Buonarroti
- ☐ C. Donato Bramante

2218 *La Joconde* a été peinte par :

- ☐ A. Le Tintoret
- ☐ B. Le Titien
- ☐ C. Léonard de Vinci
- ☐ D. Paul Véronèse

2219 Qui a peint la *Vue de Delft* ?

- ☐ A. Pieter Bruegel
- ☐ B. Johannes Vermeer
- ☐ C. Rembrandt
- ☐ D. Antoine Watteau

2220 Cochez chaque œuvre de Johannes Vermeer :

- ☐ A. *La Dentellière*
- ☐ B. *La Laitière*
- ☐ C. *La Jeune Fille à la perle*
- ☐ D. *La Femme en bleu lisant une lettre*

2221 Ce peintre français né en 1748 a réalisé des tableaux exaltant les martyrs de la révolution ainsi que des œuvres d'apparat. *Le Sacre de Napoléon Ier*, *Marat assassiné* et *Les Sabines* sont quelques-unes de ses œuvres. Il s'agit de :

- ☐ A. Nicolas Poussin
- ☐ B. Jacques-Louis David
- ☐ C. Jean-Baptiste Chardin
- ☐ D. Antoine Watteau
- ☐ E. Aucune de ces réponses n'est bonne

2222 Qui a peint *La Liberté guidant le peuple* ?

- ☐ A. Eugène Delacroix
- ☐ B. Jacques-Louis David
- ☐ C. Gustave Courbet
- ☐ D. Edouard Manet

2223 Quel peintre espagnol est l'auteur de *Les Menines* ?

- ☐ A. Francisco de Zurbaran
- ☐ B. Diego Velasquez
- ☐ C. Francisco Goya
- ☐ D. Bartolomé Esteban Murillo

2224 Qui a peint *Le Déjeuner sur l'herbe* ?

- ☐ A. Claude Monet
- ☐ B. Pierre-Auguste Renoir
- ☐ C. Edouard Manet
- ☐ D. Pablo Picasso

2225 *Le Radeau de La Méduse* a été peint par :

- ☐ A. Théodore Géricault
- ☐ B. Eugène Delacroix
- ☐ C. Jacques-Louis David
- ☐ D. Jean-Auguste-Dominique Ingres

2226 Quel peintre américain, installé en Angleterre dès 1859, est l'auteur de *Symphonie en blanc*, *Harmonie en bleu* et argent et *Arrangement en gris et noir* ?

- ☐ A. Franck Stella
- ☐ B. Pieter Bruegel
- ☐ C. James Abbott Whistler

2227 Qui est l'auteur du célèbre tableau *Chasse aux lions*, œuvre majeure de la collection permanente du musée d'Orsay à Paris ?

- ☐ A. Claude Monet
- ☐ B. Eugène Delacroix
- ☐ C. Pablo Picasso
- ☐ D. Henri Matisse
- ☐ E. Jules Breton

2228 Claude Monet, de 1892 à 1894, peint sous de multiples éclairages la cathédrale de :

- ☐ A. Chartres
- ☐ B. Rouen
- ☐ C. Bourges
- ☐ D. Reims

2229 *La Goulue*, représentée dans les peintures d'Henri de Toulouse-Lautrec, était :

- ☐ A. Acrobate à la foire du Trône
- ☐ B. Chanteuse au Moulin de la Galette
- ☐ C. Danseuse au Moulin-Rouge

2230 Quelle femme a été immortalisée par les lithographies et peintures d'Henri de Toulouse-Lautrec ?

- ☐ A. Jacqueline Roque
- ☐ B. Jane Avril
- ☐ C. Camille

2231 Quel peintre du XIXe siècle est l'auteur de *L'Atelier du peintre* (1855) ?

- ☐ A. Adolphe William Bouguereau
- ☐ B. Gustave Caillebotte
- ☐ C. Théodore Chassériau
- ☐ D. Gustave Courbet

2232 Qui a peint *Le verrou* ?

- ☐ A. François Boucher
- ☐ B. Claude Monet
- ☐ C. Jean-Honoré Fragonard
- ☐ D. Jean Siméon Chardin

2233 Qui a peint Le *Portrait de monsieur Bertin* ?

- ☐ A. Jean-Baptiste Greuze
- ☐ B. Edouard Manet
- ☐ C. Jean-Hippolyte Flandrin
- ☐ D. Jean-Auguste-Dominique Ingres

2234 Qui a peint *Le fils puni* ?

- ☐ A. Jean-Auguste-Dominique Ingres
- ☐ B. Jean-Baptiste Greuze
- ☐ C. Jean Jouvenet
- ☐ D. Jean Siméon Chardin

2235 Qui a peint *Trois danseuses* ?

- ☐ A. Edgar Degas
- ☐ B. Jean-Auguste-Dominique Ingres
- ☐ C. François Boucher
- ☐ D. Jean Cocteau

2236 Qui a peint *Sur la balançoire* ?

- ☐ A. Odilon Redon
- ☐ B. Pierre-Auguste Renoir
- ☐ C. Jean Siméon Chardin
- ☐ D. Edgar Degas

2237 Edgar Degas (1834-1917) a peint de nombreuses toiles sur le thème des :

- ☐ A. Courses de chevaux
- ☐ B. Paysans
- ☐ C. Villes

2238 Quel peintre russe présente en 1910 la première œuvre abstraite ?

- ☐ A. Juan Gris
- ☐ B. Robert Delaunay
- ☐ C. Henri Matisse
- ☐ D. Wassily Kandinsky

2239 L'auteur du célèbre *Carré blanc sur fond blanc* réalisé en 1919 est :

☐ A. Kazimir Malevitch
☐ B. Jean Dubuffet
☐ C. Henri Michaux

2240 Quel peintre a parodié l'œuvre d'Edouard Manet *L'Olympia* (1863) ?

☐ A. Armand Guillaumin
☐ B. Berthe Morisot
☐ C. Pablo Picasso
☐ D. Joan Jongkind

2241 Pablo Picasso a peint :

☐ A. *Nu descendant un escalier*
☐ B. *Femme couchée qui rêve*
☐ C. *Dora Maar au chat*
☐ D. *Les Demoiselles d'Avignon*

2242 Quand Pablo Picasso peint-il *Guernica* ?

☐ A. 1937
☐ B. 1945
☐ C. 1912
☐ D. 1973

2243 A quel contexte historique fait référence *Guernica*, peint par Pablo Picasso en 1937 ?

☐ A. L'occupation de la France par les Nazis
☐ B. La guerre d'Espagne
☐ C. Le début de la dictature de Salazar au Portugal
☐ D. L'attaque de Pearl Harbor par les Japonais

2244 Quel artiste peintre s'est illustré par sa « période bleue » ?

☐ A. Henri Matisse
☐ B. Pablo Picasso
☐ C. Amedeo Modigliani
☐ D. Yves Klein
☐ E. Paul Cézanne

2245 Le tableau *La vie* de Pablo Picasso est une œuvre de la période :

☐ A. Cubique
☐ B. Rose
☐ C. Bleue

2246 Quel peintre réalise en 1961 *Le Triptyque Bleu I II III* ?

☐ A. Henri Matisse
☐ B. Yves Klein
☐ C. Joan Miro

2247 En 1962, Yves Klein crée le portrait en relief :

☐ A. D'Arman
☐ B. De Pablo Picasso
☐ C. De Claude Monet

2248 A quel peintre doit-on les fameuses compositions dans lesquelles les carrés et les rectangles multicolores sont délimités par des lignes noires ?

☐ A. Hans Hartung
☐ B. Alberto Burri
☐ C. Antoni Tàpies
☐ D. Piet Mondrian

2249 Quelle taille mesurait le *Colosse de Rhodes* ?

- ☐ A. 30 mètres
- ☐ B. 300 mètres
- ☐ C. 1000 mètres

2250 Parmi les œuvres suivantes, laquelle a été sculptée par Auguste Rodin ?

- ☐ A. *L'Homme au nez cassé*
- ☐ B. *Les Bourgeois de Calais*
- ☐ C. *Le Baiser*
- ☐ D. Aucune de ces réponses n'est bonne

2251 L'une des sculptures parmi les plus connues de Rodin est :

- ☐ A. *Le philosophe*
- ☐ B. *Le penseur*
- ☐ C. *Le rêveur*
- ☐ D. *Le savant*

2252 *Le Lion de Belfort* est une sculpture de :

- ☐ A. Auguste Bartholdi
- ☐ B. Auguste Rodin
- ☐ C. Antoine Bourdelle

2253 Qui a sculpté *Le Pouce* ?

- ☐ A. Auguste Rodin
- ☐ B. Camille Claudel
- ☐ C. Baldaccini César

2254 Lequel de ces sculpteurs est un sculpteur « animalier » ?

- ☐ A. Antoine Bourdelle
- ☐ B. Antoine-Louis Bayre
- ☐ C. Camille Claudel

2255 Le sculpteur Antoine Bourdelle :

- ☐ A. Réalisa *Héraklès archer*
- ☐ B. Etait également écrivain
- ☐ C. Fut influencé par Auguste Rodin
- ☐ D. Réalisa *Centaure mourant*

2256 Le sculpteur César Baldaccini :

- ☐ A. Est Français
- ☐ B. A vécu au XIXe siècle
- ☐ C. A réalisé l'empreinte de son propre pouce (1,85 m de haut)
- ☐ D. Fait partie des membres des nouveaux réalistes

2257 Le grand initiateur de la sculpture moderne est :

- ☐ A. Antoine Pevsner
- ☐ B. Henry Moore
- ☐ C. Constantin Brancusi

2258 Le *Manneken-Pis* est une sculpture ornant une fontaine de :

- ☐ A. Bruges
- ☐ B. Liège
- ☐ C. Bruxelles

2. L'art à travers les musées

2259 Quelle pièce artistique majeure est exposée au Neues Museum de Berlin ?

- ☐ A. Le buste de Néfertiti
- ☐ B. Les frises du Parthénon
- ☐ C. La *Vierge aux rochers* de Léonard de Vinci
- ☐ D. Les Caryatides de l'Acropole

2260 Laquelle de ces œuvres se trouve en grande partie au British Museum de Londres ?

- ☐ A. Le buste de Néfertiti
- ☐ B. Les frises du Parthénon
- ☐ C. La *Vierge aux rochers* de Léonard de Vinci
- ☐ D. Les Caryatides de l'Acropole

2261 Dans quelle ville se trouve le célèbre tableau *La Cène* de Leonard de Vinci ?

- ☐ A. Milan
- ☐ B. Rome
- ☐ C. Florence
- ☐ D. Naples

2262 Quelle œuvre n'est pas exposée au Musée du Louvre ?

- ☐ A. *Guernica*
- ☐ B. *La Joconde*
- ☐ C. *La Vénus de Milo*
- ☐ D. *Le Sacre de Napoléon*

2263 Si vous admirez des Botticelli à la Galerie des offices, vous êtes :

- ☐ A. En Espagne
- ☐ B. En Italie
- ☐ C. Au Portugal
- ☐ D. Aux Pays-Bas

2264 *La Joconde* est la pièce majeure du musée :

- ☐ A. Du Prado à Madrid
- ☐ B. De l'Ermitage à Saint-Pétersbourg
- ☐ C. Du Louvre à Paris
- ☐ D. Du Borghese à Rome

2265 *La Vénus de Milo* peut être admirée :

- ☐ A. Au musée du Louvre à Paris
- ☐ B. Au musée du Prado à Madrid
- ☐ C. Au musée des Offices à Florence

2266 Le musée national à Biot (Alpes-Maritimes) est consacré aux œuvres de :

- ☐ A. Georges Braque
- ☐ B. Pablo Picasso
- ☐ C. Juan Gris
- ☐ D. Fernand Léger

2267 Quel tableau a été dérobé au musée du Caire en août 2010 ?

- ☐ A. *Olivier près de l'Estaque* de Georges Braque
- ☐ B. *Femme à l'éventail* d'Amedeo Modigliani
- ☐ C. *Pigeon aux petits pois* de Pablo Picasso
- ☐ D. *Coquelicots et Marguerites* de Vincent Van Gogh

2268 Le musée de l'Ermitage se trouve à :

- ☐ A. Saint-Pétersbourg
- ☐ B. Genève
- ☐ C. Paris
- ☐ D. Rome

2269 Où peut-on visiter la maison du peintre Claude Monet ?

- ☐ A. Taverny
- ☐ B. Villers-Cotterêts
- ☐ C. Giverny
- ☐ D. Auvers-sur-Oise
- ☐ E. Aucune de ces réponses n'est bonne

2270 Quelle exposition a été présentée au Louvre de février à mai 2017 ?

- ☐ A. L'exposition Fra Angelico
- ☐ B. L'exposition Degas
- ☐ C. L'exposition Vermeer
- ☐ D. L'exposition Monet

2271 Cochez chaque proposition désignant un musée :

- ☐ A. La Casa Velasquez
- ☐ B. Le Prado
- ☐ C. L'Hermitage
- ☐ D. Les Offices

2272 Le Musée d'Orsay à Paris présente des collections datant de :

- ☐ A. 1630-1720
- ☐ B. 1715-1789
- ☐ C. 1789-1848
- ☐ D. 1848-1914

2273 Dans quelle ville française se trouve la Manufacture, musée de la mémoire et de la création textile ?

- ☐ A. Roubaix
- ☐ B. Strasbourg
- ☐ C. Caen
- ☐ D. Bordeaux

2274 Quel musée est consacré à Paris aux arts premiers ?

- ☐ A. Le musée Carnavalet
- ☐ B. Le palais de Tokyo
- ☐ C. Le musée Guimet
- ☐ D. Le musée du quai Branly

2275 Le musée du quai Branly à Paris a été construit à l'initiative de quel président ?

- ☐ A. François Mitterrand
- ☐ B. Nicolas Sarkozy
- ☐ C. Jacques Chirac
- ☐ D. Georges Pompidou

2276 Dans quelle ville de l'est de la France s'est ouverte en 2010 une antenne du centre Pompidou (Beaubourg) ?

- ☐ A. A Metz
- ☐ B. A Nancy
- ☐ C. A Epinal
- ☐ D. A Strasbourg

2277 Le nom des Médicis est lié à la ville de :

- ☐ A. Rome
- ☐ B. Florence
- ☐ C. Naples
- ☐ D. Venise
- ☐ E. Aucune de ces réponses n'est bonne

2278 Quelle ville a été autorisée à utiliser le nom « Louvre » pour un musée ?

- ☐ A. Dakar
- ☐ B. Abou Dhabi
- ☐ C. Brasilia
- ☐ D. Mexico

2279 Comment se nomme le quartier de Beijing où s'expriment des artistes contemporains et qui est souvent comparé à Greenwich Village ou à Soho ?

- ☐ A. The 798 Art Zone
- ☐ B. The Beijing Art Zone
- ☐ C. The Place
- ☐ D. The Contemporary Art Beijing

3. Architectes et commanditaires

2280 Quel monument fut édifié sur l'île de la Cité, à Paris, à la demande de Saint Louis ?

- ☐ A. Le Palais de Justice
- ☐ B. La Sainte-Chapelle
- ☐ C. La Conciergerie
- ☐ D. Le palais Brongniart

2281 Qui fut l'architecte de la flèche de la cathédrale de Chartres ?

- ☐ A. Pierre Lescot
- ☐ B. John Westell
- ☐ C. Joinville
- ☐ D. Jehan Texier

2282 Le plus grand des châteaux de la Loire, Chambord, a été édifié par :

- ☐ A. Louis XIII
- ☐ B. Henri II
- ☐ C. François Ier
- ☐ D. Henri IV
- ☐ E. Aucune de ces réponses n'est bonne

2283 Bâti en 1513 par Katherine Briçonnet, embelli par Diane de Poitiers et Catherine de Médicis, je suis un château situé en Indre-et-Loire. Je possède deux parties : un donjon médiéval élevé sur la rive droite du Cher et un corps de logis Renaissance bâti sur la rivière elle-même. Monument historique privé le plus visité de France, je suis :

- ☐ A. Le château de Cheverny
- ☐ B. Le château d'Azay-le-Rideau
- ☐ C. Le château de Chenonceau
- ☐ D. Le château de Chinon

2284 Qui a fait construire le château de Neuschwanstein, le plus célèbre château allemand ?

- ☐ A. Louis Ier
- ☐ B. Othon Ier
- ☐ C. Louis II de Bavière

2285 Qui conçut le Louvre ?

- ☐ A. Pierre Lescot
- ☐ B. John Westell
- ☐ C. Joinville

2286 A Versailles, le Grand Trianon a été conçu par :

- ☐ A. Jules Hardouin-Mansart
- ☐ B. Louis Le Vau
- ☐ C. André Le Nôtre

2287 Richard Wallace a offert à la ville de Paris :

- ☐ A. Le pont de la Concorde
- ☐ B. La tour Saint-Jacques
- ☐ C. Le palais de Chaillot
- ☐ D. Des fontaines publiques

2288 Qui a fait construire l'Arc de Triomphe à Paris ?

- ☐ A. Napoléon Ier
- ☐ B. Napoléon III
- ☐ C. Georges Clemenceau

2289 Quel architecte restaura d'importants édifices civils et religieux du Moyen Age ?

- ☐ A. André Lurçat
- ☐ B. Gustave Eiffel
- ☐ C. Viollet-le-Duc

2290 Trouvez les deux artistes qui ont travaillé à la réalisation de la statue de la Liberté offerte par la France à la ville de New-York :

- ☐ A. Auguste Rodin
- ☐ B. Gustave Eiffel
- ☐ C. Jean-Baptiste Carpeaux
- ☐ D. Auguste Bartholdi
- ☐ E. François Rude

2291 A quelle occasion fut construite la tour Eiffel ?

- ☐ A. A la fin de la Révolution française, en 1795
- ☐ B. En l'honneur de Napoléon Bonaparte en 1812
- ☐ C. A l'époque de l'Exposition universelle à Paris en 1889
- ☐ D. Pour célébrer la fin de la Première Guerre mondiale en 1918

2292 Le premier viaduc ferroviaire construit par Gustave Eiffel fut :

- ☐ A. Le viaduc de Chaumont
- ☐ B. Le viaduc de Gabarit
- ☐ C. Le viaduc de Rouzat

2293 Quel musée new-yorkais est l'œuvre du grand architecte américain Frank Lord Wright (1867-1959), maître du courant organique qui exerça une immense influence dans tous les domaines de l'architecture ?

- ☐ A. La National Gallery
- ☐ B. Le Museum of Modern Art
- ☐ C. Le musée Guggenheim
- ☐ D. Le Metropolitan Museum
- ☐ E. Le MET

2294 Entre 1969 et 1974, Jean Dubuffet élabore une série de monuments destinés à orner le site :

- ☐ A. De Flaine
- ☐ B. De Saint-Paul-de-Vence
- ☐ C. Du parc de la Villette

2295 Les architectes Renzo Piano et Richard Rogers sont les créateurs :

- ☐ A. De la grande arche de la Défense
- ☐ B. De la Bibliothèque nationale de France
- ☐ C. Du centre Georges-Pompidou
- ☐ D. De la pyramide du Louvre

2296 La réalisation de la chapelle de Notre-Dame-du-Haut à Ronchamp est l'œuvre de :

- ☐ A. Emile Aillaud
- ☐ B. Le Corbusier
- ☐ C. Christian de Portzamparc

2297 En 1985, cet artiste « empaquette » le Pont-Neuf à Paris :

- ☐ A. Joseph Beuys
- ☐ B. Christo Javacheff
- ☐ C. Jean Tinguely

2298 La dernière cathédrale construite en France, en 1995, se situe à :

- ☐ A. Bobigny
- ☐ B. Evry
- ☐ C. Nanterre
- ☐ D. Montreuil

2299 Au cours des deux septennats de François Mitterrand ont été construits :

- ☐ A. L'Opéra Bastille
- ☐ B. La Grande Bibliothèque
- ☐ C. Le centre Beaubourg
- ☐ D. Le musée d'Orsay
- ☐ E. La pyramide du Louvre

2300 Dans quelle ville le stade national « Bird's nest » (« nid d'oiseau »), conçu par Warner Herzog et de Pierre Meuron, a-t-il été construit ?

- ☐ A. Pékin
- ☐ B. Melbourne
- ☐ C. Londres
- ☐ D. Athènes

2301 A quel architecte français l'Egypte a-t-elle confié la conception du musée d'Archéologie sous-marine d'Alexandrie ?

- ☐ A. Jean-Philippe Vassal
- ☐ B. Philippe Chaise
- ☐ C. Jacques Rougerie

2302 Laquelle de ces propositions désigne un architecte toujours vivant en 2017 ?

- ☐ A. Jean Nouvel
- ☐ B. Le Corbusier
- ☐ C. Hector Guimard
- ☐ D. Antoni Gaudí

2303 L'architecte français Jean Nouvel a réalisé :

- ☐ A. L'Institut du monde arabe
- ☐ B. L'Opéra Bastille
- ☐ C. La Géode

2304 Quel illustre architecte est à l'origine de l'Art nouveau catalan ?

- ☐ A. Camillo Guarino Guarini
- ☐ B. Ernesto Basile
- ☐ C. Antoni Gaudí
- ☐ D. Juan De Villanueva
- ☐ E. Carlo Maderno

2305 La tour résidentielle « Blue Tower », conçue par Bernard Tschumi est construite à :

- ☐ A. Hong Kong
- ☐ B. New York
- ☐ C. Sydney
- ☐ D. Ottawa

4. Les grandes œuvres architecturales à travers le monde

2306 Laquelle de ces merveilles du monde subsiste encore aujourd'hui ?

- ☐ A. Les jardins suspendus de Sémiramis à Babylone
- ☐ B. La statue de Zeus olympien
- ☐ C. La pyramide de Khéops
- ☐ D. Le phare d'Alexandrie

2307 Lequel de ces monuments n'est pas l'une des sept merveilles du monde ?

☐ A. Le phare d'Alexandrie
☐ B. Le Parthénon
☐ C. Les jardins suspendus de Babylone
☐ D. Le colosse de Rhodes

2308 De quand date la construction du pont du Gard ?

☐ A. Entre 40 et 50 après J.-C.
☐ B. Environ en l'an 1000
☐ C. Environ en l'an 1300

2309 Que peut-on voir sur le pourtour du premier étage de la tour Eiffel ?

☐ A. La devise de Paris
☐ B. Des noms des savants ayant vécu de 1789 à 1889
☐ C. Le nom d'un mécène
☐ D. Les dimensions de la tour

2310 Le bâtiment qui abrite aujourd'hui le musée d'Orsay a été…

☐ A. Un hôpital
☐ B. Une bibliothèque
☐ C. Une gare
☐ D. Un pensionnat

2311 Le tombeau de Napoléon se trouve :

☐ A. Au pied de l'Arc de Triomphe
☐ B. Au Panthéon
☐ C. Sur l'île d'Elbe
☐ D. A Sainte-Hélène
☐ E. A l'hôtel des Invalides

2312 Quels monuments sont situés à Paris ?

☐ A. L'hôtel de Sens
☐ B. L'église Saint-Germain-l'Auxerrois
☐ C. La bibliothèque Sainte-Geneviève
☐ D. La tour Saint-Jacques
☐ E. La porte Saint-Denis

2313 Classez ces ponts parisiens de l'amont à l'aval du fleuve :

a. Pont d'Austerlitz
b. Pont au Change
c. Pont de la Concorde
d. Pont Mirabeau

☐ A. b – a – c – d
☐ B. a – b – c – d
☐ C. a – c – b – d
☐ D. a – c – d – b

2314 Dans quelle ville trouve-t-on la tour de Nesle ?

☐ A. Tours
☐ B. Paris
☐ C. Bordeaux
☐ D. Lille

2315 Le Mont Saint-Michel :

☐ A. Est situé dans le département du Calvados
☐ B. Possède une statue de saint Michel placée au sommet de l'église abbatiale qui culmine à 170 mètres au-dessus du rivage
☐ C. Accueille plus de 3 millions de visiteurs chaque année

2316 L'abbaye de Cluny est située :

☐ A. En Saône-et-Loire
☐ B. Dans le Puy-de-Dôme
☐ C. En Haute-Marne

2317 **Quelle cathédrale possède un statuaire comportant le célèbre *Ange au sourire* ?**

- ☐ A. Notre-Dame à Paris
- ☐ B. Reims
- ☐ C. Chartres
- ☐ D. Amiens

2318 **A Milly-la-Forêt se trouve une chapelle décorée par :**

- ☐ A. Pablo Picasso
- ☐ B. Marcel Duchamp
- ☐ C. Jean Cocteau

2319 **Les hospices de Beaune :**

- ☐ A. Sont aussi appelés Hôtel-Dieu
- ☐ B. Sont un ancien établissement hospitalier du XIIIe siècle
- ☐ C. Possèdent un prestigieux vignoble
- ☐ D. Organisent chaque année des séjours pour des malades

2320 **La gare Saint-Charles se trouve à :**

- ☐ A. Lyon
- ☐ B. Toulouse
- ☐ C. Marseille
- ☐ D. Bordeaux

2321 **Le port de la Lune, port en forme de croissant, datant du XVIIIe siècle, se trouve :**

- ☐ A. A Marseille
- ☐ B. A Bordeaux
- ☐ C. A Rouen

2322 **Le pont qui relie Le Havre à Honfleur s'appelle :**

- ☐ A. Le pont de Tancarville
- ☐ B. Le pont de Normandie
- ☐ C. Le pont de Mindin

2323 **La place Stanislas se trouve :**

- ☐ A. A Nancy
- ☐ B. A Lyon
- ☐ C. A Montpellier
- ☐ D. A Nice

2324 **Le vieux quartier de Lyon situé sur une colline s'appelle :**

- ☐ A. La Paillade
- ☐ B. La Castellane
- ☐ C. La Croix-Rousse

2325 **La Cité radieuse est un ensemble d'habitations réalisé par Le Corbusier à :**

- ☐ A. Marseille
- ☐ B. Créteil
- ☐ C. Grigny

2326 **Parmi ces quatre villes du sud de la France, laquelle n'a pas d'arènes ?**

- ☐ A. Nîmes
- ☐ B. Arles
- ☐ C. Orange
- ☐ D. Marseille

2327 **Lequel de ces châteaux n'est pas un château cathare ?**

- ☐ A. Le château de Montségur
- ☐ B. Le château de Puylaurens
- ☐ C. Le château de Montlhéry
- ☐ D. Le château de Puivert

2328 Le château de Pierrefonds :

- ☐ A. Est situé dans le département de l'Oise
- ☐ B. Date de la fin du XIVe siècle
- ☐ C. Possède la plupart des caractéristiques d'un bâtiment défensif du Moyen Age
- ☐ D. Possède 15 tours

2329 Quel château de la Loire possède un escalier à double révolution ?

- ☐ A. Blois
- ☐ B. Chambord
- ☐ C. Chenonceau

2330 Dans quel pays peut-on voir la porte de Brandebourg ?

- ☐ A. En Autriche
- ☐ B. En Italie
- ☐ C. En Allemagne
- ☐ D. En Belgique

2331 La Karl-Marx Allée, à Berlin, est connue pour :

- ☐ A. Ses anciens ministères nazis
- ☐ B. Son palais du peuple
- ☐ C. Son large pan conservé du mur de Berlin
- ☐ D. Ses immeubles staliniens

2332 Où est située Big Ben ?

- ☐ A. Dans la tour de l'Horloge
- ☐ B. Dans la tour de Londres
- ☐ C. Dans l'abbaye de Westminster

2333 En quelle année fut ouvert et mis en circulation le tunnel sous la Manche ?

- ☐ A. 1991
- ☐ B. 1994
- ☐ C. 1997

2334 A Londres, quel pont piéton relie la Tate Gallery à la cathédrale Saint-Paul ?

- ☐ A. Le Millenium Bridge
- ☐ B. Le London Bridge
- ☐ C. Le Tower Bridge

2335 La basilique Saint-Marc se trouve à :

- ☐ A. Rome
- ☐ B. Venise
- ☐ C. Florence
- ☐ D. Milan

2336 Dans quelle ville se trouve le Colisée ?

- ☐ A. A Rome
- ☐ B. A Venise
- ☐ C. A Florence
- ☐ D. A Nîmes

2337 Quel est le pont le plus ancien qui enjambe le Grand Canal à Venise ?

- ☐ A. Le pont du Rialto
- ☐ B. Le pont des Soupirs
- ☐ C. Le pont San Marco

2338 Où se trouve la chapelle Sixtine ?

- ☐ A. En Italie
- ☐ B. Au Vatican
- ☐ C. En Espagne

2339 Quelle est la forme géométrique qui caractérise la chapelle Sixtine ?

- ☐ A. Polygonale
- ☐ B. Heptagonale
- ☐ C. Triangulaire
- ☐ D. Rectangulaire

2340 **Comment se nomme le pont qui relie le Danemark à la Suède, inauguré en 2000 ?**

- ☐ A. Le pont Gustav
- ☐ B. Le pont du détroit de Svendborg
- ☐ C. Le pont de l'Oresund

2341 **Où se situe le château de Turku ?**

- ☐ A. En Turquie
- ☐ B. En Finlande
- ☐ C. En Iran
- ☐ D. Aucune de ces réponses n'est bonne

2342 **Où se trouvent les jardins de Tivoli ?**

- ☐ A. A Paris
- ☐ B. A Copenhague
- ☐ C. A Londres
- ☐ D. A Florence

2343 **Avec quoi a-t-on construit l'église Saint-André, en Norvège ?**

- ☐ A. Du bois
- ☐ B. Des briques taillées à la main
- ☐ C. Du marbre

2344 **L'ancienne cité de gouvernement des princes arabes, l'Alhambra, peut se visiter :**

- ☐ A. A Cordoue
- ☐ B. A Séville
- ☐ C. A Grenade

2345 **L'Acropole domine :**

- ☐ A. Athènes
- ☐ B. Rome
- ☐ C. Assouan
- ☐ D. Jérusalem

2346 **En Grèce, les Météores sont :**

- ☐ A. Les sites archéologiques de l'Acropole
- ☐ B. Les monastères situés sur des pitons rocheux
- ☐ C. Des sculptures représentant des êtres mi-homme mi-cheval

2347 **Dans quelle ville est située la cathédrale Saint-Basile-le-Bienheureux ?**

- ☐ A. A Paris
- ☐ B. A Londres
- ☐ C. A Moscou

2348 **La cathédrale Saint-Basile possède un dôme :**

- ☐ A. Oriental
- ☐ B. Bulbeux
- ☐ C. A côtes

2349 **Si on boit un thé devant la mosquée Süleymaniye, où sommes-nous ?**

- ☐ A. A Damas
- ☐ B. Au Caire
- ☐ C. A Alger
- ☐ D. A Istanbul

2350 **Lequel de ces musées ne se situe pas à Istanbul ?**

- ☐ A. Le palais de Topkapi
- ☐ B. La basilique Sainte-Sophie
- ☐ C. Le Panthéon

2351 **Comment est aussi appelé le Mur des Lamentations ?**

- ☐ A. Le mur oriental
- ☐ B. Le mur occidental
- ☐ C. Le mur des pleurs
- ☐ D. Aucune de ces réponses n'est bonne

2352 Où se trouve la Kaaba ?

- ☐ A. A La Mecque
- ☐ B. A Jerusalem
- ☐ C. A Téhéran

2353 Quelle ville portuaire du Maroc figure au patrimoine de l'Unesco, depuis décembre 2001 ?

- ☐ A. Casablanca
- ☐ B. Agadir
- ☐ C. Essaouira

2354 Au Caire, quel est le nom du pont surnommé « Le pont aux amoureux » ?

- ☐ A. Le Pont de Tahrir
- ☐ B. Le Pont Alexandre
- ☐ C. Le Pont de Kasr El Nil

2355 Dans quel pays visite-t-on les temples d'Angkor ?

- ☐ A. Au Vietnam
- ☐ B. Au Laos
- ☐ C. En Birmanie
- ☐ D. Au Cambodge
- ☐ E. Aucune de ces réponses n'est bonne

2356 Dans quel pays se trouve le pont de la rivière Kwaï ?

- ☐ A. En Birmanie
- ☐ B. En Thaïlande
- ☐ C. Au Cambodge

2357 La Cité interdite est située :

- ☐ A. Au Cambodge
- ☐ B. En Inde
- ☐ C. En Chine
- ☐ D. Au Japon

2358 Où est situé l'opéra de Sydney ?

- ☐ A. Dans le centre ville de Sydney
- ☐ B. Sur une île au large de Sydney
- ☐ C. Dans le port de Sydney

2359 Au Pérou, le Machu Picchu est un site archéologique :

- ☐ A. Aztèque
- ☐ B. Maya
- ☐ C. Inca

2360 Dans quelle ville trouve-t-on la statue du Christ rédempteur ?

- ☐ A. Rio de Janeiro
- ☐ B. Sao Paulo
- ☐ C. Brasilia

2361 A quel type de pont appartient le Golden Gate Bridge ?

- ☐ A. Pont à câbles
- ☐ B. Pont suspendu
- ☐ C. Pont en arc

2362 Il est souvent admis que le premier gratte-ciel à ossature métallique, construit en 1883, est :

- ☐ A. Le Chrysler Building
- ☐ B. L'Empire State Building
- ☐ C. Le Chicago Home Insurance Building

2363 Les premiers gratte-ciel ont été édifiés à :

- ☐ A. Chicago
- ☐ B. New York
- ☐ C. Boston
- ☐ D. San Francisco

2364 Ce bâtiment réalisé par le Danois Jorn Utzon présentant une série de toits en béton en forme de coque de navire couverts de carreaux de céramique, est :

- ☐ A. Le palais des sports de Tokyo
- ☐ B. La mosquée Hassan II de Casablanca
- ☐ C. L'opéra de Sydney

2365 Le Taj Mahal est un mausolée construit :

- ☐ A. En basalte
- ☐ B. En granit
- ☐ C. En marbre

2366 En Nouvelle-Calédonie, le centre culturel Jean-Marie Tjibaou a été construit en bois :

- ☐ A. D'acajou
- ☐ B. D'iroko
- ☐ C. D'ébène

2367 En janvier 2010, dans quelle ville a été inaugurée la plus haute tour du monde (828 mètres) ?

- ☐ A. A Shanghai
- ☐ B. A Dubaï
- ☐ C. A Bombay
- ☐ D. A Melbourne

2368 Quel est le pont le plus grand du monde ?

- ☐ A. Le pont de Tarata au Japon
- ☐ B. Le pont de Normandie en France
- ☐ C. Le viaduc de Millau en France

2369 Quel est aujourd'hui le plus haut édifice religieux catholique du monde ?

- ☐ A. Le Christ rédempteur du mont Corcovado
- ☐ B. La basilique Notre-Dame-de-la-Paix de Yamoussoukro
- ☐ C. La basilique Saint-Pierre du Vatican de Rome
- ☐ D. L'église Saint-Jacques de Hambourg
- ☐ E. La cathédrale Saint-Patrick de New-York

2370 Les îles artificielles en forme de palmier (les *Palm Islands*) ont été créées :

- ☐ A. A Dubaï
- ☐ B. Au Bahreïn
- ☐ C. Au Qatar

2371 On appelle Ground Zero :

- ☐ A. L'emplacement de l'ancien World Trade Center
- ☐ B. Le point de départ d'une navette spatiale
- ☐ C. Le premier cratère découvert par Mars Explorer
- ☐ D. Le point le plus bas du continent américain

5. Courants et vocabulaire de l'art

2372 Les peintres d'une même famille, qui créèrent l'école vénitienne aux XVe et XVIe siècles, s'appelaient :

- ☐ A. Giorgione
- ☐ B. Les Titiens
- ☐ C. Vincenzo Bellini
- ☐ D. Paul Véronèse

2373 Quel peintre n'est pas un peintre de la renaissance italienne ?

- ☐ A. Le Caravage
- ☐ B. Sandro Botticelli
- ☐ C. Raphaël
- ☐ D. Amedeo Modigliani

2374 Parmi ces caractéristiques, il en est une qui ne se rapporte pas à la Renaissance. Laquelle ?

- ☐ A. Certains artistes imitent les chefs d'œuvre artistiques de l'Antiquité grecque et romaine
- ☐ B. Un nouveau style architectural est né : le style gothique
- ☐ C. Les artistes rejettent les idées reçues du Moyen Age
- ☐ D. Les sciences, les arts et les techniques évoluent

2375 Quand s'est développée l'architecture romane ?

- ☐ A. Au Moyen Age
- ☐ B. A la Renaissance
- ☐ C. A l'Antiquité

2376 Qui a donné son nom à l'architecture gothique ?

- ☐ A. Les Français
- ☐ B. Les Anglais
- ☐ C. Les Italiens

2377 Dans quel pays voit-on des monuments d'architecture élisabéthaine ?

- ☐ A. En France
- ☐ B. En Belgique
- ☐ C. En Angleterre

2378 Le rococo est la dernière phase de l'évolution du style :

- ☐ A. Baroque
- ☐ B. Roman
- ☐ C. Pittoresque

2379 Comment nomme-t-on également le style Second Empire ?

- ☐ A. Le style Napoléon III
- ☐ B. Le style Louis XIII
- ☐ C. Le style Louis XIV

2380 Quel peintre américain fait partie des peintres orientalistes américains ?

- ☐ A. Charles Russell
- ☐ B. Lilla Cabot Perry
- ☐ C. Franck Brown

2381 Quels sont les peintres issus du mouvement naturaliste ?

- ☐ A. Pierre Puvis de Chavannes
- ☐ B. Jules Breton
- ☐ C. Jules Bastien-Lepage
- ☐ D. Antoine-Jean Gros

2382 Le peintre de la mer et de la plage, précurseur de l'impressionnisme est :

- ☐ A. Johann Barthold Jongkind
- ☐ B. Fernand Khnopff
- ☐ C. Gustav Klimt

2383 Quel peintre britannique a annoncé l'impressionnisme en peignant des paysages à travers les vibrations de la lumière ?

- ☐ A. Edward Burne-Jones
- ☐ B. John Everett Millais
- ☐ C. William Holman Hunt
- ☐ D. William Turner

2384 Parmi ces peintres, lequel n'est pas un impressionniste ?

- ☐ A. Claude Monet
- ☐ B. Auguste Renoir
- ☐ C. Gustave Courbet
- ☐ D. Camille Pissaro

2385 Qui n'appartient pas au mouvement impressionniste ?

- ☐ A. Gustave Caillebotte
- ☐ B. Alfred Sisley
- ☐ C. Camille Pissarro
- ☐ D. Henri Matisse

2386 Quel procédé les néo-impressionnistes ont-ils employé pour peindre ?

- ☐ A. La polychromie
- ☐ B. Le pastel
- ☐ C. Le pointillisme

2387 Quel peintre appartient à l'école de Barbizon ?

- ☐ A. Jean-François Millet
- ☐ B. Auguste Renoir
- ☐ C. Alfred Sisley

2388 Quel peintre du début du XIXe siècle, maître du romantisme, annonce les fauves ?

- ☐ A. Georges Seurat
- ☐ B. Paul Signac
- ☐ C. Dominique Ingres
- ☐ D. Eugène Delacroix

2389 Le peintre français Pierre Bonnard (1868-1947) a fait partie du groupe :

- ☐ A. Des expressionnistes
- ☐ B. Des surréalistes
- ☐ C. Des nabis

2390 A Paris, en 1910 et 1930, les peintres de l'école de Paris se réunissaient :

- ☐ A. A Montmartre
- ☐ B. A Montparnasse
- ☐ C. A Saint-Michel
- ☐ D. A Saint-Germain-des-Prés

2391 A quel mouvement en peinture associe-t-on le peintre américain Jackson Pollock ?

- ☐ A. L'impressionnisme
- ☐ B. L'action painting
- ☐ C. Le Body Art
- ☐ D. L'expressionnisme

2392 Parmi les peintres suivants, lequel n'est pas un chef de file de l'art abstrait ?

- ☐ A. Wassily Kandinsky
- ☐ B. Kasimir Malevitch
- ☐ C. Eugène Delacroix
- ☐ D. Peit Mondrian

2393 Les trois commentaires suivants évoquent un grand mouvement artistique du XXe siècle : « Transformer le monde, a dit Karl Marx ; changer la vie, a dit Arthur Rimbaud. Ces deux mots d'ordre, pour nous, n'en font qu'un. » (citation d'André Breton) – « Ce mouvement fait appel à un ensemble de procédés de création et d'expression utilisant toutes les forces psychiques (automatisme, rêve, inconscient) libérées du contrôle de la raison et en lutte contre les valeurs reçues. » – « Le sculpteur suisse Alberto Giacometti adhéra à ce mouvement en 1930 et composa des œuvres abstraites concrétisant à ses yeux les forces inconnues, les obsessions et les désirs des rêves. » Quel est ce mouvement artistique ?

- ☐ A. L'expressionisme
- ☐ B. Le réalisme
- ☐ C. Le surréalisme
- ☐ D. Le rationalisme
- ☐ E. Aucune de ces réponses n'est bonne

2394 Quels sont les artistes marqués par le dadaïsme ?

- ☐ A. Odilon Redon
- ☐ B. Otto Dix
- ☐ C. Max Ernst
- ☐ D. Henri Matisse

2395 Les peintres Francis Picablia, Jean Arp, Max Ernst et Man Ray ont appartenu au groupe :

- ☐ A. Des dadaïstes
- ☐ B. Des expressionnistes
- ☐ C. Des réalistes

2396 Le groupe « Die Brücke » appartient :

- ☐ A. Au dadaïsme
- ☐ B. A l'expressionnisme
- ☐ C. A l'impressionnisme
- ☐ D. Au futurisme

2397 Marcel Duchamp a initié un mouvement artistique :

- ☐ A. Le fauvisme
- ☐ B. Le ready-made
- ☐ C. Le cubisme

2398 Quels peintres américains sont rattachés à l'expressionnisme abstrait ?

- ☐ A. Willem de Kooning, Mark Rothko
- ☐ B. Pablo Picasso, Jean Metzinger
- ☐ C. Franck Stella, Donald Judd

2399 Quel est le chef de file du mouvement artistique né après la Seconde Guerre mondiale appelé le « pop art » ?

- ☐ A. Jackson Pollock
- ☐ B. Pablo Picasso
- ☐ C. Andy Warhol
- ☐ D. Henri Matisse

2400 Au cours des années 1950 le « pop art » naît :

- ☐ A. En Grande-Bretagne
- ☐ B. Aux Etats-Unis
- ☐ C. En France
- ☐ D. En Allemagne

2401 Quel peintre britannique du « pop art » est devenu célèbre ?

- ☐ A. Joan Miro
- ☐ B. Salvador Dali
- ☐ C. Marcel Duchamp
- ☐ D. David Hockney

2402 Quel mouvement architectural se développe en Europe du Nord pendant les premières décennies du XXe siècle ?

- ☐ A. L'architecture expressionniste
- ☐ B. L'architecture cubiste
- ☐ C. Aucune de ces réponses n'est bonne

2403 Quel type d'architecture est caractérisé par un retour au décor minimal et aux lignes géométriques pures ?

- ☐ A. L'architecture simpliste
- ☐ B. L'architecture moderne
- ☐ C. L'architecture zen

2404 Qui fut le père du déconstructivisme ?

- ☐ A. Jacques Derrida
- ☐ B. Philippe Stark
- ☐ C. Renzo Piano

2405 Quel est le nom du peintre associé à la couleur bleue ?

- ☐ A. Pierre Soulages
- ☐ B. Yves Klein
- ☐ C. Piet Mondrian
- ☐ D. Jackson Pollock

2406 A quel mouvement peut-on rattacher le peintre français Georges Mathieu ?

- ☐ A. A l'école de Paris
- ☐ B. Le post-modernisme
- ☐ C. L'abstraction lyrique
- ☐ D. L'art concret

2407 Quelle ville située à côté de Fontainebleau est célèbre pour son école picturale ?

- ☐ A. Barbizon
- ☐ B. Milly-la-Forêt
- ☐ C. Moret-sur-Loing

2408 La Fondation Vasarely se trouve à :

- ☐ A. Gordes
- ☐ B. Manosque
- ☐ C. Forcalquier
- ☐ D. Apt

2409 Une fresque est :

- ☐ A. Une peinture aux couleurs fraîches
- ☐ B. Une peinture récente
- ☐ C. Une peinture murale exigeant une technique particulière
- ☐ D. Une peinture italienne du quattrocento

2410 L'huile à peindre utilisée par les anciens maîtres est :

- ☐ A. L'huile d'arachide
- ☐ B. L'huile d'œillette
- ☐ C. L'huile de lin
- ☐ D. L'huile noire

2411 Le « dripping » qui consiste à égoutter la peinture au-dessus d'une toile est un procédé utilisé par :

- ☐ A. Jackson Pollock
- ☐ B. Franck Stella
- ☐ C. Andy Warhol

2412 Une de ces villes n'est pas une ville nouvelle. Laquelle ?

- ☐ A. Berne
- ☐ B. Harlow
- ☐ C. Evry
- ☐ D. Brasilia

2413 Dans un château fort, quelle partie du château constituait le dernier retranchement de la garnison ?

- ☐ A. Le donjon
- ☐ B. Les douves
- ☐ C. La tour-porche

2414 Qu'est-ce qu'une meurtrière ?

- ☐ A. Une ouverture dans une muraille défensive servant à observer et à envoyer des projectiles
- ☐ B. Une petite fenêtre ronde
- ☐ C. Un système de sécurité médiéval

2415 Comment appelle-t-on les maisons traditionnelles alsaciennes ?

- ☐ A. Les maisons alsaciennes
- ☐ B. Les maisons à colombages
- ☐ C. Les maisons en bardages

2416 Comment s'appelle l'espace désignant le vestibule ou l'entrée d'un temple grec antique ?

- ☐ A. Prénaos
- ☐ B. Pronaos
- ☐ C. Naos

2417 Qu'est-ce qu'un garde-corps ?

- ☐ A. Une barrière basse de prévention des chutes
- ☐ B. La surface horizontale qui constitue la partie supérieure d'une salle
- ☐ C. Une petite fenêtre

2418 Qu'est-ce qu'un vasistas ?

- ☐ A. Un équipement sanitaire
- ☐ B. Une petite fenêtre
- ☐ C. Une toiture en dents de scie

2419 Qu'est-ce qu'un judas ?

- ☐ A. Un dispositif permettant d'apercevoir un visiteur à travers une porte
- ☐ B. Une ouverture dans une porte cochère
- ☐ C. Une ouverture dans une muraille défensive servant à observer et à envoyer des projectiles

2420 Qu'est-ce qu'un socle ?

- ☐ A. Une base apparente de colonne, pilier ou statue
- ☐ B. Un toit plat
- ☐ C. Une colonne sculptée

2421 **Qu'est-ce qu'une mezzanine ?**

☐ A. Un ensemble de moulures
☐ B. Un plancher supplémentaire entre deux étages
☐ C. Une plate-forme d'escalier entre deux volées de marches ne donnant pas accès à un étage

2422 **Que sont les combles ?**

☐ A. Un espace situé sous la charpente
☐ B. Un grenier
☐ C. Une cave

2423 **Que sont le bahut, l'acrotère et la costière ?**

☐ A. Des murs
☐ B. Des fenêtres
☐ C. Des portes

2424 **Que sont le cul de four et la coupole ?**

☐ A. Des voûtes
☐ B. Des colonnes
☐ C. Des portes

2425 **Que sont le balustre et le péristyle ?**

☐ A. Des ornements
☐ B. Des fenêtres
☐ C. Des colonnes

2426 **Les caryatides sont :**

☐ A. Des sculptures d'animaux soutenant un entablement
☐ B. Des statues de femmes soutenant une corniche
☐ C. Des figures d'hommes soutenant une colonnade

2427 **Qu'est-ce que le torchis ?**

☐ A. Un mur porteur intérieur
☐ B. Un mur fait de pierres imbriquées les unes dans les autres
☐ C. Un mortier de mur composé de terre, de paille ou de foin, éventuellement de chaux

2428 **Comment appelle-t-on un mur extérieur d'isolation phonique ?**

☐ A. Un mur isolant
☐ B. Un mur anti-phonique
☐ C. Un mur anti-bruit

6. Mobilier et mode

2429 **Quels autres noms peut-on donner au meuble intitulé « bonheur-du-jour » ?**

☐ A. Secrétaire
☐ B. Commode
☐ C. Coiffeuse
☐ D. Lit à baldaquin

2430 **Qu'est-ce qu'un cassonne ?**

☐ A. Un coffre
☐ B. Un lit à baldaquin
☐ C. Une armoire

2431 **A quoi sert la maie ?**

☐ A. A conserver le sel
☐ B. A conserver la farine
☐ C. Aucune de ces réponses n'est bonne

2432 **Quel genre de meuble est le cabinet ?**

☐ A. Un bureau
☐ B. Une commode
☐ C. Une chaise d'aisance

2433 Qu'est-ce qu'une psyché ?

- ☐ A. Un miroir
- ☐ B. Une table ronde
- ☐ C. Un canapé

2434 Lequel est un fauteuil ?

- ☐ A. La grenouille
- ☐ B. Le crapaud
- ☐ C. Les deux
- ☐ D. Aucune de ces réponses n'est bonne

2435 Laquelle de ces créations de Philippe Stark n'existe pas :

- ☐ A. Le fauteuil Ploof
- ☐ B. La chaise Boom
- ☐ C. Le téléphone Alo
- ☐ D. Le lit Dodo

2436 D'où vient le nom « chaise transat » ?

- ☐ A. Ces chaises ont été inventées aux Etats-Unis
- ☐ B. Ces chaises étaient utilisées sur les paquebots transatlantiques
- ☐ C. Aucune de ces réponses n'est bonne

2437 A quoi servaient les « mouches » collées sur les visages des femmes aux XVIIe et XVIIIe siècles ?

- ☐ A. A dissimuler des imperfections dues à des maladies
- ☐ B. A cacher de véritables grains de beauté
- ☐ C. A faire ressortir la blancheur du teint
- ☐ D. A montrer son appartenance à un niveau social élevé

2438 Quelle est l'origine du bandana ?

- ☐ A. Les cowboys l'utilisaient pour se protéger de la poussière
- ☐ B. Les bandits s'en servaient pour cacher leur visage
- ☐ C. Les mineurs le nouaient à leur front

2439 Quelle était la coupe de cheveux à la mode pour les femmes dans les années 1920 ?

- ☐ A. La coupe à la garçonne
- ☐ B. Les anglaises
- ☐ C. La permanente

2440 A quand remonte l'expression « talon aiguille » ?

- ☐ A. 1930
- ☐ B. 1950
- ☐ C. 1970

2441 Quand est apparue en boutique la première minijupe ?

- ☐ A. En 1952
- ☐ B. En 1962
- ☐ C. En 1972

2442 Qui sont les modistes ?

- ☐ A. Des créateurs de mode
- ☐ B. Des créateurs de chapeaux
- ☐ C. Les petites mains des stylistes

2443 Comment s'appelle le pyjama constitué d'une seule pièce ?

- ☐ A. La crapautière
- ☐ B. La gigoteuse
- ☐ C. La grenouillère

2444 Quel est le nom du tissu servant à fabriquer une paire de jeans ?

- ☐ A. Le feutre
- ☐ B. Le nylon
- ☐ C. Le denim

2445 Qui est le directeur artistique de la maison Chanel depuis 1983 ?

- ☐ A. Karl Lagerfeld
- ☐ B. Christian Lacroix
- ☐ C. John Galliano

2446 Quel styliste est généralement associé aux tenues de scènes de Mylène Farmer ?

- ☐ A. Jean-Paul Gaultier
- ☐ B. Jean-Charles de Castelbajac
- ☐ C. Sonia Rykiel

2447 Stella Mc Cartney est la fille de Paul Mc Cartney :

- ☐ A. Vrai
- ☐ B. Faux

2448 Quel mannequin est connu sous le surnom de « Twiggy » (brindille) ?

- ☐ A. Kate Moss
- ☐ B. Lesley Hornby
- ☐ C. Inès de La Fressange

2449 Quel mannequin est surnommée « The body » ?

- ☐ A. Cindy Crawford
- ☐ B. Elle Macpherson
- ☐ C. Claudia Schiffer

2450 De quelle nationalité est Eva Herzigova ?

- ☐ A. Russe
- ☐ B. Tchèque
- ☐ C. Américaine

2451 Comment décède Gianni Versace en 1997 ?

- ☐ A. D'un cancer
- ☐ B. Assassiné par un tueur en série
- ☐ C. D'un accident de voiture

2452 Qui a créé la « petite robe noire » ?

- ☐ A. Guerlain
- ☐ B. Coco Chanel
- ☐ C. Christian Lacroix

2453 Quel styliste créa le fameux pull noir de Steve Jobs ?

- ☐ A. Paco Rabanne
- ☐ B. Issey Miyake
- ☐ C. Vivienne Westwood

2454 La marque « Comme des garçons » est :

- ☐ A. Française
- ☐ B. Japonaise
- ☐ C. Anglaise
- ☐ D. Sud Africaine

2455 Quelle marque d'habillement fait appel à un chanteur ou un groupe pour animer ses défilés de mode ?

- ☐ A. Victoria's Secret
- ☐ B. Calvin Klein
- ☐ C. Lacoste

2456 Qui a dit : « La mode passe, le style reste » ?

- ☐ A. Coco Chanel
- ☐ B. Christian Dior
- ☐ C. Yves Saint-Laurent

2457 Quels tissus sont fabriqués à partir de fibres naturelles animales ?

A. La soie
B. Le coton
C. Le mohair
D. Le lin

2458 Comment s'appelle la cravate qui est traditionnellement associée au cow-boy, faite d'une corde attachée par une agrafe ou une barre ?

A. Nolo
B. Bolo
C. Folo
D. Aucune de ces réponses n'est bonne

CORRIGE

Les réponses en bleu foncé font l'objet d'un complément de réponse après ce corrigé.

2199 Francisco de Goya y Lucientes

2200 Un moine florentin, Un peintre italien

2201 Jean-Baptiste Chardin

2202 Est de nationalité espagnole, A peint *La Duchesse d'Albe*

2203 La sœur de Paul Claudel, La compagne d'Auguste Rodin, Sculpteur

2204 Giuseppe Arcimboldo

2205 Philippe de Champaigne

2206 Des intérieurs

2207 Aux fleurs

2208 Pierre Soulages

2209 Georges Braque

2210 Alexander Calder

2211 Ses monochromes

2212 L'art optique

2213 Hans Hartung

2214 Le pot de fleurs

2215 Sandro Botticelli

2216 Michelangelo Buonarroti

2217 Michelangelo Buonarroti

2218 Léonard de Vinci

2219 Johannes Vermeer

2220 *La Dentellière, La Laitière, La Jeune Fille à la perle, La Femme en bleu lisant une lettre*

2221 Jacques-Louis David

2222 Eugène Delacroix

2223 Diego Velasquez

2224 Edouard Manet

2225 Théodore Géricault

2226 James Abbott Whistler

2227 Jules Breton

2228 Rouen

2229 Danseuse au Moulin-Rouge

2230 Jane Avril

2231 Gustave Courbet

2232 Jean-Honoré Fragonard

2233 Jean-Auguste-Dominique Ingres

2234 Jean-Baptiste Greuze

2235 Edgar Degas

2236 Pierre-Auguste Renoir

2237 Courses de chevaux

2238 Wassily Kandinsky

2239 Kazimir Malevitch

2240 Pablo Picasso

2241 *Dora Maar au chat, Les Demoiselles d'Avignon*

2242 1937

2243 La guerre d'Espagne

2244 Pablo Picasso

2245 Bleue

2246 Joan Miro

2247 D'Arman

2248 Piet Mondrian

2249 30 mètres

2250 Aucune des solutions proposées n'est bonne

2251 *Le penseur*

2252 Auguste Bartholdi

2253 Baldaccini César

2254 Antoine-Louis Bayre

2255 Réalisa *Héraklès archer*, Fut influencé par Auguste Rodin, Réalisa Centaure mourant

2256 Est Français, A réalisé l'empreinte de son propre pouce (1,85 m de haut), Fait partie des membres des nouveaux réalistes

2257 Constantin Brancusi

2258 Bruxelles

2259 Le buste de Néfertiti

2260 Les frises du Parthénon

2261 Milan

2262 *Guernica*

2263 En Italie

2264 Du Louvre à Paris

2265 Au musée du Louvre à Paris

2266 Fernand Léger

2267 *Coquelicots et Marguerites* de Vincent Van Gogh

2268 Saint-Pétersbourg

2269 Giverny

2270 L'exposition Vermeer

2271 Le Prado, L'Hermitage, Les Offices

2272 1848-1914

2273 Roubaix

2274 Le musée du quai Branly

2275 Jacques Chirac

2276 A Metz

2277 Florence

2278 Abou Dhabi

2279 The 798 Art Zone

2280 La Sainte-Chapelle

2281 Jehan Texier

2282 François Ier

2283 Le château de Chenonceau

2284 Louis II de Bavière

2285 Pierre Lescot

2286 Jules Hardouin-Mansart

2287 Des fontaines publics

2288 Napoléon Ier

2289 Viollet-le-Duc

2290 Gustave Eiffel, Auguste Bartholdi

2291 A l'époque de l'Exposition universelle à Paris en 1889

2292 Le viaduc de Rouzat

2293 Le musée de Guggenheim

2294 De Flaine

2295 Du centre Georges-Pompidou

2296 Le Corbusier

2297 Christo Javacheff

2298 Evry

2299 L'Opéra Bastille, Le musée d'Orsay, La pyramide du Louvre

2300 Pékin

2301 Jacques Rougerie

2302 Jean Nouvel

2303 L'Institut du monde arabe

2304 Antoni Gaudí

2305 New York

2306 La pyramide de Khéops

2307 Le Parthénon

2308 Entre 40 et 50 après J.-C.

2309 Des noms des savants ayant vécu de 1789 à 1889

2310 Une gare

2311 A l'hôtel des Invalides

2312 L'hôtel des Sens, L'église Saint-Germain-l'Auxerrois, La bibliothèque Sainte-Geneviève, La tour Saint-Jacques, La porte Saint-Denis

2313 Pont d'Austerlitz, Pont au change, Pont de la Concorde, Pont Mirabeau

2314 Paris

2315 Possède une statue de Saint-Michel placée au sommet de l'église abbatiale qui culmine à 170 mètres au-dessus du rivage ; Accueille plus de 3 millions de visiteurs chaque année

2316 En Saône-et-Loire

2317 Reims

2318 Jean Cocteau

2319 Sont aussi appelés Hôtel-Dieu, Possèdent un prestigieux vignoble

2320 Marseille

2321 A Bordeaux

2322 Le pont de Normandie

2323 A Nancy

2324 La Croix-Rousse

2325 Marseille

2326 Marseille

2327 Le château de Montlhéry

2328 Est situé dans le départment de l'Oise, Date de la fin du XIVe siècle, Possède la plupart des caractéristiques d'un bâtiment défensif du Moyen Age

2329 Chambord

2330 En Allemagne

2331 Ses immeubles staliniens

2332 Dans la tour de l'Horloge

2333 1994

2334 Le Millenium Bridge

2335 Venise

2336 A Rome

2337 Le pont du Rialto

2338 Au Vatican

2339 Rectangulaire

2340 Le pont de l'Oresund

2341 En Finlande

2342 A Copenhague

2343 Du bois

2344 A Grenade

2345 Athènes

2346 Les monastères situés sur des pitons rocheux

2347 A Moscou

2348 Bulbeux

2349 A Istanbul

2350 Le Panthéon

2351 Le mur occidental

2352 A La Mecque

2353 Essaouira

2354 Le Pont de Tahrir

2355 Au Cambodge

2356 En Thaïlande

2357 En Chine

2358 Dans le port de Sydney

2359 Inca

2360 Rio de Janeiro

2361 Pont suspendu

2362 Le Chicago Home Insurance Building

2363 Chicago

2364 L'opéra de Sydney

2365 En marbre

2366 D'iroko

2367 A Dubaï

2368 Le viaduc de Millau en France

2369 La basilique Notre-Dame-de-la-Paix de Yamoussoukro

2370 A Dubaï

2371 L'emplacement de l'ancien World Trade Center

2372 Vincenzo Bellini

2373 Amedeo Modigliani

2374 Un nouveau style architectural est né : le style gothique

2375 Au Moyen Age

2376 Les Italiens

2377 En Angleterre

2378 Baroque

2379 Le style Napoléon III

2380 Franck Brown

2381 Jules Breton, Jules Bastien-Lepage

2382 Johann Barthold Jongkind

2383 William Turner

2384 Gustave Courbet

2385 Henri Matisse

2386 Le pointillisme

2387 Jean-François Millet

2388 Eugène Delacroix

2389 Des nabis

2390 A Montparnasse

2391 L'action painting

2392 Eugène Delacroix

2393 Le surréalisme

2394 Otto Dix, Max Ernst

2395 Des dadaïstes

2396 A l'expressionnisme

2397 Le ready-made

2398 Willem de Kooning, Mark Rothko

2399 Andy Warhol

2400 En Grande-Bretagne

2401 David Hockney

2402 L'architecture expressionniste

2403 L'architecture moderne

2404 Jacques Derrida

2405 Yves Klein

2406 L'abstraction lyrique

2407 Barbizon

2408 Gordes

2409 Une peinture murale exigeant une technique particulière

2410 L'huile noire

2411 Jackson Pollock

2412 Harlow

2413 Le donjon

2414 Une ouverture dans une muraille défensive servant à observer et à envoyer des projectiles

2415 Les maisons à colombages

2416 Pronaos

2417 Une barrière basse de prévention des chutes

2418 Une petite fenêtre

2419 Un dispositif permettant d'apercevoir un visiteur à travers une porte

2420 Une base apparente de colonne, pilier ou statue

2421 Un plancher supplémentaire entre deux étages

2422 Un espace situé sous la charpente

2423 Des murs

2424 Des voûtes

2425 Des colonnes

2426 Des statues de femmes soutenant une corniche

2427 Un mortier de mur composé de terre, de paille ou de foin, éventuellement de chaux

2428 Un mur anti-bruit

2429 Secrétaire, Coiffeuse

2430 Un coffre

2431 A conserver la farine

2432 Un bureau

2433 Un miroir

2434 Le crapaud

2435 Le lit Dodo

2436 Ces chaises étaient utilisées sur les paquebots transatlantiques

2437 A dissimuler des imperfections dues à des maladies, A faire ressortir la blancheur du teint

2438 Les cowboys l'utilisaient pour se protéger de la poussière

2439 La coupe à la garçonne

2440 1930

2441 En 1962

2442 Des créateurs de chapeaux

2443 La grenouillère

2444 Le denim

2445 Karl Lagerfeld

2446 Jean-Paul Gaultier

2447 Vrai

2448 Lesley Hornby

2449 Elle Macpherson

2450 Tchèque

2451 Assassiné par un tueur en série

2452 Coco Chanel

2453 Issey Miyake

2454 Japonaise

2455 Victoria's Secret

2456 Coco Chanel

2457 La soie, Le mohair

2458 Bolo

COMPLEMENTS DE REPONSES

2215 Alessandro di Mariano di Vanni Filipepi, dit Sandro Botticelli, est un peintre italien né à Florence le 1er mars 1445 et mort le 17 mai 1510 dans la même ville. Botticelli est l'un des peintres les plus importants de la Renaissance italienne et de l'histoire de l'art.

A partir de 1481, Botticelli est appelé à Rome par le pape Sixte IV pour décorer la chapelle Sixtine accompagné par Cosimo Rosselli, Domenico Ghirlandaio et Le Pérugin pour illustrer les vies de Jésus et Moïse sur les murs latéraux de la chapelle. La rivalité qui existe entre le pape, un Della Rovere et les Médicis, ses mécènes, fait que son talent n'est pas reconnu.

Il réalise trois grandes fresques *Les Epreuves de Moïse, La Tentation du Christ* et *La Punition des Rebelles Lévites.*

2216 La fresque du plafond de la chapelle Sixtine, peinte par Michel-Ange entre 1508 et 1512 et inaugurée par le pape Jules II le 31 octobre 1512, est un chef-d'œuvre de la peinture de la Renaissance italienne. Elle recouvre l'intégralité du plafond de la chapelle construite au Vatican sous le pape Sixte IV, entre 1477 et 1483, pour abriter des cérémonies solennelles, dont les conclaves.

Le thème central en est la Genèse. Ces représentations impressionnantes, qui démontrent une parfaite maîtrise de l'anatomie humaine et du mouvement des corps, ont radicalement transformé la peinture occidentale. La scène de La Création d'Adam a acquis une renommée universelle.

2243 *Guernica* est une des œuvres les plus célèbres du peintre espagnol Pablo Picasso, et un des tableaux les plus connus au monde.

Picasso réalisa cette huile sur toile de style cubiste entre le 1er mai et le 4 juin 1937, à Paris, en réponse à une commande du gouvernement républicain de Francisco Largo Caballero pour le pavillon espagnol de l'Exposition universelle de Paris de 1937.

Cette toile monumentale est une dénonciation engagée du bombardement de la ville de Guernica, qui venait de se produire le 26 avril 1937, lors de la guerre d'Espagne, ordonné par les nationalistes espagnols et exécuté par des troupes allemandes nazies et fascistes italiennes. Le tableau de Picasso, qui fut exposé dans de nombreux pays entre 1937 et 1939, a joué un rôle important dans l'intense propagande suscitée par ce bombardement et par la guerre d'Espagne ; il a acquis ainsi rapidement une grande renommée et une portée politique internationale, devenant un symbole de la dénonciation de la violence franquiste et fasciste, puis de l'horreur de la guerre en général.

Conservée pendant toute la dictature franquiste aux Etats-Unis, à la demande de Picasso, cette œuvre a été transférée en 1981 en Espagne, où elle est conservée depuis 1992 au Musée Reina Sofía à Madrid.

2306 Les Sept Merveilles du monde, dont la genèse de la liste est méconnue, constituent l'ensemble des sept œuvres architecturales et artistiques les plus extraordinaires du monde antique. Elles correspondent toutes à des réalisations qui excèdent largement les proportions communes. Ces œuvres montrent qu'avec des moyens rudimentaires au regard des technologies contemporaines, architectes et bâtisseurs de l'époque étaient capables, à force de labeur et d'ingéniosité, d'ouvrages prodigieux (en grec : *thaumasia*). La popularité des monuments a suivi l'influence politique et économique des cités, et la construction d'un élément architectural imposant venait consacrer cette prédominance (Memphis, Ephèse, Halicarnasse, Rhodes, Babylone, Olympie et Alexandrie), de sorte que, si le monument était l'emblème de la cité, leurs destins à tous deux, on l'a constaté, étaient inévitablement liés.

Ces sept œuvres étaient : la pyramide de Khéops à Gizeh en Egypte, les Jardins suspendus de Babylone, la statue de Zeus à Olympie, le temple d'Artémis à Ephèse, le mausolée d'Halicarnasse, le colosse de Rhodes et le phare d'Alexandrie.

De ces sept « Merveilles », ne subsiste aujourd'hui que la pyramide de Khéops.

2357 La Cité interdite, généralement appelée par les Chinois le palais ancien, également appelée musée du palais est le palais impérial au sein de la Cité impériale de Pékin dont la construction fut ordonnée par Yongle, troisième empereur de la dynastie Ming, et réalisée entre 1406 et 1420. Ce palais, d'une envergure inégalée – il s'étend sur une superficie de 72 hectares – fait partie des palais les plus anciens et les mieux conservés de Chine. De nos jours, il est devenu un musée, le musée du palais, qui conserve les trésors impériaux de la civilisation chinoise ancienne et de très nombreuses œuvres d'art chinois de première importance : peintures, bronzes, céramiques, instruments de musique, laques, etc.

2376 L'architecture gothique ou art français (en latin *francigenum opus*) est un style architectural d'origine française qui s'est développé à partir de la seconde partie du Moyen Age en Europe occidentale. Elle apparaît en Ile-de-France et en Haute-Picardie au XIIe siècle sous la dénomination *Opus Francigenum*, signifiant « œuvre française ». Elle se diffuse rapidement au nord puis au sud de la Loire et en Europe jusqu'au milieu du XVIe siècle et même jusqu'au XVIIe siècle dans certains pays. L'esthétique gothique et ses techniques se perpétuent dans l'architecture française au-delà du XVIe siècle, en pleine période classique, dans certains détails et modes de constructions. Enfin, un véritable renouveau apparaît avec la vague de l'historicisme du XIXe siècle jusqu'au début du XXe siècle. Le style a alors été qualifié de néo-gothique.

2378 Le rococo est un mouvement artistique européen du XVIIIe siècle touchant l'architecture, les arts décoratifs, la peinture et la sculpture. Il se développe de 1715 à 1780, en France et ensuite dans le Saint-Empire romain germanique, et en Europe du Sud (Savoie, Italie, Espagne, Portugal), à la suite du mouvement baroque.

Selon Delécluze, le terme « rococo » est inventé, vers 1797, en dérision par Pierre-Maurice Quays, élève de Jacques-Louis David, maître à penser du mouvement des Barbus et chantre d'un néo-classicisme poussé à l'extrême. Il résulterait d'une association du mot français rocaille, qui désigne une ornementation imitant les rochers et les pierres naturelles et la forme incurvée de certains coquillages, et du mot portugais *barroco* : « baroque ». Le terme rococo conserve longtemps un caractère péjoratif avant d'être accepté par les historiens de l'art vers le milieu du XIXe siècle et d'être considéré comme un mouvement artistique européen à part entière.

Le baroque est un mouvement artistique qui trouve son origine en Italie dans des villes telles que Rome, Mantoue, Venise et Florence dès le milieu du XVIe siècle et qui se termine au milieu du XVIIIe siècle. Il y a un âge baroque différent selon les domaines, qu'ils soient intellectuels, historiques ou artistiques.

Le baroque, qui touche tous les domaines, se caractérise par l'exagération du mouvement, la surcharge décorative, les effets dramatiques, la tension, l'exubérance, la grandeur parfois pompeuse et le contraste, ce même contraste dont parlait Philippe Beaussant : l'époque baroque a tenté de dire « un monde où tous les contraires seraient harmonieusement possibles ».

A l'origine, le baroque était un terme péjoratif, relevant de la bizarrerie et de l'étrangeté. Notons que l'adjectif « baroque » apparaît au XVIe siècle sous le nom de *berrueco* (en Espagne) et *barroco* (au Portugal) pour désigner, en joaillerie, une perle irrégulière.

Il touche tous les domaines artistiques, sculpture, peinture, littérature, architecture, théâtre et musique et se répand rapidement dans la plupart des pays d'Europe.

2394 Le mouvement dada, ou dadaïsme, est un mouvement intellectuel, littéraire et artistique du début du XXe siècle, qui se caractérise par une remise en cause de toutes les conventions et contraintes idéologiques, esthétiques et politiques.

Dada est issu d'une filiation expressionniste et sa véritable naissance est le *Manifeste littéraire*, publié sous forme de tract, en février 1915, à Berlin, par Hugo Ball et Richard Huelsenbeck. Ceux-ci, en se déclarant « négativistes », affirment : « Nous ne sommes pas assez naïfs pour croire dans le progrès. Nous ne nous occupons, avec amusement, que de l'aujourd'hui. Nous voulons être des mystiques du détail, des taraudeurs et des clairvoyants, des anti-conceptionnistes et des râleurs littéraires. Nous voulons supprimer le désir pour toute forme de beauté, de culture, de poésie, pour tout raffinement intellectuel, toute forme de goût, socialisme, altruisme et synonymisme. » C'est à partir de ce texte que s'esquisse la position spécifique de dada.

2404 Le déconstructivisme est un mouvement artistique, particulier à l'architecture, qui a trouvé son nom dans celui du mouvement littéraire de la déconstruction dont l'universitaire Jacques Derrida fut le théoricien et la figure de proue. Son nom se réfère aussi au mouvement du Constructivisme russe des années 1920 dont il reprend certaines des inspirations formelles.

C'est un mouvement contemporain, parallèle et différent du postmodernisme, qui s'oppose comme lui à la rationalité ordonnée de l'architecture moderne, mais avec une part complètement opposée puisque le déconstructivisme assume pleinement la rupture avec l'histoire, la société, le site, les traditions techniques et figuratives.

Le déconstructivisme revendique la philosophie postmoderne (qui n'a rien à voir avec le postmodernisme), en particulier ses idées de fragmentation et de polarité négative, qu'il associe à des processus de design non linéaire, à des thèmes comme la géométrie non euclidienne, en poussant à l'extrême des thèmes de l'architecture moderne comme l'opposition entre structure et enveloppe, entre plancher et mur, et ainsi de suite.

Les apparences visuelles des réalisations dans ce style sont caractérisées par une imprédictibilité stimulante et un chaos contrôlé. Cependant, les critiques de la déconstruction le voient comme un exercice purement formel qui se fait au détriment de la vie sociale.

2444 Le terme *denim* est dérivé de « Serge de Nîmes ». Le tissu français ainsi désigné était à l'origine un mélange de laine et de soie provenant des Cévennes environnantes. Tissu de première nécessité qui pouvait être réemployé et donc rapiécé, ce produit de faible rapport sera pour la ville de Nîmes, le point de départ du négoce à grande échelle et de l'essor au XVIIIe siècle, de l'industrie de la soie. Bonneterie, production de grands châles, draps de soie et de laine firent la fortune des négociants et fabricants nîmois, propulsant la cité romaine au rang des grandes villes industrielles, la troisième après Paris et Lyon.

Le denim « moderne » est un solide tissu en coton produit dès le début du XIXe siècle aux Etats-Unis, notamment par l'Amoskeag Manufacturing Company. Au tournant du XXe siècle, la production de cette société est peu à peu supplantée par le denim produit dans les Etats du Sud comme ceux de la Cone Mills (Greensboro) ou Erwin Cotton Mills (Durham) en Caroline du Nord. Ainsi, la filature Cone commence à approvisionner Levi Strauss vers 1915 et devient fournisseur exclusif en 1922.

2456 Gabrielle Bonheur « Coco » Chasnel voit le jour à Saumur en 1883. Orpheline à 12 ans, elle grandit dans un orphelinat avec ses sœurs. Elle apprend la couture auprès de sa tante à l'âge de 18 ans et débute sa carrière en 1903 dans un atelier qui fabrique des trousseaux et layettes. Dès 1907, attirée par la scène, Coco Chanel chante dans les cafés à Vichy. Elle garde de cette époque son surnom, « Coco » car elle chantait « Qui qu'a vu coco sur le Trocadéro ? ». Elle y rencontrera son futur protecteur, Etienne Balsan, qui l'introduira dans la vie mondaine. Il lui présente Arthur « Boy » Capel, le grand amour de Coco Chanel. Boy la convainc de se lancer dans la fabrication de chapeaux et, en 1910, il lui prête de quoi ouvrir un salon de modiste. Sa boutique est située au 31 rue Cambon et s'appelle alors « Chanel Modes ». Entre 1913 et 1915, ils ouvrent des boutiques à Deauville et Biarritz, villes d'exils pour la haute société pendant la guerre. Ses chapeaux simples et sophistiqués sont très appréciés. Dans sa boutique de Biarritz, Coco Chanel installe sa première véritable maison de couture où elle dessine ses premières créations. La pénurie de tissu due à la guerre amène la créatrice à se fournir en jersey, une matière réservée alors aux sous-vêtements, c'est un succès. Coco Chanel retranscrit sa volonté de modernité pour la femme dans ses créations en lui conférant une allure androgyne, à travers des robes droites et le pantalon jusqu'alors réservé aux hommes. Au sortir de la guerre, son entreprise est prospère et emploie environ 300 ouvrières. Son amant, Boy Capel décède en 1919. En 1921, Coco Chanel acquiert deux nouveaux immeubles rue Cambon, à côté du siège de la maison. Et devient la même année, la première créatrice à lancer son parfum, le célèbre N°5 de Chanel. En 1926, Coco Chanel dessine la fameuse petite robe noire, couleur alors réservée au deuil, inspirée par l'uniforme qu'elle portait étant jeune. Le modèle devient un classique de la maison de couture, et plus généralement, dans la mode.

Coco Chanel est proche des artistes parisiens pendant l'entre-deux-guerres : elle dessine les costumes pour les pièces de Cocteau, est amie avec Marcel Proust, Toulouse-Lautrec et Auguste Renoir. En 1932, Coco Chanel, fervente adepte de perles et bijoux en tout genre, devient la première créatrice à lancer une ligne de Haute Joaillerie. À l'annonce de la Seconde Guerre Mondiale, Coco Chanel ferme les portes de sa maison de couture pour se consacrer uniquement aux parfums. À la libération, Coco Chanel s'installe en Suisse au moment où le New Look de Christian Dior s'impose fortement. C'est seulement en 1954 qu'elle se décide à revenir à Paris pour reprendre ses activités ; elle a alors 71 ans. Gabrielle Chanel s'installe définitivement dans ses appartements de l'Hôtel Ritz, devenus aujourd'hui la Suite Coco Chanel. Elle crée des nouveaux modèles qui deviendront des classiques, comme le tailleur en tweed et les ballerines bicolores. Pendant les années 60 et la révolution Hippie, Coco Chanel se fait discrète, elle vit confinée entre ses appartements et sa maison de couture, travaillant avec acharnement. Coco Chanel décède en janvier 1971, à l'âge de 87 ans, alors qu'elle prépare une nouvelle collection, qui sera présentée à titre posthume.

12. LITTERATURE, THEATRE ET BANDE DESSINEE

Ce chapitre est composé de **6 sections** pour un total de **265 questions**.

1. Œuvres littéraires
2. Pièces de théâtre
3. Techniques littéraires et théâtrales
4. Lieux de représentation et festivals
5. Du côté des auteurs et des interprètes
6. La bande dessinée

[A SAVOIR !]

110 Les numéros de questions de ce type signifient qu'il n'y a qu'une seule et unique réponse juste à la question posée.

111 Les numéros de questions de ce type signifient qu'il y a **plusieurs (2 ou plus) réponses possibles justes à la question**.

[UN CONSEIL IMPORTANT]

Nous vous conseillons vivement de répondre à toutes les questions d'une section avant d'en découvrir les solutions. L'erreur consiste en effet généralement à traiter une question et à vérifier aussitôt la réponse parce que l'on veut s'assurer d'avoir trouvé la réponse juste ou parce que l'on est impatient de la découvrir dans le cas où on ne la connaît pas. Si vous souhaitez sérieusement progresser, vous devez absolument vous imprégner du thème traité par la section et répondre d'un trait à toutes les questions d'une section.

[QUELQUES MOTS SUR...]

1. La littérature [WIKIPEDIA-UNIVERSALIS]

La littérature en tant qu'activité autonome de l'écrivain qui s'incarne dans un livre est une acception récente. Ignorant l'écriture, les premières civilisations ont transmis oralement leur patrimoine culturel et émotionnel, et, avant d'être le fait d'un individu solitaire, la littérature a été un chant mémoriel des traditions de la communauté : les contes, les récits sont la mémoire d'un groupe, voire le répertoire sacré des règles d'un peuple. En devenant ce qu'elle est de nos jours, elle s'accompagne d'une évolution des genres (de l'épopée au roman, de l'éloquence au lyrisme). Au fur et à mesure de la constitution d'aires culturelles s'élaborent des thèmes spécifiques et la pratique de formes privilégiées. La fixation de la littérature par l'écrit et la diffusion du livre bouleversent les rapports de l'écrivain avec son public et de l'écrivain avec la tradition. Si la littérature s'interroge de nos jours sur sa finalité et ses méthodes, elle paraît de plus en plus être un lieu de passage privilégié entre les grandes aires culturelles.

2. Le théâtre

L'évolution du lieu théâtral en Occident, de l'Antiquité à la fin du XIXe siècle, se caractérise par le passage de l'absence d'architecture permanente à des formes de plus en plus architecturées. Les théâtres de pierre ont remplacé, tant dans la Grèce antique qu'à Rome ou dans l'Europe renaissante, les éphémères constructions de bois qui, elles-mêmes, avaient succédé à l'aire de terre battue originelle, quasi mythique. Le théâtre à l'italienne est l'aboutissement de ce processus propre à tous les arts de l'espace, peinture et sculpture notamment, qui se sont peu à peu coupés de la vie de la cité. Cette évolution architecturale s'accompagne du passage de la scène ouverte à la scène fermée, ce qui transforme totalement les relations acteurs/spectateurs et la nature de l'illusion. Alors qu'en Grèce le public entoure l'aire de jeu, à Rome il lui fait face. Le processus se répète avec les temps modernes. Si au Moyen Age les spectateurs déambulent librement autour des acteurs – situation que l'époque élisabéthaine reproduit à l'intérieur d'un lieu construit –, la Renaissance, adoptant sur le modèle latin la vision frontale, coupe lentement les spectateurs de la représentation.

3. La bande dessinée [LAROUSSE]

Histoire en séquences d'images où le dialogue est inclus, la B.D. est l'aboutissement d'une évolution qui remonte aux illustrations gravées du XVe siècle. La répartition du texte, la disposition des images et leur format déterminent le style tout autant que le dessin lui-même. La forme actuelle de la B.D. est américaine, mais les précurseurs sont européens : le Suisse Töpffer, l'Allemand Busch vers 1850. Le retard des Etats-Unis est rapidement rattrapé par la vogue des magazines humoristiques (*Puck, Judge, Life*) ; la littérature illustrée atteint une extension prodigieuse à la fin du XIXe siècle, les « comic strips » envahissant la presse. Elle élargit ensuite son domaine et aborde la féerie, le suspense, les récits mythologiques, la science-fiction. Vers 1910, des auteurs plus ambitieux (Herriman et Sullivan) cherchent une véritable expression à travers ses possibilités formelles et narratives. En 1929, l'apparition de *Tarzan*, créé par Foster, révolutionne le procédé par l'adoption des techniques du cinéma (gros plans, contre-jours, plongées), tandis que le dessin animé apporte un monde nouveau avec *Mickey Mouse* de Walt Disney en 1931. Entre 1965 et 1970, la B.D. issue du mouvement hippie (Zap, Fritz the Cat, Freak Brothers) devient violemment satirique, non-conformiste et antigouvernementale. En Europe, hormis le fantastique de *Little Nemo*, la B.D. reste cantonnée dans les journaux d'enfants, tels *Bécassine* ou les *Pieds nickelés*, avant de prendre un nouveau départ avec des créations originales qui ne doivent rien à l'influence américaine : Spirou, Tintin, Lucky Luke, Astérix, Barbarella... Si la B.D. entretient peu de liens avec la peinture, certains artistes (Rauschenberg, Fahlström, Télémaque, Rancillac, Lichtenstein) ont su intégrer ses composants, ouvrant ainsi à la peinture des possibilités immenses du point de vue visuel.

1. Œuvres littéraires

2459 Qui a écrit *Mon cœur mis à nu* en 1861 ?

- ☐ A. Niccolò Machiavel
- ☐ B. Georg Wilhelm Hegel
- ☐ C. Saint Pie X
- ☐ D. Charles Baudelaire

2460 Qui a écrit *La Chartreuse de Parme* ?

- ☐ A. Honoré de Balzac
- ☐ B. Stendhal
- ☐ C. Gustave Flaubert
- ☐ D. Pierre de Marivaux

2461 Qui est l'auteur du *Capitaine Fracasse* ?

- ☐ A. Alexandre Dumas
- ☐ B. Théophile Gautier
- ☐ C. Jules Verne
- ☐ D. Paul Féval

2462 Qui est l'auteur de *L'Etranger* ?

- ☐ A. Herta Müller
- ☐ B. Claude Simon
- ☐ C. Albert Camus
- ☐ D. William Golding

2463 Qui a écrit *Le Vicomte de Bragelonne* ?

- ☐ A. Théophile Gautier
- ☐ B. Robert Louis Stevenson
- ☐ C. Alexandre Dumas

2464 Qui a écrit *L'Assommoir* ?

- ☐ A. Stendhal
- ☐ B. Emile Zola
- ☐ C. Honoré de Balzac
- ☐ D. Gustave Flaubert

2465 Qui est l'auteur des *Mémoires d'outre-tombe* ?

- ☐ A. Chateaubriand
- ☐ B. Victor Hugo
- ☐ C. Stendhal
- ☐ D. Alphonse de Lamartine

2466 Qui est l'auteur des *Caractères* ?

- ☐ A. Pierre Corneille
- ☐ B. Jean Racine
- ☐ C. Jean de la Fontaine
- ☐ D. Jean de la Bruyère

2467 Qui a écrit *Le Fou d'Elsa* ?

- ☐ A. Paul Eluard
- ☐ B. Robert Desnos
- ☐ C. Louis Aragon
- ☐ D. Jacques Prévert

2468 Qui a écrit *Les Enfants terribles* ?

- ☐ A. André Gide
- ☐ B. Jean Cocteau
- ☐ C. Paul Valéry
- ☐ D. Marcel Proust

2469 Qui a écrit *Les Essais* ?

- ☐ A. Michel de Montaigne
- ☐ B. Etienne de la Boétie
- ☐ C. Joachim Du Bellay
- ☐ D. René Descartes

2470 Qui a écrit *Le Désert des Tartares* ?

- ☐ A. Jean Cocteau
- ☐ B. Alberto Moravia
- ☐ C. Dino Buzzati

2471 Qui a écrit *La Condition humaine* ?

- ☐ A. Albert Camus
- ☐ B. L'abbé Pierre
- ☐ C. Bernard Kouchner
- ☐ D. André Malraux

2472 Qui a écrit *Splendeurs et misères des courtisanes* ?

- ☐ A. Le marquis de Sade
- ☐ B. Honoré de Balzac
- ☐ C. Victor Hugo
- ☐ D. Charles Baudelaire

2473 Qui a écrit *Les Nourritures terrestres* ?

- ☐ A. Albert Camus
- ☐ B. André Breton
- ☐ C. Georges Bernanos
- ☐ D. André Gide
- ☐ E. Aucune de ces réponses n'est bonne

2474 Qui a écrit *Don Quichotte* ?

- ☐ A. William Shakespeare
- ☐ B. Molière
- ☐ C. Miguel de Cervantès
- ☐ D. Pierre Corneille

2475 Qui a écrit *La Peau de chagrin* ?

- ☐ A. Guy de Maupassant
- ☐ B. Gustave Flaubert
- ☐ C. Honoré de Balzac
- ☐ D. Stendhal

2476 Qui a écrit ses *Confessions* ?

- ☐ A. Benjamin Constant
- ☐ B. Saint-Thomas d'Aquin
- ☐ C. Saint-Augustin
- ☐ D. Jean-Jacques Rousseau

2477 Qui a écrit *Poil de carotte* ?

- ☐ A. Albert Camus
- ☐ B. Jules Renard
- ☐ C. Blaise Cendrars
- ☐ D. Paul-Loup Sulitzer
- ☐ E. Aucune de ces réponses n'est bonne

2478 Qui écrit *Le Vieil Homme et la mer* en 1952 ?

- ☐ A. John Steinbeck
- ☐ B. William Faulkner
- ☐ C. Ernest Hemingway
- ☐ D. Henry Miller
- ☐ E. Aucune de ces réponses n'est bonne

2479 Ce roman a provoqué, lors de sa parution, des scandales, des interdictions et des procès un peu partout dans le monde. Aujourd'hui, il a pris place parmi les classiques du XXe siècle. Cette œuvre qui décrit une histoire d'amour entre un quinquagénaire et une adolescente est :

- ☐ A. *Le Diable au corps* de Raymond Radiguet
- ☐ B. *L'Insoutenable Légèreté de l'être* de Milan Kundera
- ☐ C. *Lolita* de Vladimir Nabokov
- ☐ D. *Belle du seigneur* d'Albert Cohen
- ☐ E. Aucune de ces réponses n'est bonne

2480 L'*Iliade* d'Homère raconte :

- ☐ A. La destruction de Carthage
- ☐ B. La naissance de Rome
- ☐ C. La guerre de Troie
- ☐ D. L'incendie d'Alexandrie
- ☐ E. Aucune de ces réponses n'est bonne

2481 Qui a écrit *Alice au pays des merveilles* ?

- ☐ A. Walt Disney
- ☐ B. Lewis Caroll
- ☐ C. Les frères Grimm
- ☐ D. J.K. Rowling

2482 Lequel de ces écrivains est l'auteur du roman *Les Raisins de la colère* ?

- ☐ A. John Steinbeck
- ☐ B. Ernest Hemingway
- ☐ C. William Faulkner
- ☐ D. Robert Louis Stevenson

2483 Qui est l'auteur de *L'Education sentimentale* ?

- ☐ A. Emile Zola
- ☐ B. Honoré de Balzac
- ☐ C. Stendhal
- ☐ D. Gustave Flaubert

2484 Qui est l'auteur de *La Nouvelle Héloïse* ?

- ☐ A. L'abbé Prévost
- ☐ B. Pierre de Marivaux
- ☐ C. Jean-Jacques Rousseau
- ☐ D. Stendhal

2485 Quelle est l'œuvre autobiographique de Jean-Paul Sartre ?

- ☐ A. *L'Etre et le Néant*
- ☐ B. *Le Mur*
- ☐ C. *La Nausée*
- ☐ D. *Les Mots*

2486 Baudelaire a écrit :

- ☐ A. *Mélancolie*
- ☐ B. *Spleen*
- ☐ C. *Acédie*
- ☐ D. *Tristesse*

2487 *Paroles* est un recueil de poésies écrit par :

- ☐ A. Jacques Prévert
- ☐ B. René Char
- ☐ C. François Villon
- ☐ D. Charles Baudelaire

2488 Le roman *La Peste* a été écrit par :

- ☐ A. André Malraux
- ☐ B. Albert Camus
- ☐ C. Jean-Paul Sartre
- ☐ D. Emile Zola

2489 *Le pont Mirabeau* est un poème de :

- ☐ A. Louis Aragon
- ☐ B. Guillaume Apollinaire
- ☐ C. Arthur Rimbaud
- ☐ D. Jacques Prévert
- ☐ E. Aucune de ces réponses n'est bonne

2490 Victor Hugo a écrit :

- ☐ A. *Madame Bovary*
- ☐ B. *Le Père Goriot*
- ☐ C. *L'Assommoir*
- ☐ D. *Les Misérables*

2491 Antoine de Saint-Exupéry a écrit :

- ☐ A. *La Petite Fadette*
- ☐ B. *Le Petit Poucet*
- ☐ C. *Le Petit Chaperon rouge*
- ☐ D. *Le Petit Prince*

2492 Alighieri Dante a écrit :

- ☐ A. *Le prince*
- ☐ B. *La Divine Comédie*
- ☐ C. *Eloge de la folie*
- ☐ D. *Othello*

2493 Guy de Maupassant a écrit :

- ☐ A. *Bel-Ami*
- ☐ B. *Une vie*
- ☐ C. *Le Rouge et le Noir*
- ☐ D. *Les Lettres de mon moulin*
- ☐ E. *Eugénie Grandet*

2494 2005 marque le centenaire de la mort de Jules Verne. Cet auteur a écrit :

- ☐ A. *Voyage au bout de l'enfer*
- ☐ B. *Cinq semaines en ballons*
- ☐ C. *Vingt mille lieues sous les mers*
- ☐ D. *Salammbô*

2495 Quel recueil Arthur Rimbaud a-t-il écrit ?

- ☐ A. *Chimères*
- ☐ B. *Illuminations*
- ☐ C. *Destinées*
- ☐ D. *Filles du feu*

2496 *Le Deuxième Sexe* est un ouvrage écrit par :

- ☐ A. Huguette Bouchardeau
- ☐ B. Jean-Paul Sartre
- ☐ C. Simone de Beauvoir
- ☐ D. Elisabeth Badinter

2497 *La Terre* est un roman de :

- ☐ A. Jean Giono
- ☐ B. Emile Zola
- ☐ C. Maurice Genevoix
- ☐ D. Honoré de Balzac

2498 *Les Poèmes saturniens* ont été écrits par :

- ☐ A. Paul Verlaine
- ☐ B. Arthur Rimbaud
- ☐ C. Stéphane Mallarmé
- ☐ D. Guillaume Apollinaire

2499 *Si c'est un homme* est un livre de :

- ☐ A. Victor Hugo
- ☐ B. Bernard-Henry Lévy
- ☐ C. Jorge Semprun
- ☐ D. Primo Levi

2500 *Ainsi parlait Zarathoustra* est une œuvre de :

- ☐ A. Bertolot Brecht
- ☐ B. Friedrich Nietzsche
- ☐ C. Emmanuel Kant
- ☐ D. Sigmund Freud

2501 En 1880, la parution de *Boule de Suif*, l'une des nouvelles du recueil collectif *Les Soirées de Médan*, détermine la vocation de ce conteur français et lui vaut la célébrité. Cet écrivain se nomme :

- ☐ A. Guy de Maupassant
- ☐ B. Marcel Aymé
- ☐ C. Eugène Sue
- ☐ D. Henry de Montherlant

2502 Cette œuvre de Victor Hugo qui pourrait s'intituler « Les Mémoires d'une âme » retrace l'itinéraire moral et spirituel du poète entre 1830 environ et 1855. La mort de sa fille Léopoldine domine le livre qui établit un dialogue pathétique entre le présent et le passé.

- ☐ A. *Les Chants du crépuscule*
- ☐ B. *Les Châtiments*
- ☐ C. *Les Contemplations*
- ☐ D. *La Légende des siècles*

2503 Comment s'appelle le recueil satirique contre Napoléon III écrit par Victor Hugo au début de sa longue période d'exil ?

- ☐ A. *L'Année terrible*
- ☐ B. *Les Châtiments*
- ☐ C. *Préface de Cromwell*
- ☐ D. *Les Rayons et les Ombres*

2504 Parmi ces œuvres littéraires, laquelle est de Marcel Proust ?

- ☐ A. *Eugénie Grandet*
- ☐ B. *Bel-Ami*
- ☐ C. *A la recherche du temps perdu*
- ☐ D. *L'Assommoir*
- ☐ E. Aucune de ces réponses n'est bonne

2505 Qui est l'auteur du roman d'anticipation intitulé *1984* ?

- ☐ A. Isaac Asimov
- ☐ B. Frank Herbert
- ☐ C. Dan Simmons
- ☐ D. George Orwell
- ☐ E. Douglas Adams

2506 Quel auteur raconte ses mésaventures et son goût impénitent pour le théâtre dans son livre *Avec mon meilleur souvenir* (1985) ?

- ☐ A. Françoise Sagan
- ☐ B. Marguerite Duras
- ☐ C. Françoise Dorin

2507 Nathalie Sarraute est :

- ☐ A. L'auteur de *L'Œuvre au noir*
- ☐ B. Journaliste et chroniqueuse à la télévision
- ☐ C. L'auteur de la pièce de théâtre *Pour un oui ou pour un non*

2508 Quel écrivain japonais est l'auteur du roman *La Clef (La confession impudique)* ?

- ☐ A. Yukio Mishima
- ☐ B. Junichirô Tanizaki
- ☐ C. Hayao Miyazaki
- ☐ D. Haruki Marukami

2509 Quel fut le premier roman publié de Stephen King ?

- ☐ A. *Shinning*
- ☐ B. *Carrie*
- ☐ C. *Misery*

2510 Qui a écrit la trilogie des *Fourmis* ?

☐ A. Frédéric Beigbeder
☐ B. Bernard Werber
☐ C. Michel Houellebecq
☐ D. Aucune de ces réponses n'est bonne

2511 L'auteur de *La Planète des singes* est :

☐ A. Pierre Boulle
☐ B. Arthur C. Clark
☐ C. Stephen King

2512 Qui a écrit le *Da Vinci code* ?

☐ A. Dan Brown
☐ B. J.K. Rowling
☐ C. Patricia Cornwell

2513 Quel écrivain américain a écrit une saga intitulé *La Chronique des vampires* ?

☐ A. Anne Rice
☐ B. Stephen King
☐ C. J.K. Rowling

2514 Quel nom porte le premier volume de mémoires de Jacques Chirac, édité en 2009 ?

☐ A. *L'action et la conviction*
☐ B. *Mon combat pour la République*
☐ C. *Chaque pas doit être un but*
☐ D. *La princesse et le président*

2515 Quel est le titre du tome 2 des mémoires de Jacques Chirac ?

☐ A. *Le Temps présidentiel*
☐ B. *Mon combat pour la France*
☐ C. *Mon combat pour la paix*

2516 Quel type de roman écrit Mary Higgins Clark ?

☐ A. Des romans d'amour
☐ B. Des romans policiers
☐ C. Des romans historiques

2517 Laquelle des propositions ci-dessous, associant une œuvre et son auteur, est correcte ?

☐ A. *L'Ile mystérieuse*, Robert Louis Stevenson
☐ B. *L'Ile au trésor*, Jules Verne
☐ C. *Le Grand Meaulnes*, Jules Renard
☐ D. Aucune de ces réponses n'est bonne

2518 Dans les couples suivants, trois œuvres sont associées au bon auteur et une seule ne l'est pas. Il s'agit du couple :

☐ A. Mark Twain – *Tom Sawyer*
☐ B. Ernest Hemingway – *Le Vieil Homme et la mer*
☐ C. Rudyard Kipling – *L'Ile au trésor*
☐ D. Daniel Defoe – *Robinson Crusoé*

2519 Parmi les propositions suivantes, quelle œuvre est associée à son véritable auteur ?

☐ A. Honoré de Balzac – *Le Petit Chose*
☐ B. Alphonse Daudet – *L'Argent*
☐ C. Gustave Flaubert – *Salammbô*
☐ D. Emile Zola – *Le Père Goriot*
☐ E. Toutes les solutions proposées sont bonnes
☐ F. Aucune de ces réponses n'est bonne

2520 Cochez chaque drame écrit par Victor Hugo :

☐ A. *Ruy Blas*
☐ B. *Cromwell*
☐ C. *Lorenzaccio*
☐ D. *Hernani*

2521 Cochez chaque œuvre de Gustave Flaubert :

- ☐ A. *Salammbô*
- ☐ B. *Colomba*
- ☐ C. *L'Education sentimentale*
- ☐ D. *Trois contes*

2522 Cochez chaque roman de Léon Tolstoï :

- ☐ A. *Anna Karénine*
- ☐ B. *L'Accompagnatrice*
- ☐ C. *Crime et Châtiment*
- ☐ D. *Guerre et Paix*

2523 « Paris est aussi grand qu'Ispahan. Les maisons y sont si hautes qu'on jugerait qu'elles ne sont habitées que par des astrologues. ». De quel ouvrage est extrait ce passage ?

- ☐ A. *Zadig* de Voltaire
- ☐ B. *Les Lettres persanes* de Montesquieu
- ☐ C. *Notre-Dame de Paris* de Victor Hugo
- ☐ D. *La Promenade du sceptique* de Denis Diderot

2524 « Un vieillard en or avec une montre en deuil – Une reine de peine avec un homme d'Angleterre – Et des travailleurs de la paix avec des gardiens de la mer – Un hussard de la farce avec un dindon de la mort (…) ». Qui est l'auteur de ces vers écrits en forme d'inventaire ?

- ☐ A. André Breton
- ☐ B. René Char
- ☐ C. Jacques Prévert
- ☐ D. Boris Vian

2525 Qui a écrit : « La civilisation efface les traces du péché originel » ?

- ☐ A. Charles Baudelaire
- ☐ B. Jacques-Bénigne Bossuet
- ☐ C. Louis Veuillot
- ☐ D. Hugues-Félicité Robert de Lamennais

2526 A qui attribue-t-on la phrase : « Le XXIe siècle sera religieux ou ne sera pas » ?

- ☐ A. Jean-Paul Sartre
- ☐ B. André Malraux
- ☐ C. Robert Badinter
- ☐ D. Albert Camus

2527 Qui a écrit : « Il n'existe que trois êtres respectables : le prêtre, le guerrier et le poète » ?

- ☐ A. Nicolas Machiavel
- ☐ B. Georg Wilhelm Friedrich Hegel
- ☐ C. Saint Pie X
- ☐ D. Charles Baudelaire

2528 « Les sanglots longs des violons de l'autonome – Blessent mon cœur d'une langueur monotone. ». Ces vers sont extraits d'un poème de :

- ☐ A. Arthur Rimbaud
- ☐ B. Charles Baudelaire
- ☐ C. Paul Verlaine
- ☐ D. Guillaume Apollinaire

2529 Dans quel conte de Perrault trouve-t-on la célèbre phrase : « Anne, ma sœur Anne, ne vois-tu rien venir » ?

- ☐ A. *Cendrillon*
- ☐ B. *Le Chat botté*
- ☐ C. *Peau d'âne*
- ☐ D. *Barbe bleue*

2530 « Longtemps je me suis couché de bonne heure » est la première phrase de :

☐ A. *L'Espoir* d'André Malraux
☐ B. *Ulysse* de James Joyce
☐ C. *Les Confessions* de Jean-Jacques Rousseau
☐ D. *Du côté de chez Swann* de Marcel Proust

2531 « Rien ne sert de courir, il faut partir à point ». A quel auteur classique doit-on ce vers devenu proverbial ?

☐ A. François de La Rochefoucauld
☐ B. Molière
☐ C. Jean de la Bruyère
☐ D. Jean de la Fontaine

2532 Parmi les auteurs suivants, qui constate en 1919 : « Nous autres, civilisations, nous savons maintenant que nous sommes mortelles » ?

☐ A. Marcel Proust
☐ B. Paul Valéry
☐ C. André Malraux
☐ D. Albert Camus

2533 Quel écrivain n'a pas écrit de roman épistolaire ?

☐ A. Henrik Ibsen
☐ B. Jean-Jacques Rousseau
☐ C. Johann Wolfgang von Goethe
☐ D. Samuel Richardson

2534 Laquelle de ces œuvres n'est pas d'André Malraux ?

☐ A. *La Condition humaine*
☐ B. *Les chênes qu'on abat*
☐ C. *La Voie royale*
☐ D. *Pour qui sonne le glas*

2535 De ces trois auteurs, lequel n'a jamais écrit pour la Série Noire ?

☐ A. Frédéric Dard
☐ B. Thierry Jonquet
☐ C. Maurice G. Dantec

2536 Laquelle de ces œuvres n'a pas été écrite par Victor Hugo ?

☐ A. *La Légende des siècles*
☐ B. *Les Misérables*
☐ C. *La Dame de Montsoreau*
☐ D. *Notre-Dame de Paris*

2537 Parmi les romans suivants lequel a été écrit par Albert Camus ?

☐ A. *La Nausée*
☐ B. *Hiroshima, mon amour*
☐ C. *L'Etranger*
☐ D. *Les Mots*

2538 Lequel de ces ouvrages n'est pas de Fiodor Dostoïevski ?

☐ A. *Anna Karénine*
☐ B. *L'Idiot*
☐ C. *Crime et Châtiment*
☐ D. *Le Joueur*

2539 François-René de Chateaubriand n'est pas l'auteur de :

☐ A. *Le Génie du christianisme*
☐ B. *René*
☐ C. *Hernani*
☐ D. *Mémoires d'outre-tombe*

2540 Léon Tolstoï n'a pas écrit :

- ☐ A. *Anna Karénine*
- ☐ B. *Les Frères Karamazov*
- ☐ C. *Tarass Boulba*
- ☐ D. *Guerre et Paix*

2541 Lequel de ces romans n'a pas été écrit par Victor Hugo ?

- ☐ A. *Les Misérables*
- ☐ B. *Les Travailleurs de la mer*
- ☐ C. *L'Homme qui rit*
- ☐ D. *Pêcheur d'Islande*
- ☐ E. Aucune de ces réponses n'est bonne

2542 Parmi les œuvres suivantes, laquelle n'a pas été écrite par Jean-Paul Sartre ?

- ☐ A. *L'existentialisme est un humanisme*
- ☐ B. *Huis-clos*
- ☐ C. *La Chute*
- ☐ D. *La Nausée*

2543 Quelle œuvre n'a pas été écrite par Philip Roth ?

- ☐ A. *La Contrevie*
- ☐ B. *Zuckerman enchaîné*
- ☐ C. *La Consolante*
- ☐ D. *Pastorale américaine*
- ☐ E. *Goodbye Colombus*

2544 Amélie Nothomb n'a pas écrit :

- ☐ A. *Stupeur et tremblements*
- ☐ B. *Hygiène de l'assassin*
- ☐ C. *Truismes*

2545 Lequel de ces romans n'est pas de Virginie Despentes ?

- ☐ A. *Les chiennes savantes*
- ☐ B. *Teen spirit*
- ☐ C. *Hygiène de l'assassin*

2546 Myron Bolitar est le héros principal de la plupart des romans policier de l'un des auteurs suivants. Lequel ?

- ☐ A. Mary Higgins Clark
- ☐ B. Patricia MacDonald
- ☐ C. Harlan Coben
- ☐ D. Agatha Christie

2547 *L'Immoraliste* d'André Gide est un récit fait par un personnage érudit de son voyage initiatique en Afrique du Nord. Quel est le prénom de ce protagoniste ?

- ☐ A. Louis
- ☐ B. Michel
- ☐ C. Jean
- ☐ D. Paul

2548 « Adieu, dit le… Voici mon secret. Il est très simple : On ne voit bien qu'avec le cœur. L'essentiel est invisible pour les yeux. »

Par quel nom d'animal faut-il compléter cette phrase extraite du *Petit Prince* d'Antoine de Saint-Exupéry ?

- ☐ A. Serpent
- ☐ B. Mouton
- ☐ C. Renard
- ☐ D. Chien

2549 L'un des personnages de Victor Hugo est aujourd'hui immortalisé pour avoir dit : « Je suis tombé par terre, c'est la faute à Voltaire, le nez dans le ruisseau, c'est la faute à Rousseau. ». De qui s'agit-il ?

- ☐ A. Quasimodo
- ☐ B. Gavroche
- ☐ C. Thénardier
- ☐ D. Jean Valjean

2550 Le capitaine Grant, Robur et Phileas Fogg ont en commun d'être le fruit de l'imagination de :

- ☐ A. Charles Perrault
- ☐ B. Jules Verne
- ☐ C. Victor Hugo
- ☐ D. Alexandre Dumas

2551 Quel personnage prend pour pseudonyme le comte de Monte-Cristo ?

- ☐ A. Cyrano de Bergerac
- ☐ B. Edmond Dantès
- ☐ C. Alexandre Dumas
- ☐ D. Marco Polo

2552 Qui est le créateur du personnage de Julien Sorel ?

- ☐ A. Emile Zola
- ☐ B. Honoré de Balzac
- ☐ C. Gustave Flaubert
- ☐ D. Stendhal

2553 Quel est le plus célèbre des héros de l'écrivain anglais Sir Walter Scott ?

- ☐ A. Ivanhoé
- ☐ B. Robinson Crusoé
- ☐ C. Tom Sawyer
- ☐ D. Tom Jones

2554 Quel personnage se cache derrière *Le Bossu* de Paul Féval dans le roman du même nom ?

- ☐ A. D'Artagnan
- ☐ B. Quasimodo
- ☐ C. Lagardère
- ☐ D. Cyrano de Bergerac

2555 Quel est le personnage principal masculin du roman *Les Liaisons dangereuses* ?

- ☐ A. Le chevalier Danceny
- ☐ B. Le comte Almaviva
- ☐ C. Pierre Choderlos de Laclos
- ☐ D. Le vicomte de Valmont

2556 Le personnage de Rastignac apparaît dans les romans de :

- ☐ A. Gustave Flaubert
- ☐ B. Honoré de Balzac
- ☐ C. Alexandre Dumas
- ☐ D. Emile Zola

2557 Georges Simenon est le père du :

- ☐ A. Commissaire Navarro
- ☐ B. Commissaire Moulin
- ☐ C. Commissaire Maigret
- ☐ D. Commissaire Lescaut

2558 Dans *Voyage au bout de la nuit* de Louis-Ferdinand Céline, le héros narrateur s'appelle :

- ☐ A. Destouches
- ☐ B. Rigodon
- ☐ C. Bardamu
- ☐ D. Bébert
- ☐ E. Aucune de ces réponses n'est bonne

2559 De quelle nationalité est le célèbre personnage d'Agatha Christie « Hercule Poirot » ?

- ☐ A. Belge
- ☐ B. Française
- ☐ C. Suisse
- ☐ D. Canadienne
- ☐ E. Anglaise

2560 Kay Scarpetta est l'héroïne principale des romans de :

- ☐ A. Patricia Cornwell
- ☐ B. Mary Higgins Clark
- ☐ C. Amélie Nothomb

2561 *La Condition humaine* est un roman d'André Malraux dont l'action se déroule :

- ☐ A. Dans le sud de la France
- ☐ B. En Inde
- ☐ C. En Chine
- ☐ D. En Espagne
- ☐ E. Aucune de ces réponses n'est bonne

2562 Quels romans de Dan Brown ont été adaptés au cinéma ?

- ☐ A. *Anges et démons*
- ☐ B. *Da Vinci code*
- ☐ C. *Deception point*
- ☐ D. *Le Symbole perdu*

2563 Comment s'appelle le dernier volume de la série « Harry Potter », adapté au cinéma en 2010 ?

- ☐ A. *Harry Potter et la pierre philosophale*
- ☐ B. *Le Prisonnier d'Azkaban*
- ☐ C. *Harry Potter et la coupe d'or*
- ☐ D. *Harry Potter et les reliques de la mort*
- ☐ E. *Harry Potter et la guerre des sorciers*

2564 En janvier 2004, quel roman picaresque fête son quatrième centenaire ?

- ☐ A. *Le Roman de la rose*
- ☐ B. *Gargantua*
- ☐ C. *Don Quichotte de la Manche*
- ☐ D. *Le Roman de renart*
- ☐ E. Aucune de ces réponses n'est bonne

2. Pièces de théâtre

2565 Dernière pièce de Molière, cette comédie met en scène Argan, un hypocondriaque, et constitue une critique de la médecine du XVIIe siècle. Il s'agit de :

- ☐ A. *L'Amour médecin*
- ☐ B. *Le Malade imaginaire*
- ☐ C. *Le Médecin malgré lui*
- ☐ D. *Les Femmes savantes*

2566 *Tartuffe* est une comédie de :

- ☐ A. Molière
- ☐ B. Marivaux
- ☐ C. Sacha Guitry
- ☐ D. Beaumarchais

2567 Sous quel autre titre fut joué *Tartuffe* ?

- ☐ A. *L'Usurpateur*
- ☐ B. *Le Menteur*
- ☐ C. *L'Imposteur*

2568 Qui a écrit *l'Illusion comique* ?

- ☐ A. Jean Racine
- ☐ B. Molière
- ☐ C. Edmond Rostant
- ☐ D. Pierre Corneille

2569 Dans cette pièce de 1659, Molière s'inspire de la *Commedia dell'arte* pour caricaturer le langage affecté et le snobisme dérisoire de deux coquettes qui, faute d'avoir assimilé certaines valeurs intellectuelles, se cantonnent à une grossière contrefaçon. Ces deux inséparables sont les héroïnes de :

- ☐ A. *L'Ecole des femmes*
- ☐ B. *Les Précieuses ridicules*
- ☐ C. *Les Femmes savantes*

2570 Le héros d'une comédie de Molière, domestique de son état, apparaît à la fin de la pièce la tête entourée de linges et feignant l'agonie pour obtenir le pardon des deux pères dont il s'est joué. De quelle comédie s'agit-il ?

- ☐ A. *L'Avare*
- ☐ B. *Le Bourgeois gentilhomme*
- ☐ C. *Les Fourberies de Scapin*
- ☐ D. *Le Malade imaginaire*

2571 En quelle année a eu lieu la première représentation de la célèbre tragédie *Le Cid* de Pierre Corneille ?

- ☐ A. En 1437
- ☐ B. En 1537
- ☐ C. En 1637
- ☐ D. En 1737
- ☐ E. En 1837

2572 Samuel Beckett est l'auteur de :

- ☐ A. *La Cantatrice chauve*
- ☐ B. *Fin de partie*
- ☐ C. *Electre*
- ☐ D. *En attendant Godot*

2573 Qui a écrit les deux œuvres suivantes : *La Tempête* et *Comme il vous plaira* ?

- ☐ A. Charles Baudelaire
- ☐ B. William Shakespeare
- ☐ C. Edgar Allan Poe
- ☐ D. Oscar Wilde

2574 *Knock* est une pièce écrite par :

- ☐ A. Georges Feydeau
- ☐ B. Jules Renard
- ☐ C. Georges Courteline
- ☐ D. Jules Romains

2575 *Noces de sang* (1933) est une œuvre de :

- ☐ A. Calderon de la Barca
- ☐ B. Garcià Lorca
- ☐ C. Cervantès

2576 Quelle pièce d'Eugène Ionesco raconte une autopsie de la société contemporaine par le truchement de propos ridicules que tiennent deux couples au coin du feu ?

- ☐ A. *Le roi se meurt*
- ☐ B. *La Leçon*
- ☐ C. *La Cantatrice chauve*

2577 Quel auteur dramatique allemand a écrit *Mère Courage et ses enfants* ?

- ☐ A. Georg Kaiser
- ☐ B. Bertolt Brecht
- ☐ C. Ernest Toller

2578 *La Nuit des rois* est une pièce de :

- ☐ A. Anton Tchekhov
- ☐ B. William Shakespeare
- ☐ C. Molière

2579 *La Vie de Galilée* est une pièce de théâtre portant sur la vie du célèbre physicien qui révolutionna la conception du monde et de l'univers. Qui en est l'auteur ?

- ☐ A. Victor Hugo
- ☐ B. Bertold Brecht
- ☐ C. Shakespeare
- ☐ D. Heiner Muller

2580 Quelle pièce de Molière est une comédie-ballet ?

- ☐ A. *Don Juan*
- ☐ B. *Le Bourgeois gentilhomme*
- ☐ C. *Tartuffe*
- ☐ D. *Le Médecin malgré lui*

2581 La pièce de Molière *L'Avare* est une comédie :

- ☐ A. Pastorale
- ☐ B. Satirique
- ☐ C. Musicale
- ☐ D. Légère

2582 Parmi ces œuvres de Shakespeare, quelle est celle qui inspira un opéra à Giuseppe Verdi ?

- ☐ A. *Richard II*
- ☐ B. *Le Roi Lear*
- ☐ C. *Macbeth*
- ☐ D. *Dorine*

2583 Quelle tragédie n'a pas été écrite par Jean Racine ?

- ☐ A. *Britannicus*
- ☐ B. *Athalie*
- ☐ C. *Esther*
- ☐ D. *Horace*

2584 Laquelle de ces pièces n'est pas de Jean Racine ?

- ☐ A. *Phèdre*
- ☐ B. *Tite et Bérénice*
- ☐ C. *Andromaque*
- ☐ D. *Bajazet*

2585 Parmi les œuvres suivantes, laquelle n'a pas été écrite par Molière ?

- ☐ A. *Tartuffe*
- ☐ B. *Les Fourberies de Scapin*
- ☐ C. *L'Ecole des Femmes*
- ☐ D. *Le Bourgeois Gentilhomme*
- ☐ E. *L'Ile des esclaves*

2586 Laquelle de ces œuvres n'est pas de Pierre de Marivaux ?

- ☐ A. *La Double Inconstance*
- ☐ B. *Le Jeu de l'amour et du hasard*
- ☐ C. *On ne badine pas avec l'amour*
- ☐ D. *La Vie de Marianne*

2587 Quel auteur n'a pas écrit de comédies légères dites « théâtre de boulevard » ?

- ☐ A. André Roussin
- ☐ B. Jean Poiret
- ☐ C. Jean Anouilh
- ☐ D. Eugène Labiche

2588 Quel vaudeville n'est pas une œuvre de Georges Feydeau ?

- ☐ A. *La Puce à l'oreille*
- ☐ B. *Un fil à la patte*
- ☐ C. *Le Dindon*
- ☐ D. *Le Chapeau de paille d'Italie*

2589 Quelle pièce n'a pas été écrite par Paul Claudel ?

- ☐ A. *L'Annonce faite à Marie*
- ☐ B. *Le Soulier de satin*
- ☐ C. *Le Partage de midi*
- ☐ D. *Antigone*

2590 Quelle pièce n'a pas été écrite par Jean Genet ?

- ☐ A. *Les Bonnes*
- ☐ B. *Les Nègres*
- ☐ C. *Les Bas-Fonds*
- ☐ D. *Les Paravents*

2591 Quelle pièce n'a pas été écrite par Arthur Miller ?

- ☐ A. *Les Sorcières de Salem*
- ☐ B. *Mort d'un commis-voyageur*
- ☐ C. *Un tramway nommé désir*

2592 Quel auteur a fait dire à l'un de ses personnages : « Etre ou ne pas être » ?

- ☐ A. Bertolt Brecht
- ☐ B. Samuel Beckett
- ☐ C. William Shakespeare
- ☐ D. Victor Hugo

2593 Quel personnage s'écrie à la fin d'une pièce de Molière : « Mes gages, mes gages, mes gages ! » ?

- ☐ A. Sganarelle
- ☐ B. Harpagon
- ☐ C. Richard III
- ☐ D. Alceste

2594 Qui fait dire à l'un des ses personnages : « L'enfer, c'est les autres » ?

- ☐ A. Albert Camus
- ☐ B. André Gide
- ☐ C. Jean Genet
- ☐ D. Jean-Paul Sartre

2595 Dans quelle pièce satirique de Jules Romains trouve-t-on : « Tout homme bien portant est un malade qui s'ignore » ?

- ☐ A. *Monsieur Le Trouhadec saisi par la débauche*
- ☐ B. *Knock*
- ☐ C. *Musse ou l'Ecole de l'hypocrisie*

2596 Le Cid, héros de la pièce de Pierre Corneille, est torturé par un conflit entre l'amour et :

- ☐ A. L'argent
- ☐ B. La patrie
- ☐ C. L'honneur
- ☐ D. La religion

2597 L'action de *Roméo et Juliette* se situe à :

☐ A. Vérone
☐ B. Naples
☐ C. Venise
☐ D. Rome

2598 Sganarelle est un personnage qui, dans l'œuvre de Molière, incarne le bon sens populaire. Dans quelle pièce citée ce personnage n'existe-il pas ?

☐ A. *L'Amour médecin*
☐ B. *L'Ecole des maris*
☐ C. *L'Avare*
☐ D. Aucune de ces réponses n'est bonne

2599 Le serviteur de Dom Juan dans l'œuvre de Molière est :

☐ A. Valère
☐ B. Sganarelle
☐ C. Scapin
☐ D. Sanchez

2600 Quelle femme tue ses enfants dans la tragédie du même nom ?

☐ A. *Electre*
☐ B. *Médée*
☐ C. *Andromaque*
☐ D. *Iphigénie*

2601 Quel est le maître de Scapin dans *Les Fourberies de Scapin* ?

☐ A. Harpagon
☐ B. Léandre
☐ C. Tartuffe
☐ D. Sganarelle

2602 Dans *L'Ecole des femmes*, la pièce de Molière, l'ingénue se prénomme :

☐ A. Agnès
☐ B. Armande
☐ C. Toinette

2603 Qui est amoureuse de Rodrigue dans *Le Cid* et réclame pourtant son châtiment ?

☐ A. Chimène
☐ B. Léonor
☐ C. Arias
☐ D. Elvire

2604 Dans la *Commedia dell'arte*, la soubrette se prénomme :

☐ A. Faustine
☐ B. Colombine
☐ C. Adeline

2605 Quel auteur créa l'immortel personnage d'Ubu ?

☐ A. Alfred Jarry
☐ B. Edmond Rostand
☐ C. Romain Rolland
☐ D. Jules Renard

2606 Quel réalisateur américain a mis en scène en France, en avril 2010, *La Tempête* et *Comme il vous plaira* de William Shakespeare ?

☐ A. Jim Jarmush
☐ B. James Gray
☐ C. Sidney Lumet
☐ D. Sam Mendes

2607 *Le Bal,* pièce créée par Jean-Claude, Penchenat et interprétée par le théâtre du Campagnol, a été tournée au cinéma par :

- ☐ A. Ettore Scola
- ☐ B. Nanni Moretti
- ☐ C. Marco Ferreri

3. Techniques littéraires et théâtrales

2608 Dans les formes littéraires médiévales ne figure pas :

- ☐ A. Le théâtre sacré et profane
- ☐ B. La littérature réaliste et satirique
- ☐ C. Le drame bourgeois
- ☐ D. Les chansons de geste et les romans courtois

2609 « La pléiade » est un mouvement littéraire du :

- ☐ A. XVe siècle
- ☐ B. XVIe siècle
- ☐ C. XVIIe siècle
- ☐ D. XVIIIe siècle
- ☐ E. Aucune de ces réponses n'est bonne

2610 Par quel mouvement a été inventé le jeu littéraire dit « Cadavre exquis » ?

- ☐ A. Le symbolisme
- ☐ B. L'existentialisme
- ☐ C. Le surréalisme
- ☐ D. L'expressionnisme

2611 Claude Lévi-Strauss est considéré comme le père :

- ☐ A. Du positivisme
- ☐ B. De l'ethnocentrisme
- ☐ C. De l'historicisme
- ☐ D. Du structuralisme

2612 Les auteurs Claude Simon, Michel Butor, Nathalie Sarraute, Alain Robbe-Grillet appartiennent au même mouvement littéraire, lequel ?

- ☐ A. L'existentialisme
- ☐ B. Le réalisme
- ☐ C. Le nouveau roman
- ☐ D. Le surréalisme
- ☐ E. Aucune de ces réponses n'est bonne

2613 A quel genre littéraire appartiennent les œuvres ci-après : *La Planète des singes* de Pierre Boulle, *La Nuit des temps* de René Barjavel et *Le Meilleur des mondes* d'Aldous Huxley ?

- ☐ A. Le roman historique
- ☐ B. Le roman d'anticipation
- ☐ C. Le roman noir
- ☐ D. Le roman d'aventures

2614 « Souvent ce cabinet superbe et solitaire. Des secrets de Titus est le dépositaire. C'est ici quelquefois qu'il se cache à sa cour, lorsqu'il vient à la reine expliquer son amour. De son appartement cette porte est prochaine, et cette autre conduit dans celui de la reine. ». Par ces vers situés au début de *Bérénice*, que souhaite préciser Racine quant au déroulement de sa pièce ?

- ☐ A. L'unité de temps
- ☐ B. L'unité d'action
- ☐ C. L'unité de lieu
- ☐ D. L'unité de ton
- ☐ E. Aucune de ces réponses n'est bonne

2615 « Le théâtre de l'absurde » est un terme générique employé pour la première fois par le critique Martin Esslin en 1962 pour classer les œuvres de certains auteurs dramatiques des années 1950 qui rompaient avec les concepts traditionnels du théâtre occidental. Parmi les auteurs suivants, lequel est exclu de cet état d'esprit propre à la période de l'après-guerre ?

- ☐ A. Jean-Paul Sartre
- ☐ B. Eugène Ionesco
- ☐ C. Jean Genet
- ☐ D. Samuel Beckett
- ☐ E. Aucune de ces réponses n'est bonne

2616 Parmi les propositions suivantes, laquelle relève du théâtre comique ?

- ☐ A. La Commedia dell'arte
- ☐ B. La comédie de mœurs
- ☐ C. Le vaudeville
- ☐ D. L'opéra-bouffe

2617 Quel auteur dramatique américain a révolutionné le théâtre de Broadway en mettant en scène la tragédie de la vie familiale américaine ?

- ☐ A. Eugene O'Neill
- ☐ B. John Steinbeck
- ☐ C. Tennessee Williams

2618 Parmi les quatre systèmes d'architecture dramatique, lequel est celui qu'on trouve essentiellement aujourd'hui ?

- ☐ A. L'ordre gréco-romain
- ☐ B. L'ordre médiéval
- ☐ C. L'ordre élisabéthain
- ☐ D. L'ordre italien

2619 La situation coutumière du vaudeville est :

- ☐ A. Le quiproquo
- ☐ B. L'imbroglio
- ☐ C. La farce

2620 Le nom donné aux dernières répétitions est :

- ☐ A. La générale
- ☐ B. Le filage
- ☐ C. La première

2621 La source lumineuse qui sépare la scène de l'orchestre se nomme :

- ☐ A. La herse
- ☐ B. Le portant
- ☐ C. La rampe

2622 Durant la représentation, la personne qui veille au changement de décors, aux trucages et à l'apport d'accessoires est :

- ☐ A. Le metteur en scène
- ☐ B. Le scénariste
- ☐ C. Le machiniste
- ☐ D. Le comédien

2623 Au théâtre, le bâton servant à frapper les trois coups s'appelle :

- ☐ A. Le brigadier
- ☐ B. Le gendarme
- ☐ C. Le commandant
- ☐ D. Le caporal

2624 Au théâtre, du point de vue du spectateur, le « côté cour » est :

- ☐ A. Le côté gauche de la scène
- ☐ B. Le côté droit de la scène
- ☐ C. Devant la scène

2625 Un spectacle en « matinée » signifie qu'il se déroule :

- ☐ A. Le matin du samedi ou du dimanche
- ☐ B. L'après-midi du samedi ou du dimanche
- ☐ C. Le soir du samedi ou du dimanche

2626 A la fin d'une pièce, l'épisode de la comédie ou de la tragédie éliminant définitivement les conflits et les obstacles est :

- ☐ A. Le dénouement
- ☐ B. L'épilogue
- ☐ C. La péripétie

2627 De nos jours, la pantomime n'utilise plus :

- ☐ A. Le geste
- ☐ B. La parole
- ☐ C. La musique

4. Lieu de représentation et festivals

2628 Le symbole « la ruche bourdonnante » ayant pour devise Simul et Singulis (être ensemble et être soi-même) est l'emblème :

- ☐ A. De la Comédie-Française
- ☐ B. Du Festival d'Avignon
- ☐ C. Du théâtre équestre Zingaro

2629 L'Académie française a été fondée par :

- ☐ A. Jules Mazarin
- ☐ B. Le Cardinal de Richelieu
- ☐ C. Jean-Baptiste Colbert
- ☐ D. Molière

2630 La Comédie-Française est née, en 1680, par ordre du roi :

- ☐ A. Louis XIV
- ☐ B. Louis XV
- ☐ C. Louis XVI

2631 Aujourd'hui, avant le lever de rideau de la Comédie-Française, on frappe :

- ☐ A. Trois coups
- ☐ B. Six coups
- ☐ C. Neuf coups

2632 Fayard est le nom :

☐ A. D'une maison d'édition littéraire
☐ B. D'un théâtre parisien
☐ C. D'un cirque européen
☐ D. D'un peintre

2633 La maison d'édition fondée par Mœbius, Druillet, Dionnet et Farkas, créateurs de *Métal Hurlant* s'appelle :

☐ A. Dargaud
☐ B. Les Humanoïdes Associés
☐ C. Flammarion
☐ D. Bordas

2634 La collection du Livre de Poche date de :

☐ A. 1948
☐ B. 1953
☐ C. 1960

2635 Quel théâtre parisien porte le nom de « Théâtre de l'Europe » ?

☐ A. Chaillot
☐ B. L'Odéon
☐ C. Marigny
☐ D. La Cartoucherie

2636 Le Théâtre du Soleil est installé :

☐ A. Au théâtre des Amandiers à Nanterre
☐ B. Au théâtre Gérard-Philippe à Saint-Denis
☐ C. A la Cartoucherie de Vincennes
☐ D. Au Lucernaire à Paris

2637 Le théâtre national de Bretagne est un centre dramatique situé à :

☐ A. Brest
☐ B. Quimper
☐ C. Rennes
☐ D. Vannes

2638 En 1964, Ariane Mnouchkine fonde le théâtre :

☐ A. Du Soleil
☐ B. Du Chaudron
☐ C. De la Tempête
☐ D. De l'Epée de Bois

2639 Le Théâtre musical de Paris est le nouveau nom :

☐ A. Du théâtre du Châtelet
☐ B. Du théâtre de l'Odéon
☐ C. Du théâtre Renaud-Barrault

2640 A Londres, le théâtre de la Royal Shakespeare Company est :

☐ A. Barbican Theatre
☐ B. National Theatre
☐ C. Bush Theatre

2641 A l'Open Air Theatre de Londres, on joue essentiellement des pièces de :

☐ A. Beckett
☐ B. Shakespeare
☐ C. Pinter

2642 En 1947, qui fonde à Milan e Piccolo Teatro avec Paolo Grassi ?

☐ A. Benno Besson
☐ B. Giorgio Strehler
☐ C. André Benedetto
☐ D. Alfredo Arias

2643 Qui est le fondateur du Festival d'Avignon ?

☐ A. Patrice Chéreau
☐ B. Gérard Philipe
☐ C. Jean Vilar
☐ D. Peter Brook

2644 Dans quelle ville du Canada se déroule chaque année, depuis 1988, le plus important festival de la bande dessinée francophone ?

☐ A. A Montréal
☐ B. Au Québec
☐ C. A Toronto
☐ D. A Vancouver

5. Du côté des auteurs et des interprètes

2645 Le vrai nom de Molière est :

☐ A. Alcofribas Nasier
☐ B. Jean-Marie Arouet
☐ C. Jean-Baptiste Poquelin
☐ D. Gérard Labrunie
☐ E. Henry Beyle

2646 Molière était contemporain de :

☐ A. Louis XVI
☐ B. Henri IV
☐ C. Louis XIV
☐ D. Jean de la Fontaine
☐ E. Jean-Baptiste Lully
☐ F. Jules Mazarin

2647 Parmi ces auteurs, lequel n'est pas du XIXe siècle ?

☐ A. Alexandre Dumas
☐ B. Alphonse Daudet
☐ C. Honoré de Balzac
☐ D. Louis Aragon

2648 Lequel de ces écrivains nés au XIXe siècle n'a pas connu le XXe siècle ?

☐ A. Emile Zola
☐ B. Victor Hugo
☐ C. Jules Verne
☐ D. Marcel Proust
☐ E. Aucune de ces réponses n'est bonne

2649 Parmi ces écrivains, lesquels n'avaient aucune chance de se rencontrer ?

☐ A. Clément Marot et Pierre Corneille
☐ B. Voltaire et Jean-Jacques Rousseau
☐ C. Victor Hugo et Charles Baudelaire
☐ D. Jean Racine et Molière
☐ E. Aucune de ces réponses n'est bonne

2650 **Cochez chaque série d'auteurs ayant vécu au même siècle :**

- ☐ A. Chateaubriand – Zola – Rimbaud – Stendhal
- ☐ B. Aragon – Apollinaire – Char – Eluard
- ☐ C. Racine – Madame de La Fayette – Villon – Corneille
- ☐ D. Rabelais – Ronsard – du Bellay – La Bruyère

2651 **Sous quel nom est connu François-Marie Arouet ?**

- ☐ A. Denis Diderot
- ☐ B. Montesquieu
- ☐ C. Voltaire
- ☐ D. Jean-Jacques Rousseau
- ☐ E. Aucune de ces réponses n'est bonne

2652 **Sous quel nom est plus connu Henri Beyle ?**

- ☐ A. Michel de Montaigne
- ☐ B. Molière
- ☐ C. Stendhal
- ☐ D. Guy de Maupassant

2653 **Quel était le véritable nom de George Sand ?**

- ☐ A. Alexandre Ledru-Rollin
- ☐ B. Delphine de Girardin
- ☐ C. Amantine Aurore Lucile Dupin

2654 **Quel est le véritable nom de l'écrivain Fred Vargas ?**

- ☐ A. Frédéric Beigbeder
- ☐ B. Frédérique Audoin-Rouzeau
- ☐ C. Frédérique Vargas

2655 **Jean-Paul Sartre fut :**

- ☐ A. Journaliste
- ☐ B. Metteur en scène
- ☐ C. Dramaturge
- ☐ D. Ministre

2656 **Qui était le marquis de Sade ?**

- ☐ A. Un écrivain contesté
- ☐ B. Un réalisateur de films X
- ☐ C. Un cousin de Louis XIV
- ☐ D. Un photographe
- ☐ E. Un critique littéraire

2657 **Cochez chaque affirmation exacte à propos d'Albert Camus :**

- ☐ A. Il a reçu le prix Nobel de littérature
- ☐ B. Il était algérien
- ☐ C. Il a écrit *L'Etre et le Néant*
- ☐ D. Il a été journaliste

2658 **Qui est J. K. Rowling ?**

- ☐ A. Un écrivain du XIXe siècle
- ☐ B. La créatrice d'Harry Potter
- ☐ C. Un auteur de pièces de théâtre
- ☐ D. Un membre de l'Académie française

2659 **Dans quel pays est née Amélie Nothomb ?**

- ☐ A. En Belgique
- ☐ B. Au Japon
- ☐ C. En France

2660 Né à Paris en 1636, il est l'auteur des épîtres, lettres en vers adressées à son jardinier, aussi bien qu'à de grands personnages ou même au roi. Il s'agit de :

- ☐ A. Blaise Pascal
- ☐ B. Jacques-Bénigne Bossuet
- ☐ C. Nicolas Boileau
- ☐ D. Jean Racine
- ☐ E. Toutes les solutions proposées sont bonnes
- ☐ F. Aucune de ces réponses n'est bonne

2661 Né à Bordeaux en 1910 et décédé à Lausanne en 1987, cet auteur dramatique éclectique, épris de modernité et attentif à tirer parti du jeu et de l'espace scéniques, reste surtout célèbre pour ses transpositions audacieuses de tragédies antiques dans le monde contemporain, telle *Eurydice* (1942) et *Antigone* (1944). Il s'agit de :

- ☐ A. Eugène Ionesco
- ☐ B. Marcel Aymé
- ☐ C. Jean Anouilh
- ☐ D. Jean Giraudoux
- ☐ E. Aucune de ces réponses n'est bonne

2662 Quel écrivain français né en 1935, qui a notamment écrit *Des bleus à l'âme*, est décédé le 24 septembre 2004 ?

- ☐ A. Nathalie Sarraute
- ☐ B. Hervé Bazin
- ☐ C. Robert Merle
- ☐ D. Françoise Sagan
- ☐ E. Aucune de ces réponses n'est bonne

2663 Luigi Pirandello était :

- ☐ A. Acteur
- ☐ B. Metteur en scène
- ☐ C. Auteur dramatique

2664 Dans quelle ville est né l'écrivain Oscar Wilde ?

- ☐ A. Londres
- ☐ B. New York
- ☐ C. Dublin
- ☐ D. San Francisco

2665 Lequel de ces écrivains n'est pas américain ?

- ☐ A. James Joyce
- ☐ B. John Steinbeck
- ☐ C. William Faulkner
- ☐ D. Ernest Hemingway

2666 Cocher parmi les auteurs suivants ceux qui sont de nationalité américaine :

- ☐ A. Ernest Hemingway
- ☐ B. John Steinbeck
- ☐ C. Fiodor Dostoïevski
- ☐ D. Johann Wolfgang von Goethe
- ☐ E. Miguel de Cervantes

2667 Lequel de ces écrivains repose au Panthéon depuis 1996 ?

- ☐ A. André Malraux
- ☐ B. Louis Aragon
- ☐ C. André Gide
- ☐ D. Albert Camus

2668 On a transféré au Panthéon, en novembre 2002, les cendres de :

- ☐ A. Alexandre Dumas
- ☐ B. Victor Hugo
- ☐ C. George Sand

2669 Parmi les événements culturels cités ci-dessous, lequel ne s'est pas produit en 2005 ?

- ☐ A. Le centenaire de la mort de Victor Hugo
- ☐ B. L'année mondiale de la littérature
- ☐ C. Le centenaire de la mort de Jules Verne
- ☐ D. L'année du Brésil en France
- ☐ E. Aucune de ces réponses n'est bonne

2670 Quelle est la première femme entrée à l'Académie française ?

- ☐ A. Nathalie Sarraute
- ☐ B. Marguerite Duras
- ☐ C. Marguerite Yourcenar
- ☐ D. Françoise Sagan

2671 Quel écrivain a suscité la polémique début 2011 à propos d'une possible commémoration de sa mort ?

- ☐ A. Honoré de Balzac
- ☐ B. Louis-Ferdinand Céline
- ☐ C. Emile Zola
- ☐ D. Jean-Paul Sartre
- ☐ E. Voltaire

2672 Quel acteur raconte de façon humoristique et tendre son aventure au sein du Théâtre du Soleil ?

- ☐ A. Daniel Mesguisch
- ☐ B. Pierre Arditi
- ☐ C. Philippe Caubère

2673 A quelle actrice associait-on Jean-Louis Barrault ?

- ☐ A. Edwige Feuillère
- ☐ B. Jacqueline Maillan
- ☐ C. Madeleine Renaud
- ☐ D. Elvire Popesco

2674 En 1951, quel acteur est l'inoubliable interprète du *Cid* et du *Prince de Hombourg* ?

- ☐ A. Daniel Sorano
- ☐ B. Gérard Philippe
- ☐ C. Jacques Dufiho
- ☐ D. Roger Blin

2675 Quel acteur a débuté au Café de la Gare ?

- ☐ A. Jacques Villeret
- ☐ B. André Dussolier
- ☐ C. Gérard Depardieu

2676 En 1998, au théâtre de l'Almeida à Londres, quelle actrice française interprète Ersilia dans la pièce de Pirandello *Vêtir ceux qui sont nus* ?

- ☐ A. Isabelle Adjani
- ☐ B. Juliette Binoche
- ☐ C. Clémentine Célarié

2677 Quel acteur et metteur en scène monta *L'Affaire du courrier de Lyon* ?

- ☐ A. Robert Hossein
- ☐ B. Daniel Mesguish
- ☐ C. Laurent Terzieff

6. La bande dessinée

2678 Georges Rémi (R. G.) dit Hergé, crée en 1929 une saga autour d'un personnage dont le nom est :

- ☐ A. Astérix
- ☐ B. Tintin
- ☐ C. Gaston Lagaffe

2679 Collaborateur d'Hergé, Edgar-Pierre Jacobs crée pour l'hebdomadaire *Tintin* une nouvelle série fantastique intitulée :

- ☐ A. *Amok*
- ☐ B. *Pif le chien*
- ☐ C. *Blake et Mortimer*

2680 Un petit gaulois donne son nom à la série imaginée par le tandem Goscinny-Uderzo. C'est :

- ☐ A. Obélix
- ☐ B. Abraraccourcix
- ☐ C. Capharnaüm
- ☐ D. Astérix

2681 Parmi ces quatre personnages, lequel est celui qui n'appartient pas à la série *Astérix et Obélix* ?

- ☐ A. Panoramix
- ☐ B. Assurancetourix
- ☐ C. Electronix
- ☐ D. Idéfix

2682 Le village gaulois d'*Astérix et Obélix* est situé :

- ☐ A. A Lutèce
- ☐ B. En Armorique
- ☐ C. En Aquitaine
- ☐ D. En Germanie

2683 Les ennemis qui menacent sans cesse les Gaulois d'*Astérix et Obélix* sont :

- ☐ A. Les Vikings
- ☐ B. Les Francs
- ☐ C. Les Romains
- ☐ D. Les Normands

2684 Obélix tire son pouvoir de sa chute dans :

- ☐ A. La potion magique
- ☐ B. Le fluide magique
- ☐ C. L'élixir magique
- ☐ D. L'eau bénite

2685 Quel est le prénom des quatre Daltons dans *Lucky Luke* ?

- ☐ A. John – Jack – William – Averell
- ☐ B. Jo – Jacky – William – Arwell
- ☐ C. Jo – Jack – William – Averell
- ☐ D. John – Jack – William – Arwell

2686 Une évolution notoire et « signe des temps » marque le graphisme du personnage de *Lucky Luke* dans les années 1980. Laquelle ?

- ☐ A. La suppression de la cigarette
- ☐ B. Les lunettes de soleil
- ☐ C. L'apparition de la casquette
- ☐ D. Le colt laser

2687 Le personnage rond et prétentieux qui traduit l'humour incisif de Greg en 1963 est :

- ☐ A. Achille Talon
- ☐ B. Philémon
- ☐ C. Bristow

2688 Ce personnage de BD dont les compagnons sont De Mesmaeker, Prunelle, Lebrac, Boulier et Mlle Jeanne se nomme :

☐ A. Benoît Brisefer
☐ B. Gaston Lagaffe
☐ C. Les Schtroumpfs
☐ D. Uncle Scrooge McDuck dit Picsou

2689 Iznogoud, héros de l'album de Goscinny et de Tabary, est un vizir. Son homme à tout faire est :

☐ A. Hroun-el-Poussah
☐ B. Pulmankar
☐ C. Dilat-Laraht

2690 Lequel de ces héros de bande dessinée n'est pas né de l'imagination d'un dessinateur belge ?

☐ A. Gaston Lagaffe
☐ B. Lucky Luke
☐ C. Iznogoud
☐ D. Tintin
☐ E. Aucune de ces réponses n'est bonne

2691 En 1908, Louis Forton fait paraître un trio du nom de :

☐ A. Les Enfants terribles
☐ B. Les Pieds-Nikelés
☐ C. Les Schtroumpfs

2692 Parmi ces quatre personnages, lequel n'appartient pas aux *Pieds-Nickelés* ?

☐ A. Croquignol
☐ B. Ribouldingue
☐ C. Filochard
☐ D. Spirou

2693 Jean-Claude Tronchet produit en 1983 ce personnage aventurier en charentaises, complètement loufoque et hilarant :

☐ A. Bernard Lermitte
☐ B. Raymond Calbuth
☐ C. Gros Dégueulasse

2694 Compagnon de Mickey, ce personnage est un exemple d'évolution du graphisme dans le temps :

☐ A. Babar
☐ B. Pinocchio
☐ C. Donald Duck

2695 Benjamin Rabier donne vie en 1923 au canard :

☐ A. Gédéon
☐ B. Donald Duck
☐ C. Garfield

2696 A partir de 1941, une spécificité caractérise *Le Journal de Spirou* :

☐ A. Les récits d'exploits d'hommes en guerre en BD
☐ B. Les grandes légendes en BD
☐ C. Les grandes inventions en BD
☐ D. Les biographies en BD

2697 Le vrai prénom de *XIII*, héros du best-seller de la bande dessinée de Jean Van Hamme et de William Vance est :

☐ A. Jones
☐ B. Benjamin
☐ C. Jason

2698 Qui est l'auteur de la bande dessinée intitulée *Les frustrés* ?

☐ A. Jean-Marc Reiser
☐ B. Albert Uderzo
☐ C. Claire Bretécher
☐ D. Georges Wolinski
☐ E. Aucune de ces réponses n'est bonne

2699 La BD créée par Charles Monroe Schulz en 1950 qui réunit les personnages de Charlie Brown et de l'oiseau Woodstock s'intitule :

☐ A. *Akim*
☐ B. *Peanuts*
☐ C. *The Beagle Boys*

2700 On peut dire de ce personnage qu'il est la première star du comic-strip :

☐ A. Barney Google
☐ B. Winnie Winkle
☐ C. Felix the cat
☐ D. Tarzan

2701 Quel personnage central d'une BD italienne a pour amis le vieillard ivrogne Davy Crockett et la jeune brunette Calamity Jane ?

☐ A. Blek le Roc
☐ B. Joe Dalton
☐ C. Pecos Bill

2702 J.-M. Charlier et J.-G. réalisent, en 1963, la première BD western inexplorée en France avec :

☐ A. *Blueberry*
☐ B. *Jerry Spring*
☐ C. *Il était une fois dans l'Ouest*

2703 Ce petit garçon qui vit dans un monde fantastique peuplé de chiens dotés de la parole et apeurés par leur ombre s'appelle :

☐ A. Boule
☐ B. Barnaby
☐ C. Gaston Lagaffe

2704 Les albums *Vive les Femmes, Jeanine, Gros Dégueulasse* ont été créés par :

☐ A. Cabu
☐ B. Claire Brétecher
☐ C. Cavanna
☐ D. Jean-Marc Reiser

2705 Sous quel pseudonyme se produit Georges Bernier dans *Hara-Kiri* ?

☐ A. Cabu
☐ B. Giem
☐ C. Le professeur Choron
☐ D. Wolinski

2706 La première grande héroïne féministe créée en 1969 dans *Pilote* par Claire Bretécher, l'humoriste-sociologue, s'appelle :

☐ A. Cellulite
☐ B. Rondouillarde
☐ C. Bobonne
☐ D. Pulpeuse

2707 Sur le thème de l'avenir totalitaire, *Péché mortel* de Béhé et Toff projette dans une société intolérante le drame :

☐ A. De la guerre
☐ B. Du sida
☐ C. De la pauvreté
☐ D. De l'exclusion

2708 Ce héros des continents perdus et des cités mystérieuses qui fut adapté par deux fois à l'écran par De Laurentiis avec Arnold Schwarzenegger se nomme :

- ☐ A. Dracula
- ☐ B. Méphisto Phélès
- ☐ C. D'Artagnan
- ☐ D. Conan

2709 Cet enfant terrible, reflet des milieux bourgeois de l'époque, sort en 1916 sous le titre *Just Boy* et s'appelle :

- ☐ A. Elmer
- ☐ B. Felix the Cat
- ☐ C. Barney Google

2710 Cette BD de science-fiction française a été portée à l'écran en 1968 par Roger Vadim :

- ☐ A. *Epoxy*
- ☐ B. *Barbarella*
- ☐ C. *2001 : l'Odyssée de l'espace*
- ☐ D. *Orange mécanique*

2711 Quel animal de BD est le compagnon-leader de Tonton, Dada et Doudou ?

- ☐ A. Felix the Cat
- ☐ B. Pif le chien
- ☐ C. Lassie

2712 *Les Passagers du vent* paru en 1979 est de :

- ☐ A. François Bourgeon
- ☐ B. Moébius
- ☐ C. Jacques Tardi

2713 Le policier créé par Chester Gould est interprété par Warren Beatty au cinéma est :

- ☐ A. Garfield
- ☐ B. Dick Tracy
- ☐ C. Colombo

2714 L'univers de Franck Margerin qui est celui de la banlieue des Sixties apparaît en 1979 dans *Métal hurlant* avec :

- ☐ A. Gérard
- ☐ B. Bobby
- ☐ C. Lucien

2715 Gai-Luron de Marcel Gotlib naît en 1964 dans *Vaillant* puis disparaît pour renaître en 1986 dans :

- ☐ A. *Hara-Kiri*
- ☐ B. *Phosphore*
- ☐ C. *Fluide glacial*
- ☐ D. *Le Monde*

2716 Quel est le terme anglo-saxon qui désigne la bande dessinée ?

- ☐ A. Comics
- ☐ B. Book
- ☐ C. Marvel
- ☐ D. BD

2717 En 1957, le pilote automobile qui naît de l'imagination du belge Jean Graton est :

- ☐ A. Laverdure
- ☐ B. Jim Clark
- ☐ C. Michel Vaillant
- ☐ D. Graham Hill

2718 Christophe révolutionne la figuration narrative en faisant paraître en 1889 :

- ☐ A. *Le Chat noir*
- ☐ B. *Le Petit Illustré*
- ☐ C. *La Famille Fenouillard*

2719 Raoul Cauvin et Marc Hardy créent en 1983 une série qui comprend notamment *Histoires d'Os, Des Os Pilant, Dégâts des Os*, dont le personnage principal est :

- ☐ A. Le gardien-fossoyeur Pierre Tombal
- ☐ B. Le curé-croquemort Osso Bucco
- ☐ C. L'éternel survivant Encorla
- ☐ D. Le pissenlit Parlaracine

2720 En 1905, *Bécassine*, jeune fille ingénue et crédule, irrite fortement :

- ☐ A. Les Auvergnats
- ☐ B. Les Bretons
- ☐ C. Les Basques
- ☐ D. Les Parisiens

2721 Les personnages japonais des mangas ont en général :

- ☐ A. Des yeux bridés
- ☐ B. Des traits occidentaux avec de grands yeux
- ☐ C. Des cheveux frisés

2722 Créé par le poète et écrivain de romans policiers Léo Malet, ce personnage de détective repris par Tardi en BD se nomme :

- ☐ A. Maigret
- ☐ B. San-Antonio
- ☐ C. Nestor Burma
- ☐ D. Bourrel

2723 La saga de BD *Corto Maltese* a été créée par :

- ☐ A. Marcel Gotlib
- ☐ B. René Goscinny
- ☐ C. Hugo Pratt
- ☐ D. Cabu

CORRIGE

Les réponses en bleu foncé font l'objet d'un complément de réponse après ce corrigé.

2459 Charles Baudelaire
2460 Stendhal
2461 Théophile Gautier
2462 Albert Camus
2463 Alexandre Dumas
2464 Emile Zola
2465 Chateaubriand
2466 Jean de la Bruyère
2467 Louis Aragon
2468 Jean Cocteau
2469 Michel de Montaigne
2470 Dino Buzzati
2471 André Malraux
2472 Honoré de Balzac
2473 André Gide
2474 Miguel de Cervantès
2475 Honoré de Balzac
2476 Saint-Augustin, Jean-Jacques Rousseau
2477 Jules Renard
2478 Ernest Hemingway
2479 *Lolita* de Vladimir Nabokov
2480 La guerre de Troie
2481 Lewis Caroll
2482 John Steinbeck
2483 Gustave Flaubert
2484 Jean-Jacques Rousseau
2485 *Les Mots*
2486 *Spleen*
2487 Jacques Prévert
2488 Albert Camus
2489 Guillaume Apollinaire
2490 *Les Misérables*
2491 *Le Petit Prince*
2492 La Divine Comédie
2493 *Bel-Ami, Une vie*
2494 *Cinq semaines en ballons, Vingt mille lieues sous les mers*
2495 *Illuminations*
2496 Simone de Beauvoir
2497 Emile Zola
2498 Paul Verlaine
2499 Primo Levi
2500 Friedrich Nietzsche
2501 Guy de Maupassant
2502 *Les Contemplations*
2503 *Les Châtiments*
2504 A la recherche du temps perdu
2505 George Orwell
2506 Françoise Sagan
2507 L'auteur de la pièce de théâtre *Pour un oui ou pour un non*
2508 Junichirô Tanizaki
2509 *Carrie*
2510 Bernard Werber
2511 Pierre Boulle
2512 Dan Brown
2513 Anne Rice
2514 *Chaque pas doit être un but*
2515 *Le Temps présidentiel*
2516 Des romans policiers
2517 Aucune
2518 Rudyard Kipling – *L'île au trésor*

2519 Gustave Flaubert – *Salammbô*
2520 *Ruy Blas, Cromwell, Hernani*
2521 *Salammbô, Colomba, Trois contes*
2522 *Anna Karénine, Guerre et Paix*
2523 Les Lettres persanes de Montesquieu
2524 Jacques Prévert
2525 Charles Baudelaire
2526 André Malraux
2527 Charles Baudelaire
2528 Paul Verlaine
2529 *Barbe bleue*
2530 *Du côté de chez Swann* de Marcel Proust
2531 Jean de la Fontaine
2532 Paul Valéry
2533 Henrik Ibsen
2534 *Pour qui sonne le glas*
2535 Frédéric Dard
2536 *La Dame de Montsoreau*
2537 *L'Etranger*
2538 *Anna Karénine*
2539 *Hernani*
2540 *Les Frères Karamazov, Tarass Boulba*
2541 *Pêcheur d'Islande*
2542 *La Chute*
2543 *La Consolante*
2544 *Truismes*
2545 *Hygiène de l'assassin*
2546 Harlan Coben
2547 Michel
2548 Renard
2549 Gavroche
2550 Jules Verne
2551 Edmond Dantès
2552 Stendhal
2553 Ivanhoé
2554 Lagardère
2555 Le vicomte de Valmont
2556 Honoré de Balzac
2557 Commissaire Maigret
2558 Bardamu
2559 Belge
2560 Patricia Comwell
2561 En Chine
2562 *Anges et démons, Da Vinci code*
2563 *Harry Potter et les reliques de la mort*
2564 *Don Quichote de la Manche*
2565 *Le Malade imaginaire*
2566 Molière
2567 *L'Imposteur*
2568 Pierre Corneille
2569 *Les Précieuses ridicules*
2570 *Les Fourberies de Scapin*
2571 En 1637
2572 *Fin de partie, En attendant Godot*
2573 William Shakespeare
2574 Jules Romains
2575 Garcià Lorca
2576 *La Cantatrice chauve*
2577 Bertolt Brecht
2578 William Shakespeare
2579 Bertolt Brecht
2580 *Le Bourgeois gentilhomme*
2581 Satirique
2582 *Macbeth*

2583 *Horace*
2584 *Tite et Bérénice*
2585 *L'Ile des esclaves*
2586 *On ne badine pas avec l'amour*
2587 Jean Anouilh
2588 *Le Chapeau de paille d'Italie*
2589 *Antigone*
2590 *Les Bas-Fonds*
2591 *Un tramway nommé désir*
2592 William Shakespeare
2593 Sganarelle
2594 Jean-Paul Sartre
2595 Knock
2596 L'honneur
2597 Vérone
2598 *L'Avare*
2599 Sganarelle
2600 *Médée*
2601 Léandre
2602 Agnès
2603 Chimène
2604 Colombine
2605 Alfred Jarry
2606 Sam Mendes
2607 Ettore Scola
2608 Le drame bourgeois
2609 XVIe siècle
2610 Le surréalisme
2611 Du structuralisme
2612 Le nouveau roman
2613 Le roman d'anticipation
2614 L'unité de lieu
2615 Jean-Paul Sartre
2616 La Commedia dell'arte, La comédie de mœurs, Le vaudeville, L'opéra-bouffe
2617 Eugene O'Neill
2618 L'ordre italien
2619 L'imbroglio
2620 Le filage
2621 La rampe
2622 Le machiniste
2623 Le brigadier
2624 Le côté droit de la scène
2625 L'après-midi du samedi ou du dimanche
2626 Le dénouement
2627 La parole
2628 De la Comédie-Française
2629 Le Cardinal de Richelieu
2630 Louis XIV
2631 Six coups
2632 D'une maison d'édition littéraire
2633 Les Humanoïdes Associés
2634 1953
2635 L'Odéon
2636 A la Cartoucherie de Vincennes
2637 Rennes
2638 Du Soleil
2639 Du théâtre du Châtelet
2640 Barbican Theatre
2641 Shakespeare
2642 Giorgio Strehler
2643 Jean Vilar
2644 Au Québec
2645 Jean-Baptiste Poquelin

2646 Louis XIV, Jean de la Fontaine, Jean-Baptiste Lully, Jules Mazarin

2647 Louis Aragon

2648 Victor Hugo

2649 Clément Marot et Pierre Corneille

2650 Chateaubriand – Zola – Rimbaud – Stendhal, Aragon – Apollinaire – Char – Eluard

2651 Voltaire

2652 Stendhal

2653 Amantine Aurore Lucile Dupin

2654 Frédérique Audoin-Rouzeau

2655 Dramaturge

2656 Un écrivain contesté

2657 Il a reçu le prix Nobel de littérature, Il a été journaliste

2658 La créatrice d'Harry Potter

2659 Au Japon

2660 Jacques-Bénigne Bossuet

2661 Jean Anouilh

2662 Françoise Sagan

2663 Auteur dramatique

2664 Dublin

2665 James Joyce

2666 Ernest Hemingway, John Steinbeck

2667 André Malraux

2668 Alexandre Dumas

2669 Le centenaire de la mort de Victor Hugo

2670 Marguerite Yourcenar

2671 Louis-Ferdinand Céline

2672 Philippe Caubère

2673 Madeleine Renaud

2674 Gérard Philippe

2675 Gérard Depardieu

2676 Juliette Binoche

2677 Robert Hossein

2678 Tintin

2679 *Blake et Mortimer*

2680 Astérix

2681 Electronix

2682 En Armorique

2683 Les Romains

2684 La potion magique

2685 Jo – jack – William – Averell

2686 La suppression de la cigarette

2687 Achille Talon

2688 Gaston Lagaffe

2689 Dilat-Laraht

2690 Iznogoud

2691 Les pieds-Nikelés

2692 Spirou

2693 Raymond Calbuth

2694 Donald Duck

2695 Gédéon

2696 Les biographies en BD

2697 Jason

2698 Claire Bretécher

2699 *Peanuts*

2700 Felix the cat

2701 Pecos Bill

2702 *Blueberry*

2703 Barnaby

2704 Jean-Marc Reiser

2705 Le professeur Choron

2706 Cellulite

2707 Du sida

2708 Conan

2709 Elmer

2710 *Barbarella*

2711 Pif le chien

2712 François Bourgeon

2713 Dick Tracy

2714 Lucien

2715 *Fluide glacial*

2716 Comics

2717 Michel Vaillant

2718 *La Famille Fenouillard*

2719 Le gardien-fossoyeur Pierre Tombal

2720 Les Bretons

2721 Des traits occidentaux avec de grands yeux

2722 Nestor Burma

2723 Hugo Pratt

COMPLEMENTS DE REPONSES

2474 Miguel de Cervantes Saavedra (né le 29 septembre 1547 à Alcalá de Henares – enterré le 23 avril 1616 à Madrid) est un romancier, poète et dramaturge espagnol. Il est célèbre pour son roman *L'Ingénieux Hidalgo Don Quichotte de la Manche*, publié en 1605 et reconnu comme le premier roman moderne.

Cervantes mène d'abord une vie aventureuse de soldat et participe à la bataille de Lépante en 1571, où il perd l'usage de la main gauche. Cette main paralysée lui vaut le surnom de « Manchot de Lépante ». Le 26 septembre 1575, à son retour vers l'Espagne, il est capturé par les barbaresques avec son frère, Rodrigo, et, malgré quatre tentatives d'évasion, il reste captif à Alger. En 1580, il est racheté en même temps que d'autres prisonniers espagnols et regagne son pays.

L'influence de Cervantès – et en particulier du Don Quichotte – dans la littérature universelle est telle que l'espagnol est souvent nommé la « langue de Cervantes ».

2492 Dante Alighieri est un poète, écrivain et homme politique florentin né entre la mi-mai et la mi-juin 1265 à Florence et mort le 14 septembre 1321 à Ravenne.

« Père de la langue italienne », il est, avec Pétrarque et Boccace, l'une des « trois couronnes » qui imposèrent le toscan comme langue littéraire.

Poète majeur du Moyen Age, il est l'auteur de la *Divine Comédie*, souvent considérée comme la plus grande œuvre écrite dans cet idiome et l'un des chefs-d'œuvre de la littérature mondiale.

2598 Sganarelle est un nom récurrent dans l'œuvre de Molière, dont l'origine viendrait du verbe italien *sgannare*, qui signifie « dessiller » (ou, pour mieux définir, « amener à voir ce qu'on ignore ou ce qu'on veut ignorer »). Ce nom apparaît dans les textes suivants en désignant plusieurs types de personnage :

Dans *Sganarelle ou le Cocu imaginaire* (1660), la pièce qui remporta le plus de succès du vivant de Molière, Sganarelle est un bourgeois de Paris qui, se fiant aux apparences, croit que sa femme le trompe.

Dans *L'Amour médecin* (1665), Sganarelle est le père de Lucinde. Il veut garder sa fille (et la dot) pour lui-même, refusant tout prétendant.

Dans *Dom Juan ou le Festin de pierre* (1665), Sganarelle est le valet de Dom Juan. C'est un homme du peuple qui utilise son jugement pour penser par lui-même. Il entre dans la tradition des personnages tels que Panurge ou Figaro. (Sganarelle et Figaro ont d'ailleurs en commun d'avoir été au service d'un apothicaire et de connaître des rudiments de latin.) Ce personnage donnera Leporello dans le *Don Giovanni* de Wolfgang Amadeus Mozart.

Dans *Le Médecin malgré lui* (1666), Sganarelle est un bûcheron ivrogne et facétieux que son épouse Martine fait passer pour un médecin fou qui ne se reconnaît comme médecin qu'après avoir été battu.

Le personnage de Sganarelle est très souvent habillé dans les représentations avec des haut-de-chausses, un pourpoint, un mantelet et son bonnet de la même couleur, et un col serré dans une fraise à l'ancienne.

Molière jouait toujours lui-même le rôle de Sganarelle. Il a également fait intervenir ce personnage dans *Le Médecin volant*, *Le Mariage forcé* et *L'Ecole des maris*.

13. PHILOSOPHIE ET SCIENCES HUMAINES (SOCIOLOGIE, PSYCHOLOGIE, LINGUISTIQUE, ANTHROPOLOGIE)

Ce chapitre est composé de **5 sections** pour un total de **102 questions**.

1. **Auteurs, œuvres et citations philosophiques**
2. **Les grands concepts en philosophie**
3. **Sociologie**
4. **Psychologie**
5. **Peuples et langues du monde**

[A SAVOIR !]

110 Les numéros de questions de ce type signifient qu'il n'y a qu'une seule et unique réponse juste à la question posée.

111 Les numéros de questions de ce type signifient qu'il y a **plusieurs (2 ou plus) réponses possibles justes à la question**.

[UN CONSEIL IMPORTANT]

Nous vous conseillons vivement de répondre à toutes les questions d'une section avant d'en découvrir les solutions. L'erreur consiste en effet généralement à traiter une question et à vérifier aussitôt la réponse parce que l'on veut s'assurer d'avoir trouvé la réponse juste ou parce que l'on est impatient de la découvrir dans le cas où on ne la connaît pas. Si vous souhaitez sérieusement progresser, vous devez absolument vous imprégner du thème traité par la section et répondre d'un trait à toutes les questions d'une section.

[QUELQUES MOTS SUR...]

1. La philosophie [LAROUSSE]

Ensemble de conceptions portant sur les principes des êtres et des choses, sur le rôle de l'homme dans l'univers, sur Dieu, sur l'histoire et, de façon générale, sur tous les grands problèmes de la métaphysique. Les significations que la philosophie a revêtues ont toujours été tributaires de l'histoire idéologique et sociale. Initialement synonyme de « savoir », dans la mesure où elle occupait, toutes choses égales par ailleurs, le rôle aujourd'hui dévolu aux sciences exactes et aux sciences humaines, la philosophie, en proposant, en conséquence de ce savoir, des règles de conduite aux individus et des formes d'organisation à la cité, a exercé sur le devenir des sociétés une influence plus ou moins sensible, plus ou moins acceptée par les pouvoirs et institutionnalisée selon les circonstances et les époques. Les moyens dont elle dispose sont, d'une part, des catégories – distinctes des concepts scientifiques –, comme celles d'Etat, de vertu, de pratique, etc., qu'elle élabore en s'efforçant de les démarquer des opinions confuses, et d'autre part, des méthodes, comme la dialectique (Platon, Hegel, Marx) ou l'ordre géométrique (Spinoza).

2. Les sciences humaines [WIKIPEDIA]

Selon les définitions simplifiées des dictionnaires, les sciences humaines ont pour objet d'étude ce qui concerne les cultures humaines, leur histoire, leurs réalisations, leurs modes de vie et leurs comportements individuels et sociaux, tandis que les sciences sociales auraient pour objet d'étude les sociétés humaines. Les sciences humaines et sociales s'opposent ainsi aux sciences de la nature de l'environnement. Celles-ci reconduisant ainsi, d'une certaine façon, l'opposition à l'âge classique entre la philosophie naturelle et la philosophie morale (qui incluait aussi la sociologie, la politique, l'économique, etc.). L'expression anglaise de « science sociale » ferait sa première apparition en 1824, dans un livre du coopératiste William Thompson.

Le problème principal, et commun, qu'ont à affronter les sciences dites sociales ou/et humaines est celui de la méthode à suivre afin d'atteindre une objectivité relative à l'espèce humaine. L'objet d'étude coïncide en effet avec la culture du sujet qui l'analyse. Ce problème se confond donc avec de nombreux débats en épistémologie concernant les critères de scientificité et d'objectivité, à supposer qu'on puisse identifier les deux. Cette objectivité des sciences humaines et sociales est structurée autour de plusieurs principes fondamentaux : la neutralité axiologique, théorisée par Max Weber ; la distinction faits-valeurs et le vérificationnisme, théorisés par le Cercle de Vienne et formulés précisément par Alfred Ayer et Carnap ; Karl Popper s'est ensuite substitué au critère de réfutabilité, qui demeure en débat aujourd'hui.

3. La psychologie [LAROUSSE]

La psychologie étudie le comportement et les motivations de l'être humain d'un point de vue aussi bien intérieur qu'extérieur. Pendant longtemps, elle a constitué une branche de la philosophie. Si le pionnier de la psychologie expérimentale est le psychologue allemand Theodor Fechner (1801-1887), c'est à Sigmund Freud que revient le mérite d'avoir élaboré, avec la psychanalyse, une théorie globale du psychisme et une méthode thérapeutique fondée sur un principe de causalité psychique. Les principales écoles dont s'inspire la psychologie moderne sont la psychanalyse (freudienne, jungienne, adlérienne), la phénoménologie, le béhaviorisme, les théories dites « systémiques » (étudiant les interactions sociales, le mécanisme des relations entre individus, etc.). Les développements et les applications de la psychologie sont devenus considérables : celle-ci dépasse aujourd'hui largement le cadre de la pathologie pour s'étendre à des activités aussi diverses que la pédagogie, la formation professionnelle, l'art, la publicité ou simplement le désir de mieux se connaître (psychologie humaniste). La formation psychologique du médecin est indispensable. Il existe aussi des psychologues cliniciens.

1. Auteurs, œuvres et citations philosophiques

2724 Qui fut un philosophe grec néo-platonicien ?

- ☐ A. Plotin
- ☐ B. Le marquis de Sade
- ☐ C. Celse
- ☐ D. Erasme

2725 Quand est mort Confucius ?

- ☐ A. En 1551 avant notre ère
- ☐ B. En 479 avant notre ère
- ☐ C. En 1551

2726 Qui a écrit l'*Apologie de Socrate* ?

- ☐ A. Platon
- ☐ B. Socrate
- ☐ C. Gorgias

2727 Quel est le dialogue de Platon qui évoque l'origine, la nature de l'âme, qui réfléchit sur la valeur du discours et fait le procès de l'écriture ?

- ☐ A. *Le Banquet*
- ☐ B. *Ménon*
- ☐ C. *Gorgias*
- ☐ D. *Phèdre*

2728 Quel est le dialogue de Platon relatif à la rhétorique et au pouvoir ?

- ☐ A. *Le Banquet*
- ☐ B. *Ménon*
- ☐ C. *Gorgias*
- ☐ D. *Phèdre*

2729 Dans quelle œuvre Platon parle-t-il des trois lits ?

- ☐ A. *Apologie de Socrate*
- ☐ B. *Gorgias*
- ☐ C. *Ion*
- ☐ D. *La République*

2730 Dans quelle œuvre Platon montre que les poètes, inspirés par l'imagination, n'ont pas leur place dans l'ordre idéal et rationnel de la cité ?

- ☐ A. *Apologie de Socrate*
- ☐ B. *Gorgias*
- ☐ C. *Ion*
- ☐ D. *La République*

2731 Qui a introduit les distinctions de la matière et de la forme, de la puissance et de l'acte ?

- ☐ A. Citron
- ☐ B. Zénon
- ☐ C. Xénon
- ☐ D. Aristote

2732 Quel philosophe français a écrit *Surveiller et punir* ?

- ☐ A. Gilles Deleuze
- ☐ B. Michel Foucault
- ☐ C. Jacques Derrida
- ☐ D. René Descartes

2733 Qui fonda l'école du scepticisme ?

- ☐ A. Socrate
- ☐ B. Erasme
- ☐ C. Pyrrhon

2734 Qui a développé le cogito ?

- ☐ A. Socrate
- ☐ B. Blaise Pascal
- ☐ C. René Descartes

2735 L'inventeur du mot utopie est :

- ☐ A. Platon
- ☐ B. Aristote
- ☐ C. Thomas More
- ☐ D. Tommaso Campanella
- ☐ E. Jean-Jacques Rousseau

2736 Machiavel était :

- ☐ A. Français
- ☐ B. Italien
- ☐ C. Anglais
- ☐ D. Espagnol

2737 Philosophe, mathématicien et physicien français, né en 1596, mort en 1650, auteur du *Discours de la méthode*, il a énoncé le principe : « Je pense donc je suis ». Il s'agit de :

- ☐ A. Denis Diderot
- ☐ B. René Descartes
- ☐ C. Blaise Pascal
- ☐ D. Jean le Rond d'Alembert

2738 Né en 1689, fils d'un magistrat, président du parlement de Bordeaux, il écrit *De l'esprit des lois*. Il est contre l'absolutisme et expose la théorie de la séparation des trois pouvoirs (exécutif, législatif, judiciaire). Il s'agit de :

- ☐ A. Denis Diderot
- ☐ B. Voltaire
- ☐ C. Montesquieu
- ☐ D. Jean-Jacques Rousseau

2739 Quels sont les auteurs de *L'Encyclopédie* parue entre 1751 et 1772 ?

- ☐ A. Denis Diderot et Voltaire
- ☐ B. Voltaire et Jean le Rond d'Alembert
- ☐ C. Denis Diderot et Jean le Rond d'Alembert
- ☐ D. Jean-Jacques Rousseau et Voltaire

2740 Qui a écrit *De l'inconvénient d'être né* ?

- ☐ A. Emil Cioran
- ☐ B. Friedrich Nietzsche
- ☐ C. René Descartes

2741 Quel texte fut écrit par le baron d'Holbach ?

- ☐ A. *Du contrat social*
- ☐ B. *Le Rire*
- ☐ C. *Le Christianisme dévoilé*

2742 Quel philosophe allemand a écrit *Ainsi parlait Zarathoustra* ?

- ☐ A. Friedrich Nietzsche
- ☐ B. Hans Blumenberg
- ☐ C. John Locke

2743 Parmi les philosophes suivants lequel voulait être reconnu aussi comme musicien ?

- ☐ A. René Descartes
- ☐ B. Baruch Spinoza
- ☐ C. Aristote
- ☐ D. Jean-Jacques Rousseau

2744 Qui a pu rencontrer Jean-Jacques Rousseau ?

- ☐ A. Charles Baudelaire
- ☐ B. Jean le Rond d'Alembert
- ☐ C. Emile Zola
- ☐ D. Pierre de Marivaux

2745 **Quelle proposition cite uniquement des auteurs du XVIIIe siècle ?**

- ☐ A. Lamartine – Montesquieu – Rousseau – Descartes
- ☐ B. Diderot – D'Alembert – Fénelon – Laclos
- ☐ C. Laclos – Montesquieu – Crébillon – Voltaire
- ☐ D. Diderot – Rabelais – Rousseau – Voltaire

2746 **De quelles œuvres Jean-Jacques Rousseau est-il l'auteur ?**

- ☐ A. *Du contrat social*
- ☐ B. *De l'esprit des lois*
- ☐ C. *La Cité antique*
- ☐ D. *La Nouvelle Héloïse*

2747 **Indiquez chaque œuvre écrite par Voltaire :**

- ☐ A. *De l'esprit des lois*
- ☐ B. *Le Dictionnaire philosophique*
- ☐ C. *Les Lettres persanes*
- ☐ D. *Zadig*

2748 **Quelle œuvre n'est pas de Voltaire ?**

- ☐ A. *Lettres philosophiques*
- ☐ B. *Traité sur la tolérance*
- ☐ C. *Discours sur l'origine de l'inégalité*
- ☐ D. *Zadig*

2749 **Lequel de ces ouvrages n'a pas été écrit par Karl Marx ?**

- ☐ A. *Manifeste du Parti communiste*
- ☐ B. *Libéralisme et révolution*
- ☐ C. *L'Etat et la révolution*

2750 **Le nom de Jean-Paul Sartre est associé à une philosophie. Laquelle ?**

- ☐ A. Le pessimisme
- ☐ B. L'existentialisme
- ☐ C. Le jansénisme
- ☐ D. Le cartésianisme

2751 **Concernant Hannah Arendt :**

- ☐ A. Elle est connue pour ses travaux sur l'activité politique, le totalitarisme et la modernité
- ☐ B. Elle s'inspire de nombreux autres penseurs pour construire sa philosophie, notamment Aristote, Augustin, Emmanuel Kant
- ☐ C. Elle écrit *Les Origines du totalitarisme*
- ☐ D. Elle reçoit le prix Nobel de la paix en 1965

2752 **Concernant Simone Weil :**

- ☐ A. Elle est allemande
- ☐ B. Elle est agrégée de philosophie
- ☐ C. Elle a écrit *La Condition ouvrière*
- ☐ D. Elle s'exprime avec beaucoup de lucidité sur la montée du nazisme et ses conséquences

2753 **Quel est le nom du philosophe français auteur de l'ouvrage *Le Crépuscule d'une idole*, qui constitue une virulente critique à l'encontre de Sigmund Freud et de la psychanalyse ?**

- ☐ A. Etienne Balibar
- ☐ B. Alain Badiou
- ☐ C. François Chatelet
- ☐ D. Michel Onfray

2754 Le lycée désignait le cercle philosophique de :

- ☐ A. Epicure
- ☐ B. Démocrite
- ☐ C. Parménide
- ☐ D. Aristote

2755 L'Etat est une réalité d'ordre naturel et rationnel pour :

- ☐ A. Aristote
- ☐ B. Blaise Pascal
- ☐ C. Saint Thomas
- ☐ D. Saint Augustin

2756 Qui est le fondateur de l'idéalisme transcendantal ?

- ☐ A. Emmanuel Kant
- ☐ B. John Locke
- ☐ C. Jean-Paul Sartre

2757 Qui a créé l'école philosophique du stoïcisme ?

- ☐ A. Bouddha
- ☐ B. Confucius
- ☐ C. Zénon

2758 Pour Sigmund Freud, la religion est :

- ☐ A. Une névrose obsessionnelle
- ☐ B. L'opium du peuple
- ☐ C. La seule force de volonté des faibles
- ☐ D. Une forme de rêve réveillé

2759 « Nous sommes dans le monde, mais nous ne sommes pas du monde ». Cette phrase est-elle :

- ☐ A. Dans le *De Vita Beata* de Sénèque
- ☐ B. Dans le *De Officiis* de Cicéron
- ☐ C. Dans l'Evangile
- ☐ D. Dans le *De Brevitate Vitae* de Sénèque

2760 « Jésus est un Dieu véritablement caché » est une citation de :

- ☐ A. Karl Marx
- ☐ B. Saint François
- ☐ C. Emile Combes
- ☐ D. Blaise Pascal

2761 Quel philosophe français a déclaré : « Si les hommes savaient ce qu'ils disent les uns des autres, il n'y aurait pas quatre amis au monde » ?

- ☐ A. Michel Foucault
- ☐ B. Raymond Aron
- ☐ C. Blaise Pascal
- ☐ D. Voltaire

2762 Qui a dit : « La liberté est le droit de faire tout ce que les lois permettent » ?

- ☐ A. Charles de Gaulle
- ☐ B. Michel de Montaigne
- ☐ C. Denis Diderot
- ☐ D. Montesquieu

2763 Qui a écrit « Le cœur a ses raisons que la raison ne connaît pas » ?

- ☐ A. François de La Rochefoucauld
- ☐ B. Molière
- ☐ C. Blaise Pascal
- ☐ D. Michel de Montaigne

2764 **Qui a dit : « La grandeur de l'homme est grande en ce qu'il se connaît misérable » ?**

- ☐ A. François de La Rochefoucauld
- ☐ B. Molière
- ☐ C. Blaise Pascal

2765 **L'auteur de la formule « Le rire est le propre de l'homme » est :**

- ☐ A. François Rabelais
- ☐ B. Michel de Montaigne
- ☐ C. Blaise Pascal
- ☐ D. Voltaire
- ☐ E. Henri Bergson

2766 **Par l'analyse de quel tableau Michel Foucault commence-t-il *Les Mots et les choses* ?**

- ☐ A. *Les Ménines* de Diego Velasquez
- ☐ B. *Guernica* de Pablo Picasso
- ☐ C. Les deux

2767 **Quelle citation n'est pas attribuée à Lao-Tseu ?**

- ☐ A. « Celui qui sait obéir saura ensuite commander »
- ☐ B. « L'absence de désir, c'est la paix »
- ☐ C. « Le plus grand malheur est de vouloir toujours acquérir »

2. Les grands concepts en philosophie

2768 **La morale des stoïciens impliquait :**

- ☐ A. Le désengagement sceptique
- ☐ B. La vertu, la sagesse
- ☐ C. L'exercice de la volonté et de la liberté
- ☐ D. L'engagement dans la cité

2769 **Le scepticisme impliquait :**

- ☐ A. L'apathie
- ☐ B. L'ataraxie
- ☐ C. L'eudémonisme
- ☐ D. L'amour de la retraite

2770 **Le panthéisme :**

- ☐ A. Est l'assimilation de Dieu à la nature
- ☐ B. Est la réunion de tous les dieux
- ☐ C. Est le culte du dieu Pan
- ☐ D. Est le culte de grands hommes inhumés au Panthéon

2771 **Comment appelle-t-on l'art de la rhétorique pratiqué par les sophistes de la Grèce antique ?**

- ☐ A. L'exorde
- ☐ B. La sophistique
- ☐ C. La disputatio
- ☐ D. La péroraison

2772 **Les méthodes enseignées dans les universités médiévales se nommaient :**

- ☐ A. La disputatio
- ☐ B. La théodicée
- ☐ C. La scolastique
- ☐ D. Le millénarisme
- ☐ E. Le messianisme

2773 **La querelle médiévale sur la connaissance et la vérité fut appelée la querelle des :**

- ☐ A. Impériaux
- ☐ B. Anciens et Modernes
- ☐ C. Bouffons
- ☐ D. Universaux

2774 Les concepts universels ont-ils une réalité leur correspondant ? Les intellectuels médiévaux ont répondu par :

- ☐ A. Le criticisme
- ☐ B. Le réalisme
- ☐ C. Le nominalisme
- ☐ D. La dialectique

2775 Comment appelle-t-on l'art du dialogue entre deux personnes d'avis divergents ?

- ☐ A. La rhétorique
- ☐ B. La dialectique
- ☐ C. L'argumentation

2776 La doctrine qui pose la raison discursive comme seule source possible de toute connaissance réelle est :

- ☐ A. Le rationalisme
- ☐ B. Le scepticisme
- ☐ C. Le réalisme

2777 Quel courant de pensée apparu à la Renaissance consiste à valoriser l'homme et à le placer au centre de son univers ?

- ☐ A. L'humanisme
- ☐ B. L'idéalisme
- ☐ C. L'épicurisme

2778 Qu'est-ce que l'hominisme ?

- ☐ A. Un mouvement d'hommes se déclarant supérieur aux femmes
- ☐ B. Un mouvement qui intègre la préoccupation de la condition masculine à la préoccupation de la condition humaine en général
- ☐ C. Une philosophie basée sur l'amour de l'être humain

2779 Quelle doctrine considère l'esprit comme une réalité irréductible et première ?

- ☐ A. Le spiritualisme
- ☐ B. Le spiritisme
- ☐ C. L'humanisme

2780 Quel est le but premier du philosophe des Lumières ?

- ☐ A. Réfléchir sur le monde
- ☐ B. Faire progresser le monde
- ☐ C. Etre un sage

2781 L'existentialisme est un courant philosophique né :

- ☐ A. Au XXe siècle
- ☐ B. Au début du XIXe siècle
- ☐ C. Au XVIIIe siècle
- ☐ D. Au XVIIe siècle

2782 Sigmund Freud a inventé une discipline connue sous le nom de :

- ☐ A. La psychologie
- ☐ B. La sociologie
- ☐ C. La psychanalyse
- ☐ D. La neurologie

2783 Parmi les termes suivants, lequel n'est pas un concept freudien ?

- ☐ A. Le complexe d'Œdipe
- ☐ B. La libido
- ☐ C. La volonté de puissance
- ☐ D. La sublimation
- ☐ E. Aucune de ces réponses n'est bonne

3. Sociologie

2784 Quelle affirmation est exacte ? La sociologie…

- ☐ A. Est trop récente pour être une science
- ☐ B. Comprend plusieurs courants contradictoires, donc ne peut être une science
- ☐ C. N'est pas une science car elle est faite par des agents sociaux
- ☐ D. Aucune de ces réponses n'est bonne

2785 La récolte des données en sociologie, c'est :

- ☐ A. Une science
- ☐ B. Une utopie
- ☐ C. Un moment de la recherche
- ☐ D. Un outil statistique

2786 Quelles sont les propositions fausses ?

- ☐ A. La sociologie présente des théories parfois contradictoires
- ☐ B. L'espace est une construction sociale
- ☐ C. La sociologie cherche avant tout à analyser les grands problèmes de société, pas des situations concrètes
- ☐ D. La sociologie s'occupe surtout des groupes, pas des individus

2787 Qu'est-ce que l'holisme ?

- ☐ A. Un courant qui postule que l'être humain forme l'essence de sa vie par ses propres actions
- ☐ B. Une pensée qui exige que les phénomènes collectifs doivent être décrits et expliqués à partir des propriétés et des actions des individus et de leurs interactions mutuelles
- ☐ C. Une pensée qui tend à expliquer les parties à partir du tout

2788 Quel sociologue reconnu décède en 2002 ?

- ☐ A. Pierre Bourdieu
- ☐ B. Claude Lévi-Strauss
- ☐ C. Jacques Lacan

2789 Concernant Alexis de Tocqueville :

- ☐ A. Il vit au XVIIIe siècle
- ☐ B. Il part étudier la démocratie américaine
- ☐ C. Il défend la liberté individuelle et l'égalité politique
- ☐ D. Il est considéré comme un penseur marxiste

2790 Concernant Max Weber :

- ☐ A. Il est autrichien
- ☐ B. Il est considéré comme le fondateur de la sociologie compréhensive
- ☐ C. Il a écrit *L'Ethique protestante* et *L'Esprit du capitalisme*
- ☐ D. Toutes les réponses sont bonnes

2791 A quel fait social le sociologue Emile Durkheim consacre-t-il un ouvrage en 1897 ?

- ☐ A. Le suicide
- ☐ B. L'athéisme
- ☐ C. La révolution
- ☐ D. L'exploitation ouvrière

2792 Qui développe le concept d'habitus ?

- ☐ A. Pierre Bourdieu
- ☐ B. Raymond Boudon
- ☐ C. Emile Durkheim
- ☐ D. Michel Weber

2793 Pierre Bourdieu distingue quatre types de capitaux fondamentaux, notamment :

- ☐ A. Le capital économique
- ☐ B. Le capital intellectuel
- ☐ C. Le capital culturel
- ☐ D. Le capital symbolique
- ☐ E. Le capital humain

2794 Qui a écrit *Les héritiers : les étudiants et la culture* ?

- ☐ A. Pierre Bourdieu
- ☐ B. Emile Durkheim
- ☐ C. Jean-Claude Passeron
- ☐ D. Henri Mendras

2795 A qui doit-on le concept de la toupie qui est une modélisation graphique du concept de moyennisation ?

- ☐ A. Raymond Boudon
- ☐ B. Marie Mendras
- ☐ C. Christian Baudelot
- ☐ D. Alain Touraine

2796 Qui a écrit *L'Inégalité des chances* ?

- ☐ A. Pierre Bourdieu
- ☐ B. Raymond Boudon
- ☐ C. Jean-Claude Passeron
- ☐ D. Alain Touraine

2797 Concernant Raymond Boudon :

- ☐ A. C'est un sociologue belge
- ☐ B. Il a vécu au XIXe siècle
- ☐ C. Il est le chef de file de l'individualisme méthodologique
- ☐ D. Il se réclame d'Emile Durkheim et d'Alexis de Tocqueville

2798 Concernant Jacques Ellul :

- ☐ A. Il écrit *Le Système technicien*
- ☐ B. Ses thèmes de réflexion sont notamment la liberté et la technique
- ☐ C. Dans les années 1970, ses ouvrages sont largement promus par de nombreux intellectuels
- ☐ D. Sa devise est : « Exister, c'est résister »

4. Psychologie

2799 Qui est le fondateur de la psychologie analytique ?

- ☐ A. Carl Gustav Jung
- ☐ B. Sigmund Freud
- ☐ C. Jacques Lacan

2800 A qui doit-on le concept d'archétype ?

- ☐ A. Sigmund Freud
- ☐ B. Jacques Lacan
- ☐ C. Carl Gustav Jung

2801 Qu'est-ce que l'hystérie ?

- ☐ A. Une phobie
- ☐ B. Une névrose
- ☐ C. Une psychose

2802 Qui inventa le premier test d'intelligence ?

- ☐ A. David Wechsler
- ☐ B. Alfred Binet
- ☐ C. Aucune de ces réponses n'est bonne

2803 Quels sont les 3 stades par lequel l'enfant passe au cours de son développement psychique ?

- ☐ A. Anal, oral, moral
- ☐ B. Oral, phallique, normal
- ☐ C. Oral, anal, phallique

5. Peuples et langues du monde

2804 Comment appelle-t-on la science qui étudie de façon descriptive les différentes communautés ethniques ?

- ☐ A. L'historiographie
- ☐ B. L'ethnographie
- ☐ C. L'ethnologie
- ☐ D. La sociologie

2805 Parmi ces trois propositions concernant l'épistémologie, laquelle est fausse ?

- ☐ A. C'est une méthode pour décrypter les textes anciens
- ☐ B. C'est une réflexion philosophique et critique sur la science
- ☐ C. C'est une théorie de la connaissance

2806 La science chargée d'étudier l'origine des mots s'appelle :

- ☐ A. La sémantique
- ☐ B. La graphologie
- ☐ C. L'étymologie
- ☐ D. La phonétique

2807 Où les anthropologues situent-ils la naissance de l'humanité ?

- ☐ A. En Amérique
- ☐ B. Au sud de l'Amérique
- ☐ C. En Asie
- ☐ D. A l'ouest du Sénégal

2808 Qui était Alain Bentolila ?

- ☐ A. Un journaliste
- ☐ B. Un linguiste
- ☐ C. Un ethnologue
- ☐ D. Un philosophe

2809 Comment appelle-t-on les signes qui composent l'écriture maya ?

- ☐ A. Les glyphes
- ☐ B. Les hiéroglyphes
- ☐ C. Les phonèmes
- ☐ D. Les kanjis

2810 Comment appelle-t-on un caractère chinois ?

- ☐ A. Un idéogramme
- ☐ B. Un pictogramme
- ☐ C. Un phonogramme
- ☐ D. Un logogramme

2811 Quel est l'alphabet utilisé pour écrire le turc aujourd'hui ?

- ☐ A. L'alphabet arabe
- ☐ B. L'alphabet latin
- ☐ C. L'alphabet de l'Orkhon
- ☐ D. L'alphabet ottoman

2812 Selon les estimations, combien de langues environ compterait-on dans le monde ?

- ☐ A. Entre 120 et 250
- ☐ B. Entre 500 et 1 000
- ☐ C. Entre 1 000 et 2 500
- ☐ D. Entre 3 000 et 7 000
- ☐ E. Entre 7 500 et 10 000

2813 La langue la plus parlée dans le monde est :

- ☐ A. L'anglais
- ☐ B. L'espagnol
- ☐ C. L'hindi
- ☐ D. Le mandarin

2814 A combien d'individus sont estimés les francophones dans le monde ?

- ☐ A. Environ 150 millions
- ☐ B. Environ 275 millions
- ☐ C. Environ 410 millions

2815 Combien de personnes parlent le Breton ?

- ☐ A. Environ 30 000
- ☐ B. Environ 120 000
- ☐ C. Environ 200 000
- ☐ D. Environ 450 000

2816 Quelle est la langue parlée au Brésil ?

- ☐ A. Le portugais
- ☐ B. L'espagnol
- ☐ C. L'anglais
- ☐ D. Le français

2817 Quelles sont les langues officielles du Soudan ?

- ☐ A. L'anglais
- ☐ B. L'arabe
- ☐ C. Le soudanais
- ☐ D. Le français

2818 Quel peuple a inventé le premier alphabet ?

- ☐ A. Les Ugarits
- ☐ B. Les Sumériens
- ☐ C. Les Phéniciens

2819 Quelles sont les langues officielles parlées en Israël ?

- ☐ A. L'hébreu
- ☐ B. L'arabe
- ☐ C. L'anglais
- ☐ D. Le sanscrit

2820 Laquelle de ces langues n'est pas une langue morte ?

- ☐ A. Le gaulois
- ☐ B. L'hébreu
- ☐ C. Le latin
- ☐ D. Le slovince

2821 Le copte est une langue :

- ☐ A. Afro-asiatique
- ☐ B. Sumérienne
- ☐ C. Scandinave

2822 Le romanche, quatrième langue nationale Suisse est en usage dans le canton :

- ☐ A. Du Valais
- ☐ B. Du Jura
- ☐ C. Des Grisons
- ☐ D. De Berne

2823 Les Kalmouks sont un peuple :

- ☐ A. De Chine
- ☐ B. De Russie
- ☐ C. De Turquie

2824 Un Inuit est le véritable nom :

☐ A. De l'esquimau
☐ B. Du viking
☐ C. Du ressortissant islandais

2825 Dans quelle région du monde trouve-t-on le plus d'Acadiens ?

☐ A. A l'ouest de la Belgique
☐ B. Au centre de la Suisse
☐ C. Au sud de l'Inde
☐ D. A l'est du Canada

CORRIGE

Les réponses en bleu foncé font l'objet d'un complément de réponse après ce corrigé.

2724 Plotin

2725 En 479 avant notre ère

2726 Platon

2727 *Phèdre*

2728 *Gorgias*

2729 *La République*

2730 *Ion*

2731 *Aristote*

2732 Michel Foucault

2733 Pyrrhon

2734 René Descartes

2735 Thomas More

2736 Italien

2737 René Descartes

2738 Montesquieu

2739 Denis Diderot et Jean le Rond d'Alembert

2740 Emil Cioran

2741 Le Christianisme dévoilé

2742 Friedrich Nietzsche

2743 Jean-Jacques Rousseau

2744 Jean le Rond d'Alembert, Pierre de Marivaux

2745 Laclos – Montesquieur – Crébillon – Voltaire

2746 *Du contrat social, La Nouvelle Héloïse*

2747 *Le Dictionnaire philosophique, Zadig*

2748 Discours sur l'origine de l'inégalité

2749 L'Etat et la révolution

2750 L'existentialisme

2751 Elle est connue pour ses travaux sur l'activité politique, le totalitarisme et la modernité, Elle s'inspire de nombreux autres penseurs pour construire sa philosophie, notamment Aristote, Augustin, Emmanuel Kant, Elle écrit *Les Origines du totalitarisme*

2752 Elle est agrégée de philosophie, Elle a écrit *La Condition ouvrière*, Elle s'exprime avec beaucoup de lucidité sur la montée du nazisme et ses conséquences

2753 Michel Onfray

2754 Aristote

2755 Aristote, Saint Thomas

2756 Emmanuel Kant

2757 Zénon

2758 Une névrose obsessionnelle

2759 Dans l'*Evangile*

2760 Blaise Pascal

2761 Blaise Pascal

2762 Montesquieu

2763 Blaise Pascal

2764 François de la Rochefoucault

2765 François Rabelais

2766 *Les Ménines* de Diego Velasquez

2767 Celui qui sait obéir saura ensuite commander

2768 la vertu, la sagesse, L'exercice de la volonté et de la liberté, L'engagement dans la cité

2769 L'apathie, L'ataraxie, L'eudémonisme, L'amour de la retraite

2770 Est l'assimilation de Dieu à la nature

2771 La sophistique

2772 La *disputatio*, La scolastique

2773 Universaux

2774 Le réalisme, Le nominalisme

2775 La dialectique

2776 Le rationalisme

2777 L'humanisme

2778 Un mouvement qui intègre la préoccupation de la condition masculine à la préoccupation de la condition humaine en général

2779 Le spiritualisme

2780 Faire progresser le monde

2781 Au XXe siècle

2782 La psychanalyse

2783 La volonté de puissance

2784 Aucune affirmation n'est exacte

2785 Un moment de la recherche

2786 La sociologie cherche avant tout à analyser les grands problèmes de société, pas des situations concrètes, La sociologie s'occupe surtout des groupes, pas des individus

2787 Une pensée qui tend à expliquer les parties à partir du tout

2788 Pierre Bourdieu

2789 Il part étudier la démocratie américaine, Il défend la liberté individuelle et l'égalité politique

2790 Il est considéré comme le fondateur de la sociologie compréhensive, Il a écrit *L'Ethique protestante* et *L'Esprit du capitalisme*

2791 Le suicide

2792 Pierre Bourdieu

2793 Le capital économique, Le capital culturel, Le capital symbolique

2794 Pierre Bourdieu, Jean-Claude Passeron

2795 Marie Mendras

2796 Raymond Boudon

2797 Il est le chef de file de l'individualisme méthodologique, Il se réclame d'Emile Durkheim et d'Alexis de Tocqueville

2798 Il écrit *Le système technicien*, Ses thèmes de réflexion sont notamment la liberté et la technique, Sa devise est : « Exister, c'est résister »

2799 Carl Gustav Jung

2800 Carl Gustav Jung

2801 Une névrose

2802 David Wechsler

2803 Oral, anal, phallique

2804 L'ethnographie

2805 C'est une méthode pour décrypter les textes anciens

2806 L'étymologie

2807 Au sud de l'Amérique

2808 Un linguiste

2809 Les glyphes

2810 Un idéogramme

2811 L'alphabet latin

2812 Entre 3 000 et 7 000

2813 Le mandarin

2814 Environ 275 millions

2815 Environ 200 000

2816 Le portugais

2817 L'anglais, L'arabe

2818 Les Ugarits

2819 L'hébreu, L'arabe

2820 L'hébreu

2821 Afro-asiatique

2822 Des Grisons

2823 De Russie

2824 De l'esquimau

2825 A l'est du Canada

COMPLEMENTS DE REPONSES

2742 Friedrich Nietzsche est un philologue, philosophe, poète, pianiste et compositeur allemand né le 15 octobre 1844 à Röcken, en Prusse, et mort le 25 août 1900 à Weimar, en Allemagne.

L'œuvre de Nietzsche est essentiellement une généalogie critique de la culture occidentale moderne et de l'ensemble de ses valeurs morales (issues de l'interprétation chrétienne du monde), politiques (la démocratie, l'égalitarisme), philosophiques (le platonisme, mais surtout le socratisme, et toutes les formes de dualisme métaphysique) et religieuses (le christianisme et le bouddhisme). Cette critique procède d'un projet de dévaluer ces valeurs et d'en instituer de nouvelles dépassant le ressentiment et la volonté de néant qui ont dominé l'histoire de l'Europe sous l'influence du christianisme ; ceci notamment par l'affirmation d'un Eternel Retour du même et par le dépassement de l'humanité et l'avènement du surhomme. L'exposé de ses idées prend dans l'ensemble une forme aphoristique ou poétique.

2781 L'existentialisme est un courant philosophique ainsi que littéraire qui postule que l'être humain forme l'essence de sa vie par ses propres actions, celles-ci n'étant pas prédéterminées par des doctrines théologiques, philosophiques ou morales. L'existentialisme considère chaque personne comme un être unique maître de ses actes, de son destin et des valeurs qu'il décide d'adopter.

Bien qu'il existe des tendances communes entre les penseurs existentialistes, des différences subsistent : il y a notamment un fossé entre les existentialistes athées comme Jean-Paul Sartre et les philosophes existentiels chrétiens comme Søren Kierkegaard, Paul Tillich ou Gabriel Marcel, sans oublier la philosophie juive de l'existence de Martin Buber et Emmanuel Levinas ou encore musulmane d'Abdennour Bidar.

2824 Les Inuits sont un groupe de peuples autochtones partageant des similitudes culturelles et une origine ethnique commune vivant dans les régions arctiques de l'Amérique du Nord. Il y a environ 150 000 Inuits vivant au Groenland, au Canada et aux États-Unis.

Bien que le Conseil circumpolaire inuit regroupe également les Yupiks de l'Alaska et de la Sibérie, ceux-ci ne sont pas des Inuits dans le sens d'une descendance thuléenne. Les Inuits ne sont pas considérés comme des Amérindiens puisque leurs ancêtres seraient venus en Amérique plusieurs millénaires après l'arrivée des Paléoasiatiques, les ancêtres des Amérindiens4. En fait, les Inuits sont davantage similaires aux peuples habitant les régions arctiques asiatiques qu'aux peuples amérindiens5. Il ne faut pas non plus confondre les Inuits avec les Innus qui sont un peuple amérindien vivant dans la forêt boréale canadienne du Nord-Est du Québec et du Labrador.

Historiquement, les Inuits étaient un peuple de chasseurs nomades. De nos jours, si la plupart des Inuits sont devenus sédentaires, une grande partie vit encore de la chasse et de la pêche.

Plusieurs questions politiques se posent au sujet des Inuits, principalement des revendications territoriales. Au Canada, ils sont représentés par l'Inuit Tapiriit Kanatami. En fait, le plus important processus de revendication territoriale dans l'histoire du Canada a mené, en 1999, à la création du Nunavut, un nouveau territoire conçu comme patrie d'une grande partie des Inuits du Canada et dont le nom signifie « notre terre » en inuktitut, la langue principale des Inuits canadiens. De plus, afin de répondre aux revendications des Inuits de la région du Nunavik dans le Nord-du-Québec, le gouvernement québécois a créé l'Administration régionale Kativik dans le cadre de la Convention de la Baie-James et du Nord québécois.

14. SCIENCES, TECHNIQUES, INFORMATIQUE ET WEB

Ce chapitre est composé de **5 sections** pour un total de **175 questions**.

1. Instituts de recherche et théories scientifiques
2. Energie et matière
3. Transports et espace
4. Grandes inventions
5. Informatique et Internet

[A SAVOIR !]

110 Les numéros de questions de ce type signifient qu'il n'y a qu'une seule et unique réponse juste à la question posée.

111 Les numéros de questions de ce type signifient qu'il y a **plusieurs (2 ou plus) réponses possibles justes à la question.**

[UN CONSEIL IMPORTANT]

Nous vous conseillons vivement de répondre à toutes les questions d'une section avant d'en découvrir les solutions. L'erreur consiste en effet généralement à traiter une question et à vérifier aussitôt la réponse parce que l'on veut s'assurer d'avoir trouvé la réponse juste ou parce que l'on est impatient de la découvrir dans le cas où on ne la connaît pas. Si vous souhaitez sérieusement progresser, vous devez absolument vous imprégner du thème traité par la section et répondre d'un trait à toutes les questions d'une section.

[QUELQUES MOTS SUR...]

1. La science [LAROUSSE]

Le mot science est ambigu. D'un côté, il sert à désigner la forme la plus haute de savoir et de connaissance humaine, celle qui ne peut être remise en question et qui possède la valeur de l'absolument vrai. De l'autre, il renvoie à des activités de production de connaissances bien identifiables dans les sociétés modernes parce qu'elles sont en liaison avec des institutions (universités, laboratoires, sociétés savantes, etc.), des investissements et des développements techniques qui, depuis la révolution industrielle du XIXe siècle, ont peu à peu bouleversé notre vie quotidienne. Il n'est pas sûr que les différentes sciences puissent correspondre à une idée unique de la Science et que l'on puisse donner une fois pour toutes des critères de scientificité. Le phénomène scientifique doit être abordé par le biais de son développement historique et des réflexions qu'il suscite.

2. L'énergie et la matière [WIKIPEDIA]

L'énergie est l'un des concepts de base de la physique grâce à une propriété fondamentale : un système isolé a une énergie totale constante. Il ne peut donc y avoir création ou disparition d'énergie, mais simplement transformation d'une forme d'énergie en une autre ou transfert d'énergie d'un système à un autre.

L'énergie est disponible dans la nature sous différentes formes, qui sont convertibles. On l'utilise sous forme mécanique (liée au mouvement : énergie cinétique, énergie potentielle), thermique (chaleur), électrique (engendrée par des différences de charges électriques), chimique (stockée sous la forme de liaisons chimiques, exploitée par les êtres vivants lors de la respiration et des fermentations, ou par combustion dans les moteurs thermiques), nucléaire (libérée par fission ou fusion de noyaux d'atomes) ou lumineuse (rayonnement). On peut extraire l'énergie par combustion, du bois, du charbon, du pétrole ou du gaz. Ainsi, un moteur à explosion transforme par combustion l'énergie chimique de l'essence, tirée du pétrole, en chaleur, puis cette chaleur en mouvement.

3. L'informatique et Internet [LAROUSSE]

L'informatique est au centre d'un secteur industriel dont les produits ont évolué avec une rapidité fulgurante. Elle apparaît tour à tour accusée de tous les maux ou auréolée de tous les pouvoirs. De machine à rêver, l'ordinateur est devenu un outil qui a investi tant la vie privée que le monde professionnel. Cette évolution technologique a transformé au fur et à mesure ses méthodes d'utilisation et provoqué une diversification du paysage informatique.

Le réseau Internet fonctionne de façon décentralisée, sans dépendre d'une administration ou d'un ordinateur central. Destiné, à l'origine, à mettre en relation chercheurs et militaires aux Etats-Unis, il dépasse aujourd'hui, très sensiblement, l'univers des centres de recherche et des universités des pays industrialisés. Réseau informatique globalisant, Internet participe largement à la structuration du « village planétaire », utopie décrite dans les années 1970 par le sociologue canadien Herbert Marshall McLuhan. Du fait du nombre de personnes qu'il permet d'atteindre, ce moyen de communication sans précédent donne naissance à de nouveaux types d'interactions et de communications dont les conventions sociales, techniques, juridiques, économiques sont en cours de définition et de mise en œuvre.

1. Instituts de recherche et théories scientifiques

2826 En quelle année l'Académie des sciences est-elle fondée ?

- ☐ A. En 1466
- ☐ B. En 1566
- ☐ C. En 1666
- ☐ D. En 1766
- ☐ E. En 1866

2827 Le sigle CNRS signifie :

- ☐ A. Centre national de la recherche scientifique
- ☐ B. Centre national des ressources scientifiques
- ☐ C. Comité national de régénération scientifique
- ☐ D. Comité national des réalisations scientifiques

2828 Le concours Lépine est :

- ☐ A. Un concours littéraire
- ☐ B. Un concours d'invention
- ☐ C. Un concours administratif
- ☐ D. Un concours agricole

2829 Quel laboratoire de recherche annonce en novembre 2010 avoir réussi à piéger pour la première fois des atomes d'antihydrogène dans un champ magnétique, ce qui constitue une avancée dans la connaissance scientifique de l'antimatière ?

- ☐ A. Conseil européen pour la recherche nucléaire
- ☐ B. Centre national de recherche scientifique
- ☐ C. Laboratoires internationaux de recherche
- ☐ D. National Aeronautics and Space Administration

2830 Installé en Sologne à Nancy, l'instrument semi-mobile à réflecteur plan orientable est :

- ☐ A. Une lunette astronomique
- ☐ B. Un radiotélescope
- ☐ C. Un spectroscope

2831 Le complexe industriel et scientifique de Sophia-Antipolis, créé en 1969, se trouve près de :

- ☐ A. Grenoble
- ☐ B. Montpellier
- ☐ C. Nice

2832 Toulouse est :

- ☐ A. Le centre d'une région industrialisée dominée par la construction automobile
- ☐ B. Le plus important pôle français de l'industrie aéronautique et spatiale
- ☐ C. Une université particulièrement réputée en instrumentalisation médicale et dans les biotechnologies

2833 La SNECMA est la Société nationale d'étude et de construction :

- ☐ A. De machines agricoles
- ☐ B. De maisons aménagées
- ☐ C. De moteurs d'avions

2834 Dans laquelle des propositions ci-dessous l'ordre chronologique des faits est-il respecté ?

a. Formulation de la théorie de la relativité générale par Albert Einstein

b. Publication de *L'Origine des espèces au moyen de la sélection naturelle* par Charles Darwin

c. Condamnation de Galileo Galilei, dit Galilée, par l'église pour avoir soutenu la thèse du mouvement de la Terre autour du Soleil

d. Formulation de la théorie de l'attraction universelle par Isaac Newton

- ☐ A. d – c – b – a
- ☐ B. d – c – a – b
- ☐ C. c – d – b – a
- ☐ D. c – d – a – b
- ☐ E. Aucune de ces réponses n'est bonne

2835 Le 100e anniversaire de cette théorie due à un physicien allemand a été fêté en 2005. De quelle théorie s'agit-il ?

- ☐ A. La relativité générale
- ☐ B. La mécanique quantique
- ☐ C. La relativité restreinte
- ☐ D. La mécanique ondulatoire
- ☐ E. Aucune de ces réponses n'est bonne

2836 Gerardus Mercator est l'inventeur de :

- ☐ A. La boussole
- ☐ B. Le sextant
- ☐ C. La projection cylindrique

2837 Une théorie astronomique naît à la Renaissance. Laquelle ?

- ☐ A. Le géocentrisme
- ☐ B. L'héliocentrisme
- ☐ C. L'égocentrisme

2838 Lequel de ces savants n'est pas un astronome ?

- ☐ A. Claude Ptolémée
- ☐ B. Nicolas Copernic
- ☐ C. Johannes Kepler
- ☐ D. Louis Pasteur

2839 Il découvrit la loi de la chute des corps et énonça le principe d'inertie :

- ☐ A. Johannes Kepler
- ☐ B. Nicolas Copernic
- ☐ C. Galileo Galilei dit Galilée
- ☐ D. Gottfried Wilhelm Leibniz

2840 A quel fruit est associé le nom d'Isaac Newton ?

- ☐ A. La banane
- ☐ B. La poire
- ☐ C. La cerise
- ☐ D. La pomme
- ☐ E. Aucune de ces réponses n'est bonne

2841 Blaise Pascal jeta les bases du calcul de probabilité :

- ☐ A. Vrai
- ☐ B. Faux

2842 Qui est l'auteur de la théorie de la relativité ?

- ☐ A. Albert Einstein
- ☐ B. Pierre et Marie Curie
- ☐ C. Thomas Edison
- ☐ D. Les frères Lumière

2843 La formule E = MC² est de :

- ☐ A. Enrico Fermi
- ☐ B. Pierre Curie
- ☐ C. Frédéric Joliot-Curie
- ☐ D. Albert Einstein

2844 Deux de ces savants découvrent la radioactivité artificielle en 1933 :

- ☐ A. Marie Curie
- ☐ B. Irène Joliot-Curie
- ☐ C. Frédéric Joliot-Curie
- ☐ D. Albert Einstein

2845 Quel physicien a découvert les rayons X ?

- ☐ A. Henrich Hertz
- ☐ B. William Roentgen
- ☐ C. Edouard Branly
- ☐ D. Guglielmo Marconi

2846 La vitesse de la lumière dans le vide tourne autour de :

- ☐ A. 500 000 m/s^{-1}
- ☐ B. 8 000 000 m/s^{-1}
- ☐ C. 300 000 000 m/s^{-1}
- ☐ D. 500 000 000 000 m/s^{-1}

2847 Le débit d'un cours d'eau est mesuré en :

- ☐ A. m^3/seconde
- ☐ B. dm^3/heure
- ☐ C. litres/minute

2848 Qu'appelle-t-on le stress hydrique ?

- ☐ A. Pas assez d'eau douce pour satisfaire la demande des végétaux
- ☐ B. Processus d'évaporation
- ☐ C. Itinéraire de l'eau douce de la source au consommateur
- ☐ D. Trop de plomb dans l'eau
- ☐ E. Aucune de ces réponses n'est bonne

2849 Que désigne la relativité ?

- ☐ A. Le fait que tout change
- ☐ B. Le fait que tout soit en relation
- ☐ C. Une théorie physique révolutionnaire
- ☐ D. Un vague sentiment

2850 Les nanotechnologies tiennent leur nom de :

- ☐ A. Leur taille
- ☐ B. Leur champ d'application
- ☐ C. L'appareil qu'elles utilisent
- ☐ D. Celui qui les a inventées

2. Energie et matière

2851 Quel est l'autre nom de l'hydroélectricité au XIXe siècle ?

- ☐ A. L'électricité des montagnes
- ☐ B. L'eau électrique
- ☐ C. La houille blanche

2852 Quelle énergie nouvelle d'origine biologique et agricole entre dans la composition de nouveaux carburants destinés aux voitures écologiques ?

☐ A. Le pétrole
☐ B. L'éthanol
☐ C. Le gaz naturel
☐ D. Le potassium

2853 Quelle est la source de l'énergie éolienne ?

☐ A. L'eau
☐ B. Le vent
☐ C. L'huile

2854 La géothermie est :

☐ A. L'étude des sources d'énergie
☐ B. La variation des températures terrestres
☐ C. La chaleur de la terre
☐ D. La mesure des températures terrestres

2855 Quelle est la source de l'énergie dite photovoltaïque ?

☐ A. Le vent
☐ B. Le soleil
☐ C. La mer
☐ D. Les cours d'eau (rivières, fleuves…)
☐ E. La combustion d'hydrocarbures

2856 Qui réalise à Chicago, en 1942, la première pile atomique ?

☐ A. Henri Oppenheimer
☐ B. Enrico Fermi
☐ C. Werner von Braun
☐ D. Albert Einstein

2857 Où explose la première bombe atomique ?

☐ A. Alamogordo
☐ B. Hiroshima
☐ C. Nagasaki

2858 Dans quel pays la première centrale nucléaire civile commence à fonctionner ?

☐ A. En France
☐ B. Aux Etats-Unis
☐ C. En Allemagne
☐ D. En URSS

2859 Combien y a-t-il de centrales nucléaires en France ?

☐ A. 10
☐ B. 19
☐ C. 37

2860 Pour la découpe de pièces complexes entrant dans la constitution de centrales nucléaires, le CEA (Commissariat à l'énergie atomique) utilise :

☐ A. Un disque laser
☐ B. Un découpe laser
☐ C. Une arme laser

2861 Quel est le rôle de l'usine de La Hague ?

☐ A. Traiter les combustibles irradiés
☐ B. Recycler les déchets industriels
☐ C. Recycler les déchets agricoles
☐ D. Recycler les déchets ménagers

2862 Le premier inventeur de la pile est :

☐ A. Georges Claude
☐ B. Georges Leclanché
☐ C. Alessandro Volta

2863 La pile Wonder fait son apparition en 1916 ; nous la devons à :

- ☐ A. Thomas Edison
- ☐ B. André Ampère
- ☐ C. Gaston Planté
- ☐ D. Estelle Courtecuisse

2864 Dans une ampoule électrique, le filament est constitué d'un fil de :

- ☐ A. Cuivre
- ☐ B. Plomb
- ☐ C. Tungstène

2865 Qui a mis au point un système complet d'éclairage électrique ?

- ☐ A. Werner von Siemens
- ☐ B. Johann Georg Halske
- ☐ C. Thomas Edison
- ☐ D. Alexander Graham Bell

2866 Le voltmètre sert à mesurer :

- ☐ A. Les températures très élevées
- ☐ B. La pression des pneumatiques automobiles
- ☐ C. La tension électrique
- ☐ D. La pression artérielle

2867 Quel pays a la plus grande éolienne dans le monde en 2016 ?

- ☐ A. L'Allemagne
- ☐ B. La France
- ☐ C. Le Danemark
- ☐ D. L'Espagne
- ☐ E. Les Etats-Unis

2868 Quel est le plus grand barrage jamais réalisé au monde ?

- ☐ A. Le barrage des Trois Gorges
- ☐ B. Le barrage de Grandval
- ☐ C. Le barrage d'Assouan

2869 Le derrick est :

- ☐ A. Le pétrolier
- ☐ B. La plate-forme de forage
- ☐ C. L'outil de forage des puits de pétrole
- ☐ D. La tour de forage

2870 En 1816,qui parvient à obtenir le premier négatif en sensibilisant une feuille de papier avec du chlorure d'argent ?

- ☐ A. Les frères Lumière
- ☐ B. Nicéphore Niepce
- ☐ C. Félix Nadar
- ☐ D. Robert Doisneau

2871 Qui invente en 1855 le convertisseur permettant d'obtenir en une seule opération 5 à 10 tonnes d'acier par affinage de la fonte brute ?

- ☐ A. Henri Bessemer
- ☐ B. Sidney Gilchrist Thomas
- ☐ C. Siemens Martin
- ☐ D. Carl Bentz

2872 Qui met au point le nouveau procédé de fabrication de la soude dans les années 1860 ?

- ☐ A. Ernest Solvay
- ☐ B. Marcellin Berthelot
- ☐ C. Andrew Carnegie
- ☐ D. Paul Heroult

2873 Quel ingénieur écossais met au point le revêtement des routes constitué d'un mélange de goudron, de pierres concassées et de sable ?

☐ A. John London McAdam
☐ B. John London MacDonald
☐ C. John London Mac Arthur

2874 Quels sont les deux composants chimiques de l'eau ?

☐ A. Hydrogène et oxygène
☐ B. Oxygène et carbone
☐ C. Azote et hydrogène
☐ D. Phosphore et oxygène

2875 Quelle est la plus petite entité composant l'atome ?

☐ A. Le proton
☐ B. Le neutron
☐ C. Le nucléon
☐ D. Le quark

2876 Parmi ces métaux, lequel est le premier à être utilisé en métallurgie ?

☐ A. Le cuivre
☐ B. Le bronze
☐ C. Le fer

2877 L'acier est un alliage :

☐ A. De fer et de carbone
☐ B. De fer et de cuivre
☐ C. De cuivre et de fonte
☐ D. De cuivre et de zinc

2878 Quel matériau n'entre pas dans la fabrication du béton ?

☐ A. Le kaolin
☐ B. Le sable
☐ C. Le ciment
☐ D. Le gravier

2879 Quel matériau compose généralement la semelle des skis alpins ?

☐ A. Le polystyrène
☐ B. Le polyuréthane
☐ C. Le polyéthylène

2880 Comment appelle-t-on le dioxyde de carbone refroidi jusqu'à atteindre sa température de solidification qui est de – 78,5 °C ?

☐ A. L'azote liquide
☐ B. La neige carbonique
☐ C. L'air liquide

3. Transports et espace

2881 Quand est mise en service la première ligne du métro parisien ?

☐ A. En 1863
☐ B. En 1876
☐ C. En 1900
☐ D. En 1904

2882 Le premier métro au monde est mis en service à :

☐ A. Paris
☐ B. New York
☐ C. Londres
☐ D. Berlin

2883 La locomotive électrique qui est la machine la plus utilisée en Europe est munie d'un bras articulé sur son toit qui s'appelle :

- ☐ A. La caténaire
- ☐ B. Le pantographe
- ☐ C. L'aiguillage
- ☐ D. Le bogie

2884 Les joints qui réunissent les barres d'un rail d'une voie ferrée s'appellent :

- ☐ A. Le ballast
- ☐ B. Les traverses
- ☐ C. Les crampons
- ☐ D. Les éclisses

2885 Le 3 avril 2007, le TGV bat le record du monde de vitesse sur rail en roulant à :

- ☐ A. 518 km/h
- ☐ B. 574,8 km/h
- ☐ C. 554,8 km/h

2886 Le transport des camions par le rail s'appelle :

- ☐ A. Le camion-rail
- ☐ B. L'eurostar
- ☐ C. Le ferroutage
- ☐ D. Le rail-container

2887 Qui met au point le mécanisme du moteur à explosion à quatre temps ?

- ☐ A. Dieter Daimler
- ☐ B. Carl Benz
- ☐ C. Rudolf Diesel
- ☐ D. Henri Ford

2888 Parmi ces quatre séquences, quelle est celle qui n'entre pas dans le fonctionnement du moteur à explosion ?

- ☐ A. L'admission
- ☐ B. La compression
- ☐ C. L'explosion
- ☐ D. La liquéfaction

2889 Le scooter est inventé :

- ☐ A. En Italie
- ☐ B. Au Japon
- ☐ C. Aux Etats-Unis
- ☐ D. En France

2890 La première voiture construite en série sur une chaîne de montage est :

- ☐ A. La traction-avant
- ☐ B. La Ford T
- ☐ C. La Panhard-Levasseur

2891 Quelle firme européenne est la première à introduire en 1953 le moteur turbo diesel sur les camions ?

- ☐ A. BMW
- ☐ B. Saab
- ☐ C. Volvo

2892 A quelle valeur correspond le cheval vapeur (CV) pour une voiture ?

- ☐ A. 0,736 kW
- ☐ B. 1 kW
- ☐ C. 2 kW

2893 Les premières voitures électriques sont mises au point :

- ☐ A. Aux Etats-Unis
- ☐ B. En Allemagne
- ☐ C. En Italie
- ☐ D. En France

2894 En 1899, le pilote Camille Jenatzy franchit la barre des 100 km/h à bord d'une voiture électrique appelée :

- ☐ A. La *Jamais Contente*
- ☐ B. La *Flèche Bleue*
- ☐ C. *Adèle*

2895 L'inventeur du pneumatique est :

- ☐ A. Les frères Michelin
- ☐ B. John Boyd Dunlop
- ☐ C. Louis Rustin
- ☐ D. Bibendum

2896 La résistance mécanique à l'usure et l'amélioration de la tenue de route furent rendues possible grâce au pneu à carcasse radiale inventé par :

- ☐ A. Les frères Michelin
- ☐ B. Benedictus
- ☐ C. Louis Renault

2897 Le système électronique qui maîtrise le freinage et empêche le blocage des roues sur les véhicules s'appelle :

- ☐ A. L'aérofrein
- ☐ B. L'airbag
- ☐ C. L'ABS
- ☐ D. L'aérotrain

2898 Le rétroviseur d'une automobile est un miroir :

- ☐ A. Concave
- ☐ B. Convexe
- ☐ C. Droit

2899 Le premier ballon à sustentation dans l'air qui prit son envol le 19 septembre 1783 est :

- ☐ A. La montgolfière
- ☐ B. Le Zeppelin
- ☐ C. L'Icare

2900 L'hélicoptère apparait pour la première fois en :

- ☐ A. 1907
- ☐ B. 1921
- ☐ C. 1935

2901 Quel appareil spécialisé dans la lutte contre les incendies utilise le « bambi bucket » ?

- ☐ A. L'hélicoptère bombardier d'eau (HBE)
- ☐ B. L'avion amphibie bombardier 415
- ☐ C. La moto pompe
- ☐ D. Le bateau pompe

2902 Quel pilote réalise le premier vol trans-atlantique sans escale en 1927 ?

- ☐ A. Alberto Santos-Dumont
- ☐ B. Jean Mermoz
- ☐ C. Charles Lindbergh

2903 Quel est le nom de l'appareil qui réalise le premier vol transatlantique sans escale ?

☐ A. *Le Petit Prince*
☐ B. *L'Albatros*
☐ C. *Spirit of Saint-Louis*

2904 Le pionnier de l'aviation moderne est :

☐ A. Louis Blériot
☐ B. Antoine de Saint-Exupéry
☐ C. Clément Ader

2905 A quelle vitesse vole le chasseur Bell X-1 le 14 octobre 1947 quand il franchit le mur du son pour la première fois ?

☐ A. 1 000 km/h
☐ B. 1 225 km/h
☐ C. 800 km/h

2906 Les moyens-courriers, qui représentent la gamme la plus répandue dans les compagnies aériennes, répondent à un rayon d'action de 2 500 km à 5 000 km et à une capacité d'accueil de 100 et 240 passagers. A l'aide de ces informations, retrouvez la liste des appareils correspondants à cette famille.

☐ A. MD-11, Boeing 737, Boeing 757, Airbus 319
☐ B. Boeing 737, Airbus 320, DC-9, MD-80
☐ C. Boeing 747, Airbus 340, Airbus 330, Boeing 777

2907 Retrouvez parmi ces dimensions, celles qui correspondent à l'envergure et la longueur de l'Airbus 380 :

☐ A. Envergure 80 m, longueur 73 m
☐ B. Envergure 65 m, longueur 59 m
☐ C. Envergure 50 m, longueur 55 m
☐ D. Envergure 95 m, longueur 80 m

2908 Avec un rayon d'action de 14 200 à 16 200 kilomètres, le A-380 est le plus gros porteur au monde et peut accueillir jusqu'à :

☐ A. 452 passagers
☐ B. 652 passagers
☐ C. 850 passagers

2909 L'airbus 400M est un avion :

☐ A. Civil de tourisme
☐ B. Civil d'affaires
☐ C. Militaire de transport tactique et stratégie
☐ D. Militaire de combat

2910 Comment s'appelle le système de radionavigation européen par satellite, concurrent du GPS américain ?

☐ A. Erasmus
☐ B. Copernicius
☐ C. Galiléo
☐ D. Socrate

2911 Le GPS dans les engins agricoles est utilisé pour :

☐ A. Retrouver son chemin dans la campagne
☐ B. Utiliser toutes les fonctions de la machine agricole
☐ C. Repérer les lignes de travail dans les champs

2912 Quelle propulsion assure aux sous-marins une durée de plongée plus longue et plus discrète ?

☐ A. Propulsion électrique
☐ B. Propulsion anaérobique
☐ C. Propulsion nucléaire

2913 Quel appareil, à bord d'un navire, sert à mesurer le profil des fonds marins ?

- ☐ A. Le tachymètre
- ☐ B. Le sonar
- ☐ C. Le bathuscaphe

2914 En 1962, quelle réalisation contribue grandement au prestige de la France ?

- ☐ A. La *Caravelle*
- ☐ B. Le *Charles de Gaulle*
- ☐ C. Le sous marin *Le Redoutable*
- ☐ D. Le paquebot *France*

2915 Le premier bâtiment de surface à propulsion nucléaire est le porte-avions :

- ☐ A. *Jeanne d'Arc*
- ☐ B. *La Fayette*
- ☐ C. *Charles de Gaulle*
- ☐ D. *Clemenceau*

2916 Quelle technique de propulsion est utilisée par la catapulte sur les porte-avions ?

- ☐ A. Le sabot électronique
- ☐ B. Le sabot mécanique
- ☐ C. Le sabot hydraulique
- ☐ D. Le sabot à vapeur

2917 En 1898, l'engin destiné à explorer l'atmosphère en altitude de façon automatique est :

- ☐ A. Le radar météorologique
- ☐ B. La radio-sonde
- ☐ C. Le ballon-sonde

2918 Comment s'appelle le premier satellite artificiel ?

- ☐ A. *Landsat 1*
- ☐ B. *Helios 1*
- ☐ C. *Spoutnik 1*
- ☐ D. *Voyager 1*

2919 A quelle date l'URSS lance-t-elle dans l'espace le premier Spoutnik ?

- ☐ A. 1955
- ☐ B. 1957
- ☐ C. 1959
- ☐ D. 1961

2920 Comment s'appelle le premier cosmonaute ?

- ☐ A. Neil Armstrong
- ☐ B. « Buzz » Aldrin
- ☐ C. Youri Gagarine

2921 Qui est la première femme à avoir été dans l'espace ?

- ☐ A. Valentina Terechkova
- ☐ B. Nadia Comaneci
- ☐ C. Irina Nemcova
- ☐ D. Ursula Didoskaia
- ☐ E. Heidi Klum

2922 La France devient la troisième puissance spatiale avec le lancement de la fusée *Diamant* en :

- ☐ A. Décembre 1979
- ☐ B. Novembre 1965
- ☐ C. Février 1986

2923 L'homme pose le pied sur la Lune pour la première fois en :

☐ A. Juillet 1969
☐ B. Juillet 1970
☐ C. Juillet 1971

2924 Le premier homme ayant marché sur la Lune est :

☐ A. Youri Gagarine
☐ B. Neil Armstrong
☐ C. « Buzz » Aldrin
☐ D. Américain
☐ E. Russe

2925 Quelle importante découverte a été faite par la Nasa sur la Lune ?

☐ A. La découverte d'une forme de vie
☐ B. La découverte d'une importante quantité d'eau gelée
☐ C. La découverte de sable
☐ D. La découverte de lacs

2926 Le premier décollage de la fusée *Ariane* a lieu en :

☐ A. 1970
☐ B. 1979
☐ C. 1990
☐ D. 1995

2927 Parmi ces pays, lequel est le 3e à avoir réussi une sortie autonome dans l'espace ?

☐ A. La Chine
☐ B. Le Japon
☐ C. La Russie
☐ D. La France

2928 Le cosmonaute français envoyé dans l'espace le 24 juin 1982 est :

☐ A. Patrick Baudry
☐ B. Jean-Loup Chrétien
☐ C. Claudine André-Deshays

2929 De quel centre spatial la navette américaine Atlantis est-elle lancée lors de sa mission inaugurale le 3 octobre 1985 ?

☐ A. Du centre spatial Kourou en Guyane
☐ B. Du centre spatial Uchinoura au Japon
☐ C. Du centre spatial Kennedy en Floride
☐ D. Du centre spatial Baïkonour au Kazakhstan

2930 La sonde *New Horizon* lancée en janvier 2006 a pour objectif :

☐ A. Mars
☐ B. Pluton
☐ C. Vénus
☐ D. Saturne

2931 Quelle fusée lance en 2007 le premier satellite panafricain qui fournira des services de télécommunication dans les zones rurales africaines ?

☐ A. *Explorer*
☐ B. *Soyouz*
☐ C. *Longue Marche*
☐ D. *Ariane*

2932 La famille *Ariane* comporte :

☐ A. Trois versions principales
☐ B. Cinq versions principales
☐ C. Dix versions principales
☐ D. Cinquante versions principales

2933 Où se situe la base de lancement d'*Ariane* ?

☐ A. A Kourou
☐ B. A Cap Canaveral
☐ C. A Baïkonour

2934 Le polygone de lancement des fusées s'appelle :

☐ A. La rampe de lancement
☐ B. L'aire d'envol
☐ C. Le pas de tir
☐ D. Le pont d'envol

2935 Quel est l'observatoire qui bénéficie de la technique de l'interférométrie ?

☐ A. L'observatoire du mont Paranal au Chili (le VLT)
☐ B. L'observatoire GTC aux Canaries
☐ C. L'observatoire Mauna Kéa à Hawai (les télescopes Kecks)
☐ D. Le South African Large Telescope (le SALT)

2936 Quel est en 2009 le plus grand observatoire spatial ?

☐ A. La sonde *Mariner*
☐ B. Le télescope spatial *Hubble*
☐ C. Le télescope spatial *Herschel*
☐ D. La sonde *Cassini*

2937 Le plus grand télescope est européen. Où est-il basé ?

☐ A. Au Pérou
☐ B. Au Chili
☐ C. En Argentine
☐ D. En Bolivie
☐ E. Aucune de ces réponses n'est bonne

4. Grandes inventions

2938 Quel peuple invente le boulier en l'an 3000 avant notre ère afin d'effectuer les opérations arithmétiques ?

☐ A. Les Berbères
☐ B. Les Chinois
☐ C. Les Egyptiens
☐ D. Les Babyloniens
☐ E. Aucune de ces réponses n'est bonne

2939 Quel pays découvre l'imprimerie au XIe siècle :

☐ A. Le Japon
☐ B. Le Pérou
☐ C. L'Allemagne
☐ D. La Chine

2940 Quel pays invente les baguettes, couverts de table utilisés principalement en Asie ?

☐ A. Le Japon
☐ B. La Thaïlande
☐ C. La Chine
☐ D. Le Vietnam

2941 En quelle année Johannes Gutenberg découvre l'imprimerie en Europe ?

☐ A. 1336
☐ B. 1436
☐ C. 1536
☐ D. 1636

2942 Mise au point en 1550, la pièce mécanique articulée permettant un mouvement dans tous les sens s'appelle :

☐ A. Le cardan
☐ B. L'amortisseur
☐ C. L'arbre de transmission

2943 Le visionnaire qui imagina et dessina le pont à arches, l'hélicoptère, la voiture à quatre roues, la chaîne à maillon est :

- ☐ A. Johannes Gutenberg
- ☐ B. Blaise Pascal
- ☐ C. Léonard De Vinci
- ☐ D. Michelangelo Buonarroti

2944 En 1643, Evangelista Torricelli invente :

- ☐ A. Le baromètre
- ☐ B. Le thermomètre
- ☐ C. Le pluviomètre
- ☐ D. Le paratonnerre

2945 Qui a inventé le paratonnerre en 1752 ?

- ☐ A. Heinrich Hertz
- ☐ B. Pierre Curie
- ☐ C. Benjamin Franklin

2946 Qui est l'inventeur de la dynamite ?

- ☐ A. Alfred Nobel
- ☐ B. Alfred Dynamo
- ☐ C. Alfred Volta
- ☐ D. Aucune de ces réponses n'est bonne

2947 La machine à vapeur à double effet fut inventée par :

- ☐ A. Alessandro Volta
- ☐ B. James Watt
- ☐ C. Antoine de Lavoisier
- ☐ D. George Atwood

2948 L'inventeur de la machine à coudre en 1830 est :

- ☐ A. Isaac Merrit Singer
- ☐ B. Barthélemy Thimonnier
- ☐ C. Joseph Marie Jacquard

2949 L'ascenseur moderne apparaît en :

- ☐ A. 1654
- ☐ B. 1754
- ☐ C. 1854
- ☐ D. 1954

2950 Qui est l'inventeur du 1er télégraphe électrique, ainsi que du code permettant de communiquer ?

- ☐ A. Samuel Morse
- ☐ B. Alexander Graham Bell
- ☐ C. Antoine Barnay

2951 En quelle année fut inventé le chewing-gum ?

- ☐ A. 1872
- ☐ B. 1914
- ☐ C. 1944

2952 En quelle année Eugène Poubelle inventa-t-il la poubelle ?

- ☐ A. 1864
- ☐ B. 1884
- ☐ C. 1904

2953 Qui dépose pour la première fois le brevet de la télégraphie sans fil (TSF) en 1896 ?

- ☐ A. Eugène Ducretet
- ☐ B. Guglielmo Marconi
- ☐ C. Pierre Sabbagh

2954 Qu'a réalisé l'ingénieur français Eugène Belgrand pour le compte du baron Haussmann ?

- ☐ A. L'installation du réseau d'égouts de la Ville de Paris
- ☐ B. La transformation de Paris
- ☐ C. Le canal de Suez
- ☐ D. La Cité radieuse de Marseille

2955 Quel ingénieur est l'un des pionniers de la télévision ?

- ☐ A. Le japonais Kenjiro Takayanagi
- ☐ B. Le physicien allemand Karl Ferdinand Braun
- ☐ C. Le russe Vladimir Kosma Zworykin
- ☐ D. L'écossais John Baird

2956 Quand est mis au point le procédé de la congélation des aliments ?

- ☐ A. 1775
- ☐ B. 1852
- ☐ C. 1923
- ☐ D. 1946

2957 Le premier radar est mis au point :

- ☐ A. A la fin du XIXe siècle
- ☐ B. Dans les années 1930
- ☐ C. Dans les années 1950
- ☐ D. Dans les années 1970

2958 Quand est né le stylo à bille ?

- ☐ A. 1890
- ☐ B. 1922
- ☐ C. 1938
- ☐ D. 1955

2959 En 1945 Percy Spencer invente par hasard le four à micro-ondes. Il menait des recherches pour améliorer :

- ☐ A. Le téléphone
- ☐ B. Le radar
- ☐ C. L'IRM
- ☐ D. Le four

2960 En quelle année le transistor est-il inventé ?

- ☐ A. 1944
- ☐ B. 1948
- ☐ C. 1952
- ☐ D. 1956

2961 Quel physicien français invente le laser en 1960 ?

- ☐ A. Alfred Kastler
- ☐ B. Werner von Braun
- ☐ C. Alain Touraine
- ☐ D. Norbert Wiener

2962 Qui a inventé la climatisation ?

- ☐ A. Willis H. Carrier
- ☐ B. William H. Hoover
- ☐ C. Les deux réponses sont bonnes, Carrier et Hoover étaient associés

2963 Un massicot permet de :

- ☐ A. Relier ensemble les pages d'un document
- ☐ B. Couper les pages d'un document
- ☐ C. Classer les pages d'un document

2964 Quelle installation moderne permet aux skieurs de gagner le haut des pistes, confortablement, sans déchausser leurs skis ?

☐ A. Le téléphérique
☐ B. Le télésiège débrayable
☐ C. Le téléski
☐ D. La télécabine

2965 Le ballon ABS, l'Arva, la sonde télescopique et la pelle sont de nos jours, le matériel indispensable pour :

☐ A. Les victimes de la route
☐ B. Les victimes d'inondations
☐ C. Les victimes d'avalanches
☐ D. Les victimes de séismes

2966 Quel est le type d'appareil photographique numérique dont les optiques sont interchangeables ?

☐ A. Compact
☐ B. Bridge
☐ C. Reflex

2967 Dans le tissage, les fils parallèles au sens d'avancement du tissu s'appellent :

☐ A. Les navettes
☐ B. Les fils de chaîne
☐ C. Les fils de trame
☐ D. Les écheveaux

2968 Dans une machine à coudre, le pied de biche sert à :

☐ A. Prendre et guider le tissu
☐ B. Enrouler le fil
☐ C. Guider le fil

2969 L'appareil électronique appelé pacemaker est :

☐ A. Un amplificateur pour malentendants
☐ B. Un stimulateur cardiaque
☐ C. Un système d'alarme

2970 Qu'est-ce qu'un passeport biométrique ?

☐ A. Un passeport qui comporte une empreinte digitale de son détenteur
☐ B. Un passeport qui contient des informations numérisées ou électroniques à propos de son détenteur
☐ C. Un passeport qui comporte des informations sur l'ADN de son détenteur
☐ D. Un passeport qui comporte des informations sur l'état de santé de son détenteur

2971 Qu'est-ce que des flashballs ?

☐ A. Des balles en caoutchouc et en plastique utilisées par la police
☐ B. Des balles de peinture utilisées dans un jeu
☐ C. Une signalétique utilisée sur les autoroutes
☐ D. Une technique utilisée en psychothérapie pour soigner l'amnésie

2972 Pour vaincre le frottement dans les systèmes mécaniques, on a recours :

☐ A. Au vilebrequin
☐ B. Au piston
☐ C. Au roulement à billes
☐ D. A la bielle

5. Informatique et Internet

2973 Le premier ordinateur est présenté à New York en :

☐ A. 1948
☐ B. 1958
☐ C. 1969

2974 Le premier micro-ordinateur PC est créé en :

☐ A. 1971
☐ B. 1981
☐ C. 1989
☐ D. 1991

2975 Une clef USB est :

☐ A. Un support de stockage de données amovible
☐ B. Une clef verrouillant l'ordinateur
☐ C. Un code permettant de se connecter à Internet

2976 En quelle année les premières télédiffusions numériques en Europe ont lieu ?

☐ A. 1990
☐ B. 1994
☐ C. 1995
☐ D. 1998

2977 Le système « Memrec » inventé par trois Tchèques permet :

☐ A. A une voiture de rouler avec de l'air compressé
☐ B. Un éclairage par les rayons réfléchis d'un miroir
☐ C. Aux yeux de se substituer à la souris de l'ordinateur grâce à une petite caméra
☐ D. De mesurer la température à distance

2978 L'ADSL utilise :

☐ A. Le réseau électrique
☐ B. Le réseau téléphonique
☐ C. Le réseau hydraulique

2979 Quel support d'enregistrement permet de stocker le plus d'informations ?

☐ A. Le DVD
☐ B. La disquette
☐ C. Le CD-Rom

2980 Comment s'appelle le satellite hybride qui sera utilisé pour fournir un accès à Internet à large bande, et rendre accessible et diffuser la TV HD (Télévision Haute Définition) ?

☐ A. TSAT
☐ B. Jason
☐ C. Hylas

2981 Quel est l'ancêtre d'Internet ?

☐ A. Intranet
☐ B. Extranet
☐ C. Arpanet

2982 A l'origine, les blogs étaient :

☐ A. Des journaux intimes
☐ B. Des sites d'information
☐ C. Des sites d'e-commerce

2983 Parmi ces trois pays européens, lequel détient la palme du plus haut niveau d'utilisation d'Internet ?

☐ A. La Finlande
☐ B. La Suède
☐ C. Le Danemark

2984 Un courriel est :

☐ A. Un courrier électronique
☐ B. Un magazine en ligne
☐ C. Un modem haut débit

2985 Qu'est-ce qu'un spam ?

☐ A. Un virus Internet
☐ B. Une publicité non sollicitée sur Internet
☐ C. Un site Internet d'annonces matrimoniales
☐ D. Un logiciel de traduction automatique

2986 Que signifie le signe Cci dans un logiciel de courrier électronique ?

☐ A. Copie cachée invisible
☐ B. Calque conforme invisible
☐ C. Copie cachée illimitée
☐ D. Copie carbone invisible

2987 Que signifie « SMS » ?

☐ A. Service de messagerie simplifié
☐ B. Système de messagerie sonore
☐ C. Short Message Service
☐ D. Smail Message Service

2988 Quel est le nom du web interactif ?

☐ A. Facebook
☐ B. WebSpace
☐ C. Web 1.0
☐ D. Web 2.0

2989 Qu'est-ce qu'un système d'exploitation ?

☐ A. Un langage binaire
☐ B. Un ensemble de programme
☐ C. La mémoire des commandes de l'ordinateur

2990 Que signifie HTTP ?

☐ A. Hyper Text Transfert Protocol
☐ B. Hyper Technologic Transfert Party
☐ C. History Text Technologic Protocol

2991 Que signifie WWW ?

☐ A. World web wild
☐ B. Word wild web
☐ C. World wide web

2992 Lequel de ces programmes n'est pas un navigateur ?

☐ A. Firefox
☐ B. Internet Explorer
☐ C. Google Chrome
☐ D. Word

2993 Qu'est qu'un browser ?

☐ A. Un virus
☐ B. Un fournisseur d'accès à Internet
☐ C. Un navigateur

2994 A quel prix l'action Facebook est-elle introduite en bourse en mai 2012 ?

☐ A. Environ 11 $
☐ B. Environ 100 $
☐ C. Environ 75 $
☐ D. Environ 38 $

2995 Quel est en mai 2019 le cours approximatif de l'action Facebook ?

☐ A. Environ 50 $
☐ B. Environ 100 $
☐ C. Environ 200 $
☐ D. Environ 500 $

2996 Quel est le nom du moteur de recherche de Microsoft ?

- ☐ A. Google
- ☐ B. Yahoo
- ☐ C. Bing
- ☐ D. Baidu

2997 A quoi renvoie le nom « Androïd » ?

- ☐ A. A une tablette numérique lancée par Google
- ☐ B. A un smartphone lancé par Google
- ☐ C. A un smartphone lancé par Microsoft
- ☐ D. A l'entreprise qui produit les mobiles HTC
- ☐ E. A un système d'exploitation pour smartphones

2998 Que permet le « cloud computing » (informatique en nuage) ?

- ☐ A. Une accélération des processeurs
- ☐ B. L'extension de la mémoire vive des ordinateurs
- ☐ C. L'accès, *via* Internet, à des programmes et des services non installés sur l'ordinateur client
- ☐ D. La traduction instantanée d'un fichier audio d'une langue vers une autre
- ☐ E. L'image tridimensionnelle, y compris sur des écrans classiques en deux dimensions

2999 Lequel de ces logiciels n'est pas un logiciel de retouche de photo ?

- ☐ A. Gimp
- ☐ B. Photoshop
- ☐ C. Picasso

3000 Quel est le navigateur Internet le plus utilisé dans le monde ?

- ☐ A. Internet Explorer
- ☐ B. Safari
- ☐ C. Chrome
- ☐ D. Firefox

CORRIGE

Les réponses en bleu foncé font l'objet d'un complément de réponse après ce corrigé.

2826 En 1666

2827 Centre national de la recherche scientifique

2828 Un concours d'invention

2829 Conseil européen pour la recherche nucléaire

2830 Un radiotélescope

2831 Nice

2832 Le plus important pôle français de l'industrie aéronautique et spatiale

2833 De moteurs d'avions

2834 Condamnation de Galilei, dit Galilée, par l'église pour avoir soutenu la thèse du mouvement de la Terre autour du Soleil – Formulation de la théorie de l'attraction universelle par Isaac Newton – Publication de *L'Origine des espèces au moyen de la sélection naturelle* par Charles Darwin – Formulation de la théorie de la relativité générale par Albert Einstein

2835 La relativité restreinte

2836 La projection cylindrique

2837 L'héliocentrisme

2838 Louis Pasteur

2839 Galileo Galilei dit Galilée

2840 La pomme

2841 Vrai

2842 Albert Einstein

2843 Albert Einstein

2844 Irène Joliot-Curie, Frédéric Joliot-Curie

2845 William Roentgen

2846 300 000 000 m/s^{-1}

2847 m^3/seconde

2848 Aucune réponse ne convient

2849 Une théorie physique révolutionnaire

2850 Leur taille

2851 La houille blanche

2852 L'éthanol

2853 Le vent

2854 La chaleur de la terre

2855 Le soleil

2856 Enrico Fermi

2857 Alamogordo

2858 En URSS

2859 19

2860 Un découpe laser

2861 Traiter les combustibles irradiés

2862 Alessandro Volta

2863 Estelle Courtecuisse

2864 Tungstène

2865 Thomas Edison

2866 La tension électrique

2867 Le Danemark

2868 Le barrage des Trois Gorges

2869 La tour de forage

2870 Nicéphore Niepce

2871 Henri Bessemer

2872 Ernest Solvay

2873 John London McAdam

2874 Hydrogène et oxygène, Oxygène et carbone

2875 Le quark

2876 Le cuivre

2877 De fer et de carbone

2878 Le kaolin

2879 Le polyéthylène

2880 La neige carbonique
2881 En 1900
2882 Londres
2883 Le pantographe
2884 Les éclisses
2885 574,8 km/h
2886 Le ferroutage
2887 Dieter Daimler, Carl Benz
2888 La liquéfaction
2889 En France
2890 La Ford T
2891 Volvo
2892 0,736 kW
2893 Aux Etats-Unis
2894 La *Jamais Contente*
2895 John Boyd Dunlop
2896 Les frères Michelin
2897 L'ABS
2898 Convexe
2899 La montgolfière
2900 1907
2901 L'hélicoptère bombardier d'eau (HBE)
2902 Charles Lindbergh
2903 Spirit of Saint-Louis
2904 Clément Ader
2905 1 225 km/h
2906 Boeing 737, Airbus A320, DC-9, MD-80
2907 Envergure 80 m, longueur 73 m
2908 850 passagers
2909 Militaire de transport tactique et stratégie
2910 Galiléo
2911 Repérer les lignes de travail dans les champs
2912 Propulsion anaérobique
2913 Le sonar
2914 Le paquebot *France*
2915 *Charles de Gaulle*
2916 Le sabot à vapeur
2917 Le ballon-sonde
2918 *Spoutnik 1*
2919 1957
2920 Youri Gagarine
2921 Valentina Terechkova
2922 novembre 1965
2923 juillet 1969
2924 Neil Amstrong, Américain
2925 La découverte d'une importante quantité d'eau gelée
2926 1979
2927 La Chine
2928 Jean-Loup Chrétien
2929 Du centre spatial Kennedy en Floride
2930 Pluton
2931 *Ariane*
2932 Cinq versions principales
2933 A Kourou
2934 Le pas de tir
2935 L'observatoire du mont Paranal au Chili (le VLT)
2936 Le téléscope spatial *Herschel*
2937 Au Chili
2938 Aucune réponse ne convient
2939 La Chine
2940 La Chine
2941 1436
2942 Le cardan

2943 Léonard de Vinci

2944 Le baromètre

2945 Benjamin Franklin

2946 Alfred Nobel

2947 James Watt

2948 Barthélémy Thimonnier

2949 1854

2950 Samuel Morse

2951 1872

2952 1884

2953 Guglielmo Marconi

2954 L'installation du réseau d'égouts de la ville de Paris

2955 L'écossais John Baird

2956 1923

2957 Dans les années 1930

2958 1938

2959 Le radar

2960 1948

2961 Alfred Kastler

2962 Willis H. Carrier

2963 Couper les pages d'un document

2964 Le télésiège débrayable

2965 Les victimes d'avalanches

2966 Reflex

2967 Les fils de chaîne

2968 Prendre et guider le tissu

2969 Un stimulateur cardiaque

2970 Un passeport qui contient des informations numérisées ou électroniques à propos de son détenteur

2971 Des balles en caoutchouc et en plastique utilisées par la police

2972 Au roulement à billes

2973 1948

2974 1981

2975 Un support de stockage de données amovible

2976 1995

2977 Aux yeux de se substituer à la souris de l'ordinateur grâce à une petite caméra

2978 Le réseau téléphonique

2979 Le DVD

2980 Hylas

2981 Arpanet

2982 Des journaux intimes

2983 La Suède

2984 Un courrier électronique

2985 Une publicité non sollicitée sur Internet

2986 Copie carbone invisible

2987 Short Message Service

2988 Web 2.0

2989 Un ensemble de programme

2990 Hyper Text Transfert Protocol

2991 World wide web

2992 Word

2993 Un navigateur

2994 Environ 38 $

2995 Environ 200 $

2996 Bing

2997 A un système d'exploitation pour smartphone

2998 L'accés, *via* Internet, à des programmes et des services non installés sur l'ordinateur client

2999 Picasso

3000 Chrome (Google)

COMPLEMENTS DE REPONSES

2827 Le Centre national de la recherche scientifique, plus connu sous le sigle CNRS, est le plus grand organisme public français de recherche scientifique. Juridiquement, c'est un établissement public à caractère scientifique et technologique (EPST) placé sous la tutelle administrative du ministère de l'Enseignement Supérieur, de la Recherche et de l'Innovation.

Fondé par le décret-loi du 19 octobre 1939, afin de « coordonner l'activité des laboratoires en vue de tirer un rendement plus élevé de la recherche scientifique », le CNRS fut réorganisé après la Seconde Guerre mondiale et s'orienta alors nettement vers la recherche fondamentale.

En 2015, il employait environ 31 444 personnes : 24 617 permanents (11 106 chercheurs et 13 511 ingénieurs, techniciens et administratifs), ainsi que 3 727 contractuels. Son budget annuel est d'environ 3,3 milliards d'euros dont 769,7 millions de ressources propres. Le CNRS exerce son activité dans tous les domaines de la connaissance à travers 1 116 unités de recherche et de service labellisés dont la plupart sont gérées avec d'autres structures (universités, autres EPST, grandes écoles, industries, etc.) pour cinq ans sous la forme administrative d'« unités mixtes de recherche ».

Le CNRS figure au quatrième rang mondial et au deuxième rang européen selon le classement mondial « Webometrics », qui mesure la visibilité sur le web des instituts de recherche. Le CNRS figure au premier rang mondial selon l'institut Scimago qui intègre institutions de recherche et universités dans son classement fondé entre autres sur la production scientifique, le nombre de citations, la collaboration internationale, à partir de la base Scopus intégrant plus de 18 000 revues scientifiques. Il figure au deuxième rang des contributeurs à la revue Nature en 2010.

Selon un sondage réalisé par Sofres pour Sciences Po, le CNRS bénéficierait auprès des Français d'un niveau de confiance de 90 %, bien avant la police (71 %), le Gouvernement (31 %), le président de la République (35 %) ou les partis politiques (23 %), et second seulement après la famille (97 %).

2843 L'équation $E = mc^2$ (lire « E égale m c carré » voire « E égale m c deux ») est une formule d'équivalence entre la masse et l'énergie rendue célèbre par Albert Einstein avec sa publication en 1905 sur la relativité restreinte.

Elle apparaît en 1900 chez le mathématicien et physicien français Henri Poincaré dans un article *La théorie de Lorentz et le principe de l'action et de la réaction* où il développe certains principes de déformation de l'espace-temps qu'il appelle relativité, puis en 1903 dans la thèse peu médiatisée d'Olinto de Pretto.

Cette fonction signifie qu'une particule de masse m isolée et au repos dans un référentiel possède, du fait de cette masse, une énergie E appelée énergie de masse, dont la valeur est donnée par le produit de m par le carré de la vitesse de la lumière (c).

Cette formule de transformation, qui est celle de la fusion nucléaire et de la bombe atomique, a fortement marqué les esprits car elle met en évidence que, du fait de l'énormité du facteur c^2, une perte de masse même petite à l'échelle humaine peut dégager une quantité considérable d'énergie, par exemple, un gramme de matière que l'on annihilerait par collision avec de l'antimatière correspond à environ 10^{14} joules, soit approximativement l'énergie dégagée par les premières bombes nucléaires.

15. BIOLOGIE, MEDECINE ET SANTE

Ce chapitre est composé de **4 sections** pour un total de **150 questions**.

1. Le corps humain
2. Les maladies
3. Médecine et traitements
4. La santé dans le monde

[A SAVOIR !]

110 Les numéros de questions de ce type signifient qu'il n'y a qu'une seule et unique réponse juste à la question posée.

111 Les numéros de questions de ce type signifient qu'il y a **plusieurs (2 ou plus) réponses possibles justes à la question.**

[UN CONSEIL IMPORTANT]

Nous vous conseillons vivement de répondre à toutes les questions d'une section avant d'en découvrir les solutions. L'erreur consiste en effet généralement à traiter une question et à vérifier aussitôt la réponse parce que l'on veut s'assurer d'avoir trouvé la réponse juste ou parce que l'on est impatient de la découvrir dans le cas où on ne la connaît pas. Si vous souhaitez sérieusement progresser, vous devez absolument vous imprégner du thème traité par la section et répondre d'un trait à toutes les questions d'une section.

[QUELQUES MOTS SUR...]

1. La biologie [LAROUSSE]

Ensemble de toutes les sciences qui étudient les espèces vivantes et les lois de la vie. Dans son acception la plus large, la biologie correspond aux « sciences de la vie » et couvre tous les aspects de l'étude du monde vivant. Elle regroupe les disciplines consacrées aux animaux, aux végétaux et aux micro-organismes, à leur environnement et à leur évolution. Cependant, on tend à utiliser le terme « biologie » dans un sens plus restrictif, limité aux sciences qui ont pour objets d'étude les cellules et les molécules constitutives des êtres vivants, et dont les applications médicales et industrielles sont multiples. Animaux, végétaux, champignons et micro-organismes (ou « microbes ») représentent l'ensemble des êtres vivants, ou organismes. Chaque organisme se compose d'au moins une cellule, unité élémentaire de la vie, et beaucoup (les « pluricellulaires ») en possèdent des milliards. Ces cellules sont elles-mêmes constituées de molécules, dont les éléments de base sont les atomes.

2. La médecine [LAROUSSE]

La médecine se préoccupe aussi bien des causes des maladies, de leurs modes de contamination et d'apparition que de leur fréquence, de leur diagnostic, de leur évolution, de leur prévention et de leur traitement. La médecine se subdivise en de nombreuses branches qui correspondent à différentes fonctions dans la société (médecine scolaire, médecine du travail, médecine sociale, médecine militaire), à différents modes d'exercice (médecine libérale, ou privée, médecine hospitalière, médecine salariée) ou à différentes spécialités : médecine physique ou rééducation, médecine aérospatiale, médecine nucléaire, médecine tropicale, etc. A ces différentes formes de la médecine se juxtaposent différentes cultures médicales : à côté de la médecine scientifique « occidentale », née au XIXe siècle, il existe des médecines hétérodoxes, ou parallèles, représentées par des praticiens des médecines dites douces. Certaines cultures nationales ou régionales comportent en outre une branche médicale : médecine chinoise, médecine indienne, médecines africaines, etc.

3. La maladie [LAROUSSE]

On peut classer les maladies en fonction de leur(s) cause(s). Une maladie est simple lorsque les symptômes observés peuvent tous se rapporter à une seule affection ; elle est compliquée quand les symptômes caractéristiques de deux ou de plusieurs affections existent simultanément. Les maladies infectieuses sont dues à une infection, l'entrée dans l'organisme d'un agent infectieux : une bactérie (maladie bactérienne), un virus (maladie virale), un prion, un parasite (maladie parasitaire). Si le parasite est un champignon, on parle de mycose.

Certaines maladies sont dues à des dérèglements du système immunitaire : les maladies allergiques (ou allergies), les maladies auto-immunes. Les maladies de la nutrition sont liées aux apports de l'alimentation (il existe des maladies de l'excès et des maladies de carences).

Les maladies génétiques ont pour cause des anomalies dans le matériel génétique : les maladies géniques sont dues à des mutations dans des gènes ; les maladies dites chromosomiques sont la manifestation d'anomalies dans les chromosomes de l'individu. Une maladie est dite multifactorielle quand elle résulte de la conjonction de plusieurs facteurs. Elle est idiopathique si on ne connaît pas sa cause.

4. Les traitements [LAROUSSE]

Le traitement fait appel aux principes de la thérapeutique, que le médecin adapte au mieux des connaissances actuelles à chaque cas particulier. On distingue les traitements médicaux, utilisant les médicaments et divers moyens physiques (kinésithérapie, radiothérapie, thermalisme), et les traitements chirurgicaux, pratiqués selon les interventions avec divers instruments et sous différents modes d'anesthésie.

1. Le corps humain

3001 Quelle fraction de l'apport énergétique quotidien représente le petit-déjeuner ?

☐ A. 10 %
☐ B. 25 %
☐ C. 50 %

3002 Quel est l'apport calcique moyen quotidien conseillé par l'OMS pour des adultes de 19 à 50 ans ?

☐ A. Environ 500 milligrammes
☐ B. Environ 1 000 milligrammes
☐ C. Environ 1 500 milligrammes
☐ D. Environ 2 000 milligrammes

3003 Dans un verre d'eau potable, il y a :

☐ A. Zéro calorie
☐ B. Dix calories
☐ C. Vingt-cinq calories

3004 Le corps humain est composé d'environ :

☐ A. 20 % d'eau
☐ B. 40 % d'eau
☐ C. 60 % d'eau
☐ D. 80 % d'eau

3005 Combien y a-t-il de litres de sang dans le corps humain ?

☐ A. Environ 3 litres
☐ B. Environ 5 litres
☐ C. Environ 7 litres
☐ D. Environ 9 litres

3006 Le groupe sanguin dit « receveur universel » est le groupe :

☐ A. A
☐ B. B
☐ C. AB+
☐ D. O

3007 L'aorte désigne :

☐ A. Une artère
☐ B. Une veine
☐ C. Un vaisseau capillaire

3008 Les coronaires sont les artères nourricières :

☐ A. De la tête et du cerveau
☐ B. Des reins
☐ C. Du cœur

3009 Quel est le nom du liquide qui circule dans le système nerveux central ?

☐ A. La lymphe
☐ B. Le sang
☐ C. Le liquide céphalo-rachidien
☐ D. La bile

3010 La bile est déversée dans le duodénum par le canal :

☐ A. Cholédoque
☐ B. Lacrymal
☐ C. Rachidien

3011 Le côlon désigne :

☐ A. Le gros intestin
☐ B. L'intestin grêle
☐ C. Le pylore

3012 Le duodénum est une partie :

- ☐ A. De l'intestin grêle
- ☐ B. Du gros intestin
- ☐ C. De la vésicule biliaire

3013 Classez ces cavités de la plus haute à la basse dans le corps humain :

a. Pharynx
b. Larynx
c. Trachée
d. Bronche

- ☐ A. a – b – c – d
- ☐ B. b – a – c – d
- ☐ C. a – c – b – d
- ☐ D. b – d – c – a

3014 Combien mesure en moyenne l'intestin grêle ?

- ☐ A. 50 centimètres
- ☐ B. 1 mètre
- ☐ C. 3 mètres
- ☐ D. 6 mètres

3015 L'estomac sécrète :

- ☐ A. Le suc intestinal
- ☐ B. Le suc pancréatique
- ☐ C. Le suc gastrique

3016 L'insuline est une hormone sécrétée par :

- ☐ A. Le foie
- ☐ B. Le pancréas
- ☐ C. Les glandes surrénales
- ☐ D. La thyroïde

3017 Le grand et le petit zygomatique sont des muscles :

- ☐ A. De la face
- ☐ B. Du cou
- ☐ C. Du corps

3018 Le myocarde est :

- ☐ A. Un os
- ☐ B. Un tendon
- ☐ C. Un muscle

3019 L'humérus est un os long :

- ☐ A. Du bras
- ☐ B. De l'avant-bras
- ☐ C. Du mollet
- ☐ D. De la cuisse

3020 Le péroné forme l'ossature de la jambe avec cet autre os long :

- ☐ A. Le tibia
- ☐ B. Le radius
- ☐ C. Le cubitus

3021 Le fémur est :

- ☐ A. Un nerf
- ☐ B. Un muscle
- ☐ C. Un os

3022 L'os de la cuisse est :

- ☐ A. Le tibia
- ☐ B. La fibula
- ☐ C. Le radius
- ☐ D. Le fémur

3023 Dans quelle partie du corps se trouvent le marteau et l'enclume ?

- ☐ A. L'épaule
- ☐ B. Le genou
- ☐ C. La cheville
- ☐ D. L'oreille

3024 Les extrémités de l'os se nomment :

- ☐ A. Les épiphyses
- ☐ B. Les apophyses
- ☐ C. Les phalanges

3025 Combien y a-t-il de côtes dans le corps humain ?

- ☐ A. 8
- ☐ B. 10
- ☐ C. 12
- ☐ D. 14

3026 Le liquide qui lubrifie les articulations s'appelle :

- ☐ A. Le liquide lymphatique
- ☐ B. Le liquide synovial
- ☐ C. Le plasma

3027 La membrane de l'œil, circulaire et colorée, percée en son centre d'un orifice est :

- ☐ A. L'iris
- ☐ B. La pupille
- ☐ C. Le cristallin

3028 Lequel de ces organes ne fait pas partie de l'appareil génital féminin ?

- ☐ A. L'ovaire
- ☐ B. La trompe d'Eustache
- ☐ C. L'utérus
- ☐ D. L'endomètre

3029 Quel terme scientifique désigne les corps gras ?

- ☐ A. Les lipides
- ☐ B. Les glucides
- ☐ C. Les protides

3030 Quel est le nombre de chromosomes contenu dans chacune des cellules chez l'homme ?

- ☐ A. 44
- ☐ B. 23
- ☐ C. 43
- ☐ D. 46

3031 L'ADN est :

- ☐ A. L'acide aminé
- ☐ B. L'acide ribonucléique
- ☐ C. L'acide désoxyribonucléique

3032 Quel est l'élément constitutif de la vie ?

- ☐ A. La bactérie
- ☐ B. La cellule
- ☐ C. L'atome

3033 Comment s'appelle l'ensemble des gènes portés par les chromosomes d'une cellule ?

- ☐ A. Un gamète
- ☐ B. Un génome
- ☐ C. Un zygote
- ☐ D. Un cytoplasme

3034 Quel est l'élément fondamental de la cellule ?

- ☐ A. Le cytoplasme
- ☐ B. La membrane plasmique
- ☐ C. La cheminée

3035 Les êtres vivants unicellulaires s'appellent :

☐ A. Les protozoaires
☐ B. Les métazoaires
☐ C. Les anthozoaires
☐ D. Les hydrozoaires

3036 L'amibe est un protozoaire de la classe des :

☐ A. Flagellés
☐ B. Rhizopodes
☐ C. Ciliés

3037 Les organismes vivants dans lesquels on a introduit des caractères héréditaires qu'ils n'ont pas naturellement sont :

☐ A. Les plantes annuelles à fleurs hermaphrodites
☐ B. Les plantes transgéniques
☐ C. Les algues et les plantes supérieures contenant des substances antibiotiques

3038 A quelle profondeur les algues ne peuvent-elles plus accomplir leur fonction chlorophyllienne ?

☐ A. 50 mètres
☐ B. 100 mètres
☐ C. 200 mètres
☐ D. 500 mètres

3039 Quelle est la protéine qui constitue la substance fondamentale des cheveux et des ongles ?

☐ A. Le collagène
☐ B. La kératine
☐ C. L'albumine
☐ D. L'hémoglobine

3040 Vers quel âge apparaissent les premières dents chez le nourrisson ?

☐ A. 2 mois
☐ B. 6 mois
☐ C. 12 mois
☐ D. Aucune de ces réponses n'est bonne

2. Les maladies

3041 Le prion, agent infectieux, transmet :

☐ A. La maladie d'Alzheimer
☐ B. La maladie de Parkinson
☐ C. La malade de Creutzfeldt-Jakob

3042 A quelle maladie animale la maladie de Creutzfeldt-Jakob est-elle soupçonnée d'être liée ?

☐ A. La fièvre aphteuse
☐ B. La grippe aviaire
☐ C. La maladie de la vache folle
☐ D. La tremblante du mouton

3043 Quel est l'autre nom de la maladie de la tremblante du mouton ?

☐ A. Gratte
☐ B. Démange
☐ C. Rougit
☐ D. Tremble

3044 La grippe aviaire est due à :

☐ A. Un parasite
☐ B. Une bactérie
☐ C. Un virus

3045 **Quelles sont les maladies d'origine cérébrale ?**

☐ A. Alzheimer
☐ B. Parkinson
☐ C. Méningite
☐ D. Mésothéliome

3046 **La maladie cœliaque est provoquée par une intolérance :**

☐ A. Aux œufs
☐ B. Au gluten
☐ C. Aux crudités
☐ D. Au glucose

3047 **Une pandémie est :**

☐ A. Une épidémie touchant une part très importante de la population
☐ B. Un ensemble de symptômes définissant une maladie précise
☐ C. Une pathologie que l'on trouve uniquement dans une région déterminée

3048 **La toxoplasmose est une malade parasitaire :**

☐ A. De l'homme
☐ B. De la vigne
☐ C. De l'abeille

3049 **La gastrite est l'inflammation de la muqueuse :**

☐ A. De la bouche
☐ B. De l'œsophage
☐ C. De l'estomac

3050 **La glycémie est la présence :**

☐ A. De sucre dans le sang
☐ B. De graisse dans le sang
☐ C. D'hallucinogène dans le sang

3051 **Quelle est la maladie provoquée par un virus ?**

☐ A. L'asthme
☐ B. Le diabète
☐ C. La varicelle

3052 **L'anophèle transmet :**

☐ A. La fièvre jaune
☐ B. La lèpre
☐ C. Le paludisme

3053 **Le vitiligo est :**

☐ A. Une allergie aux acariens
☐ B. Une dépigmentation de la peau
☐ C. Une occlusion intestinale

3054 **Une ecchymose est :**

☐ A. Une varice
☐ B. Un hématome
☐ C. Un ulcère

3055 **La maladie de l'œil s'appelle :**

☐ A. La phlébite
☐ B. L'otite
☐ C. La hernie
☐ D. Le glaucome

3056 **Qu'est ce qu'un œil hypermétrope ?**

☐ A. Un œil qui ne voit pas bien de loin
☐ B. Un œil qui ne voit pas bien de près
☐ C. Un œil qui ne voit pas bien ni de près, ni de loin
☐ D. Un œil dont la vue baisse avec l'âge

3057 Une mastoïde est une infection qui touche :

- ☐ A. L'estomac
- ☐ B. L'oreille
- ☐ C. L'œil

3058 L'abaissement de la température du corps au-dessous de la normale s'appelle :

- ☐ A. L'homéothermie
- ☐ B. L'hyperthermie
- ☐ C. L'hypothermie

3059 La diminution importante de l'appétit est :

- ☐ A. La boulimie
- ☐ B. L'anorexie
- ☐ C. L'aphasie

3060 Comment appelle-t-on la conséquence d'une alimentation insuffisante ?

- ☐ A. La sous-nutrition
- ☐ B. La diète
- ☐ C. Le régime
- ☐ D. La malnutrition
- ☐ E. Aucune de ces réponses n'est bonne

3061 L'ostéoporose est :

- ☐ A. La fracture du col du fémur
- ☐ B. La rupture d'un ligament
- ☐ C. La raréfaction de la substance osseuse

3062 Quel défaut énuméré dans la liste n'est pas de la même nature que les autres ?

- ☐ A. La sciatique
- ☐ B. La myopie
- ☐ C. Le daltonisme
- ☐ D. L'astigmatisme

3063 La mucoviscidose est une maladie d'ordre :

- ☐ A. Virale
- ☐ B. Parasitaire
- ☐ C. Génétique
- ☐ D. Mentale

3064 La cirrhose est une maladie qui touche :

- ☐ A. Le foie
- ☐ B. La rate
- ☐ C. Le cœur

3065 IST signifie :

- ☐ A. Infection sans thérapie
- ☐ B. Infection sexuellement transmissible
- ☐ C. Infection sanguine transmissible

3066 Sida signifie :

- ☐ A. Syndrome d'immuno-déficience accélérée
- ☐ B. Syndrome d'immuno-déficience acquise
- ☐ C. Syndrome d'immuno-déficience allergique

3067 Les maladies dites « orphelines » sont des maladies :

- ☐ A. Qui touchent uniquement les enfants
- ☐ B. Qui touchent un nombre très faible de personne dans le monde
- ☐ C. Qui ne bénéficient pas de traitements
- ☐ D. Bénignes

3068 Que signifie être bipolaire ?

- ☐ A. Etre maniaco-dépressif
- ☐ B. Etre schizophrène
- ☐ C. Etre bisexuel
- ☐ D. Etre hermaphrodite

3069 La nécrose d'une partie du muscle cardiaque s'appelle :

- ☐ A. Une embolie
- ☐ B. Une hémorragie cérébrale
- ☐ C. Un infarctus du myocarde

3070 L'*acinetobacter baumannii*, responsable d'un nombre croissant d'infections nosocomiales est :

- ☐ A. Une bactérie
- ☐ B. Un génome
- ☐ C. Un chromosome
- ☐ D. Un virus

3071 Les bactéries en forme de bâtonnets sont :

- ☐ A. Des coques
- ☐ B. Des bacilles
- ☐ C. Des vibrions
- ☐ D. Des spirilles

3072 Quelle est l'anomalie due à l'existence d'un troisième chromosome dans une paire ?

- ☐ A. La trisomie
- ☐ B. La mucoviscidose
- ☐ C. La myopathie
- ☐ D. L'hémophilie

3073 Un de ces termes ne désigne pas une pathologie. Lequel ?

- ☐ A. L'amnésie
- ☐ B. L'anorexie
- ☐ C. L'hystérie
- ☐ D. La prophylaxie

3074 De quel sens est-on privé quand on souffre d'anosmie ?

- ☐ A. La vue
- ☐ B. Le goût
- ☐ C. L'ouïe
- ☐ D. Le toucher
- ☐ E. L'odorat

3075 La myopathie est une maladie génétique qui provoque :

- ☐ A. Une faiblesse osseuse
- ☐ B. Des troubles respiratoires
- ☐ C. Une atrophie et une faiblesse progressive des muscles
- ☐ D. Des troubles oculaires

3076 La salmonellose est :

- ☐ A. Une maladie du cœur
- ☐ B. Une maladie provoquée par des bactéries du groupe salmonella
- ☐ C. Une maladie provoquée par des œufs
- ☐ D. Une maladie provoquée par des aliments

3077 Qu'est-ce qu'une embolie pulmonaire ?

- ☐ A. Une irruption de sang dans le poumon
- ☐ B. Un caillot de sang bloqué dans une artère pulmonaire
- ☐ C. Une perforation du poumon
- ☐ D. Une dilatation de l'artère pulmonaire

3078 Qu'est-ce qu'une colique néphrétique ?

- ☐ A. Une gastroentérite aiguë
- ☐ B. Une infection du rein
- ☐ C. Un calcul bloqué dans les voies urinaires
- ☐ D. Une diarrhée aiguë

3079 Parmi ces maladies, laquelle n'est pas contagieuse ?

- ☐ A. La syphilis
- ☐ B. La drépanocytose
- ☐ C. La coqueluche
- ☐ D. L'hépatite B

3080 Une maladie intercurrente est une maladie :

- ☐ A. Qui ne peut être guérie
- ☐ B. Qui survient au cours d'une autre
- ☐ C. Qui se communique par contagion

3081 La calvitie est :

- ☐ A. Une maladie du cuir chevelu
- ☐ B. L'absence de cheveux due à leur chute
- ☐ C. La manière dont sont implantés les cheveux

3. Médecine et traitements

3082 Le serment que prêtent les futurs médecins est le serment :

- ☐ A. D'Hippolyte
- ☐ B. D'Hippocrate
- ☐ C. D'Hipparque

3083 La méthode thérapeutique, révélée en 1796 par Samuel Hahnemann, fondée sur la « loi de la similitude, l'individualisation des cas et l'infinitésimal » est :

- ☐ A. L'allopathie
- ☐ B. L'homéopathie
- ☐ C. La thalassothérapie

3084 René Laennec a inventé :

- ☐ A. Le thermomètre médical
- ☐ B. Le stéthoscope
- ☐ C. La radiographie
- ☐ D. Le spiromètre
- ☐ E. Le diabète

3085 Qui a découvert le bacille de la tuberculose ?

- ☐ A. Alexander Fleming
- ☐ B. Jacques Roux
- ☐ C. Robert Koch
- ☐ D. Hugo De Vries

3086 Quel chimiste et biologiste démontre au XIXᵉ siècle que la génération spontanée n'existe pas ?

- ☐ A. Félix Dujardin
- ☐ B. Pierre Marie
- ☐ C. Aristote
- ☐ D. Louis Pasteur

3087 Quel biologiste formula les trois lois fondamentales de la génétique ?

- ☐ A. James Watson
- ☐ B. Francis Crick
- ☐ C. Aleksandr Ivanovitch Oparine
- ☐ D. Johann Mendel

3088 La première vaccination date du :

- ☐ A. XVIIIᵉ siècle
- ☐ B. XIXᵉ siècle
- ☐ C. XXᵉ siècle

3089 Le vaccin contre la rage a été découvert par :

- ☐ A. Robert Koch
- ☐ B. Louis Pasteur
- ☐ C. Pierre Curie
- ☐ D. Albert Schweitzer

3090 Vers 1859, le biologiste Charles Darwin (1809-1882) s'intéresse à la question :

- ☐ A. De l'origine des espèces vivantes et de leur diversité
- ☐ B. De l'hybridation et de l'hérédité
- ☐ C. De la mutation chez les plantes

3091 Qui découvre la pénicilline en 1928 ?

- ☐ A. Trofim Denissovitch Lyssenko
- ☐ B. Thomas Morgan
- ☐ C. Alexander Fleming
- ☐ D. Claude Bernard

3092 Quelle opération faisant appel au génie génétique est plus ou moins d'accord avec la législation internationale ?

- ☐ A. La thérapie génique
- ☐ B. La bactériologie
- ☐ C. La microbiologie
- ☐ D. Le clonage

3093 Quel a été le premier mammifère cloné ?

- ☐ A. Un chimpanzé
- ☐ B. Un lapin
- ☐ C. Une vache
- ☐ D. Une brebis

3094 Le premier « bébé éprouvette » français est né en :

- ☐ A. 1969
- ☐ B. 1982
- ☐ C. 1995

3095 A quelle date fut tentée la première greffe de gène chez l'homme ?

- ☐ A. Le 14 septembre 1990
- ☐ B. Le 14 septembre 2000
- ☐ C. Le 14 septembre 1995

3096 Quel professeur effectue la première greffe de cœur en France le 27 avril 1968 ?

- ☐ A. Léon Schwartzenberg
- ☐ B. Christian Cabrol
- ☐ C. Christian Barnard

3097 La DHEA est une hormone mise en évidence par :

- ☐ A. Le professeur Jean-Claude Chermann
- ☐ B. Le professeur Françoise Florette
- ☐ C. Le professeur Etienne-Emile Beaulieu

3098 Qui a découvert la théorie trisomique ?

- ☐ A. Gregor Mendel
- ☐ B. Charles Darwin
- ☐ C. Thomas Hunt Morgan
- ☐ D. Louis Pasteur

3099 En 1994, l'identification du virus du sida est attribuée officiellement :

- ☐ A. A l'Institut Pasteur
- ☐ B. A l'agence épidémiologique d'Atlanta
- ☐ C. A l'institut de recherches scientifiques de Moscou

3100 Les chercheurs écossais du Roslin Institute d'Edimbourg en 1996 :

- ☐ A. Mettent en évidence la structure à double hélice de l'ADN
- ☐ B. Réalisent les premières greffes de cellules nerveuses
- ☐ C. Découvrent la pénicilline
- ☐ D. Réalisent le premier clonage d'un mammifère

3101 Quelle innovation médicale doit-on à Robert G. Edwards, prix Nobel 2010 de médecine ?

- ☐ A. La pilule contraceptive
- ☐ B. Les antirétroviraux
- ☐ C. La fécondation in vitro
- ☐ D. Le cœur artificiel
- ☐ E. Le clonage

3102 L'hôpital Edouard Herriot, spécialisé dans les soins aux grands brûlés, se situe :

- ☐ A. A Paris
- ☐ B. A Lyon
- ☐ C. A Garches
- ☐ D. A Villejuif

3103 Qui est considéré comme le père de la chirurgie moderne ?

- ☐ A. Claude Bernard
- ☐ B. Ambroise Paré
- ☐ C. Pierre Bretonneau

3104 « Etre immunisé » signifie :

- ☐ A. Transmettre une maladie dont on est porteur
- ☐ B. Résister à une maladie infectieuse
- ☐ C. Ne pas guérir d'une maladie

3105 A quoi servent les antibiotiques ?

- ☐ A. A guérir les infections virales
- ☐ B. A guérir les infections bactériennes
- ☐ C. Toutes les réponses sont bonnes
- ☐ D. Aucune de ces réponses n'est bonne

3106 Les antihistaminiques sont prescrits lors :

- ☐ A. D'allergies
- ☐ B. De dépression nerveuse
- ☐ C. D'hémorragies

3107 La grippe est causé par :

- ☐ A. Une bactérie
- ☐ B. Un virus
- ☐ C. Toutes les réponses sont bonnes

3108 Le BCG est un vaccin contre :

- ☐ A. La poliomyélite
- ☐ B. La diphtérie
- ☐ C. La tuberculose
- ☐ D. La variole

3109 Quel métier exerce Camille Guérin lorsqu'il met au point le BCG avec Albert Calmette ?

- ☐ A. Laborantin
- ☐ B. Médecin
- ☐ C. Pharmacien
- ☐ D. Vétérinaire

3110 Quels médicaments ont une action calmante sur le système nerveux ?

- ☐ A. Les neuroleptiques
- ☐ B. Les analgésiques
- ☐ C. Les antibiotiques
- ☐ D. Les somnifères

3111 Une pièce de bois ou de métal qui maintient un os fracturé est :

- ☐ A. Une attelle
- ☐ B. Une atèle
- ☐ C. Une atelle
- ☐ D. Une hâtelle
- ☐ E. Aucune de ces réponses n'est bonne

3112 Une dialyse permet :

- ☐ A. L'ablation d'une tumeur
- ☐ B. L'épuration du sang à travers une membrane
- ☐ C. La dilatation d'une artère rétrécie

3113 Un placebo est une substance :

- ☐ A. Vitaminée qui remplace les repas
- ☐ B. Homéopathique qui neutralise la douleur
- ☐ C. Neutre que l'on substitue à un médicament

3114 Quel examen médical nécessite l'utilisation d'un produit iodé injecté par voie veineuse ?

- ☐ A. Une IRM
- ☐ B. Une échographie
- ☐ C. Un scanner

3115 Un EEG est :

- ☐ A. Un électrocardiogramme
- ☐ B. Un électroencéphalogramme
- ☐ C. Un électrochoc

3116 Parmi les nouveaux matériaux, quel est celui utilisé par les dentistes pour les prothèses ?

- ☐ A. La fibre de verre
- ☐ B. La fibre de carbone-résine
- ☐ C. Le polyéthylène
- ☐ D. Le polyester

3117 Le défibrillateur permet :

- ☐ A. De contrôler la tension des artères
- ☐ B. De dilater un vaisseau sanguin
- ☐ C. D'analyser l'activité du cœur

3118 Le sphygmomanomètre sert à :

- ☐ A. Ecouter les battements du cœur
- ☐ B. Mesurer la masse osseuse
- ☐ C. Mesurer la pression artérielle
- ☐ D. Mesurer l'intensité du rire

3119 L'enregistrement au moyen d'ultrasons de la position des organes se fait par :

- ☐ A. Radiographie
- ☐ B. Ecographie
- ☐ C. Scintigraphie

3120 Comment s'appelle l'examen de dépistage de la trisomie 21 ?

- ☐ A. Echographie fœtale
- ☐ B. Amniocenthèse
- ☐ C. Chorioamniotite
- ☐ D. Plasmaphérèse

3121 L'automédication est l'emploi :

- ☐ A. De plantes médicinales
- ☐ B. De micro-doses médicamenteuses injectées sous la peau
- ☐ C. D'implants d'aiguilles en des points précis du corps
- ☐ D. De médicaments sans prescription médicale

3122 Les soins postopératoires sont les soins :

- ☐ A. Qui se prodiguent avant une intervention chirurgicale
- ☐ B. Qui se prodiguent après une intervention chirurgicale
- ☐ C. Qui se prodiguent pendant une intervention chirurgicale

3123 Une plante médicinale émolliente est une plante qui :

- ☐ A. Combat la fièvre et en combat les accès
- ☐ B. Exerce un effet apaisant sur la peau et sur les muqueuses
- ☐ C. Induit le sommeil
- ☐ D. Combat la douleur
- ☐ E. Aucune de ces réponses n'est bonne

3124 La discipline médicale traitant les affections et maladies mentales s'appelle :

- ☐ A. La pédiatrie
- ☐ B. La psychiatrie
- ☐ C. La neurologie

3125 La gérontologie est la science qui vise à soigner les pathologies spécifiques :

- ☐ A. Des nourrissons
- ☐ B. Des adolescents
- ☐ C. Des patients âgés

3126 Quel nom porte la thérapie par les plantes :

- ☐ A. La mésothérapie
- ☐ B. L'hydrothérapie
- ☐ C. L'oligothérapie
- ☐ D. La phytothérapie

3127 L'acupuncture est une méthode thérapeutique d'origine :

- ☐ A. Hindoue
- ☐ B. Inca
- ☐ C. Chinoise

3128 Parmi les disciplines fondamentales de la biologie, quelle est celle qui étudie les caractères héréditaires physiques et biochimiques, ainsi que les variations accidentelles d'une génération à l'autre ?

- ☐ A. La taxinomie
- ☐ B. L'écologie
- ☐ C. La génétique
- ☐ D. L'éthologie

3129 Un stomatologiste est le spécialiste :

- ☐ A. Des maladies de l'appareil digestif
- ☐ B. Des infections de la bouche et des dents
- ☐ C. Des affections des voies respiratoires

3130 Un omnipraticien est :

- ☐ A. Un médecin généraliste
- ☐ B. Un médecin spécialiste
- ☐ C. Un chirurgien

3131 Un oncologue médical est un médecin spécialiste :

☐ A. Du vieillissement des patients
☐ B. Des traitements médicamenteux des cancers
☐ C. Des troubles des conduites alimentaires

3132 Le shiatsu désigne :

☐ A. Un art martial de rééducation
☐ B. Une spécialité culinaire japonaise utilisée lors d'intoxication intestinale
☐ C. Une médecine douce de tradition chinoise

3133 La toxine botulique de type A appelée botox est reconnue, entre autres, comme traitement efficace :

☐ A. De l'acné juvénile
☐ B. De la chute des cheveux
☐ C. Des rides d'expression

3134 La station thermale d'Aix-les-Bains soigne :

☐ A. Les voies respiratoires
☐ B. Les rhumatismes
☐ C. L'obésité

3135 Quelle ville n'est pas une station thermale ?

☐ A. Vichy
☐ B. Evian
☐ C. Courchevel
☐ D. Dax

3136 L'alphabet usuel comporte 26 lettres ; l'alphabet braille en comporte :

☐ A. 22
☐ B. 26
☐ C. 30
☐ D. 34

3137 L'aspartame est un édulcorant donnant un goût :

☐ A. Salé
☐ B. Sucré
☐ C. Amer
☐ D. Acide

4. La santé dans le monde

3138 Créées en 1947, les rencontres annuelles de médecins tenues à Paris se nomment :

☐ A. Les Entretiens de Cochin
☐ B. Les Entretiens de la Salpêtrière
☐ C. Les Entretiens de Bichat

3139 Le 7 avril 1988, l'Organisation mondiale de la santé organise une première journée. Laquelle ?

☐ A. Journée contre le sida
☐ B. Journée sans voiture
☐ C. Journée sans tabac

3140 Combien y a-t-il de porteurs du virus du sida dans le monde ?

☐ A. Environ 18 millions
☐ B. Environ 34 millions
☐ C. Environ 45 millions
☐ D. Environ 56 millions

3141 Quel est le cancer avec le plus fort taux de mortalité chez l'homme en France ?

☐ A. Le cancer du poumon
☐ B. Le cancer de la vessie
☐ C. Le cancer de la prostate
☐ D. Le cancer du colon rectum

3142 En 2009, combien de vaccins sont commandés par la France afin de lutter contre la grippe A ?

- ☐ A. Près de 100 millions de doses
- ☐ B. Près de 70 millions de doses
- ☐ C. Près de 50 millions de doses
- ☐ D. Près de 30 millions de doses

3143 Parmi ces vaccins, lequel n'est pas obligatoire en France ?

- ☐ A. Le vaccin contre la coqueluche
- ☐ B. Le vaccin contre la diphtérie
- ☐ C. Le vaccin contre la poliomyélite
- ☐ D. Le vaccin contre le tétanos

3144 Le médecin attaché à une administration, qui examine ses assujettis et lui donne les renseignements d'ordre médical est :

- ☐ A. Le médecin traitant
- ☐ B. Le médecin légiste
- ☐ C. Le médecin conseil

3145 Un médicament générique est un médicament :

- ☐ A. Non remboursé par la Sécurité sociale
- ☐ B. Prescrit uniquement par des médecins spécialistes
- ☐ C. Identique ou équivalent à celui d'une marque

3146 RMN signifie :

- ☐ A. Recherche médicale nationalisée
- ☐ B. Réseau médicalisé national
- ☐ C. Résonance magnétique nucléaire

3147 SAMU signifie :

- ☐ A. Soins assistés par médecins universitaires
- ☐ B. Service d'aide médicale urgente
- ☐ C. Société autonome de médicalisation d'urgence
- ☐ D. Soins et aide médicale d'urgence

3148 Le sigle CMU signifie :

- ☐ A. Centre des médicaments usuels
- ☐ B. Centre des maladies universelles
- ☐ C. Couverture maladie universelle

3149 OMS est le sigle de :

- ☐ A. L'Ordre des médecins spécialistes
- ☐ B. L'Organisation mondiale de la santé
- ☐ C. L'Organisme mondial de soins

3150 Quel pays européen ne contraint pas ses habitants à être vacciné ?

- ☐ A. L'Italie
- ☐ B. La Belgique
- ☐ C. L'Allemagne
- ☐ D. Le Portugal

CORRIGE

3001 25 %

3002 Environ 1 000 milligrammes

3003 Zéro calorie

3004 60 % d'eau

3005 Environ 5 litres

3006 AB+

3007 Une artère

3008 Du cœur

3009 Le liquide céphalo-rachidien

3010 Cholédoque

3011 Le gros intestin

3012 De l'intestin grêle

3013 Pharynx – Larynx – Trachée – Bronche

3014 6 mètres

3015 Le suc gastrique

3016 Le pancréas

3017 De la face

3018 Un muscle

3019 Du bras

3020 Le tibia

3021 Un os

3022 Le fémur

3023 L'oreille

3024 Les épiphyses

3025 12

3026 Le liquide synovial

3027 L'iris

3028 La trompe d'Eustache

3029 Les lipides

3030 46

3031 L'acide désoxyribonucléique

3032 La cellule

3033 Un génome

3034 Le cytoplasme

3035 Les protozoaires

3036 Rhizopodes

3037 Les plantes transgéniques

3038 200 mètres

3039 La kératine

3040 6 mois

3041 La maladie de Creutzfeldt-Jakob

3042 La maladie de la vache folle

3043 Gratte

3044 Un virus

3045 Alzheimer, Parkinson, Méningite

3046 Au gluten

3047 Une épidémie touchant une part très importante de la population

3048 De l'homme

3049 De l'estomac

3050 De sucre dans le sang

3051 La varicelle

3052 Le paludisme

3053 Une dépigmentation de la peau

3054 Un hématome

3055 Le glaucome

3056 Un œil qui ne voit pas très bien

3057 L'oreille

3058 L'hypothermie

3059 L'anorexie

3060 La malnutrition

3061 La raréfaction de la substance osseuse

3062 La sciatique

3063 Génétique

3064 Le foie
3065 Infection sexuellement transmissible
3066 Syndrome d'immuno-déficience acquise
3067 Qui touchent un nombre très faible de personne dans le monde
3068 Etre maniaco-dépressif
3069 Un infarctus du myocarde
3070 Une bactérie
3071 Des bacilles
3072 La trisomie
3073 La prophylaxie
3074 L'odorat
3075 Une atrophie et une faiblesse progressive des muscles
3076 Une maladie provoquée par des bactéries du groupe salmonella, Une maladie provoquée par des œufs, Une maladie provoquée par des aliments
3077 Un caillot de sang bloqué dans une artère pulmonaire
3078 Un calcul bloqué dans les voies urinaires
3079 La drépanocytose
3080 Qui survient au cours d'une autre
3081 L'absence de cheveux due à leur chute
3082 D'Hippocrate
3083 L'homéopathie
3084 Le stéthoscope
3085 Robert Koch
3086 Louis Pasteur
3087 Johann Mendel
3088 XVIIIe siècle
3089 Louis Pasteur
3090 De l'origine des espèces vivantes et de leur diversité
3091 Alexander Fleming
3092 Le clonage
3093 Une brebis
3094 1982
3095 Le 14 septembre 1990
3096 Christian Cabrol
3097 Le professeur Etienne-Emile Beaulieu
3098 Thomas Hunt Morgan
3099 A l'Institut Pasteur
3100 Réalisent le premier clonage d'un mammifère
3101 La fécondation in vitro
3102 A Lyon
3103 Ambroise Paré
3104 Résister à une maladie infectieuse
3105 A guérir les infections bactériennes
3106 D'allergies
3107 Un virus
3108 La tuberculose
3109 Vétérinaire
3110 Les neuroleptiques
3111 Une attelle
3112 L'épuration du sang à travers une membrane
3113 Neutre que l'on substitue à un médicament
3114 Une IRM
3115 Un électroencéphalogramme
3116 La fibre de carbone-résine
3117 D'analyser l'activité du cœur
3118 Mesurer la pression artérielle
3119 Echographie
3120 Amniocentèse
3121 De médicaments sans prescription médicale

3122 Qui se prodiguent après une intervention chirurgicale

3123 Exerce un effet apaisant sur la peau et sur les muqueuses

3124 La psychiatrie

3125 Des patients âgés

3126 La phytothérapie

3127 Chinoise

3128 La génétique

3129 Des infections de la bouche et des dents

3130 Un médecin généraliste

3131 Des traitements médicamenteux des cancers

3132 Une médecine douce de tradition chinoise

3133 Des rides d'expression

3134 Les rhumatismes

3135 Courchevel

3136 26

3137 Sucré

3138 Les Entretiens de Bichat

3139 Journée sans tabac

3140 Environ 34 millions

3141 Le cancer du poumon

3142 Près de 100 millions de doses

3143 Le vaccin contre la coqueluche

3144 Le médecin conseil

3145 Identique ou équivalent à celui d'une marque

3146 Résonance magnétique nucléaire

3147 Service d'aide médicale urgente

3148 Couverture maladie universelle

3149 L'organisation mondiale de la santé

3150 L'Allemagne

16. GRANDES DECOUVERTES, PRIX NOBEL ET AUTRES RECOMPENSES

Ce chapitre est composé de **3 sections** pour un total de **84 questions**.

1. Grandes découvertes
2. A chaque domaine son prix
3. Qui obtient… ?

[A SAVOIR !]

110 Les numéros de questions de ce type signifient qu'il n'y a qu'une seule et unique réponse juste à la question posée.

111 Les numéros de questions de ce type signifient qu'il y a **plusieurs (2 ou plus) réponses possibles justes à la question**.

[UN CONSEIL IMPORTANT]

Nous vous conseillons vivement de répondre à toutes les questions d'une section avant d'en découvrir les solutions. L'erreur consiste en effet généralement à traiter une question et à vérifier aussitôt la réponse parce que l'on veut s'assurer d'avoir trouvé la réponse juste ou parce que l'on est impatient de la découvrir dans le cas où on ne la connaît pas. Si vous souhaitez sérieusement progresser, vous devez absolument vous imprégner du thème traité par la section et répondre d'un trait à toutes les questions d'une section.

[QUELQUES MOTS SUR…]

1. Les grandes découvertes [WIKIPEDIA]

Une découverte scientifique est la reconnaissance par la communauté scientifique de l'existence d'un phénomène, d'une propriété, d'une loi de l'univers physique, chimique ou astronomique ou d'une nouvelle entité susceptible d'être l'objet d'une approche scientifique.

Pour comprendre le concept de découverte scientifique, il est nécessaire de le resituer dans le contexte de la science moderne, telle qu'elle a émergé depuis la Renaissance. En effet, pour Francis Bacon, le projet de la science est de percer les secrets de la Nature, et d'en extraire tout le savoir possible. Dans cette démarche, la découverte scientifique correspond à l'identification d'un fait ou d'un phénomène naturel original. Pour que ce fait ou ce phénomène soit reconnu, il est nécessaire que sa valeur universelle soit incontestable. Chaque découverte est donc soumise à l'épreuve des faits, par confrontation à l'expérience. Pour l'épistémologue Karl Popper, c'est la seule façon pour qu'une idée, aussi géniale soit-elle, ne reste pas à l'état d'hypothèse, mais qu'elle acquiert la valeur de découverte. Pour bien comprendre la différence entre une découverte et une invention, il suffit de se référer aux découvertes géographiques ou astronomiques. On ne découvre que ce qui existait déjà. On invente quelque chose qui n'existait pas.

2. Les prix Nobel [LAROUSSE]

Le prix Nobel (en suédois *Nobelpriset*) est une récompense de portée internationale. Remis pour la première fois en 1901, les prix sont décernés chaque année à des personnes « ayant apporté le plus grand bénéfice à l'humanité », par leurs inventions, découvertes et améliorations dans différents domaines de la connaissance, par l'œuvre littéraire la plus impressionnante, ou par leur travail en faveur de la paix, suivant ainsi les derniers vœux d'Alfred Nobel, inventeur de la dynamite. Ils étaient originellement au nombre de cinq (physique, chimie, physiologie et médecine, littérature, paix) ; en 1969 la Banque de Suède a décerné pour la première fois un « prix de sciences économiques ».

Les prix Nobel sont décernés :
– pour la physique, la chimie, et les sciences économiques, par l'Académie suédoise des sciences ;
– pour la médecine et la physiologie, par l'Institut Karolin de Stockholm ;
– pour la littérature, par l'Académie de Stockholm ;
– pour l'œuvre de paix, par une commission de cinq membres élus par le Storting norvégien.

Le prix Nobel a quelques contraintes concernant son attribution, mais est globalement assez souple. Dans chaque discipline, les nominations sont issues des propositions d'académies ou instituts de Suède (le comité norvégien pour le Nobel de la paix) et de figures d'autorité internationales. Les propositions sont élaguées en début d'année par un comité spécial, composé de cinq académiciens élus pour trois ans. Avant l'été, les académies fixent une liste finale de cinq noms (ou groupe de noms). Le lauréat est élu en clôture des débats, tout début octobre. Les quatre recalés sont réinscrits d'office pour les sélections de l'année suivante. L'identité du ou des récipiendaires est révélée, discipline par discipline tout au long de la première semaine ouverte d'octobre, lors de conférences de presse journalières.

1. Grandes découvertes

3151 Quelle terre aurait atteint Pythéas, navigateur marseillais, au IVe siècle avant notre ère ?

- ☐ A. Atlantide
- ☐ B. Thulé
- ☐ C. Les Amériques

3152 Quand est découvert le Groenland ?

- ☐ A. Au Ve siècle
- ☐ B. Au Xe siècle
- ☐ C. Au XIIIe siècle
- ☐ D. Au XVIIe siècle

3153 Quel continent est connu sous le nom de « Nouveau Monde » ?

- ☐ A. L'Amérique
- ☐ B. L'Asie
- ☐ C. L'Afrique
- ☐ D. L'Europe

3154 Quel franciscain flamand explore la Mongolie en 1253 ?

- ☐ A. Guillaume de Rubrouck
- ☐ B. Christophe Colomb
- ☐ C. Fernand de Magellan

3155 A l'âge de 17 ans, Marco Polo quitte l'Italie avec son père et son oncle pour trouver le pays de la soie. Tous trois arrivent en 1275…

- ☐ A. En Inde
- ☐ B. En Chine
- ☐ C. En Mongolie
- ☐ D. Au Japon

3156 Quel était le but initial des grands voyages d'exploration au XVe siècle ?

- ☐ A. Trouver des terres nouvelles
- ☐ B. Mettre à l'épreuve la qualité des inventions faites dans le domaine de la navigation
- ☐ C. Trouver une nouvelle route vers l'Asie
- ☐ D. Convertir les indigènes au christianisme

3157 « Espanola » est la première île que découvrit Christophe Colomb en approchant des côtes du nouveau continent. Il s'agit aujourd'hui de :

- ☐ A. La Dominique et la Martinique
- ☐ B. La Guadeloupe et la Martinique
- ☐ C. La République dominicaine et Haïti
- ☐ D. Cuba et les Bahamas

3158 Qui a exploré l'ouest des Etats-Unis jusqu'à l'océan Pacifique ?

- ☐ A. Christophe Colomb
- ☐ B. Francisco Vàsquez de Coronado
- ☐ C. William Clark
- ☐ D. Aucune de ces réponses n'est bonne

3159 Qui double le cap de Bonne-Espérance à la fin du XVe siècle ?

- ☐ A. Christophe Colomb
- ☐ B. Jean-François de la Pérouse
- ☐ C. Vasco de Gama
- ☐ D. Fernand de Magellan

3160 Jacques Cartier est :

- ☐ A. Un explorateur français du XIVe siècle
- ☐ B. Un explorateur français du XVIe siècle
- ☐ C. Un explorateur français du XVIIIe siècle
- ☐ D. Un explorateur français du XIXe siècle

3161 Quel navigateur français découvre le Québec et ramène des Iroquois en France ?

- ☐ A. Fernand de Magellan
- ☐ B. Jacques Cartier
- ☐ C. Samuel Champlain

3162 Qui a découvert le Brésil ?

- ☐ A. Christophe Colomb
- ☐ B. Pedro Alvares Cabral
- ☐ C. Jacques Cartier
- ☐ D. Aucune de ces réponses n'est bonne

3163 Quel navigateur baptisa l'océan Pacifique ?

- ☐ A. Fernand de Magellan
- ☐ B. James Cook
- ☐ C. Vasco de Gama

3164 Fernand de Magellan était :

- ☐ A. Français
- ☐ B. Portugais
- ☐ C. Espagnol

3165 Qui a réalisé le premier tour du monde ?

- ☐ A. James Cook
- ☐ B. Louis Antoine de Bougainville
- ☐ C. Louis Bernicot
- ☐ D. Fernand de Magellan

3166 Qui fut le premier à explorer le fleuve Niger ?

- ☐ A. Mungo Park
- ☐ B. David Linvingstone
- ☐ C. John Speke

3167 Dans quel pays se trouve le détroit de La Pérouse (du nom de l'explorateur qui l'a découvert) ?

- ☐ A. Au Canada
- ☐ B. En Russie
- ☐ C. En Australie

3168 Qui a découvert le cap Horn ?

- ☐ A. Christophe Colomb
- ☐ B. Charles Le Maire
- ☐ C. Mike Horn
- ☐ D. John Ross

3169 Qui a exploré le Pacifique et les côtes de l'Australie, découvert la Nouvelle-Calédonie et Hawaii ?

- ☐ A. Francis Drake
- ☐ B. James Cook
- ☐ C. Fernand Foureau
- ☐ D. Aucune de ces réponses n'est bonne

3170 Qu'a découvert l'explorateur David Livingstone ?

- ☐ A. Les sources du Nil
- ☐ B. Le pôle Nord
- ☐ C. Les chutes Victoria
- ☐ D. Le tombeau de Toutankhamon

3171 Qui découvrit le pôle Nord en 1909 ?

- ☐ A. Robert Livingstone
- ☐ B. Thomas Cook
- ☐ C. Robert Peary

2. A chaque domaine son prix

3172 Dans son dernier testament, Alfred Nobel demande la création d'une institution qui se chargera de récompenser chaque année des personnes qui ont rendu de grands services à l'humanité. On y retrouve notamment :

☐ A. La physique
☐ B. L'économie
☐ C. La littérature
☐ D. Les mathématiques
☐ E. La physiologie

3173 Quel est le pays organisateur du prix Nobel ?

☐ A. La Suède
☐ B. La France
☐ C. Les Etats-Unis

3174 Comment s'appelle la plus haute récompense en mathématiques ?

☐ A. Le prix Albert Einstein
☐ B. Le prix Nobel de mathématiques
☐ C. La médaille Fields
☐ D. La médaille de Pythagore

3175 Le prix Médicis couronne une œuvre :

☐ A. Artistique
☐ B. Littéraire
☐ C. Musicale
☐ D. Cinématographique

3176 Dans quelle discipline décerne-t-on le prix Renaudot ?

☐ A. Littérature
☐ B. Théâtre
☐ C. Journalisme

3177 Dans quelle discipline décerne-t-on le prix France Télévisions ?

☐ A. Littérature
☐ B. Cinéma
☐ C. Télévision

3178 Le prix Gutenberg est un prix littéraire :

☐ A. Allemand
☐ B. Anglais
☐ C. Français
☐ D. Aucune de ces réponses n'est bonne

3179 Quelle est la particularité du prix Femina ?

☐ A. Il récompense les meilleures actions faites en faveur des femmes
☐ B. Le jury est entièrement composé de femmes
☐ C. Il ne récompense que les œuvres féminines

3180 Le prix Albert Londres récompense le travail d'un :

☐ A. Romancier
☐ B. Journaliste
☐ C. Cinéaste
☐ D. Architecte

3181 Qui est récompensé par le prix Interallié ?

☐ A. Un journaliste qui a écrit un roman
☐ B. Un romancier qui a publié un article
☐ C. Une personnalité des médias

3182 Dans quelle discipline artistique est remis le prix Arletty ?

- ☐ A. Cinéma
- ☐ B. Théâtre
- ☐ C. Danse classique

3183 L'équivalent américain de la Nuit des Molières est :

- ☐ A. Les Tony
- ☐ B. Les Molly
- ☐ C. Les Johnson

3184 Laquelle de ces affirmations est fausse :

- ☐ A. Le prix Pulitzer récompense des journalistes
- ☐ B. Le prix Pulitzer récompense des écrivains
- ☐ C. Le prix Pulitzer récompense des artistes peintres

3185 Le prix Pritzker est attribué dans le domaine :

- ☐ A. De la musique
- ☐ B. De l'architecture
- ☐ C. De la peinture
- ☐ D. De la sculpture

3186 En quelle année fut décerné le premier prix Pitzker ?

- ☐ A. 1909
- ☐ B. 1939
- ☐ C. 1979

3187 Le prix France Culture a modifié son nom en 2006, quel est-il aujourd'hui ?

- ☐ A. Le prix France Culture-Télérama
- ☐ B. Le prix de la Culture
- ☐ C. Le prix Littéraire de la Culture

3188 Qui décerne le prix Albert Einstein ?

- ☐ A. Le Conseil mondial de la culture
- ☐ B. Le ministère de la Culture
- ☐ C. Aucune de ces réponses n'est bonne

3189 Que récompense le prix du Fauve d'Or ?

- ☐ A. Le meilleur film africain au festival de Cannes
- ☐ B. La meilleure vente de disque en Afrique
- ☐ C. Le meilleur album de bande dessinée

3190 En quelle année furent créées les Victoires de la musique classique ?

- ☐ A. 1974
- ☐ B. 1984
- ☐ C. 1994

3191 A quelle date furent décernés les premiers Oscars ?

- ☐ A. 1929
- ☐ B. 1945
- ☐ C. 1969

3192 Que récompense le prix Goya ?

- ☐ A. La meilleure musique de film
- ☐ B. La meilleure sculpture contemporaine
- ☐ C. Le meilleur court-métrage au Festival de Venise

3193 Que récompensent les Golden Globes ?

- ☐ A. Les œuvres cinématographiques
- ☐ B. Les œuvres musicales
- ☐ C. Les œuvres télévisuelles

3194 Comment s'appellent les récompenses spécifiques au monde de la télévision ?

- ☐ A. Les Césars
- ☐ B. Les Chaînes d'or
- ☐ C. Les Oscars
- ☐ D. Les 7 d'or

3195 Laquelle de ces affirmations est fausse :

- ☐ A. Les récompenses des 7 d'or n'existent plus
- ☐ B. Les 7 d'or ont été créés par le magazine TéléStar
- ☐ C. Les 7 d'or récompensent les personnalités et programmes de la télévision

3196 Que récompense le prix Veuve Clicquot ?

- ☐ A. Une femme d'affaires
- ☐ B. Un homme d'affaires
- ☐ C. Une œuvre cinématographique indépendante

3197 Quand a été créé le trophée des Femmes en or ?

- ☐ A. 1973
- ☐ B. 1993
- ☐ C. 2003

3198 Que récompense le Webby Award ?

- ☐ A. Le meilleur journal on line
- ☐ B. Le blog le plus lu aux Etats-Unis
- ☐ C. Un site Internet de qualité

3199 Que récompense la cérémonie des Golden Collar Awards ?

- ☐ A. Les meilleurs films comiques
- ☐ B. Les meilleurs acteurs canins
- ☐ C. Les pires acteurs de l'année

3. Qui obtient... ?

3200 Quel prix Nobel ont obtenu en 2010 Andre Geim et Konstantin Novoselov ?

- ☐ A. Le prix Nobel de la paix
- ☐ B. Le prix Nobel de médecine
- ☐ C. Le prix Nobel de physique
- ☐ D. Le prix Nobel de biologie
- ☐ E. Le prix Nobel de mathématiques

3201 Quel chercheur a été récompensé par le prix Nobel de médecine pour avoir découvert le virus du sida ?

- ☐ A. Luc Montagnier et Françoise Barré-Sinoussi
- ☐ B. Jean-Claude Chermann
- ☐ C. Willy Rozenbaum
- ☐ D. David Klatzmann

3202 Né en 1887, ce poète a été peu touché par le surréalisme. Grand voyageur, son œuvre est une méditation sur le destin de l'Homme et ses rapports à la nature. Il a reçu le prix Nobel de littérature. Il s'agit de :

- ☐ A. Louis Aragon
- ☐ B. Paul Eluard
- ☐ C. Saint-John Perse
- ☐ D. Paul Valéry

3203 Lequel de ces écrivains reçut le prix Nobel de littérature ?

- ☐ A. Georges Perec
- ☐ B. Albert Camus
- ☐ C. Jules Verne
- ☐ D. Marguerite Duras

3204 Le prix Nobel de littérature a été décerné en 2005 à un dramaturge britannique fortement critique à l'égard de la politique extérieure américaine. Quel est son nom ?

- ☐ A. Harold Pinter
- ☐ B. Edward Bond
- ☐ C. Howard Barker
- ☐ D. Samuel Beckett

3205 Quel auteur a été récompensé en octobre 2009 par le prix Nobel de littérature ?

- ☐ A. Herta Müller
- ☐ B. Claude Simon
- ☐ C. Albert Camus
- ☐ D. William Golding

3206 Quel écrivain s'est vu décerner le prix Nobel de littérature en 2010 ?

- ☐ A. J.-M.G. Le Clézio
- ☐ B. Herta Müller
- ☐ C. Harold Pinter
- ☐ D. Mario Vargas Llosa
- ☐ E. Imre Kertész

3207 Quel écrivain français a refusé le prix Nobel de littérature ?

- ☐ A. Louis-Ferdinand Céline
- ☐ B. Albert Camus
- ☐ C. Jean-Paul Sartre
- ☐ D. Jean Cocteau
- ☐ E. Aucune de ces réponses n'est bonne

3208 Pour quelle action Muhammad Yunus a-t-il reçu le prix Nobel de la paix en 2006 ?

- ☐ A. La lutte contre la prolifération des armes atomiques
- ☐ B. La défense du droit des femmes
- ☐ C. La lutte pour l'éradication des mines antipersonnel
- ☐ D. Le développement du microcrédit

3209 Quel militant indien du droit des enfants et du droit à l'éducation est colauréat du prix Nobel de la paix 2014, avec Malala Yousafzai ?

- ☐ A. Kailash Satyarthi
- ☐ B. Madhya Pradesh
- ☐ C. Satish Kumar
- ☐ D. Jayaprakash Narayan

3210 Qui obtient le prix Nobel d'économie en 2015, pour son analyse de la consommation, de la pauvreté, et du bien-être ?

- ☐ A. Robert Mundell
- ☐ B. Paul Krugman
- ☐ C. Angus Deaton
- ☐ D. George Akerlof

3211 Parmi ces économistes, lequel n'a pas obtenu le prix Nobel ?

- ☐ A. Robert Mundell
- ☐ B. Joseph Stiglitz
- ☐ C. John Nash
- ☐ D. John Maynard Keynes

3212 Le prix Nobel d'économie qui a donné son nom à un projet de taxe sur les mouvements spéculatifs de capitaux est :

- ☐ A. Milton Friedman
- ☐ B. Maurice Allais
- ☐ C. James Tobin
- ☐ D. Gary Becker
- ☐ E. Aucune de ces réponses n'est bonne

3213 A qui est attribué le prix Goncourt en 2016 ?

- ☐ A. Lydie Salvayre pour *Pas pleurer*
- ☐ B. Mathias Enard pour *Boussole*
- ☐ C. Leïla Slimani pour *Chanson douce*
- ☐ D. Eric Vuillard pour *L'Ordre du jour*

3214 Lequel de ces auteurs a obtenu deux fois le prix Goncourt ?

- ☐ A. Jean-Paul Sartre
- ☐ B. André Malraux
- ☐ C. Paul-Loup Sulitzer
- ☐ D. Romain Gary
- ☐ E. Aucune de ces réponses n'est bonne

3215 Quel écrivain américain a reçu le prix Pulitzer pour son roman *La Route* dont une adaptation cinématographique a été réalisée en 2009 ?

- ☐ A. Joyce Crol Oates
- ☐ B. Toni Morrison
- ☐ C. Paul Auster
- ☐ D. Cormac Mac Carthy

3216 Qui est le lauréat du prix Médicis en 1984 ?

- ☐ A. Yves Berger
- ☐ B. Bernard-Henri Lévy
- ☐ C. Paul-Loup Sulitzer

3217 En 2007, au festival d'Angoulême, Lewis Trondheim crée la nouvelle mascotte du festival, qui conduit, à partir de 2010, à appeler tous les prix officiels les :

- ☐ A. Félins d'Angoulême
- ☐ B. Chats d'Angoulême
- ☐ C. Fauves d'Angoulême
- ☐ D. Bêtes d'Angoulême

3218 En 2016, le grand prix RTL de la bande dessinée est décerné à :

- ☐ A. Riad Sattouf pour *L'Arabe du futur*
- ☐ B. Frantz Duchazeau pour *La Main heureuse*
- ☐ C. Pierre-Henry Gomont pour *Pereira prétend*

3219 Dans le domaine de la bande dessinée, quelle œuvre reçoit le grand prix de la Critique en 2006 ?

- ☐ A. *Les Amants de Lucie*
- ☐ B. *Les Petits Ruisseaux*
- ☐ C. *Paroles de Verdun*

3220 Qui a reçu le prestigieux prix Pritzker d'architecture en 2008 pour l'ensemble de son œuvre ?

- ☐ A. Jean Nouvel
- ☐ B. Leoh Ming Pei
- ☐ C. Franck Gehry
- ☐ D. Antoni Gaudí

3221 Laquelle de ces comédiennes n'a pas reçu le prix Romy Schneider ?

- ☐ A. Bérénice Béjo
- ☐ B. Vanessa Paradis
- ☐ C. Clotilde Courau

3222 Quelle artiste a reçu le trophée de l'artiste féminine de ces 20 dernières années aux Victoires de la musique ?

- ☐ A. Mylène Farmer
- ☐ B. France Gall
- ☐ C. Véronique Samson

3223 Qui reçoit la grande médaille de la Chanson française en 2016 ?

- ☐ A. Charles Aznavour
- ☐ B. Renaud
- ☐ C. Jean-Jacques Goldman
- ☐ D. Francis Cabrel

3224 Quel a été le premier monument français classé par l'Unesco en 1979 ?

- ☐ A. La cathédrale Notre-Dame de Reims
- ☐ B. La cathédrale de Chartres
- ☐ C. La cathédrale d'Amiens

3225 En quelle année le site de Stonehedge a-t-il été déclaré patrimoine mondial par l'Unesco ?

- ☐ A. 1956
- ☐ B. 1986
- ☐ C. 2006

3226 Tombouctou est devenu patrimoine mondial de l'Unesco en :

- ☐ A. 1938
- ☐ B. 1988
- ☐ C. 2008

3227 Laquelle de ces communes de Polynésie française a été classée au patrimoine mondial de l'Unesco en 2017 ?

- ☐ A. Commune de Bora-Bora
- ☐ B. Commune de Papeete
- ☐ C. Commune de Pukapuka
- ☐ D. Commune de Taputapuātea

3228 Le bassin minier du Nord-Pas-de-Calais est patrimoine mondial de l'Unesco ?

- ☐ A. Vrai
- ☐ B. Faux

3229 L'île de Pâques est déclarée patrimoine mondial par l'Unesco ?

- ☐ A. Vrai
- ☐ B. Faux

3230 Quelle partie de Paris est classée patrimoine mondial par l'Unesco ?

- ☐ A. Les rives de la Seine
- ☐ B. Les Buttes-Chaumont
- ☐ C. Aucune de ces réponses n'est bonne

3231 Lequel des critères ci-dessous n'est pas un critère de sélection de l'Unesco ?

- ☐ A. Apporter un témoignage unique ou du moins exceptionnel sur une tradition culturelle ou une civilisation vivante ou disparue
- ☐ B. Représenter des phénomènes naturels ou des aires d'une beauté naturelle et d'une importance esthétique exceptionnelle
- ☐ C. Représenter un chef-d'œuvre du génie créateur humain
- ☐ D. Etre visité par plus d'un million de personnes par an

3232 En quelle année la Cité du Vatican a-t-elle été inscrite au patrimoine mondial ?

- ☐ A. 1944
- ☐ B. 1964
- ☐ C. 1984
- ☐ D. 1994

3233 En France, au 31 décembre 2014, combien de monuments sont classés « monument historique » ?

- ☐ A. 1 436
- ☐ B. 14 437
- ☐ C. 35 654
- ☐ D. 44 318

3234 Quel monument est sur la liste du patrimoine mondial en péril ?

- ☐ A. Le lieu de naissance de Jésus
- ☐ B. Les chutes du Niagara
- ☐ C. Le Mur des Lamentations
- ☐ D. La Sainte-Chapelle

CORRIGE

3151 Thulé
3152 Au Xe siècle
3153 L'Amérique
3154 Guillaume de Rubrouck
3155 En Chine
3156 Trouver une nouvelle route vers l'Asie
3157 La République dominicaine et Haïti
3158 William Clark
3159 Vasco de Gama
3160 Un explorateur français du XVIe siècle
3161 Jacques Cartier
3162 Pedro Alvares Cabral
3163 Fernand de Magellan
3164 Portugais
3165 Fernand de Magellan
3166 Mungo Park
3167 En Australie
3168 Charles Le Maire
3169 Francis Drake
3170 Les chutes Victoria
3171 Robert Peary
3172 La physique, La littérature, La physiologie
3173 La Suède
3174 La médaille Fields
3175 Littéraire
3176 Littérature
3177 Littérature
3178 Français
3179 Le jury est entièrement composé de femmes
3180 Journaliste
3181 Un journaliste qui a écrit un roman
3182 Théâtre
3183 Les Tony
3184 Le prix Pulitzer récompense des artistes peintres
3185 De l'architecture
3186 1979
3187 Le prix France Culture-Télérama
3188 Le Conseil mondial de la culture
3189 Le meilleur album de bande dessinée
3190 1994
3191 1929
3192 La meilleure musique de film
3193 Les œuvres télévisuelles
3194 Les 7 d'or
3195 Les 7 d'or ont été créés par le magazine TéléStar
3196 Une femme d'affaires
3197 1993
3198 Un site Internet de qualité
3199 Les meilleurs acteurs canins
3200 Le prix Nobel de physique
3201 Luc Montagnier et Françoise Barré-Sinoussi
3202 Saint-John Perse
3203 Albert Camus
3204 Harold Pinter
3205 Herta Müller
3206 Mario Vargas Llosa
3207 Jean-Paul Sartre
3208 Le développement du microcrédit
3209 Kailash Satyarthi
3210 Angus Deaton

3211 John Maynard Keynes

3212 James Tobin

3213 Leïla Slimani pour *Chanson douce*

3214 Romain Gary

3215 Cormac Mac Carthy

3216 Bernard-Henri Lévy

3217 Fauves d'Angoulême

3218 Pierre-Henry Gomont pour *Pereira prétend*

3219 *Les Petits Ruisseaux*

3220 Jean Nouvel

3221 Clotilde Courau

3222 Mylène Farmer

3223 Jean-Jacques Goldman

3224 La cathédrale de Chartres

3225 1986

3226 1988

3227 Commune de Taputapuātea

3228 Vrai

3229 Vrai

3230 Les rives de la Seine

3231 Etre visité par plus d'1 million de personnes par an

3232 1984

3233 44 318

3234 Le lieu de naissance de Jésus

17. SPORTS

Ce chapitre est composé de **3 sections** pour un total de **130 questions**.

1. Sports individuels
2. Sports collectifs
3. Les Jeux olympiques

[A SAVOIR !]

110 Les numéros de questions de ce type signifient qu'il n'y a qu'une seule et unique réponse juste à la question posée.

111 Les numéros de questions de ce type signifient qu'il y a **plusieurs (2 ou plus) réponses possibles justes à la question**.

[UN CONSEIL IMPORTANT]

Nous vous conseillons vivement de répondre à toutes les questions d'une section avant d'en découvrir les solutions. L'erreur consiste en effet généralement à traiter une question et à vérifier aussitôt la réponse parce que l'on veut s'assurer d'avoir trouvé la réponse juste ou parce que l'on est impatient de la découvrir dans le cas où on ne la connaît pas. Si vous souhaitez sérieusement progresser, vous devez absolument vous imprégner du thème traité par la section et répondre d'un trait à toutes les questions d'une section.

[QUELQUES MOTS SUR...]

1. Le sport et la société [LAROUSSE]

Le sport est un des phénomènes socioculturels marquants de notre siècle naissant et de celui qui l'a précédé. On peut aisément le mesurer à l'aune des millions de téléspectateurs qui suivent la retransmission des grands événements sportifs ou du nombre sans cesse accru de pratiquants, qui, de par le monde, s'adonnent, sous une forme ou sous une autre, à une activité physique. Mais, plus encore que ces chiffres, la mobilisation grandissante des ressources matérielles et symboliques de nos sociétés autour du fait sportif donne une idée de son ampleur : il n'y a plus guère de thèmes sociétaux dont le sport soit absent ; autour de lui se constituent des identités collectives (du local au national) ; il est devenu un champ d'intervention de la politique des Etats ; il a généré un marché et des enjeux économiques énormes ; la science s'y trouve impliquée de diverses façons (santé, technologies nouvelles) ; les valeurs éthiques et les idéologies modernes intègrent celles du sport et les grandes institutions sportives, comme le Comité international olympique (CIO), se posent en garantes de l'accomplissement des valeurs morales les plus hautes de l'humanité.

2. Les Jeux olympiques [LAROUSSE]

Contrairement aux jeux antiques, le programme olympique moderne est beaucoup moins stable. Chaque édition des jeux apporte ainsi son lot de nouveautés, nouvelles disciplines et nouvelles catégories. Le CIO est seul décisionnaire sur l'admission d'une discipline au programme olympique et il doit composer avec les Fédérations internationales gérant les disciplines. Ainsi, le programme des compétitions sportives ne propose pas l'ensemble des disciplines sportives, ni même la totalité des différentes épreuves possibles. Les jeux d'été comptent 302 podiums, et c'est un plafond que le CIO ne souhaite pas dépasser. Ainsi, nombre de sports sont écartés du programme, comme c'est le cas du baseball et du softball après les jeux de 2008, tandis que d'autres disciplines souhaitant profiter de la vitrine olympique sont priées d'attendre. Les jeux mondiaux rassemblent certains de ces sports non-olympiques mais dont les fédérations internationales sont reconnues par le CIO. Jusqu'en 1996, ces sports pouvaient profiter du statut de sport de démonstration.

Afin de contenir l'expansion, le nombre d'athlètes participants aux Jeux est désormais plafonné à 10 500 en été et les participants doivent désormais réaliser des minima dans les disciplines chiffrées ou profiter de quotas olympiques gagnés lors des grandes compétitions précédant les jeux. Pour permettre à toutes les nations de participer, les minima sont à géométrie variable selon les nations et un Comité olympique n'ayant aucun athlète qualifié aux Jeux profite d'invitations, généralement en athlétisme, natation, judo ou haltérophilie pour les Jeux d'été.

3. Le sport collectif [LAROUSSE]

Un sport collectif est un sport qui oppose des équipes entre elles, par opposition à un sport individuel. Attention à ne pas confondre sport collectif et sport d'équipes car certains sports individuels (cyclisme, notamment) sont souvent des sports d'équipes mais pas des sports collectifs. Par définition, un sport collectif n'attribue pas de titre individuel, mais seulement des titres collectifs. Rares exceptions à cette règle, avec l'aviron, qui est un sport individuel en skiff et qui est un sport collectif (et pas seulement un « sport d'équipe ») pour les autres séries, ou les Bowls. Presque tous les sports de ballon sont des sports collectifs. Seule exception à cette règle, la gymnastique rythmique dont l'un des engins utilisés est un ballon.

1. Sports individuels

3235 Qui a créé le Tour de France ?

- ☐ A. Pierre Giffard
- ☐ B. Henri Desgrange
- ☐ C. Géo Lefèvre
- ☐ D. Maurice Garin

3236 Quelle distance les coureurs du Tour de France parcourent-ils ?

- ☐ A. Environ 1 500 km
- ☐ B. Environ 3 500 km
- ☐ C. Environ 5 000 km
- ☐ D. Environ 8 000 km

3237 Combien y a-t-il d'étapes au Tour de France ?

- ☐ A. Une dizaine
- ☐ B. Une quinzaine
- ☐ C. Une vingtaine
- ☐ D. Une trentaine

3238 Lequel de ces sportifs n'est pas un coureur cycliste ?

- ☐ A. Jacques Anquetil
- ☐ B. Miguel Indurain
- ☐ C. Jan Ullrich
- ☐ D. Jacques Villeneuve

3239 Quelle est la nationalité de Jan Ullrich ?

- ☐ A. Canadienne
- ☐ B. Allemande
- ☐ C. Suisse
- ☐ D. Anglaise

3240 Parmi ces coureurs, lequel n'a jamais porté le maillot jaune ni remporté le Tour de France ?

- ☐ A. Louison Bobet
- ☐ B. Laurent Fignon
- ☐ C. Raymond Poulidor
- ☐ D. Bernard Thévenet

3241 Qui a remporté le Tour de France en 2018 ?

- ☐ A. Alberto Contador
- ☐ B. Lance Amstrong
- ☐ C. Geraint Thomas
- ☐ D. Christopher Froome

3242 Quel cycliste a gagné le Tour de France cinq années consécutives ?

- ☐ A. Miguel Indurain
- ☐ B. Bernard Hinault
- ☐ C. Lance Armstrong

3243 Qui a remporté le Tour de France à 7 reprises ?

- ☐ A. Alberto Contador
- ☐ B. Cadel Evans
- ☐ C. Lance Amstrong
- ☐ D. Carlos Sastres

3244 Parmi ces cyclistes, lesquels ont été soupçonnés de dopage ?

- ☐ A. Lance Amstrong
- ☐ B. Franck Schleck
- ☐ C. Marco Pantani
- ☐ D. Alberto Contador
- ☐ E. Bradley Wiggins

3245 Depuis quelle année est organisé le championnat du monde de Formule 1 ?

- ☐ A. 1950
- ☐ B. 1960
- ☐ C. 1970

3246 Combien de fois Michael Schumacher a-t-il été sacré champion de Formule 1 ?

- ☐ A. 5 fois
- ☐ B. 7 fois
- ☐ C. 10 fois
- ☐ D. 11 fois

3247 En 2009, avec quelle écurie Michael Schumacher fait-il son retour ?

- ☐ A. Mercedes
- ☐ B. BMW
- ☐ C. Renault
- ☐ D. Ferrari

3248 Quel pilote automobile a remporté en 2016 le Championnat du monde de Formule 1 ?

- ☐ A. Nico Rosberg
- ☐ B. Sebastian Vettel
- ☐ C. Lewis Hamilton
- ☐ D. Kimi Räikkönen

3249 Quels sont les pilotes ayant remporté plus de 40 grands prix de Formule 1 ?

- ☐ A. Juan Manuel Fangio
- ☐ B. Alain Prost
- ☐ C. Ayrton Senna
- ☐ D. Michael Schumacher

3250 En quelle année fut créé le Grand Prix de l'Automobile Club de France ?

- ☐ A. 1906
- ☐ B. 1912
- ☐ C. 1924
- ☐ D. 1948

3251 Sur quel circuit se déroule le Grand Prix de l'Automobile Club de France de 1991 à 2008 ?

- ☐ A. Le circuit de Nevers Magny-Cours
- ☐ B. Le circuit du Mans
- ☐ C. Le circuit Paul-Ricard
- ☐ D. Le circuit de Reims-Gueux

3252 Combien mesure le circuit de Nevers Magny-Cours ?

- ☐ A. 3 877 mètres
- ☐ B. 4 411 mètres
- ☐ C. 5 233 mètres
- ☐ D. 6 955 mètres

3253 Quelle est la date de la première course des 500 miles d'Indianapolis ?

- ☐ A. 1901
- ☐ B. 1911
- ☐ C. 1921
- ☐ D. 1931

3254 Qui est le fondateur du Paris-Dakar ?

- ☐ A. Jacky Ickx
- ☐ B. René Metge
- ☐ C. Daniel Balavoine
- ☐ D. Thierry Sabine

3255 Le rallye Paris-Dakar a été créé en :

- ☐ A. 1959
- ☐ B. 1969
- ☐ C. 1978
- ☐ D. 1998

3256 En 2016, dans quels pays a eu lieu le Dakar (rallye auto-moto) ?

- ☐ A. En Espagne et au Portugal
- ☐ B. En Argentine et en Bolivie
- ☐ C. Au Maroc et en Tunisie
- ☐ D. En Mauritanie et au Sénégal

3257 Un marathonien doit courir :

- ☐ A. 42,195 km
- ☐ B. 32,195 km
- ☐ C. 22,195 km
- ☐ D. 12,195 km

3258 Combien de records de France détient Marie-José Pérec en 1997 ?

- ☐ A. 1
- ☐ B. 2
- ☐ C. 3
- ☐ D. 4

3259 Sous quel nom est connue Marie-José Pérec ?

- ☐ A. La Gazelle des Indes
- ☐ B. La Gazelle des Antilles
- ☐ C. La Gazelle des sables
- ☐ D. La Gazelle du désert

3260 Parmi ces athlètes français, lequel n'est pas coureur ?

- ☐ A. Christophe Lemaitre
- ☐ B. Ladji Doucouré
- ☐ C. Jérôme Bortoluzzi
- ☐ D. Ronald Pognon

3261 Quelle est la nationalité d'Usain Bolt, champion d'athlétisme ?

- ☐ A. Américaine
- ☐ B. Anglaise
- ☐ C. Jamaïcaine
- ☐ D. Ethiopienne

3262 Au saut en longueur, l'athlète a droit à :

- ☐ A. 2 essais
- ☐ B. 3 essais
- ☐ C. 4 essais

3263 Au lancer de poids féminin, combien pèse le boulet ?

- ☐ A. 2 kilogrammes
- ☐ B. 4 kilogrammes
- ☐ C. 6 kilogrammes

3264 En quelle année l'Everest a-t-il été gravi pour la première fois ?

- ☐ A. En 1813
- ☐ B. En 1853
- ☐ C. En 1913
- ☐ D. En 1953

3265 Quel âge avait Louis Lachenal lorsqu'il parvint avec Maurice Herzog au sommet de l'Annapurna en 1950 ?

- ☐ A. 29 ans
- ☐ B. 34 ans
- ☐ C. 39 ans
- ☐ D. 44 ans

3266 Avec 86 courses gagnées, il est de loin le recordman des victoires en Coupe du monde de ski, qui est-ce ?

- ☐ A. Hermann Maier
- ☐ B. Alberto Tomba
- ☐ C. Marc Girardelli
- ☐ D. Ingemar Stenmark

3267 En quelle matière les premiers patins à glace étaient-ils constitués ?

- ☐ A. En os
- ☐ B. En pierre
- ☐ C. En fer
- ☐ D. En calcaire

3268 Parmi ces sauts, lequel n'est pas un saut de patinage artistique ?

- ☐ A. L'axel
- ☐ B. Le flip
- ☐ C. Le salchow
- ☐ D. Le salto

3269 Quelle course à la voile en solitaire part de Saint-Malo pour rallier Pointe-à-Pitre ?

- ☐ A. Le Vendée Globe
- ☐ B. La Route du Rhum
- ☐ C. La Solitaire du Figaro
- ☐ D. Le Spi Ouest France

3270 Quelle est la première femme à avoir accompli le tour du monde à la voile en solitaire d'un Vendée Globe ?

- ☐ A. Florence Arthaud
- ☐ B. Isabelle Autissier
- ☐ C. Catherine Chabaud
- ☐ D. Maud Fontenoy

3271 En combien de jours Catherine Chabaud a-t-elle fait le tour du monde à la voile en solitaire ?

- ☐ A. 120 jours
- ☐ B. 140 jours
- ☐ C. 160 jours
- ☐ D. 180 jours

3272 En 2019, où a lieu la Copa America de football ?

- ☐ A. Aux Bermudes
- ☐ B. Au Brésil
- ☐ C. Au Costa Rica
- ☐ D. En Argentine

3273 L'objectif du Trophée Jules-Verne est :

- ☐ A. Le tour du monde à la voile le plus rapidement possible
- ☐ B. Le tour du monde à la voile en moins de 80 jours
- ☐ C. Le tour de France à la voile
- ☐ D. La traversée de l'Atlantique à la voile

3274 Parmi ces nages, laquelle n'est pas une nage de compétition ?

- ☐ A. La brasse
- ☐ B. Le crawl
- ☐ C. La nage indienne
- ☐ D. La nage papillon

3275 Quel nageur a pris sa retraite à l'âge de 24 ans et remporté cinq titres olympiques ?

- ☐ A. Alain Bernard
- ☐ B. Michael Phelps
- ☐ C. Ian Thorpe
- ☐ D. Michael Bousquet

3276 Les épreuves de plongeon de haut vol s'effectuent à une hauteur de :

- ☐ A. 5 mètres
- ☐ B. 10 mètres
- ☐ C. 15 mètres

3277 Lequel de ces sports est le plus ancien ?

- ☐ A. La natation
- ☐ B. Le rugby
- ☐ C. Le surf
- ☐ D. Le tennis

3278 Le surf trouve ses origines :

- ☐ A. En Polynésie
- ☐ B. A Hawaii
- ☐ C. En Indonésie
- ☐ D. Aux Philippines

3279 Lequel de ces sports n'a pas son Grand Prix ?

- ☐ A. Le cyclisme
- ☐ B. Le motocyclisme
- ☐ C. Le sport hippique
- ☐ D. Le tennis

3280 Quel tournoi du Grand Chelem se déroule en premier dans l'année ?

- ☐ A. L'Us Open
- ☐ B. Roland-Garros
- ☐ C. Wimbledon
- ☐ D. L'Open d'Australie

3281 Sur quel type de surface les joueurs de tennis s'affrontent-ils à Wimbledon ?

- ☐ A. Terre battue
- ☐ B. Dur
- ☐ C. Sable
- ☐ D. Gazon

3282 Roland Garros était :

- ☐ A. Un aviateur
- ☐ B. Un joueur de tennis
- ☐ C. Un mécène
- ☐ D. Un homme politique

3283 Le Suédois Bjorn Borg a gagné le tournoi de Roland-Garros :

- ☐ A. 4 fois
- ☐ B. 5 fois
- ☐ C. 6 fois
- ☐ D. 7 fois

3284 Qui fut le plus jeune vainqueur du tournoi de tennis de Roland-Garros ?

- ☐ A. Bjorn Borg
- ☐ B. Michael Chang
- ☐ C. Matts Wilander
- ☐ D. Monica Seles

3285 Qui a remporté le tournoi masculin de tennis de Roland-Garros en 2018 ?

- ☐ A. Rafael Nadal
- ☐ B. Roger Federer
- ☐ C. Novak Djokovic
- ☐ D. Robin Söderling

3286 Au 1er mai 2019, combien de tournois du Grand Chelem Roger Federer a-t-il gagnés ?

- ☐ A. 8
- ☐ B. 12
- ☐ C. 16
- ☐ D. 20

3287 Parmi les personnes suivantes, laquelle n'a pas joué en équipe de France de tennis ?

- ☐ A. Jo-Wilfried Tsonga
- ☐ B. Mary Pierce
- ☐ C. Gaël Monfils
- ☐ D. Jules Simon
- ☐ E. Richard Gasquet

3288 Quelle est la durée du plus long match de l'histoire du tennis ?

- ☐ A. Environ 5 heures
- ☐ B. Environ 8 heures
- ☐ C. Environ 11 heures
- ☐ D. Environ 15 heures

3289 D'après le règlement de la Fédération internationale de tennis, la hauteur du filet de tennis doit être de :

- ☐ A. 1,19 m sur les côtés et 0,981 m au centre
- ☐ B. 1,07 m sur les côtés et 0,914 m au centre
- ☐ C. 1,27 m sur les côtés et 1,212 m au centre
- ☐ D. 1,33 m sur les côtés et 1,321 m au centre

3290 Lequel de ces tournois ne fait pas partie du Grand Chelem du golf ?

- ☐ A. Le British Open
- ☐ B. The Masters
- ☐ C. L'Open American
- ☐ D. L'Open Australien

3291 Quels mots appartiennent au vocabulaire du golf ?

- ☐ A. Birdie
- ☐ B. Par
- ☐ C. Put
- ☐ D. Fairway
- ☐ E. Eagle

3292 Dans quel sport excelle Tiger Woods ?

- ☐ A. Le basket
- ☐ B. Le golf
- ☐ C. Le football
- ☐ D. Aucune de ces réponses n'est bonne

3293 Laura Flessel est une ancienne :

- ☐ A. Navigatrice
- ☐ B. Escrimeuse
- ☐ C. Joueuse de tennis
- ☐ D. Judoka

3294 Lequel de ces termes ne fait pas partie du vocabulaire spécifique à l'escrime ?

- ☐ A. La ballestra
- ☐ B. La défilade
- ☐ C. L'estoc
- ☐ D. La parade

3295 **Depuis quel siècle la boxe est-elle pratiquée ?**

- ☐ A. Le XVIe siècle
- ☐ B. Le XVIIe siècle
- ☐ C. Le XVIIIe siècle
- ☐ D. Le XIXe siècle

3296 **Parmi ces catégories de poids en boxe amateur, laquelle correspond au poids le plus léger ?**

- ☐ A. Coq
- ☐ B. Léger
- ☐ C. Mouche
- ☐ D. Plume

3297 **Qui fut le boxeur français champion du monde des poids moyens en 1948 après avoir battu Tony Zale ?**

- ☐ A. Marcel Cerdan
- ☐ B. Alphonse Halimi
- ☐ C. Georges Carpentier
- ☐ D. S.-R. Robinson

3298 **A quel sport est lié le dojo ?**

- ☐ A. Au canoë-kayak
- ☐ B. Au golf
- ☐ C. Au judo
- ☐ D. Aucune de ces réponses n'est bonne : le dojo est une boisson et non un terme de sport

3299 **Quel est le pays d'origine du judo ?**

- ☐ A. La Corée
- ☐ B. La Thaïlande
- ☐ C. La Chine
- ☐ D. Le Japon

3300 **Jigoro Kano créa le judo à la fin du XIXe siècle en s'inspirant d'un autre sport. De quel sport s'agissait-il ?**

- ☐ A. L'aïkido
- ☐ B. Le jiu-jitsu
- ☐ C. Le karaté
- ☐ D. Le taiji su

3301 **Quelle performance a réalisé Teddy Riner, judoka français, entre 2007 et 2011 ?**

- ☐ A. Il a remporté les championnats du monde sans interruption de 2007 à 2011
- ☐ B. Il a remporté la médaille d'or aux Jeux olympiques de 2008
- ☐ C. Il a remporté quatre fois le championnat d'Europe

3302 **Lequel de ces arts martiaux n'est pas japonais ?**

- ☐ A. Le taijutsu
- ☐ B. Le wushu
- ☐ C. Le kobudo
- ☐ D. Le ninjutsu

3303 **Quel sport combine une épreuve de ski de fond et une épreuve de tir ?**

- ☐ A. Le combiné nordique
- ☐ B. Le duathlon
- ☐ C. Le biathlon
- ☐ D. Le combiné alpin

3304 **Quelle liste donne l'ordre dans lequel se succèdent les épreuves du triathlon ?**

- ☐ A. Course à pied – natation – cyclisme
- ☐ B. Cyclisme – natation – course à pied
- ☐ C. Natation – cyclisme – course à pied
- ☐ D. Natation – course à pied – cyclisme

3305 Quelle épreuve ne fait pas partie du triathlon des neiges ?

- ☐ A. Le ski alpin
- ☐ B. Le ski de fond
- ☐ C. La course à pied
- ☐ D. Le hockey sur glace

3306 Quel est le nom du plus long format de triathlon ?

- ☐ A. Le Sprint
- ☐ B. La longue distance
- ☐ C. Ironman
- ☐ D. Half Ironman

2. Sports collectifs

3307 Quelle institution est en charge de la promotion du football au niveau mondial ?

- ☐ A. Le CIO
- ☐ B. La FFE
- ☐ C. La FIFA
- ☐ D. L'UEFA

3308 Quand a été organisée la première Coupe du monde de football ?

- ☐ A. En 1920
- ☐ B. En 1930
- ☐ C. En 1940
- ☐ D. En 1950

3309 Au football, le penalty se tire à :

- ☐ A. 11 mètres
- ☐ B. 15 mètres
- ☐ C. 20 mètres

3310 De quelle équipe nationale de football Roger Lemerre a-t-il été l'entraîneur pour la Coupe du monde 2006 ?

- ☐ A. Le Cameroun
- ☐ B. Le Ghana
- ☐ C. La Tunisie
- ☐ D. La Turquie

3311 Contre quelle équipe le Portugal a-t-il gagné la finale de l'UEFA Euro 2016 ?

- ☐ A. La France
- ☐ B. L'Allemagne
- ☐ C. Le Pays de Galles
- ☐ D. L'Espagne

3312 Zinedine Zidane évolue durant les saisons 2004-2006 :

- ☐ A. Au Real Madrid
- ☐ B. A Chelsea
- ☐ C. Au Bayern de Munich
- ☐ D. A la Juventus de Turin

3313 En France, quel est le nombre de divisions professionnelles ou ligues dans le football ?

- ☐ A. 1
- ☐ B. 2
- ☐ C. 3
- ☐ D. 4

3314 De quelle équipe de football Zinédine Zidane devient-il l'entraîneur en 2016 ?

- ☐ A. Le PSG
- ☐ B. Le Real Madrid
- ☐ C. L'OM

3315 Quel club de football remporte en 2019 la coupe de France ?

☐ A. L'OM
☐ B. L'OL
☐ C. Le Stade rennais
☐ D. Le PSG

3316 En football, quel joueur a marqué le plus de buts en Coupe du monde, toutes phases confondues ?

☐ A. Ronaldo
☐ B. Pelé
☐ C. Diego Maradona
☐ D. Just Fontaine

3317 Lors de la finale de la Coupe du monde de football de 1998, contre quelle équipe la France a-t-elle joué ?

☐ A. Le Brésil
☐ B. L'Allemagne
☐ C. L'Uruguay
☐ D. Le Portugal

3318 Parmi ces joueurs, lequel ne joue pas durant la finale de la Coupe du monde de football de 1998 ?

☐ A. Franck Lebœuf
☐ B. Alain Boghossian
☐ C. Laurent Blanc
☐ D. Christophe Dugarry

3319 Quel est le titre de la chanson officielle de la Coupe du monde de football 2014 ?

☐ A. Celebrate the day
☐ B. Dar Um Jeito
☐ C. We are one
☐ D. Waka waka

3320 Depuis sa retraite sportive, quel footballeur est devenu ambassadeur à l'ONU et l'Unesco pour l'éducation, l'écologie et l'environnement ?

☐ A. Ronaldo
☐ B. Pelé
☐ C. Diego Maradona
☐ D. Just Fontaine

3321 Le rugby est un sport qui a été inventé :

☐ A. Dans un collège anglais
☐ B. En raison de la forme du ballon
☐ C. En Nouvelle-Zélande
☐ D. En Afrique du Sud

3322 Combien de temps dure un match de rugby ?

☐ A. 60 minutes
☐ B. 70 minutes
☐ C. 80 minutes
☐ D. 90 minutes
☐ E. 100 minutes

3323 Quel nom porte l'équipe de rugby de Nouvelle-Zélande ?

☐ A. Springboks
☐ B. Wallabies
☐ C. All Blacks
☐ D. Auckland

3324 Parmi ces nations, laquelle n'a jamais gagné la Coupe du monde de rugby ?

☐ A. La France
☐ B. L'Angleterre
☐ C. L'Afrique du Sud
☐ D. L'Australie

3325 Quelle équipe a remporté la première Coupe du monde de rugby ?

- ☐ A. L'Angleterre
- ☐ B. L'Australie
- ☐ C. L'Italie
- ☐ D. La Nouvelle-Zélande

3326 Quelle équipe n'a jamais remporté deux fois la Coupe du monde de rugby ?

- ☐ A. L'Angleterre
- ☐ B. L'Australie
- ☐ C. La Nouvelle-Zélande
- ☐ D. L'Afrique du Sud

3327 En rugby, quel joueur possède le record du nombre d'essais marqués en Coupe du monde, toutes phases confondues ?

- ☐ A. Serge Blanco
- ☐ B. Jonny Wilkinson
- ☐ C. Sébastien Chabal
- ☐ D. Jonah Lomu

3328 Quel est l'emblème de l'équipe australienne de rugby à 15 ?

- ☐ A. Le koala
- ☐ B. Le scorpion
- ☐ C. Le wallaby
- ☐ D. Le crocodile

3329 En basket, combien de joueurs de chaque équipe sont sur le terrain ?

- ☐ A. 5
- ☐ B. 7
- ☐ C. 9
- ☐ D. 11

3330 Contre quelle équipe jouait Wilt Chamberlain lorsqu'il marqua ses 100 points historiques au basket-ball ?

- ☐ A. Les Bulls de Chicago
- ☐ B. Les Celtics de Boston
- ☐ C. Les Knicks de New York
- ☐ D. Les Lakers de Los Angeles

3331 La « Dream Team » est :

- ☐ A. L'équipe de France, championne du monde de football en 1998
- ☐ B. L'équipe de football du Brésil dans laquelle jouait Pelé en 1958
- ☐ C. L'équipe de basket des Etats-Unis championne olympique à Barcelone en 1992
- ☐ D. L'équipe de France, championne de handball féminin en 2003

3332 Au hand-ball on peut :

- ☐ A. Conserver le ballon plus de 3 secondes
- ☐ B. Toucher la balle avec le pied
- ☐ C. Dribbler à la main

3333 Dans quel sport peut-on réussir un Home Run ?

- ☐ A. Hockey
- ☐ B. Golf
- ☐ C. Baseball
- ☐ D. Football

3334 Comment se nomme le bâton utilisé pour frapper la balle au hockey ?

- ☐ A. Le club
- ☐ B. La batte
- ☐ C. La crosse

3. Les Jeux olympiques

3335 Abandonnés durant de nombreux siècles, les Jeux olympiques ont été remis sur pied grâce à Pierre de Coubertin. En quelle année eurent lieu les premiers Jeux olympiques modernes ?

- ☐ A. En 1866
- ☐ B. En 1896
- ☐ C. En 1912
- ☐ D. En 1936

3336 Combien de nations étaient présentées lors des premiers Jeux olympiques ?

- ☐ A. Cinq
- ☐ B. Neuf
- ☐ C. Treize
- ☐ D. Dix-sept

3337 Dans quelle ville est allumée la flamme olympique ?

- ☐ A. Athènes
- ☐ B. Dans la ville qui accueille les Jeux olympiques
- ☐ C. Olympie
- ☐ D. Istanbul

3338 La devise des Jeux olympiques est :

- ☐ A. « Plus vite, plus haut, plus fort »
- ☐ B. « Que le meilleur gagne »
- ☐ C. « L'important c'est de participer »

3339 Les anneaux du drapeau olympique sont représentés par 5 couleurs : bleu, noir, rouge, vert et :

- ☐ A. Jaune
- ☐ B. Orange
- ☐ C. Violet
- ☐ D. Blanc

3340 Parmi les sports suivants, lesquels sont disciplines olympiques à ce jour ?

- ☐ A. Le rugby
- ☐ B. Le football
- ☐ C. Le skate board
- ☐ D. Le vélo tout terrain

3341 En quelle année le curling est-il devenu une discipline olympique ?

- ☐ A. 1998
- ☐ B. 2002
- ☐ C. 2004

3342 En quelle année le football est devenu discipline olympique ?

- ☐ A. 1908
- ☐ B. 1918
- ☐ C. 1935
- ☐ D. Aucune de ces réponses n'est bonne

3343 Lequel de ces sports n'est pas une discipline olympique ?

- ☐ A. Le tennis
- ☐ B. La pétanque
- ☐ C. Le trampoline

3344 Pour lequel de ces sports hommes et femmes ne concourent pas dans des épreuves communes lors des compétitions ?

- ☐ A. Le bowling
- ☐ B. L'équitation
- ☐ C. La pétanque
- ☐ D. Aucune de ces réponses n'est bonne : en compétition, on sépare toujours les épreuves masculines des épreuves féminines

3345 Parmi ces épreuves de natation, laquelle n'est pas une épreuve olympique féminine ?

- ☐ A. 200 mètres nage libre
- ☐ B. 400 mètres quatre nages
- ☐ C. 800 mètres nage libre
- ☐ D. 800 mètres quatre nages

3346 Le bassin olympique mesure :

- ☐ A. 25 mètres
- ☐ B. 40 mètres
- ☐ C. 50 mètres

3347 Depuis 1964 aux Jeux olympiques, combien y a-t-il d'épreuves dans le domaine de l'équitation ?

- ☐ A. 3
- ☐ B. 6
- ☐ C. 10
- ☐ D. 13

3348 Où se déroulent les Jeux olympiques en 2016 ?

- ☐ A. A Rio de Janeiro au Brésil
- ☐ B. A Paris en France
- ☐ C. A Pékin en Chine
- ☐ D. A Tokyo au Japon

3349 Dans quelle ville ont lieu les Jeux olympiques d'hiver de 2014 ?

- ☐ A. A Sotchi, en Russie
- ☐ B. A Vancouver, au Canada
- ☐ C. A Berne, en Suisse
- ☐ D. A Pyeongchang, en Corée du Sud
- ☐ E. A Sarajevo, en Bosnie-Herzégovine

3350 En quelle année ont eu lieu les premiers Jeux paralympiques ?

- ☐ A. En 1940
- ☐ B. En 1950
- ☐ C. En 1960
- ☐ D. En 1970

3351 Qui ne peut pas participer aux Jeux paralympiques ?

- ☐ A. Les aveugles
- ☐ B. Les sourds
- ☐ C. Les amputés
- ☐ D. Les infirmes moteurs

3352 Grâce à ses treize titres olympiques individuels, Michael Phelps bat le record qui était détenu depuis :

- ☐ A. Les Jeux olympiques de 2000 par Amy Van Dyken
- ☐ B. Les Jeux olympiques de 1996 par Krisztina Egerszegi
- ☐ C. Les Jeux olympiques de 1972 par Mark Spitz
- ☐ D. Les Jeux olympiques antiques par Léonidas de Rhodes

3353 Lequel de ces athlètes fut 6 fois champion du monde et champion olympique ?

- ☐ A. Jean Galfione
- ☐ B. Pierre Quinon
- ☐ C. Anatoli Tarassov
- ☐ D. Sergueï Bubka

3354 Combien de fois Laura Flessel a-t-elle été championne olympique ?

- ☐ A. Aucune
- ☐ B. Une
- ☐ C. Deux
- ☐ D. Trois

3355 **Quelle est la taille d'un bassin olympique ?**

- ☐ A. 30 m × 60 m
- ☐ B. 25 m × 50 m
- ☐ C. 50 m × 100 m
- ☐ D. 35 m × 70 m

3356 **Jean-Claude Killy a remporté 4 médailles d'or au cours de la même olympiade.**

- ☐ A. Vrai
- ☐ B. Faux

3357 **Franz Klammer a été champion olympique de :**

- ☐ A. Saut à la perche
- ☐ B. Ski
- ☐ C. Natation
- ☐ D. Escrime

3358 **Quel athlète fut en 1996 champion olympique du 200 mètres et du 400 mètres plat ?**

- ☐ A. Carl Lewis
- ☐ B. Lindon Johnson
- ☐ C. Paul Evans
- ☐ D. Marc Davis

3359 **Quel pays détient le record de sportifs champions olympiques par habitant ?**

- ☐ A. Les Etats-Unis
- ☐ B. L'Allemagne
- ☐ C. La Russie
- ☐ D. La France

3360 **Les jeux olympiques d'été et d'hiver se composent au total de :**

- ☐ A. 35 disciplines olympiques
- ☐ B. 59 disciplines olympiques
- ☐ C. 42 disciplines olympiques
- ☐ D. 21 disciplines olympiques

3361 **Lequel de ces sportifs n'a jamais été ministre ?**

- ☐ A. Guy Drut
- ☐ B. Alain Calmat
- ☐ C. Pelé
- ☐ D. Jean-Claude Killy
- ☐ E. Jean-François Lamour

3362 **En octobre 2009, le judoka David Douillet devient…**

- ☐ A. Ambassadeur de France au Japon
- ☐ B. Député des Yvelines
- ☐ C. Président du CIO
- ☐ D. Directeur du service des sports sur France 2

3363 **Quel exploit Philippe Croizon réalise-t-il en septembre 2010 ?**

- ☐ A. La traversée de la Manche à la nage alors qu'il est amputé des 2 bras et des 2 jambes
- ☐ B. La réalisation de 9 essais durant un match officiel de rugby
- ☐ C. L'escalade de la tour Montparnasse
- ☐ D. Un lancé de javelot de 130 mètres

3364 **Quel sport est officiellement pratiqué par la famille royale anglaise ?**

- ☐ A. La natation
- ☐ B. L'aviron
- ☐ C. Le rugby
- ☐ D. Le polo

CORRIGE

3235 Henri Desgrange
3236 Environ 3 500 km
3237 Une vingtaine
3238 Jacques Villeneuve
3239 Allemande
3240 Raymond Poulidor
3241 Geraint Thomas
3242 Miguel Indurain
3243 Lance Amstrong
3244 Lance Amstrong, Franck Schleck, Marco Pantani, Alberto Contador
3245 1950
3246 7 fois
3247 Mercedes
3248 Nico Rosberg
3249 Alain Prost, Ayrton Senna, Michael Schumacher
3250 1906
3251 Le circuit de Nevers Magny-Cours
3252 4 411 mètres
3253 1911
3254 Thierry Sabine
3255 1978
3256 En Argentine et en Bolivie
3257 42,195 km
3258 4
3259 La Gazelle des Antilles
3260 Jérôme Bortoluzzi
3261 Jamaïcaine
3262 3 essais
3263 4 kilogrammes
3264 En 1953
3265 29 ans
3266 Ingemar Stenmark
3267 En os
3268 Le salto
3269 La Route du Rhum
3270 Catherine Chabaud
3271 140 jours
3272 Au Brésil
3273 Le tour du monde à la voile le plus rapidement possible
3274 La nage indienne
3275 Ian Thorpe
3276 10 mètres
3277 Le surf
3278 En Polynésie
3279 Le tennis
3280 L'Open d'Australie, en janvier
3281 Gazon
3282 Un aviateur
3283 6 fois
3284 Monica Seles
3285 Rafael Nadal
3286 20
3287 Jules Simon
3288 Environ 11 heures
3289 1,07 m sur les côtés et 0,914 m au centre
3290 L'open Australien
3291 Birdie, Par, Put, Fairway, Eagle
3292 Le golf
3293 Escrimeuse
3294 La défilade
3295 Le XVIIIe siècle
3296 Mouche

3297 Marcel Cerdan

3298 Au judo

3299 Le Japon

3300 Le jiu-jitsu

3301 Il a remporté les championnats du monde sans interruption de 2007 à 2011

3302 Le wushu

3303 Le biathlon

3304 Natation – cyclisme – course à pied

3305 Le hockey sur glace

3306 Ironman

3307 La FIFA

3308 En 1930

3309 11 mètres

3310 La Tunisie

3311 La France

3312 Au Real Madrid

3313 2

3314 Le Real Madrid

3315 Le Stade rennais

3316 Ronaldo

3317 Le Brésil

3318 Laurent Blanc

3319 We are one

3320 Pelé

3321 Dans un collège anglais

3322 80 minutes

3323 All Blacks

3324 La France

3325 La Nouvelle-Zélande

3326 L'Angleterre

3327 Jonah Lomu

3328 Le wallaby

3329 5

3330 Les Knicks de New York

3331 L'équipe de basket des Etats-Unis championne olympique à Barcelone en 1992

3332 Dribbler à la main

3333 Baseball

3334 La crosse

3335 En 1896

3336 Treize

3337 Olympie

3338 « L'important c'est de participer »

3339 Jaune

3340 Le football, Le vélo tout terrain

3341 1998

3342 1908

3343 La pétanque

3344 Le bowling

3345 800 mètres quatre nages

3346 50 mètres

3347 6

3348 A Rio de Janeiro au Brésil

3349 A Sotchi, en Russie

3350 En 1960

3351 Les sourds

3352 Les Jeux olympiques antiques par Léonidas de Rhodes

3353 Sergueï Bubka

3354 Deux

3355 25 m × 50 m

3356 Vrai

3357 Ski

3358 Paul Evans

3359 Les Etats-Unis

3360 59 disciplines olympiques

3361 Jean-Claude Killy

3362 Député des Yvelines

3363 La traversée de la Manche à la nage alors qu'il est amputé des deux bras et des deux jambes

3364 Le polo

18. CINEMA

Ce chapitre est composé de **3 sections** pour un total de **115 questions**.

1. Films et réalisateurs
2. Acteurs et actrices
3. Vie du cinéma

[A SAVOIR !]

110 Les numéros de questions de ce type signifient qu'il n'y a qu'une seule et unique réponse juste à la question posée.

111 Les numéros de questions de ce type signifient qu'il y a **plusieurs (2 ou plus) réponses possibles justes à la question**.

[UN CONSEIL IMPORTANT]

Nous vous conseillons vivement de répondre à toutes les questions d'une section avant d'en découvrir les solutions. L'erreur consiste en effet généralement à traiter une question et à vérifier aussitôt la réponse parce que l'on veut s'assurer d'avoir trouvé la réponse juste ou parce que l'on est impatient de la découvrir dans le cas où on ne la connaît pas. Si vous souhaitez sérieusement progresser, vous devez absolument vous imprégner du thème traité par la section et répondre d'un trait à toutes les questions d'une section.

[QUELQUES MOTS SUR...]

1. La chronologie des débuts du cinéma [LAROUSSE]

Les frères Lumière, Louis (1864-1948) et Auguste (1862-1954), réalisent la première projection cinématographique publique le 28 décembre 1895 ; elle a lieu dans le « Salon Indien », au sous-sol du Grand Café à Paris, devant 33 spectateurs payants. Le programme comprend alors des films d'une minute environ (la Sortie des usines Lumière à Lyon, la Sortie du port, le Déjeuner de Bébé, la Partie d'écarté). Si l'Arrivée d'un train en gare de La Ciotat déclenche les premières émotions fortes, l'Arroseur arrosé amuse le public, qui se fait peu à peu nombreux.

Au cours de l'année 1896, les frères Lumière envoient des représentants, opérateurs et projectionnistes dans une vingtaine de pays, où ils font connaître le cinématographe tout en filmant eux-mêmes les lieux et monuments célèbres. Aux Etats-Unis, la première séance cinématographique payante, faite à l'aide du Vitascope de Thomas Edison, a lieu à New York le 23 avril 1896.

Or, le premier créateur à prendre véritablement conscience des possibilités offertes par le cinéma dans le domaine de la fiction est l'illusionniste Georges Méliès (1861-1938). Entre

1896 et 1913, il réalise près de 500 films, pour lesquels il invente nombre de truquages (le Voyage dans la Lune, 1902 ; A la conquête du pôle, 1912). De leur côté, les Britanniques George Albert Smith (1864-1959) et James Williamson (1855-1933) mettent au point le découpage des scènes en plans-séquences.

2. L'Avènement du star-system [LAROUSSE]

Contrairement aux génériques des films d'aujourd'hui, qui énumèrent des centaines de noms, ceux des films des premiers temps du cinéma sont succincts. Tous préfèrent un certain anonymat : les producteurs, parce qu'ils craignent que le vedettariat ne les oblige à payer des cachets plus élevés ; les acteurs eux-mêmes, parce qu'ils ne croient pas encore au prestige du cinéma. Carl Laemmle est l'un des premiers à prendre conscience de l'importance des acteurs dans le pouvoir d'attraction d'un film sur le public : en 1910, il décide de révéler le patronyme d'une des actrices les plus célèbres du moment, Florence Lawrence (1886-1938), qu'on ne connaît que sous le sobriquet de Biograph Girl – du nom du studio qui l'emploie. Les premières grandes vedettes de cinéma vont être Mary Pickford (1893-1979) et Douglas Fairbanks (1883-1939).

Devenus indispensables au succès commercial des films, les acteurs sont alors façonnés par les studios à l'image des héros que le public est censé vénérer. Des magazines tels que *Photoplay* entretiennent le mythe de la star en faisant découvrir à leurs lecteurs le mode de vie fastueux de leurs vedettes préférées ou en publiant des révélations sur leurs péripéties sentimentales. Au début des années 1920, cependant, l'image d'Hollywood est ternie par une série de scandales et de morts suspectes qui poussent les producteurs à mettre en place le « code Hays » – du nom de son instigateur, William H. Hays, ancien ministre du président Harding. Ce code édicte des règles strictes, que doivent observer scénaristes et réalisateurs afin que leurs films n'offensent ni les bonnes mœurs, ni la religion, ni la morale, ni les valeurs fondamentales de la nation américaine. Ce code n'est ni plus ni moins qu'une censure.

3. La Nouvelle-Vague française [LAROUSSE]

La Nouvelle Vague est un mouvement du cinéma français de la fin des années 1950. La Nouvelle Vague ne se définit pas seulement par ses techniques cinématographiques révolutionnaires pour l'époque, mais aussi par ceux qui la composent tels François Truffaut, Eric Rohmer, Agnès Varda, Jean Eustache, Jacques Rivette, Claude Chabrol et Jean-Luc Godard, qui constituent le cœur du mouvement. Le mouvement n'est pas le fruit d'une longue recherche sur le cinéma, mais le produit immédiat d'une époque et le fruit de la rencontre de plusieurs jeunes cinéastes. Il s'inscrit dans le contexte historique de l'époque et traduit les mouvements de société : début des Trente Glorieuses, des révoltes étudiantes, guerre d'Algérie, Mouvement de libération des femmes. Le cinéma se fait miroir de l'époque. Ainsi, la saga Antoine Doinel suit de près l'évolution de la société, des transformations du modèle familial (*Les Quatre Cents Coups*), de la jeunesse avec la modernisation des foyers (Antoine et Colette dans *L'Amour à 20 ans*) jusqu'au divorce (*L'Amour en fuite*). La Nouvelle Vague ne se limite pas à un nouveau genre cinématographique, mais se fait, par le vent de liberté qu'elle apporte et tout ce qu'elle sait représenter, l'instantané d'une époque.

1. Films et réalisateurs

3365 Né à Paris en 1894 et décédé en 1979 aux Etats-Unis, ses films sont empreints d'un naturalisme poétique où se reconnaissent les influences de peintres impressionnistes et des écrivains Zola et Maupassant. *La Grande Illusion* fut l'un de ses chefs-d'œuvre. De quel cinéaste français s'agit-il ?

- ☐ A. René Clément
- ☐ B. René Clair
- ☒ C. Jean Renoir
- ☐ D. Marcel Carné
- ☐ E. Aucune de ces réponses n'est bonne

3366 Ce cinéaste américain d'origine autrichienne, maître de l'expressionnisme allemand, a tourné avant et après-guerre des œuvres dans lesquelles prédominent les thèmes de la culpabilité, du rachat, de la liberté de l'individu s'affirmant face aux impératifs de la civilisation des temps modernes. La métropole y apparaît comme une anticipation grandiose de l'aliénation concentrationnaire des cités modernes. Ailleurs, un Berlinois, assassin et maudit, désigné à la vindicte populaire, devient une victime poursuivie par ses propres démons. De quel cinéaste s'agit-il ?

- ☒ A. Fritz Lang
- ☐ B. Rainer Werner Fassbinder
- ☐ C. Robert Aldrich
- ☐ D. Erich von Stroheim
- ☐ E. Aucune de ces réponses n'est bonne

3367 Les trois derniers films de cet auteur et réalisateur français, que certains considèrent comme le plus grand acteur comique français depuis Max Linder, ont pour titres *Playtime* (1968), *Trafic* (1971) et *Parade* (1974). Il s'agit de :

- ☒ A. Marcel Carné
- ☐ B. Robert Bresson
- ☐ C. Louis Malle
- ☐ D. Jacques Tati
- ☐ E. Aucune de ces réponses n'est bonne

3368 Un de ces films n'est pas de François Truffaut, lequel ?

- ☐ A. *Baisers volés*
- ☐ B. *L'Enfant sauvage*
- ☒ C. *A bout de souffle*
- ☐ D. *La Chambre verte*
- ☐ E. Aucune de ces réponses n'est bonne

3369 Qui a réalisé *Le Schpountz* ?

- ☐ A. Marcel Carné
- ☒ B. Marcel Pagnol
- ☐ C. Marcel Simard

3370 Qui a réalisé le film *Flic ou Voyou* avec Jean-Paul Belmondo ?

- ☐ A. Georges Lautner
- ☐ B. Gerard Oury
- ☒ C. Michel Audiard

3371 Qui a réalisé *La vie est un long fleuve tranquille* ?

- ☐ A. Claude Lelouch
- ☐ B. Etienne Chatiliez
- ☒ C. Maurice Pialat

18 CINEMA

3372 Quel réalisateur français sera assistant-réalisateur de Roberto Rossellini en 1956 ?

- ☒ A. François Truffaut
- ☐ B. Maurice Pialat
- ☐ C. Bertrand Blier

3373 Qui a réalisé *Les Nuits fauves* en 1992 ?

- ☒ A. Bertrand Blier
- ☐ B. Cyril Collard
- ☐ C. Claude Lelouch

3374 Qui est le réalisateur du film *La Haine* sortie en 1995 ?

- ☐ A. Vincent Cassel
- ☒ B. Matthieu Kassovitz
- ☐ C. Luc Besson

3375 Un de ces quatre films n'est pas de John Ford. Lequel ?

- ☐ A. *Il était une fois dans l'Ouest*
- ☒ B. *La Chevauchée fantastique*
- ☐ C. *La Prisonnière du désert*
- ☐ D. *L'homme qui tua Liberty Valance*
- ☐ E. Aucune de ces réponses n'est bonne

3376 Lequel de ces réalisateurs est l'auteur de la trilogie cinématographique *Bleu, Blanc* et *Rouge* ?

- ☐ A. Krystof Kieslowski
- ☐ B. Claude Chabrol
- ☐ C. Mathieu Kassovitz
- ☒ D. Bertrand Tavernier
- ☐ E. Aucune de ces réponses n'est bonne

3377 Qui a créé la saga *La Guerre des étoiles* ?

- ☒ A. George Lucas
- ☐ B. Steven Spielberg
- ☐ C. Tim Burton
- ☐ D. Woody Allen

3378 Qui est le réalisateur de *Basic instinct* ?

- ☐ A. Paul Verhoeven
- ☒ B. Stanley Kubrick
- ☐ C. Tim Burton

3379 Quel acteur réalise et joue les films *Million Dollar Baby* et *Gran Torino* ?

- ☒ A. Clint Eastwood
- ☐ B. Robert Redford
- ☐ C. Al Pacino

3380 Qui a réalisé *Sur la route de Madison* ?

- ☒ A. Clint Eastwood
- ☐ B. Robert Redford
- ☐ C. Paul Newman

3381 Qui réalisa *Carrie au bal du diable* inspiré du roman de Stephen King *Carrie* ?

- ☐ A. Rob Zombie
- ☐ B. Quentin Tarantino
- ☒ C. Brian de Palma

3382 Lequel de ces films a été réalisé par Lars Von Trier ?

- ☒ A. *Insomnia*
- ☐ B. *Le Direktor*
- ☐ C. *Dogville*

3383 Lequel de ces films n'a pas été réalisé par Quentin Tarantino ?

- ☐ A. *Pulp fiction*
- ☒ B. *Jackie Brown*
- ☐ C. *Danny the dog*
- ☐ D. Aucune de ces réponses n'est bonne

3384 Lequel de ces films David Lynch n'a pas réalisé ?

- ☒ A. *Sailor et Lula*
- ☐ B. *Fargo*
- ☐ C. *Mulholland Drive*
- ☐ D. *Blue Velvet*

3385 Qui a réalisé *Elephant Man* en 1981 ?

- ☐ A. David Lynch
- ☐ B. Tim Burton
- ☒ C. Lars Von Trier

3386 En 2008, Emir Kusturica sort un film-documentaire sur un joueur de football. Lequel ?

- ☐ A. Pelé
- ☐ B. Maradona
- ☒ C. Platini

3387 Qui est la muse de Woody Allen ?

- ☐ A. Reese Whiterspoon
- ☒ B. Scarlett Johansson
- ☐ C. Kirsten Dunst

3388 De quelle nationalité est Emir Kusturica ?

- ☐ A. Bulgare
- ☐ B. Serbe
- ☒ C. Croate

3389 Quelles sont les affirmations exactes à propos du film *La Grande Vadrouille* ?

- ☒ A. Le nom du personnage joué par Louis de Funès est Stanislas Lefort
- ☐ B. Louis de Funès joue le rôle d'un pianiste
- ☒ C. L'hôtel dans lequel Bourvil et Louis de Funès se trompent de chambre et se retrouvent dans celles des deux militaires allemands se situe à Meursault
- ☒ D. Louis de Funès et Bourvil échangent leurs chaussures, leurs vélos et leurs pantalons

3390 Dans quels films retrouve-t-on le personnage de François Pignon ?

- ☐ A. *L'Emmerdeur*
- ☒ B. *Les Fugitifs*
- ☐ C. *La Chèvre*
- ☒ D. *Le Dîner de cons*

3391 Quelles sont les affirmations exactes à propos du film *Ben Hur* ?

- ☐ A. Son réalisateur est William Wyler
- ☐ B. Ce film a été réalisé en 1959
- ☒ C. Il a été couronné par 11 Oscars
- ☒ D. Le Christ est un personnage du film

3392 Combien de films compte la saga *La Guerre des étoiles* ?

- ☐ A. 3
- ☐ B. 5
- ☐ C. 6
- ☒ D. 8

18 CINEMA

3393 Comment s'appelle le 4e volet d'*Indiana Jones*, sorti au cinéma en 2008 ?

- ☒ A. *Indiana Jones à la recherche du temps perdu*
- ☐ B. *Indiana Jones et le serpent maléfique*
- ☐ C. *Indiana Jones et le royaume du Crâne de cristal*
- ☐ D. *Indiana Jones et le joyau empoisonné*

3394 Quel film sorti en 2010 raconte la création du réseau social Facebook ?

- ☒ A. *The Social Network*
- ☐ B. *500 Million Friends*
- ☐ C. *Zuckerberg*
- ☐ D. *Friendship Request*
- ☐ E. *Exile on Main Street*

3395 Quel film raconte l'histoire d'un jeune homme participant à la version indienne de l'émission *Qui veut gagner des millions* ?

- ☒ A. *Slumdog Millionnaire*
- ☐ B. *Eldorado*
- ☐ C. *Gran Torino*
- ☐ D. *Bobby Brown*

3396 Quel célèbre ouvrage de Lewis Caroll a été porté sur les écrans en 2010 ?

- ☐ A. *Tom Sawyer*
- ☐ B. *Oliver Twist*
- ☐ C. *Alice au pays des merveilles*
- ☒ D. *Charlie et la chocolaterie*

3397 Howard Hugues dont le film *Aviator* a retracé la vie, était :

- ☐ A. Un physicien anglais
- ☒ B. Un homme d'affaires américain
- ☐ C. Un prédicateur baptiste
- ☐ D. Un poète du XXe siècle
- ☐ E. Aucune de ces réponses n'est bonne

3398 En 2016, quelle série de films obtient un 7e volet ?

- ☐ A. *Indiana Jones*
- ☒ B. *Star Wars*
- ☐ C. *Le Seigneur des anneaux*

3399 Le film *Munich* de Steven Spielberg traite de quels événements historiques ?

- ☐ A. Les conséquences de l'assassinat terroriste des athlètes israéliens lors des Jeux olympiques de Munich de 1972
- ☐ B. Des accords de Munich le 29 septembre 1938 entre l'Allemagne nazie, la France, l'Italie et l'Angleterre, avalisant l'annexion par l'Allemagne d'une partie du territoire tchèque (la crise des Sudètes)
- ☒ C. D'un attentat terroriste perpétré par la bande à Bader en 1972
- ☐ D. De l'histoire d'une grande famille industrielle de Munich dont les affaires ont prospéré pendant le Troisième Reich et qui n'a pas été inquiétée au lendemain de la défaite nazie

3400 Quel est le titre du film de Woody Allen sorti fin mars 2011 dans lequel Carla Bruni-Sarkozy fait une apparition ?

- ☐ A. *From Paris with love*
- ☒ B. *Midnight in Paris*
- ☐ C. *Rendez-vous in Paris*
- ☐ D. *Goodbye Paris*
- ☐ E. *Far away from Paris*

3401 *Mamma Mia* est un film adapté d'une comédie musicale basé sur les chansons de quel groupe ?

- ☐ A. Les Beatles
- ☒ B. ABBA
- ☐ C. Les Bee Gees

3402 Lequel de ces films a été parodié ?

- ☒ A. *Top gun*
- ☐ B. *Forrest Gump*
- ☐ C. *La Grande Parodie*

3403 En quelle année est sorti au cinéma le film *Il faut sauver le soldat Ryan* ?

- ☒ A. En 1998
- ☐ B. En 2000
- ☐ C. En 2002
- ☐ D. Aucune de ces réponses n'est bonne

3404 Laquelle de ces séries n'a pas été adaptée au cinéma ?

- ☐ A. *Sex and the city*
- ☐ B. *Charlie et ses drôles de dames*
- ☐ C. *Starsky et Hutch*
- ☒ D. *Arnold et Willy*

3405 Dans quel film retrouve-t-on le personnage de Pierre ?

- ☒ A. *Le Père Noël est une ordure*
- ☐ B. *Les Bronzés*
- ☐ C. *Nuit d'ivresse*

3406 « On peut tromper mille personnes une fois mais on ne peut pas tromper mille personnes mille fois ». De quel film vient cette réplique ?

- ☐ A. *Le Dîner de cons*
- ☐ B. *La Cité de la peur*
- ☒ C. *Un éléphant ça trompe énormément*

3407 « T'as de beaux yeux tu sais » est une réplique du film :

- ☒ A. *Quai des brumes*
- ☐ B. *Autant en emporte le vent*
- ☐ C. Aucune de ces réponses n'est bonne

3408 « J'peux pas manger, j'ai les dents qui poussent » est une réplique de quel film ?

- ☐ A. *Marche à l'ombre*
- ☐ B. *Ma femme s'appelle Maurice*
- ☒ C. *Le Père Noël est une ordure*

3409 Comment se nomme l'attachée de presse dans le film *La Cité de la peur* ?

- ☐ A. Odile Deray
- ☒ B. Edith Fané
- ☐ C. Elodie Peté

3410 Quel âge a Tanguy dans le film d'Etienne Chatiliez ?

- ☐ A. 28 ans
- ☒ B. 30 ans
- ☐ C. 32 ans

3411 Dans *Le Père Noël est une ordure*, quelle est la spécialité du voisin du dessous ?

- ☐ A. Le doubitchou
- ☐ B. Le kloug
- ☒ C. Le krugoff

3412 Comment s'appelle le robot mythique du film *La Guerre des étoiles* ?

- ☒ A. R2D2
- ☐ B. R5D5
- ☐ C. R8D8

3413 De quelle guerre le film *Rambo* se veut-il une critique ?

- ☐ A. La guerre du Golfe
- ☐ B. La guerre du Vietnam
- ☒ C. La Guerre froide

3414 De quoi traite le film *Seven* ?

- ☐ A. Des 7 merveilles du monde
- ☒ B. Des 7 péchés capitaux
- ☐ C. Du 7e art

3415 Comment s'appelle le personnage principal de la trilogie *Retour vers le futur* ?

- ☐ A. Martin McFly
- ☒ B. Marty McFly
- ☐ C. Marc McFly
- ☐ D. Matthew McFly

3416 Comment s'appelle la mère de John Connor dans le film *Terminator* ?

- ☐ A. Maria Connor
- ☒ B. Sarah Connor
- ☐ C. Lisa Connor

3417 Quel est ce film tourné de façon caméra-épaule qui est célèbre pour sa mise en scène ?

- ☐ A. *Le Projet Blair Witch*
- ☐ B. *Scream*
- ☒ C. *Massacre à la tronçonneuse*

3418 Quelle est la particularité du film *Irréversible* réalisé par Gaspar Noé ?

- ☐ A. Le film est tourné en un seul plan séquence
- ☐ B. Le film dure plus de 4 heures
- ☒ C. Les scènes sont montées en ordre antéchronologique

2. Acteurs et actrices

3419 Quel est le film dans lequel Philippe Noiret n'a pas joué ?

- ☐ A. *Le Facteur*
- ☐ B. *Cinéma Paradiso*
- ☐ C. *Les Côtelettes*
- ☐ D. *Ridicule*
- ☐ E. *Le Vieux Fusil*

3420 Dans quel film Louis de Funès ne joue-t-il pas ?

- ☐ A. *Le Corniaud*
- ☐ B. *Le Cerveau*
- ☐ C. *Les Grandes Vacances*
- ☐ D. *Le Petit Baigneur*

3421 Dans lequel de ces films Tom Hanks n'a pas joué ?

- ☐ A. *Lady killer*
- ☐ B. *Forrest Gump*
- ☐ C. *Le Cinquième élément*

3422 Quels sont les acteurs présents dans la trilogie des *Fantômas* ?

- ☐ A. Jean Marais
- ☐ B. Bourvil
- ☐ C. Louis de Funès
- ☐ D. Mylène Demongeot

3423 Quel acteur français s'est éteint en juillet 2010 des suites d'un cancer, après s'être illustré aux côtés de l'actrice Ludivine Sagnier dans le film *Gouttes d'eau sur pierres brûlantes* de François Ozon ?

- ☐ A. Gérard Lanvin
- ☐ B. Michel Serrault
- ☐ C. Bernard Giraudeau
- ☐ D. Jean Poiré
- ☐ E. Clovis Cornillac

3424 De quoi souffrait Christopher Reeve, acteur décédé en 2004 ?

- ☐ A. Tétraplégie
- ☐ B. Myopathie
- ☐ C. Paraplégie

3425 Dans quel film Patrick Swayze, décédé en 2009, n'a-t-il pas joué ?

- ☐ A. *La Cité de la joie*
- ☐ B. *Lettres à un tueur*
- ☐ C. *Point Break*
- ☐ D. *Les Vendanges de feu*

3426 Quel acteur a joué dans *Le Dîner de cons* ?

- ☐ A. Louis de Funès
- ☐ B. Jean Dujardin
- ☐ C. Jacques Villeret

3427 Qui est « le grand blond avec une chaussure noire » ?

- ☐ A. Pierre Richard
- ☐ B. Jean-Pierre Talbot
- ☐ C. Gérard Depardieu

3428 Qui joue le prisonnier dans le film *La Vache et le Prisonnier* ?

- ☐ A. Louis de Funès
- ☐ B. Bourvil
- ☐ C. Fernandel

3429 Qui donne la réplique à Louis Trintignant dans le film *Un homme et une femme* ?

- ☐ A. Anouk Aimée
- ☐ B. Simone Signoret
- ☐ C. Michelle Mercier

3430 Quelle actrice est découverte à 12 ans dans le film *Léon* de Luc Besson ?

- ☐ A. Natalie Portman
- ☐ B. Kirsten Dunst
- ☐ C. Christina Ricci

3431 Quelle actrice est surnommée la Grande Sauterelle ?

- ☐ A. Mireille Darc
- ☐ B. Emmanuelle Béart
- ☐ C. Anny Duperey
- ☐ D. Carole Bouquet

3432 Dans lequel de ces films n'a pas joué Coluche :

- ☐ A. *Banzaï*
- ☐ B. *Tchao pantin*
- ☐ C. *La Femme de mon pote*
- ☐ D. *Viens chez moi j'habite chez une copine*

3433 Quel est l'acteur principal du film *Le Dictateur* ?

- ☐ A. Jean Dujardin
- ☐ B. Charlie Chaplin
- ☐ C. Bourvil

3434 Qui est l'acteur principal du film *Alexandre* ?

- ☐ A. Colin Farell
- ☐ B. Brad Pitt
- ☐ C. Orlando Bloom

3435 Quelle est l'actrice principale de *Match Point* de Woody Allen ?

- ☐ A. Scarlett Johansson
- ☐ B. Pénélope Cruz
- ☐ C. Natalie Portman

3436 Quelle actrice joue dans le film *Fenêtre sur cour* ?

- ☐ A. Kim Novak
- ☐ B. Audrey Hepburn
- ☐ C. Grace Kelly

3437 Quel rappeur est l'acteur principal du film *8 miles* ?

- ☐ A. Tupac
- ☐ B. Eminem
- ☐ C. 50 cents

3438 Qui tient le rôle de l'inspecteur Harry ?

- ☐ A. Clint Eastwood
- ☐ B. Peter Falk
- ☐ C. Burt Reynolds

3439 Qui interprète l'inspecteur Lee dans le film *Rush Hour* ?

- ☐ A. Bruce Lee
- ☐ B. Jet Li
- ☐ C. Jacky Chan

3440 Quelle actrice a eu un de ses premiers rôles dans *La Famille Adams* ?

- ☐ A. Natalie Portman
- ☐ B. Christina Ricci
- ☐ C. Scarlett Johansson

3441 Quel acteur interprète le père d'Indiana Jones ?

- ☐ A. Sean Connery
- ☐ B. Harrison Ford
- ☐ C. Aucune de ces réponses n'est bonne

3442 Quelle chanteuse joue dans le film *Evita* ?

- ☐ A. Madonna
- ☐ B. Jennifer Lopez
- ☐ C. Britney Spears

3443 Quel acteur incarne Nelson Mandela dans le film *Invictus* ?

- ☐ A. Samuel L. Jackson
- ☐ B. Morgan Freeman
- ☐ C. Danny Glover
- ☐ D. Will Smith

3444 Qui a joué dans *Pirates des Caraïbes* ?

- ☐ A. Orlando Bloom
- ☐ B. Matthew Mc Conaughey
- ☐ C. Kirsten Dunst
- ☐ D. Aucune de ces réponses n'est bonne

3445 Qui a joué dans *Mission impossible* ?

- ☐ A. Tom Cruise
- ☐ B. Kiefer Sutherland
- ☐ C. Bruce Willis

3446 **Parmi ces acteurs, lequel joue dans le film *Inception* ?**

- ☐ A. Tom Cruise
- ☐ B. Brad Pitt
- ☐ C. Leonardo DiCaprio
- ☐ D. Tom Hanks
- ☐ E. Ben Affleck

3447 **Dans quel film adapté d'une comédie musicale Meryl Streep a-t-elle joué ?**

- ☐ A. *Chicago*
- ☐ B. *Hairspray*
- ☐ C. *Mamma Mia*

3448 **Quel film révèle Whoopi Goldberg au grand public ?**

- ☐ A. *Ghost*
- ☐ B. *Sister Act*
- ☐ C. *Couleur pourpre*

3449 **Parmi les films suivants, quel est celui dans lequel Liz Taylor n'a pas joué ?**

- ☐ A. *Cléopâtre*
- ☐ B. *Qui a peur de Virginia Woolf ?*
- ☐ C. *Soudain l'été dernier*
- ☐ D. *Le Prince et la Danseuse*
- ☐ E. *Boom*

3450 **Dans quel film n'a pas joué Julia Roberts ?**

- ☐ A. *Pretty Woman*
- ☐ B. *Ocean's Eleven*
- ☐ C. *Mange, prie, aime*
- ☐ D. Aucune de ces réponses n'est bonne

3451 **Dans lequel de ces films n'a pas joué Léonardo Di Caprio ?**

- ☐ A. *Arrête-moi si tu peux*
- ☐ B. *Les Infiltrés*
- ☐ C. *Roméo+Juliette*
- ☐ D. Aucune de ces réponses n'est bonne

3452 **Quel acteur n'a pas interprété Batman au cinéma ?**

- ☐ A. George Clooney
- ☐ B. Val Kilmer
- ☐ C. Christian Bale
- ☐ D. Brad Pitt

3453 **Dans quel film Whoopi Goldberg donne-t-elle la réplique à Patrick Swayze ?**

- ☐ A. *Ghost*
- ☐ B. *Lettres à un tueur*
- ☐ C. *Sister Act*
- ☐ D. *La Cité de la joie*

3454 **Dans quel film Arnold Schwarzenegger et Dani DeVito se donnent-ils la réplique ?**

- ☐ A. *Terminator*
- ☐ B. *Jumeaux*
- ☐ C. *Arrête ou ma mère va tirer*

3455 **Quel acteur interprète le personnage de Willy Wonka dans le film *Charlie et la chocolaterie* ?**

- ☐ A. Johnny Depp
- ☐ B. Matt Damon
- ☐ C. Ben Affleck
- ☐ D. Leonardo DiCaprio

3456 Quel est le nom de l'acteur qui incarne Eduardo Saverin, co-fondateur de Facebook, dans le film *The Social Network*, de David Fincher ?

☐ A. Andrew Garfield
☐ B. Justin Timberlake
☐ C. Emile Hirsh
☐ D. Michael Cera

3457 Sidney Lumet est :

☐ A. Un acteur
☐ B. Un producteur cinématographique
☐ C. Un réalisateur de cinéma
☐ D. Un cadreur

3. Vie du cinéma

3458 Pathé est :

☐ A. Une maison de production cinématographique
☐ B. Une maison créée en 1906
☐ C. Une maison fondée par Emile et Charles Pathé
☐ D. Une maison qui a connu un grand essor aux Etats-Unis

3459 Quel nom porte la société de production de Steven Spielberg ayant souffert de la fraude du financier Bernard Madoff ?

☐ A. DreamWorks
☐ B. Pixar
☐ C. Fox
☐ D. Wirner

3460 Une de ces villes n'accueille pas de festival de cinéma. Laquelle ?

☐ A. Cannes
☐ B. Avoriaz
☐ C. Berlin
☐ D. Etretat

3461 Quelle ville française organise chaque année le Festival du cinéma américain ?

☐ A. Dijon
☐ B. Deauville
☐ C. Angoulême
☐ D. Belfort

3462 Quel festival a lieu chaque année à Cognac ?

☐ A. Film d'auteur
☐ B. Film de science-fiction
☐ C. Film policier
☐ D. Film documentaire

3463 Dans quelle ville sont décernés les Oscars ?

☐ A. Chicago
☐ B. New York
☐ C. Los Angeles
☐ D. San Francisco

3464 Dans quel festival la récompense est-elle un Lion d'or ?

☐ A. Au Festival de la BD à Angoulême
☐ B. Au Festival de cinéma de Cannes
☐ C. Au Festival de cinéma de Berlin
☐ D. A la Mostra de Venise

3465 Quel est le record d'Oscars attribués au même film ?

- ☐ A. 9
- ☐ B. 10
- ☐ C. 11
- ☐ D. 12

3466 Combien d'Oscars du meilleur réalisateur Alfred Hitchcock emporta-t-il ?

- ☐ A. Aucun
- ☐ B. Deux
- ☐ C. Cinq
- ☐ D. Neuf

3467 Combien d'Oscars de la meilleure actrice Katharine Hepburn a-t-elle remporté ?

- ☐ A. Aucun
- ☐ B. 3
- ☐ C. 4

3468 Quel acteur a réalisé le film pour lequel il a été récompensé par l'Oscar du meilleur acteur ?

- ☐ A. Humphrey Bogart
- ☐ B. Robert Mitchum
- ☐ C. Laurence Olivier

3469 Quel film obtient la Palme d'or rétroactivement en 2002 pour un film sorti en 1939 ?

- ☐ A. *Pacific Express*
- ☐ B. *Le Magicien d'Oz*
- ☐ C. *Autant en emporte le vent*

3470 Lequel de ces films a reçu la Palme d'or du Festival de Cannes en 2016 ?

- ☐ A. *Moi, Daniel Blake* de Ken Loach
- ☐ B. *Personal Shopper* d'Olivier Assayas
- ☐ C. *La Fille inconnue* de Jean-Pierre Dardenne
- ☐ D. *Toni Erdmann* de Maren Ade

3471 Quel film a remporté le César 2017 du meilleur film ?

- ☐ A. *Ma Loute*
- ☐ B. *Elle*
- ☐ C. *Les Innocentes*

3472 Lequel de ces films a reçu l'Oscar du meilleur film en 2017 ?

- ☐ A. *The Revenant*
- ☐ B. *Spotlight*
- ☐ C. *Mad Max: Fury Road*
- ☐ D. *Moonlight*

3473 Qui reçoit le prix d'interprétation féminine au Festival de Cannes en 2016 ?

- ☐ A. Jaclyn Jose
- ☐ B. Isabelle Huppert
- ☐ C. Sandra Braga

3474 Dans quel film a joué l'actrice qui a remporté le prix de la meilleure actrice lors de l'édition 2017 des Oscars ?

- ☐ A. *Moonlight*
- ☐ B. *Fences*
- ☐ C. *Hidden Figures*
- ☐ D. *La la land*

3475 Le réalisateur Claude Chabrol est décédé le 12 septembre 2010. Quel mouvement cinématographique est-il connu pour avoir initié, avec d'autres de ses contemporains ?

- ☐ A. Le réalisme
- ☐ B. La nouvelle vague
- ☐ C. L'expressionisme
- ☐ D. L'abstraction lyrique
- ☐ E. Le Dogme

3476 Quel type de plan permet de cadrer un personnage au-dessous du genou ?

- ☐ A. Le plan général
- ☐ B. Le plan d'ensemble
- ☐ C. Le plan américain
- ☐ D. Le gros plan

3477 Quels sont les prénoms des frères Lumière ?

- ☐ A. Auguste et Pierre
- ☐ B. Pierre et Paul
- ☐ C. Auguste et Louis
- ☐ D. Louis et Pierre
- ☐ E. Pierre et Ernest

3478 En quelle année fut projeté le premier film de toute l'histoire du cinéma ?

- ☐ A. 1888
- ☐ B. 1895
- ☐ C. 1909
- ☐ D. Aucune de ces réponses n'est bonne

3479 En quelle année le cinéma devient-il parlant ?

- ☐ A. 1910
- ☐ B. 1920
- ☐ C. 1927
- ☐ D. 1943

CORRIGE

3365 Jean Renoir

3366 Fritz Lang

3367 Jacques Tati

3368 *A bout de souffle*

3369 Marcel Pagnol

3370 Georges Lautner

3371 Etienne Chatiliez

3372 François Truffaut

3373 Cyril Collard

3374 Matthieu Kassovitz

3375 *Il était une fois dans l'ouest*

3376 Krystof Kieslowski

3377 George Lucas

3378 Paul Verhoeven

3379 Clint Eastwood

3380 Clint Eastwood

3381 Brian de Palma

3382 *Insomnia*

3383 Danny the dog

3384 *Fargo*

3385 *David Lynch*

3386 Maradona

3387 Scarlett Johansson

3388 Serbe

3389 Le nom du personnage joué par Louis De Funès est Stanislas Lefort, L'hôtel dans lequel Bourvil et Louis De Funès se trompent de chambre et se retrouvent dans celles des deux militaires allemands se situe à Meursault

3390 *L'Emmerdeur, Les Fugitifs, Le Dîner de cons*

3391 Son réalisateur est William Wyler, Ce film a été réalisé en 1959, Il a été couronné par 11 Oscars, Le Christ est un personnage du film

3392 6

3393 *India Jones et le royaume du Crâne de cristal*

3394 *The Social Network*

3395 *Slumdog Millionnaire*

3396 *Alice au pays des merveilles*

3397 Un homme d'affaires américain

3398 *Star Wars*

3399 Les conséquences de l'assassinat terroriste des athlètes israéliens lors des Jeux olympiques de Munich de 1972

3400 *Midnight in Paris*

3401 ABBA

3402 *Top gun*

3403 En 1998

3404 *Arnold et Willy*

3405 *Le Père Noël est une ordure*

3406 La Cité de la peur

3407 *Quai de brumes*

3408 *Marche à l'ombre*

3409 Odile Deray

3410 28 ans

3411 Le doubitchou

3412 R2D2

3413 La guerre du Vietnam

3414 Des 7 péchés capitaux

3415 Marty McFly

3416 Sarah Connor

3417 *Le Projet Blair Witch*

3418 Les scènes sont montées en ordre antéchronologique

3419 *Ridicule*
3420 *Le Cerveau*
3421 *Le Cinquième élément*
3422 Jean Marais, Louis de Funès, Mylène Demongeot
3423 Bernard Giraudeau
3424 Tétraplégie
3425 *Les Vendanges de feu*
3426 Jacques Villeret
3427 Pierre Richard
3428 Fernandel
3429 Anouk Aimée
3430 Natalie Portman
3431 Mireille Darc
3432 *Viens chez moi j'habite chez une copine*
3433 Charlie Chaplin
3434 Colin Farell
3435 Scarlett Johansson
3436 Grace Kelly
3437 Eminem
3438 Clint Eastwood
3439 Jacky Chan
3440 Christina Ricci
3441 Sean Connery
3442 Madonna
3443 Morgan Freeman
3444 Orlando Bloom
3445 Tom Cruise
3446 Leonardo DiCaprio
3447 *Mamma Mia*
3448 Couleur pourpre
3449 *Le Prince et la Danseuse*
3450 Aucune des réponses proposées n'est bonne
3451 Aucune des réponses proposées n'est bonne
3452 Brad Pitt
3453 *Ghost*
3454 *Jumeaux*
3455 Johnny Depp
3456 Andrew Garfield
3457 Un réalisateur de cinéma
3458 Une maison de production cinématographique, Une maison fondée par Emile et Charles Pathé
3459 DreamWorks
3460 Etretat
3461 Deauville
3462 Film policier
3463 Los Angeles
3464 A la Mostra de Venise
3465 11
3466 Cinq
3467 4
3468 Laurence Olivier
3469 *Pacific Express*
3470 *Moi, Daniel Blake* de Ken Loach
3471 *Elle*
3472 *Moonlight*
3473 Jaclyn Jose
3474 *La la land*
3475 La nouvelle vague
3476 Le plan américain
3477 Auguste et Louis
3478 1888
3479 1927

19. MEDIAS (TELEVISION, PRESSE ECRITE, RADIO)

Ce chapitre est composé de **3 sections** pour un total de **160 questions**.

1. Télévision
2. Presse écrite
3. Radio

[A SAVOIR !]

110 Les numéros de questions de ce type signifient qu'il n'y a qu'une seule et unique réponse juste à la question posée.

111 Les numéros de questions de ce type signifient qu'il y a **plusieurs (2 ou plus) réponses possibles justes à la question**.

[UN CONSEIL IMPORTANT]

Nous vous conseillons vivement de répondre à toutes les questions d'une section avant d'en découvrir les solutions. L'erreur consiste en effet généralement à traiter une question et à vérifier aussitôt la réponse parce que l'on veut s'assurer d'avoir trouvé la réponse juste ou parce que l'on est impatient de la découvrir dans le cas où on ne la connaît pas. Si vous souhaitez sérieusement progresser, vous devez absolument vous imprégner du thème traité par la section et répondre d'un trait à toutes les questions d'une section.

[QUELQUES MOTS SUR...]

1. La télévision [LAROUSSE]

Du point de vue social, la télévision est le média de masse par excellence. Dans les pays occidentaux, plus de trois individus sur quatre la regarde tous les jours. La consommation quotidienne de télévision avoisine à elle seule 3 h 30 par personne en 2008 en France, 4 h 00 aux Etats-Unis et en Grande-Bretagne.

La pratique télévisuelle est si présente et si visible qu'elle suscite des interrogations sur ses fonctions, ses effets, son utilité sociale. Mais il faut penser la télévision comme une pratique culturelle, qui a du sens y compris dans ses activités de zapping ou de « tapisserie ». Elle soude une communauté nationale et internationale partageant les mêmes rites puisqu'il n'existe pas dans nos sociétés de pratique où les différences de comportements soient aussi faibles : 96 % des foyers possèdent un téléviseur et les contenus de ce média sont le second objet de discussion dans l'entreprise (après le travail) et à l'école. Elle demeure toutefois inégalitaire car surconsommée par une forte minorité de la population, plus âgée, plus populaire et plus féminine que la moyenne. 10 % des publics représentent près de 30 % de l'écoute, 30 % des publics 60 % de l'écoute alors que les plus réfractaires représentent moins de 1 % de l'écoute pour 10 % de la population.

2. La naissance de la presse [LAROUSSE]

La première gazette à périodicité régulière, *Nieuwe Tydinghen*, paraît à Anvers en 1605. Le 30 mai 1631, la *Gazette* de Théophraste Renaudot, publiée à Paris, marque la naissance de la presse française : médecin du roi, soutenu par Richelieu, Renaudot a obtenu le privilège de l'impression de toutes les informations ; il lance dans sa *Gazette* et par l'intermédiaire de son bureau d'adresses les « petites annonces ». Pouvoir, information et publicité seront dès lors intimement liés en France. Constituant essentiellement un recueil de nouvelles venues de l'intérieur et de l'extérieur du royaume, le premier hebdomadaire français préfigure le bulletin d'agence de presse plus que le journal moderne.

Au début du XVIIIe s., il existe en Hollande et en Grande-Bretagne une presse plus nombreuse et plus libre qu'en France, pays où la répression est sévère – on pend les imprimeurs et libraires ayant publié sans autorisation –, mais impuissante à endiguer les publications clandestines, en particulier les « gazettes de Hollande », feuilles imprimées en français par des protestants chassés du royaume à la suite de la révocation de l'édit de Nantes, en 1685. La presse autorisée d'information générale se développe très lentement : c'est seulement en 1777 que naît le premier quotidien français, le *Journal de Paris*. Cependant, le nombre de publications périodiques en français s'accroît régulièrement au cours du XVIIIe siècle : de 40 en 1700, il passe à 76 en 1730, à 137 en 1750 et à 277 en 1780. Il s'agit pour l'essentiel d'une presse spécialisée, comme le *Journal de la médecine*, le *Journal de la musique*, le *Spectateur français* (de Marivaux) ou les *Nouvelles ecclésiastiques*.

3. *La Guerre des mondes* d'Orson Welles [WIKIPEDIA]

La Guerre des mondes est une dramatique radio interprétée par la troupe du Mercury Theatre (en) et diffusée le 30 octobre 1938 sur le réseau CBS aux Etats-Unis. Ecrite et racontée par Orson Welles, c'est une adaptation du roman éponyme de l'écrivain H. G. Wells. Le narrateur, à la recherche de son épouse, raconte son errance dans la banlieue de Londres, tandis que la Terre est envahie par des Martiens. L'équipe du psychologue Handley Cantril récolta rapidement après l'évènement de très nombreux témoignages (études de cas) de personnes ayant paniqué durant la diffusion radio, ainsi que d'autres données empiriques (sondage Gallup rapportant non seulement le nombre de personnes ayant écouté la transmission mais aussi le nombre de personnes ayant répondu positivement à la question « Avez-vous paniqué durant l'émission radio ? », l'augmentation des coups de téléphone durant la retransmission, les plaintes subséquentes à la chaîne de radio, les coupures de presses dans la semaine qui suivit celle-ci, etc.). Certains témoins rapportèrent avoir ressenti des symptômes physiques, tel que l'odeur des gaz des Martiens ainsi que la chaleur des rayons émis par leurs armes.

1. Télévision

3480 En quelle année a lieu le premier journal télévisé quotidien ?

- ☐ A. 1939
- ☐ B. 1944
- ☐ C. 1949
- ☐ D. 1951

3481 Quel est le nom de l'ancien présentateur de TF1 décédé en mars 2010 et notamment célèbre pour sa phrase d'ouverture du journal de 20 heures le 18 février 1976 : « La France a peur » ?

- ☐ A. Gilles Leclerc
- ☐ B. Claude Serillon
- ☐ C. Roger Gicquel
- ☐ D. Yves Mourousi

3482 Quel journaliste présente le premier journal télévisé français ?

- ☐ A. Roger Gicquel
- ☐ B. Raymond Marcillac
- ☐ C. Pierre Sabbagh
- ☐ D. Léon Zitrone

3483 En quelle année est créée la deuxième chaîne de la télévision française ?

- ☐ A. En 1946
- ☐ B. En 1954
- ☐ C. En 1964
- ☐ D. En 1971

3484 En quelle année est lancée M6 ?

- ☐ A. 1985
- ☐ B. 1987
- ☐ C. 1991

3485 Qu'est-ce que TV5 ?

- ☐ A. Une chaîne de télévision locale
- ☐ B. L'ancien nom de France 5
- ☐ C. La première chaîne de télévision mondiale francophone

3486 La chaîne d'informations France 24 lance en 2009 une variante de la chaîne, en :

- ☐ A. Arabe
- ☐ B. Espagnol
- ☐ C. Italien
- ☐ D. Chinois

3487 Parmi ces émissions de télévision toujours diffusées en 2017, quelle est la plus ancienne ?

- ☐ A. *Des chiffres et des lettres*
- ☐ B. *Le jour du Seigneur*
- ☐ C. *Thalassa*
- ☐ D. *Stade 2*

3488 Parmi ces émissions qui ont marqué l'histoire de la télévision, laquelle dura le plus longtemps ?

- ☐ A. *Apostrophes*
- ☐ B. *Au théâtre ce soir*
- ☐ C. *Les Dossiers de l'écran*
- ☐ D. *Monsieur Cinéma*

3489 Pendant combien d'années l'émission *Monsieur Cinéma* a-t-elle été diffusée ?

- ☐ A. 24 ans
- ☐ B. 22 ans
- ☐ C. 15 ans
- ☐ D. 12 ans

3490 Quel était le premier nom de l'émission consacrée à la collection de timbres diffusée de 1974 à 1983 ?

- ☐ A. *Télé-Timbre*
- ☐ B. *Timbrement vôtre*
- ☐ C. *Télé-Philatélie*

3491 Depuis quand est diffusée l'émission *Les Guignols de l'info* ?

- ☐ A. 1988
- ☐ B. 1990
- ☐ C. 1992

3492 Qui est le créateur des *Guignols de l'info* ?

- ☐ A. Jean-Louis Cap
- ☐ B. Alain de Greef
- ☐ C. Serge Khalfon
- ☐ D. Pascal Rétif

3493 Que disait systématiquement PPD, la marionnette qui présentait *Les Guignols de l'info* pour passer d'un sujet à l'autre ?

- ☐ A. « Encore un peu d'infos »
- ☐ B. « Passons à autre chose »
- ☐ C. « Sans transition »
- ☐ D. « Vous êtes toujours devant la télé et nous dedans, alors voyons la suite »

3494 Comment s'appelait l'émission présentée par Jacques Perrin diffusée la nuit sur France 2 ?

- ☐ A. *La 24e heure*
- ☐ B. *La 25e heure*
- ☐ C. *La 30e heure*

3495 Quel était le principe de l'émission *Les dossiers de l'écran* ?

- ☐ A. Un débat en direct suite à la diffusion d'un film
- ☐ B. Une enquête en direct sur un fait divers irrésolu
- ☐ C. Une interview en direct filmée dans la rue

3496 Laquelle de ces affirmations sur l'émission *D'art d'art* est fausse :

- ☐ A. Une œuvre d'art est racontée en 1 minute et 15 secondes
- ☐ B. Elle est présentée par un artiste différent à chaque diffusion
- ☐ C. Le programme réunit plus de 6 millions de téléspectateurs

3497 Sur quelle chaîne est diffusée l'émission Tracks ?

- ☐ A. France 5
- ☐ B. France 2
- ☐ C. Arte
- ☐ D. TF1

3498 De quel pays est originaire l'émission *Strip Tease* diffusée sur France 3 ?

- ☐ A. France
- ☐ B. Belgique
- ☐ C. Canada
- ☐ D. Royaume-Uni

3499 Quelle chaîne de télévision est à l'origine de La *Cité du Mâle*, documentaire sur la violence des relations hommes/femmes dans les cités, qui a fait polémique ?

- ☐ A. France 2
- ☐ B. M6
- ☐ C. W9
- ☐ D. Arte
- ☐ E. La Chaîne parlementaire (LCP)

3500 En juin 2018, quelle émission présente Yann Barthès sur TMC ?

- ☐ A. *Le Petit Journal*
- ☐ B. *La météo*
- ☐ C. *La Boîte à questions*
- ☐ D. *Quotidien*
- ☐ E. *Le Grand Journal*

3501 Quelles sont les affirmations exactes à propos du jeu *Intervilles* ?

- ☐ A. L'émission fut créée en 1978
- ☐ B. L'émission fut présentée par Guy Lux et Léon Zitrone
- ☐ C. L'émission n'est plus diffusée depuis 2010
- ☐ D. Laurence Boccolini a présenté cette émission

3502 Laquelle de ces affirmations sur *Fantômette* est fausse :

- ☐ A. C'était une héroïne de série télévisée
- ☐ B. C'était une héroïne de roman
- ☐ C. C'était une héroïne de bande dessinée
- ☐ D. Toutes les réponses proposées sont bonnes

3503 Pourquoi la série TV *Les Brigades du Tigre* porte-t-elle ce nom ?

- ☐ A. L'un des inspecteurs est surnommé « le Tigre »
- ☐ B. « Le Tigre » est le surnom d'un homme politique de l'époque
- ☐ C. « Le Tigre » est le nom du bar favori des héros

3504 Le trio comique Les Inconnus qui passe régulièrement sur le petit écran dans les années 1980 et 1990 est composé de trois membres :

- ☐ A. Didier Bourdon
- ☐ B. Bernard Campan
- ☐ C. Régis Bourdon
- ☐ D. Pascal Légitimus
- ☐ E. Bertrand Campan

3505 Le trio comique Les Inconnus jouent de nombreux sketchs dont :

- ☐ A. *L'heure de la vérité vraie*
- ☐ B. *La télé emprisonnée*
- ☐ C. *Les radios libres*
- ☐ D. *Le Cid*

3506 La série *Caméra Café* dépeint avec humour la vie quotidienne :

- ☐ A. De médecins
- ☐ B. D'avocats
- ☐ C. D'employés de bureau

3507 Comment s'appelait la première émission de téléréalité française ?

- ☐ A. *Star Academy*
- ☐ B. *Secret story*
- ☐ C. *L'île de la tentation*
- ☐ D. *Loft Story*

3508 Quelles sont les émissions de télé réalité ?

☐ A. *Opération séduction aux Caraïbes*
☐ B. *Bachelor, le gentleman célibataire*
☐ C. *N'oubliez pas les paroles !*
☐ D. *Maman cherche l'amour*

3509 Quelles sont les émissions de télé réalité ?

☐ A. *Marjolaine et les millionnaires*
☐ B. *La France a un incroyable talent*
☐ C. *Qui veut épouser mon fils ?*
☐ D. *Tout le monde veut prendre sa place*

3510 Combien de saisons dure la série *Friends* ?

☐ A. 8
☐ B. 9
☐ C. 10

3511 Qui joue le rôle du docteur House ?

☐ A. Hugh Laurie
☐ B. Kiefer Sutherland
☐ C. Tim Allen

3512 Concernant la série *Grey's Anatomy* :

☐ A. Elle se passe à Seattle
☐ B. Le lieu principal est le service chirurgie d'un hôpital
☐ C. Elle compte 8 personnages
☐ D. Izzie et Alex se marient

3513 Quels sont les personnages qui quittent la série *Grey's Anatomy* au cours des différentes saisons ?

☐ A. Dr Miranda Bailey
☐ B. Dr Preston Xavier Burke
☐ C. Dr George O'Malley
☐ D. Dr Isobel Katherine

3514 Quel métier exercent les deux protagonistes de la série *Nip/Tuck* ?

☐ A. Détectives privés
☐ B. Policiers ripoux
☐ C. Chirurgiens esthétiques

3515 Ces personnages sont présents dans la série *How I Met Your Mother* :

☐ A. Rachel Green
☐ B. Ted Mosby
☐ C. Marshall Eriksen
☐ D. Ross Geller

3516 Quelles sont les affirmations exactes à propose de *How I Met Your Mother* :

☐ A. La série a commencé à être diffusée en 2005 aux Etats-Unis
☐ B. Les situations d'énonciation sont souvent imbriquées les unes dans les autres avec de fréquents retours en arrière
☐ C. La série s'est achevée après la sixième saison
☐ D. « Excitant » est l'expression favorite de Barney pour qualifier ses histoires

3517 Dans quelle série un homme se fait incarcérer pour faire évader son frère innocent ?

- ☐ A. *Oz*
- ☐ B. *Breaking bad*
- ☐ C. *Prison Break*
- ☐ D. *Prison alert*

3518 En 2017, quel est le dernier présentateur du Grand Journal de Canal + ?

- ☐ A. Michel Denisot
- ☐ B. Antoine De Caunes
- ☐ C. Maïtena Biraben
- ☐ D. Victor Robert

3519 Le dernier épisode de la série à succès *Lost : les disparus* a été diffusé en 2010. Combien de saisons cette série compte-t-elle au total ?

- ☐ A. Quatre
- ☐ B. Cinq
- ☐ C. Six
- ☐ D. Sept
- ☐ E. Huit

3520 Qui reçoit l'invité politique durant *La Matinale* quotidienne de CNEWS ?

- ☐ A. Yves Calvi
- ☐ B. Daphné Bürki
- ☐ C. Paul Amar
- ☐ D. Jean-Pierre Elkabbach

3521 Qui a présenté *Vol de nuit*, *Ex-libris* et *Droit de cité* ?

- ☐ A. Patrick Poivre d'Arvor
- ☐ B. Michel Field
- ☐ C. Les deux ont présenté ces émissions
- ☐ D. Aucune de ces réponses n'est bonne

3522 Qui présente *Des chiffres et des lettres* sur France 3 ?

- ☐ A. Laurent Romejko
- ☐ B. Patrice Laffont
- ☐ C. Julien Lepers

3523 Qui présente *Top Chef* ?

- ☐ A. Jean-Pierre Foucault
- ☐ B. Stéphane Rotenberg
- ☐ C. Denis Brogniart
- ☐ D. Laurence Boccolini

3524 Décédé en 2007, il a présenté *Le petit rapporteur* ou encore *L'école des fans* :

- ☐ A. Jacques Martin
- ☐ B. Michel Drucker
- ☐ C. Yves Mourousi

3525 Qui a présenté *Loft Story*, la première émission de téléréalité en France ?

- ☐ A. Nikos Aliagas
- ☐ B. Arthur
- ☐ C. Benjamin Castaldi

3526 Qui anime l'émission *Faites entrer l'accusé* ?

- ☐ A. Christophe Hondelatte
- ☐ B. Bernard de la Villardière
- ☐ C. Guy Lagache
- ☐ D. Frédérique Lantieri

3527 Pourquoi l'émission *7 sur 7* s'est-elle arrêtée ?

- ☐ A. La présentatrice a décidé d'arrêter pour ne pas entraver la carrière politique de son mari
- ☐ B. Les audiences étaient décevantes
- ☐ C. La présentatrice est décédée brutalement

3528 Qui n'a jamais présenté *La Nouvelle Star* ?

- ☐ A. Virginie Effira
- ☐ B. Benjamin Castaldi
- ☐ C. Nikos Aliagas

3529 Parmi ces animateurs de télévision, lequel n'a jamais présenté *Des chiffres et des lettres* ?

- ☐ A. Laurent Cabrol
- ☐ B. Alain Jérôme
- ☐ C. Patrice Laffont
- ☐ D. Max Meynier

3530 Laquelle de ces chaînes de télévision n'existe pas en France ?

- ☐ A. Night TV
- ☐ B. Direct 8
- ☐ C. W9
- ☐ D. France 4

3531 Combien de temps passent en moyenne les Français chaque jour devant leur téléviseur ?

- ☐ A. Deux heures et trente minutes
- ☐ B. Trois heures et cinquante minutes
- ☐ C. Cinq heures et quinze minutes

3532 En France, qui nomme les présidents des chaînes publiques ?

- ☐ A. Le conseil d'administration de la chaîne
- ☐ B. Le Conseil supérieur de l'audiovisuel (CSA)
- ☐ C. Le Premier ministre
- ☐ D. Le président de la République

3533 En quelle année est créé le CSA ?

- ☐ A. 1989
- ☐ B. 1995
- ☐ C. 1999
- ☐ D. 2001

3534 En quelle année le réseau analogique (procédé SECAM) est-il totalement remplacé par la TNT (télévision numérique terrestre) ?

- ☐ A. 2011
- ☐ B. 2015
- ☐ C. 2018
- ☐ D. 2020

3535 Que signifie « TNT » ?

- ☐ A. Télévision nationale pour tous
- ☐ B. Télévision numérique terrestre
- ☐ C. Télévision numérique transnationale

3536 Qu'est-ce qu'une sitcom ?

- ☐ A. Un feuilleton télévisé sentimental
- ☐ B. Une comédie musicale américaine
- ☐ C. Une série télévisée à suspense
- ☐ D. Un feuilleton télévisé comique

3537 Dans quel pays est commercialisée la première télévision couleur en 1954 ?

- ☐ A. En URSS
- ☐ B. Aux Etats-Unis
- ☐ C. En Allemagne
- ☐ D. En France

3538 En 2006, Ted Turner quitte ses fonctions d'administrateur. Il est :

- ☐ A. Le fondateur de CNN
- ☐ B. Le fondateur d'AOL
- ☐ C. Le fondateur des studios Paramount

3539 En quelle année est créée la chaîne de télévision CNN ?

- ☐ A. En 1980
- ☐ B. En 1985
- ☐ C. En 1990
- ☐ D. En 1995

3540 Où se trouve le siège de la chaîne d'information continue CNN ?

- ☐ A. A New York
- ☐ B. A Los Angeles
- ☐ C. A Atlanta

3541 Que diffuse principalement la chaîne américaine ESPN ?

- ☐ A. Du sport
- ☐ B. Du cinéma
- ☐ C. Des documentaires animaliers

3542 Laquelle de ces chaînes de télévision n'est pas entièrement consacrée à l'information ?

- ☐ A. CNN
- ☐ B. France 24
- ☐ C. LCI
- ☐ D. TMC

3543 Comment s'appelle la chaîne d'information internationale qatarie en langue arabe ?

- ☐ A. Al-Jazeera
- ☐ B. El-Jazair
- ☐ C. Al-Arabia
- ☐ D. El-Azaria

3544 Qu'est-ce que la NHK ?

- ☐ A. La télévision japonaise
- ☐ B. La télévision israélienne
- ☐ C. La radio polonaise

3545 Qui est David Letterman ?

- ☐ A. Un présentateur de talk-show
- ☐ B. Un journaliste
- ☐ C. Un producteur de séries télévisées

3546 Steve Austin est le personnage de :

- ☐ A. *L'homme qui valait 3 milliards*
- ☐ B. *Dallas*
- ☐ C. *Shérif fais-moi peur*

3547 Quel personnage de série interpréta Peter Falk de 1968 à 2003 ?

- ☐ A. Colonel Jack O'Neill
- ☐ B. Le lieutenant Columbo
- ☐ C. Le chef Gil Grissom

3548 De ces trois séries, laquelle date des années soixante-dix ?

- ☐ A. *Columbo*
- ☐ B. *Les Envahisseurs*
- ☐ C. *Chapeau melon et Bottes de cuir*

3549 Quel est le sujet de la série américaine *Mad Men*, régulièrement primée aux Emmy Awards ?

- ☐ A. La vie quotidienne d'un asile psychiatrique
- ☐ B. La vie des publicitaires new-yorkais des années 1960
- ☐ C. La vie d'une escouade américaine envoyée au front en 1944
- ☐ D. La vie quotidienne des inventeurs d'Internet
- ☐ E. La vie d'un duo de commentateurs sportifs

3550 Dans quel célèbre dessin animé trouve-t-on les personnages suivants : Meeko, Flit, Powatan, Radcliff, John ?

- ☐ A. *La Petite Sirène*
- ☐ B. *Pocahontas*
- ☐ C. *La Belle et la Bête*
- ☐ D. *Mulan*

3551 De quel film est issue la chanson suivante : « L'amour fatal n'est pas mon idéal » ?

- ☐ A. *Aladin*
- ☐ B. *Hercule*
- ☐ C. *Le Bossu de Notre-Dame*
- ☐ D. *Cendrillon*

3552 Dans *Inspecteur Gadget*, comment s'appelle le chien du personnage principal ?

- ☐ A. Milou
- ☐ B. Finot
- ☐ C. Pif
- ☐ D. Sebastien

3553 Denver, le dernier dinosaure, adore faire du skate et jouer un instrument de musique, lequel ?

- ☐ A. De la guitare
- ☐ B. De la batterie
- ☐ C. Du saxophone
- ☐ D. Du synthétiseur

3554 Diffusé en France à partir de 1993, ce dessin animé raconte des contes à travers un vieux rongeur, il s'agit de :

- ☐ A. *Ratz*
- ☐ B. *Les ratons laveurs*
- ☐ C. *Père Castor*
- ☐ D. *Raconte moi une histoire*

3555 Dans *Les Simpson*, quelle est la marque préférée de bière de Homer ?

- ☐ A. Duff
- ☐ B. Budweiser
- ☐ C. Coors
- ☐ D. Keystone

3556 Qui fait la voix de Gru dans *Moi moche et méchant* ?

- ☐ A. Jamel Debbouze
- ☐ B. Frank Dubosc
- ☐ C. Gad Elmaleh

3557 Qui est célèbre pour avoir été la voix de Pongo, Kaa, Astérix, Basile, Bernard (de *Bernard et Bianca*) et bien d'autres personnages ?

- ☐ A. Albert Augier
- ☐ B. Georges Atlas
- ☐ C. Roger Carel

3558 Dans *Les Cités d'Or*, comment s'appelle le bateau légendaire de l'empire Mu ?

☐ A. Le *Condor*
☐ B. Le *Solaris*
☐ C. L'*Olmèque*

3559 Comment s'appelle le groupe de rock dans *Lucile, amour et rock'n'roll* ?

☐ A. Les Bee Hive
☐ B. Les Dee Five
☐ C. Les My Flies

2. Presse écrite

3560 *La Gazette de Renaudot*, publiée en 1631, est :

☐ A. Le premier journal culturel français
☐ B. Le premier quotidien français
☐ C. Le premier hebdomadaire français

3561 A qui doit-on le premier journal publié en France ?

☐ A. Pierre Desfontaines
☐ B. Sylvain Maréchal
☐ C. Charles Panckoucke
☐ D. Théophraste Renaudot

3562 Qu'appelle-t-on « canards » au XVIe siècle ?

☐ A. Des textes recensant les décisions de justice
☐ B. Des périodiques populaires vendus à la criée
☐ C. Des pamphlets contre le pouvoir en place

3563 Que dénonce Emile Zola dans son fameux article « J'accuse », publié dans *L'Aurore* le 13 janvier 1898 ?

☐ A. Les manœuvres de l'armée pour obtenir la condamnation du Capitaine Dreyfus
☐ B. La trahison du Capitaine Dreyfus
☐ C. La réhabilitation du Capitaine Dreyfus

3564 Qui est le fondateur du journal *L'Humanité* en 1904 ?

☐ A. Georges Clemenceau
☐ B. Jean Jaurès
☐ C. Paul Deschanel
☐ D. Vladimir Lénine

3565 Qui est le premier directeur de publication du quotidien *Libération* ?

☐ A. Philippe Gavi
☐ B. Bernard Lallement
☐ C. Serge July
☐ D. Jean-Paul Sartre

3566 En quelle année est fondé le quotidien français *Le Monde* ?

☐ A. 1943
☐ B. 1944
☐ C. 1945

3567 Qui est le fondateur du quotidien *Le Monde* ?

☐ A. Hubert Beuve-Méry
☐ B. Jean-Marie Colombani
☐ C. Robert Hersant
☐ D. Serge July

3568 Françoise Giroud est co-fondatrice avec Jean-Jacques Servan-Schreiber de :

- ☐ A. *L'Express*
- ☐ B. *Le Nouvel Observateur*
- ☐ C. *Le Point*

3569 Quel journal doit son succès dans les années 1960 à Pierre Lazareff ?

- ☐ A. *France Dimanche*
- ☐ B. *France Soir*
- ☐ C. *Ici Paris*
- ☐ D. *Paris Match*

3570 En quelle année le premier quotidien d'informations gratuit fait-il son apparition en France ?

- ☐ A. 1999
- ☐ B. 2000
- ☐ C. 2001
- ☐ D. 2002

3571 Quel est le premier quotidien d'informations gratuit en France qui fait son apparition en 2002 ?

- ☐ A. *20 minutes*
- ☐ B. *Direct Matin*
- ☐ C. *Métro*
- ☐ D. *Direct Soir*

3572 En France, qui est le directeur de rédaction du journal *Charlie Hebdo* de 1992 à mai 2009, avant d'être nommé directeur de Radio France ?

- ☐ A. Claude Angeli
- ☐ B. Philippe Val
- ☐ C. François Cavanna
- ☐ D. Michel Polac

3573 De ces quatre personnalités, laquelle n'est pas un homme de presse écrite ?

- ☐ A. Pierre Boulez
- ☐ B. Robert Hersant
- ☐ C. Hubert Beuve-Méry
- ☐ D. Pierre Lazareff

3574 Comment s'appelle l'humoriste dont les dessins font le bonheur des lecteurs du *Monde* ?

- ☐ A. Sempé
- ☐ B. Plantu
- ☐ C. Uderzo
- ☐ D. Faizant

3575 Quel est le vrai nom de Plantu ?

- ☐ A. Jacques Plantureux
- ☐ B. Paul Plantureux
- ☐ C. Jean Plantureux
- ☐ D. Louis Plantureux

3576 Quel est le journal qui accuse la Direction de la surveillance du territoire (DST) d'avoir cherché à installer des micros clandestins dans ses bureaux en 1973 ?

- ☐ A. *Le Canard enchaîné*
- ☐ B. *Charlie Hebdo*
- ☐ C. *Hara-Kiri*
- ☐ D. *Politis*

3577 Quel magazine fait polémique en publiant en février 2006 la série de caricatures de Mahomet initialement parues dans le journal danois *Jyllands-Posten* ?

- ☐ A. *Marianne*
- ☐ B. *Le Canard enchaîné*
- ☐ C. *Charlie Hebdo*
- ☐ D. *L'Echo des savanes*

3578 Parmi ces quatre magazines, lequel n'existe plus ?

- ☐ A. *Valeurs actuelles*
- ☐ B. *L'Evènement du jeudi*
- ☐ C. *Marianne*
- ☐ D. *Le Point*

3579 Lequel de ces quotidiens n'est pas un gratuit ?

- ☐ A. *Métro*
- ☐ B. *20 minutes*
- ☐ C. *Aujourd'hui en France*

3580 Parmi ces titres de presse, lequel n'est pas un hebdomadaire ?

- ☐ A. *L'Expansion*
- ☐ B. *L'Express*
- ☐ C. *Minute*
- ☐ D. *Politis*

3581 Parmi ces titres de presse, lequel ne contient pas d'espace publicitaire ?

- ☐ A. *Marianne*
- ☐ B. *Le Monde*
- ☐ C. *Le Canard enchaîné*
- ☐ D. *Le Point*

3582 Un de ces quotidiens n'existe plus. Lequel ?

- ☐ A. *Le Parisien*
- ☐ B. *Le Monde*
- ☐ C. *L'Aurore*
- ☐ D. *Le Figaro*

3583 Quel quotidien français a pour devise : « Sans la liberté de blâmer, il n'est point d'éloge flatteur» ?

- ☐ A. *Le Monde*
- ☐ B. *Les Echos*
- ☐ C. *Le Parisien*
- ☐ D. *Libération*
- ☐ E. *Le Figaro*

3584 Quel journal Bruno Frappat rejoint-il lorsqu'il quitte *Le Monde* ?

- ☐ A. *La Croix*
- ☐ B. *Le Figaro*
- ☐ C. *Libération*
- ☐ D. Aucune de ces réponses n'est bonne : Bruno Frappat est parti à la retraite

3585 Comment s'appelle le journal du Vatican ?

- ☐ A. *Pape's news*
- ☐ B. *Quotidiano del Vatican*
- ☐ C. *L'Osservatore Romano*
- ☐ D. *Apostalicae sedis*
- ☐ E. Aucune de ces réponses n'est bonne

3586 Figure bien connue des médias français, Christophe Barbier quitte en 2016 son poste de :

- ☐ A. Présentateur sur BFM TV
- ☐ B. Animateur sur Canal +
- ☐ A. Directeur de la rédaction de l'hebdomadaire *L'Express*
- ☐ B. Rédacteur en chef au sein de l'hebdomadaire *Le Point*
- ☐ C. Directeur de la publication du quotidien *Le Figaro*

3587 Classez ces titres de presse du plus à gauche au plus à droite :

a. *L'Humanité*
b. *Rivarol*
c. *Le Monde*
d. *Le Figaro*

☐ A. a – b – c – d
☐ B. a – c – d – b
☐ C. a – d – c – b
☐ D. b – a – c – d

3588 Combien y a-t-il de titres payants dans la presse quotidienne nationale ?

☐ A. 10 titres
☐ B. 13 titres
☐ C. 17 titres
☐ D. 21 titres

3589 Lequel parmi ces noms ne correspond pas à celui d'un format de journal ?

☐ A. Belge
☐ B. Berlinois
☐ C. Parisien
☐ D. Tabloïd

3590 En mai 2018, combien coûte le quotidien *Le Parisien* ?

☐ A. 0,90 euro
☐ B. 1 euro
☐ C. 1,20 euro
☐ D. 1,50 euro

3591 Que signifie le sigle NMPP ?

☐ A. Nouveaux médias privés parisiens
☐ B. Nouveaux médias et publicité publique
☐ C. Nouvelles messageries de la presse parisienne

3592 Parmi ces agences de presse, laquelle n'existe pas ?

☐ A. AFP
☐ B. AP
☐ C. Free News Associated
☐ D. Reuters

3593 Parmi ces affirmations concernant l'Agence France presse (AFP), laquelle est erronée ?

☐ A. Elle produit environ 5 000 dépêches par jour
☐ B. Par son chiffre d'affaires, c'est la deuxième agence de presse au monde après Reuters
☐ C. Elle ne possède aucun actionnaire
☐ D. L'Etat est son principal client

3594 En 2007, Reuters a été racheté par :

☐ A. Thomson Financial
☐ B. L'agence Havas
☐ C. Windows
☐ D. Scantlin Electronics

3595 Fin 2010, quel pays réclame l'extradition d'un des représentants du site d'information *Wikileaks*, Julian Assange ?

☐ A. La Suède
☐ B. L'Australie
☐ C. Les Etats-Unis
☐ D. Israël

3596 Comment s'appelle l'encadré, obligatoire dans tout journal, comportant le numéro de commission paritaire ainsi que les noms et coordonnées de ses principaux collaborateurs ?

☐ A. La belette
☐ B. L'ours
☐ C. Le canard

3597 Qu'est-ce que la clause de conscience pour un journaliste ?

- ☐ A. La faculté pour lui de ne pas traiter d'une question religieuse contraire à ses convictions
- ☐ B. Le recours au secret professionnel
- ☐ C. La possibilité pour lui de rompre son contrat de travail, tout en ayant droit aux indemnités dues en cas de licenciement, dans le cas d'un changement notable dans le caractère ou l'orientation du journal

3598 A quelle place la France figure-t-elle au sein du classement mondial 2018 de la liberté de la presse publié par Reporters sans frontières (RSF) ?

- ☐ A. 3e
- ☐ B. 12e
- ☐ C. 21e
- ☐ D. 33e
- ☐ E. 51e

3599 Qu'est-ce que *Rue 89* ?

- ☐ A. Un site marchand
- ☐ B. Un site d'information et de débat sur l'actualité
- ☐ C. Un magazine hebdomadaire d'information
- ☐ D. Un quotidien gratuit

3600 Parmi ces sites, lesquels sont des sites d'information et de débat sur l'actualité ?

- ☐ A. *Nouvelles de France*
- ☐ B. *Atlantico*
- ☐ C. *Mediapart*
- ☐ D. *Infodirect*

3601 A qui appartient le quotidien économique *Les Echos* ?

- ☐ A. Vivendi
- ☐ B. LVMH
- ☐ C. Lagardère
- ☐ D. News Participations

3602 De ces trois quotidiens, lequel n'appartient pas au groupe Amaury ?

- ☐ A. *Le Parisien*
- ☐ B. *L'Equipe*
- ☐ C. *Libération*

3603 Lequel de ces magazines n'appartient pas au groupe Lagardère ?

- ☐ A. *Télé 7 jours*
- ☐ B. *Capital*
- ☐ C. *Première*
- ☐ D. *Elle*

3604 Lequel de ces titres ne fait pas partie du groupe Lagardère ?

- ☐ A. *Be*
- ☐ B. *L'Express*
- ☐ C. *France Dimanche*
- ☐ D. *Ici Paris*

3605 *Courrier international* est un hebdomadaire français qui fait découvrir la presse du monde entier (plus de 900 publications) en traduisant en français certains articles. Il appartient :

- ☐ A. Au groupe Hersant
- ☐ B. Au groupe La Vie-Le Monde
- ☐ C. Au groupe Lagardère

3606 Lequel de ces journaux gratuits est édité par le groupe Bolloré ?

☐ A. *Métro*
☐ B. *Direct Soir*
☐ C. *Matin Plus*
☐ D. *20 minutes*

3607 Avec le rachat de 80 % de la Socpress par l'industriel Serge Dassault en 2017, de quel quotidien national français devient-il proprietaire ?

☐ A. *Le Parisien*
☐ B. *20 minutes*
☐ C. *Le Monde*
☐ D. *Le Figaro*

3608 Lequel de ces grands quotidiens français a vu en 2010 80 % de son capital racheté par sa directrice générale pour un euro symbolique ?

☐ A. *Le Monde*
☐ B. *Les Echos*
☐ C. *La Tribune*
☐ D. *La Croix*
☐ E. *Le Figaro*

3609 En 2010, le quotidien *Le Monde* a été repris par le trio dit « BNP ». A quelles personnalités cet acronyme fait-il référence ?

☐ A. Noël Bergeroux, Pierre Péan et Bruno Patino
☐ B. Pierre Bergé, Matthieu Pigasse et Xavier Niel
☐ C. Hubert Beuve-Méry, Natalie Nougay-Rède et Claude Perdriel
☐ D. Eric Besson, Yves-René Nanot et Audrey Pulvar
☐ E. Lilliane Bettencourt, Hervé Novelli et Dominique Paillé

3610 Quel est le nom du journal officiel de la république populaire de Chine, organe du parti communiste depuis 1948 ?

☐ A. *Le Quotidien du peuple*
☐ B. *Le Quotidien de la Chine*
☐ C. *Nouvelles de Chine*

3611 Que signifie le nom du célèbre journal *Pravda*, organe du parti communiste soviétique ?

☐ A. La Justice
☐ B. La Révolution
☐ C. La Vérité
☐ D. La Paix

3612 Parmi ces quatre quotidiens britanniques, lequel n'appartient pas à la presse dite populaire ?

☐ A. *The Daily Telegraph*
☐ B. *The Sun*
☐ C. *The Daily Mirror*
☐ D. *The Daily Star*

3613 A quel évènement le *Washington Post* doit-il une partie de sa notoriété ?

☐ A. L'assassinat de John Fitzgerald Kennedy à Dallas en 1963
☐ B. Le premier homme sur la lune en 1969
☐ C. L'affaire du Watergate en 1973

3614 Laquelle de ces revues américaines n'est pas un newsmagazine ?

☐ A. *Time*
☐ B. *The Reader's Digest*
☐ C. *Newsweek*

3615 *Clarin* est actuellement le premier quotidien :

- ☐ A. Espagnol
- ☐ B. Brésilien
- ☐ C. Cubain
- ☐ D. Argentin

3616 *Al-Hayat* ("Vie") est le principal journal quotidien généraliste panarabe avec une diffusion de 170 000 exemplaires. A l'origine libanais, le journal a été acheté en 1990 par :

- ☐ A. Le président syrien
- ☐ B. Un prince saoudien
- ☐ C. L'émir du Koweït
- ☐ D. Le colonel Khadafi

3. Radio

3617 Depuis quelle année la radio n'est plus un monopole d'Etat ?

- ☐ A. 1966
- ☐ B. 1974
- ☐ C. 1981
- ☐ D. 1993

3618 Radio France est une société de service public qui gère les stations de radio publiques en France métropolitaine. Elle possède :

- ☐ A. France Inter
- ☐ B. France Info
- ☐ C. France Musique
- ☐ D. France Culture

3619 Quel est le pourcentage de Français possédant une radio ?

- ☐ A. 50 %
- ☐ B. 75 %
- ☐ C. 99 %

3620 Que signifie RTL ?

- ☐ A. Radio Télévision Luxembourg
- ☐ B. Radio Totale Luxembourg
- ☐ C. Radio Tout Luxembourg
- ☐ D. Radiodiffusion et Télédiffusion du Luxembourg

3621 Radio Courtoisie se définit comme :

- ☐ A. La radio qui dit tout haut ce que beaucoup pensent tout bas
- ☐ B. La radio libre du pays réel et de la francophonie
- ☐ C. La radio de ceux qui ne veulent pas tourner en rond
- ☐ D. Aucune de ces réponses n'est bonne

3622 Parmi ces quatre stations de radio, laquelle est l'intruse ?

- ☐ A. Fun Radio
- ☐ B. NRJ
- ☐ C. Europe 1
- ☐ D. Skyrock

3623 Avec qui Charles Michelson crée-t-il la radio Europe 1 ?

- ☐ A. Louis Merlin
- ☐ B. Christian Morin
- ☐ C. Franck Ténot
- ☐ D. Robert Namias

3624 Laquelle de ces stations de Radio France est la plus récente ?

- ☐ A. France Culture
- ☐ B. FIP
- ☐ C. France Info
- ☐ D. France Musique

3625 En 2017, *France Info* fête ses :

- ☐ A. 15 ans
- ☐ B. 20 ans
- ☐ C. 25 ans
- ☐ D. 30 ans

3626 Laquelle de ces radios est indépendante de NRJ Group ?

- ☐ A. Chérie FM
- ☐ B. Fun Radio
- ☐ C. Nostalgie
- ☐ D. Rire et chansons

3627 Quelles sont les chaînes de radio possédées par le groupe Lagardère Active ?

- ☐ A. RFM
- ☐ B. Europe 1
- ☐ C. RTL
- ☐ D. Virgin Radio

3628 Laquelle de ces stations de radio n'est pas une station privée ?

- ☐ A. RTL
- ☐ B. Le Mouv'
- ☐ C. Radio Classique
- ☐ D. NRJ

3629 Quelle radio n'existe pas ?

- ☐ A. MFM
- ☐ B. Le Mouv'
- ☐ C. Sud Radio
- ☐ D. Beur FM
- ☐ E. Aucune de ces réponses n'est bonne

3630 Comment s'appelle la radio officielle de l'Eglise catholique dans le monde ?

- ☐ A. Radio Saint-Siège
- ☐ B. La Radio de la Papauté
- ☐ C. Radio Vatican

3631 Sur quelle radio est diffusée l'émission humoristique *Le Tribunal des flagrants délires* ?

- ☐ A. Europe 1
- ☐ B. France Inter
- ☐ C. RMC
- ☐ D. RTL

3632 Quelle est l'émission qui est ou qui a été diffusée sur France Inter ?

- ☐ A. *2 000 ans d'histoire*
- ☐ B. *Rendez-vous avec X*
- ☐ C. *Le carrefour des livres*
- ☐ D. *La prochaine fois je vous le chanterai*

3633 Lequel de ces journalistes et chroniqueurs n'a pas été licencié par France Inter (en octobre 2010) ?

- ☐ A. Didier Porte
- ☐ B. Audrey Pulvar
- ☐ C. Brigitte Benkemoun
- ☐ D. Stéphane Guillon
- ☐ E. Gérald Dahan

3634 Eric Zemmour a officié ou officie toujours pour :

- ☐ A. RTL
- ☐ B. Europe 1
- ☐ C. I-Télé
- ☐ D. Le Figaro
- ☐ E. France 2

3635 Quel est le prénom de l'animateur télé et radio Cauet ?

- ☐ A. Jean
- ☐ B. Sébastien
- ☐ C. Laurent
- ☐ D. Nicolas

3636 Qui est Richard Darbois ?

- ☐ A. La voix off d'NRJ depuis 1993
- ☐ B. L'animateur vedette de France Culture
- ☐ C. L'ancien directeur des programmes de RFM

3637 Quel journaliste officie sur RMC et France 2 :

- ☐ A. Daniel Riolo
- ☐ B. Jean-Michel Larqué
- ☐ C. Florent Gautreau

3638 Dans quelle radio a débuté Bruno Roblès en 1985 ?

- ☐ A. Skyrock
- ☐ B. NRJ
- ☐ C. RFM
- ☐ D. Aucune de ces réponses n'est bonne

3639 Qui animait une émission de radio sur Fun Radio avec « Le Doc » ?

- ☐ A. Difool
- ☐ B. Cauet
- ☐ C. Arthur

CORRIGE

3480 1949

3481 Roger Gicquel

3482 Pierre Sabbagh

3483 En 1964

3484 1987

3485 La première chaîne de télévision mondiale francophone

3486 Arabe

3487 *Le jour du seigneur*

3488 *Les Dossiers de l'écran*

3489 15 ans

3490 *Télé-Philatélie*

3491 1988

3492 Alain de Greef

3493 « Sans transition »

3494 La 25e heure

3495 Un débat en direct suite à la diffusion d'un film

3496 Elle est présentée par un artiste différent à chaque diffusion

3497 Arte

3498 Belgique

3499 Arte

3500 *Quotidien*

3501 L'émission fut présentée par Guy Lux et Léon Zitrone, L'émission n'est plus diffusée depuis 2010

3502 Toutes les réponses proposées sont bonnes

3503 « Le tigre » est le surnom d'un homme politique de l'époque

3504 Didier Bourdon, Bernard Campan, Pascal Légitimus

3505 *L'heure de la vérité vraie, La télé empoisonnée, Le Cid*

3506 D'employés de bureau

3507 *Loft Story*

3508 *Opération séduction aux Caraïbes, Bachelor, le gentleman célibataire, Maman cherche l'amour*

3509 *Marjolaine et les millionnaires, La France a un incroyable talent, Qui veut épouser mon fils ?*

3510 10

3511 Hugh Laurie

3512 *Elle se passe à Seatle, Le lieu principal est le service de chirurgie d'un hôpital, Izzie et Alex se marient*

3513 Dr Preston Xavier Burke, Dr George O'Malley, Dr Isabel Katherine

3514 Chirurgiens esthétiques

3515 Ted Mosby, Marshall Eriksen

3516 La série a commencé à être diffusée en 2005 aux Etats-Unis, Les situations d'énonciation sont souvent imbriquées les unes dans les autres avec de fréquents retours en arrière

3517 *Prison Break*

3518 Victor Robert

3519 Six

3520 Jean-Pierre Elkabbach

3521 Patrick Poivre d'Arvor

3522 Laurent Romejko

3523 Stéphane Rotenberg

3524 Jacques Martin

3525 Benjamin Castaldi

3526 Frédérique Lantiéri

3527 La présentatrice a décidé d'arrêter pour ne pas entraver la carrière politique de son mari

3528 Nikos Aliagas
3529 Alain Jérôme
3530 Night TV
3531 Trois heures et cinquante minutes
3532 Le président de la République
3533 1989
3534 2011
3535 Télévision numérique terrestre
3536 Un feuilleton télévisé comique
3537 Aux Etats-Unis
3538 Le fondateur de CNN
3539 En 1980
3540 A Atlanta
3541 Du sport
3542 TMC
3543 Al-Jazeera
3544 La télévision japonaise
3545 Un présentateur de talk-show
3546 *L'homme qui valait 3 milliards*
3547 Le lieutenant Columbo
3548 *Columbo*
3549 La vie des publicitaires new-yorkais des années 1960
3550 *Mulan*
3551 *Hercule*
3552 Finot
3553 De la guitare
3554 *Père Castor*
3555 Duff
3556 Gad Elmaleh
3557 Roger Carel
3558 Le Solaris
3559 Lee Bee Hive
3560 Le premier hebdomadaire français
3561 Théophraste Renaudot
3562 Des périodiques populaires vendus à la criée
3563 Les manœuvres de l'armée pour obtenir la condamnation du Capitaine Dreyfus
3564 Jean Jaurès
3565 Jean-Paul Sartre
3566 1944
3567 Hubert Beuve-Méry
3568 *L'Express*
3569 *France Soir*
3570 2002
3571 *Métro*
3572 Philippe Val
3573 Pierre Boulez
3574 Plantu
3575 Jean Plantureux
3576 *Le Canard enchaîné*
3577 *Charlie Hebdo*
3578 *L'Evènement du jeudi*
3579 *Aujourd'hui en France*
3580 *L'Expansion*
3581 *Le Canard enchaîné*
3582 *L'Aurore*
3583 *Le Figaro*
3584 *La Croix*
3585 *L'Osservatore Romano*
3586 Directeur de la rédaction de l'hebdomadaire *L'Express*
3587 *L'Humanité – Le Monde – Rivarol – Le Figaro*
3588 17 titres
3589 Parisien

3590 1,50 euro

3591 Nouvelles messageries de la presse parisienne

3592 Free News Associated

3593 Par son chiffre d'affaires, c'est la deuxième agence de presse au monde après Reuters

3594 Thomson Financial

3595 La Suède

3596 L'ours

3597 La possibilité pour lui de rompre son contrat de travail, tout en ayant droit aux indemnités dues en cas de licenciement, dans le cas d'un changement notable dans le caractère ou l'orientation du journal

3598 33e

3599 Un site d'information et de débat sur l'actualité

3600 *Nouvelles de France*, *Mediapart*

3601 LVMH

3602 *Libération*

3603 *Capital*

3604 *Be*

3605 Au groupe La Vie-Le Monde

3606 *Direct Soir*

3607 *Le Figaro*

3608 *La Tribune*

3609 Hubert Beuve-Méry, Nathalie Nougay-Rède et Claude Perdriel

3610 *Le Quotidien du peuple*

3611 La Vérité

3612 *The Daily Telegraph*

3613 L'affaire du Watergate en 1973

3614 *The Reader's Digest*

3615 Argentin

3616 Un prince saoudien

3617 1981

3618 France Inter, France Info, France Musique, France Culture

3619 99 %

3620 Radio Télévision Luxembourg

3621 La radio libre du pays réel et de la francophonie

3622 Europe 1

3623 Louis Merlin

3624 France Info

3625 30 ans

3626 Fun Radio

3627 RFM, Europe 1, Virgin Radio

3628 Le Mouv'

3629 Aucune réponse ne convient

3630 Radio Vatican

3631 France Inter

3632 *Le carrefour des livres*

3633 Audrey Pulvar

3634 RTL, I-Télé, Le Figaro, France 2

3635 Sébastien

3636 La voix off d'NRJ depuis 1993

3637 Florent Gautreau

3638 NRJ

3639 Difool

20. SOCIETE ET VIE QUOTIDIENNE (JEUX, DIVERTISSEMENTS ET GASTRONOMIE)

Ce chapitre est composé de **4 sections** pour un total de **128 questions**.

1. Questions de société
2. Vie quotidienne
3. Gastronomie et mets de la table
4. Jeux et divertissements

[A SAVOIR !]

110 Les numéros de questions de ce type signifient qu'il n'y a qu'une seule et unique réponse juste à la question posée.

111 Les numéros de questions de ce type signifient qu'il y a **plusieurs (2 ou plus) réponses possibles justes à la question**.

[UN CONSEIL IMPORTANT]

Nous vous conseillons vivement de répondre à toutes les questions d'une section avant d'en découvrir les solutions. L'erreur consiste en effet généralement à traiter une question et à vérifier aussitôt la réponse parce que l'on veut s'assurer d'avoir trouvé la réponse juste ou parce que l'on est impatient de la découvrir dans le cas où on ne la connaît pas. Si vous souhaitez sérieusement progresser, vous devez absolument vous imprégner du thème traité par la section et répondre d'un trait à toutes les questions d'une section.

[QUELQUES MOTS SUR...]

1. La société [LAROUSSE]

Objet privilégié de plusieurs sciences humaines et sociales, le terme société se rapporte à l'ensemble des mœurs et coutumes partagés par une population : les choix d'organisation sociale, des valeurs et de normes. La notion de société civile était, jusqu'à Hegel, équivalente à celle de « société politique ». Elle signifiait alors l'état de société opposé à l'état de nature, autrement dit, une communauté politique organisée autour d'un Etat. La société civile, toujours pensée en référence à l'Etat, prend au XIXe siècle sa signification classique. Hegel est l'un des premiers à opérer la division entre Etat et société civile, cette dernière recouvrant la sphère des intérêts privés des individus, les réalités économiques et sociales, par opposition au domaine politique, ainsi que les institutions qui en découlent (celle du droit de propriété privée en particulier).

La société civile n'est plus conçue comme un espace de liberté, car elle est le théâtre des affrontements des intérêts particuliers ; ses contradictions seront régulées et dépassées par l'instance étatique, représentante de l'intérêt général, grâce à laquelle les individus pourront atteindre la « paix civile ». Marx sera très critique à l'égard de la théorie hégélienne de l'Etat, mais il poursuivra la définition de la société civile comme étant le lieu d'expression de la lutte des classes.

2. La notion de loisir [WIKIPEDIA]

On qualifie également le loisir de « temps libre », soit un temps usuellement consacré à des activités essentiellement non productives d'un point de vue macro-économique, activités souvent ludiques ou culturelles : bricolage, jardinage, sports, divertissements… Cela a entraîné par la suite un glissement sémantique du terme « loisir » (temps libre) vers celui de « loisirs » (divertissements et sports). Beaucoup usent du terme comme synonyme de « divertissement », ce qui constitue une déviation importante de signification. L'expression « industrie des loisirs » fait directement écho à cette notion de loisirs-divertissements, en proposant une vision productiviste voire mercantile de la production de biens et de services propres à satisfaire les besoins des ménages liés à leur temps de loisir : on considère ici que ce temps est dédié à la consommation de masse, pour s'occuper. Il est possible que les raisons ou valeurs profondes pour lesquelles nous vivons peuvent, en ordre probable d'importance, être les suivantes : le travail, la consommation, les communications, les sports, les jeux, la lecture, l'Internet, la télévision, les expositions et lieux à visiter, les sorties au cinéma, les parcs d'attractions et divertissements à sensations, les voyages, la sexualité, etc. Ces quelques éléments énumérés peuvent, s'ils ne font pas partie de loisirs, être cependant des indices sur quoi effectuer une recherche en rapport avec ceux-ci.

3. La Gastronomie [LAROUSSE]

Les règles de la gastronomie varient selon les classes sociales, les nations, les régions, les époques et les modes. Les différences sont, ou furent, liées aux ressources alimentaires locales, les classes aisées ayant en principe une culture de table plus vaste. Cela fut sensible au « temps des paroisses. Les principes socioculturels, en particulier religieux, sont particulièrement importants dans certains univers. S'il existe une gastronomie que l'on peut dire « mondiale », au temps du fooding, les habitudes gastronomiques locales, régionales et nationales demeurent assez solidement ancrées. Il n'y a d'ailleurs pas contradiction entre l'attachement aux traditions et aux recettes locales et la curiosité envers l'inédit. De nombreux amateurs de bonne chère sont ouverts aux diverses cultures de table et apprécient ce qui vient d'ailleurs : la seule lecture d'innombrables cartes de restaurants, à Paris, Londres, Moscou ou Tokyo, le proclame. Cette ouverture s'est surtout avérée à partir du XIXe siècle, lorsque les gourmets ont découvert d'autres terroirs que ceux de leur province, d'autres habitudes alimentaires que celles de leur ville ou de leur bourg. Les diverses cultures gastronomiques asiatiques, fort différentes les unes des autres, ne sont d'évidence pas celles de l'Occident où l'on s'attable de façons fort diverses de part et d'autre des frontières. Cela malgré la relative uniformisation de la haute gastronomie, de plus en plus indifférente aux terroirs : les grands chefs privilégient en principe les produits locaux mais font, pour l'essentiel, leur marché au loin étant donné les facilités des transports, les nouvelles possibilités de conservation, etc. La plupart de ces chefs voyagent beaucoup, font des stages, puis dirigent des restaurants à l'étranger.

1. Questions de société

3640 En quelle année fut légalisé l'avortement en France ?

- ☐ A. En 1945
- ☐ B. En 1968
- ☐ C. En 1975
- ☐ D. En 1979

3641 En France, quel est le délai légal d'avortement ?

- ☐ A. 9 semaines
- ☐ B. 10 semaines
- ☐ C. 11 semaines
- ☐ D. 12 semaines

3642 En France combien y a-t-il d'avortements par an ?

- ☐ A. Environ 30 000
- ☐ B. Environ 90 000
- ☐ C. Environ 140 000
- ☐ D. Environ 210 000

3643 Dans quels pays l'avortement est illégal ?

- ☐ A. La Colombie
- ☐ B. L'Italie
- ☐ C. L'Irlande
- ☐ D. La Zambie

3644 Dans quel pays la politique de l'enfant unique est-elle lancée en 1979 ?

- ☐ A. En Chine
- ☐ B. Au Japon
- ☐ C. En Israël
- ☐ D. Aucune de ces réponses n'est bonne

3645 Quel est le prénom du premier « bébé éprouvette » ?

- ☐ A. Amandine
- ☐ B. France
- ☐ C. Louise
- ☐ D. Dolly

3646 La loi du 28 octobre 1997 a suspendu l'appel sous les drapeaux pour les garçons nés après le 31 décembre 1978. En quelle année n'y a-t-il plus eu d'appelés dans l'armée ?

- ☐ A. En 1997
- ☐ B. En 1998
- ☐ C. En 2001
- ☐ D. En 2002

3647 En quelle année le PACS a-t-il été créé ?

- ☐ A. 1999
- ☐ B. 1988
- ☐ C. 1975
- ☐ D. 2000

3648 De quelle expression PACS est-il l'acronyme ?

- ☐ A. Pacte autonome de citoyenneté solidaire
- ☐ B. Pacte civil de solidarité
- ☐ C. Pacte d'association de citoyens solidaires
- ☐ D. Permis autorisant civilement la solidarité

3649 Lequel de ces rapports correspond à celui de la Commission sur le racisme et le négationnisme à l'université Jean-Moulin Lyon III remis en 2004 au ministre de l'Education nationale ?

- ☐ A. Le rapport Bentolila
- ☐ B. Le rapport Roques
- ☐ C. Le rapport Rousso
- ☐ D. Le rapport Stasi

3650 Pourquoi l'iranienne Sakineh Mohammadi Ashtiani est elle condamnée à mort par lapidation en 2006 ?

- ☐ A. Pour adultère et complicité dans le meurtre de son mari
- ☐ B. Pour participation aux émeutes étudiantes de 2009
- ☐ C. Pour participation à un attentat
- ☐ D. Pour espionnage

3651 Quelle organisation fut à l'initiative de l'installation de cent tentes rouges pour abriter les sans-abri à Paris durant l'hiver 2006-2007 ?

- ☐ A. L'association Solidarité des Français
- ☐ B. Les enfants de Don Quichotte
- ☐ C. L'association Emmaüs
- ☐ D. Les Bancs publics

3652 En 2008 au Chili, quelle décision du tribunal constitutionnel remet en cause la politique du gouvernement Bachelet ?

- ☐ A. L'interdiction de distribuer des contraceptifs d'urgence dans les lieux publics
- ☐ B. La légalisation du mariage homosexuel
- ☐ C. L'interdiction de toute manifestation dans la rue
- ☐ D. La remise en cause de la liberté de la presse

3653 Quels pays européens admettent à partir de 2016 l'adoption pour les couples homosexuels ?

- ☐ A. Le Portugal, l'Irlande, l'Autriche
- ☐ B. La Bulgarie, la Hongrie, la Slovénie, la Finlande
- ☐ C. La Belgique, l'Espagne, l'Islande, la Norvège
- ☐ D. Le Royaume-Uni, la Suède, la France

3654 Parmi ces Etats américains, lesquels ont rejetés par référendum le mariage homosexuel ou introduit un amendement constitutionnel rejetant le mariage homosexuel ?

- ☐ A. La Californie
- ☐ B. Le Maine
- ☐ C. L'Alabama
- ☐ D. Le Massachussetts

3655 En France, d'après le Code de déontologie, la pratique de l'euthanasie est :

- ☐ A. Tolérée
- ☐ B. Autorisée
- ☐ C. Interdite

3656 Quel pays a légalisé l'euthanasie pour les jeunes enfants de moins de 12 ans ?

- ☐ A. Les Pays-Bas
- ☐ B. Le Royaume-Uni
- ☐ C. La Belgique
- ☐ D. L'Allemagne

3657 L'expulsion d'un locataire de résidence principale ne peut s'effectuer entre :

- ☐ A. Le 1er mai et le 15 septembre
- ☐ B. Le 1er juillet et le 15 octobre
- ☐ C. Le 1er novembre et le 15 mars

3658 Comment s'appelle la fondatrice du mouvement « Ni putes ni soumises » ?

- ☐ A. Roseline Bachelot
- ☐ B. Rama Yade
- ☐ C. Fadela Amara
- ☐ D. Rachida Dati

3659 **Laquelle de ces associations luttant contre le racisme est la plus ancienne ?**

- ☐ A. La Ligue internationale contre le racisme et l'antisémitisme (LICRA)
- ☐ B. Le Mouvement contre le racisme et pour l'amitié entre les peuples (MRAP)
- ☐ C. Le Mouvement de l'immigration et des banlieues (MIB)
- ☐ D. SOS Racisme

3660 **Qui a créé « Amnesty International » en 1961 ?**

- ☐ A. Henry Dunant
- ☐ B. René Cassin
- ☐ C. Peter Benenson
- ☐ D. Bertrand Lecache
- ☐ E. Baden Powell

3661 **Greenpeace est une association qui milite :**

- ☐ A. Pour la paix dans le monde
- ☐ B. Pour la défense des prisonniers politiques
- ☐ C. Contre les OGM
- ☐ D. Pour la défense de l'environnement

3662 **Qui a créé les « Restos du cœur » ?**

- ☐ A. Sœur Emmanuelle
- ☐ B. L'abbé Pierre
- ☐ C. Coluche
- ☐ D. Jean-Paul II

3663 **Le salaire d'une femme par rapport à un homme pour un poste identique est, en moyenne :**

- ☐ A. Egal
- ☐ B. Inférieur de 10 %
- ☐ C. Inférieur de 20 %

3664 **« On ne naît pas femme, on le devient » est une formule de :**

- ☐ A. Françoise Giroud
- ☐ B. Simone de Beauvoir
- ☐ C. Elisabeth Badinter
- ☐ D. Bernadette Chirac
- ☐ E. Aucune de ces réponses n'est bonne

3665 **Quel est le pourcentage de femmes dans l'effectif des sapeurs-pompiers civils en 2018 ?**

- ☐ A. Environ 3 %
- ☐ B. Environ 6 %
- ☐ C. Environ 10 %
- ☐ D. Environ 16 %

3666 **Parmi les dispositifs suivants, lesquels relèvent de la discrimination positive ?**

- ☐ A. L'impôt progressif
- ☐ B. L'assurance maladie
- ☐ C. L'obligation, pour les partis politiques, de présenter des listes mixtes alternant candidats féminins et masculins pour tous les scrutins de la liste
- ☐ D. L'obligation, pour toutes les entreprises de plus de 20 salariés, d'employer au moins 6 % de personnes handicapées

3667 **Une nouvelle loi dite « de la seconde chance » a été votée aux Etats-Unis en 2008 ; elle a pour objectif :**

- ☐ A. La possibilité pour les immigrés d'obtenir la nationalité américaine
- ☐ B. La facilité pour les étudiants de milieux défavorisés d'entrer dans les grandes écoles
- ☐ C. La réinsertion des prisonniers

2. Vie quotidienne

3668 Sous quel président le 8 mai fut-il déclaré comme un jour férié ?

- ☐ A. Charles de Gaulle
- ☐ B. Georges Pompidou
- ☐ C. Valérie Giscard d'Estaing
- ☐ D. François Mitterrand

3669 Combien y a-t-il de jours fériés en France ?

- ☐ A. 6
- ☐ B. 8
- ☐ C. 10
- ☐ D. 12

3670 Le calendrier en vigueur en France actuellement porte le nom de :

- ☐ A. Calendrier julien
- ☐ B. Calendrier républicain
- ☐ C. Calendrier magdalénien
- ☐ D. Calendrier grégorien

3671 Une année bissextile revient tous les :

- ☐ A. 2 ans
- ☐ B. 3 ans
- ☐ C. 4 ans
- ☐ D. 5 ans
- ☐ E. Aucune de ces réponses n'est bonne

3672 Quel est le nouveau nom du CODEVI depuis 2007 ?

- ☐ A. Livret A
- ☐ B. Livret de développement durable
- ☐ C. Livret d'épargne populaire

3673 Parmi les quatre résolutions suivantes pour faire des économies d'électricité, laquelle est à adopter :

- ☐ A. Prendre un bain plutôt qu'une douche
- ☐ B. Laisser son téléviseur en mode veille
- ☐ C. Laver le linge à basse température
- ☐ D. Remplacer les ampoules classiques par des lampes halogènes

3674 Quel produit alimentaire est reconnu pour ses vertus anticalcaires ?

- ☐ A. L'huile de tournesol
- ☐ B. Le sel
- ☐ C. Le vinaigre

3675 Une peinture acrylique se dissout :

- ☐ A. Au white-spirit
- ☐ B. A l'acétone
- ☐ C. A l'alcool
- ☐ D. A l'eau

3676 Le sélecteur, dans les appareils électroménagers, est le bouton qui :

- ☐ A. Met la machine en marche
- ☐ B. Arrête la machine
- ☐ C. Indique le programme choisi

3677 Avec quel instrument peut-on ouvrir une porte ?

- ☐ A. Un merle
- ☐ B. Un rossignol
- ☐ C. Un pigeon
- ☐ D. Un pinson

3678 Environ combien de litres d'eau sont utilisés quand on tire la chasse ?

- ☐ A. 2
- ☐ B. 9
- ☐ C. 15
- ☐ D. Aucune de ces réponses n'est bonne

3679 Pour se saluer, combien de bises font les bretons ?

- ☐ A. 1
- ☐ B. 2
- ☐ C. 3
- ☐ D. 4

3680 Comment s'appelle la girafe créée en 1981, devenue un objet culte pour les grands et les petits ?

- ☐ A. Julie
- ☐ B. Sophie
- ☐ C. Elodie

3681 Quel est l'animal de compagnie préféré des français ?

- ☐ A. Le chien
- ☐ B. Le chat
- ☐ C. Les petits mammifères

3682 Combien de temps passons-nous à dormir ?

- ☐ A. Un tiers de notre vie
- ☐ B. Un quart de notre vie
- ☐ C. Un cinquième de notre vie

3683 Pourquoi les anglais roulent-ils à gauche ?

- ☐ A. Parce qu'au Moyen-Age, les chevaliers, tenant leurs rênes de la main gauche, utilisaient la main droite pour dégainer leur épée en cas de combat face à un autre chevalier
- ☐ B. Pour rendre hommage à la reine Victoria qui était gauchère
- ☐ C. Aucune de ces réponses n'est bonne
- ☐ D. Toutes les solutions proposées sont bonnes

3684 Nous conduisons à droite parce que :

- ☐ A. La plupart des gens sont droitiers
- ☐ B. Napoléon l'a imposé à l'Europe pour harmoniser la circulation
- ☐ C. Il fallait choisir, droite ou gauche, pour éviter les collisions

3685 Combien de permis de conduire sont délivrés chaque année ?

- ☐ A. 500 000
- ☐ B. 750 000
- ☐ C. 1 500 000

3686 En France, les voitures particulières et les véhicules de transport de marchandises ou assimilés de moins de 3,5 tonnes font l'objet de contrôles techniques au cours de la :

- ☐ A. Deuxième année suivant leur 1re mise en circulation
- ☐ B. Troisième année suivant leur 1re mise en circulation
- ☐ C. Quatrième année suivant leur 1re mise en circulation
- ☐ D. Cinquième année suivant leur 1re mise en circulation

3687 Les numéros des urgences sont :

- ☐ A. 18 pompiers – 15 SAMU – 17 police
- ☐ B. 17 police – 15 SAMU – 19 pompiers
- ☐ C. 18 pompiers – 10 SAMU – 17 pompiers

3688 En quelle année la numérotation à 10 chiffres pour le téléphone est-elle entrée en vigueur en France ?

- ☐ A. En 1995
- ☐ B. En 1996
- ☐ C. En 1997
- ☐ D. En 1998

3689 La numérotation +34 devant un numéro de téléphone correspond à :

- ☐ A. L'Espagne
- ☐ B. La Suisse
- ☐ C. L'Allemagne
- ☐ D. L'Irlande

3690 Les noces d'or se fêtent après combien d'années de mariage ?

- ☐ A. 25 ans
- ☐ B. 40 ans
- ☐ C. 50 ans
- ☐ D. 80 ans

3691 Combien de lignes de métro compte Paris ?

- ☐ A. 14
- ☐ B. 15
- ☐ C. 16

3692 Juin 2018 : combien y a-t-il de lignes de métro entièrement automatiques à Paris ?

- ☐ A. Aucune
- ☐ B. Une
- ☐ C. Deux
- ☐ D. Trois

3693 Combien y a-t-il de kilomètres d'autoroutes en France ?

- ☐ A. 5 700
- ☐ B. 10 300
- ☐ C. 15 600
- ☐ D. 21 500

3694 A Paris, la plupart des musées sont fermés :

- ☐ A. Le lundi
- ☐ B. Le mardi
- ☐ C. Le jeudi
- ☐ D. Aucune de ces réponses n'est bonne : le jour de fermeture est variable selon les musées

3695 Quel consortium franco-espagnol a repris la gestion des stations Vélib' à Paris depuis le 1er janvier 2018 ?

- ☐ A. Gobee
- ☐ B. Mobike
- ☐ C. Smovengo

3696 La CMU est en rapport avec :

- ☐ A. La première embauche des jeunes
- ☐ B. L'assurance maladie des personnes sans droits
- ☐ C. L'assurance chômage
- ☐ D. La prévention du SIDA

3697 En France, quelle carte permet la couverture des dépenses de santé par un organisme de Sécurité sociale ?

☐ A. La carte Vitale
☐ B. La carte de crédit
☐ C. La carte bancaire
☐ D. La carte Vermeil

3698 En France, pour faire établir par l'administration les cartes d'identités et les passeports, il faut s'adresser :

☐ A. A l'hôtel des impôts
☐ B. A la mairie
☐ C. A la Sécurité sociale
☐ D. Au tribunal

3699 Quel congé reformé par la loi de financement de la Sécurité sociale pour 2006, permet au salarié français dont l'enfant est malade de bénéficier de 310 jours ouvrés de congé tout en percevant une allocation ?

☐ A. Le congé de présence parentale
☐ B. Le congé parental d'éducation
☐ C. Le congé de formation
☐ D. Le congé de paternité

3700 Tout décès en France doit être déclaré à la mairie :

☐ A. Dans la semaine
☐ B. Dans les 12 heures
☐ C. Dans les 24 heures

3701 Toute naissance en France doit être déclarée à la mairie dans :

☐ A. Les trois jours qui suivent le jour de la naissance
☐ B. La semaine qui suit le jour de la naissance
☐ C. Le jour qui suit le jour de la naissance

3702 A quel âge la scolarisation est-elle obligatoire en France ?

☐ A. 5 ans
☐ B. 6 ans
☐ C. 7 ans
☐ D. Aucune de ces réponses n'est bonne

3703 Parmi ces filières de baccalauréat laquelle n'est pas une filière technologique ?

☐ A. Economique et sociale (ES)
☐ B. Hôtellerie
☐ C. Sciences et technologies de l'agronomie et du vivant (STAV)
☐ D. Technique de la musique et de la danse (TMD)

3704 Parmi ces options, laquelle ne peut-on pas choisir lorsque l'on veut passer un baccalauréat économique et social ?

☐ A. Anglais
☐ B. Maths
☐ C. Histoire
☐ D. Economie

3705 Quelle grande école a pour devise « Pour la patrie, les sciences et la gloire » ?

☐ A. Polytechnique
☐ B. HEC
☐ C. Centrale
☐ D. L'ENA
☐ E. L'ESSEC

3706 Pour une personne majeure, un passeport est valable :

- ☐ A. 20 ans
- ☐ B. 10 ans
- ☐ C. 7 ans
- ☐ D. 5 ans
- ☐ E. Aucune de ces réponses n'est bonne

3707 En France, le service de la mairie qui fournit aux personnes impotentes ou handicapées des aides ménagères à domicile est :

- ☐ A. Le service de la santé
- ☐ B. Le service d'Etat civil
- ☐ C. Le service d'aide sociale

3708 L'Institut national de la statistique et des études économiques (INSEE) a mis en œuvre, en 2004, une nouvelle technique de comptabilisation de la population vivant en France selon les principes fixés par la loi du 27 février 2002. Elle a pour but de mieux adapter l'offre statistique aux attentes des utilisateurs. (source : service d'information du gouvernement). A quoi est-il fait référence dans ce passage ?

- ☐ A. A une enquête statistique
- ☐ B. A un sondage
- ☐ C. A un recensement rénové
- ☐ D. A une estimation
- ☐ E. Aucune de ces réponses n'est bonne

3709 La CNIL est un organisme de contrôle dans le domaine :

- ☐ A. De l'audiovisuel et de la radio
- ☐ B. De l'informatique et des libertés
- ☐ C. De la police et de la gendarmerie
- ☐ D. Des droits d'auteur et de la création

3710 Quelle démarche la reine d'Angleterre a-t-elle entreprise début novembre 2010 afin de rester en phase avec son temps ?

- ☐ A. Elle s'est acheté une webcam
- ☐ B. Elle a chatté par MSN
- ☐ C. Elle a créé une page Facebook pour la famille royale
- ☐ D. Elle a créé un compte Twitter qu'elle alimente régulièrement
- ☐ E. Elle s'est acheté un smartphone

3711 En Allemagne, la scolarité est obligatoire jusqu'à :

- ☐ A. 16 ans
- ☐ B. 14 ans
- ☐ C. 18 ans
- ☐ D. 20 ans

3712 En 2018, la validité du visa touristique pour la Chine est de :

- ☐ A. 6 mois
- ☐ B. 3 mois
- ☐ C. 30 jours
- ☐ D. 2 ans

3713 Dans quel pays peut-on rencontrer des geishas ?

- ☐ A. En Chine
- ☐ B. Au Japon
- ☐ C. En Russie
- ☐ D. En Australie

3714 Qu'est-ce qu'un yukata ?

- ☐ A. Un léger kimono d'été
- ☐ B. Une prise de judo
- ☐ C. Une pièce de maison japonaise
- ☐ D. Un sushi

3. Gastronomie et mets de la table

3715 L'ingrédient de base de la polenta est la farine de :

☐ A. Blé
☐ B. Manioc
☐ C. Riz
☐ D. Maïs

3716 L'oronge est :

☐ A. Un petit agrume peu sucré
☐ B. Une herbe de Provence
☐ C. Un champignon des bois

3717 Laquelle de ces variétés n'est pas une pomme ?

☐ A. La royal gala
☐ B. La starkinson
☐ C. La comice

3718 Quelle est l'origine de la truffe blanche la plus prisée ?

☐ A. Le Quercy
☐ B. Le Piémont
☐ C. L'Espagne

3719 De quelle plante potagère de la famille des liliacées mange-t-on les « turions » ?

☐ A. Le navet
☐ B. Le poireau
☐ C. L'asperge
☐ D. La courgette
☐ E. La carotte

3720 Un plat italien célèbre se nomme :

☐ A. Le carpaccio
☐ B. Le gaspacho
☐ C. La paëlla
☐ D. La pastilla

3721 Une étrille est :

☐ A. Un ustensile à écailler
☐ B. Un petit crabe
☐ C. Une petite passoire

3722 La sauce nantua est une béchamel agrémentée :

☐ A. D'anchois
☐ B. De homard
☐ C. D'écrevisses

3723 Le caviar est une préparation à base d'œufs de :

☐ A. Morue
☐ B. Carpe
☐ C. Esturgeon
☐ D. Saumon
☐ E. Aucune de ces réponses n'est bonne

3724 Qu'est-ce que le Saint-Lumine ?

☐ A. Un fromage
☐ B. Un vin rosé
☐ C. Un gâteau à la crème de marron

3725 Produit en Ile-de-France, ce fromage a une croûte blanche et fait penser à un camembert qui aurait pris de la taille. Il s'agit :

☐ A. Du brie de Meaux
☐ B. Du pont-l'évêque
☐ C. Du chaource

3726 La mozzarella est faite à base de lait de :

- ☐ A. Bufflonne
- ☐ B. Vache
- ☐ C. Chèvre
- ☐ D. Brebis

3727 Dans quelle région est fabriqué le fromage de vache appelé beaufort ?

- ☐ A. En Auvergne
- ☐ B. En Savoie
- ☐ C. En Alsace
- ☐ D. En Normandie

3728 Lequel de ces fromages est hollandais ?

- ☐ A. Le munster
- ☐ B. L'emmental
- ☐ C. Le gouda
- ☐ D. L'étorki

3729 La bougnette est :

- ☐ A. Une spécialité provençale
- ☐ B. Une charcuterie du Sud-Ouest
- ☐ C. Un fromage au lait cru

3730 Quelle est la particularité de la crêpe Suzette ?

- ☐ A. Elle est préparée à partir de farine de sarrasin
- ☐ B. Elle est alcoolisée
- ☐ C. Elle est fourrée aux pommes et aux abricots

3731 Quel est l'autre nom du massepain ?

- ☐ A. La pâte d'amandes
- ☐ B. L'égouttoir
- ☐ C. Le rouleau à pâtisserie

3732 Le kugelhopf est une brioche :

- ☐ A. Alsacienne
- ☐ B. Viennoise
- ☐ C. Hollandaise

3733 La ville tirant parti de ses fruits confits est :

- ☐ A. Montélimar
- ☐ B. Aix-en-Provence
- ☐ C. Cambrai
- ☐ D. Apt

3734 Quel gâteau ne contient pas d'œuf dans sa recette ?

- ☐ A. Les crêpes
- ☐ B. Le crumble aux pommes
- ☐ C. Tous les gâteaux contiennent des œufs
- ☐ D. Aucune de ces réponses n'est bonne

3735 Quels sont les ingrédients d'une meringue ?

- ☐ A. Jaunes d'œufs et sucre
- ☐ B. Œufs entiers et sucre
- ☐ C. Blancs d'œufs et sucre

3736 Comment peut-on éviter le noircissement d'un avocat ?

- ☐ A. En pressant du jus de citron dessus
- ☐ B. En le couvrant d'un film plastique
- ☐ C. En le passant sous l'eau

3737 Quel ingrédient permet au lait de cailler ?

- ☐ A. La présure
- ☐ B. Le sel
- ☐ C. Le « petit lait »
- ☐ D. Aucune de ces réponses n'est bonne

3738 Qu'est-ce qu'un plat végétalien ?

- ☐ A. Un plat qui ne contient aucun produit d'origine animale
- ☐ B. Un plat qui ne contient pas de viande
- ☐ C. Un plat qui ne contient pas d'œuf, ni de lait
- ☐ D. Aucune de ces réponses n'est bonne

3739 Lorsqu'on met de la cardamome dans un plat, c'est pour lui donner un goût :

- ☐ A. Sucré
- ☐ B. Acidulé
- ☐ C. Poivré

3740 En cuisine, le cône métallique qui sert de tamis pour passer les sauces s'appelle un :

- ☐ A. Brésilien
- ☐ B. Japonais
- ☐ C. Chinois

3741 Etuver, c'est :

- ☐ A. Ebouillanter brièvement
- ☐ B. Cuire sans évaporation
- ☐ C. Extraire le jus par cuisson

3742 Le gros-plant est :

- ☐ A. Un vin blanc nantais
- ☐ B. Un chou-fleur
- ☐ C. Une sorte d'artichaut breton

3743 De quelle année date le classement des Grands Crus du Médoc ?

- ☐ A. 1776
- ☐ B. 1855
- ☐ C. 1973

3744 Quelle appellation bordelaise n'est pas une appellation de liquoreux ?

- ☐ A. Barsac
- ☐ B. Loupiac
- ☐ C. Entre-deux-mers

3745 Quel est le cépage le plus fréquent dans le bordelais ?

- ☐ A. Le cabernet sauvignon
- ☐ B. Le syrah
- ☐ C. Le merlot

3746 L'un de ces vins est espagnol, lequel ?

- ☐ A. Le Barolo
- ☐ B. Le Rioja
- ☐ C. Le Zinfandel

3747 Le Chablis est :

- ☐ A. Un vin rouge
- ☐ B. Un vin rosé
- ☐ C. Un vin blanc

3748 On célèbre en novembre un vin particulier. Lequel ?

- ☐ A. Le Rosé de Provence
- ☐ B. Le Beaujolais nouveau
- ☐ C. Le Champagne
- ☐ D. Le Cabernet

3749 Lequel de ces vins ne provient pas du vignoble bordelais ?

- ☐ A. Le Graves
- ☐ B. Le Médoc
- ☐ C. Le Chablis
- ☐ D. Le Sauternes

3750 Le clos-vougeot est un vignoble français de vin rouge :

- ☐ A. Du bordelais
- ☐ B. De côtes du Rhône
- ☐ C. De Bourgogne
- ☐ D. Du val de Loire
- ☐ E. Aucune de ces réponses n'est bonne

3751 Lequel de ces vins est un bourgogne ?

- ☐ A. Sauternes
- ☐ B. Pomerol
- ☐ C. Meursault
- ☐ D. Margaux
- ☐ E. Aucune de ces réponses n'est bonne

3752 Depuis 2005, en Suisse est autorisée la fabrication de :

- ☐ A. La bière
- ☐ B. L'eau de vie
- ☐ C. L'absinthe

3753 Bocuse, Robuchon, Ducasse sont :

- ☐ A. Des villes de Belgique
- ☐ B. Des vins de Bourgogne
- ☐ C. Des fromages de Haute-Savoie
- ☐ D. Des grands chefs cuisiniers

3754 En 2019, combien de restaurants français décrochent trois étoiles dans le Guide Michelin ?

- ☐ A. 27
- ☐ B. 39
- ☐ C. 58
- ☐ D. 76

3755 Quel est l'autre nom du Guide Michelin ?

- ☐ A. Le Guide Rouge
- ☐ B. Le Guide Bleu
- ☐ C. Le Guide Vert
- ☐ D. Le Guide Noir

4. Jeux et divertissements

3756 En quelle année le Monopoly est-il créé ?

- ☐ A. 1931
- ☐ B. 1941
- ☐ C. 1951

3757 De quel jeu le trictrac est-il l'ancêtre ?

- ☐ A. Les échecs
- ☐ B. Le jeu de dames
- ☐ C. Le backgammon

3758 Lequel de ces jeux n'est pas un jeu de cartes ?

- ☐ A. Le gin
- ☐ B. Le rami
- ☐ C. Le 421

3759 Selon les règles des casinos français, combien de jeux de 52 cartes sont nécessaires pour jouer au blackjack ?

- ☐ A. 4
- ☐ B. 6
- ☐ C. 8

3760 Combien y a-t-il de cases sur un échiquier ?

☐ A. 12
☐ B. 24
☐ C. 32
☐ D. 64

3761 Combien de cases comporte le jeu de l'oie ?

☐ A. 45
☐ B. 63
☐ C. 78

3762 Combien de baguettes trouve-t-on dans le mikado ?

☐ A. 41
☐ B. 71
☐ C. 101

3763 En combien de langues est commercialisé le Scrabble ?

☐ A. 20
☐ B. 25
☐ C. 29
☐ D. 36

3764 Le Boggle est un jeu où l'on doit composer des mots avec :

☐ A. Des cartes
☐ B. Des dés
☐ C. Des pions

3765 Quel personnage de jeu vidéo porte une salopette rouge ?

☐ A. Mario
☐ B. Prince of Persia
☐ C. Zelda

3766 Depuis quand peut-on jouer au loto ?

☐ A. Depuis 1870
☐ B. Depuis 1933
☐ C. Depuis 1946
☐ D. Depuis 1976

3767 Qui a mis en place le loto ?

☐ A. Lionel Jospin
☐ B. Jacques Chirac
☐ C. Alain Juppé
☐ D. François Mitterrand

CORRIGE

Les réponses en bleu foncé font l'objet d'un complément de réponse après ce corrigé.

3640 En 1975

3641 12 semaines

3642 Environ 210 000

3643 La Colombie, L'Irlande

3644 En Chine

3645 Louise

3646 En 2001

3647 1999

3648 Pacte civil de solidarité

3649 Le rapport Rousso

3650 Pour adultère et complicité dans le meurtre de son mari

3651 Les enfants de Don Quichote

3652 L'interdiction de distribuer des contraceptifs d'urgence dans les lieux publics

3653 Le Portugal, l'Irlande, l'Autriche

3654 La Californie, Le Maine, L'Alabama

3655 Interdite

3656 Les Pays-Bas

3657 Le 1er novembre et le 15 mars

3658 Fadela Amara

3659 La Ligue internationale contre le racisme et l'antisémitisme (LICRA)

3660 Peter Benenson

3661 Pour la paix dans le monde, Pour la défense de l'environnement

3662 Coluche

3663 Inférieur de 20 %

3664 Simone de Beauvoir

3665 Environ 16 %

3666 L'obligation, pour les partis politiques, de présenter des listes mixtes alternant candidats féminins et masculins pour tous les scrutins de la liste ; L'obligation, pour toutes les entreprises de plus de 20 salariés, d'employer au moins 6 % de personnes handicapées

3667 La réinsertion des prisonniers

3668 François Mitterrand

3669 12

3670 Calendrier grégorien

3671 4 ans

3672 Livret de développement durable

3673 Laver le linge à basse température

3674 Le vinaigre

3675 A l'eau

3676 Indique le programme choisi

3677 Un rossignol

3678 9

3679 1

3680 Sophie

3681 Le chat

3682 Un quart de notre vie

3683 Parce qu'au Moyen Age, les chevaliers, tenant leurs rênes de la main gauche, utilisaient la main droite pour dégainer leur épée en cas de combat face à un autre chevalier

3684 Napoléon l'a imposé à l'Europe pour harmoniser la circulation

3685 750 000

3686 Quatrième année suivant leur 1re mise en circulation

3687 18 pompiers – 15 SAMU – 17 police

3688 En 1996

3689 L'Espagne

3690 50 ans
3691 16
3692 Deux
3693 10 300
3694 Le mardi
3695 Smovengo
3696 L'assurance-maladie des personnes sans droits
3697 La carte Vitale
3698 A la mairie
3699 Le congé de présence parentale
3700 Dans les 24 heures
3701 Les trois jours qui suivent le jour de la naissance
3702 Aucune réponse n'est valable
3703 Economique et sociale (ES)
3704 Histoire
3705 Polytechnique
3706 10 ans
3707 Le service d'aide sociale
3708 A un recensement rénové
3709 De l'informatique et des libertés
3710 Elle a créé une page Facebook pour la famille royale
3711 18 ans
3712 30 jours
3713 Au Japon
3714 Un léger kimono d'été
3715 Maïs
3716 Un champignon des bois
3717 La comice
3718 Le Piémont
3719 L'asperge
3720 Le carpaccio
3721 Un petit crabe
3722 D'écrevisses
3723 Esturgeon
3724 Un fromage
3725 Du brie de Meaux
3726 Bufflonne
3727 En Savoie
3728 Le gouda
3729 Une charcuterie du Sud-Ouest
3730 Elle est alcoolisée
3731 La pâte d'amandes
3732 Alsacienne
3733 Apt
3734 Le crumble aux pommes
3735 Blancs d'œufs et sucre
3736 En pressant du jus de citron dessus
3737 La présure
3738 Un plat qui ne contient aucun produit d'origine animale
3739 Poivré
3740 Chinois
3741 Cuire sans évaporation
3742 Un vin blanc nantais
3743 1855
3744 Entre-deux-mers
3745 Le merlot
3746 Le Rioja
3747 Un vin blanc
3748 Le Beaujolais nouveau
3749 Le Chablis
3750 De Bourgogne
3751 Meursault

3752 L'absinthe
3753 Des grands chefs cuisiniers
3754 27
3755 Le Guide Rouge
3756 1931
3757 Le backgammon
3758 Le 421
3759 6
3760 64
3761 63
3762 41
3763 36
3764 Des dés
3765 Mario
3766 Depuis 1976
3767 Jacques Chirac

COMPLEMENTS DE REPONSES

3662 Les Restaurants du cœur – Les Relais du cœur, connus sous le nom de Les Restos du cœur, est une association loi de 1901 à but non lucratif et reconnue d'utilité publique crée en France, par Coluche en 1985.

Cette association a pour particularité d'avoir bénéficié du soutien de plusieurs personnalités françaises, dès ses débuts, et d'une vaste médiatisation, ce qui retient l'attention de la classe politique, permet d'établir de nouvelles lois, et attire la participation de nombreux bénévoles.

Les Restos du cœur se composent de 11 antennes nationales, de 119 associations départementales et de plus de 2 100 centres.

L'aide alimentaire permet une aide d'urgence mais représente surtout le point de contact privilégié pour permettre un accompagnement vers l'autonomie.

Entre 2015 et 2016, le cap des 2 milliards de repas servis, depuis l'ouverture des « restos du cœur », est franchi, malgré une légère baisse des ressources. En raison de la hausse de la précarité, le nombre de repas distribués est en progression significative entre 2015 et 2016, souvent compris entre 6 et 10 %.

Le rythme annuel de distribution de repas semblerait actuellement se situer, en dépit de la stagnation des ressources, autour de 150 millions de repas. 71 000 bénévoles travaillent dans l'un des 2 112 centres et antennes des Restaurants du cœur à travers la France.

3763 Le Scrabble est un jeu de société et un jeu de lettres où l'objectif est de cumuler des points, sur la base de tirages aléatoires de lettres, en créant des mots sur une grille carrée, dont certaines cases sont primées.

Le jeu est commercialisé dans 121 pays et en 36 langues. L'entreprise Hasbro est détentrice des droits aux Etats-Unis d'Amérique et au Canada, et Mattel dans le reste du monde.

21. EXPRESSIONS FRANÇAISES ET VOCABULAIRE

Ce chapitre est composé de **6 sections** pour un total de **422 questions**.

1. Qu'est-ce que c'est ?
2. Le sens des mots et des expressions
3. Synonymes et antonymes
4. Un peu d'orthographe et de grammaire
5. A travers le temps et l'espace

[A SAVOIR !]

110 Les numéros de questions de ce type signifient qu'il n'y a qu'une seule et unique réponse juste à la question posée.

111 Les numéros de questions de ce type signifient qu'il y a **plusieurs (2 ou plus) réponses possibles justes à la question**.

[UN CONSEIL IMPORTANT]

Nous vous conseillons vivement de répondre à toutes les questions d'une section avant d'en découvrir les solutions. L'erreur consiste en effet généralement à traiter une question et à vérifier aussitôt la réponse parce que l'on veut s'assurer d'avoir trouvé la réponse juste ou parce que l'on est impatient de la découvrir dans le cas où on ne la connaît pas. Si vous souhaitez sérieusement progresser, vous devez absolument vous imprégner du thème traité par la section et répondre d'un trait à toutes les questions d'une section.

[LES 30 DIFFICULTES DE LA LANGUE FRANÇAISE]

1. Affaire / A faire

1. S'écrit avec une majuscule pour désigner une administration : *les Affaires étrangères* ; avec une minuscule dans les autres cas : *s'occuper des affaires courantes, des affaires nationales.*

2. Est au singulier dans *se tirer d'affaire, être tiré d'affaire* ; et au pluriel dans *toutes affaires cessantes.*

On écrit **affaire** ou **à faire.**

1. Avoir affaire à : *Je n'ai jamais eu affaire à lui. Attention, tu vas avoir affaire à moi !* L'expression est toujours suivie de *à.*

2. Avoir à faire : *Ne m'importunez pas, j'ai à faire, il me reste beaucoup à faire. Qu'as-tu à faire ? Il n'y a rien à faire.* L'expression peut s'employer seule ou avec un complément d'objet.

2. Assez

Indique une quantité suffisante. *J'ai assez marché.*

1. Assez de est suivi d'un nom non comptable au singulier : *Il a assez de pain ;* ou d'un nom comptable au pluriel : *Il y a assez de machines*.

2. Assez pour + infinitif, **assez pour que** + subjonctif introduisent une conséquence.

Il fait assez bon pour se promener, pour que l'on puisse se promener.

3. Aussi

1. S'emploie dans les comparatifs d'égalité de l'adjectif ou de l'adverbe.

Il est aussi élégant que toi. Il conduit aussi vite qu'elle.

2. Au sens de « également », **aussi** s'emploie dans des phrases affirmatives. Dans les phrases négatives, on emploie **non plus.**

Tu l'as vu ? Moi aussi. / Tu ne l'as pas vu ? Moi non plus.

3. Quand il indique un très haut degré, **aussi** entraîne le subjonctif avec inversion du sujet. *Aussi petit soit-il…* Sans inversion du sujet, on emploie **aussi… que.** *Aussi petit qu'il soit…*

4. Comme conjonction, au sens de « c'est pourquoi », **aussi** entraîne l'inversion du sujet en langue soutenue.

J'ai oublié mon téléphone chez moi, aussi n'ai-je pas pu travailler aujourd'hui.

Accord avec *aussi bien que*

1. S'il y a une pause à l'oral ou deux virgules à l'écrit, le verbe reste au singulier.

Le député, aussi bien que le sénateur, a accepté l'invitation (l'accent est mis sur « le député »).

2. S'il n'y a pas de pause à l'oral ou pas de virgule à l'écrit, le verbe se met au pluriel.

Le député aussi bien que le sénateur ont accepté l'invitation (l'un et l'autre).

4. Demi

1. Le préfixe **demi-**, toujours suivi d'un trait d'union, est invariable : *un demi-hectare, une demi-heure, trois demi-hectares, trois demi-journées.*

2. Les mots composés avec **demi-** prennent la marque du pluriel sur le second élément : *des demi-livres, des demi-cercles, des demi-mètres, des demi-douzaines, des demi-finales, des demi-frères, des demi-maux, des demi-mesures, des demi-pensions, des demi-teintes, des demi-tours.*

3. Et demi, et demie indiquent que l'on ajoute la moitié d'une unité. L'accord se fait en genre (masculin et féminin), mais l'expression reste au singulier : *trois mètres et demi, deux bouteilles et demie* (= deux bouteilles plus la moitié d'une bouteille). On écrit *midi et demi, minuit et demi.*

4. A demi est invariable. L'expression s'emploie sans trait d'union devant un adjectif ou un participe : *des coupes à demi pleines, à demi remplies* ; et avec un trait d'union devant un nom : *parler à demi-mot, une entrée à demi-tarif.*

5. Les noms des jours

1. Les noms des jours s'écrivent sans majuscule.

Venise, mercredi 8 mars.

2. Ils prennent la marque du pluriel. *Tous les lundis.* Mais on écrit *les mardi et samedi de la semaine* (= il n'y a qu'un mardi et qu'un samedi dans la semaine).

3. Les mots **matin, midi, après-midi, soir** restent invariables.

Tous les dimanches matin (= au matin).

6. Leur / Leurs

1. *Je leur indique. Indique-leur.*

Astuce : Remplacer « leur » par « lui ». Si cela fait sens, alors c'est bien « leur » et non « leurs ».

2. *Ce sont leurs voitures.* On peut dire « mes », c'est un adjectif possessif variable.

Ils n'ont jamais quitté leurs pays. On peut dire « nous n'avons jamais quitté nos pays » (= il y a plusieurs pays).

7. Les majuscules

On met une majuscule :

1. Au début d'une phrase.

La saison froide commence.

2. A l'initiale des noms propres : *Jean Firmin, habite en Allemagne, la planète Mars ;* et à certains noms communs employés comme noms propres : *le Créateur, vivre dans le Midi* (= la région), *la Révolution Française, le journal Le Figaro.*

3. Aux noms de marque (mots déposés) : *un Frigidaire, un Kleenex.*

4. A certains noms employés comme titres : *Votre Altesse, chère Madame, merci Docteur* (mais pas à *une altesse royale, madame votre mère, docteur en médecine*).

5. Aux noms d'habitants, de nationalités ou de peuples : *un Marseillais, un Anglais, un Tibétain* ; mais pas s'il s'agit d'une religion : *un chrétien, un juif.*

On ne met pas de majuscule :

1. Aux noms de mois, sauf s'il s'agit d'une date historique : *le 3 mars*, mais *fêter le 1er Mai.*

2. Aux noms de vins, de fromages produits dans la région dont ils prennent le nom : *un bordeaux, un saint-nectaire.*

3. Aux noms de langues : *le français, le tchèque.*

4. Aux termes génériques de géographie *(océan, mer, mont, golfe…)* : *l'océan Indien, le mont Everest, le lac Victoria, le golfe de Gascogne…* Sauf s'ils font partie intégrante du nom propre : *le massif du Mont-Blanc, Golfe-Juan, l'Ile-de-France…*

8. Pourcentages

1. Avec un complément au singulier, l'accord se fait au singulier (avec le complément), en particulier s'il y a des adjectifs ou des participes : *20 % de la population s'est soulevée ;* ou au pluriel (avec l'expression du pourcentage), si c'est la quantité que l'on veut mettre en valeur : *30 % du budget sont dépensés pour…*

2. Avec un complément au pluriel, l'accord se fait au pluriel (avec le complément) : *20 % des prestations ont été effectuées ;* même si le complément est sous-entendu : *20 % ont été effectuées.*

3. Quand il s'agit d'un taux, l'accord se fait toujours au masculin avec l'expression du pourcentage. *1 % du bilan pourra être contesté ; 13 % du bilan pourront être contestés.*

4. Quand il s'agit d'un rendement, l'expression du pourcentage est au masculin singulier.

Cela fait du 8 % ; 15 % me semble excessif.

9. Sans

1. *Il est venu sans son fils, il est arrivé sans. Ils s'en vont sans rien dire.*

Remarque : on écrit *sens dessus dessous.*

2. Sans que est suivi du subjonctif.

Il est venu sans qu'on l'entende, sans que rien le trahisse… (On n'emploie donc jamais « ne ».)

3. Les noms composés avec **sans** prennent un trait d'union et sont invariables : *un/des sans-abri, un/des sans-cœur, un/des sans-le-sou, un/des sans-grade, un/des sans-papiers.*

Singulier ou pluriel après *sans*

Lorsque *sans* introduit un complément du nom sans déterminant, il faut faire appel à la logique et au bon sens pour savoir si le nom est au singulier ou au pluriel.

Un chemisier sans col et sans manches.

Dans bien des cas, on a le choix, l'analyse permettant les deux nombres.

Un ciel sans nuage (= il n'y a pas un seul nuage dans le ciel).

Un ciel sans nuages (= s'il y en avait, il y en aurait plusieurs).

Locutions figées

Il faut retenir certaines locutions figées dans lesquelles le nom précédé de *sans* est toujours au singulier.

sans arrêt	sans crainte	sans exception	sans suite
sans cesse	sans délai	sans fin	
sans conteste	sans encombre	sans pareil	

Lorsque *sans faute* (« absolument »), *sans façon* (« simplement ») et *sans doute* (« peut-être ») sont employés comme adverbes, ils s'écrivent toujours au singulier.

Elle fera ses devoirs ce dimanche sans faute et pourra sans doute t'aider à faire les tiens.

10. Quand plusieurs noms commandent l'accord

1. Les noms sont tous au masculin, l'accord se fait au masculin pluriel.

Emmanuel, Philippe et Paul sont souriants.

2. Les noms sont tous au féminin, l'accord se fait au féminin pluriel.

Salima, Marie et Antoinette sont souriantes.

3. Les noms sont au masculin et au féminin, l'accord se fait au masculin pluriel.

Salima, Marie et Emmanuel sont souriants.

4. Si tous les noms au singulier représentent le même être ou la même chose, l'accord se fait au singulier.

Un homme, un inconscient, s'est présenté devant nous.

5. Si les noms sont synonymes, l'accord se fait avec le dernier.

Donnez-moi un indice, une piste qui puisse…

6. Si les noms sont repris par un mot qui résume, l'accord se fait avec celui-ci.

Les murs, le mobilier, la décoration, tout était rénové… / La maison entière était rénovée.

11. Un mot avec son complément commande l'accord

L'accord se fait selon le sens.

Le ministre de l'Agriculture français. C'est le ministre qui est français. On peut dire : *le ministre français de l'Agriculture.*

Le ministre de l'Education nationale. Il s'agit de l'Education nationale et non d'un ministre national.

12. Un mot avec un complément au pluriel commande l'accord

1. Si le mot est un **quantitatif,** l'accord se fait avec le complément au pluriel.

Beaucoup de familles sont venues. La plupart d'entre elles sont reparties.

2. Si le mot est un **collectif,** l'accord se fait avec le collectif ou avec son complément.

Un convoi de caravanes traversa (ou *traversèrent*) *la ville.*

13. Accord de l'adjectif lorsqu'il y a plusieurs noms

1. L'adjectif se rapporte à tous les noms, coordonnés ou juxtaposés.

– Si ces noms sont au masculin, l'adjectif se met au masculin pluriel.

Pierre, Henri et Paul sont souriants. / Il a un pardessus et un pull neufs.

– Si ces noms sont au féminin, l'adjectif se met au féminin pluriel.

Anne, Marie et Jeanne sont souriantes. / Elle a une jupe et une écharpe neuves.

– Si ces noms ont un genre différent, l'adjectif se met au masculin pluriel.

Pierre, Marie et Jean sont souriants. / Elle a une jupe et un manteau neufs.

2. L'adjectif ne concerne qu'un seul des noms, il s'accorde logiquement avec celui-ci.

Elle a une écharpe et un chapeau neuf (seul le chapeau est neuf).

3. Les noms juxtaposés ou coordonnés désignent le même être ou la même chose, l'adjectif s'accorde **avec le dernier nom.**

Il s'exprime avec un charisme, une aura exceptionnelle.

4. Les noms juxtaposés sont repris, résumés par un nom ou un pronom, l'adjectif s'accorde avec ce nom ou ce pronom.

Les boulevards, les avenues, la ville entière était noire de monde.

14. Inversion du sujet

Il y a **inversion du sujet** quand le sujet est placé après le verbe alors que l'ordre habituel est sujet-verbe.

Elle parlera. – Parlera-t-elle ?

1. Dans les tournures poétiques.

Vienne l'automne, souffle le vent.

2. Dans des formes de la phrase interrogative.

Comment vas-tu ? Est-ce vous ?

3. Dans l'incise.

« Il te parle.

– J'ai entendu », rétorqua Philippe.

4. Après certains adverbes ou locutions adverbiales.

Encore faut-il que… Toujours est-il que… Tout au plus ai-je… A peine avait-elle ouvert les yeux que…

5. Dans les subordonnées relatives.

Ce sont des conditions que connaissaient déjà nos aïeux.

Trait d'union et liaison dans l'inversion du sujet

1. Lorsqu'il y a inversion du sujet, le pronom sujet est lié au verbe par un trait d'union.

Viens-tu ?

2. Si le verbe se termine par *-e* ou *-a,* on ajoute un *-t* pour permettre la liaison.

Aime-t-il le caramel ?

A-t-on besoin de tout ceci ?

3. Si le verbe se termine par *-d* ou *-t,* on fait la liaison en prononçant [t].

Perd-il son temps ?

Aiment-ils le caramel ?

15. Quelque et quel que

Il ne faut pas confondre **quelque,** déterminant indéfini, qui ne varie pas en genre, et **quel(le)... que,** déterminant interrogatif, qui précède un verbe au subjonctif.

1. Déterminant indéfini

Quelque décision que tu prennes, je ne cèderai pas.

Quelque choix que tu fasses, je ne cèderai pas.

2. Déterminant interrogatif

Quelle que soit ta décision, je ne cèderai pas.

Quel que soit ton choix, je ne cèderai pas.

16. Accord de l'adjectif avec un mot et son complément

1. S'il s'agit d'un nom quelconque et de son complément, l'accord se fait selon le sens.

Une assiette de riz blanche (c'est l'assiette qui est blanche).

Une assiette de riz blanc (c'est le riz qui est blanc).

2. S'il s'agit d'un nom collectif ou d'un quantitatif, l'accord se fait soit avec le collectif ou le quantitatif, soit avec le complément.

Une bande d'adolescents nerveux. / Une bande d'adolescents joyeuse et dissipée.

Une quinzaine de jours ont été moroses. / Cette quinzaine de jours était ennuyeuse.

17. Accord lorsqu'il y a plusieurs adjectifs pour un nom au pluriel

1. Plusieurs adjectifs au pluriel se rapportent au mot pluriel dans sa globalité.

Des enfants joyeux et rieurs jouaient dans la cour.

2. Plusieurs adjectifs épithètes au singulier se rapportent à un même nom au pluriel.

Etudier les civilisations égyptienne et romaine.

18. Accord des adjectifs de couleur

1. Les adjectifs simples désignant une couleur (bleu, vert, jaune, blanc, etc.) sont variables. Ils suivent la règle générale et s'accordent en genre et en nombre avec le nom auquel ils se rapportent.

Un papier blanc, une feuille blanche, des panneaux blancs.

Une valise jaune, des tissus bleus, des cheveux blonds.

2. Lorsque l'adjectif de couleur est issu d'un nom désignant une chose dont la couleur, caractéristique, sert de référence, il reste invariable.

Des fauteuils orange (= de la couleur orange, entre rouge et jaune).

Des robes marron (= de la couleur brune du marron).

3. Lorsque l'adjectif de couleur est suivi d'un mot qui précise une teinte, une nuance, c'est un adjectif de couleur composé qui reste invariable.

Des robes bleu canard. / Des cheveux blond cendré. / Des valises vert kaki.

Lorsque l'adjectif composé est formé de deux adjectifs de couleur, on met un trait d'union : *bleu-violet.*

4. Lorsqu'un objet comporte plusieurs couleurs, les adjectifs de couleur restent invariables.

Un drapeau vert, blanc, rouge. / Des drapeaux vert, blanc, rouge.

Ainsi, on écrira *des chapeaux vert et rouge* pour désigner plusieurs chapeaux avec chacun du vert et du rouge, mais on écrira *des chapeaux verts et rouges* pour désigner un ensemble formé de chapeaux verts et de chapeaux rouges.

19. Adverbes

1. Les adjectifs employés comme adverbes

Certains adjectifs s'emploient au masculin singulier comme des adverbes. Ils sont alors invariables.

Ces stylos sont chers (adjectif). / *Ces stylos coûtent cher* (adverbe invariable).

2. La formation des adverbes en *-ment, -amment, -emment*

Les adverbes en *-ment, -amment, -emment* se forment à partir de l'adjectif.

1. L'adverbe en *-ment* se forme le plus souvent à partir du féminin de l'adjectif.

Fier	Fière	Fièrement
Vif	Vive	Vivement
Grand	Grande	Grandement
Doux	Douce	Doucement
Lent	Lente	Lentement
Fou	Folle	Follement

Remarques :

Si l'adjectif masculin se termine déjà par *-e,* on ajoute *-ment* : *logique/logiquement, propre/proprement.* Mais le *-e* peut prendre l'accent aigu : *aveugle/aveuglément, intense/intensément.*

Si l'adjectif masculin se termine par *-é, -i* ou *-u,* on ajoute *-ment* : *aisé/aisément, poli/poliment, vrai/vraiment* (mais *gai/gaiement*), *absolu/absolument* (mais *assidu/assidûment, cru/crûment*).

2. L'adverbe en *-amment* ou en *-emment* (toujours prononcé [a]) se forme à partir du masculin de l'adjectif en *-ant* ou en *-ent.*

Bruyant	Bruyamment	Différent	Différemment
Brillant	Brillamment	Prudent	Prudemment
Courant	Couramment	Violent	Violemment

20. Conjonctions

Une conjonction est un mot invariable qui sert à « joindre » deux mots, deux groupes ou deux propositions.

1. Les conjonctions de coordination *mais, ou, et, donc, or, ni, car*

Elles relient deux mots, deux groupes de mots ou deux propositions qui ont la même fonction dans la phrase.

Robert aime le thé et le café. (« Et » relie deux noms COD.)

Robert et moi sommes de la partie. (« Et » relie un nom et un pronom sujets.)

Robert parle et Jean écoute. (« Et » relie deux propositions.)

Attention : n'écrivez pas « mais donc », « et donc », « or donc », etc. Il n'est en effet pas possible d'écrire deux conjonctions de coordination l'une à la suite de l'autre.

Remarque : certains adverbes, ou locutions adverbiales, jouent le même rôle qu'une conjonction de coordination, en particulier pour coordonner deux propositions : *puis, pourtant, en effet, ensuite, par contre, alors, cependant, toutefois, néanmoins,* etc.

Attention : lorsque vous travaillerez sur des questions de reformulation, vous devrez choisir des phrases qui conservent le meilleur style. Aussi devez-vous savoir qu'il n'est pas bienvenu (bien que cela soit toléré) de débuter un phrase avec une conjonction de coordination.

2. Les conjonctions de subordination

Elles relient une proposition subordonnée à une autre proposition dont elle dépend.

Les principales conjonctions de subordination sont : *que, quand, parce que, puisque, si, comme,* etc.

On trouvera à leur ordre, dans la partie dictionnaire, toutes ces conjonctions avec l'indication du mode (indicatif ou subjonctif) qu'elles demandent.

21. Accord du participe passé employé avec l'auxiliaire *avoir*

Le participe passé conjugué avec l'auxiliaire *avoir* ne s'accorde jamais avec le sujet. Il s'accorde avec le complément d'objet direct (COD) quand celui-ci est placé devant le verbe. Sinon, il reste invariable.

Sans accord	Avec accord
Ils ont couru. (pas de COD)	Quelles belles fleurs tu as dessinées ! (COD avant le verbe)
Ils nous ont menti. (*nous* est COI)	Ces fleurs, je les ai dessinées pour toi.
	Cette lettre, je l'ai rédigée.
	Les fleurs que j'ai dessinées pour toi sont belles.
	Tu nous as vus ? (= des garçons ou des garçons et des filles)
	Tu nous as vues ? (= des filles)

Attention : le pronom transmet le genre (masculin ou féminin) et le nombre (singulier ou pluriel) de ce qu'il représente.

Cas particuliers :

1. Avec le pronom *en,* le participe passé est le plus souvent invariable.

As-tu cueilli des cerises ? – Oui, j'en ai cueilli. (= de cela).

Des romans comme ça, je n'en ai jamais lu !

Mais il peut s'accorder si c'est l'idée de pluriel qui prédomine.

Tant de disques ! Combien en as-tu achetés ?

2. Avec le pronom *l',* le participe est invariable si le pronom représente une phrase.

Elle est plus craintive que je l'avais imaginé.

3. Avec des verbes comme *dire, donner, devoir, croire, vouloir, permettre,* etc. Il ne faut pas confondre le COD du participe et le COD d'un autre verbe (exprimé ou non). Ainsi, le participe s'accorde logiquement avec son COD dans :

J'ai compris les choses que tu m'as dit (de faire) *que tu as permis* (que je fasse).

Les mots *choses* étant COD du deuxième verbe *faire.*

4. Suivi d'un infinitif, le participe passé s'accorde logiquement avec son complément d'objet direct, mais pas avec celui de l'infinitif.

Marie, je l'ai vue danser. (= J'ai vu Marie qui dansait.)

Remarques :

1. Il ne faut pas confondre le complément de mesure d'un verbe intransitif qui répond à la question « combien ? » et le complément d'objet direct d'un verbe transitif qui répond à la question « quoi ? ».

Il a vécu deux ans en Afrique. (mesure)

Les deux ans qu'il a vécu en Afrique… (invariable)

Il a vécu deux divorces. (COD)

Les deux divorces qu'il a vécus… (accord)

2. Il ne faut pas confondre le sujet réel d'un verbe impersonnel et un complément d'objet direct.

Quelle chaleur il a fait ce matin ! (invariable)

Il a fait une erreur ce matin. (COD)

L'erreur qu'il a faite ce matin… (accord)

22. Accord du participe passé des verbes pronominaux

Règle générale :

Le participe passé des verbes pronominaux s'accorde avec le sujet (comme normalement avec l'auxiliaire *être*) sauf si le pronom réfléchi est complément d'objet indirect (COI). Dans ce cas, il suit les règles d'accord du participe conjugué avec l'auxiliaire *avoir* : il reste invariable ou il s'accorde avec le COD placé avant.

1. Accord avec le sujet (comme avec l'auxiliaire *être*)

a) Le pronom réfléchi ne représente rien.

Elles se sont perdues.

Ils se sont emparés du pays.

Elle s'est aperçue de sa méprise.

Ses livres se sont bien vendus.

b) Le pronom réfléchi est COD. Il représente le sujet.

Elle s'est vue dans la glace. (= elle-même)

Ils se sont aimés. (= l'un l'autre)

Il s'agit de verbe transitifs directs (avec COD) employés à la forme pronominale : *observer, aimer, habiller, laver,* etc.

2. Participe toujours invariable (comme avec l'auxiliaire *avoir*)

a) Il n'y a pas de COD et le pronom réfléchi est COI.

Ils se sont parlé. (= l'un à l'autre)

Les employés qui se sont succédé. (= l'un a succédé à l'autre qui a succédé à l'autre, etc.)

Il s'agit de verbes transitifs indirects employés à la forme pronominale : *parler, mentir, nuire, plaire, succéder à quelqu'un,* etc.

b) Il y a un COD placé après le verbe.

Elles se sont offert <u>des fleurs</u>.

COI COD

Ils se sont écrit des lettres.

Elle s'est permis de partir en avance.

Elle s'est lavé les mains.

Il s'agit de verbes transitifs à deux compléments, l'un direct, l'autre indirect, employés à la forme pronominale : *donner, offrir, dire, écrire, demander quelque chose à quelqu'un,* etc., ou de constructions analogues : *se casser une jambe, se laver les mains.* Le complément d'objet direct suit le verbe, donc il n'y a pas d'accord.

3. Accord avec le COD placé avant le verbe (comme avec l'auxiliaire *avoir*)

Quelles fleurs elles se sont offertes !
COD verbe

Les lettres qu'ils se sont écrites.

Les privilèges qu'elles se sont arrogés.

Quelle jambe s'est-elle cassée ?

Il s'agit le plus souvent de verbes transitifs à deux compléments employés à la forme pronominale : *donner, offrir, dire, écrire, demander, acheter quelque chose à quelqu'un,* ou de constructions analogues : *la jambe qu'il s'est cassée.* Le complément d'objet direct est placé avant le verbe, donc le participe passé s'accorde.

Attention : il ne faut pas confondre : *elle s'est lavée* (= elle-même ; *s'est* COD) et *elle s'est lavé les mains* (= les mains à elle, *s'est* COI).

Remarque : le participe passé des locutions verbales est variable ou invariable selon les cas. Seul le recours au dictionnaire permet de lever la difficulté.

Elle s'est rendu compte de son oubli (= invariable).

Elle s'est rendue maître des événements (= variable).

23. Accord du participe passé suivi d'un infinitif

1. Avec l'auxiliaire *être,* l'infinitif qui suit le participe ne modifie en rien les règles de l'accord.

Ils sont partis chercher de l'aide.

2. Avec l'auxiliaire *avoir,* il faut faire attention au complément d'objet direct (COD).

– Si le COD est complément du participe et sujet de l'infinitif, il y accord.

Sarah, je l'ai entendue chanter (= j'ai entendu Sarah qui chantait).

– Si le COD est complément de l'infinitif, il n'y a pas d'accord.

Ces poèmes, je les ai entendu réciter (= j'ai entendu [quelqu'un] réciter ces poèmes).

Remarque : le participe est invariable si on peut ajouter *par* et un complément indiquant qui fait l'action exprimée par l'infinitif.

Ces poèmes, je les ai entendu dire par Christian.

3. Avec les verbes pronominaux, les règles sont les mêmes.

– Avec accord : *Elle s'est vue tomber.*

– Sans accord : *Elle s'est laissé approcher* (par quelqu'un).

Cas particuliers :

1. Le participe passé *fait* suivi d'un infinitif est toujours invariable.

La jupe qu'elle a fait coudre. / La jupe qu'elle s'est fait coudre.

2. Le participe passé *laissé* suivi d'un infinitif est variable.

Elle s'est laissée dépérir. / Elle s'est laissé séduire.

Mais certaines grammaires, comme le texte des Recommandations Officielles de 1990, le donnent invariable sur le modèle de *fait.*

24. Participe présent

Le participe présent d'un verbe est toujours terminé par *-ant,* quelle que soit la conjugaison de ce verbe.

1er groupe *chantant*

2e groupe *finissant*

3e groupe *cueillant, concluant, mourant, vivant,* etc.

Le participe présent peut s'employer seul.

Nous recherchons un collaborateur parlant le russe.

Ou après la préposition *en,* on parle alors du **gérondif.**

Ils sont partis en riant.

Participe présent et adjectif verbal

On appelle **adjectif verbal** l'adjectif formé à partir du participe présent.

Le participe présent est toujours invariable, l'adjectif verbal est variable ; il s'accorde en genre (masculin ou féminin) et en nombre (singulier ou pluriel) avec le nom auquel il se rapporte.

1. Participe présent

Vivant à l'étranger, elle n'était pas au courant de la nouvelle.

2. Adjectif verbal

C'était une jeune femme très vivante.

Participe présent invariable ou adjectif verbal variable ?

1. Le gérondif, participe présent précédé de *en,* est toujours invariable.

Elle est partie en riant et en chantant.

2. La forme en *-ant* est un participe présent invariable :

– s'il y a un sujet (exprimé ou non) ou un complément (on peut remplacer le participe présent par une forme conjuguée)

Les élèves obéissant à leurs maîtres attendaient sagement (= les élèves qui obéissent à leurs maîtres…).

– si l'on peut l'encadrer avec la négation *ne… pas*

Ne croyant pas pouvoir arriver à l'heure, elle a préféré décommander.

3. La forme en *-ant* est un adjectif verbal variable :

– si l'on peut l'employer comme attribut (après le verbe *être*)

Ces élèves sont obéissants.

– si l'on peut lui substituer un autre adjectif

Une jeune fille croyante (= dévote).

– si l'on peut l'employer avec des adverbes comme *très*

C'est une chanson très apaisante.

Attention : quelquefois, adjectif verbal et participe présent n'ont pas la même orthographe tout en ayant la même prononciation.

Verbes en *-ger, -guer, -quer* :

Verbe	Participe présent	Adjectif verbal
Diverger	divergeant	divergent
Négliger	négligeant	négligent
Fatiguer	fatiguant	fatigant
Naviguer	naviguant	navigant
Communiquer	communiquant	communicant
Suffoquer	suffoquant	suffocant

Autres verbes :

Verbe	Participe présent	Adjectif verbal
Adhérer	adhérant	adhérent
Equivaloir	équivalant	équivalent
Influer	influant	influent
Résider	résidant	résident

Attention : vous retiendrez que pour le verbe trafiquer, le participe présent (en trafiquant) s'écrit de la même façon que l'adectif verbal (un trafiquant de drogue).

25. Réciproque

On dit d'un verbe pronominal qu'il a un sens réciproque quand son sujet représente plusieurs personnes ou plusieurs choses qui agissent l'une sur l'autre.

Objet direct	Objet indirect
Pierre et Marie s'aiment.	Pierre et Marie se plaisent.
Pierre et Marie se sont aimés.	Pierre et Marie se sont plu (= Pierre plaît à Marie et Marie plaît à Pierre).

26. Styles direct/indirect

Lorsque l'on s'adresse à quelqu'un, on lui parle de manière directe avec tous les types de phrases qui répondent aux besoins de la communication : informer, questionner, donner un ordre, s'exclamer.

La phrase peut être :

– déclarative : *Je n'ai pas pu t'appeler aujourd'hui.*

– interrogative : *Est-ce que tu as faim ?*

– impérative : *Faites-le tout de suite !*

– exclamative : *Comme je suis heureux !*

Lorsque l'on rapporte les propos de quelqu'un ou que l'on raconte une histoire, on peut utiliser le style (ou discours) direct, indirect ou direct libre.

1. Le style (ou discours) direct consiste à reprendre tels quels les propos que l'on rapporte.

A l'écrit, on emploie des guillemets.

Il a dit : « Je n'ai pas pu t'appeler aujourd'hui. »

A l'oral, il y a une pause entre les deux phrases.

2. Le style (ou discours) indirect fait intervenir une personne qui rapporte les propos. Les propos rapportés se retrouvent alors dans une proposition subordonnée :

– déclarative : *Il dit qu'il n'a pas pu t'appeler aujourd'hui.*

– interrogative : *Il m'a demandé si j'avais faim.*

– impérative : *Il m'a ordonné de le faire tout de suite.*

– exclamative : *Il nous a dit à quel point il était heureux !*

3. Le style (ou discours) indirect libre est propre à l'écrit, au récit, au roman. Il n'y a plus de proposition principale d'introduction (*il dit, il raconte, il demande,* etc.). Le texte est le plus souvent au passé.

Jean comprit : les autres pensaient qu'il se trompait.

Qu'ils aillent au diable !

Ils allaient voir ce qu'ils allaient voir !

27. Le subjonctif

Le subjonctif permet d'exprimer :

1. Un souhait

Je désire que tu viennes. *J'aimerais que tu viennes.*

Vive le roi ! (= que le roi vive) *Puisses-tu dire vrai !*

2. L'obligation ou l'ordre

Il faut que tu lui répondes. *Qu'il y aille !*

Dans cet emploi, le subjonctif à la 3e personne remplace l'impératif.

D'une manière plus générale, le subjonctif indique le doute, le virtuel, le possible, alors que l'indicatif indique ce qui est réel, sûr, effectif.

C'est ainsi que l'on dira :

– à l'indicatif : *Je suis certain qu'il changera d'avis.*

– au subjonctif : *Je ne suis pas certain qu'il change d'avis.*

Remarque : le subjonctif s'emploie aussi obligatoirement après des conjonctions de subordination telles que *pour que, avant que, bien que,* etc.

28. Verbes pronominaux

On appelle **verbe pronominal** un verbe qui s'emploie avec un pronom réfléchi *(me, te, se, nous, vous, se).*

Aux temps composés, les verbes pronominaux se conjuguent toujours avec l'auxiliaire *être.*

1. Verbes essentiellement pronominaux

Ce sont des verbes comme *s'emparer, s'enfuir, se méfier, se souvenir, s'écrier,* etc.

Ces verbes n'existent qu'à la forme pronominale et le pronom réfléchi ne représente rien. Il ne s'analyse pas.

Aux temps composés, le participe passé des verbes essentiellement pronominaux s'accorde en genre et en nombre avec le sujet.

Ils se sont enfuis.

Elle s'est souvenue de son adolescence.

Ils se sont abstenus de voter.

Remarques :

1. Le verbe *s'arroger* se construit avec un complément d'objet direct. L'accord se fait avec le COD s'il est placé avant.

Elle s'est arrogé des subsides. / Les subsides qu'elle s'est arrogés.

2. Certains verbes sont essentiellement pronominaux uniquement dans un de leurs emplois. C'est le cas par exemple du verbe *s'apercevoir* (= se rendre compte), dont le sens est bien distinct de celui du verbe *apercevoir.*

Elle s'est aperçue de son oubli.

Elle s'est aperçue dans le miroir.

2. Construction pronominale

La plupart des verbes transitifs (direct, indirects ou à deux compléments) peuvent s'employer à la forme pronominale. Dans ce cas, le pronom réfléchi qui représente le sujet est complément d'objet direct (COD) ou complément d'objet indirect (COI).

Verbe transitif direct

A la forme pronominale, le pronom réfléchi est COD.

Marie se regarde dans le miroir (= elle-même). (Marie observe qui ? – Marie.)

Jean et Marie s'aiment (= l'un l'autre). (Jean aime Marie ; Marie aime Jean.)

Aux temps composés, le participe passé des verbes transitifs directs employés à la forme pronominale s'accorde avec le sujet que le pronom réfléchi reprend.

Marie s'est regardée dans le miroir.

Jean et Marie se sont embrassés (= l'un l'autre).

Verbe transitif indirect

A la forme pronominale, le pronom réfléchi est COI.

Jean se ment (= à lui-même). (Jean ment à qui ? – A Jean.)

Maxime et Sylvie se plaisent (= l'un à l'autre). (Maxime plaît à Sylvie et Sylvie plaît à Maxime.)

Aux temps composés, le participe passé des verbes transitifs indirects employés à la forme pronominale est invariable.

Sylvie s'est menti (= à elle-même).

Maxime et Sylvie se sont plu (= l'un à l'autre).

Verbe transitif à deux compléments

A la forme pronominale, le pronom réfléchi est COI et il y a un complément d'objet direct.

Marie s'offre une jupe. (Marie offre quoi ? – Une jupe. A qui ? – A elle-même.)

Aux temps composés, le participe passé des verbes transitifs à deux compléments employés à la forme pronominale s'accorde avec le COD si celui-ci est placé avant le verbe.

Marie <u>s'est offert</u> une <u>jupe</u>.

verbe COD

<u>La jupe</u> que Marie <u>s'est offerte</u>.

COD verbe

3. Verbe pronominal réfléchi ou réciproque

On dit d'un verbe pronominal qu'il a un **sens réfléchi** quand on peut dire *lui-même, elle-même, eux-mêmes, elles-mêmes.* Le sujet peut être au singulier ou au pluriel.

Marie se regarde dans le miroir.

Les comédiens s'habillent.

On dit d'un verbe pronominal qu'il a un **sens réciproque** quand on peut dire *l'un l'autre, l'un à l'autre, les uns les autres,* etc. Le sujet a toujours un sens pluriel même s'il s'agit du pronom *on.*

Pierre et Marie se sont enlacés (= l'un l'autre).

Les enfants se sont bagarrés dans la cour (= les uns contres les autres).

Ils se sont écrit des poèmes (= l'un à l'autre).

4. Verbe pronominal à sens passif

Ces disques se vendent bien.

Ce genre de compétences ne se trouve pas partout.

Ces constructions pronominales correspondent à des phrases actives dont le sujet est *on.*

On a bien vendu ces disques.

On ne trouve pas partout ce genre de compétences.

Aux temps composés, le participe passé des verbes pronominaux à sens passif s'accorde avec le sujet.
Ces disques se sont bien vendus.

29. Règles de ponctuation

1. La virgule

La virgule indique une pause dans la phrase, moins marquée que celle indiquée par un point.

Sylvie mit son écharpe, ouvrit la porte et partit travailler.

La virgule sépare des éléments semblables (même ponctuation, même registre) dans la phrase.

Maxime acheta des légumes, du thé et le journal.

2. Le point

Le point se place à la fin de la phrase.

Eric alla en Russie.

Le point signale la fin d'une abréviation.

M. pour Monsieur, Abr. pour abrégé…

N.B. : on ne met pas de point lorsque des lettres sont supprimées à l'intérieur du mot.

Dr pour *Docteur* ou *Mme* pour *Madame.*

3. Le point-virgule

Le point-virgule s'utilise à l'intérieur d'une phrase.

La valeur de la pause du point-virgule se situe entre celle du point et celle de la virgule. On ne met pas de majuscule après le point-virgule.

Le film était fini ; il était temps de quitter la salle.

4. Le point d'exclamation

Il s'utilise après une interjection ou une phrase exclamative.

Oh ! (Interjection) / *Je me suis fait avoir !* (Phrase exclamative)

5. Le point d'interrogation

Le point d'interrogation se place à la fin d'une question.

As-tu entendu ce qu'elle a dit ?

On peut marquer le doute par un point d'interrogation entre parenthèses (?).

Léonard de Vinci est né en 1452 (?) à Vinci.

6. Les points de suspension

On les appelle aussi « les petits points » ou « trois petits points ». On les utilise pour marquer l'inachèvement dans l'expression d'une idée, d'une énumération.

Il y a retrouvé son père, sa mère, ses frères, ses sœurs…

On peut les utiliser avant ou après un point d'exclamation ou d'interrogation.

Hep !… Toi, là-bas !…

Tu disais… ?

On les emploie aussi après l'initiale d'un nom que l'on veut dissimuler.

Monsieur G. de R… fit son entrée.

Les points de suspension, enfin, marquent une pause, une attente, une surprise dans un texte.

Quand soudain…, il s'aperçut qu'il n'était pas seul.

7. Les deux-points

Les deux-points annoncent une énumération, une citation, des propos.

Tout l'irritait : ses rires, ses plaisanteries, ses expressions.

Elle s'exclama : « Comme c'est original ! »

Les deux-points annoncent parfois une explication, une justification.

Maxime annula son rendez-vous avec Julie : il n'était pas d'humeur à voir du monde.

8. Les parenthèses et les crochets

Les parenthèses servent à mettre à part un mot, une remarque ou un passage.

Un horloger suisse (et plus précisément, romand) s'était installé en Auvergne.

Trois points consécutifs placés entre crochets (*[…]*) indiquent l'omission d'un passage plus ou moins long. Il s'agit souvent d'un extrait de citation.

9. Les guillemets

Ils ont été imaginés par l'imprimeur Guillaume, dit Guillemet. Les guillemets servent à encadrer une citation.

Baudelaire a écrit : « Homme libre, toujours tu chériras la mer… »

On utilise les guillemets pour mettre en évidence un titre d'article, une expression étrangère, un mot familier.

Il a enfilé ses nouvelles « grolles » pour son premier entretien d'embauche.

On utilise enfin les guillemets pour rapporter des paroles prononcées.

10. Le tiret

Dans un dialogue, le tiret annonce un nouvel interlocuteur.

« Voulez-vous souper avec moi ?

– Oui, avec plaisir. »

Les tirets peuvent remplacer des parenthèses. Dans le traitement de texte, le tiret est précédé d'un espace. *Nota bene :* le second tiret n'est pas indispensable devant un point ou un point-virgule.

Quand il s'adressa à Shimon Peres – le président de l'Etat d'Israël – Daniel fut submergé par l'émotion.

30. Les noms féminins sans E

Les noms de cette liste sont féminins. Ils se terminent par un « son » voyelle, mais s'écrivent sans *-e* final, contrairement à la majorité des noms féminins.

la brebis	la glu	la paroi	la tribu
la bru	la loi	la perdrix	la vertu
la clé	la nuit	la souris	
la foi	la paix	la toux	

1. Qu'est-ce que c'est ?

3768 Une bourde est :

- ☐ A. Une bévue, un impair
- ☐ B. Une erreur grossière
- ☐ C. Une faute grave
- ☐ D. Un propos sans fondement

3769 Briguer un poste, c'est :

- ☐ A. Chercher à l'obtenir
- ☐ B. Intriguer pour l'obtenir
- ☐ C. User de moyens illégaux pour l'obtenir
- ☐ D. L'obtenir

3770 A Rome, un plébiscite est :

- ☐ A. Une prière
- ☐ B. Un article de loi
- ☐ C. Un vote du peuple
- ☐ D. Un commandement

3771 Le phylloxera est :

- ☐ A. Une bactérie
- ☐ B. Un insecte
- ☐ C. Une maladie
- ☐ D. Un champignon
- ☐ E. Une protéine

3772 Décrier une chose, c'est :

- ☐ A. En dire du mal
- ☐ B. L'annoncer par proclamation
- ☐ C. La recommander vivement
- ☐ D. La refuser

3773 Une réflexion saugrenue est :

- ☐ A. Bizarre
- ☐ B. Stupide
- ☐ C. Etrange
- ☐ D. Ridicule

3774 Des billevesées sont :

- ☐ A. Des craintes imaginaires
- ☐ B. Des propos vides de sens
- ☐ C. Des préoccupations futiles
- ☐ D. Des changements d'avis fréquents

3775 Une solution de continuité est :

- ☐ A. Un moyen de préserver la continuité
- ☐ B. Une rupture de la continuité
- ☐ C. Une mesure de prolongation
- ☐ D. Un maintien précaire d'une situation

3776 Un événement imminent est :

- ☐ A. Un événement menaçant
- ☐ B. Un événement sanctionnant un acte
- ☐ C. Un événement inquiétant
- ☐ D. Un événement sur le point de se produire

3777 Une hagiographie est :

- ☐ A. Une biographie consacrée à un saint
- ☐ B. Une biographie excessivement élogieuse
- ☐ C. Une biographie d'un personnage de l'Antiquité
- ☐ D. Une biographie extrêmement détaillée

3778 Aduler quelqu'un, c'est :

- ☐ A. Le flatter par des éloges excessifs
- ☐ B. Le reconnaître comme chef
- ☐ C. Le désigner comme coupable
- ☐ D. Le diffamer

3779 Obnubiler, c'est :

☐ A. Occuper sans cesse l'esprit
☐ B. Priver de lucidité de manière obsédante
☐ C. Chercher à masquer
☐ D. Mettre sous influence

3780 L'indigence du vocabulaire, c'est :

☐ A. L'impropriété du vocabulaire
☐ B. La pauvreté du vocabulaire
☐ C. La variété du vocabulaire
☐ D. L'incohérence du vocabulaire

3781 Un émissaire est :

☐ A. Une victime
☐ B. Un accusé à tort
☐ C. Un agent chargé d'une mission secrète
☐ D. Une personne sur qui on fait retomber les fautes des autres

3782 Des récriminations sont :

☐ A. Des réprimandes
☐ B. Des plaintes
☐ C. Des accusations
☐ D. Des reproches amers

3783 Une résurgence est :

☐ A. Un souvenir
☐ B. Une réapparition
☐ C. Une réminiscence
☐ D. Un retour en arrière

3784 La morgue est :

☐ A. Une attitude réservée
☐ B. Une attitude peu aimable
☐ C. Une attitude méprisante
☐ D. L'ironie

3785 Etre le détracteur d'un projet, c'est :

☐ A. Le dénigrer
☐ B. Le soutenir avec enthousiasme
☐ C. Le soutenir sans conviction
☐ D. Le critiquer

3786 Etre rompu à une activité, c'est :

☐ A. S'épuiser à la pratiquer
☐ B. Y être parfaitement exercé
☐ C. Ne plus la pratiquer du tout
☐ D. L'enseigner avec efficacité à d'autres

3787 Une dérobade est :

☐ A. Un échec
☐ B. Une tromperie
☐ C. Le fait de se soustraire à une obligation
☐ D. Une lâcheté

3788 Un sarcasme est :

☐ A. Une raillerie cruelle
☐ B. Un reproche
☐ C. Une injure
☐ D. Une remontrance sévère

3789 Etre égalitariste, c'est :

☐ A. Militer pour la parité entre les hommes et les femmes
☐ B. S'efforcer d'établir l'égalité entre les personnes
☐ C. Considérer que les personnes ont toutes la même valeur
☐ D. Etre sans préjugé

3790 Un cuistre est :

- ☐ A. Un cuisinier médiocre
- ☐ B. Un acteur sans talent
- ☐ C. Un homme pédant
- ☐ D. Un homme manquant de savoir-vivre

3791 Etre floué, c'est :

- ☐ A. Etre effacé
- ☐ B. Etre trompé
- ☐ C. Etre ridiculisé
- ☐ D. Etre estompé

3792 Le népotisme est :

- ☐ A. Un régime politique où le pouvoir est héréditaire
- ☐ B. La tendance à accorder des avantages aux membres de sa famille
- ☐ C. Une forme de régime tyrannique
- ☐ D. Une maladie génétique

3793 Le messianisme est :

- ☐ A. Une forme de sagesse populaire
- ☐ B. La croyance en un messie et l'attente de sa venue
- ☐ C. Le rassemblement des diverses confessions au-delà de leurs différences
- ☐ D. La croyance de la supériorité des messieurs sur les dames

3794 Une charge est :

- ☐ A. Une peine
- ☐ B. Une attaque
- ☐ C. Une critique violente
- ☐ D. Une diatribe

3795 Un brûlot est :

- ☐ A. Un journal polémique
- ☐ B. Une lampe à gaz
- ☐ C. Une marque au fer rouge
- ☐ D. Un cocktail Molotov

3796 Un félon est :

- ☐ A. Un ennemi juré
- ☐ B. Un homme malhonnête
- ☐ C. Un baron au Moyen Age
- ☐ D. Un homme qui trahit ses engagements

3797 Un ersatz est :

- ☐ A. Un produit de remplacement
- ☐ B. Un remède
- ☐ C. Un produit toxique
- ☐ D. Un produit aux vertus mal connues

3798 Asséner une vérité, c'est :

- ☐ A. La faire comprendre avec douceur
- ☐ B. La révéler
- ☐ C. La dire avec violence
- ☐ D. L'édulcorer

3799 Obvier à une difficulté, c'est :

- ☐ A. La pallier
- ☐ B. L'éviter
- ☐ C. Y remédier
- ☐ D. Ne pas la surmonter

3800 Des tractations sont :

- ☐ A. Des dissensions
- ☐ B. Des négociations
- ☐ C. Des pourparlers
- ☐ D. Des reproches

3801 Connaître des déboires, c'est :

☐ A. Avoir des ennuis
☐ B. Commettre des erreurs
☐ C. Se montrer impuissant
☐ D. Subir des humiliations

3802 Donner des prérogatives, c'est :

☐ A. Donner des conseils personnalisés
☐ B. Accorder des avantages en nature
☐ C. Accorder des droits exclusifs
☐ D. Reconnaître l'autorité

3803 Une sommité est :

☐ A. Une personne qui détient un pouvoir absolu
☐ B. Une personne qui s'est élevée au sommet des dignités, de l'art ou des sciences
☐ C. Une personne qui accumule des connaissances
☐ D. Une personne orgueilleuse

3804 Etre fugace, c'est :

☐ A. Manquer de consistance
☐ B. Durer très peu
☐ C. Ne pas affronter la réalité en face
☐ D. Etre un traître

3805 Un coup de semonce est :

☐ A. Un avertissement
☐ B. Un coup d'envoi
☐ C. Un coup de feu à blanc
☐ D. Une punition

3806 Une gabegie est :

☐ A. Une perte sévère
☐ B. Une erreur grossière
☐ C. Une coulée de boue
☐ D. Un désordre provenant d'une mauvaise gestion

3807 La fatuité est :

☐ A. La satisfaction excessive de soi
☐ B. L'apparence du savoir
☐ C. La fausseté du propos
☐ D. Le désir de conquête

3808 S'insurger, c'est :

☐ A. Se mettre violemment en colère
☐ B. Contester avec force
☐ C. Refuser d'obéir
☐ D. Se défendre avec force

3809 Pâtir de quelque chose, c'est :

☐ A. En souffrir
☐ B. En dépendre
☐ C. En subir la sanction
☐ D. L'utiliser comme point de départ

3810 Une collusion est :

☐ A. Une trahison
☐ B. Une rencontre violente
☐ C. Une entente secrète
☐ D. Un renversement d'alliances

3811 L'impéritie est :

☐ A. L'absence d'expérience
☐ B. L'incompétence
☐ C. Le manque de moyens
☐ D. Le manque de préparation

3812 **Etre sur le fil du rasoir, c'est :**

- ☐ A. Etre en grand danger
- ☐ B. Etre dans un équilibre instable
- ☐ C. Risquer sa vie
- ☐ D. Etre sous haute surveillance

3813 **L'attentisme est :**

- ☐ A. Une théorie philosophique prônant l'inaction
- ☐ B. Une attitude de repli sur soi
- ☐ C. Une attente indéfinie et passive
- ☐ D. Une attitude opportuniste

3814 **Etre velléitaire, c'est être :**

- ☐ A. Lâche
- ☐ B. Incapable de prendre des décisions
- ☐ C. Hésitant
- ☐ D. Sans ressort

3815 **Un tartufe est :**

- ☐ A. Orgueilleux
- ☐ B. Autoritaire
- ☐ C. Envieux
- ☐ D. Fourbe

3816 **Etre le pourfendeur d'une idée, c'est :**

- ☐ A. L'attaquer vivement
- ☐ B. La défendre avec force
- ☐ C. La trahir
- ☐ D. La porter aux nues

3817 **Faire le pied de grue, c'est :**

- ☐ A. Surveiller
- ☐ B. Flatter
- ☐ C. Attendre
- ☐ D. Ne servir à rien

3818 **Toucher au vif, c'est :**

- ☐ A. S'intéresser à l'essentiel
- ☐ B. Blesser
- ☐ C. Taquiner
- ☐ D. Irriter

3819 **Parler crûment, c'est :**

- ☐ A. S'exprimer sans détours
- ☐ B. S'exprimer grossièrement
- ☐ C. S'exprimer en langage très familier
- ☐ D. S'exprimer sans nuance

3820 **Sermonner quelqu'un, c'est :**

- ☐ A. Lui donner des conseils
- ☐ B. Lui faire un discours ennuyeux
- ☐ C. Lui faire des remontrances
- ☐ D. Chercher à le convertir

3821 **Etre placide, c'est être :**

- ☐ A. Serein
- ☐ B. Sans force
- ☐ C. Sans avis
- ☐ D. Flegmatique

3822 **L'iconographie est :**

- ☐ A. La mise en page d'un ouvrage d'art
- ☐ B. L'étude des représentations plastiques
- ☐ C. L'ensemble des illustrations d'un ouvrage
- ☐ D. La fabrication des icônes

3823 **Etre pingre, c'est être :**

- ☐ A. Avare
- ☐ B. Mal habillé
- ☐ C. Sale
- ☐ D. Vétuste

3824 Une injonction est :

- ☐ A. Une interpellation
- ☐ B. Une recommandation
- ☐ C. Un conseil
- ☐ D. Un ordre

3825 Etre censé, c'est être :

- ☐ A. Supposé
- ☐ B. Conforme au bon sens
- ☐ C. Compréhensible
- ☐ D. Capable de comprendre

3826 Se déjuger, c'est :

- ☐ A. Avoir une mauvaise opinion de soi
- ☐ B. Se tromper
- ☐ C. S'écarter de l'opinion commune
- ☐ D. Revenir sur une décision

3827 Des mesures drastiques sont :

- ☐ A. Draconiennes
- ☐ B. Sévères
- ☐ C. Injustes
- ☐ D. Illégales

3828 Une circonlocution est :

- ☐ A. Une manière d'exprimer sa pensée de façon indirecte
- ☐ B. Une évolution de la pensée au fil du temps
- ☐ C. Le fait de tourner autour du pot
- ☐ D. Aucune de ces réponses n'est bonne

3829 Un ton condescendant est :

- ☐ A. Tolérant
- ☐ B. Conciliant
- ☐ C. Hautain
- ☐ D. Familier

3830 Supplanter quelqu'un, c'est :

- ☐ A. L'évincer
- ☐ B. Le dépasser
- ☐ C. Prendre sa place
- ☐ D. Le remarquer

3831 Un aber est :

- ☐ A. Un terme géographique de la Bretagne
- ☐ B. Un terme géographique de l'Europe du Nord
- ☐ C. Un ruisseau
- ☐ D. Un estuaire de rivière en forme d'anse

3832 Un propos corrosif est :

- ☐ A. Novateur
- ☐ B. Mordant
- ☐ C. Caustique
- ☐ D. Polémique

3833 Etre dans les affres, c'est être :

- ☐ A. Pris de grands remords
- ☐ B. Dans le doute
- ☐ C. Dans l'expectative
- ☐ D. Dans l'angoisse

3834 La proscription est :

- ☐ A. L'abrogation d'une loi
- ☐ B. Une ordonnance médicale
- ☐ C. Une mesure de bannissement
- ☐ D. Le délai accordé pour appliquer une loi

3835 Un paria est :

- ☐ A. En Inde, un individu n'appartenant à aucune caste
- ☐ B. Une personne condamnée
- ☐ C. Une personne méprisée
- ☐ D. Une personne sans domicile fixe

3836 **Etre enclin à, c'est :**

- ☐ A. Etre porté naturellement à
- ☐ B. Ressembler à
- ☐ C. Avoir l'habitude de
- ☐ D. Chercher à

3837 **Une diaspora est :**

- ☐ A. L'organisation d'individus exilés
- ☐ B. La persécution d'un peuple
- ☐ C. L'état de dispersion d'un peuple
- ☐ D. Le bannissement d'un groupe

3838 **Un corollaire est :**

- ☐ A. Une conséquence nécessaire
- ☐ B. Une suite naturelle
- ☐ C. Un parallélisme
- ☐ D. Une proposition identique

3839 **Le nom patronymique est :**

- ☐ A. Le surnom
- ☐ B. Le nom de toute la famille
- ☐ C. Le prénom
- ☐ D. Le nom du père et de la mère

3840 **Trier sur le volet, c'est :**

- ☐ A. Calibrer les produits
- ☐ B. Sélectionner n'importe comment
- ☐ C. Sélectionner avec grand soin
- ☐ D. Faire les choses à la va-vite

3841 **Faire mine de, c'est :**

- ☐ A. Faire des simagrées
- ☐ B. Faire semblant de
- ☐ C. Ressembler à
- ☐ D. Copier

3842 **Faire long feu, c'est :**

- ☐ A. Manquer son but
- ☐ B. Durer longtemps
- ☐ C. Ne pas durer longtemps
- ☐ D. Avoir du succès

3843 **Le prosélytisme, c'est le fait de :**

- ☐ A. Poursuivre différentes convictions
- ☐ B. Respecter rigoureusement les règles imposées par une religion
- ☐ C. Imposer ses convictions
- ☐ D. Chercher avec zèle à convertir autrui à ses idées

3844 **Reléguer, c'est :**

- ☐ A. Reconduire
- ☐ B. Respecter une religion
- ☐ C. Condamner à la prison à vie
- ☐ D. Maintenir dans une situation médiocre
- ☐ E. Maintenir dans un lieu à l'écart

3845 **Une allégation est :**

- ☐ A. Une affirmation mal fondée
- ☐ B. Une diffamation
- ☐ C. Une méprise
- ☐ D. Une supposition

3846 **Un florilège est :**

- ☐ A. Une composition musicale
- ☐ B. Un parterre de fleurs
- ☐ C. Une anthologie
- ☐ D. Un recueil de textes

3847 Avoir propension à, c'est :

- ☐ A. Avoir un penchant pour
- ☐ B. Avoir tendance à
- ☐ C. Etre audacieux
- ☐ D. Etre désigné pour

3848 Faire diversion, c'est :

- ☐ A. Surprendre
- ☐ B. Se séparer de
- ☐ C. Chercher à être différent
- ☐ D. Détourner l'attention

3849 Un caucus est :

- ☐ A. Un Indien d'Amérique
- ☐ B. Une plante grasse
- ☐ C. Un rassemblement de militants politiques aux Etats-Unis
- ☐ D. Un procédé de photographie

3850 Une vétille est :

- ☐ A. Un détail
- ☐ B. Une peccadille
- ☐ C. Une écharde
- ☐ D. Une pointe d'humour

3851 Des manigances sont :

- ☐ A. Des manœuvres
- ☐ B. Des mensonges
- ☐ C. Des actions secrètes destinées à tromper
- ☐ D. Des représailles

3852 Une conjecture est :

- ☐ A. Une idée non vérifiée
- ☐ B. Une situation économique à un moment donné
- ☐ C. Une période de crise financière
- ☐ D. Une supposition

3853 Une controverse est :

- ☐ A. Une discussion argumentée
- ☐ B. Une plaidoirie
- ☐ C. Un désaccord
- ☐ D. Un retournement de situation

3854 Un poncif est :

- ☐ A. Une rengaine
- ☐ B. Un stéréotype
- ☐ C. Un lieu commun
- ☐ D. Une habitude

3855 Une déroute est :

- ☐ A. Un changement brutal de direction
- ☐ B. Une fuite en désordre
- ☐ C. Une perte
- ☐ D. Un échec complet

3856 Une fioriture est :

- ☐ A. Un détail ornemental
- ☐ B. Une surabondance d'ornements dans le style
- ☐ C. Un discours superficiel
- ☐ D. Toutes les réponses sont bonnes

3857 L'intempérance est :

- ☐ A. L'alcoolisme
- ☐ B. Le manque de retenue
- ☐ C. L'impatience
- ☐ D. Le manque de jugement

3858 L'anachronisme est :

- ☐ A. L'étude des insectes
- ☐ B. Une faute de chronologie
- ☐ C. La peur des araignées
- ☐ D. Une opinion politique refusant toutes les autorités

3859 Une critique acerbe est :

- ☐ A. Injuste
- ☐ B. Désagréable
- ☐ C. Féroce
- ☐ D. Justifiée

3860 Des subsides sont :

- ☐ A. Des subventions
- ☐ B. Des aides financières
- ☐ C. Des biens de consommation courante
- ☐ D. Des renforts militaires

3861 Tergiverser, c'est :

- ☐ A. Atermoyer
- ☐ B. Hésiter
- ☐ C. Négocier
- ☐ D. Reculer

3862 Un discours alambiqué est :

- ☐ A. Doucereux
- ☐ B. Compliqué
- ☐ C. Flatteur
- ☐ D. Subtil

3863 Des supputations sont :

- ☐ A. Des insinuations
- ☐ B. Des conjectures
- ☐ C. Des accusations
- ☐ D. Des calculs

3864 L'acception d'un mot, c'est :

- ☐ A. Sa définition
- ☐ B. Son sens
- ☐ C. Le fait de le comprendre
- ☐ D. Le fait de le recevoir

3865 Etre l'émule de quelqu'un, c'est :

- ☐ A. Le flatter
- ☐ B. Le servir
- ☐ C. Le dépasser
- ☐ D. L'imiter

3866 Une philippique est :

- ☐ A. Une histoire antique
- ☐ B. Une course de chevaux
- ☐ C. Un discours violent contre quelqu'un
- ☐ D. Une expression compliquée

3867 Transiger, c'est :

- ☐ A. Etre lâche
- ☐ B. Faire des concessions
- ☐ C. Passer d'un bord à l'autre
- ☐ D. Payer un impôt

3868 Des jérémiades sont :

- ☐ A. Des listes de mots
- ☐ B. Des histoires drôles
- ☐ C. Des moqueries
- ☐ D. Des lamentations sans fin

3869 Avoir maille à partir avec quelqu'un, c'est :

- ☐ A. Faire des affaires avec lui
- ☐ B. Avoir un différend avec lui
- ☐ C. Bien s'entendre avec lui
- ☐ D. Lui devoir de l'argent

3870 Mettre à l'index, c'est :

- ☐ A. Dénoncer
- ☐ B. Inscrire dans un lexique
- ☐ C. Exclure
- ☐ D. Proscrire

3871 Faire allégeance, c'est :

☐ A. Reconnaître ses torts
☐ B. Alléger le fardeau de quelqu'un
☐ C. Faire preuve de légèreté
☐ D. Faire acte de soumission

3872 Récuser un témoignage, c'est :

☐ A. Le solliciter
☐ B. Le refuser
☐ C. Le confronter avec un autre
☐ D. Le détruire

3873 Des vicissitudes sont :

☐ A. Des changements de bien en mal
☐ B. Des accusations fausses
☐ C. Des aventures
☐ D. Des remontrances

3874 Débouter une demande, c'est :

☐ A. La satisfaire
☐ B. La rejeter
☐ C. La suspendre
☐ D. La présenter

3875 Un clivage est :

☐ A. Une inclinaison
☐ B. Une division
☐ C. Une rupture
☐ D. Un changement

3876 Etre prisé, c'est être :

☐ A. Apprécié
☐ B. Mesuré
☐ C. A la mode
☐ D. Estimé

3877 Eluder un débat, c'est :

☐ A. L'édulcorer
☐ B. Le commencer
☐ C. Le clarifier
☐ D. L'éviter

3878 Etre offusqué, c'est être :

☐ A. Outragé
☐ B. Dénoncé
☐ C. Effarouché
☐ D. Choqué

3879 Fustiger quelqu'un, c'est :

☐ A. Le contredire
☐ B. L'accuser
☐ C. Le frapper
☐ D. Le critiquer violemment

3880 Etre le mentor de quelqu'un, c'est être :

☐ A. Son conseiller
☐ B. Son juge
☐ C. Son maître
☐ D. Son serviteur

3881 Avoir les coudées franches c'est :

☐ A. Parler avec sincérité
☐ B. Courir vite
☐ C. Avoir la liberté d'agir
☐ D. Etre ambitieux

3882 Mettre une personne au ban de la société, c'est :

☐ A. Reconnaître son autorité
☐ B. La porter à la direction d'une société
☐ C. La faire entrer dans une société secrète
☐ D. La déclarer indigne de l'estime des autres

3883 Etre fourbe, c'est être :

- ☐ A. Méprisant
- ☐ B. Menteur
- ☐ C. Perfide
- ☐ D. Présomptueux

3884 Etre de nature ombrageuse, c'est être :

- ☐ A. Susceptible
- ☐ B. Timide
- ☐ C. Individualiste
- ☐ D. Méfiant

3885 Vivre d'expédients, c'est vivre :

- ☐ A. De moyens honteux et malhonnêtes
- ☐ B. Sans projets à long terme
- ☐ C. Grâce à l'aide des autres
- ☐ D. Dans un stress permanent

3886 Agir sans vergogne, c'est agir :

- ☐ A. Sans remords
- ☐ B. Sans honte
- ☐ C. Sans scrupule
- ☐ D. Sans intelligence

3887 Pallier une situation fâcheuse, c'est :

- ☐ A. Y remédier
- ☐ B. La changer du tout au tout
- ☐ C. L'analyser en vue d'une solution
- ☐ D. La supporter

3888 S'étioler, c'est :

- ☐ A. Se développer
- ☐ B. Se faner
- ☐ C. Se fermer
- ☐ D. Dépérir

3889 Un homme affable est :

- ☐ A. Courtois
- ☐ B. Naïf
- ☐ C. Sournois
- ☐ D. Simple

3890 Abroger une loi, c'est :

- ☐ A. La promulguer
- ☐ B. L'appliquer
- ☐ C. La suspendre
- ☐ D. L'annuler

3891 La démagogie est :

- ☐ A. Le souci du bien du peuple
- ☐ B. La recherche de la faveur du peuple pour obtenir ses suffrages
- ☐ C. L'exercice du pouvoir par le peuple
- ☐ D. Le régime politique prôné par les Grecs

3892 Econduire quelqu'un, c'est :

- ☐ A. Le chasser sans ménagements
- ☐ B. L'entraîner dans une voie dangereuse
- ☐ C. Le détourner de son chemin
- ☐ D. S'en débarrasser sans répondre à ses demandes

3893 Faire florès, c'est :

- ☐ A. Avoir du succès
- ☐ B. Briller
- ☐ C. Progresser
- ☐ D. Se mettre au vert

3894 Passer sous les fourches caudines, c'est :

- ☐ A. Subir une défaite
- ☐ B. Aborder une difficulté
- ☐ C. Etre humilié
- ☐ D. Etre jugé

3895 Des *desiderata* sont :

- ☐ A. Des regrets
- ☐ B. Des souhaits
- ☐ C. Des restes
- ☐ D. Des choix

3896 Une diatribe est :

- ☐ A. Un jugement injuste
- ☐ B. Une caricature
- ☐ C. Un discours politique
- ☐ D. Un pamphlet

3897 Des tribulations sont :

- ☐ A. Des associations
- ☐ B. Des aventures
- ☐ C. Des négociations
- ☐ D. Des impôts

3898 Un anathème est :

- ☐ A. Un blasphème
- ☐ B. Une condamnation
- ☐ C. Une bénédiction
- ☐ D. Une injure très grave

3899 Un moratoire est :

- ☐ A. Un ensemble de requêtes
- ☐ B. Un ensemble de mesures proposées au vote
- ☐ C. Le fait de suspendre une action
- ☐ D. Une sanction pour retard

3900 Une phobie est :

- ☐ A. Un objectif que l'on se fixe
- ☐ B. Un attachement passionnel à un objet ou à une personne
- ☐ C. Une crainte maladive, excessive
- ☐ D. Une paralysie physique

3901 Un violon d'Ingres, c'est :

- ☐ A. Un violon précieux
- ☐ B. Le titre d'un tableau d'Ingres
- ☐ C. Un dada, une activité à laquelle on s'adonne à côté de son activité principale
- ☐ D. Un petit instrument de musique

3902 Un lapsus, c'est :

- ☐ A. Un petit lapin
- ☐ B. Le fait de dire un mot à la place d'un autre
- ☐ C. Un petit moment
- ☐ D. Un rythme musical

3903 Une routine est :

- ☐ A. Une petite route
- ☐ B. Une habitude
- ☐ C. Une chanson populaire
- ☐ D. Une petite roue

3904 Un lieu planté de bambous est :

- ☐ A. Une bamboula
- ☐ B. Une bambouse
- ☐ C. Une bambouseraie
- ☐ D. Une bambousienne

3905 Un archétype, c'est :

- ☐ A. Un type exceptionnel
- ☐ B. Malgré la fin d'un contrat
- ☐ C. Un modèle sur lequel on s'appuie
- ☐ D. Malgré une résidence lointaine

3906 **L'ordalie, c'est :**

- ☐ A. L'épreuve du feu ou de l'eau dont l'issue dépend de Dieu
- ☐ B. Un rituel vaudou
- ☐ C. Un bel ordre
- ☐ D. Une décoration

3907 **Une filiation est :**

- ☐ A. L'action de suivre quelqu'un pour le surveiller
- ☐ B. Le lien de parenté unissant un enfant à son père ou à sa mère
- ☐ C. Une société jouissant d'une personnalité juridique distincte

3908 **Quelqu'un qui est couvert d'opprobre est :**

- ☐ A. Gravement humilié
- ☐ B. Très honoré
- ☐ C. Très sale
- ☐ D. Très riche

3909 **Un incunable est :**

- ☐ A. Un malade en phase terminale
- ☐ B. Un ouvrage imprimé entre 1450 et 1500
- ☐ C. Un individu aux facultés intellectuelles amoindries
- ☐ D. Une écritoire utilisée autrefois par les comptables
- ☐ E. Aucune de ces réponses n'est bonne

3910 **Un dragonnier est :**

- ☐ A. Un arbre des îles Canaries
- ☐ B. Un soldat
- ☐ C. Un animal fabuleux
- ☐ D. Une courroie reliant le poignet à la garde d'un sabre
- ☐ E. Aucune de ces réponses n'est bonne

3911 **Les « immortels » sont :**

- ☐ A. Les membres du Sénat
- ☐ B. Les membres de l'Assemblée nationale
- ☐ C. Les membres de l'Académie française
- ☐ D. Les membres de l'Institut de médecine
- ☐ E. Aucune de ces réponses n'est bonne

3912 **La cochenille est :**

- ☐ A. Un minéral
- ☐ B. Une couleur
- ☐ C. Une plante
- ☐ D. Un insecte
- ☐ E. Aucune de ces réponses n'est bonne

3913 **Une statue aptère est :**

- ☐ A. Une statue sans tête
- ☐ B. Une statue sans ailes
- ☐ C. Une statue sans bras
- ☐ D. Une statue sans jambes
- ☐ E. Aucune de ces réponses n'est bonne

3914 **A brûle-pourpoint signifie :**

- ☐ A. A l'improviste
- ☐ B. De manière urgente
- ☐ C. A chaud
- ☐ D. Sur le vif

3915 **Etre au pinacle signifie :**

- ☐ A. Etre violemment critiqué
- ☐ B. Etre à la situation la plus élevée
- ☐ C. Etre plongé dans le désespoir
- ☐ D. Etre admiré

3916 Qualifier une alliance de mariage de la carpe et du lapin signifie :

- ☐ A. La considérer comme impossible
- ☐ B. La considérer comme ridicule
- ☐ C. La considérer comme surprenante
- ☐ D. La considérer comme novatrice

3917 Bayer aux corneilles signifie :

- ☐ A. Rêvasser
- ☐ B. Espérer le succès sans rien faire
- ☐ C. Suivre l'opinion des autres sans réfléchir
- ☐ D. Ne rien comprendre

3918 L'adverbe dûment signifie :

- ☐ A. De manière prépondérante
- ☐ B. Crûment
- ☐ C. D'une façon convenable
- ☐ D. Selon les règles

3919 Superfétatoire signifie :

- ☐ A. Qui s'ajoute inutilement
- ☐ B. Qui fait preuve de vanité
- ☐ C. Qui se fait remarquer en parlant fort
- ☐ D. Superflu

3920 Avoir un comportement sectaire signifie :

- ☐ A. Etre cassant avec ses subordonnés
- ☐ B. Etre limité dans sa compréhension
- ☐ C. Entraîner les autres dans un mouvement religieux
- ☐ D. Etre intolérant à l'égard des opinions des autres

3921 Vouer aux gémonies signifie :

- ☐ A. Accabler de mépris
- ☐ B. Condamner à mort
- ☐ C. Avoir une très grande admiration
- ☐ D. Prononcer un éloge funèbre

3922 S'exprimer sans ambages signifie :

- ☐ A. Sans préjugés
- ☐ B. Sans circonlocutions
- ☐ C. Sans réserves
- ☐ D. Sans détours

3923 De bon aloi signifie :

- ☐ A. De bonne condition sociale
- ☐ B. De manière aimable
- ☐ C. De manière polie
- ☐ D. De bonne qualité

3924 Jubiler signifie :

- ☐ A. Célébrer dans l'allégresse
- ☐ B. Rire de
- ☐ C. Eprouver une joie profonde
- ☐ D. Ricaner

3925 Juguler signifie :

- ☐ A. Empêcher de se manifester
- ☐ B. Mettre sous le joug
- ☐ C. Enrayer
- ☐ D. Lier

3926 Tomber en désuétude signifie :

- ☐ A. Etre abandonné
- ☐ B. Ne plus être en usage
- ☐ C. Ne plus avoir d'intérêt
- ☐ D. Etre condamné

3927 Délétère signifie :

- ☐ A. Qui met la vie en danger
- ☐ B. Qui corrompt
- ☐ C. Malsain
- ☐ D. Pénible

3928 Obtempérer signifie :

- ☐ A. Obéir sans discuter
- ☐ B. Retarder
- ☐ C. Modérer
- ☐ D. Adoucir

3929 Etique signifie :

- ☐ A. Qui concerne la morale
- ☐ B. D'une extrême maigreur
- ☐ C. Qui concerne la sociologie
- ☐ D. Economique

3930 Agir de concert avec quelqu'un signifie :

- ☐ A. Jouer d'un instrument en harmonie avec lui
- ☐ B. Agir en accord avec lui
- ☐ C. Agir de conserve avec lui
- ☐ D. Avoir les mêmes idées

3931 Attaquer tous azimuts signifie attaquer :

- ☐ A. Dans toutes les directions
- ☐ B. Avec tous les moyens disponibles
- ☐ C. Sans réflexion
- ☐ D. Très brutalement

3932 Etre sommé de signifie :

- ☐ A. Etre pressé de
- ☐ B. Etre désespéré de
- ☐ C. Etre mis en demeure de
- ☐ D. Etre incité avec insistance à

3933 Subornation signifie :

- ☐ A. Corruption
- ☐ B. Invention
- ☐ C. Imagination
- ☐ D. Domination

3934 Mercantile signifie :

- ☐ A. Relatif au commerce
- ☐ B. Motivé par la recherche d'un avantage
- ☐ C. Qui suscite l'envie d'acheter
- ☐ D. Sans grande valeur

3935 Fulminer signifie :

- ☐ A. Allumer un feu avec difficulté
- ☐ B. Exploser sous l'effet de la colère
- ☐ C. Fumer à peine
- ☐ D. Suinter

3936 S'aliéner quelqu'un signifie :

- ☐ A. L'éloigner moralement de soi
- ☐ B. Le rendre fou
- ☐ C. Le faire interner
- ☐ D. Le mettre de son côté

3937 Taxer quelqu'un de quelque chose signifie :

- ☐ A. Lui prendre quelque chose
- ☐ B. L'accuser
- ☐ C. Le traiter de
- ☐ D. Lui imposer quelque chose

3938 Faire flèche de tout bois signifie :

- ☐ A. Lancer des flèches sans viser
- ☐ B. Ne pas faire attention au matériau utilisé
- ☐ C. Utiliser tous les moyens possibles
- ☐ D. Se comporter de manière importune

3939 Avoir un bœuf sur la langue signifie :

- ☐ A. Garder le silence
- ☐ B. Avoir des difficultés d'élocution
- ☐ C. Avoir l'habitude d'intervenir lourdement
- ☐ D. Avoir un vocabulaire très restreint

3940 Vilipender signifie :

- ☐ A. Attaquer
- ☐ B. Traîner dans la boue
- ☐ C. Dénigrer
- ☐ D. Traiter grossièrement

3941 Dispenser signifie :

- ☐ A. Distribuer avec générosité
- ☐ B. Tenir quitte de
- ☐ C. Ne pas imposer
- ☐ D. Empêcher

3942 Franchir le Rubicon signifie :

- ☐ A. Prendre une décision révolutionnaire
- ☐ B. Prendre un risque inconsidéré
- ☐ C. Prendre une décision irréversible
- ☐ D. Prendre une décision irréfléchie

3943 Se raviser signifie :

- ☐ A. Etre conforté dans sa position
- ☐ B. Changer d'avis
- ☐ C. Réfléchir avant de prendre une décision
- ☐ D. Renoncer à parler

3944 N'avoir cure signifie :

- ☐ A. Ne pas comprendre
- ☐ B. Ne pas savoir faire
- ☐ C. Faire très attention à
- ☐ D. Ne pas tenir compte de

3945 Se croire sorti de la cuisse de Jupiter signifie :

- ☐ A. Se passionner pour la mythologie
- ☐ B. Se croire supérieur aux autres
- ☐ C. Se croire immortel
- ☐ D. Prendre des risques inconsidérés

3946 A l'envi signifie :

- ☐ A. Par jalousie
- ☐ B. A qui mieux mieux
- ☐ C. En rivalisant
- ☐ D. Par dépit

3947 Insigne signifie :

- ☐ A. Remarquable
- ☐ B. Sans intérêt
- ☐ C. Favorable
- ☐ D. Noble

3948 Abjurer signifie :

- ☐ A. S'engager sans réserve
- ☐ B. Trahir quelqu'un
- ☐ C. Renoncer à ce que l'on affirmait aimer ou croire
- ☐ D. Se convertir

3949 Habiliter signifie :

- ☐ A. Qualifier
- ☐ B. Conférer la capacité juridique
- ☐ C. Donner des moyens d'action
- ☐ D. Reconnaître les capacités

3950 Avoir de la commisération signifie :

- ☐ A. Avoir de la sympathie
- ☐ B. Avoir de la pitié
- ☐ C. Avoir de l'indulgence
- ☐ D. Avoir de la compréhension

3951 **Par le truchement de signifie :**

- ☐ A. Par l'intermédiaire de
- ☐ B. Par l'importance de
- ☐ C. Par l'entremise de
- ☐ D. Par l'intervention de

3952 ***In extenso* signifie :**

- ☐ A. Exhaustivement
- ☐ B. En longueur
- ☐ C. Intégralement
- ☐ D. De manière approximative

3953 **Imprescriptible signifie :**

- ☐ A. Inimaginable
- ☐ B. Impossible à comprendre
- ☐ C. Qui ne peut être effacé
- ☐ D. Qui ne peut être recommandé

3954 **Abscons signifie :**

- ☐ A. Absurde
- ☐ B. Imprécis
- ☐ C. Désespéré
- ☐ D. Difficile à comprendre

3955 **Pragmatique signifie :**

- ☐ A. Habile de ses mains
- ☐ B. Expérimenté
- ☐ C. Soucieux du résultat de l'action plutôt que de la théorie
- ☐ D. Idéologique

3956 **Inopiné signifie :**

- ☐ A. Sans réflexion
- ☐ B. Imprévu
- ☐ C. Sans profondeur
- ☐ D. Sans attention

3957 **Désopilant signifie :**

- ☐ A. Provocant
- ☐ B. Entraînant
- ☐ C. Déstabilisant
- ☐ D. Hilarant

3958 **Emblématique signifie :**

- ☐ A. Symbolique
- ☐ B. Reconnu depuis longtemps
- ☐ C. Qui a du charisme
- ☐ D. Remarquable

3959 **Endémie signifie :**

- ☐ A. Epidémie répandue dans le monde entier
- ☐ B. Fait de se marier avec un membre du groupe auquel on appartient
- ☐ C. Epidémie en cours de disparition
- ☐ D. Maladie qui sévit de manière régulière

3960 **Servile signifie :**

- ☐ A. Flatteur
- ☐ B. Qui se soumet de manière excessive
- ☐ C. Obséquieux
- ☐ D. Imitateur

3961 **Mesquin signifie :**

- ☐ A. Chiche
- ☐ B. Médiocre
- ☐ C. Sournois
- ☐ D. Chafouin

3962 **Incongru signifie :**

- ☐ A. Grossier
- ☐ B. Déplacé
- ☐ C. Incompréhensible
- ☐ D. Qui ne convient pas

3963 Déliquescence signifie :

- ☐ A. Immoralité
- ☐ B. Etat de décadence avancée
- ☐ C. Désœuvrement
- ☐ D. Glissement

3964 Déchanter signifie :

- ☐ A. Perdre son rang
- ☐ B. Décevoir
- ☐ C. Perdre ses illusions
- ☐ D. Reconnaître ses erreurs

3965 Se déliter signifie :

- ☐ A. Se désagréger
- ☐ B. Se retirer
- ☐ C. S'accuser
- ☐ D. Se fermer

3966 Agir en sous main signifie agir :

- ☐ A. En demandant une rétribution
- ☐ B. En apportant une aide
- ☐ C. En jouant un double jeu
- ☐ D. Secrètement

3967 Trouver son chemin de Damas signifie :

- ☐ A. Trouver un obstacle qu'on ne peut franchir
- ☐ B. Se convertir
- ☐ C. Trouver sa vocation
- ☐ D. Vivre une expérience extraordinaire

3968 Evincer signifie :

- ☐ A. Humilier
- ☐ B. Réduire en esclavage
- ☐ C. Assécher
- ☐ D. Eliminer

3969 Enjoindre signifie :

- ☐ A. Ordonner expressément
- ☐ B. Atteindre
- ☐ C. Mettre en relation
- ☐ D. Encourager

3970 Tellurique signifie :

- ☐ A. Qui est relatif à la terre
- ☐ B. Qui est relatif aux tremblements de terre
- ☐ C. Qui est relatif aux éruptions volcaniques
- ☐ D. Qui est relatif aux cyclones

3971 Regimber signifie :

- ☐ A. Reprendre des forces
- ☐ B. Etre insolent
- ☐ C. Résister
- ☐ D. Perdre son éclat

3972 Inique signifie :

- ☐ A. Cruel
- ☐ B. Inégal
- ☐ C. Humiliant
- ☐ D. Qui est injuste de façon criante

3973 Sophistiqué signifie :

- ☐ A. Qui manque de naturel
- ☐ B. Snob
- ☐ C. D'une grande complexité
- ☐ D. Superficiel

3974 Impromptu signifie :

- ☐ A. Court
- ☐ B. Inopportun
- ☐ C. Importun
- ☐ D. Improvisé

3975 **Turpitude signifie :**

- ☐ A. Faiblesse morale
- ☐ B. Grande pauvreté
- ☐ C. Ignominie
- ☐ D. Bassesse

3976 **Intransigeant signifie :**

- ☐ A. Qui se refuse à toute concession
- ☐ B. Borné
- ☐ C. Sévère
- ☐ D. Malveillant

3977 **Proférer signifie :**

- ☐ A. Blasphémer
- ☐ B. Dire à voix haute
- ☐ C. Porter une accusation
- ☐ D. Profaner

3978 **Surseoir à signifie :**

- ☐ A. Suspendre momentanément
- ☐ B. Pardonner
- ☐ C. Rajouter
- ☐ D. Différer

3979 **Infime signifie :**

- ☐ A. Très petit
- ☐ B. Handicapé
- ☐ C. De peu d'importance
- ☐ D. Profond

3980 **Antépénultième signifie :**

- ☐ A. Avant-dernière
- ☐ B. Avant-avant-dernière
- ☐ C. Dernière
- ☐ D. Ultime

3981 **Tarabiscoté signifie :**

- ☐ A. D'une recherche compliquée
- ☐ B. Chargé d'ornements excessifs
- ☐ C. Avec de nombreux recoins
- ☐ D. Bizarre

3982 **Dégrever signifie :**

- ☐ A. Exempter
- ☐ B. Nettoyer
- ☐ C. Décharger
- ☐ D. Déformer

3983 **Ne pas avoir de cesse signifie :**

- ☐ A. Ne pas avoir de repos
- ☐ B. Terminer
- ☐ C. Ne pas continuer
- ☐ D. Etre excédé

3984 **Antagoniste signifie :**

- ☐ A. Qui lutte contre
- ☐ B. Opposé
- ☐ C. Qui opère un effet contraire
- ☐ D. Qui entache une action

3985 **Abhorrer signifie :**

- ☐ A. Rejeter
- ☐ B. Détester
- ☐ C. Faire disparaître
- ☐ D. Adorer

3986 **Rétrocéder un bien signifie :**

- ☐ A. En faire don
- ☐ B. Le revendre au précédent propriétaire
- ☐ C. Le rendre à l'Etat
- ☐ D. Le donner en héritage

3987 Déroger aux usages signifie :

- ☐ A. Ne pas s'y conformer
- ☐ B. Les respecter
- ☐ C. Les changer
- ☐ D. Leur manquer

3988 Maculer signifie :

- ☐ A. Salir
- ☐ B. Blanchir
- ☐ C. Nettoyer
- ☐ D. Tacher

3989 Réguler signifie :

- ☐ A. Réduire
- ☐ B. Contrôler
- ☐ C. Donner des règles
- ☐ D. Organiser

3990 Se gausser de signifie :

- ☐ A. Se débarrasser
- ☐ B. S'enticher
- ☐ C. Se moquer
- ☐ D. Se louer de

3991 Se targuer de signifie :

- ☐ A. Se prévaloir de
- ☐ B. Se tromper de
- ☐ C. Se vanter de
- ☐ D. Se défendre de

3992 Disparité signifie :

- ☐ A. Inégalité
- ☐ B. Différence
- ☐ C. Contraste
- ☐ D. Changement

3993 D'emblée signifie :

- ☐ A. Tout de suite
- ☐ B. Avec plaisir
- ☐ C. Ensemble
- ☐ D. Volontiers

3994 Entériner signifie :

- ☐ A. Approuver
- ☐ B. Confirmer
- ☐ C. Oublier
- ☐ D. Enfermer

3995 A bon escient signifie :

- ☐ A. Après réflexion
- ☐ B. Remarquablement
- ☐ C. Avec discernement
- ☐ D. Consciemment

3996 Rechigner signifie :

- ☐ A. Montrer de la répugnance
- ☐ B. Grogner
- ☐ C. Essayer en vain
- ☐ D. Régresser

3997 Caudalie signifie :

- ☐ A. Une espèce rare de fleur
- ☐ B. Un terme médical désignant une infection des poumons
- ☐ C. Une molécule intervenant dans la préparation de crèmes cosmétiques
- ☐ D. Mesure de la persistance aromatique du vin en bouche

3998 En l'occurrence signifie :

- ☐ A. A cause de cette circonstance
- ☐ B. En cas d'erreur
- ☐ C. Malgré cette circonstance
- ☐ D. En cette circonstance

3999 **Arguer de signifie :**

- ☐ A. Etre fier de
- ☐ B. Prendre prétexte de
- ☐ C. Accuser devant un tribunal
- ☐ D. Reconnaître

4000 **Piètre signifie :**

- ☐ A. Maladroit
- ☐ B. Lamentable
- ☐ C. Mauvais
- ☐ D. Pauvre

4001 **Spolier signifie :**

- ☐ A. Emporter
- ☐ B. Dépasser
- ☐ C. Empêcher
- ☐ D. Déposséder

4002 **Intrusion signifie :**

- ☐ A. Action d'intervenir sans en avoir le droit
- ☐ B. Ingérence
- ☐ C. Attaque sournoise
- ☐ D. Accueil officiel

4003 **Réitération signifie :**

- ☐ A. Retour
- ☐ B. Retrait
- ☐ C. Aveu
- ☐ D. Répétition

4004 **Récalcitrant signifie :**

- ☐ A. Téméraire
- ☐ B. Rétif
- ☐ C. Rebelle
- ☐ D. Agressif

4005 **Récrimination signifie :**

- ☐ A. Plainte
- ☐ B. Protestation virulente
- ☐ C. Distinction
- ☐ D. Fait d'établir des différences

4006 **Ostentatoire signifie :**

- ☐ A. Généreux
- ☐ B. Discret
- ☐ C. Voyant
- ☐ D. Qui porte atteinte à

4007 **Préemption signifie :**

- ☐ A. Intervention illégale
- ☐ B. Caractère de ce qui est périmé
- ☐ C. Priorité dont jouit un acheteur
- ☐ D. Affirmation d'autorité

4008 **Renflouer signifie :**

- ☐ A. Rétablir une situation financière compromise
- ☐ B. Tromper dans une opération financière
- ☐ C. Aggraver les pertes financières
- ☐ D. Remettre à flot

4009 **Temporiser signifie :**

- ☐ A. Ajourner
- ☐ B. Retarder
- ☐ C. Discuter
- ☐ D. Négocier

4010 **En catimini signifie :**

- ☐ A. Progressivement
- ☐ B. Doucement
- ☐ C. Discrètement
- ☐ D. A découvert

4011 Stigmatiser signifie :

- ☐ A. Rendre inégal
- ☐ B. Blâmer
- ☐ C. Exalter
- ☐ D. Transformer en victime

4012 Récurer signifie :

- ☐ A. Répéter
- ☐ B. Nettoyer à fond
- ☐ C. Appliquer un traitement thérapeutique
- ☐ D. Récidiver

4013 Carence signifie :

- ☐ A. Pénurie
- ☐ B. Maladie chronique
- ☐ C. Cherté
- ☐ D. Manque d'affection

4014 Etre aux abois signifie :

- ☐ A. Manquer d'argent
- ☐ B. Etre réduit à la dernière extrémité
- ☐ C. Etre poursuivi
- ☐ D. Etre placé en première ligne

4015 Outrecuidant signifie :

- ☐ A. Importun
- ☐ B. Coléreux
- ☐ C. Présomptueux
- ☐ D. Impertinent

4016 Prescription signifie :

- ☐ A. Ordre formel
- ☐ B. Interdiction
- ☐ C. Indication
- ☐ D. Fin de validité

4017 Incandescent signifie :

- ☐ A. Impudique
- ☐ B. Qui produit une lumière rouge en brûlant
- ☐ C. Très chaud
- ☐ D. Scintillant

4018 Tarauder signifie :

- ☐ A. Tourmenter de manière lancinante
- ☐ B. Regarder avec insistance
- ☐ C. Errer sans but
- ☐ D. Dépenser sans compter

4019 Médusé signifie :

- ☐ A. Interloqué
- ☐ B. Interrogateur
- ☐ C. Frappé de stupeur
- ☐ D. Défait

4020 Martial signifie :

- ☐ A. Vindicatif
- ☐ B. Orgueilleux
- ☐ C. Energique
- ☐ D. Guerrier

4021 Que signifie l'expression « Se laisser prendre au miroir aux alouettes » ?

- ☐ A. Se laisser duper par de belles promesses
- ☐ B. Tomber amoureux de son reflet dans le miroir
- ☐ C. Perdre pied avec la réalité
- ☐ D. Aucune de ces réponses n'est bonne

4022 Un repas frugal signifie :

- ☐ A. Un maigre repas
- ☐ B. Un excellent repas
- ☐ C. Un grand repas
- ☐ D. Un repas bien arrosé

4023 Païen a d'abord signifié :

☐ A. Athée
☐ B. Soldat
☐ C. Hérétique
☐ D. Paysan
☐ E. Aucune de ces réponses n'est bonne

4024 Que signifie l'expression : « Ne pas avoir de plomb dans la cervelle » ?

☐ A. Etre irréfléchi
☐ B. Réfléchir rapidement
☐ C. Etre en bonne santé
☐ D. Avoir mal à la tête

4025 Parmi les mots suivants, lequel signifie obscur, mystérieux ?

☐ A. Cristallin
☐ B. Sibyllin
☐ C. Paradoxal
☐ D. Factice

4026 Que signifie le mot ascèse ?

☐ A. Une absence
☐ B. Une discipline pratiquée en vue d'une élévation spirituelle
☐ C. Un sacrifice
☐ D. Un instrument de musique

4027 Que signifie être stoïque ?

☐ A. Etre impassible
☐ B. Etre complexé
☐ C. Etre sensible
☐ D. Etre rusé

4028 Ses conclusions ont été corroborées par ses collègues signifie que les collègues les ont :

☐ A. Contestées
☐ B. Applaudies
☐ C. Confirmées
☐ D. Arrosées

4029 Que signifie subrepticement ?

☐ A. Doucement
☐ B. Ouvertement
☐ C. Rapidement
☐ D. Furtivement
☐ E. Aucune de ces réponses n'est bonne

4030 Que signifie être lunatique ?

☐ A. Etre rêveur
☐ B. Avoir un caractère instable
☐ C. Etre paresseux
☐ D. Avoir la peau très blanche

2. Le sens des mots et des expressions

4031 Quelle est la méthode basée sur la persuasion par la répétition ?

☐ A. Coué
☐ B. Cauel
☐ C. Couderc
☐ D. Courbet

4032 Le mot théocratie désigne quelle forme de régime ?

☐ A. Un régime militaire
☐ B. Un régime religieux
☐ C. Un régime aristocratique
☐ D. Un régime impérial

4033 Quel terme désigne l'assassin d'un roi ?

- ☐ A. Matricide
- ☐ B. Infanticide
- ☐ C. Régicide
- ☐ D. Parricide

4034 Comment appelle-t-on l'autorité protectrice d'un père ou d'un patron ?

- ☐ A. La patrologie
- ☐ B. Le paternalisme
- ☐ C. Le patronage
- ☐ D. La patristique

4035 Que désigne aujourd'hui le mot adonis ?

- ☐ A. Un chien au pelage luisant
- ☐ B. Un jeune homme d'une grande beauté
- ☐ C. Une fleur de couleur pourpre

4036 Le crépuscule désigne quel moment du jour ?

- ☐ A. Les premières lueurs du jour
- ☐ B. La fin du jour
- ☐ C. Midi
- ☐ D. La fin de l'après-midi

4037 Qu'est-ce qu'un alexandrin ?

- ☐ A. Un vers de douze syllabes
- ☐ B. Un dignitaire de l'Eglise orthodoxe
- ☐ C. Un cocktail composé de cognac, de crème fraiche et de crème de cacao
- ☐ D. Un poème de treize vers

4038 Qu'est-ce qu'une épitaphe ?

- ☐ A. Un mot formé des lettres d'un autre mot disposées dans un ordre différent
- ☐ B. Un discours assez court mais de caractère officiel
- ☐ C. La représentation d'une idée par une figure dotée d'attributs symboliques
- ☐ D. Une inscription gravée sur une tombe

4039 Laquelle de ces propositions ne désigne pas une plante ?

- ☐ A. Arum
- ☐ B. Aspic
- ☐ C. Agapanthe
- ☐ D. Aneth

4040 L'immigration est le fait de :

- ☐ A. S'expatrier à l'étranger
- ☐ B. Entrer dans un autre pays que le sien pour y vivre
- ☐ C. Etre condamné à quitter un pays avec interdiction d'y entrer

4041 Un propos sans ambages est un propos :

- ☐ A. Sans détour
- ☐ B. Sans emphase
- ☐ C. Sans précaution
- ☐ D. Sans plan préétabli

4042 La ploutocratie, c'est le gouvernement :

- ☐ A. Des plus capables
- ☐ B. D'un petit nombre
- ☐ C. Des plus fortunés
- ☐ D. Des gens de lettres

4043 **Un bailleur de fonds est celui qui :**

- ☐ A. Récupère l'argent prêté
- ☐ B. Loue un appartement
- ☐ C. Met à disposition gratuitement un lieu
- ☐ D. Prête de l'argent

4044 **Qu'est-ce qu'une expression idiomatique ?**

- ☐ A. Une expression qui n'a pas de sens littéral
- ☐ B. Une expression particulière à une langue qui n'a pas d'équivalent dans les autres langues
- ☐ C. Une expression inventée de toute pièce
- ☐ D. Aucune de ces réponses n'est bonne

4045 **Une offre gracieuse est une offre :**

- ☐ A. Rémunérée
- ☐ B. Accordée bénévolement
- ☐ C. Qui a du charme
- ☐ D. Intéressée

4046 **Une condition *sine qua non* est une condition :**

- ☐ A. Impossible à réaliser
- ☐ B. Indispensable
- ☐ C. Inacceptable
- ☐ D. Rejetée sans examen

4047 **Des mesures coercitives sont des mesures :**

- ☐ A. Prises en commun
- ☐ B. Excessives
- ☐ C. D'emprisonnement
- ☐ D. Qui exercent une contrainte

4048 **Des affaires qui périclitent sont des affaires qui :**

- ☐ A. Vont à la ruine
- ☐ B. Se développent
- ☐ C. Déclinent
- ☐ D. Sont malhonnêtes

4049 **Une décision collégiale est une décision :**

- ☐ A. Prise par un groupe
- ☐ B. Qui concerne une assemblée
- ☐ C. Sans valeur juridique
- ☐ D. Prise à l'unanimité

4050 **Une nourriture roborative est une nourriture :**

- ☐ A. Abondante
- ☐ B. Simple
- ☐ C. Frugale
- ☐ D. Qui redonne des forces

4051 **Agir par mimétisme, c'est agir :**

- ☐ A. De manière irréfléchie
- ☐ B. Par imitation
- ☐ C. De manière automatique
- ☐ D. Par répétition

4052 **Parler sans acrimonie, c'est parler :**

- ☐ A. Avec aigreur
- ☐ B. Avec douceur
- ☐ C. Avec aménité
- ☐ D. De manière blessante

4053 Lire un texte *in extenso*, c'est le lire :

- ☐ A. Dans sa totalité
- ☐ B. En résumé
- ☐ C. Dans sa langue d'origine
- ☐ D. En prenant son temps

4054 Un conflit ouvert est un conflit :

- ☐ A. Connu de tous
- ☐ B. Déclaré
- ☐ C. En voie de résolution
- ☐ D. Auquel participent plusieurs personnes

4055 Recevoir un accueil mitigé, c'est recevoir un accueil :

- ☐ A. Enthousiaste
- ☐ B. Froid
- ☐ C. Réservé
- ☐ D. Désagréable

4056 L'état d'indifférence est désigné par :

- ☐ A. L'apathie
- ☐ B. L'ataraxie
- ☐ C. L'eudémonisme
- ☐ D. L'amour de la retraite

4057 Une formule lapidaire est une formule :

- ☐ A. Difficile à comprendre
- ☐ B. Percutante
- ☐ C. Simpliste
- ☐ D. Moralisatrice

4058 Parler d'un ton rogue, c'est parler :

- ☐ A. D'un ton méprisant
- ☐ B. Avec brutalité
- ☐ C. De façon rude
- ☐ D. De manière laconique

4059 Un comportement atavique est un comportement :

- ☐ A. Brutal
- ☐ B. Héréditaire
- ☐ C. Dû à des habitudes ancestrales
- ☐ D. Fruste

4060 Quand on parle de la teneur d'un discours, on fait allusion à :

- ☐ A. Ses qualités rhétoriques
- ☐ B. Son contenu
- ☐ C. Sa visée
- ☐ D. Sa conclusion

4061 Une attitude amène est une attitude :

- ☐ A. Avenante
- ☐ B. Désagréable
- ☐ C. Bizarre
- ☐ D. Charmante

4062 Une image d'Epinal est une image :

- ☐ A. Ancienne
- ☐ B. Populaire
- ☐ C. Qui ne montre que le bon côté d'une chose
- ☐ D. Destinée aux enfants

4063 Considérer quelqu'un avec commisération, c'est le considérer :

- ☐ A. Avec compassion
- ☐ B. Avec intérêt
- ☐ C. Avec hauteur
- ☐ D. Sans bienveillance

4064 **Une nomination officieuse est une nomination :**

- ☐ A. Demandée secrètement
- ☐ B. Annoncée à tort
- ☐ C. A un poste honorifique
- ☐ D. Qui n'a pas été encore rendue officielle

4065 **Demander un moratoire, c'est demander :**

- ☐ A. De suspendre une action, un processus
- ☐ B. D'arrêter définitivement une action, un processus
- ☐ C. L'avis d'experts
- ☐ D. De chiffrer le coût d'un projet

4066 **Un prix prohibitif est un prix :**

- ☐ A. Caché alors qu'il devrait être affiché
- ☐ B. Qui empêche l'achat ou la vente
- ☐ C. Trop élevé
- ☐ D. Illégal

4067 **Un argument insidieux est un argument :**

- ☐ A. Qui cherche à induire en erreur
- ☐ B. Faux
- ☐ C. Qui dissimule un piège
- ☐ D. Particulièrement habile

4068 **Un contempteur est quelqu'un qui :**

- ☐ A. Méprise
- ☐ B. Adore
- ☐ C. Admire
- ☐ D. Attaque

4069 **Quel sens avait, à l'origine, l'expression tout à l'heure ?**

- ☐ A. Le même sens qu'aujourd'hui
- ☐ B. Tout de suite
- ☐ C. Il y a un instant
- ☐ D. Dans un moment

4070 **Centripète est un adjectif qui qualifie :**

- ☐ A. Une force qui attire vers le centre tout objet soumis à un mouvement de rotation
- ☐ B. Une phobie des lieux publics
- ☐ C. Une force qui éloigne du centre tout objet soumis à un mouvement de rotation
- ☐ D. Une position politique qui se revendique au centre

4071 **Des mesures dilatoires sont des mesures :**

- ☐ A. D'élargissement
- ☐ B. Qui visent à obtenir un délai
- ☐ C. Contraires à la loi
- ☐ D. Contestées

4072 **Prêter de l'argent à fonds perdu, c'est prêter :**

- ☐ A. Alors qu'on manque soi-même d'argent
- ☐ B. Sans espoir d'être remboursé
- ☐ C. Sans intérêt
- ☐ D. Sans réfléchir

4073 **L'adjectif carcéral caractérise quelque chose de :**

- ☐ A. Relatif à la peine de mort
- ☐ B. Relatif aux tribunaux
- ☐ C. Relatif aux cimetières
- ☐ D. Relatif aux prisons

4074 Un phénomène récurrent est un phénomène :

- ☐ A. Qui se répète
- ☐ B. Qui est ancien
- ☐ C. Qui ne dure pas
- ☐ D. Qui prend des formes différentes

4075 Mener une affaire de manière expéditive, c'est la mener de manière :

- ☐ A. Injuste
- ☐ B. Illégale
- ☐ C. Brutale
- ☐ D. Rapide

4076 Une mesure dissuasive tend à :

- ☐ A. Apaiser
- ☐ B. Réguler
- ☐ C. Faire renoncer
- ☐ D. Décourager

4077 La résilience, c'est l'aptitude d'un individu à construire et à vivre de manière satisfaisante :

- ☐ A. Malgré un traumatisme
- ☐ B. Malgré la fin d'un contrat
- ☐ C. Malgré le refus de conciliation
- ☐ D. Malgré une résidence lointaine

4078 Un oxymore désigne :

- ☐ A. Une oxydation
- ☐ B. Un insecte
- ☐ C. Le rapprochement de deux mots qui semblent s'opposer
- ☐ D. Le fait de dire moins pour suggérer davantage

4079 Que signifie mettre au rebut ?

- ☐ A. Marquer un second but
- ☐ B. Se débarrasser d'une chose sans valeur et inutilisable
- ☐ C. Ecarter ce qui nous dégoûte
- ☐ D. Mettre à la fin

4080 Qu'est-ce qu'un insulaire ?

- ☐ A. Un égoïste
- ☐ B. Celui qui vit sur une île
- ☐ C. Un ermite
- ☐ D. Le générique de l'insuline

4081 Qu'est-ce que l'herméneutique ?

- ☐ A. Une théorie secrète
- ☐ B. Une théorie de l'interprétation
- ☐ C. Une théorie réservée à une élite
- ☐ D. Le culte de l'hermine

4082 Qu'est-ce que la frondaison ?

- ☐ A. La sédition qui éclata contre Mazarin et Anne d'Autriche
- ☐ B. Une institution
- ☐ C. La ligne de front
- ☐ D. Le feuillage
- ☐ E. Aucune de ces réponses n'est bonne

4083 Qu'est-ce qu'un ocelot ?

- ☐ A. Un félin
- ☐ B. Un jeu d'enfant
- ☐ C. Un instrument de chirurgie
- ☐ D. Le marteau utilisé par les juges lors des audiences
- ☐ E. Aucune de ces réponses n'est bonne

4084 **Laquelle de ces propositions est inexacte ?**

- ☐ A. Le préfixe « aristo » signifie les meilleurs
- ☐ B. Le préfixe « hypo » signifie qui se rapporte au cheval
- ☐ C. Le préfixe « poly » signifie plusieurs
- ☐ D. Le préfixe « iso » signifie égal
- ☐ E. Aucune de ces réponses n'est bonne

4085 **Quelle est l'expression correcte ?**

- ☐ A. Je vous saurai gré de bien vouloir…
- ☐ B. Je vous serai gré de bien vouloir…
- ☐ C. Je vous saurais gré de bien vouloir…
- ☐ D. Je vous serais gré de bien vouloir…
- ☐ E. Aucune de ces réponses n'est bonne

4086 **Quel type de gouvernement désigne le terme autocratie ?**

- ☐ A. Un gouvernement sous influence militaire
- ☐ B. Un gouvernement sous influence religieuse
- ☐ C. Le gouvernement d'un parti politique unique
- ☐ D. Un gouvernement où un seul gouverne, avec une autorité sans borne

4087 **Que désignent, dans le vocabulaire religieux, les limbes ?**

- ☐ A. L'enfer
- ☐ B. Le paradis
- ☐ C. Le séjour des âmes avant la mort du Christ et de celles des enfants morts sans baptême
- ☐ D. L'emplacement de la crucifixion du Christ

4088 **Que désigne le terme schisme ?**

- ☐ A. Une roche sédimentaire
- ☐ B. La séparation des fidèles d'une religion qui reconnaissent une autorité différente
- ☐ C. Un phénomène physique de scission
- ☐ D. Une forme ou un ensemble de formes qui fait le style d'un artiste, d'un mouvement artistique ou d'une époque

4089 **Que désigne-t-on par le terme magistère ?**

- ☐ A. Une retraite dans un monastère
- ☐ B. Une autorité doctrinale, morale ou intellectuelle unanimement reconnue
- ☐ C. La carrière de juge
- ☐ D. L'activité d'un magicien

4090 **L'antisémitisme est une forme de racisme qui s'exerce à l'encontre :**

- ☐ A. Des noirs
- ☐ B. Des minorités ethniques quelles qu'elles soient
- ☐ C. Des juifs
- ☐ D. Des asiatiques

4091 **L'aurore désigne quel moment du jour ?**

- ☐ A. Les premières lueurs du jour
- ☐ B. La fin du jour
- ☐ C. Midi
- ☐ D. La fin de l'après-midi

4092 **A quel sens renvoie l'adjectif tactile ?**

- ☐ A. L'odorat
- ☐ B. Le goût
- ☐ C. Le toucher
- ☐ D. L'ouïe

4093 Un régime politique dont les dirigeants sont les plus puissants s'appelle :

- ☐ A. Oligarchie
- ☐ B. Théocratie
- ☐ C. Anarchie
- ☐ D. Aristocratie

4094 Un de ces mots ne désigne pas une religion. Lequel ?

- ☐ A. Orthodoxe
- ☐ B. Mystique
- ☐ C. Maronite
- ☐ D. Catholique

4095 Que collectionne un capéophile ?

- ☐ A. Les capes
- ☐ B. Les drapeaux
- ☐ C. Les manteaux
- ☐ D. Les médailles
- ☐ E. Les chapeaux

4096 Une offre gracieuse :

- ☐ A. Est rémunérée
- ☐ B. Est accordée bénévolement
- ☐ C. A du charme Carence
- ☐ D. Est intéressée

4097 La phobie des araignées s'appelle :

- ☐ A. L'arachnophobie
- ☐ B. L'acrophobie
- ☐ C. L'algophobie
- ☐ D. L'agoraphobie

4098 Le nom « sport » a été emprunté à l'anglais au début du XIXe siècle. Cet anglicisme est lui-même issu d'un nom de l'ancien français, que l'on emploie aujourd'hui encore dans un sens différent. Quel est ce nom ?

- ☐ A. Déport
- ☐ B. Report
- ☐ C. Support
- ☐ D. Transport

4099 Les mots liés à la rhétorique sont :

- ☐ A. L'exorde
- ☐ B. La sophistique
- ☐ C. La *disputatio*
- ☐ D. La péroraison

4100 « Le soleil ni la mort ne se peuvent regarder fixement » est une maxime de François de La Rochefoucauld. Comment doit-on la comprendre ?

- ☐ A. Le soleil, incarnant le principe de vie, et la mort se contredisent absolument
- ☐ B. L'homme ne peut pas penser directement à la mort comme il ne peut pas regarder fixement le soleil
- ☐ C. L'homme ne doit pas mettre sur le même plan le soleil (phénomène physique) et la mort (phénomène qui fixe la crainte et la superstition)
- ☐ D. Le soleil et la mort ne peuvent pas se regarder fixement

4101 Les arts libéraux étaient enseignés au Moyen Age. Le mot libéral prend ici le sens de :

- ☐ A. Généreux
- ☐ B. Indépendant, non étatique
- ☐ C. Digne d'un homme libre
- ☐ D. Activité intellectuelle non technique

4102 Amphitryon était un roi de Tirynthe, marié à la très belle Alcmène. Zeus, tombé amoureux de la mortelle, dut, pour séduire la fidèle épouse, prendre l'apparence du mari. C'est ainsi qu'Alcmène, croyant être dans les bras d'Amphitryon, conçut avec le dieu un fils devenu célèbre : Héraclès ou Hercule. Aujourd'hui un amphitryon est :

- ☐ A. Un hôte qui offre à dîner
- ☐ B. Une personne très naïve
- ☐ C. Un soldat à pied

4103 Stentor, personnage de l'*Iliade*, a laissé son nom à une particularité physique. Laquelle ?

- ☐ A. Une voix retentissante
- ☐ B. Des yeux verts
- ☐ C. Une musculature développée

4104 L'« Opéra séria » désigne un genre d'opéra né en Italie qui s'est développé au XVIIIe siècle. A quoi se rapporte l'adjectif « séria » ?

- ☐ A. A la succession des airs chantés qui s'y enchaînent en série
- ☐ B. Au caractère « sérieux » des sujets traités dans ces opéras
- ☐ C. A la musique sérielle composée pour ces opéras
- ☐ D. Au fait que ce type d'opéra était composé pour faire partie d'une série de trois ou quatre opéras retraçant une saga (l'équivalent de nos séries télévisées modernes)

4105 Eros et Thanatos sont deux concepts de la psychanalyse. Ces termes ont été empruntés au grec. Quel est le sens littéral de ces mots ?

- ☐ A. La conscience et l'inconscient
- ☐ B. Le désir et la mort
- ☐ C. Le désir et la vie
- ☐ D. La pulsion et la psychose

4106 Faire des prophéties sans jamais convaincre personne, c'est jouer les :

- ☐ A. Bircé
- ☐ B. Cassandre
- ☐ C. Galatée

4107 Ces noms font référence au diable sauf un. Lequel ?

- ☐ A. Bélial
- ☐ B. Belzébuth
- ☐ C. Léviathan
- ☐ D. Méphistophélès

4108 Littéralement, que signifie Belzébuth ?

- ☐ A. Le Seigneur des Mers
- ☐ B. Le Seigneur des Mouches
- ☐ C. Le Seigneur des Vaches
- ☐ D. Le Seigneur de la Nature

4109 Quel mot correspond à la définition suivante : « Se dit d'une chose que l'on fait à un moment où il ne convient pas de la faire, qui se produit mal à propos. »

- ☐ A. Maladroit
- ☐ B. Intempestif
- ☐ C. Opportun
- ☐ D. Funeste

4110 **Quel mot correspond à la définition suivante : « Se dit des valeurs fictives, fondées seulement sur la confiance accordée à celui qui émet ces valeurs » ?**

- ☐ A. Monétaire
- ☐ B. Fiduciaire
- ☐ C. Financier
- ☐ D. Dérogatoire

4111 **Quel mot correspond à la définition suivante : « Personne qui aime la solitude et déprécie les rapports avec les autres hommes » ?**

- ☐ A. Philanthrope
- ☐ B. Misanthrope
- ☐ C. Agoraphobe
- ☐ D. Lunatique

4112 **Que signifie eutrophisation ?**

- ☐ A. Une augmentation d'oxygène dans l'eau
- ☐ B. Une augmentation d'azote dans l'eau à la suite d'une prolifération d'algues
- ☐ C. Une diminution d'oxygène dans l'eau à la suite d'une prolifération d'algues par enrichissement du milieu en éléments nutritifs

4113 **Que signifie ubuesque ?**

- ☐ A. D'un comique grotesque et absurde
- ☐ B. D'un tragique démesuré et ironique
- ☐ C. D'une tristesse sans égale
- ☐ D. D'une mélancolie joyeuse

4114 **Qu'est ce que la métempsychose ?**

- ☐ A. Une psychose qui conduit à se prendre pour Dieu
- ☐ B. Une forme d'hypnose très efficace
- ☐ C. Le passage des âmes d'un corps dans un autre

4115 **Qu'est-ce que l'illettrisme ?**

- ☐ A. Le fait de n'avoir pas appris à lire et à écrire
- ☐ B. Le fait d'être incapable de lire ou d'écrire un texte simple même quand on a été scolarisé
- ☐ C. Le fait d'être d'une ignorance flagrante

4116 **Qu'est-ce qu'un audit ?**

- ☐ A. Un examen médical
- ☐ B. Une procédure de contrôle
- ☐ C. Une transaction commerciale
- ☐ D. Un jeu

4117 **Laquelle de ces définitions est inexacte ?**

- ☐ A. La linguistique est l'étude du langage et des langues
- ☐ B. La liturgie est l'étude du littoral
- ☐ C. L'hydrologie est l'étude des eaux marines et continentales
- ☐ D. La minéralogie est l'étude des minéraux

4118 **Quel sens a le mot cœur dans le vers de Pierre Corneille « Rodrigue, as-tu du cœur » ?**

- ☐ A. Courage
- ☐ B. Pitié
- ☐ C. Sympathie
- ☐ D. Gentillesse

3. Synonymes et antonymes

4119 Le mot « gnose » est synonyme de :

☐ A. Glose
☐ B. Herméneutique, exégèse
☐ C. Eschatologie
☐ D. Connaissance

4120 Le mot « glose » est synonyme de :

☐ A. Gnose
☐ B. Herméneutique, exégèse
☐ C. Eschatologie
☐ D. Commentaire

4121 Quel est le synonyme de candeur ?

☐ A. Culpabilité
☐ B. Chaleur
☐ C. Paresse
☐ D. Ingénuité

4122 Quel synonyme pour l'adjectif fielleux ?

☐ A. Amical
☐ B. Fier
☐ C. Haineux
☐ D. Fidèle

4123 Dans la liste suivante, quel mot est un synonyme de pusillanime ?

☐ A. Magnanime
☐ B. Poltron
☐ C. Courageux
☐ D. Impassible

4124 Dans la liste suivante, quel mot est un synonyme de magnanime ?

☐ A. Clément
☐ B. Tranquillité
☐ C. Courageux
☐ D. Courage

4125 Trouvez le synonyme d'opprobre :

☐ A. Opposition
☐ B. Déshonneur
☐ C. Méchanceté
☐ D. Ironie

4126 Trouvez un synonyme d'actuel :

☐ A. Présent
☐ B. Obsolète
☐ C. Toujours en acte
☐ D. Virtuel

4127 Largesse est synonyme de :

☐ A. Laxisme
☐ B. Gaspillage
☐ C. Démesure
☐ D. Générosité

4128 Accommodant est le synonyme de :

☐ A. Facile
☐ B. Conciliant
☐ C. Malveillant
☐ D. Agressif

4129 Cochez chaque synonyme de pérenne :

☐ A. Durable
☐ B. Long
☐ C. Permanent
☐ D. Annuel

4130 Cochez chaque synonyme de présomption :

- ☐ A. Intuition
- ☐ B. Hypothèse
- ☐ C. Prétention
- ☐ D. Supposition

4131 Cochez chaque synonyme de placide :

- ☐ A. Flegmatique
- ☐ B. Gras
- ☐ C. Silencieux
- ☐ D. Serein

4132 Parmi les synonymes de abîme, quel est l'intrus ?

- ☐ A. Cavité
- ☐ B. Abysse
- ☐ C. Gouffre
- ☐ D. Altération

4133 Quel est l'antonyme de synergie ?

- ☐ A. Association
- ☐ B. Antagonisme
- ☐ C. Abattement
- ☐ D. Apathie

4134 Quel est l'antonyme de conspuer ?

- ☐ A. Embellir
- ☐ B. Embaumer
- ☐ C. Bafouer
- ☐ D. Acclamer

4135 L'antonyme du mot « nécessaire » est :

- ☐ A. Utile
- ☐ B. Contingent
- ☐ C. Qui vient de naître
- ☐ D. Désirable

4136 Trouvez chaque antonyme d'importun :

- ☐ A. Discret
- ☐ B. Opportun
- ☐ C. Agréable
- ☐ D. Inopportun

4137 Trouvez chaque antonyme de sporadique :

- ☐ A. Ininterrompu
- ☐ B. Isolé
- ☐ C. Intermittent
- ☐ D. Continu

4138 Trouvez chaque antonyme de prôner :

- ☐ A. Louer
- ☐ B. Préconiser
- ☐ C. Dénigrer
- ☐ D. Décrier

4139 Trouvez chaque antonyme de dispendieux :

- ☐ A. Ruineux
- ☐ B. Précaire
- ☐ C. Grandiose
- ☐ D. Bon marché

4140 Trouvez chaque antonyme de factice :

- ☐ A. Naturel
- ☐ B. Apprêté
- ☐ C. Artificiel
- ☐ D. Réel

4141 Trouvez chaque couple d'antonymes :

- ☐ A. Délicieux – délicat
- ☐ B. Décade – décennie
- ☐ C. Mer – océan
- ☐ D. Xénophobe – xénophile

4142 Quel est le contraire d'affliction ?

- ☐ A. Tristesse
- ☐ B. Poltron
- ☐ C. Joie
- ☐ D. Impassible

4143 Dans la liste suivante quel est le contraire de à propos, convenable ?

- ☐ A. Maladroit
- ☐ B. Intempestif
- ☐ C. Opportun
- ☐ D. Funeste

4144 Dans la liste suivante, quel terme est le contraire d'importun ?

- ☐ A. Opportun
- ☐ B. Inopportun
- ☐ C. Indiscret
- ☐ D. Fâcheux

4145 Le contraire de centrifuge est :

- ☐ A. Central
- ☐ B. Centripète
- ☐ C. Décentré
- ☐ D. A contresens

4146 Trouvez le paronyme d'inclination :

- ☐ A. Haine
- ☐ B. Position oblique
- ☐ C. Penchant amoureux
- ☐ D. Inclinaison

4. Un peu d'orthographe et de grammaire

4147 Une faute d'orthographe s'est glissée, laquelle ?

- ☐ A. Des rouge-gorges
- ☐ B. Des oiseaux-mouches
- ☐ C. Des réveille-matin
- ☐ D. Des sous-sols

4148 Une faute d'orthographe s'est glissée dans l'un des mots suivants. Lequel ?

- ☐ A. Accrocher
- ☐ B. Accoustique
- ☐ C. Accéder
- ☐ D. Accident

4149 Comment s'orthographie le terme qui correspond à la définition suivante : « Avoir de l'aisance, de l'habileté dans la manière de se conduire en société. Par conséquent, avoir beaucoup de relations » ?

- ☐ A. Avoir de l'entregent
- ☐ B. Avoir de l'entre-gens
- ☐ C. Avoir de l'entregens
- ☐ D. Avoir de l'entre-gent

4150 Quelle est la bonne orthographe ?

- ☐ A. Rafraichir
- ☐ B. Rafraîchir
- ☐ C. Raffraichir
- ☐ D. Raffréchir

4151 Lequel de ces adverbes n'est pas correctement écrit ?

- ☐ A. Aujourd'huis
- ☐ B. Désormais
- ☐ C. Jadis
- ☐ D. Bientôt

4152 Quelle est la bonne orthographe ?

- ☐ A. Polimère
- ☐ B. Polimaire
- ☐ C. Polymaire
- ☐ D. Polymère

4153 Un de ces mots contient une erreur :

- ☐ A. Les perdrix
- ☐ B. Les souris
- ☐ C. Les nezs
- ☐ D. Les gaz

4154 L'orthographe correcte au pluriel de ce mot est :

- ☐ A. Des timbres-postes
- ☐ B. Des timbre-poste
- ☐ C. Des timbres-poste
- ☐ D. Des timbre-postes

4155 Quel est le mot mal orthographié ?

- ☐ A. Innocemment
- ☐ B. Gentillement
- ☐ C. Ardemment
- ☐ D. Elégamment

4156 Quel est l'orthographe correcte ?

- ☐ A. Assensseur
- ☐ B. Ascenceur
- ☐ C. Ascenseur
- ☐ D. Assenseur

4157 Une suite d'entretiens, de discussions plus ou moins secrètes s'écrit :

- ☐ A. Concilliabule
- ☐ B. Consiliabule
- ☐ C. Conciliabule
- ☐ D. Consilliabule
- ☐ E. Aucune de ces réponses n'est bonne

4158 Synonyme d'être motivé s'écrit :

- ☐ A. Etre plein d'alan
- ☐ B. Etre plein d'alan
- ☐ C. Etre plein d'allant
- ☐ D. Etre plein dallant
- ☐ E. Aucune de ces réponses n'est bonne

4159 Doit-on écrire :

- ☐ A. Apparemment
- ☐ B. Apparamment
- ☐ C. Apparremment
- ☐ D. Apparramment
- ☐ E. Aucune de ces réponses n'est bonne

4160 Une liste de calculs tout faits est un :

- ☐ A. Barème
- ☐ B. Barême
- ☐ C. Barrème
- ☐ D. Baréme
- ☐ E. Aucune de ces réponses n'est bonne

4161 L'intériorité du sujet se nomme :

- ☐ A. Le fort intérieur
- ☐ B. Le faure intérieur
- ☐ C. Le for intérieur
- ☐ D. Le forintérieur

4162 Conjuguez le verbe descendre à la 2e personne du singulier du présent de l'indicatif :

- ☐ A. Tu descens
- ☐ B. Tu descents
- ☐ C. Tu descends
- ☐ D. Tu descend

4163 La troisième personne de pluriel du conditionnel présent est :

- ☐ A. Ils avançaient
- ☐ B. Ils avanceront
- ☐ C. Ils avancèrent
- ☐ D. Ils avanceraient

4164 Dans la phrase : « L'enfant fait l'imbécile », la fonction d'imbécile est :

- ☐ A. Adjectif qualificatif
- ☐ B. Complément circonstanciel de manière
- ☐ C. Attribut du sujet
- ☐ D. Complément d'objet direct

4165 Lequel de ces verbes ne peut être que pronominal ?

- ☐ A. Se hâter
- ☐ B. Se repentir
- ☐ C. Se calmer
- ☐ D. S'habituer

4166 Un de ces verbes n'est pas impersonnel :

- ☐ A. Vanter
- ☐ B. Venter
- ☐ C. Neiger
- ☐ D. Pleuvoir

4167 Mais, ou, et, donc, or, ni, car sont des :

- ☐ A. Pronoms
- ☐ B. Prépositions
- ☐ C. Conjonctions de subordination
- ☐ D. Conjonctions de coordination

4168 Lequel de ces mots est féminin ?

- ☐ A. Armistice
- ☐ B. Embarcadère
- ☐ C. Apostrophe
- ☐ D. Entracte

4169 Lequel de ces mots peut être à la fois de genre masculin et de genre féminin ?

- ☐ A. Enfant
- ☐ B. Fantassin
- ☐ C. Obélisque
- ☐ D. Pectine

4170 Lequel de ces mots est invariable ?

- ☐ A. Porte-clés
- ☐ B. Porte-cartes
- ☐ C. Porte-aiguille
- ☐ D. Porte-bouteilles

5. A travers le temps et l'espace

4171 En latin *in illo tempore* signifie :

- ☐ A. Le temps qui passe et dont il faut jouir
- ☐ B. L'heure qu'il est
- ☐ C. Une référence à un passé prestigieux
- ☐ D. Que l'on parle de l'*Illiade* d'Homère

4172 En latin *carpe diem* signifie :

- ☐ A. Le temps qui passe et dont il faut jouir
- ☐ B. L'heure qu'il est
- ☐ C. Une référence à un passé prestigieux
- ☐ D. Que l'on parle de l'*Illiade* d'Homère

4173 Que signifie l'expression latine *Ite, missa est* ?

- ☐ A. Allez, la messe est dite
- ☐ B. Aujourd'hui, ma mission est accomplie
- ☐ C. Demain me manque
- ☐ D. Ici je repose

4174 *Ad libitum* signifie :

- ☐ A. A volonté
- ☐ B. Au choix
- ☐ C. N'importe comment
- ☐ D. Au fil de la plume

4175 L'expression latine signifiant le sort en est jeté est :

- ☐ A. *Ita missa est*
- ☐ B. *Casus belli*
- ☐ C. *Vox populi*
- ☐ D. *Alea jacta est*

4176 Que signifie l'expression latine *errare humanum est* ?

- ☐ A. L'homme est dans l'errance
- ☐ B. L'erreur est humaine
- ☐ C. L'homme est une erreur de la nature
- ☐ D. L'homme est un être rare

4177 A quel vocabulaire appartient aujourd'hui le terme fiduciaire, du latin *fiducia* qui signifie confiance ?

- ☐ A. Au vocabulaire économique
- ☐ B. Au vocabulaire religieux
- ☐ C. Au vocabulaire philosophique
- ☐ D. Au vocabulaire sociologique

4178 Le mot fortune a quelle origine ?

- ☐ A. Le mot vient du latin *fortuna*, désignant une divinité qui symbolisait le sort
- ☐ B. Le mot vient du nom d'un modeste commerçant, Alphonse Fortune, ayant vécu au XIXe siècle, et s'étant enrichi de façon spectaculaire
- ☐ C. Le mot vient du latin *fortuna*, désignant une pièce de monnaie
- ☐ D. Le mot vient du grec *fortunaïos*, signifiant bien heureux

4179 L'expression « choix cornélien » a quelle origine ?

- ☐ A. Le nom de l'auteur dramatique Pierre Corneille en raison des dilemmes auxquels sont confrontés ses personnages
- ☐ B. Le mot corneille qui désigne un oiseau de la famille des corbeaux, réputé être de mauvais augure
- ☐ C. Le nom de l'auteur dramatique Pierre Corneille qui dut faire un choix difficile entre la troupe de l'Hôtel de Bourgogne (la plus réputée à l'époque) et la troupe de Molière pour faire représenter ses œuvres
- ☐ D. Le mot cornée qui désigne la partie transparente de l'œil (l'expression signifiant un choix lucide)

4180 **Quelle est la langue d'origine du mot soc ?**

☐ A. Le perse
☐ B. Le gaulois
☐ C. Le hittite
☐ D. Le grec

4181 **Quelle est l'origine du terme antagonisme ?**

☐ A. Le mot grec *agônia* qui signifie lutte
☐ B. Le mot grec *agônia* qui signifie entente
☐ C. Le mot latin *agonismus* qui signifie guerre
☐ D. Le mot latin *agonismus* qui signifie paix

4182 **A quelle langue appartient le mot blues ?**

☐ A. La langue anglo-saxonne
☐ B. Le français
☐ C. L'occitan
☐ D. L'arabe

4183 **Le terme escrime est issu de l'ancien français escremie et signifie :**

☐ A. Attaquer
☐ B. Défendre
☐ C. Esquiver
☐ D. Toucher

4184 **Dans la langue française, l'équivalent du terme anglo-saxon *outsourcing* est :**

☐ A. Développement durable
☐ B. Externalisation
☐ C. Ingénierie

4185 **Le mot apartheid, propre à l'Afrique du Sud, signifie :**

☐ A. L'appartenance à l'Afrique du Sud
☐ B. La ségrégation raciale
☐ C. La guerre à outrance
☐ D. La lutte contre le pouvoir des blancs

4186 **Qu'est-ce que le behaviorisme ?**

☐ A. L'étude du comportement, ramenant les conduites à une chaîne de stimulations et de réponses
☐ B. L'étude des comportements des animaux et de leurs similitudes avec ceux des êtres humains
☐ C. L'analyse sociologique des mouvements de population

4187 **Que signifie Al-Qaïda ?**

☐ A. La base
☐ B. La vérité
☐ C. La soumission
☐ D. La foi

4188 **Littéralement, que signifie Al-Jazeera ?**

☐ A. Le désert
☐ B. La colline
☐ C. L'île
☐ D. L'oasis

4189 **Que signifie le terme pagode en sanskrit ?**

☐ A. Heureux
☐ B. Femme
☐ C. Grand
☐ D. Puissant

CORRIGE

3768 Une bévue, un impair

3769 Chercher à l'obtenir

3770 Un article de loi

3771 Un insecte, une maladie

3772 En dire du mal

3773 Bizarre

3774 Des craintes imaginaires, Des propos vides de sens

3775 Une rupture de la continuité

3776 Un événement sur le point de se produire

3777 Une biographie consacrée à un saint, Une biographie excessivement élogieuse

3778 Le flatter par des éloges excessifs

3779 Priver de lucidité de manière obsédante

3780 La pauvreté du vocabulaire

3781 Un agent chargé d'une mission secrète, Une personne sur qui ont fait retomber les fautes des autres

3782 Des plaintes, Des reproches amers

3783 Une réapparition

3784 Une attitude méprisante

3785 Le dénigrer, Le critiquer

3786 Y être parfaitement exercé

3787 Le fait de se soustraire à une obligation

3788 Une raillerie cruelle

3789 S'efforcer d'établir l'égalité entre les personnes, Considérer que les personnes ont toutes la même valeur

3790 Un homme pédant, Un homme manquant de savoir-vivre

3791 Etre trompé

3792 La tendance à accorder des avantages aux membres de sa famille

3793 la croyance en un messie et l'attente de sa venue

3794 Une attaque, Une critique violente, Une diatribe

3795 Un journal polémique

3796 Un homme qui trahit ses engagements

3797 Un produit de remplacement

3798 La dire avec violence

3799 La pallier, Y remédier

3800 Des négociations, Des pourparlers

3801 Avoir des ennuis

3802 Accorder des droits exclusifs

3803 Une personne qui s'est élevée au sommet des dignités, de l'art ou des sciences

3804 Durer très peu

3805 Un avertissement, Un coup de feu à blanc

3806 Un désordre provenant d'une mauvaise gestion

3807 La satisfaction excessive de soi

3808 Contester avec force, Refuser d'obéir

3809 En souffrir

3810 Une entente secrète

3811 L'incompétence

3812 Etre dans un équilibre instable

3813 Une attente indéfinie et passive, Une attitude opportuniste

3814 Incapable de prendre des décisions, Hésitant

3815 Fourbe

3816 L'attaquer vivement

3817 Attendre

3818 Blesser, Taquiner

3819 S'exprimer sans détours
3820 Lui faire des remontrances
3821 Serein, Flegmatique
3822 L'étude des représentations plastiques, L'ensemble des illustrations d'un ouvrage
3823 Avare
3824 Un ordre
3825 Supposé
3826 Revenir sur une décision
3827 Draconiennes, Sévères
3828 Une manière d'exprimer sa pensée de façon indirecte
3829 Hautain
3830 L'évincer, Prendre sa place
3831 Un terme géographique de la Bretagne, Un estuaire de rivière en forme d'anse
3832 Mordant, Caustique
3833 Dans l'angoisse
3834 Une mesure de bannissement
3835 En Inde, un individu n'appartenant à aucune caste, Une personne méprisée
3836 Etre porté naturellement à
3837 L'état de dispersion d'un peuple
3838 Une conséquence nécessaire, Une suite naturelle
3839 Le nom de toute la famille
3840 Sélectionner avec grand soin
3841 Faire semblant de
3842 Manquer son but
3843 Chercher avec zèle à convertir autrui à ses idées
3844 Maintenir dans une situation médiocre, Maintenir dans un lieu à l'écart
3845 Une affirmation mal fondée
3846 Une anthologie, Un recueil de textes
3847 Avoir un penchant pour, Avoir tendance à
3848 Détourner l'attention
3849 Un rassemblement de militants politiques aux Etats-Unis
3850 Un détail, Une peccadille
3851 Des manœuvres, Des actions secrètes destinées à tromper
3852 Une idée non vérifiée, Une supposition
3853 Une discussion argumentée
3854 Un stéréotype, Un lieu commun
3855 Un changement brutal de direction, Une perte
3856 Un détail ornemental, Une surabondance d'ornements dans le style
3857 L'impatience, Le manque de jugement
3858 Une faute de chronologie
3859 Désagréable
3860 Des subventions, Des aides financières
3861 Atermoyer, Hésiter
3862 Compliqué
3863 Des conjectures
3864 Son sens
3865 L'imiter
3866 Un discours violent contre quelqu'un
3867 Faire des concessions
3868 Des lamentations sans fin
3869 Avoir un différend avec lui
3870 Exclure, Proscrire
3871 Faire acte de soumission
3872 Le refuser
3873 Des changements de bien en mal
3874 La rejeter
3875 Une division
3876 Apprécié, Estimé

3877 L'éviter

3878 Effarouché, Choqué

3879 Le critiquer violemment

3880 Son conseiller

3881 Avoir la liberté d'agir

3882 La déclarer indigne de l'estime des autres

3883 Perfide

3884 Susceptible, Méfiant

3885 De moyens honteux et malhonnêtes

3886 Sans honte, Sans scrupule

3887 Y remédier

3888 Se faner

3889 Courtois

3890 L'annuler

3891 La recherche de la faveur du peuple pour obtenir ses suffrages

3892 S'en débarrasser sans répondre à ses demandes

3893 Avoir du succès, Briller

3894 Subir une défaite, Etre humilié

3895 Des souhaits

3896 Un pamphlet

3897 Des aventures, Des négociations

3898 Une condamnation

3899 Le fait de suspendre une action

3900 Une crainte maladive, excessive

3901 Un dada, une activité à laquelle on s'adonne à côté de son activité principale

3902 Le fait de dire un mot à la place d'un autre

3903 Une habitude

3904 Une bambouseraie

3905 Un modèle sur lequel on s'appuie

3906 L'épreuve du feu ou de l'eau dont l'issue dépend de Dieu

3907 Le lien de parenté unissant un enfant à son père ou à sa mère

3908 Gravement humilié

3909 Un ouvrage imprimé entre 1450 et 1500

3910 Un arbre des îles Canaries

3911 Les membres de l'Académie française

3912 Une couleur, Un insecte

3913 Une statue sans ailes

3914 A l'improviste

3915 Etre à la situation la plus élevée

3916 La considérer comme impossible

3917 Rêvasser

3918 Selon les règles

3919 Qui s'ajoute inutilement, Superflu

3920 Etre intolérant à l'égard des opinions

3921 Accabler de mépris

3922 Sans circonlocutions, Sans détours

3923 De bonne condition sociale, De bonne qualité

3924 Eprouver une joie profonde

3925 Empêcher de se manifester, Enrayer

3926 Etre abandonné, Ne plus être en usage

3927 Qui met la vie en danger, Qui corrompt, Malsain

3928 Obéir sans discuter

3929 D'une extrême maigreur

3930 Agir en accord avec lui, Agir de conserve avec lui

3931 Dans toutes les directions

3932 Etre mis en demeure de, Etre incité avec insistance à

3933 Corruption

3934 Relatif au commerce, Motivé par la recherche d'un avantage

3935 Exploser sous l'effet de la colère

3936 L'éloigner moralement de soi

3937 L'accuser, Le traiter de

3938 Utiliser tous les moyens possibles

3939 Garder le silence

3940 Traîner dans la boue, Dénigrer

3941 Distribuer avec générosité, Tenir quitte de, Ne pas imposer

3942 Prendre une décision révolutionnaire, Prendre une décision irréversible

3943 Changer d'avis

3944 Ne pas tenir compte de

3945 Se croire supérieur aux autres

3946 A qui mieux mieux, En rivalisant

3947 Remarquable

3948 Renoncer à ce que l'on affirmait aimer ou croire

3949 Qualifier, Conférer la capacité juridique

3950 Avoir de la pitié

3951 Par l'importance de, Par l'entremise de

3952 Exhaustivement, Intégralement

3953 Qui ne peut être effacé

3954 Difficile à comprendre

3955 Soucieux du résultat de l'action plutôt que de la théorie

3956 Imprévu

3957 Hilarant

3958 Symbolique

3959 Maladie qui sévit de manière régulière

3960 Qui se soumet de manière excessive, Obséquieux

3961 Chiche, Médiocre

3962 Déplacé, Qui ne convient pas

3963 Etat de décadence avancée

3964 Perdre ses illusions

3965 Se désagréger

3966 Secrètement

3967 Se convertir, Trouver sa vocation

3968 Eliminer

3969 Ordonner expressément

3970 Qui est relatif à la terre

3971 Résister

3972 Qui est injuste de façon criante

3973 Qui manque de naturel, Superficiel

3974 Improvisé

3975 Bassesse

3976 Qui se refuse à toute concession

3977 Dire à voix haute

3978 Suspendre momentanément, Différer

3979 Très petit, De peu d'importance

3980 Avant-avant-dernière

3981 D'une recherche compliquée, Chargé d'ornements excessifs

3982 Exempter, Décharger

3983 Ne pas avoir de repos

3984 Qui lutte contre, Opposé, Qui opère un effet contraire

3985 Détester

3986 Le revendre au précédent propriétaire

3987 Ne pas s'y conformer, Leur manquer

3988 Salir, Tacher

3989 Contrôler, Organiser

3990 Se moquer

3991 Se prévaloir de, Se vanter de

3992 Inégalité, Contraste

3993 Tout de suite

3994 Approuver, Confirmer

3995 Avec discernement

3996 Montrer de la répugnance

3997 Mesure de la persistance aromatique du vin en bouche

3998 En cette circonstance

3999 Prendre prétexte de

4000 Lamentable, Mauvais

4001 Déposséder

4002 Action d'intervenir sans en avoir le droit, Ingérence

4003 Répétition

4004 Rétif, Rebelle

4005 Plainte, Protestation virulente

4006 Voyant

4007 Priorité dont jouit un acheteur

4008 Rétablir une situation financière compromise, Remettre à flot

4009 Ajourner, Retarder

4010 Discrètement

4011 Blâmer

4012 Nettoyer à fond

4013 Pénurie

4014 Etre réduit à la dernière extrémité

4015 Présomptueux, Impertinent

4016 Ordre formel, Indication

4017 Qui produit une lumière rouge en brûlant

4018 Tourmenter de manière lancinante

4019 Interloqué, Frappé de stupeur

4020 Energique, Guerrier

4021 Se laisser duper par de belles promesses

4022 Un maigre repas

4023 Paysan

4024 Etre irréfléchi

4025 Sibyllin

4026 Une discipline pratiquée en vue d'une élévation spirituelle

4027 Etre impassible

4028 Confirmées

4029 Furtivement

4030 Avoir un caractère instable

4031 Coué

4032 Un régime religieux

4033 Régicide

4034 Le paternalisme

4035 Un jeune homme d'une grande beauté

4036 La fin du jour

4037 Un vers de douze syllabes

4038 Une inscription gravée sur une tombe

4039 Aspic

4040 Entrer dans un autre pays que le sien pour y vivre

4041 Sans détour

4042 Des plus fortunés

4043 Prête de l'argent

4044 Une expression particulière à une langue qui n'a pas d'équivalent dans les autres langues

4045 Accordée bénévolement

4046 Indispensable

4047 Qui exercent une contrainte

4048 Vont à la ruine, Déclinent

4049 Prise par un groupe

4050 Qui redonne des forces

4051 Par imitation

4052 Avec douceur, Avec aménité

4053 Dans sa totalité

4054 Déclaré

4055 Réservé

4056 L'apathie

4057 Percutante

4058 D'un ton méprisant, De façon rude

4059 Héréditaire, Dû à des habitudes ancestrales

4060 Son contenu

4061 Avenante, Charmante

4062 Populaire, Qui ne montre que le bon côté d'une chose

4063 Avec compassion

4064 Qui n'a pas été encore rendue officielle

4065 De suspendre une action, un processus

4066 Qui empêche l'achat ou la vente, Trop élevé

4067 Qui cherche à induire en erreur, Qui dissimule un piège

4068 Méprise

4069 Tout de suite

4070 Une force qui attire vers le centre tout objet soumis à un mouvement de rotation

4071 Qui visent à obtenir un délai

4072 Dans l'espoir d'être remboursé

4073 Relatif aux prisons

4074 Qui se répète

4075 Rapide

4076 Faire renoncer, Décourager

4077 Malgré un traumatisme

4078 Le rapprochement de deux mots qui semblent s'opposer

4079 Se débarrasser d'une chose sans valeur et inutilisable

4080 Celui qui vit sur une île

4081 Une théorie de l'interprétation

4082 Le feuillage

4083 Un félin

4084 Le préfixe « hypo » signifie qui se rapporte au cheval

4085 Je vous saurais gré de bien vouloir…

4086 Un gouvernement où un seul gouverne, avec une autorité sans borne

4087 Le séjour des âmes avant la mort du Christ et de celles des enfants morts sans baptême

4088 La séparation des fidèles d'une religion qui reconnaissent une autorité différente

4089 Une autorité doctrinale, morale ou intellectuelle unanimement reconnue

4090 Des juifs

4091 Les premières lueurs du jour

4092 Le toucher

4093 Oligarchie

4094 Mystique

4095 Les chapeaux

4096 Est accordée bénévolement

4097 L'arachnophobie

4098 Déport

4099 L'exorde, La sophistique, La *disputatio*, La péroraison

4100 L'homme ne peut pas penser directement à la mort comme il ne peut pas regarder fixement le soleil

4101 Digne d'un homme libre, Activité intellectuelle non technique

4102 Un hôte qui offre à dîner

4103 Une voix retentissante

4104 Au caractère « sérieux » des sujets traité dans ces opéras

4105 Le désir et la mort
4106 Cassandre
4107 Léviathan
4108 Le Seigneur des Mouches
4109 Intempestif
4110 Fiduciaire
4111 Misanthrope
4112 Une diminution d'oxygène dans l'eau à la suite d'une prolifération d'algues par enrichissement du milieu en éléments nutritifs ; Une augmentation d'azote dans l'eau à la suite d'une prolifération d'algues
4113 D'un comique grotesque et absurde
4114 Le passage des âmes d'un corps dans un autre
4115 Le fait d'être incapable de lire ou d'écrire un texte simple même quand ont a été scolarisé
4116 Une procédure de contrôle
4117 La liturgie est l'étude du littoral
4118 Courage
4119 Connaissance
4120 Commentaire
4121 Ingénuité
4122 Haineux
4123 Poltron
4124 Clément
4125 Déshonneur
4126 Toujours en acte
4127 Générosité
4128 Conciliant
4129 Durable, Permanent
4130 Prétention, Supposition
4131 Flegmatique, Serein
4132 Altération
4133 Antagonisme
4134 Acclamer
4135 Contingent
4136 Discret, Opportun, Agréable
4137 Ininterrompu, Continu
4138 Dénigrer, Décrier
4139 Bon marché
4140 Naturel, Réel
4141 Xénophobe – xénophile
4142 Joie
4143 Intempestif
4144 Opportun
4145 Centripète
4146 Inclinaison
4147 Des rouge-gorges
4148 Accoustique
4149 Avoir de l'entregent
4150 Rafraîchir
4151 Aujourd'huis
4152 Polymère
4153 Les nezs
4154 Des timbres-poste
4155 Gentillement
4156 Ascenseur
4157 Conciliabule
4158 Etre plein d'allant
4159 Apparemment
4160 Barème
4161 Le for intérieur
4162 Tu descends
4163 Ils avanceraient
4164 Complément d'objet direct

4165 Se repentir

4166 Vanter

4167 Conjonctions de coordination

4168 Apostrophe

4169 Enfant

4170 Porte-clés

4171 Une référence à un passé prestigieux

4172 Le temps qui passe et dont il faut jouir

4173 Allez, la messe est dite

4174 A volonté, Au choix

4175 *Alea jacta est*

4176 L'erreur est humaine

4177 Au vocabulaire économique

4178 Le mot vient du latin *fortuna*, désignant une divinité qui symbolisait le sort

4179 Le nom de l'auteur dramatique Pierre Corneille en raison des dilemmes auxquels sont confrontés ses personnages

4180 Le gaulois

4181 Le mot *agônia* qui signifie lutte

4182 La langue anglo-saxonne

4183 Défendre

4184 Externalisation

4185 La ségrégation raciale

4186 L'étude du comportement, ramenant les conduites à une chaîne de stimulations et de réponses

4187 La base

4188 L'île

4189 Femme

22. RAISONNEMENT LOGIQUE

Ce chapitre est composé de **80 questions**.

[A SAVOIR !]

110 Les numéros de questions de ce type signifient qu'il n'y a qu'une seule et unique réponse juste à la question posée.

[UN CONSEIL IMPORTANT]

Nous vous conseillons vivement de répondre à toutes les questions d'une section avant d'en découvrir les solutions. L'erreur consiste en effet généralement à traiter une question et à vérifier aussitôt la réponse parce que l'on veut s'assurer d'avoir trouvé la réponse juste ou parce que l'on est impatient de la découvrir dans le cas où on ne la connaît pas. Si vous souhaitez sérieusement progresser, vous devez absolument vous imprégner du thème traité par la section et répondre d'un trait à toutes les questions d'une section.

4190 Complétez la série :

8 16 19 36 39 78 ? ?

- ☐ A. 81 – 182
- ☐ B. 72 – 128
- ☐ C. 64 – 141
- ☐ D. 56 – 190

4191 Complétez la série :

4 7 11 16 22 ? ?

- ☐ A. 12 – 1
- ☐ B. 15 – 19
- ☐ C. 29 – 37
- ☐ D. 42 – 14

4192 Complétez la série :

18 21 24 45 48 52 ? ? 102 ? 208

- ☐ A. 100 – 103 – 205
- ☐ B. 100 – 103 – 205
- ☐ C. 110 – 22 – 165
- ☐ D. 101 – 210 – 167

4193 Complétez la série :

F ? N R V ?

- ☐ A. J – Z
- ☐ B. J – X
- ☐ C. J – K
- ☐ D. J – U

4194 Complétez la série :

A C B D ? ? D F E G F H

- ☐ A. A – B
- ☐ B. C – E
- ☐ C. G – F
- ☐ D. C – F

4195 Complétez la série :

FRAISE (6) COING (5)
ORANGE (6) FRAMBOISE (?)

- ☐ A. 6
- ☐ B. 9
- ☐ C. 8
- ☐ D. 7

4196 Complétez la série :

MANGECLOUS (10) SOLAL (5)
QUASIMODO (9) SALTIEL (?)

- ☐ A. 7
- ☐ B. 5
- ☐ C. 6
- ☐ D. 8

4197 Complétez la série :

ALBATOR (2) GOLDORAK (1)
ANTHONY (1) ARKANSAS (?)

- ☐ A. 2
- ☐ B. 1
- ☐ C. 3
- ☐ D. 4

4198 Complétez la série :

TSAR (18 – 20) CHATEAU (21 – 3)
RUSSIE (?)

- ☐ A. (4 – 12)
- ☐ B. (20 – 5)
- ☐ C. (5 – 18)
- ☐ D. (10 – 5)

4199 Complétez la série :

Riche Aigre Facile Difficile Doux ?

- ☐ A. Pauvre
- ☐ B. Dur
- ☐ C. Froid
- ☐ D. Chaud

4200 Complétez la série :

Dépendre Refaire Congeler Pendre Faire ?

- ☐ A. Geler
- ☐ B. Porter
- ☐ C. Défaire
- ☐ D. Décongeler

4201 Complétez la série :

345 (Q) 234 (T) 567 (S) 789 (?)

- ☐ A. R
- ☐ B. P
- ☐ C. H
- ☐ D. M

4202 Complétez la série :

Mètre Centimètre Décimètre 1 0,01 ?

- ☐ A. 10
- ☐ B. 100
- ☐ C. 0,1
- ☐ D. 0,001

4203 Complétez la série :

Huit (4) Un (2) Sept (4) Six (?)

- ☐ A. 1
- ☐ B. 2
- ☐ C. 3
- ☐ D. 4

4204 Complétez la série :

Heure Minute Seconde 1 60 ?

- ☐ A. 60
- ☐ B. 3 600
- ☐ C. 24
- ☐ D. 120

4205 Quel est l'intrus ?

25 64 49 54 64

- ☐ A. 54
- ☐ B. 25
- ☐ C. 36
- ☐ D. 64

4206 Joachim, lors d'un voyage aux Etats-Unis, cherche à visiter quatre villes : New York, Chicago, Dallas et Los Angeles. Pour organiser son périple, il prend en compte les affirmations suivantes :
– s'il ne se rend pas à New York alors il se rend à Los Angeles ;
– s'il se rend à New York alors il se rend à Dallas ;
– s'il se rend à Los Angeles alors il se rend à Chicago ;
– il ne se rend pas à Chicago.

A partir de ces informations, on peut conclure que :

- ☐ A. Joachim visite New York et Dallas
- ☐ B. Joachim visite une ville exactement
- ☐ C. Joachim ne visite pas New York
- ☐ D. Joachim visite New York, Los Angeles et Dallas

4207 Pierre est moins grand que Jacques, Paul est plus petit que Jacques mais plus grand que Pierre, alors qu'Arnaud est plus grand que Paul mais moins grand que Jacques. Qui est le plus grand ?

☐ A. Arnaud
☐ B. Pierre
☐ C. Paul
☐ D. Jacques

4208 Pedro n'aime pas manger sucré ; c'est pourquoi il ne mange pas de mie. Quelle phrase, parmi celles proposées en solution, présente une structure semblable à ce propos ?

☐ A. Tarik n'aime rien, c'est pourquoi il n'aime pas les plaisanteries
☐ B. Walter n'aime pas manger salé, c'est pourquoi il aime le miel
☐ C. Charles n'aime pas la logique, c'est pourquoi il ne passe pas de concours
☐ D. Bernard aime se plaindre, c'est pourquoi il se plaint tout le temps

4209 Quel est le plus grand nombre possible de mardis dans une année civile ?

☐ A. 51
☐ B. 52
☐ C. 53
☐ D. 54

4210 Dans une ville, un barbier voit passer tous les jours beaucoup de clients. Plus précisément, il n'y a que deux catégories d'hommes dans cette ville. Dans la première, les hommes qui se rasent toujours eux-mêmes alors que dans l'autre ils se font toujours raser par ce barbier.

Parmi ces cinq affirmations, quelle est la seule qui est exacte ?

☐ A. Le barbier se rase toujours lui-même
☐ B. Le barbier ne se rase jamais lui-même
☐ C. Le barbier se rase parfois lui-même et parfois se fait raser
☐ D. Dans cette ville, il ne peut pas y avoir un tel barbier

4211 Un escargot cherche à atteindre le sommet d'un poteau haut de douze mètres. Il monte de trois mètres chaque jour, mais redescend de deux mètres chaque nuit. Combien de temps lui faudra-t-il pour atteindre le haut du poteau ?

☐ A. 10 jours
☐ B. 12 jours
☐ C. 11 jours
☐ D. 13 jours

4212 On a aligné trois boîtes contenant chacune un objet : une pièce, un coquillage, un dé. La boîte rouge est à droite du coquillage. La boîte verte est à gauche de la bleue. Le dé est à droite de la boîte rouge. La pièce est à gauche du dé. Où est la pièce ?

☐ A. Dans la boîte rouge
☐ B. Dans la boîte bleue
☐ C. Dans la boîte verte
☐ D. On ne peut pas savoir

4213 En 1950, les parcs Walt Disney ont réalisé 1 milliard d'euros de chiffre d'affaires lié au tourisme. De 1950 à 1970, le chiffre d'affaires lié au tourisme a doublé pour atteindre 4 milliards d'euros en 1980. Chacune des propositions suivantes, si elle est vraie, permet d'expliquer la tendance suivie par le chiffre d'affaires de Walt Disney lié au tourisme, sauf une. Laquelle ?

- ☐ A. Le nombre de touristes a augmenté entre 1950 et 1980
- ☐ B. La dépense moyenne par touriste a augmenté entre 1950 et 1980
- ☐ C. Le temps de séjour moyen par touriste s'est rallongé entre 1950 et 1980
- ☐ D. Le nombre de touristes âgés de 50 à 77 ans a triplé entre 1950 et 1980

4214 Complétez la série :

BC EF IJ NO ?

- ☐ A. OP
- ☐ B. KL
- ☐ C. TU
- ☐ D. KI

4215 Complétez la série :

56K 39L 55J 98Q 79?

- ☐ A. A
- ☐ B. U
- ☐ C. K
- ☐ D. P

4216 Complétez la série :

35 (H) 49 (M) 52 (?) 36 (I) 4? (L)

- ☐ A. A – 7
- ☐ B. G – 8
- ☐ C. X – 7
- ☐ D. V – 1

4217 Quel est l'intrus ?

424 91 550 28 721 55 84 145

- ☐ A. 424
- ☐ B. 91
- ☐ C. 84
- ☐ D. 145

4218 Quel est l'intrus ?

A N E F K H

- ☐ A. K
- ☐ B. F
- ☐ C. A
- ☐ D. E

4219 Complétez la série :

3 8 18 38 ? 158

- ☐ A. 74
- ☐ B. 76
- ☐ C. 82
- ☐ D. 78

4220 Complétez la série :

XXV (6) IV (3) XV (4) XXXXV (10) XXVIII (?)

- ☐ A. 9
- ☐ B. 7
- ☐ C. 11
- ☐ D. 4

4221 Complétez la série :

Un (2) Six (3) Huit (4) Douze (5) Quatre (?)

- ☐ A. 3
- ☐ B. 4
- ☐ C. 8
- ☐ D. 6

4222 Quel est l'intrus ?

332 54 92 912 36

- ☐ A. 332
- ☐ B. 54
- ☐ C. 36
- ☐ D. 92

4223 Complétez la série :

5T4 7N2 1A1 8?3

- ☐ A. E
- ☐ B. X
- ☐ C. S
- ☐ D. Z

4224 Complétez la série :

Tonne Kilo Gramme 1 0,001 ?

- ☐ A. 0,000001
- ☐ B. 1
- ☐ C. 1000
- ☐ D. 1000000

4225 Complétez la série :

TERIF MANOR NICHE FRITE ROMAN ?

- ☐ A. NIECH
- ☐ B. ECHNI
- ☐ C. ECHIN
- ☐ D. CHIEN

4226 Complétez la série :

ACHETER 4268183 ? 41142683

- ☐ A. ATTACHER
- ☐ B. RACHETER
- ☐ C. CHARRETTE
- ☐ D. CRACHAT

4227 Complétez la série :

Société(7) Vanité(6) Frère(5) Création(?)

- ☐ A. 4
- ☐ B. 8
- ☐ C. 3
- ☐ D. 5

4228 Complétez la série :

Chien Marche Hirondelle Vole Truite ?

- ☐ A. A
- ☐ B. Pêche
- ☐ C. Nage
- ☐ D. Urgent

4229 Complétez la série :

Ennui (5) Jean (4) Jus (3) Il (?)

- ☐ A. 3
- ☐ B. 5
- ☐ C. 4
- ☐ D. 2

4230 Complétez la série :

SINGE SIGNE NIMAL MALIN ABERB ?

- ☐ A. BARBE
- ☐ B. ANIMAL
- ☐ C. BRAVE
- ☐ D. GAINE

4231 Théo organise une soirée pour fêter ses vingt ans. Parmi les invités présents à la soirée, on sait que ceux qui portent une chemise blanche jouent au golf. On sait aussi que personne, en dehors des personnes qui sont barbues, ne porte de jeans bleus. On sait que tous les invités portent des chemises noires sauf s'ils sont honnêtes et que seuls les personnes qui sont barbues jouent au golf. Enfin, on sait que tous ceux qui portent des chaussettes blanches sont honnêtes. Que peut-on en conclure ?

- ☐ A. Les personnes qui portent des chemises blanches sont barbue
- ☐ B. Les personnes qui portent des jeans bleus jouent au tennis
- ☐ C. Les personnes qui sont barbues jouent au tennis
- ☐ D. Les joueurs de tennis portent une chemise blanche

4232 « La chance sourit aux audacieux ». Si cette hypothèse est vraie, alors Jean déduit que seuls les audacieux ont de la chance. De son côté, Albert conclut que les audacieux ont plus de chance que les autres. Josette pense quant à elle que cette hypothèse induit que les audacieux sont tous chanceux. Enfin, Léa argue que chance et audace sont intimement liées.

Qui a raison et qui a tort ?

- ☐ A. Les garçons ont raison
- ☐ B. Léa, Albert et Josette ont raison et Jean a tort
- ☐ C. Jean et Léa ont raison alors que Josette et Albert ont tort
- ☐ D. Au moins deux personnes ont tort

4233 Nous sommes le 2 septembre 2014. Quel jour de la semaine sommes-nous, en sachant que le 2 mars 2014 était un jeudi ?

- ☐ A. Lundi
- ☐ B. Mardi
- ☐ C. Jeudi
- ☐ D. Samedi

4234 Paul est plus grand que Sébastien et André est plus vieux que Paul. En sachant que le plus vieux des trois est aussi le plus grand, qui est le plus petit des trois ?

- ☐ A. Paul
- ☐ B. Sébastien
- ☐ C. André
- ☐ D. Paul ou André

4235 Alain et Bob disposent à eux deux d'une somme d'argent supérieure à celle dont disposent à elles deux Carole et Davy. Par ailleurs, Carole et Ella disposent à elles deux d'une somme d'argent supérieure à celle dont disposent à eux deux Faye et Bob. Quelle est parmi ces cinq propositions la seule dont on peut être certain qu'elle soit vraie ?

- ☐ A. Alain et Bob disposent à eux deux d'une somme d'argent supérieure à celle dont disposent ensemble Davy et Faye
- ☐ B. Davy et Ella disposent à elles deux d'une somme d'argent supérieure à celle dont disposent ensemble Carole et Faye
- ☐ C. Alain et Ella disposent à eux deux d'une somme d'argent supérieure à celle dont disposent ensemble Davy et Faye
- ☐ D. Davy et Faye disposent à elles deux d'une somme d'argent supérieure à celle dont disposent ensemble Alain et Carole

4236 On a envisagé un temps d'adopter une armée exclusivement composée de volontaires. Cette idée a été testée pour la première fois il y a quelques années sur un échantillon de bases militaires. Ce fut un échec retentissant : le niveau d'instruction des volontaires était très faible tandis que l'usage de drogues et les délits avaient atteint de hauts niveaux parmi ces mêmes volontaires. Aussi, à la question « Pouvons-nous passer d'une armée professionnelle à une armée de volontaires ? », la réponse est « non », sans équivoque.

Parmi les propositions suivantes, quelle est celle, si elle est vraie, qui renforce le plus la position de l'auteur concernant l'adoption d'une armée de volontaires ?

- ☐ A. Le niveau général d'instruction a augmenté depuis la première fois où l'idée d'une armée de volontaires a été testée
- ☐ B. L'idée d'une armée de volontaires était à l'initiative d'une association connue sous le nom des « Citoyens de la Paix »
- ☐ C. La première tentative de création d'une armée de volontaires était conduite selon un plan identique à celui qui est actuellement proposé et dans des conditions identiques à celles qui existent aujourd'hui
- ☐ D. Une armée de volontaires coûterait moins cher qu'une armée professionnelle

4237 Trois amis participent à une course : Martin (M), Fred (F), et Samir (S). Juste après le départ, Martin est premier, Fred deuxième et Samir troisième. Pendant la course, Martin et Fred se sont dépassés 9 fois ; Fred et Samir 10 fois et Martin et Samir 11 fois. Dans quel ordre sont-ils arrivés ?

- ☐ A. M, F, S
- ☐ B. F, S, M
- ☐ C. S, M, F
- ☐ D. S, F, M

4238 Un sac contient cinquante jetons. Les jetons sont blancs ou noirs. Il y a au moins un jeton noir dans le sac. Combien y a-t-il de jetons blancs dans le sac sachant que si l'on prend au hasard deux jetons, il y en a toujours au moins un des deux qui est blanc ?

- ☐ A. Vingt-cinq
- ☐ B. Quarante-neuf
- ☐ C. Un
- ☐ D. Vingt-quatre

4239 Complétez la série :

3 9 27 81 ?

- ☐ A. 243
- ☐ B. 124
- ☐ C. 617
- ☐ D. 342

4240 Complétez la série :

CHAT (4) FENETRE (7) SERPENTINS (10) RUSSE (?)

- ☐ A. 3
- ☐ B. 4
- ☐ C. 5
- ☐ D. 6

4241 Quel est l'intrus ?

- ☐ A. DEFINIR • 246
- ☐ B. LOUVE • 235
- ☐ C. AVIRON • 135
- ☐ D. CHARME • 236

4242 Complétez la série :

S R P M I ?

- ☐ A. E
- ☐ B. D
- ☐ C. H
- ☐ D. G

4243 Quel est l'intrus ?

- ☐ A. 16 • SZ
- ☐ B. 100 • CNT
- ☐ C. 8 • HTS
- ☐ D. 7 • SPT

4244 Quel est l'intrus ?

- ☐ A. 4205
- ☐ B. 7568
- ☐ C. 3279
- ☐ D. 8216

4245 Complétez la série :

A H K N ?

- ☐ A. Y
- ☐ B. X
- ☐ C. W
- ☐ D. U

4246 Complétez la série :

14 33 70 134 162 ?

- ☐ A. 261
- ☐ B. 282
- ☐ C. 326
- ☐ D. 343

4247 Quel est l'intrus ?

AT OC BB CD HT AM OT KC AG

- ☐ A. AT
- ☐ B. AM
- ☐ C. OC
- ☐ D. KC

4248 Complétez la série :

VIII (H) III (T) XX (V) XV (Q) ?

- ☐ A. XVI (R)
- ☐ B. XII (D)
- ☐ C. XXV (C)
- ☐ D. XIX (S)

4249 Quel est l'intrus ?

678 123 567 234 578 789

- ☐ A. 578
- ☐ B. 123
- ☐ C. 789
- ☐ D. 567

4250 Quel est l'intrus ?

ELLE RADAR FILLE KAYAK ALLA

- ☐ A. ELLE
- ☐ B. FILLE
- ☐ C. KAYAK
- ☐ D. ALLA

4251 Complétez la série :

? ? 15 18 19 19 23 20 27 21

- ☐ A. 11 et 17
- ☐ B. 17 et 19
- ☐ C. 20 et 15
- ☐ D. 3 et 9

4252 Complétez la série :

5040 2520 840 210 ? 7

- ☐ A. 67
- ☐ B. 143
- ☐ C. 91
- ☐ D. 42

4253 Complétez la série :

12 P 4 15 W 8 6 H 2 2 ? 13

- ☐ A. D
- ☐ B. T
- ☐ C. O
- ☐ D. U

4254 Complétez la série :

DH(3) GT(12) LM(0) WZ(2) MS (?)

- ☐ A. 4
- ☐ B. 5
- ☐ C. 7
- ☐ D. 8

4255 Complétez la série :

Pommes : 2 kg Eureka : 4 kg
Radio : 3 kg Betteraves : ? kg

- ☐ A. 1
- ☐ B. 2
- ☐ C. 3
- ☐ D. 4

4256 Vanessa habite dans un immeuble de dix étages, trois étages au-dessous d'Olivier et deux étages au-dessus d'Alexandre. Flavien habite sept étages plus haut qu'Alexandre, à l'avant-dernier étage. Combien le livreur doit-il monter d'étages pour livrer la pizza d'Olivier ?

- ☐ A. 1
- ☐ B. 3
- ☐ C. 4
- ☐ D. 7

4257 Dans une famille, il y a deux enfants, deux fils qui se prénomment Eliot et Martin. Marie-Jeanne est la cousine germaine de Maxime, Marie est la femme de Martin et la mère de Maxime, Marie-Jeanne est la fille d'Eliot qui a épousé Eliane. Quelle est la personne la plus âgée sachant que Eliot est le frère aîné de Martin ?

- ☐ A. Eliot
- ☐ B. Jeanne
- ☐ C. Martin
- ☐ D. On ne peut pas savoir

4258 Maxime, Mohammed et Mamadou travaillent dans trois entreprises différentes. L'entreprise de Maxime n'a pas un nombre d'employés inférieur à celle de Mohammed et l'entreprise de Mamadou n'a pas un nombre d'employés supérieur à celle de Maxime. C'est le supermarché qui emploie le moins d'employés.

Lequel ou lesquels des trois travaille(nt) dans le supermarché ?

- ☐ A. Mohammed
- ☐ B. Maxime et Mohammed
- ☐ C. On ne peut pas le savoir
- ☐ D. Mamadou

4259 Alexandre, Daniel, Nicolas, Olivier et Thomas participent à un concours du plus grand mangeur de Crocodiles. Alexandre et Nicolas ne sont ni les plus gourmands, ni les moins gourmands. Thomas mange plus de Crocodiles qu'Alexandre, mais moins qu'Olivier. Nicolas mange plus de Crocodiles que Thomas. Quel est le classement à l'issue du concours ?

- ☐ A. Olivier, Nicolas, Thomas, Alexandre, Daniel
- ☐ B. Thomas, Olivier, Nicolas, Alexandre, Daniel
- ☐ C. Olivier, Alexandre, Thomas, Nicolas, Daniel
- ☐ D. Daniel, Olivier, Nicolas, Thomas, Alexandre

4260 On sait que :

1. Les habitants de Nice sont épiciers.
2. Seuls les épiciers ne jouent pas du piano.
3. A Nice, on ne joue pas du piano.

Parmi les affirmations suivantes, laquelle est forcément vraie ?

- ☐ A. L'affirmation 1 découle des affirmations 2 et 3.
- ☐ B. L'affirmation 2 découle des affirmations 1 et 3.
- ☐ C. L'affirmation 3 découle des affirmations 2 et 1.
- ☐ D. Les affirmations 1, 2 et 3 sont identiques.

4261 Une île est peuplée de « sages » qui disent toujours la vérité et de « menteurs » qui mentent tout le temps. 25 habitants de cette île forment une queue et chaque personne de cette queue hormis la première, affirme que la personne, devant elle dans la queue, est un menteur. La première personne de la queue, elle, affirme que toutes les personnes derrière elle dans la queue sont des menteurs. Combien de menteurs figurent dans cette queue ?

- ☐ A. 0
- ☐ B. 12
- ☐ C. 13
- ☐ D. 24

4262 Qui peut être la tante de l'oncle de ma sœur ?

- ☐ A. Mon grand-père
- ☐ B. Ma grand-mère
- ☐ C. La cousine de mon grand-père
- ☐ D. La sœur de ma grand-mère

4263 Au cours d'une réunion, six représentants de différents pays négocient autour d'une table hexagonale. Le Français n'est pas en face de l'Irakien. L'Américain et le Russe ne sont pas voisins du Français. Le Britannique est en face de l'Américain, le Français a l'Espagnol à sa droite. Qui est à droite de l'Irakien ?

- ☐ A. L'Américain
- ☐ B. L'Espagnol
- ☐ C. Le Russe
- ☐ D. Le Britannique

4264 Complétez la série :

F J N R V ?

- ☐ A. X
- ☐ B. Y
- ☐ C. Z
- ☐ D. W

4265 Complétez la série :

HBC XAB HAE ?

- ☐ A. LBD
- ☐ B. BCX
- ☐ C. LHA
- ☐ D. DLA

4266 Complétez la série :

KLW JIS MCP ?

- ☐ A. GDF
- ☐ B. NES
- ☐ C. LPO
- ☐ D. JUN

4267 Complétez la série :

MAISON (6) KILOGRAMME (10)
ENCHANTER (9) RAT (?)

- ☐ A. 3
- ☐ B. 4
- ☐ C. 5
- ☐ D. 6

4268 Complétez la série :

GALVAUDER (4) DERISOIRE (5)
MELODIEUSE (6) ENFREINDRE (?)

- ☐ A. 3
- ☐ B. 4
- ☐ C. 5
- ☐ D. 6

4269 Complétez la série :

PLAT (3) HUITRE (3) TRAITRESSE (6)
FRITURE (?)

- ☐ A. 2
- ☐ B. 6
- ☐ C. 4
- ☐ D. 3

CORRIGE

4190 81 – 182

4191 29 – 37

4192 100 – 103 – 205

4193 J – Z

4194 C – E

4195 9

4196 7

4197 3

4198 (5 – 18)

4199 Pauvre

4200 Geler

4201 H

4202 0,1

4203 3

4204 3 600

4205 54

4206 Joachim visite New York et Dallas

4207 Jacques

4208 Tarik n'aime rien, c'est pourquoi il n'aime pas les plaisanteries

4209 52

4210 Le barbier ne se rase jamais lui-même

4211 11 jours

4212 Dans la boîte bleue

4213 Le nombre de touristes âgés de 50 à 77 ans a triplé entre 1950 et 1980

4214 TU

4215 P

4216 G – 8

4217 84

4218 E

4219 78

4220 9

4221 6

4222 54

4223 X

4224 0,000001

4225 CHIEN

4226 ATTACHER

4227 8

4228 Nage

4229 2

4230 BARBE

4231 Les personnes qui portent des chemises blanches sont barbues

4232 Au moins deux personnes ont tort

4233 Mardi

4234 Sébastien

4235 Alain et Ella disposent à eux deux d'une somme d'agent supérieure à celle dont disposent ensemble Davy et Faye

4236 La première tentative de création d'une armée de volontaires était conduite selon un plan identique à celui qui est actuellement proposé et dans des conditions identiques à celles qui existent aujourd'hui

4237 F, S, M

4238 Quarante-neuf

4239 243

4240 5

4241 DEFINIR • 246

4242 G

4243 8 • HTS

4244 8216

4245 Y

4246 343

4247 AM

4248 XII (D)

4249 578

4250 FILLE

4251 11 et 17

4252 42

4253 O

4254 5

4255 4

4256 7

4257 On ne peut pas savoir

4258 On ne peut pas le savoir

4259 Olivier, Nicolas, Thomas, Alexandre, Daniel

4260 L'affirmation 1 découle des affirmations 2 et 3

4261 13

4262 La sœur de ma grand-mère

4263 Le Britannique

4264 Z

4265 DLA

4266 NES

4267 3

4268 4

4269 4

23. CALCUL ET MATHEMATIQUES

Ce chapitre est composé de **136 questions**.

[VOUS N'AUREZ PAS LE DROIT A LA CALCULATRICE POUR LES QUESTIONS DE CALCUL]

Tables de multiplication, carrés et premiers nombres premiers

	1	**2**	**3**	**4**	**5**	**6**	**7**	**8**	**9**	**10**	**11**	**12**	**13**	**14**	**15**	**16**	**17**	**18**	**19**	**20**
1	1	**2**	**3**	4	**5**	6	**7**	8	9	10	**11**	12	**13**	14	15	16	**17**	18	**19**	20
2	**2**	**4**	6	8	10	12	14	16	18	20	22	24	26	28	30	32	34	36	38	40
3	**3**	6	**9**	12	15	18	21	24	27	30	33	36	39	42	45	48	51	54	57	60
4	4	8	12	**16**	20	24	28	32	36	40	44	48	52	56	60	64	68	72	76	80
5	**5**	10	15	20	**25**	30	35	40	45	50	55	60	65	70	75	80	85	90	95	100
6	6	12	18	24	30	**36**	42	48	54	60	66	72	78	84	90	96	102	108	114	120
7	**7**	14	21	28	35	42	**49**	56	63	70	77	84	91	98	105	112	119	126	133	140
8	8	16	24	32	40	48	56	**64**	72	80	88	96	104	112	120	128	136	144	152	160
9	**9**	18	27	36	45	54	63	72	**81**	90	99	108	117	126	135	144	153	162	171	180
10	10	20	30	40	50	60	70	80	90	**100**	110	120	130	140	150	160	170	180	190	200
11	**11**	22	33	44	55	66	77	88	99	110	**121**	132	143	154	165	176	187	198	209	220
12	12	24	36	48	60	72	84	96	108	120	132	**144**	156	168	180	192	204	216	228	240
13	**13**	26	39	52	65	78	91	104	117	130	143	156	**169**	182	195	208	221	234	247	260
14	14	28	42	56	70	84	98	112	126	140	154	168	182	**196**	210	224	238	252	266	280
15	15	30	45	60	75	90	105	120	135	150	165	180	195	210	**225**	240	255	270	285	300
16	16	32	48	64	80	96	112	128	144	160	176	192	208	224	240	**256**	272	288	304	320
17	**17**	34	51	68	85	102	119	136	153	170	187	204	221	238	255	272	**289**	306	323	340
18	18	36	54	72	90	108	126	144	162	180	198	216	234	252	270	288	306	**324**	342	360
19	**19**	38	57	76	95	114	133	152	171	190	209	228	247	266	285	304	323	342	**361**	380
20	20	40	60	80	100	120	140	160	180	200	220	240	260	280	300	320	340	360	380	**400**

Table de carrés

CARRES									
1^2	1	6^2	36	11^2	121	16^2	256	21^2	441
2^2	4	7^2	49	12^2	144	17^2	289	22^2	484
3^2	9	8^2	64	13^2	169	18^2	324	23^2	529
4^2	16	9^2	81	14^2	196	19^2	361	24^2	576
5^2	25	10^2	100	15^2	225	20^2	400	25^2	625

Table de cubes

CUBES			
1^3	1	7^3	343
2^3	8	8^3	512
3^3	27	9^3	729
4^3	64	10^3	1 000
5^3	125	11^3	1 331
6^3	216	12^3	1 728

Formulaire de calcul

NOMBRES PREMIERS
(Divisibles que par 1 et eux-mêmes)

2, 3, 5, 7, 11, 13, 17, 19, 23, 29, 31, 37, 41, 43, 47, 53, 59, 61, 67, 71, 73, 79, 83, 89, 97, 101

CARRÉS
(de 1 à 20)

1, 4, 9, 16, 25, 36, 49, 64, 81, 100, 121, 144, 169, 196, 225, 256, 289, 324, 361, 400

CUBES
(de 1 à 10)

1, 8, 27, 64, 125, 216, 343, 512, 729, 1000

POURCENTAGES

1 = 100%	2/3 = 67%
1/2 = 50%	1/3 = 33%
1/4 = 25%	1/5 = 20%
1/6 = 17%	1/7 = 14%
1/8 = 12,5%	1/10 = 10%
p/100 = p%	

- Produit payé Y € dont 22% de remise… **alors** Prix **sans remise** : Y / (1 – 0,22) = Y / 0,78
- Faire +20 revient à faire x 1,2
- Faire -30% revient à faire x 0,7
- Doubler c'est faire x 2 ou +100%

PUISSANCES

$a^0 = 1$ $\quad \frac{a^n}{a^m} = a^{n-m}$

$a^{-n} = \frac{1}{a^n}$ $\quad a^{m+n} = a^m \times a^n$

$a^{\frac{n}{m}} = \sqrt[m]{a^n}$ $\quad a^{m \times n} = (a^m)^n$

IDENTITÉS REMARQUABLES

$(A + B)^2 = \mathbf{A^2 + B^2 + 2AB}$

$(A - B)^2 = \mathbf{A^2 + B^2 - 2AB}$

$(A - B)(A + B) = \mathbf{A^2 - B^2}$

FACTORIELLE

$n! = n(n - 1)(n - 2) \times \ldots \times 2 \times 1$

PROPORTIONS

Si AD || BE || CF alors $\frac{AB}{DE} = \frac{BC}{EF}$ et de même $\frac{AB}{AC} = \frac{DE}{DF}$

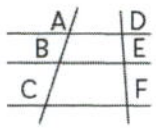

TRIANGLES

L'aire d'un triangle de base a et de hauteur h est égale à : $\frac{a \times h}{2}$

Théorème de Pythagore :
Dans un triangle rectangle ABC (voir figure ci-contre) s'applique la loi suivante :
$AC^2 = AB^2 + BC^2$

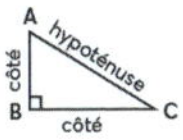

Dans tout triangle rectangle dont les angles mesurent 30°, 60° et 90°, la longueur du côté opposé à l'angle de 30° vaut la moitié de l'hypoténuse.

POLYGONES

L'aire d'un rectangle de longueur a et de largeur b est a × b

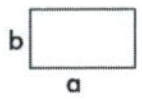

L'aire d'un trapèze de grande base a, de petite base b et de hauteur h est $\frac{(a + b) \times h}{2}$

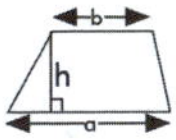

Angles internes d'un polygone de n côtés :

a. La somme des angles est (180n – 360) degrés.

b. Dans un polygone régulier, chaque angle interne mesure $(180 - \frac{360}{n}) = (\frac{180\,n - 360}{n})$ degrés

CERCLE

L'aire d'un cercle de rayon r est πr^2 (π = 3,14…)

Le périmètre d'un cercle de rayon r est $2\pi r$

L'aire d'un secteur angulaire intercepté par un angle au centre de x° est $\pi r^2 \times \frac{x}{360}$

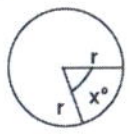

PAVÉ, CUBE

Le volume d'un pavé de longueur a, de largeur b et de hauteur c est a × b × c

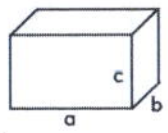

L'aire totale du pavé est 2ab + 2bc + 2ac

Dans un **cube**, a = b = c

CYLINDRE, CÔNE, PYRAMIDE

L'aire latérale d'un cylindre de rayon r et de hauteur h est $2\pi r \times h$

L'aire totale du cylindre est $2\pi r^2 + 2\pi r \times h = 2\pi r\,(r + h)$

Le volume du cylindre est $\pi r^2 \times h$

Le volume d'un cône de rayon r et de hauteur h est $\frac{\pi r^2 \times h}{3}$

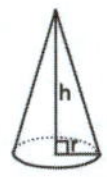

Le volume d'une pyramide dont l'aire de la base est S et dont la hauteur est h est $\frac{S \times h}{3}$

TRINÔMES

$\mathbf{a}X^2 + \mathbf{b}X + \mathbf{c} = 0$

$D = b^2 - 4ac$

- Si D < 0 alors aucune sol réelle
- Si D = 0 alors 1 sol réelle : -b/2a
- Si D > 0 alors 2 sol réelles : $\frac{-b - \sqrt{D}}{2a}$ et $\frac{-b + \sqrt{D}}{2a}$

MOYENNES

- Somme des termes = moyenne arithmétique x nombre de termes
- Moyenne pondérée = $\frac{N_1K_1 + N_2K_2}{K_1 + K_2}$
- Moyenne harmonique = $\frac{2V_1V_2}{V_1 + V_2}$

VTD

D = V x T **T** = D / V **V** = D / T

K Minutes = K/60 Heures

K Heures = 60 x K Minutes

1m/s = 3,6 km/h

Cas RATTRAPAGE : $\mathbf{D_1 = D_2}$

Cas PARKING / GARES : $\mathbf{D_1 + D_2 = D_{Séparation}}$

PROBABILITÉS

- **Pour tout événement A et tout événement B :**
  $P(A \cup B) = P(A) + P(B) - P(A \cap B)$
  $P(\bar{A}) = 1 - P(A)$
  $\overline{A \cup B} = \bar{A} \cap \bar{B}$, $\overline{A \cap B} = \bar{A} \cup \bar{B}$
- **Probabilité conditionnelle :**
  $PB(A) = P(A/B) = \frac{P(A \cap B)}{P(B)}$
- **Probabilités totales :** soit $A_1, A_2, \ldots, A_n$ des évènements de probabilité formant une partition de l'univers Ω
  Alors, pour tout évènement B :
  $P(B) = P(B \cap A_1) + P(B \cap A_2) + \ldots + P(B \cap A_n)$

AUTRES FORMULES

- **Somme des n premiers entiers naturels :** (1+2+…+n) = n(n + 1) / 2
- **Problèmes de rendement**
  $\frac{\text{quantité de travail}}{\text{temps}}$ = rendement
- **Partage du travail**
  $\mathbf{1/T_{Ensemble} = 1/T_1 + 1/T_2 + \ldots + 1/T_N}$
- N personnes se saluent toutes une fois ou N équipes se rencontrent toutes une fois au cours d'un championnat de foot ? Alors, comptez : **N(N – 1)/2** salutations/matchs.

4270 Daniel a mangé un cinquième d'un gâteau et Aurélie a mangé les trois quarts du reste. Quel pourcentage de ce gâteau reste pour Jonas ?

☐ A. 20 %
☐ B. 25 %
☐ C. 40 %
☐ D. 60 %

4271 Si 2 élevé à la puissance 15 vaut 32 768, que vaut 2 à la puissance 17 ?

☐ A. 32 772
☐ B. 65 536
☐ C. 131 072
☐ D. 262 144

4272 Une cuve remplie de 2 000 litres d'acide se vide à raison de 8 litres par seconde dans une seconde cuve remplie de 1 000 litres du même acide et qui se vide à raison de 6 litres par seconde. En combien de temps la totalité de l'acide se sera-t-il écoulé ?

☐ A. 10 minutes
☐ B. 8 minutes et 20 secondes
☐ C. 9 minutes et 45 secondes
☐ D. 7 minutes et 15 secondes

4273 Si on soustrait la somme des angles d'un triangle à la somme des angles d'un carré, il reste :

☐ A. 180°
☐ B. 0°
☐ C. 360°
☐ D. 90°

4274 Je viens d'acheter un disque au prix bon marché de 9,50 €. J'ai en effet bénéficié d'une remise de 28 % sur le prix d'origine du disque. Justement, quel est, au dixième d'euro près, le prix d'origine (sans remise) du disque ?

☐ A. 12,5
☐ B. 12,9
☐ C. 13,2
☐ D. 13,9

4275 Pour quelles valeurs de p l'équation $px^2 - 3(p - 1)x + 4(p - 1) = 0$ admet-elle deux racines réelles distinctes telles que l'une soit inférieure à 1 et l'autre supérieure à 1 ?

☐ A. $10 < p < 1$
☐ B. $-1 < p < 1$
☐ C. $0 < p < \frac{1}{2}$
☐ D. $-1 < p < \frac{1}{2}$

4276 La moyenne arithmétique de 9 nombres est 12. Si l'on retire l'un de ces nombres, la moyenne devient égale à 8. Quelle est la valeur du nombre que l'on a retiré ?

☐ A. 12
☐ B. 24
☐ C. 36
☐ D. 44

4277 ABCD est un rectangle de 6 cm sur 10 cm et PQRS est un carré de 6 cm de côté. Si l'aire grisée vaut la moitié de l'aire du rectangle ABCD, combien mesure PX ?

- ☐ A. 1 cm
- ☐ B. 1,5 cm
- ☐ C. 2 cm
- ☐ D. 2,5 cm

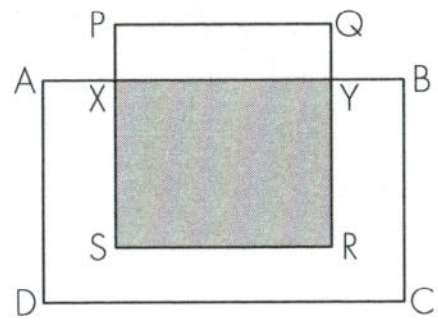

4278 1 chaise, 1 valise et 3 poires valent 2 théières et 3 lampes. 2 théières, 2 lampes et 1 poire valent 2 valises et 1 chaise. Que valent une valise et une lampe ?

- ☐ A. 2 chaises et 3 lampes
- ☐ B. 4 poires
- ☐ C. 2 théières et une chaise
- ☐ D. 2 lampes et une poire

4279 La production d'une entreprise a baissé par rapport à l'année dernière d'une proportion égale à un quart. Sa production actuelle est de 1 500 unités. Quelle était sa production l'année dernière ?

- ☐ A. 1 875
- ☐ B. 1 925
- ☐ C. 2 000
- ☐ D. 2 050

4280 Combien de minutes y a-t-il entre 21 h 13 aujourd'hui et 2 h 10 demain ?

- ☐ A. 189
- ☐ B. 297
- ☐ C. 310
- ☐ D. 321

4281 S'il travaille 12 heures par jour, Franck peut peindre les murs de sa maison en 20 jours. S'il travaille seulement 10 heures par jour, en combien de jours pourra-t-il peindre sa maison ?

- ☐ A. 23
- ☐ B. 24
- ☐ C. 26
- ☐ D. 30

4282 Dora gagne un salaire hebdomadaire de 3 000 €. Une semaine sur deux, elle en conserve le tiers et le reste du temps elle en conserve la moitié. Combien de semaines sont nécessaires pour accumuler 15 000 € ?

- ☐ A. 6 semaines
- ☐ B. 12 semaines
- ☐ C. 10 semaines
- ☐ D. 15 semaines

4283 Un nombre de trois chiffres est situé entre 130 et 200. Il est divisible par 6 et par 8. Si le chiffre des dizaines est supérieur au chiffre des unités, quel est ce nombre ?

- ☐ A. 192
- ☐ B. 184
- ☐ C. 168
- ☐ D. 144

4284 Combien y a-t-il de nombres de trois chiffres dont la somme des chiffres est égale à 24 ?

- ☐ A. 3
- ☐ B. 6
- ☐ C. 7
- ☐ D. 10

4285 Une voiture qui voyage à une vitesse de 40 km/h met 1 h 30 pour parcourir une certaine distance. En combien de temps cette voiture pourrait-elle parcourir cette même distance si elle roulait à une vitesse de 60 km/h ?

- ☐ A. 1 h
- ☐ B. 1 h 15
- ☐ C. 1 h 20
- ☐ D. 1 h 30

4286 Un article de jardinage qui valait 30 € il y a une semaine vaut maintenant 42 €. Quel est le pourcentage de hausse effectué sur l'article ?

- ☐ A. 30 %
- ☐ B. 35 %
- ☐ C. 40 %
- ☐ D. 42,5 %

4287 Il est trois heures et demie à ma montre (montre à aiguilles). Quel est, en degrés, l'écart d'angle entre la grande et la petite aiguille ?

- ☐ A. 100
- ☐ B. 90
- ☐ C. 75
- ☐ D. 70

4288 Anna a choisi sept nombres entiers consécutifs. La somme des trois plus petits est 33. Quelle est la somme des trois plus grands ?

- ☐ A. 49
- ☐ B. 48
- ☐ C. 47
- ☐ D. 45

4289 Quel nombre de 3 chiffres obtient-on si l'on divise le nombre de quatre chiffres *ABCD* par le nombre de deux chiffres *AB* (*A*, *B*, *C* et *D* sont différents de 0) sachant que $CD = AB \times A$?

- ☐ A. 100
- ☐ B. 1*A*1
- ☐ C. 10*A*
- ☐ D. 11*A*

4290 Un tavernier remplit 25 bouteilles avec un tonneau de vin et 23 verres avec 5 bouteilles. Combien de verres peut-il remplir avec 5 tonneaux ?

- ☐ A. 115
- ☐ B. 575
- ☐ C. 590
- ☐ D. 600

4291 Dans une école de commerce, il y a 14 garçons pour 12 filles. Sachant qu'il y a au total 273 filles et garçons dans l'école, combien y a-t-il de filles ?

- ☐ A. 144
- ☐ B. 138
- ☐ C. 132
- ☐ D. 126

4292 Que vaut le produit de tous les nombres entiers compris entre 1 et 9 ?

- ☐ A. 362 880
- ☐ B. 370 666
- ☐ C. 365 042
- ☐ D. 364 208

4293 Une balle de tennis rebondit à 2/3 de la hauteur de laquelle elle est tombée. Si le second rebond est de 72 cm, quelle est la hauteur de laquelle est initialement tombé la balle ?

- ☐ A. 32
- ☐ B. 48
- ☐ C. 128
- ☐ D. 162

4294 Un train part à 22 h et doit parcourir un trajet de 780 kilomètres. Il parcourt le premier tiers du trajet à la vitesse de 130 km/h. Puis il parcourt le reste du trajet à la vitesse de 100 km/h. A quelle heure le train arrivera-t-il ?

- ☐ A. 3 h 56
- ☐ B. 4 h 32
- ☐ C. 4 h 52
- ☐ D. 5 h 12

4295 Un groupe d'élèves programme une sortie. Si chacun donnait 14 euros, il manquerait 4 euros. Mais si chacun donnait 16 euros, il y aurait un excédent de 6 euros. Combien y a-t-il d'élèves dans le groupe ?

- ☐ A. 4
- ☐ B. 5
- ☐ C. 6
- ☐ D. 8

4296 On écrit sur une feuille tous les nombres de 1 à 100. Combien de chiffres a-t-on écrit sur la feuille ?

- ☐ A. 192
- ☐ B. 190
- ☐ C. 200
- ☐ D. 198

4297 Que vaut le quart du cinquième du carré de 10 ?

- ☐ A. La moitié de 12
- ☐ B. Le double de 5
- ☐ C. Le carré de 2,5
- ☐ D. La racine carrée de 25

4298 Si $X = Y = 2$ et que la moyenne de $2X$, $2Y$ et Z est égale à 4, que vaut Z ?

- ☐ A. 4
- ☐ B. 3
- ☐ C. 6
- ☐ D. 2

4299 Norbert et Dora décident de nettoyer leur chambre ensemble. Norbert met 12 minutes pour nettoyer la chambre. Quant à Dora, elle est 5 fois plus rapide que Norbert pour nettoyer la même chambre. En combien de temps Norbert et Dora pourront-ils nettoyer leur chambre s'ils la nettoient ensemble ?

- ☐ A. 2 minutes
- ☐ B. 4 minutes
- ☐ C. 8 minutes
- ☐ D. 10 minutes

4300 La surface totale d'un cube est de 294 cm^2. Que vaut la moitié du carré de la somme des chiffres de la valeur de son volume ?

- ☐ A. 49
- ☐ B. 50
- ☐ C. 72
- ☐ D. 76

4301 Z est à la fois le triple d'un nombre A et le quintuple d'un nombre B. Parmi ces cinq valeurs, quelle est la seule qui ne peut pas correspondre à Z ?

- ☐ A. 75
- ☐ B. 60
- ☐ C. 55
- ☐ D. 30

4302 Tatiana est née en 1953. En quelle année son âge a-t-il été pour la première fois de sa vie égal à la somme des chiffres de l'année ?

- ☐ A. 1970
- ☐ B. 2008
- ☐ C. 1965
- ☐ D. 1997

4303 Un terrain mesure 13,5 dam de longueur et 66 m de largeur. Quelle est son aire ?

- ☐ A. 891 m^2
- ☐ B. 8,91 dam^2
- ☐ C. 81,5 dam^2
- ☐ D. 89,1 dam^2

4304 Mon dernier salaire s'élève à 2 300 €, y compris la rémunération de mes heures supplémentaires. Mon salaire de base est supérieur de 2 000 € à la rémunération de mes heures supplémentaires. Quel est le montant de mon salaire de base ?

- ☐ A. 2 000 €
- ☐ B. 2 075 €
- ☐ C. 2 125 €
- ☐ D. 2 150 €

4305 Une urne contient 30 boules bleues et 15 boules blanches. Combien de boules doit-on tirer pour être sûr d'obtenir au moins 10 boules bleues ?

- ☐ A. 10
- ☐ B. 15
- ☐ C. 25
- ☐ D. 30

4306 Quel est le plus grand nombre de cubes de 2 cm de côté que l'on peut faire rentrer dans un cube de 10 cm de côté ?

- ☐ A. 50
- ☐ B. 100
- ☐ C. 120
- ☐ D. 125

4307 On sait que $1/X$ vaut 1 % de X. Que vaut X ? ($X > 0$)

- ☐ A. 0,01
- ☐ B. 0,1
- ☐ C. 10
- ☐ D. 100

4308 Nicolas a parcouru 14 km en 2 heures et 48 minutes. Quelle a été sa vitesse moyenne sur l'ensemble du parcours ?

- ☐ A. 4,8 km/h
- ☐ B. 5 km/h
- ☐ C. 5,2 km/h
- ☐ D. 6 km/h

4309 Si p est égal au cinquième de $(p - r)$, que vaut le rapport r/p ?

- ☐ A. −5
- ☐ B. −4
- ☐ C. 1/5
- ☐ D. 1/4

4310 J'ai repéré un pantalon soldé à – 22 % et j'ai décidé de l'acheter. En passant à la caisse, je débourse la somme de 121 €. Quel était, à l'euro près, le prix du pantalon avant qu'il ne soit soldé ?

☐ A. 155 euros
☐ B. 135 euros
☐ C. 143 euros
☐ D. 151 euros

4311 Une urne contient 80 boules : des bleues, des noires et des rouges. Le nombre de boules bleues est égal au tiers de la somme du nombre de boules noires et rouges. Stéphane décide de rajouter 10 boules noires dans l'urne et il obtient le même nombre de boules noires que de boules rouges. Combien y a-t-il de boules rouges ?

☐ A. 20
☐ B. 25
☐ C. 30
☐ D. 35

4312 Que vaut la somme de tous les diviseurs de 18 ?

☐ A. 31
☐ B. 37
☐ C. 38
☐ D. 39

4313 Les cinq septièmes d'un gâteau sont partagés en dix parts égales. Quelle fraction du gâteau total une part représente-t-elle ?

☐ A. 1/21
☐ B. 1/16
☐ C. 1/14
☐ D. 1/12

4314 On sait que $X^2 + Y^2 = 50$ et $6XY = 42$. Que vaut $X + Y$?

☐ A. 7
☐ B. −8 ou 8
☐ C. 9
☐ D. −10 ou 10

4315 Le périmètre d'un carré de 24 centimètres est découpé en 2 rectangles. L'un des rectangles a alors pour périmètre 20 centimètres. Quel est le périmètre du second rectangle ?

☐ A. 4
☐ B. 9
☐ C. 14
☐ D. 16

4316 Laquelle des quantités suivantes est la plus grande ?

☐ A. $\dfrac{3}{1-\dfrac{1}{2}}$

☐ B. $\dfrac{2}{1+\dfrac{1}{2}}$

☐ C. $\dfrac{3}{1+\dfrac{1}{2}}$

☐ D. $\dfrac{2}{1-\dfrac{1}{2}}$

4317 Que vaut 12 % de 4 % ?

☐ A. 0,48
☐ B. 0,48 %
☐ C. 4,8 %
☐ D. 48 %

4318 Si $X^3 = 125$ alors X^5 est égal à :

- ☐ A. 150
- ☐ B. 225
- ☐ C. 1 250
- ☐ D. 3 125

4319 Que vaut le quart du carré de la moyenne arithmétique des nombres suivants : –10, –3, –2, 3, 4, 7, 11 et 14 ?

- ☐ A. 12,5
- ☐ B. 9,75
- ☐ C. 2,25
- ☐ D. 1,5

4320 Que vaut 10 % de 20 % ?

- ☐ A. 2
- ☐ B. 20 %
- ☐ C. 0,2
- ☐ D. 2 %

4321 Quel est le chiffre des dizaines dans le nombre $\sqrt{8\,200}$?

- ☐ A. 5
- ☐ B. 7
- ☐ C. 8
- ☐ D. 9

4322 *a* est un nombre pair entier à un chiffre tel que *a*3 × *a*7 = 6*a*1. Que vaut *a* ?

- ☐ A. 0
- ☐ B. 2
- ☐ C. 4
- ☐ D. 6

4323 Un concours exige la passation de deux tests : un de logique et un de culture générale. Le test de logique, noté sur 20, est affecté d'un coefficient égal à 3 tandis que le test de culture générale, noté sur 20 est affecté d'un coefficient égal à 5. Pour être admis, il est indispensable d'obtenir une note minimale égale à 15. Quelle note minimale sur 20 doit-on obtenir au test de logique pour être admis sachant que l'on a obtenu 13,5 au test de culture générale ?

- ☐ A. 16,75
- ☐ B. 17,25
- ☐ C. 17,5
- ☐ D. 17,75

4324 Les côtés d'un triangle JKL sont prolongés et, comme sur la figure, on construit les points P, Q, R, S, T et U tels que : PJ = JK = KS, TL = LJ = JQ, UL = LK = KR. Si l'aire du triangle JKL est 1, quelle est l'aire de l'hexagone PQRSTU ?

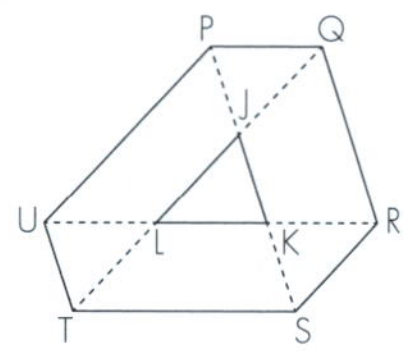

- ☐ A. 9
- ☐ B. 10
- ☐ C. 13
- ☐ D. Il est impossible de répondre

4325 Annie a 3 fois plus de sucettes que Zazie. Si elle lui en donnait 15, elle en aurait deux fois plus qu'elle. Combien devrait-elle lui en donner pour qu'elles en aient toutes les deux le même nombre ?

- ☐ A. 15
- ☐ B. 30
- ☐ C. 45
- ☐ D. 60

4326 Dans un lycée, la moyenne obtenue à une session préparatoire à l'examen du baccalauréat par les 36 élèves d'une classe de terminale scientifique est de 14 sur 20. Les filles ont obtenu en moyenne la note de 15 sur 20 et les garçons, ont, eux, obtenu en moyenne la note de 9 sur 20. Combien y a-t-il de filles dans cette classe de terminale scientifique ?

- ☐ A. 18
- ☐ B. 24
- ☐ C. 28
- ☐ D. 30

4327 Le nombre M satisfait l'égalité $M^2 = M + 1$. Que vaut $M^5 + M + 1$?

- ☐ A. $6M + 4$
- ☐ B. $5M + 2$
- ☐ C. $4M + 3$
- ☐ D. $3M + 1$

4328 Que vaut 5 878 × 89 103 ?

- ☐ A. 523 747 434
- ☐ B. 525 716 738
- ☐ C. 458 526 892
- ☐ D. 415 762 632

4329 Aude, Carl et Elise prennent chacun deux comprimés de vitamine par jour tandis que Guillaume n'en prend qu'un seul. De cette façon, un flacon de comprimés dure 24 jours pour les 4 personnes. Si Guillaume en prenait aussi deux par jours, combien de jours durerait un flacon de comprimés ?

- ☐ A. 23
- ☐ B. 21
- ☐ C. 20
- ☐ D. 19

4330 Que vaut le tiers de 3^{127} ?

- ☐ A. 3^{126}
- ☐ B. 1^{127}
- ☐ C. $3^{127/3}$
- ☐ D. $1^{127/3}$

4331 Si $3A + B = 8B - A$, que vaut A ?

- ☐ A. $7B/4$
- ☐ B. B
- ☐ C. $4B$
- ☐ D. $4B/7$

4332 Un nombre palindrome est un nombre qui ne change pas si l'ordre de ses chiffres est inversé. Ainsi 2002 et 545 sont des nombres palindromes. Le compteur kilométrique de ma moto indique actuellement 12 345 km. Combien de kilomètres dois-je rouler au minimum afin que le nombre indiqué soit un palindrome ?

- ☐ A. 76 kilomètres
- ☐ B. 232 kilomètres
- ☐ C. 186 kilomètres
- ☐ D. 264 kilomètres

4333 A un bac blanc d'anglais, la note obtenue à l'écrit a pour coefficient 3 et la note obtenue à l'oral a pour coefficient 2. John a eu 8 à l'écrit et, avec sa note obtenue à l'oral, il arrive à une moyenne de 12 sur les deux examens. Combien a-t-il eu à l'oral ?

- ☐ A. 14
- ☐ B. 15
- ☐ C. 16
- ☐ D. 18

4334 Vous demandez l'heure à un voisin. Il vous répond : « Si vous ajoutez au quart de temps écoulé depuis minuit la moitié du temps qu'il reste jusqu'à minuit, vous saurez l'heure qu'il est. » Quelle heure est-il ?

☐ A. 8 h 24
☐ B. 9 h 36
☐ C. 11 h 22
☐ D. 14 h 54

4335 Que vaut :
$243 \times 10^{-4} + 87 \times 10^{-3} - 22 \times 10^{-5}$?

☐ A. $0{,}0011108 \times 10^{3}$
☐ B. $11{,}108 \times 10^{-2}$
☐ C. $115{,}08 \times 10^{-3}$
☐ D. $1\,111{,}08 \times 10^{-4}$

4336 Un couple a décidé de recouvrir les parois de sa piscine, y compris le fond, avec un tissu noir isolant. Les dimensions de la piscine sont les suivantes : une longueur de 22 mètres, une largeur de 15 mètres et une profondeur unique de 3 mètres. Quelle surface de tissu noir sera nécessaire pour effectuer cette tâche ?

☐ A. 304 m^2
☐ B. 360 m^2
☐ C. 552 m^2
☐ D. 564 m^2

4337 On vous donne trois nombres. Le deuxième nombre est 50 de plus que le premier et le troisième est le double de la somme des deux premiers. Si la somme de ces trois nombres est égale à 750, que vaut le deuxième nombre ?

☐ A. 90
☐ B. 110
☐ C. 130
☐ D. 150

4338 Demitri, collectionneur d'espèces rares, a fait l'acquisition d'un aquarium qui contient 200 poissons, tous plus exotiques les uns que les autres. Ces poissons sont de 2 couleurs différentes : jaune et bleu. 1 % des poissons de son aquarium sont bleus, les autres sont jaunes. Combien de poissons jaunes faut-il enlever de l'aquarium de telle sorte que l'aquarium contienne 2 % de poissons bleus ?

☐ A. 4
☐ B. 20
☐ C. 50
☐ D. 100

4339 On verse 627 litres de vin dans les tonneaux *A*, *B* et *C*. Le tonneau *B* contient 50 % de plus de vin que le *A* et le contenant *C* contient 50 % de plus de vin que le *B*. Combien y a-t-il de litres de vin dans le tonneau *B* ?

☐ A. 120
☐ B. 132
☐ C. 180
☐ D. 198

4340 Mon père a acheté des fruits : des pommes, des poires, des bananes et des oranges. Il a 44 fruits dans son panier. Il y a 2 pommes de plus que de poires. Il y a 8 poires de plus que de bananes et 2 bananes de plus que d'oranges. Dans son panier, mon père a :

☐ A. 12 poires
☐ B. 14 poires
☐ C. 15 poires
☐ D. 16 poires

4341 La solution *S* est composée de 25 % de mercure et la solution *T* est composée de 10 % de mercure. Le mélange *Z* est composé de 12 cl de solution *S* et de 13 cl de solution *T*. Quel pourcentage (approximativement) de mercure y a-t-il dans la solution Z ?

- ☐ A. 17 %
- ☐ B. 19 %
- ☐ C. 21 %
- ☐ D. 27 %

4342 Soit *x*, *y* et *z* trois nombres entiers consécutifs croissants impairs tels que : $20 < x < y < z < 30$ et tel que *x* est un nombre premier. Que vaut le reste de la division de $(y + z)$ par *x* ?

- ☐ A. 3
- ☐ B. 4
- ☐ C. 5
- ☐ D. 6

4343 Une somme de 15 000 euros est placée sur deux comptes *A* et *B*. Le compte *A* rapporte 5 % et le compte *B* rapporte 6 %.

Quelle somme est placée à 6 % si les intérêts totaux accumulés s'élèvent à 810 € ?

- ☐ A. 6 000 euros
- ☐ B. 7 500 euros
- ☐ C. 9 000 euros
- ☐ D. 11 500 euros

4344 Un TGV part à 21 h 30 et doit parcourir la distance de 2 800 km. Il parcourt le premier cinquième du trajet à la vitesse moyenne de 280 km/h et il parcourt le reste du trajet à la vitesse moyenne de 400 km/h. A quelle heure le train parviendra-t-il à destination ?

- ☐ A. 4 h 36
- ☐ B. 4 h 56
- ☐ C. 5 h 06
- ☐ D. 5 h 16

4345 A un test QCM de logique, le barème est le suivant : on donne 25 points par bonne réponse et on retire 15 points par mauvaise réponse. Sarah a répondu aux 15 questions du test et le nombre total de points qu'elle a obtenu est égal à 215. Combien de bonnes réponses a-t-elle données ?

- ☐ A. 8
- ☐ B. 9
- ☐ C. 10
- ☐ D. 11

4346 Pendant un repas d'anniversaire, les personnes présentes ont toutes trinqué ensemble. Chacun a trinqué exactement une fois avec tous les autres convives. On a compté 45 tintements de verre. Combien y avait-il de convives ?

- ☐ A. 8
- ☐ B. 10
- ☐ C. 12
- ☐ D. 15

4347 Une moto consomme 12 litres aux 100 km quand elle roule à 100 km/h. La consommation est strictement proportionnelle à la vitesse. Quelle est la distance parcourue par cette moto sachant qu'elle a consommé 60 litres en roulant à la vitesse de 20 km/h ?

- ☐ A. 1 000 km
- ☐ B. 1 500 km
- ☐ C. 2 000 km
- ☐ D. 2 500 km

4348 La surface totale d'un cube est de 384 m². Le chiffre des unités de la valeur de son volume représente environ quel pourcentage de la somme des chiffres des dizaines et du chiffre des centaines de la valeur de son volume ?

- ☐ A. 200 %
- ☐ B. 33 %
- ☐ C. 16,5 %
- ☐ D. 20 %

4349 La moyenne de 6 nombres est égale à 19. Si j'élimine un des 6 nombres la moyenne devient égale à 21. Quelle est la valeur du nombre que j'ai éliminé ?

- ☐ A. 8
- ☐ B. 9
- ☐ C. 11
- ☐ D. 20

4350 Un concours de logique comporte 30 questions. Chaque bonne réponse rapporte 7 points mais chaque mauvaise réponse en retire 12. Une question sans réponse ne modifie pas le score. Le score de Jim est de 77 et il est sûr de s'être trompé au moins une fois. A combien de questions Jim a-t-il mal répondu ?

- ☐ A. Entre 6 et 8
- ☐ B. Entre 0 et 2
- ☐ C. Entre 3 et 5
- ☐ D. On ne peut pas savoir

4351 Voici un virus qui pourrait nous rendre bien service en été quand il fait très chaud la nuit… Un virus tue lundi la moitié des moustiques présents sur Terre, mardi il tue le tiers des moustiques survivants, mercredi le quart des moustiques survivants et jeudi enfin le cinquième des moustiques survivants. Quelle est la fraction des moustiques encore vivants après le passage du virus salvateur ?

- ☐ A. 1/4
- ☐ B. 1/5
- ☐ C. 1/6
- ☐ D. 1/12

4352 Un gros ballon jaune dont le rayon est égal à 55 cm flotte à la surface de la Seine, à Paris. La météo est idéale et le niveau d'eau de la Seine est parfaitement stable.

Un passant mesure que le ballon émerge de 35 cm. Quel est le rayon du cercle dessiné sur le ballon par la limite de l'eau ?

- ☐ A. $3\sqrt{550}$ cm
- ☐ B. $5\sqrt{105}$ cm
- ☐ C. $9\sqrt{5}$ cm
- ☐ D. $4\sqrt{135}$ cm

23 CALCUL ET MATHEMATIQUES

4353 12,5 % est équivalent à :

- ☐ A. 1/5
- ☐ B. 1/6
- ☐ C. 1/8
- ☐ D. 1/12

4354 Tripler consiste à faire :

- ☐ A. + 30 %
- ☐ B. + 300 %
- ☐ C. + 33 %
- ☐ D. + 200 %

4355 Supposons que six cent treize joueurs de tennis participent à un tournoi par élimination. A chaque tour, le tirage au sort des rencontres est fait au hasard ; si le nombre de joueurs est impair, l'un d'entre eux, choisi au hasard, ne participe pas à ce tour. Les gagnants de chaque tour et éventuellement le joueur qui n'y a pas participé jouent le tour suivant, jusqu'à ce que finalement, il n'y ait plus qu'un gagnant.

Quel est le nombre de matchs joués au total dans le tournoi ?

- ☐ A. Trois cent six
- ☐ B. Six cent treize
- ☐ C. Six cent douze
- ☐ D. Mille deux cent vingt-cinq

4356 L'action DELTA a été introduite au NASDAQ le mercredi 18 juillet 2012. Le jour de son introduction, l'action gagne 25 %. Jeudi 19 juillet, l'action perd 15 % pour reprendre 20 % vendredi 20 juillet. Quelle a été la variation globale de l'action entre le 18 juillet et le 20 juillet ?

- ☐ A. + 20 %
- ☐ B. + 25 %
- ☐ C. + 27,5 %
- ☐ D. + 31,5 %

4357 Cyril a obtenu une moyenne de 7 sur ses 3 premiers examens. Quelle moyenne Cyril doit-il obtenir sur ses 2 derniers examens pour qu'il obtienne une moyenne de 9 sur l'ensemble de ses 5 examens ?

- ☐ A. 11,5
- ☐ B. 12
- ☐ C. 12,5
- ☐ D. 13

4358 Que vaut la somme de tous les nombres compris entre 8 et 102 qui sont divisibles par 5 ?

- ☐ A. 550
- ☐ B. 765
- ☐ C. 980
- ☐ D. 1 045

4359 Jonas met 20 minutes pour nettoyer son beau jardin. En combien de temps Jonas et sa maman pourraient nettoyer ensemble le jardin sachant que maman est 4 fois plus rapide que Jonas ?

- ☐ A. 3 minutes
- ☐ B. 4 minutes
- ☐ C. 6 minutes
- ☐ D. 10 minutes

4360 Il faut 8 litres de peinture pour peindre une énorme boîte en forme de parallélépipède. De combien de litres de peinture aurions-nous besoin si les dimensions de la boîte étaient trois fois plus grandes ?

- ☐ A. 72
- ☐ B. 64
- ☐ C. 48
- ☐ D. 24

4361 Si 3 hommes plantent 40 choux en 10 heures et que ça prend 4 enfants pour faire le travail de 2 hommes, combien de choux seront plantés en 5 heures avec une équipe de 6 hommes et 6 enfants ?

- ☐ A. 32
- ☐ B. 48
- ☐ C. 60
- ☐ D. 72

4362 Valérie, Yaëlle et Danielle entrent dans une bijouterie. Danielle achète 2 broches et 1 collier. Le collier coûte 520 €. Yaëlle achète 1 broche et 1 bague. Elle a dépensé plus que Danielle. La bague coûte 1 100 €. Valérie achète 3 broches et 1 bracelet. Valérie a dépensé plus que Danielle. Le bracelet coûte 110 €.

Sachant que toutes les broches sont au même prix, parmi les 4 propositions suivantes, quelle est la seule qui pourrait correspondre au prix d'une broche ?

- ☐ A. 570 €
- ☐ B. 590 €
- ☐ C. 610 €
- ☐ D. 620 €

4363 La mairie de Lorient organise une immense fête pour le Nouvel An. Les responsables disposent de deux tonneaux de cidre remplis à ras bord, de volumes respectifs *Z* et *T*. Sachant que *Z* est égal à 150 % de *T*, alors $0,5 \times T$ est égal à :

- ☐ A. 50 % de *Z*
- ☐ B. 3/2 de *Z*
- ☐ C. $1,5 \times Z$
- ☐ D. 1/3 de *Z*

4364 Si *A* vaut 25 % de *B* alors *B* vaut :

- ☐ A. 125 % de *A*
- ☐ B. 20 % de *A*
- ☐ C. 200 % de *A*
- ☐ D. 400 % de *A*

4365 Que vaut le quart de la somme des chiffres du cube de 5 ?

- ☐ A. 1
- ☐ B. 2
- ☐ C. 3
- ☐ D. 4

4366 Si Flavien joue au basket et qu'il enregistre une moyenne de points par partie de 29 après 100 parties, combien de points a-t-il besoin de marquer au cours des 50 parties restantes pour finir l'année avec une moyenne de 30 points par partie ?

- ☐ A. 1 000
- ☐ B. 1 500
- ☐ C. 1 600
- ☐ D. 3 000

4367 Aujourd'hui nous discutons de la vie de mon arrière-grand-père avec ma mère, et quelle n'est pas ma surprise en apprenant cette étonnante anecdote à son sujet. Un jour, celui de son anniversaire très précisément, mon arrière-grand-père s'est exclamé : « Comme c'est curieux, nous sommes dans l'année X^2 et j'ai *X* ans ! » Sachant que mon arrière-grand-père est mort en 1899, en quelle année est-il né ?

- ☐ A. 1806
- ☐ B. 1899
- ☐ C. 1848
- ☐ D. Une autre réponse

23 CALCUL ET MATHÉMATIQUES

4368 Chez le fleuriste de la rue Monge, une rose coûte 4 euros, un géranium en pot coûte 20 euros et un bouquet de tulipes jaunes coûte 25 euros. Quel est le prix du pot en céramique sachant que le géranium contenu à l'intérieur coûte 19 euros de plus que le pot en céramique ?

- ☐ A. 0,5 euro
- ☐ B. 0,75 euro
- ☐ C. 1 euro
- ☐ D. 1,5 euro

4369 Quelle fraction du grand carré est grisée ?

- ☐ A. 1/4
- ☐ B. 1/2
- ☐ C. π/2
- ☐ D. 2π/3

4370 Que vaut le tiers de 0,75 ?

- ☐ A. 1/2
- ☐ B. 1/4
- ☐ C. 1/8
- ☐ D. 1/16

4371 Que vaut le cube de 5 additionné au carré de 15 ?

- ☐ A. 125
- ☐ B. 250
- ☐ C. 295
- ☐ D. 350

4372 Combien de carrés, au maximum, ayant pour sommets quatre points pris parmi les huit points de la figure, peut-on tracer ?

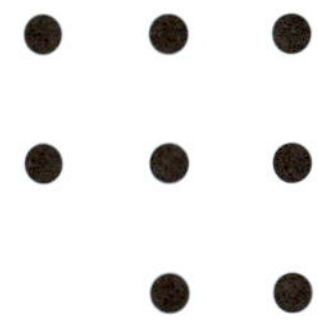

- ☐ A. 1
- ☐ B. 2
- ☐ C. 4
- ☐ D. 6

4373 R et G sont des entiers naturels. On a : $R \times G = 28$ et $2G - R = 1$.

Que vaut $G^3 + R^2$?

- ☐ A. 219
- ☐ B. 113
- ☐ C. 875
- ☐ D. 997

4374 Voici 4 phrases concernant un nombre entier A :

« A est divisible par 5 » ; « A est divisible par 11 » ; « A est divisible par 55 » ; « A est inférieur à 8 ». On sait que deux de ces phrases sont vraies et que les deux autres sont fausses. Alors A est égal à :

- ☐ A. 0
- ☐ B. 5
- ☐ C. 10
- ☐ D. 11

4375 15 % de 20 vaut :

- ☐ A. 35 %
- ☐ B. 3
- ☐ C. 3,5
- ☐ D. 30,5 %

4376 Dans le triangle ABC, l'angle ABC vaut 50° et l'angle ACB vaut 80°. Que vaut la moitié de l'angle BAC ?

- ☐ A. 20°
- ☐ B. 25°
- ☐ C. 40°
- ☐ D. 50°

4377 La moyenne de *A*, *B* et 1 vaut 3. Que vaut *A* + *B* ?

- ☐ A. 9
- ☐ B. 10
- ☐ C. 12
- ☐ D. 8

4378 En trois coups de scie, on a découpé un cube en huit pavés droits. L'aire totale des huit pavés vaut :

- ☐ A. L'aire du cube de départ
- ☐ B. Le double de l'aire du cube de départ
- ☐ C. Le triple de l'aire du cube de départ
- ☐ D. Une fois et demie l'aire du cube de départ

4379 Je n'ai pas assez d'argent pour faire le plein d'essence ! Pourtant, avec 6 fois plus d'argent, j'aurais pu mettre 25 litres en plus et y parvenir. Quelle est la contenance de mon réservoir ?

- ☐ A. 5 L
- ☐ B. 25 L
- ☐ C. 30 L
- ☐ D. 50 L

4380 La somme des chiffres du cube de 7 vaut :

- ☐ A. 11
- ☐ B. 10
- ☐ C. 9
- ☐ D. 8

4381 Les 3 classes de terminale d'un lycée comprennent respectivement 35, 28 et 36 élèves. Sachant que respectivement 1/5, 1/4 et 1/9 des lycéens de ces trois classes vont échouer au baccalauréat, quel est le nombre total de lycéens qui vont redoubler leur terminale ?

- ☐ A. 21
- ☐ B. 17
- ☐ C. 19
- ☐ D. 18

4382 Un rectangle est inscrit dans un cercle de rayon égal à 2,5 cm. La largeur du rectangle vaut 3 cm. Parmi ces valeurs, quelle peut être la surface du rectangle ?

- ☐ A. 12
- ☐ B. 14
- ☐ C. 18
- ☐ D. 24

4383 Un géranium en pot coûte 20 euros. Quel est le prix du pot en céramique sachant que la plante contenue à l'intérieur coûte 19 euros de plus que le pot en céramique ?

- ☐ A. 0,5 euro
- ☐ B. 0,75 euro
- ☐ C. 1 euro
- ☐ D. 1,5 euro

4384 On augmente de 3 cm la longueur de l'arête d'un cube dont le volume initial est égal à 64 cm^3. Quelle est l'aire totale du nouveau cube ainsi obtenu ?

- ☐ A. 266 cm^2
- ☐ B. 294 cm^2
- ☐ C. 312 cm^2
- ☐ D. 358 cm^2

4385 Une bouteille d'un tiers de litre est aux trois quarts pleine. J'en bois 20 cl. Combien reste-t-il alors dans la bouteille ?

☐ A. Rien
☐ B. 5 décilitres
☐ C. 0,05 litre
☐ D. 7,5 centilitres

4386 La somme des chiffres du carré de 18 additionnée à la solution de l'équation $\frac{-3x-9}{2} = -15$ vaut :

☐ A. 20
☐ B. 22
☐ C. 19
☐ D. 16

4387 Jeanne nettoie sa chambre en une heure et trente minutes quand son frère, lui, ne met qu'une heure pour nettoyer la chambre de Jeanne. Combien de temps ensemble, Jeanne et son frère mettront-ils pour nettoyer la chambre de Jeanne ?

☐ A. 30 minutes
☐ B. 36 minutes
☐ C. 45 minutes
☐ D. 56 minutes

4388 Une piscine est longue de 8 mètres, large de 6 mètres et haute de 2,5 mètres. Quelle valeur faut-il rajouter à sa hauteur pour augmenter son volume de 60 mètres cubes ?

☐ A. 2
☐ B. 1,75
☐ C. 1,5
☐ D. 1,25

4389 Un cube a pour volume huit mètres cubes. On le découpe en petits cubes de deux décimètres de côté. On empile alors tous les petits cubes. Quelle est en mètres la hauteur de la pile obtenue ?

☐ A. 20 mètres
☐ B. 100 mètres
☐ C. 400 mètres
☐ D. 200 mètres

4390 Si la moyenne arithmétique de 6 nombres est 4,5 ; que vaut la somme de ces 6 nombres ?

☐ A. 4,5
☐ B. 24
☐ C. 27
☐ D. 30
☐ E. On ne peut pas savoir

4391 Combien y a-t-il de minutes dans trois heures un quart *plus* deux heures et trente deux minutes ?

☐ A. 346
☐ B. 347
☐ C. 348
☐ D. 349
☐ E. 350

4392 Un ballon de rugby pèse exactement (250 g plus 1/2 ballon de rugby). Quel est, en kg, le poids d'un ballon de rugby ?

☐ A. 0,25
☐ B. 0,30
☐ C. 0,50
☐ D. 0,75
☐ E. 1

4393 Un CD de Patrick B. et deux livres de Valérie K. coûtent 75 €. Trois CD de Patrick B. et deux livres de Valérie K. coûtent 125 €. Quel est le prix d'un CD de Patrick B. ?

- ☐ A. 10 €
- ☐ B. 15 €
- ☐ C. 20 €
- ☐ D. 25 €
- ☐ E. 50 €

4394 Simon marche à la vitesse constante de 6 km/h. Quelle distance aura-t-il parcouru après 5 heures et 10 minutes ?

- ☐ A. 10 000 m
- ☐ B. 15 000 m
- ☐ C. 25 500 m
- ☐ D. 30 000 m
- ☐ E. 31 000 m

4395 Si un quadrilatère quelconque a 3 angles droits alors ce quadrilatère est un rectangle ou un carré.

- ☐ A. Vrai
- ☐ B. Faux

4396 Quel fraction faut-il ajouter au numérateur *et* au dénominateur de $\frac{2}{7}$ pour obtenir le double de $\frac{2}{7}$?

- ☐ A. $\frac{1}{4}$
- ☐ B. $\frac{10}{3}$
- ☐ C. $\frac{14}{3}$
- ☐ D. $\frac{13}{7}$
- ☐ E. $\frac{1}{3}$

4397 Quelle est, en cm, la longueur du troisième côté d'un triangle rectangle dont l'hypoténuse et le deuxième côté mesurent respectivement 10 cm et 6 cm ?

- ☐ A. 6
- ☐ B. 4
- ☐ C. 5
- ☐ D. 1
- ☐ E. 8

4398 Sur 1 100 étudiants interrogés, 900 jouent au football, 550 jouent au basket-ball et 450 jouent aux deux. Combien d'étudiants ne jouent ni au basket-ball ni au football ?

- ☐ A. 0
- ☐ B. 100
- ☐ C. 200
- ☐ D. 250
- ☐ E. 300

4399 Quelle est, en centimètres carrés, l'aire totale des surfaces d'un cube dont l'arête mesure 8 cm ?

- ☐ A. 256
- ☐ B. 384
- ☐ C. 396
- ☐ D. 408
- ☐ E. 800

4400 La moyenne arithmétique de trois nombres a, b et c est b^2. Que vaut c ?

- ☐ A. $\frac{a+b}{2}$
- ☐ B. $b^2 - a$
- ☐ C. $b(3b - 1) - a$
- ☐ D. $3b(3a - b) - 1$
- ☐ E. $b^2 - 1$

CORRIGE

4270 20 %
4271 262 144
4272 9 minutes et 45 secondes
4273 180°
4274 13,2
4275 $-1 < p < 1$
4276 44
4277 1 cm
4278 2 théières et une chaise
4279 2 000
4280 297
4281 24
4282 10 semaines
4283 192
4284 10
4285 1 h
4286 40 %
4287 75
4288 45
4289 10A
4290 575
4291 126
4292 362 880
4293 162
4294 5 h 12
4295 5
4296 192
4297 La racine carrée de 25
4298 4
4299 2 minutes
4300 50
4301 55
4302 1970
4303 89,1 dam^2
4304 2 150 €
4305 25
4306 125
4307 10
4308 5 km/h
4309 −4
4310 155 euros
4311 35
4312 39
4313 1/14
4314 −8 ou 8
4315 16
4316 3/(1 – 1/2)
4317 0,48 %
4318 3 125
4319 2,25
4320 2 %
4321 9
4322 2
4323 17,5
4324 13
4325 45
4326 30
4327 $6M + 4$
4328 523 747 434
4329 21
4330 3^{126}
4331 $7B/4$
4332 76 kilomètres

4333 18
4334 9 h 36
4335 115,08 × 10^{-3}
4336 552 m^2
4337 150
4338 100
4339 198
4340 15 poires
4341 17 %
4342 6
4343 6 000 euros
4344 5 h 06
4345 11
4346 10
4347 2 500 km
4348 33 %
4349 9
4350 Entre 6 et 8
4351 1/5
4352 $5\sqrt{105}$ cm
4353 1/8
4354 + 200 %
4355 Six cent treize
4356 + 27,5 %
4357 12
4358 1 045
4359 4 minutes
4360 72
4361 60
4362 570 €
4363 1/3 de Z
4364 400 % de A
4365 2
4366 1 600
4367 1806
4368 0,5 euro
4369 1/4
4370 1/4
4371 125 + 225 = 350
4372 4
4373 113
4374 5
4375 20 x 0,15 = 3
4376 25°
4377 8
4378 Le double de l'aire du cube de départ
4379 30 L
4380 10
4381 18
4382 12
4383 0,5 euro
4384 294 cm^2
4385 0,05 litre
4386 16
4387 36 minutes
4388 1,25
4389 200 mètres
4390 27
4391 347
4392 0,50
4393 25 €
4394 31 000 m
4395 Vrai
4396 14/3

4397 8

4398 100

4399 384

4400 $3b(3a - b) - 1$

24. ACTUALITE 2016-2021

Ce chapitre est composé de **386 questions**.

[A SAVOIR !]

110 Les numéros de questions de ce type signifient qu'il n'y a qu'une seule et unique réponse juste à la question posée.

111 Les numéros de questions de ce type signifient qu'il y a **plusieurs (2 ou plus) réponses possibles justes à la question**.

Vous noterez également que cette partie comporte des questions ouvertes ainsi que des questions à trous qui ont la particularité de ne pas vous proposer de choix de réponses.

4401 Quel département d'outre-mer a connu une grande crise sociale, au mois de mars 2017 ?

4402 Dans quel aéroport des militaires de l'Opération Sentinelle ont été attaqués par un homme armé en 2017 ?

4403 Quel terroriste a été condamné à la prison à perpétuité le 28 mars 2017 suite à l'attentat du Drugstore Publicis à Paris en 1974 ?

4404 Le siège de quelle institution financière a été visé par un colis piégé le 16 mars 2017 ?

4405 Quel est le nom de l'ancien maire de Sablé-sur-Sarthe, mis en examen pour avoir été l'employeur de Pénélope Fillon, dans le cadre du Penélope Gate en 2017 ?

4406 Quel est le plus jeune candidat de l'élection présidentielle de 2017 ?

4407 Quelle marque de luxe française a été critiquée suite à une campagne jugée sexiste en 2017 ?

4408 Lequel de ces candidats à la présidentielle française de 2017 est membre du Nouveau Parti Anticapitaliste (NPA) ?

4409 Pour quelle raison des manifestations de mécontentement ont-elles lieu après le résultat de l'élection présidentielle américaine de 2016 ?

4410 En avril 2018, combien obtient-on environ de livres sterling si l'on change 1 000 euros ?

4411 De quel scientifique François Hollande a-t-il salué la mémoire le 15 mai 2016 ?

4412 Qui a perdu la finale de la Coupe d'Europe (Euro UEFA) de football 2016 ?

4413 Qui est nommé Premier ministre suite à l'élection d'Emmanuel Macron à la présidence de la république ?

4414 Quel est le nom du gendarme mort en héros en mars 2018 lors de l'attaque terroriste de Carcassonne ?

4415 Quel candidat à l'élection présidentielle française de 2017 est accusé de détournement de fonds, d'abus de bien publics et de recel ?

4416 Qui est nommé Président du conseil italien en mai 2018 ?

4417 Quel présentateur d'une émission télévisée est accusé d'homophobie en mai 2017 ?

4418 Quel mouvement lance en France sa première manifestation le 17 novembre 2018 ?

4419 En raison d'une forte pollution de l'air en décembre 2016, la circulation alternée a été instaurée dans l'agglomération parisienne. Pour combien de jours ?

4420 En 2017, qui est le porte-parole de la lutte ouvrière ?

4421 Dans quel pays a lieu le départ du Paris-Dakar en 2017 ?

4422 Quel pilote est sacré champion du monde de Formule 1 en 2018 ?

4423 Quel pays est battu par la France lors de la coupe du monde de football en juillet 2018 ?

4424 Quel musée ouvert en 2017 reçoit en janvier 2018 le prix du meilleur nouveau bâtiment public aux Design Awards 2018 ?

4425 Qui est en 2017 le chef du gouvernement japonais ?

4426 Quel pays organise la Coupe d'Europe des Nations en 2016 ?

4427 Quel est le nom du ministre de l'Intérieur français qui démissionne en octobre 2018 ?

4428 Qui a peint *Portrait of an artist*, toile qui bat en 2018 le record d'enchères pour un artiste vivant ?

4429 Comment s'appelle le conseiller d'Emmanuel Macron qui déclenche à l'été 2018 une crise politico-médiatique ?

4430 Quel ministre est élu en novembre 2017 délégué général de La République en marche ?

4431 Que s'est-il produit dans le ciel le 14 novembre 2016 ?

4432 Dans quel pays a lieu une vague de persécutions envers les homosexuels révélée en avril 2017 ?

4433 Selon le rapport annuel de l'ONG *Save the Children*, quel est le meilleur pays du monde pour élever un enfant en 2016 ?

4434 Quel est le résultat obtenu par Marine Le Pen à l'issue du premier tour de l'élection présidentielle française de 2017 ?

4435 De quel constructeur est la voiture officielle de François Hollande lors de la passation de pouvoir ?

4436 Quel hymne est diffusé lors de la célébration au Louvre de la victoire d'Emmanuel Macron à la présidentielle ?

4437 Avec quel prétexte le Japon continue-t-il à chasser la baleine en 2017 ?

4438 Quelle actrice, obtenant le César de la meilleure actrice pour le film *Amour* en 2012, disparaît en janvier 2017 ?

4439 Quel Marvel réunissant plusieurs super-héros, dont un raton-laveur, obtient un deuxième volet en 2017 ?

4440 En 2016, dans quel pays est signé l'accord de paix entre le président Juan Manuel Santos et les FARC ?

4441 Quel chanteur a une exposition qui lui est consacrée en 2018 au Grand Palais à Paris ?

4442 Quelle est l'application mobile gratuite la plus téléchargée en 2017 ?

4443 Quels chefs d'État se retrouvent à Singapour pour une rencontre historique le 12 juin 2018 ?

4444 Qui a remporté le Tour de France 2018 ?

4445 Quel candidat arrive en cinquième place à la présidentielle de 2017 ?

4446 Combien de naissances de pandas ont-elles été enregistrées dans le monde en 2016, signant ainsi un record depuis 2008 ?

4447 Quel projet d'infrastructure controversé est abandonné en janvier 2018 par le gouvernement ?

4448 Comment s'appelle l'épisode 8 de Star Wars sortir en 2017 ?

4449 Que fête-t-on le 8 mars dans de nombreux pays ?

4450 En 2017, quel célèbre thriller est réalisé par Jonathan Demme (décédé en avril 2017) ?

4451 Quel joueur de nationalité suédoise quitte le PSG en 2016 ?

4452 Dans quel sport Sebastian Vettel remporte cinq courses et monte sur douze podiums en 2018 ?

4453 Quelle fondation d'art ouvre ses portes dans le quartier du Marais à Paris en 2018 ?

4454 Quelles sont les deux célèbres actrices françaises qui se donnent la réplique dans le film *Sage femme* sorti en 2017 ?

4455 Quel est le titre du roman d'Amélie Nothomb publié en 2018 ?

4456 Quel célèbre couturier français est décédé en janvier 2016 ?

4457 Quel est le pays le moins peuplé au monde en 2017 ?

4458 Quel célèbre physicien britannique décède le 14 mars 2018 ?

4459 En 2018, quelle hausse d'impôt suscite particulièrement la colère des retraités français ?

4460 Sur quelle île se trouve la prison américaine de Guantanamo qui fête ses 15 ans en 2017 ?

4461 Qui est réélu en juin 2018 président de la Turquie dès le premier tour de scrutin ?

4462 Qui a été graciée en 2016 par le président de la République François Hollande, après le meurtre de son mari ?

4463 Qui est le président du Sénégal en 2017 ?

4464 En mars 2018, Vladimir Poutine est réélu pour un nouveau mandat. Combien de mandats présidentiels a-t-il déjà réalisé à cette date ?

4465 Quel chef cuisinier français décède le 20 janvier 2018 ?

4466 Dans quel pays se tiennent les Jeux olympiques en 2016 ?

4467 Quelle entreprise se retrouve en 2017 au cœur d'une affaire de lait infantile contaminé par des salmonelles ?

4468 Quelle série américaine médiévale-fantastique entame sa 7e saison en 2017 ?

4469 Quel médicament qui donne lieu à des poursuites contre les laboratoires Servier fait l'objet en 2016 d'un film « *La Fille de Brest* » ?

4470 Combien de pays appartiennent à la Cédéao (Communauté économique des États de l'Afrique de l'Ouest) en 2018 ?

4471 Qui a remporté le prix Goncourt 2017 avec *Chanson douce* ?

4472 Quel homme politique a animé une conférence par le biais de son hologramme en 2017 ?

4473 Dans quel pays, le président Jacob Zuma, président de la République, démissionne en février 2018 ?

4474 Qui est le secrétaire général de l'OTAN en 2017 ?

4475 Pourquoi, en janvier 2017, le FMI menace les pays de la zone euro de retirer sa participation au plan d'allégement de la dette grecque ?

4476 Qui a remporté le télé-crochet *The Voice* en 2016 ?

4477 Quelle est la profession de Brigitte Macron au moment de l'élection de son mari ?

4478 Quels codes François Hollande a-t-il confiés à Emmanuel Macron lors de la passation de pouvoir ?

4479 L'état d'urgence est instauré en France suite à la vague d'attentats de 2015 : à quelle date est-il levé ?

4480 Quel athlète est le porte-drapeau de la délégation tricolore aux Jeux olympiques de Rio de 2016 ?

4481 Quel chanteur décède le 5 décembre 2017 ?

4482 Pour quelle raison le réseau social professionnel français Viadeo est-il sujet à un redressement judiciaire en 2016 ?

4483 Quel écrivain et académicien décède le 5 décembre 2017 ?

4484 Dans quelle ville française est commis en décembre 2018 un attentat islamiste sur le marché de Noël ?

4485 Quels chanteurs défrayent la chronique pour une bagarre dans l'aéroport d'Orly en août 2018 ?

4486 En 2016, qui a racheté Linkedin, le célèbre réseau social professionnel ?

4487 En mai 2017, quel ministère a en charge Richard Ferrand ?

4488 En mai 2017, qui a la charge de la Fonction publique ?

4489 En mai 2017, qui est le ministre des Outre-mers ?

4490 Quel mariage royal très médiatisé a lieu en mai 2018 ?

4491 Quel est en 2017 le pourcentage de femmes candidates aux législatives ?

4492 En mai 2017, combien y a-t-il de femmes au gouvernement Philippe ?

4493 Quel club de football est sacré champion de la Ligue 1 le 17 mai 2017 ?

4494 Quel a été le chiffre d'affaires d'Aéroports de Paris pour les 9 premiers mois de l'année 2016 ?

4495 Quel chanteur britannique, célèbre pour son look androgyne, est décédé le 10 janvier 2016 ?

4496 Par combien de pays passe le Tour de France 2017 ?

4497 Combien de députés sont élus à l'issue des élections législatives de 2017 ?

4498 Quel était le nom de scène de Georgios Kyriacos Panayiotou décédé le 25 décembre 2016 ?

4499 Quel est le navigateur Internet le plus utilisé dans le monde en 2016 ?

4500 En 2017, qui est le Grand Rabbin de France ?

4501 Quel pays est frappé par un tsunami le 22 décembre 2018 ?

4502 Comment s'appelle l'album de Jul sorti en décembre 2016 ?

4503 Qui devient en mars 2017 le nouveau président de la République fédérale d'Allemagne ?

4504 Quelle formation politique arrive en tête aux élections législatives italiennes de mars 2018 ?

4505 A quel pourcentage du PIB est estimée la dette de la Grèce fin 2016 ?

4506 En juin 2017, qui est le chef du gouvernement espagnol ?

4507 Quel roman remporte le prix Goncourt en 2018 ?

4508 En 2017, combien d'employés compte la société Google dans le monde ?

4509 Dans quelle discipline s'est illustrée Laura Flessel, la ministre des Sports investie en mai 2017 au sein du nouveau gouvernement Philippe ?

4510 Quelle est la récompense en euros du vainqueur de Roland Garros en 2017 ?

4511 Dans quel quartier de Bruxelles, le logisticien des attentats de Paris, Salah Abdeslam a été arrêté le 18 mars 2016 ?

4512 Quel mouvement a occupé la place de la République à Paris le 31 mars 2016 ?

4513 En juin 2016, de quelle entreprise Travis Kalanick est-il le PDG ?

4514 Quel est l'entraîneur du Réal de Madrid en 2016 ?

4515 Quel réalisateur canadien a remporté le Grand Prix du festival de Cannes en 2016 ?

4516 Dans quelle ville africaine ont eu lieu les attentats contre l'hôtel Splendid le 15 janvier 2016 ?

4517 Qui est en juin 2016 le secrétaire général de la CGT ?

4518 Qui devient Président du Brésil en octobre 2018 ?

4519 Qui a remporté la Route du Rhum 2018 ?

4520 Quelle comédienne a remporté le César de la meilleure actrice 2016 pour son interprétation dans le film *Marguerite* ?

4521 Comment a été nommée la marche organisée à Bruxelles le 17 avril 2016, à la suite des attentats ?

4522 Qui devient président de l'Assemblée nationale en juin 2017 ?

4523 Quel sportif remporte le 6 mars 2016 la Coupe du monde de biathlon pour la cinquième fois consécutive ?

4524 Quel artiste décroche le Prix nobel de littérature en 2016 ?

4525 Suite à un accord signé en mars 2018, quelle entreprise était en passe d'être absorbée par Siemens avant l'annulation de l'opération ?

4526 Quel scandale mondial a éclaboussé le monde de la finance en avril 2016 ?

4527 Quelle épreuve sportive a Christopher Froome comme favori en 2016 ?

4528 Quel film a remporté l'Oscar du meilleur film en 2016 ?

4529 En 2016, quel député écologiste français est le mari d'Emmanuelle Cosse ?

4530 Quel grand groupe d'électroménager la Fnac a-t-elle racheté en avril 2016 ?

4531 Dans quelle catégorie le judoka Teddy Riner représente-t-il la France lors des JO de 2016 ?

4532 Quel groupe australien a remplacé son chanteur Brian Johnson par le chanteur des Guns N' Roses, Axl Rose en mai 2016 ?

4533 En 2016, quel terme est utilisé pour désigner le scénario de la sortie du Royaume-Uni de l'Union européenne ?

4534 Quel est le nom de l'accord commercial en cours de négociation en juin 2016, entre l'Europe et les Etats-Unis, qui prévoit d'instaurer une zone de libre échange ?

4535 En février 2016, quel boxeur a vu son contrat stoppé avec Nike à cause de ses propos homophobes ?

4536 Qui est nommé ministre des Transports en mai 2017 ?

4537 Qui est la Directrice Générale du FMI en 2016 ?

4538 Quel joueur de football s'est vu décerné le « Ballon d'or » en janvier 2016 ?

4539 En mai 2016, quelle série française avec Gérard Depardieu confirme l'arrivée de Netflix en France ?

4540 Qui est la ministre de l'Education nationale en juin 2016 ?

4541 Dans quel pays a eu lieu le sommet du G7 en mai 2016 ?

4542 Qui est le sportif français le mieux payé en 2017 ?

4543 Quel film a remporté l'ours d'or de Berlin en 2016 ?

4544 Quel chanteur français, avec des origines arméniennes, meurt le 1er octobre 2018 ?

4545 En 2016, quel est le premier producteur d'or mondial ?

4546 Quel club de football a remporté la « Champions league » le 28 mai 2016 ?

4547 En 2016, quel chanteur français fait son grand retour, 10 ans après son dernier disque *Rouge sang* ?

4548 Qui est Gouverneur de la Banque de France en 2017 ?

4549 Quel groupe de rock se produit sous la Tour Eiffel le 28 juin à l'occasion de l'Euro 2016 ?

4550 En 2016, quel artiste remporte une victoire de la musique dans la catégorie « musiques urbaines » ?

4551 Qui est président du Sénat en 2017 ?

4552 Quel pays, anciennement dirigé par Hugo Chavez, est au bord de la faillite en 2017 ?

4553 Qui a remporté l'Open d'Australie en janvier 2016 chez les hommes ?

4554 Quel artiste, compositeur de la chanson *Life on mars*, est décédé le 10 janvier 2016 ?

4555 Quel opérateur de téléphonie mobile est leader sur le marché français au premier trimestre 2016 ?

4556 Quel club de rugby à XV a remporté la coupe d'Europe en 2017 ?

4557 Quel artiste, principal concurrent de Michaël Jackson dans les années 80, est décédé le 21 avril 2016 ?

4558 Qui devient maire de Londres le 6 mai 2016 ?

4559 Quelle équipe nationale remporte le championnat d'Europe de handball en 2016 ?

4560 Quel comédien a reçu le Molière de l'humour en mai 2016 ?

4561 Quelle présidente brésilienne a été destituée de ses fonctions le 12 mai 2016 ?

4562 Quel pays a inauguré le plus grand tunnel ferroviaire du monde le 1er juin 2016 ?

4563 Dans quelle ville d'Italie un pont s'effondre le 14 août 2018 faisant 43 morts ?

4564 Quel dessinateur et caricaturiste français, auteur de *Ma vie, mon œuvre, mon cul !* est décédé le 6 mai 2016 ?

4565 Dans quel pays Patrice Talon est élu président en mars 2016 ?

4566 Dans quel pays européen le Premier ministre a été obligé de démissionner suite à l'affaire des Panama Papers en avril 2016 ?

4567 Quelle course cycliste mythique a été remportée par l'australien Mathew Hayman le 10 avril 2016 ?

4568 Qui est le candidat républicain aux élections américaines en novembre 2016 ?

4569 Quel industriel, inventeur de l'abribus est décédé le 27 mai 2016 ?

4570 Quelle équipe de football féminin a remporté le championnat d'Europe le 26 mai 2016 ?

4571 Quel compositeur de musique contemporaine français est décédé le 5 janvier 2016 ?

4572 Quel mouvement populiste de droite contre l'immigration islamique en Allemagne organise une manifestation en réaction aux agressions sexuelles du Nouvel An 2016 ?

4573 De quelle nationalité est en 2017 le secrétaire général de l'Organisation des pays exportateurs de pétrole (OPEP) ?

4574 Quel est le meilleur buteur de la ligue 1 de football sur la saison 2015-2016 ?

4575 Quel est le nom du Premier ministre grec en juin 2017 ?

4576 Quel chanteur congolais est mort sur scène le 24 avril 2016 à Abidjan ?

4577 Quel record est battu par Ivan Origone à Vars le 26 mars 2016 ?

4578 Leader mondial du luxe, LVMH fédère 75 Maisons d'exception avec un réseau mondial de plus de 4 910 magasins. Quel chiffre d'affaires le groupe LVMH réalise-t-il en 2019 ?

4579 Quel candidat est élu à la présidence de l'Ukraine en 2019 ?

4580 Dans quel pays s'est passé en 2019 la COP 25 ?

4581 Quel homme politique britannique est largement conforté à son poste de Premier ministre après l'élection générale de décembre 2019 ?

4582 Qui devient présidente de la Commission européenne en 2019 ?

4583 En 2019, quel est le leader du marché en termes de ventes de smartphones ?

4584 En 2019, quel est le salaire du président Macron ?

4585 En 2019, qui est le roi d'Espagne ?

4586 Qui est en 2019 le président de l'État d'Israël ?

4587 Quelle équipe a gagné en 2019 la Coupe du monde de football féminine ?

4588 Quel film remporte la Palme d'or au Festival de Cannes 2019 ?

4589 Quel est le nom du leader des Travaillistes britanniques lors des législatives de 2019 ?

4590 Pour quelle minorité chrétienne persécutée par l'État islamique notamment, le président Abdel Fattah al-Sissi inaugure-t-il une cathédrale en janvier 2019 ?

4591 Quel film ouvre le Festival de Cannes le 15 mai 2019 ?

4592 Quel est le poste occupé par Jean-Claude Juncker début 2019 ?

4593 Dans quelle ville d'Espagne l'ancien Premier ministre Manuel Valls est-il candidat pour l'élection municipale de 2019 ?

4594 À quelle date se déroulent les élections européennes en France ?

4595 Quelle artiste ayant représenté la France à l'Eurovision en 2015 participe à l'émission *The Voice* en 2019 ?

4596 Qui remporte la coupe de France de football le 27 avril 2019 ?

4597 Quel parti remporte le plus de sièges lors des élections législatives du 28 avril 2019 en Espagne ?

4598 Quel est le titre du livre publié en 2019 par Juan Branco qui critique les élites en France ?

4599 Qui devient porte-parole du gouvernement le 31 mars 2019 ?

4600 Le 10 mai 2019, à quel taux passent les droits de douane américains sur 200 milliards de dollars de produits chinois ?

4601 Quel est le nom de l'hôpital qui se retrouve au cœur d'une fausse nouvelle propagée par le ministre de l'Intérieur Christophe Castaner suite à la manifestation des gilets jaunes du 1er mai ?

4602 Quel parti remporte le plus de sièges lors des élections législatives israéliennes du 9 avril 2019 ?

4603 Comment s'appelle la tête de liste Les Républicains pour l'élection européenne du 26 mai 2019 ?

4604 Sous le coup d'une procédure d'extradition vers les États-Unis lancée en mars 2019, de quelle entreprise chinoise Meng Wanzhou est-elle la directrice financière ?

4605 Quelle loi votée à la suite du mouvement des gilets jaunes est en partie censurée par le Conseil constitutionnel ?

4606 Quel est le nom de l'architecte qui avait réalisé la flèche de Notre Dame détruite dans l'incendie d'avril 2019 ?

4607 Comme s'appelle la tête de liste Rassemblement national pour l'élection européenne du 26 mai 2019 ?

4608 Comment s'appelle le professeur qui est un des porte-drapeaux du RIC lors du mouvement des gilets jaunes (référendum d'initiative citoyenne) ?

4609 Quel pays remporte le tournoi de rugby des six nations en 2019 ?

4610 Quel est le rythme de la croissance française au premier trimestre 2019 ?

4611 Le 21 avril 2019, dans quel pays un attentat islamiste est-il perpétré notamment contre des églises chrétiennes ?

4612 Quel est le nom du président algérien qui démissionne le 2 avril 2019 ?

4613 Quelle grande enseigne française de distribution annonce en mai 2019 un plan social de 3 000 salariés ?

4614 Quel réalisateur préside la 72e édition du festival de Cannes en mai 2019 ?

4615 Quelle était la date initiale du Brexit ?

4616 Comment s'appelle l'opération lancée le 1er mai 2019 par Juan Gaido pour renverser le régime vénézuélien ?

4617 Quelle entreprise américaine s'introduit en bourse le 10 mai 2019 avec une valorisation de 82,2 milliards de dollars ?

4618 Comme s'appelle la tête de liste LREM pour l'élection européenne du 26 mai 2019 ?

4619 Quel est le nom d'une des figures des gilets jaunes arrêtés début janvier pour « organisation d'une manifestation non déclarée » ?

4620 Quelle loi économique est adoptée par le Parlement le 11 avril 2019 ?

4621 Quel célèbre restaurant sur les Champs-Élysées est incendié lors de la manifestation des gilets jaunes du 16 mars 2019 ?

4622 Quel club de football français s'incline face à Manchester United lors des huitièmes de finale de la Ligue des Champions 2019 ?

4623 Quel chanteur révélé dans *The Voice* représente la France à l'Eurovision en mai 2019 ?

4624 Quel est le nom du parti de droite nationale qui arrive en deuxième position lors des élections législatives finlandaises de 2019 ?

4625 En avril 2019, quel objet céleste est dévoilé en photo pour la première fois ?

4626 Le 5 mai 2019, dans quelles villes israéliennes des roquettes lancées par des groupes armés palestiniens tuent plusieurs civils ?

4627 Quel est le nom du boxeur arrêté suite à des violences contre des gendarmes lors de la manifestation des gilets jaunes du 5 janvier 2019 ?

4628 Quel est le nom du parti de droite nationale espagnol qui fait son entrée au parlement suite aux élections du 28 avril 2019 ?

4629 Qui est le négociateur en chef pour l'Union européenne sur le sujet du Brexit ?

4630 Quel est le nom du roman publié par Michel Houellebecq qui sort début 2019 ?

4631 Quelle disposition contestée de la loi PACTE votée en 2019 donne lieu à un projet de référendum d'initiative partagée ?

4632 Quelle grande église parisienne est endommagée par un incendie d'origine criminelle le 17 mars 2019 ?

4633 Quel est le nom du présentateur qui annonce en mai 2019 son départ de *Motus*, jeu télévisé qu'il présentait depuis 1990 ?

4634 Dans quelle ambassade était réfugiée Julian Assange finalement arrêté le 11 avril 2019 ?

4635 Quel grand couturier décède le 19 février 2019 ?

4636 Quel est le nom du nouvel empereur du Japon intronisé le 1er mai 2019 ?

4637 Quel bâtiment classé accueille en 2019 une partie des collections de Pinault ?

4638 Quel est le nom du patient lié à un débat sur l'euthanasie qui a vu en mai 2019 un comité de l'ONU demander le maintien provisoire de ses soins ?

4639 Quel est le nom du participant au jeu télévisé *Les Douze Coups de midi* qui est incarcéré en mars 2019 dans le cadre d'une affaire de pédopornographie ?

4640 Quel est le nom du président de la République du Soudan destitué le 11 avril 2019 ?

4641 Quel monument parisien est rénové pour les cérémonies du 8 mai 2019 suite à aux manifestations des gilets jaunes ?

4642 En 2019, qui anime l'émission quotidienne *Qui veut gagner des millions* sur TF1 ?

4643 Dans quel film de Tim Burton sorti en 2019, l'actrice Eva Green joue-t-elle ?

4644 Qui est le successeur de Karl Lagerfeld à la direction artistique de Chanel après son décès en 2019 ?

4645 Quel célèbre tableau de Delacroix est temporairement censuré par Facebook en 2019 ?

4646 Qui remporte la finale simple dame lors du tournoi de l'Open d'Australie 2019 ?

4647 De quelle ville Patrick Balkany jugé pour fraude fiscale à partir de mai 2019 est-il maire ?

4648 Quel pays suspend le 8 mai 2019 ses engagements pris dans le cadre d'un accord sur le nucléaire ?

4649 Quel est le montant global de baisse d'impôt sur le revenu qui est promis par Emmanuel Macron à la suite du mouvement des gilets jaunes ?

4650 Quel est le titre du livre publié par le Cardinal Sarah et Nicolas Diat en mars 2019 ?

4651 Quel ministre se retrouve au cœur d'une polémique pour une sortie en boîte de nuit en mars 2019 ?

4652 Quel film de Pedro Almodovar sort en salle en 2019 ?

4653 Quel parti remporte le plus de sièges aux élections générales du 8 mai 2019 en Afrique du Sud ?

4654 De quel parti François Asselineau est-il la tête de liste pour l'élection européenne du 26 mai 2019 ?

4655 Quelle entreprise se retrouve perturbée en 2019 par une crise de gouvernance entre ses dirigeants italiens et français ?

4656 Quel est le nom du représentant au commerce américain qui négocie l'accord commercial avec la Chine ?

4657 Dans quel hôpital Meghan Markle accouche-t-elle en 2019 ?

4658 Quel est le nom du président argentin candidat à sa réélection en octobre 2019 ?

4659 Quel est le titre du tableau de Jean-Léon Gérôme utilisé et dénaturé pour livrer un message anti-immigration dans une campagne publicitaire allemande lancée en 2019 ?

4660 Quelle grande entreprise française voit son processus de privatisation lancé suite au vote en 2019 de la loi PACTE ?

4661 Quel club vient à bout du FC Barcelone en demi-finale de la Ligue de champion de football 2019 ?

4662 Quel est le nom du secrétaire général de la CGT, seul candidat à sa succession, assuré d'être réélu lors du 52e congrès du syndicat en mai 2019 ?

4663 Quel est le nom du Président de la Chambre des communes du Royaume-Uni qui anime les débats sur le Brexit durant l'année 2019 ?

4664 Quelle grande foire s'est tenue du 27 avril au 8 mai 2019 à la Porte de Versailles ?

4665 En 2019, en combien de langues Facebook existe-t-il ?

4666 Combien vaut le SMIC horaire brut au 1er janvier 2019 ?

4667 Qui remporte l'Eurovision en 2019 ?

4668 Environ combien d'animaux sont morts durant les feux en Australie de 2019 ?

4669 À qui est attribué le Goncourt 2019 ?

4670 Quel footballeur a reçu le Ballon d'or en 2019 ?

4671 Qui reçoit en 2019 le prix Nobel de la paix ?

4672 Quel est en 2019 le premier YouTubeur français ?

4673 Qui est l'homme le plus riche du monde en 2019 avec une fortune estimée à plus de 131 milliards de dollars ?

4674 Quel Chef anime l'émission *Cauchemar en cuisine* sur M6 ?

4675 Quel pays est en 2019 le plus grand exportateur d'armes au monde ?

4676 Qui a reçu le Fauve d'or lors du Festival de la bande dessinée d'Angoulême en 2019 ?

4677 En 2019, qui remporte le tournoi de Roland Garros dans la catégorie Simple dames ?

4678 Combien de personnes sont écrouées en France au 1er avril 2019 ?

4679 Qui remporte la coupe de France de football le 27 avril 2019 ?

4680 Quel monument parisien fête ses 130 ans en 2019 ?

4681 Quel film a remporté l'Ours d'or de Berlin en 2019 ?

4682 Quel club de football a remporté la « Champions League » en 2019 ?

4683 Après Disneyland Paris, quel est le parc à thème le plus visité de France en 2019 ?

4684 Quel le prénom du bébé du prince Harry et de Meghan Markle né en mai 2019 ?

4685 Quel est le meilleur buteur de la ligue 1 de football sur la saison 2018-2019 ?

4686 Quel pays est devenu en 2020 le premier pays d'Amérique centrale à autoriser le mariage homosexuel (le mariage homosexuel étant légal dans certains États du Mexique mais pas la totalité du pays) au terme d'une bataille judiciaire de plusieurs mois ?

4687 Qui est le P.-D.G. de *Google* en 2020 ?

4688 Quelle grande réforme présentée par le Premier ministre indien Modi suscite fin 2020 de grandes manifestations dans le pays ?

4689 À quel taux s'établit fin 2020 la fiscalité du capital en France dans la majeure partie des cas ?

4690 Quel est le Youtubeur français ayant le plus d'abonnés en 2020 ?

4691 En 2020, quel est le nom du président de la Bolivie qui est destitué de ses fonctions ?

4692 À quel niveau en % du PIB s'établit le déficit public français en 2020 ?

4693 Qui est nommé ministre du Travail dans le gouvernement français le 6 juillet 2020 ?

4694 Dans quel pays a lieu le 4 août 2020 une immense explosion d'origine accidentelle ?

4695 Quel est le nom du vice-président américain qui perd l'élection présidentielle avec Trump en novembre 2020 ?

4696 Quel est le nom de la juge à la Cour suprême américaine qui décède en septembre 2020 ?

4697 Quel est le nom du juge qui est nommé à la Cour suprême américaine en octobre 2020 ?

4698 Quelle tradition pluri-décennale le maire écologiste de Bordeaux Pierre Hurmic souhaite-t-il supprimer fin 2020 ?

4699 Qui remporte en 2020 le master 1000 de Rome ?

4700 Quel est le nom de la première avocate nommée en 2020 à la tête de l'École Nationale de la Magistrature ?

4701 Quel est le nom de l'acteur français ayant joué dans le film « *Des hommes et des dieux* » qui décède en septembre 2020 ?

4702 Qui est l'auteur du roman Yoga paru en août 2020 ?

4703 Qui est nommé garde des Sceaux dans le gouvernement français le 6 juillet 2020 ?

4704 À quel niveau s'établit la récession française en 2020 ?

4705 Quel est le nom du ministre de la Santé qui perd son sang-froid en novembre 2020 contre les députés à l'Assemblée en leur assénant de sortir de l'hémicycle ?

4706 Quel niveau atteint la dette publique de la France fin 2020 ?

4707 Qui lance en mai 2020 l'Opération Warp Speed afin de trouver au plus vite un vaccin contre la Covid-19 ?

4708 Quel pays annonce en 2020 avoir mis au point un premier vaccin contre la Covid-19 ?

4709 Dans quelle grande ville française, la maire démissionne 6 mois après son élection en juin 2020 ?

4710 Quel joueur s'incline en 2020 lors de la finale de Roland Garros ?

4711 Qui est nommé ministre de la Culture dans le gouvernement français le 6 juillet 2020 ?

4712 Qui remporte le tour de France en 2020 ?

4713 Quel est le nom du professeur décapité par un islamiste en octobre 2020 ?

4714 Quel est le prénom de l'adolescente victime de menaces de mort suite à sa critique de l'islam en janvier 2020 ?

4715 Quel joueur est disqualifié de l'US Open en 2020 pour avoir frappé une balle en dehors du temps du jeu ayant ensuite touché une juge de ligne à la gorge ?

4716 Qui remporte le Vendée Globe en 2020 ?

4717 Quel jeu vidéo, suite d'une longue série et se passe à l'âge des Vikings, sort en 2020 ?

4718 Quelles sont les deux applications chinoises que le président Trump a fait interdire aux États-Unis en septembre 2020 ?

4719 Quel roman remporte le Prix Goncourt en 2020 ?

4720 Quel homme nommé ministre de l'Intérieur à l'été 2020 est accusé de viol ?

4721 Quelle personnalité politique quitte le RN en novembre 2020 ?

4722 Quel laboratoire annonce le 16 novembre 2020 disposer d'un vaccin efficace à 94 % ?

4723 Dans quelle ville est commis le 29 octobre 2020 un attentat islamiste dans la basilique Notre-Dame faisant trois morts ?

4724 Dans quelle ville des violences urbaines opposent-elles en juin 2020 les communautés magrébine et tchétchène ?

4725 Qui est nommé ministre de la Santé dans le gouvernement français le 16 février juillet 2020 ?

4726 Dans quelle ville un incendie d'origine criminelle détruit en juillet 2020 l'orgue de la cathédrale ?

4727 Quel ancien président français décède le 2 décembre 2020 ?

4728 Qui entre au Panthéon le 11 novembre 2020 ?

4729 Quel ancien ministre et président du conseil départemental des Hauts-de-Seine décède de la Covid-19 le 29 mars 2020 ?

4730 Quelle généticienne et biochimiste française remporte le prix Nobel de chimie en 2020 ?

4731 Qui remporte la finale de la coupe de France de football 2020 ?

4732 Dans quel pays Évariste Ndayishimiye remporte l'élection présidentielle le 20 mai 2020 ?

4733 Quelle grande entreprise louant des voitures se déclare en faillite aux États-Unis et au Canada en mai 2020 ?

4734 Qui remporte un second mandat suite à l'élection présidentielle polonaise de 2020 ?

4735 Quel est le nom du président biélorusse dont l'élection à un 6e mandat en août 2020 est contestée ?

4736 Qui est nommé ministre de la Transition écologique dans le gouvernement français le 6 juillet 2020 ?

4737 Le 18 août 2020, dans quel pays un coup d'état renverse le président Ibrahim Boubacar Keïta ?

4738 À combien est estimée par le FMI la croissance mondiale en 2020 ?

4739 Sur quel sujet porte le référendum italien des 20 et 21 septembre 2020 ?

4740 Dans quel territoire français est organisé en 2020 un deuxième référendum d'accession à l'indépendance ?

4741 À quelle date le Royaume-Uni est-il sorti de l'UE ?

4742 Quel pays dirige Idriss Déby, président qui décède en avril 2020 ?

4743 Quel pays prend la présidence du Conseil de l'Union européenne le 1er janvier 2020 ?

4744 Au Royaume-Uni, qui remplace en avril 2020 Jeremy Corbyn à la tête du Parti travailliste ?

4745 Qui est nommé ministre de l'Économie, des Finances et de la Relance dans le gouvernement français le 6 juillet 2020 ?

4746 Quel roman est adapté en bande dessinée en janvier 2020 ?

4747 Le 10 mars 2020, de quel grand écrivain la France fête-t-elle le centenaire de la naissance ?

4748 Quel grand auteur de bande dessinée français décède le 24 mars 2020 ?

4749 Qui remporte le prix Nobel de littérature en 2020 ?

4750 Quel est le titre du roman qui remporte le Prix Renaudot 2020 ?

4751 Quel est le nom de l'album *Blake et Mortimer* paru le 20 novembre 2020 ?

4752 Qui remporte le Prix Nobel de la paix en 2020 ?

4753 Quel pays soutient en 2020 la République autoproclamée du Haut-Karabagh dans un conflit contre l'Azerbaïdjan ?

4754 Quel pays prend la présidence du Conseil de l'Union européenne le 1er juillet 2020 ?

4755 Qui est nommé ministre de la Mer dans le gouvernement français le 6 juillet 2020 ?

4756 Quelle grande écrivaine américaine spécialisée dans le roman policier décède le 31 janvier 2020 ?

4757 Quel est le nom de l'album *Lucky Luke* paru le 23 octobre 2020 ?

4758 Quelle maison de luxe s'est lancée dans les cosmétiques en 2020 ?

4759 Quelle est en 2020 la ville la plus peuplée du monde ?

4760 En 2020, quel est le nombre de pays membres de l'OPEP, l'Organisation des pays exportateurs de pétrole ?

4761 Que signifie « Covid » dans l'acronyme Covid-19 ?

4762 À combien s'élève la population de l'Inde en 2020 ?

4763 Le 26 mai 2020, quatre policiers de Minneapolis sont limogés après la mort d'un homme noir à la suite d'une arrestation musclée. Comment s'appelle cet homme ?

4764 En juin 2020, combien d'anciens présidents américains sont encore en vie ?

4765 Quelle est en milliards, la population mondiale estimée en 2020 ?

4766 Qui présente en 2020 la cérémonie des Césars ?

4767 Quelle est l'espérance de vie d'une femme en France en 2020 ?

4768 Qui est nommé ministre de l'Agriculture dans le gouvernement français le 6 juillet 2020 ?

4769 Au 1er janvier 2020, à combien s'élève la population française ?

4770 Quel ex-ministre socialiste et ex-commissaire européen le Président de la République Emmanuel Macron décide-t-il de nommer le 3 juin 2020 comme premier président de la Cour des comptes ?

4771 Quelle ville voit le départ du Tour de France le 29 août 2020 ?

4772 En 2020, quel film remporte l'Oscar ?

4773 En mai 2020, combien d'euros environ obtient-on en changeant 1 000 livres sterling ?

4774 Quel est en mai 2020 environ le cours en euros de l'action LVMH à la bourse de Paris ?

4775 Qui présente en 2020 l'émission à succès Affaire conclue sur France 2 ?

4776 Qui reçoit l'Oscar du meilleur acteur en 2020 ?

4777 Quel est le cours en euros d'un kilo d'or en mai 2020 ?

4778 Quelle somme d'argent Elon Musk investit-il dans le Bitcoin en février 2021 ?

4779 Qui a reçu l'Oscar de la meilleure actrice en 2020 ?

4780 Combien de yens environ je reçois en mai 2020 en échange de 100 euros ?

4781 Qui est ministre de l'Éducation nationale en 2020 ?

4782 Au 1er janvier 2020, quel est le prix d'un timbre courant (pour un poids de 1 à 20 grammes) envoyé en lettre prioritaire ?

4783 Qui remporte l'Open de tennis d'Australie en janvier 2020 ?

4784 Qui est en 2020 le secrétaire général du Parti Communiste Français ?

4785 Qui est en 2020 le président du Sénat ?

4786 En 2020, quel pays enregistre le plus grand nombre de décès liés au Covid-19 ?

4787 En 2020, combien d'années d'existence ont les Restos du Cœur ?

4788 Qui présente en 2020 le « 20 heures » de TF1 le week-end ?

4789 Combien d'habitants compte l'Afrique en 2021 ?

4790 En 2020, combien d'années fête l'entreprise Mercedes-Benz ?

4791 Combien de pharmacies y a-t-il environ en France en 2020 ?

4792 Combien la France compte-t-elle environ d'artisans bouchers-charcutiers en 2020 ?

4793 Qui est nommé ministre de la Transformation et de la Fonction Publique dans le gouvernement français le 6 juillet 2020 ?

4794 Combien y a-t-il environ de boulangeries-pâtisseries en France en 2020 ?

4795 Quelle est en 2020 est la nationalité de la doyenne du monde ?

4796 Qui remporte la Victoire de l'artiste féminine aux Victoires de la Musique 2020 ?

4797 En 2020, qui sont, en France, les quatre jurés de *The Voice* ?

4798 Le 1er juin 2020, combien de dollars obtenez-vous en échange de 100 euros ?

4799 Qui est en juin 2021 le président de l'État d'Israël ?

4800 Qui a réalisé la série « Validée » diffusée sur Canal+ en 2020 ?

4801 Qui est le vainqueur de *The Voice* 2020 ?

4802 Quelle date marque en 2020 le retour obligatoire des enfants à l'école ?

4803 En juin 2020 combien de magasins Inditex, la maison-mère de Zara, prévoit-elle de fermer ?

4804 Quelle console est lancée par Sony en juin 2020 ?

4805 Combien d'habitants environ compte Israël en 2020 ?

4806 À quelle date est décalée l'ouverture de l'Exposition universelle de 2020 à cause de la Covid-19 ?

4807 Quel pays vote en mai 2020 l'interdiction des thérapies de conversion des homosexuels ?

4808 Recherché en 2020, à quel génocide Félicien Kabuga est-il accusé d'avoir participé ?

4809 Qui est nommé ministre du Commerce extérieur et de l'attractivité dans le gouvernement français le 6 juillet 2020 ?

4810 Dans quelle ville s'est produite la mort de George Floyd ?

4811 Quel pays est devenu le premier pays d'Amérique centrale à autoriser le mariage homosexuel (le mariage homosexuel étant légal dans certains États du Mexique mais pas la totalité du pays) au terme d'une bataille judiciaire de plusieurs mois ?

4812 Où se déroule la majeure partie de la série *Unorthodox* diffusée en 2020 sur Netflix ?

4813 En mai 2020, quel gouvernement rappelle son ambassadeur en France, après la diffusion de deux documentaires sur le Hirak sur les chaînes publiques France 5 et La Chaîne parlementaire ?

4814 Comment s'appelle le vaisseau de SpaceX, lancé par une fusée Falcon 9, qui réalise en mai 2020 son premier vol habité pour la NASA ?

4815 Combien de gendarmes y a-t-il environ en France en 2020 ?

4816 Quelle peinture à l'huile de Vincent van Gogh, est volée au musée de Laren aux Pays-Bas en mars 2020 ?

4817 Dans quel pays se passe en 2021 la COP 26 ?

4818 Qui est nommé ministre des PME dans le gouvernement français le 6 juillet 2020 ?

4819 Qui est nommé Premier ministre italien en février 2021 ?

4820 Quel est le nom du policier condamné en avril 2021 à la suite de la mort de George Floyd ?

4821 Quelle grande entreprise de la Tech annonce en mars 2021 renoncer aux cookies tiers ?

4822 Quel est le nom du président de la région des Hauts-de-France qui annonce en mars 2021 sa candidature à la présidentielle ?

4823 À quel taux Joe Biden annonce-t-il en 2021 vouloir passer le niveau d'impôt sur les sociétés américaines ?

4824 Qui annonce en avril 2021 sa candidature à un second mandat à la tête de la région Ile-de-France ?

4825 Quelle entreprise naît en 2021 de la fusion entre Peugeot et Fiat ?

4826 Sur quel site internet est initialement publiée en avril 2021 la tribune de militaires à la retraite qui déplore l'état de délitement de la France ?

4827 Dans quelle région, le parti LR annonce en mai 2021 un rapprochement avec le parti LAREM pour les élections régionales ?

4828 Dans quelle ville doivent se tenir à l'été 2021 les Jeux Olympiques reportés d'un an suite au coronavirus ?

4829 Dans quelle ville française une policière est assassinée par un islamiste le 23 avril 2021 ?

4830 Dans quel pays Aung San Suu Kyi est renversée par un coup d'état militaire le 1er février 2021 ?

4831 Quel pays asiatique est pris dans la tourmente d'une nouvelle forte vague de coronavirus en avril 2021 ?

4832 Dans quel pays se rend le Pape François en mars 2021 ?

4833 Quelle entreprise annonce le rachat de Lyxor à la Société Générale en avril 2021 ?

4834 Suite à la victoire de Biden à la présidentielle américaine de novembre 2020, qui est nommé Secrétaire au Trésor ?

4835 Quel mouvement est dissous par le Gouvernement le 3 mars 2021 ?

4836 Quel ministre est sous le coup d'une information judiciaire en 2021 pour de possibles « prises illégales d'intérêt » ?

4837 Quel acteur, auteur de neuf scénarios écrits avec Agnès Jaoui, décède en janvier 2021 ?

4838 À la suite des élections de mars 2021 en Israël, quel est le premier parti en nombre de sièges à la Knesset ?

4839 Quelle personnalité, politologue et ancien député socialiste européen, est mise en cause dans une affaire de viol et d'inceste en janvier 2021 ?

4840 Suite à la victoire de Biden à la présidentielle américaine de novembre 2020, qui est nommé Secrétaire d'État ?

4841 Quel est le nom du groupe canadien qui annonce en janvier 2021 son projet de rachat du Groupe Carrefour ?

4842 Quel nouveau juré a intégré l'émission « *The Voice* » en France en 2021 ?

4843 Quel est le nom de la mission à laquelle l'astronaute français Thomas Pesquet participe pour aller sur la station spatiale internationale (ISS) en avril 2021 ?

4844 Quel célèbre groupe de musique électronique français annonce sa séparation le 22 février 2021 ?

4845 Quel est le nom du professeur placé sous protection policière après avoir dénoncé en 2021 l'islamisation à Trappes ?

4846 À quelle journaliste américaine le prince Harry et son épouse Meghan ont-ils accordé une interview exclusive en mars 2021 ?

4847 Quel ancien président de la république française est condamné le 1er mars 2021 à trois ans de prison pour corruption ?

4848 Le 5 mai 2021, de quel grand personnage historique la France fête-t-elle le bicentenaire de la mort ?

4849 Quel artiste expose une série de 20 sculptures sur les Champs Elysées à partir de mars 2021 ?

4850 Qui est acquitté par le Sénat américain le 13 février 2021 lors d'une deuxième procédure d'*impeachment* ?

4851 DQui est élu président du Portugal le 24 janvier 2021 ?

4852 Quel est le nom de l'astromobile qui atterrit sur la planète Mars le 18 février 2021 ?

4853 Quel français décolle le 23 mai 2021 à bord de SpaceX Crew-2 ?

4854 Quelle tête couronnée européenne décède le 9 avril 2021 ?

4855 Quel est le titre du film de Sylvie Verheyde, diffusé sur Netflix en 2021, qui retrace la vie de Fernande Grude, la plus illustre proxénète des années 1960 à Paris ?

4856 Qui remporte le tournoi des Six Nations 2021 ?

4857 Quel est le nom de Miss France 2021 ?

4858 En janvier 2021, dans quel pays Mateusz Morawiecki est président du Conseil des ministres ?

4859 En 2021, de quel fabuliste fête-t-on le 400e anniversaire de la naissance ?

4860 Quel est le nom du Premier ministre arménien contesté par des militaires en février 2021 ?

4861 Quel journaliste, animateur et producteur de télévision français, connu pour être le créateur de l'émission de télévision *Thalassa*, décède le 10 janvier 2021 ?

4862 Quel parti remporte le plus de sièges lors des élections législatives néerlandaises de mars 2021 ?

4863 Qui représente la France au concours de chant de l'Eurovison en 2021 ?

4864 Quel est le nom du chef d'état-major des armées qui annonce le lancement de sanctions contre les militaires ayant publié une tribune en avril 2021 sur le délitement de la France ?

4865 Quel est le nom de l'ancien président de la République française que L'Assemblée nationale a demandé à l'unanimité en mars 2021, d'accoler à celui du musée d'Orsay, pour lequel il avait eu une action « visionnaire » ?

4866 Qui est Rush Limbaugh décédé le 17 février 2021 ?

4867 Quelle nouvelle émission, inspirée d'un format sud-coréen, est présentée par Issa Doumbia sur M6 en avril 2021 ?

4868 Dans quel pays le pouvoir chinois a commencé en 2021 à supprimer sur YouTube des archives de certaines émissions qu'elle juge trop critiques ?

4869 Quel célèbre styliste qui avait replacé la maison Lanvin sur le podium des grandes maisons de couture avant d'en être éconduit en 2005 est décédé le 24 avril 2021, emporté par la Covid-19 ?

4870 Dans quel pays est réalisée sur un patient le 13 janvier 2021 la première greffe des deux bras et des deux épaules ?

4871 Qui remporte la finale dame de l'Open d'Australie 2021 ?

4872 Quel est le montant du plan de relance américain voté par le Congrès en mars 2021 ?

4873 Dans quelle ville un policier est tué le 5 mai 2021 lors d'un contrôle anti-drogue ?

4874 Quel artiste français a reçu un Oscar en 2021 pour le meilleur scénario adapté avec le film « The Father » ?

4875 Quel est le nom du chef de la minorité républicaine au Sénat en janvier 2021 ?

4876 Quel film obtient en mai 2022 la Palme d'or au festival de Cannes ?

4877 Quelle équipe de football remporte en mai 2022 la Ligue des Champions ?

4878 Le 8 juin, 2016, quel ancien boxeur américain meurt d'un choc septique à l'âge de 74 ans, à Phoenix, en Arizona ?

4879 Qui a été investi à la primaire socialiste de l'élection présidentielle de 2017 ?

4880 Comment s'appelle le ruban orange et noir arboré par les Russes durant la guerre actuelle en Ukraine ?

4881 Quelle est le nom de l'arme de destruction massive la plus énergétique jamais testée par l'armé russe ?

4882 Quel est le nom du parti politique créé par Eric Zemmour en avril 2021 ?

4883 D'après une projection de l'ONU, à combien s'élèvera la population indienne en 2022 ?

4884 31 mai 2022 : qui défait Novak Djokovic à Roland Garros en quart de finale à l'issue d'un match aussitôt entré dans les annales du tennis masculin ?

4885 En juin 2021, combien d'anciens présidents américains sont encore en vie ?

4886 Quelle est, en milliards, la population mondiale estimée en 2022 ?

4887 Quel est le pourcentage de citadins exposés à un air pollué dans l'Union européenne ?

4888 Qui est le Francais qui à obtenu le plus de médailles d'or aux Jeux olympiques ?

4889 Qui est l'actuel président du Pérou ?

4890 Qui a présenté en 2022 la cérémonie des Césars ?

4891 Quel film obtient la Palme d'or à Cannes en 2022 ?

4892 Au 1er janvier 2022, la France compte environ combien d'habitants ?

4893 Quel footballeur a reçu le Ballon d'or en 2021 ?

4894 Qui a reçu en 2021 le prix Nobel de la paix ?

4895 Comment le parti politique *République en marche* fondé par Emmanuel Macron a t-il été renommé en mai 2022 ?

4896 Combien de députés l'Assemblée nationale compte-t-elle ?

4897 Qui est l'actuel Président de l'Irlande ?

4898 Quel est le prénom de l'enfant de Meghan Markle et du prince Harry né en juin 2021 ?

4899 Qui est l'homme le plus riche du monde en mai 2022 avec une fortune estimée à plus de 255 milliards de dollars ?

4900 Quel était le métier de Volodymyr Zelensky avant qu'il ne devienne Président de l'Ukraine le 20 mai 2019 ?

4901 Quelle ville voit le départ du Tour de France le 1er juillet 2022 ?

4902 Qui est l'actuel président du Guatemala ?

4903 De quelle ville Édouard Philippe est-il le maire en 2022 ?

4904 Avec quel pays Emmanuel Macron s'est félicité d'avoir conclu « le plus gros contrat militaire à composante française de notre histoire » ?

4905 Quel âge a Johnny Hallyday lorsqu'il décède le 5 décembre 2017 ?

4906 Quelle chanteuse française, interprète de « Les P'tits papiers » est décédée le 1er mai 2022 ?

4907 Le 14 mai 2018, dans quelle ville les Etats-Unis ont transféré leur ambassade en Israël, provoquant d'importantes protestations des Palestiniens, déclenchant une vaste condamnation internationale et aggravant les tensions régionales ?

4908 En mai 2022, combien d'euros environ obtient-on en changeant 1 000 livres sterling ?

4909 Qui est le secrétaire général actuel du syndicat Force ouvrière depuis 2018 ?

4910 Quel est en mai 2022, le cours en euros de l'action LVMH à la Bourse de Paris ?

4911 Dans quel pays 13 membres d'une équipe de football junior, piégés pendant 17 jours dans une grotte inondée, sont évacués lors d'une opération de secours internationale, extrêmement compliquée et qui coûte la vie à un sauveteur, sous les objectifs des médias du monde entier ?

4912 Dans quel lieu s'est déroulé le discours consécutif à la victoire d'Emmanuel Macron le 24 avril 2022 ?

4913 Quel film a fait le plus d'entrées au box-office français en 2021 ?

4914 Par qui est présentée l'émission à succès Affaire conclue sur France 2 ?

4915 Qui a reçu le Fauve d'or lors du Festival de la bande dessinée d'Angoulême en 2022 ?

4916 Quelle est la date de naissance d'Élisabeth II ?

4917 En mai 2022, combien compte-on de morts liés au Covid-19 dans le monde ?

4918 Qui reçoit l'Oscar du meilleur acteur en 2022 ?

4919 En 2022, qui remporte le tournoi de Roland Garros dans la catégorie Simple dames ?

4920 En 2022, qui remporte le tournoi de Roland Garros dans la catégorie Simple messieurs ?

4921 Combien de personnes sont écrouées en France au 1er janvier 2021 ?

4922 Qui remporte la course cycliste Paris-Roubaix en 2022 ?

4923 Quel est le cours en euros d'un kilo d'or en mai 2022 ?

4924 Quel est le nom du film inspiré d'un jeu vidéo, interprété par Tom Holland sorti en février 2022 ?

4925 Dans quelle ville se déroulera l'Exposition universelle de 2025 ?

4926 Combien de pays y a-t-il en Amérique du Sud ?

4927 En 2022, quel âge a le Macintosh ?

4928 Quelle série Netflix explose les scores et le record du meilleur démarrage fin 2021 ?

4929 Quel homme politique occupe la fonction de premier ministre depuis le 3 juillet 2020 ?

4930 Qui a reçu l'Oscar du meilleur second rôle en 2022 ?

4931 Qui a reçu l'Oscar de la meilleure actrice en 2022 ?

4932 Comment s'appelle l'artiste qui représente la France à l'Eurovision 2022 ?

4933 Combien de yens environ je reçois en mai 2022 en échange de 100 euros ?

4934 Combien de députés sont élus lors des élections au Parlement d'Andalousie le 19 juin 2022 ?

4935 Quel monument parisien fête ses 133 ans en 2022 ?

4936 Au premier trimestre 2022, le PIB de la France, 6e puissance mondiale, s'élève en euros à :

4937 Qui occupe le poste de Premier ministre en Israël en mai 2022 ?

4938 À quelle date a eu lieu les élections législatives francaises de 2022 ?

4939 Qui est le fondateur du parti politique gaulliste et libéral-conservateur français *Les Républicains* (LR) ?

4940 Combien de soldats la France a-t-elle perdu au Sahel depuis 2013 ?

4941 Qui est l'entraîneur du Real de Madrid en mai 2022 ?

4942 Qui est au premier semestre 2022 le ministre de l'Education nationale ?

4943 Combien de naissances la France a-t-elle enregistrées en 2021 ?

4944 Quel est en 2021 le taux de fécondité en France ?

4945 Au 1er janvier 2022, quel est le prix du timbre courant (pour un poids de 1 à 20 grammes) envoyé en lettre prioritaire ?

4946 Quel pays remporte le titre de rugby des Six Nations en 2022 ?

4947 Quel est la la croissance française au premier trimestre 2022 ?

4948 Quelle école a été classée « meilleure école de commerce de France » par *L'Étudiant* en 2022 ?

4949 À quelle date l'ancien président Algérien Abdelaziz Bouteflika est-il décédé ?

4950 Combien d'emplois le e-commerce non alimentaire a détruit en 10 ans ?

4951 Quelle ville accueille en juin 2022 la seizième édition du Forum international de Cyber sécurité (FIC), créé par la gendarmerie nationale ?

4952 Sur quel mois de l'année 2021, les États-Unis passent-ils le seuil tragique des 800 000 décès liés au Covid-19 ?

4953 Quel est le nom du Premier ministre de Hongrie, en poste depuis 2010, réélu en avril 2022 ?

4954 Quels sont les deux premiers pays producteurs de maïs ?

4955 En 2022, combien de bougies souffle le célèbre dictionnaire *Le Petit Robert* ?

4956 Le 1er janvier 2022, quel pays prend la présidence du Conseil de l'Union européenne, succédant à l'Allemagne ?

4957 Qui remporte l'Open de tennis d'Australie en janvier 2022 ?

4958 Lors des élections présidentielles 2022, qui est le directeur de campagne de Marine le Pen ?

4959 Quel est le prix moyen du gazole en mai 2022 ?

4960 Qui est en 2022 le secrétaire général du Parti Communiste Français ?

4961 Quel film remporte le César du meilleur film en 2021 ?

4962 En 2021, combien de véhicules ont été vendus en France ?

4963 Quel film a remporté l'Ours d'Or en 2022 ?

4964 Quel est le nombre de candidats au Bac 2022 ?

4965 Qui est en 2022 le président du Sénat ?

4966 En mai 2022, quel pays enregistre le plus grand nombre de décès liés au Covid-19 ?

4967 Combien y a-t-il de pays dans l'Union européenne en 2020 ?

4968 Combien l'Afrique compte-t-elle de pays ?

4969 Quel club de football a remporté la « Champions League » en 2021 ?

4970 Quel est le nom du dernier roman publié par Michel Houellebecq en janvier 2022 ?

4971 Quel est le titre du dernier album de Coldplay ?

4972 En 2022, combien d'années d'existence ont les Restos du Cœur ?

4973 Qui présente en 2022 le 20 heures de TF1 le week-end ?

4974 Environ combien d'habitants compte l'Afrique en 2020 ?

4975 Quel os de la cuisse est le plus long de tous les os du corps humain ?

4976 Quel film obtient en mai 2022 la Palme d'or au festival de Cannes ?

4977 En 2022, quel est le film qui a reçu l'oscar du meilleur scénario adapté ?

4978 Combien de victimes la fusillade d'Uvalde a-t-elle causée le 24 mai 2022 ?

4979 Quelle est la capitale économique de la Suisse ?

4980 Quel phénomène permet au tournesol de suivre le soleil ?

4981 Quelle « Reine de la Pop », interprète du titre *Like a Virgin* fête ses 64 ans en 2022 ?

4982 Quel pays a organisé en 2022 l'Eurovision ?

4983 Quel acteur a remporté la Palme d'honneur au Festival de Cannes 2022 ?

4984 Où se dérouleront les Journées Mondiales de la Jeunesse en 2023 ?

4985 Quelle est en 2022 est la nationalité de la doyenne du monde ?

4986 Qui a remporté le prix Goncourt du premier roman de 2022 ?

4987 Quel est le salaire d'une infirmière débutante (échelon) en janvier 2022, en France, dans le secteur public ?

4988 Quel pays remporte l'Eurovision en 2022 ?

4989 En 2022, quel est le prix du kilowattheure pratiqué par EDF ?

4990 Qui remporte la Victoire de l'artiste féminine aux Victoires de la Musique 2022 ?

4991 Quelles entreprises françaises de l'industrie agroalimentaire font l'objet d'un scandale sanitaire en 2022 ?

4992 Juin 2022 : à 36 ans, Rafael Nadal remporte une nouvelle fois le prestigieux tournoi de tennis de Roland Garros. Combien de fois a-t-il remporté ce tournoi ?

4993 En 2022, qui sont, en France, les quatre jurés de The Voice ?

4994 Que vaut le SMIC français net en 2022 ?

4995 Premier ministre de 1981 à 1984 et maire de Lille de 1973 à 2001, il décède le 7 juin 2013. Qui est-il ?

4996 Environ combien d'habitants l'Inde compte-elle en 2022 ?

4997 En mai 2022, qui est le sportif le mieux payé au monde ?

4998 Qui est en mai 2022 le président de l'Etat d'Israël ?

4999 A combien de milliards de dollars s'élève le plafond légal de la dette américaine ?

5000 En 2022, quel pays est le principal émetteur de gaz à effet de serre dans le monde ?

CORRIGE

4401 La Guyane

4402 Orly

4403 Carlos

4404 Le siège du Fonds Monétaire Internationale

4405 Marc Joulaud

4406 Emmanuel Macron

4407 Saint Laurent

4408 Philippe Poutou

4409 L'élection du président Donald Trump. La majorité des votes populaires donnait Hillary Clinton présidente, mais Donald Trump avait le plus grand nombre de votes des grands électeurs, ce qui remet en question le système d'élection présidentielle aux Etats-Unis.

4410 Environ 870 euros

4411 D'André Brahic, astrophysicien qui a participé à la découverte des anneaux de Neptune

4412 La France

4413 Edouard Philippe

4414 Arnaud Beltrame

4415 François Fillon

4416 Giuseppe Conte

4417 Cyril Hanouna

4418 Le mouvement des gilets jaunes

4419 Six

4420 Nathalie Arthaud

4421 Paraguay

4422 Lewis Hamilton

4423 La Croatie

4424 Le musée Yves Saint-Laurent de Marrakech

4425 Shinzo Abe

4426 La France

4427 Gérard Collomb

4428 David Hockney

4429 Alexandre Benalla

4430 Christophe Castaner

4431 La Lune n'était qu'à 356 500 kilomètres de la Terre. On l'appelle la Super Lune.

4432 En Tchétchénie

4433 La Norvège

4434 21,43 % des voix

4435 Citroën (la DS5 hybride)

4436 L'hymne européen (l'Ode à la joie)

4437 En prétextant des recherches scientifiques

4438 Emmanuelle Riva

4439 *Les Gardiens de la Galaxie*

4440 La Colombie

4441 Mickaël Jackson

4442 Facebook Messenger

4443 Donald Trump et Kim Jong-un

4444 Geraint Thomas

4445 Benoît Hamon

4446 55

4447 L'aéroport de Notre-Dame-des-Landes

4448 *Les Derniers Jedi*

4449 La Journée internationale du droit des femmes

4450 *Le silence des agneaux*

4451 Zlatan Ibrahimović

4452 La Formule 1

4453 La Fayette Anticipations

4454 Catherine Frot et Catherine Deneuve

4455 *Les prénoms épicènes*

4456 André Courrèges

4457 Le Vatican

4458 Stephen Hawking

4459 La hausse de la Contribution sociale généralisée (CSG)

4460 Cuba

4461 Tayyip Erdogan

4462 Jacqueline Sauvage

4463 Macky Sall

4464 Trois

4465 Paul Bocuse

4466 Le Brésil

4467 Lactalis

4468 *Game of Thrones*

4469 Mediator

4470 15 pays

4471 Leïla Slimani

4472 Jean-Luc Mélenchon

4473 Afrique du Sud

4474 Jens Stoltenberg

4475 Parce que les mesures qui ont été prises étaient minimes. D'après le FMI, les mesures actuelles semblent inefficaces

4476 Slimane

4477 Professeur de lettres

4478 Les codes d'accès nucléaires

4479 1er novembre 2017

4480 Le judoka Teddy Riner

4481 Johnny Hallyday

4482 Une année 2015 qui a engendré des pertes très importantes, nécessitant la cession des actifs du groupe

4483 Jean d'Ormesson

4484 Strasbourg

4485 Booba et Kaaris

4486 Microsoft

4487 Le ministère de la Cohésion des territoires

4488 Gérald Darmanin

4489 Annick Girardin

4490 Celui du Prince Harry et de Meghan Markle

4491 42 %

4492 11 femmes

4493 L'AS Monaco

4494 2 183 millions d'euros

4495 David Bowie

4496 4 : France, Allemagne, Belgique, Luxembourg

4497 577 députés

4498 George Michael

4499 Google Chrome

4500 Haïm Korsia

4501 L'Indonésie

4502 *L'ovni*

4503 Frank-Walter Steinmeier

4504 Le mouvement 5 Etoiles

4505 A 179 % du PIB

4506 Mariano Rajoy

4507 *Leurs enfants après eux*

4508 Environ 72 000

4509 En escrime

4510 2,1 millions d'euros

4511 Molenbeek

4512 Nuit debout

4513 Uber

4514 Zinedine Zidane

4515 Xavier Dolan

4516 Ouagadougou

4517 Philippe Martinez

4518 Jair Bolsonaro
4519 Francis Joyon
4520 Catherine Frot
4521 La marche contre la peur
4522 François de Rugy
4523 Martin Fourcade
4524 Bob Dylan
4525 Alstom
4526 Les Panama Papers
4527 Le Tour de France
4528 *Spotlight* de Tom McCarthy
4529 Denis Baupin
4530 Darty
4531 Poids lourds
4532 AC/DC
4533 Le Brexit
4534 Le partenariat transatlantique de commerce et d'investissement (TAFTA en anglais)
4535 Manny Pacquiao
4536 Elisabeth Borne
4537 Christine Lagarde
4538 Lionel Messi
4539 Marseille
4540 Najat Vallaud-Belkacem
4541 Au Japon
4542 Le footballeur Paul Pogba avec des revenus bruts estimés à 22,2 millions d'euros
4543 *Fuocoammare* de Gianfranco Rosi
4544 Charles Aznavour
4545 La Chine
4546 Le Réal de Madrid
4547 Renaud
4548 François Villeroy de Galhau
4549 Muse
4550 Nekfeu pour son album « Feu »
4551 Gérard Larcher
4552 Le Venezuela
4553 Novak Djokovic
4554 David Bowie
4555 Orange
4556 Saracens
4557 Prince
4558 Sadiq Khan
4559 L'Allemagne
4560 Alex Lutz
4561 Dilma Rousseff
4562 La Suisse
4563 Gênes
4564 Siné
4565 Bénin
4566 Israël
4567 Le Paris-Roubaix
4568 Donald Trump
4569 Jean-Claude Decaux
4570 Lyon
4571 Pierre Boulez
4572 Pegida
4573 Il est nigérian
4574 Zlatan Ibrahimovic
4575 Aléxis Tsípras
4576 Papa Wemba
4577 Le record du monde de ski de vitesse avec 255 km/h
4578 Environ 54 milliards d'euros
4579 Volodymyr Zelensky
4580 L'Espagne

4581 Boris Johnson

4582 Ursula von Der Leyen

4583 Samsung

4584 14 910 euros brut mensuels

4585 Felipe VI

4586 Reuven Rivlin

4587 Les États-Unis

4588 *Parasite*

4589 Jeremy Corbin

4590 Les Coptes

4591 *The dead don't die*

4592 Présidence de la commission européenne

4593 Barcelone

4594 26 mai 2019

4595 Lisa Angell

4596 Rennes

4597 Le Parti Socialiste Ouvrier Espagnol (PSOE)

4598 *Crépuscule*

4599 Sibeth Ndiaye

4600 25 %

4601 La Pitié-Salpêtrière

4602 Le Likoud

4603 François-Xavier Bellamy

4604 Huawei

4605 La loi anticasseurs

4606 Eugène Viollet-le-Duc

4607 Jordan Bardella

4608 Étienne Chouard

4609 Le Pays de Galles

4610 0,3 %

4611 Le Sri Lanka

4612 Abdelaziz Bouteflika

4613 Carrefour

4614 Alejandro Gonzalez Inarritu

4615 29 mars 2019

4616 L'opération « Liberté »

4617 Uber

4618 Nathalie Loiseau

4619 Éric Drouet

4620 Loi PACTE (plan d'action pour la croissance et la transformation des entreprises)

4621 Le Fouquet's

4622 Le Paris Saint-Germain

4623 Bilal Hassani

4624 Les Vrais Finlandais

4625 Un trou noir

4626 Ashkelon et Ashod

4627 Christophe Dettinger

4628 Vox

4629 Michel Barnier

4630 *Sérotonine*

4631 La privatisation d'Aéroports de Paris (ADP)

4632 Saint-Sulpice

4633 Thierry Beccaro

4634 L'ambassade de l'Équateur à Londres

4635 Karl Lagerfeld

4636 Naruhito

4637 L'ancienne bourse de commerce de Paris

4638 Vincent Lambert

4639 Christian Quesada

4640 Omar Hassan el-Bechir

4641 L'Arc de Triomphe

4642 Camille Combal
4643 *Dumbo*
4644 Virginie Viard
4645 *La liberté guidant le peuple*
4646 Naomi Osaka
4647 Levallois-Perret
4648 L'Iran
4649 5 milliards d'euros
4650 *Le soir approche et déjà le jour baisse*
4651 Christophe Castaner
4652 *Douleur et Gloire*
4653 Le Congrès national africain ou African National Congress (ANC)
4654 L'UPR ou Union populaire républicaine
4655 EssilorLuxottica
4656 Robert Lighthizer
4657 L'hôpital privé Portland
4658 Mauricio Macri
4659 *Le marché d'esclaves*
4660 La Française des Jeux
4661 Liverpool
4662 Philippe Martinez
4663 John Bercow
4664 La Foire de Paris
4665 80 langues
4666 10,03 €
4667 Duncan Laurence pour les Pays-Bas
4668 Environ 500 millions
4669 Jean-Paul Dubois
4670 Lionel Messi
4671 Abiy Ahmed
4672 Squeezie
4673 Jeff Bezos
4674 Philippe Etchebest
4675 Les États-Unis
4676 Emil Ferris
4677 Ashleigh Barty
4678 71 828
4679 Rennes
4680 La Tour Eiffel
4681 *Synonymes*
4682 Liverpool FC
4683 Le Parc Astérix
4684 Archie
4685 Kylian Mbappé
4686 Le Costa Rica
4687 Sundai Pichar
4688 La réforme agricole
4689 30 %
4690 Squeezie
4691 Evo Morales
4692 -9,2 % du PIB
4693 Élisabeth Borne
4694 Au Liban
4695 Mike Pence
4696 Ruth Bader Ginsburg
4697 Amy Coney Barrett
4698 Le sapin de la place de la mairie
4699 Novak Djokovic
4700 Nathalie Roret
4701 Michael Lonsdale
4702 Emmanuel Carrère
4703 Éric Dupond-Moretti
4704 -8,3 %
4705 Olivier Véran

4706 115,7 %
4707 Donald Trump
4708 La Russie
4709 Marseille
4710 Novak Djokovic
4711 Roselyne Bachelot
4712 Tadej Poga□ar
4713 Samuel Paty
4714 Mila
4715 Novak Djokovic
4716 Yannick Bestaven
4717 *Assassin's Creed Valhalla*
4718 Tik Tok et Wechat
4719 *Anomalie*
4720 Gérald Darmanin
4721 Jean Messiha
4722 Moderna
4723 Nice
4724 Dijon
4725 Olivier Véran
4726 Nantes
4727 Valéry Giscard d'Estaing
4728 Maurice Genevoix
4729 Patrick Devedjian
4730 Emmanuelle Charpentier
4731 Le Paris Saint-Germain
4732 Au Burundi
4733 Hertz
4734 Andrzej Duda
4735 Alexandre Loukachenko
4736 Barbara Pompili
4737 Le Mali
4738 -3,5 %
4739 La réduction du nombre de parlementaires
4740 La Nouvelle-Calédonie
4741 Le 31 décembre 2020
4742 Le Tchad
4743 La Croatie
4744 Keir Starmer
4745 Bruno Le Maire
4746 *Couleur de l'incendie*
4747 Boris Vian
4748 Albert Uderzo
4749 Louise Glück
4750 *Histoire du fils*
4751 *Le Cri du Moloch*
4752 Le Programme alimentaire mondial
4753 L'Arménie
4754 L'Allemagne
4755 Annick Girardin
4756 Mary Higgins Clark
4757 *Un cow-boy dans le coton*
4758 Hermès
4759 Tokyo
4760 14 pays
4761 COronaVIrus Disease
4762 1,363 milliard
4763 George Floyd
4764 4 anciens présidents
4765 7,8 milliards
4766 Florence Foresti
4767 85,6
4768 Julien Denormandie
4769 67 millions d'habitants

4770 Pierre Moscovici
4771 Nice
4772 *Parasite*
4773 Environ 1 120 euros
4774 Environ 360 euros
4775 Sophie Davant
4776 Joaquin Phoenix
4777 Environ 54 000 euros
4778 1,5 milliard de dollars
4779 Renée Zellweger
4780 Environ 11 700 yens
4781 Jean-Michel Blanquer
4782 1,16 euro
4783 Novak Djokovic
4784 Fabien Roussel
4785 Gérard Larcher
4786 Les États-Unis
4787 35 ans
4788 Anne-Claire Coudray
4789 Environ 1,35 milliard
4790 94 ans
4791 Environ 21 000
4792 Environ 18 000
4793 Amélie de Montchalin
4794 Environ 35 000
4795 Japonaise
4796 Clara Luciani
4797 Amel Bent, Lara Fabian, Marc Lavoine et Pascal Obispo
4798 Environ 110 dollars
4799 Reuven Rivlin
4800 Franck Gastambide
4801 Abi
4802 22 juin 2020
4803 Entre 1 000 et 1 200
4804 La PS5
4805 9 millions
4806 1er octobre 2021
4807 L'Allemagne
4808 Tutsi (Rwanda)
4809 Franck Riester
4810 Minneapolis
4811 Le Costa Rica
4812 Berlin
4813 Le gouvernement algérien
4814 Crew Dragon
4815 Environ 100 000
4816 *Le Jardin du presbytère de Nuenen au printemps*
4817 Le Royaume-Uni
4818 Alain Griset
4819 Mario Draghi
4820 Derek Chauvin
4821 Google
4822 Xavier Bertrand
4823 21 %
4824 Valérie Pécresse
4825 Stellantis
4826 Place d'armes
4827 Provence Alpes Côtes d'Azur
4828 Tokyo
4829 Rambouillet
4830 La Birmanie
4831 L'Inde

4832 L'Irak

4833 Amundi

4834 Janet Yellen

4835 Génération identitaire

4836 Éric Dupond-Moretti

4837 Jean-Pierre Bacri

4838 Le Likoud

4839 Olivier Duhamel

4840 Antony Blinken

4841 Couche-Tard

4842 Vianney

4843 Mission « Alpha »

4844 Daft Punk

4845 Didier Lemaire

4846 Oprah Winfrey

4847 Nicolas Sarkozy

4848 Napoléon

4849 Philippe Geluck

4850 Donald Trump

4851 Marcelo Rebelo de Sousa

4852 Perseverance

4853 Thomas Pesquet

4854 Prince Philip Mountbatten

4855 *Madame Claude*

4856 Le Pays de Galle

4857 Amandine Petit

4858 La Pologne

4859 Jean de La Fontaine

4860 Nikol Pachinian

4861 Georges Pernoud

4862 Le Parti populaire pour la liberté et la démocratie

4863 Barbara Pravi

4864 Le Général Lecointre

4865 Valéry Giscard d'Estaing

4866 Un célèbre animateur de radio et éditorialiste politique américain

4867 *Show Me Your Voice*

4868 Hong Kong

4869 Alber Elbaz

4870 La France

4871 Naomi Osaka

4872 1 900 milliards de dollars

4873 Avignon

4874 Florian Zeller

4875 Mitch McConnell

4876 *Sans filtre*

4877 Le Real de Madrid

4878 Mohamed Ali

4879 Benoît Hamon

4880 Le ruban de Saint-Georges

4881 Tsar Bomba

4882 *Reconquête !*

4883 1,4 milliard.

4884 Rafael Nadal

4885 Au 3 mai 2022, cinq anciens présidents des États-Unis sont vivants : Jimmy Carter, Bill Clinton, George W. Bush, Barack Obama et Donald Trump

4886 On estime que la population mondiale franchira la barre symbolique des 8 milliards d'individus en 2022

4887 96 %

4888 Le record de titres aux Jeux olympiques est détenu par le biathlète Martin Fourcade avec cinq médailles d'or aux Jeux d'hiver

4889 Pedro Castillo

4890 Antoine de Caunes

4891 *Sans filtre* de Ruben Östlund

4892 67,8 millions d'habitants au 1er janvier 2022

4893 Lionel Messi

4894 Maria Ressa et Dimitry Muratov

4895 *Renaissance*

4896 577

4897 Michael D. Higgins

4898 Lilibet

4899 Elon Musk

4900 Acteur comique

4901 Copenhague

4902 Alejandro Giammattei

4903 Maire du Havre

4904 Avec les Émirats Arabes Unis (EAU) à hauteur de 2 milliards pour de l'armement

4905 74 ans

4906 Régine

4907 A Jérusalem

4908 On obtient environ 1 170 euros

4909 Yves Veyrier

4910 Il est d'environ 565 euros.

4911 En Thaïlande

4912 Le Champs de Mars

4913 *Spider-Man : No Way Home*

4914 Sophie Davant

4915 Marcello Quintanilha pour *Écoute, jolie Marcia*

4916 Le 21 avril 1926

4917 Environ 6 250 000

4918 Will Smith pour son rôle dans *La Méthode Williams*

4919 Ashleigh Barty

4920 Rafael Nadal

4921 1er janvier 2021, 62 673 personnes sont détenues

4922 Le Néerlandais Dylan van Baarle

4923 56 700 €

4924 Uncharted

4925 Osaka

4926 12 pays

4927 38 ans

4928 Squid Game

4929 Jean Castex

4930 Troy Kotsur

4931 Jessica Chastain

4932 Le groupe Alvan & Ahez

4933 13 700 JPY

4934 109 députés

4935 La tour Eiffel

4936 588 milliards d'euros

4937 Naftali Bennett

4938 12 juin 2022

4939 Nicolas Sarkozy

4940 53 soldats français ont été tués au Sahel

4941 Carlo Ancelotti

4942 Jean-Michel Blanquer, qui est le ministre de l'Éducation nationale, de la Jeunesse et des Sports du Gouvernement

4943 738 000 bébés sont nés en France, soit 3 000 de plus qu'en 2020

4944 1,83 enfant par femme

4945 1,43 €

4946 La France

4947 0 %

4948 HEC Paris

4949 17 septembre 2021

4950 85 000 emplois

4951 Lille

4952 Décembre
4953 Viktor Orbán
4954 Les USA et la Chine
4955 55 ans
4956 La France
4957 Rafael Nadal
4958 Christophe Bay
4959 1,94 euros par litre
4960 Fabien Roussel
4961 *Illusions Perdues*
4962 1,6 million
4963 *Alcarràs*
4964 523 199 candidats
4965 Gérard Larcher
4966 Les États-Unis avec 998 000 environ décès
4967 27 pays
4968 55 depuis le 30 Janvier 2017
4969 Chelsea FC
4970 *Anéantir*
4971 Infinity Station Sessions
4972 37 ans
4973 Audrey Crespo-Mara
4974 1,4 milliard en 2022 soit 18 % de la population mondiale
4975 Le fémur
4976 Le real Madrid
4977 Coda
4978 21 victimes, 19 enfants et 2 adultes
4979 Zurich
4980 Le phototropisme
4981 Madonna
4982 L'italie
4983 Forest Whitaker
4984 Lisbonne
4985 Française
4986 Étienne Kern avec « Les Envolés »
4987 Entre 1827 et 1977 euros bruts par mois
4988 L'Ukraine
4989 0,1740 euro TTC le kWh
4990 Clara Luciani
4991 Kinder et Buitoni
4992 14 fois
4993 Amel Bent, Florent Pagny, Marc Lavoine et Vianney
4994 Le montant net du SMIC en 2022 est de 1 302,64 euros
4995 Pierre Mauroy
4996 1.4 milliard d'habitants
4997 Lionel Messi avec 130 millions de dollars de revenus bruts avant impôts
4998 Isaac Herzog
4999 29 000 milliards de dollars
5000 La Chine, suivent les Etats-Unis et l'Inde

25. FICHES D'ACTUALITE 2021-2022

[AVRIL 2021]

- Un automobiliste a foncé sur deux policiers en service à Washington DC, devant le Capitole. L'assaillant a menacé les forces de sécurité avec une arme blanche, puis a été abattu. Un policier a également été tué. Les drapeaux des bâtiments publics ont été mis en berne.

- Les momies de vingt-deux rois et reines datant de l'Égypte Antique ont quitté le musée du Caire pour rejoindre le nouveau musée national de la civilisation égyptienne. Le président Abdel Fattah al-Sissi, ainsi que le premier ministre Mostafa Madbouli et a été suivi par des millions de spectateurs dans le monde.

- En Indonésie et au Timor oriental, le cyclone tropical Sejora, a provoqué de gros dégâts à cause des pluies diluviennes et de glissements de terrain qui ont été constatés durant le passage. Des centaines de personnes sont mortes ou ont été blessées.

- Le président Emmanuel Macron a décidé la suppression de l'École nationale d'administration (ENA) créée en 1945 par Charles de Gaulle. Elle sera rebaptisée Institut du service public (ISP). Cette nouvelle institution sera le symbole d'une administration efficace et transparente au service des citoyens français.

- Lord Philip Mountbatten, roi d'Angleterre et duc d'Édimbourg, marié depuis le 20 novembre 1947 à la Reine Élizabeth II, est mort au château de Windsor à l'âge de 99 ans. Le roi Philip avait présidé le Fonds Mondial pour la nature (WWF) au Royaume-Uni.

- La plateforme chinoise d'achats en ligne Alibaba fondée par Jack Ma, a été condamnée à payer une amende de plus de 18 milliards de yuans pour abus de position dominante.

- Suite à de nombreux effets secondaires graves, les autorités américaines ont dû suspendre le vaccin unidose du laboratoire Johnson & Johnson contre le Covid-19. Des caillots de sang se sont créés chez quelques rares patients dont un cas mortel.

- Bernard Noël, essayiste, écrivain, critique d'art et poète français est décédé à l'âge de 90 ans.

- Le banquier américain Bernard Madoff est mort en prison à l'âge de 82 ans. Il est connu pour avoir commis l'une des pires escroqueries financières de l'histoire.

- L'Assemblée nationale a voté à l'unanimité une hausse de l'âge de non consentement, le seuil est désormais à 18 ans.

- Les salariés du groupe IBM France, ont mené une « télé-grève ». Une centaine des grévistes ont perturbé la réunion en ligne du comité social et économique (CSE), avant d'être bannis de la visioconférence.

- Raul Castro, frère de Fidel Castro et de Maximo, a quitté le pouvoir. Le clan Castro avait pris le pouvoir à La Havane en 1959.

- La fusée Falcon 9 a décollé depuis le centre spatial Kennedy de Cap Veneral en Floride. L'astronaute français Thomas Pesquet a été désigné commandant de la Station Spatiale Internationale (SSI).

- L'astronaute américain Michael Collins est mort à l'âge de 91 ans. Lors de la mission Apollo 11, il avait piloté le module de commande et de service en orbite.

- Durant la fête juive Lag Baomer, un pèlerinage rassemblant des milliers de personnes, une bousculade a causé la mort de 44 pèlerins et fait une centaine de blessés.

[MAI 2021]

- La police allemande a démantelé l'un des plus grands réseaux internationaux de pédopornographie sur le Dark Web. L'enquête menée par Europol a conduit à l'arrestation de trois administrateurs allemands.

- Le lanceur de Starship SN15, développé par SpaceX a réussi son atterrissage sur la base de lancement au Texas.

- En Écosse, le Parti national écossais (SNP) est arrivé en tête lors des élections législatives.

- Des heurts ont éclaté entre les Palestiniens et la police israélienne à Jérusalem, sur l'esplanade des Mosquées. Ce mouvement à fait craindre une nouvelle flambée de violence.

- À Kaboul en Afghanistan, un attentat a fait 50 morts et une centaine de blessés. Une voiture piégée a explosé devant une école pour filles.

- La compagnie pétrolière Colonial Pipeline, a été victime d'une cyberattaque du gang criminel DarkSide.

- La tour Jala a été victime d'une frappe israélienne, des missiles ont totalement détruit le bâtiment.

- Le Paris Saint-Germain a remporté la Coupe de France de football au Stade de France, face à l'AS Monaco.

- Les jeunes français âgés de plus de 18 ans, ont bénéficié d'un Pass culture d'un montant de 300 €. Ils pourront faire autant de sorties culturelles et autres durant 2 ans.

- Bachar El-Assad a été réélu pour un mandat de 7 ans, avec 95,1 % des voix.

- La multinationale Amazon a racheté le studio hollywoodien Metro Goldwyn Mayer pour milliards de dollars.

- Le conseil constitutionnel a validé le pass sanitaire qui s'inscrit dans le cadre de la loi relative à la gestion de la sortie de la crise sanitaire.

[JUIN 2021]

- L'israélien Isaac Herzog a été élu président de l'État d'Israël. Il est le fils de Chaim Herzog, général, diplomate et lui-même président entre 1983 et 1993.

- Un accord historique a été annoncé par les ministres des Finances du G7 à Londres. Un impôt mondial pour les multinationales d'au moins 15 % sur le chiffre d'affaires.

- Une panne informatique à l'échelle mondiale s'est produite pendant plusieurs heures. Des sites de médias internationaux comme *The New York Times*, *Le Monde*, *The Guardian* entre autres ont été touchés. Tout comme les plateformes Paypal et Amazon ont elles aussi été touchées.

- Naftali Bennett est devenu le Premier ministre d'Israël, au détriment de Benjamin Netanyahou.

- Le gouvernement de Joe Biden a institué un jour férié national, afin d'honorer la mémoire de l'esclavage. Cette journée se nomme « Journée nationale de l'indépendance du Juneteenth ».

- Le créateur d'un des géants des logiciels antivirus McAfee, John McAfee, est décédé dans la prison de Sant Steeve Sesrovire à l'âge de 75 ans.

- Le club de rugby à XV, le Stade toulousain a été une nouvelle fois sacré champion de France face au stade Rochelais. Le match avait lieu au Stade de France de Saint-Denis.

- Le président Emmanuel Macron a reçu, à l'occasion du 4e forum « Choose France », une centaine de grands patrons d'entreprises internationales, comme dans la santé, l'énergie, la technologie, etc..

- La loi de bioéthique, relative à la procréation médicalement assistée (PMA), a été approuvée par l'Assemblée nationale.

- L'ancien président de l'Afrique du Sud Jacob Zuma a été condamné le 29 juin pour outrage à la justice et a écopé d'une peine de 15 mois de prison ferme.

- Les actionnaires du groupe Lagardère ont mis fin à la commandite d'Arnaud Lagardère pour faire naître une société anonyme (SA).

[JUILLET 2021]

- Le Bataclan a été vendu par le groupe Lagardère, à la mairie du 13e arrondissement de Paris.

- Jeffrey Jorgensen, alias Jeff Bezos, a quitté la présidence du groupe Amazon.

- Axel Kahn, qui a fait sa carrière dans la médecine en tant que directeur de recherche, à l'Institut national de la santé et de la recherche médicale (INSERM) est décédé à l'âge de 73 ans.

- Le président de la République d'Haïti, Jovenel Moïse, a été assassiné dans sa résidence privée à 53 ans. Les mercenaires ont ensuite été tués ou arrêtés.

- L'Italie a remporté la coupe de l'Euro contre l'Angleterre lors du match qui les opposait à l'Angleterre. Le match s'est déroulé au stade de Wembley à Londres.

- Le milliardaire britannique Richard Branson, fondateur du groupe Virgin, a décollé à bord d'un avion porteur depuis la base Spaceport America. Grâce à ce voyage suborbital, la compagnie Virgin Galactic à ouvert la voie au tourisme spatial.

- L'artiste plasticien français Christian Boltanski, est mort à l'âge de 76 ans. Il était considéré comme l'une des figures majeures de l'art contemporain.

- Éric Dupont-Moretti, garde des Sceaux, a été convoqué par la Cour de Justice de la République (CJR). Il a été mis en examen pour soupçon de conflit d'intérêts.

- En Rhénanie-Palatinat, dans l'ouest de l'Allemagne, de violentes intempéries ont fait une centaine de morts et de blessés et des milliers de sinistrés. La chancelière allemande Angela Merkel a apporté son soutien aux familles victimes de cette catastrophe naturelle.

- Le deuxième film de Julia Ducournau, *Titane*, a reçu la Palme d'Or du jury du festival de Cannes. Elle est la première réalisatrice française à recevoir cette distinction.

- L'entreprise israélienne, NSO Group Technologies a vendu son logiciel Pegasus qui a permis l'espionnage dans le monde entier, aux pays asiatiques, africains, américains, européens, à l'Arabie saoudite, l'Inde, le Maroc et bien d'autres.

- À l'âge de 22 ans, le slovène Tadej Pogacar a remporté la 108e édition du Tour de France. Le champion de l'équipe UAE Team Emirates, a endossé le t-shirt à pois pour le meilleur grimpeur et le maillot blanc pour le meilleur jeune.

- Le chef d'état-major des armées (CEMA), François Lecointre, a démissionné de son poste à l'Élysée.

[AOÛT 2021]

- Durant les Jeux olympiques de Tokyo, la France a décroché 33 médailles. 10 en or, 12 en argent et 11 en bronze. Les équipes de judo, handball et d'escrime ont été mises à l'honneur.

- Le Paris Saint-Germain a engagé le footballeur argentin Lionel Messi. Il a débuté sa carrière de footballeur au Real Madrid. Il a remporté 6 ballons d'or, gagné 4 ligues des champions et inscrit plus de 600 buts.

- Un séisme d'une magnitude de 7 a touché Haïti. Le bilan a fait état de plus de 2 000 morts, et plus de 10 000 blessés. Les Nations unies, les États-Unis, l'Union européenne et des pays d'Amérique du Sud, ont apporté leur aide financière et logistique.

- Les forces talibanes ont conquis la ville de Kaboul. Suite à cet évènement, le président Ashraf Ghani a démissionné et quitté l'Afghanistan.

- L'homme d'État tchadien Hissène Habré, est mort dans une prison à Dakar au Sénégal, à l'âge de 79 ans. Il avait été condamné à perpétuité pour crime contre l'humanité, viols, exécutions, esclavage et enlèvements.

- À proximité de l'aéroport de Kaboul, des attentats-suicides ont fait une trentaine de morts et de blessés. L'État Islamique (EI) a revendiqué ces attaques.

[SEPTEMBRE 2021]

- Le docteur en droit Jean-Denis Bredin est décédé à l'âge de 92 ans. Il a été admis au barreau de Paris à l'âge de 20 ans.

- Le président de la République de Guinée, Alpha Condé, a été renversé par un coup d'État. Le commandant du Groupe des Forces Spéciales (GPS) de l'armée guinéenne, Mamady Doumbouya a pris le pouvoir dans le pays.

- Le célèbre acteur français Jean-Paul Belmondo est mort à l'âge de 88 ans.

- Le Salvador devient le premier pays à adopter le bitcoin comme monnaie officielle.

- Agnès Buzyn, ancienne ministre des Solidarités et de la Santé, a été convoquée par les magistrats de la Cour de Justice, puis mise en examen pour mise en danger de la vie d'autrui.

- Le président du Rassemblement national des indépendants (RNI), Aziz Akhannouch, est arrivé en tête lors des élections législatives au Maroc. Le roi Mohammed VI, a nommé l'homme d'affaires chef du gouvernement.

- Le célèbre révolutionnaire Abimael Guzman, est décédé à l'âge de 86 ans dans la prison de Callao dans la banlieue de Lima. Ce professeur de philosophie a fondé le Sentier lumineux et a mené une « guerre populaire » contre l'État.

- La réalisatrice française Audrey Diwan s'est vue recevoir le Lion d'or pour son film « L'évènement » à la Mostra de Venise. Son film est une adaptation du roman d'Annie Ernaux sur la question de l'avortement.

- L'artiste français Daniel Buren a exposé son œuvre « Pavoisé » à l'Élysée dans le Jardin d'hiver.

- Afin de « défendre la paix et la stabilité dans toute la région », une alliance militaire pour la zone indopacifique a été signée entre les États-Unis, l'Australie et le Royaume-Uni.

- L'inventeur de la télévision portative et de la calculette électronique, Sir Clive Sinclair est mort à l'âge de 81 ans.

- Le président de la République algérienne démocratique, Abdelaziz Bouteflika est décédé à l'âge de 84 ans. Il a été élu président en 1999 et aura fait au total 5 mandats.

- L'Arc de Triomphe a été transformé en œuvre d'art éphémère. 20 000 mètres carrés de toiles recyclables ont enveloppé le monument.

- Suite aux élections fédérales au Canada, Justin Trudeau a entamé un 3e mandat.

- Dans l'archipel des Canaries, le volcan Cumbre Vieja, situé sur l'île espagnole de La Palma, est entré en éruption. Les flots de magma et de lave ont causé d'importants dégâts à hauteur de centaines de millions d'euros.

- Les citoyens allemands ont été appelés aux urnes, afin de désigner le successeur d'Angela Merkel chancelière depuis 2005. Le vice-chancelier Olaf Scholz (SDP) du parti socialiste-démocrate, a remporté les élections fédérales en Allemagne.

- À l'âge de 29 ans, le cycliste français Julian Alaphilippe est devenu champion du monde de cyclisme à Louvain en Belgique. Il a fini sa course en solitaire, après une étape de 20 kilomètres.

- François Florent, homme de théâtre, le créateur de la célèbre école d'art dramatique est décédé à l'âge de 84 ans. Il a créé cette école en 1967, elle y a formé toute une génération d'acteurs pour le théâtre, le cinéma et l'humour comme Daniel Auteuil, Isabelle Adjani et bien d'autres.

- Yannick Jadot a été désigné lors des primaires présidentielles, par le parti Europe-Ecologie Les Verts (EELV), pour mener la campagne des écologistes aux élections présidentielles.

- Najla Bouden a été nommée par le président de la République tunisienne, Kaïs Saïed, Première ministre. Elle devient la première femme qui est devenue chef du gouvernement dans ce pays du Maghreb.

- L'ancien président de la République française, Nicolas Sarkozy a été condamné à un an de prison ferme par le tribunal correctionnel de Paris. Il a été reconnu coupable de « financement illégal de campagne électorale », dans l'affaire Bygmalion. Lors de la campagne présidentielle de 2012, un système de fausse facture a permis de masquer le dépassement du plafond des dépenses électorales.

[OCTOBRE 2021]

- L'Exposition universelle a ouvert ses portes à Dubaï aux Émirats Unis. Cet événement a rassemblé 190 pays afin de présenter leurs innovations technologiques, scientifiques et artistiques.

- Bernard Tapie est mort à l'âge de 78 ans dans son hôtel particulier à Paris. En 1993, il a permis à l'Olympique de Marseille de remporter la Ligue des champions, ce fut le premier club français à la remporter. Il a été député et ministre de la Ville sous François Mitterrand.

- L'artiste et dessinateur suédois Lars Vilks est décédé dans un accident de voiture à l'âge de 75 ans. Il a déclenché de vives polémiques lorsqu'il a sorti une caricature du prophète Mahomet, il a été sous protection policière depuis cet incident.

- Le Consortium international des journalistes d'investigation a publié une enquête sur l'évasion fiscale à travers des sociétés offshore. Les « Pandora papers » ont révélé que des chefs d'États, des milliardaires, des têtes couronnées et des célébrités du show business ont ouvert des comptes dans des paradis fiscaux comme Dubaï, Singapour.

- À 64 ans, Fumio Kishida a été désigné Premier ministre par le Parlement japonais. Il succède à l'ancien Premier ministre Yoshihide Suga, Président du parti libéral-démocrate (PLD).

- Le groupe californien Facebook a connu une panne informatique, la panne a duré 2 heures. Les réseaux sociaux comme Facebook, Instagram, Messenger et Whatsapp ont été défaillants. Ce qui a ralenti bon nombre d'échanges notamment entre les entreprises.

- L'acteur majeur de la promotion immobilière en Chine, Evergrande Group a une dette d'une trentaine de milliards d'euros. Elle a dû suspendre sa cotation à la Bourse de Hong Kong, car l'entreprise est au bord de la faillite.

- L'administration de Joe Biden a rendu public les chiffres de l'arsenal nucléaire des États-Unis. Le pays dispose de plus de 3 750 têtes nucléaires. Donald Trump, avait rendu ces informations « secret-défense ».

- Jean-Marc Sauvé qui présidait la Commission indépendante sur les abus sexuels dans l'Église (CIASE) a rendu public un long rapport remis à l'épiscopat français. Il a été révélé l'existence de 3 000 pédocriminels qui ont fait des dizaines de milliers de victimes depuis les années 50 au sein de l'Église catholique en France.

- Le réalisateur russe Klim Chipenko, a réalisé le deuxième long-métrage dans l'espace. Le tournage s'est déroulé dans la station spatiale internationale et a duré une dizaine de jours.

- L'ancienne ingénieure de Facebook, Frances Haugen, a été auditionnée. Elle a transmis des milliers de pages de documents internes pour évoquer le manque de transparence du groupe américain.

- Le budget du film d'espionnage produit par Metro Goldwyn Mayer et les studios Universal Pictures « Mourir peut attendre » s'est élevé à 250 millions de dollars.

- Afin de lutter contre l'optimisation fiscale, l'Organisation de coopération et de développement économiques (OCDE) a instauré une taxe minimale à 15 % à partir de 2023. 136 pays ont rejoint cet accord, cela permettra d'endiguer les mauvaises pratiques de multinationales, géants du numérique et autres.

- Un protocole d'accord sécuritaire a été signé par le secrétaire d'État américain, Anthony Blinken et le ministre des affaires extérieures mexicain Marcelo Ebrard. Un plan d'aide financière et logistique militaire.

- L'ancien Premier ministre Edouard Philippe a créé son propre parti politique « Horizons ». Le mouvement rassemble la droite modérée et la droite-centriste. L'objectif est de relever les défis démographiques, écologiques, géopolitiques et technologiques.

- Des « marches de la Terre » ont été organisées depuis les 4 coins d'Ile-de-France, Gonesse, Saclay, Thoiry et Val Bréon, jusqu'à l'hôtel de ville de Paris. Ces marches visaient à dénoncer l'urbanisation massive à travers des projets d'infrastructures comme notamment le Grand Paris Express.

- Sebastian Kurz ayant démissionné de son poste de chancelier fédéral d'Autriche, le nouveau chancelier Alexander Schallenberg. Il a prêté serment devant le Président fédéral Alexander Van der Bellen.

- Les Américains David Julius et Ardem Patapoutian se sont vu attribuer le prix Nobel de la médecine. Le romancier tanzanien Abdulrazak Gurnah est devenu lauréat du prix Nobel de littérature. La philippine Maria Ressa et le russe Dimitri Muratov ont remporté le prix Nobel de la paix.

- La première compagnie aérienne Alitalia a cessé ses activités de transport. Elle a développé ses vols à travers le monde entier dans les années 70.

- Sir David Amess, le député conservateur au Royaume-Uni, a été poignardé à mort à l'âge de 79 ans.

- Le général Colin Powell est décédé dans la banlieue de Washington à l'âge de 84 ans. Après sa carrière dans l'armée en 1962 en Allemagne de l'Ouest, il devient le premier homme noir américain à occuper un poste de chef d'Etat-Major entre 1989 et 1993.

- Donald Trump, l'ancien président américain, à créer son propre réseau social « Truth social » pour résister à la tyrannie des géants des technologies. La plateforme appartient à Trump Media & Technology (TMTG).

- La compagnie Flixbus a acquis une société d'autocars de longue distance bon marché Greyhound Lines pour un montant de plus de 150 millions de dollars.

- La nouvelle aventure des célèbres aventuriers Astérix et Obélix est sortie. Elle s'intitule « Astérix et le griffon ». C'est le 39e album des aventures d'Astérix et Obélix.

- Le criminel le plus recherché de Colombie, Dairo Antonio Usuga dit « Otoniel » a été arrêté en pleine jungle à la frontière du Panama. Il a été l'un des plus grands barons de la drogue d'Amérique du Sud, tout comme Pablo Escobar.

- Un coup d'État a eu lieu au Soudan, suite à cela, le Premier ministre Abdallah Hamdok, le gouverneur de Khartoum et des ministres ont été arrêtés. Le général soudanais Abdel Fattah al-Burhan a dissous les autorités de transition et décrété l'état d'urgence.

- Fondé en 2004, Facebook change désormais de nom pour Meta. Ce nouveau géant du web, regroupe des réseaux sociaux et des applications pour le grand public comme les professionnels.

[NOVEMBRE 2021]

- Le légendaire pianiste Nelson Freire est décédé à 77 ans, à Rio de Janeiro. Le virtuose brésilien, a été l'un des plus grands interprètes du répertoire romantique européen.

- Lors de la Conférence de Glasgow de 2021 (COP 26), organisée par les Nations unies en Écosse. Les dirigeants de 100 pays se sont engagés à mettre fin à la déforestation et à la dégradation des terres pour 2030.

- La revue scientifique britannique, *British Medical Journal*, a publié un article du journaliste Paul. D. Thacker. Il met en cause le vaccin anti-Covid du groupe pharmaceutique américain Pfizer. Brook Johnson, ancienne directrice générale, a accusé sa société d'avoir commis des négligences dans les essais cliniques de phase III du vaccin.

- Le président Didier Decoin et le jury Goncourt a décerné son prix à Mohammed Mbougar Sarr, un écrivain sénégalais. Il devient le premier auteur d'Afrique subsaharienne à recevoir le prestigieux prix littéraire.

- Le Royaume-Uni devient le premier pays à autoriser la pilule anti-Covid-19. Élaborée par le laboratoire Merck. Le molnupiravir est un traitement pour les personnes qui présentent des facteurs d'obésité, cardiaques ou âgées de plus de 60 ans et qui souffrent d'un Covid bénin, afin d'atténuer les risques graves.

- L'ancien collaborateur d'Emmanuel Macron, Alexandre Benalla, a été condamné à 3 ans de prison avec sursis dont un an ferme par le tribunal correctionnel de Paris. Il a été accusé de violences en marge d'une manifestation.

- Le groupe ABBA a fait son retour musical après 40 années sous silence, leur album « Voyage ».

- Des milliers d'immigrants venus du Moyen-Orient, notamment du Yémen, d'Irak, de Syrie et d'Afghanistan, sont bloqués à un poste fermé entre la Pologne et la Biélorussie.

- Daniel Ortega a été réélu haut la main pour un 4e mandat de président de la République du Nicaragua.

- Le tribunal correctionnel de Paris a requis pour l'ancien secrétaire général de l'Élysée Claude Guéant, un an de prison dont six mois ferme.

- Un nouveau variant du SARS-CoV-2 apparaît au Botswana avant de se propager en Afrique australe et par la suite dans le monde entier.

- La France a restitué les 26 trésors royaux d'Abomey. Ils figuraient au musée quai Branly-Jacques Chirac. Les troupes coloniales avaient pillé ces biens culturels le 17 novembre 1892.

- L'ancien chef d'État sud-africain, Frederik de Klerk s'est éteint à l'âge de 85 ans. Il a obtenu le prix Nobel de la paix avec « Madiba ».

- Le résistant, homme politique, ministre, député et maire français Hubert Germain a été inhumé à Suresnes dans la crypte du mémorial de la France combattante au mont-valérien.

- La Russie a tiré un missile A-235 Nudol sur l'un de ses satellites en orbite. Le tir-test a provoqué un nuage de débris qui s'est répandu dans l'espace. Le tir aurait pû détruire la Station spatiale Internationale (SSI) et a suscité l'indignation de la communauté internationale.

- Le maire de Cannes, David Lisnard a été élu président de l'association des maires (AMF).

- Le photographe britannique, Mick Ross est décédé à l'âge de 72 ans. Il est connu pour avoir réalisé des pochettes d'album pour Queen, Lou Reed et des clips pour David Bowie.

- Le président de la République de Bulgarie Roumen Radev a été élu au suffrage universel direct pour un deuxième mandat.

- Le Parlement européen a accordé à la ville de Strasbourg son feu vert à la nouvelle Politique agricole commune. Un budget de 387 milliards leur a été également accordé jusqu'en 2027.

- 3 000 magistrats et une centaine de greffiers ont signé une tribune dans le quotidien *Le Monde*. Les juristes ont dénoncé les conditions de travail, ainsi que le mal-être des juges, des substituts et des greffiers.

- Le Parlement du Royaume de Suède a élu Magdalena Andersson âgée de 54 ans, comme Première ministre.

- 27 migrants sont morts au large de Calais, dans les eaux territoriales françaises de la Manche. Les clandestins étaient des femmes, des enfants et des hommes. L'embarcation a fait naufrage.

- Le film américain « House of Gucci » est sorti sur les écrans, Lady Gaga est en tête d'affiche.

- Dans la région sibérienne de Kemerovo, un accident dans la mine de charbon de Listviajnaïa a causé la mort de 51 personnes.

- Le directeur historique du réseau social Twitter, Jack Dorsey, a quitté son poste. Le réseau social compte plus de 300 millions d'utilisateurs dans le monde.

- Le journaliste d'extrême droite Éric Zemmour a présenté sa candidature aux élections présidentielles.

- La célèbre danseuse Joséphine Baker a fait son entrée au Panthéon. Elle a été dans la résistance au service de la France libre. Joséphine Baker est décédée à l'âge de 68 ans.

[DÉCEMBRE 2021]

- L'archevêque de Paris, Michel Aupetit a présenté sa démission au pape François.

- Valérie Pécresse a été désignée pour se présenter aux élections présidentielles pour le parti des Républicains.

- Le fondateur du mouvement « Colibris » Pierre Rabhi est décédé à l'âge de 83 ans.

- Éric Zemmour a tenu son premier meeting de campagne au parc des expositions à Villepinte devant 12 000 partisans.

- Le gouvernement américain a restitué aux autorités irakiennes une tablette en argile de « Gilgamesh », qui daterait de mille cinq ans avant l'ère chrétienne.

- Olaf Scholz est devenu, à l'âge de 63 ans, chancelier fédéral d'Allemagne, après la démocrate-chrétienne Angela Merkel.

- Yusaku Maezawa, milliardaire japonais, et Yozo Hirano, producteur de films, ont décollé du cosmodrome de Baïkonour au Kazakhstan. Les touristes spatiaux ont rejoint la Station spatiale internationale, pour une dizaine de jours.

- Roselyne Bachelot, ministre de la Culture, a promis l'ouverture des archives de la guerre d'Algérie, dans le droit fil des recommandations du rapport de l'historien Benjamin Stora « Les questions mémorielles portant sur la colonisation et la guerre d'Algérie ».

- Le joueur d'échecs norvégien, Magnus Carlsen, a remporté son cinquième titre mondial lors du championnat du monde d'échecs 2021 à Dubaï. Le grand maître international, âgé de trente-et-un ans, a battu son adversaire russe, Ian Nepomniachtchi.

- Des tornades ont touché le centre-est des États-Unis, notamment l'Illinois, le Kentucky, le Tennessee, l'Arkansas, le Mississippi. Des bâtiments publics, des sites industriels, des habitations, et même des villes, notamment Mayfield, ont été dévastés.

- Lors du référendum sur l'indépendance de la Nouvelle-Calédonie, les Néo-calédoniens ont voté à une large majorité « non », pour la troisième fois, après 2018 et 2020. Le taux d'abstention s'est élevé à 56 %.

- Aux Philippines, le typhon Rai a fait plus de 400 victimes. Des pluies torrentielles et de violents vents de 200 km/h ont frappé le centre et le sud de l'archipel.

- Bruce Springsteen, l'un des chanteurs, paroliers et guitaristes les plus populaires aux États-Unis, a cédé ses droits musicaux à Sony Music. Le contrat historique s'est élevé à 500 millions de dollars.

- L'élection présidentielle chilienne a mis à l'honneur Gabriel Boric contre José Antonio Kast, candidat d'extrême droite. Âgé de 34 ans, il a incarné le renouveau politique dans ce pays touché par les inégalités.

- L'Agence européenne des médicaments (EMA) a autorisé la mise sur le marché d'un cinquième vaccin contre la Covid-19, appelé Nuvaxovid.

- Aux États-Unis, la Food and Drug Administration (FDA) a autorisé l'injection de cabotegravir. La molécule est destinée à prévenir l'infection par le virus de l'immunodéficience humaine (VIH), qui est responsable du sida.

- Le télescope spatial James Webb de la National Aeronautics and Space Administration (NASA) a été lancé à bord de la fusée Ariane 5.

- Desmond Tutu, archevêque anglican et militant des droits de l'homme, est mort au Cap en Afrique du Sud, à l'âge de 90 ans. Apôtre de la liberté et de la fraternité, cette voix des opprimés a porté dans des pays africains jusqu'aux Nations unies.

- April Ashley est décédée à l'âge de 86 ans. Né à Liverpool sous le nom de George Jamieson, ce fut l'une des personnalités transgenres les plus célèbres du monde. Elle était mannequin, auteure et actrice.

- La Cour suprême de la Fédération de Russie a ordonné la dissolution de l'organisation non gouvernementale, Memorial. Elle a défendu les Droits de l'Homme et préservé la mémoire des victimes du pouvoir soviétique.

- La photographe française Sabine Weiss est décédée à l'âge de 97 ans. Elle a exercé plusieurs domaines, le reportage, la publicité, la mode, le spectacle, pour la presse américaine et pour l'agence Rapho.

- Le français Maxime Vachier-Lagrave, a remporté le championnat du monde d'échecs en blitz à Varsovie, contre le polonais Jan-Krzysztof Duda.

- L'Iran a lancé la fusée Simorgh depuis le centre spatial Iman Khomeini. Cette réussite spatiale a suscité la condamnation de l'Occident.

[JANVIER 2022]

- Après la Slovénie, la France a pris la présidence du Conseil de l'Union européenne.

- Des émeutes ont éclaté à Almaty, au Kazakhstan, dans le contexte de la crise sociale et politique et notamment contre l'augmentation du prix du gaz. Des centaines de manifestants ont été tuées et des milliers arrêtés.

- Le bâtiment du Parlement d'Afrique du Sud a été ravagé par les flammes. Un pyromane de 49 ans a été arrêté pour « vol avec effraction et incendie criminel ».

- Le site d'information libéral en ligne Citizen News, à Hong Kong, a cessé ses activités. Les deux journalistes du média ont été arrêtés.

- Le président et directeur d'exploitation de Theranos, Ramesh Balwani ainsi que l'américaine Elizabeth Holmes ont été condamnés pour fraude par le tribunal de San José, en Californie.

- Le leader mondial de l'eau et du traitement des déchets, Veolia, a été racheté par son concurrent Suez pour 13 milliards de dollars.

- Le *New York Times* a acquis *The Athletic*, un site d'information sportive pour un montant de 550 millions de dollars.

- Des chirurgiens américains ont réalisé la première transplantation d'un cœur de porc sur David Bennett âgé de 57 ans.

- Michel Houellebecq a publié son huitième roman de 738 pages.

- L'acteur et réalisateur américain Sidney Poitier est décédé à Beverly Hills à l'âge de 94 ans. Il a été la première star noire et a reçu un Oscar dans les années soixante.

- Les chefs d'État et de gouvernement de la Communauté économique des États de l'Afrique de l'Ouest (CEDEAO) et l'Union monétaire de l'Afrique de l'Ouest (UEMOA) ont décidé, au Ghana, de mettre le Mali sous embargo. Les frontières ont été fermées, les échanges commerciaux suspendus, les aides financières coupées.

- Le réalisateur, producteur et scénariste Jean-Jacques Beineix meurt à l'âge de 75 ans. Il a réalisé des films cultes comme « 37°2 le matin », « La lune dans le caniveau ».

- L'homme le plus détesté d'Amérique, Martin Shkreli a été condamné à restituer 65 millions de dollars. Somme dont il avait tiré profit de ses pratiques anti-concurrentielles.

- Le pilote automobile qatari, Nasser al-Attiyah, a remporté, avec son 4X4 Hilux Toyota, le rallye-raid Dakar, après ses victoires en 2011, 2015 et 2019.

- L'architecte catalan, Ricardo Bofill, est décédé à Barcelone à l'âge de 82 ans. De Chicago à Casablanca, de Montpellier à Pauillac, cet architecte postmoderne a conçu des espaces influencés par Ledoux, Mansart, Palladio.

- Le couturier italien, Nino Cerruti, est décédé à l'âge de quatre-vingt-onze ans, dans le Piémont. L'entrepreneur a repris l'usine textile familiale, pour fonder sa maison de haute couture.

- Donald Trump a fait son retour en politique dans un meeting à Florence, en Arizona. Sous la bannière de son slogan « Save America », l'ancien président des États-Unis a rassemblé ses supporters.

- Le tennisman serbe, Novak Djokovic, premier joueur mondial au classement ATP (Association of Tennis Professionals), a été mis en quarantaine dans sa chambre d'hôtel à Melbourne, car il n'était pas vacciné contre le Covid-19. Les autorités australiennes ont expulsé la star mondiale de tennis.

- Roberta Metsola a été élue, à l'âge de 43 ans, présidente du Parlement européen pour une durée de six mois.

- Microsoft a racheté, par sa filiale, Xbox Game Studios, l'un des plus grands éditeurs de jeux vidéo au monde, Activision Blizzard, pour un montant de 69 milliards de dollars.

- Au Parlement européen, les eurodéputés ont adopté le Règlement sur les services numériques (Digital Services Act) à 530 voix contre 78. La loi doit permettre de réguler le fonctionnement des sites Internet et de bannir les contenus illicites.

- La Haute autorité de la santé (H.A.S.) et l'Agence nationale de sécurité du médicament (ANSM) ont donné leur feu vert en France pour le Paxlovid, pilule contre la Covid-19 du groupe pharmaceutique américain, Pfizer.

- Le créateur français, Thierry Mugler, est mort à l'âge de 73 ans. Il est devenu styliste et s'est démarqué avec ses créations mélangeant extravagance et élégance.

- Jean-Claude Mézières est décédé à l'âge de 83 ans. Le dessinateur a marqué les cinéastes, de Georges Lucas, pour « Star Wars » à Luc Besson, pour « Le Cinquième Élément ».

- En France, le pass vaccinal est entré en vigueur. Il a été adopté par l'Assemblée nationale à 295 voix contre 58.

- Le Mouvement patriotique pour la sauvegarde et la restauration (MPSR), a pris le pouvoir au Burkina Faso. Sur Radiodiffusion Télévision du Burkina (RTB), la dissolution du gouvernement et de l'Assemblée, la suspension de la Constitution, la fermeture des frontières terrestres et aériennes, ainsi que l'instauration d'un couvre-feu, ont été décrétées.

- Le journaliste d'investigation, Victor Castanet, a publié un essai « Les fossoyeurs ». Il a livré une enquête sur les secrets du groupe français Orpea, spécialisé dans les établissements d'hébergement pour personnes âgées dépendantes (Ehpad).

- Le Parlement italien a réélu son chef de l'État, Sergio Mattarella. Le président de la République italienne, âgé de 80 ans, a été désigné pour un mandat de 7 ans au palais du Quirinal à Rome.

[FÉVRIER 2022]

- En France, le taux du livret A est passé à 1 %. Il s'agit de la première hausse depuis le 1er août 2011. Le taux d'intérêt le plus haut s'est élevé à 8,5 %, le 16 octobre 1981.

- L'actrice italienne Monica Vitti est morte à l'âge de 90 ans. Formée à l'Académie nationale d'art dramatique à Rome, elle s'est lancée dans une carrière théâtrale, en jouant dans des pièces de Shakespeare, Molière et Brecht.

- Jeff Zucker, président de la chaîne de télévision d'information en continu américaine CNN, a quitté son poste. Le patron a entretenu une relation privée avec Allison Gollust, vice-présidente exécutive et directrice du marketing.

- Le chef de l'État islamique, Abou Ibrahim al-Hachimi al-Qurashi est mort à Atme, dans le nord de la Syrie. L'opération antiterroriste a eu lieu dans une zone contrôlée par les jihadistes et les rebelles.

- L'Autriche a été le premier pays de l'Union européenne à imposer la vaccination obligatoire contre la Covid-19, sous peine d'amende pour les Autrichiens de plus de 18 ans, en raison du faible taux de vaccination.

- L'équipe de football du Sénégal a remporté la finale de la Coupe d'Afrique des nations (CAN), au stade Olembé, à Yaoundé, au Cameroun, face à l'Égypte. Les Sénégalais ont battu l'équipe égyptienne, à 4 tirs au but, contre 2.

- Le biologiste et virologue français, Luc Montagnier, est décédé à l'âge de 89 ans. Après avoir intégré le Centre national de la recherche scientifique (CNRS), il a été professeur à l'institut Pasteur.

- Le « One Ocean Summit » a rassemblé à Brest, des chefs d'État et du gouvernement. Lors du Sommet international sur les océans, les questions de la préservation de la biodiversité, de la pêche, de la lutte contre les pollutions, des effets du changement climatique ont été abordées.

- 40 satellites de SpaceX, constructeur aérospatial américain créé par Elon Musk, ont été détruits par un orage magnétique.

- Le cyclone Batsirai a fait une centaine de morts, dans le sud-est de l'Afrique. Arrivée de l'océan Indien, la tempête tropicale a touché l'île Maurice, La Réunion et Madagascar. Les rafales de vent ont atteint plus de 100 km/h.

- Franz-Walter Steinmeier a été réélu président fédéral de l'Allemagne, pour la seconde fois. Homme d'État allemand, membre du Parti social-démocrate d'Allemagne (SPD), il a été vice-chancelier d'Allemagne de 2007 à 2009.

- Cristina Calderon est morte à Punta Arenas, dans le détroit de Magellan, à l'âge de 93 ans. Cette femme a été la dernière locutrice native de la langue yagan au Chili, à l'extrême sud du pays.

- Le philosophe et poète, Michel Deguy, est décédé à l'âge de 91 ans. Il a été maître de conférences en littérature française à l'université Paris 8, et membre du comité de lecture aux éditions Gallimard.

- L'État a participé à la recapitalisation d'Electricité de France (EDF), à hauteur de plus de 2 milliards d'euros. Le ministre de l'Economie, des finances et de la relance, Bruno Lemaire, a porté son soutien à EDF qui traverse une « passe financière difficile ».

- Le biologiste français François Gros, est mort à l'âge de 95 ans. Cette grande figure de la recherche scientifique a été professeur au Collège de France, directeur de l'Institut Pasteur, secrétaire perpétuel de l'Académie des Sciences, et conseiller auprès des Premiers ministres Pierre Mauroy et Laurent Fabius.

- Jean-Luc Brunel a été retrouvé mort, par pendaison, à la prison de la Santé à Paris, à l'âge de 75 ans. Figure internationale de la mode depuis les années 70, il avait été ciblé par des enquêtes pour « viol sur mineurs » et « harcèlement sexuel ».

- L'Organized Crime and Corruption Reporting Project (OCCRP) a réalisé une enquête internationale sur le groupe bancaire Crédit Suisse. La deuxième banque helvète a été accusée d'héberger des fonds de dizaines de milliards d'euros, en relation avec le crime et la corruption.

- Les Jeux olympiques d'hiver se sont déroulés à Pékin, en Chine. Dans le classement des médailles, la France s'est classée à la 7e place. La France a remporté 13 médailles, dont 5 en or, 7 d'argent, 2 de bronze.

- Vladimir Poutine, président de la fédération de Russie, a ordonné à l'armée russe de « maintenir la paix » dans les territoires séparatistes prorusses du Donbass. Le Kremlin a reconnu l'indépendance des Républiques de Donetsk et de Louhansk.

- En France, les députés de l'Assemblée nationale ont voté l'extension du délai légal pour pratiquer l'interruption volontaire de grossesse (IVG) à quatorze semaines de grossesse au lieu de douze.

- La Russie a lancé une offensive militaire en Ukraine. Des frappes aériennes ont touché des points stratégiques ukrainiens. Vladimir Poutine a souhaité une « démilitarisation » et une « dénazification » de l'Ukraine.

- Les États-Unis, l'Union européenne, le G7, ont pris des sanctions économiques et financières. L'accès de la Russie aux marchés de capitaux européens a été limité.

- L'Académie des arts et techniques du cinéma a décerné son palmarès, lors de la 47e cérémonie des Césars du cinéma à Paris. Le long-métrage, adapté du roman d'Honoré de Balzac, « Illusions perdues » de Xavier Giannoli, a été mis à l'honneur avec sept trophées, dont le meilleur film.

- Ursula von der Leyen, présidente de la Commission européenne, a interdit la chaîne de télévision d'information internationale russe, Russia Today (RT), et l'agence de presse multimédia Sputnik.

- Le philosophe français Marcel Conche est mort à l'âge de 99 ans. Il a été professeur à l'université de Panthéon-Sorbonne et a enseigné aux côtés de Vladimir Jankélévitch.

[MARS 2022]

- Un convoi militaire russe de plus de 60 km de long est en route vers Kiev. Kharkiv, 2e ville du pays, a été bombardée et 18 civils morts sont à déplorer.

- Marine le Pen et Éric Zemmour ont récolté 500 parrainages nécessaires pour officiellement se présenter aux élections présidentielles.

- L'armée russe a affirmé avoir conquis la ville de Kherson. À ce stade de la guerre, plus de 2000 civils ukrainiens sont morts.

- Les nombreux ressortissants africains tentant de fuir l'Ukraine, ont accusé les autorités ukrainiennes de racisme.

- La candidate de gauche Christiane Taubira a annoncé qu'elle retirait sa candidature à la présidentielle.

- Le célèbre présentateur télé de la chaîne TF1 Jean-Pierre Pernaut, est décédé à l'âge de 71 ans d'un cancer du poumon.

- Le Comité international paralympique a exclu les sportifs russes et biélorusses des Jeux paralympiques d'hiver de Pékin.

- L'ONU a démarré un processus vers un traité international historique visant à lutter contre la pollution plastique.

- La Russie s'est emparé de la plus grande centrale nucléaire d'Ukraine.

- Le prix des carburants en France explose. 1,81 € le litre d'essence SP95, et 1,74 € le litre de gazole.

- Éric Zemmour et son parti « Reconquête ! » ont été condamnés pour contrefaçon et droits d'auteur.

- Le président Volodymyr Zelensky aurait échappé à 3 tentatives d'assassinat en 1 semaine. Il serait menacé par des troupes tchétchènes et 400 mercenaires du groupe paramilitaire russe Wagner.

- Twitter a temporairement suspendu plusieurs comptes de soutien à Marine le Pen et Éric Zemmour.

- Emmanuel Macron et Vladimir Poutine se sont entretenus pendant 1 h 45. Vladimir Poutine s'est dit déterminé à atteindre ses objectifs « par la négociation ou par la guerre ».

- Christiane Taubira soutient désormais le candidat de la France insoumise Jean-Luc Mélenchon.

- La Russie a proposé d'évacuer les civils ukrainiens des villes bombardées vers la Russie et la Biélorussie. L'Ukraine a refusé et dénoncé une fausse protection.

- Depuis la guerre en Ukraine, les prix des carburants ont explosé, une augmentation de 7 % en une semaine a été constatée.

- 13 jours après le début de la guerre, 2 millions de personnes ont fui l'Ukraine selon le bilan de l'ONU.

- 8 femmes ont accusé Éric Zemmour de violences sexuelles.

- Le gouvernement a annoncé un vaste plan de contrôle de 7 500 Ehpad en France afin de lutter contre les maltraitances des personnes âgées.

- McDonald's, Coca-Cola, Amazon, Starbucks ou encore KFC se sont ajoutés à la liste des entreprises qui ont suspendu leurs activités en Russie.

- Les Philippines était l'un des pays à avoir la majorité sexuelle la plus basse au monde. L'âge de la majorité sexuelle a été rehaussé de 12 ans à 16 ans.

- La Russie a bombardé un hôpital et sa maternité dans la ville de Marioupol. Cette attaque a fait 3 morts dont une fillette et 17 blessés.

- Les chefs de la diplomatie russe et ukrainienne se sont rencontrés en Turquie, mais n'ont pas réussi à se mettre d'accord sur un arrêt des combats.

- Emmanuel Macron a déclaré que l'UE prendrait des « sanctions massives » contre la Russie si la guerre continue.

- Le Guatemala a décidé de durcir fortement sa loi contre l'avortement et le mariage entre personne de même sexe. Désormais, une femme qui avorte risque jusqu'à 10 ans de prison.

- L'Inde a annoncé avoir envoyé par erreur un missile au Pakistan. L'événement est lié à un « dysfonctionnement technique ». Les relations entre l'Inde et le Pakistan sont très tendues depuis des années.

- Le Premier ministre Jean Castex a confirmé la fin du pass vaccinal ainsi que la fin du port du masque en intérieur.

- La Chine a confiné 17 millions d'habitants de la ville de Shenzhen après le signalement de 66 cas de Covid.

- La France a livré pour 150 millions d'euros de matériels militaires à la Russie entre 2015 et 2020.

- En Corse, des manifestations de soutien à Yvan Colonna ont dégénéré, faisant 67 blessés dont 44 chez le forces de l'ordre.

- Une nouvelle antenne a été installée au sommet de la Tour Eiffel, elle mesure désormais 330 mètres de haut.

- Les hommes homosexuels et bisexuels peuvent dorénavant donner leur sang dans les mêmes conditions que les autres donneurs.

- Joe Biden a qualifié Vladimir Poutine de « criminel de guerre » et a promis 800 millions de dollars d'aides militaires. La France a également promis 300 millions d'euros d'aide.

- 109 poussettes ont été disposées sur une place de la ville de Lviv, en hommage aux 109 enfants ukrainiens tués depuis le début du conflit.

- Emmanuel Macron a dévoilé son programme dans une conférence de presse, il contient la retraite à 65 ans, une hausse des salaires des profs, réforme du RSA et réforme des institutions.

- Le candidat écologiste Yannick Jadot a déclaré vouloir réduire la durée des vacances scolaires et notamment l'été.

- Le ministère russe de la Défense a déclaré avoir utilisé des missiles hypersoniques pour détruire un entrepôt souterrain d'armements dans l'ouest de l'Ukraine.

- Dans une étude publiée par l'ONU, la Finlande a été élue le pays le plus heureux du monde.

- L'armée russe est entrée dans la ville portuaire de Marioupol. Une école d'art qui abritait 400 réfugiés a été bombardée par les forces russes.

- Un avion qui transportait 132 passagers s'est écrasé en Chine ce matin. Il s'agissait d'un Boeing 737-800 de la compagnie China Eastern Airlines.

- Emmanuel Macron a dû renoncer à l'utilisation de son compte Twitter pour sa campagne. La commission qui contrôle la campagne considère que le compte twitter du chef de l'État était un avantage injustifié.

- Près de 26 000 réfugiés ukrainiens sont arrivés sur le territoire français.

- Le principal opposant au pouvoir russe Alexeï Navalny, déjà emprisonné depuis plus d'un an, à une nouvelle fois été condamné à 9 ans de prison.

- Le militant pour l'indépendance de la Corse Yvan Colonna est mort des suites d'une violente agression en prison.

- L'OMS a estimé que la France et plusieurs autres pays européens ont levé trop rapidement leurs mesures sanitaires face au Covid.

- En Afghanistan, les Talibans ont fait fermer définitivement les collèges et lycées pour filles. C'est une nouvelle atteinte au droit des femmes dans le pays.

- L'État de l'Idaho aux États-Unis a adopté une loi qui limite l'avortement pour les femmes. Si une femme avorte, le père peut porter plainte contre le médecin qui a pratiqué l'IVG et ce même en cas de viol.

[AVRIL 2022]

- Un responsable russe a accusé l'Ukraine d'avoir attaqué un dépôt de pétrole à Belgorod en Russie qui a provoqué un incendie.

- Le télescope spatial Hubble a détecté l'étoile la plus lointaine jamais observée. Elle se trouve à 12,9 milliards d'années-lumière et a une masse 50 fois supérieure à celle du Soleil.

- Le premier avril 2001, les Pays-Bas devenaient le premier pays à autoriser le mariage homosexuel. 20 ans plus tard, il est désormais autorisé dans 30 pays.

- Emmanuel Macron a tenu à Nanterre son unique meeting de campagne devant 30 000 personnes.

- Le pape François a appelé à partager l'accueil des réfugiés ukrainiens face à « l'élargissement de l'urgence migratoire ».

- Will Smith a annoncé qu'il quittait l'Académie des Oscars, 5 jours après avoir giflé Chris Rock durant la cérémonie des Oscars.

- Éric Zemmour a été viré du Z5, le complexe sportif des frères Zidane. La direction a déclaré ne pas vouloir associer leur image à celle du candidat.

- Le gouvernement ukrainien a annoncé au 39e jour de guerre que toute la région de Kiev avait été « libérée de l'envahisseur ».

- L'armée russe est accusée d'avoir commis des crimes de guerre dans la ville de Boutcha dans le nord de l'Ukraine. Le président ukrainien Volodymyr Zelensky a accusé la Russie de vouloir éliminer « toute la nation ».

- Après Emmanuel Macron, Jean-Luc Mélenchon, Valérie Pécresse, Anne Hidalgo, Nathalie Arthaud étaient en meeting à Toulouse et à Paris.

- La Chine a enregistré 13 000 nouveaux cas de Covid-19 en 24 heures. C'est le chiffre le plus élevé sur le territoire depuis le pic de la première vague en février 2020.

- Les chocolats Kinder de l'entreprise Ferrero seraient à l'origine d'au moins 15 cas de salmonellose en France.

- Désormais, jusqu'à 8 consultations chez le psychologue par an seront remboursées par la Sécurité Sociale.

- Après les pizzas et les kinder contaminés, les fromages vendus en grandes surfaces sont eux aussi possiblement contaminés à la Listeria.

- Le Sri Lanka au sud de l'Inde traverse une très forte crise économique et politique.

- Le milliardaire Elon Musk a fait une offre de 38 milliards d'euros pour racheter intégralement Twitter.

- 2 hommes ont été tués et un autre blessé par des tirs de policiers à Paris.

- Soeur André devient la doyenne de l'humanité, elle est âgée de 118 ans.

- Emmanuel Macron a été réélu pour un second mandat.

[MAI 2022]

- Le niveau de la mer en Nouvelle-Zélande est monté 2 fois plus vite que prévu.

- La Nouvelle-Zélande a rouvert ses frontières aux voyageurs et aux touristes après plus de 2 ans.

- L'ONU a alerté sur le fait que plus de 12,3 millions d'enfants syriens ont besoin d'assistance humanitaire.
- L'ancien Premier ministre François Fillon a été condamné en appel à 1 an de prison ferme dont 3 mois avec sursis dans l'affaire des emplois fictifs.
- Pour la toute première fois, la Reine Elizabeth II n'a pas pu faire son discours annuel devant le Parlement britannique pour des raisons de santé.
- Le portrait de Marilyn Monroe peint par l'artiste Andy Warhol est devenue l'oeuvre du XXe siècle la plus chère jamais vendue aux enchères à 195 millions de dollars.
- Avant les obsèques de Shireen Abu Akleh, des violences ont éclaté à Jérusalem, la police israélienne a attaqué plusieurs Palestiniens.
- La Russie a suspendu ses livraisons d'électricité en Finlande.
- Un attentat diffusé sur Twitch a fait 10 morts et 3 blessés. L'auteur est un suprémaciste blanc.
- Élisabeth Borne a été nommée Première ministre par Emmanuel Macron après la démission de Jean Castex.
- Le masque n'est désormais plus obligatoire dans les transports. Il reste néanmoins obligatoire dans les établissements de santé.
- La Suède a officialisé sa candidature pour rejoindre l'OTAN juste après la Finlande.
- La température a dépassé les 51 °C à l'ombre au Pakistan. Tout comme l'Inde, les 2 pays sont les plus touchés par une très forte canicule.
- La Russie a désormais pris le contrôle total de la ville de Marioupol, à l'est de l'Ukraine.
- Il sera désormais possible à Grenoble de porter le burkini dans les piscines municipales.
- *Sans filtre* du Suédois Ruben Östlund remporte la Palme d'or à Cannes
- Le Real de Madrid remporte la Ligue des Champions
- Damien Abad, ministre des Solidarités, de l'Autonomie et des Personnes handicapées, est accusé de viols par deux femmes, selon des révélations de Mediapart
- Une grand-mère suédoise de 103 ans bat un record du monde de saut en parachute
- Un adolescent de 18 ans a tué par balle dix-neuf enfants et deux adultes dans une école primaire d'Uvalde, au Texas

- Les livres à ne pas manquer au premier semestre 2022 : *Ton absence n'est que ténèbres* de Jón Kalman Stefánsson, *Une sortie honorable* d'Éric Vuillard, N*uméro deux* de David Foenkinos, *La décision* de Karine Tuil., *Paris-Briançon* de Philippe Besson, *anéantir* de Michel Houellebecq, *L'île aux arbres disparus* d'Elif Shafak

- Près de 600 exécutions en 2021: Amnesty alerte sur la «hausse inquiétante» des peines de mort dans le monde

- Variole du singe : au moins trois cas confirmés en France

- Gouvernement Borne (mai 2022) :
  - Bruno Le Maire, ministre de l'Économie, des Finances et de la Souveraineté industrielle et numérique ;
  - Gérald Darmanin, ministre de l'Intérieur ;
  - Catherine Colonna, ministre de l'Europe et des Affaires étrangères ;
  - Éric Dupond-Moretti, garde des Sceaux, ministre de la Justice ;
  - Amélie de Montchalin, ministre de la Transition écologique et de la Cohésion des territoires ;
  - Pap Ndiaye, ministre de l'Éducation nationale et de la Jeunesse ;
  - Sébastien Lecornu, ministre des Armées ;
  - Brigitte Bourguignon, ministre de la Santé et de la Prévention ;
  - Olivier Dussopt, ministre du Travail, du Plein emploi et de l'Insertion ;
  - Damien Abad, ministre des Solidarités, de l'Autonomie et des Personnes handicapées ;
  - Sylvie Retailleau, ministre de l'Enseignement supérieur et de la Recherche ;
  - Marc Fesneau, ministre de l'Agriculture et de la Souveraineté alimentaire ;
  - Stanislas Guerini, ministre de la Transformation et de la Fonction publiques ;
  - Yaël Braun-Pivet, ministre des Outre-mer ;
  - Rima Abdul Malak, ministre de la Culture ;
  - Agnès Pannier-Runacher, ministre de la Transition énergétique ;
  - Amélie Oudéa-Castéra, ministre des Sports et des Jeux olympiques et paralympiques.
  - Olivier Véran, chargé des Relations avec le Parlement et de la Vie démocratique ;
  - Isabelle Rome, chargée de l'Égalité entre les femmes et les hommes, de la Diversité et de l'Égalité des chances ;
  - Gabriel Attal, chargé des Comptes publics ;
  - Christophe Béchu, chargé des Collectivités territoriales ;
  - Franck Riester, chargé du Commerce extérieur et de l'Attractivité ;
  - Clément Beaune, chargé de l'Europe ;

  Sont nommées secrétaires d'État auprès de la Première ministre :
  - Olivia Grégoire, porte-parole du Gouvernement ;
  - Justine Benin, chargée de la Mer ;
  - Charlotte Caubel, chargée de l'Enfance ;
  - Chrysoula Zacharopoulou, chargée du Développement, de la Francophonie et des Partenariats internationaux.